# OS IRMÃOS KARAMÁZOV

Conheça os títulos da coleção SÉRIE OURO:

365 REFLEXÕES ESTOICAS
1984
A ARTE DA GUERRA
A DIVINA COMÉDIA - INFERNO
A DIVINA COMÉDIA - PURGATÓRIO
A DIVINA COMÉDIA - PARAÍSO
A IMITAÇÃO DE CRISTO
A INTERPRETAÇÃO DOS SONHOS
A METAMORFOSE
A MORTE DE IVAN ILITCH
A ORIGEM DAS ESPÉCIES
A REVOLUÇÃO DOS BICHOS
ALICE NO PAÍS DAS MARAVILHAS
ALICE ATRAVÉS DO ESPELHO
ANNA KARENINA
CARTAS A MILENA
CONFISSÕES DE SANTO AGOSTINHO
CONTOS DE FADAS ANDERSEN
CRIME E CASTIGO
DOM CASMURRO
DOM QUIXOTE
FAUSTO
GARGÂNTUA & PATAGRUEL
MEDITAÇÕES
MEMÓRIAS PÓSTUMAS DE BRÁS CUBAS
MITOLOGIA GREGA E ROMANA
NOITES BRANCAS
O CAIBALION
O DIÁRIO DE ANNE FRANK
O IDIOTA
O JARDIM SECRETO
O LIVRO DOS CINCO ANÉIS
O MORRO DOS VENTOS UIVANTES
O PEQUENO PRÍNCIPE
O PEREGRINO
O PRÍNCIPE
O PROCESSO
ORGULHO E PRECONCEITO
OS IRMÃOS KARAMÁZOV
PERSUASÃO
RAZÃO E SENSIBILIDADE
SOBRE A BREVIDADE DA VIDA
SOBRE A VIDA FELIZ & TRANQUILIDADE DA ALMA
VIDAS SECAS


Conheça os títulos da coleção SÉRIE LUXO:

JANE EYRE
O MORRO DOS VENTOS UIVANTES

# DOSTOIÉVSKI

# OS IRMÃOS KARAMÁZOV

GARNIER
DESDE 1844

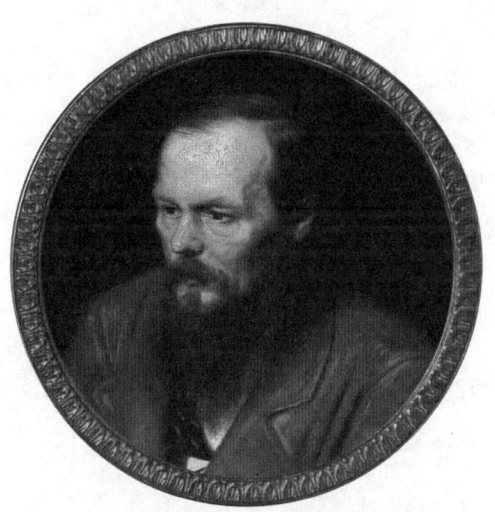

**GARNIER**
DESDE 1844

Fundador: **Baptiste-Louis Garnier**

Copyright desta tradução e adaptação © IBC - Instituto Brasileiro De Cultura, 2021

Título original: Les frères Karamázov
Reservados todos os direitos desta tradução e produção, pela lei 9.610 de 19.2.1998.

4ª Impressão 2025

**Presidente:** Paulo Roberto Houch
MTB 0083982/SP

**Coordenação Editorial:** Priscilla Sipans
**Coordenação de Arte:** Rubens Martim
**Produção editorial:** Eliana S. Nogueira
**Tradução e adaptação:** A. Augusto do Santos
**Revisão:** Cláudia Rajão

**Vendas:** Tel.: (11) 3393-7727 (comercial2@editoraonline.com.br)

Foi feito o depósito legal.
Impresso na China

| Dados Internacionais de Catalogação na Publicação (CIP) de acordo com ISBD ||
|---|---|
| D724i | Dostoiévski, Fiódor |
| | Irmãos Karamázov / Fiódor Dostoiévski. – Barueri : Garnier, 2023. |
| | 560 p. ; 15,1cm x 23cm. |
| | ISBN: 978-65-84956-25-4 (Edição de Luxo) |
| | 1. Literatura russa. 2. Romance. I. Título. |
| 2023-605 | CDD 891.7 |
| | CDU 821.161.1 |
| Elaborado por Vagner Rodolfo da Silva - CRB-8/9410 ||

**IBC — Instituto Brasileiro de Cultura LTDA**
CNPJ 04.207.648/0001-94
Avenida Juruá, 762 — Alphaville Industrial
CEP. 06455-010 — Barueri/SP
www.editoraonline.com.br

# Sumário

**PARTE 1**
Livro 1 – História de uma Família ............................................................. 7
Livro 2 – Reunião Frustrada ..................................................................... 24
Livro 3 – Os Sensuais ............................................................................... 66

**PARTE 2**
Livro 4 – Incômodos ................................................................................. 116
Livro 5 – Prós e Contras ........................................................................... 152
Livro 6 – O Monge Russo ......................................................................... 203

**PARTE 3**
Livro 7 – Aliocha ...................................................................................... 236
Livro 8 – Mitya ......................................................................................... 262
Livro 9 – As Primeiras Investigações ....................................................... 322

**PARTE 4**
Livro 10 – Os Rapazes .............................................................................. 369
Livro 11 – Ivan .......................................................................................... 404
Livro 12 – Erro Judicial ............................................................................ 474

Epílogo – Planos de Evasão ...................................................................... 543

# PARTE I

## Livro I
## História de uma Família

## Capítulo I
## Fedor Pavlovitch Karamázov

Tal fama havia adquirido Fedor Pavlovitch Karamázov que, decorridos treze anos após a sua morte, de maneira sombria e trágica como vereis a devido tempo, ainda causa comentários cheios de interesse aos vizinhos da comarca onde viveu. Por agora, limitar-me-ei apenas a afirmar que este proprietário que não dedicou um só dia às suas terras era um tipo raro. Não porque não abundem aqueles que à degradação dos vícios unam a insensatez das ideias; mas Fedor pertencia a esse grupo de isentos capazes de se aferrar obstinadamente ao interesse material dos seus negócios e não dedicar qualquer espécie de interesse a todo o resto. Começou com quase nada e com uma posição das mais modestas; mas impondo a sua presença em casa dos vizinhos e conquistando com arte um lugar às mesas postas, amontoou os cem mil rublos que, em moedas, foram encontrados em arcas quando da sua morte. Recebeu sempre as honras dispensadas aos homens mais extravagantes e fantásticos de uma região. Dissemos que não era tolo, já que muito astutos e inteligentes são estes indivíduos fantasiosos; mas era caracterizado por essa insensatez peculiar do russo que possui uma manifestação própria.

Casou duas vezes e teve três filhos: um, Dmitri, o mais velho, da primeira mulher, e dois, Ivan e Alexey, da segunda. A primeira esposa, Adelaide Ivanovna, pertencia à família dos Miusov, uma das mais nobres e opulentas, e dona de considerável extensão do nosso território. Não tentarei explicar como foi possível que uma rica herdeira, que à sua formosura unia a fortaleza de espírito e inteligência tão comuns às jovens de hoje, mas que, naqueles tempos, eram um dom raro, contraísse matrimônio com um aldrabão tão desprezível, como todos apelidavam o marido. Sei de uma jovem da geração "romântica" que, depois de longos anos passados a esconder um amor enigmático, deu em maquinar obstáculos insuperáveis à união com o objeto dos seus amores, de quem poderia ter feito seu esposo com toda a facilidade, e acabou por se lançar, numa noite tempestuosa, do alto de um precipício em cujo fundo rugia a corrente caudalosa de um rio. Matou-se para satisfazer assim uma emulação caprichosa de Ofélia shakespeariana. Mas se o precipício, paragem predileta dos seus sonhos, fora menos pitoresco ou o rio deslizasse por uma margem plana e monótona, certamente o suicídio não se teria consumado. O caso é verídico e poderia acrescentar acontecimentos análogos nas duas ou três gerações passadas. O de Adelaide Ivanova pode contar-se entre os desta natureza. Deveu-se, sem dúvida, a influências estranhas, ao prurido de ostentar a independência dos seus atos e pensamentos, rebelando-se contra os preconceitos de casta e o despotismo do lar, e talvez a uma imaginação cheia de arrojo feminino que lhe apresentava Fedor Pavlovitch, com os seus defeitos de parasita, como um exemplo desses homens ousados e mordazes que lhe pareciam o sumo do progresso, embora na realidade não passasse de um impostor malicioso. O mais picante de tudo e o que exaltou de sobremaneira a fantasia da jovem foi a fuga com que iniciaram o casamento. A precária situação de Fedor Pavlovitch impedia-o de empreender qualquer coisa nessa altura e ansiava com toda a sua alma por alcançar uma posição desafogada, sem olhar a meios. Juntar-se a uma família rica, embolsando um belo dote, era solução demasiado atraente para que pudesse resistir-lhe; pois que amor parecia não haver entre ambos. Mas a noiva era muito bela e ele possuía um temperamento voluptuoso que o levava a perseguir as "saias" com uma constância digna de Don Juan. Logo após o arrebatamento da fuga, Adelaide Ivanovna convenceu-se de que não sentia pelo marido mais do que desprezo e todas as prosaicas realidades do matrimônio se desvendaram na sua mais crua nudez; e embora os pais de Adelaide aceitassem com resignação os fatos consumados, dando à fugitiva o dote estipulado, os esposos mergulharam numa vida de desordem que originou incessantes e lamentáveis cenas conjugais. Dizia-se que a recém-casada se manifestou incomparavelmente mais nobre e generosa do que Fedor Pavlovitch, de quem sabemos que arrecadou os vinte e cinco mil rublos do dote sem que ela reclamasse o dinheiro ou o tornasse a ver. Durante muito tempo tentou Fedor obter a transferência a seu favor de uma pequena aldeia e uma magnífica quinta que faziam parte do dote da mulher, e esta tê-lo-ia consentido por falta de ânimo, pelo desejo de se ver livre ou pelo desprezo e repugnância que lhe inspirava aquela pegajosa e vil impertinência se a sua família não tivesse intervindo afortunadamente, pondo fim a tal ambição. Posso dar como certo que os cônjuges passavam com frequência das palavras às obras e acredito nos rumores de que no campo dos golpes era a mulher quem superava, sem que Fedor ousasse voltar-se contra aquela terrível fêmea que punha as forças musculares, de que estava naturalmente dotada, ao serviço da sua impetuosidade e bravura. Adelaide Ivanovna fugiu por fim com um pobre estudante de Teologia, deixando o filho Dmitri, de três anos, nos braços do pai. Fedor Pavlovitch apressou-se a converter a sua casa num harém e a regalar-se em orgias desenfreadas; e nos raros intervalos dessa vida procurava as pessoas conhecidas para se queixar do abandono de Adelaide Ivanovna, revelando, com os olhos arrasados de lágrimas, pormenores da vida de casado cuja simples recordação envergonharia qualquer marido. A julgar pela minúcia e cuidado que punha no relato das suas penas, dir-se-ia que a situação ridícula de marido burlado o enchia de satisfação e apagava por completo o seu amor-próprio. "Qualquer pessoa julgará que alcançaste uma graça, pois todas essas tristezas não cobrem a alegria que brilha no teu rosto", diziam-lhe em chalaça. E acrescentavam alguns que, por certo, se sentia feliz ao ver crescer o repertório das suas fanfarronices com o pouco decoro de que fingia não se prevenir para causar mais efeito. Mas quem sabe se não se reduzia tudo a mera simplicidade... Um dia soube onde se encontrava a mulher. A desgraçada vivia em Petersburgo, abandonada pelo estudante e seguindo caminhos de completa emancipação. Fedor Pavlovitch entregou-se imediatamente a afanosos preparativos de viagem sem que ele próprio soubesse que propósitos o impeliam para a capital. E teria decerto partido se, quando decidiu pôr-se em marcha, não lhe tivesse despertado a necessidade de fortalecer os ânimos, alagando-os em vinho. Durante a festa chegou a notícia da repentina morte da mulher numa mansarda; uns diziam que o tifo a matara; outros, que fora a miséria. Fedor Pavlovitch ouviu a notícia entre dois copos e dizem que saiu para a rua correndo e gritando com os braços levantados ao céu: "Agora, Senhor, deixa que o teu servo parta em paz!" Segundo outra versão, chorou como um menino e tão desconsoladamente que inspirou compaixão até àqueles que o detestavam como ser repulsivo. Talvez tenham todos razão e Fedor se regozijasse com a sua nova liberdade, chorando a morta ao mesmo tempo. Os homens, em geral, mesmo os malvados, são todos iguais, mais ingênuos e bondosos do que quase sempre supomos.

## Capítulo 2
## O Filho Abandonado

É de calcular a educação que tal homem daria aos filhos; nem dele se podia esperar outra conduta do que a observada com o primogênito, a quem abandonou, não por maldade ou passados agravos conjugais, mas por verdadeiro esquecimento. Enquanto o pai se entregava a impingir a todo o mundo choros e lamentos, e a tornar a sua casa no mais grosseiro dos bordéis, crescia a terna criança sob os cuidados de Grigory, o velho e fiel criado da família graças ao qual escapou de completo desamparo e miséria. Porque, ao princípio, todos, até a família de sua mãe, se afastaram. Morto o avô, a viúva refugiou-se em Moscovo, onde uma grave doença a retinha. As tias, casadas, só podiam dar atenção aos próprios filhos e Mitya teve que passar um ano inteiro com Grigory no pavilhão destinado aos criados. Ali o deixaria Fedor se se recordasse que tinha um filho, pois não vamos admitir que o esquecimento da sua paternidade fosse eterno, nem que quisesse que a criança fosse testemunha dos seus vícios vergonhosos. Isto não pôde, no entanto, ser comprovado, porque, de Paris, chegou um primo da mãe de Mitya. Pyotr Alexandrovitch Miusov, que havia de passar grande parte da vida no estrangeiro, era já um moço que se destacava na família pela cultura e certas boas maneiras europeias, adquiridas à sua passagem pelas principais capitais. Declarara-se abertamente partidário do liberalismo que explodia nessa altura, honrando assim a amizade que no decorrer da sua carreira o uniu aos homens mais cultos e avançados da época. Conhecera pessoalmente Proudhon e Bakunin e, durante a velhice, agradava-lhe bastante relatar as jornadas da revolução de fevereiro de 1848, deixando transparecer nas suas palavras a glória que lhe coube nas barricadas de Paris. Esta data guardava, sem dúvida, as recordações mais gratas da juventude. Era dono e senhor de umas mil almas (para designar a sua propriedade à moda antiga) num feudo que, no fim dos arrabaldes da cidade, estava ligado às terras de um famoso mosteiro a cujos monges levantou uma ação interminável logo que entrou na posse da herança, não sei se sobre certo direito de pescar no rio ou de cortar lenha no bosque. O necessário era cumprir o dever de cidadão e de homem culto, e atacar os clérigos de qualquer modo. Quando soube da morte de Adelaide Ivanovna, por quem sentira uma doce inclinação, e o vergonhoso viver de Mitya, quis intervir, ainda que todo o seu sangue jovem fervesse de indignação e desprezo por Fedor Pavlovitch. Visitando este último, expôs-lhe plenamente o desejo de tomar o encargo da educação do filho. Contava, mais tarde, com uma particularidade surpreendente que, quando começou a falar de Mitya, Fedor Pavlovitch o olhou por longo espaço de tempo como se não compreendesse de que rapazinho pudesse estar a falar e se mostrou surpreendido ao saber que tinha um filho em casa. Poderá haver certo exagero nisto, mas aproxima-se muito da verdade. Fedor Pavlovitch passava todo o tempo atuando no palco da vida, ansioso por representar um papel surpreendente, embora destoasse sempre com as circunstâncias episódicas que vivera e sempre com desvantagem para a sua pessoa, como no caso a que nos referimos. Na verdade, este pormenor caracteriza grande número de mortais que põem na sua atuação mais ou menos destreza. Pyotr Alexandrovitch tratou do assunto com energia e conseguiu ser nomeado cotutor com Fedor. Mitya, a quem cabia uma pequena propriedade da herança materna, passou à custódia do tio; mas como o célebre cavalheiro se apressou a regressar a Paris para assegurar as rendas dos seus domínios, deixou o rapaz à guarda de umas primas de Moscovo, e a vida parisiense e os dias agitados da revolução de fevereiro, que tão definitivamente o impressionaram para o resto da vida, distraíram-no até esquecer por completo a tutela. Morta a tia de Moscovo, Mitya foi para casa de outra e creio que continuou a mudar de asilo mais quatro vezes; mas não posso deter-me nesta peregrinação quando me resta tanto para dizer do primeiro filho de Fedor Pavlovitch. Limitar-me-ei a apontar os fatos essenciais que me permitam entrar plenamente na minha história. Digamos, antes de mais, que este Mitya, ou melhor, Dmitri Fedorovitch, foi o único dos três irmãos que cresceu planejando emancipar-se com a sua fortuna ao chegar à maioridade. A mocidade transcorreu-lhe tão desordenada como a infância. Malogrou a carreira empreendida ao entrar numa escola militar; foi enviado ao Cáucaso e obteve promoções; bateu-se em duelos, foi degradado, recuperou as "estrelas" e levou sempre uma vida turbulenta e dispendiosa. Conheceu então o pai, junto de quem o levou somente o propósito de esclarecer a herança. Estas relações não provocaram o menor afeto filial na sua alma nem foram duradouras. Apres-sou-se a partir logo que conseguiu determinada soma e a promessa de futuras remessas dos rendimentos das suas terras, acerca de cujas rendas e valor — caso digno de se notar — não conseguiu quaisquer informações do pai. É também de notar que, naquela altura, começou o pai a perceber os vagos e exagerados planos que o filho forjava para os bens que possuía, o que o contentou grandemente pelo muito que lhe ia facilitar os seus avessos planos. Pensou que o moço, frívolo, arrojado, impetuoso, desleixado e impaciente se daria por muito feliz — pouco lhe importava que passageiramente — por receber dinheiro. Em consequência, resolveu tirar partido desta vantagem, enviando-lhe de quando em quando pequenas somas por conta. E quando, quatro anos mais tarde, Mitya regressou devorado pela ansiedade de regular definitivamente a questão com o pai, soube em terrível sobressalto que nada lhe restava, que recebera já toda a herança em dinheiro, que por vários acordos formulados de antemão, segundo o seu expresso desejo, não tinha direito de esperar nada, etc., etc. Mitya deixou-se abater, receando traições e fraudes que o traziam fora de si. Esta decepção iria provocar a tragédia que consistiu o assunto, ou melhor, a essência da primeira parte da minha obra. Mas, antes, digamos qualquer coisa dos outros dois filhos de Fedor e da esposa de quem os teve.

# Capítulo 3
# Do Segundo Matrimônio e Seu Primeiro Fruto

Fedor Pavlovitch voltou a casar quando Mitya contava quatro anos, casamento este que duraria oito anos. Conheceu a segunda mulher, uma jovem chamada Sofia Ivanovna, numa outra província aonde o levara um negócio de pouca monta em companhia de um judeu; porque apesar de se encontrar sempre bêbado e submerso em vícios, não descuidava acrescentar o seu capital, manejando os assuntos com habilidade e êxito, sempre superiores aos seus escrúpulos. Filha de um obscuro diácono, mas órfã desde a infância, Sofia cresceu em casa da viúva de um general, uma velha opulenta que foi para a moça anjo e verdugo ao mesmo tempo. Não conheço pormenores, mas ouvi dizer que a pobrezinha, toda doença e gentileza, chegou a chorar no chão ao querer entregar o pescoço a um laço corrediço para se libertar das horríveis torturas a que a submetia o capricho insaciável de uma velha que, sem aparentar maldade, se portava como um tirano cruel por puro prazer. Fedor Pavlovitch apresentou ofertas à velha que foram recusadas seguindo o conselho de conhecidos e propôs então à moça a fuga, como no seu primeiro matrimônio. De certeza não teria acedido ela a casar-se por nada deste mundo se conhecesse aquele homem, por pouco que fosse; mas a distância a que vivia e a escassa reflexão de uma jovem de dezesseis anos, pensando que pelo menos se está melhor no fundo de um rio do que amarrada a uma proteção odiosa, decidiram-na a trocar de benfeitor. Fedor Pavlovitch não obteve, desta vez, nem um maravedi, pois da generala só receberam enfurecidas maldições. Bom, verdade se diga que Fedor também não contava com um dote. A rara formosura e a inocência da moça seduziam-no: o seu ar de candura possuía singular atrativo para um depravado que até então só admirara os mais grosseiros tipos de mulher. "Estes olhos inocentes cravam-se-me na alma como na-valhas", dizia com o seu riso falso sem que se pudesse interpretar a metáfora para mais do que uma expressão de afeto sensual. Como quase "a havia libertado da corda que a enforcava", não fazia cerimônia e, declarando-se "prejudicado", valia-se da ilimitada docilidade e submissão de Sofia para ignorar a mais elementar decência da vida conjugal, recebendo libertinas debaixo do mesmo teto e entregando-se a orgias desenfreadas na presença da esposa. Tenho que dizer, para que vejam a que ponto chegaram as coisas, que Grigory, o sombrio, estúpido, teimoso e respondão criado que tinha aversão à primeira mulher, Adelaide Ivanovna, se mostrou decidido partidário desta. Capitaneava a sua causa, injuriando Fedor Pavlovitch de maneira pouco conveniente a um criado e, certa ocasião, desmanchou uma festa, pondo fora de casa, sem cerimônia, todas as amigas do amo. A desgraçada mulher que vivera desde a infância dominada pelo terror acabou por contrair uma dessas doenças nervosas tão frequentes entre as mulheres do povo, a quem se crê "possuídas do demônio". Por vezes, os seus ataques de histerismo faziam-na perder o conhecimento. Deu a Fedor Pavlovitch dois filhos: Ivan, no primeiro ano do matrimônio, e Alexey, três anos depois. Este contava quatro anos quando perdeu a mãe e, por estranho que pareça, consta-me que a recordou, ainda que vagamente, toda a vida. Morta a mãe, os filhos tiveram uma sorte parecida com a do irmão mais velho, Mitya. Ficaram no abandono e esquecimento completos. Também deles cuidou Grigory na sua cabana, de onde os levou a despótica velha que criara a mãe. Incapaz de esquecer o que considerava um insulto de Sofia, durante aqueles oito anos não cessou de obter notícias exatas da maneira como vivia e, a par da doença e da horrível companhia que tinha de suportar, declarou mais de uma vez às suas visitas e amizades: — É bem feito! Deus castigou a ingrata. Transcorreram três meses e uma tarde apareceu de imprevisto a mesma generala, não parando até chegar à casa de Fedor Pavlovitch. Pouco tempo se demorou, mas conseguiu muito. O viúvo da sua protegida, a quem não via desde antes da boda, recebeu-a bêbado que nem um cacho e dizem que quando a velha o viu à sua frente se aproximou dele decididamente e, sem outro preâmbulo que duas sonoras bofetadas aplicadas com mão de mestra, uma em cada face, lhe agarrou o topete e o sacudiu como se de um boneco de trapos se tratasse. Depois dirigiu-se como uma flecha ao pavilhão dos criados em busca dos rapazes e, notando à primeira vista que estavam sujos e cheios de miséria, pregou a Grigory, sem qualquer advertência, um soco em pleno rosto e, anunciando-lhe que levava as duas crianças, embrulhou-as num cobertor, meteu-as no coche e mandou este partir imediatamente. Grigory aceitou o golpe sem pestanejar. Com a resignação de um escravo, acompanhou a velha senhora até à carruagem e despediu-se com uma profunda reverência e estas palavras de ternura — Deus, vos pague a caridade que tendes para com os órfãos. — Tendes todos cabeça de pedra! — gritou-lhe a generala quando o coche arrancou Fedor Pavlovitch chegou à conclusão de que o sucedido era "uma grande coisa" e não viu qualquer inconveniente em dar o seu consentimento formal a quantas propostas lhe fez a viúva do general com respeito à educação dos filhos. Quanto aos sopapos... nem cão nem gato se livrou de ouvir como lhos haviam pregado.

E sucedeu que a velha morreu pouco depois, mas não sem ter deixado no testamento mil rublos a cada criança "para a sua educação; de tal maneira que os usarão eles só e com a condição de que sejam divididos proporcionalmente até que cheguem aos vinte e um anos, pois a soma é mais do que suficiente para esses rapazes". Não li o testamento, mas disseram-me que contém cláusulas originais pelo seu estilo, numa redação caprichosíssima. Afortunadamente, o herdeiro principal, Yefim Petrovitch Polenov, chefe da nobreza da província, era um homem com grande coração. Escreveu a Fedor Pavlovitch e, compreendendo que nada conseguiria de quem, sem negar diretamente nada para a educação dos filhos, só dava opiniões sem interesse, embora mostrando-se efusivo e sentimental, encarregou-se a sós da educação dos órfãos. Inspirava-lhe carinho especial o mais novo, Alexey, que viveu muito tempo como membro da sua família. Rogo ao leitor que dê atenção a isto desde já. Toda a educação e boas maneiras as deveram, os dois irmãos, mais do que a ninguém, a Yefim Petrovitch, homem de alma nobre e bondosa como há poucos. Guardou-lhes os mil rublos e quando chegaram à maioridade receberam a soma duplicada por acumulação de juros. Educou-os à sua custa e gastou, para cada um, mais de mil rublos. Não quero analisar pormenorizadamente a infância e juventude dos dois órfãos: mencionarei somente alguns dos mais importantes acontecimentos. De Ivan direi apenas que criou esse caráter triste e reservado que nada tem a ver com a timidez. Aos dez anos dava-se perfeita conta de que vivia da caridade de gente estranha e de que não podia falar de seu pai sem se envergonhar. Muito cedo, pelo menos assim o asseguravam, revelou uma extraordinária disposição para as ciências. Não sei precisamente a que se deveu o fato de deixar a casa de Yefim, quando contava apenas treze anos, para entrar numa academia de Moscovo, hospedando-se em casa de um célebre professor, amigo do seu protetor. O mesmo Ivan declarou depois que fora tudo causado pela "paixão" que Yefim Petrovitch "sentia pelos livros" e a quem dominava a ideia de que o talento de uma criança requer um guia de talento. Mas nem o mecenas nem o professor eram já deste mundo quando o jovem entrou com os primeiros títulos acadêmicos na universidade. O estudante passou com dificuldades os primeiros anos da carreira universitária porque Yefim não tivera o cuidado de deixar regulada a entrega da herança da tirânica velha e, sofrendo os atrasos que implicam os indispensáveis requisitos na Rússia, teve que ganhar a vida enquanto duraram os seus estudos. É preciso ver que nunca tentou recorrer ao pai, fosse por orgulho, por repugnância ou porque o seu sereno juízo o avisasse de que nenhuma ajuda dali poderia esperar. Não perdeu o jovem, por isso, o alento e teve a sorte de encontrar trabalho ao princípio, dando lições por uma quantia mesquinha e depois escrevendo artigos para jornais sobre ocorrências do dia a dia nas ruas, com a assinatura de "A testemunha ocular". Estes artigos eram tão interessantes e mordazes, segundo contam, que não tardaram em alcançar um notável êxito. Isto já prova a superioridade prática e intelectual do estudante sobre a massa desses necessitados e infelizes de ambos os sexos que pululam pelos escritórios e redações, incapazes de oferecer outros serviços que não sejam os de copiar artigos e traduzir do francês. Adquiriu relações entre os escritores, soube conservá-las e, nos seus últimos anos de carreira, publicou brilhantes críticas de livros que lhe deram fama nos círculos literários. No último ano de curso conseguiu chamar a atenção fora do reduzido círculo dos seus leitores, adquirindo certa popularidade. Foi um caso curioso. Terminados os estudos, preparava-se para uma viagem ao estrangeiro com os seus dois mil rublos quando publicou num dos mais procurados periódicos um oportuno artigo que despertou o interesse geral, sobre um assunto que poderíamos pensar seria desconhecido por completo a um estudante de ciências naturais. Falava da atuação dos tribunais eclesiásticos, tema muito discutido naqueles tempos. Depois de estudar várias opiniões, dava a sua, sendo o mais surpreendente o tom e o inesperado das conclusões do artigo. Grande parte do clero acolheu-o indiscutivelmente como defensor da sua causa; exaltaram-no os leigos e mesmo os ateus lhe deram aplausos, até que algumas pessoas, mais sagazes ou clarividentes, opinaram que o artigo se reduzia a uma sátira audaz, a uma burla insolente. Aponto este feito porque o artigo produziu um desconcerto dos diabos na comunidade do nosso vizinho mosteiro a que importava de maneira especial o comportamento dos tribunais. O nome do autor não os orgulhou pouco ao saberem que era da cidade e nada menos que filho "desse Fedor Pavlovitch". E com isto chegou o próprio autor até nós. Recordo que eu mesmo fiquei inquieto perguntando-me porque teria vindo e não encontrei explicação suficiente para a causa dessa malfadada visita que ocultava a origem de gravíssimas consequências. Pensando bem, é de surpreender que um jovem culto, orgulhoso e precavido habitasse uma casa tão mal-afamada com um pai desnaturado que nunca lhe prestou atenção, sabendo apenas vagamente que existia, e que por nada do mundo lhe teria prestado a menor assistência. Aliás, temera sempre que Ivan e Alexey lha pudessem pedir. Ivan alojou-se em casa dele e viveu nela nas melhores relações durante dois meses. E era isto que causava admiração tanto aos outros como a mim. Pyotr Alexandrovitch Miusov, de quem já falamos, viera de Paris visitar as suas propriedades e recordo que se mostrou mais surpreendido do que ninguém ao conhecer o jovem cujo trato lhe interessava em extremo e com quem discutia às vezes, amargando-lhe intimamente a vantagem que o jovem levava sobre si em conhecimentos. — O seu orgulho — afirmava — não lhe permitiria mendigar nada. Além disso, o que tem chega e sobra-lhe para partir para o estrangeiro. Que espera daqui? Salta à vista que não se deixa ficar por interesse, pois seu pai nunca lhe daria um centavo. Não é amigo de bebidas nem de folguedos e o pai nada pode fazer sem ele. Se vivem como dois íntimos!... E era verdade que exercia evidente influência sobre o pai. Conseguiu este portar-se com mais decência e a todo o momento se mostrava disposto a obedecer ao filho, embora sempre, e apesar de tudo, continuasse sendo um pervertido.

Mais tarde soubemos que a vinda de Ivan se devia, em parte, ao pedido e interesse de seu irmão Dmitri, que conheceu então, mas com quem, antes de deixar Moscovo, mantivera correspondência sobre um assunto que interessava mais ao outro que a si. Saberão oportunamente de que se tratava. Mas embora conhecendo estas circunstâncias especiais, não me pareceu menos enigmático o caráter de Ivan, nem menos misteriosa a sua visita. Acrescentarei que por essa altura deixou bem clara a sua mediação no conflito surgido entre o pai e Dmitri, que ruminava sempre como armar-lhe contenda. Já disse que os irmãos se reuniam e conheciam pela primeira vez, e embora Alexey viesse um ano antes é-me mais difícil falar dele do que dos outros. Mas darei alguns antecedentes, ainda que só para vos explicar a sua tomada de hábito. Estava no nosso mosteiro e parecia contentíssimo com a sua vida de convento.

## Capítulo 4
## Aliocha

Por esta altura contava vinte anos, seu irmão Ivan tinha vinte e três, e vinte e sete o mais velho, Dmitri. Declaro que este Aliocha não era fanático e ainda estou convencido de que não chegava a místico. Prefiro dar a minha sincera opinião desde o princípio, dizendo que era simplesmente um precoce filantropo e que elegeu a vida monástica porque o seduziu então como uma porta que se lhe abria nas trevas da iniquidade mundana às claridades da paz e do amor. E levou-o a lançar-se-lhe com júbilo o ser extraordinário que, lá dentro, lhe estendia os braços: o nosso famoso e venerável Zossima, a quem se ligou com todo o afeto do seu ardente coração. Não negarei que, por esses tempos, era dominado por um caráter muito raro e que foi original desde o berço. Já afirmei que manteve toda a vida a recordação do rosto da mãe e das suas carícias: "Parece que a estou a ver ao meu lado." É sabido que tais recordações se podem guardar desde uma idade muito tenra, mesmo a partir dos dois anos, mas só como vislumbres nas trevas da vida, como fragmentos de um quadro que escapou aos agentes que borravam o resto da pintura. Assim se guardavam dentro de si. Recordava uma janela aberta à tênue brisa de uma tarde de verão; os fracos raios do Sol poente foi o que melhor impresso ficou na sua mente. Num recanto da sala, uma imagem bendita ante a qual ardia uma lamparina e se prostrava sua mãe, agitada por soluços, como que atacada de histerismo, em pranto clamoroso, segurando-o nos braços, apertando-o contra o seio a ponto de o magoar, rogando pela criança à Mãe de Deus e erguendo-o depois até à imagem como que para pô-lo sob a proteção da Virgem... e logo aparecia uma criada que o arrancava com terror do regaço maternal. Era este o quadro. O rosto da mãe, naquele transe, estava iluminado pelo delírio, mas formosíssimo, segundo confessava o filho aos raros confidentes desta visão retrospectiva. Desde criança mostrou-se muito pouco expansivo. Detestava tanto a loquacidade quanto amava o silêncio, e não por desconfiança, mau humor ou misantropia, mas por certa preocupação íntima e pessoal que em nada se relacionava com o próximo, mas tão arraigada que ameaçava afastá-lo de todos. E a verdade é que queria tanto ao próximo que se bem que ninguém pudesse tomá-lo por bobo ou incauto, parecia ter-lhe confiado implicitamente toda a sua vida. Certas delicadezas de trato deixavam transparecer que não se permitia julgar os demais, que nunca tomaria o direito de criticar os atos alheios nem condenar ninguém por coisa alguma. Vivendo aos vinte anos no lar paterno convertido num asqueroso lugar abominável, retirava-se em silêncio quando a sua pureza não suportava certas cenas, mas sem deixar sequer antever que mereciam desprezo e maldição. O pai, que além de ser impertinente e brigão recordava os próprios anos de parasita, olhava-o a princípio com receio e resmungando sempre: "Nada diz, mas cisma muito." Onde quer que fosse, este moço conquistava logo a estima de quem com ele tratava. Quando chegou à casa senhorial do seu benfeitor Yefim Petrovitch Polenov, toda a família ficou presa a ele até ao ponto de o tratar como a um filho. A sua tenra idade permite atribuir isto aos desígnios de conquistar afeto com artifícios. Fazia com que lhe quisessem espontaneamente por uma virtude inata que brotava, por assim dizer, da sua alma e do seu sangue. E o mesmo sucedia na escola, embora se assemelhasse a um desses rapazes destinados a atrair a desconfiança, a burla e a malvadez dos companheiros, porque era meditabundo e apartadiço, e desde os primeiros anos gostava de se retirar para um canto para ler tranquilamente. Contudo, foi o favorito enquanto frequentou a escola e, embora raramente o vissem divertido ou jovial, ninguém lho levava a mal sabendo-o franco e bondoso. Nunca tentou distinguir-se entre os companheiros e talvez por isso não temesse ninguém. Os próprios rapazes compreenderam que não era orgulhoso de si mesmo e parecia não se precaver com o seu ânimo e valentia. Nunca se mostrou ofendido e quando isso se justificaria, dirigia a palavra ou respondia a quem o injuriava com tal confiança e candura que ninguém acreditaria que se tivesse passado alguma coisa. E não é que se esforçasse por esquecer a afronta, mas que não se considerava nunca ofendido. Isto cativava os companheiros. É de notar uma característica a que ficou a dever o fato de todos os rapazes se juntarem para rir de Alexey, mais por vontade de se divertir do que por malícia. Não podia ouvir certas palavras e conversas alusivas ao outro sexo. Há certas frases picantes tão arraigadas entre os estudantes que até rapazes puros de coração e pensamento, quase ainda crianças, mostram uma afeição desmedida em as referir em voz alta relacionando-as com pinturas e imagens, com tal à vontade que ruborizariam até um soldado. Muitos veteranos ignoram certos pormenores muito familiares aos jovens da nossa classe alta e intelectual. E não é depravação amoral ou cinismo, embora talvez pareça, que os envaidece como se se tratasse de uma prova de refinamento, de masculinidade, de agudeza, de algo estimável e digno de imitação. Mas Aliocha tapava os ouvidos para não ouvir obscenidades e então os seus condiscípulos afastavam-lhe as mãos à força e lançavam-lhe uma rajada de grosserias de cada lado, enquanto ele opunha resistência conforme podia, caía ao chão e tratava de se escapulir sem uma palavra de recriminação, suportando os insultos em silêncio. Acabavam por deixá-lo e até pararam de lhe aplicar a alcunha de "menina", vendo no seu recato natural uma debilidade digna de compaixão. É preciso ainda dizer que era dos mais aplicados, embora nunca alcançasse o primeiro lugar na classe.

Quando morreu Yefim Petrovitch, faltavam dois anos a Aliocha para acabar os estudos na academia da província. A inconsolável viúva partiu em seguida para uma grande viagem por Itália, em companhia das filhas, e Aliocha passou a viver com duas senhoras, parentes longínquas de Yefim a quem nunca vira. Isto pouco importava ao jovem; nunca o preocupou quem o mantinha. Oferecia um verdadeiro contraste com o irmão, Ivan, que lutou com necessidades durante os primeiros anos da sua carreira, mantendo-se com o próprio esforço e a quem amargurava, já em criança, pensar que vivia da caridade. Mas no meu entender esta particularidade de Aliocha não se deve criticar muito severamente, pois por pouco que se o conhecesse descobria-se nele um desses jovens do tipo dos religiosos entusiastas que, se entram de repente na posse de uma fortuna, não tardam a desfazer-se dela em obras de caridade ou em favor do primeiro malandro que lhes aparece. Ignorava o valor do dinheiro; claro que não num sentido literal, e quando obtinha algum, sem nunca o pedir, era-lhe igual gastá-lo num momento ou deixá-lo para sempre no bolso por não saber que fazer-lhe. Anos atrás, Pyotr Alexandrovitch Miusov, homem muito impressionável no tocante a riquezas, dizia de Aliocha: — É uma pessoa a quem poderíeis abandonar com os bolsos vazios entre um milhão de habitantes sem lhe causar grande dano; não morreria de fome nem de frio, embora não conhecesse ninguém. Alguém lhe ofereceria num momento amparo e alimentação e, quando não, ele mesmo encontraria, sem esforço nem humilhação, um protetor a quem, longe de se lhe tornar uma carga, proporcionaria verdadeiro prazer. Um ano antes de terminar os estudos na academia anunciou às senhoras que partia para ver o pai a fim de resolver um assunto.

As senhoras, ainda que desgostosas e cheias de pesar, não lhe consentiram que empenhasse o relógio, preciosa recordação do seu benfeitor, para a custosa viagem. Entregaram-lhe dinheiro de sobra e equiparam-no esplendidamente de roupa. Aliocha devolveu-lhes metade da quantia monetária, declarando o seu desejo de viajar em terceira classe. Ao chegar à cidade, e à pergunta do pai por que vinha sem acabar os estudos, não deu resposta e permaneceu algumas horas como que absorto. Logo se deu conta de que queria visitar a campa da mãe e, ao princípio, desejou veementemente que fosse este o único objetivo da sua viagem; mas era demasiado difícil admitir que não havia outro motivo.

Provavelmente, o próprio Aliocha não compreendia ou não podia explicar que voz imperiosa se fazia ouvir na sua alma, obrigando-o a tomar uma senda nova, desconhecida, mas inevitável. Fedor Pavlovitch não sabia dizer onde se encontrava enterrada a segunda mulher. Desde que lançara os primeiros punhados de terra sobre o ataúde, não se preocupara em voltar mais ao cemitério, e com os anos esqueceu por completo o sítio onde fora aberta a cova.

Além disso, Fedor Pavlovitch não estivera sempre na cidade. Três ou quatro anos após a morte da mulher viajou pelo Sul da Rússia e instalou-se em Odessa durante vários anos. Começou, segundo contava, relacionando-se com "uma porção de judeus maltrapilhos e toda a sua parentela, e acabou por ser admitido em casa dos mais endinheirados com a mesma consideração que na dos mais miseráveis". É de supor que nessa altura se desenvolveu nele uma pequena destreza para adquirir e amontoar dinheiro. Chegou à nossa cidade só três anos antes de Aliocha. As antigas amizades acharam-no terrivelmente envelhecido, ainda que muito distante da senilidade. O velho manhoso mostrava-se muito próspero a difundir a sua vaidade entre os outros; a sua depravação com mulheres era ainda mais repugnante e, em pouco tempo, semeou a comarca de tabernas. Dono de cem mil rublos, ou pouco menos, muitos vizinhos da cidade e conterrâneos lhe ficaram prontamente devedores e estavam, portanto, a bom recato. Mais tarde parecia muito inchado, mais irresponsável, mais vaidoso e incoerente; começava uma coisa, logo a abandonando para começar outra, como se estivesse transtornado. Cada dia eram mais frequentes as suas bebedeiras e, se não fosse o criado Grigory, que também envelhecera consideravelmente e o tratava como um tutor, ter-se-ia visto em gravíssimos apuros. A chegada de Aliocha pareceu afetar a sua moralidade, como se despertasse qualquer coisa que, havia tempo, estava morta na alma daquele velho. — Sabes que te pareces imenso com a pobre louca? — perguntava ao contemplar a semelhança entre o filho e a mãe. E foi Grigory quem mostrou a Aliocha a campa da "pobre louca", como lhe chamava o viúvo. Acompanhou-o até ao cemitério e mostrou-lhe, num canto afastado, um modesto epitáfio de ferro fundido com o nome e a idade da defunta e a data da sua morte e, abaixo, uma estrofe segundo a moda antiga da classe média. Surpreendeu o jovem que tudo aquilo fosse obra de Grigory; este colocara o epitáfio sobre a sepultura da "pobre louca", pagando-o do próprio bolso quando se cansou de o pedir em vão ao amo antes da partida deste para Odessa sem ter cuidado da campa nem de nada. Aliocha não revelou grande emoção perante o espaço de terra onde jazia sua mãe e escutou cabisbaixo o relato solene e minucioso da construção do simples monumento, retirando-se em seguida sem articular palavra. E já não voltou ao cemitério senão depois de passado, pelo menos, um ano. Este episódio tão insignificante influenciou Fedor Pavlovitch de maneira bem original. Num arrebatamento, pegou em mil rublos e deu-os ao mosteiro para que dissessem missas de réquiem por sua mulher; não pela mãe de Aliocha, a "pobre louca", mas pela primeira, Adelaide Ivanovna, que parecia assombrá-lo. Embriagou-se naquela mesma noite e encheu de injúrias os monges, em frente de Aliocha. Longe de ser devoto, pode dizer-se que nunca na sua vida acendeu uma vela a um santo; mas com frequência se dão tais tipos a esses súbitos impulsos de sentimentalismo.

Já apontei que parecia inchado. Os traços do rosto eram testemunho fiel de toda a sua vida relaxada. Por entre os enormes papos que existiam nele viam-se uns olhos pequeninos que encaravam as pessoas sempre descaradamente, entre suspeitosos e irônicos; as rugas que sulcavam as faces e a nudez da garganta que se destacava em várias papadas sob a barba pontiaguda davam uma impressão repulsiva de sensualismo. A boca abria-se, demasiado grande e de lábios grossos, por onde espreitava a ruína de uma dentadura em péssimo estado. Começava sempre a falar arfando. Gostava de se servir do próprio rosto para gracejar, mas creio que o satisfazia possuí-lo; por qualquer coisa dedicava um cuidado especial ao nariz, de conspícuo e delicado perfil aquilino. — Um perfeito nariz de romano — comentava com orgulho. — Com a minha barbicha, tenho todo o aspecto de um velho patrício na decadência.

Poucos depois, Aliocha comunicava-lhe sem preâmbulos o seu maior e mais santo desejo de entrar no convento, onde já o aguardavam os monges de braços abertos, e pedia-lhe a necessária autorização. O astucioso velho, que adivinhava quão vivamente o venerável Zossima, que vivia num retiro no eremitério, impressionara o seu "belo rapaz", escutou o pedido pensativo e em silêncio, e sem deixar antever a menor surpresa começou em jeito de sermão:

— Este é o mais honrado dos monges, desde já. Bem! Com que então queres viver com ele, meu belo rapaz!... Estava quase bêbado e gesticulava com esses gestos lentos em que o alcoólico parece tentar uma infeliz luta. — Bem! Já pressentia que acabarias com qualquer coisa nesse estilo. Acreditas em mim? E fazes bem, caramba! Já tens os dois mil rublos que serão o teu dote; além disso, nunca te abandonarei, meu anjo; darei por ti tudo o que me pedirem, se mo pedirem. Mas claro que se nada pedem, por que havemos de nos atormentar? Não te parece? Afinal tu não gastas mais do que um canário, dois grãos por semana. Bom! Sabes que junto de um convento há sempre um lugar onde nem as crianças ignoram que vivem as "mulheres dos monges", como lhes chamam? Trinta fêmeas, creio! Eu mesmo as vi. Digo-te que são de primeira, pois que na variedade está o gosto. O mal é que todas são russas de respeito; não há francesas. Claro que lhes sobra dinheiro para as poderem trazer quando quiserem. Se soubessem como é bom, fá-las-iam acudir de todo o lado. Bom, aqui não há nada disso: os monges não têm amigos, vivem honestamente e jejuam, concedido... Bom, bom... Com que então desejas fazer-te monge? Digo-te que me causa verdadeira tristeza a nossa separação, Aliocha. Queres acreditar que te idolatrava? Bem, és uma dádiva da providência; tu rogarás por nós, pecadores, porque se pecou muito, muito nesta casa. Sempre me preocupei sem saber quem quereria rezar por mim e duvidava se encontraria alguém no mundo que quisesse encarregar-se desse trabalho, porque se me vens com rezas e pregações tenho que confessar-te que sou um solene estúpido! Não fazes ideia!... Um solene estúpido! Mas repara; por parvo que seja em assuntos celestiais, pensei neles. Pensei algumas vezes, não julgues que foi sempre. É impossível que, quando morrer, os diabos não deixem de me arrastar com as suas cadeias. E o que me intriga são as cadeias. De onde as tiram? De que são? De ferro? Em que lugar se forjam? Possuem lá uma forja? Os monges do mosteiro devem crer que no inferno há um teto, por exemplo. É mais distinto, mais explicável, mais luterano, isso é. Depois de tudo, pouco importa que haja ou não haja teto; mas esse teto implica uma endiabrada questão, sabes? Se lá não existem fábricas, não pode haver cadeias, e se não há cadeias vem tudo por água abaixo e não temos mais em que pensar; o que também é inverossímil porque, então, como me arrastariam para o inferno? E se não me arrastam para o mais fundo, que justiça há neste mundo? *Il faudrait les inventer*, estas cadeias, mesmo que só para mim, porque se tu soubesses, Aliocha, que patife eu sou...

— Mas ali não fazem falta as cadeias! — assegurou Aliocha, olhando seu pai com doçura e seriedade.

— Sim, sim; já nem há sombras das cadeias. Já sei, já sei. Ouve como um francês pinta o inferno: *J'ai vu l'ombre d'un cocher, qui avec l'ombre d'une brosse frottait l'ombre d'une carosse*. Mas quem te disse que não existem tais cadeias, querido? Quando estiveres entre os monges, dançarás a outro compasso. Parte e procura a verdade, e então vem dizer-me o que há de certo. Qualquer caminho para o outro mundo nos será mais cômodo se soubermos o que ali se passa. Além disso, é mais conveniente para ti a companhia dos monges do que a de um velho bêbado e a de mulherzinhas... embora, como és um anjo, nada te manche. Era capaz de jurar que nem lá diminuirá a tua pureza; deixo-te ir, porque assim o espero. Agora pões nesse teu desejo todos os sentidos, toda a inteligência. Ao princípio arderás até te consumires, mas em se acabando a tua fogosidade voltarás para casa. Aqui te aguardarei; vejo que és a única pessoa no mundo que não me condena. Acredita em mim, meu filho, que o adivinho; não posso deixar de o adivinhar. E começou a choramingar. Era um sentimental; tão malvado como queiram, mas um sentimental.

## Capítulo 5
## O Presbítero

Talvez alguém pense que Aliocha seria um jovem doente, pálido e consumido por devoções e desmaios. Mas não; era um moço de dezenove anos, de estatura regular, rosto corado e olhar claro e simpático. O cabelo castanho escuro enquadrava um rosto de linhas harmoniosas, delicadamente ovaladas, com testa espaçosa e olhos rasgados e brilhantes. Tudo isto lhe dava um ar concentrado sem perda da sua tranquilidade. Seria preciso afirmar que o rosto corado não é incompatível com o misticismo e o fanatismo, mas parece-me que Aliocha era tão realista como qualquer outro. Sim, não nego que o mosteiro acreditaria de todo em milagres; mas no meu entender os milagres não são nunca uma pedra de escândalo para os realistas, nem os predispõem a acreditar. O verdadeiro realista, que também seja incrédulo, sempre encontrará forças e argúcias para negar o milagre, e se dá com ele como um feito irrefutável preferirá não dar fé aos seus sentidos a admitir o acontecimento. E se o admite, tê-lo-á como um fenômeno natural que está ainda fora da investigação científica. Para um realista não nasce a fé do milagre, antes o inventa, e quando o realista crê chega mesmo a confiar ao seu realismo a aceitação do milagre. O apóstolo Tomé disse que não creria sem primeiro ver, mas quando viu exclamou: "Meu Senhor e meu Deus!" Será que acreditou obrigado pelo milagre? Não é provável; acreditou apenas porque desejava acreditar e é possível que no seu coração já acreditasse quando dizia: "Não acreditarei enquanto não o vir."

Talvez tenha deixado suspeitar que Aliocha era de pouco alcance, pouco desenvolvido, que abandonou os estudos e outras coisas. No que respeita aos estudos é verdade; mas dizer que era estúpido ou duro de compreensão seria uma grande injustiça. Decidiu-se a mudar de vida, como antes disse, por considerá-lo um meio de elevar a alma acima das trevas. Isso sem contar que, até certo ponto, pertencia a esses jovens da passada época que, guiados pela sua honradez nata, procuravam a verdade crendo nela e estavam prontos a colocar ao seu serviço todas as suas forças, toda a sua atividade e a sacrificar-lhe tudo, mesmo a própria vida. Infelizmente, esses jovens não compreendem que o sacrifício da vida é, em muitos casos, o mais fácil e o de cinco ou seis anos, por exemplo, da sua fogosa juventude, que lhes pode permitir multiplicar por dez os meios de serem úteis à verdade e à causa que querem servir, é um sacrifício superior às forças de muitos. O caminho que Aliocha seguiu também ia em sentido oposto, mas empreendeu-o com um ardente desejo de heroísmo. Desde que começou a refletir seriamente convenceu-se da existência de Deus e da Imortalidade e, em seguida, dizia como que por instinto: "Quero viver para a vida eterna, afastado de tudo o que a possa comprometer." Se tivesse decidido que nem Deus existia nem a sua alma era imortal, ter-se-ia declarado do mesmo modo socialista ou ateu, porque o socialismo não é meramente um problema de trabalho: antes do mais, é a forma em que se apresenta hoje o ateísmo, é o problema da Torre de Babel construída nas costas de Deus, não para subir da terra ao céu, mas para que o céu desça à terra. Ao jovem, era superior a si mesmo continuar a viver como até então; chegou a ser-lhe impossível, depois de ver o que estava escrito: "Se queres ser perfeito, dá o que tens aos pobres e segue-me." E Aliocha pensava: "Poderei eu entregar dois rublos em vez de tudo e contentar-me em ir à missa em vez de O seguir?" Talvez que as recordações de infância o fizessem inclinar-se para o convento a cuja igreja a mãe o levava com frequência; trabalhassem poderosamente na sua vocação os raios de um sol caduco e a santa imagem a quem o oferecera um dia a "pobre louca" ou, preocupado com a ideia da perfeição, talvez tivesse vindo a casa verificar se poderia desprender-se de tudo o que o rodeava ou apenas dos "dois rublos", e o Presbítero faria o resto...

Permiti agora que explique o que era um presbítero nos mosteiros russos. Custa-me não estar perfeitamente documentado, mas tentarei dar uma ideia superficial em meia dúzia de palavras. Cronistas autorizados afirmam que a instituição dos Presbíteros não data de mais de um século entre nós, embora a igreja ortodoxa do Oriente, com mais profundas raízes nos montes Sinai e Athos, tenha mais de mil anos de duração. Há quem defenda essa antiguidade na Rússia, mas que desapareceu entre as calamidades que transtornaram este país: os tártaros, a guerra civil, a interrupção de relações com o Oriente depois da ruína de Constantinopla, até que um dos grandes "ascetas", como chamam a Paissy Velitchkovsky e os seus discípulos, a restauraram. Hoje são poucos os mosteiros russos que gozam da graça de ter um presbítero, alguns dos quais ou se viram perseguidos como inovadores odiosos ou adquiriram sumo poderio, como os célebres de Kozetsk e Optin. Como e quando se introduziu esta instituição no nosso mosteiro, não poderei dizê-lo; só sei que Zossima era o último dos quatro que teve, que estava já muito acabado devido aos jejuns e doenças, não havendo ninguém que o pudesse substituir, o que era um grave problema para um mosteiro que não se distinguiu em nada até ali, nem em relíquias de santos, imagens prodigiosas, tradição de glória, ou por uma simples proeza histórica. Gozou de prosperidade e estendeu o seu nome por toda a Rússia graças ao prestígio dos seus Presbíteros a quem visitavam milhares de peregrinos procedentes de todo o lado. O que é um presbítero? Um presbítero apodera-se da vossa alma e vontade para moldá-las à própria alma e vontade. Ao eleger a sua direção espiritual submeteis-vos abnegadamente renunciando a vós mesmos. A este noviciado, a esta escola de renúncia, entram de livre vontade os que anseiam pela conquista e domínio de si mesmos a fim de alcançarem através de uma vida de obediência a liberdade perfeita, desligados de toda a paixão que promove a própria desconfiança. Nenhuma teoria esclarece esta instituição formada no Oriente por mil anos de prática. O compromisso que contrai o devoto de um Presbítero não se limita à obediência vulgar que se observa em qualquer convento, pois que fica obrigado à confissão e a unir-se-lhe por laços indissolúveis. Contam que, nos primeiros anos do cristianismo, um noviço desobediente ao presbítero abandonou o seu mosteiro na Síria e chegou ao Egito onde, depois de feitos muito importantes, mereceu sofrer o martírio. Quando a Igreja lhe tributava honras de santo, pois que por tal o conhecia, dizem que quando o diácono proferiu "Saiam os profanos" o féretro que continha o corpo do mártir se moveu precipitando-se para fora do templo. Três vezes se repetiu o prodígio. Perceberam então que aquele santo tinha quebrado o voto de obediência e não poderia ser perdoado, com todas as suas virtudes, sem a absolvição do Presbítero a quem abandonara. Só depois de obtida esta, puderam levar a cabo os funerais. Bom, é uma velha lenda, mas conto em seguida um exemplo recente: Um monge recebeu do seu Presbítero a ordem de sair de Athos, que era um lugar sagrado e um porto de refúgio; teria de visitar o Santo Sepulcro e partir logo para o Norte da Sibéria, porque "é ali o teu posto e não aqui". Abatido, pesaroso, dirige-se o monge ao Patriarca ecumênico de Constantinopla solicitando-lhe que o dispense da sua obediência. O Patriarca responde que não pode fazer-lhe a vontade, pois não há poder na terra que possa valer-lhe a não ser o do próprio Presbítero a quem se havia submetido. Em certos casos, os Presbíteros achavam-se revestidos de uma autoridade sem limites, inexplicável, a que se deveu a resistência e quase perseguição que em alguns conventos lhes foi oposta. Não obstante, esses seres atraíam imediatamente a vontade e simpatia do povo ignorante e de bom número de pessoas de posição, que acudiam em massa aos nossos mosteiros para lhes expor as suas dúvidas, os seus pecados e misérias, e pedir conselho e penitência. Gritavam os inimigos que isto depreciava a confissão de maneira arbitrária, embora o direito que tinham o monge e o leigo de abrir os seus corações não participasse em absoluto do caráter sacramental. A instituição acabou por prevalecer. Claro que este instrumento que deu testemunho durante dez séculos da regeneração moral do homem que passa da escravidão à liberdade e perfeição espiritual podia ser uma arma de dois gumes e conduzir tanto à humildade e a uma pronta tranquilidade de consciência como à mais satânica soberba; quero dizer, à servidão e não à liberdade.

O venerável Zossima andava nos sessenta e cinco anos. Pertencia a uma casa abastada e na sua juventude fora militar e servira como oficial no Cáucaso. Algum dote peculiar o devia ter prendido a Aliocha, a quem amava e por quem se deixava tratar. O jovem vivia na cela do velho, desligado de obrigações e com liberdade para ir aonde lhe apetecesse, podendo mesmo permanecer ausente durante vários dias. Usava o hábito por gosto, para não se diferenciar dos outros noviços. É possível que a fama e a autoridade do Presbítero agitassem vivamente a sua imaginação juvenil, pois dizia-se que tantas e tantas almas haviam confessado ao Padre Zossima as suas culpas, pedindo-lhe palavras de consolo e de saúde, que chegou a adquirir uma pronta intuição em saber à primeira vista o que desejava um desconhecido e descobrir-lhe as inquietações da consciência. Com frequência surpreendia e alarmava quem o visitava dizendo-lhes os segredos antes que falassem. Notava Aliocha que muitos, quase todos, se aproximavam pela primeira vez com temor assustado e partiam de rosto radiante de felicidade, e admirava-se de que o ancião se mostrasse sempre mais propenso à alegria do que à austeridade. Dizia-se no convento que exercia especial atrativo sobre os maus e despertava mais amor nos outros pecadores. Alguns monges chegaram até a odiá-lo por inveja, e entre os invejosos, que eram poucos e calados, havia monges de grande prestígio, como um dos mais velhos, que se distinguia sempre pelo rigor dos jejuns e do silêncio. A maioria defendia o Padre Zossima e amava-o com toda a alma, sem que faltassem os devotos fanáticos que declaravam em voz baixa estar fora de dúvida a santidade do Presbítero. Como vissem perto o seu fim, prometiam-se milagres, gozando adiantadamente a imensa glória que havia de alcançar o mosteiro com as suas relíquias... Aliocha tinha uma fé tão inquebrantável na virtude taumaturga do Presbítero como na história do féretro que se precipitou para fora da igreja. Vira muita gente procurá-lo para que impusesse as suas mãos sobre os filhos ou parentes doentes e logo, talvez mesmo no dia seguinte, despedir-se dele chorando e ajoelhando-se a seus pés em ação de graças por lhes haver obtido a saúde. A Aliocha não se punha a questão de tais fenômenos serem verdadeiras curas ou simples períodos de melhoria; acreditava firmemente no poder do mestre e regozijava-se com a sua fama, na sua glória, sentindo-se participante de todos os triunfos. Batia-lhe fortemente o coração, subindo-lhe ao rosto uma chama de alegria sempre que se apresentava com o seu diretor a um grupo de romeiros que, vindos de todos os cantos da Rússia, esperavam vê-lo obter-lhe a bênção. Prostravam-se em frente, choravam, beijavam-lhe os pés e a terra que pisava, enquanto as mulheres gemiam oferecendo os filhos e arrastando para perto dele os "endemoninhados". O Presbítero dirigia-lhes a palavra, lia uma breve oração e, dando-lhes a bênção, despedia-os. Ultimamente, os seus achaques deixavam-no tão abatido que raras vezes abandonava a cela, e os que haviam peregrinado para o ver tinham que esperar vários dias até que recobrasse um pouco de ânimo. Não maravilhava Aliocha aquele amor tão provado, nem que as pessoas chorassem com emoção ao contemplá-lo; compreendia bem que para os camponeses simples, oprimidos por penas e trabalhos e ainda mais por inúmeras injustiças e maldades próprias e de toda a gente, nada há de mais necessário e consolador que ter um santo ou algo que seja santo perante quem se prostrar em adoração. "Vivemos em pecado e em iniquidade, cedendo à tentação, mas em algum lado há um eleito, um santo graças ao qual não foge a terra debaixo dos nossos pés; porque ele mantém pura a verdade que há de luzir um dia em nós para reinar em todo o mundo, como nos foi prometido." Pensava Aliocha que assim sentia e raciocinava o povo, e enquanto o Padre Zossima fosse o santo custódio da verdade divina abundava em si próprio o mesmo convencimento dos aldeãos que choravam de simplicidade, e das mulheres que mostravam os seus filhos. A certeza de que proporcionaria na morte dias de glória ao mosteiro estava mais arraigada nele do que em qualquer outro e acabou por inflamar o seu coração em chamas de êxtase divino. A presença do Presbítero como único exemplo de santidade não o perturbava no mínimo porque pensava: "Que importa? Ele é santo e tem na sua alma o segredo da regeneração universal, esse poder que estabelecerá por fim a verdade sobre a terra. Todos os homens serão então bons, amar-se-ão uns aos outros e não haverá mais pobres nem ricos, grandes nem pequenos, porque todos serão filhos de Deus e o verdadeiro reino de Cristo será nosso."

A chegada dos seus dois irmãos impressionou-o grandemente. Deu-se com mais intimidade com Dmitri, o último a chegar, do que com Ivan. Encontrava-se este já havia dois meses na cidade e ainda se não tratavam com afabilidade, embora se vissem com frequência e o noviço sentisse um extraordinário afeto por ele. Aliocha era calado por natureza, parecia recolhido em si mesmo e envergonhado, e Ivan, que ao princípio lhe falava com muita curiosidade, depressa se manifestou desinteressado de todo. Aliocha notou-o com certa pena, atribuindo-o à diferença de idades e educação; mas pensou logo que esta falta de carinho e simpatia podia obedecer a outras causas inteiramente desconhecidas. E imaginou Ivan embrenhado em problemas importantes, empenhado nalgum de difícil solução que não lhe deixava tempo para pensar em si. Também suspeitou que podia haver algum desdém por parte de um sábio incrédulo contra um noviço infeliz, pois sabia que seu irmão era ateu. Contudo, não se ofendeu por aquele desdém, se é que o havia, antes, com certo sobressalto do seu íntimo que nem ele compreendeu, apreciava a companhia do irmão. Dmitri falava-lhe de Ivan com grande respeito e admiração, e por ele soube com minúcia do negócio que unia os dois irmãos mais velhos em estreita amizade. Os elogios tributados por Dmitri realçavam Ivan aos olhos de Aliocha, tanto mais quanto o primeiro era um inculto ao lado do segundo e ambos ofereciam tal contraste que com dificuldade se encontraria duas pessoas de caráter mais oposto.

Nessa altura levou-se a efeito o encontro ou reunião desta família heterogênea na cela do Presbítero. O pretexto foi a tensão de relações, que estavam a ponto de se romper entre Dmitri e o pai. Este sugeriu a ideia da reunião na cela do Padre Zossima para que, sem apelar para uma intervenção direta e tão só sob a influência da sua presença conciliadora, pudessem chegar a entender-se. Dmitri, que não conhecia o Presbítero, acreditou que o pai tratava de o intimidar; mas no fundo sentia os arrebatamentos a que se deixava levar com ele e aceitou o compromisso. Tenho que advertir que não vivia, com Ivan, na casa paterna, mas só, no outro extremo da cidade. Pyotr Alexandrovitch Miusov, que passava justamente aquela temporada na comarca, acolheu a ideia com entusiasmo. A um liberal dos pés à cabeça, livre pensador e ateu, não podia guiá-lo mais do que a ideia de se distrair; o caso é que se apoderou dele o mais vivo desejo de visitar o mosteiro e o santo varão. Todavia não estava terminado o seu assunto e desejou ver o superior sob pretexto de combinar tudo amigavelmente. Uma visita chegada com tão nobres propósitos, por força havia de ser recebida mais acolhedora e atenciosamente do que a de curiosos excursionistas. Procuraram-se influências do mesmo mosteiro para que se lhes abrissem as portas do Presbítero, que já há algum tempo se via na obrigação de as ter fechadas mesmo aos seus devotos. Por fim decidiu-se a recebê-los e foi fixado o dia. — Quem me pôs de juiz perante eles? — perguntou, sorrindo a Aliocha.

Aliocha, quando soube da visita, ficou muito confuso, porque só Dmitri lhe oferecia garantias de seriedade. Os outros que iam intervir na contenda estariam presentes por motivos frívolos se não fosse para injuriar o Presbítero. Sabia-o demasiado bem. Ivan e Miusov iriam apenas por curiosidade e seu pai já devia estar a ensaiar alguma cena cômica. Aliocha conhecia-o; já aqui dissemos que era mais esperto do que parecia. À medida que a data da visita se aproximava oprimia-se-lhe o coração, meditando em como acabaria aquela discórdia. Mas a maior ansiedade era por causa do Presbítero. Tremia pela sua glória, temendo que lhe causasse uma afronta a cortês e afilada ironia de Miusov ou a arrogância fingida do talentoso Ivan. Por duas vezes esteve a ponto de pôr o mestre de sobreaviso e não chegou a aventurar-se. Na véspera escreveu ao irmão, Dmitri, recordando-lhe a sua amizade e esperando que cumprisse a promessa. Dmitri pensou e tornou a pensar, sem conseguir lembrar-se do que havia prometido, e respondeu-lhe por escrito que faria tudo o que estivesse ao seu alcance para não se encolerizar por velhacaria a mais ou a menos; mas que, não obstante o respeito que lhe mereciam o Presbítero e seu irmão Ivan, estava plenamente convencido de que a reunião ou era um laço que lhe estendiam ou uma farsa indigna. "Mas não temas, porque preferia arrancar a língua a faltar ao respeito a esse santo que tão profundamente admiras", escrevia no final da carta que não conseguiu, de qualquer modo, animar o noviço.

# Livro 2
# Reunião Frustrada

## Capítulo 1
## No Mosteiro

Brilhava escaldante aquele dia de agosto. Tinham fixado a entrevista com o Presbítero para as onze e meia, depois do ofício, e os convidados chegaram depois de ditas as missas. Num coche de luxo, aberto, puxado por uma parelha de cavalos magnífica, vinha Miusov com seu parente afastado Pyotr Fomitch Kalganov, amigo de Aliocha, jovem de vinte anos que se preparava para entrar na universidade, indeciso entre a de Zurique ou a de Iena, segundo o conselho daquele, ou cursar os estudos no país. Era um moço absorto e distraído, de boa presença e de compleição invejável; olhava, por vezes com uma fixidez estranha, como essas pessoas ensimesmadas que fincam os olhos num objeto sem o ver. O seu mutismo revelava estupidez e, se na intimidade era surpreendido por um arranque de loquacidade e expansão, ou se ria de qualquer ninharia ou apagava-se de repente o alvoroço. Vestia sempre muito bem e até com esmero minucioso. A fortuna permitia-lhe viver desafogadamente, esperando grandes heranças.

Muito atrasados chegaram Fedor Pavlovitch e seu filho Ivan num coche de aluguel, velho, grande e que rangia arrastado por dois remelosos cavalos castanhos. Dmitri, a quem se avisara na véspera, não havia meio de chegar. Pararam as carruagens na hospedaria vizinha e os seus ocupantes caminharam até às portas do mosteiro. Apenas Fedor Pavlovitch o tinha visitado e Miusov, que provavelmente não entrara em nenhuma igreja nos últimos trinta anos, olhava em volta com curiosidade e afetada indiferença. Interessou-lhe muito pouco a igreja em si, de onde ainda saíam os últimos devotos. Entre as pessoas de condição mais humilde destacavam-se duas ou três senhoras e um decrépito general que se alojavam na pousada. Os visitantes viram-se rodeados de pedintes e mostraram-se duros, mas o jovem Kalganov sacou de uma moeda de prata com grande embaraço, só Deus sabia porque, e largou-a precipitadamente na mão de uma velha, encarregando-a de que a repartisse pelos outros.

Nenhum dos outros reparou na sua caridade e o jovem esmoler ficou por isso muito surpreendido. Aliás estavam-no todos, mas por não terem aquela honrosa acolhida que pode esperar de uma comunidade quem fez um donativo de mil rublos, e o abastado e sábio proprietário, de quem depende de certo modo a riqueza que representa para um convento o direito de pesca, que lhe pode ser tirado de um momento para o outro. Ninguém, nem um leigo, esperava a sua chegada. Miusov, contemplando os sepulcros alinhados em torno da igreja, refreava um comentário sobre as quantias que deviam ter sido pagas pelos defuntos para descansarem naquele lugar sagrado e a sua ironia de homem liberal transformou-se em irritação.

— Mas que diabo procuramos aqui? Temos de pensar que o tempo voa — observou, falando para consigo mesmo.

Acercou-se deles um velhinho, calvo, de olhinhos afetuosos e envolto numa fina capa de pregas largas. Tirou o chapéu e deu-se a conhecer com uma efusão maçadora como Maximov, proprietário de Tula, que o aceitassem como amigo.

— O Padre Zossima vive no eremitério, no seu retiro, a quatrocentos passos daqui, do outro lado do bosque.

— Eu já sabia que era do outro lado do bosque — observou Fedor Pavlovitch —, mas não me recordo do caminho. Há muito tempo que cá não venho.

— Sigam essa direção, por essa porta, e depois em frente, pela alameda... pela alameda. Querem que os acompanhe? Poderei guiá-los, pois que vou para lá... Sigam-me. Por aqui, por aqui...

Atravessou a entrada e torceu na direção do bosque, e Maximov, um sexagenário, corria mais do que andava, voltando-se a cada momento para olhar os que o seguiam com uma inquietação e uma curiosidade incríveis. Os olhos pareciam querer sair-lhe das órbitas. — Sim, homem! Vamos ver o Presbítero por causa de um assunto que a si lhe não interessa — advertiu Miusov com severidade. — Esse senhor concedeu-nos uma audiência particular; assim, pois, agradecemos-lhe a bondade de nos ensinar o caminho, mas não se incomode em nos acompanhar.

— Já estive... sim já ali estive! Un chevalier parfait — e Maximov fez um gesto com os dedos.

— Quem é esse chevalier? — perguntou Miusov.

— O Presbítero, o magnífico Presbítero, o Presbítero! A glória e a honra do mosteiro. Mas que Presbítero! As suas admirações incoerentes acabaram com a chegada de um monge pálido, magro e enfezado que lhes saía ao encontro. Fedor Pavlovitch e Miusov pararam. O monge fez-lhes uma reverência extremamente cortês e anunciou:

— Cavalheiros: o Padre Superior convida-os para a sua mesa logo que tenham visitado o santuário. Não mais tarde do que a uma hora. E a vós também — acrescentou dirigindo-se a Maximov.

— Não faltarei! — exclamou Fedor Pavlovitch, muito agradado. — Creia-me, estamos todos empenhados em nos portarmos aqui com toda a correção... Também irás, Pyotr Alexandrovitch?

— Claro que sim! Pois não vim para observar todos os costumes? Apenas a tua companhia me estorva...

— Sim, Dmitri Fedorovitch não dá sinais de vida.

— Só falta que não queira vir. Mas que rico papel que vou fazer a teu lado! Bem, iremos almoçar. Os nossos agradecimentos ao Superior — disse voltando-se para o monge.

— Desculpem, trago o encargo de os acompanhar ao Presbítero.

— Então, irei eu direito ao Padre Superior... ao Padre Superior — murmurou Maximov.

— O Padre Superior está ocupado, agora. Mas faça o que entender.

— Que homem tão importuno! — notou Miusov vendo aquele correr na direção do mosteiro.

— Parece-se com Von Sohn — atalhou Fedor Pavlovitch.

— É isso o que pensas dele? E em que se parece? Conheces esse Von Sohn?

— Vi o seu retrato; mas não digo isso pelo rosto, mas sim por causa de algo indefinível. É igual. Poderei dar-te lições sobre esse particular.

— Não ponho em dúvida que és um fisionomista apurado, mas repara, Fedor Pavlovitch. Acabas de prometer moderação. Não te esqueças disso. Põe-te de sobreaviso, porque se começas a dizer baboseiras abandono-te aqui mesmo... O senhor está a ver como é... uma pessoa até treme de se encontrar com ele entre pessoas decentes — acrescentou voltando-se para o monge, em cujos lábios secos aparecia um sorriso de fina astúcia que encobriu com o silêncio imposto pelo sentimento da sua própria dignidade.

A testa de Miusov enrugou-se de ódio. "Para o diabo com todos! Um porte moldado a exemplo de séculos e séculos e, por detrás, nada a não ser charlatanice e imbecilidade", pensou.

— Aqui está o santuário. Chegamos! — gritou Pavlovitch. — As portas estão fechadas. E começou a distribuir bênçãos pelas imagens pintadas no portão. — Se fores a Roma, faz como os romanos. Neste recinto há vinte e cinco que vivem para a glória, contemplando-se uns aos outros e comendo couves; e nenhuma mulher jamais passou este umbral. É notável!... mas é a pura verdade. Mas... não dizem que o Presbítero recebe senhoras? — perguntou de repente ao monge.

— Já irá ver como as camponesas descansam no pórtico, esperando. Para as senhoras de boa sociedade construiu-se essa hospedaria, fora do recinto, até onde vai o venerável ancião por uma passagem interior. Elas ficam sempre do lado de fora. Repare, ali está a senhora Hohlakov, esperando. É de Karkov e tem a filha doente. Deve ter-lhes prometido lá ir, embora de há uns tempos para cá se encontre tão fraco que apenas se mostra ao povo. — Ao fim e ao cabo sempre resta uma abertura por onde as damas podem passar furtivamente... Não suponha que digo isto com má intenção, padre; mas creio que sabe que em Athos não se permite alguma visita de mulher, não se admitindo mesmo fêmea de nenhuma espécie... nem galinhas... velhas ou novas...

— Fedor Pavlovitch, aviso-te que darei meia volta e te deixarei aqui sozinho. Ao menos que te arrastem à força na minha presença.

— Mas que mal te faço eu, Pyotr Alexandrovitch? Olhem! — exclamou em seguida, adiantando-se dentro do recinto. — Olhem que encanto de rosas há aqui! Não havia rosas, mas os muros desapareciam sob a alegria de lindas flores outonais que cresciam por todo o lado obedecendo a mãos habilidosas: canteiros vistosos rodeavam a igreja, enfeitavam as campas e submergiam na sua vegetação a casa de madeira pintada que o ancião habitava.

— Estava tal e qual no tempo do outro Presbítero, o de Varsonofy? Ele não gostaria desta elegância. Dizem que se levantava, arrebatado, e afugentava as mulheres dando-lhes com o bastão — observou Fedor Pavlovitch, parando no primeiro degrau da entrada.

— O venerável Varsonofy tinha muitas coisas raras, mas quase tudo o que contam são coisas inventadas; nunca bateu em ninguém — respondeu o monge. — Esperem um momento cavalheiros; vou anunciar a vossa chegada.

Miusov apressou-se a advertir Fedor em voz baixa:

— Pela última vez, Fedor Pavlovitch, não te esqueças do combinado, hem? Ou te portas convenientemente ou saberás quem eu sou.

— Não compreendo por que te inquietas — replicou Fedor Pavlovitch com velha-caria. — Como se não fosse pelos teus pecados... Dizem que lê nos olhos as intenções de cada um. Mas não sabia que tomavas tão a sério esta opinião, tu, um parisiense, e dos avançados. Na verdade deixas-me pasmado!

Miusov não pôde responder ao trocista porque já os chamavam e entrou um pouco irritado e pensativo: "Conheço-me e acho que estou indisposto. Neste momento seria capaz de puxar os cabelos a qualquer, desprezando a minha dignidade e as minhas ideias."

## Capítulo 2
## O Sempre Eterno Bobo

Saía o Presbítero do seu dormitório acompanhado de Aliocha e de outro noviço quando a visita entrou na sala onde já se encontravam esperando os monges do santuário, o arquivista e o Padre Paissy, homens de grande cultura, pouca saúde e idade madura, e um jovem de vinte e dois anos em traje secular que não se moveu de um canto enquanto durou a entrevista, observando tudo com os olhos escondidos por detrás das sobrancelhas, por força da atenção. Era um teólogo de rosto largo e saudável que vivia do amparo do mosteiro. Embora se mostrasse respeitoso, julgava que a sua situação de subordinado o afastava tanto dos hóspedes que estava dispensado de os saudar.

    Os dois monges levantaram-se, inclinando-se perante o Padre Zossima até tocar o chão com os dedos; em seguida beijaram-lhe a mão. Ele correspondeu depois de lhes conceder a bênção. Efetuou-se a cerimônia com aquela unção que por vezes falta nos ritos cotidianos, mas Miusov, que estava diante dos outros, imaginou que tudo obedecia a um intencionado propósito de produzir efeito no público. Ele devia então aproximar-se, segundo pensara na véspera, só por cortesia, já que era esse o costume, e receber a bênção do Presbítero, mesmo sem lhe beijar a mão. Mas perante tanto beijo e tanta reverência por parte dos monges, mudou de opinião. Muito sério, fez uma gentil cortesia um tanto convencional e afastou-se para um canto. Fedor Pavlovitch imitou-o como um macaco. Ivan curvou-se com dignidade, mas sem tirar as mãos dos bolsos, enquanto Kalganov estava tão atordoado que se esqueceu da reverência. O velho deixou cair a mão levantada para os benzer e, inclinando-se de novo para eles, pediu-lhes que se sentassem. As faces de Aliocha ficaram vermelhas de vergonha. Todos os seus temores se haviam cumprido. O Padre Zossima ocupou um sofá de acaju com assento de couro enegrecido pelo uso e tão estragado como as quatro cadeiras de material igual que estavam na parede em frente e nas quais tomaram assento os convidados. Acomodou-se um dos monges na porta e outro na janela, enfeitada com dois jarrões com flores. O estudante e os noviços ficaram quietos. A cela, não muito espaçosa, oferecia um aspecto fantástico. A mobília era pobre, tosca e insuficiente, mas abundavam os quadros por todos os lados. Perante uma imagem antiga da Virgem ardia uma lamparina e junto dela, como que para aproveitar a luz, encontravam-se dois santos de pomposas vestes, querubins talhados em madeira, trastes de porcelana, uma cruz católica de marfim à qual se abraçava uma Mater Dolorosa e várias reproduções litográficas de meritórias obras italianas de séculos passados, que competiam com outras de mais tosca pintura russa compradas a vendedores ambulantes. As paredes estavam cobertas de retratos de bispos, defuntos e vivos. Miusov passou o seu olhar distraído por aquela fantástica ornamentação e fixou-o no Presbítero. Gostava de estudar de perto os caráteres mais reservados: fraqueza perdoável num homem que aos seus cinquenta anos acresce uma desafogada posição e uma certeza de experiência mundana.

    E assim formou imediatamente um mau conceito de Zossima. Havia, com efeito, certos rasgos característicos no velho capazes de desgostar a outros menos exigentes que Miusov. Era pequeno, miúdo e encurvado, tremiam de fraqueza as suas pernas e parecia ter mais dez anos do que os sessenta e cinco que contava; o rosto, muito chupado, estava coberto de uma rede de pregas que se recolhiam e destacavam dos pequeninos olhos, vivos e brilhantes como dois carbúnculos; um tufo de cabelos grisalhos encimava-lhe a fronte e a barba rala e em ponta deixava ver-lhe os lábios secos, delgados e finos sob um nariz diminuto e agudo como o bico de um pássaro.

"Tudo revela uma alma cheia de vaidade e malícia", julgou Miusov, que começava a sentir-se doente.

Um relógio de parede quebrou o silêncio e a circunspeção geral dos que se encontravam reunidos, dando doze badaladas.

— A hora exata! — exclamou Fedor Pavlovitch. — E esse meu filho Dmitri sem vir! Peço que lhe perdoe, sagrado velho. — Aliocha estremeceu ao ouvir o "sagrado". — Eu sou muito pontual: nem minuto a mais nem a menos. Recordo sempre que a pontualidade é o ornamento dos reis.

— Mas ainda te falta muito para seres rei — murmurou Miusov sem se poder dominar.

— Sim, é verdade, não sou rei. Acreditas, Pyotr Alexandrovitch, que já me dei conta disso? Mas que hei de fazer? Falo sempre fora de propósito. Vossa Reverência — exclamou em tom patético — encontra-se frente a um verdadeiro bobo! Tenho gosto em apresentar-me assim. Um hábito muito arraigado move a minha língua com bastante frequência e a faz disparatar com o bom intento de divertir as pessoas e tornar-me simpático. Um homem deve sempre procurar ser grato aos outros, não é verdade? Uma vez, há sete anos, fui com uns amigos, comerciantes de uma cidade de pouca importância, ver o chefe da polícia não sei já porque e convidamo-lo para comer conosco. Era um homem alto, bem constituído, sério e de caráter azedo: o tipo mais perigoso para tais casos. Pois bem: sem me encomendar a Deus nem ao Diabo, aproximei-me e, com a desenvoltura de um homem do mundo, disse-lhe: "Senhor Ispravnik, seja o nosso Nepravnik". "Que entendeis por Nepravnik?", perguntou-me. Vi em seguida que a graça lhe havia assentado mal e que o desejava mostrar. "Nada", respondi-lhe. "Queria fazer graça para rir à custa do senhor Nepravnik, que é o nosso conhecido diretor de orquestra, já que necessitamos de algo parecido para chegar a um acordo", respondi muito razoavelmente. "Perdoai", volveu-me. "Eu sou um Ispravnik e não tolero que alguém brinque com a minha profissão." Voltou-me as costas e foi-se embora. Eu segui-o, gritando: "Sim, sim. Sois inspetor e não diretor!" "Não", insistiu. "Haveis querido que seja diretor e sê-lo-ei!" Crede-me, dirigiu tão bem o nosso negócio que ficamos arruinados... É sempre o mesmo... sempre o mesmo. A minha cortesia nunca me serviu para mais do que prejuízo. Uma vez disse a uma personalidade de grande influência: "Vossa esposa é muito melindrosa", falava eu no sentido de honestidade e aludindo às suas virtudes. Mas ele perguntou-me: "Haveis tocado as suas suscetibilidades?" E eu julguei cumprir um dever de delicadeza respondendo afirmativamente. Pois podeis crer-me que agora, já depois de tanto tempo passado, ainda sinto a vergonha na cara após aquele tremendo bofetão. Prejudico-me sempre de igual maneira.

— Bem se vê! Estás fazendo o mesmo agora — murmurou, aborrecido, Miusov.

— Agora mesmo? Pois acredita que o sabia, Pyotr Alexandrovitch, e deixa-me dizer-te que quando comecei o temia. Imagina que também me parecia que serias tu o primeiro a dar por isso. Quando estou um minuto sem brincar, Reverendo Padre, sinto no rosto como se me arrancassem a mandíbula inferior e pinta-se-me no rosto uma expressão de pasmo. Isto sucede-me desde a juventude, quando comecei a correr de casa em casa, divertindo todos para conseguir ganhar a vida. Tenho sido um farsista incorrigível; vem-me do berço, reverência; é uma mania como outra qualquer. Estou em dizer que há em mim um diabo; bom, pelo menos um diabrete, porque um diabo sério preferiria outra morada. Mas não a tua alma. Pyotr Alexandrovitch; não tens posto digno de um nem de outro. Eu creio em Deus e se tive alguma dúvida acerca da sua existência, aqui me tendes disposto a escutar palavras de sabedoria. Nisto faço como Diderot. Não sabíeis, Santíssimo Padre, que Diderot foi ver o metropolitano Platão, nos tempos da imperatriz Catarina? Pois foi. Chegou e disse de repente: "Não existe Deus." Ao que o grande bispo respondeu, alçando as mãos: "O néscio diz no seu coração que não existe Deus." Imediatamente caiu o outro a seus pés, exclamando: "Creio e peço o batismo!" Foi batizado, tendo por padrinhos a princesa Dachkov e Ptyomkin.

— Fedor Pavlovitch, isto passa já de brincadeira! Bem sabes que dizes mentiras e que essa anedota grosseira não está certa. Porque te armas em tonto? — admoestou Miusov com voz trêmula.

— Sempre suspeitei de que não fosse certa — gritou aquele, convencido — e quero que saibam toda a verdade, senhores. Venerável ancião, perdoai o que acabo de vos contar referente ao batismo de Diderot. Nada estava mais longe do meu pensamento, até agora, que me ocorreu para amenizar a conversa. Se faço de tonto, Pyotr Alexandrovitch, é para agradar, embora muitas vezes não saiba eu próprio para que o faço. Quanto a Diderot, ouvi cem vezes na minha juventude, a pessoas instruídas, aquela frase "o néscio diz no seu coração" e, sem ir mais longe, tua tia foi quem me contou a história. Toda a tua família estava persuadida de que o infiel Diderot discutiu Deus com o metropolitano Platão...

Miusov deu um salto na cadeira, esquecendo a moderação, furioso por ser posto em ridículo. Era verdadeiramente incrível o que estava a suceder naquela cela que durante anos e anos, desde os primeiros Presbíteros, só sentimentos de profundo respeito havia inspirado a quantos a visitavam. Quase todos os que ali eram admitidos se mostravam orgulhosos do favor especial que lhes era concedido e muitos permaneciam ali durante todo o tempo da recepção, de joelhos. Nobres, sábios e alguns livres pensadores, atraídos pela curiosidade, todos se mostravam igualmente respeitosos e recolhidos, como é próprio de um local onde não se tratam questões de interesse, mas pelo contrário onde brota o colóquio do amor e da bondade, onde se procura a penitência ou se resolve um problema de crise espiritual. Era forçoso que semelhante bobice sobressaltasse desconcertadamente a maioria dos presentes. Os monges ainda que parecessem a ponto de se levantar, indignados, como Miusov, esperaram, imóveis, que falasse o ancião. Aliocha permanecia cabisbaixo, com os olhos cheios de lágrimas, afligido especialmente por Ivan, a sua única esperança naquele transe, e capaz como ninguém de pôr cobro àquela maluqueira de seu pai, se manter quieto com o olhar no chão, como quem aguarda com interesse que acabe um incidente que não provocou. Aliocha não ousava olhar Rakitin, o estudante amigo, cujas ideias conhecia melhor que a ninguém do mosteiro.

— Perdoai — começou Miusov, dirigindo-se ao Padre Zossima — se vos fiz pensar que tomava parte nesta comédia absurda. Enganei-me ao crer que um homem como Fedor Pavlovitch pudesse chegar a portar-se com a correção que impõe uma visita a uma pessoa tão digna e suponho que não necessito desculpar-me pelo mero feito de haver vindo com ele.

Miusov perturbou-se de confusão e vergonha e, sem mais, quis ir-se embora. Mas o velho foi atrás dele, caminhando com dificuldade e, pegando-lhe em ambas as mãos, deteve-o. — Não se aflija, por Deus! Não se aflija e olhe-me como se eu fosse um amigo especial. Sou eu que lho peço... — E inclinando-se perante o ofendido voltou a ocupar a sua cadeira.

— Falai, grande Presbítero! Ou estais enojado da minha cantilena? — interrompeu Fedor, agarrando-se a ambos os braços da cadeira como que disposto a fugir se a resposta não o satisfizesse.

— Também lhe hei de pedir que não se incomode nem se desgoste por nada — disse o velho afetuosamente. — Esteja como em sua casa e perfeitamente à vontade. O pior de tudo é que uma pessoa tenha vergonha de si própria.

— Como em casa? Com naturalidade? Oh! Isso é já um excesso de bondade. Agradeço-vos profundamente, mas mais valera, Santo Padre, não me convidar a uma manifestação singela e expansiva do meu caráter. Não arrisqueis tanto... Por esta vez quero desobedecer pelo respeito que vos devo. Bem, aí tendes os outros, embrenhados ainda nas névoas da incerteza; e aposto que não falta quem gostasse e tivesse um vivo prazer em retratar-me ao vivo. Por ti o digo, Pyotr Alexandrovitch. Quanto a vós, santa criatura, tenho de vos confessar que me deixais extasiado. Levantou-se bruscamente e, elevando as mãos ao alto, exclamou: — Bendito seja o ventre que vos gerou e os peitos que vos criaram!... especialmente os peitos. Quando há pouco dizíeis que "o pior é uma pessoa ter vergonha de si mesma", penetráveis no meu íntimo e líeis no meu coração. Numa reunião sinto-me sempre o mais trivial e creio que todos me tomam por um palhaço, e é nessas alturas que digo a mim mesmo: "Pois façamos palhaçadas a sério sem temer o que dirão, já que sou um palhaço eles ultrapassam-me em maldade". Por isto, nem mais nem menos, sou um bobo; por vergonha, bom velho, por vergonha. Apenas um excesso de sensibilidade me torna tão buliçoso. Se tivesse a certeza de que me tomavam pelo melhor e pelo mais prudente dos homens, ah, senhor, que santo eu não seria!... Mestre — continuou, caindo de joelhos —, que devo fazer para ganhar a vida eterna?

Era muito difícil adivinhar se estava a fantasiar ou se se encontrava realmente comovido. O Padre Zossima olhou-o e disse, sorrindo:

— Por que faz essa pergunta, se já sabe a resposta há tanto tempo? Tem bastante discernimento: não se entregue à bebida e corrija a língua; ame a continência e não demasiadamente a riqueza. Feche as tabernas; se não puder fechá-las todas, duas ou três, pelo menos. Sobretudo... não minta.

— Dizeis isso por causa de Diderot?

— Não por isso, mas porque apenas se enganará a si próprio, e o homem que escuta como certas as próprias mentiras chega a não poder discernir a verdade do que pensam dele e perde o respeito que deve a si mesmo e ao próximo. Com o respeito desaparece o amor, e então em nada poderá gozar a não ser que se deixe arrastar pelos mais grosseiros prazeres, que acabam por bestializá-lo completamente. E tudo isso pelo vício da mentira. O embusteiro, além disso, expõe-se mais do que ninguém a receber uma ofensa. Crê o senhor, talvez, que por vezes é agradável ofender alguém, não? O homem enganoso sabe que ninguém o insultou, mas como há que ser gracioso e divertido, ele próprio toma uma palavra, faz uma montanha de um grão de areia e a atira contra si para se dar ao gosto de manifestar enfado por uma ofensa por si inventada; e disto ao verdadeiro rancor não vai mais do que um passo. Mas agora levante-se e volte para o seu lugar. Não é franca essa atitude...

— Santo varão, dai-me a vossa mão para que a beije! — E Fedor Pavlovitch saltou, deixando um beijo na mão nodosa do velho. — É muito, muito agradável dar-se uma pessoa por ofendida. Haveis expressado a ideia como nunca a ouvi. Sim, passei toda a vida a fazer-me de ofendido para me divertir e por uma razão de estética, já que não é tão agradável e distinto ser o objeto de insultos... haveis esquecido, grande senhor, que não é tão distinto. Se fosse a vós, apontaria isso. Mas claro que estive a mentir, o que se diz mentir de verdade, durante a minha vida inteira sem perder um dia ou uma hora. Na realidade, eu sou a própria mentira, o pai da mentira, embora não acredite nisso. Sou um solene charlatão. Dizei talvez o filho da mentira e será bastante. Apenas que... anjo meu!... posso por vezes falar de Diderot e não preciso ter cuidado. Diderot é inofensivo: são certas palavras apenas as que ofendem. E a propósito, Grande Presbítero, agora recordo que vivi dois anos com a intenção de vir consultar-vos sobre certas dúvidas. Mas dizei a Pyotr Alexandrovitch que não me interrompa. A questão reduz-se ao seguinte: é verdade, insigne Padre, que a Martirologia fala de um santo que quando o decapitaram se levantou e, pegando na cabeça do chão, a "beijou devotamente" e caminhou durante um grande bocado levando-a nas mãos? É certo isso ou não, venerável Padre?

— Não, isso é falso — respondeu o velho. — Não vi nunca nada parecido nas vidas dos santos. A qual deles se refere? — perguntou o padre bibliotecário.

— Não sei como lhe chamam. Não sei e não posso dizê-lo. Enganaram-me. Como me contaram assim o conto agora. E sabeis quem mo contou? Pois foi Pyotr Alexandrovitch, aqui presente, a quem tanto escandalizou a história de Diderot. Foi ele próprio! — Isso não é verdade! Nunca te falei de semelhante coisa! — Concordo que não era a mim que o contavas; mas eu estava presente naquela reunião. Foi há três anos, lembro-me bem. E se me lembro foi porque essa história ridícula fez quebrar a minha fé. Pouco suspeitavas tu naquele dia que eu me afastava com a minha crença de rastos e que desde aí enfraqueceu de dia para dia. Sim, Pyotr Alexandrovitch, tu foste a causa da minha grande queda moral. Não foi Diderot, não!

Fedor Pavlovitch estava excitado, patético, embora brincasse manifestamente, e conseguiu zangar Miusov, que murmurou:

— Acaba com essa tontice! Este homem não faz mais nada do que falar desatinadamente! Talvez eu tenha dito isso... mas não foi a ti. Quem mo contou, em Paris, foi um francês que tinha passado muitos anos na Rússia estudando os nossos grandes estadistas e disse-me que o ouvira durante a missa na qual liam Vidas de Santos... Eu nunca as li nem as lerei... mas em banquete fala-se de tudo... nessa altura estávamos a comer.

— Sim, tu estavas a comer e eu a perder a minha fé — disse o outro, arremedando-o. "Que me importa a tua fé?", esteve a ponto de saltar Miusov, mas conteve-se e apenas disse com desprezo:

— Corrompes tudo aquilo em que tocas!

O ancião levantou-se vivamente.

— Perdoem, cavalheiros, se os abandono por um momento. Esperam-me outros que chegaram antes de vós. E não digam mentiras durante a minha ausência, hem? — acrescentou, voltando-se para Fedor Pavlovitch risonhamente.

Saiu acompanhado por dois noviços que se apressaram a oferecer-lhe apoio para descer a escada. Aliocha, que estava sem alento, reanimou-se mais ao ver a saída do mestre, ao vê-lo alegre e sossegado. O Padre Zossima dirigia-se ao pórtico a fim de dar a bênção ao povo que o aguardava, mas Fedor Pavlovitch deteve-o na porta da cela.

— Homem de Deus! — exclamou emocionado. — Permiti que volte a beijar-vos a mão. Sim, vejo que convosco se pode tratar e fazer algo. Ou julgais que estou sempre a mentir como agora? Pois sabei que tudo o que fiz aqui foi para vos experimentar. E crede, estou convencido de que se pode confiar em vós completamente. A minha humilde pessoa terá encontrado graça junto de vossa santidade? Pois bem; vou honrá-la demonstrando como se pode conviver convosco. E agora ponto final na minha boca. Durante a entrevista não me moverei da cadeira. Tu tens a palavra, Pyotr Alexandrovitch. És o personagem principal... durante dez minutos.

## Capítulo 3
## Mulheres Crédulas

À sombra do portal aberto do outro lado do recinto, umas vinte mulheres do povo aguardavam, impacientes, a anunciada saída do Presbítero. Duas senhoras, a viúva Hohlakov e sua filha, sabedoras da fausta nova, tinham-se aproximado e esperavam num apartamento contíguo, destinado às pessoas de consideração. A mãe era uma senhora rica, elegante e vistosa, um pouco pálida e de olhos negros e vivos, ainda jovem, pois não passava dos trinta e três anos embora já fosse viúva há cinco. Sua filha, uma moça de catorze primaveras, sofria de uma paralisia parcial que havia seis meses a retinha numa cadeira de rodas, mas vibrava a vida no seu rosto de grande beleza, afinado pela doença. Os olhos eram rasgados e brilhavam com uma inocente travessura entre as sombras das longas pestanas. A mãe quisera levá-la ao estrangeiro na primavera, mas fora surpreendida pelo verão enquanto tratava dos seus intermináveis assuntos. Chegadas à cidade havia sete dias, mais para atender aos negócios do que à devoção, só haviam visto o Presbítero uma vez, três dias antes, e embora soubessem que agora mal se deixava ver, voltaram a fim de suplicar encarecidamente se lhes seria concedida "a dita de ver de novo o grande médico". A dama ocupava uma cadeira junto à pobre inutilizada e, perto delas, estava um velho frade de uma ordem obscura vindo do Norte longínquo, ansiando também pela bênção do Padre Zossima. Quando este apareceu dirigiu-se primeiro às camponesas aglomeradas na escadaria que ia dar ao vestíbulo; deteve-se no degrau superior e, colocando uma estola ao pescoço, começou a distribuir bênçãos às mulheres que se apertavam à sua volta. Com grande dificuldade apresentaram-lhe uma doente que ao ver o velho se agitou em terríveis convulsões, lançando gritos e arquejando cheia de suores como se estivesse com as dores de parto. Aplicou o ancião uma das extremidades da estola sobre a fronte da mulher, leu uma oração curta e a calma e a quietude voltaram. Não sei como se praticam atualmente os exorcismos, mas quando era pequeno presenciava com frequência nas aldeias e mosteiros muitos casos de cura de "possessas". Eram conduzidas à igreja, cuja paz ficava perturbada com os seus guinchos semelhantes ao ladrar de cães, e quando o Santíssimo ficava exposto e as arrastavam perante a divina veneração do altar cessava de repente a "possessão" e a doente acalmava-se, pacificando-se por algum tempo. Que impressão isto produzia na minha imaginação jovem e como me intrigava! Gente ignorante e até os meus mestres diziam que se tratava de uma doença simulada para se livrarem do trabalho e que apenas uma disciplina vigorosa e inquebrantável poderia acabar com tanta preguiça. E para o provar contavam várias anedotas. Mas logo soube com assombro, lendo obras de especialistas, que não existe tal ficção, mas sim uma terrível doença de que são vítimas as mulheres submetidas a trabalhos pesados, trabalhos esses que tão brutalmente afligem a camponesa da nossa terra. É uma doença que se alimenta da natureza esgotada de uma parturiente recente que tenha dado à luz anormalmente e sem assistência médica, na mulher extenuada pelas privações, misérias e maus tratos, insuperáveis pela sua frequência. A rara e súbita cura destas mulheres frenéticas perante a Eucaristia, que se deseja ainda atribuir a malícia e engano dos clérigos, deve ser a coisa mais natural. A doente e as mulheres que a conduzem creem a pés juntos que o espírito maligno não pode resistir à presença de Deus sacramentado, nem à adoração que a sua vítima lhe renda. O desejo veemente de uma cura milagrosa e a arraigada crença de que se realizará produzirá uma forte convulsão, uma espécie de reação em todo o organismo de uma mulher, cujo sistema nervoso está completamente gasto, no momento preciso em que se cumpre o rito em que confia. E isto mesmo sucedeu quando o Presbítero tocou na doente com a sua estola.

    Algumas mulheres choravam de admiração e entusiasmo perante o prodígio; outras comprimiam-se para conseguirem beijar o hábito; ouviam-se rezas em voz baixa. Benzeu-as todas e ficou a conversar um pouco com algumas. Conhecia bem a "endemoninhada", pois já ali a haviam levado. Era de uma aldeia próxima.

    — Mas essa vem de longe — acrescentou, apontando para uma mulher de meia idade, fraca e cansada, de rosto enegrecido pelo sol, quase curtido, e que permanecia de joelhos, com os olhos cravados no Presbítero, como que fascinada.

    — De muito longe, Padre, de muito longe! De duzentas milhas! É muito longe! — queixou-se a aludida, acompanhando-se de um balanço que deu ao corpo e sem tirar a cara do apoio da mão. Que silêncio de dor encerra o sofrimento do povo, afogando-o na amargura do seu íntimo! Por vezes rompe-se e desfaz prantos e gemidos inconsoláveis, especialmente entre as mulheres; mas essas lágrimas não mitigam a dor, porque caem ardentes na mesma ferida da alma, despedaçando-a ainda mais. É uma dor que não quer consolo, que nasce e se mantém do desespero, irrita-se e geme com o desejo persistente de o aplacar.

    — Tu não és do campo, pois não? — perguntou o Padre Zossima, olhando-a fixamente. — Não, Padre; da cidade. Somos aldeãos, mas vivemos na cidade. Vim para vos ver,

Meu Padre! Ouvi falar de vós, ouvi falar de vós! Enterrei o meu filho, e logo em seguida começou a minha peregrinação. Passei por três mosteiros e em todos me disseram: "Que procuras aqui, Nastássia? Procura-o a ele", que é o mesmo que dizer a vós. E por isso vim: ontem assisti ao ofício e hoje tenho estado a esperar-vos.

— Por que choras?

— Pelo meu filho, padre. Tinha três anos. Três anos menos três meses... Por meu filho, Padre. Estou cheia de pesar pelo meu pequenino. Foi o último que morreu. Tivemos quatro, o meu Nikita e eu, e ficamos sem filhos. Todos se foram, os pobrezinhos! Os três primeiros não me deixaram tanta pena que não fosse possível consolar-me, mas o último não posso esquecê-lo. Parece-me que o tenho sempre diante de mim, que não me quer abandonar. Despedaçou o meu coração! Contemplo as suas roupinhas, as suas camisinhas, os sapatos pequeninos... e começo logo a chorar; olho para os seus brinquedos e tudo o que lhe pertencia, tudo aquilo em que tocava, e sinto-me desfalecer. Por isso disse ao meu marido, ao meu Nikita: "Deixa-me ir em peregrinação, meu senhor!" Ele é condutor de carros e não somos pobres, padre, não somos. O carro e o cavalo são nossos. Mas para que queremos agora tudo isto? O meu Nikita começou a beber na minha ausência. Já o fazia antes, quando eu lhe voltava as costas... Que se governe! Há três meses que ando por este mundo e nunca mais pensei nele, nunca mais pensei em nada, nem quero lembrar-me de alguma coisa. Que faríamos agora para viver juntos? Acabei com ele e com tudo. Não tenho para quem cuidar da minha casa nem dos meus bens, nem de nada deste mundo!

— Ouve, mãe — disse o velho. — Um grande santo da antiguidade encontrou um dia no templo uma mulher que chorava como tu por causa do seu filhinho, o único, ter sido levado por Deus. "Não sabes", disse-lhe o santo, "com que audácia estas criaturas pedem diante do trono de Deus? Realmente não há ninguém que se atreva a tanto no reino dos céus. Tu deste-nos a vida, Senhor, e apenas podemos vê-la e logo a arrebataste. E pedem e pedem com tal afinco e justiça que Deus acaba por os colocar no coro dos anjos... porque o teu filho está com o Senhor, em companhia dos anjos." Assim falou um santo, um grande santo que não podia mentir. Fica tu também a saber, mãe aflita, que o teu filho está junto do trono de Deus, alegre e feliz, pedindo por ti. Chora, mas que as tuas lágrimas sejam de alegria.

A mulher escutava sem levantar a cabeça que apoiava na mão e dava grandes suspiros. — Com essas mesmas palavras tentava Nikita consolar-me. "Tonta", dizia, "por que choras? Acaso não estará o nosso filho com os anjos cantando louvores a Deus?" Queria animar-me e enquanto falava assim principiava a chorar como eu, que lhe respondia: "Já sei, Nikita, já sei que só poderá estar com Nosso Senhor. Mas aqui, conosco, como estava dantes, não voltará a estar." Se ao menos o pudesse ver durante um momento, vê-lo só por um momento, sem me aproximar nem dizer-lhe uma palavra. Sim, mesmo que fosse de um esconderijo e o pudesse ver brincando e pudesse ouvir a sua voz chamando-me: Mamã, onde estás? De maneira que pudesse escutar o ruído dos seus passos uma vez, apenas uma vez... porque me lembro tão bem da sua maneira de correr para mim, gritando e rindo! Se apenas ouvisse os seus passos, reconhecê-lo-ia! Mas voou, Padre, voou, e não ouvirei mais nada. Tenho aqui o seu cinto, mas a ele não o verei, não o ouvirei nunca mais... Tirou do seio um cinto bordado, olhou-o durante um instante e desatou a soluçar. Ocultou os olhos nas mãos e as lágrimas corriam por entre os seus dedos finos.

— Eis aqui a antiga Raquel — disse o Presbítero — chorando os filhos e não querendo ser consolada porque não se lhos poderá devolver. É este o patrimônio das mães: o desconsolo. Não é consolação o que pretendeis, mas sim o choro. Chorar sem consolo, chorar... Chora, então, mas que o pranto te recorde sempre que o teu filho é um anjo de Deus que te olha do céu e recolhe com alegria as tuas lágrimas para as mostrar ao Senhor. A tua dor de mãe durará ainda muito, mas por fim tornar-se-á numa doce calma e as tuas lágrimas serão então lágrimas de ternura que purificarão o teu coração, limpando-o do pecado. Eu rezarei pelo descanso da alma do teu filho. Como se chamava?

— Alexey, meu padre.

— Que nome tão doce! É seu protetor Alexey, o homem de Deus?

— Sim, Padre.

— Foi um grande santo! Lembrar-me-ei do teu filho e das tuas dores, mãe, nas minhas orações; e também pedirei pela saúde do teu marido. Cometes um pecado se o abandonas. Teu filho verá, lá do céu, que seu pai está abandonado e chorará de tristeza. Por que hás de perturbar a sua felicidade? Ele vive, pois a alma é imortal, e embora não esteja presente na tua casa, está de maneira invisível muito perto de vós. Como há de voltar a casa se tu não gostas de lá estar? E aonde há de ir se não encontra juntos os pais? Ele visita-te em sonhos e os sonhos são dolorosos para ti. Volta para casa e verás como os sonhos serão doces e repousados no amor do teu filho. Volta para o teu marido, mulher, volta hoje mesmo.

— Irei, Padre, obedecendo à vossa palavra. Irei. Haveis comovido a minha alma. Nikita, estás esperando que chegue?

A mulher continuou a soluçar, mas o ancião havia já posto a sua atenção numa velhota que não vestia segundo o uso dos peregrinos e em cujos olhos se via claramente que viera da cidade com um objetivo determinado que ansiava por explicar. Disse que era viúva de um oficial, que vivia na cidade próxima e que o filho, Vasenka, estava empregado na Fazenda pública de Irkutsk, na Sibéria. Havia-lhe escrito duas vezes, mas agora já há um ano que não tinha notícias. Perguntara, mas não sabia a quem dirigir-se em busca de informações oficiais.

— E no outro dia, Stepanida Ilyinichna, a mulher de um rico comerciante, aconse-lhou-me: "Prokorovna, vá inscrever o seu nome na igreja para que lhe digam um res-ponso e reze a senhora também pelo descanso da sua alma, nem mais nem menos como se tivesse morrido. Então a alma dele ficará desgostosa e tenho a certeza que se apressará a escrever-vos." E Stepanida Ilyinichna disse-me que esta experiência costuma dar sempre bons resultados e é coisa segura. Mas eu tenho as minhas dúvidas... Vós sois a luz da nossa ignorância. Dizei-me se é verdade ou falso e se o devo fazer.

— Nem pensar! É uma vergonha até perguntá-lo! Rezar por uma alma viva! E nada menos que a mãe! É um grande pecado, parecido com a bruxaria, e que só por ignorância te será perdoado. Melhor será que peças à Rainha dos Céus, nossa doce protetora, a saúde de teu filho e o perdão do teu mau pensamento. Mas vou dizer-te outra coisa, Prokorovna:

o teu filho ou virá daqui a pouco ou te escreverá. Vai e fica tranquila e certa de que vive. Sou eu que to digo.

— Deus vos pague! Deus vos pague, Padre amantíssimo e benfeitor nosso que rogais por todos nós pecadores!

Mas o Presbítero já havia fixado a sua atenção em uma jovem camponesa que, confundida no grupo, o olhava afincadamente em silêncio com os olhos cansados e inflamados de febre, olhos suplicantes que contam a ânsia de quem deseja comunicar e não se atreve.

— Que desejas, filha?

— Que me absolvas. Padre — articulou ela docemente, caindo de joelhos aos pés do santo. — Pequei e tenho medo.

Sentou-se o ancião no último degrau e a jovem aproximou-se-lhe, andando com os joelhos no chão.

— Há três anos que sou viúva — começou com uma voz velada e trêmula. — A minha vida conjugal foi um tormento. O meu marido era um velho que me tratava cruelmente. Ficou doente e eu tratava dele, mas temendo sempre que se curasse e que deixasse a cama. Foi então que me ocorreu a ideia...

— Espera! — interrompeu o Padre, e aproximou o ouvido dos lábios da penitente. — Dizes que isso foi há três anos?

— Sim. Ao princípio estava tranquila, mas agora enfraqueço muito e morro de remorsos. — Vens de muito longe?

— De umas trezentas milhas.

— Já confessaste o teu pecado?

— Sim, duas vezes.

— Deixaram que tomasses a comunhão?

— Sim, mas tenho medo da hora da morte.

— Nada temas e não desalentes. Se não falta o arrependimento, Deus perdoa tudo. Não há pecado que Deus não possa perdoar a uma alma arrependida! Os homens não pecam bastante para que esgotem a misericórdia divina. Teria de ser um pecado muito grande que excedesse o amor de Deus! Pensa apenas na penitência, numa penitência contínua, e não temas. Crê que Deus te ama como não podes calcular; ama-te com o teu pecado e por causa dele. É sabido que há mais regozijo no céu por um pecador arrependido do que por dez justos. Vai e não temas. Não sejas cruel com os teus semelhantes e paga o mal com o bem. Perdoa do fundo do coração ao teu defunto o mal que te fez e a paz reinará contigo. Se te sentes arrependida é porque amas, e se amas estás em graça de Deus. O amor reconcilia tudo, salva tudo. Se eu, um pobre pecador, sinto pena de ti, que sentirá Deus? O amor é um tesouro tão inapreciável que, por ele, podes não só expiar os teus próprios pecados, mas também os pecados dos outros.

Fez três vezes o sinal da cruz e impôs-lhe uma medalha que tirou de um fio que trazia ao pescoço. A jovem dobrou-se até tocar no chão, sem dizer uma palavra. O Presbítero levantou-se e sorriu a uma mulher roliça que trazia um bebê nos braços.

— De Vyshegorye, meu Padre.

— Andaste cinco milhas com o teu filho às costas? E para quê?

— Para vos ver. Não é a primeira vez que venho. Não me conheceis? Pois não será muita a vossa memória se não vos lembrais de mim. Diziam que estáveis doente e pensei "Tens de o ir ver". E aqui estou e vejo-vos são e ainda com vinte anos para viver, sem dúvida. Deus te valha! Mas como haveis de estar doente se há tantas almas que pedem por vós? — Obrigado, mulher, obrigado.

— A propósito: tenho de vos pedir um favor. Não é grande coisa. Eis aqui sessenta kopeks. Gostaria que os distribuísseis, Padre, por alguém mais pobre do que eu. Pensei que seria mais proveitosa a esmola, passando pelas vossas mãos. Sabeis, por certo, de quem necessitará dela.

— Graças, minha filha! Obrigado. Tendes um bom coração. Cumprirei o teu pedido. É esta a tua filha?

— Sim. Lizaveta, Padre.

— Que Deus vos bendiga a ambas! Haveis enchido de alegria a minha alma, boa mulher! Adeus, meus filhos, adeus, adeus. Deu a bênção em geral e despediu-se saudando todos com uma profunda reverência.

## Capítulo 4
## Uma Senhora de Pouca Fé

A que esperava na sala de honra tinha contemplado a cena e acabara por levar o lenço aos olhos e chorar em silêncio. Era uma dama distinta, dotada de muito bons sentimentos, que saiu a encontrar-se com o Presbítero dizendo entusiasmada:

— Oh, que coisa tão comovedora!

E foi obrigada a calar-se, pois a emoção não a deixava continuar.

— É que bem se compreende que o povo vos queira. Eu também gosto do povo; preciso de o amar. Como é possível não sentir carinho pelo nosso povo russo, tão generoso e tão humilde?

— Como está sua filha? Desejava falar comigo?

— Oh! Pedi-lho com toda a alma. Pedi e insisti e estava disposta a ficar três dias ajoelhada diante a vossa porta para conseguir de vós um momento apenas. Viemos, reverendo Padre, para vos expressar a nossa mais ardente gratidão. Minha Lisa está curada. Haveis curado a minha filha por completo e só rezando por ela e impondo-lhe as mãos. Apressamo-nos a beijar essas mãos e a render-vos o tributo da nossa admiração e agradecimento.

— Mas diz que está curada? Então por que não sai da cadeira e anda?

— Pelo menos acabou-lhe a febre noturna desde quinta-feira — contestou, apressada, a senhora. — As pernas estão mais fortes e esta manhã levantou-se muito restabelecida depois de descansar durante toda a noite. Já tem as faces rosadas e os olhos brilhantes! Antes queixava-se a toda a hora, mas agora ri e sente-se alegre e feliz. Esta manhã empenhou-se em que a deixasse levantar e esteve assim durante uns minutos sem qualquer apoio. Já sonha em dar um baile dentro de poucos dias. Chamei o doutor Herzenstube e ele encolheu os ombros, dizendo: "Não entendo, não se deve à ciência esta mudança."

Como havíamos de deixar de vir importunar-vos, de deixar de vos vir agradecer? Lisa, mostra-te grata, agradece.

A formosa e risonha cara da pequena obscureceu-se. Ergueu-se tanto quanto lhe foi possível estendendo as mãos unidas na direção do monge e, perdendo o equilíbrio, deu uma gargalhada.

— É dele, é dele! — disse, apontando para Aliocha com desgosto infantil por não ter conseguido conter o riso.

— Tem um recado para vós, Alexey Fedorovitch. Como está? — interveio a mãe, estendendo a mão enluvada ao noviço.

O ancião voltou-se e todos fixaram a atenção no jovem, que se acercou da inválida sorrindo acanhadamente para a saudar. A pequena estendeu-lhe a mão e tomou-se de um ar muito solene.

— Catalina Ivanovna envia-lhe isto — disse, entregando-lhe uma carta — e pede encarecidamente que a vá ver o mais depressa possível. Não falte!

— Ela pede que eu vá a sua casa? Eu? Para quê? — murmurou Aliocha, em cujo rosto se pintava a surpresa e a ansiedade. — É algo que diz respeito a Dmitri Fedorovitch e... a tudo o que se tem passado nestes últimos dias — apressou-se a mãe a explicar. — Catalina tomou uma resolução e quer consultá-lo. Com que objetivo, não sei, apenas o deseja ver quanto antes. E espera que o faça. É um dever de cristão.

— Apenas a vi uma vez — replicou Aliocha com grande perplexidade.

— Ah! É uma excelente moça. Incomparável! Ainda que não seja pelo que tem sofrido... Pense no que passou e no que se passa agora com ela! E que futuro! É horrível, horrível! — Pois bem, irei — decidiu Aliocha depois de olhar para a carta, que era uma súplica encarecida para uma entrevista, sem dar qualquer classe de explicações.

— Que generoso e agradável que sois! — exclamou Lisa com ardor. — Eu que afirmava à mamã que se negaria porque só lhe interessaria a salvação das almas! Que bom! Sempre o tive num grande conceito, gosto de o dizer!

— Lisa! — admoestou a mãe, sem poder reprimir um sorriso. E acrescentou: — Esqueceu-nos por completo, Alexey Fedorovitch; nunca mais nos veio visitar. E isso que Lisa diz é verdade. Nunca se encontra melhor senão quando está convosco. Aliocha levantou os olhos, corou ainda mais e sorriu sem saber porquê. O Presbítero já não o olhava, distraído com o monge que havia esperado a sua chegada em companhia da dama, homem humilde, de origem campesina, ideias estreitas e uma fé impetuosa e obstinada. Disse que viera do Norte, de Obdorsk, de São Silvestre, um pobre mosteiro de dez monges, entre os quais ele se encontrava. O Padre Zossima deu-lhe a bênção e convidou-o a ir à sua cela sempre que tivesse gosto em fazê-lo.

— Como explicais estes acontecimentos? — perguntou logo o monge, indicando significativamente e com modo solene a paralítica.

— Fala do seu coração? É prematuro tudo o que se diga dela. Um alívio pode obedecer a várias causas, mas a cura, se é que houve algo disso, só à vontade de Deus se pode atribuir. Tudo vem de Deus... Venha visitar-me, padre, pois que raras vezes posso receber. Sinto-me doente e sei que os meus dias estão contados.

— Ah, não, não! Deus não o afastará de nós! Vivereis ainda muito, muito tempo — gritou a senhora. — E que tendes, se o vosso semblante mostra saúde, alegria e felicidade?

— Hoje sinto-me muito melhor, mas reconheço que as minhas melhoras são passageiras. Sei perfeitamente o alcance das oscilações da minha doença e se pareço feliz (que felicidade me dá, dizendo isso) é apenas porque o homem foi criado para isso, e quando na verdade o é poderá dizer: "Cumpri a vontade de Deus neste mundo". Todos os justos, todos os santos, todos os mártires se sentiram felizes.

— Que palavras, senhor! Com que confiança pronunciais coisas tão sublimes que se espetam na alma como flechas! Por que... a felicidade?... Onde está a felicidade? Quem pode afirmar de si mesmo que é feliz? Já que tivestes a bondade de nos conceder esta entrevista, permiti que vos diga tudo o que não vos pude dizer antes por falta de coragem, tudo o que me oprime e atormenta há tempos. Sofro, sofro muito! Perdoai-me. E num rasgo de exaltação, estendeu para ele as suas mãos unidas.

— O que é que a faz sofrer?

— Faz-me sofrer... a falta de fé. — A falta de fé em Deus?

— Não, em Deus não! Nem me atrevo a pensar nisso! Mas na vida futura... é um enigma! E ninguém o pode resolver. Ouvi. Vós sois um médico versadíssimo em males do espírito e eu não pretendo que acrediteis completamente em mim; mas dar-vos-ei a minha palavra de que não falo de ânimo leve. A ideia da vida para além da morte enche-me de angústia e de terror, e não sei a quem me dirigir nem sequer a quem comunicar as minhas dúvidas. Oh, Deus! Que pensareis de mim?

E, na sua dor, torcia e retorcia as mãos.

— Tranquilize-se sobre a minha opinião. Estou convencido de que a sua dor é sincera.

— Como vos agradeço! Pois, sim, cerro os olhos e pergunto-me: "De onde vem esta crença que todos têm?" E uns dizem que tem origem no medo dos fenômenos terríveis da natureza, sem que corresponda a qualquer realidade. E penso: "De que me servirá crer durante toda a minha vida se só me espera o cardo que há de crescer sobre a minha campa?" É terrível! Como, como adquirir a fé? Só acreditei quando pequenina, quando não pensava naquilo em que tinha crença. Mas onde estão as provas? Tendes aqui a minha alma para que a alumieis. Se perco esta ocasião, perguntarei em vão durante todo o resto da minha vida. Uma prova, algo que me convença! Que desgraçada sou! Olho à minha volta e não há ninguém que me compreenda. A ninguém preocupam hoje em dia estas coisas; estas coisas cuja ignorância se me torna insuportável. É horrível... horrível!

— Sim, é horrível! Não há quem o possa provar, mas podemo-nos convencer.

— Como?

— Pelo exercício de um amor prático. Esforce-se por amar ao próximo ativamente, sem cessar. À medida que o seu amor aumentar, ir-se-á convencendo da existência de Deus e da imortalidade da alma, e quando alcançar a abnegação, o sacrifício de si mesma no amor dos outros, resplandecerá a sua fé sem qualquer sombra de dúvida. É uma verdade baseada na experiência.

— O amor ativo! Essa é outra questão... E que questão! Verei que tenho sentido tanto amor pela humanidade que várias vezes pensei em deixar a Lisa o que possuo e fazer-me irmã de caridade. Em tais momentos fecho os olhos e, entregue aos meus pensamentos, aos meus sonhos, sinto-me capaz de vencer todos os obstáculos. Não me arredariam feridas nem chagas de pestilentos; tratá-las-ia com as minhas próprias mãos, consolaria os aflitos e beijar-lhes-ia as úlceras.

— É santo e bom que conceba tais sonhos que o tempo poderia converter em realidade. — Sim, mas poderia eu suportar durante muito tempo esta espécie de vida? — prosseguiu ela com denodo quase delirante. — É isso o principal, o que mais me inquieta. Fecho os olhos e pergunto-me: "Seria perseverante na minha vocação? Se o paciente cuja ferida lavasse se tornasse ingrato em vez de agradecido, sem apreciar nem notar sequer os meus serviços caritativos, e começasse a abusar pedindo com rudeza ou queixando-se de mim aos superiores (como é frequente nos doentes, cujo caráter azeda ainda mais), que faria eu então? Não enfraqueceria a minha amorosa solicitude?" E tenho então a certeza de que todo o meu amor se desfaria na ingratidão, que não valho mais do que uma servente assalariada que trabalha pelo que recebe pontualmente, quero dizer, pelos elogios, atendendo que amor com amor se paga. Sem esta reciprocidade sou incapaz de amar a alguém. Sentia, ao falar assim, que o desprezo de si mesma lhe dava forças para desafiar o olhar do santo.

— Isto parece-se com o que me contou um médico — observou o velho. — Já não era novo e tinha grande sabedoria. Falava com franqueza igual, mas tomava as coisas sempre a brincar. "Eu próprio me admiro pelo amor que sinto pela humanidade", dizia-me, "porque este amor que sinto está em razão inversa do que me inspira o indivíduo. Por vezes entusiasmo-me traçando planos para bem da espécie humana, deixar-me-ia crucificar se o mundo necessitasse de vez em quando de um redentor e não posso conviver dois dias seguidos com uma pessoa. Quando alguém se aproxima, a paz e a alegria que gozo a sós abandonam-me. Em vinte e quatro horas o homem melhor torna-se-me odioso, ou porque demora demasiado tempo a comer ou porque se trata se está constipado. Sinto-me inimigo de todos os que se aproximam de mim, mas o que é incrível é que, à medida que o indivíduo se me torna detestável, aumenta em mim o amor pela humanidade."

— E que fazer? Que fazer em tais casos? Teremos de nos entregar ao desespero?

— Não. Basta a aflição que isto vos causa. Faça o que puder e ser-lhe-á levado em conta. Já não é pouco conhecer-se e ser sincera. Se me abrisse o coração apenas com o objeto de me arrancar elogios à sua franqueza nada conseguiria no terreno do amor ativo. Tudo seria reduzido a sonhos e passaria a vida como um fantasma, acabando por não pensar sequer na vida futura e por se tranquilizar com respeito à hora da morte.

— Fazeis-me medo! Agora compreendo que realmente procurava a vossa aprovação quando vos disse com franqueza que não poderia tolerar a ingratidão. Haveis descoberto o que a mim mesma ocultava, lendo na minha consciência e revelando-me os meus próprios segredos.

— Isso que dizeis é verdade? Pois mesmo após uma tal confissão creio que é sincera e nobre. Se não consegue ser feliz, lembre-se sempre de que está no bom caminho e procure não sair dele. Sobretudo, afaste a mentira e todo o gênero de lisonja, especialmente aqueles que tendem a enganar-vos. Mantenha-se sempre alerta neste ponto e não brinque nunca, quer consigo quer com o próximo, pois que todas as imperfeições da sua alma começarão a purificar-se desde que as reconheça. Não se admire se tiver dúvidas que lhe atrasem o passo do seu amor ativo. Não tema, porque por vezes o medo engendra a mentira. Não devem amedrontá-la excessivamente as más ações. Sinto não poder dar-lhe conselhos mais consoladores, porque o amor ativo é terrível, espantoso ao lado do amor especulativo. Este é ardente, pronto a trabalhar, rápido na execução e certeiro no que ataca, e o homem que o possui daria a sua vida se os juízos de Deus não tivessem de se prolongar e se houvesse público que o aplaudisse, como nos grandes estádios. Mas o outro é trabalho e fortaleza e, para alguns, uma ciência completa. Não importa; asseguro-vos que quando virdes com terror que todos os vossos esforços, em vez de vos aproximar, vos afastam do fim que pretendeis, asseguro-vos, repito, que estareis então a ponto de o alcançar e reconhecereis claramente o milagroso poder de Deus, que durante todo o tempo terá sido o vosso guia amoroso e oculto. Perdoai-me se tenho de me despedir. Esperam-me. Adeus.

A senhora chorava.

— Lisa, Lisa! Dai-lhe a vossa bênção! — gemeu.

— Não a merece porque foi má. Por que te ris de Alexey? — disse o Presbítero em tom bondoso.

A jovem não havia parado de troçar do noviço, divertida com o recato e o empenho que este punha em não a olhar. Lisa vigiava o jovem a fim de o surpreender ao menor descuido do seu olhar, e como Aliocha não pôde resistir àquele olhar tão intenso olhou-a por fim e o riso da doente soou ainda mais triunfal, desconcertando e humilhando ainda mais o noviço, que se defendeu colocando-se atrás do Presbítero. Mas pouco depois não conseguiu resistir à curiosidade de ver se o olhava e deu com Lisa a levantar-se da cadeira e quase caindo para o alcançar com a vista. Então riu ela tão estrepitosamente que o velho não pôde conter uma repreensão.

— Por que te ris assim dele, menina travessa? Lisa corou e os olhos brilharam. O rosto adquiriu um ar grave e começou a falar com nervosismo e num tom ressentido:

— Porque se arma em tonto, como se tudo tivesse esquecido. Como se não se lembrasse de que andou comigo ao colo e brincou comigo aos cavalos quando eu era pequena!... Pois se ele me ensinou a ler! Há dois anos, quando se despediu, disse que nunca me esqueceria, que seríamos amigos para sempre, para sempre! E agora, sem mais nem menos, tem medo de mim. Crê que vou comê-lo? Por que não se aproxima? Por que não fala? Se não vem lá a casa não é porque vós o impeçais, pois já sabemos que vai aonde lhe apetece. Será bonito que eu o tenha de convidar? Se não me tivesse esquecido, não faria falta o convite. Ah! Agora pensa apenas em salvar a sua alma! Por que razão veste ele esta roupa tão larga? Se correr, cai como um saco!

E, não podendo conter-se mais, ocultou a cara entre as mãos e soltou uma gargalhada prolongada, irresistível e nervosa. O Presbítero escutou-a, sorrindo, e deu-lhe a bênção com ternura. Quando ela lhe pegou na mão para a beijar, apertou-a bruscamente, retendo-a em frente dos olhos, e rompeu em soluços:

— Não vos envergonheis de mim! Sou uma tonta e não presto para nada... Aliocha deve ter motivos para não querer conversas com uma miúda ridícula como eu.

— Mandá-lo-ei a tua casa. Prometo — disse o Presbítero.

## Capítulo 5
## O Que Virá

Uns vinte e cinco minutos permaneceu o ancião fora da sua cela. Tinham tocado já as doze horas e meia e Dmitri ainda não havia comparecido, apesar de ter sido a seu pedido que se realizava a reunião. O Presbítero encontrou os visitantes embrenhados em animada conversa, sustida principalmente por Ivan e pelos dois monges. Miusov pretendia intervir com mais vontade do que acerto, pois como se encontrava pouco a par do assunto de que se tratava, as suas observações não eram tomadas em consideração e isto aumentava-lhe a irritabilidade. Nunca suportou certo velado desprezo com que o tratava Ivan nas disputas que haviam tido. "Envelheci nas primeiras filas do progresso europeu e, agora, estes criançolas querem pôr-me de lado!", pensava. E Fedor Pavlovitch, que havia cumprido por um momento a promessa de permanecer quieto e mudo, olhava Miusov sorrindo maliciosamente e deleitando-se no gosto que experimentava na sua derrota. Por fim, não pôde deixar escapar a ocasião que lhe apresentava o espírito de vingança e, inclinando-se para o outro, murmurou-lhe com a pior intenção:

— Por que não partiste depois da saudação de cortesia? Como podes permanecer entre pessoas tão mal-educadas? Sentes-te mortificado e furioso, e esperas poder vingar-te confundindo-nos com a tua portentosa inteligência? Não tenhas medo, não te irás sem ter desfiado o teu talento perante estes senhores. — Voltas ao mesmo?... Pois vou-me, agora. — Hás de ser o último de todos! — acometeu de novo o velho no momento em que o Padre Zossima entrava.

Houve uma trégua na conversa, mas o Presbítero, retomando o seu lugar, olhou-os como se os convidasse a continuar. Aliocha viu no semblante do ancião uma terrível prostração apenas dissimulada pelo esforço. Há dias que sofria desmaios de tão extenuado que se encontrava e tinha agora a mesma palidez, a mesma brancura que se lhe notava nos lábios antes de ser atacado por aqueles acessos de debilidade. Mas era evidente o seu desejo de que a visita não se malograsse; parecia querer mantê-la com um objetivo especial. Qual? Aliocha olhava o Presbítero intensamente com esperança de o decifrar na expressão.

— Estávamos a discutir o interessante artigo deste cavalheiro — anunciou o Padre Yosif, o bibliotecário, dirigindo-se ao que regressava e indicando Ivan. — Contam muitas coisas novas, mas penso que o assunto se pode canalizar em dois sentidos. O artigo é a contestação ao livro de uma autoridade da Igreja sobre os tribunais eclesiásticos e o campo da sua jurisdição.

— Sinto não ter lido o seu artigo, mas ouvi falar nele — disse o Presbítero, fixando Ivan com olhar bondoso e penetrante.

— Defende-se nele uma posição de grande interesse — confirmou o bibliotecário. — No que respeita à jurisdição da Igreja, manifesta-se oposto à separação desta e do Estado.

— É interessante, mas em que sentido? — perguntou a Ivan o Padre Zossima.

Aquele respondeu com cortesia, desvanecendo o temor do irmão e sem deixar transparecer no discurso modesto e circunspecto o menor segundo pensamento. — Parto do princípio de que esta confusão de elementos, quero dizer, dos princípios essenciais da Igreja e do Estado continuará, embora seja impossível que se liguem, pois tal ligação não pode levar a resultados normais e sólidos porque está cheia de falsidades na sua própria origem. Na minha maneira de ver, um compromisso entre a Igreja e o Estado sobre a jurisdição, por exemplo, não pode admitir-se num sentido real. O meu ilustre antagonista mantém que a Igreja defende uma posição precisa e definida dentro do Estado, e eu acho que, pelo contrário, a Igreja deve abarcar o Estado e não ocupar um lugar nele; e se, por alguma razão, isto é atualmente impossível, deve ao menos considerar-se como o seu fim primordial no futuro desenvolvimento da cristandade.

— Perfeitamente de acordo! — assentiu com fervor e decisão o douto Padre Paissy.

— Puro ultramontanismo! — exclamou Miusov com impaciência, retorcendo os dedos. — Mas não somos sequer montanistas! — interveio o Padre Yosif e, voltando-se para o Presbítero, prosseguiu: — Vede a maneira de responder às seguintes proposições "fundamentais e essenciais" do adversário que é, como já sabeis, um eclesiástico. Primeira: "Nenhuma organização social pode ou deve atribuir-se o poder de dispor do direito civil e político dos seus membros." Segunda: "A jurisdição civil e criminal não só não deve pertencer à Igreja, como é incompatível com a sua natureza, já como divina instituição, já como uma organização de homens que se associam para um fim religioso"; e, finalmente: "O reino da Igreja não é deste mundo."

— Jogo de palavras indigno de um clérigo! — exclamou o Padre Paissy, não podendo travar o arrebatamento. — Li a obra a que o senhor responde — continuou, dirigindo-se a Ivan — e detive-me surpreendido perante a frase: "O reino da Igreja não é deste mundo." Pois se não é deste mundo, que faz a Igreja na terra? No Evangelho, usam-se as palavras: "Não é deste mundo" num sentido diferente; é intolerável que se jogue com elas. Nosso Senhor Jesus Cristo veio estabelecer a Sua Igreja sobre a Terra. O Reino dos Céus não é, portanto, deste mundo, é dos Céus; mas aqui trata-se da Igreja que foi fundada sobre a Terra, e isto é tão claro que servir-se frivolamente dessas palavras é um jogo imperdoável e impróprio. A Igreja é, na verdade, um reino ordenado para o governo e, no fim, há de acabar imperando sobre toda a Terra. Temos disso a promessa divina.

Calou-se, como se tentasse reprimir-se. Ivan, que havia escutado atenta e respeitosamente, tomou a palavra dirigindo-se ao Presbítero com marcada compostura e cordialidade:

— Todo o espírito do meu artigo assenta no fato de que, durante os três primeiros séculos, o cristianismo existiu apenas na Igreja e não foi mais do que a Igreja. Quando o império pagão de Roma desejou tornar-se cristão sucedeu, inevitavelmente, que a Igreja se encontrou no seio de um Estado que continuava a ser pagão em várias províncias. Isto é, na realidade, o que se depreende dos fatos. Ora bem: Roma como Estado conservou, em grande parte, a sua cultura e civilização pagãs, como o Direito e os principais fundamentos do Estado, que não pôde, naturalmente, derrubar a Igreja cristã quando esta passou a fazer parte dele porque os considerava rocha em que se apoiava; não podia nem devia perseguir outros fins que aqueles que Deus mesmo lhe havia apontado pela revelação e entre os quais se conta o de acolher no seu seio todo o Mundo e, por conseguinte, o próprio Estado pagão da Antiguidade. Em tal sentido, isto é, com vista ao futuro não tem a Igreja razão para solicitar uma posição definida no Estado como "uma organização qualquer" ou como "uma sociedade com propósitos religiosos a cumprir", segundo o meu opositor define a Igreja, mas, ao contrário, todo o Estado tem de ser absorvido completamente pela Igreja de modo a que não seja mais do que uma Igreja que repila os negócios que nada tenham a ver com os seus fins. Isto de modo algum diminuiria a sua honra nem menosprezaria a glória que lhe coubesse como grande Estado, nem a glória dos que fossem chamados a regê-la, mas antes a desviaria do caminho enganoso e torto de um "é ou não é pagão" para seguir verdadeira e reta senda que leva ao fim eterno. Por isso o autor de As Origens da Jurisdição Eclesiástica teria julgado com sabedoria se, ao estudar o assunto, tivesse assentado esses princípios a título de compromisso inevitável nestes tempos de pecado e imperfeição; mas a partir do momento em que se atreve a declarar que os princípios que sustém (alguns dos quais nos acabam de ser citados pelo Padre Yosif) têm caráter permanente, essencial e eterno, vai diretamente contra a Igreja e contra a sua missão divina e eterna. É este o ponto essencial do meu artigo.

— Em resumo — juntou o Padre Paissy, acentuando cada uma das suas palavras —, segundo certas teorias que não foram formuladas claramente até ao nosso século, a Igreja deve transformar-se em Estado à medida que este evolucione progressivamente em formas mais nobres e elevadas até que desapareça nela pelo avanço da ciência, do espírito da época e da civilização. E se a Igreja não quiser, se resistir, terá sempre um lugar reservado no Estado sob cuja inspeção viverá... e isto em todos os países da Europa Moderna. Mas as aspirações e as ideias da Rússia exigem não que a Igreja passe a ser um símbolo mais perfeito dentro do Estado, mas que o Estado chegue a conseguir ser Igreja e nada mais. Amém! Amém!

— Vamos! Haveis-me tranquilizado um pouco — comentou Miusov, sorrindo, sem deixar de retorcer os dedos. — Pelos vistos a realização de tanta beleza está muito longe, na segunda vinda de Cristo. Muito bem! Não passa de uma bela utopia o sonho da abolição da guerra, da diplomacia, dos bancos, etc... uma coisa que ultrapassaria o socialismo. Imaginava que tudo era a sério e que a Igreja podia atualmente julgar os criminosos e condená-los a açoites, à prisão e à morte... — Se não houvesse outro tribunal a não ser o eclesiástico, a Igreja não ditaria, nem mesmo nos nossos tempos, a sentença de prisão ou de morte.

— O crime e o conceito que dela tem mudaria fatalmente, senão de imediato, em muito pouco tempo — replicou Ivan com calma.

— Falas a sério? — Se tudo viesse a parar na Igreja, esta expulsaria da sua assembleia o criminoso, mas não lhe cortaria nunca a cabeça. E eu pergunto: que seria do expulsado? Ver-se-ia afastado não só dos homens, como agora, mas também de Cristo, porque o seu crime não só seria contra a humanidade, mas contra a Igreja de Cristo. Estritamente falando, é o que sucede hoje, embora não se possa afirmar abertamente, pois com frequência, com muita frequência, o criminoso dos nossos dias tranquiliza a sua consciência, dizendo: "Estão todos enganados, vivem todos em erro, toda a humanidade é uma falsa igreja; eu, um ladrão, um assassino, represento a única, a verdadeira Igreja de Cristo." Digo-vos que é muito difícil que um homem chegue a falar assim; isto requereria um conjunto de raríssimas circunstâncias. Por outro lado, examinemos o ponto de vista sob o qual a Igreja considera o crime. Não tende naturalmente a renunciar à atitude quase pagã que se observa hoje em dia, substituindo essa separação material dos membros apodrecidos para preservar a sociedade com a doutrina eternamente honrosa da regeneração do homem, da sua emenda e salvação?

— Que queres dizer? — interrompeu Miusov. — Também agora não te entendo. Parece que contas um sonho de maneira confusa e incompreensível. Porque, vejamos, que é a excomunhão, essa separação de que falas? Suspeito de que te ris, Ivan Fedorovitch.

— Sim, mas já se sabe que assim é, na realidade — comentou o Padre Zossima, atraindo todos os olhares. — Sem a Igreja de Cristo, nada poderia conter o criminoso na sua maldade nem castigá-lo devidamente. Hoje aplicam-se penas materiais que, na maior parte dos casos, endurecem o coração; mas não são o verdadeiro castigo, a sanção eficaz que amedronta e enternece, e consiste no reconhecimento do pecado pela consciência.

— Como é isso, se pode saber-se? — perguntou Miusov com viva curiosidade. — Todas as sentenças de desterro e trabalhos forçados, e os açoites que se usavam dantes, não puderam reformar ninguém e apenas detiveram um dos braços criminais; não diminuíram os crimes, mas parece que ainda aumentam de dia para dia. Tendes que admitir isto. Não fica a salvo a segurança da sociedade se, ao separar dela materialmente um membro daninho, vier a ocupar o seu lugar um outro pior ou, às vezes, dois. Se alguma coisa deve preservar a sociedade, ainda nos nossos tempos, e regenerar e corrigir os criminosos é a lei de Cristo, trabalhando na sua consciência. Só reconhecendo-se culpado como filho da sociedade cristã, quero dizer, da Igreja, sentirá o peso do seu pecado contra a sociedade, ou seja, contra a Igreja, de maneira que o criminoso só pode reconhecer que pecou contra a Igreja, não contra o Estado. Se a sociedade constituída em Igreja tivesse jurisdição já saberia a quem expulsar e com quem se reconciliar; mas como atualmente não dispõe senão do poder de condenar moralmente, deixa de lado os castigos materiais e, em vez de excomungar o malvado, obstina-se paternalmente em exortá-lo; e ainda mais, dá-lhe esmola e trata-o mais como cativo do que como presidiário. E que seria dos criminosos, Deus meu, se a sociedade cristã, a Igreja, os repelisse como os repele a lei civil, desamparando-os? Que seria deles se a Igreja os castigasse com a sua excomunhão, secundando as leis do Estado? Não haveria desespero mais terrível, pelo menos para os condenados russos; porque o russo, mesmo no seu crime, mantém a integridade da fé. Sucederia talvez algo mais terrível porque, no desespero da sua alma, o criminoso poderia perder a fé, e que seria dele então? Mas a Igreja, como uma mãe terna e amorosa, separa-se de todo o castigo material, já que o criminoso sofre sob o poder da lei civil e deve haver alguém que, ao menos, se compadeça de si; e separa-se perante tudo porque o seu juízo é o único verdadeiro e não pode, prática e moralmente, avaliar outro juízo, nem mesmo como compromisso passageiro; não pode tornar-se solidária, não pode assinar um pacto. Dizem que os criminosos de outros países raras vezes se arrependem, porque as mesmas doutrinas modernas confirmam-lhes que o seu crime não é crime, mas a reação natural contra uma força injusta e opressora. A sociedade expulsa-os do seu seio com um poder que deles triunfa material-mente e (pelo menos assim o confessam os europeus) esta expulsão é acompanhada pela aversão, pelo esquecimento, pela mais profunda indiferença, como se fosse este o destino fatal de um irmão extraviado. Tudo se pode esperar sem a piedosa intervenção da Igreja, que falta em muitos casos; pois se continuam de pé as instituições eclesiásticas, como os templos suntuosos, há séculos que se esforçam por passar da Igreja a Estado e lograram desaparecer neste por completo. Tal sucedeu, pelo menos, nos países luteranos e, quanto a Roma, faz já mil anos que se constituiu em Estado em vez de Igreja. Claro que assim o criminoso, não podendo sentir-se membro da Igreja, cai num desespero total. Se volta à sociedade é acolhido com tal repugnância que a própria sociedade o afugenta. Julguem vós próprios como vai acabar. Em muitos casos parece que o mesmo se passa entre nós, mas temos a vantagem de que ao lado da justiça humana está a Igreja, que recebe sempre os criminosos como filhos amados e prediletos. Além disso, a opinião pública ainda respeita o juízo da Igreja, que se tem força para produzir resultados práticos mantém, contudo, viva a confiança no futuro, e isto é um consolo para a alma do sentenciado. Está também certo o que atribuíeis há pouco à jurisdição da Igreja, porque se fosse posto em prática com todo o seu poder, transformando-se a sociedade toda em Igreja, não só influiria o seu juízo na reforma do criminoso, o que se não consegue agora, mas o número de crimes diminuiria de forma incrível. E quem duvida de que a Igreja julgará o delito e o delinquente no futuro, de maneira distinta, esforçando-se por reabilitar o culpado, conter os que forjam o mal, levantar o caído? A verdade é — acrescentou o Padre Zossima, sorrindo — que a sociedade cristã não está ainda preparada; talvez não haja nem mais do que sete justos, mas como estes nunca hão de faltar, manter-se-á firme esperando completa transformação de uma sociedade mais poderosa. Assim seja, assim seja. Sucederá no fim dos tempos, porque foi assim ordenado. Mas não nos inquiete o tempo nem as estações, que o segredo do tempo e das estações está na sabedoria de Deus, na Sua Presciência e no Seu amor, e o que, segundo os homens, ainda vem muito longe, podemos pela vontade divina tê-lo à mão como em vésperas da sua aparição. Amém!

— Amém, amém! — repetiu com gravidade e reverência o Padre Paissy.

— Surpreendente, muito surpreendente! — murmurou Miusov com acanhada indignação. — Mas o que é que o surpreende tanto? — perguntou cautelosamente o bibliotecário.

— O quê?! Isto passa já de todos os limites! — gritou Miusov, rebentando por fim. — Elimina-se o Estado e ergue-se a Igreja no seu lugar. Isto não é só ultramontanismo, é já arquiultramontanismo! Isto ultrapassa as quimeras do Papa Gregório VII!

— Isso é um erro — comentou o Padre Paissy serenamente. — Tenho presente que a Igreja não se há de transformar em Estado. Esse é o sonho de Roma, a terceira tentação do Demônio. Não; é o Estado que se converterá, ele próprio, por evolução ascendente, em Igreja sobre todo o Mundo, o que, além de não estar conforme em absoluto com o ultramontanismo, nem com Roma nem com a sua interpretação, é o destino glorioso que anunciou a Providência à Igreja ortodoxa. No Oriente se levantará a estrela!

Miusov mantinha-se calado de um modo significativo, transbordado de dignidade em toda a sua pessoa, enquanto aos lábios assomava um arrogante sorriso de condescendência. Aliocha não podia calar os gemidos no peito; aquela conversa comovia os fundamentos da sua vida. O olhar fixou-se em Rakitin, que continuava imóvel junto da porta, ouvindo atentamente o que se dizia em volta sem desviar o olhar do chão e deixando adivinhar na sua expressão a agitação do espírito. Aliocha sabia bem a que se devia ela. Inesperadamente, Miusov, adotando o ar majestoso que lhe era peculiar, falou:

— Permitam-me que vos conte uma história, cavalheiros. Há uns anos, pouco depois do golpe de estado de dezembro, encontrando-me de visita em casa de uma personagem de grande influência no Governo, tive ocasião de conhecer um homem muito interessante. Não era precisamente um policial, mas o capitão de um regimento de agentes policiais, cargo que lhe dava grande poder. Desde logo me dominou a curiosidade de conversar com ele, aproveitando a oportunidade que se me oferecia, e como ele não estava ali de visita, mas como subordinado cumprindo as suas funções, e havia presenciado o amável acolhimento que me dispensara o dono da casa, dignou-se falar-me com franqueza, até certo ponto, desde o princípio. Era mais que franco, cortês, como só os franceses sabem sê-lo, especialmente com um forasteiro; mas entendi-o perfeitamente. Falamos sobre os socialistas revolucionários que eram perseguidos naqueles dias. Citarei apenas o que de mais notável me confessou aquele homem: "Todos esses socialistas, anarquistas, ímpios e revolucionários", disse-me, "não nos dão muito que temer. Vigiamo-los e estamos ao corrente daquilo que tramam. Mas há certos homens que acreditam em Deus e são, ao mesmo tempo, cristãos e socialistas. Essa, essa é a gente mais terrível. São de respeito. É preciso ter mais cuidado com o socialista cristão do que com o socialista ateu." Estas palavras intrigaram-me nessa altura e acodem-me agora espontaneamente à memória, meus senhores.

— E aplicai-no-las, tomando-nos por socialistas? — inquiriu o Padre Paissy sem titubear. Pyotr Alexandrovitch não teve tempo de encontrar resposta porque a porta se abriu nessa altura e o esperado visitante, Dmitri Fedorovitch, entrou. Tanto havia demorado que a sua chegada causou, de imediato, certa surpresa.

## Capítulo 6
## Por Que Vive Semelhante Homem

Dmitri Fedorovitch, jovem de estatura média e presença agradável, aparentava mais de vinte e oito anos. O seu desenvolvimento muscular prometia uma força extraordinária que contrastava com o rosto de aspecto doentio e fraco, e tez pálida. Os olhos grandes sobressaíam violentos e vagarosos e, mesmo quando a excitação e a ira o levavam a falar, não expressavam o seu estado de ânimo, mas sim qualquer coisa incoerente com o que se passava. Era portanto difícil adivinhar o que lhe ia na mente e, quando o julgavam pensativo e mal-humorado, surpreendia a todos com a mais fresca gargalhada, dando testemunho da jovialidade e contentamento que se escondiam sob aqueles olhos sombrios. Era compreensível certa tensão nervosa no seu rosto, pois ninguém desconhecia a vida inquieta e frívola que levava e os arrebatamentos de ira a que se entregava nas contínuas disputas com o pai. Sobre isto corriam muitas histórias na cidade. Era irascível como toda a cabeça instável e sem contrapeso, como no-lo descreve, muito oportunamente, o juiz de paz Katchalnikov. Vestia de maneira rigorosa, com casaca cuidadosamente abotoada, luvas pretas e cartola; usava ainda o bigode bizarro de soldado, sem barba, e os cabelos castanhos apartados com uma risca caíam-lhe sobre a testa em duas madeixas. O andar era marcial e decidido. Deteve-se um momento à entrada e, passando o olhar pelos presentes, dirigiu-se prontamente ao Presbítero, adivinhando nele o dono da casa; saudou-o com uma profunda reverência e pediu-lhe a bênção. O Padre Zossima deu-lha, levantando-se. O jovem beijou-lhe a mão, e, com grande sentimento, quase enfadado, suplicou:

— Tende a generosidade de me perdoar o muito que vos fiz esperar. E que Smerdyakov, o criado que me enviou meu pai, me assegurou por duas vezes que a visita estava marcada para a uma. E agora vejo que...

— Não se preocupe — interrompeu o Presbítero. — Não vale a pena. Chega com um pouco de atraso, mas não tem importância...

— Mil obrigados. Não esperava menos da vossa bondade.

Dmitri saudou o Padre Zossima de novo e, voltando-se para o pai, repetiu a saudação com uma inclinação respeitosa e profunda. Isto foi de certeza um ato premeditado e sério, sinal de respeito e boa disposição. Fedor Pavlovitch ficou momentaneamente como que desorientado, mas recompôs-se logo em seguida. Levantou-se e respondeu à reverência do filho com outra materialmente igual. O seu rosto adquirira o ar solene e sério que pressagiava a maldade da alma. Dmitri saudou os restantes presentes e, sem entreabrir os lábios e com passos decididos, foi ocupar a única cadeira vaga junto da janela, ao lado do Padre Paissy, dispondo-se a ouvir a conversa que interrompera. A discussão foi retomada, mas Miusov não achou conveniente dar resposta ao Padre Paissy, cuja teimosia o irritava.

— Permitam-me que evite essa questão — observou com certo ar complacente de homem magnânimo. — Presta-se a demasiadas sutilezas. — Ivan Fedorovitch sorri; deve ter alguma coisa interessante a dizer. Pergunte-lhe.

— Nada de interesse, apenas uma pequena observação — respondeu Ivan. — Em geral, os liberais europeus e os nossos diletantes confundem com frequência os fins do socialismo e os do cristianismo, porque de ambos têm a mesma falsa noção. Mas não são só os liberais e os diletantes que confundem socialismo com cristianismo. Também a polícia os confunde muitas vezes, até a francesa, claro. A vossa história é muito significativa, Pyotr Alexandrovitch.

— Pois deixemos isso, senhores — repetiu Miusov — e contar-lhes-ei outra história mais interessante, mais significativa do mesmo Ivan Fedorovitch. Ainda não há cinco dias, numa reunião em que abundavam as senhoras, declarava ele, provando-o com argumentos, que nada no mundo pode fazer com que um homem ame o seu próximo, que não há lei natural que nos obrigue a amar a humanidade e que, se há algum amor no mundo, não se deve a uma lei natural, mas meramente à fé que o homem tem na imortalidade. Juntava, entre parênteses, que toda a lei natural descansava na fé e que se desaparecesse no homem a crença na imortalidade, não só o amor como também toda a força vital que contribuiu para manter a vida no mundo, terminaria *ipso facto,* aniquilada. Por consequência, não haveria nada imortal; tudo seria permitido, até a antropofagia. E ainda mais. Acabou afirmando que em cada indivíduo, ao acabar de crer em Deus ou na imortalidade, tornar-se-ia imediatamente a lei moral da natureza no contrário do que era como lei religiosa e que, portanto, o egoísmo e o crime não seriam somente legais como também seriam reconhecidos inevitavelmente como a mais racional e nobre consequência da condição humana. Por este paradoxo, senhores, podeis julgar o resto da teoria do nosso querido e extravagante Ivan Fedorovitch.

— Um momento! — exclamou Dmitri. — Se não entendi mal, o crime não só é permitido, como tem de ser reconhecido como a inevitável e mais natural consequência da condição de um ímpio. E isto ou não é?

— Nem mais nem menos — consentiu o Padre Paissy.

— Não o esquecerei — murmurou Dmitri secamente. Todos o olharam com curiosidade.

— Está convencido de que tal seria a consequência do desaparecimento da fé na outra vida? — perguntou o Presbítero a Ivan.

— Em absoluto. O meu lema é este: há virtude sem imortalidade.

— Bendito seja por tal crença; ainda que, depois de tudo, seja muito desgraçado.

— Desgraçado? Por quê?

— Porque o mais provável é que não creia nem na imortalidade da alma nem em nada do que escreveu sobre a jurisdição da Igreja.

— Talvez tenhais razão!... Mas asseguro-vos que nem tudo o que digo é gracejo — apressou-se a confessar Ivan, corando no seu sorriso.

— Não graceja de tudo, é certo. A questão inquieta a sua alma e fica por resolver. Mas o atormentado gosta de se divertir com o próprio desespero. Quem sabe se, mesmo no seu desespero, procura distrair-se escrevendo em revistas, e discutindo em tertúlias, ainda que não creia nos próprios argumentos e no fundo da sua alma doente zombe deles... Não, a questão não está resolvida dentro de si e essa é a sua dor, uma dor que clama a verdade.

— Mas posso eu resolvê-la, e resolvê-la afirmativamente? — replicou o outro, olhando ainda o ancião com o mesmo sorriso indecifrável.

— Se não a puder resolver afirmativamente, também a não resolverá negativamente. Aí está o mal da sua alma; é isso que a tortura. Mas agradeço ao Criador que lhe tenha dado um coração corajoso, capaz de sofrer sem desmaios, e uma inteligência que pensa e procura coisas elevadas, pois a nossa morada está no céu. Deus queira que encontre a paz na terra. Deus guie os seus passos.

O ancião ergueu a mão direita para fazer o sinal da cruz sobre Ivan. Este aproximou-se, beijou a mão que o abençoava e regressou ao mesmo lugar em silêncio, com grande domínio da sua pessoa. Isto e a conversa precedente, mantida com tanto aprumo e certa solenidade por Ivan, deixou a todos tão surpreendidos que permaneceram mudos por um momento e até o próprio Aliocha parecia embargado. Mas Miusov encolheu os ombros e Fedor Pavlovitch saltou imediatamente do lugar onde estava.

— Santo Padre! — exclamou, apontando Ivan. — Este é o meu filho, carne da minha carne, o predileto do meu coração! E o meu respeitabilíssimo Marl Moor, por assim dizer, enquanto aquele que acaba de entrar, Dmitri, contra quem vos peço justiça, é o díscolo Franz Moor, os dois bandidos de Schiller; eu sou o poderoso conde Von Moor. Julgai-nos e salvai-nos! Necessitamos das vossas orações e ainda mais das vossas profecias!

— Deixe-se de chalaças e não comece a insultar os seus filhos — respondeu o Presbítero com voz débil e cansada. Era óbvio que se fatigava e as forças começavam a abandoná-lo.

— Uma farsa indecente! O que eu temia! — gritou Dmitri indignado. E levantando-se também, dirigiu-se ao Presbítero. — Perdão, reverendo Padre; sou um homem sem cultura e não sei em que termos me devo dirigir a vós, mas surpreende-me a vossa bondade em nos conceder esta reunião. Meu pai só deseja dar um escândalo. Ele sabe porque, sempre tem algum motivo. E eu também creio saber...

— Todos me censuram, todos! — saltou Fedor Pavlovitch. —Mesmo Pyotr Alexandrovitch! Sim, senhor, sim! Também tu me culpaste — repetiu, voltando-se para Miusov, que nem sonhava em interrompê-lo. — Acusam-me de me ter abotoado com o dinheiro dos meus filhos e de o ter estafado. Mas acaso não temos juízes? Eles apreciarão, Dmitri Fedorovitch, em vista dos teus recibos, das tuas cartas e das tuas assinaturas quanto tinhas, quanto gastaste e quanto te sobra. Por que é que Pyotr Alexandrovitch, que te conhece, se recusa a emitir o seu juízo? Porque todos se voltaram contra mim, como se Dmitri não me devesse ainda dinheiro, e não pouco. A sua dívida alcança alguns milhares, segundo provarei com documentos. Toda a cidade fala da sua libertinagem. E quando estava na guarnição, várias vezes tirou mil e dois mil rublos para seduzir alguma moça honesta. Sabemos tudo, Dmitri Fedorovitch, sabemo-lo com todos os pormenores! E prová-lo-ei! Quereis crer, santo Padre, que conquistou a mais honrada jovem de uma nobre e rica família, filha de um antigo chefe, um bravo coronel, cheio de honras e condecorações? Pois bem, comprometeu-a com promessas de casamento e agora que se encontra aqui, órfã, ele pôs-se a rondar como um palerma, sob o nariz da noiva, certa sedutora, uma sedutora que vivia... maritalmente, não sei como dizê-lo, com um homem muito digno de respeito e é pelo seu caráter independente uma fortaleza inacessível, tanto quanto o pode ser uma mulher legítima porque ela é virtuosa; sim, senhor, é virtuosa. Dmitri Fedorovitch quer abrir esta fortaleza com uma chave de ouro, e aqui tendes porque é insolente para comigo, tentando arrancar-me dinheiro. Não lhe chegam os milhares que já gastou com essa mulher. Está continuamente empenhado em a conquistar, e nunca adivinharíeis quem ela é. Digo-o, Mitya?

— Cale-se! — gritou Dmitri. — Espere até eu sair daqui. Não se atreva a manchar na minha presença o nome de uma jovem honrada. Não lhe permitirei o ultraje de pronunciar uma palavra que a ela se refira! — terminou já sem alento.

— Mitya! Mitya! — exclamou o pai num arranque de sentimentalismo. — Já não te importa a bênção paternal? E se eu te amaldiçoasse?

— Hipócrita desavergonhado! — rugiu Dmitri, cheio de furor.

— Já veem como trata o próprio pai! O seu pai! Como será com os outros? Imaginai, senhores; vive aqui um homem pobre, mas bom e carregado de filhos, um capitão que tive de demitir, mas sem escândalo, sem processo, sem manchar a sua honra; pois há três semanas Dmitri agarrou-o pelas barbas numa taberna, arrastou-o assim até à rua e, diante de toda a gente, deu-lhe uma sova brutal, tudo porque esse homem é meu mandatário em certos negócios sem importância.

Dmitri tremeu de raiva.

— É mentira! Na aparência é verdade, mas mentira na realidade. Eu não justifico os meus atos, pai. Sim, senhores, confesso-o. Portei-me brutalmente com esse capitão e ainda agora me não passou o desgosto da minha crueldade. Mas esse capitão, esse mandatário vosso, fora a casa da que vós apelidais de sedutora propondo-lhe que aceitasse as dívidas que vós tínheis minhas e me perseguisse até me enviar para a cadeia se eu persistisse nas minhas legítimas reclamações. Agora condena a minha inclinação por tal senhora quando o senhor mesmo a incitava a cativar-me. Ela mesma mo disse... Disse-mo rindo-se de si... De si que desejava meter-me na prisão por ciúmes, porque a assediava procurando conquistar os seus favores; também isso eu conheço, até ao mínimo pormenor, porque ela me contou tudo, rindo-se, ouve? Rindo-se. E é este o moralista, o pai que repreende o filho vicioso. Perdoem a minha cólera, senhores, mas pressentia já que esta velha raposa nos reunia com a intenção de provocar um escândalo. Vim para lhe perdoar se me estendesse a mão; para lhe perdoar e para obter o seu perdão. Mas já que injuriou, não a mim precisamente, mas a uma digníssima jovem por quem sinto tal respeito que não me atrevo a pronunciar o seu nome em vão, não vejo qualquer inconveniente em o desmascarar, embora seja meu pai.

Não pôde continuar. Os olhos lançavam faíscas, a respiração cortava-se-lhe. Todos estavam comovidos; todos se tinham levantado, com exceção do Padre Zossima, cuja decisão os monges esperavam com gravidade. O Presbítero permaneceu sentado, pálido, mais por cansaço do que por excitação; um sorriso suplicante aflorava-lhe aos lábios e, de quando em quando, erguia as mãos como para conter os raios daquela tormenta que dissiparia com um gesto. Mas parecia esperar algum acontecimento e vigiava atentamente uns e outros, procurando descobrir o que ainda se não revelara com claridade.

Miusov parecia humilhado e envelhecido e disse com ardor:

— Somos todos responsáveis por esta cena vergonhosa. Mas tenho de confessar que não a esperava, embora soubesse com quem estava a tratar. É preciso que isto acabe imediatamente. Creiam, vossas reverências, que não fazia nenhuma ideia de quanto aqui se disse; nunca quis acreditar no que por aí se murmura e que acabo de ouvir pela primeira vez. Um pai ciumento das relações do filho com uma mulher de vida fácil, com quem quer tecer intrigas para o meterem na cadeia! É esta a companhia com quem me vejo obrigado a apresentar! Fui enganado! Declaro diante de todos que fui o primeiro a ser enganado!

— Dmitri Fedorovitch! gemeu Fedor Pavlovitch num tom estranho. — Se não fosses meu filho, desafiava-te neste momento para um duelo... com pistola, a três passos... de olhos vendados — terminou, batendo com o pé no chão.

Há momentos na vida dos velhos trocistas em que sentem o seu papel tão ao vivo que tremem e derramam lágrimas de sinceridade, embora em seguida digam a si mesmos: Vamos, quem te julgas tu, desavergonhado empedernido?! Estás a fazer figura de palhaço apesar da tua *santa ira*.

Dmitri franziu o sobrolho e cravou no pai um olhar de desprezo, dizendo com voz afável de contida paixão:

— Eu que pensava... que pensava ir para casa com o anjo do meu amor, com a minha noiva, adoçar o resto dos dias de um velho, e encontro-me com um louco e vil comediante!

— Um duelo! — gemeu ainda o pobre insensato, com a respiração entrecortada. — E tu, Pyotr Alexandrovitch, fica sabendo que nunca, entendes, nunca houve na tua família uma mulher mais amável e digna que essa da vida fácil, como ousas chamar-lhe. E tu, Dmitri, se abandonas a tua noiva por ela é porque a tua noiva não vale o chão que essa mulher de vida fácil pisa.

— Que indecência! — interrompeu o Padre Yosif.

— Indecente e desavergonhado! acrescentou timidamente Kalganov, corando como um tomate.

— Por que vive tal homem? murmurou Dmitri como se delirasse, movendo o corpo de tal maneira que mostrava bem a sua ferocidade. — Digam-me. Pode-se tolerar que corrompa a terra? — E olhava em volta, indicando o velho.

— Ouvi, monges, ouvi o parricida! — gritou Fedor Pavlovitch, precipitando-se contra o Padre Yosif. — Aí tendes a vossa indecência! O que é a indecência? Essa vil criatura, essa mulher de fácil é talvez mais santa que vós mesmos, monges, que não pensais em mais nada para além da vossa salvação! Terá caído na sua juventude, empurrada pelas circunstâncias; mas amou muito e o próprio Cristo perdoou à mulher que amou muito.

— Não a perdoou Cristo por esse amor — disse docemente o Padre Yosif.

— Sim, por esse amor, monges, por esse amor! Vós buscais aqui a saúde da alma comendo couves e já vos considerais uns santos. Comem um gobião por dia e pensam que podem subornar Deus com gobiões.

— É intolerável! — murmuraram de todos os lados.

A cena acabou da maneira mais inesperada. O Padre Zossima deixou o seu lugar. Aliocha, que morria de angústia pelo Presbítero e por todos, teve ainda ânimo para lhe oferecer o braço como apoio. O ancião acercou-se de Dmitri e caiu de joelhos perante o espanto de Aliocha, que o julgou desmaiado. Mas não foi isto. O ancião, por sua vontade, prostrou-se diante de Dmitri até tocar o chão com a testa. Aliocha ficou tão estupefato que se esqueceu de o ajudar a levantar.

Nos lábios bailava-lhe um sorriso.

— Adeus! Perdoem-me, perdoem-me todos! — murmurou saudando os visitantes.

Dmitri ficou como que petrificado. "Como? Fora para si aquela tão grande veneração?"

— Meu Deus! — exclamou de súbito e, apertando a fronte entre as mãos, correu para fora do aposento.

Todos saíram atrás dele, esquecendo no seu aturdimento de se despedir do hospedeiro. Só os monges se aproximaram dele para receber a bênção.

— Que significa uma reverência tão profunda? É simbólica ou quê? — perguntou Fedor Pavlovitch, já severo, querendo reatar a conversa, mas sem ousar dirigir-se a ninguém em particular.

Acabavam de atravessar o recinto do eremitério. Miusov voltou-se e respondeu com mau humor:

— Nada entendo de manicômios nem de loucos, mas sei que me separarei de ti para sempre. Podes crer-me, Fedor Pavlovitch, para sempre... Onde está aquele monge?

O monge que os convidara para almoçar com o Hegúmeno aguardava-os e juntou-se-lhes naquele preciso momento

— Reverendo Padre, do fundo da alma vos agradecerei se apresentardes as minhas saudações respeitosas ao Padre Superior e me desculpardes ante Sua Reverência, a mim em particular, Miusov, lembrai-vos, dizendo-lhe quanto sinto que circunstâncias imprevistas me privem da honra de o acompanhar à mesa, como era o meu grande desejo — pediu Miusov sem poder acalmar a irritação.

— Esta circunstância imprevista sou eu — saltou Fedor Pavlovitch. Entendeis, Padre? Este cavalheiro detesta a minha companhia, sem a qual não faltaria ao almoço. Mas irás, Pyotr Alexandrovitch, rogo-te que almoces com o Superior, e bom proveito! Sou eu quem declina essa honra e não vós. Para casa. Em minha casa comerei. Encontro-me ali mais à vontade, Pyotr Alexandrovitch, meu querido parente.

— Não sou seu parente nem o fui nunca, homem vil!

— Disse-o para te fazer rabiar, porque sempre negas o parentesco que nos une; não obstante as tuas evasivas, és meu parente, e provarto-ei com o calendário eclesiástico. Quanto a ti, Ivan, fica se quiseres. Mando-te o coche depois. As conveniências, Pyotr Alexandrovitch, exigem que vejas o Superior e lhe dês satisfações por este rebuliço.

— De verdade que te vais? Não mentes?

— Pyotr Alexandrovitch! Como me atreveria depois do sucedido? ... Queria levantar-me e caí mais baixo; perdoai-me, senhores. Estou envergonhado! Mas, senhores, uns têm o coração de Alexandre, o Macedônio e outros o do cãozinho Fido. Estou confundido! Depois desta fuga com o rabo entre as pernas, como posso comer e engolir os alimentos do mosteiro? Não posso, estou envergonhado; perdoai-me...

"Só o diabo sabe se nos está a enfiar um barrete", pensou Miusov, perplexo enquanto o velho se afastava.

Este voltou-se e, notando que Miusov o olhava, atirou-lhe um beijo.

— Então, tu vens? — perguntou Miusov secamente a Ivan.

— Por que não, se o Hegúmeno me convidou pessoalmente antes de ontem?

— Por desgraça, vejo-me também comprometido a assistir a este almoço que Deus confunda — comentou o outro, sem notar que o monge o ouvia. — Temos que nos desculpar, explicar que o sucedido não foi por nossa culpa. Que te parece?

— Sim, está bem. Além disso, como meu pai não está...

— Bom, assim espero. Maldito almoço.

Começaram a andar. O monge, que escutava em silêncio, advertiu-os, enquanto atravessavam o bosque, que o Hegúmeno esperava há mais de meia hora. Ninguém lhe respondeu. Miusov olhava Ivan com ódio, pensando:

"Vai comer como se nada se tivesse passado. Um estômago de abutre e uma consciência de Karamázov!"

## Capítulo 7
## Um Jovem Aproveitador

Aliocha acompanhou o ancião até à sua cela e ajudou-o a sentar-se na cama. Era um quartinho pequeno, com apenas o necessário: um catre de ferro estreito com uma esteira a fazer de colchão e, a um canto, estampas religiosas e uma grande estante com uma cruz sobre os Evangelhos. O Presbítero caiu extenuado sobre o leito; os seus olhos brilhavam de febre e a respiração soava cansada.

Olhou Aliocha fixamente, como que absorto nas suas meditações, e disse:

— Vai, meu filho, vai; Porfiry chegará para me ajudar. Apressa-te que fazes lá falta. Vai e serve o almoço.

— Deixai que vos ajude — suplicou Aliocha.

— A tua presença é mais necessária lá, onde não há paz, e tu estarás de vigília enquanto serves o almoço. Se os demônios se agitarem, reza uma oração. E é preciso que saibas, meu filho — gostava de o chamar assim — que não está aqui o teu futuro. Assim que Deus se digne chamar-me à Sua presença, abandona o mosteiro e parte logo.

O jovem vacilava.

— Que tens? Não é este o teu lugar por agora. Abençoo-te pelas boas obras que realizarás neste século. Espera-te uma grande peregrinação. Terás de te casar e de sofrer grandes provas antes de voltares aqui; mas não duvido de ti, sei que te envio fortalecido. Cristo acompanha-te; sê-lhe fiel e não te abandonará. No meio das tuas desgraças, sentir-te-ás ditoso. E esta é a minha derradeira mensagem; procura a felicidade nas tuas penas e trabalha, trabalha sem descanso. Não esqueças as minhas palavras pois que, embora tenha ocasião de voltar a falar contigo, sei que não só os meus dias, mas também as minhas horas estão contadas.

O rosto de Aliocha mostrou nova perturbação e os lábios tremeram-lhe.

— Mas que se passa contigo? — perguntou o Presbítero sorrindo bondosamente. — É natural que os leigos chorem os seus mortos, mas nós temos que nos regozijar quando um padre empreende a última viagem, e rogar por ele. Deixa-me, que tenho de fazer as minhas orações. Anda, corre e não percas de vista os teus irmãos; não a um só, mas aos dois.

O ancião ergueu a mão direita para o abençoar. Aliocha dispôs-se a obedecer sem protestar, por grande que fosse o desejo de ficar. Também ardia por lhe perguntar o significado da profunda saudação feita a Dmitri. Tinha a pergunta na ponta da língua, mas não se atrevia a formulá-la ao pensar que o ancião a teria explicado já espontaneamente se não tivesse vontade de ocultá-la. Mas aquela ação impressionou Aliocha de uma maneira terrível, fazendo-o crer cegamente no seu significado misterioso. Misterioso e talvez espantoso.

Ao passar pelo muro do eremitério, apressando-se para chegar a tempo de servir o almoço ao Hegúmeno, Aliocha sentiu que o coração se lhe oprimia de angústia e teve de parar um momento. Cruzavam-lhe a memória as palavras do Padre Zossima predizendo a sua própria morte. Não podia deixar de cumprir-se uma predição tão rotunda, estava fora de dúvida! E que seria de si então, sem poder ver ou ouvir o seu mestre? Onde iria, que faria se o proibira de chorar, se o mandara abandonar o mosteiro? Senhor, quem dera não sentir tal tristeza!

Reatou a marcha através do bosque que separava o eremitério do convento e, não podendo suportar mais os seus pensamentos, distraiu-se olhando os pinheiros que ladeavam o atalho. Este não era mais longo que uns quinhentos passos e a esta hora do dia encontrava-se deserto; mas pouco depois encontrou Rakitin parado como se espreitasse!

— Esperavas-me? — perguntou Aliocha, juntando-se-lhe.

— Sim — reconheceu o outro. Já sei que tens pressa porque o Hegúmeno dá um banquete. E que banquete! Não houve outro melhor desde a visita do Bispo e do General Pakatov, lembras-te? Eu não vou. Tu terás de servir os molhos... Mas diz-me, Alexey, que queria dizer aquela extravagância?

— Que extravagância?

— A de se inclinar diante do teu irmão Dmitri. Bateu no chão com a testa e tudo!

— Falas do Padre Zossima?

— Sim, dele mesmo.

— E dizes que bateu no chão?

— Não me expresso com respeito? Bom, mas afinal, depois de tudo, que significa isso?

— Eu não sei, Micha.

— Já calculava que não te explicaria! Embora não me surpreenda; são as santas bobices de sempre. Mas não deixa de ser um truque excelente. Todas as beatas dariam que fazer à língua, espalhando-o pela comarca e atiçando a imaginação. Por mim, acho que o velho tem um bom olfato e fareja o crime. A tua casa cheira a sangue.

— Que crime?

Rakitin parecia disposto a dizer qualquer coisa.

— Um crime que se cometerá na tua família, entre os teus irmãos e o teu opulento pai. Zossima prostrou-se frente àquilo que podia vir. Se acontecer alguma coisa, dir-se-á: Ah! O santo homem previu-o, profetizou-o! Embora seja um modo de profetizar bem triste, o de andar às cabeçadas no chão. Mas isso foi um símbolo, dirão, um vaticínio e o diabo sabe que mais! E recordar-se-á a sua glória: Predizia o crime e apontava o criminoso. E o que se passa com os fanáticos ignorantes, benzem-se na taberna e apedrejam o templo. O mesmo se passa com o nosso Presbítero: dá uma descompostura ao justo e cai aos pés do assassino.

— Mas que crime e que assassino? Que estás a dizer?

Pararam, olhando-se frente a frente.

— Que assassino? Como se não o soubesses! Apostava que tinhas já pensado nisto. Vamos, homem, não teimes! Olha, Aliocha, tu nunca mentes; mas pões-te sempre entre o sol e a sombra. Já tinhas pensado, sim ou não? Responde...

— Sim, já... respondeu Aliocha com voz apagada.

Rakitin, que avançava já, voltou-se, gritando:

— Como? É verdade que tinhas pensado nisso?

— Eu... vamos... pensar nisso, precisamente. — não balbuciou Aliocha. — Mas ao ouvir-te falar de maneira tão estranha, lembrei-me de que já me havia ocorrido algo semelhante...

— Ah, vês? Magnífico! Quando hoje olhavas teu pai e Mitya, pensavas num crime. Assim, não me enganei!

— Mas espera, espera um momento. Como chegaste a essa conclusão? O que te levou a pensar nisso? Isso é o principal!

— Duas perguntas diferentes, mas lógicas. Vamos por partes: em primeiro lugar, dir-te-ei como cheguei a esta conclusão. Nada me ocorreria se num dado momento não tivesse compreendido teu irmão Dmitri, vendo-lhe o mais recôndito da alma. Todos os homens se me revelam por um rasgo que lhes deixa o coração a descoberto. O teu irmão é desses homens honrados e veementes que têm um limite para além do qual transbordam, sem que os impeça um dique ou a censura de um pai. E o teu é um velho bêbado e depravado que não respeita limites; se são deixados sós, dirigem-se fatalmente para o abismo.

— Não, Micha, não! Se não é mais do que isso, ainda me dás ânimo. Não chegarão a tanto.

— Por que tremes? Olha, admitindo ainda que Mitya é honrado, bruto mas honrado, nunca deixará de ser um sensual. Este é o seu caráter essencial, a herança do sangue. Bem sabes, Aliocha, quanto admiro a tua pureza quando penso que és um Karamázov! Na tua família, a sensualidade apresenta-se sob um estado de aguda morbidez. Esses três sensuais espreitam-se mutuamente com o punhal no cinto. Hão de partir a cabeça uns aos outros e talvez tu sejas o quarto.

— Se o dizes por causa dessa mulher, enganas-te. Dmitri... despreza-a — advertiu Aliocha com um certo gaguejar.

— A Gruchenka? Não, irmão, tira isso da cabeça! Como a há de desprezar se abandona a noiva por ela? Há nisso alguma coisa que tu não podes ainda compreender. Um homem prende-se por uma beleza, pela beleza física, ou por um pormenor do corpo de uma mulher. Um sensual pode compreender isto. É até capaz de abandonar os filhos e vender o pai e a mãe e a pátria inteira. Se é honrado, rouba; se é humanitário, mata; se ama a verdade, mente. Pushkin, o poeta dos pés femininos, celebra-os nos seus versos; outros não os cantarão, mas tão pouco os podem olhar sem se perturbar. E quem diz os pés, diz outras coisas. De nada serve o desprezo, irmão. Dmitri pode odiar Gruchenka, mas não pode arrancá-la da sua alma.

— Compreendo-o — suspirou Aliocha.

— Ah, sim? Acredito, acredito, porque não consideras o que dizes — insinuou Rakitin maliciosamente. — Falaste do *ex abundantia cordis* sem te dares conta de que fazias uma confissão preciosa. Isso indica que o sensualismo é para ti um assunto familiar, sobre o que cismaste muito. Ó alma virginal! És muito pacífico, Aliocha, um santinho. Mas só Deus sabe o que pensas e o que conheces já! És cândido, mas já perscrutaste o fundo do abismo. Há algum tempo que te observo!... És um Karamázov, um perfeito Karamázov, a voz do sangue fala em ti. És um voluptuoso por parte do pai e um santinho por parte da mãe. Por que tremes? Não direi a verdade? Sabes que Gruchenka me pediu que te levasse a vê-la? E não poderás imaginar com que empenho: Traz-mo, traz-mo, e verás como o faço mudar de hábitos! Inspiras-lhe um vivo interesse. Acredita, é uma mulher extraordinária!

— Agradece-lhe e diz-lhe que não irei — respondeu Aliocha, esforçando-se por sorrir. — Acaba o teu discurso para que eu te exponha aquilo que penso.

— Não há nada por acabar, está tudo bem claro. Sais-te sempre com a mesma, irmão. Se tu és um sensual, como será Ivan, tão Karamázov como tu? Sois uns sensuais, uns desordenados de avareza e loucura! O teu irmão Ivan escreve artigos sobre teologia por diversão, por loucura. Nem ele mesmo sabe porquê, pois é um ateu que não acredita no que diz. Tenta roubar a noiva a Dmitri e penso que o conseguirás, até com o próprio consentimento deste, que a cederá para ficar livre com Gruchenka. Dmitri dispõe-se a fugir com esta, apesar de toda a sua nobreza e desinteresse. Estes são os homens sobre quem cai com todo o rigor a fatalidade. Não sei que diabo se passa com eles! Conhecem toda a vileza dos seus atos e não podem evitá-los. E, ouve ainda, o velho do teu pai quer lançar a armadilha a Mitya. Está louco por Gruchenka; baba-se todo quando a olha. Por ela, nada mais que por ela, armou tal escândalo aqui. Sobretudo porque Miusov lhe chamou mulher de vida fácil. Está mais encornado do que um gato ciumento. Ao princípio tratava com ela só como encarregado das tabernas e não sei que outros negócios pouco limpos. Mas agora viu o que ela valia e encheu-se de uma paixão que precisa de camisa de forças. Importuna-a com as suas ofertas, pouco aceitáveis para quem se considera digna, e por fim, por este andar, pai e filho chocarão inevitavelmente. Mas ela não atende nem a um nem a outro, coqueteando com ambos e fazendo-os sofrer enquanto não decide qual dos dois mais lhe convém. O papá é rico e a ela poderia tirar-lhe mais dinheiro, mas não se casaria e, pela certa, a avareza venceria o amor e fechar-lhe-ia a bolsa. E isto o que dá vantagem a Mitya, porque está disposto a casar-se. Sim, senhor, está disposto a abandonar a noiva, uma beleza incomparável, filha de um rico coronel, e a casar-se com Gruchenka, a antiga amiga de Samsonov, um negociante cheio de vícios, bruto e sem nenhuma educação. Tudo isto pode originar um conflito sangrento e teu irmão Ivan não espera outra coisa, pois bem gostava de ver todos a três metros do chão. Ficará com Catalina Ivanovna, por quem suspira tanto como pelos seus sessenta mil rublos. Já é bastante isso para atrair um pobre homem que não espera melhor futuro do que um cão. Além do mais já percebeu que, longe de atraiçoar Mitya, lhe prestará um enorme serviço. Ainda a semana passada, um tanto embriagado, declarava em voz alta que era indigno de Katya, sua noiva, e que seu irmão Ivan era o único homem que a merecia. Catalina Ivanovna acabará por se render à sedução de Ivan. Já vacila entre um e outro. Mas quem é Ivan, que todos adoram? E ele rir-se-á, zombando de vocês!

— Como sabes? Como podes estar tão bem informado? —perguntou Aliocha com enfado.

— Porque perguntas se tens medo que te responda? Tu mesmo estás confessando que digo a verdade.

— Não gostas de Ivan. Ele não se deixa tentar por dinheiro.

— Verdade? E a formosura de Catalina Ivanovna? Não é só o dinheiro! Claro que sessenta mil rublos é sempre um bom atrativo!

— Meu irmão está acima de tudo isso. O dinheiro não poderia preencher as suas aspirações. Talvez mesmo se sacrifique!

— Que quimera é essa? Que raio de aristocratas!

— O Micha! O espírito dele exalta-se, esforça-se por deitar abaixo os muros que o encerram na dúvida; não procura milhões, mas sim uma solução para os problemas que o absorvem.

— Isso é um plágio, Aliocha. Estás a repetir as frases do Presbítero. Achas então que Ivan é para ti um enigma? — replicou Rakitin com evidente malícia. — Que enigma tão imbecil! É indecifrável! Pensa bastante e compreenderás tudo. O artigo dele é absurdo, ridiculamente absurdo. E já ouviste a sua formosa teoria: a alma não é imortal não há virtude e tudo é legal. Lembra-te de como o teu irmão gritou: Tê-lo-ei em conta! Uma teoria que vem a propósito para os malvados! O quê, para os malvados? Digo mal, para os pedantes e fanfarrões que incham de profundas dúvidas sem solução! Ele fala *ex-catedra* e o que decidir que é certo devemos admiti-lo e confessá-lo! A sua teoria é uma pura patranha! A humanidade encontrará em si mesma a forma de viver pela virtude, sem necessidade de crer na imortalidade da alma. Essa força está no amor à liberdade, à igualdade e à fraternidade.

Rakitin exaltava-se. De repente, como se se lembrasse de algo, deteve-se e disse com um sorriso torcido:

— Bem, basta. De que te ris? Pensas que sou um imbecil?

— Nunca pensei em tal. Já sei que és inteligente, mas... não faças caso. Ria tolamente ao ver a tua exaltação. Qualquer pessoa que te ouvisse pensaria que Catalina Ivanovna te não é de todo indiferente. Há algum tempo já que penso ser por isso que detestas meu irmão Ivan. Terás ciúmes dele?

— E o dinheiro que espera receber? Por que não falas nele?

— Não, não falo no dinheiro. Não quero ofender-te.

— Acredito, já que o dizes, mas vão fazer o inferno para outro lado, tu e o teu irmão. Não compreendes que se possa esquecer, sem Catalina Ivanovna? E por que diabo havia eu de gostar dele? Se ele me dá a honra de me desprezar, não poderei corresponder-lhe com três quartos desse mesmo desprezo?

— Nunca o ouvi falar de ti. Nem bem, nem mal. Nunca fala no teu nome.

— Pois disseram-me que antes de ontem me colocou que nem um disparate em casa de Catalina Ivanovna. Já vês como tem interesse pelo teu humilde servo. De modo que qual dos dois é ciumento, irmão? Foi tão bom para comigo que pomposamente declarou que se não obtenho imediatamente o cargo de arquimandrita ou me faço monge, irei a São Petersburgo como redator crítico de uma revista qualquer importante da qual serei dono ao fim de dez anos. Orientá-la-ei para o liberalismo e o ateísmo, com toques de socialismo, mantendo-me na expectativa, iludindo o povo. Segundo o teu irmão, esse toque de socialismo não me impedirá de arranjar recursos e prosperar com a ajuda de algum judeu, até poder, por fim, construir para mim uma grande casa para onde mudarei a redação, cobrando renda pelos andares superiores. Até já está marcado, como solar para a minha quinta, o local onde atualmente se encontra uma ponte sobre o rio Neva.

— Mas, Micha, poderá isso vir a cumprir-se à risca?! — disse Aliocha, incapaz de esconder o riso.

— Também tu gostas do sarcasmo, Alexey Fedorovitch!

— Não, era a brincar. Desculpa! Tinha outra coisa na cabeça... Perdoa-me... mas como sabes tudo isso? Estavas com Catalina Ivanovna quando falaram de ti?

— Eu não, mas estava Dmitri Fedorovitch. Eu próprio o ouvi contar. Serei franco contigo. Não foi a mim que o disse, mas escutei tudo involuntariamente, escondido na alcova de Gruchenka durante uma das visitas que lhe fiz.

— Ah, cala-te! Tinha-me esquecido que ainda sois parentes.

— Parentes? Eu, parente de Gruchenka? — exclamou Rakitin, enrubescendo. — Estás louco? Perdeste a cabeça?

— Pois então? Não sois parentes? Tinham-me dito...

— Quem to poderá ter dito? Estes Karamázov julgam-se a família de melhor ascendência avoenga quando o pai foi um triste palhaço de sobremesa que se dava por muito feliz se o deixavam comer entre os criados. Eu posso ser filho de um pope e valer bem pouco aos vossos olhos de nobres, mas não me ofendeis a ponto de me arrastar tanto. Também possuo o sentimento da honra, Alexey Fedorovitch, e vê se entendes de uma vez que não sou parente de uma prostituta como a Gruchenka.

Rakitin ardia em cólera.

— Perdoa-me, por piedade! Não queria... além de que... por que razão lhe chamas prostituta? Ela é... uma dessas mulheres? — E o sangue afluiu ao rosto de Aliocha. — Repito que me disseram que tinham laços de parentesco. Tu visitaste-a com frequência e afirmaste mesmo que não era tua amiga. Não podia acreditar que a desprezavas tanto. Merecerá um tratamento assim tão severo?

— Se vou vê-la é porque tenho razões para o fazer. A ti isso não importa. Quanto ao parentesco, tu é que o deves ter, pelo teu pai e pelo teu irmão, melhor do que eu. Bom, já cá estamos. É melhor que vás para a cozinha. Olé! Que aconteceu? Mas que é isto? Chegamos tarde. Como pode ter acabado já o almoço? De certeza que os Karamázov fizeram outra brincadeira de mau gosto. Aposto que sim! Teu pai foge do Superior seguido de Ivan. Olha o Padre Isidor, como chama por eles da porta e teu pai grita, agitando os braços! Deve tratar-se de discussão. Sim, Miusov põe os cavalos a galope. E o velho Maximov a correr! Deram escândalo e adeus almoço! Que não tenha sido à pancada com o Superior!... Quem sabe se foram eles que apanharam? Bem o merecem!

Katikin não se enganava. Acabava de dar-se uma cena escandalosa, sem precedentes, provocada de maneira fulminante.

## Capítulo 8
## O Escândalo

Ao chegar perto do Hegúmeno, Miusov procurou acalmar-se como convinha a um cavalheiro de boa educação. Sentia vergonha do mau humor manifestado na cela do diretor, culpando-se do fato de um ser tão desprezível como Fedor Pavlovitch haver conseguido apeá-lo da sua dignidade. "Não há que culpar os monges, que são pessoas decentes. Creio mesmo que o Superior é de sangue nobre. Devo mostrar-me amável e cortês. Não discutirei. Falarei com eles amigavelmente, provando-lhes a minha boa educação e... convencer-se-ão de que nada tenho a ver com esse Esopo, com esse Pierrot, que me meteu num tão grande sarilho."

Decidira cancelar o litígio, cedendo ao mosteiro, de uma vez, os direitos de corte de árvores e pesca, o qual não lhe foi muito penoso, pois além das poucas vantagens que isso representava para si, não sabia sequer de que rio e bosque se tratava.

Tão boas intenções foram corroboradas ao entrar na sala de jantar do Hegúmeno, a qual não o era na verdade, pois que os aposentos reservados àquele compunham-se de duas salas contíguas, mais espaçosas e arranjadas do que as do Padre Zossima, embora sem qualquer luxo. Os móveis eram de acaju e couro segundo o decadente estilo de 1820, o chão não estava encerado, mas tudo brilhava de limpeza e as janelas alegravam-se numa profusão de flores exóticas. O mais suntuoso naquele momento era a mesa, preparada com grande esmero e certa elegância. A toalha era branca de neve, os talheres reluzentes e o pão ricamente dourado de três espécies. Havia duas garrafas de vinho, outras duas de excelente hidromel e uma de *kras*. As duas últimas, feitas no mosteiro, eram muito apreciadas no país. Não havia *vodka*.

Rakitin sabia já que se serviriam cinco pratos: uma sopa à marinheira com pastéis de peixe; um peixe grande cozido e enfeitado de maneira especial; filetes de salmão, pudim gelado e compota e, por fim, manjar branco. Rakitin estava bem informado, porque não pôde resistir à tentação de andar cheirando pela cozinha, onde tinha sempre o nariz. Aliás metia-o sempre onde havia algo para cheirar. Era um moço fora do vulgar e invejoso, muito convencido do seu talento e habilidoso em apanhar tudo o que andasse no ar, do que se aproveitava excessivamente. Julgava-se chamado a ocupar um posto proeminente, mas Aliocha, que se lhe havia afeiçoado, afligia-se ao notar que o amigo era desonesto sem inquietações de consciência. Alardeava, pelo contrário, a sua integridade, já que não roubava o dinheiro que encontrasse descuidado.

Rakitin não merecia a consideração de ser convidado para comer. Da comunidade, apenas o haviam sido os padres Yosif e Paissy e outro monge que esperavam já na sala em companhia de Maximov, quando chegaram Miusov, Kalganov e Ivan. O Superior avançou uns passos ao seu encontro. Era um velho alto, magro, forte, de cabelos negros que começavam a embranquecer, o rosto alongado e ascético. Saudou em silêncio e os convidados acercaram-se para receberem a bênção. Miusov pretendeu beijar-lhe a mão, mas ele impediu-o, retirando-a. Contudo, Ivan e Kalganov tomaram-na num momento de descuido e beijaram-na como fazem os camponeses.

— Temos de pedir a Sua Reverência — disse Miusov sorrindo afavelmente e em tom grave e respeitoso — que nos desculpe se vimos sem um cavalheiro, Fedor Pavlovitch, que também estava convidado, mas que recusou, não sem motivo, a honra da sua hospitalidade. Na cela do reverendo Padre Zossima, exaltou-se, aborrecendo-se com o filho e deixando escapar certas palavras fora de propósito... Na realidade, inconvenientes mesmo, como já deve saber Sua Reverência — e olhou de lado os monges. — Reconhecendo a falta cometida e sentindo-se arrependido e envergonhado, pediu-nos que expressemos o seu sincero desgosto. Numa palavra, espera e quer corrigir-se para sempre, pede a vossa bênção e o perdão de tudo o que se passou.

Quando Miusov terminou aquela peroração não restava no seu aspecto o menor vestígio de rancor. Estava contente consigo mesmo e amava a humanidade de todo o coração.

O Hegúmeno escutara-o gravemente, baixou depois a cabeça e disse:

— Sinto muito a sua ausência. Talvez que durante o almoço tivesse aprendido a gostar de nós e nós dele. Sentai-vos, senhores.

Perante uma imagem, rezou em voz alta a bênção da mesa e todos mantiveram as cabeças inclinadas. Maximov uniu as mãos em atitude de piedade.

Naquele momento, Fedor Pavlovitch preparava uma das suas. Ao princípio estivera determinado a ir-se embora e sentia-se incapaz de se apresentar ao Superior depois do seu desditoso procedimento com o Presbítero, mas não porque estivesse envergonhado, antes pelo contrário. Julgou que não ficaria bem aceitar o almoço e ia para casa. Entrara já na carruagem que o aguardava na pousada, mas quando ia a arrancar mudou subitamente de ideias.

Pensou no que dissera ao Presbítero: "Quando estou em sociedade parece-me que sou o mais vil de todos e que terão de me tomar por palhaço, por isso faço palhaçadas, porque todos e cada um são mais vis e patetas do que eu." Considerou delicioso vingar-se nos outros das próprias indecências e recordou que em certa ocasião lhe tinham perguntado por que odiava tanto uma pessoa. Respondera com o descaramento de sempre: olha, ele nunca me fez nada, mas eu portei-me mal com ele. Por isso o odeio.

Sorriu maliciosamente a tal recordação, ainda hesitando. Os olhos lançavam chispas, tremiam-lhe os lábios. Decidiu-se.

— Acabemos, já que começamos.

As sensações que experimentava ficaram traduzidas nestas frases:

— Bom, agora eles não vão reabilitar-me e, portanto, mais vale que os exceda na afronta por aquilo que me fizeram sofrer. Demonstrar-lhes-ei que não me importa a sua opinião!

Mandou esperar o cocheiro e voltando depressa ao mosteiro dirigiu-se aos aposentos do Hegúmeno. Sem um plano determinado, sabia que não era dono da sua pessoa e que o menor choque lhe podia arrancar as maiores insolências, embora evitasse de todo o que o pudesse comprometer legalmente. Apareceu à porta da sala no preciso momento em que, acabado o *benedicite,* se sentavam à mesa.

Sem entrar, observou os comensais e riu prolongada, impudica e maliciosamente, troçando de todos e de cada um.

— Julgavam que me tinha ido embora, mas estou aqui! — exclamou sem dirigir-se particularmente a ninguém.

Todos o olharam, atônitos, pressentindo uma cena repugnante, grotesca, escandalosa. Miusov passou bruscamente da mais beatífica placidez à irritação mais selvagem. Naquele momento despertaram em si todos os seus sentimentos rancorosos.

— Não posso suportar isto! Impossível! Impossível!... Decerto... em absoluto!

Todo o sangue lhe subiu à cara. Queria ser categórico no que dizia, mas como não encontrasse palavras adequadas procurou o chapéu.

— Não podes com quê? — gritou Fedor Pavlovitch. — O que é que é impossível, certo e absoluto? Reverendo Padre! Entro ou não? Admitis-me como convidado?

— Seja bem-vindo à minha mesa. Digo-o com todo o afeto da minha alma — respondeu o Superior. — Cavalheiros, atrevo-me a pedir-lhes que esqueçam as vossas contendas e não estraguem a paz e a harmonia familiar que pedimos ao Senhor nos conceda no nosso humilde almoço.

— Impossível! Impossível! — replicou Miusov, fora de si.

— Se é impossível para Pyotr Alexandrovitch, também o é para mim. E já não entro! Voltei para estar sempre junto de Pyotr. Se ele se vai, também eu vou. Se ficar, ficarei. Enfadou-se, Padre Superior, por lhe terdes falado de harmonia familiar. Não quer ser meu parente. Verdade, Von Sohn? Que tal, Von Sohn?

— Falais comigo? — balbuciou Maximov, confundido.

— A quem, pois, queres que fale? O Padre Superior não será certamente Von Sohn!

— Nem eu tão pouco. Eu chamo-me Maximov e não Von Sohn.

— Não, tu és Von Sohn. Sabe Vossa Reverência quem é Von Sohn? É um caso muito célebre. Mataram-no numa casa de perdição... Creio que é assim que vocês chamam a esses lugares... Mataram-no, roubaram-no e, sem consideração pela sua idade venerável, encerraram-no numa caixa e faturaram-no como um fardo, de Petersburgo a Moscovo, num comboio de mercadorias. Enquanto o embalavam, as meretrizes cantavam e tocavam harpa. Quero dizer, piano. E agora resulta que este é Von Sohn, ressuscitado dos mortos. Não é, Von Sohn?

— Mas que se passa? O que é isto? — murmuraram os monges.

— Vamos embora! — gritou Miusov para Kalganov.

— Não. Esperai um pouco atalhou Fedor Pavlovitch, adiantando um passo. — Acabo já. Classificou-se de inconcebível o meu procedimento porque falei diante do Padre Zossima em comer gobiões. Miusov, meu parente, prefere *plus de noblesse que de sincerité* nas suas palavras e eu prefiro nas minhas *plus de sincerité que de noblesse*... Para o diabo com a nobreza! Não é verdade, Von Sohn? Permiti Padre Superior. Embora me apresente como um palhaço, sou um cavalheiro e mereço que me escute. Sim, sou um cavalheiro honrado, ao passo que Pyotr Alexandrovitch não é mais do que um vaidoso. Vim aqui para ver o que se passava e para dizer o que sinto. O meu filho Aliocha vive convosco para obter a salvação. Eu sou seu pai e hei de olhar pelo seu bem-estar, como é minha obrigação. Enquanto eu me fazia de louco, escutava e verificava tudo dissimuladamente. Agora pretendo representar o último ato da peça. Que se passa aqui, no convento? Por acaso quando um cai não se levanta? Cai para sempre? Nada disto! Pois eu também me quero levantar. Santo Padre, sinto-me indignado! A confissão é um grande sacramento perante o qual me inclino, reverente. Mas naquela cela todos se ajoelham e confessam os seus pecados em voz alta. Será isso permitido? Os padres da Igreja estabeleceram o segredo da confissão; é essa a condição primordial do sacramento desde a sua velha instituição. Como posso eu explicar a todos que fiz isto, isso ou aquilo?... Bem, já sabeis a que pecados me refiro... Certas coisas, melhor é calá-las. É um escândalo! Não, padres, por este andar depressa retrocederíamos à época da penitência dos açoites. Na primeira ocasião que se me apresente denunciá-lo-ei ao Santo Sínodo. Até lá levo Aliocha comigo.

Há que advertir que Fedor Pavlovitch não sabia que caminho trilhava. Haviam chegado aos ouvidos do Arcebispo as murmurações de que eram objeto os Presbíteros, pela importância que o povo lhes dava em detrimento do respeito que se devia ao superior, porque abusavam do sigilo da confissão e por outras absurdas calúnias que ficaram esquecidas por si sós. Mas o espírito de insensatez que se apoderou de Fedor, deixando-o à mercê do seu nervosismo, cada vez mais transformado em infâmia, sugeriu-lhe esta velha e esquecida ignomínia. Não entendia palavra acerca do sacramento da penitência, não teria podido provar nada, já que ninguém se tinha ajoelhado para se confessar na cela do Diretor, nem nada parecido. Falava apenas devido a uma confusa recordação de antigas calúnias e, ao dar-se conta das tolices que estava a dizer, procurou arranjá-las convencendo todos e a si próprio de que falava a sério. Não conseguiu, contudo, mais do que embrulhar-se no seu endiabrado aranzel.

— Que miserável! — gritou Pyotr Alexandrovitch.

— Perdão! — disse o Hegúmeno. — Já há muito se diz: Encher-me-ão de calúnias e de injúrias, e eu ouvi-los-ei pensando na prova que o Senhor me envia para abater o meu orgulho. Por isso lhe dou graças com toda a humildade, querido hóspede. — E inclinou-se profundamente.

— Ta! Ta! Ta! Música celestial! Beatices e comédia! Já sabemos o que valem essas saudações até ao chão: um beijo nos lábios e um punhal no coração, como nos Bandidos de Schiller. A mentira não me agrada, irmãos; quero a verdade. Mas a verdade não se encontra comendo gobiões, e é isto que é preciso declarar em voz alta. Padres, monges, porque jejuam? Porque esperam ser recompensados no céu? Ah! Por tal recompensa também eu jejuaria. Não, santos monges. Ser virtuosos no mundo e úteis à sociedade sem vos encerrardes num mosteiro para viver a expensas do povo, nem esperar recompensa alguma ser-vos-ia bastante mais difícil. Também sei falar com propriedade, Padre Superior. Que tinham preparado? — E aproximou-se da mesa. — Vinho do Porto velho, água-mel fabricada por Eliseyev. Uf! Uf! Isto é mais do que gobião. Vejam só que garrafas os padres têm! E quem paga isto tudo? O camponês, o operário, que vos traz o mísero oitavo que ganha com as suas mãos calejadas e que nega aos filhos e ao Estado! Explorais o povo, santos padres!

— É intolerável! — disse o Padre Yosif.

O Padre Paissy permanecia calado. Miusov saiu da sala a correr e Kalganov seguiu-o.

— Bom, Padre, vou com Pyotr Alexandrovitch e já não voltarei por aqui. Ainda que mo pedísseis de joelhos, não viria. Dei-vos mil rublos, por isso me olhais docemente. Não, não vos direi nada. Estou vingado de todas as humilhações que me fizestes sofrer na minha juventude. — E bateu na mesa com o punho, num arrebato de sentimento fingido. — Este mosteiro fez-me andar cansado e farto toda a vida! Custa-me muitas lágrimas amargas. Púnheis inimizades entre mim e a pobre louca da minha mulher, amaldiçoáveis--me e difamáveis-me em toda a parte. Agora basta, padres. Estamos na época do liberalismo, do vapor e do caminho de ferro. Não tereis de mim nem mil nem cem rublos, nem dez cêntimos.

Digamos ainda que nada teve que ver o mosteiro com a vida daquele homem que jamais havia chorado uma lágrima de amargura, mas, arrastado pela emoção fictícia do momento, até ele próprio acreditava nisso.

Achou que era altura de partir, mas o Superior inclinou a fronte ao ouvir tais mentiras e falou gravemente:

— Também está escrito: Suporta com paciência e alegria as injúrias que caiam sobre a tua inocência; não percas a calma nem te enfades com quem te insulta. Observemos a máxima.

— Ta! Ta! Ta! Observai a máxima ou o que vos faça mais raiva, padres. Eu vou-me embora e levo Alexey com o direito da minha autoridade paterna. Ivan Fedorovitch, meu mais respeitado filho, permite que te ordene que me sigas, e tu, Von Sohn, que fazes aqui? Vem para minha casa. É mais divertida do que isto e não tens de andar muito. Em vez de abstinência dar-te-ei um leitão. Comeremos e beberemos conhaque, licores... Tenho vinhos que fazem chispas... Então, Von Sohn, não deixes escapar esta oportunidade! — E saiu gritando e gesticulando.

Aquele foi o momento em que Rakitin o viu e o mostrou a Aliocha.

— Alexey! — gritou-lhe de longe o pai. — Vem hoje mesmo para casa. Traz a almofada e o colchão e não deixes rasto.

Aliocha, sem se mover nem responder palavra, viu como o pai subia para o coche seguido de Ivan, com ar sombrio, sem ter para ele uma palavra de despedida. E então aconteceu a cena grotesca que pôs fim a este episódio.

De súbito apareceu Maximov perto do coche, correndo e tropeçando por medo de chegar tarde. Tão precipitado andou na sua impaciência que assentou o pé no estribo antes de Ivan retirar o seu e, agarrado à portinhola, esforçou-se por entrar.

— Eu também vou com vocês! — gritava com riso jovial que lhe dava um aspecto de imbecilidade. — Levem-me!

— Toma! — exclamou Fedor Pavlovitch entusiasmado.

— Bem te disse que era Von Sohn. É mesmo ele ressuscitado dos mortos! Mas... como conseguiste escapulir-te? Também na tumba fazias de Von Sohn? E como vieste sem comer? Deves estar feito um valente canalha! Eu também sou canalha, mas palavra que me deixas admirado, irmão! Entra, entra. Deixa-o passar, Ivan, há de divertir-nos, estendido aos nossos pés. Queres deitar-se aos nossos pés, Von Sohn, ou sentar-te com o cocheiro? Vai, vai para lá, Von Sohn!

Sem dizer uma palavra, Ivan, que já se sentara, deu um tremendo empurrão a Maximov, fazendo-o escorregar para o chão. Só por milagre não partiu a cabeça.

— Toca a andar — ordenou Ivan ao cocheiro em voz irada.

— Por que, por que fizeste isso? — protestou Fedor Pavlovitch.

A carruagem já estava em marcha e Ivan não replicou.

— És um canalha! — grunhiu o pai. Pouco depois acrescentou olhando o filho de través: — Não foste tu que promoveste esta excursão ao mosteiro? Aprovaste a reunião e deste-lhe pressa. Por que te enfadas agora?

— Já disse bastantes disparates; descanse um pouco agora — respondeu Ivan secamente.

Fedor Pavlovitch calou-se por dois minutos e voltou a sentenciar:

— Um golo de aguardente vinha agora às mil maravilhas.

Ivan não respondeu.

— Também tu beberás um pouco quando chegarmos a casa.

Ivan fez-se de mudo e Fedor Pavlovitch aguardou de novo uns dois minutos.

— Tirarei Aliocha do mosteiro por muito que o tenhas de sentir, meu respeitável Karl von Moor.

Ivan sacudiu os ombros desdenhosamente e voltou-se para olhar o caminho, durante o qual não falaram mais.

# Livro 3
# Os Sensuais

## Capítulo 1
## Os Criados

Não ficava muito central a casa dos Karamázov, mas também não se podia dizer que se situasse nos subúrbios. Conservava, apesar de velha, aspecto agradável e compunha-se de dois corpos pintados de cinzento com telhados de beirais encarnados. Espaçosa, cômoda e em bom estado de solidez, abundavam nela as despensas, quartos e escadas privativas por onde corriam as ratazanas, que não enojavam Fedor Pavlovitch, o qual não se sentia tão só quando não tinha outra companhia. Costumava aferrolhar-se de noite, fazendo dormir os criados no pavilhão grande e sólido que se erguia no pátio. Aqui lhe preparavam a comida porque não gostava do cheiro dos guisados, e tanto de inverno como de verão se viam passar os manjares por ali. Na casa, que teria dado bem para uma numerosa família, não vivia mais ninguém naquela altura além de Fedor Pavlovitch e de seu filho Ivan, e no pavilhão, ou portaria, três criados. Eram eles o velho Grigory, sua mulher Marfa e um moço chamado Smerdyakov, de quem diremos algumas palavras.

Já fizemos a apresentação de Grigory. Inquebrantável, decidido e teimoso, caminhava às cegas para o seu objetivo quando acreditava ter razão, o que ocorria com muita frequência e falta de lógica. Era leal e incorruptível e a velha Marfa Ignacievna mostrou-se-lhe submissa durante toda a vida, embora o tivesse arreliado porfiadamente quando foi decretada a emancipação dos servos, para que deixasse a casa de Fedor Pavlovitch e abrisse uma loja com os seus pequenos aforros. Mas Grigory sentenciou naquele dia para todo o sempre que as mulheres falam sem sentido porque todas são desleais e que não deviam deixar o seu antigo senhor, qualquer que ele fosse, porque era o dever deles.

— Tu entendes o que é o dever? — perguntou à mulher.

— Sei muito bem o que significa, Grigory Vasilyevitch, mas o que não entendo é que tenhamos de permanecer aqui — contestou ela firmemente.

— Pois não entendas; mas cala-te e fica.

E assim foi. Não saíram e Fedor Pavlovitch destinou-lhes uma pequena quantia como salário, que pagou religiosamente. Não deixava de notar Grigory a influência que exercia sobre o dono, e embora este, por palhaço que fosse, soubesse conduzir-se de modo reto em alguns negócios da vida prática, sentia-se fraco e atrapalhado para sair-se bem de alguns compromissos. Conhecia a sua fraqueza e tinha medo dela. Há situações em que se requer, e faz falta, um homem de confiança. Grigory era esse homem. Quantas vezes evitou Fedor Pavlovitch uma sova graças à oportuna intervenção do criado e quantas escutou deste um bom sermão! Mas não eram as sovas o que ele mais temia. Passava por transes dificílimos e complicados durante os quais era para ele inapreciável a companhia de um ser firme, abnegado e discreto que, sem necessidade de o chamar, estivesse oportunamente a seu lado. Corrompido e por vezes cruel na sua luxúria, como certo inseto venenoso, sobrevinham-lhe, nas horas de embriaguez, transportes de terror supersticioso, de agitação moral, que participavam da sua doença. Sinto a alma tremer-me na garganta, dizia. E em tais momentos gostava de saber-se ao lado ou próximo, pelo menos, de um homem forte, leal, virtuoso, de hábitos puros que conhecesse todos os seus excessos, todos os seus segredos e soubesse tolerá-los sem repreensões nem ameaças para esta vida nem para a outra e, em caso de necessidade, defendê-lo... Defendê-lo contra quem? Contra todo o perigo terrível e misterioso. Precisava de alguém de alma diferente da sua, um velho e fiel amigo a quem chamar naqueles momentos de apuro, ainda que mais não fosse do que para lhe olhar o rosto ou trocar algumas palavras. Se o criado não se enfadava, sentia-se já consolado, mas se manifestava mau humor, ficava ainda mais abatido. Algumas vezes, poucas, foi ele próprio, Fedor Pavlovitch, acordar Grigory para falar um bocado no pavilhão. Quando aparecia o velho servidor, o dono da casa falava-lhe do assunto mais trivial e despedia-o com um gesto, encostava-se e dormia o sono dos justos. Com Aliocha o caso era idêntico. Este conquistava-lhe o coração porque vivendo com ele e sabendo de tudo, a nada punha reparo. Mas Aliocha trazia consigo algo que seu pai não conhecia ainda naquela altura: uma completa transigência, uma bondade invariável e um afeto desinteressado pelo velho que tão pouco útil lhe fora. Isto surpreendia muito o ser degenerado que rompera todos os laços de família e foi uma lição admirável para quem até então só tivera inclinação para o mal. Quando Aliocha partiu, o pai declarou que nunca aprendera de ninguém tão belas coisas.

Já dissemos que Grigory detestou Adelaide Ivanovna, a mãe de Dmitri, e protegeu Sofia Ivanovna, a pobre louca, contra o amo e quantos falavam dela indignamente. Esta simpatia era para ele coisa tão sagrada que nem que passassem vinte anos deixaria sem castigo qualquer ofensa à memória da desgraçada. Grigory era um homem frio, grave, taciturno. Falava pouco, medindo as palavras. Era difícil saber se gostava da sua dócil mulher, mas amava-a, sem dúvida, e ela tinha disso a certeza.

Maria Ignacievna não era uma imbecil. Mais esperta do que o marido e pelo menos mais prudente e mais prática, embora se tivesse submetido em tudo à vontade dele, reconhecia e respeitava a superioridade do seu caráter. Surpreendia o pouco que falava o casal, e só sobre os assuntos ordinários. Como o marido guardasse para si dúvidas e inquietações, acabou por conformar-se, pensando que não precisava dos seus conselhos. Também Grigory respeitava o silêncio da mulher e esta tomava-o como prova de bom sentido. Só uma vez ele se zangou. Um ano depois do primeiro casamento de Fedor Pavlovitch, este quis que as jovens da aldeia, então escravas, se reunissem diante da casa a cantar e a bailar. Quando entoaram *Nos verdes Prados,* Maria, que era então muito nova, adiantou-se fazendo cabriolas e bailou a *Dança Russa,* não ao estilo da aldeia, mas como aprendera das atrizes que haviam sido contratadas em Moscovo para dançar no teatro particular dos ricos Miusov, em cuja casa servia na ocasião. Grigory presenciou a dança da mulher e uma hora mais tarde dava-lhe uma lição, puxando-lhe pelos cabelos. Isto aconteceu uma vez, nunca mais se repetiu. Mas Maria Ignacievna nunca mais dançou.

Deus não se dignou dar filhos a este casal. Tiveram apenas um, que morreu. Grigory adorava crianças e não se envergonhava disso. Quando Adelaide Ivanovna fugiu, pegou em Dmitri, lavou-o, penteou-o e fez de pai dele durante o ano. Depois cuidou também de Ivan e de Aliocha, e por agradecimento lhe deu a viúva do coronel uma bofetada. A sua grande esperança, o seu próprio filho, nasceu prematuramente causando-lhe pena e horror. O pobre homem ficou tão estupefato ao ver que a criatura tinha seis dedos que, até ao dia do batizado, não articulou palavra, nem apareceu a ninguém. Durante aqueles três dias, que eram de primavera, ouviu-se, persistente, o ruído do enxadão na horta vizinha. Cavando e pensando, chegou a uma conclusão, e quando entrou no pavilhão onde o esperavam o clero e os convidados, entre os quais Fedor Pavlovitch, o padrinho, desatou-se lhe a língua dizendo que o miúdo não devia ser batizado. participou-o com calma, com parcimônia, acentuando cada palavra e olhando o sacerdote com marcada significância.

— Por que não? — perguntou este, jovialmente surpreendido.

— Porque é um dragão — murmurou Grigory.

— Um dragão? Por que um dragão?

Grigory calou-se durante um momento e depois resmungou, sem vontade de dizer mais.

— Um monstro da Natureza!

Todos riram e, claro, a criança foi batizada. O pai rezou devotamente no batistério, sem mudar a sua opinião nem meter-se em nada. Enquanto o pequeno viveu, o pai apenas o olhava e saía; mas quando, aos quinze dias, morreu de aftas, ele próprio o meteu no ataúde, contemplou-o com angústia e, quando o baixaram à cova, caiu de joelhos, encostando a fronte à terra. Nunca mais falou do filho. Marfa tão pouco o mencionava. Notou a mulher que, desde o dia do enterro, se entregou o marido de corpo e alma às suas devoções. Afastava-se para um canto solitário, punha os óculos de aros de prata e mergulhava na leitura de *Vidas dos Santos*. Quase nunca lia em voz alta; e isso apenas na Quaresma. O *Livro de Job* entusiasmava-o e procurara um exemplar das *Máximas e Predições do Servo de Deus Padre Isaac da Síria,* que não largou durante anos e anos, tendo-o em tanto mais apreço quanto menos o entendia.

A doutrina dos açoites, de que fazia uma ideia superficial, não a considerava digna da nova fé, embora durante algum tempo os sectários estabelecidos no país o houvessem feito vacilar. O hábito de ler assuntos teológicos deu-lhe ainda maior gravidade à fisionomia.

Grigory tinha propensão para o misticismo e à impressão que lhe deixou na alma o nascimento e a morte do filho deformado juntou-se, como por desígnio especial, outro acontecimento não menos impressionante. Na noite do mesmo dia em que enterraram o filho, Marfa despertou sobressaltada, ouvindo vagidos. Chamou Grigory, que escutou e lhe pareceu que, mais do que pranto de criança, eram lamentos de alguma mulher. Saltou da cama, vestiu-se e, ao chegar à porta, ouviu distintamente uns gemidos que vinham do jardim. Estava uma noite quente de maio. A grade que separava o pátio ficava fechada de noite e não havia outro acesso, pois rodeava-a uma cerca muito alta e espessa. Grigory retrocedeu para pegar numa lanterna e na chave e, sem fazer caso do terror da mulher, que continuava a ouvir o choro de um bebê, precisamente o do seu, que a chamava, foi abrir a porta do jardim e verificou que os lamentos vinham do quarto de banho, junto à cancela.

Empurrou a porta e deteve-se, assombrado. Uma idiota que vagabundeava pelas ruas da cidade e a quem todos conheciam pelo nome de Lizaveta Smeryastachaya — Lizaveta, a Hedionda — metera-se na casa de banho, onde acabava de dar à luz um filho que jazia junto a ela, quase moribundo.

A desgraçada não falou, porque era muda.

## Capítulo 2
## Lizaveta

Uma circunstância perturbava Grigory muito particularmente, confirmando as horríveis e repugnantes suspeitas que albergava. Lizaveta era uma moça baixinha, com pouco mais de um metro e meio, de cara gorducha, rosada e cheia de saúde e idiotice, que não contrastava com a expressão de doçura porque os seus olhos olhavam inquietamente fixos.

Viam-na andar sempre descalça e tanto no inverno como no verão só usava uma camisa de tecido grosseiro. A cabeleira, negra e crespa, enredava-se-lhe como lã de carneiro, parecendo um gorro feito de uma mistura de lama, folhas, fios e gravetos. O pai era um alcoólico infeliz que vivia miseravelmente de fazer recados a alguns comerciantes. Viúvo havia muito tempo, doente e colérico, maltratava a filha sempre que esta o visitava. Mas isto acontecia raramente pois ela vivia da caridade das pessoas que consideravam a idiota um ser predileto do Senhor. Os amos de Ilya e outras boas almas, geralmente comerciantes, empenhavam-se em a vestir e calçar, e várias vezes lhe deram botas e samarras para que não sentisse frio.

Deixava-se vestir sem resistência, mas quando chegava a alguma paragem, quase sempre à porta da Catedral, aí deixava as suas galas e volvia a andar descalça e em camisa. Em certa ocasião foi vista por um governador de província nomeado recentemente que vinha passar a visita de inspeção e os seus escrúpulos de novato sobressaltaram-se. Advertiram-no de que era idiota, mas ele achou que uma jovem que andava em camisa alterava a ordem e exigiu providências que foram esquecidas logo que virou as costas. Quando o pai morreu, a órfã foi ainda mais grata aos olhos das pessoas piedosas. Todos gostavam dela e nem os garotos a maçavam agora. É bom lembrar que os rapazes das nossas escolas são feitos da pele de Barrabás!

Podia entrar na casa de qualquer pessoa sem que ninguém a incomodasse; antes pelo contrário, era recebida com uma palavra amável e algum socorro. Se lhe davam uma moeda, tomava-a e ia deitá-la na caixa das esmolas de uma igreja ou de um cárcere; se um pão ou um bolo, alegrava com ele a primeira criança que lhe aparecesse. Aconteceu, por vezes, deter uma senhora rica para lho oferecer e ser-lhe aceito com carinho. Ela apenas se alimentava de pão negro e água. A ninguém inquietava a sua presença numa loja onde houvesse ao alcance da mão objetos de luxo ou dinheiro, pois tinham a certeza de que não tocava sequer numa agulha. Dormia de preferência no átrio de qualquer igreja ou nas hortas, onde penetrava saltando as valas de caniços que por então eram a única defesa. Costumava ir, uma vez por semana, à casa dos antigos donos de seu pai, e todas as noites no inverno, a fim de dormir no vestíbulo ou no curral. Era para admirar que suportasse aquela vida, mas havia-se acostumado a ela e embora fosse enfezada era de constituição robusta. Andavam enganados os que atribuíam a orgulho a sua conduta. Que orgulho pode ter uma mulher que, por expressão, só lança um grunhido de vez em quando?

E numa noite quente de setembro aconteceu que um grupo de boêmios um pouco tocados voltavam do cassino, fora da cidade, aproveitando a lua. Ao chegar junto da ponte que atravessava um charco de águas malcheirosas a que chamávamos rio, distinguiram Lizaveta entre as sarças. Pararam a olhar para ela, trocando frases agudas que provocavam gargalhadas satíricas.

Então, um jovem elegante lembrou-se de perguntar se consideravam possível tratar aquele animal como uma mulher e quase todos foram da mesma opinião, negando a possibilidade com gestos de repugnância. Mas Fedor Pavlovitch, que estava no grupo, declarou solenemente perante os outros cinco que não só havia de ser possível como até muito interessante tal aventura... Certo que na ocasião exagerava as chalaças e comprazia-se em adiantar-se uns passos aos companheiros para os divertir, tratando-os de igual para igual, ainda que na realidade apenas o admitissem a título de palhaço. Acabava de morrer a primeira mulher e ele havia posto uma fita preta no chapéu, o que contrastava vergonhosamente com a sua conduta repugnante.

Os companheiros, divertidos, riram daquela inesperada saída e houve quem o estimulasse, mas os demais acharam mal e todos se afastaram sem parar de rir.

Fedor Pavlovitch bem jurou logo que seguiu com eles; e talvez fosse assim, ainda que ninguém jamais saberá a verdade. O caso é que cinco ou seis meses depois toda a cidade falava com sincera indignação da gravidez de Lizaveta, perguntando-se quem teria podido ultrajá-la tão vilmente, e em seguida correu um grave rumor em que se misturava, para o condenar, o nome de Fedor Pavlovitch. Quem o divulgara? Do grupo de foliões só se encontrava um na cidade, respeitável funcionário civil, entrado nos anos e pai de umas moças já crescidas a quem não convinha meter-se no assunto, ainda que para isso houvesse algum fundamento. Fedor Pavlovitch foi execrado por todas as línguas. Pouco se importava ele o que dissessem os benditos comerciantes; a sua reputação não podia estar em pior circunstâncias e o orgulho não lhe permitia rebaixar-se a dialogar mais do que com o círculo de oficiais e nobres a quem tanto divertia.

Grigory susteve brigas com toda a gente, saindo tão energicamente em defesa do amo que conseguiu desviar as suspeitas da maioria.

A moça é que tem a culpa, afirmava, e o cúmplice seria Karp, um criminoso escapado da prisão que, temíamos, se ocultava na cidade e que, efetivamente, durante aquele outono, roubou em três povoados da comarca.

Tudo isto não esfriou a simpatia de que se rodeava a pobre idiota, e a rica viúva de um comerciante, uma tal Kondratyevna, quis tê-la na sua casa desde abril para cuidar dela depois do nascimento. Mas por muita que fosse a vigilância, Lizaveta conseguiu fugir ao sentir as primeiras dores e introduziu-se no jardim de Fedor Pavlovitch. Como conseguiu, no seu estado, saltar a enorme vala é que não se sabe. Uns diziam que devia ter sido ajudada por alguém, outros imaginaram coisas impossíveis. O mais natural é que, exercitada em saltar muros para dormir nos hortos, o tivesse conseguido de qualquer modo, caindo do outro lado e queixando-se.

Grigory correu a buscar Marfa, a quem encarregou de tomar conta de Lizaveta enquanto ele ia chamar um médico vizinho. O bebê salvou-se, mas a mãe morreu ao nascer do dia. Grigory pegou na criaturinha, levou-a para casa e, fazendo sentar a mulher, colocou-lha no regaço, dizendo:

— Um filho de Deus... todos somos pais de um órfão e nós mais do que ninguém. O nosso morto envia-nos este, que nasceu do diabo e de uma santa inocente. Cria-o e não chores mais.

Marfa cuidou do pequeno, que foi batizado com o nome de Pavel, ao qual não tardou que acrescentassem o de Pavlovitch, filho de Fedor. Este não pôs reparos em nada disto, que o divertia, mas negou sempre obstinadamente a sua paternidade. Todos aprovaram que recolhesse na sua casa a criança abandonada, para quem mais tarde inventou o nome de Smerdyakov, segundo o mote da mãe.

E aqui tendes como chegou Smerdyakov a ser o segundo criado de Fedor e vivia com Grigory e Marfa, dedicando-se principalmente a misteres culinários. Falta-me ainda dizer algo deste Smerdyakov, mas custa-me cansar a atenção do leitor com referências domésticas e deixá-lo-ei para quando vier a propósito, no decorrer desta história.

# Capítulo 3
# Confissão Poética de Uma Alma Apaixonada

Aliocha ficou pensativo logo que seu pai lhe gritou do coche, mas longe de se apressar a obedecer, foi à cozinha a fim de se inteirar do que acontecera. Ao sair confiava em que, pelo caminho, Deus lhe mandaria um raio de luz sobre as dúvidas que o atormentavam. A ordem gritada para que voltasse à casa com a almofada e colchão não lhe dava cuidado, sabendo de sobra que aqueles gritos eram fanfarronices de desabafo. Recordava que um comerciante, que celebrava o dia do seu santo patrono com uns amigos que acabaram por se aborrecer perante a insistência para que bebessem mais, partiu no chão toda a louça e vários móveis, rasgou as próprias roupas e as da mulher e, por fim, fez em estilhaços os vidros das janelas, tudo para produzir efeito. No dia seguinte, já serenado, lamentava a ruína da baixela. Aliocha sabia que antes de vinte e quatro horas, talvez naquela mesma tarde, o pai o deixaria voltar ao mosteiro. Estava convencido de que o pai podia prejudicar alguém, mas a ele não; a ele ninguém lhe desejava qualquer mal, ninguém o podia ofender. Isto era um axioma e não se inquietava um momento com esse particular. Confiava em si mesmo.

Mas a grande ansiedade que o perturbava naqueles momentos, precisamente porque não podia concretizar os motivos, derivava do temor de uma mulher, Catalina Ivanovna, que com tanta urgência o chamava por intermédio da senhora Hohlakov. Esta chamada havia inquietado a sua alma desde o princípio, deixando-lhe uma pena da qual não puderam distraí-lo os acontecimentos que se tinham dado. Não era o ignorar o que iriam dizer-lhe e o que responderia, nem a proximidade e o colóquio com uma fêmea o que sobressaltava a sua timidez, pois ainda que soubesse pouco de mulheres vivera com elas até ao ingresso no mosteiro. Era ela, Catalina Ivanovna, precisamente, quem o amedrontava. Temia-a desde que a vira pela primeira vez e só a tinha encontrado duas ou três vezes, trocando apenas algumas palavras. Recordava que era bela, presumida e imperiosa. Não que a beleza dela lhe provocasse temor, mas sim algo cuja vacuidade aumentava a sua emoção espantadiça. Sabia que as intenções da jovem eram as mais nobres e que queria salvar Dmitri apesar da sua deslealdade, mas ao mesmo tempo que reconhecia e admirava estes sentimentos generosos tremia à medida que se aproximava da casa dela. Calculava que a tal hora não encontraria Ivan, o amigo, pois que seu pai o retinha, nem tão pouco teria de pensar na companhia de Dmitri. Estariam sós. Desejava vivamente entrevistar-se antes com Dmitri para saber o que resolver, sem lhe mostrar a carta; mas o irmão vivia longe e decerto estaria ausente. Deteve-se um momento e decidiu-se. Benzeu-se atropeladamente e, sorrindo, avançou resoluto para casa da terrível mulher.

Ainda que a cidade não seja grande, as casas estão disseminadas e a certa distância umas das outras. Se seguisse pela rua principal, cruzando a Praça do Mercado, daria uma grande volta e talvez não lhe sobrasse tempo para ver o pai, que estaria esperando com a sua presença o cumprimento da ordem que lhe dera. Assim, resolveu cortar caminho pelas ruas menores, saltando espinhos e abrolhos e atravessando hortas que conhecia palmo a palmo e cujos donos o saudavam, sorrindo. Chegou ao horto de um vizinho do pai, que rodeava uma casinha em ruínas de quatro janelas, onde vivia uma velha doente com a filha. Esta, que servira como criada de crianças a várias famílias de alta estirpe de Petersburgo, havia um ano que tratava da mãe e vestia luxuosamente, embora a extrema miséria as obrigasse a buscar o prato de sopa e o pão que Marfa lhes dava diariamente de esmola na cozinha de Fedor Pavlovitch sem que empenhasse ou vendesse os ricos vestidos, alguns de comprida cauda, como lhe contara Rakitin, que sabia de todos os pormenores. Este só Aliocha voltou a recordar quando lhe associou a ideia de olhar para as janelas, dando nessa altura com um espetáculo completamente inesperado.

Por detrás do muro e ao lado de uma elevação, inclinando-se todo para fora, Dmitri agitava vigorosamente as mãos para lhe chamar a atenção em silêncio, com manifesto medo de ser ouvido. Aliocha aproximou-se:

— Graças a Deus que te ocorreu levantar a cabeça! Estava a ponto de gritar — murmurou, divertido. — Sobe por aqui. Pareces caído do Céu! Pensava em ti!

Também Aliocha se sentiu contente, mas não sabia onde se agarrar. Mitya segurou-lhe no braço com força prodigiosa para o ajudar e, arregaçando a sotaina, o noviço saltou com a agilidade de um equilibrista.

— Muito bem! Agora, vamos — disse o outro com entusiasmo refreado.

— Aonde? — perguntou baixo Aliocha, vendo o jardim deserto e a casa a uns cinquenta passos. — Por que falamos tão baixo? Não há aqui ninguém!

— Por quê? Diabos! — exclamou Dmitri, surpreendido com a sua voz forte. — Que decepções da maliciosa natureza! Estou aqui em segredo, espiando. Já te conto tudo, mas a força do segredo faz-me baixar a voz como a um tolo, mesmo quando não faz falta. Vamos para acolá e não digas nada. Mas espera; antes quero dar-te um beijo.

*Glória a Deus no mundo,*
*Glória a Deus em mim!*
*era o que eu repetia antes de apareceres.*

O horto tinha pouco mais de um hectare de superfície, rodeado de árvores entre as quais abundavam as macieiras, o arce, a tília e o vimeiro. O resto, salvo algumas plantações de framboesas e groselhas e a divisão de hortaliças que se via junto à casa, era terreno inculto que dava vários quintais de feno a quem o arrendava durante o verão por uns rublos.

Dmitri levou o irmão para o local mais escondido, onde as plantas trepadoras cresciam livremente emaranhadas pelas ruínas de um pequeno caramanchão cujo teto oferecia ainda algum abrigo. Deus sabe quem teria construído aquele local... Talvez um coronel reformado, um tal Von Schmidt que há cinquenta anos era proprietário da quinta, em cujo teto as vigas apodreciam, já sem madeiras de sustentação, com os ferros de travamento cheios de ferrugem e ameaçando iminente ruína. No caramanchão havia uma mesa de madeira verde, cravada na terra, com alguns bancos que ainda aguentavam o peso de um homem. Aliocha, que havia notado já a excitação do irmão, viu, ao entrar, uma meia garrafa e um copo.

— É aguardente — riu Mitya. — Já sei no que pensas: Ainda bebe. Não tenhas ilusões.

*Despreza a opinião do povo*
*E deixa-te de dúvidas e receios.*

— Eu não bebo, só beberico, como diz esse porco do Rakitin, teu amigo, que há de chegar a conselheiro do Estado falando das excelências de bebericar. Senta-te. Queria apertar-te contra o meu peito até deixar-te sem alento, Aliocha, porque em todo o mundo, de verdade, o que se diz, de verdade... entendes? ... Não gosto de ninguém mais do que de ti!

Pronunciou as últimas palavras com exaltação e logo acrescentou:

— De ti e de uma vadia por quem estou apaixonado, para ruína minha. Não é o mesmo uma pessoa enamorar-se do que amar. Podemos sentir-nos enamorados de uma mulher e odiá-la ao mesmo tempo. Não te esqueças! Ainda te posso dizer sobre isto coisas muito divertidas. Senta-te à mesa, perto de mim, para que te olhe. Está quieto e cala-te porque quem vai falar sou eu... já que chegou a altura. Mas repara que falarei baixo, porque nunca se sabe se as paredes têm ouvidos. Vou contar-te tudo. Não gosto de histórias em fascículos. Sabes por que te esperava com tal ansiedade agora e todos os dias? Há já cinco que a âncora está deitada neste sítio. Não sabes? Pois é porque só a ti posso dizer-te tudo. Porque preciso de ti, porque amanhã levantarei voo e será o fim e o princípio da vida. Nunca sonhaste que caías ao fundo de um abismo? Pois eu sinto-me cair, agora, mas acordado, e não tenho medo, nem o tenhas tu. Bom, tenho medo, sim, mas é agradável; quero dizer, agradável não, mas é um estado de arrebatamento, de êxtase... Que o diabo o entenda! Alma forte, alma débil, alma feminina... Pro diabo! Para mim é igual! Louvemos a natureza! Olha que Sol, que céu tão puro! Toda a folhagem permanece ainda verde. Estamos no verão e que paz às quatro da tarde! Aonde ias?

— À casa, mas queria ver Catalina Ivanovna primeiro.

— Oh, que coincidência! E assombroso! Sabes por que te esperava? Por que razão ansiava ver-te com toda a minha alma, com todo o meu coração? Para que fosses a casa de Catalina e a casa do meu pai, e acabar assim de uma vez com um e com outro. Para lhes mandar um anjo. Se pudesse mandar qualquer pessoa... mas queria que fosse um anjo. E, afinal, encontro-te já a caminho...

— De verdade? Querias mandar-me? — perguntou Aliocha com expressão dorida.

— Cala-te! Já sabias! Vejo que compreendeste tudo. Mas não fales; não me venhas agora com lágrimas e lamentos.

Dmitri levantou-se e ficou pensativo, com o indicador na fronte.

— Ela chamou-te ou escreveu-te. Por isso vais. De outra maneira não irias.

— Está aqui a carta que me enviou — disse Aliocha, tirando-a do bolso.

Mitya leu-a rapidamente.

— E tu ias pelo atalho! Ó deuses! Bendito sejais por haverdes dirigido os seus passos, por mo haverdes trazido como o peixe de ouro ao pobre e velho pescador do conto! Escuta, Aliocha, escuta, irmão. Quero dizer-te tudo pois devo confessá-lo a alguém. Um anjo do céu já o sabe, mas agora terá de sabê-lo um anjo da terra. Tu és esse anjo da terra. Tu entenderás, julgarás e perdoarás. Necessito que outro, que não seja eu, me perdoe. Escuta. Supõe que dois seres desligados de qualquer laço terrestre vão empreender o voo para o desconhecido, ou pelo menos um dos dois, e que antes de voar ou de desaparecer busca o outro e lhe diz: faça isto por mim, um favor daqueles que só se pedem no leito de morte. Como poderia o outro negar-se, se for um amigo ou um irmão?

— Fá-lo-ei. Mas de que se trata? Fala depressa.

— Fala depressa!... Ah!... Não tenhas pressa, irmão; não percas a calma e a paciência. Não precisamos de correr agora que o mundo anda de outro modo. Ai, Aliocha, que pena que a tua alma não possa chegar à exaltação, ao êxtase! Mas que te estou a dizer? Como se não pudesse! Sou um estúpido! Que digo!? Homem, sê nobre... De quem é isto?

Aliocha resolveu esperar com paciência, acreditando que a sua missão talvez começasse ali. Mitya ficou pensativo durante um tempo, de cotovelos sobre a mesa, a cabeça entre as mãos. De repente, rompeu o silêncio,

— Aliocha, és o único que pode ouvir-me sem rir. Queria começar a minha confissão com o *Hino de Alegria* de Schiller, *An die freude!* Não sei alemão, sei apenas essa frase. Não julgues que falo desatinadamente, por embriaguez, pois estou bem calmo. A aguardente é tudo, mas preciso de duas garrafas para me parecer com Sileno,

*com o seu rosto rubicundo,*
*sobre o asno que tropeça.*

Não bebi nem meio quartilho e não estou embriagado. Não estou, não. Estou, isso sim, iluminado, porque vou direito ao problema para o resolver. Perdoa a graça e todas as que me ocorrerem durante o dia. Não te impacientes. Tudo o que eu disser é porque tenho de o dizer. Falo a sério e vou ao assunto diretamente. Não quero que fiques em suspenso. Espera, como começa?

*Selvagem e temeroso, na sua caverna*
*Se ocultava o desnudo troglodita,*
*O nômada sem teto andava errante*
*Devastando as férteis campinas*
*Com a lança e as flechas, pela selva*
*O feroz caçador se extraviava...*
*Ai de quem as ondas arrojassem*
*Aquelas duras e inimigas costas!*
*Desde o cume do altivo Olimpo*
*Desce, impetuosa, a Ceres maternal,*
*Em busca do oculto Paradeiro*
*Da sua raptada filha, Prosérpina.*
*A Deusa não encontra asilo nesta terra*
*Adusta, nem acolhida hospitaleira*
*Entre os homens; nem é testemunho um templo*
*Do culto dos deuses.*
*Nem dos campos nem dos vinhedos*
*Se colhe o fruto para os festins*
*Só carnes sangrentas das vítimas*
*Do sacrifício fumegam no altar*
*E aonde quer que a triste deusa*
*Converta o seu olhar*
*Contempla na mais vil degradação*
*A pobre desviada humanidade.*

Desatou a chorar e pegou numa das mãos de Aliocha.

— Ó amigo, amigo! Ainda caímos na mesma degradação! Tudo é dor para o homem que habita a terra, porque de todo o lado o invade a dúvida e o tormento. Não me julgues um bruto que, vestido de uniforme militar se alegra revolvendo-se no chiqueiro dos vícios, que quase não penso noutra coisa mais que neste homem degradado. E se não me engano... Que Deus o não permita... penso tanto, porque eu próprio sou esse homem.

> *Se quer subir limpo de vileza*
> *Até fundar na luz a sua digna fronte*
> *Volva o homem à antiga Mãe-Terra,*
> *Abraçado ao seu seio para sempre...*

Mas a dificuldade está na maneira de identificar-se com a Mãe-Terra. Não posso estreitá-la num abraço, não posso fender o seu seio. Terei de fazer-me camponês ou pastor? Avanço e não sei se me espera a ignomínia ou a luz e a alegria. E o que me traz inquieto, porque tudo o que é deste mundo é um enigma! Sempre que me afundo na lama do meu aviltamento, o que é muito frequente, recito estes versos a Ceres e ao homem. Ter-me-ei emendado? Nunca! Não é em vão que sou um Karamázov, e quando caio no abismo de cabeça para baixo e pés para cima sinto o gozo de tão humilhante atitude e orgulho-me disso. E do fundo da minha vilania elevo as minhas súplicas. Que eu seja maldito; que seja baixo e detestável; mas que possa, ao menos, beijar a orla do véu em que o meu Deus se esconde. Ainda que eu seja a própria obra do diabo, sou teu filho, Senhor, e adoro-Te e sinto a alegria, sem a qual o mundo não pode viver!

> *Envaidece a alegria eterna*
> *A alma de todos os seres*
> *E na taça da vida*
> *Transborda tal como lava ardente.*
> *Por ela a humilde palha*
> *Levanta-se na direção da luz,*
> *O sistema solar rompe*
> *O caos e as sombras*
> *E os espaços povoam-se*
> *De mundos que o sábio ignora.*
> *Dos seios generosos*
> *Da grande Natureza,*
> *Brota a eterna alegria que bebe tudo o que alenta*
> *Pássaros, bestas, répteis*
> *Vão aonde ela os leva*
> *E ela dá ao homem o amigo*
> *O bom vinho e a coroa,*
> *O trono de Deus... ao aujo;*
> *Ao inseto... a luxúria.*

Acabe-se a poesia. Sinto os olhos cheios de lágrimas. Deixa-me chorar. Todos se ririam deste parvo caprichoso; mas tu, não. A ti, o olhar brilha. Basta de poesia! Quero falar-te agora dos insetos, dos que Deus fez luxuriosos... Eu sou um deles, irmão, e a mim, especialmente, se refere o verso. Todos nós, os Karamázov, somos como insetos. E mesmo em ti, que és um anjo, vive este inseto que provocará uma tempestade no teu sangue... Tormentas, porque a concupiscência é uma tormenta... pior ainda! Que terrível, que imponente é a beleza! É terrível porque não foi abraçada, nem poderá sê-lo nunca, pois Deus não nos dá mais que enigmas. Limita-nos e por todo o lado vemos contradições. Sou um ignorante, irmão, mas refleti muito sobre isto. E que mistérios há neste mundo! É terrível! Pesam sobre os pobres mortais demasiados enigmas e nós temos de os resolver, que é o mesmo que querer passear a pé enxuto por meio da água. A beleza! Posso imaginar que um homem de grande prudência e clara inteligência comece com o ideal da Madona e acabe com o de Sodoma. Mas o mais espantoso é que um homem que tem na alma o ideal de Sodoma não só não renuncie ao ideal da Madona, mas que este lhe inflame o coração como nos dias da sua inocente juventude! O homem é demasiado difuso nas suas concepções e eu gostaria de o concretizar. O diabo saberá se isto seria o melhor! O que perante a alma é vergonhoso aparece perante o mundo como belo. Existe beleza em Sodoma? Crê-me, para a maior parte das pessoas, a beleza é tão misteriosa como terrível. É uma luta entre Deus e o demônio, e o campo de batalha é o coração do homem. Mas falamos sempre daquilo que nos dói. Escuta, irmão, vamos aos fatos.

## Capítulo 4
## Confissão Anedótica de Uma Alma Apaixonada

— Tenho levado uma vida dissipada. Meu pai acusa-me de haver gastado milhares de rublos seduzindo jovens honradas. É mentira. Não há nada disso e mesmo que o houvesse não necessitaria de dinheiro, que é para mim um acessório, o sobejo do coração. Hoje tenho uma dama, amanhã uma mulher da rua e entre as duas não faço escolha, atiro o dinheiro às mãos cheias para que haja música, barulho e zíngaros. Às vezes também lhes recheio a bolsa, o que aceitam, contentes e agradecidas. As damas apreciam-me... nem todas, mas muitas, muitas... Eu procuro com predileção pelos passeios, nas obscuras azinhagas, fora do caminho trilhado. É aí que se encontram mais surpresas e aventuras; o precioso metal anda na lama. Falo metaforicamente, claro. Na cidade não há azinhagas escuras senão no sentido moral e se fosses como eu compreendê-lo-ias. Gosto do vício, da libertinagem e da crueldade; sou um parasita, um inseto pernicioso, um Karamázov, em suma! Em certa ocasião, alugamos sete trenós para darmos um passeio. Éramos um bom número de jovens e começava a escurecer, numa noite de inverno. Comecei a apertar a mão da moça que me coube por companhia até a obrigar a devolver-me os beijos. Era filha de um funcionário; uma criatura doce, graciosa, submissa, que me permitiu muitas liberdades na sombra, porque pensava, a pobrezinha, que na manhã seguinte a iria pedir a seus pais. Julgavam-me um bom partido. Pois eu não lhe disse nada durante cinco meses e via-a constantemente, em bailes e noutros sítios, a olhar-me como que encandeada. Que encantadora imaginação havia no lume dos seus olhos e como se deleitava no seu tormento o mau bicho que tenho na alma! Casou-se depois com um empregado e deixou a cidade, ainda aborrecida e talvez enamorada de mim. Agora vivem felizes. Aviso-te que ninguém sabe de nada, nunca me gabei disto. Ainda que cheio de instintos perversos e dado a leviandades, não me desonro com uma conduta ruim. Estás afogueado, os teus olhos brilham. Já não podes com tanta imundície... Em suma, tudo isto não são mais do que flores do caminho, como diria Paul de Kock, que o cruel inseto agitou na minha alma. Tenho um álbum completo de recordações; irmão. Deus bendiga as pobres que nele têm um lugar. Já tentei destruí-lo, sem ter pena de o fazer, e não fui capaz de lhe arrancar uma só folha. Também não ostento favores recebidos. Mas, por agora, já basta. És capaz de acreditar que te trouxe aqui para falar de todas estas asneiras e não é assim. Vou, porém, contar-te uma coisa mais interessante. Que te não surpreenda ver-me alegre, ainda que tenha motivos para me envergonhar.

— Dizes isso porque me ruborizei — interrompeu Aliocha. — Mas não foi pelo que disseste ou fizeste, e sim porque sou como tu.

— Tu? Vamos, exageras!

— Não exagero! — replicou Aliocha com vivacidade, sinal manifesto de que a ideia já lhe acudira ao espírito. — A escada é a mesma. Eu estou embaixo, no primeiro degrau; tu, em cima, levas-me vantagem de uns treze. Vejo o caso deste modo, mas na realidade é igual. Quem subiu o primeiro degrau pode subi-los todos...

— Então mais valia não começar.

— Sim, quem o possa evitar, mais vale.

— E tu não poderias?

— Não o creio.

— Cala-te, Aliocha, cala-te! Comoves-me. Essa Gruchenka tem um olho para os homens!... Disse-me uma vez que te comeria, mais tarde ou mais cedo. Mas bom... deixemos isso. Passemos deste terreno atolado de misérias e baixezas para a minha tragédia, manchada de igual modo de infâmias. Mentiram, chamando-me sedutor de inocentes, mas há algo disso no meu caso, apesar de o ter sido só uma vez e de não ter consumado a vilania. Também, quem o disse, não sabe disto. A ninguém o contei senão a Ivan, e esse é uma tumba.

— Ivan, uma tumba?

— Sim.

Aliocha redobrou de atenção.

— Quando era alferes num regimento de linha e estava ainda sob vigilância, consideravam-me extraordinariamente na pequena guarnição. Julgavam que tinha haveres, porque esbanjava muito. Até eu próprio acreditava na minha opulência. Devia agradar-lhes também mais qualquer coisa pois moviam a cabeça quando eu passava, mas gostavam de mim. O meu coronel, um velho, tomou-me aversão e estava sempre a atacar-me. Acontecia que eu tinha amigos poderosos e a simpatia de toda a cidade e que, assim, ele não conseguia prejudicar-me grande coisa. Eu era culpado pois me negara a tratá-lo com o respeito que lhe devia. Por orgulho, apenas. O velho teimoso, que no fundo era um bom homem, amável e hospitaleiro, enviuvara duas vezes. Sua primeira mulher, de famílias humildes, deu-lhe uma filha muito ingênua. Quando a conheci tinha vinte e quatro anos e vivia com o pai e uma tia, irmã da mãe, mulher simples e ignorante. Gosto de usar galanteria com toda a gente e na minha vida nunca conheci caráter tão encantador como o de Agafya... Vê bem. Chamava-se Agafya Ivanovna. Não era uma beleza, mas sim um tipo russo, alta, forte, de boa presença, olhos formosos e cara um pouco rústica. Teve dois pretendentes que repeliu sem quebra da sua amabilidade. Cheguei a lidar com ela sem qualquer outro móbil que a pura amizade, que muitas vezes mantive com senhoras em termos da mais santa inocência. Falava-lhe de coisas chocantes que lhe provocavam o riso. Muitas mulheres apreciam essa familiaridade. O que eu me divertia com aquela moça livre de hipocrisias e falsos recatos de senhora! Sem se colocar ao nível do povo, viviam tia e sobrinha com certa humildade voluntária. Esta possuía um raro talento de modista, de que se servia para agradar a todas as amigas que pediam os seus primores, sem que auferisse qualquer dinheiro pelo seu trabalho. Também não recusava os presentes que algumas lhe ofereciam. O coronel era outra coisa. Como fosse uma das autoridades do local, vivia à larga, abrindo os seus salões, recebendo toda a cidade e dando ceias e bailes. Quando me incorporei no batalhão, não se falava noutra coisa senão da próxima chegada da segunda filha do coronel, um modelo de beleza que acabava de sair de um aristocrático pensionato da capital. Era Catalina Ivanovna, filha da segunda esposa, que pertencia a uma família de raízes avoengas, embora pobre. Era muito bem aparentada, isso sim; mas toda a fortuna que dela esperou o coronel se reduziu a castelos no ar.

Pois bem, quando a jovem veio, toda a cidade se pôs em movimento. Dois generais, uma coronela e as mais distintas senhoras da nossa sociedade, disputavam-se e davam festas em sua honra. Ela era a rainha dos salões e de todos os lugares. Numa ocasião em que se realizavam quadros plásticos com o fim de conseguir socorros para aias necessitadas, eu, que continuava bravio como sempre, realizei uma proeza que deu que falar a toda a cidade. Aconteceu uma noite, em casa do comandante de bateria. Ela olhou-me dos pés à cabeça e eu voltei-lhe as costas, como que negando-me grosseiramente a ser-lhe apresentado. Poucos dias depois, numa velada, aproximei-me e comecei a falar-lhe, mas ela armou-se em distraída, deixando-me ver um muito pronunciado trejeito de desdém. Hás de pagar, pensei, e durante aqueles dois dias portei-me com deliberada intenção, em várias ocasiões, como um solene maçador. O pior de tudo era que eu percebia perfeitamente que Katenka não era uma cândida colegial, mas sim uma mulher de caráter, nobre e muito instruída, enquanto eu não era uma coisa nem outra. Pensas que a galanteava? Não. Só queria vingar-me por não me ter reconhecido um herói... Continuei a minha alvoroçada vida de dissipação até que o coronel me prendeu por três dias! Foi nessa ocasião que o meu pai me mandou seis mil rublos contra a renúncia formal de todos os meus direitos, liquidando desse modo a nossa conta corrente e comprometendo-me a não reclamar nem esperar mais nada. Não entendi palavra. Desde que vim para concluir o negócio, até a hora presente, Aliocha, não consegui ver acerto nestas embrulhadas contas de meu pai. Mas não faças caso. Já falamos disso. De posse dessa tal soma, recebi uma carta de um amigo que me interessou muito. Soube que o coronel era mal visto pelos superiores, a quem haviam chegados rumores de certas irregularidades, e que os seus inimigos lhe preparavam uma surpresa desagradável. Com efeito, apresentou-se o chefe de divisão e deu-lhe uma batida que deixou o pobre homem sem alento. Ainda não havia recobrado e já o constrangiam a pedir a reforma. Num instante, não sei como aquilo aconteceu, mas o certo é que tinha inimigos... toda a cidade se mostrou fria e insensível para com ele e com a família. Até os mais íntimos lhe voltaram as costas. Então dei o primeiro passo. Avistei-me com Agafya Ivanovna, a quem não deixara de falar e disse-lhe:

— Sabe que se descobriu um *déficit* de quatro mil e quinhentos rublos nos fundos à guarda de seu pai?

— Como? Por que diz isso se há poucos dias ainda esteve cá o general e encontrou tudo em ordem?

— Nessa altura, sim; mas não agora.

— Não me assuste — pediu ela, espantada. — Quem... quem disse semelhante coisa?

— Acalme-se — respondi. — Ninguém saberá de nada por mim. Sou calado como uma tumba. Só queria dizer-lhe, prevendo possíveis acontecimentos, que se lhe pedem esses quatro mil e quinhentos rublos e ele não os puder apresentar, seu pai será julgado em conselho de guerra e condenado a servir como soldado raso, a menos que você mande a sua irmã a minha casa. Eu tenho dinheiro. Entregar-lhe-ei essa quantia e guardarei segredo religiosamente.

— Canalha! — gritou ela. — Malvado! Não tem ponta de vergonha!

E afastou-se, indignada e furiosa, sem atender os meus protestos de que guardaria o segredo. Agafya e a tia conduziram-se com *Katya* como se fossem anjos, a quem idolatravam, preservando-a de qualquer notícia desagradável que por vias estranhas lhe pudesse chegar. Mas eu soube logo que Agafya lhe contou a conversa que tivéramos, secundando involuntariamente os meus vis desígnios. De repente, para tomar o comando do regimento, veio o novo chefe. O antigo coronel adoeceu e viu-se obrigado a ficar dois dias na cama, sem que pudesse prestar contas. O doutor Kravchenco tornou mais amplo o certificado de doença e ele continuou em casa. Eu sabia que, durante aqueles quatro anos, o dinheiro não estivera nas gavetas do coronel senão durante a visita de inspeção. Costumava emprestá-lo a uma pessoa de confiança, a um velho comerciante chamado Trifonov, de longa barba e lentes com aros de ouro, que fazia grandes negócios nas férias e em seguida lhe devolvia a quantia, acrescentada dos respectivos juros e de um presente. Pois bem, desta vez, o coronel não viu o presente nem o dinheiro. Tive conhecimento disso casualmente pelo filho e herdeiro de Trifonov, uma cabeça perdida e o rapaz mais viciado do mundo. E quando o reclamou, o velhaco do comerciante contentou-se em dizer:

— O empréstimo? Que empréstimo? Na minha vida recebi de vós algum dinheiro? Ter-me-ia acautelado bem se aceitasse um cêntimo que fosse!

Na casa do coronel andavam todos muito atarefados pondo-lhe, sem descanso, compressas de gelo na fronte quando chegou uma ordenança com o livro das contas e a ordem de fazer a entrega do dinheiro do regimento dentro de duas horas. O coronel assinou. Vi a sua assinatura no livro. Levantou-se dizendo que ia vestir o uniforme, correu ao quarto, carregou a espingarda de caça e, apontando-a ao coração, apoiou o pé direito, que havia descalçado, no gatilho. Mas Agafya, que se lembrava das minhas palavras e que vivia em contínuo receio, tinha deslizado para perto da porta e naquele preciso momento atirou-se sobre o pai, por detrás, e empurrou a arma, cujo tiro se cravou no teto sem outro resultado pior que o sobressalto com que todos a acudiram a conter o desesperado.

Eu tinha-me penteado, perfumara o lenço e acabava de vestir o sobretudo quando se abriu a porta dos meus aposentos e me encontrei frente a Catalina Ivanovna.

De que misteriosas cumplicidades se rodeiam certos acontecimentos! Ninguém a vira na rua, ninguém, pois sabia o propósito daquela visita! Eu vivia com duas senhoras que cuidavam da minha roupa, duas velhotas muito dedicadas em quem podia ter toda a confiança. Seriam mais caladas que um madeiro. Compreendi tudo, então. Ela entrou olhando-me fixamente. Nos seus olhos havia resolução e firmeza, mas os lábios tremiam-lhe, incertos, ao falar:

"— Minha irmã disse que me daria quatro mil e quinhentos rublos se os viesse buscar eu mesma. Aqui me tem... E venha o dinheiro..."

Não podia falar, de sufocada que estava. Toda ela tremia e a voz embargava-se-lhe na garganta. Mas Aliocha, ouves-me ou dormes?

— Mitya, sei que me dirás toda a verdade — respondeu o outro emocionado.

— Saberás tudo, sim. Já não posso deter-me no caminho da sinceridade por que enveredei. O meu primeiro pensamento foi o de... um Karamázov, claro. Uma vez fui picado por uma centopeia e tive duas semanas de febre. Pois bem, irmão, naquele momento senti a picada do venenoso inseto no meu coração, entendes? Passeei o olhar por todo o corpo dela. Já a viste? É uma beldade, mas naquela altura a beleza sublimava-a aos meus olhos maus. O sacrifício pelo pai a um inseto vil elevava-a ao cume das generosidades. Estava, em corpo e alma, nas minhas mãos vis... Ela, à minha mercê. Confesso-te que esta ideia, esta venenosa ideia, me impressionou de tal modo que julguei perder os sentidos. Pareceu-me impossível resistir-lhe, ainda que tivesse de proceder como um parasita, como um lacrau, sem ponta de piedade. Sentia-me desfalecer! Asseguro-te que no dia seguinte teria ido a sua casa pedir-lhe a mão para terminar nobremente o que seria um segredo para todos. Pois infame e tudo o resto, não deixo de ser honrado. Mas uma voz interior falou-me claramente naquele momento decisivo. "Vais amanhã com oferecimentos, esta moça negar-se-á a receber-te e mandará um lacaio pôr-te na rua, como a um cão." "Já podes apregoar a tua façanha por toda a cidade, dirá, não te temo." Olhei-a e a minha voz interior foi corroborada. Não havia dúvida, o rosto dela dizia que eu seria expulso de sua casa. Tive um acesso de cólera. Desejava dar o passo mais infame, dirigir-lhe um olhar de desprezo e humilhá-la, falando-lhe com a linguagem de um merceeiro.

"— Quatro mil rublos! Acreditaste nisso? Pois estava a brincar. Contais com as coisas muito levemente, senhora. Duzentos, se quereis, com muito gosto, mas quatro mil rublos não é soma para se deixar ir por uma futilidade. Maçastes-vos em vão."

Eu teria perdido neste jogo, porque ela ir-se-ia embora. Mas a vingança era diabólica, digna das circunstâncias. Arrepender-me-ia durante toda a minha vida. Quererás acreditar que nunca me aconteceu olhar uma mulher com aversão? Pois juro-te que então a contemplei durante dois segundos, ou talvez mais, com um ódio terrível, com esse ódio que não está separado do amor por mais do que um cabelo.

Fui à janela e apoiei a testa ao vidro gelado. Recordo-me que queimava como uma brasa. Não a retive muito, não julgues. Voltei-me para a mesa, abri uma arca e tirei uma nota de banco de cinco mil rublos que tinha posto entre as páginas de um dicionário francês. Mostrei-lha sem dizer palavra, dobrei-a, coloquei-lha nas mãos, abri a porta e fiz-lhe uma vênia profunda, respeitosa e solene. Acredita! Toda ela tremeu, olhou-me pálida como uma morta, sem a sua aturdida impetuosidade, mas com vivacidade encantadora, inclinou-se ante mim, não com a cortesia de uma colegial, mas com a rendição do povo russo, humilhando a testa até ao chão. Quando partiu, desembainhei a espada para enterrá-la no peito. Não sei porquê. Devia estar louco ...Creio que por gosto... Compreendes que alguém se possa matar por gosto? Mas contentei-me com beijar a lâmina e voltei a metê-la na bainha... o que não fazia falta que te contasse. Até sinto um pouco de vanglória ao falar das minhas lutas íntimas. Que vão para o inferno os que se metem em coisas do coração! Bom, já basta da minha *aventura* com Catalina Ivanovna. Só tu e Ivan a conhecem... mais ninguém!

Dmitri levantou-se terrivelmente excitado, deu alguns passos limpando a testa com o lenço e voltou a sentar-se do outro lado de Aliocha, que teve de mover-se de maneira a poder encará-lo.

## Capítulo 5
## Confissão de Uma Alma Rolando pela Encosta

— Sei até aqui a primeira parte — disse Aliocha.
— A primeira parte, sim. A primeira parte é um drama que foi representado lá; a segunda, uma tragédia que terá lugar aqui.
— Uma tragédia? Não compreendo.
— E eu... Julgas que o entendo?
— Ouve-me, Dmitri. É muito importante que aclaremos uma coisa. Ela foi e continua a ser tua noiva?
— Foi minha noiva apenas três meses depois da aventura. No dia seguinte dava tudo por acabado, pensando que aquilo não teria consequências e porque considerei uma baixeza ir pedir a sua mão. Por parte dela, não deu sinal de vida durante as seis semanas em que permaneceu na cidade, senão no dia imediatamente a seguir ao da visita. A criada dela veio à minha casa e entregou-me um sobrescrito fechado que continha o excesso da quantia pedida. Com o troco, a nota sofrera um desconto de mais de duzentos rublos, porque me devolviam uns duzentos e sessenta, não me lembro bem. Mas não o acompanhava a menor explicação, quer por escrito quer verbal. Dei voltas e voltas ao envelope procurando qualquer traço de lápis... nada. Gastei depois esse dinheiro numa orgia tão estrondosa que o novo chefe me passou uma forte reprimenda.

O coronel entregou o dinheiro do regimento, com grande assombro de todos, pois ninguém acreditava que a caixa estivesse intacta. Imediatamente caiu doente, de cama, e morreu ao fim de um mês de uma lesão cerebral. Foi enterrado com todas as honras militares devidas ao posto que ocupava, pois ainda não fora formalizada a sua demissão. Dias depois, Catalina partia para Moscovo com a tia e a irmã. Eu não as vira nem me despedira delas, mas à hora da partida recebi um pequeno bilhete azul com algumas palavras. Dizia: "Escrever-vos-ei. Aguardai. C." Nada mais.

Contarei agora o resto. Em Moscovo a situação delas variou com a rapidez do relâmpago, como num conto de fadas. A generala, sua parente, que numa semana acabava de perder duas sobrinhas e herdeiras diretas, vítimas da varíola, recebeu Katya como uma filha carinhosa e retificou o testamento em favor da órfã. Enquanto esperava a fortuna, deu-lhe como dote oitenta mil rublos para que fizesse deles o que quisesse. Era uma histérica. Conheci-a mais tarde, em Moscovo.

Podes calcular a minha surpresa ao receber pelo correio, quando menos esperava, quatro mil e quinhentos rublos. Três dias mais tarde veio a carta prometida. Tenho-a comigo, sempre. Levá-la-ei comigo, também, quando morrer. Queres vê-la? É necessário que a leias. Oferece-se para ser minha esposa! Oferece-se ela própria! "Amo-vos com loucura", diz. "Mesmo que não me queirais, não importa. Sede meu marido. Não temais que vos moleste, serei um móvel da vossa casa, o tapete que pisais. Quero amar-vos eternamente, salvar-vos de vós mesmo." Aliocha! Eu não sou digno de repetir estas frases com a minha língua vil e torpe, que não tem emenda. Esta carta despedaça-me o coração ainda hoje. Pensas que posso esquecê-la... esquecê-la um só momento? Porque não podia ir a Moscovo, respondi-lhe em seguida, molhando a carta com as minhas lágrimas. Mas envergonhar-me-ei sempre de uma coisa; recordava-lhe que era rica e bem dotada, enquanto eu não era mais do que um miserável. Escrevi então a Ivan, contando-lhe tudo numa carta de seis páginas e encarregando-o de fazer-lhe uma visita. Por que me olhas assim? Já sei. Ivan apaixonou-se por ela e continua a amá-la. Para toda a gente o meu comportamento foi o de um pateta, mas é possível que essa patetice nos salve a todos, agora. Oh! Não vês que estima tem por ele? Como o respeita? Crês que, se nos comparar, me pode preferir a ele depois do que se passou?

— Tenho a certeza de que ela te prefere, de que gosta de ti e não dele.

— O que ela quer é a sua *virtude* e não a minha pessoa — atalhou Dmitri com mais malícia do que reflexão. Deu uma gargalhada, mas em seguida os olhos brilharam-lhe, corou e deu um tremendo murro na mesa. — Juro-te, Aliocha! — gritou raivosamente, indignado contra si mesmo. Podes não acreditar em mim, mas tão certo como a misericórdia de Deus, como Cristo é Deus, te juro que se acabo a rir-me dos seus nobres sentimentos reconheço que a minha alma está um milhão de vezes mais baixa do que a dela, e que os seus sentimentos são tão puros como os de um anjo! É esta a tragédia, sei-o bem. Trazemo-la dentro de nós e não importa que deixemos ver algumas das suas cenas, como eu faço com toda a sinceridade. Quanto a Ivan, compreendo que diga mal da natureza. Ele, tão inteligente, ver-se substituído... Por quem? Para quê? Por um monstro que arrasta publicamente os seus esponsais na orgia, perante os olhos da prometida! Um homem como eu ser preferido, enquanto ele é repelido! E tudo por quê? Porque uma senhorita quer sacrificar a vida e a alma em altares de gratidão! É ridículo! Nunca disse uma palavra disto a Ivan e, por seu lado, ele não me deixou prever nada. Mas o destino cumprir-se-á e o que for digno guardará a sua fortaleza, enquanto o outro se perderá para sempre nos caminhos tortuosos, nos caminhos hediondos, nos caminhos da concupiscência, onde viverá como na própria casa, afundando-se à sua vontade no lodo pestilento em que ele resume a liberdade e a felicidade. Falo como um néscio. Não encontro palavras adequadas e digo tudo à maluca, mas acontecerá como te digo. Eu afundar-me-ei e ela casará com Ivan.

— Espera, Dmitri — atalhou Aliocha. — Há um ponto a que não respondeste claramente. Continuas noivo, não é verdade? Como quebrarás o compromisso se ela, a noiva, não o consente?

— Sim, formal e solenemente. A minha chegada a Moscovo celebramos os esponsais com toda a pompa. Houve imagens santas, cerimônias e todos os requisitos. A generala deu-nos a bênção e até... Queres crer que felicitou Katya? "Escolheste com acerto", disse. "Basta olhar para ele." E acreditas que Ivan lhe foi tão antipático que apenas correspondeu ao seu cumprimento? Em Moscovo falei com Katya durante muito tempo. Revelei-lhe a minha maneira de ser com inteira sinceridade e honradez. Ela escutou-me, sempre atenta e efusiva.

*Do rapto de amor inquieto*
*Brotava a doce frase.*

Doce e amarga, por vezes atrevida. Arrancou-me a promessa solene de que me corrigiria. Prometi e... vês o que aconteceu.

— O quê?

— Que te chamei e te trouxe aqui hoje, hoje mesmo, lembra-te bem, para te mandar, precisamente neste dia, a casa de Catalina Ivanovna.

— E depois?

— Quero que saibas que não a tornarei a ver. Diz-lhe isto: Meu irmão encarregou-me de lhe apresentar os seus respeitos.

— É possível?

— Por não o ser de outra maneira, te envio. Como o havia de dizer eu mesmo?

— E aonde vais tu?

— À lama da rua!

— Com Gruchenka, não? lamentou Aliocha, unindo as mãos. — É possível que Ratikin me tenha dito a verdade? Julgava que a tinhas visitado e nada mais.

— Tu dirás se um noivo pode fazer tais visitas com uma prometida como a minha e à vista de toda a gente! Vamos, homem! Ainda me resta um pouco de honra. Quando comecei a frequentar essa casa, deixei de considerar-me comprometido e homem de palavra. É assim que eu entendo estas coisas. Que esperas? Tens de saber que fui vê-la com a intenção de lhe dar uma sova. Sabia que esse capitão, às ordens de meu pai, havia dado a Gruchenka um vale meu a fim de me apanhar uma renúncia por medo de ir para a prisão. Fui lá para lhe dar uma lição. Apenas a vira uma vez; não é mulher que deslumbre à primeira vista. Sabia que teve um amante que jaz agora paralítico numa cama e lhe deixará uma pequena fortuna. Sabia também que gosta muito de dinheiro, que faz negócio emprestando com altos juros. É uma usurária e uma gastadora sem remissão. Fui para me zangar e... fiquei. Desencadeou-se a tormenta que me colheu, contaminando-me a lepra do pecado. Continuo empestado e sei que tudo se acabou, que não há remédio para mim.

Consumou-se o ciclo dos tempos. A minha história estava escrita. Sou um pedinte, mas a fatalidade quis que, naquela ocasião, levasse no bolso três mil rublos. Fui com Gruchenka a Mokroe, a vinte e cinco *verstas* daqui, e correu champanhe para todos os camponeses, bebendo mulheres e até crianças, e ouvimos zíngaros. Em três dias fiquei sem nada, inteiramente liso, mas feito um herói. Crês que consegui tudo dela, não? Pois nem tanto como isto! Digo-te que essa Gruchenka tem o corpo flexível e escorregadio como uma serpente. Convencer-te-ás disso se lhe vires os pés, pequenos, ou até mesmo os dedos menores. Eu vi-os e beijei-os, mas nada mais. "Casarei contigo, disse-me, embora sejas pobre, se tu o quiseres. Promete que não me impedirás de fazer o que me apeteça e talvez me case." Desatou a rir e creio que ainda não parou.

Dmitri levantou-se, brusco e enfurecido. Parecia um bêbado com os olhos injetados de sangue.

— E pensas mesmo se casar com ela?

— É para já, se quiser! E se não quiser, para mim é igual. Serei seu criado, Aliocha! — rugiu. E parando perto do irmão, segurou-o pelos ombros e começou a sacudi-lo violentamente. — Não sabes, inocente criatura, que isto é um delírio, um delírio louco que gera uma tragédia?! Tens de saber, Alexey, que posso ser um ruim, um degenerado, um saco de abjetas paixões, mas um ladrão, um gatuno, Dmitri Karamázov jamais o poderá ser! Pois bem, eu sou um ladrão indecente. No dia em que fui à casa de Gruchenka com ânimo de lhe aplicar uma sova, Catalina Ivanovna pediu-me com grande segredo (não sei porquê, mas devia ter as suas razões) que fosse à capital sem que ninguém soubesse para entregar três mil rublos a Agafya Ivanovna que estava em Moscovo. Foi com esses três mil rublos que visitei Gruchenka e foi esse o dinheiro que gastamos em Mokroe. Claro que anunciei ter ido à capital, mas nunca apresentei o recibo. A Catalina disse que havia mandado o dinheiro e que já lhe daria o recibo dos Correios; mas claro que ainda o espera e eu ando a fazer-me de esquecido. Que pensas dizer-lhe hoje quando a fores ver e depois da frase: "Ele envia os seus respeitos", ela te perguntar: "que há sobre o dinheiro?" Poderás acrescentar: "É um sensual degenerado, um homem vil, incapaz de refrear as suas paixões. Não cumpriu o vosso encargo e gastou o dinheiro. É um bruto que não sabe dominar-se." Ah! Se pudesses acrescentar: "é um ladrão. Aqui estão os três mil rublos, que vos devolve, para que vós mesma os envieis a Agafya, encarregando-me que vos saúde da sua parte..." Mas o quê?

— És um infeliz, Mitya! Mas não tanto como tu próprio crês. Não te aflijas até estares desesperado.

— Pensas que vou dar um tiro na cabeça por não poder restituir o dinheiro? Não cuides nisso, não tenho esse capricho. Depois, quem sabe? Mas agora vou a casa de Gruchenka, à conta de Deus!

— É assim...?

— Assim serei seu marido, se me quiser como tal, e quando vierem os amantes retirar-me-ei para a sala ao lado. Limparei as botas dos amigos, acenderei o samovar quando quiserem tomar chá e farei os recados.

— Catalina Ivanovna tomará conta de tudo — disse Aliocha com solenidade. Compreenderá a enormidade desta desgraça e perdoará. O seu espírito elevado far-lhe-á ver que és o mais desgraçado dos homens.

— Não perdoará nada — disse Dmitri com uma careta. — Há algo mais nisto, irmão, que nenhuma mulher esqueceria. Sabes o que seria melhor?

— O quê?

— Devolver-lhe os três mil rublos.

— E aonde os vamos buscar? Eu tenho dois mil, Ivan pode dar-te outros mil... Devolve-os e fica em paz.

— Quando os terei? Tu ainda és menor. Além de que é necessário, absolutamente necessário, que hoje mesmo, com dinheiro ou sem dinheiro, me despeças dela, pois as coisas estão de tal ordem que não posso esperar mais. Amanhã já será tarde. Vai à casa do pai...

— A casa do nosso pai?

— Sim, antes de ires a casa dela, e pede-lhe os três mil rublos.

— Mas, Mitya, sabes que não mos dará!

— Oh, sim. Sei-o bem demais. E tu conheces o desespero, Aliocha?

— Sim, conheço.

— Ouve. Legalmente, nada me deve, mas moralmente sim. Que não? Já sabes que com os vinte e oito mil rublos de minha mãe ganhou cem mil? Que me dê apenas três mil e tirará a minha alma deste inferno, espiando assim muitos dos seus pecados. Por esses três mil rublos empenho a minha palavra de honra de que não lhe pedirei mais nada, nem saberá mais nada de mim. Pela última vez, ofereço-lhe a ocasião de se portar como um pai. Diz-lhe que é o próprio Deus quem envia esta oportunidade.

— Mitya, por nada ele os dará.

— Eu sei; sei perfeitamente. E agora ainda menos. Mas não é tudo. O pior é que me constou que há alguns dias, ou talvez só desde ontem, é que ele soube *de verdade,* repara bem, *de verdade,* que Gruchenka não brinca e que pensa a sério casar-se comigo. Ele conhece-a bem, sabe do que é capaz essa gata, e compreenderás que não vai ajudar-me com o seu dinheiro quando anda perdido por ela. Ainda há mais para dizer, espera. Sei que há uns cinco dias tirou três mil rublos do banco, em notas de cem, e as meteu num envelope que lacrou. Vês como estou bem informado! No envelope escreveu: "Ao meu anjo Gruchenka, para quando vier." Ninguém sabe da existência deste dinheiro a não ser Smerdyakov, em quem tem absoluta confiança. Há três ou quatro dias que a espera. Julga que irá pelo dinheiro, pois que lho fez saber e respondeu que talvez fosse. Se for, como poderei eu casar com Gruchenka? Compreendes agora por que me oculto aqui e a quem espio?

— A ela?

— Justo. Foma, que habita um quarto vem da casa destas perdidas, está do meu lado. Era soldado no meu regimento e agora trabalha como um negro para elas. De noite faz de guarda e durante o dia caça galos silvestres. Instalei-me no seu quarto e nem ele nem a dona da casa sabem para quê.

— Só Smerdyakov o sabe?
— Só. E há de avisar-me se a Gruchenka lá vai.
— Foi ele que te disse do dinheiro?
— Sim, é segredo. Nem Ivan o sabe. O velho quer enviá-lo dois ou três dias a Tchermachnya. Apresentou-se um comprador para o bosque que lá tem e quer vendê-lo por oito mil rublos. Pediu a Ivan que o ajudasse neste negócio, que o reteria fora dois ou três dias, para assim poder fazer o que quer, que é receber a Gruchenka durante a sua ausência.
— E espera-a hoje?
— Não, hoje não irá, segundo parece. É a opinião de Smerdyakov. Nosso pai está neste momento bebendo com Ivan. Vai, Aliocha, e pede-lhe os três mil rublos — gritou Dmitri.
— Mitya, querido! Que é isso? — exclamou o noviço, levantando-se para olhar mais de perto o rosto transtornado do irmão, supondo-o louco por um momento.
— O quê? Não, não estou louco — disse Dmitri sustendo aquele olhar com o seu, vivo e intenso. — Não temas. Envio-te a casa de meu pai e sei o que digo. Creio em milagres!
— Em milagres!
— Num milagre da Providência divina. Deus conhece o meu coração, vê o meu desespero. Deus vê tudo e, decerto, não permitirá que ocorram coisas atrozes. Creio em milagres, Aliocha. Vai!
— Vou, sim. Mas diz-me, esperar-me-ás aqui?
— Claro. Já sei que não é chegar e andar, porque deve estar bebido. Esperarei três horas... quatro, cinco, seis, sete... Mas lembra-te de que hoje sem falta terás de ver Catalina Ivanovna, nem que seja à meia-noite, *com dinheiro ou sem dinheiro.*
— Mitya! E se Gruchenka vai lá hoje, amanhã ou outro dia?
— Gruchenka? hei de vê-la antes que chegue e impedir-lhe a entrada.
— Mas...
— Se há um mas, matarei. Não poderei remediá-lo.
— Matarás quem?
— O velho. Nunca ela!
— Que dizes, irmão?
— Ah! Sei lá... sei lá. Talvez não o mate, talvez o mate mesmo... Temo que de repente me pareça tão odioso e repugnante o seu rosto, naquele momento... Dá-me asco aquela cara, aquele nariz, aqueles olhos e aquele sorriso de sem-vergonha. Revolvem-me o estômago. É isto o que faz o medo. Não poder resistir...
— Vou-me, Mitya. Deus disporá as coisas para que não aconteça um horror semelhante.
— Eu fico aqui, aguardando o milagre. Mas se não se realizar...

Aliocha encaminhou-se, pensativo, para casa de seu pai.

# Capítulo 6
# Smerdyakov

Encontrou de fato o pai sentado à mesa, não na sala de jantar, mas sim, como sempre, no salão, que era o quarto mais amplo e mobiliado segundo as exigências da moda antiga:

móveis brancos e tão envelhecidos como os tapetes de seda encarnada onde sobressaíam. Entre as janelas, cornucópias em molduras lavradas com paciência e estucadas de branco. Nas paredes, cobertas também de papel branco que saía solto nalguns locais, havia grandes retratos: o de um príncipe que governara a província treze anos antes e o de um bispo já falecido, Deus sabia quando. No canto mais afastado da entrada, via-se um grupo de imagens alumiadas por uma luz que ardia durante toda a noite... não tanto por piedade como para que não ficasse a sala às escuras. Fedor Pavlovitch deitava-se tarde, às três ou quatro da madrugada, e até lá dava voltas na casa e refletia sentado numa cadeira. Era um dos seus hábitos mais arraigados. Às vezes dormia só em casa, mas Smerdyakov geralmente ficava a fazer-lhe companhia, deitando-se num banco.

Quando Aliocha entrou acabavam de almoçar e estavam a servir os doces e o café. Fedor apreciava muito as guloseimas com aguardente. Ivan sorvia o café em silêncio e os dois criados estavam de pé, refletindo no seu rosto a alegria do amo, que ria às gargalhadas. Este riso penetrante anunciou a Aliocha, antes que entrasse, que o pai estava muito contente, mas longe ainda da bebedeira.

— Aqui está! Aqui está! — gritou o velho entusiasmado ao ver Aliocha. — Vem cá! Senta-te! O café é um prato quaresmal e está quente e saboroso. Não te ofereço aguardente para não quebrares o jejum. Queres um pouco? Não, melhor para ti será um copinho do nosso famoso licor. Smerdyakov, abre o armário. É a segunda prateleira, à direita. Toma as chaves.

Aliocha recusou o licor.

— Não importa. Se tu não queres, queremos nós — disse Fedor, radiante. — Mas diz-me... Já almoçaste?

— Sim — respondeu Aliocha, que apenas havia comido um bocado de pão e bebido um copo de *kvass* na cozinha do Superior. Tomo apenas uma chávena de café.

— Bravo! Bonito menino! Quer café, venha! Estará bem quente? Sim, está a ferver. É um senhor café, preparado por Smerdyakov, um artista do café, dos pasteizinhos de peixe e da sopa à marinheira também. Que sopa! Vem cá prová-la, um destes dias. Avisa antes... mas... não te disse esta manhã que viesses com o colchão e a almofada? E então? Trouxeste o colchão?

— Não, não trouxe — respondeu Aliocha, sorrindo.

— Ah! Mas esta manhã tinhas medo, não é verdade! Já sabes, meu filho, que sou incapaz de te afligir. Ivan, não posso conter a minha alegria quando me olha sorrindo desta maneira. Faz-me rir mesmo sem vontade. Gosto tanto dele! Aliocha, quero dar-te a minha bênção, a minha bênção de pai!

Aliocha levantou-se, mas o pai mudara já de ideias.

— Não, não — disse. — Vou apenas fazer sobre ti o sinal da cruz. Senta-te. Vais ouvir o que estávamos a dizer, que nem de propósito para ti. Vais rir. A burra de Balaão falou há pouco... e como fala! como fala!

A burra de Balaão era Smerdyakov, moço de vinte e quatro anos, de feitio arisco e taciturno, o qual não se devia a caráter tímido ou ferino, pois pelo contrário, mostrava-se orgulhoso e parecia desprezar toda a gente.

Cremos oportuno dizer aqui mais alguma coisa sobre ele. Foi educado por Marfa e Grigory, mas o rapaz cresceu sem o sentido da gratidão. Afastava-se de toda a companhia e parecia olhar toda a gente com desconfiança. Durante a infância gostava de estrangular gatos e de os enterrar com muita solenidade. Para isto enrolava-se num lençol à guisa de sobrepeliz e cantava e agitava qualquer objeto à maneira de turíbulo, incensando o morto. Fazia tudo isto em surdina e secretamente. Um dia, Grigory surpreendeu-o nesta diversão, e como lhe desse uma sova, o rapaz refugiou-se num canto, onde esteve durante uma semana, a resmungar.

— Este monstro — dizia Grigory à mulher — não tem pisca de carinho por nós; não gosta de ninguém. Serás um ser humano? — acrescentava, dirigindo-se ao menino. — Que hás de tu ser, se saíste da lama do quarto de banho...

Smerdyakov não pôde esquecer nunca semelhante humilhação. Grigory ensinou-o a ler e a escrever, e quando o discípulo cumpriu os doze anos começou a explicar-lhe as Sagradas Escrituras, no que o moço adiantou pouco. A segunda ou terceira lição, começaram as suas caretas de desconformidade.

— Por que fazes isso? — perguntou o mestre, olhando-o ameaçador através dos óculos.

— Por nada. Deus criou a luz ao primeiro dia e no quarto, o Sol, a Lua e as Estrelas. De onde vinha a luz nos primeiros dias?

Grigory ficou pasmado. Aquele rapaz olhava-o de maneira sarcástica em que adivinhava o desprezo pelo professor. Este não pôde conter-se:

— Já te mostro de onde vinha! — gritou, dando-lhe uma tremenda bofetada.

O rapaz não abriu a boca, mas esteve uns dias no recanto onde sofria os acessos de enfado e tristeza. Ao fim de oito sobreveio-lhe o primeiro ataque de epilepsia, doença que nunca mais o abandonou.

Quando Fedor Pavlovitch soube disso, mudou bruscamente de conduta para com o órfão, de quem pouco se ocupava, ainda que nunca se tivesse zangado com ele. Sempre que o encontrava dava-lhe alguns cêntimos, chegando o seu carinho a mandar-lhe alguns doces da sua mesa sempre que estava bem disposto. Quando soube que o pequeno adoecera, mostrou por ele extraordinário interesse. Mandou vir um médico e não poupou meios para combater a doença que se tornou incurável. Sucediam-se as crises com intervalos de um mês, pouco mais ou menos, variando em violência. Umas eram relativamente ligeiras, outras apresentavam os mais graves sintomas. Fedor Pavlovitch proibiu severamente Grigory de castigar o menino e permitiu a este que frequentasse a casa grande. Também proibiu que por algum tempo se lhe exigissem trabalhos de atenção. Um dia, tinha ele quinze anos, Fedor Pavlovitch viu-o muito entretido perante a sua pequena biblioteca, esforçando-se em ler através da vitrina os títulos dos livros, uma bonita coleção de uns cem tomos que talvez o velho nunca houvesse lido. Logo lhe deu a chave.

— Toma, lê. Serás o meu bibliotecário. Estarás melhor, sentado e lendo do que a passear pelo pátio. Toma, lê este. — E deu-lhe *Tardes da Casa de Campo*.

Leu um pouco e não gostou. Sem um sorriso acabou por fechar o livro com frieza.

— Por quê? Não é divertido? — perguntou Fedor.

Smerdyakov ficou silencioso.

— Responde, imbecil.

— Tudo o que diz é mentira — murmurou o rapaz com uma careta.

— Pois vai para o diabo, alma de lacaio!... Aqui tens a História Universal de Smaragdov. Tudo o que diz é verdade. Lê.

Mas ele só leu umas dez páginas. Achava-o pesado. E a biblioteca fechou-se para sempre.

Pouco depois, Marfa e Grigory contaram ao senhor que Smerdyakov se mostrava cada dia mais escrupuloso e afetado. Ficava em frente da sopa durante muito tempo, pegava na colher, voltava a olhar o prato, cheirava-a e, tomando uma colherada, mirava-a à luz.

— Que tem? Alguma barata? — perguntara Grigory.

— Talvez uma mosca — observara Marfa.

O apreensivo moço não respondera, mas fazia o mesmo com o pão, com a carne e com toda a comida. Pegava num bocado com o garfo, aproximava-o da luz e só depois de grande e minuciosa observação se decidia a levá-lo à boca.

— Puf! Que ares de senhor delicado! — murmurava Grigory.

Quando Fedor Pavlovitch soube deste novo capricho de Smerdyakov, decidiu fazê-lo seu cozinheiro e mandou-o a Moscovo para que aprendesse o ofício. Esteve ali vários anos e voltou notavelmente mudado. Envelhecido, pálido, magro e muito efeminado. O caráter era o mesmo: misantropo como sempre, não suportava a companhia de ninguém. Em Moscovo tinha apanhado o hábito de se calar. A cidade desgostara-o e viveu nela sem aprender nada. Um dia foi ao teatro, de onde saiu enfadado para não voltar. Por outro lado chegou de Moscovo muito janota. Tanto a sua roupa interior como a de fora eram limpos e feitos por medida. Nunca deixava de escovar-se duas vezes por dia com muita ponderação e gostava de dar lustro aos sapatos até ficarem brilhantes como espelhos. E, na verdade, saiu um excelente cozinheiro. Fedor Pavlovitch fixou-lhe um salário que ele gastava quase todo em roupa, perfumes, cosméticos e enfeites.

Parecia sentir tanto desprezo pelas mulheres como pelos homens e pelo que a elas respeitava mostrava-se discreto e completamente inacessível. Fedor Pavlovitch começou a olhá-lo de maneira diferente, e como os ataques epiléticos eram mais frequentes e não o contentavam os pratos de Marfa, disse-lhe um dia, olhando-o de través:

— Isto vai de mal a pior. Devias casar-te. Queres que te procure uma mulher?

Smerdyakov empalideceu de cólera, sem responder, e o amo deixou-o em paz com um gesto de impaciência. A única coisa boa era que tinha absoluta confiança na honradez do mancebo desde o dia em que, muito bêbado, perdeu três notas de cem rublos que acabara de receber e por cujo desaparecimento não deu até ao dia seguinte quando, ao começar a procurá-las, as viu sobre a mesa. Smerdyakov encontrara-as no pátio e pusera-as ali no dia anterior.

— Bom rapaz! — dissera o patrão. — Não vi outro como tu. — E oferecera-lhe dez rublos.

Fedor Pavlovitch não só acreditava na honradez do criado como lhe dedicava um afeto especial. Ele lá sabia porquê, pois o jovem era pouco sociável com ele como o era com os demais. Quase nunca falava e o mais esperto psicólogo teria tido pouca sorte se pretendesse descobrir naquele semblante os seus pensamentos e intenções. Frequentemente se via parar a meio da sala, do pátio ou da rua e permanecer durante dez minutos como perdido em si mesmo. Dir-se-ia que não matutava, cismava ou refletia, e que sofria antes um rapto contemplativo. O pintor Kramskoy deu-nos um quadro Contemplação. É um bosque no inverno. No caminho solitário que o atravessa, vê-se um aldeão com um sobretudo e umas botas grossas. Está, ao que parece, absorto em meditação, mas não medita nem pensa; está extasiado em contemplação. Se alguém lhe tocasse, voltar-se-ia desconcertado, como quem desperta. Mas se lhe perguntassem em que pensava, nada recordaria, embora oculte na alma a impressão que o dominou durante o arroubo. Impressão de impressões gostosas que se têm ido vertendo no seu íntimo, penetrando-o de maneira imperceptível e inconsciente. Não sabe o porquê nem o como. E anos depois de ter acumulado estas impressões, pode suceder que, de repente, tudo o abandone e parta em peregrinação a Jerusalém buscando a salvação da sua alma ou se levante e incendeie a aldeia onde nasceu. Talvez faça, até, as duas coisas. Existem muitos contemplativos entre os camponeses e Smerdyakov era talvez um de entre tantos, que acumulava impressões sem saber o porquê nem para quê.

## Capítulo 7
## A Controvérsia

A burra de Balaão tinha falado de súbito e o tema era o mais peregrino. Quando Grigory fora fazer as compras do dia, o lojista Lukyanov contou-lhe a história de um soldado raso, segundo relatavam os jornais da manhã. O tal soldado caíra prisioneiro num remoto país da Ásia e ameaçaram-no com uma morte cruel se não renunciasse ao Cristianismo para abraçar a religião de Maomé. O cristão negou-se a atraiçoar a sua fé, foi esfolado vivo e morreu louvando a Cristo. Grigory repetiu a história ao amo, que gostava de falar e de rir à sobremesa. Naquela tarde, como estava de bom humor e loquaz como nunca, disse que havia de canonizar aquele soldado e de lhe trasladar a pele para um mosteiro,

— As pessoas apareceriam ali aos montes e far-se-ia um bom negócio!

Grigory franziu as sobrancelhas vendo que Fedor Pavlovitch não só não se tinha emocionado como levava tudo para a brincadeira, aliás seu costume.

Naquele momento, Smerdyakov, que se aproximava da sala de jantar no fim das refeições, riu-se da porta.

— Que caretas são essas? — perguntou Fedor, colhendo no ar o sorriso e a intenção do cozinheiro contra Grigory.

— Creio — saltou Smerdyakov, levantando a voz repentina e inesperadamente — que a ação do soldado é muito louvável em si, mas não teria cometido, na minha opinião, nenhum pecado se tivesse renegado, por assim dizer, o nome de Cristo e a sua fé cristã em qualquer transe para salvar uma vida que pudesse depois empregar em boas ações com que expiaria a sua covardia,

— Isso seria um grande pecado! Não sabes o que dizes. Se pensas assim, irás para o inferno e assar-te-ão como um pedaço de carne — observou Fedor Pavlovitch.

Foi então que entrou Aliocha, com grande regozijo de seu pai, como já vimos.

— Pois é verdade. Estávamos a falar de coisas que tu entendes — dizia o velho fazendo sentar o noviço para que escutasse.

— Quanto a assar-me como um pedaço de carne, não há tal coisa e, ainda que houvesse, não seria para tanto se fosse conforme a justiça — sustentou Smerdyakov com bravura.

— Que entendes por conforme a justiça? — gritou com alegria crescente o amo, tocando em Aliocha com o joelho.

— Este é um canalha e nada mais! — estalou Grigory na sua indignação, fazendo cara ao cozinheiro.

— Essa de canalha — contestou Smerdyakov com calma terá de esperar um pouco, Grigory Vasilyevitch, e pensarás melhor. Suponhamos agora que caio prisioneiro dos inimigos da religião cristã e me obrigam a maldizer o nome de Deus e a renunciar ao santo batismo. Ora eu sou livre de proceder segundo me dite a razão, desde o momento que não seja pecado.

— Já o disseste antes, não o repitas e prova-o — gritou o amo.

— Miserável! — grunhiu Grigory.

— Se sou ou não miserável, espera um pouco que já to direi, Grigory Vasilyevitch. Mas não insultes, porque tão depressa diga a esses inimigos que não sou cristão e blasfeme contra o verdadeiro Deus incorro em anátema e vejo-me separado da Santa Igreja, nem mais nem menos do que se fosse pagão. Não faz falta que o diga em voz alta, basta que pense dizê-lo e fico excomungado logo nesse instante. É ou não é assim, Grigory Vasilyevitch?

Dirigia-se ao velho criado, muito satisfeito, contestando à pergunta do senhor e atribuindo-a intencionalmente a Grigory.

— Ivan! — gritou logo Fedor Pavlovitch. — Aproxima-te para que te fale ao ouvido. Esse quer reconciliar-se contigo. Deseja os teus elogios. Aplaude-o.

Ivan escutou o pai sem lhe ligar importância.

— Ouve, Smerdyakov! Cala-te um momento — voltou a gritar o velho. Ivan, ouve o que te digo ao ouvido.

O jovem inclinou de novo a cabeça sem variar a sua expressão de seriedade.

— Gosto tanto de ti como de Aliocha. Não penses o contrário. Outro copo?

— Bem. — E Ivan ficou a olhar fixamente o pai enquanto pensava: "Boa bebedeira que ele já tem!"

O pai observava Smerdyakov com grande curiosidade.

— Tu sejas maldito e excomungado desde agora — atalhou Grigory. — Canalha! Como te atreves ainda a discutir se...

— Não te zangues com ele, Grigory, não te zangues — interrompeu o dono da casa.

— Espera um momento, Grigory Vasilyevitch, e deixa-me acabar. Naquela altura fico anatematizado e converto-me imediatamente num pagão, de modo que o meu batismo para nada tem de ser tomado em conta. Não é isso?

— Despacha-te e acaba de uma vez — estimulou Fedor, sorvendo com deleite o licor.

— Pois se deixei de ser cristão, não engano o inimigo ao afirmar, quando me pergunta se o sou, que o mesmo bom Deus me desobrigou de todo o compromisso com a minha religião, antes de pronunciar uma palavra e só porque queria dizê-la. E se estou livre de todo o compromisso, de que modo e com que justiça me fariam responsável no outro mundo como cristão por haver negado a Cristo se ao negá-lo, só de pensamento, tinham ficado apagadas todas as promessas do batismo? Se deixei de ser cristão, não posso negar a Cristo, com quem nada tenho que ver. Pedirias contas a um turco, e ainda por cima no céu, porque não nasceu cristão, Grigory Vasilyevitch? E como o castiga-rias por isso, tu que és incapaz de esfolar um cordeiro? Pois ainda que o mesmo Deus onipotente fizesse os turcos responsáveis quando morre um destes e há que aplicar-lhe o castigo merecido, em caso que deva ser castigado, eu acho que não será julgado culpado por ter vindo ao mundo impuro como todo o pagão que é nascido de pagãos. Deus não pode dizer que um pagão é cristão. Isso seria mentir. E pode o Senhor dos céus e da Terra dizer uma mentira?

Grigory olhava o orador, desconcertado, com os olhos saídos das órbitas. Não entendia bem o que dizia, mas no meio da sua confusão compreendia aqui e ali algumas das frases e parecia então dar com a cabeça contra uma parede invisível. Fedor Pavlovitch esvaziou o copo e deu uma gargalhada.

— Aliocha! Aliocha! Que te parece? Não é um casuísta? Deve ter estado entre jesuítas, Ivan. Oh, como pensam esses jesuítas hediondos! Mas estás a disparatar, casuísta, não dizes senão disparates, disparates. Não chores, Grigory. Reduzi-lo-emos a pó num instante. Diz-me, burrico. Ficarias muito bem perante os teus inimigos, mas terias atraiçoado a fé no teu coração e tu mesmo reconheces que ficarias excomungado. Crês que não basta isso para ir direito para o inferno? Que dizes, jesuíta pouco esperto?

— Não resta dúvida de que teria atraiçoado a minha fé, mas não seria nenhum pecado especial. Se há pecado nisso é dos mais correntes.

— Como, dos mais correntes?

— Mentes, maldito! — resmungou Grigory.

— Pensa bem, Grigory Vasilycvitch continuou Smerdyakov, sereno, querendo tratar com generosidade um inimigo que considerava vencido. Pensa bem, Grigory Vasilyevitch. Diz a Escritura que se tiverdes fé como um grão de mostarda e disserdes a uma montanha que se precipite no mar, obedecerá à vossa ordem imediatamente. Pois bem, já que eu não tenho fé e que tu tens tanta para me molestar, prova-o, ordenando a essa montanha que se atire, não ao mar que está demasiado longe, mas à valeta de rega que passa pela horta. Verás como fica quieta e tão segura no seu posto, demonstrando que não tens uma fé verdadeira senão para zombares dos que têm menos do que tu. E convence-te que não só tu, mas ninguém nos nossos dias, desde o mais alto personagem ao mais baixo aldeão, é capaz de mover a montanha, exceto talvez algum homem, ou mesmo dois, que se ocultem nos desertos do Egito, fazendo penitência sem deixar que alguém os veja. Pois bem, sendo os outros uns incrédulos, terá Deus que maldizer-nos a todos, a todos os habitantes da Terra menos a esses dois solitários, sem que a Sua infinita misericórdia perdoe a ninguém? Estou convencido de que as minhas dúvidas serão perdoadas se chorar arrependido.

— Cala-te! — gritou Fedor Pavlovitch num transporte de entusiasmo. — Assim, pois, crês que existem dois homens capazes de mover montanhas... Aponta esta, Ivan. Já tens motivo para um artigo. É toda a alma da Rússia.

— Tendes razão. É isto o que caracteriza a fé do nosso povo — assentiu Ivan, sorrindo.

— Concordas? Pois se tu o dizes é porque deve ser. Não é verdade, Aliocha? É a fé de toda a Rússia, hem?

— Não, Smerdyakov não representa a fé da Rússia, nem muito menos — replicou Aliocha, grave e resoluto.

— Não falo da sua fé. Refiro-me à ideia desses que vivem no deserto. Não é própria da Rússia?

— Isso, sim. É uma razão peculiar das crenças russas — concedeu Aliocha, sorridente.

— As tuas palavras valem ouro, asno, e dar-to-ei hoje mesmo. Mas disparataste às mil maravilhas. Hás de saber, estúpido, que se a nossa fé é pouca, isso se deve a que não temos tempo para mais, e descuidamo-la. Temos demasiados assuntos que nos ocupam e Nosso Senhor fixou-nos apenas vinte a quatro horas por dia, de tal modo que mal nos resta para dormir e muito menos para nos arrependermos. Mas tu negaste a tua fé perante o inimigo quando não tinhas mais em que pensar do que salvar a alma! Já vês que isto é um grande pecado.

— Um pecado, é possível, mas atenuado pelas circunstâncias. Se crendo, como se deve crer, não tivesse suportado as torturas pela minha fé e me houvesse convertido ao maometismo, cometeria, isso sim, uma grave falta. O caso é que já não chegara aos tormentos com verdadeira fé, porque se não, quando me quiseram pôr a mão em cima, teria ordenado à montanha que se movesse, esmagando-os como a um sapo e eu teria fugido, louvando e glorificando a Deus. Pois agora, suponde que naquele momento o tentei, gritando à montanha que esmagasse os meus verdugos e ela não o fez, como podia deixar de duvidar naquele transe solene, naquela hora espantosa de prova e de terror mortal? Além do mais, já podia desconfiar de conseguir alguma coisa da plenitude do reino dos céus, pois que se as montanhas se não movessem ao meu mandado seria porque lá em cima pouco crédito dão à minha fé e, portanto, pouca coisa me espera na vida futura. Por que razão tinha de me deixar arrancar a pele sem qualquer fim? Pois se nem com as costas meio esfoladas fizera a montanha caso dos meus gritos, nem só podem sobrevir as dúvidas como é fácil que se perca a razão, e que o próprio medo deixe uma pessoa incapacitada para pensar. E depois de tudo, que culpa teria eu se, não vendo vantagem ou recompensa nesta vida nem na outra, guardasse ao menos a pele? Por isso, confiado inteiramente na graça do Senhor, espero em todo o caso ser perdoado.

## Capítulo 8
## Influências do Álcool

A controvérsia acabou ali e Fedor Pavlovitch, que estivera tão alegre, ficou melancólico de repente, acrescentando alguns copos de aguardente aos que já bebera em demasia.

— Vão-se embora, jesuítas! gritou aos criados. Vai-te, Smerdyakov! Já te dou o dinheiro prometido, mas vai-te. Não chores, Grigory. Anda, que Marfa te consolará e te porá na cama. Estes velhacos não nos deixam em paz nem depois das refeições — acrescentou mal-humorado quando desapareceram. — Esse Smerdyakov vem todos os dias farejar os doces. Ou serás tu que lhe interessas, Ivan? Que lhe deste para estar fascinado assim?

— Nada. Sofre porque o tenho em boa opinião. É um lacaio e um espírito servil; o melhor combustível para a revolução, quando a hora chegar.

— Para a revolução?

— Fazem falta outros homens, já sei. Mas esses também servem. Esses são os primeiros e preparam o posto aos que vêm a seguir.

— Quando será isso?

— Há de disparar-se um foguete para que apite. Os camponeses não gostam muito de escutar esses cozinheiros.

— Mas uma burra de Balaão como essa, fala e fala, e sabe o diabo aonde irá parar.

— Tem feito um bom aprovisionamento de ideias — disse Ivan, sorrindo abertamente.

— Pois aviso-te que não pode suportar-me; nem a mim nem a ninguém. Apesar do alto conceito que tem de ti, despreza-te, e também a Aliocha. No entanto, não rouba, o que é uma grande coisa. Não gosta de intrigas, sabe fechar a boca e não anda por aí com as nossas roupas. Além do mais, faz uns pastéis de peixe deliciosos. Mas que vá para o diabo; não vale a pena falarmos tanto dele!

— Claro!

— Quanto às ideias que possa ter, digo-te que, em geral, o aldeão nisso necessita mais de pancada do que de ideias. Tal foi sempre a minha opinião. Os nossos camponeses são uns velhacos ladinos que não fazem caso algum de piedade e, em troca, aproveitam bem uns açoites. A Rússia é rica em vimes, mas se os bosques se destroem, está perdida. Eu tiro o chapéu perante um homem douto. Deixamos de açoitar os camponeses porque nos julgamos muito adiantados, mas eles açoitam-se a si mesmos. Ainda há outra coisa: mesma medida com que medirdes sereis medidos, ou lá como é, porque de qualquer modo teremos de o ser. Que a Rússia é toda uma imundície! Se soubesses, querido, como a detesto! Quero dizer, à Rússia não, aos seus vícios... *Tout cela c'est de la cochonnerie...* Sabes do que gosto? Do engenho.

— Ainda outro copo? Já basta!

— Espera um pouco. Beberei outro e outro e nada mais. Mas calai-vos, não me interrompais. Em Mokroe falei com um velho que me dizia: "Nada nos causa mais prazer do que condenar as moças a serem açoitadas, tarefa de que encarregamos os rapazes. E sucede que o moço pede quase sempre a mão da jovem a quem no dia anterior açoitou. É uma vantagem para elas, disse. É um meio de saciar os nossos instintos sádicos, mas mais do que tudo é isto feito com engenho." "Havemos de presenciá-lo, hem?", respondi-lhe. Aliocha, estás a corar! Não sejas tímido, criatura. Sinto não ter almoçado com o teu Superior e haver falado aos monges nas moças de Mokroe. Aliocha, não me guardes rancor por esta manhã ter ofendido o Superior. É o meu caráter que me perde. Se há Deus, se existe, sou culpado e dar-lhe-ei contas de tudo. Mas se não há Deus, não é verdade que merecem isso e muito mais, os padres? Nem cortando-lhes a cabeça pagariam, porque detêm o progresso. Queres crer, Ivan, que isto me atormenta? Ah, leio nos teus olhos que não me crês! Tu acreditas no que dizem por aí; que não sou mais do que um bobo... Tu também não vês em mim outra coisa?

— Não, não vos tenho como tal.

— Julgo que dizes a verdade. Tu olhas francamente e falas com sinceridade. Ivan não. Ivan é orgulhoso... Eu acabaria com os vossos monges, apesar de ser o mesmo. Colheria toda esta caterva de rústicos e suprimi-la-ia da face da Rússia para fazer entrar os loucos na razão. Então nadaríamos em ouro e prata...

— E para que os suprimiria? — perguntou Ivan.

— A fim de que a verdade prevalecesse. É isso.

— Se a verdade prevalece, o pai será o primeiro despojado e suprimido.

— Ah! Pois quase tendes razão. Sou um burro! — saltou Fedor Pavlovitch, batendo na testa. Pois bem, se assim é, que fique em paz o teu mosteiro, Aliocha, e nós, homens de gênio, gozemos a tranquilidade esvaziando garrafas. Já vês, Ivan, que o mesmo Onipotente arranjou as coisas deste modo. Diz, Ivan, existe Deus ou não? Espera, diz a verdade, fala com formalidade. De que te ris?

— Do seu engenho em estar a observar a crença de Smerdyakov na existência de dois santos que podem remover montanhas.

— Por quê? Achas que me pareço com ele neste momento?

— Muito.

— Melhor. Isso prova que sou um russo de boa cepa. Tu também serás colhido em renúncia da mesma maneira, por filósofo que te arvores. Por que te apanho?... Quer apostar a que amanhã te apanho? Não importa, fala. Há Deus ou não? Mas formal, hem? Necessito que sejas formal.

— Não, não há Deus.

— Aliocha, há Deus?

— Sim.

— E a imortalidade, Ivan? Existe a imortalidade? Por pouca, por pequena que seja?

— Não há imortalidade.

— De nenhum modo?

— De nenhum modo.

— Então existiria o nada absoluto. Mas acaso não haverá algo? Algo é melhor do que nada!

— Nada é absoluto.

— Existe a imortalidade, Aliocha?

— Sim, existe.

— Deus e a imortalidade?

— Deus e a imortalidade. A imortalidade está n' Ele.

— E pensar que o homem gastou tão mal tanta fé, tantas energias por nada, por uma quimera, durante tantos séculos... Quem troça assim do homem? Ivan, pela última vez e para sempre. Há Deus, ou não? Pergunto-o pela última vez.

— Pois pela última vez, não.
— Quem se ri da humanidade, Ivan?
— O diabo, talvez. — E Ivan deu uma gargalhada.
— Mas existe, o diabo?
— Não, também não há diabo.
— É pena. Mal haja o primeiro homem que inventou Deus. Não sei que lhe faria! Pendurá-lo pelos pés numa árvore seria para ele uma carícia.
— Se não tivesse inventado Deus não haveria agora civilização.
— Não existiria sem Deus?
— Não. Nem aguardente, esta aguardente que devo tirar-lhe da frente.
— Espera, espera, espera, querido filho. Só mais um copinho. Ofendi os sentimentos de Aliocha. Não estás zangado comigo, Alexey?
— Não me zango. Conheço-o. Tem o coração melhor do que a cabeça.
— O coração melhor do que a cabeça, não é? Ah, Senhor! E é ele quem o diz! Ivan, gostas de Aliocha?
— Sim.
— Tens de gostar — retorquiu o pai, perdido de bêbado. — Ouve, Aliocha, esta manhã portei-me com grosseria para com o teu diretor. Estava muito excitado. Mas tem talento, esse Presbítero, não te parece, Ivan?
— É possível.
— Sim, sim, tem. *Ily a du Piron lá dedans.* É um jesuíta russo. Como é um cavalheiro, sente uma profunda indignação ao ver-se obrigado a representar o papel de santo.
— Mas crê em Deus.
— Nem pisca. Não sabes o que diz a toda a gente? Vamos lá, a toda a gente não, aos homens de talento que o vão ver. Não há muito, disse textualmente ao governador Schultz: Creio, mas não sei em que.
— É verdade?
— É, pois. Mas eu aprecio-o. Há nele algo de Mefistófeles, ou melhor, do *Herói do dia*... Arbenin ou lá como se chama... É um sensual, já vês. Tão voluptuoso que não estaria tranquilo se minha filha ou minha mulher se lhe confessassem. Se o ouvisses quando começa a contar coisas... Há três anos convidou-nos para tomar chá com licores, dos que lhe enviam as senhoras, e contou então a sua vida passada... Bom, quase rebentamos de riso... Especialmente ao ouvir-lhe como curou uma paralítica. "Se as minhas pernas quisessem sustentar-me, disse-nos, ensinar-lhes-ia uma dança. Que tal? que eu costumava dançar nos meus tempos!", continuou. Do comerciante Demidov ficaram lá, uma vez, sessenta mil rublos!
— Como? Roubou-os?
— O outro confiou-lhos como a um homem honrado, dizendo: "Guarda-me isto, amigo, pois que vão fazer um registo na minha casa." Ele guardou-os. "Deste-os à Igreja, declarou logo. O outro respondeu-lhe: "És um canalha." "Não, replicou, não sou canalha, sou é esperto." Mas não era ele, o Presbítero nada tem a ver com isto. Estou a fazer con-

fusão. Anda, bebe outro copo e pronto. Tira-me a garrafa, Ivan. Estou a falar sem tino. Por que não me fazes parar? Por que me deixas mentir?

— Já sabia que pararia sozinho.

— Mentes. Procedeste com perfídia, com toda a tua perfídia. Desprezas-me. Vieste desprezar-me na minha própria casa!

— Pois bem, vou-me já embora. O pai bebeu demasiado.

— Pedi-te pelas chagas de Cristo que fosses a Tchermachnya por dois dias e não foste.

— Irei amanhã, se o empenho é tanto.

— Não irás. O que tu queres é vigiar-me, malvado. Por que não vais?

O velho obstinava-se, chegado a este estado de embriaguez em que o homem, inofensivo até ali, busca agora disputas para manter com teimosia uma ideia qualquer.

— Por que me olhas? Por que me olhas desse modo? Os teus olhos estão a dizer-me: Bêbedo horrível! Há deslealdade e orgulho nos teus olhos... Vieste com desígnios ocultos. Aliocha, olha-me francamente. Aliocha não me despreza. Aliocha, não gostes de Ivan.

— Não se irrite contra o meu irmão e deixe já de o atacar — interrompeu o noviço com firmeza.

— Bom, acabou-se. Uf! Dói-me a cabeça. Afasta essa garrafa, Ivan, já to disse três vezes.

Ficou em atitude desconfiada e uma careta azedou-lhe o rosto.

— Não te enfades com um velho, Ivan. Já sei que não gostas de mim, mas não te enfades. Também não tens razões para gostar, essa é que é a verdade... Vai a Tchermachnya. Irei buscar-te e dar-te-ei um presente. Apresento-te a uma moça que conheci lá. Anda descalça, mas não desdenhes das moças que andam assim... pois são como pérolas! — E beijou com ruído glutão as pontas dos dedos. — Na minha opinião — continuou com vivacidade surpreendente, como que serenado pelo seu tema favorito — na minha opinião... Ah, rapazes! Na minha opinião!... Eu, durante toda a minha vida, só encontrei uma mulher feia. O meu lema é... podereis compreendê-lo? Oh, mas como poderes entender estas coisas se tendes orchata em vez de sangue nas veias? E ainda não rompestes a casca de ovo? O meu lema é que cada mulher possui um encanto diabólico que não têm as outras! A questão é saber encontrá-lo. É necessário talento! Na minha opinião não há mulheres feias. Só o fato de ser mulher já vale muito... mas que sabeis vós? Ainda nas *vieilles filles,* nas solteironas, se descobrem qualidades que vos fazem admirar a estupidez dos homens que as deixaram envelhecer sem lhes tirar o proveito. As maltrapilhas ou pouco atrativas, há que conhecê-las de surpresa. Não o sabíeis? É preciso assombrá-las até que fiquem fascinadas, transtornadas, envergonhadas de que todo um senhor se tenha prendido de uma pessoa vil. É muito divertido que haja sempre amos e escravos neste mundo, porque desse modo existirão sempre donzelas que se prestarão a todos os caprichos do seu senhor, e já sabeis que não faz falta outra coisa para a felicidade. Cala-te... Repara, Aliocha. Também acontecia deixar a tua mãe surpreendida, mas de maneira diferente. Não me importava com ela, nem muito nem pouco, mas quando a ocasião se apresentava era um autêntico devoto. Deitava-me a seus pés e beijava-os, e sempre, recordo-me como se fosse hoje, conseguia arrancar-lhe aquelas gargalhadas cristalinas, pacíficas, nervosas e tão peculiares. Já sabia que os seus ataques começavam assim, que no dia seguinte teríamos chiliques de histerismo e que aquela hilaridade não era uma expressão de alegria. No entanto, imitava-a muito bem. É importante saber onde cada uma tem cócegas. Um dia, Beliabski, que andava sempre agarrado a ela, esbofeteou-

-me na sua presença. Oh, que doce cordeirinho! Como se pôs do meu lado! Eu que julgava que iria também ajudar aos golpes! Tentavas vender-me, dizia. Como ousa maltratar-te na minha presença?, gritava. não volte a pôr os pés nesta casa! Nunca! Corre e provoca-o para um duelo! Tive que levá-la ao mosteiro para que acalmasse. Os bons padres conseguiram-lhe a razão com as suas orações. Mas juro por Deus, Aliocha, que nunca insultei a pobre louca. Talvez, por acaso, no primeiro ano do nosso casamento, porque estava sempre rezando, e nas festas de Nossa Senhora até me proibia de entrar no seu quarto de dormir. Propus-me arrancá-la daquele misticismo e um dia disse-lhe: "Olha, vês este santo perante o qual te ajoelhas? Fora com ele! Despedaço-o! Tu julga-o milagroso, mas eu cuspo-lhe em cima e nada me acontece..." Deus! Quando viu aquilo, pensava que me iria matar, mas não. Levantou-se sobressaltada, torceu as mãos e, ocultando nelas o rosto, começou a tremer dos pés à cabeça e caiu sem sentidos... como uma boneca de trapos. Aliocha! Aliocha! Que tens?

O velho levantou-se, assustado. Desde que começara a falar da mulher o semblante de Aliocha principiara a desfigurar-se. Muito corado, de olhos fulgurantes, um tremor agitava-lhe os lábios. O velho bêbado, na sua conversa insensata, não se apercebeu de nada até que se repetiu no filho o que estava a descrever acerca da mãe. Aliocha levantara-se, retorcera as mãos, ocultara com elas o rosto e caiu, com um paroxismo violento, agitado de convulsões, soluçando de histerismo. A extraordinária semelhança com o que acabava de recordar impressionou terrivelmente o velho.

— Ivan! Ivan! Corre, traz água! Está como ela, exatamente como ela! Deita-lhe um pouco de água na boca, como eu fiz com ela. Caiu como a mãe, como a mãe...

— A mãe dele é a minha! Ou não seria também minha mãe? — disse Ivan com manifesta ira e desprezo.

O velho estremeceu perante o olhar faiscante de Ivan. E aconteceu uma coisa esquisita que apenas durou um momento, um momento durante o qual o velho bêbado não conseguiu recordar que a mãe de Aliocha era também a de Ivan.

— Tua mãe? — murmurou sem compreender. — Que queres dizer? De que mãe falas? Dela? ... Mas que diabo! É verdade! É claro que era a tua também! Diabo! Nunca tive a cabeça tão confusa! Perdão, devia estar a pensar... Ah! ah! — Calou-se e uma careta de ébrio, grotesca, transformou-lhe o rosto por completo.

Naquele instante ouviu-se um ruído espantoso vindo do vestíbulo. Ouviram-se gritos violentos e furiosas imprecações. Abriu-se a porta e Dmitri entrou com ímpeto no salão. O velho, aterrado, precipitou-se para o lado de Ivan.

— Vai-me matar! Vai-me matar! Não deixes que se aproxime! — uivava, agarrando-se às abas da casaca do filho.

## Capítulo 9
## Os Sensuais

Por detrás de Dmitri apareceram Grigory e Smerdyakov, que haviam lutado em vão para lhe cortar a entrada, fiéis às ordens recebidas dias antes. Como um raio e valendo-se de um momento de hesitação de Dmitri, Grigory lançou-se para o lado oposto da sala e, depois de fechar a porta que dava para as habitações interiores, ficou diante dela de braços cruzados, disposto a defendê-la até à última gota de sangue. Dmitri, prevenido por esta manobra, bramou mais do que disse:

— Ah! Então está aí! Está aí escondida, não é? Afasta-te, velhaco!

Tratou de empurrar o criado, mas este repeliu a acometida com um encontrão. Louco de furor, Dmitri atirou-se contra Grigory, batendo-lhe com toda a sua alma. O velho caiu como um saco e o outro passou-lhe por cima, desaparecendo no quarto.

Smerdyakov, pálido e trêmulo, apoiava-se ao lado de Fedor Pavlovitch.

Dmitri gritava:

— Está aqui! Vi-a entrar agora mesmo, mas não pude alcançá-la. Onde se meteu? Onde se meteu ela?

Todo o medo de Fedor Pavlovitch se desvaneceu ao ouvir semelhante notícia.

— Apanhai-o! Prendei-o! — E correu em perseguição do seu rival enquanto Grigory se levantava meio tonto e Ivan e Aliocha se precipitavam atrás do pai.

Na terceira sala ouviu-se a queda de um objeto, seguido de estilhaços de louça. Era um jarrão de pouco valor, com o seu pedestal, em que Dmitri tropeçara ao passar.

— A ele! Socorro! — vociferava o velho.

Ivan e Aliocha alcançaram-no, obrigando-o a voltar ao salão.

— Por que razão o persegue? Matá-lo-á como o lobo ao cão — gritou Ivan, colérico.

— Ivan! Aliocha! Meus filhos! Está na minha casa! Gruchenka está aqui! Ele diz que a viu entrar!

Falava sem alento. Não a esperava tão cedo e só a ideia de a ter em casa transtornava-o por completo, fazendo-o tremer da cabeça aos pés num transporte de delírio.

— Já se vê que não está! — gritou Ivan.

— Pode ter entrado pela outra porta.

— Está fechada e a chave está consigo.

— Apanhai-o! — gritou Fedor Pavlovitch de repente, vendo Dmitri que reaparecia no salão.

Encontrara de fato fechada a outra porta e as janelas de todos os quartos, de modo que Gruchenka não podia ter entrado nem escapado por lado algum.

— Apanhai-o! — repetiu o velho. — Roubou-me dinheiro da alcova! — E soltando-se de Ivan, lançou-se contra Dmitri.

Mas este recebeu-o com as mãos levantadas, agarrou-o pelas duas mechas de cabelo que lhe restavam nas fontes, sacudiu-o a seu gosto e atirou-o ao chão como um objeto desprezível. Depois deu-lhe dois ou três pontapés em pleno rosto, e não foram mais porque Ivan, menos forte do que o irmão, o abraçou por detrás e o apartou, ajudado por Aliocha, que o empurrava pela frente com as suas poucas forças.

— Louco! — gritou Ivan. — Mataste-o!

— Pois bom proveito lhe faça! — respondeu o outro sem alento. — Se o não matei agora, será depois. E podeis vir em sua ajuda!...

— Dmitri! Vai-te embora! — ordenou Aliocha imperiosamente.

— Alexey! Diz-me, estava aqui? Só em ti confio, como sabes. Eu próprio a vi deslizando sob as sebes, nesta direção. Chamei-a e fugiu.

— Juro-te que aqui não esteve; e ninguém a esperava.

— Mas eu vi-a... Decerto que terá... hei de encontrá-la, seja como for... Adeus, Alexey... Nem uma palavra a Esopo acerca do dinheiro, por agora. Vai já a casa de Catalina e não te esqueças de dizer-lhe que lhe mando as minhas respeitosas saudações! Nada mais que saudações e boa viagem. Descreve-lhe esta cena.

Entretanto, Ivan e Grigory levantavam o velho e acomodavam-no numa cadeira. O rosto estava ensanguentado, mas não perdera os sentidos e escutava ansiosamente o que Dmitri gritava. Ainda acreditava que Gruchenka se escondia nalgum canto da casa. Dmitri lançou-lhe um olhar de ódio e disse rancorosamente:

— Não me arrependo de haver derramado o teu sangue! Fica com as tuas ilusões, velho! Fica com elas porque eu também tenho as minhas. Maldito sejas! Renego-te! E saiu a correr.

— Está aqui! De certeza que está aqui! Smerdyakov! Smerdyakov! — balbuciou Fedor Pavlovitch, arquejando e fazendo sinais com a mão.

— Não está não, velho lunático! — repreendeu Ivan, exasperado. — Bonito! Agora desmaia! Água! Uma toalha! Depressa, Smerdyakov!

Smerdyakov foi buscar a água. Despiram o ferido e deitaram-no, deixando-lhe uma toalha molhada na cabeça como se fosse um turbante. Extenuado pela embriaguez, pela emoção violenta e pelas feridas, fechou os olhos e adormeceu logo que se encostou à almofada. Ivan e Aliocha voltaram ao salão e Smerdyakov apanhou os cacos do jarrão enquanto Grigory, junto da mesa, olhava o chão sombriamente.

— Fazia-te bem uma compressa de água fria na cabeça, e seria melhor deitares-te — aconselhou Aliocha. — Nós trataremos de meu pai. Dmitri fez-te um grande golpe.

— Injuriou-me! — lamentou-se Grigory com voz lúgubre. — Dei-lhe banho tantas vezes... e injuriou-me! — repetia o pobre velho.

— Vai para o diabo! A ele, se não lho tiro das mãos, matava-o. Pouco bastaria para acabar com Esopo, não te parece, Aliocha? — continuou Ivan em voz baixa.

— Que Deus o defenda!

— Por que há de defender? — perguntou Ivan no mesmo tom, com um gesto maligno.

— Um réptil devora outro réptil, e está muito bem.

Aliocha estremeceu.

— Pela minha parte, farei o que puder para evitar um crime, assim como evitei agora. Fica aqui, Aliocha. Vou dar uma volta pelo pátio. Tenho a cabeça a arder.

Aliocha entrou no quarto do pai e ficou sentado à cabeceira da cama durante quase uma hora. De repente, o velho abriu os olhos e ficou a contemplá-lo em silêncio, como que fazendo grande esforço de memória. Em seguida, mostrando enorme excitação no rosto, murmurou a medo:

— Aliocha, onde está Ivan?

— No pátio. Dói-lhe a cabeça. Está a vigiar.

— Dá-me esse espelho. Esse aí de cima... Dá-mo... Dá-mo cá...

Aliocha entregou-lhe um espelho de mão que se encontrava sobre o console e o velho contemplou-se nele. O nariz estava muito inchado e do lado esquerdo da testa ressaltava a congestão avermelhada de uma contusão.

— Que disse Ivan? Aliocha, querido, meu único filho, tenho medo de Ivan. Tenho mais medo dele do que do outro. Tu és o único que não me espanta...

— Nada tema de Ivan. Está zangado, mas defende-o.

— E o outro, Aliocha? Voou para casa de Gruchenka, não foi? Diz-me a verdade, meu anjo. Ela esteve aqui há pouco?

— Ninguém a viu. Foi um engano. Nunca aqui esteve.

— Sabes uma coisa? Mitya quer casar com ela!

— Mas ela não quer.

— Não quer, não quer. Não quer por nada deste mundo!

O velho exaltou-se de gozo e, como se nada pudesse ouvir de mais agradável, pegou na mão de Aliocha e apertou-a contra o peito. Nos seus olhos algumas lágrimas tremiam.

— A imagem da Mãe de Deus de que eu falava, lembras-te? Douta, podes levá-la. Podes voltar ao mosteiro... Esta manhã brincava, não estejas zangado. Dói-me a cabeça, Aliocha, tranquiliza-me. Sê o meu anjo da guarda e diz-me a verdade.

— Ainda pensa que ela esteve aqui? — perguntou o jovem pesaroso.

— Não, não. Acredito no que me dizes. Olha, vai à casa de Gruchenka ou procura-a aonde quer que esteja. Vai depressa e fala com ela; procura saber por ti mesmo a quem dos dois prefere: a ele ou a mim. Que tal? Achas que o poderás fazer?

— Se a vir, pergunto-lhe — murmurou Aliocha atordoadamente.

— Não, ela nunca to diria. É uma raposa. Começará a beijar-te, dizendo que gosta é de ti. É uma falsa, uma sem-vergonha. Não deves lá ir! Não, não vás!

— Não, pai. Além disso não seria de todo conveniente, não ficaria bem.

— Aonde te mandava ele quando gritou: "Vai!?

— A casa de Catalina Ivanovna.

— Para lhe pedir dinheiro?

— Não.

— Pois ele não tem nem um cêntimo. Esta noite refletirei e hei de determinar alguma coisa. Podes ir-te embora... Talvez a encontres... Mas não deixes de vir amanhã de manhã sem falta. Terei que dizer-te algo. Virás?

— Sim, virei.

— Quando entrares, faz de conta que só vens saber de mim. Não digas a ninguém o que te disse. Nem uma palavra a Ivan.

— Muito bem.

— Adeus, meu filho. Nunca esquecerei que me defendeste. Amanhã dir-te-ei algo... mas tenho que pensar.

— Como se sente agora?

— Amanhã levanto-me e poderei sair, já completamente bom.

Ao atravessar o pátio, Aliocha viu Ivan que, sentado num banco perto da porta, escrevia num caderno. Contou-lhe que o pai despertara restabelecido e que lhe permitira ir dormir no mosteiro.

— Aliocha, gostava muito que nos víssemos amanhã de manhã — disse Ivan, levantando-se. Fê-lo tão afetuosamente que o irmão ficou surpreendido.

— Amanhã tenho de ir a casa das Hohlakov e talvez à de Catalina Ivanovna, se não a encontrar hoje.

— Ah! Então vais agora? Por conta dos respeitosos respeitos, hem?

Ivan falava com lentidão e Aliocha ficou desconcertado.

— Creio ter compreendido as exclamações de Dmitri e algo das frases que te disse antes. Roga-te que vás vê-la e que lhe digas que ele... enfim... que o dê por despedido.

— Irmão! Como acabará este horror entre o nosso pai e Dmitri? — exclamou Aliocha.

— Quem sabe? Talvez em nada. Tudo pode reduzir-se a espuma. Essa mulher é má. De qualquer modo, reteremos o velho em casa e não deixaremos entrar Dmitri.

— Permite-me ainda uma pergunta, irmão. Tem alguém o direito de julgar outro homem e decidir se é digno da vida?

— A que vem a questão de dignidade ou de mérito? Isso resolve-se quase sempre no coração dos homens, sobre princípios mais naturais. Quanto ao direito... quem não tem o direito de desejar?

— Ainda que seja a morte de outro?

— A morte de outro? O que é isso? Teremos de nos convencer de que se o homem é assim é, talvez, porque não pode ser de outro modo. Se aludes às minhas palavras de que está bem que um réptil devore outro réptil, posso pensar da tua parte que me julgas capaz, tal como Dmitri, de verter o sangue de Esopo e até mesmo de o assassinar, hem?

— Que dizes, Ivan? Jamais tive essa ideia, nem creio que Dmitri seja capaz de tal coisa.

— Obrigado pelas tuas palavras — agradeceu o outro, sorrindo. Defendê-lo-ei sempre, mas deixo os meus desejos em completa liberdade. Até amanhã. Não me condenes nem me tomes por um malvado — acrescentou, voltando a sorrir.

Apertaram-se as mãos como nunca o haviam feito e Aliocha sentiu que o irmão dava o primeiro passo na sua direção com determinado desígnio.

## Capítulo 10
## As Duas Mulheres

Aliocha deixou o lar paterno extremamente abatido. No seu espírito revolto dominava o terror, o afinco de fixar numa ideia geral as sugeridas pelos angustiosos acontecimentos daquele dia. Do mais profundo do seu íntimo chegavam-lhe, pela primeira vez, os pontapés do desespero e com todo o peso de uma montanha caía, transtornando-o por completo, a fatal pergunta: em que iria parar a rivalidade entre pai e filho por aquela mulher terrível?

Acabava de ser testemunha do que nunca poderia ter imaginado e ainda que pensasse que, naquela luta, Dmitri seria a vítima expiatória, a mais desgraçada, apareciam envolvidas outras pessoas de que antes não suspeitara e que davam ao assunto um caráter misterioso. Ivan, ao aproximar-se de si, o que tanto desejara, fazia-lhe medo. E aquela mulher? Coisa rara! Sentia-se desligado de toda a perturbação que lhe travava os pés nessa manhã, quando se dirigia a casa de Catalina Ivanovna, e agora corria a vê-la como se fosse ao encontro da melhor conselheira, levando um recado terrivelmente sobrecarregado. Era já irremediável a questão dos três mil rublos e Dmitri, perdida a última esperança de recobrar a honra do seu nome, deixar-se-ia abater pelo declive dos vícios. Até porque o encarregara de contar a Catalina a cena que se dera em casa do pai.

Eram sete horas e as primeiras sombras da noite caíam sobre a cidade quando Aliocha chegou perto de um dos mais suntuosos edifícios da Rua Maior, onde Catalina vivia com duas tias. Uma era a da meia irmã, Agafya Ivanovna, mulher leiga que tratara dela quando saíra do pensionato; a outra, uma senhora de Moscovo, de escassos recursos econômicos. Ambas deixavam à sobrinha completa liberdade e viviam a cargo dela na qualidade de damas de companhia. A jovem só tinha que se sujeitar à benfeitora, a viúva do general que, doente em Moscovo, lhe exigia duas cartas por semana com a explicação de todas as minúcias da sua vida.

Ao entrar e dar o nome à criada para que o anunciasse, compreendeu que já estavam avisados da sua vinda. Talvez o houvessem visto da janela. Aliocha ouviu certo barulho, como que de passos ligeiros e roçagar de sedas. Duas ou três mulheres tinham fugido da sala aonde o conduziam e, verificando que provocava tal transtorno, ficou muito intrigado.

O salão era amplo e estava mobiliado com uma riqueza e elegância que em vão o gosto provinciano tentaria imitar. Espalhados com arte, viam-se divãs, poltronas, escabelos, mesas grandes e pequenas, candeeiros e jarras preciosas com flores abundantes. Havia quadros nas paredes e, na janela, um aquário. Sentiu o ambiente fresco. Aliocha afastou a capa que parecia abandonada no sofá onde se sentou e viu na mesa ao lado duas chávenas meio cheias de chocolate, biscoitos, um cestinho de uvas moscatéis e uma taça de bombons. Deduziu, assim, que interrompera uma reunião e perturbou-se. Mas no mesmo momento reparou que Catalina Ivanovna entrava, sorrindo encantadoramente, avançando com rapidez para o jovem, de mãos estendidas.

Uma criada seguia-a com duas velas acesas que colocou numa mesa.

— Graças a Deus! Até que por fim apareceu! Oh, quanto tenho desejado vê-lo hoje! Sente-se!

A beleza de Catalina surpreendera Aliocha três semanas antes, quando o irmão os apresentara a pedido da noiva. Nessa altura não falaram porque ela quis respeitar a timidez de Alexey, dialogando apenas com Dmitri. Aliocha observou-a atentamente em silêncio, admirando-lhe a arrogância, a fina desenvoltura e o domínio com que se movia, dentro da maior naturalidade. Notou que os magníficos olhos negros, muito rasgados e brilhantes, se harmonizavam com a escura palidez do rosto ovalado. Mas naqueles olhos e nas delicadas linhas dos seus lábios surpreendeu algo capaz de apaixonar o irmão, mas não de lhe inspirar um amor duradouro. Quando, depois da visita, Dmitri pediu e suplicou que nada ocultasse sobre o que lhe parecia a noiva, respondera-lhe com toda a franqueza:

— Serás feliz com ela, mas talvez... não gozes de tranquilidade.

— Eterna, irmão. Estas mulheres não mudam, não cedem nem ao destino. Pensas que não a amarei sempre?

— Talvez a ames sempre, mas é possível que nem sempre sejas feliz com ela.

Aliocha sentiu-se corar e ficou maldisposto logo que cedeu às súplicas do irmão, expressando a opinião que formara com tal falta de jeito. Acusou-se de imprudente e teve vergonha de qualificar com tanta certeza e irreflexão uma senhora que, agora, ao vê-la de perto, modificava o seu juízo, como que iluminando de súbito o erro em que se mantivera. Uma bondade pura, ardente e sincera irradiava da beleza do seu rosto. O orgulho altaneiro, que tanto preocupava Aliocha, revelava-se numa expressão de energia natural e de confiança em si mesma. Um olhar, uma palavra bastaram a Aliocha para saber que ela dominava a sua trágica situação com respeito ao homem a quem amava. Perante a luz do rosto e a fé que patenteava no futuro, Aliocha sentiu-se culpado, rendido e cativado ao mesmo tempo. A jovem estava tomada de viva excitação nervosa, quase delirante.

— Esperava-o com impaciência porque só de si e de mais ninguém posso esperar toda a verdade.

— Eu vim... — balbuciou Aliocha — eu vim... foi ele que me mandou.

— Ah! Ele é que o mandou? Suspeitava disso. Agora já sei tudo... tudo! — exclamou Catalina, com clarões nos olhos. — Espere um pouco, Alexey Fedorovitch, e dir-lhe-ei por que ansiava vê-lo. Não é preciso que me conte nada, porque eu devo estar mais bem informada do que julga. Não quero novidades, apenas pretendo que me diga a impressão com que ficou da sua última conversa; que me confesse sem rodeios e claramente (e se for preciso da maneira mais grosseira que o possa dizer) o que pensa dele e qual a sua situação exata a partir da última entrevista. Será preferível à explicação que ele me possa dar, já que não quer vir. Compreende o que lhe peço? Pois fale francamente sem omitir palavra do recado que lhe confiou para me dar... Já sabia que o iria mandar cá.

— Encarregou-me de lhe apresentar os seus respeitos... que lhe dissesse que não voltaria... mas que expressasse as suas respeitosas saudações.

— Respeitosas saudações? Disse isso? E falou dessa maneira?

— Sim.

— Talvez por casualidade confundisse as palavras ou quisesse explicar algo diferente.

— Não. Sublinhou-as bem, encarregando-me de que não as esquecesse por duas ou três vezes.

O semblante da jovem tornou-se cor de púrpura.

— Ajude-me, Alexey Fedorovitch. Agora, sim, agora é que eu necessito da sua ajuda. Vou dizer-lhe o que penso e dir-me-á depois se estou certa ou errada. Ora escute: se ele lhe tivesse pedido para me cumprimentar sem mais nem menos, sem repetir as palavras nem as acentuar, tudo estaria acabado; mas se insistiu e repetiu o recado para que não se esquecesse de me transmitir as próprias palavras é porque se encontrava agitado e talvez fora de si. Espantava-o a sua decisão e não se afastava de mim com passo firme, mas sim pulando loucamente. Esse recado enfático parece uma fanfarronada.

— Sim, sim — exclamou Aliocha, acalorado. — Estamos de perfeito acordo.

— Então nem tudo está perdido. Ainda o posso salvar. Ele não lhe falou de dinheiro? De três mil rublos?

— Sim, falou. É isso o que mais o atormenta. Diz que perdeu a honra e que nada lhe interessa — respondeu Aliocha, animando-se com a esperança de encontrar ainda um caminho de salvação. — Mas sabeis o que aconteceu ao dinheiro? — acrescentou, voltando ao desalento.

— Sei há bastante tempo. Telegrafei para Moscovo e sei que não o receberam. Não o enviou, mas eu não disse nada. Há alguns dias inteirei-me de que necessitava de dinheiro. O que eu pretendo é que saiba a quem deve recorrer, como ao seu melhor amigo. Mas não, não quer reconhecer-me como amiga verdadeira e empenha-se em considerar-me apenas como mulher. Passei uma semana de tormentos refletindo no que poderei fazer para que me olhe sem se envergonhar de si mesmo ou de quem esteja no segredo, mas para mim... A Deus tudo pode confessar sem corar. Não compreende quanto tenho sofrido por ele? Como, como não me conhece? E como pode não me conhecer depois do que se passou? Mas quero salvá-lo. Que não me considere sua noiva! Bem! Mas que tema apresentar-se desonrado aos meus olhos!... Se lhe abriu o coração sem qualquer temor, Alexey Fedorovitch, por que não merecerei eu o mesmo?

A voz tremia-lhe e algumas lágrimas correram-lhe pelo rosto.

— Tenho de lhe contar — disse Aliocha com voz trêmula. — Tenho de lhe contar o que aconteceu entre ele e o nosso pai.

E referiu tudo: como o havia mandado pedir dinheiro, a sua chegada, como atacara o pai e o estranho modo como voltara a incumbi-lo de o despedir dela.

— Foi para casa dessa mulher — acabou Aliocha por fim, debilmente.

— E julgais que não posso suportá-la? É ele o mesmo, hem? Pois não casará com ela, não! — E desatou a rir, com os nervos tensos. — Um Karamázov será capaz, por acaso, de sentir uma paixão eterna? Sim, porque ele sente paixão e não amor. Não casará, não. Ela não o quer.

— Quem sabe? Talvez dependa dele — disse o noviço, baixando os olhos com tristeza.

— Pois digo-lhe que não. Essa moça é um anjo, sabia? — exclamou Catalina com extraordinária vivacidade. — É o ser mais fantástico de todos. Sei bem quanto é sedutora, mas também como é boa, reta e nobre. De que se admira, Alexey Fedorovitch? Crê que exagero ou que não digo a verdade? Agrafena Alexandrovna, meu anjo! — gritou de repente, voltando-se para a porta em que alguém esperava. — Vem cá. É um amigo meu. É Aliocha, que está ao corrente de tudo. Vem para que te veja.

— Esperava só que me chamasses — respondeu uma voz de mulher em tom doce.

E Gruchenka apareceu, radiante, dirigindo-se à mesa. Aliocha sentiu que o coração lhe caía aos pés. Os olhos ficaram presos naquela mulher terrível, naquela como Ivan acabara de lhe chamar. De momento, sugeria a ideia de um ser simples e bondoso, de uma criatura doce e encantadora, mas semelhante a tantas mulheres de formosura vulgar. Certo que era de agradável presença e fiel modelo dessa beleza russa perante quem tantos homens suspiram de amor.

Alta, sem contudo alcançar a majestosa altura da sua companheira; forte, de movimentos leves, mansos, brandos, dotados de certa graça, como a tonalidade da voz. Aproximou-se com um passo silencioso, cadenciado, firme e decidido que contrastava com o de Catalina e sentou-se numa cadeira com delicados barulhos de seda preta, os do seu vestido. Um xale de caxemira, branco, aconchegava-lhe o pescoço e as costas. Tinha vinte e dois anos e não aparentava mais nem menos. A pele era branquíssima, com um leve tom rosado nas faces. No oval do rosto, pouco pronunciado, apenas a maxila inferior era um pouco proeminente; o lábio superior, muito delgado, contrastava com o outro, que parecia inchado. A cabeleira, opulenta e magnífica, castanha, as sobrancelhas negras e os olhos feiticeiros, de um azul acinzentado, com longas pestanas, ficavam na memória de qualquer um que, ao cruzar-se com ela entre o público e a rua, parasse um pouco a contemplá-la. Aliocha apreciou singularmente o ar de candura infantil que adornava aquele rosto. O olhar era inocente e alegre como o de uma criança e, como tal, curiosa e impaciente por receber uma guloseima, acercou-se da mesa. A luz dos seus olhos alegrava a alma, pensou Aliocha. Possuía outro encanto que o jovem não compreendia ou não sabia definir, ou ainda que o afetava apenas de modo inconsciente. Era aquela brandura, aquela voluptuosa flexibilidade, a ondulação felina do seu corpo robusto e cheio. Sob o xale moldavam-se as costas amplas e maciças e os seios eram túrgidos de fêmea nova. Toda ela sugeria as linhas da Vênus de Milo, proporcionadamente exageradas. Os entusiastas das beldades russas prediriam que aquela formosura, tão fresca e juvenil, perderia a sua harmonia aos trinta anos ao engordar; o rosto intumescer-se-ia, aparecendo rugas na testa e de galinha nos olhos. A complexão sanguínea dilatar-se-ia no pior dos aspectos e seria, numa palavra, uma beleza efêmera, essa beleza prematura tão comum entre as mulheres russas. Aliocha não deu atenção a isso, pois ainda estava fascinado, e não deixou de observar com pena e certo desencantamento aquela languidez e pobreza de linguagem. Ela devia pensar que seria de bom tom usar uma afetada cadência de canção, péssimo costume que revela pouca educação e uma falsa ideia do bom gosto. Aliocha não podia conciliar esta ausência de naturalidade com a expressão de felicidade pueril daquelas feições e a alegria de boneca que brilhava nos olhos doces. Catalina Ivanovna havia-a feito sentar frente a ele e beijava-a repetidamente nos lábios.

— É a primeira vez que nos vemos, Alexey Fedorovitch — disse. — Desejava conhecê-la, vê-la apenas. Quis ir a sua casa, mas tão cedo soube do meu desejo, veio ela. Arranjaremos tudo entre as duas. Diz-mo o coração. Pediram-me que não desse este passo, mas eu pressentia que não haveria tropeços e estava no caminho certo. Gruchenka explicou-me tudo, até mesmo o que pensais fazer. É um anjo de bondade que nos traz a paz e a alegria.

— E não me haveis menosprezado, minha doce e excelente senhora — cantou Gruchenka sem deixar o seu adorável sorriso.

— Não me fales assim, feiticeira. Minha bruxinha! Menosprezar-te, eu! Pois hei de beijar-te outra vez nos lábios, esse que parece um pouco inchado precisa de ficar mais, muito mais. Olha como ri, Alexey Fedorovitch! Depois de ver este anjo até nos sentimos bons.

O jovem corou de vergonha, agitado de um leve tremor.

— É demasiado boa, senhora, e talvez não mereça tanto carinho.

— Não merece? Não merece tanto carinho? — gritou Catalina Ivanovna com a mesma exaltação. Pois digo-lhe, Alexey Fedorovitch, que somos caprichosas, indomáveis, mas melhores do que a crosta do pão. Somos nobres e generosas, permita que o diga. Infelizmente, a desgraça aninhou-se no nosso coração e estamos dispostas a sacrificar-nos por um homem indigno ou talvez volúvel. Um oficial a quem amamos e por quem tudo sacrificamos desde há uns cinco anos esqueceu-nos, abandonando-nos para se casar. Agora é viúvo, escreveu-nos, esperamo-lo de um dia para o outro. E sabia? É o único homem a quem amamos e amaremos toda a vida! Voltará e Gruchenka será de novo feliz, esquecendo estes cinco anos de tristeza. Quem pode recriminar a sua conduta? Quem pode gabar-se de haver obtido os seus favores? Esse caruchoso traficante, que é mais pai, amigo e protetor? Ah! Encontrou-a desesperada de angústia pelo abandono do seu amado. A ponto de afogar-se... e foi esse velho comerciante que a salvou.

— Defende-me com grande valentia, minha querida. Arranja tudo em grande velocidade — anotou Gruchenka com a sua languidez de sempre.

— Defender-te! Por que hei de defender-te? Como ousaria fazê-lo? Gruchenka, meu anjo, dá-me a tua mão. Veja, Alexey, como é suave e delicada. Olhe! Foi ela que me devolveu a felicidade, foi ela que me ressuscitou. Vou comê-la com beijos. Assim, assim!

E beijou três vezes com entusiasmo aquela mão encantadora, com efeito, ainda que um tanto gorducha. Gruchenka acompanhava esta adoração com um risinho nervoso e sonoro, observando a outra visivelmente agradada.

"Para que tal arrebato, Senhor!". pensou, corando, Aliocha, a quem incomodava de certo modo aquela cena.

— Não conseguirá envergonhar-me, beijando-me assim em frente de Alexey Fedorovitch, querida senhora.

— Pensas que o desejo? perguntou a outra, surpreendida. — Ah, querida, conheces-me tão mal!

— Também a mim me não conhece bem. Talvez não seja tão boa como lhe pareço. Tenho um mau coração e faço o que me apetece. Seduzi Dmitri apenas para brincar com ele.

— Mas agora hás de salvá-lo. Prometeste-mo. Vais explicar-lhe tudo e, para o desenganar, dizes que há anos que amas outro que te ofereceu agora a sua mão.

— Ah, não! Eu não prometi tal coisa. A senhora é que compôs toda essa história. Eu não prometi sequer uma palavra.

— Pois não te entendo! — disse Catalina em voz surda. — Prometeste...

— Ah, não, senhora angelical; eu nada prometi — interrompeu Gruchenka com o seu acento melado, sem mudar a alegre expressão do rosto. — Já vê, querida senhora, como sou perversa comparada consigo. Não obedeço a mais nada do que aos meus caprichos. E possível que acabe por lhe prometer alguma coisa, mas neste momento penso que Mitya pode ainda vir a estar-me agradecido. Amei-o muito, uma vez... amei-o quase durante uma hora. E é possível que agora lhe vá dizer que venha viver comigo para sempre. Repare como sou versátil!

— Mas se ainda há um momento dizias...o contrário — murmurou Catalina Ivanovna com desalento.

— Há um momento! Pois se soubesse como sou fraca e ignorante! Pense quanto sofreu por mim. Que hei de fazer se, quando chegar a casa, me deixar tomar de piedade por ele?

— Não esperava...

— Ah, senhora! Quanto melhor é do que eu e quanto mais nobre! E agora que me conhece, talvez não faça caso desta imbecil. Dê-me a sua linda mãozinha, criatura angelical — disse com ternura, apoderando-se da mão de Catalina. — Sim, querida, quero beijá-la como beijou a minha. Beijou-a três vezes, mas eu devo fazê-lo trezentas para ficar em paz. Pois bem, deixemos isso e seja o que Deus quiser. Talvez mude de ideia e me submeta às suas ordens, como uma escrava. Deixemos que se cumpra a vontade de Deus sem nos metermos em promessas nem recompensas. Que mão tão fina! Que mão tão fina tem, minha doce amiga! É de uma formosura incomparável!

Lentamente, ia levando a mão aos lábios com o propósito de nela depositar os beijos prometidos.

Catalina Ivanovna não opunha resistência e escutou, medrosamente espantada, as últimas palavras relativas à possível submissão servil de Gruchenka, pois que ainda que esta as pronunciasse de maneira estranha, os olhos revelavam sempre a mesma inocência, serena e confiada, a mesma serena alegria. Tanto que, olhando-os fixamente, pensou Catalina, animada de um raio de esperança: "Será possível que esta criatura não seja uma ingênua?"

Gruchenka, que parecia maravilhar-se com aquela linda mãozinha, aproximou-a mais ainda dos seus lábios, manteve-a ao alto durante algum tempo, como que meditando e, de repente, disse com voz mais branda e melíflua do que nunca:

— Sabeis, querida senhora, sabeis que, ao fim e ao cabo, não penso beijar-vos a mão?

— E deu uma risada aguda e jubilosa.

— Como queiras! Que te aconteceu? — perguntou Catalina, estremecendo.

— Isto fá-la-á recordar que me beijou a mão e que eu não beijei a sua — respondeu a outra, olhando-a fixamente de olhos fulgurantes.

— Insolente! — exclamou Catalina como se algo lhe fosse revelado de súbito. E, toda corada, saltou da cadeira.

Gruchenka também se levantou, mas devagar.

— Contarei a Mitya que me beijou a mão e que eu não o quis fazer, O que ele se vai rir!

— Miserável! Saia da minha casa!

— Oh! Que vergonha para si! Que palavras tão indignas de uma senhora!

— Fora daqui, mulher vendida! — gritou Catalina de semblante transtornado, agitada de ira.

— Vendida, sim! Talvez a senhora não tenha aproveitado a sombra da noite para fazer visitas a jovens por dinheiro, para vender a sua beleza? ... Ah! Isto sabe-se tudo!

Catalina deu um grito e ter-se-ia atirado a ela se Aliocha o não impedisse com toda a força.

— Nem um passo, nem mais uma palavra! Não fale, não responda. Já se vai embora... Já se vai.

Acudiram as duas tias e uma criada que rodearam, cheias de espanto, a moça.

— Vou-me embora... vou-me embora — disse Gruchenka apanhando o xale do sofá.

— Aliocha, acompanha-me a casa, querido!

— Vá-se embora, vá-se embora! E depressa! — gritou o jovem, unindo as mãos num gesto suplicante.

— Queridinho, acompanha-me e dir-te-ei uma coisa muito bonita. Foi por ti que fiz esta cena, Aliocha. Anda, querido, acompanha-me e não te arrependerás.

Aliocha voltou-se, retorcendo as mãos, e Gruchenka desapareceu, desfeita numa gargalhada musical.

A dona da casa, acometida de uma crise nervosa, agitava-se em terríveis convulsões. Todos a rodearam.

— Já te tinha avisado — dizia a mais velha das tias. Eu bem pretendia dissuadir-te, mas és tão impulsiva, filha! Que querias combinar com ela? Não conheces esta classe de mulheres! Pois olha que é a pior de todas! Tu és demasiado teimosa!

— Essa é mesmo um tigre! — gritou a jovem. — Por que me prende, Alexey? Tê-la-ia feito em pedaços!

Não podia dominar-se, nem perante o noviço, ou talvez a presença deste a excitasse mais.

— Deveria ser açoitada publicamente!

Aliocha começou a dirigir-se para a porta.

— Meu Deus! — exclamou Catalina juntando as mãos. — Mas ele, ele!... Como pôde ser tão ignóbil, tão desapiedado, para contar a essa mulherona o que se passou naquele maldito dia? Quis vender a minha beleza. Ela sabe-o! Seu irmão é um canalha, Alexey Fedorovitch!

Este quis falar, mas não conseguiu. O coração saltava-lhe pela boca.

— Ide-vos, Alexey Fedorovitch. É vergonhoso, é horrível para mim. Amanhã... peço-lho de joelhos, venha cá amanhã. Não me julgue mal. Perdoe-me. Não sei o que vai ser de mim!

Aliocha saiu para a rua a cambalear. Também sentia vontade de chorar. Chamaram-no logo em seguida e, quando se voltou, viu a criada junto de si.

— A menina esqueceu-se de lhe entregar esta carta que a senhora Hohlakov deixou ao meio-dia.

Aliocha pegou maquinalmente no pequeno sobrescrito rosado e enfiou-o no bolso.

# Capítulo II
# Uma Reputação Perdida

O mosteiro distava quase uma milha da cidade. Aliocha acelerava o passo pela estrada, deserta àquela hora e tão escura que apenas distinguia claramente a seis metros de distância.

Ao chegar perto da encruzilhada que fica a meio caminho, reparou que por detrás de um salgueiro saía um vulto que lhe cortou o passo, gritando brutalmente:

— A bolsa ou a vida!

— Ah! Claro que és tu, Mitya! — exclamou Aliocha refreando um movimento de pânico.

— Ah! ah! ah! Não pensavas encontrar-me, hem? Não sabia onde esperar-te. Perto de casa há três caminhos e poderia ter-te perdido. Por fim, ocorreu-me vir aqui, por onde necessariamente devias passar de volta ao mosteiro. O que há? Diz-me a verdade. Esmaga-me como a um inseto... Mas que tens?

— Nada, irmão... é que me fazes medo, Dmitri. Nosso pai continua a sangrar das feridas! — E Aliocha começou a chorar. O que o oprimia há tanto tempo obrigava-o agora a desfazer-se em lágrimas. — Por pouco o matavas... amaldiçoaste-o... e agora vens com essas brincadeiras... A bolsa ou a vida!

— Pois bem, e depois? Não está certo? Não estou à altura da situação?

— Não, é que...

— Ouve. Olha para a noite, como é negra. Que nuvens, que vento se levantou. Escondi-me atrás deste salgueiro para esperar por ti. E, como Deus existe, asseguro-te que pensava: para que continuar a sofrer e a aguardar? Aqui está a minha árvore, tenho um lenço e uma camisa e num abrir e fechar de olhos se fabrica uma corda com laço e tudo, e é das coisas mais fáceis livrar a terra da minha vil presença. Antes isso que a desonra. Mas nessa altura vi que te aproximavas... Céus! Parecia que um sentimento novo inundava a minha alma, de repente. Ainda havia um homem de quem gostava. E eis que vinha até mim esse homem, o meu querido irmão, a quem amo mais do que a ninguém neste mundo, o único a quem quero. E quis-te tanto, tanto naquele momento que pensei atirar-me ao teu pescoço, e quando ia fazê-lo resolvi fazer de tolo e assustar-te, de brincadeira, e gritei como um idiota: bolsa! Não faças caso da minha imbecilidade... Foi uma tolice, mas crê que o fundo da minha alma é reto... Conta-me o que se passou. Despedaça-me, esmaga-me sem piedade! Estará furiosa?

— Não, não... Nada disso, Mitya. Encontrei as duas ali...ali.

— As duas? Mas que duas?

— Gruchenka e Catalina Ivanovna.

Dmitri ficou estupefato.

— Impossível! — exclamou. — Tu sonhas! Gruchenka estava com ela?

Aliocha contou-lhe o que se passara em casa de Ivanovna. Falou sem parar durante dez minutos, sem eloquência nem grande rigor na expressão dos fatos, mas com muita franqueza e procurando não omitir nada importante, exprimindo a sua opinião em termos vivos e oportunos. Dmitri escutava, olhando-o com fixidez e imobilidade de esfinge, dando a impressão exata de entender o justo alcance de todos os pormenores. Mas à medida que a narração avançava, nublava-se-lhe o rosto de sombras e ameaças. Franziu o sobrolho, rangeu os dentes e o olhar tornou-se ainda mais rígido, mais concentrado, mais terrível. Bruscamente, porém, com incrível rapidez, dissipou-se a borrasca, mudou o rosto selvagem, entreabriram-se os lábios oprimidos e rompeu numa gargalhada estrepitosa, franca e irresistível. Podia quase dizer-se que rebentava, e tão desenfreado era o riso que o impediu de falar por muito tempo.

— Então ela não quis beijar-lhe a mão? E não a beijou? E saiu de lá a correr? — exclamava num transporte de gozo que se podia classificar de perverso, se não fosse tão nervoso e espontâneo. — A outra chamou-lhe tigre, não foi? Pois é o que ela é! Precisava de ser açoitada na praça pública! Creio que sim, que devia! Há tempo que o merece. O que são as coisas, irmão. Que a açoitem, melhor para mim. Reputo-a rainha da pouca vergonha. É mesmo dela, essa ação de beija-mãos. Viste bem aquela diabólica? É a rainha de todas as que há neste mundo! No seu tipo, é magnífica! Foi para casa, não foi? Quero lá ir vê-la... Ah!... Vou a correr! Não me acuses, Aliocha. Concordo que o melhor seria vê-la pendurada na forca.

— E Catalina?

— Também irei vê-la! Agora conheço-a melhor do que nunca! É como o famoso descobrimento dos quatro continentes, quero dizer, dos cinco. Foi um feito heroico, o seu! E a mesma Katya que não teme fazer frente a um grosseiro oficial, nada cortês, expondo-se a um ultraje supremo pelo generoso impulso de salvar o pai. E também por orgulho, por amor ao perigo, por curiosidade de azar e por sede de infinito. Dizes que a tia pretendia dissuadi-la? Tem domínio sobre ela, sabes? É irmã da generala de Moscovo e mais comedida do que esta, mas o marido foi desapossado de tudo o que tinha porque se descobriu que roubava dinheiro ao Governo. Desde então, ela nunca mais levantou a cabeça. Bem pode dar conselhos a Katya, que não os escutará. Crê que pode submeter todos à sua vontade, que tudo poderá vender. Pensou que encantaria Gruchenka, se isso lhe passou pela cabeça, e acreditou firmemente que sim. Que vaidade! Ela é que tem a culpa. Tu crês que se antecipou a beijar a mão de Gruchenka com intenção deliberada, com algum fim em vista? Não, na realidade deixou-se fascinar por ela. Não pela pessoa propriamente dita, mas pela ideia, pela ilusão. Tudo aquilo era a ilusão forjada na sua vaidade. Aliocha, como conseguiste fugir dessas mulheres? Escapaste deixando-lhes a túnica nas mãos? Ah! ah! ah!

— Irmão, pensaste tão pouco no ultraje infligido a Catalina Ivanovna ao confiar a Gruchenka o segredo daquele dia. Atirou-lhe à cara que ia vender a sua beleza a casa dos jovens. Podes imaginar pior insulto, irmão?

O que mais afligia o pobre Aliocha era o prazer que parecia causar ao irmão a humilhação de Catalina.

— Ora! — disse Dmitri, o rosto mudando de aspecto e batendo na testa como que desgostado pela recordação o perseguir, e a frase de Catalina tratando-o de canalha lhe ferir ainda os ouvidos. Sim, por acaso contei a Gruchenka o que se passou naquele dia fatal, como Katya diz. Sim, contei. Recordo-me agora de que o fiz. Foi em Mokroe, estava bêbado, a música tocava... Mas eu soluçava, soluçava, rezando de joelhos perante a imagem de Katya, e Gruchenka compreendeu. Compreendeu tudo naquele momento. Lembro-me de que também ela chorou... Que diabo! Que bom final de sentimentos... Naquela altura, chorou e hoje enterra a faca no coração! São assim, as mulheres. —Inclinou a cabeça, absorto nos seus pensamentos.

— Sim — concordou de súbito com acento lúgubre. — Sim, sou um canalha, um perfeito canalha. Não importa se chorei ou não chorei. Sou um canalha! Diz-lhe que estou de acordo, se isso puder servir de algum consolo. Bom, por agora basta. Adeus. Segue o teu caminho que eu seguirei o meu. Não quero ver-te senão no último momento. Passa bem, Alexey.

Apertou fortemente a mão de Aliocha e, sem levantar a cabeça para o olhar e como que sentindo dor no próprio ser, tomou a direção da cidade.

Aliocha ficou a olhá-lo, atônito, sem poder crer em tão brusca despedida.

— Espera, Alexey! — gritou Dmitri, voltando atrás. — Tenho de confessar-te uma coisa, mas só a ti. Olha-me; olha-me bem. Aqui, aqui está a minha vergonha, o meu terrível opróbrio. — E dizendo isto batia no peito de maneira estranha, como se a sua desonra se ocultasse ali, em alguma parte determinada, talvez num bolso ou pendurada ao pescoço. — Já sabes quem sou: um canalha, um canalha declarado, mas aviso-te que nada do que até agora fiz e farei, para o futuro, pode comparar-se em vileza com a infâmia que neste momento preciso tenho no peito, aqui, aqui; infâmia que quero levar até ao fim, ainda que seja perfeitamente livre para a impedir. Posso cometer a infâmia ou não, entendes? Mas fica sabendo que a consumarei, que nada me deterá. Disse-te tudo, mas ocultava isto porque me faltava atrevimento. Ainda posso deter-me. Se o fizesse, amanhã mesmo reconquistaria metade da minha honra perdida; mas não será assim. Realizarei o meu desígnio, embora infame, e tu serás testemunha de to haver anunciado. Trevas e perdição! Nada de explicações; saberás tudo a seu tempo. A imunda evasiva e a mulher diabólica. Adeus. Não rezes por mim, que não sou digno nem me faz falta para nada, para nada... Não me faz falta! Fora!

E afastou-se então decididamente. Aliocha seguiu a caminho do convento, ruminando: "Mas o quê, Deus meu? Nunca mais o verei? Que dizia ele? Amanhã mesmo terei de o procurar. Falar-lhe-ei e pedirei que me explique. Que pensará ele fazer?"

Deu volta ao mosteiro e, atravessando o pinhal, chegou à porta do eremitério, que lhe abriram, embora ninguém fosse admitido a tais horas. O coração palpitava-lhe aturdidamente quando entrou na cela do Padre Zossima.

"Por quê? Por que havia saído? Por que o enviara ao mundo? Aqui a paz, a santidade. Do outro lado a desordem, as trevas em que se perde o caminho e se extraviam os homens."

Na cela encontravam-se o noviço Porfiry e o Padre Paissy, que a todas as horas ia perguntar pelo estado do Diretor. Aliocha alarmou-se quando lhe disseram que se agravara por momentos, de tal modo que naquele dia omitira o colóquio que costumava ter diariamente com os irmãos da comunidade.

Todas as noites, como que cumprindo uma regra, acudiam os monges depois do ofício ao aposento do Padre Zossima para confessarem em alta voz as faltas cometidas durante o dia, os maus pensamentos e as tentações, e até mesmo as mais insignificantes contendas, se as houvesse. Alguns confessavam-se de joelhos. O Presbítero absolvia, reconciliava, admoestava, impunha penitência, abençoava-os a todos e despedia-os em paz. Contra esta confissão em comum protestavam os inimigos dos presbíteros, sustentando que era uma profanação quase sacrílega do sacramento da penitência, embora fosse uma coisa diferente. Alegavam perante as autoridades diocesanas que tal confissão, longe de alcançar santos resultados, levava a uma refinada tentação e à repetição do mesmo pecado. Muitos irmãos que não estavam de acordo acudiam ao Presbítero contra vontade, porque todos iam, ainda que só por medo de censuras de orgulhosos ou de espíritos rebeldes. Contava-se de alguns monges que concordavam em dizer: "Confesso que me enfadei convosco esta manhã e vós confirmai-lo", para assim terem matéria de confissão.

Aliocha sabia que. algumas vezes isto se passava, assim como havia sempre quem se lamentasse de que as cartas da família fossem entregues ao Presbítero para que as lesse antes do destinatário.

Pretendia-se, claro está, que tudo aquilo era praticado livremente e de boa fé, atendendo a uma submissão voluntária e a um preceito saudável, muito falso e forçado na prática. Os diretores e monges mais experimentados alegavam em defesa da Instituição que para os que procuravam dentro daqueles muros a sua salvação, tal obediência e tal sacrifício eram saudáveis e de grande benefício; por outro lado os que se aborreciam com aquelas práticas e murmuravam não eram verdadeiros monges; haviam errado a vocação e o seu lugar era no mundo. Que nem no templo nos podemos ver livres do pecado e do demônio; portanto não se lhes daria excessiva importância.

— Está muito fraco e apodera-se dele uma obstinada sonolência — murmurou o Padre Paissy ao ouvido de Aliocha depois de lhe impor o sinal da cruz. — É muito difícil despertá-lo e isso mesmo não é conveniente. Esteve acordado cinco minutos e enviou a bênção à Comunidade, pedindo que rezassem por ele durante a noite. Amanhã deseja receber de novo o viático. Lembrou-se de ti, Alexey. Perguntou se tinhas saído e dissemos-lhe que estavas na cidade. "Que Deus o abençoe, disse. O seu lugar é lá e não aqui, por enquanto." Foram estas as palavras que pronunciou. Falou de ti com grande amor e interesse. Sabes que te estima? Mas como se explica a decisão de que passes algum tempo no mundo? Deve ter previsto o teu destino. Tem presente, Alexey, que se voltares ao mundo terás de submeter-te à vontade do teu Diretor, que não te envia, com toda a certeza, para te entregares às vaidades e aos prazeres.

O Padre Paissy saiu. Aliocha já não duvidou de que o Padre Zossima estava a morrer, ainda que vivesse um ou dois dias, e decidiu com firmeza ardor não se separar dele até ao fim, apesar das promessas feitas ao pai, à senhora Hohlakov c a Catalina Ivanovna. O coração ardia-lhe de amor c culpava-se amargamente de ter abandonado no seu leito de morte o homem que estimava mais do que tudo no mundo. Entrou no dormitório do doente, caiu de joelhos e inclinou-se até ao chão perante o padre que dormia em paz, o peito elevando-se-lhe um pouco devido à respiração apenas perceptível.

Aliocha voltou à sala onde o Padre Zossima costumava receber todas as manhãs os seus visitantes e, descalçando-se, deitou-se num sofá duro, estreito, onde já era hábito dormir sem mais conforto do que uma almofada. Há muito que não utilizava o colchão de que seu pai falara. Tirou o hábito que lhe servia de cobertor e antes de adormecer ajoelhou e rezou fervorosamente, não pedindo a Deus que o iluminasse naquela confusão, mas sim ansiando pela deliciosa emoção que lhe enchia a alma depois da oração e das súplicas ardentes que eram o seu exercício espiritual de todas as noites. Ao acabar adormecia venturosamente embalado naquele suave e delicado gozo de alma. As orações quedaram-lhe de repente nos lábios, porque encontrou no bolso a carta que a criada de Catalina Ivanovna lhe entregara. Mas passado o sobressalto da recordação, continuou a rezar. Ao terminar, teve ainda um gesto de dúvida, e por fim decidiu abri-la. Era de Lisa Hohlakov, aquela moça que horas antes fizera troça dele perante o Presbítero.

*Alexey Fedorovitch, escrevo-vos sem que ninguém, nem mesmo minha mãe, o saiba. Reconheço que é malfeito, mas não posso viver sem vos manifestar o sentimento que brotou no meu coração e que, por agora, deve ficar entre nós dois. Como poderei expressar o que tão ansiosamente quero dizer-vos? Dizem que o papel não cora. Pois juro-vos que isso é falso e que este cora de vergonha como eu. Querido Aliocha, amo-vos. Amei-vos sempre desde a minha infância, desde os nossos dias de Moscovo, quando éreis tão diferente do que sois agora. Amar-vos-ei toda a minha vida. Sois o eleito do meu coração e temos de unir as nossas vidas até sermos velhos, sob condição, naturalmente, de que saiais do mosteiro. Quanto à idade, saberemos esperar o tempo fixado pela lei. Nessa altura estarei curada por completo: correrei e dançarei. Ou tendes dúvidas?*

*Já vedes como tudo calculei. Só não posso prever o que pensareis de mim quando lerdes esta carta. Estou sempre a rir e a fazer diabruras. De manhã desgostei-vos, mas asseguro-vos que antes de pegar na pena rezei à Mãe de Deus. Ainda rezo e quase choro.*

*O meu segredo está nas vossas mãos. Não sei se poderei olhar-vos quando vier-des amanhã. Ah, Alexey! E se não conseguir conter-me e começar a rir como uma estúpida, como hoje? Pensareis que sou louca, que me quero divertir à vossa custa e não dareis crédito a minha carta. Pois não olheis muito para o meu rosto durante a visita, porque se os nossos olhares se cruzarem tenho a certeza de que me rirei. Sobretudo por vos ver de sotaina. Só de pensar nisto estremeço. Não me olheis, pois. Olhai minha mãe... ou a janela...*

*Já terminei a carta de amor. Oh! Que fiz eu, meu amado?! Não me desprezeis, Aliocha, e se cometi uma coisa horrível e vos magoei, Perdoai-me. A vossa mercê fica a minha reputação, perdida talvez para sempre.*

*Pressinto um dia de lágrimas. Adeus, até à vista, até esse terrível momento em que nos tornaremos a ver.*

*Lisa.*

*P. S. — Aliocha, é necessário, absolutamente necessário que venhas.*

Aliocha leu a carta com assombro, releu-a mais devagar, refletiu um pouco e começou a rir, doce e tranquilamente. Sobressaltou-se. O seu riso parecia-lhe pecaminoso, mas em seguida voltou a fazê-lo com doçura e felicidade. Com cuidado, guardou a folha no sobrescrito, persignou-se e deitou-se. A perturbação desaparecera-lhe repentinamente.

— Senhor, tem piedade de todos eles, guarda esses desgraçados turbulentos sob a tua custódia e guia-lhes os passos. Vossos são todos os caminhos. Dá-lhes alegria — murmurou Aliocha, e adormeceu em paz.

# Parte 2

## Livro 4
## Incômodos

## Capítulo 1
## O Padre Feraponte

Aliocha levantou-se antes do romper do dia. O Padre Zossima estava acordado e embora se sentisse muito fraco quis sair da cama e sentar-se numa cadeira. Tinha a cabeça vazia e no seu rosto, que exprimia fadiga intensa, brilhava a alegria comunicada por um gozo íntimo, pela bondade generosa que o possuía.

— Talvez não passe de hoje — disse a Aliocha.

Em seguida manifestou o desejo de se confessar e receber os sacramentos. Foi seu confessor, como sempre, o Padre Paissy, que lhe deu a Comunhão e administrou a Extrema-Unção. Acudiram monges e a cela foi-se enchendo a pouco e pouco dos habitantes do eremitério. Ao amanhecer, começou a chegar gente do mosteiro.

Acabado o ofício matinal, o Presbítero quis abraçar toda a comunidade e despedir-se de cada um; e como a cela fosse muito pequena, os que chegaram primeiro retiraram-se para dar lugar aos outros. Aliocha permaneceu ao lado do ancião, que tomara assento na sua cadeira e, esforçando a voz fatigada, disse, sorrindo e olhando com emoção todos quantos o rodeavam:

— Instruí-vos e conversei convosco durante tantos anos que, acostumada a minha boca às palavras de todos os dias, queridos padres e irmãos, me seria difícil contê-la, mesmo nestes momentos de extrema debilidade.

Aliocha, que recolheu grande parte do que disse, recordava que o velho se expressou com claridade e voz firme, mas com pouca ligação. Falou de muitas coisas. Parecia apressar-se para que a morte o não surpreendesse sem deixar dito tudo o que durante a vida não dissera, não para que lhes servisse de exemplo, mas pelo novo desejo de fazer participar a todos os homens da sua arrebatada alegria e de abrir a todos, uma vez mais, o coração.

— Amai-vos uns aos outros, padres — disse o Presbítero, como depois recordava Aliocha. — Amai o povo de Deus, porque o fato de estarmos encerrados nestas paredes não nos torna mais santos do que os que vivem lá fora, antes pelo contrário. Quando nos recolhemos aqui, confessamo-nos piores do que os outros, do que todos os que estão no século... E quanto mais vive o monge no seu retiro, melhor o reconhece. Se não fosse assim, que motivo podia alegar para aqui estar? Só quando chega a sentir-se plenamente pior do que os outros, e até mesmo culpado e responsável perante os homens de tudo o que acontece, dos pecados da humanidade, tanto nacionais como individuais, poderá considerar atingido o fim para que veio para o claustro. Não duvideis, meus queridos, de que cada um de nós terá de responder por todos os homens sobre tudo o que acontece na terra, não só no que respeita à maldade deste mundo em geral, mas cada um, pessoalmente, por toda a humanidade e por cada um dos homens em particular. Só moldando os seus atos a esta convicção conseguirá o monge o prêmio que tem preparado para o fim da sua vida, porque ele não é diferente dos outros, mas sim como esses outros deviam ser, e a convicção disto trará ao vosso coração as doçuras de um amor infinito, universal e insaciável que vos dará forças para avassalar todo o mundo e limpá-lo com as vossas lágrimas de todo o pecado... Fazei exame de consciência e confessai incessantemente as vossas culpas, mas não vos deixeis amedrontar por elas. Reconhecei-as e procurai apagá-las com a penitência, mas sem impor a Deus condições. Repito-vos que não sejais orgulhosos; não o sejais nem com os humildes nem com os poderosos. Não odieis os que vos afastam nem os que vos insultam, injuriam ou caluniam. Não vos enfadeis com os ateus, com os que ensinam o mal, com os materialistas, bons ou maus, porque entre eles há muitos que são bons, especialmente nos tempos que correm. Não detesteis tão pouco os malvados. Lembrai-vos deles nas vossas orações: Salvai, Senhor, a todos os que não têm ninguém que peça por eles; salvai aqueles que não querem rezar. E acrescentai: é o orgulho que me dita esta súplica, Senhor, porque reconheço que sou o mais indigno de todos... Amai ao povo de Deus e não confieis o vosso rebanho a guardas mercenários, pois se adormecerdes no prazer ou se vos descuidardes no vosso orgulho e, no que seria mais lamentável, na ambição, de todos os lados surgiriam pastores falsos que o desencaminhariam. Pregai sem descanso o Evangelho ao povo... sem insistir... Não estimeis os bens da terra, não acumuleis riquezas... Empunhai a bandeira da fé e sustentai-a muito alta.

 Dizia isto mais desarticuladamente do que Aliocha conseguia escrever; por vezes deixava uma frase suspensa e parava para cobrar alento, mas parecia falar extasiado, de tal maneira que causava emoção aos que o ouviam, muitos dos quais, sem deixar de admirar as suas palavras, as achavam obscuras... Não obstante, todos as guardaram bem impressas na memória.

 Quando Aliocha teve de deixar a cela por um momento, participava a sua alma do embargo sobressaltado que a todos os que ali estavam reunidos envolvia, manifestando-se na viva ansiedade de uns e na fervorosa piedade de outros, porque não havia ninguém que não esperasse que a morte do Presbítero faria suceder algo de prodigioso, e a expectativa que, de certo modo, era coisa frívola alcançava os mais austeros monges, a julgar pelo semblante do Padre Paissy, o mais grave de todos.

 Um deles havia anunciado em segredo a Aliocha que Rakitin o esperava com uma carta da senhora Hohlakov, que acabava de trazer da cidade e a qual informava de um acontecimento tão curioso como oportuno. Sucedia que uma das mulheres que tinha ido na véspera receber a bênção do Padre Zossima, velha e viúva de um sargento, chamada Prokorovna, perguntara se podia rezar pelo descanso da alma do filho, Vassenka, morador em Irkutsk, de quem não recebia notícias havia um ano. O Padre Zossima respondera-lhe severamente, proibindo-o e lembrando que rezar pelos vivos como se fossem almas penadas era coisa de magia. Contudo, perdoou-lhe por causa da sua ignorância e acrescentou, como se lesse no livro da vida, estas palavras de consolo: "Que seu filho Vassenka estava seguramente vivo e que ou voltaria a casa daí a pouco ou escreveria. Que fosse em paz e esperasse." "E quereis acreditar?, exclamava a senhora Hohlakov, entusiasmada, a profecia cumpriu-se ao pé da letra e ainda mais! Quando a anciã chegou a casa já a esperavam para lhe entregar uma carta que viera da Sibéria. Mas isso não é tudo. Na carta, fechada em Ekaterinenburg, Vassenka anunciava a sua volta e a esperança de abraçar a mãe três semanas depois de receber a notícia da viagem."

A senhora Hohlakov pedia encarecidamente a Aliocha que notificasse o Hegúmeno e toda a comunidade deste novo milagre profético. "Toda a gente, toda a gente deve sabê-lo!", acabava a carta, cujas linhas demonstravam a precipitação e exaltado nervosismo com que fora escrita. Mas não fez falta que Aliocha falasse porque todos os monges o sabiam já. Rakitin havia encarregado o mesmo monge de advertir respeitosamente o reverendo Padre Paissy de que tinha que dizer-lhe algo cuja gravidade não permitia adiá-lo um momento, e que desde já lhe pedia perdão pelo incômodo. Como o monge avisara o Padre Paissy antes de o fazer ao noviço, este já não teve mais do que confirmar com o escrito o que fora contado por aquele.

O mesmo Padre, que era um homem precavido, embora houvesse franzido as sobrancelhas ao ler a missiva, não pôde livrar-se por completo de certa emoção íntima que lhe brilhou nos olhos e fixou no austero e imponente sorriso dos seus lábios.

— Vamos ver algo de grande! — deixou escapar.

— Veremos algo grande, algo grande! — prometiam-se os monges que o rodeavam.

Mas o Padre Paissy, fazendo uma careta de desgosto, suplicava a todos que se abstivessem de falar daquilo por algum tempo, até que se comprove, tendo presente a excessiva credulidade que há no mundo para tomar como prodígios coisas que podem suceder naturalmente, acrescentou. Mas apesar deste prudente conselho, queria tranquilizar a sua consciência e todos notaram claramente que acreditava pouco na própria desconfiança.

Em menos de uma hora, o milagre foi o tema de todas as conversas do mosteiro e entre os fiéis que haviam acudido a ouvir missa. Mas ninguém se mostrava tão impressionado como o monge de São Silvestre, que viera na véspera do pequeno mosteiro ao norte de Obdorsk e que, encontrando-se com a senhora Hohlakov, perguntara ao Padre Zossima, intrigado pela saúde da filha daquela dama: "— Como consegues realizar tais portentos?"

Agora, cheio de indecisão, não sabia em quem crer. No dia anterior, à tarde, visitara o Padre Feraponte na sua cela, afastada e solitária, e ficara horrivelmente perturbado pela visita. Era aquele maduro monge tão dado aos jejuns e ao silêncio, a quem citamos já como antagonista do Padre Zossima e da instituição dos presbíteros em geral, que ele considerava uma inovação detestável e pouco séria. Embora levasse a prática do silêncio ao extremo de trocar apenas uma frase com alguém, era um inimigo formidável pelo número de monges que participavam do seu modo de sentir e dos muitos que o consideravam um santo asceta, não obstante o julgassem atacado de loucura, pois isto era principalmente o que lhe achavam de atrativo.

Nunca visitou o Presbítero, e embora pertencesse ao eremitério não se via constrangido à observância das regras por causa da sua conduta, própria de um demente.

Passava já dos setenta e cinco anos e vivia retirado num sítio afastado onde se erguia uma cabana feita de toros de madeira, noutros tempos, por um asceta memorável, o Padre Foma, que chegara à bonita idade de cento e cinco anos e sobre cuja santidade não deixava de se falar no mosteiro e em toda a comarca.

O Padre Feraponte havia escolhido este retiro sete anos antes e, embora não fosse mais cômodo do que a cabana de um pastor, parecia um santuário, com exagerado número de santos iluminados perpetuamente por lâmpadas que os devotos lhe levavam ao convento como ofertas a Deus. O monge cuidava das divinas estampas e de manter a luz perpétua das lamparinas. Dizia-se, e é de crer, que duas libras de pão lhe chegavam para três dias. O procurador do convento, encarregado de lhe levar o pão de três em três dias, raramente lhe dirigia a palavra. Uma quarta libra, que regularmente lhe mandava o Hegúmeno todos os domingos depois da missa, com a Eucaristia, constituía todo e o único extraordinário das suas rações da semana. A água do cântaro era renovada todos os dias.

Raríssima a sua presença no ofício divino, quem ia visitá-lo para expressar o sentimento da devoção via-o todo o dia ajoelhado em oração infindável, sem sequer se voltar para olhar. Quando o fazia era de maneira rápida, brusca, aborrecida e quase sempre com grosseria. Poucas vezes admitia o colóquio com os seus devotos, em geral dizia-lhes algumas palavras que, pela falta de sentido, resultavam num verdadeiro enigma, e então não valiam súplicas para que acrescentasse uma sílaba que o decifrasse. Corria a crença, em especial nos mais ignorantes, que este leigo mantinha comunicação com os espíritos celestiais e que, para conversar com eles, guardava silêncio com os homens.

O monge de Obdorsk chegou ao local onde se encontrava a cela do asceta seguindo a direção indicada pelo procurador, monge de igual modo silencioso e arisco, que o avisara:

— O mesmo pode suceder que vos fale porque sois um forasteiro ou que não sejais capaz de lhe arrancar uma só palavra.

Por isso, contou o visitante, se aproximara cheio de receio. A tarde estava no fim. O solitário encontrava-se sentado num banquinho à porta da cela, sob uma árvore gigantesca que produzia um doce sussurro. O monge de Obdorsk prosternou-se, implorando a bênção do santo.

— Quereis que também eu me incline diante de ti, monge? — perguntou o Padre Feraponte.

— Levanta-te!

O monge obedeceu.

— A minha bênção? Sê bendito e senta-te ao meu lado. De onde vens?

O que mais surpreendeu o pobre monge foi a robustez e excelente saúde que conservava o padre, apesar da vida de penitente e da avançada idade. Era alto, de cara chupada, mas de aspecto fresco e vigoroso. Mantinha-se direito e não deixava dúvidas de possuir ainda uma grande força física. Apenas começava agora a ter alguns cabelos brancos que na cabeça e na barba cresciam espessos e emaranhados. Os olhos, pardos, grandes e brilhantes, pareciam saltar das órbitas.

Falava grosseiramente e vestia um largo manto de burel avermelhado, tosco tecido de presidiário, como é conhecido, e atado à cintura com uma corda grossa. Pescoço e peito apareciam nus entre as pregas da camisa de pano ordinário e quase negra da sujidade acumulada durante vários meses. Dizia-se que, sob as roupas, usava cilícios de ferro que pesavam trinta libras. Os pés, nus, assomavam por entre os buracos dos sapatos velhos e encortiçados.

— Do humilde mosteiro de Obdorsk, de São Silvestre —respondeu o monge com modéstia enquanto dirigia ao eremita um olhar rápido, entre assustadiço e perscrutador.

— Já estive em casa do teu São Silvestre. Fui seu hóspede. Está bom?

O monge tremeu.

— Sois uns insensatos! Como observais o jejum?

— O nosso regime está de acordo com as antigas regras monásticas. Durante a Quaresma não comemos nada à segunda-feira, à quarta e à sexta. À terça e à quinta temos pão branco, compota, mel, legumes, couves temperadas e toda a comida leve. Aos sábados, sopa de couve-flor com ervilhas e *kacha* temperado com azeite. Durante os dias da semana servem-nos peixe da estação e *kacha* com sopa de couves. Desde segunda-feira até à tarde de sábado da Semana Santa, seis dias inteiros, não se coze nada e temos de estar a pão e água, e isso muito parcamente. Se possível, devemos observar abstinência absoluta, nem mais nem menos do que como se ordena durante a primeira semana da Quaresma. Na Sexta-feira Santa não se come nada e no Sábado de Aleluia, às três horas, apenas comemos um pouco de pão e água e bebemos um copo de vinho. Quinta-feira Santa, bebemos vinho e come-se qualquer coisa cozida, mas sem azeite e, às vezes, nada se coze, atendendo ao que se disse no Concílio de Laodiceia: "É impróprio mitigar o jejum de Quinta-feira Santa malogrando o mérito de toda a Quaresma." Já vedes como observamos o jejum. Mas que é ele comparado com o que vós fazeis, santo padre?. — acrescentou o monge em tom confidencial. — Porque vós, durante todo o ano, nem mesmo no dia de Páscoa, provais outra coisa que pão e água, e vos basta durante toda a semana o que nós comeríamos em dois dias. É admirável a vossa rigorosa abstinência!

— E os cogumelos? — perguntou o solitário, bruscamente.

— Os cogumelos? — repetiu o outro, surpreendido.

— Sim, os cogumelos. Eu posso atirar fora o pão que me dão; não preciso dele para nada porque vou ao bosque e ali posso viver de cogumelos e de legumes; mas eles não podem prescindir do pão porque todos são escravos do demônio. Nos nossos dias, o diabo convence-nos de que não têm necessidade alguma de jejum. Soberbo e impuro é o seu juízo!

— É verdade — suspirou o monge.

— Não viste os diabos que vivem com eles?

— Com eles? Com quem? — balbuciou timidamente o visitante.

— No ano passado fui cumprimentar o Padre Superior, a quem nunca mais voltei a ver. Pois no peito trazia ele um diabo que se ocultava entre as pregas do seu hábito e só mostrava os cornos de fora. Outro olhava-me com temor do bolso de certo monge. Um outro ainda tinha o diabo sentado em cima do ventre; e depois vi mais um em cujo pescoço se enrolava o Maligno, sem que ninguém o notasse.

— Mas vós podeis ver os espíritos? — perguntou assustado o de Obdorsk.

— Se posso! Não te digo que os vi? Olha, quando me despedi do Superior reparei que um se escondia de mim, atrás da porta. Mas bom moço! O menor tinha apenas uma jarda e meia e uma cauda grossa, comprida, de cor escura e cujo extremo parava no topo da porta. Prendi-lha. Vi-o e corri a fechá-la com força, num instante. E logo começou a gritar, esforçando-se de tal maneira que tive de acabar com ele fazendo por três vezes o sinal da cruz. Ficou como um sapo. Ninguém ali os ouve nem os vê. Faz um ano que nunca mais lá fui. Conto-te isto porque és um forasteiro.

— As vossas palavras são terríveis! Mas, santo e bendito padre — disse o outro cada vez mais animado —, é certo o rumor chegado ao meu longínquo país de que estais em comunicação constante com o Espírito Santo?

— Algumas vezes digna-se baixar, voando.

— Como voa? Em forma de quê?

— Como um pássaro.

— Em forma de pomba?

— Uma coisa é o Espírito Santo e outra o espírito dos santos. O Espírito Santo pode aparecer sob a forma de aves diferentes. Umas vezes fá-lo como andorinha, outras como pintassilgo e outras ainda como verdelhão.

— E como O conheceis num vulgar verdelhão?

— No modo como fala.

— Como e em que língua?

— Na nossa.

— E o que vos diz?

— Pois hoje mesmo me disse que me visitaria um imbecil que me faria perguntas impertinentes. Queres saber demasiado, monge!

— São terríveis as vossas palavras, santíssimo e venerado padre — murmurou o de Obdorsk com sinais de surpresa, ainda que nos olhinhos houvesse uma luminosidade de maliciosa dúvida.

— Vês esta árvore? — perguntou Feraponte depois de uma pausa.

— Sim, bendito padre.

— Tu crês que é um olmo, mas para mim é outra coisa bem diferente.

O monge ficou suspenso. Depois, recobrando o ânimo, atreveu-se:

— Que coisa?

— Isto acontece de noite. Vês estes dois ramos? São os braços de Cristo que se estendem para mim, suplicantes. Vejo-o como te estou a ver agora, a ti, e tremo. É horrível, horrível!

— Como pode ser horrível se é o próprio Cristo?

— É porque me quer apanhar e levar.

— Vivo?

— Pela alma e glória de Elias! Não to estou a dizer? Como tomar-me nos braços e arrebatar-me às alturas!

Ainda que de volta à cela se mostrasse muito perturbado da conversa que manteve com um dos irmãos acerca do solitário, no fundo da alma sentia mais respeito e veneração por este do que pelo Padre Zossima. Acérrimo partidário do jejum, não podia admirar-se de que quem o levava a tal rigor, como o Padre Feraponte, se fizesse digno de ver prodígios. Certo que as suas palavras eram um tanto originais, mas Deus sabia o sentido que ocultavam. E ao fim e ao cabo não se manifesta vulgarmente mais extravagantes em atos e em palavras quem sacrifica a sua inteligência à glória de Deus? Acreditava naquilo de agarrar o diabo pela cauda sem qualquer dúvida, a pés juntos e não precisamente no sentido metafórico. Além do mais, havia chegado ao mosteiro já com um arraigado preconceito contra os presbíteros que, embora ele os não conhecesse mais do que por certas referências, os julgava coisa detestável. Ao fim de poucas horas de permanência no mosteiro descobrira logo as secretas murmurações de alguns irmãos intriguistas que repudiavam a Instituição. Era um intrometido, um curioso impertinente que metia o nariz em tudo, e o recente milagre do Padre Zossima deixou-o aturdido de perplexidade. Aliocha recordava as idas e vindas daquele farejador que caminhava pelos corredores metendo a cabeça em todos os buracos para escutar e perguntar, na cela do Presbítero e onde quer que fosse que se reunissem mais do que dois monges.

Alexey Fedorovitch não prestava atenção a tais afãs nem pôde observar durante muito tempo as impertinências do monge forasteiro porque quando o Padre Zossima, que se sentia muito fatigado, se retirou para descansar quis ver o noviço antes de adormecer e mandou-o chamar. Chegou a correr e no aposento apenas se encontravam o Padre Paissy, Iosif e Porfiry. O doente abriu os olhos cansados e olhando Aliocha perguntou-lhe:

—Meu filho, não estão à tua espera?

O jovem perturbou-se.

— Não fazes falta nalguma parte? Não é verdade que combinaste com alguém que hoje os veríeis?

— Sim, com meu pai, com meus irmãos e com alguém mais.

— Vês? Pois deves ir. Não te aflijas. Podes estar tranquilo. Não morrerei sem que ouças as minhas últimas palavras. Serão para ti, meu filho. O meu último conselho ser-te-á dirigido. A ti, meu querido, porque sei que gostas de mim. Mas agora cumpre o que prometeste.

Aliocha obedeceu imediatamente, separando-se do mestre, consternado apesar da promessa de que as últimas palavras e o último conselho lhe pertenceriam. Isso enchia-lhe a alma de um arrebatamento celestial. Queria apressar-se, ter acabado já o que havia a fazer na cidade e estar de volta. O Padre Paissy, que saiu com ele da cela, despediu-o com um sermão que acabou por afervorá-lo e o deixou ternamente comovido.

— Não esqueças nunca, jovem — começou sem preâmbulos —, que a ciência deste mundo, que alcançou um grande desenvolvimento, resolveu, especialmente durante o século em que vivemos, analisar tudo o que nos foi revelado nos livros santos. Nada do que era respeitado como sagrado e intangível escapa a esta análise descarnada dos sábios dos nossos dias. Mas não fizeram mais do que analisar em parte e examinar o todo ao de leve, porque o todo continua inalterável perante os seus olhos e as portas do inferno não prevalecerão contra ele. Porventura depois de dezenove séculos não mantém a palavra divina o seu vigor de origem e o seu poder sobre a alma do indivíduo e a massa do povo? Vê-se ainda poderosa e viva na alma dos próprios incrédulos que querem destruir tudo! Até os que renegaram Cristo e atacam a sua doutrina conformam ao ideal cristão os sentimentos e os atos da sua vida, porque até aqui nem as sutilezas da mente nem os ardores do coração conseguiram apresentar um ideal que exceda em humanidade e em virtude o que Cristo aconselhou ao mundo antigo. Sempre foram grotescos os resultados de qualquer tentativa de substituição. Agora que o teu diretor te envia ao mundo deves ter isto muito presente. Talvez a recordação deste grande dia se associe a estas palavras, saídas do fundo do meu coração para que te sirvam de guia. És jovem e as tentações do século são numerosas e talvez mesmo superiores às tuas forças. Pois bem, já podes partir, querido órfão — terminou o Padre Paissy, fazendo sobre ele o sinal da cruz.

Aliocha afastou-se do mosteiro com a grata impressão de ter encontrado inesperadamente um novo amigo e um carinhoso mestre no austero monge que até ali o havia tratado com secura. Parecia-lhe um legado inapreciável que o Padre Zossima lhe deparava com a sua morte, e em seguida ocorreu-lhe que bem podia obedecer a uma recomendação do Presbítero aquela demonstração de amizade. Aquelas reflexões filosóficas que tão inesperadamente acabava de ouvir revelavam, sem dúvida, um coração ardente e zeloso, preocupado em armar o rapaz para todo e qualquer conflito de tentação e em preservar-lhe a alma juvenil por todos os meios ao alcance da sua imaginação.

## Capítulo 2
## Em Casa do Pai

Antes de mais nada, Aliocha encaminhou-se para casa do pai. Lembrava-se de que insistira no dia anterior para que fosse vê-lo sem que Ivan o soubesse. "Por quê?", perguntava-se surpreendido. "Mesmo que meu pai tivesse um segredo para me revelar por que razão o havia de esconder? Não o entendo; terá, por acaso a emoção de ontem embargado as suas palavras?" E suspirou quando Marfa Ignacievna, que lhe abriu o gradil da porta em substituição do marido que estava doente, lhe respondeu que Ivan Fedorovitch saíra havia um par de horas.

— E meu pai?

— Está lá em cima, tomando café — respondeu ela, em tom seco.

Aliocha entrou. O velho, sentado à mesa, calçava sapatilhas e tinha um casaco curto muito usado. Distraía-se passando e repassando sem atenção umas faturas. Encontrava-se só em casa, pois Smerdyakov também saíra naquele dia para fazer compras. Embora se tivesse levantado cedo, procurando mostrar coragem, notava-se que estava cansado e débil. Trazia a testa atada com um lenço encarnado, pois ali se lhe haviam formado grandes cicatrizes durante a noite. Isto e o nariz, enormemente inchado e tumefato por causa dos pontapés, davam-lhe ao rosto um aspecto maligno e repugnante. Tinha consciência disso e lançou a Aliocha um olhar carregado de ódio.

— O café está frio — gritou em tom azedo. — Não to ofereço. Só pretendia que me servissem uma sopa quaresmal, de peixe, para a qual não convidei ninguém. Por que razão vieste cá?

— Vim saber como estava.

— Ah, sim? Eu disse-te que viesses, más não há nada do que te falei e maçaste-te em vão. Já sabia que ias cair.

O seu tom era de franca hostilidade. Levantou-se e foi mirar no espelho o nariz, ato que repetira quarenta vezes durante a manhã ao mesmo tempo que corrigia algumas pregas na ligadura.

— O encarnado fica melhor. A ligadura branca recorda demasiado o hospital — observou formalmente. — Bem, e que há por lá? Como está o teu diretor?

— Muito mal. Talvez morra hoje mesmo — respondeu Aliocha.

Mas o pai não o ouvia; esquecera já a pergunta.

— Ivan saiu — disse de repente. — Está empenhado em arrebatar a noiva a Mitya. Por isso tem ficado aqui —acrescentou malignamente, torcendo a boca e voltando-se para Aliocha.

— Foi ele que o disse?

— Sim, há tempos. Parece incrível, não? Disse-mo há três semanas. Julgas que também ele veio para me matar? Por alguma coisa foi.

— Que diz? Por que fala assim? — perguntou Aliocha, confundido.

— É verdade que não me pede dinheiro, mas também não lhe daria um cêntimo. Tenho intenção de viver o mais tempo possível, não me importo que o saibas, querido Aliocha. Assim, vou precisar de todos os centavos e quanto mais viver, mais necessidade terei de dinheiro. — Continuava a dar grandes passadas na sala, as mãos nos bolsos do gabão, sujo e desleixado. — Aos cinquenta e cinco anos ainda me sinto um homem válido e continuarei assim por mais vinte. Bem sabes que quando envelhecer não serei uma preciosidade que atraia as moças. Vou necessitar de dinheiro, se quiser alguma coisa. Portanto, meu filho, poupo e continuarei a poupar para mim, só para mim. Penso repetir os meus pecados até ao fim, já to digo. O pecado é agradável. Todos o amaldiçoam, mas ninguém vive sem ele. A maior parte das pessoas esconde-o, eu tenho orgulho nele. Por isso me atacam os pecadores, por eu ser franco. O teu paraíso não me agrada, Alexey, aviso-te. Supondo até que exista, não é o lugar que corresponde a um cavalheiro. Creio que um dia adormecerei para não acordar mais: e é tudo. Podes rezar pela minha alma se tiveres prazer nisso. Se não quiseres, não rezes, que diabo! É esta a minha filosofia. Ivan é que dizia bem, ontem, embora todos estivéssemos bem bêbidos. É um fanfarrão que não tem grande talento... nem educação. Cala-se e ri-se das pessoas em silêncio para se dar ares de sábio.

Aliocha escutava sem respirar.

— Por que não se digna falar-me? E quando o faz dá-se aqueles ares!... O teu Ivan é um velhaco! Casarei com Gruchenka agora mesmo, se me der na gana. Porque se tiveres dinheiro, Alexey Fedorovitch, só é preciso desejares uma coisa para a conseguires. É isso o que assusta Ivan. Vigia-me para impedir que me case. Por isso anima Mitya para que se case com ela. Julga que, assim, me afastará de Gruchenka... como se lhe deixasse o meu dinheiro se não me casasse! Por outro lado, se Mitya casar com ela tira-lhe a noiva, que é muito rica. São esses os seus cálculos. É um canalha, o teu Ivan!

— Que aborrecido está, pai! É por causa do que se passou ontem? Seria melhor deitar-se — disse Alexey.

— Olá! — exclamou o velho como que despertado da sua modorra. — Dizes isso e não me aborreço contigo. Se fosse Ivan já estávamos a discutir. Só contigo me sinto bem; já sabes que não sou um malvado.

— Não, mas está a ver mal as coisas — recomendou o filho, sorrindo.

— Ouve: pensava mandar prender esse rufia do Mitya esta manhã, e ainda não me decidi. Já sei que é moda, agora, considerar o respeito aos pais um preconceito, mas a lei ainda não aprova que derrubeis o vosso velho, agarrando-o pelos cabelos, que lhe deis pontapés na própria casa nem que o ameaceis de morte, tudo em presença de testemunhas. Se quisesse, metia-o imediatamente na prisão pelo que fez ontem.

— Então não pensa instaurar-lhe um processo?

— Ivan já me dissuadiu disso. Não é Ivan que me importa, há outra coisa.

Inclinou-se ao ouvido de Aliocha e murmurou confidencialmente:

— Se mando esse rufião para a prisão, ela sabe-o logo e irá vê-lo; mas se lhe disserem que me maltratou, a mim que sou velho e tenho um pé na sepultura, talvez o abandone e me venha visitar... As mulheres são assim, espíritos de contradição! Tomas um gole de aguardente? Então café, e deito-lhe dois dedos de bebida. Saberás como é bom, rapaz.

— Não, obrigado. Levo este pão, se mo permite — pediu Aliocha, guardando no bolso um pequeno pão de dez cêntimos. — Faria muito melhor se não bebesse também — aconselhou a medo, fixando os olhos do pai.

— Tens razão. Altera-me os nervos em vez de me acalmar. É só um copinho. Vou buscá-lo.

Abriu o armário, pegou numa garrafa da qual encheu um copo, voltou a fechá-lo e guardou as chaves, dizendo:

— Tenho bastante. Não é por um copo que rebentarei.

— Está mais bem disposto, parece — animou Aliocha, sorrindo.

— Hum! De ti gosto, com álcool ou sem ele, mas com os canalhas sou um canalha também. Ivan não foi a Tchermachnya por quê? Para espiar e ver quanto dou a Gruchenka, se ela vier. São uns canalhas! Eu não percebo Ivan, palavra que não o entendo. A quem sairá ele? Não tem o nosso espírito nem o nosso sangue. Como se eu fosse obri-gado a deixar-lhe alguma coisa! Não tenho testamento nem tenciono ter, já o sabes. Quanto a Mitya, esmagá-lo-ei como a um cão. A noite esmago com os pés as baratas que aparecem à minha frente. Ao teu Mitya farei o mesmo. Digo *ao teu* porque sei que gostas dele. Sim, gostas. Isso pouco me rala. Se Ivan gostasse dele seria diferente, mas esse não gosta de ninguém, não é como nós. Os homens iguais a Ivan são feitos de outro barro, meu filho... São como o pó... quando o vento sopra, levanta-se... Disse-te ontem que viesses porque tinha na cabeça uma ideia estúpida. Queria que te avistasses com Mitya. Se eu lhe desse mil ou dois mil rublos, achas que esse covarde mendigo consentiria em afastar-se por cinco anos, ou melhor por trinta e cinco, deixando Gruchenka e renunciando totalmente a ela... Que te parece?

— Hei de perguntar-lhe — balbuciou Aliocha. — Se lhe desse três mil, talvez...

— Tolices! Não deves dizer-lhe nada. Já mudei de ideias. Foi um disparate que me ocorreu. Não lhe darei nada, nem um cêntimo. Quero o meu dinheiro para mim — gritou o velho, abanando a cabeça. — Sem dinheiro, esmagá-lo-ei como a um bicho. Não lhe digas nada, assim esperará. Mas a noiva, Catalina Ivanovna, a quem, por ciúmes, tem mantido afastada de mim, está disposta a casar-se com ele ou não? Creio que foste visitá-la ontem, não?

— Por nada no mundo quer abandoná-lo.

— Estás a ver como se enamoram tão ternamente de um libertino, de um canalha?... Participo-te que essas senhoras pálidas e olheirentas são umas pobres criaturas, bem diferentes de... Ah! Se eu tivesse a tua juventude e o bom aspecto de então... porque eu, aos vinte e oito anos, era de muito melhor presença... seria um galã tão afortunado como ele, que é um grosseirão. Mas não terá Gruchenka, por mais que se empenhe. Não, não a terá! Dou cabo dele antes!

Exacerbado de súbito furor, gritou:

— E tu, vai-te! Nada tens que fazer aqui!

Aliocha levantou-se para se despedir e beijou-o no ombro.

— O quê? — perguntou o velho, surpreendido. — Voltaremos a ver-nos ou tu crês que não?

— Creio que sim; não foi essa a minha intenção.

— Acredito. Disse isto por dizer — saltou Fedor. — Ouve, ouve. Apressa-te e volta. Mandarei que te preparem uma sopa de peixe. Verás como até lambes os dedos. Não deixes de vir. Amanhã, ouviste? Vem amanhã.

E assim que o filho abandonou a sala, aproximou-se do armário e encheu meio copo de aguardente.

— Não quero mais — murmurou, rouco, enquanto olhava as garrafas e guardava depois as chaves. Dirigiu-se ao quarto em seguida, deitou-se extenuado na cama e adormeceu profundamente.

## Capítulo 3
## Ao Sair da Escola

"Não me perguntou por Gruchenka, graças a Deus", pensou Aliocha quando, já longe da morada do pai, virou na direção da casa da senhora Hohlakov. Senão teria de lhe contar o que aconteceu ontem.

Doía-lhe que os adversários tivessem concentrado as suas energias desde a véspera e se preparassem para uma luta rude e irremediável. Meu pai está irritado e lançar-se-á, enfurecido, a executar os planos em que medita. E Dmitri? Dmitri estará, com certeza, mais excitado que ontem. O seu furor torná-lo-á mais intransigente e também terá traçado os seus planos. Tenho de falar com ele hoje mesmo, seja como for.

Um acontecimento de pouca importância, mas que o impressionou profundamente, afastou-o das suas reflexões. Acabava de cruzar a praça e, ao virar uma esquina para seguir pela Rua de Mikailovsky, atravessada por fossos desde a Rua Alta como a maior parte das nossas ruas, viu na ponte um grupo de rapazes de nove a doze anos que, saídos da escola, se dirigiam a casa. Uns levavam às costas a mochila com os livros, outros uma pasta encostada descuidadamente a um lado. Vestiam sobretudos pequenos ou jaquetas, sem que faltasse quem usasse pequenas botas de montar com rugas nos tornozelos nas quais gostam de mostrar orgulho os meninos das casas ricas. Todos falavam arrebatadamente, como que em concílio.

Desde os seus dias felizes de Moscovo, Aliocha não podia passar por um grupo de crianças sem lhes fazer perguntas, e embora sentisse predileção pelos de três ou quatro anos, encantavam-no também os estudantes de dez e onze. Perante aqueles que ali estavam afastou as preocupações e juntou-se-lhes sorridente. Em seguida, percebeu que levavam os bolsos cheios de pedras. Do lado oposto da ponte, e por detrás de um caniçal que se erguia a uns trinta passos, escondia-se um outro menino, um rapazinho de dez anos, pálido, doente, de olhos inflamados, que tinha a pasta dos livros a tiracolo e dirigia um olhar de receio e acometimento aos outros, seus condiscípulos, com quem parecia estar em guerra.

Aliocha aproximou-se de um, louro e corado, que tinha o cabelo encaracolado e vestia de preto, e disse-lhe:

— Quando usava pasta como tu, punha-a sempre do lado esquerdo para deixar livre o braço direito; mas tu usa-a ao contrário e, assim, andarás sempre embaraçado.

Aliocha recorria a estas observações sem artifício nem premeditação, sabendo que dão sempre resultados eficazes para se ganhar a confiança de um pequeno e ainda mais quando se trata de um grupo. Instintivamente, adivinhava que era preciso começar dando importância a qualquer ninharia para ficar ao nível daquelas criaturinhas.

— É porque ele é canhoto — advertiu logo um outro, alto e robusto. E todos ficaram a olhar para Aliocha.

— Faz tudo com a mão esquerda — acrescentou um terceiro.

Naquele momento, uma pedra disparada com força pelo rapaz do lado de lá do fosso atravessou o grupo, roçando pelo canhoto.

— Dá-lhe! Aponta-lhe bem, Smurov! — gritaram os outros.

Mas o canhoto, sem necessidade de conselhos, vingava-se já, lançando uma pedra que caiu sem atingir o alvo. O inimigo, cujos bolsos pareciam cheios de calhaus, contestou com outro tiro que foi dar com força no ombro de Aliocha.

— Acertou-lhe! Mas que ideia! Atirou contra si porque é um Karamázov, não é? — saltaram os meninos, rindo. — Venha. Vamos todos contra ele! — E seis projéteis fenderam o ar. Uma das pedras deu na cabeça do inimigo comum, derrubando-o. Mas o pequeno levantou-se logo, voltando à briga, mais agressivo do que nunca. O apedrejamento tornou-se feroz.

— O que vão fazer? Não têm vergonha? Seis contra um? Vão matá-lo! — gritava Aliocha, pondo-se diante deles para proteger com o seu corpo o pequeno do caniçal, com risco mesmo de ser ferido.

Três ou quatro ficaram desarmados.

— Foi ele que começou! — gritou, irritado, um mocinho de pouca idade que vestia uma camisa encarnada. — É uma besta. Ao sair da escola feriu o Krassotkin com um canivete e fez-lhe sangue. Krassotkin não vai queixar-se, mas ele merece uma sova.

— Mas por quê? Por que razão o perseguem?

— Outra pedra! Bateu-lhe nas costas! Conheceu-o — gritou o miúdo. — Agora vira-se contra si. Vamos todos a ele! Não erres a pontaria, Smurov!

E as pedradas continuaram com mais ardor. Um pedaço de cascalho atingiu o peito do que combatia para lá do fosso, arrancando-lhe um grito de dor e obrigando-o a uma penosa retirada, gemendo, enquanto os inimigos comentavam:

— Covarde! Agora, foge. Galinha!

— Não faz ideia de como é bruto, Karamázov. Merecia que o matassem — disse com olhos chamejantes o enlutado, parecendo ser o mais velho.

— Mas que mal vos fez? — perguntou Aliocha. — É um inventor de história ou quê?

Os meninos olharam uns para os outros, sem saberem se haviam de rir.

—Vai segui-lo pela Rua de Mikailovski? — perguntou o mesmo.

— Faça-o ver que... Cuidado, parou. Espera-o e observa-o!

— Está a olhar para cá, está! — gritaram os outros em coro.

— Diga-lhe que é uma galinha, ouviu? Diga-lhe! — E os rapazes romperam em barulhenta risota que parou quando Aliocha os olhou com severidade.

— Nem se aproxime, que se magoa! — aconselhou Smurov calorosamente.

— Julgam que lhe vou chamar covarde? Não. É assim que vocês o provocam. Vou perguntar-lhe por que razão não gostam dele.

— Pois que o diga — exclamaram todos.

Aliocha passou a ponte e logo que alcançou o caniçal, com grande custo, correu na direção do carrancudo pequeno.

— Não se fie! — gritavam-lhe da ponte. — Não o assusta e fere-o à traição, como fez a Krassotkin.

O menino esperava-o a pé firme. Era um rapazote de nove anos, fraco e enfezado, de rosto sumido e pálido, olhos grandes que o fixavam ameaçadores. Vestia um sobretudo velho, muito usado. O dono tinha crescido, como indicavam os braços que saíam excessivamente das mangas. Viam-se grandes remendos nas joelheiras das calças e o dedo grande do pé direito saía pelo buraco aberto no sapatão, que procurara esconder com tinta. Os bolsos do casaco ameaçavam soltar-se com o peso das pedras de que estavam cheios. A três metros de distância, Aliocha deteve-se, contemplando-o fixamente. O outro, compreendendo que não vinha em pé de guerra, desistiu da sua atitude de desafio para dizer, encolerizado:

— Eles são seis e eu estou só. Mas mesmo só, hão de pagar tudo.

— Creio que foste atingido por uma pedra — observou Aliocha.

— Eu também acertei na cabeça de Smurov.

— Disseram que me conhecias e que, por isso, me atiravas também pedras.

O pequeno olhou-o carrancudo, em silêncio, e Aliocha continuou:

— Eu não te conheço. E tu? Conheces-me?

— Deixe-me em paz! — gritou irritado o menino sem se mexer. Parecia indeciso e nos seus olhos brilhou de novo a ameaça.

— Bem, vou-me embora — disse Aliocha. — Mas é bom que se saiba que não te conheço e que não te fiz mal algum; pelo contrário, queria evitar que aqueles continuassem a perseguir-te. Adeus!

— Seu frade de calções de seda! — gritou o rapaz, seguindo o noviço em atitude hostil e defensiva ao mesmo tempo, certo de que o outro se viraria para se vingar.

Aliocha deu meia volta, contemplou-o por um momento e retomou a marcha. Não havia dado três passos quando uma pedrada nas costas o fez gemer e voltar-se.

— Com que então atacas pelas costas! Assim têm razão os que dizem que feres à traição!

Outra pedra disparada pelo díscolo deu-lhe apenas tempo para defender o rosto com o braço e recebê-la com o cotovelo.

— Não tens vergonha? Que te fiz eu? — gritou.

Como resposta, o menino pôs-se em guarda contra o ataque de Aliocha. Mas vendo que nem agora queria castigá-lo, deu um salto de animal selvagem acossado, atirando-se contra o noviço e, antes que este pudesse evitá-lo, pegou-lhe numa mão e mordeu-lhe o dedo médio com a zanga frenética que o excitava. Foi um momento de luta feroz. Os dentes fincavam-se, agudos, na carne de Aliocha, fazendo-o dar gritos de dor. Depois fez um esforço para se soltar. O pequeno deixou-o, pondo-se à distância de um salto. O dedo de Aliocha, aberto até ao osso na raiz da unha, começou a sangrar: Tirou o lenço e aconchegou a ferida. A ferinha estava imóvel, contemplando a operação que durou um minuto. Depois Aliocha levantou os seus olhos doces e ficou-se a olhá-lo.

— Muito bem — disse. — Já viste com que crueldade me trataste. Estás satisfeito, hem? Pois agora quero que me digas o que foi que te fiz.

O pequeno olhava-o, admirado.

— Não te conheço. É a primeira vez que te vejo, hoje — continuou o noviço, sem perder a serenidade. — Mas devo ter-te feito alguma coisa. Não me tratarias assim sem mais nem menos. Diz-me, pois, o que aconteceu. Conta-me tudo.

O rapaz não conseguiu responder. Desatou a chorar e afastou-se de Aliocha. Este foi atrás dele, sem apressar a marcha, pela Rua Mikailovski. Durante um bom bocado, ouviu os soluços do menino, que se ia afastando, e como agora não podia perder tempo, resolveu procurá-lo em melhor ocasião para decifrar o enigma.

## Capítulo 4
## Em Casa de Hohlakov

Aliocha pôs-se em casa da senhora Hohlakov em breve tempo. O edifício, de dois pisos, era um dos mais fortes e bonitos da cidade. A proprietária vivia na província, onde possuía também uma vasta fazenda, e em Moscovo, onde tinha casa própria. A da nossa cidade fora-lhe deixada pelos avós, com um rendimento que, conquanto importante em tempos, era já muito reduzido agora.

A senhora apressou-se a acorrer ao salão onde o noviço se encontrava.
— Recebeu a carta acerca do novo milagre? — perguntou arrebatada e nervosa.
— Sim, recebi.
— E participou o seu conteúdo a toda a gente? Sabe, o filho já voltou a casa da mãe!
— Está a morrer, o Presbítero — disse Aliocha.
— Sim, eu sei. Oh, quantas coisas tenho a contar-lhe sobre isto! A si e a certa pessoa. Não, a si, a si! E pena tenho de não o poder ver! Toda a cidade está comovida, presa de uma geral expectativa. Mas agora... Sabe que Catalina Ivanovna está cá?
— Ah! Que sorte! — exclamou Aliocha. —Assim poderei vê-la. Precisamente ontem pediu-me que passasse lá por casa.
— Eu sei. Sei tudo. Contou-me o que aconteceu... e a abominável conduta dessa mulher. *C'est tragique,* e estivera eu no seu lugar não sei o que teria feito. Seu irmão, Dmitri Fedorovitch? Que pensa dele? Deus me valha! Com esta louca imaginação esquecia-me de lhe dizer, Alexey, que seu irmão também aqui está com ela. Não o que ontem se mostrou terrível e espantoso, mas o outro, Ivan Fedorovitch. Estão numa conversa muito séria. Se soubesse o que se passa entre os dois... É tremendo! Asseguro-lhe que isto parece um pesadelo. Sofrem os dois sem saberem porquê. Eles próprios o reconhecem, mas têm prazer no tormento. Eu esperava-o. E com que ânsia! Isto é superior às minhas forças, o que torna o caso pior. Já lhe conto tudo. Porém, agora, devo falar-lhe de outra coisa mais importante de que me ia esquecendo. Ora vamos a ver: como se explica que Lisa tenha tido um ataque de nervos? Apenas lhe disseram que chegara, começou a transtornar-se.
— Mamã, quem vai ficar transtornada és tu, eu não!
A voz de Lisa chegava até eles, trêmula de riso contido, pela porta do lado, e Aliocha compreendeu que estivera a espreitá-lo.
— Não duvido, filha, não duvido. Os teus caprichos enlouquecem-me. Mas está doente, Alexey Fedorovitch. Passou uma noite horrível, com febre e sem deixar de gemer um só momento. Desesperei enquanto não foi dia para chamar Herzenstube, que nos disse que nada pode fazer e que precisamos de paciência. É sempre o que o médico diz. Quando o viu chegar pôs-se a dar gritos, com uma crise nervosa, e insistiu para que o levássemos para essa sala aí ao lado.
— Eu não sabia que vinha, mamã! E a ele pouco se lhe importa o meu desejo de permanecer aqui!
— Isso não é verdade, Lisa, porque Júlia, que estava à porta por tua ordem, avisou-te da sua chegada.
— Não fazes grande honra à tua educação, mamã querida; mas se queres emendar essa confusão com palavras de maior talento, não terás mais que dizer ao nosso digno visitante que mostrou verdadeira falta de tato atrevendo-se a vir aqui depois do que se passou ontem, quando é causa de riso para toda a gente.
— Lisa! Tens a língua demasiado solta! Obrigas-me a ser severa. Quem se ri dele? Eu estou bem contente por estar aqui. Preciso dele e nada posso fazer só. Que desgraçada sou, Alexey!
— Mas... o que tens, mamã querida?

— Que hei de ter? Os teus caprichos, Lisa; a tua doença e a tua irreflexão. E o pior é esse sempiterno Herzenstube! E tudo, tudo... Até esse milagre! Oh, como me transtornou, amigo Alexey! E, para cúmulo, essa tragédia no salão, que está para além do que posso suportar! Não posso, não, e é possível que seja mais uma farsa do que uma tragédia. Diga-me: acha que o Padre Zossima viverá até amanhã? Viverá? Ah! Meu Deus! Que tenho eu que sempre que fecho os olhos vejo como tudo é absurdo!

— Agradecia-lhe imenso — interrompeu Aliocha de súbito — que me desse um trapo limpo para ligar este dedo. Tenho-o ferido e dói-me muito. — E retirou o lenço ensopado de sangue.

A senhora deu um grito e exclamou, fechando os olhos:

— Deus do Céu, que ferida! É horrível!

Naquele momento a porta da sala contígua abriu-se com força e Lisa apareceu no vão, gritando autoritariamente:

— Venha, venha cá! E deixe-se de brincadeiras! Meu Deus! O que o fez estar sem dizer nada até agora? Podia morrer de uma hemorragia, mamã! Como fez isso? Água, água! Primeiro que tudo é preciso limpar bem o dedo, pondo-o em água fria para acal-mar a dor. Deixa-o estar um bocado e... Depressa, mamã, água numa bacia. Mas apressa-te! — acabou nervosamente, espantada perante a ferida.

— Não seria conveniente mandar chamar Herzenstube? — lembrou a mãe.

— Mamã, queres que eu morra? O teu querido Herzenstube virá apenas para dizer que não pode fazer nada. Água, água! Mamã, por favor, por todos os santos, vai tu mesma e apressa a Júlia. Aquele estafermo não é capaz de andar mais depressa por nada deste mundo. Depressa, mamã, ou queres que morra?

— Mas isto não é nada! — interrompeu Aliocha, alarmado por tanto barulho.

Júlia entrou com a água e Aliocha banhou o dedo.

— Uma gaze, mamã, por favor. Traz-me uma gaze e a loção para feridas!... Como se chama? Ainda há um resto. Sabes onde tens o frasco, mamã? No teu quarto, no armário da direita. Está lá também um maço de algodão.

— Trago-o já, Lisa, mas não me grites. Repara como sofre. Onde arranjou essa ferida tão profunda?

E saiu a buscar o que Lisa lhe pedia.

— Antes de tudo o mais, diga-me onde se feriu tão brutalmente — suplicou a moça com impaciência logo que a mãe os deixou sós. — Responda depressa, tenho outras perguntas a fazer-lhe.

Aliocha compreendeu que ela queria aproveitar a ausência da mãe e, em poucas palavras, contou precipitadamente o extraordinário encontro com os rapazes da escola. Lisa segurou-lhe nas mãos e, como se tivesse algum direito sobre ele, repreendeu-o, lamentando amargamente:

— Mas por que se juntou com os meninos, mais a mais vestindo saias? É pior do que eles! Depois me conta a história desse demônio. Quero saber tudo, porque deve haver nisso algum mistério. Mas antes, outra coisa. Acha que a dor o impedirá de falar de assuntos sérios?

— Não. Já pouco me dói.

— Porque tem o dedo dentro de água. É preciso renová-la. Daqui a pouco estará quente. Júlia, traz-me gelo e água limpa. Ah! Foi-se embora! Já posso falar. Devolva-me a carta que lhe mandei ontem, querido Alexey. Depressa, que a mamã não tarda e não quero... — Não a tenho comigo.

— Mentira! Quer enganar-me. Tem-na no bolso. Toda a noite me incomodou esta brincadeira. Dê-me a carta. Dê-ma!

— Deixei-a na cela.

— Toma-me por uma louca, por uma criança, depois dessa brincadeira estúpida? Desculpe a minha tolice, mas deve trazer-me a carta, se não a tem consigo. É necessário que ma entregue hoje mesmo, sem falta!

— Hoje é impossível. Tenho de voltar ao mosteiro e já não poderei sair durante dois dias pelo menos... talvez três ou quatro... porque o Padre Zossima...

— Quatro dias! Não seja tonto. Diga-me: riu-se muito?

— Não me ri nada.

— Troça de mim!

— Não, senhora! Quando a li, pensava que tudo podia ser como dizia, pois quando o Padre Zossima morrer terei de abandonar o hábito. Voltarei à casa e acabarei os meus estudos. Casaremos quando tiver idade. hei de querer-lhe muito porque, ainda que não houvesse tempo para refletir, não creio que seja possível encontrar mulher melhor, e o Padre Zossima diz que devo casar-me.

— Mas se eu sou uma inválida, presa a uma cadeira? — ria Lisa, com as faces coradas.

— Eu próprio a levarei, mas tenho a certeza de que nessa altura não será preciso, pois estará curada.

— Mas você é um louco se toma a sério o que não passa de brincadeira! — atalhou ela nervosamente. — Aqui está a mamã, que chega a tempo! Mamã, que indolente! Por onde andaste? E cá está a Júlia com o gelo!

— Lisa, por Deus, não grites! Fico tonta com os teus gritos... Que queres que faça se colocaste a gaze noutro sítio e tive que revolver tudo?

— Quem ia adivinhar que vinha com uma ferida? Esconder a gaze? Querida mamã, começam a ocorrer-te coisas estranhas.

— Não se me ocorre nada, mas digo-te que fico admirada por te mostrares tão delicada de sentimentos perante a dor de Alexey. Ai, meu amigo! O que me mata não é isto precisamente, nem o Herzenstube, mas sim tudo junto, que é demasiado para as minhas forças empobrecidas.

— Ó mamã! Deixa o Herzenstube em paz! — riu Lisa. — Dá-me essas gazes e essa loção! Isto não é mais do que água de Goulard, Alexey. Agora me lembro do nome, mas é prodigiosa. Nunca adivinharias como ele arranjou esta ferida, mamã. Imagina que se meteu numa briga de crianças e um deles mordeu-lhe o dedo. Diz-me lá se ele não é mesmo uma criança e se depois disto se pode considerar apto para o matrimônio? Por que sabes, mamã? Quer casar-se. Não faria rir se não fizesse chorar só a ideia de que estava casado?

E Lisa deu largas ao seu riso nervoso, olhando Aliocha de revés.

— Casado? Por quê? Quem te faz falar disso? Foi com certeza outra coisa... talvez o menino estivesse raivoso.

— Então, mamã! Os meninos não ficam raivosos!

— Por que não, Lisa? Julgas que é tolice? Esse rapaz podia sofrer de raiva em consequência da mordedura de um cão raivoso e, como este, morder a quem se lhe aproximasse. Está muito bem tratado, Alexey. Eu não teria tido coragem. Ainda lhe dói?

— Isto não é nada.

— Já começa a ter aversão à água? — perguntou Lisa.

— Então! Isso é demasiado! Pelo fato de falar na raiva não tens o direito de o incomodar. Catalina, quando soube que se encontrava aqui, Alexey, disse-me que morria por o ver. Olhe que ela disse que morria...

— Vai lá tu, mamã. Ele não pode sair daqui, sofre ainda muito.

— Nada. Posso ir muito bem.

— Como? Que diz agora? Já se vai?

— Bom... virei de novo quando acabar e falaremos durante o tempo que quiser. Queria ver Catalina o mais depressa possível. Estou desejoso de voltar ao mosteiro.

— Leva-o daqui, mamã. E você não se moleste em tornar a ver-me. Corra para o seu convento e que lhe faça muito bom proveito. Necessito dormir, não preguei olho durante toda a noite.

— Lisa, falas a troçar, mas não sabes como ficaria contente se dormisses!

— Não refleti no que disse... Ficarei ainda mais três minutos, cinco mesmo, se quiser — balbuciou Aliocha.

— Cinco! Tira-o da minha frente, mamã, pronto. É um monstro!

— Estás louca, filha! Deixemo-la, Alexey. Hoje só tem caprichos e temo contrariá-la. Senhor, como se vive sem tranquilidade com filhas tão nervosas! Talvez consiga dormir agora, depois de o ver. Parece impossível que diga ter sono!

— Ah, mamã! Que amável és por falares assim! Vem cá dar-me um beijo!

— Eu também quero beijar-te, Lisa. Espere, Alexey Fedorovitch — continuou, cochichando misteriosamente e com ansiedade. — Não quero sugerir-lhe nada nem levantar o véu, mas entre e veja você mesmo o que se passa. É espantoso! A mais fantástica das farsas. Ama seu irmão Ivan e esforça-se com toda a alma por se convencer a si própria que o amado é Dmitri. É terrível! Vou entrar consigo e ficarei a ver como termina, se o consentirem.

## Capítulo 5
## Incômodos no Salão

A conversa terminara. Catalina Ivanovna sentia em si grande agitação, embora parecesse resolvida perante Ivan. Este levantou-se para se despedir ao ver que entrava alguém na sala. Estava pálido e Aliocha olhou-o com ansiedade. Ia por fim deixar de ter dúvidas, descobrir o intrincado enigma que o torturava desde que ouvira dizer que Ivan gostava de Catalina e, o que era pior, que pensava tirá-la a Dmitri. Embora ao princípio aquilo lhe parecesse monstruoso e absurdo, não deixava contudo de o trazer em grande perplexidade e sobressalto. Temia a rivalidade que existia entre os dois irmãos porque gostava muito deles, mas ainda no dia anterior Dmitri lhe expressara da maneira mais específica o contentamento que lhe causava a rivalidade de Ivan, de quem esperava uma boa ajuda. Ajuda de quê? Por casar-se com Gruchenka? Cada vez pior. Até à tarde anterior, Aliocha estava certo de que Catalina Ivanovna sentia forte paixão por Dmitri e continuava a imaginá-la incapaz de amar um homem como Ivan.

Durante a cena provocada por Gruchenka mudara de pensar, mas agora a senhora Hohlakov fazia-o tremer com a palavra dilacerador que ela usara, recordando-lhe que, até de madrugada, ao despertar, não fizera outra coisa senão repeti-la em voz alta, como se fosse um triste comentário ao pesadelo que toda a noite o oprimira, com desfigurações do que sucedera em casa de Catalina. O que o apoquentava mais do que tudo era a rotunda e persistente afirmação de que esta amava Ivan e se enganava a si própria torturando-se com o suposto amor por Dmitri, por falsos respeitos de dever e gratidão, não de todo isentos do prurido de parecer interessante, mesmo a troco de se tornar desgraçada.

"Talvez que isto seja o mais certo", pensou Aliocha. "Mas qual seria então a situação de Ivan?" Porque ele acreditava que um caráter avassalador como o de Catalina poderia dominar Dmitri, mas nunca Ivan. Era mais fácil Dmitri acabar por se submeter *para sua felicidade* — que mais teria desejado Aliocha? — mas Ivan não; Ivan não se submeteria, nem seria feliz com ela. Isto era evidente para Aliocha. E depois destas dúvidas e reflexões que o assaltavam agora que se encontrava diante do par, perguntou-se: "E se ela não gostar nem de um nem de outro?"

É de notar que os seus próprios pensamentos o envergonhavam e culpava-se de cada vez que os tinha. "Que percebo eu de amor e de mulheres para me armar em juiz?", dizia, triste, entre dúvidas e suspeitas. Mas não podia afastar tais ideias, porque compreendia com facilidade a imensa importância que a rivalidade dos irmãos tinha no destino de cada um.

"Um réptil devorará outro réptil", dissera Ivan, falando colericamente contra o pai e Dmitri. De modo que Ivan olhava Dmitri como um réptil e esta opinião já era antiga. Quem sabe se desde o tempo em que conhecera Catalina Ivanovna... Há muito que essas palavras se lhe haviam escapado impensadamente, mas nessa altura ainda pior, pois se dizia o que sentia que probabilidade poderia haver de paz? Não revelavam, pelo contrário, um fundo insuspeito de aversão e hostilidade? Que partido tomar? Ambos eram seus irmãos e amava-os por isso, e no meio de tantos interesses não sabia de que lado ponderar os bons desejos conciliadores. Encontrava-se como perdido naquele labirinto e o seu coração, movido por um amor eminentemente ativo já que era incapaz do contrário, não podia suportar tal incerteza. Quando sentia inclinação por uma pessoa entregava-se com todas as forças à sua ajuda. Mas neste caso necessitava saber a quem se dirigir e ter a certeza de qual era a mais positiva conveniência para cada um, que, após descoberta, era coisa natural para ele falar-lhes nela, e ali não encontrava alvo onde apontar os seus tiros, apenas via confusão e perplexidade por todos os lados. Era verdadeiramente dilacerador, como ouvira dizer. Mas que podia ele entender daqueles quebrantos e amarguras se não percebia uma só palavra da confusão que o envolvia?

Ao ver Aliocha, Catalina Ivanovna apressou-se a pedir com alegria a Ivan, que já estava de pé para sair:

— Um momento! Espere um pouco! Desejo conhecer a opinião deste senhor, que me merece inteira confiança. Fique — acrescentou pela senhora Hohlakov. E fez sentar Aliocha a um lado enquanto a dona da casa tomava lugar em frente, junto de Ivan. — Estou rodeada de todos os meus amigos, de tudo o que me resta de amor neste mundo — começou com voz quente, que tremia de choro e de contido pesar. Aliocha sentiu um desejo repentino de a consolar. — Você, Alexey Fedorovitch, foi testemunha, ontem, daquela cena abominável e viu como procedi. Você não viu nada, Ivan Fedorovitch, mas ele sim. Não sei o que terá pensado de mim, apenas tenho a certeza de uma coisa: se o mesmo se repetisse hoje, agora, manifestaria a mesma animosidade, com os mesmos sentimentos, as mesmas palavras, as mesmas ações. Lembra-se de tudo, Alexey? Repreendeu-me num dos meus arrebatamentos... — Ao dizer isto as faces tornaram-se-lhe vermelhas e os olhos faiscaram. — Confesso que não posso remediá-lo. Escute, Alexey: não sei se na verdade o amo; sinto por ele uma grande piedade, o que é uma pobre demonstração de amor. Se o amasse, se o amasse verdadeiramente, a sua conduta provocar-me-ia tristeza e também ódio.

A voz tremia; lágrimas abundantes corriam-lhe pelo rosto e Aliocha sentiu a alma perturbada.

"Esta mulher é reta e leal, pensou, não gosta de Dmitri nem um bocadinho."

— É verdade, é verdade — suspirou a senhora Hohlakov.

— Espera, querida. Ainda não disse o melhor, a decisão que tomei durante a noite. Talvez seja demasiado terrível, mas sinto que nada, nada me levará a modificá-la; pelo menos enquanto tiver um sopro de vida. O meu bom, fiel e generoso conselheiro de sempre, o melhor amigo que tenho, Ivan Fedorovitch, com o seu grande conhecimento do mundo, aprova e reforça a minha decisão. Ele que o diga.

— Sim, aprovo-a — assentiu Ivan em voz alta e submissa.

— Mas eu queria que Aliocha, perdoe-me este trato familiar, queria que Alexey me dissesse, perante os meus amigos, se tenho ou não razão. Sei que você, Aliocha, querido irmão, pois é um irmão, para mim... Prevejo — continuou, apertando a mão fria do rapaz entre as suas, escaldantes — que a sua decisão me trará a paz, pois que, mesmo sofrendo muito, me submeterei com calma ao que me indicar, tenho a certeza disso.

— Não sei o que me pede — contestou Aliocha, enrubescendo.

—Não sei nada mais além de que gosto de si e que neste momento lhe desejo a felicidade, mais do que para mim próprio... Mas não entendo nada destes negócios — apressou-se a acrescentar sem saber porquê.

— Nestes negócios, Alexey, nestes negócios... o principal é a honra, o dever e algo de mais elevado... não sei o quê, mas algo que está acima do dever e que me impele irresistivelmente. Di-lo-ei em duas palavras. Estou decidida, mesmo que se case com essa... criatura, a quem jamais perdoarei, *a não o abandonar.* Para o futuro, nunca mais o abandonarei! — exclamou com arrebato. — E não porque esteja resolvida a ir atrás dele continuamente ou a pôr-me no seu caminho para o mortificar, isso não. Irei para outra cidade, aonde vocês queiram, mas velarei por ele toda a minha vida; velarei por ele sem descanso. Quando for infeliz com essa mulher, o que não tardará a acontecer, que venha ter comigo e encontrará uma amiga, uma irmã... Nada mais do que uma irmã, claro, uma irmã constante; e, por fim, convencer-se-á de que esta irmã gosta dele realmente, a ponto de lhe sacrificar toda a sua vida. Com perseverança, conseguirei que se conheça e confie em mim sem reservas — gritou acaloradamente. — Serei o Deus a quem ele rezará; e isso será o mesmo que me deve, depois da sua infidelidade e do que sofri ontem por ele. Que veja que lhe sou fiel toda a minha vida, apesar de haver sido desleal e traidor. Para ganhar a sua felicidade, converter-me-ei em escrava ou (que direi?) no instrumento, na máquina da sua dita, e isto durante toda a minha vida, toda. Ele verá! É esta a minha decisão. Ivan Fedorovitch aprova-a inteiramente.

Estava sufocada. Talvez tivesse querido falar com mais dignidade, com mais calma e mais arte, mas as palavras atropelavam-se, rompendo o seguimento das ideias, e o seu ímpeto juvenil deixava a descoberto o ressentimento da véspera e a vingança que o seu orgulho pedia. E, ao dar-se conta disso, o rosto perturbou-se-lhe e os olhos brilharam duramente, como que de metal. Aliocha olhava-a cheio de piedade, mas o irmão Ivan agravou a situação examinando a extensão do que afirmara.

— Já lhe disse o que penso. Aquilo que noutra qualquer seria afetado, ou mesmo forçado, em si não o é. Outra mulher usaria mentiras, mas você usa a retidão. Não sei como explicar, mas desde o momento em que você é absolutamente sincera, acho que tem toda a razão.

— Mas isso é agora! E quem faz caso de uma resolução repentina quando ainda está viva a ofensa de ontem?

A senhora Hohlakov não pôde reprimir esta observação, apesar do seu propósito de não se envolver no assunto.

— Bem, bem! — replicou Ivan com energia que denotava não ter de ser interrompido. — Noutra mulher dever-se-ia à impressão de ontem e não duraria mais do que um momento, mas dado o caráter de Catalina, este momento preencherá toda a sua vida. O que para outras seria uma promessa, para ela é um dever eterno, ainda que sombrio e doloroso, e manter-se-á no sentimento do dever cumprido. A sua vida, Catalina, irá deslizando, desfalecendo na dolorosa evolução dos seus próprios sentimentos, da sua heroica desventura; mas ao fim de algum tempo o sofrimento mitigar-se-á, transformando-se na doce contemplação do cumprimento de um desígnio altivo e firme que, ainda que nascido do orgulho e talvez do desespero, a conduzirá ao triunfo. E nele encontrará um manancial de satisfação que a consolará de tudo o resto.

Isto foi dito com certa malícia e com ironia intencionada que não se importou de esconder.

— Ó Deus! Que falso é isso que diz! — exclamou a senhora Hohlakov.

— Alexey Fedorovitch, fale! Estou impaciente por conhecer a sua opinião. — E, dizendo isto, Catalina começou a soluçar.

Aliocha levantou-se do sofá.

— Não é nada — continuou ela, chorando — nada. Estou cansada porque não dormi, mas junto dos amigos sinto-me forte, pois sei que não me abandonarão.

— Desgraçadamente — respondeu Ivan — tenho de voltar a Moscovo, talvez mesmo amanhã, vendo-me obrigado a deixá-la por algum tempo... Infelizmente, é inevitável.

— Amanhã? Amanhã vai para Moscovo? — lamentou Catalina, mudando de expressão. — Mas... mas... meu Deus, que sorte! — exclamou, variando de tom e parando de chorar.

A sua transformação foi tão rápida e completa que surpreendeu Aliocha. Aquela moça que, momentos antes, chorava com o coração despedaçado, convertia-se numa mulher dona de si mesma, contente e feliz, excessivamente alegre.

— Não é sorte termos de nos separar, claro — corrigiu em seguida, com um sorriso de rara graça mundana. — Nem você, meu bom amigo, o poderia supor. Fico bastante triste por me abandonar. — E num dos seus impulsos levantou-se e apertou as mãos de Ivan. — O que me agrada é que em Moscovo poderá ver a minha tia e Agafya, e explicar-lhes a minha horrível situação. Poderá falar com minha irmã com inteira franqueza, mas terá que fazê-lo reservadamente a minha tia, com toda a prudência de que dispuser. Se soubesse da minha tormenta, ao pensar como lhes iria descrever tudo isto... bem vê... são coisas que nunca se contam bem por carta... Mas se você as vir e lhes disser, já será mais fácil escrever. Quanto me agrada a sua ida! Creia-me que é só por isso. Parece-me que não há ninguém que seja mais indicado... Vou depressa fazer a carta — terminou, afastando-se para sair.

Mas a senhora Hohlakov deteve-a, dizendo-lhe com ar desaprovador e sarcástico:

— E Aliocha? Que faremos com a sua opinião, opinião que há pouco tanto desejavas?

— Não o esqueci! — respondeu Catalina, parando. — Não compreendo porque razão fala assim comigo nesta altura — continuou em tom ressentido. — Já lhe disse e repito: preciso da sua opinião e do seu conselho que será decisivo para mim. O que ele disser será o que eu faço. Já vê como espero as suas palavras, Alexey Fedorovitch... Mas... que tem?

— Nunca o teria acreditado! Não consigo entender! — exclamou Aliocha com a voz embargada.

— Como? O quê?

— Diz Ivan que parte para Moscovo e você grita de alegria. Afirma-o num acesso impetuoso e, em seguida, afirma que não está alegre, mas sim cheia de pena pela partida de um amigo. Isto é uma comédia... será que representa um papel como se fosse num teatro?

— Teatro? Mas que papel? Que pensa? — repetiu Catalina admirada, corando e franzindo as sobrancelhas.

— Digo que, ao mesmo tempo que afirma que sente pena por o perder como amigo, insiste em fazer-lhe crer que é uma sorte o fato de partir — disse Aliocha, apoiando-se a uma mesa, sem alento.

— Que diz? Não o entendo.

— Nem eu próprio me entendo... Parecia-me ver a verdade como se fosse a luz de um relâmpago... Já sei que não falo com qualquer direito, mas procurarei explicar-me — continuou ele com a voz entrecortada. — O que vi faz-me crer que você nunca gostou de Dmitri. Dmitri, por seu lado, também nunca a amou... nem tão pouco a aprecia... Realmente não sei como me atrevo a dizer isto, mas alguém tem de pronunciar a verdade... e aqui ninguém parece tomar essa iniciativa.

— Que verdade? — perguntou Catalina, muito nervosa.

— Di-la-ei — contestou Aliocha com a precipitação desesperada de quem se atira de um quinto andar. — Chame Dmitri, eu encarregar-me-ei de o ir buscar... que venha e que tome a sua mão e a de Ivan e as una. Afinal você está a torturar Ivan, que a ama, amando Dmitri atormentadamente, com um amor fictício que não corresponde ao juramento que se impôs.

Aliocha respirou, aliviado, e ficou em silêncio.

— Você... você... você é um fradeco desprezível! É isso o que você é! — saltou Catalina, pálida e trêmula de coragem.

Ivan desatou a rir e levantou-se com o chapéu na mão.

— Enganas-te, meu bom Aliocha — disse com uma expressão de sinceridade juvenil e de sentida devoção que seu irmão jamais lhe havia visto. — Catalina Ivanovna nunca gostou de mim. Sabia que eu a amava, embora nunca lhe tivesse declarado uma só palavra ou uma só frase de amor. Sabia-o, mas não me correspondeu. Tão pouco fui seu amigo, nem por um instante. É demasiado orgulhosa para que necessitasse da minha amizade. Admitia-me a seu lado para vingar comigo e em mim todas as injúrias que recebeu de Dmitri desde que se conheceram, pois o primeiro encontro deles deixou logo na sua alma a recordação indelével de uma ofensa que lhe amarga a existência. Nunca me falou de outra coisa que do amor que sente por ele. Vou-me embora, mas creia-me, Catalina, você gosta mais dele verdadeiramente e amá-lo-á mais quanto mais ele a ofender... o que é, em si, deplorável. Ama-o tal e qual ele é, precisamente porque a ofende. Precisa de Dmitri como do espelho no qual possa contemplar a própria fidelidade heroica e as infidelidades dele. A culpa é do orgulho que tem. Sem dúvida que existe nisto uma grande parte de humilhação e baixeza moral, mas até isso nasce do seu orgulho... Sou muito novo e amei-a demasiado, embora reconheça que não deveria falar e que seria mais digno da minha parte e menos ofensivo para si ir-me embora sem nada lhe dizer. Vou para longe e não tenciono voltar. Vou para sempre. Não quero presenciar cenas tão degradantes... tão... não sei que mais dizer. Já disse tudo, creio... Adeus, Catalina; e não se zangue comigo porque cem vezes mais castigado sou eu, já que não tornarei a vê-la. Adeus!

Não quero que me estenda a mão. Torturou-me com demasiado rancor para que possa perdoar-lhe neste momento. Talvez mais tarde... Agora não desejo apertar-lhe a mão. *Don Dank, Dame, begehr ich nicht* — acrescentou com um sorriso forçado, provando que sabia ler Schiller, pois que o citava de cor, coisa que Aliocha nunca acreditaria. E saiu sem se despedir da dona da casa.

— Ivan! — gritou Alexey atrás dele, unindo as mãos. — Volta, Ivan! Ah! Por nada no mundo voltará — continuou, sentindo essa certeza. Sou eu que tenho a culpa por haver começado. Mas Ivan falava injustamente e com ira. Deve voltar... deve voltar! — exclamava como louco.

Catalina afastou-se para uma sala contígua.

— Não fez mal nenhum, antes pelo contrário, portou-se muito bem, como um anjo — sussurrou a senhora Hohlakov ao ouvido de Aliocha. — Farei tudo o que puder para que Ivan não parta.

O seu rosto brilhava de alegria em que sobressaía a profunda pena de Aliocha, mas Catalina voltou daí a pouco com duas notas de cem rublos na mão e dirigiu-se ao moço com voz tranquila e firme, como se nada se tivesse passado.

— Tenho de lhe pedir um grande favor, Alexey Fedorovitch. Há uma semana... sim, creio que há uma semana, Dmitri inculpou-se de uma leve e injusta ação, uma ação muito feia. Encontrou numa taberna esse tal oficial reformado que seu pai emprega nos negócios. Dmitri perdeu a calma com ele não sei porque, agarrou-lhe nas barbas e arrastou-o para a rua dessa maneira tão humilhante enquanto o filho, ainda pequeno e que frequenta a escola, ia atrás deles, segundo me contaram, chorando de raiva, pedindo pelo pai, pedindo socorro a toda a gente enquanto todos se riam, Perdoe-me, mas não posso pensar neste caso desagradável sem me indignar... só ele, na sua cólera e na sua paixão. Não poderei explicá-lo... não encontrarei palavras adequadas. Perguntei pela vítima e disseram-me que é um homem que vive numa grande penúria. Chama-se Snegiryov. Cometeu alguma incorreção no exército e foi expulso. Não faço ideia do que terá feito. O certo é que agora se encontra numa extrema miséria com a família, tem filhos doentes e a mulher está demente. Há algum tempo que vive na cidade onde trabalhou como amanuense, mas não faz nada. Creio que se você... quero dizer, creio... não sei. Estou transtornada. Escute, desejava pedir-lhe que fosse, que inventasse uma desculpa para ir lá a casa, à do capitão e... quero dizer... Jesus, que complicadas são as minhas palavras!... e que, com delicadeza e grande cautela, como só você pode fazê-lo — Aliocha corou —, lhe leve isto como ajuda. São duzentos rublos. Decerto que os aceitará... Quero dizer, faça com que os aceite... Ou melhor, que ia eu a dizer? Ah! Sim! Isto não tem a intenção de dissuadi-lo de se queixar, como creio; antes, sim, é uma prova de simpatia, um desejo que tem a noiva de Dmitri Fedorovitch de aliviar a sua situação. Por ela própria e não por ele... Já sabe... Iria eu mesma, mas você saberá fazê-lo melhor do que eu. Vive na Rua do Charco, em casa de uma mulher chamada Kalmikov. Por Deus, Alexey, faça isto por mim, e agora... agora sinto-me muito cansada. Adeus!

Deu meia volta e desapareceu tão depressa que Aliocha não teve tempo de pronunciar uma palavra, embora desejasse imenso falar para lhe pedir perdão e desculpar-se. Sentia o coração oprimido e não podia sair dali sem o fazer; mas a senhora Hohlakov acompanhou-o à antessala, levando-o pela mão e, aí, disse-lhe ao ouvido:

— É orgulhosa e debate-se consigo própria, mas é boa, encantadora e generosa. Gosto muito dela, em certas ocasiões mais do que noutras. Agora, por exemplo, estou contente por tudo. Tenho que lhe dizer, querido Alexey, porque não o sabe, que todas nós, as duas tias e eu, e até mesmo Lisa, nos esforçamos em vão durante um mês para que abandone Dmitri, que não faz caso dela e a quem não ama, e se case com Ivan, esse jovem excelente e educado que a ama acima de todas as coisas deste mundo. Organizamos uma intriga para o conseguir e eu fiquei cá quase só por causa disso.

— Mas chorou e ofendeu-se outra vez — lamentou Aliocha.

— Não acredite nas lágrimas de uma mulher. Nestes casos ponho-me sempre ao lado dos homens.

— Mamã, estás a corrompê-lo! Escandalizas Alexey — gritou Lisa de trás da porta.

— Não, a culpa é minha. Tenho muito de que me culpar — repetiu Aliocha inconsolável, ocultando o rosto entre as mãos cheio de remorsos.

— Pelo contrário, portou-se como um anjo. Como um anjo! Estou pronta a repeti-lo mil vezes!

— Mamã, como é possível que se tenha portado como um anjo? — ouviu-se dizer Lisa.

— Pensei, — de repente replicou Aliocha como se não a tivesse ouvido — que amava Ivan e por isso falei estupidamente... Que irá acontecer agora?

— A quem? A quem? — gritou Lisa. — Mamã, desejas realmente que eu morra? Estou a perguntar-te e não me respondes.

Naquele momento entrou a criada.

— Catalina Ivanovna está mal disposta... Chora e rebola-se toda numa crise de nervos.

— Que se passa? — perguntou Lisa, ansiosa. — Mamã, sou eu e não ela quem vai ter uma crise.

— Lisa, em nome de Deus, não me atormentes. Na tua idade não se pode saber o mesmo que as pessoas mais velhas. Deus nos acuda! Lá vou, lá vou... A crise de nervos é um bom sinal, Alexey. É excelente que a tenha. Assim deve ser. Nestes casos sou inimiga das mulheres e de todas as suas lágrimas e ataques de histerismo. Vem, Júlia, e diz-lhe que aqui vou. Só ela tem a culpa de que Ivan parta assim; mas não irá! Lisa, peço-te por todos os santos, que não nos perturbes! Sim, não és tu, sou eu que o faço. perdoa à mamã, mas eu estou contentíssima, contentíssima! Reparou, Alexey, em como Ivan estava jovem quando disse tudo aquilo e se foi embora? Quando penso quanto ele é instruído, tão sábio e, de repente, como se portou, tão apaixonado, tão simples, tão jovem com a inexperiência dos seus poucos anos, mostrando-se tão esperto como você... Quando recitou aquele verso alemão era exatamente como você. Mas tenho de o deixar, tenho de o deixar, Alexey! Cumpra depressa o recado e volte a correr. Lisa, que queres agora? Não entretenhas o Alexey um momento sequer. Ele volta não tarda nada.

E a senhora Hohlakov acabou por se pôr a correr. Antes de sair, Aliocha quis ver Lisa e abriu a porta.

— Não faz falta, não faz falta! — gritou ela. — Fale através disto. Como foi que se transformou num anjo? É só isso o que quero saber.

— Foi uma saída de estúpido, Lisa. Adeus!

— Não te atrevas a sair dessa maneira! — ordenou ela.

— Estou cheio de pena. Já volto, mas saio com um grande pesar... com um grande pesar...

E saiu precipitadamente.

## Capítulo 6
## Incômodos no Cubículo

Raramente havia passado por transe tão doloroso como ao intervir com tal torpeza naquele assunto; nada menos do que um assunto de amor. "E que sei eu disso? Quem me manda meter em negócios que não conheço?", recriminava-se pela centésima vez, vermelho de ira. "Não basta sentir vergonha, mereço que os outros me envergonhem. E o mal é que causei uma grande desgraça... E o padre Zossima que me mandou de propósito para os reconciliar e unir, alcançando-lhes a paz! Será esta a maneira de o conseguir?" E, recordando como havia tentado unir-lhes as mãos, ainda mais humilhado se sentiu, e concluiu, sem mudar o seu aspecto triste: "que fiz foi com plena sinceridade, mas daqui em diante será necessário ter mais tato."

O recado de Catalina Ivanovna levava-o à Rua do Charco, que cruzava com a de seu irmão Dmitri e, como estava perto, decidiu subir antes de chegar à casa do capitão, embora suspeitasse que não o encontraria ou que, em todo o caso, ele quereria retê-lo; mas fosse como fosse, devia vê-lo. O tempo passava e nem por um momento sequer, desde a sua saída do mosteiro, deixara de pensar que o seu diretor estava moribundo.

Interessava-lhe de maneira especial uma particularidade daquela missão: quando Catalina Ivanovna falara no filho do capitão, no rapaz que chorava atrás do pai, assaltara-o a ideia de que seria o aluno que se lhe agarrara ao dedo quando ele lhe perguntara o que havia feito para que atirasse pedras. Agora tinha a certeza de que era, embora não compreendesse o motivo. Distraído com este pensamento, consolou-se um pouco e resolveu não se incomodar mais com o mal que provocara nem deixar-se arrastar por arrependimentos, mas sim cumprir o seu dever e esperar os acontecimentos. Ao entrar na rua onde vivia o irmão sentiu fome e, pegando no pequeno pão que trouxera de casa do pai, comeu-o e achou-se mais fortalecido.

Dmitri não estava em casa. Os porteiros, um velho entalhador, seu filho e a mulher, já de certa idade, olharam-no com desconfiança.

— Há três noites que não vem dormir — acabou o velho por confessar.

Aliocha adivinhou que repetia o que lhe tinham ordenado que dissesse e, quando lhes perguntou, fingindo indiferença, se não estaria em casa de Gruchenka ou escondido na de Foma, os três mostraram-se alarmados. "Gostam dele e interessam-se pelo que lhe possa acontecer", pensou Aliocha. Já não é nada mau.

Chegou por fim à casa da Rua do Charco, decrépita, que se encostava a outra por um lado e tinha três janelas para a rua. Atravessou o pátio e abriu a porta que dava para o corredor. Numa das divisões morava a porteira com a filha mais velha. As duas pareciam surdas e só depois de muito perguntar pelo capitão compreendeu uma delas que se referia aos inquilinos e indicou a porta ao fundo. A casa do capitão reduzia-se a um cubículo miserável. Com a mão na aldraba, a ponto de chamar, Aliocha ficou surpreendido pelo silêncio que reinava lá dentro ao recordar que Catalina Ivanovna lhe dissera que aquele homem tinha família. Talvez estejam a dormir já ou se tenham calado ao ouvir-me entrar, esperando que chame. E chamou. A resposta fez-se esperar uns momentos.

— Quem é? — gritou lá do fundo uma voz rouca e hostil.

Então empurrou as madeiras e entrou, encontrando-se numa sala espaçosa de aspecto muito pobre onde se amontoavam os utensílios caseiros e permaneciam caladas várias pessoas. A um lado havia um grande forno do qual partia uma corda, com farrapos estendidos até à janela, atravessando o quarto todo. Encostadas à parede e de cada lado, duas camas cobertas com colchas deselegantes, numa das quais quatro almofadas cheias de nódoas de gordura e de vários tamanhos formavam uma pirâmide, enquanto na outra havia apenas um pequeno travesseiro. O fundo estava separado por uma cortina ou lençol, que pendia de uma corda e deixava ver um banco e uma cadeira que serviam de cama. As três janelas, por cujos vidros esverdeados e esfumados a luz passava dificilmente, fechadas, deixavam o quarto às escuras. Junto à do meio encontrava-se a mesa, um móvel tosco, de madeira lisa, em cima da qual havia uma frigideira com restos de ovos fritos, um pedaço de pão e uma garrafa com um pouco de *vodka*.

Ao lado de uma cama sentava-se uma mulher de rosto pálido e enrugado, cujas faces cavadas revelavam à primeira vista que se encontrava doente. O que mais chamou a atenção de Aliocha foi a expressão dos seus olhos, grandes e castanhos, que se moviam com inquietação interrogativa e altaneira para um e outro interlocutor, enquanto ele falava com o marido. Perto dela, de pé, uma mocinha feia, de cabelos louros pouco fartos, vestida pobre mas decentemente, examinava o recém-chegado com desdém. Encostada ao outro leito, via-se outra jovem de uns vinte anos, que atraía a comiseração de qualquer devido à corcunda e às pernas atrofiadas. Ao alcance das suas mãos estavam as muletas. De vez em quando voltava para Aliocha os seus olhos de grande doçura e beleza surpreendente. À mesa, um homem de quarenta e cinco anos acabava os ovos fritos. Fraco, miúdo, doente, tinha os cabelos louros desgrenhados e a barba descuidada que lhe caía como um molho de estopa.

Ao jovem acudiu-lhe fazer essa comparação por uma razão que se explicou logo. Este cavalheiro era, sem dúvida, o que respondera, já que não se via ali outro.

Quando Aliocha entrou, ele levantou-se e, esfregando a barba com um guardanapo roto, precipitou-se ao seu encontro.

— É um monge que vem pedir para o mosteiro. A bom sítio acode! — disse em voz alta a moça que estava de pé.

— Não, Bárbara, tu és má! — admoestou o homem, voltando para ela sobressaltado e com a voz entrecortada. E acrescentou, dirigindo-se a Aliocha: — Permita-me que lhe pergunte o motivo que o traz ao... nosso retiro.

O monge olhou atentamente aquele homem que via pela primeira vez, encolhido, audacioso e alarmado ao mesmo tempo. Acabara de beber, mas estava sereno e na sua expressão misturavam-se a obstinação e o medo de um modo indescritível. Olhava como quem se havia submetido duramente muito tempo e por fim se rebela e trata de defender-se, ou melhor, como aquele que quer medrosamente dar-vos um golpe e teme que lho devolvais. Até nas suas palavras e na entoação da sua voz penetrante se apreciava algo de imbecilidade conforme mudava a cada momento de rancorosa para chorona. Disse aquela do "nosso retiro" tremendo da cabeça aos pés, revirando os olhos e dando um salto para o visitante que, instintivamente, recuou um passo. Vestia um gabão de fazenda escura, muito andrajoso e cheio de nódoas, e umas calças de pano ordinário, muito apertadas e passadas de moda e tão curtas e enrugadas que parecia ter crescido o dono usando-as desde pequeno.

Aliocha apresentou-se antes de responder:
— Sou Alexey Karamázov...

— Sei-o perfeitamente, senhor — interrompeu o homem para o convencer de que já o conhecia. — Eu sou o capitão Snegiryov, mas antes do mais gostaria de saber a que se deve...

— Oh! Nada de particular. Queria dizer-lhe umas palavras... se mo permite.

— Nesse caso, aqui está uma cadeira, senhor; tenha a amabilidade de sentar-se, como se diz nas velhas comédias. Tenha a amabilidade. — E pegando numa cadeira de pés toscos e sem espaldar aproximou-se a metade da distância e logo em seguida sentou-se ele noutra do mesmo estilo, tão perto do jovem que quase lhe bateu no nariz ao dizer: — Pois sim, senhor. Nicolay Ilytch Snegiryov, antigo capitão da infantaria russa, coberto de vergonha pelos seus vícios, mas capitão, ainda que pelo meu modo de falar o não pareça. Que quer? Durante a segunda etapa da minha vida tenho tido que aprender a dizer senhor. Quando aparece alguém há que empregar-se esta palavra.

— Tem razão — sorriu Aliocha —, mas isso diz-se por que sim ou com algum propósito?

— Como Deus sabe, digo-a bem a meu pesar e não só por dizer! Na minha vida pronunciei-a muitas vezes, mas desde que caí no lodaçal só me sai *senhor, senhor* a cada momento. É obra de um poder que se eleva acima de nós. Vejo que lhe interessam estes assuntos tão dos nossos dias... mas como consegui excitar-lhe a curiosidade vivendo eu numa situação que me torna impossível o exercício da hospitalidade?

— Venho por esse assunto.

— Que assunto? — interrompeu o capitão impacientemente.

— A zanga com meu irmão Dmitri Fedorovitch — informou Aliocha com certo vagar e sem qualquer consideração.

— Que zanga, senhor? Não tenho conhecimento de qualquer zanga. Ah! Refere-se talvez ao molho de estopa? — E aproximou-se tanto que os seus joelhos bateram-nos de Aliocha. Os lábios comprimiam-se com tal força que haviam desaparecido.

— O que é isso de molho de estopa? — murmurou o monge.

— Veio queixar-se de mim, papá, porque lhe mordi um dedo — gritou uma voz de criança que Aliocha reconheceu como sendo a do aluno. Naquele instante, a cortina moveu-se, deixando ver o menino deitado na cama improvisada com um banco e uma cadeira, sob os santos, ao fundo.

Abrigava-se apenas com a roupa que vestia e uma velha colcha e, a julgar pelo brilho dos olhos, que o olhavam sem medo, convencidos de que ninguém ousaria tocar-lhe em sua casa, jazia prostrado pela febre.

— Como? Mordeu-lhe o dedo? — E o capitão levantou-se para repetir: — Foi a si que ele mordeu?

— Sim. Ele e outros atiravam-se pedras. Eram seis contra um. Dirigi-me a ele para o ajudar e atirou-me uma e logo outra que me acertou na cabeça. Perguntei-lhe se lhe havia feito mal e então precipitou-se contra mim, mordendo-me ferozmente num dedo, ainda não sei por que razão.

— Vou dar-lhe uns açoites, senhor. Agora mesmo. — E o capitão levantou-se de novo.

— Mas eu não me estou a queixar; conto apenas o sucedido... Não quero que lhe bata. Além disso, parece-me doente.

— Pensava então que eu ia bater-lhe, que tocava no Ilucha para lhe fazer a vontade? Parece-me bem que gostaria que o castigasse imediatamente, senhor — disse o capitão voltando-se de modo arrebatado para Aliocha como se os olhos lhes saltassem. — Sinto muito que o seu dedo tenha ficado magoado, mas antes de bater a Ilucha preferiria cortar a mim próprio quatro dedos com essa faca que está na mesa, se isso acalmasse a sua cólera. Creio que quatro dedos seriam bastantes para saciar a sua vingança e que não exigiria o quinto. Deteve-se embargado pela emoção; cada linha do seu rosto se transformava num esgar violento de provocação, dando-lhe o aspecto de um louco furioso.

— Agora compreendo tudo — disse Aliocha com voz doce e triste, sem se mover do assento. — Assim, seu filho é um bom rapaz que gosta do pai e me atacou apenas por eu ser o irmão do seu ofensor... Agora compreendo! — repetiu pensativamente. — Mas o meu irmão Dmitri Fedorovitch está arrependido da sua má ação e disposto a visitá-lo, ou melhor, a encontrar-se consigo em qualquer sítio a fim de lhe pedir perdão diante de toda a gente, se assim o desejar.

— Pretende então pedir-me perdão depois de me arrancar a barba? Julga ele então que assim tudo ficará composto satisfatoriamente?

— Não, pelo contrário. Ele fará o que desejar e da maneira que lhe for indicada.

— De modo que se eu disser a sua alteza que se ponha de joelhos diante de mim, na taberna *La Metropoli* ou na Praça do Mercado, fará?

— Sim, ajoelhará.

— Corta-se-me o coração, senhor; e faz-me chorar! Sou demasiado sensível à generosidade do seu irmão. Permita-me que lhe apresente a minha família: as minhas duas filhas, meu filho... toda a minha ninhada. Se morrer, quem cuidará deles? E quem, senão eles, cuidarão de um pobre diabo como eu, enquanto viver? Não é maravilhoso que Deus assim o tenha disposto para os homens da minha laia, senhor? Deste modo, um miserável como eu sempre encontra alguém que o ame.

— É uma grande verdade! — exclamou Aliocha.

— Eh! Acaba de armar em louco! Não fazes mais do que envergonhar-nos perante qualquer imbecil que apareça — gritou uma das moças dirigindo-se ao pai com desprezo e orgulho ao mesmo tempo.

— Então, Bárbara! — replicou o pai com autoridade e dirigindo-lhe um olhar de aprovação. Acrescentou depois voltando-se para Aliocha: — É o seu caráter.

*E em toda a natureza nada há que graça tenha a seus olhos...*

— Ou melhor dito: No mundo feminino que graça tenha a seus olhos. Mas, agora, permita-me que lhe apresente minha mulher, Arina Petrovna. Tem quarenta e três anos e está paralítica de modo que apenas pode arrastar-se. É de origem humilde. Arina Petrovna, mostra um pouco de compostura perante o senhor Alexey Fedorovitch Karamázov! Levante-se, Alexey Fedorovitch! — acrescentou, pegando-lhe num braço e puxando-o. — Deve estar de pé para ser apresentado a uma senhora. — Este, mamã, não é o Karamázov que... bom... etc., mas um seu irmão, esclarecido com maiores virtudes. Vamos, Arina Petrovna, estende a tua mão para que a beije.

E beijou com ternura e respeito a mão da mulher. A moça do olhar doce voltou-se, indignada, para não ver a cena, enquanto um gesto de indecifrável cordialidade apagava a expressão arrogante da mulher, ao cumprimentar:

— Bons-dias. Sente-se, senhor Chernomazov.

— Karamázov, mamã, Karamázov. Somos humildes, muito humildes — murmurou de novo.

— Bom, Karamázov, ou o que quer que seja... eu digo sempre Chernomazov... Sente-se. Não sei por que o fizeram levantar. Disseram-lhe que estou tolhida e não é verdade: apenas sinto as pernas pesadas como se fossem de chumbo e acabo dobrada ao meio. Dantes era muito gorda, mas agora estou que nem uma agulha.

— Somos de origem humilde — rezava o capitão.

— Papá! Papá! — admoestou, sem se voltar, a moça inválida que até ali estivera em silêncio, levando um lenço aos olhos.

— Bobo! — gemeu a outra.

— Está a ouvir? — disse a mãe, apontando as filhas. — Parece uma tempestade que cai sobre nós, mas a tempestade passa e em seguida vem a gritaria. Quando éramos militares recebíamos visitas de todas as qualidades. Havia-as para todos os gostos. A mulher do diácono dizia, quando vinha: "Alexandro Alexandrovitch é o mais nobre dos corações, mas Anastasia Petrovna é obra do inferno." "Bom, respondia-lhe eu, tudo uma questão de gosto, mas tens uma língua bem comprida. tu devias manter-te nuns certos termos. E a ti, espada negra, quem te manda tocar-me?", dizia-lhe eu, e ela insistia: "Mas ao menos o meu hálito é puro e o teu empesta. Por acaso andas a perguntar aos oficiais se o meu bafo tem peste?" Lembro-me de tudo. Não há muito, encontrando-me sentada aqui mesmo, vi que entrava um general que tinha vindo passar a Páscoa e perguntei-lhe: "Excelência, poderá ser desagradável o hálito de uma senhora?" "Sim, respondeu-me, e devia abrir uma porta ou uma janela, porque se nota aqui um ar muito carregado." São todos o mesmo. Não sei que mal lhes pode fazer o meu hálito. Pior cheiram os mortos! "Não quero corromper o ar", disse eu. Vou pedir uns chinelos e pôr-me a andar. Queridos, não troceis da vossa mãe. Por que não aprecias a minha companhia, Nicolay Ilytch? Só Ilucha gosta de mim quando saí da escola. Ainda ontem me trouxe uma maçã. Perdoai à vossa mãe... perdoai a uma pobre abandonada. Por que vos é insuportável a minha respiração?

A pobre louca começou a soluçar e as lágrimas correram-lhe pelas faces. O capitão precipitou-se a beijar-lhe ambas as mãos e acariciando-lhe o rosto dizia:

— Mamã, mamã! Não chores, pobrezinha! Não estás abandonada! Todos te queremos, todos te adoramos. — E pegando no lenço começou a enxugar-lhe as lágrimas. Aliocha pensou que não seria capaz de conter as suas, quando se voltou para ele enfurecido e lhe disse, referindo-se à pobre louca: — Vê? Vê? Está a ouvir?

— Sim — balbuciou o monge.

— Pai, pai! Como pode com ele? Deixe-o! — gritou o rapaz sentando-se na cama e olhando o pai com veemência.

— Acaba de fazer de louco e deixa-te de tontarias que não levam a nada! Será sempre a mesma coisa! — acrescentou Bárbara batendo com força no chão com o pé.

— Desta vez a tua cólera é justa, Bárbara. Vou fazer-te a vontade. Ponha o chapéu, Alexey Fedorovitch, e saiamos. Tenho que falar-lhe de algo muito sério, mas não será aqui dentro. Esta moça que está aqui sentada é minha filha Nina. Esqueci-me de lha apresentar. É um anjo de Deus que voou para a terra... creio que compreende o que quero dizer.

— Tremem-lhe os braços e as pernas! Parece ter convulsões! — gritou Bárbara, indignada.

— E aquela que não acaba de me patear, chamando-me palhaço, também é um anjo do céu encarnado, e tem razão em me chamar assim. Siga-me, Alexey Fedorovitch. Acabemos com isto de uma vez!

E puxando-o pela mão, levou-o para a rua.

## Capítulo 7
## Ao Ar Livre

— Aqui respira-se bem, não é como em minha casa. Passeemos um pouco, senhor, e agradecer-lhe-ei do fundo da alma a sua amável atenção.

— Eu também quero dizer-lhe algo de muito sério — respondeu Aliocha. — Só não sei como começar.

— Suponho que sim, pois de outro modo não viria a minha casa. Mas que venha apenas para se queixar do meu filho, acho incrível. Lá dentro não podia explicar, mas agora vou contar-lhe a cena. A semana passada tinha a barba mais crescida, a estopa, como lhe chamam os rapazes da escola. Pois bem, seu irmão Dmitri Fedorovitch agarrou-me pela barba sem que eu lhe fizesse nada, porque estava furioso e por acaso eu encontrava-me na sua frente. Arrastou-me para fora da taberna e para o meio da praça. Ilucha vinha a sair da escola com os colegas e, ao ver-me naquele estado, precipitou-se para mim, gritando: "Papá! Papá!" E, abraçando-me, tentava arrastar-me consigo enquanto suplicava ao meu verdugo: "Largue-o, largue-o que é meu pai! Tenha piedade!" Sim, gritava: "Tenha piedade!" Pegou então na mão dele entre as suas diminutas e beijou-a... Lembro-me da carinha que fez e não a esquecerei! Nunca mais a esquecerei!

— Juro que meu irmão lhe pedirá sinceramente perdão ainda que tenha de se ajoelhar no meio da praça... Fá-lo-á ou deixará de ser meu irmão! — afirmou Aliocha.

— Ah, sim! Terá que lho sugerir e isso não procederá dele, mas sim da nobreza do vosso coração. Podia tê-lo dito deste modo. Não, em tal caso, permita-me que lhe fale do grande cavalheirismo e nobreza militar que seu irmão manifestou na altura. Quando acabou de me puxar pela barba disse: Somos oficiais os dois. Se encontrar um homem honrado que lhe possa servir de testemunha, mande-o ter comigo. Estou pronto a dar-lhe satisfação, ainda que você seja um canalha. Sem dúvida que falava inspirado pelo seu espírito cavalheiresco... Eu afastei-me com Ilucha, em cuja alma se gravou para sempre a recordação desta cena. Não, não têm direito a reclamar para vós o privilégio da nobreza. Julgue o senhor por si mesmo que esteve na minha casa. O que viu lá? Três mulheres: uma sofrendo de paralisia, outra inútil e imbecil, e a terceira se não está no mesmo estado pouco lhe falta, porque é uma estudante que não deseja mais do que voltar a Petersburgo para se dedicar à emancipação da mulher russa na beira do Neva. E não falemos de Ilucha, que tem só nove anos. Eu estou só no mundo, e se morro o que será deles? Não vale a pena dizer mais nada, pois se o provoco para um duelo e caio, o que acontecerá? Ainda pior se em vez de me matar me inutiliza, porque então não posso trabalhar e sou mais uma boca a comer. Quem me sustentaria a mim e aos meus? Tiro Ilucha da escola e mando-o pedir para a rua? E isto o que para mim representa o duelo! É uma loucura!

— Pedir-lhe-á perdão. Arrastar-se-á a seus pés, na praça — repetiu Aliocha com os olhos brilhantes.

— Pensava queixar-me — prosseguiu o capitão —, mas que satisfação me concederia o nosso código por uma ofensa pessoal? Também Agrafena Alexandrovna me chamou e ameaçou: Não sonhes sequer com isso! Se o perseguires nos tribunais contarei a toda a gente que castigou o teu procedimento desonrado, e de acusador passarás a acusado. Pois que venha Deus e que diga quem é aqui o desonrado, e se fazia outra coisa que não fosse cumprir as ordens dela e as de Fedor Pavlovitch. E o pior é que me disse que prescindiria de mim e não me daria a ganhar nem mais um cêntimo. Falaria ao seu comerciante, o tal velho, para que me despedisse. Como ganharei a vida se isso acontece? Só os tenho aos dois, pois que Fedor Pavlovitch, vosso pai, não só deixou de me dar trabalho por outro motivo como pensa servir-se de documentos que assinei para me perseguir perante a lei. Por isso fiquei quieto em casa, como viu. Mas Ilucha magoou-o muito? Não quis perguntar-lhe à frente dele.

— Sim, muito; estava irritadíssimo. Agora compreendo que vingava o pai num Karamázov. Se o visse a atirar pedras contra os companheiros! É perigoso, podiam matá-lo! São meninos sem juízo e é fácil acertar na cabeça.

— Pois foi o que aconteceu. Hoje mesmo foi atingido por uma, não na cabeça, mas no peito, ao lado do coração. Chegou a casa chorando, queixando-se, e está mal.

— Pois saiba para seu governo que ele é o primeiro a atacar e a armar barulho. Não há muito feriu com um canivete um rapaz chamado Krassotkin.

— Sim, já sei; é um perigo. Krassotkin é órfão de um alto empregado e temos de estar alerta.

— Eu aconselharia que não o mandasse à escola — continuou Aliocha com ardor. — Precisa acalmar... até que a cólera lhe passe.

— Cólera! — repetiu o capitão. — É isso precisamente. A sua cólera é imensa; nem o senhor calcula! Desde aquele incidente, os rapazes não fazem outra coisa senão divertir-se com o molho de estopa. Os colegiais são uma ralé sem piedade. Individualmente são uns anjos, mas juntos transformam-se na pele do diabo, sobretudo na escola. Os insultos incitaram o generoso e galhardo espírito de Ilucha. Qualquer filho, um filho estúpido, talvez se deixasse avassalar, envergonhando-se do pai; mas ele saiu em minha defesa contra todos, em defesa do pai, da verdade e da justiça. Só Deus sabe quanto sofreu ao beijar a mão de seu irmão pedindo-lhe perdão; Deus e eu, que sou pai dele. Porque os nossos filhos, e não os vossos, os filhos dos pobres fidalgos a quem todos desprezam têm já aos nove anos um verdadeiro sentido da justiça, senhor. Como o hão de ter os ricos se nunca na vida esquadrinham o íntimo do coração? Pois o meu filho, quando beijava aquela mão na praça, alcançou todo o significado da justiça; e a verdade penetrou-lhe no íntimo, esmagando-o para sempre — disse com entusiasmo, batendo com o punho na palma da mão esquerda a fim de explicar como Ilucha ficara confuso pela verdade. — Naquele dia sentiu-se doente e passou a noite delirando. Mal me disse uma palavra, mas reparei que me observava de um canto, de rosto virado para a janela, para que julgássemos que estudava as lições. No entanto, o seu pensamento estava longe dos livros. Cheguei a embriagar-me para fazer calar a minha dor. Sou um pecador e as minhas recordações desaparecem depressa. A mamã começou a chorar e eu, que gosto dela com toda a minha alma, gastei o último centavo para afogar as minhas penas em vinho. Não me despreze por isto, senhor. Na Rússia, os que bebem são os melhores. Os melhores homens entre nós são os bêbados. Adormeci, não me recordando mais de Ilucha até ao dia em que os rapazes o seguiram ao sair da escola, escarnecendo-o e gritando: "Molho de estopa! Molho de estopa! Tiraram o teu pai da taberna puxando-o pela barba de estopa e tu corrias atrás dele pedindo perdão! Molho de estopa!" Ao terceiro dia voltou da escola triste e pálido negando-se a dizer-me o que tinha. Claro que em casa não podíamos falar sem que a mamã e as pequenas se inteirassem, e Bárbara, que conseguiu apanhar qualquer coisa, começou a dizer: "Sois uns loucos, uns palhaços e nada de sério se pode esperar de vós. E pena que não se emendem." Como naquela altura fiquei sem emprego, saía de tarde com o meu filho, a passeio, e fazíamos sempre o mesmo caminho, o mesmo de agora... de casa até à grande pedra que, perto da estrada, assinala a entrada dos pastos municipais. É um sítio bonito e recolhido, ao abrigo de uma margem. Passeávamos como de costume, de mão dada. A dele é fraca e fria, pois padece do peito. "Papá! Papá!", disse. "O quê?" perguntei. Os olhos brilhavam. "Como te maltratou, papá!" "Eu não podia fazer nada, Ilucha." "Pois não lhe perdoes, papá. Não lhe perdoes. Dizem na escola que por isso te deu dez rublos." "Não, Ilucha, por nada do mundo receberia dinheiro dele." Todo o seu corpinho tremia e senti que segurava a minha mão entre as suas e a beijava. Depois, continuou: "Papá, desafia-o para um duelo! Lá na escola dizem que és covarde e aceitaste dez rublos!" "Posso bater-me com ele, Ilucha", respondi-lhe dando a explicação que já conhece. Depois de me ouvir atentamente, replicou: "qualquer modo, papá, não te reconcilies com ele pois quando eu crescer provocá-lo-ei e hei de matá-lo." Os seus olhos brilhavam de ódio e eu, como pai, tive de dizer que é um pecado matar, mesmo em duelo. Quando crescer, continuou, derrubá-lo-ei, apoderar-me-ei do seu sabre e, apontando-lhe ao peito, direi: "Poderia matar-te, mas perdoo-te." A sua imaginação estava tão excitada durante aqueles dias que só arquitetava planos de vingança com os quais sonhava de noite. Chegava da escola muito abatido e desgostoso. Antes de ontem dei conta disso e... acho que o senhor tem razão, não o mandarei para lá mais. Temo que se volte sozinho contra todos e os desafie cheio de rancor e amargura. Durante outro passeio parou para me perguntar: "Papá, os ricos são os mais fortes do mundo?" "Sim, Ilucha, não há nada terra tão forte como os ricos." "Pois então quero ser rico para me tornar oficial e conquistar tudo. O czar há de dar-me um prêmio e então voltarei aqui e veremos quem se atreve!..." Calou-se durante alguns minutos, os lábios tremendo, e continuou em seguida: "Que asquerosa cidade é esta, pai!" "Sim, Ilucha, não é muito limpa." "Pois mudemo-nos para outra que o seja e onde ninguém nos conheça." "Iremos, sim, Ilucha, iremos, prometi, mas tenho, primeiro, de economizar." Sentia-me feliz quando apartava o pensamento das suas penas, e começamos então a fazer projetos para partirmos, comprarmos um cavalo e um carro. "Pomos nele a mamã e as tuas irmãs. Nós iremos a pé. Tu poderás subir de vez em quando, eu guiarei o cavalo, pois não poderemos ir todos." Estava entusiasmado, encantado com a ideia de ter um cavalo e de lhe pôr os arreios. Parece que todos os meninos russos nasceram em cavalariças. Falamos muito sobre o mesmo assunto e eu dava graças a Deus porque julgava tê-lo distraído e consolado. Mas tudo mudou, ontem à noite. Veio da escola deprimido. A tarde levei-o a passear e não quis falar. Não havia sol, soprava um vento frio e avançamos taciturnos sentindo precipitar-se na nossa alma aquele crepúsculo outonal. Rompi então o silêncio para o devolver à alegria da véspera: "Bem, meu filho, que me dizes de novo acerca da nossa viagem?" Apenas obtive como resposta o tremor da sua mão entre os meus dedos. Não fiz caso, pensando que seria do frio, e ao chegar a esta pedra em que nos encontramos, sentei-me. Moviam-se no ar muitos papagaios de papel. À vista, havia pelo menos trinta, porque é a época de se brincar com eles. Escuta, Ilucha, temos de consertar o teu do ano passado. Onde o tens? Meu filho, que parecia distraído, não me respondeu e veio sentar-se-me ao lado enquanto uma aragem mais forte levantava o pó do caminho. De súbito atirou-se ao meu pescoço, apertando-me fortemente entre os bracinhos. Talvez o senhor não saiba que quando um rapaz taciturno e orgulhoso, desses que reprimem o pranto, chega ao ponto de a dor lhe rebentar no peito, chora em torrentes. O que senti no meu rosto foram lágrimas ardentes enquanto ele gemia e soluçava convulsivamente, apertado de encontro a mim, lamentando-se: "Papá, papá, o que ele te fez!" Por fim, o mesmo soluço sacudia os nossos peitos, unidos num só abraço. "Ilucha, querido Ilucha!" Ninguém nos via, a não ser Deus. Espero que se recorde e mo leve em conta. Pode agradecer a seu irmão, Alexey Fedorovitch; por mim, não castigarei o meu filho para lhe dar uma satisfação.

E voltou a usar o tom de bobo ressentido que usara ao princípio. Aliocha compreendeu, não obstante, que lhe conquistara a confiança pois que não falaria a outro tão francamente, e animou-se quando quase rompia em pranto e se lhe desfalecia o coração.

— Oh! Como gostaria de ser amigo do seu filho! — exclamou. — Será possível consegui-lo?

— Com certeza, senhor — balbuciou o capitão.

— Mas agora tenho de falar-lhe de outra coisa. — continuou Aliocha. — Trago um recado. O meu próprio irmão, Dmitri, ofendeu também a noiva, uma moça muito bondosa de quem já deve ter ouvido falar. Creio que tenho o direito de me referir à sua injúria porque precisamente por ela se ter inteirado do que o senhor sofreu, e vir a saber da sua triste situação, me encarregou agora mesmo, há um momento, de lhe trazer este socorro da sua parte... apenas da sua parte, não de Dmitri nem de qualquer outra pessoa. Pede que aceite esta ajuda... Foram, os dois, injuriados pelo mesmo homem e pensou em si agora que acaba de receber uma afronta semelhante à sua... semelhante em crueldade, claro. Pretende que seja como uma irmã que ajuda um irmão na desgraça... Encarregou-me de que o persuadisse a aceitar estes duzentos rublos como se proviessem de uma irmã que conhece as suas necessidades. Ninguém o saberá e ninguém o difamará por isso. Aqui estão os duzentos rublos e afirmo que os deve aceitar a não ser... a não ser que não haja neste mundo mais do que inimigos! Mas creio que não, creio que há também irmãos... o senhor tem uma alma nobre... e compreenderá isto deste modo. — E Aliocha apresentou duas notas novas e policromadas de cem rublos.

Estavam junto à pedra, sós naquele local resguardado. A vista das notas produziu enorme impressão no capitão, que teve um movimento mais de surpresa do que de outra coisa, e perante o resultado da conversa era o que menos esperava. Nada tão longe do seu pensamento como receber ajuda de alguém. E que ajuda!

Pegou nas notas e ficou um momento sem saber o que dizer enquanto o rosto mudava totalmente de expressão.

— Para mim? Tanto dinheiro? Duzentos rublos! Santo Deus! Mas se há mais de quatro anos que não vejo uma quantia semelhante! Obrigado, obrigado! E disse ela que era uma irmã? ... De verdade?

— Juro que é verdade tudo o que lhe disse.

O capitão corou.

— Escute, escute, meu amigo. Não me portarei como um canalha se os aceitar? Não serei um covarde aos seus olhos, Alexey Fedorovitch? Não, ouça-me, ouça-me. — E tocava em Aliocha com ambas as mãos. — Aconselha-me a aceitá-los dizendo que é uma irmã que mos dá, mas interiormente, no seu coração, não me desprezará se lhes pegar?

— Não, não. Juro-o pela minha salvação! E ninguém mais do que eu o saberá... eu, ela e outra senhora, uma amiga íntima.

— Não importa essa senhora! Escute-me. Nestes momentos acho que deve ouvir, pois não pode imaginar a importância que têm atualmente para mim duzentos rublos. — E o pobre homem deixou-se arrebatar a pouco e pouco por um entusiasmo incoerente, impetuoso. Falava com vertiginosa rapidez, como se temesse que não lhe permitissem dizer tudo o que desejava. — Além de que não é desonra aceitar dinheiro de uma irmã tão digna de respeito e reverência. Sabe que tenho de cuidar da mamã e de Nina, o meu anjo de corcunda? O doutor Herzenstube dignou-se visitá-las com a bondade do seu coração e depois de uma hora de exame disse que não podia fazer nada, mas receitou uma água mineral que vendem numa farmácia, uns banhos e um outro remédio. A água mineral custa trinta *kopeks* e necessita tomar, pelo menos, quarenta garrafas. Como é tão cara, peguei na receita e coloquei-a sob as imagens dos santos, onde ainda se encontra. À Nina receitou banhos quentes com uma solução qualquer, duas vezes por dia. Como podemos aplicar em casa tais remédios sem criados, sem recursos, sem casa de banho e sem água? Nina está prostrada pelo reumatismo e de noite sofre horrivelmente de todo o lado direito, causando-lhe angústias mortais. Talvez não acredite que aquele anjo não se queixa sequer, com medo de nos acordar? Comemos o que podemos comprar e ela junta as sobras, tudo aquilo que nem a um cão se daria. Não o mereço, sou uma carga, parece dizer com os olhos. Não deixa que a trate dizendo que é uma inútil, que não serve para nada. Ah! Como se a sua doçura angelical não fosse a salvação de todos nós! Garanto-lhe que sem ela a minha casa seria um inferno! Consegue ter mão em Bárbara e não pense que esta é desagradável, pois também é um anjo e já sofreu muito. Quando veio cá passar o verão trouxe dezesseis rublos que conseguiu poupar do dinheiro que ganhava dando lições. Queria guardá-los para voltar a Petersburgo em setembro, mas gastamo-los e agora não o pode fazer... Além de que trabalha em casa como uma escrava. É ela que trata de nós todos. Cose, lava, varre e deita a mamã. E como esta é teimosa, chorona e louca! Com este dinheiro poderei arranjar uma criada, compreende, Alexey Fedorovitch? Comprarei remédios para as pobres doentes e enviarei a minha estudante para Petersburgo. Poderei comprar carne à vontade. Santo Deus, isto é um sonho!

Aliocha estava encantado por ser o portador de tanta alegria e por o pobre homem se dignar admiti-la.

— Ouça, ouça, Alexey Fedorovitch continuou o capitão, exaltado com a ideia de um novo projeto e atropelando as palavras.

— Sabe que assim poderemos realizar o meu plano e o de Ilucha? Compraremos um cavalo e um carrinho. Um cavalo negro. O meu filho pretende que seja dessa cor e sairemos daqui cumprindo os desejos do menino. Tenho um bom amigo na província de K..., um advogado que me daria um lugar de escrivão no seu escritório. Foi um homem digno de crédito que mo disse e talvez seja verdade. Sim, sim, só terei de colocar a mamã e Nina no carrinho. Ilucha poderá conduzi-lo e eu irei andando, andando... Mas se eu pudesse recuperar uma dívida perdida, talvez o dinheiro me chegasse para tudo isto!

— Há de tê-lo!. — exclamou Aliocha. — Catalina Ivanovna dar-lhe-á tudo o que necessitar e eu também tenho dinheiro. Aceite o que fizer falta como se fosse de um irmão, como de um amigo, pagar-me-á mais tarde... Quando for rico, porque eu acredito que o há de ser um dia. Sabe que é uma ideia excelente essa de ir para outra cidade? Seria a sua salvação e especialmente a de seu filho... Deve é apressar-se antes que o inverno chegue e aperte o frio. Depois poderá escrever-me e seremos como irmãos... Não, não é um sonho!

Aliocha sentia-se feliz, tão feliz que o teria abraçado como uma criança, mas ao olhá-lo conteve-se surpreendido. A cara daquele homem estava pálida, transtornada. As veias do pescoço distendiam-se horrorosamente e os lábios, esticados para a frente, moviam-se com agitação para dizer algo, sem poderem articular um só som.

— Que tem? — perguntou, assustado.

— Alexey Fedorovitch... Eu... o senhor... — balbuciou o capitão, gaguejando, olhando-o fixamente de um modo selvagem, estranho e, contudo, com um ar de desesperada resolução, enquanto os lábios se despregavam num trejeito. — Eu... o senhor... gostaria que lhe ensinasse um jogo que eu sei? — terminou em voz baixa.

— Que jogo?

— Muito bonito — murmurou com a boca torcida para um lado e piscando o olho esquerdo sem afastar o olhar de Aliocha.

— Que jogo é? — perguntou Aliocha completamente alarmado.

— Pois então olhe — guinchou o capitão. E mostrando-lhe as notas que segurava entre os dedos, enrugou-as brutalmente e esmagou-as com força na mão esquerda. — Vê? Vê? — gritou, rouco e enfurecido, levantando a mão e atirando com força para o chão a bola de papel. — Vê? Olhe!

Com fúria selvagem começou a dar pontapés às notas, enquanto exclamava:
— Tome o seu dinheiro! Tome o seu dinheiro! Tome o seu dinheiro!
Depois, encarando Aliocha com uma expressão de indescritível orgulho, gritou, agitando os braços:
— Diga a quem o mandou que molho de estopa não vende a sua honra!
Voltando as costas, afastou-se, correndo. Não havia dado meia dúzia de passos quando voltou atrás, amansado, e beijou a mão de Aliocha. Correu em seguida outros cinco passos e voltou de novo, o rosto estremecendo com um caudal de lágrimas, a gritar entarameladamente, gemendo e suspirando:
— Que diria eu ao meu filho se aceitasse o dinheiro da nossa vergonha?
Afastou-se definitivamente. Aliocha fixou-se a olhá-lo, cheio de pena. Ah! Bem se via que até ao último momento não ocorrera ao pobre a ideia de rasgar as notas. Não voltaria. Aliocha compreendia que ele não voltaria mais. Compreendeu também que seria inútil ir atrás dele, suplicar que voltasse. Quando o perdeu de vista apanhou as notas que, embora maltratadas, se conservavam inteiras. Alisou-as, dobrou-as com cuidado e guardou-as no bolso, voltando de novo a casa de Catalina Ivanovna a fim de lhe dar conta do resultado da sua missão.

# Livro 5
# Prós e Contras

## Capítulo I
## Prometidos

A senhora Hohlakov apareceu também a receber Aliocha, mas desta vez parecia atordoada. Algo de importante acontecera. A crise nervosa de Catalina Ivanovna acabara com um desmaio seguido de uma espantosa debilidade que a tinha prostrado com os olhos em alvo e o delírio da febre. Herzenstube fora chamado, assim como as tias da doente. Estas já estavam junto dela, esperando a chegada do médico. Catalina permanecia sem sentidos, e oxalá que a febre lhe não subisse ao cérebro!

A senhora Hohlakov parecia muito alarmada. "É sério, é sério", repetia a cada palavra, como se até ali nunca nada de mau lhe houvesse acontecido. Aliocha ouvia-a com tristeza e depois começou a contar a sua aventura, mas ela interrompeu-o dizendo que não podia escutar. Pediu-lhe que ficasse, esperando, ao lado da filha.

— A Lisa — murmurou-lhe ao ouvido — a Lisa deixou-me surpreendida há um momento, amigo Alexey Fedorovitch. Enterneceu-se tanto que lhe perdoa de todo o coração. Imagine que apenas o senhor saiu sentiu-se sinceramente arrependida de se haver rido de si nestes últimos dois dias; ainda que não se ria senão por brincadeira. Mas entristeceu-se tanto que chegou ao ponto de chorar, o que me surpreendeu muito, pois nunca se arrepende senão a brincar. Tem-no, a si, em muito bom conceito e acho que não se deve mostrar ofendido nem desgostoso. Eu nunca sou dura com ela porque é uma mocinha tão viva de espírito! Agora mesmo dizia que você, Alexey, é um amigo da sua infância, o melhor amigo. E se eu lhe contasse tudo!... Ah! A sensibilidade e a memória que possui sugerem-lhe coisas extraordinárias, e quando menos se espera salta com uma frase oportuníssima na qual jogam os vocábulos mais inesperados. No outro dia, por exemplo, falava de um pinheiro. Quando ela era pequenina, havia um no nosso jardim. Bem, na verdade ela ainda o é e não há razão para falar do passado. Os pinheiros não são como os homens, Alexey Fedorovitch, que mudam tão de repente. "Mamã, recordo aquele pinheiro como se o visse em sonhos, e acrescentou algo tão original acerca disto que nem sei repeti-lo." Bom, adeus. Estou tão cansada que não sinto a cabeça. Ah, Alexey Fedorovitch! Já estive fora de mim por duas vezes! Vá ver a Lisa e anime-a como só você sabe fazê-lo. Lisa! — gritou, aproximando-se da porta — aqui tens o teu Alexey Fedorovitch, a quem ofendeste tanto. Asseguro-te que não te guarda rancor; admirou-se, até, ao contrário, de que possas imaginá-lo assim.

— Obrigada, mamã. Entre, Alexey.

Entrou. Lisa parecia muito perturbada, e corou. Sentia-se confusa devido a qualquer coisa e, como as pessoas de humilde condição em tais casos, começou a falar de coisas supérfluas, como se naquele momento fossem para ela o que havia de mais interessante.

— A mamã falou-me nos duzentos rublos que levou a esse pobre oficial... e a injúria de que foi alvo... e embora a mamã fique atordoada... e embrulhe sempre tudo... chorei ao ouvi-la. Sempre lhe deu o dinheiro? E que diz o infeliz?

— A verdade é que não lho dei... é todo um drama — respondeu Aliocha. E embora a ele o preocupasse enormemente o fracasso da sua missão, Lisa compreendeu que preferia também falar de outras coisas.

Sentou-se perto da mesa e começou a contar o sucedido, perdendo depois de algumas palavras toda a sua timidez e ganhando por completo a atenção da moça. Pôs nas suas palavras todo o sentimento que lhe inspirava a impressão do momento, e a narração foi completa e minuciosa. No tempo que passara em Moscovo gostava de visitar Lisa para lhe contar tudo o que lhe acontecia ou falar-lhe das suas leituras e recordações de criança. Era frequente traçarem planos e urdirem novelas, geralmente encantadoras e divertidas. Naquela ocasião pareceu-lhes terem retrocedido dois anos, àqueles dias felizes de Moscovo. Lisa escutava-o comovida e Aliocha pôs toda a sua unção e entusiasmo ao descrever Ilucha e o arrebatamento do desgraçado pai quando pisara o dinheiro. Lisa não pôde deixar de gritar, unindo as mãos:

— Ah! Mas não lhe deu o dinheiro? E deixou-o ir-se embora? Por que não correu atrás dele?

— Não, Lisa. Foi melhor não o seguir — disse Aliocha, levantando-se e começando a passear de um lado para o outro, pensativo.

— Como? Como pode ser preferível se não têm que comer e o seu caso é desesperado?

— Não é desesperado pois ainda lhes restam os duzentos rublos. Amanhã há de aceitá-los, pode ter a certeza — afirmava Aliocha, corroborando com os passos as suas palavras. Parando depois em frente de Lisa, continuou: — Vê? Cometi uma falta, mas ainda é melhor.

— Que falta? E por que diz que é melhor?

— Já vai sabê-lo. Ele é um homem débil e de caráter tímido. Sofreu muito, mas é bom. Conseguiu surpreender-me a sua súbita indignação, mas asseguro-lhe que, momentos antes, não tinha a menor intenção de pisar as notas. Agora vejo que talvez tivesse motivos para se ofender... e que aquilo era inevitável, dada a sua situação... Até porque lhe foi doloroso mostrar-se tão alegre pelo dinheiro na minha presença, sem tratar de me ocultar o seu alvoroço. Sentir-se contente, mas não em tal extremo, não se manifestando, fingindo escrúpulos e pondo dificuldades como toda a gente faz quando recebe dinheiro, teria sido a solução para o aceitar. Mas mostrou-se puerilmente alvoroçado, o que deitou tudo a perder. Ah, Lisa, que homem tão bom, tão leal! É isso o pior do negócio! Ao falar, a voz tornou-se-lhe lânguida, interrompia-se, precipitando-se, atropelando-se... e ria de uma maneira... talvez chorasse... Sim, estou certo de que chorava... estava tão contente... E falava dos filhos, da situação que poderia alcançar noutra cidade... Como me descobriu o seu coração, sentiu vergonha de que eu me debruçasse sobre o fundo da sua alma e odiou-me. Pertence àquela espécie de gente terrivelmente sensível. E, como vê, o que lhe fez sentir mais vergonha foi a facilidade com que me teve por amigo. Ao princípio, quase se atirou sobre mim e tratou de me intimidar. Mas quando viu o dinheiro começou a abraçar-me, a manusear-me, e isso deve tê-lo humilhado ao máximo quando cometi a imensa tolice de lhe dizer que se não tinha suficiente dinheiro para a viagem, eu lho daria, o que na verdade estou pronto a fazer. É possível que o meu oferecimento de ajuda o tenha impressionado. Compreenda, Lisa, como deve ser amargo para um homem ofendido que os outros o tratem com ares de proteção... Isso foi o que o Padre Zossima me ensinou. Não sei o que acontece, mas tenho-o notado com frequência e posso falar por experiência própria. O mais estranho do caso é que, apesar de ele não ter sentido a ofensa até ao momento de pisar as notas, estou certo de que a pressentia... É terrível, mas ainda bem. Ao fim e ao cabo, creio que foi o melhor que podia acontecer.

— Por quê? Por quê? — exclamou Lisa, surpreendida.

— Porque se tivesse aceitado o dinheiro, choraria a sua humilhação logo que chegasse à casa. E o mais provável seria procurar-me amanhã para me atirar o dinheiro e pisá-lo como fez hoje, enquanto agora se sente orgulhoso e triunfante, embora certo da sua ruína. E como já provou que é homem de honra, desprezando o dinheiro, amachucando-o sob os pés.., nada mais fácil do que fazer com que o aceite amanhã... Não sabia ele, quando fazia isso, que lho levarei mesmo, e deve sentir mais do que nunca a falta desse dinheiro, pois por orgulhoso que seja pensará todo o dia na ajuda que desperdiçou. Durante a noite ainda pensará mais. A ideia atormentá-lo-á durante o sono e talvez amanhã esteja disposto a vir pedir-me perdão. Nessa altura apresento-me e digo-lhe: "Pois bem, o senhor já mostrou que é um homem de honra, mas agora tome o dinheiro e perdoe-nos." Há de aceitá-lo!

Aliocha estava feliz ao afirmar a sua crença. "Há de aceitá-lo." Lisa uniu as mãos.

— Ah! Pois é verdade! Agora entendo-o perfeitamente. Como sabe dessas coisas? Tão jovem e já conhece a alma humana... Eu nunca teria raciocinado desse modo.

— O importante agora é persuadi-lo de que está, em relação a nós, num plano de igualdade, ainda que recebendo o nosso dinheiro — continuou ele, entusiasmando-se — e não só de igualdade, mas também de superioridade.

De superioridade, Alexey Fedorovitch! E estupendo! Mas vá lá, vá lá...

— Crê então que não há expressão como essa da superioridade, hem? Mas não importa, porque...

— Não, claro que não importa. Perdoe-me, amigo Aliocha... Sabe que até agora apenas o respeitei... quero dizer, respeitei-o num plano igual, mas agora começo a considerá-lo num plano superior. Não se aborreça, querido, por esta brincadeira — suplicou com sincero sentimento. — Sou absurda e não valho nada; mas você, você! Escute, Alexey Fedorovitch, não há em toda a nossa análise... quero dizer na sua... não, melhor será que lhe chame nossa... não há certo desprezo para com ele, contra esse pobre homem, na maneira de dissecar a sua alma como se ela se nos revelasse lá do alto, hem? E em decidir com tal certeza que aceitará esse dinheiro?

— Não, Lisa, não há desprezo — respondeu ele, como se esperasse a pergunta. Pensei nisso quando vinha para cá. Não pode haver desprezo desde que nos consideremos seus semelhantes, seus iguais. Você já sabe que somos iguais e não melhores. A verdade é que não somos mesmo, posto que eu, em seu lugar, faria como ele... Não respondo por si, Lisa. Quanto a mim, sei dizer que possuo um espírito mesquinho em muitas coisas, enquanto o seu é excessivamente sensível... Não, não posso sentir desprezo por ele. Repare, Lisa: um dia, o Venerável disse-me que tratara a maior parte dos homens como se fossem crianças e muitos como se fossem doentes.

— Querido Alexey, tratemos então as pessoas como o faríamos aos doentes.

— Sim, Lisa, estou disposto a isso ainda que não seja muito hábil, pois que me impaciento por não ver as coisas. Muito diferente do que acontece consigo.

— E eu que não o acreditava! Que sorte a minha, Alexey!

— Como gosto de a ouvir falar assim, Lisa!

— A sua bondade é admirável, embora afetada, por vezes... Não, na realidade não tem pisca de afetação. Ande, abra a porta disfarçadamente e veja se a mamã nos escuta — murmurou, agitada.

Aliocha fez o que ela disse e certificou-se de que ninguém escutava. — Venha aqui, Alexey — disse então Lisa, corando ainda mais. — Dê-me a sua mão... muito bem. Tenho de confessar que ontem não lhe escrevi por brincadeira, antes, sim, foi formalmente que o fiz. — E ocultou os olhos nas mãos, manifestando-se envergonhada por aquela confissão.

De repente apoderou-se da mão dele e beijou-a três vezes com arrebatamento.

— Ah, Lisa, que bom! — exclamou Aliocha. — Já sabia que era a sério.

— Sabia? Que engraçado! — Deixou cair a mão do jovem sem a soltar e, muito vermelha, riu com ar feliz.

Aliocha estava completamente submetido.

— Quereria ser-lhe agradável a todo o momento, Lisa, mas não sei como — murmurou, corando de igual modo.

— Aliocha, querido, como é frio e carrancudo. Vê? Elegeu-me como mulher e está convencido disso. Está certo de que eu fiz as coisas a sério. Que conversa! É uma impertinência! Já compreendeu agora?

— Mas é algum mal-estar convencido? — perguntou Aliocha, desatando a rir.

— Pelo contrário, está deliciosamente bem — gritou ela olhando-o com ternura.

Aliocha permaneceu de pé, em frente dela, tendo a mão na sua. De repente, inclinou-se e beijou-a nos lábios.

— Que fez? — gritou Lisa e ele ficou coradíssimo.

— Ah! Perdoe-me se não devia... Sou um maçador... Como me disse que era frio, beijei-a... Vejo que cometi uma asneira.

Ela riu de novo, com o rosto entre as mãos.

— E com esse hábito! — proferiu a meio do seu regozijo. Mas logo parou de rir e ficou séria, quase grave. — Aliocha, temos de nos abster destas coisas. Não está o forno pronto para os bolos e há que esperar muito tempo — acrescentou. — Mais vale que me diga como se fitou numa tonta e pobre inútil como eu, você que é tão expedito, tão inteligente e tão sagaz. Ah, Aliocha! Estou louca de alegria, mas não sirvo para nada.

— Sim, Lisa. Ao deixar o claustro devo casar-me. Eu sei, ele mesmo mo disse. E com quem melhor do que você? ... Quem me aceitaria por esposo? Pensei no assunto muito bem. Em primeiro lugar, conhece-me desde pequeno e é dotada de muitas qualidades que a mim me faltam. É mais alegre do que eu e, sobretudo, é muito boa. Foi educada num ambiente mais amplo e variado do que o meu... Ah! E além do mais não tem em conta que eu, eu, sou um Karamázov. Não importa que se ria e troce de mim. Continue. Sou tão feliz! Ri como uma garota e pensa como uma mártir!

— Como uma mártir? Por quê?

— Sim, Lisa. A sua pergunta acerca de manifestarmos desprezo para com esse desgraçado ao dissecar a sua alma revela uma tortura íntima... Repare, não sei como expressar-me, mas quem pensa em tais coisas é capaz do sofrimento. Presa à sua cadeira, deve ter refletido muito.

— Aliocha, dê-me a sua mão. Por que se retira? — murmurou Lisa, a voz fraca de felicidade. — Vamos a ver, Aliocha, que vestirá quando sair do convento? Que trajo? Não ria nem o tome a mal, mas é muito importante para mim.

— Ainda não pensei nisso, mas vestirei o que quiser.

— Pois gostarei de uma casaca de veludo azul-escuro, um colete de *piqué* branco e um chapéu cinzento... Diga-me, Aliocha, acreditou que não o amava quando neguei sinceridade à carta que lhe escrevi?

— Não, não acreditei.

— Oh, que presunção tão insuportável a sua! É incorrigível!

— Verá, sabia que... parecia interessar-se por mim; mas fiz ver que não acreditava nisso para que estivesse mais tranquila.

— Isso é pior, pior do que tudo! Aliocha, estou loucamente enamorada. Antes de o ver, esta manhã, decidi provar a minha sorte. Pedir-lhe-ia a minha carta e se a tirasse calmamente e ma entregasse, como supunha, seria a prova de que não me amava, de que não sentia nada, de que era um maçador do qual não se poderia tirar nenhum partido e que eu estava perdida. Mas, afinal, deixou a carta em casa e isso alegrou-me. Se não a trazia consigo era porque sabia que eu a iria reclamar. Foi por isso, não?

— De maneira nenhuma, Lisa. Não me apartei da carta e esta manhã tinha-a no bolso. Está aqui.

Aliocha tirou a carta entre gargalhadas e mostrou-a à distância.

— Não lha vou dar, não! Pode olhar, mas é de longe!

— Então mentiu-me! Oh, um monge a dizer mentiras!

— Menti, se assim o deseja — riu Aliocha —, mas fi-lo para não lhe dar a carta. — Representa um tesouro para mim — acrescentou com muito sentimento e corando ao mesmo tempo. — Sê-lo-á sempre e a ninguém a entregarei!

Lisa olhava-o cheia de felicidade.

— Aliocha — pediu em voz baixa —, dê uma olhadela por aí. Que a mamã não esteja a escutar.

— Muito bem, Lisa, lá vou; mas não é preferível não ver? Por que suspeita de tal baixeza da parte de sua mãe?

— Qual baixeza? Espiar uma filha é um direito de mãe e não baixeza! — gritou Lisa, zangada. Posso afirmar-lhe, Alexey Fedorovitch, que quando eu for mãe e tiver uma filha, a hei de espiar.

— Realmente, Lisa... isso não está bem.

— Bondade divina! Mas que mal há nisto? Se escutasse uma conversa mundana qualquer, seria mal feito; mas quando a própria filha está só com um jovem... Ouça, Aliocha, fique sabendo que também a si o hei de espiar quando nos casarmos e permita que lhe anuncie que abrirei todas as suas cartas. Já se pode preparar.

— Bom, claro que sim... — balbuciou o rapaz — mas não está bem.

— Que insolente! Aliocha, querido, não nos zanguemos já no primeiro dia! Vou ser franca. Sem dúvida que é feio espiar as pessoas e claro que não tenho razão. Mas espiá-lo-ei do mesmo modo.

— Pois faça-o. Não encontrará nada...

— E será condescendente comigo, Aliocha? Temos que decidir isto também.

— Terei sumo prazer em sê-lo, Lisa. Em tudo menos no que for mais essencial. Quando não for da minha opinião nos assuntos graves, farei o que o dever me ditar.

— Acho bem, mas permita que lhe diga que eu estou disposta a condescender, não só nos assuntos de mais importância, como em tudo. E estou disposta a jurá-lo neste mesmo momento. Em tudo e por toda a minha vida! — gritou ela com ardor. — E com muito gosto! E ainda mais. Juro que nunca o espiarei nem lerei uma só das suas cartas, porque acho que tem razão. Ainda que me visse horrivelmente tentada a espiar, sei que não o faria, já que considera a espionagem como coisa vil. Será para mim a própria consciência... Ouça, Alexey Fedorovitch, por que está tão triste desde ontem? Notei como que uma inquietação e ansiedade no seu rosto. Tem alguma pena interior que o faça sofrer em segredo?

— Sim, Lisa, tenho uma dor secreta — disse ele com tristeza. —Vejo que me ama, posto que o descobriu.

— Que dor? Que se passa? Poderá dizer-me?

— Dir-lho-ei, mas mais tarde — respondeu o jovem, confuso. — Agora é difícil de entender e difícil de explicar.

— Já sei que seu pai e seus irmãos o fazem sofrer.

— Sim... meus irmãos, sobretudo.

— Não gosto de Ivan, Aliocha — atalhou Lisa.

O monge ficou admirado por esta observação, mas não replicou.

— Os meus irmãos perdem-se, meu pai também. E fazem com que outros se percam. E a força ancestral dos Karamázov, como disse o Padre Paissy no outro dia, uma força bestial, desenfreada e sensual. Elevará sobre a terra o espírito de Deus, esta força? Não sei. Só sei que também sou um Karamázov... Eu, um monge! Serei mesmo um monge, Lisa? Acabou agora de mo dizer!

— Sim.

— E acaso eu próprio creio em Deus?

— O quê? Mas o que lhe aconteceu? — perguntou Lisa com calma e gentileza.

Nas últimas palavras de Aliocha havia algo misterioso, algo intuitivo, pouco claro até para ele, mas que o atormentava.

— E agora, em cima de tudo isto, o meu amigo, o melhor dos homens, abandona-me e morre! Se soubesse, Lisa, como a minha alma o ama! E vou ficar só!... Virei vê-la, Lisa... No futuro, viveremos juntos.

— Sim, juntos, juntos. No porvir, as nossas vidas serão uma só! Vá, beije-me, dou-lhe licença.

Aliocha beijou-a.

— Agora, vá-se embora. Que Cristo o acompanhe. — E fez sobre ele o sinal da cruz. — Volte depressa para perto dele, enquanto viver. Fui cruel em retê-lo aqui. Hoje rezarei pelos dois. Tenho a certeza de que seremos felizes, não seremos?

— Assim o espero, Lisa.

Pensou que o melhor seria sair sem se despedir da senhora Hohlakov, mas ao abrir a porta achou-se em frente dela. Compreendeu em seguida que o esperava porque se lhe dirigiu com intermináveis exclamações.

— É terrível, Alexey Fedorovitch! Isso são ridicularias, tontarias... Confio em que não sonhará... Seria uma loucura, nada mais do que uma loucura!

— Bem, mas não lhe diga nada, porque lhe produziria um transtorno que pode ser-lhe fatal.

— Bonito conselho para um jovem! De modo que você, Alexey, só a atende por compaixão para com a sua doença porque não quer desgostá-la, contrariando-a?

— Oh, de maneira nenhuma! Disse-lhe tudo muito a sério — respondeu Aliocha resolutamente.

— Não há seriedade que valha. Fique sabendo que não o iremos ver mais e que a tirarei daqui. Pode ter disso a certeza!

— Para quê? perguntou ele. — Isso está muito longe. Temos de esperar um ano e meio.

— É verdade. Em ano e meio terão tempo para discutir e separar-se mil vezes. Mas sou tão desgraçada que até essas tontices me confundem. Pareço-me com Famusov na última cena de *Tristeza de Espírito*. Você é Tchatsky e ela, Sofia, e imagine que eu saí para o encontrar na escada onde decorre o desenlace do drama. Vi tudo e quase que morro. Já tenho a explicação da sua horrível noite e dessa crise de nervos! Isto é amar a filha e matar a mãe. Estou certa de que isto me levará à cova em pouco tempo. E o mais importante: que carta é essa que lhe escreveu? Quero vê-la, agora mesmo!

— Não, não faz falta. Diga-me, como está Catalina Ivanovna? Convém-me sabê-lo.

— Continua delirando, sem voltar a si. Estão com ela as tias, mas não podem fazer nada. Herzenstube veio e alarmou-se tanto que fiquei sem saber o que fazer com ele. Estive para chamar outro médico que o auxiliasse. Levaram-no a casa no meu coche. Agora só me faltava você e a sua carta! É verdade que nada pode acontecer em ano e meio... Em nome de todos os santos, em nome do Venerável agonizante, mostre-me a carta, Alexey Fedorovitch. Sou mãe dela. Segure no papel, se quiser; mas deixe-me lê-la.

— Não, não lha mostrarei. Mesmo que ela mo permitisse não o faria. Amanhã voltarei e, se o desejar, falaremos de muitas coisas. Por agora, adeus.

Aliocha desceu a escada apressadamente e saiu para a rua.

## Capítulo 2
## O Guitarrista Smerdyakov

Não havia que perder tempo. Ao despedir-se de Lisa, acudiu-lhe à ideia um estratagema para se encontrar com Dmitri, que sem dúvida lhe fugia. Estava a fazer-se tarde, eram quase três horas. O espírito de Aliocha voou ao mosteiro para junto do santo moribundo, mas a necessidade de ver o irmão impôs-se a tudo o resto. A convicção de que uma inevitável catástrofe estava a ponto de suceder enevoava-lhe o ânimo à medida que o tempo passava, até porque nem sabia que catástrofe era nem para que desejava ver o irmão.

— Ainda que o meu benfeitor deva morrer sem mim, não quero que a consciência me acuse por não ter salvado quem podia salvar, apressando-me a voltar à casa. Até porque cumprindo os meus propósitos sigo o seu grande preceito.

O seu plano consistia em apanhar o irmão descuidado e, para isso, saltaria a cerca por onde o fizera no dia anterior. Saltaria para o jardim e esperaria no largo do caramanchão. Se não encontrasse Dmitri não anunciaria a sua presença a Foma ou à patroa. Ocultar-se-ia até à noite, se fosse preciso; se, como antes, Dmitri aguardava que Gruchenka aparecesse, não deixaria de ali ir. Aliocha não se deteve a examinar os pormenores deste plano, mas estava completamente resolvido a realizá-lo ainda que para isso tivesse de permanecer todo o dia ausente do mosteiro.

Sem obstáculos, levou tudo a cabo; saltou para o jardim no mesmo sítio do dia anterior e ocultou-se no caramanchão sem ser visto. Temia que o descobrissem porque se a dona da casa ou Foma soubessem que ele andava ali, cumprindo um dever de lealdade, seguiriam as instruções do irmão impedindo-lhe a entrada no jardim ou avisando-o de que era procurado.

Não havia ninguém naquele canto abandonado. Sentou-se a esperar, contemplando minuciosamente o local, que lhe pareceu mais velho e mais triste, ainda que a tarde estivesse a declinar, como no dia anterior. Um círculo na mesa denunciava ainda o copo de aguardente que Dmitri havia esgotado várias vezes. A mente de Aliocha acudiram ideias vagas e indiferentes, próprias do tédio da espera. Surpreendia-se, por exemplo, por se ter sentado precisamente no mesmo lugar da véspera. Chegou a sentir-se oprimido por um sentimento de pasmo e incerteza. Um quarto de hora passou. De súbito foi atraído pelo som apagado de uma guitarra. Havia gente sentada ou que acabava de sentar-se nas ervas bravias, a uns vinte passos. Aliocha recordou-se de ter visto, antes, uns bancos verdes. Era aí que deviam encontrar-se, mas quem seria?

E logo começou a cantar uma voz de homem, aguda e doce, acompanhada à guitarra:

*Com força inquebrantável*
*Me abraço à minha querida.*
*Tende piedade, Senhor,*
*De mim e dela*
*De mim e dela*
*De mim e dela!*

A voz, entoando uma canção popular, parou para deixar ouvir outra de mulher, insinuante e tímida, que perguntava com fingida afetação:

— Por que está tanto tempo sem nos vir ver, Pavel Fedorovitch? Por que está sempre a desprezar-nos?

— Quem? Eu? — contestou uma voz afável com dignidade enfática. Era claro que o homem tinha todas as vantagens sobre a mulher que avançava concessões.

E Aliocha pensou: Deve ser Smerdyakov, pela voz. E a moça deve ser a filha da dona da casa, essa que veio de Moscovo, que tem vestidos de cauda e vai ter com Marfa para que lhe dê a sopa.

— Gosto imenso de versos, desde que rimem — continuou a mulher. — Por que não continua a cantar? — A voz do homem fez-se ouvir:

*Que importa a saúde do rei*
*Se a da minha querida é boa*
*Tende piedade, Senhor,*
*De mim e dela,*
*De mim e dela,*
*De mim e dela!*

— No outro dia soava melhor, era mais terno observou a mulher, — está bem a minha amada, dizia o verso. Suponho que o esqueceu, hoje.

— A poesia não serve de nada — disse Smerdyakov em tom brusco.

— Oh, não! Eu por mim fico encantada.

— Inútil, inútil! E vendo bem, quem é que no mundo fala em verso? Se as autoridades nos mandassem falar assim, diríamos muito pouco. A poesia não é nada sério, Maria Kondratyevna.

— Que inteligente você é! Como aprofunda todos os assuntos! — exclamou a mulher, cada vez mais insinuante.

— E podia fazer e saber mais se o meu destino me tivesse dado outra infância. Poderia matar em duelo qualquer um que se atrevesse a insultar-me porque sou filho de uma asquerosa vagabunda e não tenho pai. Em Moscovo, todos mo deitavam em cara. A culpa é de Grigory Vasilievitch, que o contou a toda a gente. Está sempre a repreender-me quando amaldiçoo o dia em que nasci, mas eu ter-lhes-ia perdoado que me tivessem matado ao nascer, que não me deixassem vir ao mundo. No mercado estão sempre a dizer, e a sua mãe também, com toda a falta de delicadeza, que os cabelos dela formavam uma touca empastada e que a sua estatura era a de uma anã, porque tinha só cinco pés. Por que razão lhe chamavam anã quando podiam chamar-lhe pequena como a qualquer outra? Têm de irritar os bons sentimentos de um camponês. Poderá dizer-se que um camponês russo sente como um homem educado? Um ignorante, pode dizer-se que carece de todo o sentimento. Desde pequeno, sempre ouvi chamar-lhe anã e cheguei ao ponto de quase rebentar de raiva. Odeio toda a Rússia, Maria Kondratyevna.

— Se você fosse um cadete da Academia Militar ou um jovem *hússar*, em vez de falar assim puxaria da espada em defesa da Rússia.

— Não quero ser *hússar*, Maria Kondratyevna. Gostaria, pelo contrário, que a milícia fosse abolida.

— E se viesse o inimigo, quem nos defenderia?

— Nem nos faz falta. Em 1812, Napoleão invadiu a Rússia. Era o primeiro imperador dos franceses, pai do atual; e teria sido melhor que nos tivesse conquistado. Uma nação inteligente conquista outra estúpida anexando-a. Talvez nesse caso tivéssemos tido instituições bem diferentes.

— Vive-se melhor nesse país do que neste? Não trocaria um janota que conheço por três jovens ingleses — observou a mulher com ternura. E sem dúvida que devia ter acompanhado as suas palavras com o mais lânguido olhar.

— Depende do gosto de cada um.

— Você é agora como um estrangeiro, como o mais nobre deles. Digo-lhe isto, ainda que me envergonhe.

— Se quer saber a verdade, os dali e os daqui são semelhantes nos vícios. São todos uns safados, mas os malandros de lá dão lustro às botas e aqui espojam-se no lodo e ninguém vê isso com maus olhos. O povo russo necessita de chicote, como dizia muito bem, ontem, Fedor Pavlovitch, embora seja um louco, como os filhos.

— Dizia que gostava muito de Ivan...

— Sim, mas chamou-me lacaio hediondo. Toma-me por um perdulário e engana-se. Se tivesse junto uma certa soma já me tinha posto a andar. Dmitri Fedorovitch é o mais baixo dos lacaios pela sua conduta, pela sua inteligência e pela sua pobreza. É incapaz de fazer algo que proveito tenha e, em troca, todos o respeitam. Eu sou um cozinheiro, mas com um pouco de sorte talvez possa abrir um bar em Petrovska, em Moscovo, porque tenho uma arte que lá ninguém possui, exceto os estrangeiros, e mesmo estes não estão especializados como eu. Dmitri Fedorovitch é um mendigo, mas se provocar para um duelo um filho de um conde bater-se-á com ele. E em que é ele melhor do que eu? Pois se é mais bruto e gastador?

— O duelo deve ser uma coisa muito bonita — observou Maria Kondratyevna.

— Por quê?

— Deve ser tão espantoso e tão valente o feito de dois oficiais, de pistola na mão, que se batem pelo amor de uma dama! Que quadro tão horroroso! Ah, se fosse permitido às jovens observar um duelo gostaria de ver pelo menos um.

— Isso está muito bem para aquele que dispara contra o inimigo, mas se você visse que lhe apontavam ao focinho não acharia muito divertido e optaria por fugir.

— Isso quer dizer que você desataria a correr?

Smerdyakov não iludiu a resposta. Depois de um curto silêncio dedilhou de novo a guitarra e elevou a sua voz de falsete:

*Digas tu o que disseres,*
*Eu escaparia,*
*A viver longe de ti*
*Com alegria,*
*Sem lamentos,*
*Sem, penas,*
*Sem intentos,*
*De recordar-me de ti.*

Nessa altura aconteceu algo imprevisto: Aliocha espirrou. Fez-se silêncio. O monge saiu do seu esconderijo e aproximou-se do par. Smerdyakov vestia e calçava com elegância e o cabelo brilhava de pomadas e ondas. No banco estava a guitarra. A companheira, filha da casa, tinha um vestido azul-claro, de cauda de dois metros. Jovem e bem-parecida, o rosto era redondo e cheio de sardas.

— O meu irmão irá demorar-se? — perguntou o mais serenamente que conseguiu articular.

Smerdyakov levantou-se com lentidão e Maria Kondratyevna também se pôs de pé.

— Como poderei sabê-lo? Serei por acaso seu guardião? — respondeu Smerdyakov, tranquilo e arrogante.

— Pergunto apenas se sabe — explicou Aliocha.

— Não sei nada dele nem vontade tenho de saber.

— Pois meu irmão disse-me que costumava pô-lo ao corrente de tudo o que se passava lá em casa e prometeu avisá-lo de quando viesse Agrafena Alexandrovna.

Smerdyakov dirigiu-lhe um olhar penetrante e, sem mover os olhos, perguntou-lhe:

— Como foi que entrou aqui, se há uma hora que a grade está fechada?

— Saltei a cerca pela parte de trás e meti-me no caramanchão. Espero que me desculpem — acrescentou, dirigindo-se mais a Maria Kondratyevna. — Tinha bastante urgência em ver meu irmão.

— Oh, como se isto fosse pecado! — disse Maria tomando como lisonja a desculpa.
— Dmitri não vai por outro caminho para o caramanchão. A maior parte das vezes está lá e nós não o sabemos.
— Queria muito vê-lo ou que me digam onde posso encontrá-lo. Tenho de comunicar-lhe um assunto de grande importância.
— Ele nada nos disse — gaguejou a moça.
— Ainda que esteja aqui como amigo da casa — interpôs Smerdyakov —, Dmitri Fedorovitch não faz outra coisa senão moer-me sem piedade com as suas incessantes perguntas sobre o meu amo. Que há de novo?, pergunta. Que se faz lá por casa? Quem entra e quem sai? Não posso dar resposta a tudo e por isso me ameaçou de morte duas vezes.
— De morte? — exclamou, surpreendido, Aliocha.
— Julga que é preciso muito, com o caráter que lhe observei ontem? Pois disse que se Agrafena Alexandrovna for lá a casa e passar lá a noite, serei eu o primeiro a pagar por isso. Meteu-me medo e avisaria até a polícia se não fosse já bastante. Deus sabe o que fará!
— Ainda no outro dia lhe disse: Dou cabo de ti com um tiro! — acrescentou Maria.
— Sendo assim, falava por falar — observou Aliocha. — Se o vir, hei de dizer-lhe qualquer coisa acerca disso.
— Só tenho que acrescentar — explicou Smerdyakov, querendo provar que andava bem informado — que estou aqui como velho amigo e vizinho. Mas estaria perdido se não tivesse vindo. Por outro lado, Ivan Fedorovitch mandou-me esta manhã à Rua do Charco com o encargo verbal de convidar Dmitri Fedorovitch a almoçar com ele no restaurante do mercado. Não encontrei Dmitri em casa e eram apenas oito horas. Veio à casa, mas partiu logo, foram as palavras da senhoria, como se entre eles houvesse uma combinação. Talvez esteja no restaurante, com Ivan, pois este não foi almoçar à casa e Fedor Pavlovitch comeu só, há uma hora, e depois foi deitar-se. Peço-lhe, no entanto, que não fale de mim nem do que lhe disse, porque seria capaz de me matar por qualquer outra coisa.
— Meu irmão convidou Dmitri para jantar com ele? — perguntou vivamente Aliocha.
— Sim, senhor.
— Na taberna *La Metropoli,* da praça?
— Isso mesmo.
— É muito possível! — exclamou Aliocha, excitado. — Obrigado, Smerdyakov! O que tenho a dizer-lhe é muito importante. Vou-me embora a correr.
— Não lhes fale de mim! — gritou-lhe o lacaio.
— Oh, não! Passarei por lá como que por acaso. Não estejas preocupado.
— Espere um pouco. Vou abrir-lhe a porta — gritou Maria Kondratyevna.
— Não é preciso, obrigado. Vou mais depressa se saltar a cerca.
Aliocha dirigiu-se à taberna, muito emocionado pelo que acabava de ouvir. Era-lhe impossível entrar naquele estabelecimento com o hábito, mas perguntaria pelos irmãos ao porteiro e faria com que viessem falar-lhe. Precisamente quando chegou lá abriu-se uma janela e Ivan chamou por ele lá de dentro:
— Aliocha! Podes entrar? Agradecia-te imenso.

— Claro que posso, mas com o hábito... não sei se deva...
— Estou num gabinete separado. Sobe que vou ao teu encontro.

Um momento depois, Aliocha sentava-se ao lado do irmão, que comia só.

## Capítulo 3
## Os Irmãos Intimam

Ivan estava não no gabinete particular, mas num canto da primeira sala, atrás de um biombo que o impedia de ser visto. Perto, de encontro à parede, a porta da cozinha por onde os criados entravam e saíam.

O único cliente daquela sala era um velho militar retirado que tomava chá muito em paz, mas de dentro chegava a barafunda própria de uma taberna e uma mistura de gritos dos moços, estampidos de garrafas ao serem desrolhadas, o bater de bolas de bilhar e o som do órgão. Aliocha sabia que Ivan não gostava daquela taberna nem de nenhuma outra e pensou que devia ter ido só para se avistar com Dmitri, que não aparecera.

— Vou pedir que te sirvam uma sopa de peixe ou qualquer outra coisa, pois ninguém pode passar só com chá — disse Ivan, muito contente por estar com o irmão.

— Pois venha a sopa e depois o chá. Tenho fome — concordou Aliocha.

— E presunto doce? Aqui tens. Lembras-te de que gostavas tanto disto quando eras pequeno?

— E tu, lembras-te? Pois que venha o presunto, que ainda aprecio.

Ivan chamou o criado e pediu uma sopa, presunto e chá.

— Lembro-me de tudo, Aliocha. Há tanta diferença entre quinze e onze anos que os irmãos dessa idade não se sentem companheiros. Não sei se nessa altura gostava de ti. Durante os primeiros cinco anos passados em Moscovo não me lembro de ti para nada. Recordo apenas que quando tu vieste só te vi uma vez, não sei onde. E agora passei aqui mais de três meses e apenas trocamos algumas palavras. Vou-me embora amanhã e pensava em como me despediria quando te vi passar.

— Tinhas então desejo de me ver?

— Tinha, sim. Queria conhecer-te e queria que me conhecesses, para levantar voo. Quanto a mim, é preferível que as pessoas se conheçam antes de se separarem. Durante estes três meses notei que me olhavas com atenção. Os teus olhos revelaram uma fiscalização que me foi insuportável, afastando-me sempre. Por fim, aprendi a respeitar-te. És um homem pequeno, mas de vontade firme, pensei. Não faças caso se me rir, porque te falo em tom sério. Não é certa essa tua firmeza? Pois eu gosto dos homens firmes, sejam quais forem os seus princípios, ou que apenas sejam uns homenzinhos como tu. Os teus olhos encantadores deixaram de me incomodar e cheguei até a gostar deles por isso. Ao mesmo tempo parece-me, Aliocha, que também tu me tens um afeto especial.

— Gosto de ti, Ivan. Dmitri diz que és uma tumba, mas acho que és um enigma. Continuas a sê-lo mesmo neste momento. Contudo, comecei a ver algo em que não reparara até esta manhã.

— O que é? — riu Ivan.

— Não te zangas? — perguntou Aliocha, rindo também.
— Vamos, homem!
— Que és tão jovem como qualquer outro de vinte e três anos, tão fresco, tão bom e tão jovial. Não terei sido demasiado cruel na minha apreciação?
— Pelo contrário, admira-me uma coincidência — exclamou Ivan, animado e de bom humor. — Acreditas que desde que nos vimos, hoje, não pensei noutra coisa senão na minha bizarra juventude? E, como se o tivesses adivinhado, pões-te a falar-me do mesmo. Sentado aqui dizia a mim próprio: ainda que não acreditasse na vida, ainda que perdesse a fé na minha amada e na ordem das coisas e me convencesse que tudo é desordem e um caos maldito e infernal, e me invadisse o horror de todas as desilusões humanas, desejaria viver, e uma vez provado o cálice não o abandonaria até havê-lo acabado. Aos trinta anos talvez o deite fora mesmo sem o ter esvaziado, e afastar-me-ei, não sei para onde. Mas até lá a minha juventude triunfará de tudo, de toda a desilusão, de todos os desgostos do viver. Várias vezes me perguntei se há no mundo um desespero capaz de mitigar esta sede frenética, talvez inconveniente, de vida, que sinto em mim, e cheguei à conclusão de que não existe, de que até aos trinta andarei sedento e então apagar-se-á em mim esse ardor. Alguns malabaristas apáticos, irascíveis e fracos de espírito, entre os quais abundam os poetas, reputam de vileza esta sede de viver. Bem sei que é característico dos Karamázov esta sede de vida sem consideração seja pelo que for e tu mesmo a sentes, mas o que tem de vil tal ansiedade? A força centrípeta mantém-se no mundo em todo o seu vigor, Aliocha. Sinto um imenso anseio de viver e viverei, a despeito de toda a lógica. Posso não crer na ordem do Universo, mas amo a ternura suculenta das folhas que se abrem na primavera, o azul do céu, certa classe de gente a quem se ama por vezes sem saber porquê. Amo os atos heroicos de alguns homens que de outro modo não me inspirariam confiança; mas amo-os por hábito inveterado de ponderação e apreço. Aqui está a sopa. Come que te faz bem. É uma sopa de primeira, é estupenda. Desejo viajar pela Europa, Aliocha, e ficarei a viver longe daqui. Bom, já sei que, ao fim e ao cabo, irei parar a um cemitério, mas a um cemitério mais suntuoso do que este; isso, sim. Ali descansam os restos de preciosos mortos, cujas lápides sepulcrais falam de uma vida tão ardente, de uma tão apaixonada fé no trabalho, na verdade, na luta e na ciência dos próprios sepultados, que tenho a certeza de cair por terra, de beijar as pedras e de as molhar com as minhas lágrimas; e não com o convencimento de que é tudo um cemitério e nada mais. Não chorarei de desespero, mas pelo prazer das lágrimas, pelo deleite de fundir a minha alma na emoção. Amo as ternas folhas da primavera, o céu azul e... é tudo. Não há nisto raciocínio nem lógica, não há mais do que amor de dentro, amor de estômago. E o impulso da primeira juventude o que se ama. Entendes alguma coisa desta embrulhada, Aliocha? — E Ivan soltou uma gargalhada.
— Entendo-o demasiado bem, Ivan. Ansiamos amar com todas as entranhas, com o estômago. Falaste muito bem e as tuas ânsias de vida entusiasmam-me! — exclamou o monge. — Eu creio que se deve amar a vida sobre todas as coisas.
— Amar a vida mais do que o seu sentido?

— Sim, a vida, sem considerações nem lógica, como tu dizes; quando não nos importarmos com a sua lógica compreenderemos o seu sentido. Há algum tempo já que penso o mesmo. Tu tens feito metade do trabalho, Ivan, porque amas a vida; procura agora fazer o que falta e serás salvo.

Tu pretendes a minha salvação, mas não estou perdido. E que entendes por aquilo que falta?

— Tens que ressuscitar os teus mortos que, ao fim e ao cabo, talvez ainda não tenham morrido. Olha, dá-me chá. Sinto-me contente por estar a falar contigo.

— Vejo que estás inspirado. A mim encanta-me ouvir a *profession de foi* dos lábios de um noviço como tu. És um homem de caráter, Alexey. É verdade que queres deixar o mosteiro?

— Sim. O meu Venerável envia-me para o século.

— Pois ver-nos-emos lá. Encontrar-nos-emos antes que eu cumpra os trinta anos, quando tenha chegado às fezes e esteja a ponto de rejeitar o cálice. O nosso pai não quer deixá-lo antes dos setenta e ainda pretende chegar aos oitenta, apurando-o, segundo diz. Embora seja um brincalhão, os seus propósitos são, quanto a isto, os mais sérios. Permanece firme como uma rocha, apoiado no seu sensualismo, ainda que eu creia que, depois dos trinta anos, não resta nada que seja sólido... Aguentar-se até aos setenta é repugnante, vale mais deixá-lo já aos trinta. Pode-se conservar uma aparência de nobreza enganando-se a si mesmo. Viste Dmitri, hoje?

— Não, mas vi Smerdyakov.

E Aliocha contou o seu encontro com o criado. Ivan escutava-o com ansiedade e fazia-lhe perguntas.

— Pediu-me que não repita a Dmitri nada do que me disse dele — acrescentou Aliocha.

Ivan franziu a testa e mostrou gestos de ponderação.

— Inquietas-te por causa de Smerdyakov? — perguntou Aliocha.

— Sim, por Smerdyakov. Diabo! Desejava ver Dmitri, mas agora tanto faz — disse Ivan com desgosto.

— E partes tão depressa, irmão?

— Sim.

— Que me dizes de Dmitri e do nosso pai? Como acabará tudo isto? — perguntou Aliocha com grande interesse.

— Estás sempre repisando no mesmo! Que tenho eu a ver com isso? Acaso serei o guardião de meu irmão? — exclamou Ivan, irritado, mas logo sorriu com amargura. — A resposta de Caim acerca do irmão assassinado, não é verdade? É o que pensas, sem dúvida. Mas que diabo! Não posso ficar aqui para o vigiar! Já acabei o que tinha que fazer e vou-me embora. Crês que tenho ciúmes de Dmitri, que durante estes três meses tratei de lhe roubar a sua formosa Catalina Ivanovna. Endoideceste! Tinha os meus assuntos a resolver, resolvi-os e vou-me. Acabei tudo há pouco, tu próprio o viste.

— Com Catalina Ivanovna?

— Sim, e recobrei a minha liberdade para sempre. Ao fim e ao cabo, que tenho a ver com Dmitri? Dmitri não entra neste cozinhado. Eu tinha os meus assuntos particulares a resolver com Catalina Ivanovna. Bem sabes que o nosso irmão se portava como se entre os dois houvesse um mútuo acordo. Nada lhe pedi, foi ele que a colocou solenemente nas minhas mãos e nos deitou a bênção. Sim, é de rebentar a rir! Se soubesses, Aliocha, como está exaltado hoje o meu coração! Acreditas que enquanto comi estive quase a pedir champanhe para celebrar a primeira hora da minha liberdade? Puf! Passei seis meses de escravidão e, de repente, acabo com tudo e declaro-me livre. Ontem ainda não podia sonhar que fosse assim tão fácil acabar com isto, embora o desejasse.

— Mas... falas do teu amor, Ivan?

— Do meu amor, se assim o queres. Sim, estava apaixonado por essa moça. Fazíamo-nos sofrer mutuamente. Nada me preocupava mais do que ela... e num instante tudo se desvaneceu. Esta manhã falava eu com uma unção inspirada... pois bem, ao sair para a rua rompi em gargalhadas. Acredita-me. É a pura das verdades.

— Parece que isso te diverte muito — observou o monge, olhando-o atentamente no rosto que, de súbito, se tornara mais corado.

— Mas como poderia eu dizer que não me interessa nada? Ah, isso não poderei fazer! Mostrou-se-me sempre tão atraente que até mesmo agora falei sob a influência dos seus encantos. Dir-te-ei também que me atrai imenso quando te estou a afirmar que é fácil deixá-la. Ou pensarás que isto é vaidade?

— Não, mas não me parece que seja amor.

— Aliocha — disse Ivan, rindo —, não me venhas com reflexões sobre o amor; não te ficariam bem. Como te misturaste hoje na conversa! Parti sem te beijar por causa disso... Sabes como me sentia torturado? Estava à beira de um abismo de dor. Ela sabia que eu estava apaixonado! Amava-me a mim e não a Dmitri! — insistiu Ivan, alegremente. — O seu afeto por Dmitri não era outro senão o gosto de sentir o coração inundado. Tudo o que eu lhe disse até agora não é mais do que a verdade, mas o pior é que vai precisar de quinze ou vinte anos para compreender que não é a Dmitri a quem ama, mas a mim, que sofro por ela... é até capaz de nunca na vida o entender, apesar da lição de hoje. Pois bem, mais vale assim. Que o meu afastamento lhe seja proveitoso. A propósito, como está ela? Que sucedeu depois de me despedir?

Aliocha contou-lhe a crise de Catalina, acrescentando que continuava sem sentidos e delirante, segundo as últimas informações.

— Não estará a exagerar, a senhora Hohlakov?

— Não creio.

— Hei de sabê-lo. Ninguém morre de uma crise nervosa. Não tem importância. Deus fez as mulheres histéricas para que desabafem à vontade. Não voltarei a vê-la, não. Por que razão me hei de colocar à sua frente?

— Por que lhe disseste que nunca gostou de ti?

— Fi-lo de propósito. Aliocha, vou pedir champanhe, hem? Bebamos pela minha liberdade. Ah! Se soubesses como estou contente!

— Não, irmão. É melhor que não bebamos — respondeu o monge. — Além do mais sinto uma certa opressão no peito.

— Isso já é crônico em ti. Há muito que o noto.

— Sempre estás decidido a partir amanhã?

— Amanhã? Eu não disse que iria de manhã... Mas talvez o faça. Acreditas que se estou aqui a comer, hoje, é apenas para não ter que acompanhar o velho à mesa? Aborreço-o! Se fosse só por ele, há muito que o teria deixado. Mas por que razão te há de inquietar assim a minha partida? Ainda temos tempo. Resta-nos uma eternidade!

— Mas que eternidade, se partes amanhã!

— E depois? — perguntou Ivan rindo. — Temos tempo suficiente para falar, por isso estamos aqui. Por que me olhas tu surpreendido? Diz-me. Por que estamos aqui? Para falar do meu amor por Catalina Ivanovna, do velho e de Dmitri, de viagens, da situação fatal da Rússia ou do imperador Napoleão? Que dizes?

— Que não.

— Então deves saber para que. Noutras cidades é diferente, mas entre a nossa juventude há que expor acima de tudo os problemas eternos. São o objeto da nossa predileção. Hoje em dia, os jovens russos não falam de outra coisa que de questões eternas, enquanto os velhos não dão atenção mais do que a questões práticas. Por que razão me olhaste com tal interesse durante três meses? Para me perguntares em que acreditava e em que deixava de acreditar? Eu, pelo menos lia essa pergunta nos teus olhos. Não foi assim?

— É possível — sorriu Aliocha. — Estás a rir-te de mim, Ivan?

— Eu? Rir-me? Não desejaria desgostar um irmão que durante três meses me olhou com olhos tão cheios de esperança. Aliocha, repara em mim. Não sou mais do que um moço como tu, embora não seja noviço. E que fazem agora os rapazes russos, ou grande parte deles? Reúnem-se num canto de uma taberna horrível como esta. Conhecem-se de outros lados, e quando deixam a taberna não tornam a ver-se durante quarenta anos. Sabes de que falam enquanto dura a sua amizade transitória de taberna? De questões eternas, da existência de Deus, da imortalidade. E os que não creem em Deus falam de socialismo ou anarquismo, da evolução da humanidade para uma nova ordem; de modo que tudo tende para o mesmo, a mesma pergunta posta de outra maneira. As massas, as massas da mais castiça juventude russa não falam senão de questões eternas. Não é verdade?

— Com efeito — respondeu Aliocha olhando o irmão, sorridente e inquisidor ao mesmo tempo para os verdadeiros russos a existência de Deus e a imortalidade, ou como tu dizes, a mesma pergunta posta ao contrário, é o principal e o mais interessante. E assim deve ser!

—Bem, Aliocha; não dá provas de grande inteligência quem quer ser um russo em tudo, mas nada se pode imaginar de tão estúpido como a maneira de perder o tempo com essas sempre eternas conversas. Contudo, há um mocinho russo chamado Aliocha a quem eu quero muito.

— Com que finura o dizes! — riu o monge.

— Pois bem, por onde vamos começar? Tu é que mandas. Pela existência de Deus?

— Como queiras. Ontem afirmavas em casa do nosso pai que Deus não existe.

Aliocha dirigiu a seu irmão um olhar penetrante.

— Disse-o para te contrariar. Reparei como os teus olhos brilhavam! Mas agora não tenho inconveniente em discutir contigo. Formalmente! Desejo que sejamos amigos, Aliocha, porque estou sem amizades e quero tê-las. Pois bem; supõe que admito a existência de Deus. Surpreende-te, não?

— Naturalmente, a não ser que brinques.

— Não brinco, não. Quando me divirto, como ontem diante do Venerável, é o que digo. Já sabes, meu filho, que no século XVIII existiu um pecador empedernido que declarou que se Deus não existisse teria que se inventar? *S'il n'existaitpas Dieu, ilfaudrait l'inventer.* E, com efeito, o homem inventou Deus. O estranho do caso, e o que se torna maravilhoso, não é que Deus exista realmente, mas que essa ideia, a ideia da necessidade de Deus penetre no cérebro de um animal tão feroz e degradado como o homem. Tão santa, tão sábia, tão comovedora ideia, honra grandemente aquele que a possui. Quanto a mim, há tempo que resolvi não pensar se foi Deus que criou o homem ou se foi o homem que criou Deus. Não quero deixar-me arrastar por todos esses axiomas tão sovados pela juventude russa e reduzidos a tal objeto de hipótese europeia, pois o que ali se apresenta como hipótese é aceito como axioma entre os rapazes russos, e não só entre a rapaziada, entre os próprios professores que, com frequência, na Rússia, são os mesmos. Omitamos, pois, toda a hipótese e sigamos um caminho novo. Procurarei expor-te, o mais breve possível, o essencial do meu ser, que classe de homem sou, em que creio e em que espero, não é assim? Por conseguinte, tenho de começar declarando simplesmente que admito a existência de Deus. Mas deves ter em conta que se Deus existe e se foi Ele na realidade que criou o mundo, subentende-se que o fez segundo a geometria de Euclides, dotando a inteligência humana do conceito das três dimensões do espaço, embora existam geómetras e filósofos de grande prestígio que põem em dúvida que o universo, ou falando mais em geral, tudo o que existe, tenha sido criado estritamente segundo as leis de Euclides; e atrevem-se a supor que duas linhas paralelas que segundo o mesmo Euclides não podem encontrar-se na terra, poderão encontrar-se em algum ponto do infinito. Eu cheguei à conclusão de que se nem isto posso chegar a compreender, tentarei em vão chegar ao conhecimento de Deus. Humildemente reconheço que as minhas pobres faculdades não podem expor esta questão, porque com uma inteligência eminentemente euclidiana, terrestre, como irei resolver problemas que não são deste mundo? E aconselho-te, querido Aliocha, que nunca penses nessas coisas, especialmente em Deus, exista ou não exista. Tais questões escapam em absoluto a uma inteligência feita para conceber apenas a ideia de três dimensões. Pois bem, admito a existência de Deus de boa vontade e, ainda mais, concedo a sua sabedoria, a sua providência, que está inteiramente fora do nosso alcance; creio na ordem sobrenatural e no sentido da vida; creio na harmonia eterna com que um dia temos de nos confundir. Creio no Verbo para que tende o Universo e que estava em Deus e que o mesmo era Deus, etc., etc., até ao infinito: porque isto pode expressar-se de mil maneiras. Parece que vou por bom caminho, não é verdade? Pois crê-me, em definitivo, não admito este mundo de Deus. Sei que existe, mas não o admito de maneira nenhuma. Não que contradiga a existência de Deus, entendamo-nos. O que não admito, nem posso admitir, é o mundo criado por Ele. Eu explico: estou convencido, como uma criança, de que os sofrimentos se acalmarão e desaparecerão, de que o humilhante absurdo das contradições humanas se desvanecerá como uma pobre ilusão, como uma vil invenção desse débil átomo de espírito euclidiano, que no fim do mundo, chegado o momento da harmonia infinita, se produzirá algo tão precioso que bastará para satisfazer todos os corações, para acalmar todas as indignações, para expiar todos os crimes da humanidade e todo o sangue por ela vertido; que será possível não só esquecer, mas sim justificar quanto sucedeu sobre a terra. Tudo isso pode ser, mas não o aceito. Não quero aceitá-lo. Ainda que duas linhas paralelas se encontrem e eu o veja, veria e diria que se encontram, mas não o acreditaria. Isto é o que existe arraigado em mim, Aliocha. É este o meu credo e falo-te seriamente. Comecei da maneira mais tonta possível, mas cheguei à minha confissão, que é o que tu querias. Não te interessava que te falasse de Deus, mas sim conhecer de que vivia o espírito do teu querido irmão. Pois agora já sabes.

Ivan terminou o seu longo discurso com uma vivacidade insuspeitada.

— E por que começaste da maneira mais tonta possível? — perguntou Aliocha olhando-o atônito.

— Primeiro que tudo, porque sou russo. As conversas dos russos sobre este tema têm sempre uma origem estúpida. Ora diz-se que quanto mais estúpido se é, tanto mais perto se está da realidade. Quanto mais tonto, mais claro. A estupidez é concisa, não tem má fé, ao passo que a inteligência se esconde e se torce. Na inteligência há velhacaria e na estupidez nobreza e retidão. As minhas palavras deixaram a descoberto o meu desespero, e quanto mais estupidamente o tenha apresentado melhor para mim.

— Dir-me-ás por que razão não admites o mundo? — perguntou Aliocha.

— Com certeza! Não é um segredo; queria chegar a isso, precisamente. Irmão, não quero corromper-te nem arrancar-te aos teus princípios; antes pelo contrário, quereria curar-me com a tua ajuda. — E Ivan sorriu como uma boa criança, como Aliocha nunca o havia visto sorrir.

## Capítulo 4
## Rebelião

— Devo fazer-te uma confissão — começou Ivan. — Nunca compreendi que se possa amar ao próximo. E precisamente ao próximo, no sentido restrito, o que não se pode amar, pois à distância ainda concebo e admito que se ame ao próximo. Não sei onde li acerca de João, o Misericordioso, que quando lhe aparecia um vagabundo morto de fome e de frio lhe dava acolhimento no seu leito, estreitava-o nos braços e colava a sua boca à do mísero, talvez infectada e corrupta por alguma doença, a fim de lhe dar alento. Estou convencido de que fazia isto vencendo uma espantosa repugnância, cumprindo um dever imposto por um falso conceito da caridade, como uma penitência. Para se amar um homem é necessário estar escondido. Desde que se mostre o rosto, desaparece o amor.

— O Padre Zossima falou-nos disso em várias ocasiões — observou Aliocha — dizendo que o rosto de um homem afasta com frequência o amor de muitos corações inexperientes. Mas na humanidade existe ainda muito amor, e amor como o de Cristo. É o que consta, Ivan.

— Pois eu não sei nada disso nem posso compreendê-lo, e acontece o mesmo com a maior parte da humanidade. A questão é saber se isso se deve à maldade do homem ou é algo inerente à sua natureza. Em meu entender, um amor como o de Cristo é um milagre, impossível de realizar na Terra. Cristo era Deus e nós não somos deuses. Suponhamos, por exemplo, que eu sofro profundamente. O meu próximo não pode suspeitar até que ponto sofro porque ele é outro e não eu. Além disso, raramente está o homem disposto a admitir que outro sofra, como se isto fosse uma distinção. E por quê? Sabê-lo? Por outro lado há sofrimentos e sofrimentos. O meu benfeitor consentirá, por acaso, que me faça sofrer alguma coisa ignóbil, algo que me deixe em ridículo, que me humilhe, como por exemplo a fome. Mas se o meu sofrimento se eleva a uma causa ideal, não é fácil que mo conceda porque, na melhor das hipóteses, a minha cara não terá a impressão que segundo ele deveria ter a de quem sofre por um ideal. Na mesma ocasião me recusará a piedosa ajuda, e isso não será precisamente por maldade de coração. Os indigentes em especial, os pobres fidalgos, não devem deixar nunca que os vejam, mas sim solicitar a caridade através da imprensa. É possível amar ao próximo em abstrato ou de longe, mas ao vizinho é quase impossível. Se ao menos acontecesse o que se passa na cena ou nos bailes, os mendigos que vestem farrapos de seda e faixas de fantasia nem sequer pedem, quando dançam... Mas nem mesmo assim os amaríamos. Bem, por ora basta: apenas queria mostrar-te o meu ponto de vista. Gostaria de te falar sobre a dor da humanidade em geral, mas limitar-me-ei ao que sofrem as crianças. Isto reduzirá o alcance do meu argumento a dez por cento. Fiquemos pelas crianças, ainda que a força do meu assunto enfraqueça. Amam-se as crianças mesmo que estejam perto, sujas ou sejam feias. Tenho de te confessar que, para mim, não existem crianças feias. Não quero falar dos adultos porque além de serem desagradáveis e indignos de estima têm a compensação de haver comido a maçã, e conhecendo o bem e o mal são como deuses e continuam a comê-la. Os pequenos, por outro lado, como nada comeram, são inocentes. Gostas de crianças, Aliocha? Já sei que sim e compreenderás por que prefiro falar-te delas. Se elas sofrem também horrivelmente na Terra, há que imputá-lo aos pecados dos pais; são castigados porque eles comeram a maçã, mas esta lógica é de ordem sobrenatural e torna-se incompreensível para o coração do homem na Terra. Os inocentes não devem sofrer os pecados dos outros e ainda menos esses anjinhos! Podes admirar-te, Aliocha, mas a mim entusiasmam-me as crianças. Repara que os homens cruéis e violentos, os Karamázov, se mostram enamorados com frequência das ternas criaturas. É que os pequenos, enquanto são pequeninos, até aos sete anos, por exemplo, diferem tanto dos adultos que até parecem pertencer a outra espécie. Conheci um condenado que durante a sua carreira de bandido havia assassinado famílias inteiras e várias crianças. Pois na prisão mostrava um raro afeto pelos meninos. Passava o tempo a contemplar até as brincadeiras deles, no pátio. Ensinou um a trepar à sua janela e tornaram-se bons amigos... Sabes por que te digo tudo isto, Aliocha? Dói-me a cabeça e sinto uma tristeza...

— Tens um aspecto estranho — notou o monge, num esforço. — Parece que deliras.

— Pois não há muito encontrei em Moscovo um búlgaro — continuou Ivan, como se não tivesse ouvido o que dizia o irmão — que me contou os crimes cometidos pelos turcos e pelos circassianos em todo o seu país, sem medo de uma sublevação geral dos eslavos. Incendeiam as povoações, assassinam, ultrajam as mulheres e as crianças, cravam os prisioneiros às paliçadas pelas orelhas e deixam-nos assim até ao dia seguinte. Então enforcam-nos... Quantas brutalidades possas imaginar. As pessoas falam de crueldades ferozes, mas isto, além de injusto, é uma injúria que se faz às feras; uma fera nunca será tão cruel como um homem, tão artisticamente cruel. Tudo o que o tigre pode fazer é matar e dilacerar. Nunca se lembraria de prender gente pelas orelhas, ainda que o pudesse fazer. Pois os turcos encontram um profundo prazer em torturar as crianças, em arrancar os bebês ao seio maternal, em lançar ao ar os de peito para os apanharem na ponta da baioneta perante o olhar das mães. Que estas vejam isso é o que os diverte de verdade. E ainda há outro caso que me parece muito interessante. Imagina uma mãe tremendo com o filho nos braços no meio de um ajuntamento de turcos. Querem divertir-se e acariciam o pequenino, rindo para fazê-lo rir. Conseguem-no, por fim. Então um deles aponta-lhe uma pistola à cara, a quatro dedos de distância. O pequeno ri com gosto e abre as suas mãozinhas para mexer na arma. O outro aperta o gatilho e a bala atravessa o rosto da criança. Artístico, hem? Algum motivo há em dizer que os turcos apreciam as coisas belas.

— Mas aonde iremos parar, irmão? — perguntou Aliocha.

— Pensa que o diabo não existe, mas que o homem o criou à sua imagem e semelhança.

— Então como a Deus?

— É admirável como dás voltas às palavras, disse Polônio, no *Hamlet* — riu Ivan. — Viras contra mim as minhas próprias palavras. Pois bem, alegro-me com isso. Bonito ficaria Deus se o homem o criasse à sua imagem e semelhança! Pois aonde iremos nós parar? Olha, sou colecionador de recortes de certos acontecimentos que recolho dos jornais e livros, anedotas que valham a pena e creio que sou dono de uma coleção bem pitoresca. Os turcos, ainda que estrangeiros, também lá tiveram o seu lugar. Mas especializei-me em feitos dos nossos, que são de mais gosto do que os deles. Já sabes como somos dados aos açoites. A vara e o chicote são a nossa instituição. Perfurar as orelhas é algo incompreensível para nós, que somos europeus antes de mais nada. Mas quanto ao cajado e ao chicote, empunhamo-los sempre, não os podemos deixar. Fora da Rússia já quase não se açoita agora, talvez porque as leis protegem o homem contra os açoites. Não obstante, substitui-se o nosso castigo nacional por outros não menos genuínos, de tal modo que seria materialmente impossível para nós aplicá-los, apesar de acreditar que seremos contagiados, se pega entre a nobreza o movimento religioso que começa a notar-se. Possuo um delicioso folheto traduzido do francês que a execução de um réu, um assassino chamado Ricardo, em data recente, há uns cinco anos. Era um jovem de vinte e três, se não me engano, que, arrependido, se converteu à fé cristã quase nos degraus do patíbulo. Ricardo, um bastardo cujos pais o abandonaram aos seis anos, viveu com uns pastores alpinos que o criaram a seu modo. Cresceu como uma ferazinha, sem a menor noção de nada, comendo pouco e vestindo pior, sempre atrás do rebanho desde os sete anos sem que ninguém se preocupasse com a sua vida selvagem. Os pastores acreditavam ter todos os direitos sobre ele, consideravam-no como um objeto e não viam a necessidade de o alimentar. O próprio Ricardo conta que durante aqueles anos ansiava, como filho pródigo do

Evangelho, participar da comida que davam aos porcos para os engordar por lucro, mas nem isso lhe era consentido, e quando furtava algo aos porcos recebia um tabefe. Assim passou a infância e a juventude, até que se achou com bastante força para fugir e fazer-se ladrão. O selvagem começou a ganhar a vida como vendedor de jornais, em Genebra. Bebia tudo, vivendo em completo embrutecimento até que um dia matou um velho para o roubar. Apanharam-no, processaram-no e foi condenado à morte. Ali não há sentimentalismos que valham. No cárcere vê-se imediatamente rodeado de padres, de membros de várias irmandades, de irmãs de caridade. Ensinam-no a ler e a escrever, explicam-lhe o Evangelho. Exortam-no, afagam-no, entontecem-no, até que por fim confessa solenemente o seu crime. Converte-se. Escreve ele mesmo ao tribunal apelidando-se de monstro, mas que Deus teve a bondade de o iluminar, mostrando-lhe a Sua Graça. Toda a cidade de Genebra, da filantrópica e religiosa Genebra, se comove. Toda a nobreza, toda a alta sociedade acode ao cárcere e quer abraçar c beijar Ricardo. Tu és nosso irmão e conseguiste a graça. Ele não faz mais do que chorar, chorar de emoção. Sim, encontrei a graça! Até agora apetecia-me a comida dos porcos, mas por fim encontrei a graça e morrerei no Senhor! Ricardo, morrerás no Senhor. Derramaste o sangue do teu próximo e deves morrer. Não era culpa tua se não conhecias a Deus quando cobiçavas a comida dos cerdos e te davam um tabefe cada vez que roubavas algo destinado à sua engorda (no que fazias mal porque roubar é proibido). Mas derramaste sangue e deves morrer. Chega o dia marcado. Ricardo, muito débil, chora, chora e repete sem descanso: Este é o dia mais feliz da minha vida. Vou para o Senhor! Sim, repetem o pastor, os juízes e as damas caridosas, é o dia mais feliz da tua vida, porque vais para o Senhor! A pé ou a cavalo, todos se dirigem ao patíbulo que se ergue em frente do cárcere. Ali gritam-lhe: Morre, irmão, morre no Senhor, em quem encontraste graça para sempre! E coberto com os beijos dos irmãos, Ricardo sobe ao estrado e chega à guilhotina. E corta-se-lhe a cabeça fraternalmente porque estava na graça de Deus! Queres coisa mais pitoresca? Este folheto, traduzido por um russo, filantropo de alta estirpe e de aspirações evangelistas, foi distribuído para ilustração do povo. O caso é de grande interesse pelo típico que encerra, e ainda que a nós nos pareça absurdo cortar a cabeça a um homem porque se fez nosso irmão e encontrou a graça de Deus, também nós temos a nossa especialidade e talvez nisto os superemos. O nosso passatempo tradicional consiste na delícia de torturar. Nekrassov, descrevendo as chicotadas que dá o camponês ao cavalo, nos olhos, doces olhos, tem rasgos que todos deviam conhecer, porque são peculiarmente russos. Uma égua esquelética sucumbiu sob a excessiva carga e não pode mover-se. O camponês bate-lhe brutalmente, bate-lhe sem saber o que faz, no paroxismo da sua crueldade. Por cansada que estejas, levanta-te e puxa. Mesmo que rebentes! A besta faz um esforço, estremece toda e então descarrega o homem toda a sua ira nos doces olhos que parecem chorar de impotência. O animal, enlouquecido, arranca num esforço supremo e arrasta a carga, cambaleando, procurando ar para a sua asfixia, num avanço espasmódico e sobrenatural. Nekrassov é terrível nesta passagem. Mas quê? Trata-se de uma égua e Deus deu-no-la para os nossos açoites. Assim nos ensinaram os tártaros, legando-nos esse instrumento como recordação. Mas também se podem chicotear os homens. Um senhor distinto e culto e sua mulher açoitavam a própria filha com um molho de varas. Era uma pequenina de sete anos. Tenho boas referências dele. Ao papá agradava-lhe que as varas fossem com espinhos. Consta-me que há gente que a cada golpe se congestiona sentindo um prazer sensual que cresce com a dor que infligem. E açoitam um minuto, cinco, dez, aumentando de entusiasmo e de crueldade. A pequena chora, chora até que já não pode chorar e geme entre angústias: Papá! Papazinho! Por uma dessas raras casualidades que prepara o diabo, o caso vai aos tribunais. Procura-se um letrado. Os russos chamam desde há muito, aos advogados, uma consciência de aluguel. O letrado protesta em defesa do seu cliente, um caso sem importância, diz, um assunto de família dos que se apresentam todos os dias. O pai castiga o filho. É vergonhoso para nós que se tragam tais assuntos aos tribunais. O júri deixa-se convencer e emite um veredito de inculpabilidade. O público acolhe com entusiasmo a absolvição do verdugo. Ah! Ali não há piedade! Eu teria proposto uma subscrição em sua honra!... Que formoso quadro! Mas ainda os tenho melhores, sobre crianças. Possuo uma coleção estupenda referente a crianças russas, Aliocha. Há uma de uns pais que aborrecem a filha de cinco anos e são pessoas respeitáveis, bem-nascidas e educadas. Olha, tenho de repetir-te que a característica de muita gente é precisamente esse gosto de torturar as pobres criaturas. Portam-se com todos da maneira mais suave e benévola, qual europeus cultos e humanitários, mas sentem um gosto especial em atormentar os pequenos, em amá-los talvez desta maneira. O vê-los completamente indefesos tenta estes verdugos, a angelical confiança do pequeno que não têm onde se amparar, nem de que valer-se, excita-lhes o sangue. Em cada homem, esconde-se um demônio; o demônio da crueldade, o demônio da sensualidade exacerbada pelos gritos do martirizado, o demônio da ilegalidade desencadeada, o demônio das enfermidades que arrastam os vícios, etc. Pois bem, estes ilustres pais submetiam a pobre criatura a todo o gênero de torturas: açoitavam-na, davam-lhe pancadas, espancavam por qualquer coisa até que o corpo dela ficava completamente torturado. E logo começavam os maiores refinamentos de crueldade: encerravam-na num lugar nauseabundo nas noites geladas e sob pretexto de que não chamava para que a tirassem dali (como se uma criatura de cinco anos pudesse assim me despertar do seu sono angelical e profundo e chamar), sujavam-na, enchiam-lhe a boca de excrementos e era a mãe, a própria mãe quem lhe fazia isto. E esta mãe podia dormir enquanto a filha gritava até desistir. Compreenderás tu por que razão esta criança, que ainda não tem consciência do que lhe fazem, bate com os punhos no peito, as mãos geladas do frio e das trevas e derrama doces lágrimas suplicando a ajuda do bom Deus? Compreendes isto, irmão amigo, piedoso e humilde noviço? Compreendes por que se há de permitir tal infâmia? Dizem que sem isto não poderia o homem viver na Terra, porque não conheceria o bem e o mal. Para que querer esta diabólica distinção do bem e do mal à custa de tais atrocidades? Toda a ciência do mundo não vale a súplica de uma criatura do bom Deus. E nada digo das dores do adulto. Comeram a maçã, pois que se destruam e que o diabo os leve! Mas esses anjinhos! Faço-te sofrer, Aliocha, estás pálido, desassossegado... Se quiseres, calo-me já...

— De modo nenhum. Quero sofrer — balbuciou o monge.

— Um quadro ainda, apenas um, porque é muito curioso e característico e acabo de lê-lo numa revista de antiguidades russas, de cujo título não me lembro. Sucedeu isto nos dias mais negros da nossa escravidão, no começo do século e dos vivas ao libertador do Povo! Era um general da alta aristocracia, proprietário de grandes estados, um desses homens excepcionais no meu entender que, retirados do serviço para uma vida de completo descanso estão convencidos de que têm poder absoluto sobre as vidas dos seus subordinados... Nessa altura abundavam esses tipos. O general vivia num dos seus domínios de duas mil almas com toda a ostentação, tratando os pobres vizinhos como parasitas. Possuía matilhas de centenas de cães e cerca de cem moços, todos uniformizados e montados como guardas. Sucedeu que um dia, o filho de um dos seus servos, um rapaz de oito anos, atirou uma pedra a um cão para se divertir e magoou-o. Por que coxeia o meu favorito?, perguntou o general. Contaram-lhe o que acontecera. Foste tu que fizeste isso?, continuou, olhando-o dos pés à cabeça. Prendam-no!, ordenou. Prenderam-no durante toda a noite. No dia seguinte, o general monta a cavalo, é rodeado pelos cães, pelos que vivem na propriedade, pelos couteiros com grande aparato e preparados para uma caçada real. Chamam todos os servidores para que recebam um bom exemplo e comparece diante de todos a mãe da criança, que é tirada da prisão. A manhã está fria e brumosa, um dia de outono excelente para a caça. O amo manda des-pir o menino que fica em pelo. O pequeno tirita de frio, mudo de terror, sem se atrever nem a chorar... Fazei-o correr!, ordena o general. Corre! Corre!, gritam-lhe os couteiros. E a criança corre... A ele!, grita o general e atiça toda a matilha contra ele. Os cães atacam-no, acossam-no, fazem-no em tiras frente aos olhos da mãe!... Creio que em seguida declararam o general incapaz de administrar a sua propriedade. Bem... que merecia? Que o fuzilassem? Que o fuzilassem para dar satisfação aos nossos sentimentos morais? Fala, Aliocha!

— Que o fuzilassem... — murmurou Aliocha, pálido, olhando Ivan com um sorriso convulso.

— Bravo! — gritou o irmão. — Quando tu o dizes... És um monge com finura de espírito! Já sabia que tinhas um diabo entre as pregas do teu coração, Aliocha Karamázov!

— É absurdo o que disse, mas...

— Sim, sim, pois que existe um mas! — exclamou Ivan. — Deixa que te diga, noviço, que o absurdo é indispensável neste mundo que tem aí os seus fundamentos e sem ele talvez nada do que acontece sucederia. Sabemos o que sabemos!

— O que é que sabes?

— Não compreendo nada — gritou Ivan como se delirasse. — Já não preciso compreender nada. Quero sujeitar-me aos acontecimentos. Há tempos já que renunciei a compreender. Se pretendo entender alguma coisa, que sejam os acontecimentos que me enganem. Já assentei que hei de sujeitar-me a eles.

— Por que razão me submetes a esta prova? — replicou Aliocha com amargura. — Dir-me-ás, por fim, o que pretendes?

— Ora pronto! Pois claro que sim! Nem penso noutra coisa. Gosto muito de ti e não desejava deixar-te, abandonar-te ao teu Zossima.

Fez-se silêncio; o rosto de Ivan cobriu-se de tristeza.

— Escuta. Optei pelos exemplos das crianças para que as minhas provas fossem mais claras. Nada direi das outras lágrimas da humanidade que penetram a terra, desde a parte exterior até ao centro. Reduzi o meu tema com intenção deliberada. Sou um homem rude e ignorante e com toda a humildade me reconheço incapaz de compreender porque é que o mundo foi arranjado dessa maneira. Os homens são culpados. Foi-lhes dado um paraíso, quiseram ser livres e roubaram o fogo do céu sabendo que isso lhes acarretaria a desgraça. Por tal não merecem compaixão. Tudo o que alcança a minha inteligência desprezível, terrestre e euclidiana é que existe o castigo e não existe o culpado; que o efeito vem a seguir à causa, simples e diretamente, que tudo flutua e encontra o seu nível... mas isto são maçadorias euclidianas. Sei-o perfeitamente, mas não posso concordar em viver segundo tais princípios. Mas vá lá! Já é um consolo saber que toda a causa tem o seu efeito e que não existem culpados! Necessito de justiça ou destruir-me-ei a mim próprio. Não uma justiça que brilhe no tempo e no espaço infinitamente remotos, mas sim a sua aplicação aqui na terra e que os meus olhos a vejam. Acredito nisto, tenho necessidade de o ver, e se estiver morto quando isso acontecer, que ressuscite, porque se se cumpre sem mim, seria uma coisa injusta. Certamente que não me resigno a sofrer para que eu, com os meus crimes e dores, adube o terreno da futura harmonia para outros. Quero estar onde estiverem os que de repente entendam a verdade de todas as coisas. Sobre tais desejos se fundam as religiões existentes no mundo e eu sou crente. Mas... as crianças? Que fazer delas? Não sei o que dizer. Pela centésima vez repito que há numerosos problemas indecifráveis. Falei nas crianças porque elas derramam luz incontestável sobre o que tentamos resolver, Repara: se todos têm de sofrer para contribuir para a harmonia futura, que têm que ver com isso as crianças? Serão capazes de me dizer? Porque não se compreende que elas tenham de prestar o seu doloroso concurso à futura harmonia, que tenham também que carregar materiais para lançar os fundamentos da harmonia eterna. Compreendo a solidariedade dos homens em pecado e até a retribuição, mas não compreendo que se tornem solidárias as crianças, e se é certo que são atingidas por alguma responsabilidade pelos crimes dos pais, será uma verdade do outro mundo, fora da minha compreensão. Talvez algum trocista diga que crescerão e pecarão de sobra, mas eu respondo que não crescerá a criança de oito anos que foi destroçada pelos cães. Ó Aliocha, não blasfemo! Explico perfeitamente o tremor que agitará o universo quando tudo o que existe no céu e na terra se unir num cântico de louvor e todo o ser vivente e que viveu grite: A Tua sabedoria é justa, Senhor, porque nos revelaste os Teus caminhos! Quando a mãe abrace aquele demônio que deu o seu filho aos cães e os três exclamem numa só voz: A Tua sabedoria é justa, Senhor! Então, certamente teremos alcançado a coroa da ciência e tudo nos parecerá claro. Mas o que me subleva é que não posso aceitar esta harmonia. E enquanto estou na terra quero prevenir-me. Olha, Aliocha, é possível que se eu viver nessa altura, ou ressuscitar para ver o que se passa, una o meu grito ao dos outros, perante o quadro da mãe que abraça o verdugo do filho. Tua sabedoria é justa, Senhor. Mas o caso é que não quererei gritá-lo. Enquanto estou a tempo trato de me libertar de toda a sugestão e renuncio por completo a uma harmonia superior porque não merece as lágrimas dessa criança torturada que bate no coração com as mãozinhas e clama ao bom Deus na sua triste clausura, com choro inocente, e não o merece porque ninguém expia essas lágrimas. Expiá-las-ão ou não haverá harmonia. Mas como, como se irá redimi-la? Será possível? Pela vingança? E que ganho eu em vingar a criança ainda que me dês um inferno para o opressor? Que bem se pode esperar do inferno quando as criaturas já sofreram o tormento? Quero abraçar, quero perdoar, não quero que se sofra mais. E se a dor das crianças há de integrar a soma das dores necessárias para adquirir a verdade, declaro que esta verdade é uma fraude. Não quero que a mulher abrace o opressor que atiçou os cães contra o filho dela. Que não lhe perdoe! Bom... que lhe perdoe, se quiser, mas não tem o direito de perdoar a tortura do seu filho e não deve perdoar ao verdugo, ainda que o próprio filho lhe perdoasse! E, sendo assim, se não deve ela perdoar ao déspota, que será da harmonia? Existe no mundo algum ser que tenha direito a perdoar e perdoe? Não quero a harmonia e não a quero por amor à humanidade. Prefiro manter os meus sofrimentos sem vingança, a minha indignação sem desafogo, *ainda que esteja enganado*. E pede-se-nos um preço tão elevado pela harmonia que está fora dos nossos recursos o entrar nela. Por isso me apresso a devolver o meu bilhete, e se sou honrado devo devolvê-lo o mais depressa possível. É isso que tenho de fazer. Não é que rejeite Deus, Aliocha; devolvo-lhe apenas o bilhete.

— Isso é rebeldia — murmurou o monge, baixando a vista.

— Rebeldia? Sinto muito que lhe chames isso — disse Ivan com vivacidade. É muito difícil viver em rebeldia e eu quero viver. Ora bem: rogo-te que me respondas. Supõe que estás construindo o destino humano com o objeto de fazer por fim o homem feliz dando-lhe paz e tranquilidade, mas que fosse essencialmente indispensável torturar uma criança de peito até à morte e assentar esse edifício de felicidade nessas lágrimas que ficam sem vingança. Consentirias em ser o arquiteto em tais condições? Fala e diz-me o que sentes.

— Não, não consentiria — afirmou Aliocha com resolução.

— E podes admitir a ideia de que o homem para quem construíres concordasse em aceitar a felicidade baseada no sangue inexpiável das pequenas vítimas? E que, aceitando-a, pudesse sentir-se feliz para sempre?

— Não, não posso admitir isso, irmão — disse Aliocha de repente, com o olhar fulminante. — Há um momento perguntavas se havia um ser no mundo com direito de perdoar e que, com efeito, perdoasse. Pois sim, existe esse ser e pode perdoar tudo e todos pois por todos e por cada um dos homens derramou o seu sangue inocente. Esqueceste-O, e n'Ele se baseia todo o edifício e só a Ele havemos de dirigir o nosso clamor: Senhor, a Tua sabedoria é justa porque nos foram revelados os Teus caminhos.

— Ah! O único inocente e... o Seu Sangue! Não, não O havia esquecido. Pelo contrário, estava admirado de que não O citasses antes pois tens sempre por hábito recorrer a Ele como principal argumento nas vossas discussões. Repara, Aliocha, e não te rias. Há um ano que compus um poema. Se quiseres conceder-me mais uns dez minutos, dir-to-ei.

— Tu escreveste um poema?

— Não, não fui eu que o escrevi — riu Ivan. — Na minha vida fiz apenas dois versos. Desenvolvi-o na imaginação e recordo-o muito bem. Quando o concebi, fervia-me a cabeça ao fogo da exaltação que me tomava. Tu serás o meu primeiro leitor, ou por outra, o meu primeiro ouvinte. O autor quer sempre que um ouvinte preceda os seus leitores — disse Ivan, sorrindo. — Queres que to conte?

— Sou todo ouvidos — afirmou Aliocha.

— O meu poema intitula-se *O Grande Inquisidor*... É uma coisa ridícula, mas quero contá-la...

## Capítulo 5
## O Grande Inquisidor

— Também isto necessita de prefácio como as obras literárias — comentou Ivan, rindo — ainda que me falte a arte para o fazer. A minha história passa-se no século XVI e, como terás aprendido no colégio, era costume naquele tempo fazer intervir nos poemas as forças celestiais. Sem falar de Dante, os clérigos e monges franceses sabiam dar representações em que a Virgem, os santos, os anjos e Cristo e o próprio Deus apareciam em cena com a maior simplicidade. Em Nossa Senhora de Paris, de Victor Hugo, relata-se o peregrino e edificante espetáculo oferecido ao povo, na Câmara, para celebrar o casamento do delfim durante o reinado de Luís XI. A obra intitulava-*se Le bonjugement de la très sainte et gracieuse Vurge Marie,* em que a Virgem aparece em cena pronunciando o seu justo discurso. Semelhantes representações, com cenas arrancadas ao Velho Testamento, davam-se em Moscovo de vez em quando, antes de Pedro o Grande. Além das comédias há outro gênero de lendas e baladas disseminadas por esse mundo de Deus em que os santos, os anjos e todas as potências celestiais intervêm quando o assunto requer. Nos nossos mosteiros, os monges afadigavam-se traduzindo, copiando e até compondo poemas no estilo ainda sob o domínio dos tártaros. Há um, por exemplo, traduzido do grego, *Viagem de Nossa Senhora aos Infernos,* com quadros dignos de Dante. A Virgem visita o inferno e o Arcanjo Miguel guia-a através dos tormentos. Entre outros, fixa-se um interessante grupo de condenados revoltos num lago de fogo. Alguns submergem e não podem nadar. são esquecidos por Deus, expressão profunda e terrível. A Virgem comove-se e prosterna-se, chorando, perante o trono do Senhor, implorando misericórdia para todos os condenados, para todos os que ela viu, sem exceção. O seu colóquio com Deus é de imenso interesse. Deus, mostrando-lhe as mãos e os pés de seu Filho, rasgados pelos cravos da cruz, pergunta: Como posso perdoar aos seus verdugos? Ela convoca todos os santos, mártires, anjos e arcanjos e convida-os a que se ajoelhem com ela pedindo misericórdia para todos, sem distinção. Por fim, obtém do Senhor que cada ano cessem os tormentos desde o dia de Sexta-feira Santa ao da Trindade e imediatamente sobe do inferno um clamor de ação de graças. És sábio, Senhor, e os Teus juízos são retos. Bom, pois o meu poema seria algo semelhante, se pertencesse àquela época. Ele aparece em cena, mas não fala; aparece e desaparece. Transcorreram quinze séculos desde que prometeu voltar com toda a sua glória, quinze séculos desde que o profeta escreveu acerca d'Ele: Eis que virei, sem que ninguém saiba o dia nem a hora, nem sequer os anjos que estão no céu nem o Filho, mas o como predisse Ele próprio na terra. Mas a humanidade espera-O com a mesma Fé, com o mesmo amor. Com mais Fé ainda, pois há quinze séculos que o homem não vê sinais no céu.

*Já não aparecem anúncios nas alturas*
*Que corroborem os anseios das almas.*

Ao homem já não lhe resta sequer a fé como alimento do espírito. Certo que naqueles dias aconteciam muitos milagres. Santos que realizavam coisas portentosas; gente fervorosa a quem, segundo os hagiógrafos, visitava a Rainha dos Céus em pessoa. Mas o diabo não dormia, a dúvida sobre a veracidade de tais milagres perturbava já as almas, e como se pouco fora aparecia no norte da Alemanha uma seita terrível: Uma grande estrela, como uma tocha, isto é, como uma igreja, caiu sobre a face das águas e estas tornaram-se amargas.

E os hereges negavam, blasfemando, os milagres. Mas os que se mantinham fiéis, acreditavam com uma fé mais ardente. E o pranto da humanidade chegava como antes até Ele, e aguardava-se a sua vinda. Amavam-n'O, esperavam-n'O, ansiava-se o martírio e a própria morte por Ele, como antes. Tantas e tantas gerações haviam suplicado com fé e fervor: Senhor, nosso Deus, apressai a vossa vinda!, que na sua infinita misericórdia se dignou atender ao chamamento dos seus servos, descendo à Terra. Antes, aparecera visitando apenas os santos, mártires e os anacoretas, segundo referem nas suas vidas. O nosso Tyntchev, pondo uma fé cega na verdade das suas palavras atenta que:

*Com a cru, às costas, rendido, arrastando-se*
*O Rei dos Céus, vestido como escravo*
*Veio à nossa Mãe Rússia, abençoar-nos*
*E nestas terras andou, por aí, a vaguear.*

E assim foi, juro-o. E aqui, pois, que se digna aparecer por um momento ao povo que sofre e geme mergulhado na inquietação, mas que O ama como uma pessoa. A ação passa-se em Sevilha, Espanha, na época mais terrível da Inquisição, quando diariamente se acendem fogueiras à glória de Deus e se queimam os perversos hereges em esplêndido auto de fé. Oh! Claro que não é esta a sua vinda do fim dos tempos, em que aparecerá, segundo prometeu, rodeado do esplendor da sua glória divina como o relâmpago que brilha no Oriente e é visto até ao Ocidente. Não, quis apenas fazer uma visita a seus filhos, quando arde a lenha em volta dos hereges. Na sua infinita misericórdia, passa entre os homens com figura humana, como há quinze séculos andou durante três anos. Baixa ao solo cálido da cidade do Sul, onde no dia anterior foram queimados uma centena de hereges *ad majorem Dei gloriam,* pelo cardeal, grande Inquisidor, num magnífico *auto de fé* perante o rei, o seu séquito, os cavalheiros, os cardeais, as mais belas damas da corte e todo o povo de Sevilha. Veio em silêncio, sem se anunciar. Mas coisa surpreendente! Todos o reconhecem. Por quê? Esta podia ser uma das mais famosas passagens do poema. O povo sente-se atraído para Ele por uma força irresistível, aglomera-se a seu lado, rodeia-o e segue-o. Ele avança no meio das pessoas, em segredo, sorrindo-lhes com infinita piedade. O sol do amor arde no seu coração, os olhos irradiam luz e virtude que se derrama nos corações, movendo-os para um amor mútuo. Levanta as mãos para abençoar as multidões e do seu corpo e das próprias vestes desprende-se uma virtude que cura só ao contato. Um velho, cego de nascença, grita entre muita gente: Senhor, cura-me e ver-te-ei! As cataratas caem dos seus olhos e o cego vê. A multidão chora e beija as pegadas dos seus pés, as crianças põem flores no seu caminho, cantando e gritando Hossana! E de todas as bocas se eleva um clamor: É Ele, é Ele! há de ser Ele! Não pode ser outro, senão Ele! Detém-se no átrio da Catedral de Sevilha para deixar passar a fúnebre comitiva que acompanha, chorando, um féretro branco, descoberto, onde jaz, submersa entre flores, uma menina de sete anos, única filha de um potentado da cidade. A multidão aperta-se em volta da mãe inconsolável e diz-lhe: Ele devolver-ta-á à vida. O sacerdote sai a receber o ataúde e fica perplexo contemplando a cena. A mãe ajoelha perante Ele e exclama num lamento terrível, levantando os braços numa súplica: Se és Tu, ressuscita a minha filha! A comitiva detém-se e depositam o ataúde numa grade, aos pés divinos. Ele olha com piedade e os seus lábios pronunciam outra vez as ternas palavras: Donzela, levanta-te! e a donzela ergue-se, senta-se e olha para todos os lados, sorrindo, admirada, e conservando ainda na mão as açucenas que aí lhe haviam colocado. A multidão grita, geme, e então passa o cardeal em pessoa, o grande Inquisidor, que se dirige à Catedral. É um ancião de noventa anos, alto, entrevado, de rosto pálido e olhos sumidos que despedem clarões de inteligência que a velhice não extinguiu ainda. Não traz as faustosas vestes cardinalícias que ostentava na véspera, enquanto queimava os inimigos da Igreja Católica, mas sim um tosco e velho burel de frade. Seguem-no à distância os seus sombrios familiares, servos, e a guarda do Santo Ofício. Detém-se ante a multidão, observando de perto quanto se passa. Viu como colocavam o féretro aos pés do Homem e como a donzela se levantava. O rosto enevoa-se-lhe, franze as espessas sobrancelhas, brilha nos seus olhos um fogo sinistro e, com um sinal, ordena à guarda que O detenha. Tal é o seu poder e tão habituados estão todos a render-lhe obediência e a submeter-se-lhe, tremendo, que a multidão abre passo aos seus soldados, os quais no meio de um silêncio de morte, põem n'Ele as suas mãos e O levam. E o povo curva-se, unânime, perante o velho Inquisidor, que o abençoa em silêncio e passa. Os agentes conduzem o seu prisioneiro ao antigo palácio da Santa Inquisição e encerram-no num calabouço estreito e lúgubre. Morre o dia e sucede-lhe uma dessas noites sevilhanas, escuras, quentes, sem um sopro de ar. O ambiente satura-se de fragrâncias de loureiro e limão. De repente, abre-se na penumbra a porta da prisão e o próprio grande Inquisidor aparece com uma lanterna na mão. Entra só; os ferrolhos rangem atrás dele. Permanece por algum tempo junto à porta com o olhar fincado no do prisioneiro. Por fim, avança lentamente, coloca a luz sobre a mesa e pergunta: mesmo Tu? Tu? E como não recebe resposta acrescenta vivamente: respondas, cala-te. Que poderias dizer? Bem sei o que dirias. Não tens o direito de acrescentar seja o que for ao que disseste noutros tempos. Por quê, pois, vieste estorvar-nos? Porque Tu não vieste fazer-nos mais do que isso, bem o sabes. Mas o que irá suceder amanhã? Não sei quem sejas, nem me importa que sejas Tu ou uma semelhança d'Ele; mas amanhã condenar-te-ei e queimar-te-ei como ao pior dos hereges... E a gente que hoje beijava os teus pés, amanhã atiçará o fogo que te abrasará. Sabias? Sim, talvez o saibas, acrescentou, sem afastar um só momento a vista do Prisioneiro.

— Não compreendo isso tudo muito bem, Ivan. O que é? — disse Aliocha, que escutara em silêncio. — Uma exaltada fantasia ou um erro por parte do velho... algum *qui pro quo* impossível?

— Se estás tão corrompido pelo realismo moderno que não podes suportar as fantasias, fica com o último — disse Ivan rindo. — Se preferes um erro de identidade, seja. A verdade é que o velho — continuou sem deixar de rir — aos noventa anos, tinha de sobejo para ficar louco perante aquela ideia. Talvez se tenha deixado impressionar demasiado pelo aspeto do Prisioneiro. Talvez não fosse mais do que um delírio, a alucinação de um nonagenário sobreexcitado pelo auto de fé dos cem hereges da véspera. Mas que nos importa, depois de tudo, que seja um erro de identidade ou os efeitos de uma imaginação exaltada? O interessante é que o velho fale, que diga francamente o que calou durante noventa anos.

— E o Prisioneiro ainda guarda silêncio? Continua a olhá-lo sem despregar os lábios?

— É indispensável, em todo o caso — responde Ivan. — O velho advertiu-o de que não tem o direito de acrescentar nada ao que disse noutros tempos. Dir-se-ia que é este o meu entender. Conferiste todo o poder ao Papa e daqui em diante tudo depende dele, sem necessidade de que Tu intervenhas. Não deves, pois, misturar-Te; pelo menos até que chegue a Tua hora. Assim falam e escrevem os jesuítas, seja como for, e eu próprio o tenho lido nas obras dos seus teólogos.

Terás o direito de não nos revelares qualquer mistério do mundo de onde vens?, pergunta-lhe o ancião, e ele mesmo responde: Não, não tens, porque nada podes acrescentar ao que já disseste e não podes tirar ao homem aquela liberdade que exaltavas nas Tuas prédicas da Terra. Qualquer coisa que revelasses de novo seria uma usurpação aos homens da sua liberdade de fé, porque apareceria como um milagre e esta liberdade de fé era o que Tu mais apreciavas, há mil e quinhentos anos. Não Lhes prometeste com frequência: *Eu os farei livres?* Pois já viste esses homens livres, acrescentou o velho com sorriso pensativo. Ah! Pagamos isso bem caro!, continuou com veemência. Mas, por fim, acabamos a obra em Teu nome. Durante quinze séculos temos lutado pela Tua liberdade, mas agora já a conseguimos e foi para o bem de todos, O quê? Não crês que seja para bem? Olhas-me tão docemente!... Nem sequer Te dignas aborrecer-Te comigo! Mas deixa que Te diga que hoje em dia o povo está mais convencido do que nunca de que tem perfeita liberdade, embora nos façam, a nós, seus depositários, depondo-a docilmente a nossos pés. Mas isto foi obra nossa. Fizeste Tu isto? Era esta a Tua liberdade?

— Continuo sem entender — interrompeu Aliocha. — Fala ironicamente? Brinca?

— Nem pensar! Reclama para si e para a Igreja, o mérito de haver aniquilado, por fim, a liberdade, para dar deste modo a felicidade aos homens. Pois agora, refere-se, claro, à Inquisição, pode falar-se pela primeira vez da felicidade dos homens. O homem é rebelde desde a sua origem... E podem acaso ser felizes os rebeldes? Foste avisado; não te faltaram advertências e conselhos, mas Tu não quiseste atendê-los. Recusaste o único meio de fazer os homens felizes. Afortunadamente, antes de partires, deixaste-nos o cuidado da obra. Prometeste, fundaste de palavra e legaste-nos o direito de *ligar e desligar* e agora supomos que não virás tirá-lo. Mas, nesse caso, por que vens estorvar?

— Que queres dizer com isso de não te faltaram conselhos e advertências? — perguntou Aliocha.

— É o que importa principalmente que diga o velho. O espírito maligno e inteligente, o espírito da destruição e do nada, o príncipe dos espíritos, falou contigo no deserto e, segundo nos contam os livros, tentou-te. Não é verdade? E existe algo de mais verdadeiro do que o que disse nas três perguntas que te propôs e tu rebateste, e a que os livros chamam de *tentações?* Se houve na terra um verdadeiro e pasmoso milagre, realizou-se naquele dia, no dia das três tentações. O formular dessas três questões é já por si um milagre. Se imaginássemos, só como prova da minha afirmação, que estas três propostas do terrível espírito tivessem desaparecido completamente dos livros e fosse necessário reconstruí-las, inventá-las de novo, e com tal objeto se reunissem todos os sábios da terra, estadistas, doutores da Igreja, eruditos e poetas, e se pusessem a procurar e a imaginar três tentações que não só fossem dignas das circunstâncias, mas que expressassem em três palavras, em três frases humanas toda a história da humanidade futura. Crês que todos os sábios da Terra, unidos, conseguiriam conceber algo que igualasse em profundidade e em força as três perguntas que te propôs o poderoso espírito do deserto? Essas questões e o milagre de as expor bastam para nos fazer compreender que não se trata da pobre inteligência humana, mas sim de uma absoluta e eterna, porque nelas se encontra como que resumida e profetizada numa frase toda a história da humanidade, concretizadas todas as contradições insolúveis da história da nossa espécie. Desse modo não podia isto ser evidente, posto que não se conhecia o futuro, mas agora, transcorridos que foram quinze séculos, verificamos que tudo foi tão justamente adivinhado e predito que seria impossível aumentar ou tirar alguma coisa. Julga Tu mesmo quem tem razão. Tu ou quem Te interrogava.

Recorda a primeira pergunta cujo sentido vem a ser este: Estás disposto a ir pelo mundo e pensas levar as mãos vazias, ou vais apenas com a promessa de uma liberdade que os homens não podem compreender na sua simplicidade e no seu natural desenfreamento, que evitam, que os amedronta, pois nada houve jamais tão insuportável para o indivíduo e para a sociedade como a liberdade? Mas, vês estas pedras na aridez ardente do deserto? Converte-as em pão, e a humanidade correrá atrás de Ti como um rebanho, agradecida e submissa, tremendo de medo de que retires a mão e lhe negues a comida. Mas Tu, não querendo privar o homem da liberdade, repeliste a tentação, pensando que só em detrimento desta liberdade podia comprar-se com pão a obediência; e respondeste que *nem só de pão vive o homem.* Mas não sabes que por esse pão material o Espírito do século se levantará contra Ti, te combaterá até Te vencer, e todos com ele, gritando: *Quem pode comparar-se a este monstro? Foi ele que nos deu o fogo do céu!* Não sabes que os séculos passarão e a humanidade proclamará pela boca dos seus sábios que não há crimes e, por conseguinte, também não há pecado; que não há nada mais do que fome? *Farta-nos e depois pede-nos virtude!,* tal será o *slogan* da bandeira que levantarão contra Ti, e em nome do qual destruirão o Teu templo, para construir sobre as suas ruínas a Torre de Babel; porque a horrível Torre de Babel será reconstruída e, como a antiga, não chegará ao remate. Tu podias evitar que os homens cometessem esta louca empresa e com ela tivessem mil anos de sofrimento, porque depois desses mil anos de trabalhos para elevar a torre, deixá-la-ão para voltarem para nós. Buscar-nos-ão sob a terra, nas catacumbas, onde nos ocultaremos fugindo das suas perseguições e martírios. Encontrar-nos-ão e pedirão, gritando: *Dai-nos Pão, que aqueles que nos prometeram o fogo do céu enganaram-nos!* E então acabaremos nós a torre, pois quem nos alimentar acabará a obra. E alimentá-los--emos em Teu nome, declarando com engano que o fazemos em Teu nome. Oh! Nunca, nunca terão nada que levar à boca sem nós! A ciência não lhes proporcionará um bocado de pão, enquanto forem livres. E, por fim, depositarão a sua liberdade aos nossos pés, dizendo-nos: *Tomai-nos por escravos, mas sustentai-nos.* Convencer-se-ão, por fim, que com a liberdade é impossível que todos fiquem saciados porque jamais, jamais, serão os homens capazes de repartir o pão entre si. Também se persuadirão de que não podem ser livres, por indignos, débeis, viciosos e rebeldes. Prometeste-lhes o pão do Céu; mas, acaso pode comparar-se ao da Terra, aos olhos da fraca, pecadora e ignóbil espécie humana? E se pelo pão do céu Te seguem milhares e dezenas de milhares, que será dos milhões e dezenas de milhões de seres que não têm força de renunciar dos frutos da terra trocando-os pelos do céu? Acaso atendes só a esses milhares, grandes e fortes? E os milhões incontáveis como as areias do mar e que, embora débeis, Te amam, hão de viver para servir os fortes? Nós não, nós preocupamo-nos também com os fracos. São viciosos e rebeldes, mas ao fim amansarão e acatarão a obediência. Admirar-nos-ão e ter-nos-ão por deuses, porque estamos prontos a assumir essa liberdade que tanto os espanta e a governá-los. E de tal maneira o faremos que terão horror em declarar-se livres. Mas dir-lhe-emos que *somos teus servos* e que governamos em Teu nome. Enganá-los-emos ainda porque não permitiremos que voltes a estar entre nós. Esta impostura será o nosso tormento, pois nos veremos forçados a mentir... Eis aqui o significado da primeira tentação do deserto à qual resististe por essa liberdade que exaltaste sobre todas as coisas, não obstante ocultar-se naquela o grande mistério do mundo. Decidindo-Te pelo *pão* terias satisfeito o geral e eterno desejo da humanidade, que busca alguém a quem adorar, porque não há nada que agite mais os homens do que o afã constante de encontrar a quem prestar adoração enquanto são livres. No entanto, pretendem um ser indiscutível, reconhecido pela humanidade toda. Estes infelizes não se contentam com um culto particular, procuram algo em quem todos possam crer e adorar. O essencial é que todos se filiem na mesma igreja. Este desejo de *comunhão* dos fiéis é a maior calamidade do indivíduo e da humanidade, desde o princípio dos séculos. Por esta comunhão se exterminaram os homens, fabricaram os seus ídolos e gritaram uns aos outros: *Deixai os vossos deuses e adorai os nossos, ou morte a vós e a tudo o que adorais!* E assim será até ao fim do mundo, pois se os deuses desaparecessem da terra, os homens continuariam a inclinar-se do mesmo modo perante os ídolos. Tu sabia-lo, não podias ignorar esse mistério fundamental da natureza humana, mas repeliste a única bandeira infalível que se te oferecia para que os homens se curvassem todos perante Ti: a bandeira do pão da terra. E repeliste-a em nome da liberdade, pelo pão do céu. Eis aqui O que fizeste logo... Sempre, sempre em nome da liberdade! Já Te tenho dito que não há maior ansiedade no homem do que a de encontrar, quanto antes, a quem entregar este dom de liberdade com que nasce o des-graçado; mas só poderá aceitá-

-lo o que for capaz de apaziguar a sua consciência. Com o pão era-te oferecida uma bandeira invencível: reparte-o e os homens adorar-te-ão, porque o pão é a melhor garantia. Mas se outro toma posse da sua consciência, atirarão fora o pão para seguir quem pode apaziguar-lhe a alma. Nisto tens razão, porque o mistério da vida humana está não só em viver, mas também no motivo por que viver. Sem um claro conceito do objeto da vida, o homem não consentiria em continuar a viver; preferiria destruir-se em vez de permanecer na terra, ainda que tivesse pão em abundância. E esta a verdade. Mas que sucedeu? Em vez de diminuir ao homem a sua liberdade, prodigalizaste-a, fizeste-o mais livre do que nunca. Esqueceste que o homem prefere a paz e ainda a morte à liberdade de escolher, no seu conhecimento do bem e do mal. Nada o seduz tanto como a liberdade de consciência, mas também não há nada que lhe proporcione maiores torturas. Além do mais, em vez de estabelecer princípios sólidos que assegurassem de uma vez para sempre a consciência humana, optaste por tudo aquilo que é extraordinariamente vago e enigmático, por aquilo que está inteiramente acima das forças do homem, portando-te assim como se não o amasses em absoluto... Tu que vieste dar a vida por ele! Em vez de Te apoderares da sua liberdade, aumentaste-a, sobrecarregando o reino espiritual da humanidade com novas dores perduráveis. Quiseste que o homem Te amasse livremente, que Te seguisse de livre vontade, seduzido, cativado por Ti; desprendido da dura lei antiga, o homem devia, para o futuro, decidir por si mesmo no seu coração livre entre o bem e o mal, sem outro guia que a Tua imagem. Mas não sabias que acabará por repelir a Tua imagem e a Tua doutrina, cansado, aniquilado sob o pesado fardo do livre arbítrio? Chegarão a gritar que a verdade não está em Ti, porque não se conformarão com que os hajas deixado na maior perturbação, na maior das dores, sob o peso de tantos cuidados e problemas insolúveis. De modo que Tu próprio lançaste os fundamentos para a destruição do Teu reino e a ninguém mais há que acusar. Pois não se Te ofereceu tudo? Três poderes, três únicos poderes há capazes de conquistar e dominar para sempre a consciência desses pobres rebeldes, em benefício próprio: o milagre, o mistério e a autoridade. Tu recusaste-os, dando o exemplo aos outros para que Te imitassem. Quando o sábio e maligno espírito Te conduziu ao pináculo do templo disse-te: *Se queres saber se és o Filho de Deus, atira-te para o espaço porque está escrito: os amos o segurarão para impedir que caia e se magoe, e conhecerás então que és o Filho de Deus e Provarás a grande fé que tens em Teu Pai,* Tu não cedeste, não Te precipitaste. Fizeste, bem, muito bem, admiravelmente, como Deus; mas, ah, os pobres homens não são deuses, são fracos e impotentes. Bem sabias que ao dar um passo, ao moveres-te para Te deixares cair, terias tentado a Deus e perdido a Fé n'Ele, e talvez Te tivesses esmagado contra a mesma terra que vinhas redimir com grande regozijo por parte do espírito tentador. Mas eu pergunto: há muitos como Tu, e podes crer por um momento que os homens podem resistir a essa tentação? Estará a natureza humana preparada para que se prescinda de milagres e nos mais solenes momentos da vida, nas mais profundas e dolorosas crises da alma, fique abandonada ao seu livre arbítrio? Sabias que a Tua proeza seria recordada nos livros, seria transmitida às mais remotas idades e chegaria a todos os confins da Terra, e confiavas que os homens que Te seguissem se acolheriam a Deus sem exigir milagres... mas não tiveste em conta que quando o homem repele o milagre repele também Deus, que não tanto procura Deus como o próprio milagre, e como não pode viver sem eles, inventá-los-ia para seu uso e inclinar-se-ia perante os sortilégios dos feiticeiros, ainda que fossem cem vezes rebeldes, heréticos e ateus. Não baixaste da cruz quando Te gritavam de escárnio e ultraje: *Desce da cruz e acreditaremos que és Ele.* E não o fizeste porque não querias subjugar o homem por meio do milagre. Desejavas que Te prestassem uma fé livre e não diminuída pelo milagre; ansiavas um amor livre e não os vis transportes do escravo ante o poderio que o intimida e submete. Tinhas um conceito demasiado elevado do homem, que é um escravo, embora rebelde por natureza. Olha e julga; quinze centúrias transcorreram, lança um olhar retrospectivo. A quem elevaste até Ti? Juro: o homem é mais baixo, mais vil por natureza do que Tu julgavas. Pode ele realizar o que Tu realizaste? Tendo-o em tão grande estima, portaste-Te com ele como se realmente Te não inspirasse nenhum sentimento, e exigiste-lhe demasiado... Tu que o amaste mais do que a Ti mesmo! Se o tivesses apreciado menos, ter-lhe-ias pedido menos; e isto teria mais semelhança com o amor, porque a sua carga seria mais leve. O homem é débil e covarde. Que importa que em qualquer parte se levante agora contra o nosso poderio, em sua rebelião? Orgulho de crianças e de estudantes! São como esses rapazes travessos que se fecham na escola, deixando do lado de fora o professor. Mas acabam-se de pronto as suas algazarras, e hão de custar-lhe caras. Destruirão os templos e ensoparão a terra de sangue, mas por fim hão de reconhecer esses loucos que são impotentes na sua rebeldia e incapazes de a suster. Banhados em lágrimas de vaidade, confessarão que quem os criou assim rebeldes podia muito bem ter-se estado a rir deles. Gritá-lo-ão com desespero e os seus gritos serão blasfêmias que os afundarão ainda mais na sua desdita, já que a natureza humana não pode suportar a blasfêmia e acaba sempre por vingá-la em si mesma. Daí a inquietação, a dúvida e a dor. Tal é o patrimônio do homem, depois do tanto que sofreste pela sua liberdade! O Teu profeta conta na sua visão fantástica que viu os que voltaram à vida na primeira ressurreição e que eram doze mil de cada tribo. Um número tão grande, forçosamente seria de deuses, não de homens. Levaram a Tua cruz, passaram anos em áridos e estéreis desertos, alimentando-se de gafanhotos e raízes... Podes mostrar com orgulho esses filhos da liberdade, do amor livre, do livre e magnífico sacrifício em Teu nome. Mas não Te esqueças de que eram apenas uns milhares. E o resto? De que são culpados os outros que não puderam suportar com a sua fraqueza o que suportaram aqueles com a sua fortaleza? De que é culpada a alma débil, incapaz de receber tão terríveis dons? É possível que viesses apenas para os escolhidos? Sendo assim, há aqui um mistério, temos o direito de pregar o mistério e de lhes ensinar que não é o juízo livre da sua consciência, nem o amor, o que importa senão obedecer cegamente ao mistério, ainda que seja contra a sua consciência. Isso temos feito. Temos corrigido a Tua obra, fundando-a no *milagre*, no *mistério* e na *autoridade*. E os homens estão contentes por serem conduzidos como um rebanho, desobrigados já desse dom terrível que tanto sofrimento lhes provocou. Não fizemos bem? Diz! Não amamos a humanidade, reconhecendo bondosamente a sua fraqueza, aliviando a sua carga com amor e até permitindo que a sua fraca natureza continue a pecar enquanto se submete à nossa sanção? Por que vieste estorvar-nos? E por que me hás de olhar assim calado e perscrutador, e com essa doçura? Zanga-Te contra mim! Não necessito do Teu amor, porque também não Te amo. De que me serviria esconder-Te alguma coisa? Por acaso não saberei com quem falo? Tudo quanto Te pudesse dizer já Tu o sabes. Por mim não ficará calado o nosso mistério, talvez queiras escutá-lo dos meus lábios. Pois então, ouve. Não colaboramos na Tua obra, mas sim na dele... aqui está o nosso mistério. E faz já uns oito séculos que o fazemos, desde que Te voltamos as costas para nos pormos a seu lado. Há precisamente oito séculos, recebemos dele o que Tu desdenhaste, o último dom que Te ofereceu ao mostrar-te os reino da Terra. Recebemos dele Roma e a espada de César e proclamamo-nos únicos imperadores do mundo, ainda que até ao presente não tenhamos podido rematar a nossa obra. Mas quem tem a culpa? Ah! A obra está só começada, mas segue bem. Há de passar muito tempo até que a vejamos completa, e a Terra tem muito ainda que sofrer, mas triunfaremos, seremos César, e então pensaremos na felicidade universal. Se Tu tivesses empunhado nessa altura a espada de César! Por que desprezaste o último dos oferecimentos? Se tivesses seguido o último conselho, terias satisfeito todas as necessidades do homem sobre a Terra: uma pessoa a quem adorar, a quem fazer doação da sua consciência, a união harmônica de todos num formigueiro; pois que essa união universal é o terceiro e último desejo do homem. A humanidade sempre tentou afanosamente organizar-se num Estado universal. Têm existido impérios imensos e gloriosos, mas quanto mais se desenvolvem, mais sofrem, duramente estimulados pelo afã de realizar a união mundial. Os grandes conquistadores, os Tamerlão e os Gengis Kan, que passaram pela face da Terra como um furacão devastador avassalando os povos, experimentaram de uma maneira inconsciente o mesmo anseio pela unidade universal. Se tivesses aceitado o mundo e a púrpura de César, terias feito um Estado de toda a terra e ter-lhe-ias dado a paz universal. Pois quem governará os homens que não domine também a sua consciência e tenha o pão na sua mão? Nós tomamos a espada de César e, ao fazê-lo, renegamos-Te para o seguir a *ele*. Todavia, hão de vir épocas de confusão, de ideias extravagantes, de ciência humana, de canibalismo, já que quando se puserem a construir a sua Torre de Babel sem nós, acabarão, naturalmente, por se devorarem uns aos outros, mas então a besta há de humilhar-se e lamber-nos-á os pés, banhando-os com lágrimas de sangue. E nós cavalgaremos sobre a besta e levantaremos a taça em que estará escrito a palavra *mistério*. Nessa altura, e apenas nessa altura, chegará para o homem o reino da paz e da felicidade. Orgulham-Te os Teus eleitos, pois bem, fica com eles. Nós daremos a todos a paz. Mas o caso é que entre esses eleitos, esses varões esforçados que poderiam contar-se no seu número, quantos há que, cansados de esperar em Ti, se passaram e se passarão ain-da com todo o seu entusiasmo, com todo o ardor da sua alma, para o campo oposto e acabarão por levantar contra Ti a bandeira da Tua liberdade, dessa liberdade que tanto louvaste! Conosco todos se sentirão felizes, sem que se lhes ocorra sublevar-se, nem destruir-se mutuamente. Oh! Persuadi-los-emos de que só podem ser livres renunciando em nós à sua liberdade e submetendo-se-nos. O quê? Dir-lhes-emos com isto a verdade ou enganá-los-emos? Eles próprios se convencerão de que temos razão, ao recordar os horrores da escravidão e da desordem a que os conduziu a Tua liberdade. A independência, o livre arbítrio e a ciência colocá-los--ão em tais apertos e de frente para tais maravilhas e inescrutáveis mistérios que muitos, os violentos e duros, se destruirão a si mesmos. Outros, também violentos, mas débeis, aniquilar-se-ão mutuamente, enquanto os que ficarem, fracos e desgraçados, se arrastarão a nossos pés, gemendo: *Sim, tendes razão, só vós possuis o seu mistério e a vós voltaremos. Salvai-nos de nós mesmos!* Quando lhes distribuirmos o pão, verão claramente que o recebemos deles, amassado com as suas próprias mãos, para que seja repartido sem nenhum milagre. verão que não convertemos as pedras em pão, mas na realidade estarão mais agradecidos por recebê-lo das nossas mãos do que pelo próprio pão, porque recordarão os dias em que, sem a nossa ajuda, o pão que ganhavam se transformava em pedras nas suas mãos, ao passo que, uma vez de volta a nós, as mesmas pedras voltam a ser pão. Compreenderão demasiado o valor de uma completa submissão! E enquanto o não compreenderem serão desgraçados. Quem tem mais culpa de que ainda o não saibam? Fala! Quem dispersou o rebanho e o extraviou por caminhos desconhecidos? Mas um dia há de encontrar-se o rebanho no mesmo redil e mostrar-se-á manso e dócil para sempre. Então dar-lhe-emos o descanso que proporciona um doce bem-estar aos seres débeis por natureza. Ah! Dissuadi-los-emos por fim do seu orgulho, ainda que Tu os tenhas elevados, ensinando-lhes desse modo a ser altivos, e demonstrar-lhes-emos que são débeis, como crianças teimosas, mas que não há felicidade tão doce como a das crianças. Serão tímidos, não nos perderão de vista e rodear-nos-ão medrosos como os pintos rodeiam a galinha. Admirar-nos-ão com respeito e temor, e terão orgulho em que com o nosso talento e energia possamos sujeitar uma multidão de milhões e milhões. Tremerão impotentes perante a nossa cólera, serão pusilânimes e estarão quase a derramar lágrimas como mulheres e crianças, e a passar do pranto ao regozijo, da tristeza à alegria ditosa e às canções infantis. Faremos com que trabalhem, mas nas horas de descanso a sua vida será como um jogo infantil, com danças inocentes. Ah! Também lhes permitiremos que pequem. São débeis e desamparados e gostarão de nós como pequeninos porque lhes permitiremos pecar. Dir-lhes-emos que todos os pecados serão expiados, se forem cometidos com a nossa autorização, que se lhes autorizamos isso é porque gostamos deles, pois carregamos sobre nós todas as suas culpas. E adorar-nos-ão como a salvadores, que responderão perante Deus pelos seus pecados. Não terão para nós quaisquer segredos. Permitir-lhes-emos ou proibiremos que vivam com as suas mulheres e amantes, que tenham ou não tenham filhos, segundo se mostrem obedientes ou não, e submeter-se-ão com alegria e júbilo. Nós descobriremos tudo, tudo, até ao mais penoso segredo da sua consciência, e para todos teremos uma resposta em que acreditarão com alegria, porque os livrará de preocupações e da angústia que é para eles tomar uma decisão. Todos serão felizes, todos os milhões de homens, exceto os cem mil. Só nós, os guardiães do mistério, seremos desventurados. Haverá milhares de milhões de inocentes e cem mil mártires que se terão encarregado do conhecimento do bem e do mal. Morrerão em paz, expirarão docemente em Teu nome e para além da tumba não encontrarão senão a morte. Guardaremos nós o segredo, e para sua felicidade prometer-lhes-emos a recompensa da glória eterna. E se houvesse algo no outro mundo não seria para essa gente. Está escrito que voltarás vitorioso, rodeado pelos Teus eleitos, pelos fortes, pelos heróis... Mas nós diremos que esses apenas se salvaram a si mesmos, enquanto nós salvamos a todo o mundo. Dizem que a meretriz que está sentada na besta e tem nas mãos o *mistério* ficará exposta à vergonha. Levantar-se-ão de novo os débeis e rasgarão a sua púrpura real, deixando completamento nu o seu corpo abominável. Então levantar-me-ei eu para Te mostrar os milhões de milhões de *crianças* felizes que não conheceram o pecado; e nós os que por dita sua carregamos com os seus pecados, avançaremos para Ti para Te dizer: *Julga-nos, se podes e Te atreves!* hás de saber que não Te temo, hás de saber que eu também estive no deserto, também me alimentei de raízes e também obtive a liberdade com que abençoaste o homem, e esforçava-me por que me contasses entre os Teus eleitos, entre os fortes e poderosos, com o desejo de acrescentar um número; mas reagi e não quis servir à loucura, e, volvendo atrás, uni-me às fileiras dos que *têm corrigido a Tua obra*. Deixei o altivo e uni-me ao humilde para contribuir para a sua felicidade. O que Te digo, acontecerá: o nosso domínio será constituído. Repito-o: amanhã verás como a uma indicação minha se apressa esse dócil rebanho a atiçar a fogueira em que arderás por teres vindo estorvar-nos. Se alguém merece a fogueira, és Tu. Amanhã queimar-Te-ei. *Dixi.*

Ivan calou-se. Deixara-se transportar, falando exaltadamente, e sorriu.

Aliocha esteve no final a ponto de interromper várias vezes, mas conteve-se e continuou a escutar em silêncio. Em seguida, manifestando a sua agitação, começou a falar como que disparado:

— Mas... isto é absurdo! exclamou, corando. — O teu poema, mais do que uma acusação, como tu pretendes, é um elogio de Jesus. Quem acreditará nisso de liberdade? Acaso é preciso entendê-la assim? A Igreja Ortodoxa não a concebe dessa maneira... Essa é a ideia de Roma, e não de toda, não nos enganemos, mas sim dos piores católicos, dos inquisidores, dos jesuítas... É inadmissível uma personagem tão fantástica como o teu Inquisidor. Que pecados são esses que tomam sobre si? Onde estão os detentores do mistério, que assumiram não sei que responsabilidade para dita dos humanos? Quando e onde foram vistos? Conhecemos os jesuítas de quem tão mal se fala, mas são o que tu queres que sejam? Não, não, mil vezes não... Representam simplesmente o exército de Roma para a futura soberania temporal sobre a terra do romano Imperador Pontífice... esse é o seu ideal; mas sem mistério algum, nem elevada e sentimental melancolia... E a simples cobiça do poder, dos bens da terra, do domínio da humanidade reduzida a escravidão universal e senhoreada por eles... é isso o que perseguem. Talvez não acreditem em Deus. O teu atormentado Inquisidor é uma mera fantasia.

— Alto, alto! — atalhou Ivan, rindo. — Não tomes calores! Dizes tu que é mera fantasia? Concedido. Claro que é uma fantasia. Mas diz-me; tu acreditas, na verdade, que todo o movimento católico dos últimos séculos se reduz ao desejo de poder e de gozo dos baixos poderes materiais? E é isso o que te ensina o Padre Paissy?

— Não, não. O Padre Paissy, pelo contrário, afirmou numa ocasião quase o mesmo que tu... embora claro que não é o mesmo, nem se lhe parece — corrigiu Aliocha apressadamente.

— Essa é uma preciosa concessão apesar de não ser o mesmo nem coisa parecida. Mas eu pergunto: por que razão jesuítas e inquisidores se não uniram mais do que para os vis negócios materiais? Por que não pode haver entre eles um mártir angustiado por uma grande pena, um amante da humanidade? Suponhamos que exista um homem assim entre os que nada mais procuram do que os bens materiais... basta que seja como o meu grande inquisidor, que se alimentou de raízes no deserto e mortificou furiosamente a carne a fim de se sentir livre e perfeito; mas que, depois de amar durante toda a sua vida a humanidade, abre de repente os olhos e compreende que não é digno da bênção do céu procurar a perfeição e a liberdade individual, quando se está convencido de que esses milhões de filhos de Deus foram criados como uma burla, de que jamais estarão em condições de se servirem da liberdade, de que esses pobres rebeldes nunca se converterão em gigantes que acabem a torre e de que o grande sonhador e idealista não concebeu para essa gente pouco esperta o seu sonho de harmonia. Perante isto, volta para trás e vai unir-se aos homens inteligentes. Não podia ter acontecido assim?

Aliocha deixou-se arrebatar.

— Para se juntar!... E a quem? A que homens inteligentes? Não possuem grande inteligência, nem mistérios, nem segredos... talvez todo o seu segredo consista no seu ateísmo. O teu Inquisidor não deve crer em Deus. É esse o segredo dele!

— E se fosse isso? Até que por fim aceitas esse fato! E verdade, inteiramente verdade. É este todo o seu segredo... mas não constituirá um tormento para um homem que passou toda a vida no deserto e que não pode curar-se da sua filantropia? Na idade madura adquire a clara convicção de que só o conselho do temível grande espírito pode proporcionar uma vida aceitável a esses seres covardes, anárquicos, completos bonecos de ensaio, criados como que na brincadeira. E, convencido disto, vê que se impõem os avisos do terrível espírito de morte e destruição, aceitando em consequência a mentira e a impostura, guiando o homem inconsciente para a morte e para a ruína, enganando-o durante todo o caminho, a fim de que esses miseráveis cegos não vejam aonde são conduzidos e possam julgar-se ditosos ao fim da jornada. E observa que tal impostura será levada a cabo em nome daquele em cujo ideal acreditara com entusiasmo durante uma vida inteira. Não é uma tragédia? E se houver alguém que se ponha em frente do exército animado pela ambição dos bens desprezíveis, não será isso o suficiente para que se origine uma tragédia? Mais ainda, um só basta para criar e manter a atual ideia que seguia a Igreja Romana com todos os seus exércitos e jesuítas. A maior das ideias. Com sinceridade te digo que creio firmemente em que não faltou jamais este homem entre os que estão à cabeça do movimento... Quem sabe se o espírito maligno desse maldito velho, que teima em amar a seu modo a humanidade, se encontraria agora representado entre os velhos que existem, não por casualidade, mas por conveniência, como uma liga secreta formada desde há tempos para preservar o mistério e o guardar dos homens fracos e infelizes, com o fim de os fazer ditosos? Sem dúvida que é isso; sim, deve ser isso. Suspeito que no fundo da maçonaria há algo deste mistério e daí a razão por que os católicos detestam os maçons como rivais que rompem a unidade da ideia, sendo tão essencial que exista um só rebanho e um só pastor... Mas vejo que defendo a minha ideia como se fosse um autor que não suporta críticas. Basta.

— Não serás tu próprio um mação? — perguntou de súbito Aliocha. — Tu não crês em Deus — acrescentou com profunda tristeza. Ao ver que seu irmão o fixava com certa ironia continuou:

— Como acaba o teu poema? Ou é esse o final?

— Pensava terminá-lo assim: Quando o inquisidor para de falar espera uns minutos como que aguardando a resposta do prisioneiro, cujo silêncio o incomoda. Durante aquele tempo reparou que o outro o ouviu olhando-o sempre docemente no rosto e com o visível propósito de não responder. O velho deseja que diga alguma coisa, terrível e amarga que seja. Mas de repente, Ele aproxima-se calado e pousa nos seus lábios exangues, decrépitos, um beijo de paz. É toda a sua resposta. O velho estremece, palpitam-lhe os lábios, chega à porta e, abrindo-a, diz: Vai-Te e não voltes mais... não voltes nunca mais, nunca mais! E deixa-o solto nas ruelas da cidade. O Prisioneiro desaparece.

— E o velho?

— O beijo abrasa-lhe o coração, mas agarra-se à sua ideia.

— E tu, como ele, não largas a tua! — exclamou Aliocha com pesar.

Ivan começou a rir.

— Mas que tolice, Aliocha! Se é um poema absurdo de um colegial sem experiência que em toda a sua vida apenas compôs dois versos! Por que razão o tomas tão a sério? Crês que irei imediatamente ter com os jesuítas a fim de viver entre os que corrigem a Sua obra? Santo Deus, o que isso me preocupa! Já te disse que apenas desejo viver até aos trinta anos e então... faço tudo em migalhas!

— E os tenros rebentos das folhas, e os sepulcros venerandos, e o céu azul e a mulher amada? Como poderás viver? Como poderás amar se tens o coração e a cabeça com esse inferno? Não, tu partes para te unires a eles, para colaborar na sua obra... senão matas-te, não o poderás suportar.

— Há uma força que suporta tudo — replicou Ivan com um sorriso frio.

— Que força?

— A dos Karamázov... a força da ignomínia dos Karamázov.

— Afogando-te na orgia... mergulhando a tua alma na corrupção, não é?

— É muito possível... a não ser que chegue aos trinta anos e então livrar-me-ei.

— Como? Com que contas tu para livrar-te? Com as tuas ideias é impossível!

— A maneira dos Karamázov também é.

— Pensas que tudo te é permitido. Tudo.

Ivan cerrou as sobrancelhas e empalideceu.

— Ah! Apanhaste essa frase que ontem ofendeu tanto Miusov e que Dmitri recalcou e parafraseou ingenuamente! — disse com um estranho sorriso. — Pois bem, tudo é permitido, já está dito, e não tenho que o negar. Além disso, a versão de Mitya não está mal.

Aliocha contemplou-o, calado.

— Pensava que ao partir deixaria em ti um amigo, pelo menos — continuou Ivan com inesperada cordialidade. — Vejo que não existe lugar para mim no teu coração, meu querido ermitão. Eu não renegarei a fórmula tudo é permitido... negar-me-ás tu por isso?

Aliocha levantou-se e, aproximando-se dele, beijou-o nos lábios.

— É um plágio! — exclamou Ivan com regozijo. — Roubaste isso do meu poema. Mas agradeço-o. Vamos, Aliocha, são horas de irmos andando.

Saíram, mas pararam ainda à porta do hotel.

— Escuta, Aliocha — disse então Ivan com decisão — se penso nos rebentos das folhas só as poderei amar recordando-te. Basta-me que existas para que o desejo de viver se não extinga na minha alma. Achas bem? Aceita-o como uma declaração de amor, se queres. Agora toma tu a direita e eu tomarei a esquerda. Já basta, ouves? Já basta. Era bom que ainda não me fosse amanhã, embora tenha a certeza de que vou, e nos voltássemos a ver. Não diremos uma só palavra destas questões, peço-to por especial favor. Quanto a Dmitri, rogo-te encarecidamente que não me fales dele — acrescentou com súbita irritação. — Está tudo dito e redito, não é verdade? Em troca, quero prometer-te uma coisa. Aos trinta anos, quando fizer tudo em migalhas, virei buscar-te para tornarmos a falar, esteja eu onde estiver, nem que seja na América, asseguro-te. Virei de propósito. Será muito interessante fazer-te uma visita e verificar o que és nessa altura. Prometo-o solenemente, embora seja certo que nos separaremos por sete ou dez anos. Agora, vai ter com o teu *Pater Seraphicus,* que está na agonia. Se morre estando tu ausente ficarás aborrecido comigo por te haver retido. Adeus, beija-me outra vez. Está bem; agora, vai.

Ivan voltou-se bruscamente e afastou-se sem olhar para trás, como fizera Dmitri ao deixar Aliocha, embora a despedida tivesse sido muito diferente. Esta semelhança passou como uma flecha pela mente do noviço naquela hora de consternação e melancolia. Seguiu o irmão durante um momento, com o olhar, e reparou que Ivan andava com um certo requebro e que o ombro direito era muito mais baixo do que o outro. Nunca reparara nisso. Deu meia volta e dirigiu-se apressadamente ao mosteiro. A noite caía e Aliocha sentiu-se pesaroso por um pressentimento que enchia a sua alma de confusão. Levantou-se vento, como na véspera, e os pinheiros centenários acolheram-no carrancudos, com um rumor lúgubre. Aliocha começou a correr, a correr pelo caminho que atravessava o bosque do mosteiro. *Pater Seraphicus!...* alguém lhe havia dado esse nome... quem?, pensava com admiração. Ivan, pobre Ivan! Quando voltarei a ver-te? Já estou na ermida. Sim, sim, aqui está o *Pater Seraphicus,* o que me salvará para sempre!

Mais tarde admirava-se de haver esquecido completamente Dmitri ao despedir-se de Ivan quando de manhã, poucas horas antes, estava tão resolvido a vê-lo que não teria deixado de o fazer ainda que tivesse de faltar toda a noite ao mosteiro.

## Capítulo 6
## Momentos de Angústia

Ivan encaminhava-se para casa de seu pai sentindo uma opressão que aumentava a cada passo. O extraordinário não estava precisamente nisso, mas porque não conseguia saber o porquê. Eram frequentes os seus abatimentos e não podia surpreendê-lo a sua atual prostração quando acabava de romper com tudo o que o retinha na cidade e se dispunha a lançar-se numa vida nova, a mergulhar no futuro, onde, como sempre, se veria só com as suas esperanças, com as suas aspirações, que o enchiam, transbordando mesmo, sem ter chegado até a concretizá-las.

Mas, agora, à parte a angústia do desconhecido, que sentia enroscada no seu coração como uma serpente, outra coisa muito diferente comprimia a sua alma. Será a aversão que me inspira o lar paterno?, perguntava-se. Talvez sim. Sinto-lhe asco e, embora tenha de cruzar o seu portão pela última vez, repugna-me... Mas não, não é isso. Tenho de o atribuir à separação de Aliocha, depois da nossa entrevista? Guardei silêncio durante tantos anos sem me dignar falar com alguém e de repente ponho-me a disparatar como um indiscreto. Talvez se sentisse, sem o saber, ferido e humilhado na sua vaidade de jovem inexperiente por não se haver reabilitado perante uma pessoa tão simpática e grata ao seu coração como Aliocha. Se isso houvesse contribuído para o seu estado de ânimo ter-se-ia precavido; mas não, também não era isso. Sinto-me doente de angústia e não sei, não sei o que me falta. Melhor será não pensar.

Tentou desviar em vão o pensamento. O que mais o mortificava e exasperava era sentir aquele peso como algo acidental que permanecia fora da sua alma, embora perto mas sem um ponto fixo, o que sucede por vezes com um objeto posto em frente dos nossos olhos que, por abstraídos que estejamos no trabalho ou na conversa e não o notemos, nos estorva, molesta e atormenta, até que, reagindo, afastamos o incômodo, que é insignificante, qualquer coisa fora do lugar, um lenço caído, um livro mal colocado, etc.

Acercava-se Ivan de casa com tais pensamentos quando, de repente, a uma distância de quinze passos, compreendeu a causa da sua inquietação.

Smerdyakov, o lacaio, tomava fresco sentado num banco junto à porta e assim que o viu sentiu como se aquele homem estivesse atravessado na sua alma de maneira insuportável. Tudo se lhe esclareceu no momento. Quando Aliocha lhe falara do encontro com o criado sentira-se acometido por uma onda de ódio tenebroso que agitara na sua alma todo um fundo de ira contra ele. Este havia sido esquecido durante a conversa, mas logo que Ivan se separara do irmão começaram a reaparecer os sentimentos que jaziam esquecidos. É possível, pensou enfurecido, que um canalha, miserável como esse, possa inquietar-me a tal ponto?

A sua aversão por aquele homem intensificara-se durante os últimos dias. Havia começado por notar que aquele velhaco lhe inspirava um odioso sentimento, aumentado talvez pela simpatia que lhe demonstrara ao chegar à cidade. Smerdyakov interessarão pela sua originalidade, e nas conversas que gostava de ter com ele maravilhara-o uma certa incoerência, ou melhor, uma inquietação espiritual, sem que chegasse a compreender qual era o oculto propósito que incessantemente dava voltas ao cérebro daquele contemplativo. Discutiam temas de filosofia e até como podia ter existido a luz no primeiro dia se o Sol, a Lua e as Estrelas não foram criados senão no quarto. Mas depressa Ivan se convenceu de que se o Sol, a Lua e as Estrelas eram objetos interessantes para Smerdyakov, não lhe davam muito cuidado como motivo principal de disputa, na qual buscava algo bem diferente da sabedoria. Nisto, como em tudo, começou a revelar uma vaidade ilimitada, um amor próprio que se sentia ferido à menor contradição, o que desgostou Ivan e acabou por afastá-lo do seu convívio. Mais tarde aconteceu o transtorno da família com o aparecimento de Gruchenka, que motivou o escândalo de Dmitri. Falou-se nisso e ainda que Smerdyakov perorasse acaloradamente, era impossível descobrir o que desejava dar a entender. Em geral havia algo surpreendente no lógico incoerente dos desejos que deixava prever sem os expor nunca com clareza. Smerdyakov perguntava sempre, fazia alusões que obedeciam a algo premeditado, sem se saber porque, e de repente parava o discurso ou iniciava outro assunto. Mas o que enojava Ivan sobretudo era aquela peculiar, repulsiva e sempre crescente familiaridade que se permitia o lacaio. Não que esquecesse a sua condição e descesse a grosserias, pois que sempre se mostrava muito respeitoso; não, dava-lhe era para ter a mania, Deus sabe com que finalidade, de que entre ele e Ivan havia certo entendimento. A sua maneira de falar sugeria a suspeita de que havia um pacto entre os dois, algum segredo, acerca do qual se entendiam perfeitamente, enquanto deixavam no escuro quem os escutava. Grande trabalho teve Ivan em encontrar a causa verdadeira da sua antipatia, que era, como por fim compreendeu, o que acabamos de dizer.

Irritado, tentou passar em silêncio, sem olhar sequer para o criado. Smerdyakov levantou-se e Ivan, percebendo por aquele movimento que desejava falar com ele de algo interessante, voltou a cabeça e parou, enfurecendo-se ao ver por terra os seus recentes propósitos de passar ao largo. Com raiva e repugnância contemplava aquele rosto efeminado, doente, enfeitado com pequenos caracóis que avançavam ondulantes sobre as fontes e o olho esquerdo piscando e pestanejando, como que dizendo: Aonde vais? Não desapareças, temos de falar como pessoas inteligentes.

Ivan encheu-se de ira. Afasta-te canalha, imbecil. Que tenho eu a ver contigo?, esteve a ponto de lhe dizer. Mas com grande assombro escutou dos próprios lábios as seguintes palavras:

— Meu pai ainda dorme ou já se levantou?

Fê-lo com uma doçura e submissão que o maravilharam. Depois sentou-se e ficou por isso ainda mais surpreendido. Durante um momento sentiu-se amedrontado sem saber porque, em frente de Smerdyakov que, de pé e com as mãos nas costas, o olhava com aprumo e quase severidade.

— Sua Excelência ainda dorme — respondeu pausadamente.

— Admira-me, senhor — acrescentou pouco depois, quase fechando os olhos com afetação enquanto avançava o pé direito e parecia distrair-se movendo a ponta da bota.

— O que te deixou admirado? — perguntou o outro bruscamente, reparando com desgosto que era vencido por tão viva curiosidade que nada o faria afastar-se sem a satisfazer.

— Por que não vai a Chermachnia, senhor? — perguntou de súbito o lacaio, levantando os olhos e sorrindo familiarmente. — Se o senhor é tão inteligente, compreenderá por que me rio, parecia acrescentar a piscadela do olho esquerdo.

— Por que razão hei de eu ir a Chermachnia? — replicou Ivan, surpreendido.

Smerdyakov calou-se durante um momento e logo em seguida, como quem não dá importância ao assunto, respondeu lentamente:

— Como o próprio Fedor Pavlovitch lhe suplicou... — E pareceu indicar não vês que falo com segunda intenção só para te puxar pela língua?

— Diabos! Diz de uma vez o que queres! — gritou Ivan encolerizado, passando bruscamente da doçura à violência.

Smerdyakov adiantou o pé direito, endireitou-se e continuou a olhá-lo com a mesma serenidade e o mesmo sorriso.

— Nada de especial... falar um pouco.

Seguiu-se novo silêncio. Durante um minuto ambos permaneceram mudos. Ivan compreendeu que devia levantar-se e despejar a sua ira contra o lacaio, que parecia esperar que ele se zangasse. Mas o outro, como se aguardasse esse preciso momento, rompeu o silêncio para dizer com resolução e firmeza:

— A minha situação é terrível, Ivan Fedorovitch. Não sei como resolvê-la. — E suspirou. — Estão os dois completamente loucos. São pior do que crianças — continuou. — Falo de seu pai e de Dmitri. Fedor Pavlovitch não tarda a levantar-se e começará a atormentar-me a cada instante: Já veio? Por que não veio?, e é assim até à meia noite. Se Agrafena Alexandrovna não vier, o que pode muito bem acontecer, amanhã de manhã não me larga. Por que não veio? Quando virá?, como se fosse eu que tivesse a culpa. Quanto ao outro as coisas não estão melhores. Logo que a noite cai aparece o seu irmão empunhando uma pistola: Olha, canalha, cozinheiro de uma figa, se a deixas entrar sem me avisares de que veio és o primeiro a morrer. E no dia seguinte, de manhã, tal como o pai, começa a arreliar-me: Então ela não veio? Sabes se demora? E também me julga culpado se essa senhora não acode. Exasperam-se mais e mais a cada hora e a cada dia que passa, e chego a pensar que num momento de terror sou capaz de dar cabo de mim. Não posso suportá-los, senhor!

— E por que te meteste nisso? Por que razão começaste a fazer de espião de Dmitri? — disse Ivan, enraivecido.

— Acaso podia impedi-lo? A verdade é que não me meti em nada. Ao princípio estava sossegado e calado para não o contradizer, mas ele insistiu em que eu o havia de servir. Desde então não para de dizer: hei de matar-te, canalha, se a deixares passar! Tenho a certeza de que amanhã terei um ataque e dos grandes.

— Que dizes? Um ataque?

— Sim, um ataque que durará muito... talvez mesmo um dia ou dois. Tive um, uma vez, que durou três dias quando caí das águas furtadas. As convulsões paravam e recomeçavam de novo e durante três dias não recobrei os sentidos. Seu pai mandou chamar o doutor Herzenstube que me pôs compressas de gelo e prescreveu outros remédios. Salvei-me por milagre.

— Dizem que um epilético não pressente a crise. Por que razão dizes que terás uma amanhã? — perguntou Ivan, numa mistura de curiosidade e irritação.

— É assim, na verdade. Não se pode prever.

— E da outra vez deste uma queda.

— Posso cair de novo. Vou lá todos os dias. Amanhã posso até cair da escada da adega.

Ivan ficou-se a olhá-lo e disse-lhe com uma doçura que tinha o seu ar de ameaça:

Ou dizes tolices ou não te percebo. Pretendes fingir-te doente amanhã e durante três dias?

Smerdyakov, que fixava o chão e brincava com a ponta do pé direito, disse com um sorriso irônico:

— Se eu soubesse recorrer a esse engano, quero dizer, fingir um ataque, o que creio não será difícil para quem está habituado a sofrê-los, era meu direito absoluto, como meio de me salvar da morte. Agrafena Alexandrovna vem cá ver o seu pai enquanto eu estiver de cama. Sua Excelência não poderá mandar-me fazer recados.

— Diachos! — gritou Ivan cheio de cólera. — Porque estás sempre a tremer pela tua vida? Todas as ameaças do meu irmão não são mais do que fanfarronadas que nada significam. Não te mata, não; não é a ti que ele quer matar.

— Serei o primeiro, sim, como uma mosca. Além do mais, não quero que me tomem por cúmplice se cometer alguma barbaridade contra seu pai.

— Por que razão te hão de tomar por cúmplice?

— Pensarão que o sou porque lhe descobri todos os avisos em grande segredo.

— Que avisos? A quem os deste? Velhaco, fala mais claro!

— Chego ao ponto de ter de confessar — balbuciou Smerdyakov com serenidade pedante. — Guardo um segredo de Fedor Pavlovitch referente a este assunto. Como sabe, se é que o sabe, fecha-se no quarto, por dentro, quando anoitece ou ao escurecer. Não abre nem sequer a Grigory Vasilyevitch se este não se der a conhecer, falando. Mas Grigory já não vai lá, desde que sou eu quem trata dele. Destinou isto assim que se interessou por Agrafena, mas de noite retiro-me, obedecendo às suas ordens, para o pavilhão, com proibição de me deitar e dormir. Devo vigiar, levantado ou a passear pelo pátio, esperando a chegada dessa senhora. Durante estes últimos cinco dias perdi a cabeça por completo à espera dela. Deduz-se do medo que tem a Dmitri que aparecerá de noite e muito tarde, por ruas desertas. Vigia até de madrugada e quando a vires chegar corres e chamas do jardim, à porta ou à janela. Primeiro bates duas vezes e depois três mais rápidas. Assim sei que é ela e abro logo em seguida. Para o caso de acontecer algo inesperado, deu-me outra senha. Primeiro dois golpes, depois três, uma pausa e outro mais forte. Compreenderá deste modo que aconteceu qualquer coisa e que preciso vê-lo. Então abre a porta para que eu entre e lhe conte o que há. Isto tudo prevendo que Agrafena Alexandrovna não possa vir em pessoa e mande recado. Se Dmitri aparecer, devo também avisá-lo. Sua Excelência sente por isso um verdadeiro pânico e estou avisado para bater três vezes à porta se Agrafena se encontrar com ele. De modo que o primeiro sinal de cinco pancadas quer dizer que ela chegou, enquanto o segundo é apenas para ele saber que eu tenho algo importante para lhe contar. Sua Excelência explicou-mo várias vezes. E como ninguém mais sabe desta senha abrir-me-á a porta sem a menor vacilação, nem perguntar quem chama. Bem, Dmitri também a sabe agora.

— Como? Disseste-lhe! Como ousaste fazê-lo?

— Por medo. Foi-me impossível ocultá-lo. Dmitri gritava-me todos os dias: Enganas-me ou escondes-me alguma coisa! Dou cabo de ti! De modo que para lhe provar a minha fidelidade de servo e convencê-lo de que não o engano revelei-lhe o segredo dos sinais, que é tudo quanto lhe posso dizer.

— Se julgas que tirará vantagem do teu segredo, tentando chegar até aos quartos, não o deixes.

— Como poderei impedir que entre se estou prostrado com o ataque? Isso em caso de conseguir fazê-lo, com a fúria que tem.

— Diabos! Como podes estar tão certo de que amanhã te vai dar o ataque, maldito? Estás a gozar-me?

— Eu? Na verdade estou bem disposto para isso, com o medo que me toma. Creio que vou ter uma crise. É um pressentimento, apenas. Este medo horrível deve ser a causa.

— Vai para o diabo! Se ficares doente, Grigory encarregar-se-á de vigiar. Conta-lhe tudo antes e verás como lhe impede a entrada.

— Nunca me atreveria a falar a Grigory Vasilyevitch dos sinais, sem ordem expressa do meu amo. Quanto a poder ouvi-lo e impedir-lhe a entrada, dir-lhe-ei que está doente desde ontem e Marfa Ignacievna pretende dar-lhe amanhã um remédio que acabaram de preparar. É uma das poções que Marfa conhece e toma sempre. Um licor muito forte, feito de ervas, cujo segredo ela guarda e que costuma dar a Grigory quando o lumbago o deixa quase paralítico. Molha um pano na droga e esfrega as costas do marido até ficarem vermelhas e a pele saturada. Bebe em seguida o que fica na garrafa, enquanto ela reza não sei que orações. Costuma guardar uns goles para si própria e como não estão habituados a bebidas fortes, caem os dois em sono profundo, do qual levam muito tempo a acordar, garanto-lhe. Grigory levanta-se aliviado da dor, mas a Marfa essa bebida deixa-a sempre com dor de cabeça. De modo que se amanhã ela aplicar essa poção não ouvirão nada nem poderão deter Dmitri. Dormirão como pedras.

— Que complicação é essa? Acontece tudo junto como se estivesse preparado. Enquanto tu tens o ataque, eles encontrar-se-ão sem sentidos — gritou Ivan. — Como se tu combinasses arranjar as coisas desse jeito — culpou rudemente com gesto ameaçador.

— Que poderei eu fazer? ... E mesmo que assim fosse, não depende tudo de Dmitri e dos seus planos? ... Se quiser fazer alguma coisa, fá-lo-á; se não, acautelo-me bem de o empurrar contra o pai.

— E para que há de vir, e ainda por cima em segredo se, como tu dizes, Agrafena Alexandrovna não aparecerá? — atalhou Ivan, muito pálido. — Tu próprio o disseste e, por minha parte, desde que aqui estou, não vi nisso mais do que pura fantasia do velho, e convenci-me de que essa criatura não fará caso das suas solicitudes. Por isso, por que razão há de vir Dmitri? Fala, quero saber o que pensas...

— Sabeis bem ao que virá. Não importa o que eu penso. Virá porque está raivoso ou porque receia a minha doença, e, como ontem, precipitar-se-á a revistar todos os quartos para verificar se ela se terá escondido nalgum. Também sabe que o pai guarda três mil rublos num sobrescrito muito bem atado e lacrado com três selos e no qual escreveu ele próprio: *Ao meu anjo Gruchenka, se vier.* Acrescentou há dias: *a minha pombinha.* Quem pode calcular os resultados disto?

— Tolices! — gritou Ivan fora de si. — Dmitri não virá roubar nem matar meu pai por isso. Ontem podia tê-lo matado por causa de Gruchenka, num acesso de loucura, porque estava excitado como uma fera; mas roubar, não.

— Faz-lhe muita falta o dinheiro agora. Mais falta do que nunca, Ivan Fedorovitch — replicou tranquilamente Smerdyakov, com seriedade. — Além de considerar seus esses três mil rublos. Ele mesmo mo disse: Meu pai deve-me precisamente essa quantia. Por outro lado, tem de concordar, Ivan Fedorovitch, que é a pura verdade. O certo é que se Agrafena Alexandrovna pensa numa coisa, e basta que o queira, obrigará o meu amo a casar-se com ela. Fedor Pavlovitch há de resolver-se, se ela quiser, e é provável que queira, naturalmente. O que eu tenho dito até aqui é que ela não acudirá à chamada, mas talvez seja por aspirar a algo mais: a ser dona desta casa. Eu sei por mim que Samsonov, o comerciante, se riu muito com ela comentando o assunto e lhe disse abertamente que seria uma estupidez levá-lo a bom termo! E ela que é esperta e tem sentido prático não se casará com um miserável como Dmitri. Tenho isto em conta, pense, Ivan Fedorovitch, que nem Dmitri, nem vós, nem vosso irmão Alexey teriam alguma coisa, nem um cêntimo, quando da morte do vosso pai, pois ela casaria com ele apenas para ficar com tudo. Por outro lado, se seu pai morresse agora, ficaria para cada um aí uns quarenta mil rublos. Até mesmo para Dmitri, a quem tanto odeia, pois que não tem testamento feito... Dmitri sabe de tudo isto.

O rosto de Ivan pareceu desfigurar-se. Corou de repente e replicou ao falador:

— Então por que me aconselhas que vá a Chermachnia? Que pretendes com isso? Sabes o que poderá aqui acontecer se eu me for embora?

— Precisamente por isso — replicou Smerdyakov em voz baixa e em tom razoável, sem deixar de o olhar intensamente.

— Que queres dar a entender com as tuas palavras? — perguntou Ivan com os olhos fulgurantes de ameaça, sem quase poder conter-se.

— Digo-o porque tenho pena de si. Eu no seu lugar mandaria tudo para o diabo... em vez de me ver nesta situação violenta — respondeu Smerdyakov com ar de suma candura, sustentando o olhar aceso de Ivan.

Calaram-se os dois.

— Pareces-me um refinado idiota e, o que é pior, um perfeito canalha — interrompeu Ivan, saltando do seu assento. Estava quase a passar o portão do jardim quando se deteve e retrocedeu até perto de Smerdyakov.

Nessa altura aconteceu algo raro. Num paroxismo de ira, Ivan mordeu os lábios, crispou os punhos e pouco faltou para que se atirasse sobre Smerdyakov, o qual, precavendo-se a tempo, retrocedeu, tremendo. Mas o acesso passou sem qualquer dano para o lacaio e Ivan encaminhou-se para a porta, em silêncio, e parecia que tomado de perplexidade.

— Amanhã de manhã parto para Moscovo, se estás interessado. Agora já sabes — vociferou. Mais tarde admirava-se de o haver dito, quando nenhuma necessidade tinha de fazer tal confidência a Smerdyakov.

— É o melhor que faz — disse este como se aguardasse aquela revelação. — Mas disponha as coisas de modo a que se lhe possa telegrafar se acontecer aqui alguma coisa.

Ivan voltou a parar, olhando de novo para Smerdyakov. No rosto deste havia-se operado uma súbita mudança, desaparecendo dele todo o aspecto de familiaridade e indiferença para deixar ressaltar a mais profunda atenção, avivada por uma ansiedade intensa e servil. Nos seus olhos, fixos nos de Ivan, podia ler-se: Tem algo mais que dizer... algo mais que acrescentar?

— E não me poderiam avisar para Chermachnia? — saltou Ivan, impetuoso, levantando a voz, Deus sabe por que motivo.

— Para Chermachnia também... também seria avisado — balbuciou Smerdyakov calmamente desconcertado, mas sem afastar o olhar.

— Só que Moscovo é mais longe. Por que insistes em que vá a Chermachnia? Para não gastar tanto ou para me evitares as maçadas de uma viagem demasiado longa?

— Precisamente por isso — murmurou Smerdyakov em voz fraca. Olhou para Ivan sorrindo repulsivamente, disposto a retroceder; mas com grande surpresa sua, Ivan desatou a rir e assim saiu. Quem o tivesse visto naquela altura não tomaria o seu riso por sinal de alegria. Talvez nem ele mesmo tivesse podido explicar que espécie de sentimentos o provocavam enquanto caminhava agitado de um louco frenesi.

## Capítulo 7
## Dá Gosto Falar com um Homem de Talento

E falava com o mesmo frenesi. Como se encontrara ao atravessar o salão com Fedor Pavlovitch, aproximou-se-lhe para gritar asperamente: Vou ao meu quarto e não ao vosso!... Adeus!, e passou, procurando não olhar o pai, que naquele momento lhe parecia mais odioso do que nunca. Este rasgo de insolência deixou admirado o próprio Fedor, e o pobre velho que estava esperando no salão porque desejava falar com o filho sobre certo assunto importante, ao receber uma saudação tão amistosa, ficou-se com a boca aberta olhando Ivan ironicamente até que o perdeu de vista.

— Que tem ele? — perguntou a Smerdyakov, que seguia o filho.

— Deve estar aborrecido. Sabe-se lá! — respondeu evasivamente o lacaio.

— Diabos! Que se desenfade, então. Traz-me o samovar e deixa-me. Rápido! Há algo de novo?

E seguiu-se uma série de perguntas que omitiremos aqui porque todas se referiam à ansiada visita e eram as mesmas de que se queixara Smerdyakov na sua conversa com Ivan. Meia hora depois fecharam a casa e o velho tonto ficou a passear pelos quartos esperando febrilmente a cada instante ouvir as cinco pancadas, e perscrutando de vez em quando as sombras do jardim, melancolicamente solitárias.

Era muito tarde e Ivan continuava desperto e preocupado, ficando de pé até às duas da madrugada. Não analisaremos aqui as suas reflexões, nem é ainda tempo de penetrarmos nesta alma, como faremos oportunamente. Ainda que o tentássemos, difícil seria expor os seus pensamentos pois que o cérebro se encontrava cheio de uma estranha confusão exaltada por uma excitação intensa. Ele mesmo se dava conta de haver perdido as estribeiras e estar dominado pelos mais raros e surpreendentes desejos, como o que o acometeu à meia-noite, de maneira irresistível, de descer, abrir a porta, chegar ao pavilhão e maltratar Smerdyakov, sem outro motivo a alegar do que o seu ódio ao lacaio por ser a pessoa de quem mais grave injúria havia recebido. Por outro lado, naquela noite sentia-se invadido como nunca por um terror inexplicável e humilhante que lhe esgotava as forças. Ardia-lhe a cabeça e tinha vertigens. Um sentimento de ódio oprimia-lhe angustiosamente o coração, como por falta de vingar-se em alguém. E odiava Aliocha, recordando a conversa tida com ele. Odiava-se por vezes a si mesmo. Quase esquecera Catalina Ivanovna, do que se admirava logo e mais ainda ao recordar perfeitamente que quando lhe anunciava com tal valentia a sua partida para Moscovo, no dia seguinte, o coração sussurrara-lhe: Não digas tolices, que não irás, nem será tão fácil despedires-te dela, fanfarrão!

Pensando depois naquela noite, recordava com desgosto singular como saltara resolutamente do sofá e, qual ladrão que teme ser surpreendido, abrira a porta deslizando até à escada para escutar o agitado ir e vir de Fedor Pavlovitch, no andar de baixo. Durante bastante tempo, mais de cinco minutos, escutara com grande ansiedade, contendo o alento para apagar o barulho do sangue que lhe fervia nas veias. Não sabia por que razão o fizera, porque escutara, mas toda a sua vida se culpou de haver cometido uma ação ignóbil, que no fundo da sua alma reputou como a mais vil de todas. Naquele momento não o animava o ódio a Fedor Pavlovitch, mas sim uma curiosidade irresistível de saber o que fazia a tais horas, percorrendo os seus aposentos. E imaginava-o espiando à noite, parando a meio da sala, aguardando ansiosamente que o chamassem à janela. Duas vezes se dirigiu Ivan à escada, movido pela mesma curiosidade.

Perto das duas horas, quando tudo ficou em silêncio e já não se ouviam as passadas do pai, deitou-se decidido a dormir, porque se sentia muito cansado. Em seguida, adormeceu profundamente em paz, mas despertou cedo, por volta das sete. Quando abriu os olhos ao novo dia sentiu-se possuído de uma energia que o deixou admirado por tão extraordinária. Saltou da cama e vestiu-se num instante; em seguida começou a preparar a mala. A sua roupa interior estava lavada e, ao pensar que tudo contribuía para não retardar a partida, sorriu. Pois sim, partiria imediatamente. Embora na véspera tivesse prometido a Catalina Ivanovna, Aliocha e Smerdyakov que iria no dia seguinte, não pensava pôr-se em marcha quando se deitou nem podia sonhar que o seu primeiro ato da manhã fosse o arranjo da maleta que tinha já preparada, As nove horas entrou Marfa Ignacievna com a pergunta habitual: o senhor vai lá abaixo tomar o chá ou quer que lho traga? Estava quase alegre, mas nos seus gestos e nas suas palavras manifestava pressa e distração. Cumprimentou o pai afavelmente, interessando-se pela sua saúde, mas interrompeu a resposta anunciando-lhe que partia para Moscovo porque nisso tinha conveniência. Sairia dentro de uma hora e pedia-lhe que mandasse preparar o coche. O pai escutou a notícia sem revelar a menor surpresa e, em vez de se mostrar desgostoso por aquela separação, até mesmo por formalidade, começou a fazer comentários espa-ventosos acerca de um negócio que tinha entre mãos.

— És um patife! Não mo teres dito ontem! Bom... é igual. Faz-me um grande favor. Passa por Chermachnia que fica a umas doze *verstas* à esquerda da estação de Volovia.

— Sinto não poder fazer-lhe a vontade. Daqui até à estação são oitenta verstas e o comboio para Moscovo sai às sete da tarde. Tenho tempo apenas para o apanhar.

— Apanha-o amanhã ou no dia seguinte, mas hoje vai a Chermachnia. Que te custa contentar o teu pai? Se não me retivessem certos assuntos, eu próprio iria, porque tenho lá um negócio premente. Mas... não posso afastar-me um momento. Escuta, tenho lá dois bosques. Os Maslov, pai e filho, oferecem-me oito mil rublos pelo corte de árvores. O ano passado perdi um comprador que dava doze mil. Já não há ali quem queira comprá-los, e

como os Maslov teimarão na sua oferta terei que aceitar o que me dão porque mais ninguém oferecerá essa quantia. No entanto, o cura de Ilinskoe escreveu-me na quinta-feira dizendo que Gortskin, um comerciante meu conhecido, estava na aldeia, e este comprador é vantajoso como forasteiro porque não sabe o que dão os outros e posso pedir-lhe uns onze mil rublos pelos bosques. Entendes? Mas o cura diz que ele só fica lá durante uma semana, por isso tens de ir já resolver o assunto com ele.
— Escreva ao cura e ele que o faça.
— Não pode; não tem jeito para o negócio. É um tesouro de honradez. Confiei-lhe vinte mil rublos para que mos guardasse e não lhe exigi recibo... mas não entende de negócios mais do que uma criança e deixar-se-ia enganar por um papagaio. Talvez não acredites que é muito ilustrado. Esse Gortskin parece um grosseiro com o seu cafetão azul, mas é um velhaco e um trapaceiro, o que é para lamentar. Descai-se por vezes com tais mentiras que nos deixa admirados. Há um ano disse-me que a mulher lhe morrera e que se havia casado com outra. Pois fica sabendo que não há nada de verdade nisto! A mulher, longe de ter morrido, é uma senhora ainda muito fresca e com disposição suficiente para dar duas sovas por semana ao marido. De modo que tens de ter muito cuidado com o que te disser.
— Não lhe serei útil nesse negócio. Eu também não tenho vista para tanto.
— Cala-te, espera um pouco. Já verás como tens assim que te disser como poderás julgar Gortskin. Tive negócios com ele noutros tempos. Terás de fixar-lhe a barba, ruiva, rala e suja. Se tremer quando fala e se ele se benzer repetidamente, bom sinal; quer dizer que pensa fechar o negócio. Mas se a acaricia com a mão esquerda e gesticula, terás de pensar que está a calcular alguma trapaça. Não observes os olhos que não vale a pena pois ele é um astuto, um consumado aldrabão. Dá atenção apenas à barba. Dar-te-ei uma carta para ele. Chama-se Gortskin, e ainda que o seu verdadeiro nome seja Lyagavi, não lhe chames isso, pois que se aborrece. Se vos entenderdes, escreve-me logo. Basta que me digas: Não mente. Podes baixar mil rublos, mas aguenta-te firme nos onze mil. Repara bem na diferença que há entre oito mil e onze mil! São três mil rublos que nos vêm como que caídos do céu. Não é fácil encontrar um bom comprador e estou numa situação econômica bem difícil. Basta que me comuniques que a coisa é a sério e correrei a assinar a escritura. Hei de encontrar uma ocasião para o fazer. Mas de que me servirá perder tempo em viagens se tudo se reduzir a uma fantasia do cura? Vamos, queres ir?
— Não tenho tempo a perder. Desculpe-me.
— Então! Faz-me esse favor que o levarei em conta. Mas falta-vos coração, essa é que é a verdade. Que diferença te faz perder um ou dois dias. Aonde vais? A Veneza? Veneza ainda estará no mesmo sítio dentro de dois dias. Enviaria Aliocha, mas que entende ele destes assuntos? E se pensei em ti é por seres um rapaz esperto. Ou crês que não o vejo? Não conheces o negócio de madeiras, mas tens olho; e o que interessa, ao fim e ao cabo, é ver se esse homem está bem disposto.
— De modo que é mesmo o pai que me empurra para essa maldita aldeia? — exclamou Ivan com sorriso mau.
Fedor Pavlovitch não reparou ou não quis reparar nisso, mas correspondeu ao sorriso.
— Então, vais? Vais? Escreverei imediatamente umas linhas...

— Não sei se irei... hei de pensar nisso.

— Bah! Pensa agora... Anda, decide-te, querido. Se tudo correr bem, escreve-me uma linha ou dá a carta ao padre que ma enviará logo, e não te entretenhas mais. Podes ir a Veneza. O próprio padre cuidará do coche que te levará à estação.

O velho estava encantado. Escreveu a carta e ordenou que arranjassem a carruagem. Tomaram um pequeno almoço ligeiro, durante o qual o pai parecia conter-se contra o costume de se mostrar expansivo sempre que estava contente. Não falou de Dmitri nem se manifestou comovido pela separação, ainda que parecesse guardar qualquer coisa no peito. Ivan notou-o e pensou que estaria desgostoso com ele. Quando acompanhava o filho lá fora, começou a alvoroçar-se e quis beijá-lo, mas Ivan apressou-se a estender-lhe a mão a fim de se esquivar ao beijo. Seu pai compreendeu o gesto e retirou-se para o portal, gritando dali enquanto agitava os braços:

— Adeus! Que faças boa viagem! Vamos a ver quando voltas! Que seja depressa, hem? Sempre gosto de te ver. Adeus! Que Cristo seja contigo!

Ivan subiu para a carruagem.

— Boa viagem, Ivan. Não me julgues com demasiada severidade — acabou de gritar o pai.

Saiu então de casa a criadagem para se despedir: Smerdyakov, Marfa e Grigory. Ivan entregou dez rublos a cada um. Quando se sentou, Smerdyakov precipitou-se a fim de lhe compor a manta que o tapava.

— Como vês, vou a Chermachnia — disse Ivan, como se as palavras se lhe escapassem involuntariamente acompanhadas de um riso nervoso e concentrado, como notou logo a seguir.

— Pois é assim, a verdade é que dá gosto falar com um homem de talento respondeu Smerdyakov em tom firme, dirigindo-lhe um olhar significativo.

A carruagem pôs-se em marcha.

Na alma de Ivan ia ficando impressa a beleza dos campos, das colinas, das árvores e dos bandos de aves que voavam na limpidez do céu. Sentiu-se feliz. Quis fazer uma pergunta ao cocheiro e deixou-se entusiasmar pela resposta; mas logo a seguir deu consigo distraído pelo seu próprio sentimento, o qual não fora originado na realidade pela resposta do camponês. Calou-se e apreciou o silêncio. A manhã estava fresca, quase fria, transparente, sob um céu puríssimo. Pela sua mente passaram as imagens de Aliocha e de Catalina Ivanovna... suspirou docemente e as gratas recordações desapareceram. Tenho tempo para pensar neles, disse para consigo. Chegaram daí a pouco à estalagem, mudaram de cavalos e trotaram imediatamente na direção de Volovia. Porque terá dito que dá gosto falar com um homem de talento? E esta ideia parecia fazer escassear o ar. Por que razão lhe disse eu que ia a Chermachnia? Saltou da carruagem junto da casa das mudas de cavalos de Volovia e chegaram-se a ele os cocheiros, discutindo sobre a distância até Chermachnia. Ordenou-lhes que abrigassem os cavalos e entrou na pousada, onde só encontrou a dona. Saiu em seguida e disse:

— Não irei a Chermachnia. Chegaremos a tempo ao comboio das sete, irmãos?

— Acho que sim. Atrelamos?

— Imediatamente. Irá algum de vós amanhã à cidade?

— Sim, vai aquele, Dmitri.
— És capaz de me fazer um favor, Dmitri? Vais a casa de meu pai, Fedor Pavlovitch, e dizes-lhe que não fui a Chermachnia. Entendido?
— Com muito gosto. Conheço seu pai há muito tempo.
— Toma uma gorjeta, pois suspeito que ele não te dará nada — disse Ivan rindo.
— Pode ter a certeza que não. Obrigado, senhor. Cumprirei as vossas ordens. — E Dmitri, o cocheiro, também riu.

Às sete horas, Ivan apanhava o comboio para Moscovo.

— Adeus ao passado! Despeço-me de toda a gente, de todo o passado, e não quero dele nem uma notícia nem uma recordação. Dirijo-me a uma vida nova, a novos horizontes, sem me voltar para trás!

Mas em vez de alegria, sentia penetrar na sua alma um desassossego que a inundava como nunca de sombria tristeza. Toda a noite esteve tétrico e caviloso. O comboio voava e só ao despontar do dia e já perto de Moscovo, Ivan saiu da meditação em que se afundara para dizer para consigo:

— Sou um canalha!

Fedor Pavlovitch ficou-se tranquilo quando despediu o filho e passou duas horas quase felizes sentado à mesa, bebendo copo atrás de copo. Mas sem ser esperado sobreveio um acidente que transtornou toda a casa e arrancou o amo ao seu estado aprazível. Smerdyakov caíra ao fundo das escadas da adega. Afortunadamente, Marfa Ignacievna, que se encontrava no pátio, pôde correr a tempo ao ouvir um grito, aquele grito estranho, peculiar que ela já conhecia: o bramido do epilético que anunciava o começo da crise. Não podia dizer se esta o acometeu quando descia a escada ou se fora consequência da queda, porque Smerdyakov agitava-se sem sentidos ao pé dos degraus, deitando espuma pela boca. Ao princípio temeram que tivesse partido um braço ou uma perna, mas Deus tinha-o protegido, segundo disse Marfa ao certificar-se que estava ileso. O mais difícil foi tirá-lo de lá. Foi necessário pedir ajuda aos vizinhos e entre uns e outros levaram a operação a cabo o melhor que puderam em presença do próprio Fedor Pavlovitch, que infundia ânimo, sem dissimular o seu susto e preocupação. O doente não voltava a si; paravam por um momento as convulsões para se repetirem de novo e todos concordavam em que ia suceder algo semelhante ao que se dera no ano anterior, quando caíra das águas furtadas. Recordaram-se então de que lhe haviam posto compressas de gelo na cabeça e Marfa foi buscar algum. À tarde, Fedor Pavlovitch mandou chamar o doutor Herzenstube, que se apresentou imediatamente. Era um velho muito estimado e o mais solícito e consciente médico dos arredores. Depois de um exame atento, declarou que era uma das crises mais violentas e que podia ter graves consequências, que de momento não podia prever, mas se no dia seguinte pela manhã não tivessem produzido efeito os remédios que prescrevera, tentaria algo de novo. Deitaram o doente no pavilhão, no quarto contíguo ao de Grigory e Marfa.

Fedor Pavlovitch teve outra desgraça que acabou de lhe amargar o dia, que tão bom se prometera. Marfa tomou conta da comida e a sopa que lhe serviu soube-lhe a água quente, comparada com as de Smerdyakov, e o frango era impossível de mastigar, de tão duro que era. Ao ouvir as amargas queixas do amo, Marfa replicou em primeiro lugar que o frango era muito velho e depois que não entendia nada de guisados. Para culminar os males, soube que naquela tarde Grigory, que se encontrava mal havia três dias, se metera na cama com dores agudas de reumatismo. Fedor acabou de tomar o chá e fechou-se só. Estava terrivelmente excitado e em suspenso. Tinha como certo que naquela noite veria Gruchenka, porque Smerdyakov assegurara que ela havia prometido lá ir sem falta. O coração do velho incorrigível palpitava violentamente. Andava de um lado para o outro da sala escutando a cada momento. Havia que estar alerta. Dmitri podia espiá-la de algum canto, e quando ela batesse à janela — Smerdyakov dissera-lhe dois dias antes que a informara como e onde havia de bater — devia abrir a porta de repente. Não devia fazê-la esperar nem um segundo, não fosse ela — Deus nos livre! — sentir medo e escapar-se. Fedor Pavlovitch tinha muitas coisas em que pensar, mas nunca se agitara o seu coração em esperança mais voluptuosa. Tinha a certeza de que ela iria naquela noite!

# Livro 6
# O Monge Russo

## Capítulo 1
## O Padre Zossima e os Seus Amigos

Quando Aliocha chegou à cela do Presbítero, arquejando de ansiedade, ficou pasmado. Esperava encontrá-lo moribundo e talvez sem conhecimento, e viu-o sentado na sua poltrona, abatido e extenuado, mas com aspecto radiante e jovial, em alegre e repousado colóquio com as visitas que o rodeavam. Levantara-se havia apenas um quarto de hora. Aguardaram o seu despertar, reunidos na cela, porque o Padre Paissy assegurara que o mestre se levantaria e cumpriria a promessa da manhã, conversando uma vez mais com os seus amigos da alma, e esta promessa, como cada uma das palavras do Presbítero, no seu transe de morte, estava fora de toda a dúvida para o Padre Paissy. Ainda que o tivesse visto já sem sentidos ou a exalar o último suspiro, tendo-lhe ele prometido que se levantaria para se despedir, talvez não tivesse acreditado que estivesse morto, mas sim esperando que revivesse para cumprir a sua palavra. De manhã, quando se deitara para dormir, dissera-lhe textualmente: Não morrerei sem a felicidade de falar ainda com todos vós, meus queridos. Verei de novo os vossos rostos e abrir-vos-ei para sempre o meu coração. Os monges que acudiram a esta conversa, provavelmente a última, eram os quatro mais íntimos e devotos, amigos de muitos anos: o Padre Iosif, o Padre Paissy, o Padre Mikail, este guardião do eremitério, homem de idade média, escassa cultura, de origem humilde, vontade firme, fé arrebatada e semblante ascético, mas de uma doçura sem igual, que tratava de ocultar como que envergonhado. O quarto, o Padre Anfim, era um monge muito velho e humilde que procedia da mais baixa classe social. Quase leigo e muito calmo, raras vezes dirigia a palavra a alguém. O mais humilde dos humildes, parecia amedrontado por algo grandioso e terrível sempre fora do alcance da sua inteligência. O Padre Zossima sentia um grande carinho para com este homem timorato e tratava-o com visível respeito, embora fosse talvez dos conhecidos a quem menos falava, não obstante ter viajado durante muito tempo com ele por toda a Rússia. Isto fora muito tempo antes, talvez quarenta anos, quando o Padre Zossima tomara o hábito num pobre mosteiro de Kostroma e fora designado como companheiro do Padre Anfim na sua peregrinação de pedinte para o convento.

Todos estavam recolhidos no dormitório, bastante estreito como já notamos, em que os quatro mal se podiam acomodar em redor do Padre Zossima, em outras tantas cadeiras trazidas do salão. O noviço Porfiry encontrava-se de pé. Havia escurecido e a sala estava iluminada com os círios e as lâmpadas que ardiam diante dos santos.

O Padre Zossima viu que Aliocha parava à porta como que embargado, sorriu-lhe alegremente e disse estendendo-lhe os braços:

— Entra, homem de paz. Entra, meu caro. Até que enfim chegaste. Já sabia que virias.

Aliocha avançou, prosternou-se humilhando a fronte até ao chão e chorou. Uma ternura imensa invadia o seu coração, desfazendo-se em soluços.

— Vá, não chores mais por mim! — sorriu o Presbítero com a mão direita na cabeça do jovem. — Não me vês sentado e a conversar? Talvez viva outros vinte anos, segundo o desejo daquela boa mulher de Vichegoria que trazia nos braços a filha, Lizaveta. Deus bendiga a mãe e a filha! Porfiry, levaste a esmola dela aonde te disse?

Aludia aos sessenta *kopeks* que lhe entregara na véspera aquela mulher caridosa para que os desse a alguém mais necessitado do que ela. Essas ofertas de dinheiro ganho com o trabalho pessoal faziam-se como penitência que se impunham voluntariamente os fiéis. O Presbítero encarregara Porfiry, na tarde anterior, de que fosse socorrer uma viúva cuja casa fora pasto das chamas, o que a obrigara a mendigar com os filhos. Porfiry apressou-se a responder que lhe entregara o dinheiro da parte de uma benfeitora desconhecida, segundo as instruções.

— Levanta-te meu filho continuou o Presbítero, voltando-se para Aliocha. — Deixa-me olhar-te. Estiveste em casa e viste o teu irmão?

O tom confidencial e o interesse determinado por um irmão surpreendeu Aliocha. A qual deles se referiria?

— Vi um deles — respondeu.

— Falo do mais velho, a quem saudei prostrando-me no chão.

— Vi-o ontem; hoje não pude encontrá-lo.

— Pois vai procurá-lo. Volta amanhã e apressa-te. Deixa tudo para o encontrares. Talvez chegues a tempo de evitar algo de terrível. Ontem fiquei transtornado com o cúmulo de desgraças que se abaterão sobre ele.

Calou-se em seguida como que distraído pelos pensamentos. Estranhas palavras as suas! O Padre Iosif, que presenciara a cena da véspera, trocou um olhar inteligente com o Padre Paissy e Aliocha não pôde conter-se mais e perguntou, embargado pela mais profunda emoção:

— Padre e mestre, as vossas palavras são muito obscuras... Que desgraça o ameaça?

— Não queiras sabê-lo. Ontem pareceu-me ver algo terrível... como se toda a sua vida se houvesse revelado nos olhos. Assomou a eles tal fulgor que fiquei aterrorizado perante o que se forjava na sua alma. Só uma ou duas vezes na minha vida vi um olhar semelhante...

refletindo o destino de um homem; destino que, infelizmente, se cumpriu fatalmente. Enviei-te a ele, Alexey, porque creio que o teu rosto fraternal o pode ajudar. Mas todas as coisas, como tudo aquilo que nos irá acontecer, está nas mãos do Senhor. Se o grão de trigo que cai na terra não morrer ficará só, mas se morre dará muito fruto. Lembra-te disto. Tem presente, Alexey, que me senti feliz durante muito tempo, sem o dizer, por causa do teu rosto — acrescentou o Presbítero, sorrindo. — Quanto a ti, confio em que deixarás estes muros e viverás no mundo como um monge. Terás muitos inimigos, mas até os teus adversários te estimarão. A vida acarretar-te-á muitas desgraças, mas serás feliz no meio delas e abençoarás a vida e farás com que outros a abençoem, que é o principal. Bom, para isso contribuirá o teu caráter. Padres e mestres — continuou dirigindo-se aos seus amigos com um doce sorriso — nunca lhes disse por que razão o semblante deste rapaz me é tão caro, mas quero que o saibam. As suas feições são para mim como o valor de uma recordação e de uma profecia. Eu tive um irmão mais velho a quem vi morrer com a idade de dezessete anos. Desde então, e no decurso da minha vida, arraigou-se em mim a convicção de que foi o meu guia e de que me acompanhou como um sinal lá do alto. Sem a influência que ele exerceu na minha vida, atrever-me-ia a dizer, assim o creio, que não teria sido monge, nem teria escolhido este caminho de salvação. Manifestou-se primeiro quando era ainda muito jovem e agora, no fim da minha peregrinação, parece que está outra vez ao meu lado. É admirável, padres e mestres, que Aliocha, o qual tem fisicamente alguma semelhança com ele, embora pouca, se lhe pareça espiritualmente com tal exatidão que muitas vezes vi neste jovem o meu próprio irmão, misteriosamente volvido a mim, nas últimas jornadas da minha vida, como um aviso; como uma inspiração. Isto maravilha-me como se fosse um sonho prodigioso. Ouves, Porfiry?

E volveu-se para o noviço que o contemplava com respeito. — Por vezes notei em ti certa expressão de desgosto por causa da minha predileção por Alexey. Já sabes agora o motivo, embora goste dos dois, e muitas vezes me doeu ter de vos mortificar por isso. Gostaria, queridos amigos, de vos falar do meu irmão, porque não tive jamais uma aparição mais preciosa, mais significativa nem mais enternecedora. Sinto a minha alma comovida e vejo toda a minha vida passada neste momento, como se a revivesse.

Devo fazer constar que a última conversa que o Padre Zossima teve com os seus amigos no último dia da sua vida nos foi transmitida por Aliocha, que cuidou de a relatar ordenadamente pouco depois da morte do seu diretor. Não posso assegurar, contudo, se o manuscrito de Aliocha contém só o que foi dito pelo mestre nessa altura ou se acrescentou notas referentes a ditos e palavras anteriores. Aliocha faz falar o Padre Zossima sem interrupção, como se relatasse a sua vida em forma autobiográfica. Não obstante, outras testemunhas não deixam dúvidas de que a sessão que nos ocupa no momento foi um verdadeiro colóquio, e ainda que os hóspedes não interrompessem muito o Padre

Zossima, sempre lhe faziam perguntas e entrelaçavam algum discurso. Além de tudo, era impossível que o Padre Zossima contasse sem parar uma história tão comprida, pois se cansava até perder a voz e o alento, e tinha que se encostar para descansar, prometendo, embora, não dormir, e as visitas não se afastavam. Por duas vezes parou a conversa para que o Padre Paissy lesse o Evangelho. Também temos de notar que ninguém acreditava que morresse naquela noite, vendo-o tão animado pelo sono reparador que gozou durante o dia, graças ao qual pôde suportar uma tão grande conversa. Parecia encontrar vitalidade num último esforço de amor; mas foi muito passageira, pois que a sua vida se quebrou quase imediatamente... Mas disto falaremos mais adiante. Só acrescentarei que preferi transcrever ao pé da letra o que nos deixou Alexey Fedorovitch Karamázov. Serei breve para não vos cansar, mas devo repetir que Aliocha acrescentou a esta narrativa notas tomadas de conversações prévias.

Veda do defunto sacerdote e monge, o Presbítero Zossima, reconstruída segundo as suas próprias Palavras por Alexey Fedorovitch Karamázov.

APONTAMENTOS BIOGRÁFICOS

### a) O irmão do Padre Zossima

*Queridos padres e mestres: nasci numa remota Província do Norte, na cidade de V. Meu pai era de família nobre e escassa fortuna. Perdi-o aos dois anos e não conservo dele a menor recordação. Deixou uma casa a criar com largueza os filhos que eram dois, eu e meu irmão Markel, mais velho oito anos do que eu, de caráter facilmente irritável, mas bondoso e sério. Era taciturno em casa, mas no colégio portava-se bem e embora não simpatizasse com os companheiros nunca brigou com ninguém. Isto foi o que minha mãe sempre me disse. Seis meses antes da sua morte, com dezessete anos, deu-se muito com um político de Moscovo, deportado na nossa cidade por ser livre pensador e que levava uma vida solitária. Não sei como nasceu aquela inclinação por Markel, mas a verdade era que queria que o visitasse muitas vezes, e durante aquele inverno meu irmão passava todas as tardes em casa dele. Por fim, o desterrado foi chamado a Petersburgo e reabilitado, segundo pedira a amigos influentes.*

*Entramos na Quaresma e Markel negou-se a praticar o jejum, do qual troçava grosseiramente. Tudo isso são tolices, e Deus não existe, gritava, horrorizando minha mãe, os criados e a mim próprio, pois embora eu só tivesse nove anos espantavam-me as suas palavras. Eram quatro os nossos criados, todos servos. Recordo ainda quando minha mãe vendeu um deles por sessenta rublos, o cozinheiro Afimya, que era velho e aleijado e tomou um assalariado para o seu lugar.*

*Durante a Sexta Semana da Quaresma, meu irmão, que nunca fora robusto e parecia estar a consumir-se aos poucos, caiu doente. Eu pensei que se tratava de um resfriado, mas o médico disse à minha mãe que era uma tuberculose galopante e que não devia passar da Primavera. Com muito cuidado, então, para não o alarmar, minha mãe exortava-o a ir à igreja a fim de se confessar e comungar enquanto tinha ainda forças para sair. Mas ele irritava-se e começava a proferir insultos contra a igreja. Daí a pouco tornou-se pensativo e compreendeu que a gravidade do seu estado era o que a levava a suplicar-lhe aquilo. Um* ano antes, pressentindo a ruína da sua saúde, dissera-nos friamente à mesa: Não viverei muito tempo convosco; não durarei mais de um ano, o que foi uma profecia.

    Passados três dias chegou a Semana Santa. Começou a ir à igreja na quarta-feira, dizendo: Faço-o por si, mãe, para a tranquilizar e lhe dar esse gosto. Ela chorou de felicidade e de pena porque pensava que o fim devia estar próximo por ele ter mudado tanto. Com efeito, não conseguiu ir mais à igreja. Ficou de cama e confessou-se e recebeu a comunhão em casa.

    A Páscoa daquele ano foi tarde, trazendo dias claríssimos, quentes e cheios de fragrâncias. Lembro-me que meu irmão tossia durante a noite e dormia mal. Quando o Sol nascia levantava-se e ia sentar-se numa cadeira. Parece-me que ainda o vejo, doce e bom, sorrindo alegremente, apesar da doença. Produzira-se nele uma mudança prodigiosa, e o seu espírito parecia transformado. A velha ama de leite entrava e dizia-lhe: Anda, querido, deixa que acenda a lâmpada das santas imagens, o que ele antes proibia com grande enfado.

— Acende, acende, querida; era um desgraçado quando me opunha. Alumiando os santos rezarás e eu imitar-te-ei com a alegria que terei em ver-te. Rezaremos os dois ao mesmo Deus.

    Esta maneira de falar surpreendeu-nos a todos, em especial à minha mãe, que se afastou para um canto a chorar. Depois enxugou as lágrimas e tentou parecer serena.

— Não chores, mãe — dizia ele. — Ainda me resta muito tempo de vida para gozar convosco!

— Ah, meu filho! Como podes falar de gozo da vida se te consome a febre e passas a noite a tossir?

— Não temas, mamã — respondia ele — porque a vida é um Paraíso, e nós andamos cá sem o ver. Se o desejássemos, teríamos amanhã mesmo o Céu e a Terra!

    Todos ficávamos maravilhados com o que dizia, pelo estranho tom persuasivo que nos comovia até às lágrimas. Aos amigos, que nos visitavam, dizia:

— Queridos, que vos fiz eu para que gosteis de mim? Como podeis querer a um homem como eu? Eu que não conheci nem apreciei antes o vosso amor!

Quando os criados apareciam falava-lhes sempre:

— Que bons que sois, meus amados! Por que tanto incômodo? Acaso mereço que cuideis de mim? Se Deus quiser que eu viva, dedicarei os meus dias a servir-vos, pois os homens devem servir-se uns aos outros. Minha mãe abanava a cabeça.

— Querido, falas assim porque estás doente.

— Mamã — replicava ele — têm de haver amos e criados, mas eu quero ser servo dos meus servos, ser para eles o que eles são para mim. Outra coisa, mamã. Cada homem peca contra os outros homens e eu mais do que ninguém.

E ela sorria entre as lágrimas.

— Mas como podes ter pecado contra todos os homens mais do que ninguém? Os ladrões e os assassinos, sim, mas tu, que fizeste para que te sintas mais culpado do que nenhum outro?

— Meu coração, meu coraçãozinho, minha alegria — respondia usando expressões de carinho — crê-me, cada qual é culpado quanto aos outros homens e de todas as coisas.

Não sei como explicar, mas sinto-o assim. Como podemos viver fazendo mal aos outros sem que o reconheçamos?

E a sua ternura aumentava dia a dia, sentindo-se mais alegre e mais cheio de amor. Quando o velho médico alemão Eisenschmidt o visitou, disse-lhe, brincando:

— Que acha, doutor? Terei ainda mais um dia de vida?

— Outro dia? Terá meses e anos.

— *Meses e anos!* — *exclamou.* — *Mas para que contar os dias se um basta para que o homem conheça toda a felicidade? Meus queridos, por que discutis tratando de brilhar mais do que o vosso próximo e excitando mutuamente o vosso rancor? Ide ao jardim passear, brincar e amai-vos, estimai-vos, abraçai-vos uns aos outros e glorificai a vida.*

— Seu filho está no fim — declarou o médico quando o acompanharam à porta. — A doença afeta-lhe o cérebro.

O quarto dele dava para o jardim, denso de velhas árvores em flor. Os primeiros pássaros da Primavera voavam de ramo para ramo, loucos de alegria, e iam pousar nas janelas, a cantar. Meu irmão contemplava-os, admirando-os e acabava por lhes pedir perdão: Aves do céu, ditosos passarinhos, perdoai-me, pois que também pequei contra vós. Eu não o compreendia nessa altura, mas ele chorava lágrimas de alegria: Rodeia--me a glória do Senhor: Pássaros, árvores, prados floridos e... o céu. Vivi na vergonha de ter desonrado tudo por não conhecer a beleza e a glória que reveste!

— *Creio que te culpas demasiado*— *dizia-lhe a minha mãe afogada em pranto.*

— *Mãe querida, não choro de pena, mas de alegria. Não sei como expressar-me, mas humilho-me perante estas coisas porque não sei como amá-las melhor, e ainda que tenha pecado contra elas, sinto-me perdoado, o que é o céu. Não estou eu agora na glória?*

E dizia muitas mais coisas que não recordo, exceto de uma vez que entrei e o encontrei só. Era uma tarde clara, o Sol declinava enchendo a sala de uma luz especial. Fez-me sinal para que me acercasse e descansando as suas mãos nos meus ombros olhou-me com doçura e amor, em silêncio. Por fim, disse:

— Bom, vai brincar. Goza a vida por mim.

Eu saí e fui brincar. Muitas vezes a recordação destas palavras me fez chorar. Ocorriam-lhe outras coisas admiráveis e formosas, mas na altura não atingíamos o seu significado. Morreu três semanas depois da Páscoa, com todo o conhecimento, embora não falasse. Até ao último instante conservou o mesmo reflexo de alegria nos olhos e não deixou de nos sorrir. Logo que na cidade souberam da sua morte começaram a falar dele. Eu estava relativamente impressionado, mas durante o funeral chorei muito. Embora muito pequeno, um garoto ainda, todas estas coisas me deixaram uma impressão duradoura e um profundo sentimento que, guardado na minha alma, se manifestaria a seu tempo.

### b) *As Santas Escrituras na vida do Padre Zossima*

*Fiquei só com minha mãe. Alguns amigos aconselharam-na a que me enviasse a Petersburgo como faziam outros: Tens um só filho, diziam, e desfrutas de uma boa renda. Pensa que se o reténs ao teu lado, o privas de uma carreira brilhante. Sugeriram-lhe a ideia de me mandar para a Academia Militar de Petersburgo, de onde poderia sair para entrar na Guarda Imperial. Devia ser-lhe muito doloroso separar-se do único filho, por isso esperou algum tempo. Por fim, decidiu-se, não sem derramar abundantes lágrimas, e acreditando laborar na minha felicidade, acompanhou-me a Petersburgo e deixou-me na Escola Militar. Nunca mais a vi, porque morreu três anos depois, sem parar de afligir-se e chorar por seus filhos.*

*Do lar paterno guardo apenas recordações preciosas; nada há mais belo do que voltar o pensamento para a primeira infância, se esta foi passada entre o carinho e a boa harmonia familiar. Até a recordação de um malvado pode ser-nos grata, se o coração sabe aderir ao que de bom tem um homem. Às recordações do meu lar associo sempre a da Bíblia, a cuja leitura me dediquei, ainda bem pequeno, numa História Sagrada com excelentes gravuras que tínhamos em casa, intitulada Cento e Quatro passagens do Antigo e Novo Testamento. Neste livro aprendi a ler; conservo-o ainda como uma preciosa relíquia do passado. Recordo que os sentimentos devotos despertaram em mim aos oito anos, quando não sabia ainda ler. Minha mãe levou-me à missa, só, uma segunda-feira santa. Não sei onde meu irmão parava, nesse dia. Estava um dia magnífico e recordo ainda, como se as visse, as nuvens de incenso que se elevavam do turíbulo e se iam desvanecendo docemente na abóbada, transformando-se como um fumo de ouro trespassado pelos raios de sol que entravam pelas grandes janelas. Fiquei extasiado ante aquele espetáculo e, pela primeira vez, sem o saber, foi lançada na minha alma a semente da palavra de Deus. Apareceu um jovem com um livro enorme, tão grande que me admirava que pudesse carregá-lo. Avançou com a carga até ao centro da igreja, colocou-o num facistol e, abrindo-o, começou a ler. Foi essa a primeira leitura que escutei no templo de Deus. Na terra de Ans vivia um varão, justo e temente a Deus, na maior opulência. Possuía um grande número de camelos, de ovelhas e jumentos, e os filhos davam festins. Queria-lhes muito e rogava a Deus por eles porque dizia: Quem sabe se pecarão nos seus regozijos? E eis que o demônio chega à presença do Senhor, juntamente com os filhos de Deus e lhe dá conta de ter percorrido todo o mundo de alto a baixo. E reparaste em Job, meu servo?, perguntou-lhe Deus. E Deus louvava o seu santo servidor, ponderando as suas virtudes perante o diabo. Este riu-se daquelas palavras. Dai-me liberdade sobre ele e vereis como o Teu servo se volta contra Ti e maldiz o Teu nome. E Deus entregou ao diabo o justo a quem tanto amava. Então o diabo matou-lhe os filhos, aniquilou-lhe o gado e destruiu-lhe os bens em menos tempo do que brilha um raio no firmamento. Job rasgou o manto, caiu de joelhos e gritou: Saí nu do ventre de minha mãe e nu voltarei à terra; o Senhor tudo me deu e o Senhor tudo me tirou. Seja bendito para sempre o seu Santo nome.*

*Padres e mestres: perdoai as minhas lágrimas, pois toda a minha infância se concentra no meu coração e o meu peito incha com as mesmas emoções dos meus oito anos. Sinto o mesmo respeito, a mesma perturbação e alegria. Os camelos excitaram então a minha fantasia e logo Satanás, falando assim com Deus e Deus que permite a destrui-ção do seu servo e este que exclama: Louvado seja o Teu nome, embora me castigues. Depois o brando e doce canto litúrgico: Que a minha oração chegue ante Ti, Senhor!, e outra vez o incenso que sobe das mãos do sacerdote, a veneração e a súplica. Desde então, não consigo ler esta lenda sagrada sem que os olhos se me encham de lágrimas. Ontem mesmo o fiz. Que grandeza e que mistérios encerra! Bem sei que foi objeto de escárnio e*

## Fiódor Dostoiévski

de mofa e ouvi também palavras soberbas: Como pode Deus entregar o mais amado dos seus santos ao capricho do diabo, tirar-lhe os filhos e cobri-lo de úlceras asquerosas até ao ponto de limpar ele próprio as supurações com um caco e tudo sem outro fim que desafiar o diabo? Repara como sofrem os santos por meu amor. Mas é neste mistério que reside a sua grandeza; o transitório e o que de modo palpável se manifesta, mistura-se aqui com a verdade eterna. Frente à verdade terrena, cumpre-se a verdade divina. *No princípio do mundo, Deus acaba cada dia da criação elogiando a sua obra: E viu Deus que era bom.; olha para Job e também elogia a sua obra. E Job, louvando o senhor, não só serve a Deus como a todas as suas criaturas por gerações de gerações e pelos séculos dos séculos. Deus meu, que livro, que lições contém! Que livro, a Bíblia! Que milagre! Que força deu ao homem! Parece o molde de onde saiu o mundo, o homem e a natureza humana, e onde tudo se encontra; é uma lei para todos os juízes e para todos os tempos. Que mistérios nos revela e nos explica! Deus devolve a Job saúde e riquezas e, ao cabo de alguns anos, outros filhos a quem amar. Mas como pode querer a estes se já não tem os primeiros que perdeu? Podia, recordando os primeiros, sentir-se plenamente feliz com os novos e amá-los de igual modo? Sim, sim, podia. É este o grande mistério da vida feliz, que me fala singularmente da verdade doce e terna. A alvorotada juventude sucede a repousada serenidade dos anos. Cada saída do Sol leva consigo a minha bênção e antigamente o meu coração exaltava-se ao vê-la. Agora prefiro os seus ocasos, os últimos raios que, lânguidos, me deixam doces recordações, em evocação da minha longa vida feliz, e me falam singularmente da verdade de Deus, que mitiga, reconcilia e perdoa. Sei muito bem que a minha vida está a ponto de extinguir-se, mas cada dia que me é concedido sinto que a minha existência terrena se aproxima mais de uma vida nova, infinita, desconhecida, mais próxima... tanto que a minha alma treme, como num rapto, ilumina-se-me o entendimento e o meu coração geme de surpresa e alegria.*

 Padres e mestres: mais de uma vez ouvi dizer, e é muito natural que se diga com frequência, que os sacerdotes, particularmente os curas rurais, queixam-se em toda a parte das suas rendas mesquinhas e soldos irrisórios. Dão por estabelecido, até na imprensa, pois eu próprio o ouvi, que lhes é impossível ensinar ao povo as Escrituras pela escassez de recursos, e se os luteranos e os hereges conseguirem desencaminhar o rebanho, deixarão fazê-lo, porque não têm o suficiente para viver. Queira Deus aumentar o estipêndio que tão necessário lhes é, pois se queixam com razão. Pois em verdade vos digo que se há que culpar a alguém, metade da culpa é nossa. Podem dispor de pouco tempo, podem dizer com verdade que estão cheios de trabalho com as ocupações do seu ministério. Mas isto não acontece sempre, e ainda fica uma hora por semana para pensar em Deus. O sacerdote não deve estar a trabalhar durante todas as horas de todos os dias do ano. Que reúna numa hora por semana, à noite, todas as crianças, se quiser, ao princípio. Os pais ouvi-los-ão falar e acabarão por acompanhá-los. Para isto não são necessários salões; pode recebê-los na sua própria cabana. Não a deitarão a perder por uma hora que lá estejam. Que abra o livro e comece a ler sem gritos nem arrogâncias, nem modinhas pueris, mas sim com doçura e sentimento, satisfeito por lhes ler e porque o escutem com atenção, gostando ele próprio do que lê e parando de vez em quando para explicar *alguma palavra que não entendam. Não tenhais medo, entenderão tudo! O coração do ortodoxo fez com que perceba intuitivamente. Que leia a história de Abraão e Sara, de Isaac e Rebecca, de como Jacob foi a casa de Labão e lutou com o Senhor em sonhos e disse: Este lugar é santo, e o espírito do camponês impressionar-se-á favoravelmente. Que leia, sobretudo às crianças, como os irmãos venderam José, o filho estimável, o sonhador e o profeta, em servidão, e disseram ao pai que uma fera o devorara e lhe mostraram os vestidos manchados de sangue e como, em seguida, os irmãos viajaram até ao Egito para comprar trigo, e José, elevado já a primeiro ministro e desconhecido por eles, os fez sofrer, os acusou, deteve seu irmão Benjamim e disse, amando-os contudo: Gosto de vós e por isso vos fiz sofrer sob o meu poder, Porque não podia esquecer que quando o venderam a uns mercadores, que passavam pelo poço atravessando o deserto seco, levantava ele as mãos e lhes suplicava, chorando, que não o entregassem como escravo em terra alheia. Ao voltar a vê-los depois de muitos anos, quis-lhes sem medida e afligia--os e atormentava-os por amor. Por fim deixou-os, e não podendo sofrer mais a angústia que o embargava, atirou-se para cima de uma cama e chorou. Em seguida, enxugando as lágrimas e com semblante risonho, voltou-se e disse-lhes: Sou o vosso irmão, José. Que continue depois a ler como Jacob ficou feliz quando soube que seu filho amado era vivo e como se mudou para o Egito abandonando o seu país e morreu em terra estranha, legando a grande profecia que conservara oculta toda a vida no seu terno e tímido coração, de que da sua descendência de Judá havia de vir a esperança do mundo, o Messias Salvador.*

Padres e mestres: Perdoai-me e não tomeis a mal que estivesse falando como uma criança daquilo que vos é tão conhecido e me podeis ensinar com sabedoria cem vezes maior. Falo apenas porque me deixo transportar. Desculpai o meu pranto, porque amo a Bíblia. Que chore o ministro de Deus e vereis como o seu auditório palpitará de emoção. Não é preciso mais do que uma semente pequeníssima. Deixai-a cair no coração do aldeão e não se perderá, pois viverá na sua alma toda a vida, brilhando como uma luzinha, como uma grande recordação nas trevas do seu íntimo e do próprio pecado. Não fazem falta grandes ensinamentos ou explicações, porque compreenderão tudo de uma maneira simples. Julgais que os aldeãos não têm entendimento? Tratai de lhes ler a comovedora história da bela Ester e da soberba Vasti; ou o episódio de Jonas, tragado pela baleia.

Não esqueçais as Parábolas de Nosso Senhor, tomadas com preferência do Evangelho, segundo São Lucas, que é o que eu faço. Dos Atos dos Apóstolos não deveis esquecer a conversão de São Paulo e da Vida dos Santos escolhei, por exemplo, a de Aleixo e, antes do mais, a da ditosa mártir e profeta de Deus, Maria Egipcíaca, e trespassareis os seus corações com estes simples relatos. Dispensai-lhes uma hora por semana, por pobres que sejais, e vereis como este nosso povo, tão generoso e agradecido, vos pagará com cem por um. Atento à bondade dos seus sacerdotes e ao que aprendeu da sua boca, prestar-se--á espontaneamente a ajudá-los, tanto em casa como no campo, e tratá-los-á com mais respeito do que antes, o que redundará também em benefício material de uns e outros. É uma coisa tão simples, que por vezes ninguém se atreve a dizê-la, com medo das burlas. Mas é tão certa! Quem não crê em Deus não acreditará no seu povo; mas quem acreditar no povo de Deus verá a Sua Santidade, ainda que nunca acreditasse nela. Só o povo e o poder espiritual de que é capaz, converterá os ateus que se apartaram da sua terra natal.

E de que servirá a palavra de Cristo, se não pregarmos com o exemplo? Deixa-se o povo sem a palavra divina e o povo está sedento dela e de tudo quanto seja edificante.

Na minha juventude... há muito... cerca de quarenta anos, viajando pela Rússia com o Padre Anfim, recolhendo fundos para o mosteiro, ficamos uma noite à beira de um rio, com alguns pescadores. Juntou-se-nos um moço de presença galharda, um aldeão que esperava o nascer do dia para continuar a puxar, da margem, o barco de um mercador. Observei que ficava contemplando a noite docemente, uma noite de julho, clara e quente. Das amplas águas subia uma neblina refrigerante. Podíamos ouvir o chapinhar dos peixes; as aves dormiam; um silêncio de paz, delicioso, envolvia-nos. Todas as coisas louvavam a Deus, e o moço e eu, que não dormíamos, pusemo-nos a conversar da beleza deste mundo e do mistério que o penetra. Cada erva, cada inseto, formiga ou abelha, estão maravilhosamente compenetrados da sua missão, são testemunhos dos divinos mistérios e mostram-se fiéis servidores do seu criador. O simpático moço inflamou-se de emoção e confessou-me o seu amor pela selva e pelos pássaros que a habitam. Era caçador e conhecia o canto dos pássaros tão perfeitamente que podia responder, imitando-os, a todos.

— Tudo tem a sua beleza — dizia — mas não conheço nada superior à selva.

— Está certo — respondi. — Todas as coisas são boas e formosas, porque são a verdade. Repare no cavalo, esse animal tão amigo do homem; ou o boi, humilde e pensativo, que trabalha para nós e nos sustenta. Repara na doçura dos seus olhos, que expressam afeto para com o homem, o qual com frequência os maltrata sem misericórdia. Que bondade, que confiança, que beleza! É comovedor sabê-los sem pecado, pois é tudo inocente, exceto o homem, e Cristo está mais com eles do que com os homens.

— Mas Cristo também está com eles? — perguntou o camponês.

— Não pode deixar de ser assim — respondi — pois que a palavra é para todos. A Criação e todos os seres, até mesmo as folhas, cantam a glória de Deus e choram por Cristo, realizando isto pelo mistério da sua vida sem mancha. Lá, na selva, anda o terrível urso, feroz e rápido em devorar, mas sempre inocente...

E contei-lhe como uma vez chegou um urso à cabana que um grande santo habitava no meio do bosque, e o solitário apiedou-se dele e, aproximando-se sem medo, deu-lhe um bocado de pão, dizendo:

— Vai, Cristo está contigo.

E o animal selvagem afastou-se docemente, submisso e inofensivo. O jovem estava encantado pelo urso se ir embora sem fazer mal ao santo, e de que Cristo o acompanhasse.

— Ah! — disse. — Que boa e que bonita é a obra de Deus!

Sentou-se e ficou a pensar. Vi que tinha compreendido. Depois adormeceu, um sono leve e inocente. Deus abençoe a juventude! Antes de adormecer, rezei por ele. Senhor, envia a paz e a luz ao Teu povo!

## Capítulo 2
## Recordações da Juventude

### c) Antes da entrada no claustro. O duelo

Passei cerca de oito anos na Escola Militar de Petersburgo, num ambiente novo que obscureceu as recordações da minha infância sem chegar a extingui-las. Adquiri novos hábitos e novas opiniões que me foram transformando num ser cruel, quase selvagem, não obstante as maneiras mundanas e a língua francesa que aprendi.

Todos, e eu o primeiro e o pior, talvez devido ao caráter arrebatado que possuía, tratávamos os soldados como um rebanho. Quando deixávamos a escola, com o posto de oficial, estávamos prontos a dar a nossa vida pela honra do regimento a que fôramos destinados, embora nenhum de nós fizesse ideia da verdadeira honra, logo que não fosse para a escarnecer. A orgia, a dissipação e a perversidade eram o nosso único orgulho. Não digo que fôssemos uns malvados, todos os meus camaradas eram bons rapazes, mas portávamo-nos mal, e eu pior do que ninguém. Foi para mim um grande mal poder dispor da minha fortuna. Tinha dinheiro, dava-me a todos os prazeres e mergulhava fundo nas depravações da juventude.

Gostava muito de ler, mas embora pareça estranho a Bíblia foi o único livro que não abri naquele tempo. Levava-a sempre comigo para todo o lado, nunca me separando dela, e para dizer a verdade, não houve dia durante aqueles anos, que não dedicasse algum cuidado à conservação desse livro, mas lê-lo, nem pensar nisso. Ao fim de quatro anos desta vida, o meu regimento foi guarnecer a cidade de K., cuja população era hospitaleira, rica e divertida. Em todo o lado me dispensavam um acolhimento cordial, porque eu era muito alegre e conheciam a minha largueza, o que tem grande importância no mundo. E então sucedeu o que devia dar origem a uma mudança transcendental.

Comecei a ter inclinação por uma jovem tão formosa como inteligente, de caráter nobre e elevado, filha de uma respeitável família que gozava de influência e posição desafogada. Recebiam-me na sua casa com demonstrações de afeto e amizade, e como julguei que ela me olhava com certa simpatia inflamou-se-me o coração. Logo compreendi que não havia razão para tal e que, na realidade, o que mais me comovia nela era o seu caráter e a sua grande inteligência, que também teria apreciado sem as chamas do meu coração. O egoísmo afastou nessa altura a ideia de pedir a sua mão; parecia-me muito duro abandonar as seduções da vida livre e dissipadora de solteiro, com a bolsa bem cheia. Não obstante, deixei entrever os meus sentimentos e aludi com frases cautelosas à intenção de dar um passo decisivo ao fim de algum tempo. Entretanto, chegou-nos a ordem de transferência, por dois meses, para outra província.

Quando voltei, a jovem casara com um rico proprietário da comarca, um homem amabilíssimo, ainda jovem, mas de mais idade do que eu, relacionado com a melhor sociedade de Petersburgo e de excelente educação, duas vantagens que a mim me faltavam. Este inesperado acontecimento abateu-me de tal forma que cheguei a temer pela minha sanidade mental, e mais ainda quando soube que esse senhor era seu prometido havia muito tempo. Encontrara-o muitas vezes em casa dela e nada vira, cego pela minha presunção. Incomodava-me sobremaneira que todos, menos eu, conhecessem estas relações. Estava furioso e corava ao recordar que várias vezes estivera a ponto de me declarar à jovem sem que ela tentasse impedir-me ou prevenir-me, e deduzia que quisera divertir-se comigo. Refletindo, recordei que longe de querer troçar de mim, desviava toda a conversa amorosa logo que eu a iniciava, Mas de que serviam as reflexões, senão de atiçador do espírito de vingança que me possuía? Ainda recordo que os sentimentos de rancor e de vingança me repugnavam como contrários ao meu caráter distraído e fácil. É-me muito difícil manter por algum tempo um ressentimento; por isso tive de rebelar-me contra mim mesmo de uma maneira absurda, vigiando afinadamente para que os meus propósitos se não dissipassem.

Esperei uma oportunidade e tratei de insultar o meu rival numa tertúlia, troçando da sua opinião acerca de um importante acontecimento histórico. O meu insulto foi dos que não admitem evasão. Exigi-lhe explicações de maneira tão grosseira que aceitou a minha provocação, apesar da idade e da condição social nos distanciar muito. Só soube mais tarde que se aceitou o repto foi devido aos ciúmes que eu lhe inspirara quando cortejava a noiva. Acreditava também que se a mulher soubesse que ele consentia na injúria e repelia a provocação, o desprezasse, deixando esfriar o seu amor. O padrinho foi pois um alferes do meu regimento. Os duelos eram duramente castigados naquele tempo, mas nem por isso deixavam de constituir uma moda entre os oficiais, tão arraigado está em nós esse brutal preconceito sobre a honra.

Estávamos em fins de junho. O nosso encontro fora marcado para às sete da manhã do dia seguinte, na entrada de um bosque, quando aconteceu algo que fixou o ponto de partida da minha nova vida. Cheguei à casa com uma disposição selvagem e deixei-me arrebatar por uma bagatela qualquer com a minha ordenança, Afanasy, ao qual dei dois estalos brutais que lhe ensanguentaram o rosto. No pouco tempo que estivera ao meu serviço batera-lhe várias vezes, mas nunca com tal ferocidade.

Ao fim de quarenta anos, recordo-o com a mesma pena e vergonha, acreditai-me. Deitei-me e dormi três horas. Quando despertei, nascia o dia. Não quis dormir mais. Levantei-me e fui abrir a janela que dava para o jardim. O Sol, formoso e quente, nascia; os pássaros cantavam.

Que pensar do sentimento que invadiu o meu espírito e confundiu o meu coração como algo vil e vergonhoso? Seria por ir derramar sangue? Não, repliquei convencido. Teria medo da morte, medo de que me matassem?

Não, não temia... De repente, compreendi. Maltratara Afanasy! Recordei a cena como se se repetisse. Estava de repente na minha frente, com os braços estirados rigidamente ao longo do corpo, a cabeça erguida, o olhar fixo em mim. Vacilava a cada bofetão, mas sem ousar levantar o braço para se proteger nem perder a atitude militar. E para isso criam as mães os seus filhos? Para que apareça um qualquer, chamado homem, e lhes bata? Que crime! Como se me tivessem enterrado um punhal no peito, fiquei aniquilado, enquanto o Sol brilhava, as copas das árvores tomavam cor e os pássaros entoavam os seus louvores ao Senhor... Ocultei o rosto entre as mãos, atirei-me para cima da cama e comecei a chorar amargamente, lembrando-me do que dizia meu irmão Markel aos criados, nos seus últimos dias de vida: Queridos, por que vos molestais? Por que me amais? Serei eu digno dos vossos cuidados?

— E eu? — Perguntava-me. Que razão há para que outro homem, um ser feito à imagem e semelhança de Deus, me sirva? Pela primeira vez, surpreendia-me esta pergunta dominando os meus pensamentos e repeti as palavras do meu irmão: Mãe, vida minha, cada um dos homens é culpado de todo o mal feito pelo próximo. Esta é a pura das verdades, mas os homens desconhecem-na. No dia em que a compreenderem, o mundo será um paraíso.

— Deus meu! Como pode haver falsidade nisto? — pensei, soluçando. Realmente sou o mais culpado dos homens, o maior dos pecadores. E a verdade descobriu-se-me subitamente. Que ia fazer? Matar outro homem bom, nobre e prudente, que nada me fizera? Destruir para sempre a felicidade da esposa era o mesmo que voltar contra ela a minha arma homicida. Continuava deitado de bruços contra a almofada, insensível às horas, quando entrou o padrinho que vinha buscar-me com as pistolas.

— Ainda bem que está vestido, já devíamos lá estar. Vamos!

Comecei a dar voltas pelo quarto, sem saber que fazer e daí a pouco encontrei-me na carruagem.

— Espere um momento — disse-lhe. — Esqueci o meu porta moedas. Já volto.

E subi a escada, precipitando-me no quarto da minha ordenança.

— Afanasy! — gritei. — Ontem esbofeteei-o miseravelmente. Perdoe-me!

O rapaz sobressaltou-se e ficou a olhar-me cheio de espanto.

Considerando que isto era pouco, caí de joelhos e inclinei-me até tocar no chão com a testa, arrastando o meu flamejante uniforme de oficial.

— Perdoe-me — repeti.

Tremeu como que atacado de um súbito terror.

— Sua Excelência... senhor, que faz? Mereço eu?...

E rompeu a chorar, como eu próprio antes. Tapou a cara e afastou-se para a janela, soluçando...

Voltei ao encontro do meu camarada e enfiei-me no coche.

— Pronto! — gritei. Voltando-me para o meu companheiro, perguntei: — Já alguma vez viu um conquistador? Pois tem um diante de si!

Estava arrebatado, rindo e falando não sei de quê durante todo o caminho.

— Bom, irmão, és um valente e porás nas alturas a honra do uniforme — dizia ele, encantado com a minha serenidade.

Chegamos ao terreno, onde já nos esperavam os outros. Colocaram-nos a doze passos de distância. Ele devia atirar primeiro e eu fiquei firme, sem apartar o meu olhar da sua figura. Olhava-o sem pestanejar, alegre e afetuosamente, pois sabia o que me havia proposto. A bala passou, roçando-me apenas a face e a orelha.

— Graças a Deus! — exclamei. — Não foi morto um homem! — E agarrando na minha pistola atirei-a para uma moita. — Apodrece para aí! — gritei.

Depois voltei-me para o meu adversário.

— Perdoai-me, senhor — disse-lhe —, se fui tão tolo que o insultei e o obriguei a disparar contra mim. Reconheço-me cem vezes inferior. Diga-o a quem mais ama no mundo.

Voltaram-se os três contra mim. O meu adversário julgou que devia enfurecer-se e gritou:

— Por minha honra! Se não queria bater-se podia ter-me deixado em paz!
— Ontem era um louco, hoje tenho a cabeça bem assente — respondi-lhe com alegria.
— Acredito no que me diz de ontem, mas não posso aceitar isso de hoje.
— Bravo! — exclamei, aplaudindo. — Tem muita razão, bem o mereço.
— Quer escolher, sim ou não?
— Não. Se quiser, dispare de novo contra mim; embora lhe valha mais não o fazer.

Protestaram as testemunhas, e a minha com mais calor.

— Como pode ultrajar deste modo o regimento, dando explicações ao inimigo e pedindo-lhe perdão! Jamais se viu coisa igual!

Sem rir, encarei-os a todos.

— Mas... cavalheiros, é assim tão extraordinário encontrar um homem que se arrepende da sua estupidez e confessa publicamente as suas culpas?

— Não no terreno da luta! — corrigiu a minha testemunha.

— Isso é o que me admira — continuei. — Devia ter confessado a minha falta ao chegar aqui, antes que o senhor disparasse, evitando-lhe assim a perpetração de um grande crime, mas a vida está arranjada de maneira tão grotesca que é quase impossível atuar de outro modo e só depois de encarar o fogo a doze passos podiam ter algum valor as minhas palavras. Se tivesse falado antes, poderiam dizer: Não o escutem, é um covarde que treme à vista das pistolas. Cavalheiros! — gritou depois a minha alma. — Voltem os olhos para os dons de Deus e que Ele nos oferece. Céu claro, ar puro, verdura nos campos, pássaros... a natureza está plena de formosura e de graça, enquanto nós, apenas nós, nos obstinamos no pecado e na loucura sem querer compreender que a vida é uma bem-aventurança. Se o compreendêssemos, as coisas apresentar-se-nos-iam em toda a sua beleza e abraçar-nos-íamos, chorando.

Não pude continuar. A minha voz perdia-se na imensa doçura e juvenil alegria que sentia ao verificar que a minha alma estava inundada de uma beatitude jamais experimentada.

— Tudo isso é muito razoável e edificante — disse o meu adversário.
— Em todo o caso, não deixa de ser um homem original.
— Pode rir-se à vontade — repliquei. — Mais tarde aprovar-me-á.
— Não, aprovo-o desde já! — disse. — Deixe-me apertar-lhe a mão, pois não duvido da sua sinceridade.
— Agora não. Quando me fizer mais digno e merecer a sua estima, estender-lhe-ei a minha mão para que a estreite entre as suas.

De volta a casa, o meu alferes não parou de criticar a minha conduta, nem eu de o beijar. Depressa o sucedido chegou aos ouvidos dos meus camaradas e logo se reuniram para me julgar.

— Manchou o uniforme! — diziam uns. — Que se demita.
— Ofereceu o peito ao inimigo! — defendiam outros.
— Sim, mas temendo o segundo tiro, pediu perdão!
— Se o tivesse feito por medo, melhor seria ter disparado a sua pistola, mas atirou-a, carregada, para uma moita do bosque. Não, aqui há algo muito diferente do medo. Algo raro, mesmo.

Regozijava-me vê-los e ouvi-los.

— Queridos amigos e camaradas — disse-lhes. — Não vos preocupeis se me hei de demitir ou não, porque já o fiz. Esta manhã mesmo apresentei a minha renúncia e tão depressa me seja aceite entrarei num mosteiro. Deixarei o regimento apenas por isso.

Quando disse tal coisa, um dos presentes deu uma gargalhada.

— Por que não disse isso mais cedo? Já está tudo explicado; não podemos julgar um monge!

Nessa ocasião todos riram sem poder parar, mas não foi por troça, antes sim de maneira bondosa e jovial. Ofereceram-me a sua amizade até os que com mais rigor me censuraram, não cessando de me acompanhar durante os meses que levaram a aceitar-me o pedido de renúncia.

— Olá, monge! — diziam-me, acrescentando uma frase amável e começavam a dissuadir-me e até a compadecer-se de mim. — Que vai fazer enclausurado?

— Deixa-o — dizia alguém. — É um bravo, arrostou impávido a bala e podia disparar a sua pistola. Mas como sonhou naquela noite que seria um monge, o sonho tem de se cumprir!

Em sociedade, acontecia o mesmo. Até ali fora sempre recebido amavelmente, mas não objeto de uma atenção especial como agora que todos me visitavam para me convidar. Fazia-os rir a minha decisão, mas apreciavam-me. É preciso lembrar que, embora toda a cidade falasse sem recato do duelo, as autoridades não se deram por conhecedoras do fato, pois como o meu inimigo era parente do general e o encontro não tivera, como consequência, mais do que a minha demissão, o assunto foi tomado como brincadeira. Longe de me envergonhar, comecei a aceitá-la de bom grado e a corresponder, sem medo, porque sabia ser inspirada por espírito bondoso e não por desdém. Quase todas as conversas em que eu era tema, eram provocadas pelas senhoras nas tertúlias noturnas. As mulheres mostravam-se muito interessadas em ouvir-me e este interesse aproximava também os homens.

— Como é possível que se responsabilize por todos? — E riam-se no meu nariz. — Acaso terei eu de responder por si?

— Não poderão compreender bem isto — respondia eu — enquanto o mundo não caminhar por uma senda diferente durante muito tempo, e enquanto aceitarmos como verdades as maiores mentiras e obriguemos os outros a aceitá-las. Agi com sinceridade uma vez na vida, e todos me olham já como um perturbado. Veem como vós próprios, sendo meus amigos se riem de mim?

— Por que lhe havíamos de negar a amizade? — Protestaram sem deixar de rir.

O salão estava cheio de gente. De repente, a dama que fora a causa involuntária do duelo e em quem eu vira uma futura esposa levantou-se sem que tivesse reparado na sua presença e, estendendo-me a mão, falou:

— Permita que lhe diga que eu, antes de mais ninguém, longe de troçar de si tenho de expressar-lhe o meu reconhecimento mais profundo e oferecer-lhe os meus cumprimentos pela sua nobre atitude.

Logo em seguida se aproximou o marido a testemunhar-me o seu afeto e todos me rodearam e pouco faltou para que me beijassem. A minha alma sentia-se inundada de gozo, mas a minha atenção fixou-se singularmente num senhor que me olhava muito, a quem conhecia de nome, mas com quem não trocara nunca uma só palavra.

**d) Uma visita misteriosa**

Era um funcionário de elevada posição cuja riqueza, bondade e filantropia lhe haviam granjeado o respeito de todos. Distribuía somas consideráveis entre os hospitais e asilos de órfãos, além das obras de caridade que realizava em segredo, o que se soube apenas depois da sua morte. De costumes austeros, não surpreendia a ninguém a sua melancolia. Andava perto dos cinquenta anos e estava casado havia dez. Tinha, da esposa ainda jovem, três filhos. Pois bem, encontrava-me eu só no quarto, na tarde do dia seguinte, quando este cavalheiro me visitou.

Tenho de explicar, de passagem, que não vivia no mesmo sítio, pois quando pedi a demissão do meu posto militar passei para a casa da viúva de una empregado do Estado, pois que despedira Afanasy logo a seguir ao duelo, por não poder olhá-lo sem vergonha, depois do que sucedera entre nós, e necessitava de alguém que tratasse das minhas coisas. O homem do mundo tem tendência a envergonhar-se das ações retas...

— Há alguns dias — começou o recém-chegado — que o ouço com grande interesse nas tertúlias e pretendi que fôssemos apresentados para poder falar consigo mais intimamente. Poderá o senhor conceder-me este favor?

— Com certeza! Encantado! É para mim uma grande honra. — Mas sentia-me desfalecer pela profunda impressão que me causou este homem no primeiro momento da sua aparição. Toda a gente me escutava com interesse e atenção, mas ninguém me fora ainda apresentado com um aspecto tão sério, tão severo e concentrado como este homem que vinha visitar-me ao quarto e que se encontrava sentado na minha frente.

— Vejo que é um homem de caráter íntegro e indomável — continuou — já que serve a verdade com risco de incorrer no desprezo geral.

— É demasiado elogio — repliquei.

— Não, não é demasiado declarou. — Creia-me, uma ação semelhante é mais difícil do que julga. Foi isso que me impressionou e só por isso o venho ver. Se a minha curiosidade não o incomoda, gostaria que me descrevesse com a maior fidelidade os sentimentos que lhe cruzaram a alma, se os recorda ainda, no momento em que se decidiu a pedir perdão no terreno. Não julgue que lhe falo assim por capricho, pois tenho um motivo secreto para lhe perguntar isto. Talvez lho revele mais tarde, se Deus quiser que nos cheguemos a tratar com mais intimidade.

Enquanto falava, contemplei-o detidamente e senti-me animado de confiança e excitado de curiosidade como se pressentisse nele qualquer mistério.

— Quer que lhe exponha exatamente as minhas impressões no momento de pedir perdão a um inimigo? — respondi. — Mas será melhor que lhe conte desde o princípio o que ainda não disse a ninguém. — E relatei-lhe o que se passara entre mim e Afanasy, e como me humilhara a seus pés.

— Disto será fácil deduzir — concluí — que me era mais fácil terminar no momento do duelo o que havia começado em casa, e ainda que me tivesse assustado no caminho empreendido, estava longe de ser difícil dar remate ao que viria a ser para mim fonte de felicidade e de alegria. Agradava-me o seu modo de olhar ao ouvir-me.

— Tudo isso — disse depois — é demasiado interessante. Voltarei. Voltarei a vê-lo com frequência.

Desde então passou a visitar-me quase todas as tardes e teríamos sido grandes amigos se me houvesse falado alguma vez de si. Mas, da sua vida, mal dizia uma palavra e perguntava, perguntava sempre de mim. Contudo, cheguei a estimá-lo e a manifestar-lhe com inteira franqueza os meus sentimentos, pois embora me ocultasse o seu segredo, não me fazia falta para saber que era um homem bom. A sua idade, o fato de ser uma pessoa séria e o de vir à minha casa, tratando-me como a um igual, aliado à grande inteligência, fez que não deixasse de aprender com ele muitas coisas que só me beneficiariam.

— Há muito tempo que penso que esta vida é um paraíso — disse-me uma vez, acrescentando: — Não penso noutra coisa. — E olhou-me, sorrindo. — Estou mais convencido do que o senhor e há de saber porque.

Eu escutava. Era evidente que me queria dizer alguma coisa.

— O céu — continuou — está dentro de nós próprios... também se oculta dentro de mim, e se eu quiser amanhã mesmo se me revelará para sempre.

Olhei-o com temor: Falava com emoção e cravava o olhar em mim como que interrogando-ma.

— Quanto a sermos culpados de tudo e por todos, à parte os nossos próprios pecados, acho que tem razão e é admirável que tenha compreendido tão depressa todo o alcance da ideia. Nada mais verdadeiro do que o reino dos céus deixar de ser um sonho para se converter numa realidade, logo que os homens o queiram.

— E quando? — exclamei eu com amargura. — Quando se realizará isto? Quando? Não será apenas um desejo da nossa fantasia?

— Mas... não acredita? — disse. — Prega e não tem fé no que diz? Creia-me, este desejo da nossa fantasia, como lhe chama, sem dúvida que se realizará. Virá a seu tempo. Todo o processo tem a sua lei, e este é um processo espiritual psicológico. Para transformar o mundo, que é o mesmo que criá-lo de novo, devem os homens mudar de psicologia. Enquanto uma pessoa não se sentir real e praticamente irmão de todos, não haverá fraternidade. Não há ciência humana, nem razão de interesse que leve os homens a participar por igual dos privilégios e bens materiais. Cada qual quer apropriar-se da parte do fraco e estão sempre a invejar-se, queixando-se e atacando-se. Pergunta quando se realizará? Há de realizar-se, sim, mas não sem que a humanidade haja caído num período de abandono, de isolamento.

— Que entende por isolamento?

— O que predomina por todo o lado, sobretudo nos nossos dias, e que não adquiriu todo o seu desenvolvimento e está ainda muito longe dos seus limites. Cada um tende a levar a sua individualidade a maior distância e deseja reter egoisticamente a vida em toda a sua abundância e plenitude. Mas todos esses esforços não conduzem à vida, mas ao suicídio, e em vez de conseguir o que se propunha, encontra-se no mais completo isolamento. A humanidade está hoje dividida em unidades, disseminada, cada homem mantém-se no seu buraco, afastado dos outros, escondendo-se a si mesmo, e a tudo quanto possui, dos demais. Acaba por repeli-los e ser ele próprio repelido. Os ricos encobrem-se e pensam: Que força tenho e que segurança? e não veem a sua impotência suicida, porque, acostumados a não confiar mais do que em si mesmos, e obstinados em não crer na ajuda dos demais, na do próximo e na da humanidade, tremem com medo de perder as riquezas e privilégios que conseguiram. Ninguém quer compreender, para escárnio dos homens da nossa época, que a verdadeira defesa tem de ser fundada numa solidariedade social e não no esforço individual isolado. Mas este individualismo nefasto tem de desaparecer inevitavelmente, e todos compreenderão quanto é irracional viver só. O homem será animado pelo espírito do tempo e o povo admirar-se-á de ter vivido tanto nas trevas sem ver a luz. E então aparecerá nos céus o sinal do Filho do Homem. Mas entretanto temos de abanar a bandeira. De quando em quando tem de haver um homem que, embora isolado e tido por louco, dê o exemplo e arranque as almas do seu isolamento e as exercite na paternidade, para que a grande ideia não morra.

Os nossos serões transcorriam em animada conversa. Pouco a pouco, deixei a sociedade e mal visitava os vizinhos; além do mais já não era o homem do dia. Não pretendo, ao dizer isto, censurar ninguém, posto que se sabe que no mundo impera sempre a moda. Acabei por atender com admiração o meu misterioso visitante, pois à parte o prazer que me proporcionava a sua inteligência, pressentia que na sua alma se forjava um projeto e ele se propunha cometer alguma grande ação. Via-o agradado da minha discrição, pois eu jamais manifestei curiosidade pelo seu segredo, nem tratei de insinuar que mo descobrisse, mesmo quando notei certos indícios de que queria dizer-me algo. Um mês depois da primeira visita, eram para mim evidentes os seus desejos.

— Sabe — disse-me um dia — que as pessoas falam muito de nós e se admiram de que o visite com tanta frequência? Não faz mal porque não tardará que tudo se explique.

Por vezes era tomado de uma extraordinária perturbação e então acabava quase sempre por levantar-se e ir-se embora. Noutras alturas olhava-me fixamente, fazendo-me pensar: Agora, agora é que me vai dizer alguma coisa, mas em seguida punha-se a falar de outros assuntos em tom familiar. Queixava-se frequentemente de dores de cabeça.

Um dia, quando menos o esperava, depois de falar durante um grande bocado com ardor, empalideceu e o rosto transformou-se-lhe enquanto me olhava.

— Que tem? exclamei. Sente-se mal? — Queixara-se da cabeça pouco antes.

— Eu... Sabe?... Eu matei!

E o rosto, branco como papel, tentou sorrir. Por que se rirá este homem?, foi tudo o que me ocorreu pensar. Também eu empalidecera.

— Que diz? — gritei.

— Já vê quanto me custou a primeira palavra. Mas agora disse-a e o primeiro passo foi dado. Por conseguinte vou continuar até ao fim.

Não podia acreditar e não acreditei senão depois de três dias, depois de muitos rodeios, quando me contou tudo. Mesmo assim, pensei ainda que estivesse louco, mas por fim convenceu-me com grande pena e assombro. Era um crime horrendo.

Catorze anos antes havia assassinado a viúva de um proprietário, uma jovem rica e graciosa que vivia em casa própria na nossa cidade.

Enamorou-se loucamente dela e declarou-lhe a sua paixão, propondo-lhe casamento. Mas ela estava já comprometida com outro, um nobre oficial de alta patente cujo regresso esperava a todo o momento. Repudiou a proposta dele e suplicou-lhe que não a visitasse. Ele obedeceu, mas aproveitando o conhecimento da casa introduziu-se uma noite no jardim e chegou até ao telhado, com grande risco de que o descobrissem. É sabido que um crime cometido com temeridade louca fica, por vezes, mais impune do que outros.

Deslizou pela claraboia do sobrado e desceu a escada com a esperança de encontrar aberta, por descuido da criadagem, a porta do andar, pois sabia que muitas noites se esqueciam de a fechar. Essa foi uma delas. Caminhou às apalpadelas até ao quarto de cama da jovem, onde ardia uma luz. Por acaso, as criadas tinham saído, sem autorização, para uma festa de aniversário e os outros criados dormiam nos seus quartos, ou encontravam-se na cozinha, no andar inferior. Ao ver a adormecida, cresceu em si a paixão, embrutecida pelos ciúmes e pela sede vingadora, e como um ébrio, fora de si, enterrou-lhe um punhal no coração com tal força e pontaria que ela nem um grito deu. Em seguida, com a astúcia diabólica e criminal, dispôs tudo para que recaíssem as suspeitas sobre os criados, e foi tão infame que se apoderou da bolsa, e com as chaves que estavam sob a almofada abriu a arca e tirou o que poderia ter tentado um criado ignorante: o dinheiro, deixando os papéis de valor. Também levou alguns objetos de ouro de muito vulto, deixando os de menor tamanho e maior valor e outras coisas de estimação, como recordação só para ele. Disto falaremos depois. Cometida aquela horrível ação, foi-se pelo mesmo caminho.

Nem no dia seguinte, ao correr o alarme, nem nunca acudiu a alguém a mais velada suspeita de que ele fosse o criminoso. Tão pouco era conhecido o seu amor pela viúva, pois ele não tinha amigos a quem fazer confidências, sendo além de tudo muito reservado e silencioso. Era tido como uma das várias amizades da morta e não das mais assíduas, pois nos últimos quinze dias não aparecera em casa dela. Suspeitou-se em seguida de um servo chamado Pyotr, acusado por todas as circunstâncias. A senhora tinha que dar um recruta de entre os seus escravos e embora não tivesse decidido ainda nada, Pyotr estava convencido de que seria ele o designado, pois não tinha família e a sua conduta não era muito satisfatória. Na taberna alguém o ouvira queixar-se e proferir ameaças de morte contra a ama. Dois dias antes do crime desaparecera e ninguém sabia dele. No dia seguinte encontraram-no na estrada, perdido de bêbado, com uma navalha no bolso e a mão esquerda manchada de sangue.

Embora afirmasse que o sangue era do nariz, ninguém acreditou. As criadas confessaram ter saído para uma festa e que o portão ficara aberto até regressarem. Este e outros pormenores caíam como provas esmagadoras sobre o inocente criado. Encarceraram-no e julgaram-no como se fosse o assassino, mas daí a dias adoeceu com febre e morreu esquecido num hospital. Assim acabou o assunto, crendo os juízes, as autoridades e a cidade inteira que quem havia cometido o crime morrera. Mas então começou o castigo. O misterioso visitante e agora meu amigo declarou-me que no princípio não eram os remorsos que o atormentavam. Durante muito tempo só sentiu a desgraça de ter matado a mulher que amava, de a ter perdido para sempre, de haver matado com ela o seu amor enquanto o fogo da paixão lhe corria ainda nas veias. O sangue derramado, o homicídio mal o inquietava. Sendo-lhe insuportável a ideia de que a vítima viria a ser a mulher de outro, estava profundamente convencido de que não poderia ter procedido de outro modo.

Quando encarceraram o criado sentiu pena, mas apaziguou-se com a sua morte, ao saber que nem o cárcere nem o temor o haviam levado a ela, e sim o resfriamento que apanhara na estrada onde passara a noite dormindo embriagado. O furto inquietava-o pouco, pois só o praticara para evitar que suspeitassem dele. A quantia roubada era insignificante comparada à grande soma que destinou aos fundos de um hospital, com o objeto de tranquilizar a sua consciência, o que conseguiu. Viveu depois, durante muito tempo, numa paz completa. Em seguida aplicou toda a atividade no exercício de um cargo que requeria grande atenção e força de caráter. Absorto durante dois anos nas suas ocupações, quase esqueceu o passado, ou conseguia afastá-lo quando a imaginação o aproximava. Entregou-se de corpo e alma à beneficência e fundou na cidade várias instituições filantrópicas ou ajudou à sua manutenção, merecendo ser eleito membro de sociedades benfeitoras de Moscovo e Petersburgo, aonde também fazia chegar as dádivas.

Mas a recordação do passado levantou-se por fim perante os seus olhos com tal força que já não foi possível combatê-la, e como nessa altura se apaixonara por uma jovem formosa e prendada, casou-se, esperançado em que o matrimônio dissipasse a opressão que o abatia e que a nova vida e o escrupuloso cumprimento dos seus deveres de marido e pai o livrassem para sempre dos velhos fantasmas. Mas sucedeu o contrário do que esperava. Desde o primeiro mês de casado que a mesma ideia o roía. Minha mulher ama-me, mas... se soubesse?... Quando lhe anunciou o próximo fruto do seu amor, perturbou-se. Dei uma vida, eu, eu que a tirei! O filho chegou:

— Como me atreverei a amá-lo, a instruí-lo e a educá-lo? Como lhe falarei de virtude, eu que derramei sangue?

Todos os seus filhos eram bonitos e ele adorava acariciá-los, mas apartava-se, pensando: Não podes nem contemplar as suas carinhas angelicais; és indigno disso!

O sangue da vítima projetava já uma sombra sinistra sobre os seus dias. A vida juvenil que destruíra agarrou-se dolorosamente à sua, aturdindo-o com o grito insaciado de vingança. Tinha pesadelos horríveis. De vigorosa constituição, suportou durante muito tempo este martírio porque esperava que daquelas angústias mortais sofridas em silêncio saíam a sua expiação. Mas em vão: quanto mais calava mais aumentavam os seus sofrimentos.

Embora o seu caráter severo e taciturno fosse o que mais o impusesse, era respeitado pela sua muita caridade, e este mesmo respeito exacerbava-o imenso. Confessou-me que teve a ideia de se matar, mas repeliu-a ou suplantou-a por outra que ao princípio achava irrealizável e louca, mas que se foi arraigando a pouco e pouco na sua alma até não o deixar pensar noutra coisa. Acariciava o propósito de ir resolutamente declarar-se culpado de assassínio na praça pública. Passaram-se três anos durante os quais traçou planos para levar a cabo a sua ideia. Chegou a crer, no fundo do coração, que ao confessar o crime ficaria perdoado e recobraria a paz de espírito. Essa crença espantava-o, pois não sabia como fazê-lo. Foi então que soube do meu duelo.

— Ouvindo-o, decidi-me.

Fiquei-me a olhá-lo.

— Será possível? — exclamei, juntando as mãos. — Será possível que um incidente de tão pouca importância o tenha conduzido a tal resolução?

— A minha resolução tem estado a crescer durante estes três anos — respondeu. — O seu episódio foi apenas o impulso que me faltava. Ao ouvi-lo, recriminava-me, invejava-o — terminou com raiva.

— Não acreditarão em si, agora que passaram catorze anos.

— Tenho provas, grandes provas. Apresentá-las-ei.

Beijei-o, chorando.

— Diga-me, diga-me uma coisa! — continuou, como se tudo dependesse de mim. — A minha mulher e os meus filhos morrerão de desgosto, e embora não percam posição e patrimônio, serão para sempre os filhos de um presidiário. Que recordação lhes vou gravar no coração?

Eu mantinha-me em silêncio.

— E separar-me deles, deixá-los para sempre? Repare que é para sempre, para sempre!

Continuei imóvel, rezando. Por fim levantei-me, tremendo de medo.

— O quê? —Perguntou, olhando-me com firmeza.

— Vá — disse-lhe — confesse. Tudo é transitório, só a verdade permanece. Seus filhos compreenderão, quando forem maiores, a nobreza da sua decisão.

Apartou-se de mim como quem vai cumprir um propósito, mas ainda voltou a minha casa durante duas semanas. Todas essas noites se propunha o mesmo, como se recobrasse as forças que lhe faltavam para chegar ao fim. A mim doía-me o coração só de o escutar. Uma tarde entrou muito determinado e disse arrebatadamente:

— Sei que o céu se abrirá para mim no momento em que confessar. Há catorze anos que vivo no inferno. Quero sofrer. Abraçar-me-ei ao castigo e a minha vida começará. Pode-se passar por este mundo procedendo mal; o difícil é voltar ao bom caminho. Eu não ouso amar ao próximo, nem aos meus próprios filhos. Bom Deus! Compreenderão eles quanto sofro? Perdoar-me-ão? Deus não está na força, mas na verdade.

— Compreenderão o seu sacrifício — assegurei-lhe. — Se não for agora, será mais tarde.

Ao despedir-se parecia confortado, mas no dia seguinte voltou. Vinha branco, sarcástico e desgostoso.

— Sempre que venho cá me olha inquisidoramente, como quem diz: Ainda não confessou! Aguarde um pouco, não me despreze tanto. Não é tão fácil como imagina. Talvez nunca me atreva. Suponho que não irá denunciar-me por isso, ou irá?

Longe de o ver com curiosidade indiscreta, tinha medo do seu olhar. Sentia-me doente de angústia. Tinha o coração destroçado. De noite não podia dormir!

— Acabo de me separar da minha mulher — continuou. — Minha mulher! Sabe o que isto significa? Os meus filhos acompanharam-me até à porta, gritando: Adeus, papá. Vem depressa para nos leres a Revista Infantil. Não, você não compreende isto! Ninguém compreende a desgraça alheia!

Os olhos faiscavam-lhe, os lábios palpitavam, e de repente deu com o punho na mesa, fazendo saltar tudo o que ali se encontrava. Nunca se mostrou tão brusco como então, pois que era um homem de modos doces e refinados.

— Mas será necessário? — exclamou. — Terei eu esse dever? Ninguém foi condenado, ninguém foi para a Sibéria em meu lugar. O outro morreu de doença e eu... bastante paguei com os meus tormentos o sangue que derramei. É necessário ainda que confesse? É necessário? Estou disposto a sofrer toda a minha vida por esse sangue, desde que a minha mulher e os meus filhos não fiquem envolvidos nessa desgraça. É justo que os esmague na minha ruína? Não cometeremos um erro? E os outros, reconhecerão, apreciarão, respeitarão o meu sacrifício?

Senhor, pensei eu, pois não o preocupam neste momento os respeitos humanos? E fiquei tão cheio de pena que pensei então que seria capaz de carregar com metade da sua desgraça, se isso o aliviasse. A expressão dele era de desespero e eu fiquei petrificado de terror procurando indagar em mim mesmo os seus propósitos.

— Decida a minha sorte! — gritou-me ainda.

— Vá e confesse — murmurei-lhe, e tive que me esforçar, pois que a voz me desfalecia. Peguei numa tradução russa do Novo Testamento e assinalei o Evangelho de São João, capítulo 12, versículo 24.

"Na verdade, na verdade vos digo que se o grão de trigo que cai na terra não morre, ficará só; mas se morre dá muito fruto".

Leu-o e disse com um sorriso amargo:

— É verdade... você encontra coisas tremendas nesse livro... — E acrescentou, depois de uma pausa: — E é muito fácil aplicá-las. Quem o escreveu? São os homens capazes de escrever isso?

— O Espírito Santo — respondi-lhe.

— Não me venha agora com intrigas. — E sorriu quase com ódio.

Voltei a pegar no livro e mostrei-lhe a Epístola aos Hebreus, capítulo 10, versículo 31: "É horrendo cair nas mãos do Deus vivo."

— Imponente! — exclamou. — Não há dúvida que tem uma coleção de frases apropriadas. — Levantou-se e disse: — Adeus, talvez não volte... encontrar-nos-emos no céu. Durante catorze anos fui espremido pelas mãos do Deus vivo... Amanhã pedirei a essas mãos que me soltem.

Quis apertá-lo nos meus braços, beijá-lo... mas não me atrevi. O seu rosto torcido velava-se-me, cheio de sombras. Saiu.

Bom Deus, pensei. Que vai fazer esse homem? Caí de joelhos perante os santos e, chorando, implorei para ele a graça da Mãe de Deus, nossa doce ajuda e proteção. Permaneci meia hora derramando lágrimas piedosas. Era já muito tarde, quase meia-noite, quando a atenção se me desviou e me sobressaltei. A porta abriu-se bruscamente e ele entrou.

— Onde esteve? — perguntei.

— Penso — balbuciou — que esqueci qualquer coisa... o lenço, creio. Bom, mesmo que não tenha sido isso, deixe-me ficar um momento. Sentou-se. Eu permaneci de pé, junto a ele.

— Sente-se também — pediu.

Assim fiz. Passaram uns minutos e durante esse tempo não afastou de mim o seu olhar turvo. De repente, sorriu. Como o recordo! Levantou-se, beijou-me e disse:

— Lembre-se desta segunda visita que lhe faço. Ouve? Ouve bem? Lembre-se!

E saiu.

Amanhã!, pensei.

E assim foi. Não sabia que o dia seguinte era o do seu aniversário, pois como não saíra de casa naqueles últimos cinco dias não tivera ocasião de me inteirar. Nesse dia visitavam-no todas as pessoas importantes da cidade e não esteve menos animada a festa daquele ano. Depois do almoço avançou até meio da sala, levando na mão uma folha de papel, dobrada, na qual estava escrita uma declaração formal ao chefe do departamento, ali presente. Leu-a em voz alta para que todos a ouvissem. Era um relato do crime, com inúmeros pormenores. Saio da sociedade porque sou um monstro, concluía. Deus visitou-me... Quero sofrer pelo meu crime.

Então exibiu em cima da mesa todos os objetos que guardara durante catorze anos e que tinha como provas do delito: as joias da vítima, que roubara para desviar as suspeitas, uma cruz e um relicário com o retrato do noivo, que ela tinha ao peito; um livro de apontamentos e duas cartas, uma do noivo e a resposta dela, que deixara sem acabar, para o dia seguinte.

Para que levara aquelas duas cartas e por que razão as conservara durante catorze anos, em vez de as destruir, sendo uma prova evidente do seu crime?

E sucedeu que, embora todos se mostrassem surpreendidos e horrorizados, ninguém acreditou nele. Escutavam-no com extraordinária curiosidade, mas todos o olhavam como a uma pessoa perturbada. Daí a dias, em todas as casas se comentava o fato de o desgraçado estar louco. A própria autoridade judicial, se bem que não pudesse inibir-se, abandonou depressa o assunto, pois que embora os objetos e as cartas fossem de grande peso, decidiram que, no caso de serem autênticas, não constituíam por si só uma acusação definitiva. Além do mais, deduziam que poderia ter aqueles objetos qualquer amigo a quem ela houvesse pedido que os guardasse. Soube depois que foram reconhecidos por parentes e amigos sem que isso produzisse consequência alguma.

Cinco dias após a festa disseram-me que estava gravemente doente. Não explicaram o que era, atribuindo-o a uma afecção cardíaca, mas soube-se que a mulher consultara os médicos e que estes afirmavam ser um caso de loucura. Não deixei escapar nem uma palavra que pudesse atraiçoá-lo perante as pessoas que me vieram falar dele, mas quando o quis visitar proibiram-mo. A mulher negou-me decididamente a entrada, dizendo:

— O senhor é que tem a culpa de tudo. Melancólico estava ele sempre, mas há um tempo para cá os amigos viam-no extraordinariamente excitado, até ao ponto de lhes criticar as suas extravagâncias. Agora foi o senhor que o findou. As suas maneiras exerceram sobre ele uma influência tão deplorável... há um mês que anda sempre consigo!

Não só a esposa, mas toda a cidade se lançou sobre mim para me acusar, dizendo ser tudo obra minha. Eu calava-me, regozijando-me inteiramente de que Deus patenteasse a sua misericórdia naquele homem que se voltara contra si mesmo para se castigar. Não podia acreditar na sua demência.

*Por fim deixaram-me vê-lo, já que ele insistia em despedir-se de mim. Acerquei-me e compreendi que os seus dias, e as suas horas, estavam contados. Fraco, amarelo, as mãos tremiam-lhe. Respirava com dificuldade, mas o rosto brilhava de doçura e felicidade.*

*— Já está! — suspirou. — Quanto desejava vê-lo! Por que não vinha? — Não lhe disse que mo impediam.*

*— Deus compadeceu-se de mim e chama-me para o seu seio. Sei que morro, mas sinto por fim paz e alegria. Desde que fiz o que tinha a fazer, a minha alma é um paraíso. Agora posso beijar os meus filhos e amá-los. Nem minha mulher nem os juízes, ninguém acreditou. Meus filhos nunca acreditarão. Vejo nisso que Deus lhes dá a sua bênção... Morrerei deixando-lhes um nome sem mancha. Sinto que Deus está perto porque a minha alma está cheia de alegrias celestiais... Cumpri o meu dever.*

Não podia falar, faltava-lhe o ar, agarrava-me com força a mão e os olhos fixavam-me plenos de afeto. Não pudemos conversar durante muito tempo porque a esposa apareceu, desconfiada, mas ainda teve ocasião de murmurar:

— Lembra-se de quando voltei a sua casa, à meia-noite? Disse-lhe que não se esquecesse. Sabe o que lá ia fazer? Matá-lo!

Estremeci.

— Quando o deixei, encontrei-me só na noite e fui errando pelas ruas, lutando comigo mesmo. De súbito, desencadeou-se na minha alma uma tempestade de ódio contra si que se me tornava impossível suportar. Você, apenas você, se agarrava à minha vida como um cepo ao condenado. Era o meu único juiz. Não podia deixar de arrostar com o meu castigo voluntário porque você sabia tudo. E não era porque temesse que me delatasse... nunca o julguei capaz disso... mas pensava: Como poderás olhá-lo de frente se não confessas? E ainda que você se encontrasse nos antípodas, mas vivo, teria sido o mesmo. O insuportável era que vivia quem sabia tudo e me condenava. Odiava-o como se fosse você o causador e o culpado de tudo. E voltei pensando no punhal que vira sobre a sua mesa. Sentei-me e pedi-lhe que fizesse o mesmo. Refleti um momento. Se o matasse ter-me-ia perdido, mesmo sem confessar o meu outro crime. Mas então não pensava, nem queria pensar nisto. Odiava-o e ansiava vingar-me de tudo em si. O Senhor venceu o diabo que levava no meu coração. Mas quero que saiba que nunca esteve tão perto da morte.

Faleceu uma semana depois e toda a cidade assistiu ao enterro. O arcipreste pronunciou um sentido discurso e todos lamentavam a temível doença que havia ceifado tão cedo a sua vida. Acabados os funerais, a cidade em massa se voltou contra mim, indignada, e até os camponeses me negavam a saudação. Alguns, muito poucos ao princípio, mas depois em maior número, começaram a acreditar na declaração do defunto e dirigiam-se-me interrogando-me com vivo interesse, porque os homens têm prazer na queda e na desgraça do justo. Mas eu fechei a boca e pouco depois abandonava a cidade para entrar, ao fim de cinco meses, com a graça de Deus, nesta ditosa senda de salvação, abençoando a mão invisível que tão claramente ma mostrara, e até ao dia de hoje não esqueci nas minhas orações o servo de Deus, Mikael, que tanto sofreu.

## Capítulo 3
## Práticas e Exortações do Padre Zossima

### e) O monge russo e a sua possível significação

Padres e mestres: o que é o monge? No mundo civilizado dos nossos dias há quem use esta palavra em tom de chalaça. Outros há que o fazem como uma injúria, e o desprezo vai crescendo. É de lamentar que haja na verdade, entre os monges, muitos mandriões, libertinos, glutões e parasitas insolentes. Estes são assinalados pelos mundanos, que dizem: preguiçosos, membros inúteis da sociedade, viveis do suor do vosso próximo. Mendigos sem vergonha! Mas quantos monges há que doces e humildes não suspiram mais do que pela solidão e pela fervorosa oração em paz? São os menos notados, passam em silêncio... E qual não seria a surpresa dos homens se soubessem que talvez destes calmos solitários que se entregam à oração, virá de novo a salvação da Rússia? Eles estão sempre prevenidos na paz do seu retiro para o dia e a hora, para o mês e o ano. Entretanto, na solidão, guardam a imagem de Cristo bela e imaculada, em toda a pureza da verdade divina, que brilhou nos primeiros padres, nos Apóstolos e nos mártires, e quando chegar o tempo mostrá-la-ão ao mundo vacilante na fé.

Isto é enorme! A estrela levantar-se-á no Oriente.

Tal é a opinião que tenho do monge. É falsa? É presunçosa? Olhai o mundo e quanto é estabelecido pelos seus sequazes e vede se não foi falseada a imagem de Deus e a sua verdade. Têm a ciência, mas na ciência nada mais há do que aquilo que depende dos sentidos. O mundo do espírito, a parte mais elevada do ser humano, está abandonada, renegada triunfalmente, quase com ódio. O mundo proclamou, ainda mais recentemente, o reino da liberdade, e que vemos nessa liberdade? Nada, senão servidão e destruição!

Porque o mundo diz: Satisfazei os vossos desejos, pois tanto direito tendes vós como o rico e o poderoso. Não temais satisfazê-los, antes sim multiplicai-os. Eis a moderna doutrina do mundo. E nela dizem que se apoia a liberdade. Mas que resulta deste direito à multiplicação de desejos? No rico, o isolamento e o suicídio espiritual; no pobre, a inveja, o crime. Já que lhe outorgam os direitos e não lhe ensinam a satisfazer as suas necessidades, asseguram que o mundo está cada vez mais unido, e estreitam mais os laços de fraternidade, como se desaparecessem as distâncias e as doutrinas se fundassem no ar.

Ah! Não acrediteis em semelhante união. Interpretando a liberdade como o aumento e a pronta satisfação de desejos, desfigura o homem da sua própria natureza, na qual se fomentam disparatadas e loucas ambições, hábitos e ridículos caprichos. Não se vive mais do que para a inveja mútua, para o luxo e a ostentação, e considera-se uma necessidade ter riquezas, amizades, carruagens, títulos e escravos para o serviço e por isso se sacrifica a vida, a honra e todo o sentimento de humanidade, chegando ao suicídio. Até aos menos afortunados acontece o mesmo, pois que só os pobres afogam necessidades e cobiças na bebida. Mas cedo chegará o dia em que beberão sangue em vez de vinho, pois a esse ponto os leva a sociedade. E eu pergunto-lhes: Será livre assim, o homem?

Pois eu conheço um campeão da liberdade que me confessou que, quando estava na prisão e se via privado do tabaco, invadia-o uma tal depressão que estava a ponto de atraiçoar a sua causa só para poder conseguir um maço. E esse era o que dizia: Eu luto para o bem da humanidade!

Mas que luta será a daquele que por tão pouca coisa desmaia? Homens assim são capazes de um gesto arrebatado, mas não de se manterem na lide. Não é de admirar que em vez de conquistar a liberdade hajam caído na escravidão e que longe de servir a causa da caridade fraterna e da união da humanidade, provoquem, pelo contrário, as dissensões e o isolamento de que falava o meu misterioso visitante e mestre. Por outro lado, a ideia de servir a humanidade, da caridade fraterna e da solidariedade da espécie, ofusca-se cada vez mais no mundo e às vezes é acolhida com desprezo. Como se despojará o homem dos seus vícios, e que pode esperar-se desse escravo de si próprio acostumado à satisfação de todas as necessidades que inventou? Isolado no seu egoísmo, que lhe importa o resto da humanidade? Vão-se amontoando riquezas, mas a alegria terá diminuído no mundo.

Na vida monástica sucede algo muito diferente. Troçam da obediência, das rezas e penitências, e este é o caminho que conduz a uma real e verdadeira liberdade. Resisto aos meus gostos supérfluos e desnecessários, subjugo e castigo com a obediência o meu orgulho e vaidade, e por intermédio de Deus, consigo assim a liberdade de espírito que traz consigo a alegria. Quem está mais apto a conceber uma grande ideia e servi-la, o rico encastelado nos seus bens ou o homem que se livra da tirania dos objetos e dos hábitos? Culpa-se o retraimento do monge. Haveis-vos encerrado entre os muros do mosteiro, buscando a vossa salvação e esquecendo a fraternidade e as necessidades do próximo! Veremos quem é mais ciumento do amor fraternal, porque não nós, mas eles, são os que se traem, embora não o vejam. Sempre fomos nós os diretores do povo. Por que não continuamos a sê-lo? Os nossos modestos e humildes ascetas levantar-se-ão e sairão a trabalhar pela grande causa. A salvação da Rússia deve-se ao povo e o monge russo está sempre a seu lado. Isolamo-nos, se isolarmos o povo. Este crê como nós cremos e a Rússia nada pode esperar de um incrédulo reformador, seja ele um homem sincero e um gênio. Tende isso bem presente! O povo chocará com o ateísmo e vencê-lo-á, e a Rússia será unida e ortodoxa. Conservai o coração do povo e educai-o em silêncio; é o vosso dever de monges, porque o povo anda com Deus no coração.

**J) Dos amos e criados, e de se podem estes ser irmãos em espírito.**

Não negarei que o pecado está também no povo. A chama da depravação cresce e estende-se de hora a hora, devastando tudo quanto encontra. O espírito do isolamento corrói já o coração do povo, e surgem por todo o lado usurários e devoradores do bem comum. Já o comerciante, sedento de luxo e honras, se empenha em passar por homem culto ainda que não tenha nem um pouco de instrução, repudia com arrogância as velhas tradições e envergonha-se da fé dos seus pais, porque pode ostentar junto dos magnatas a sua corrupção aldeã. Os camponeses apodrecem na embriaguez, incapazes de deixar esse vício, causa de tantas crueldades contra as crianças e as mulheres. Eu vi nas fábricas rapazes de nove anos, fracos, doentes, consumidos já na depravação. Ar escasso de oficina, barafunda de maquinaria, trabalho sem descanso, linguagem grosseira, vinho! É isto o que necessita uma pobre criatura? Dai-lhe sol, jogos, bom exemplo, primeiro que tudo, e além do mais um pouco de carinho.

Isto não pode continuar assim, há que acabar de martirizar os pequenos. Levantai-vos, monges, e correi a pregá-lo! Correi, correi!

Mas Deus salvará a Rússia, pois ainda que o povo esteja infectado e não possa renunciar ao seu asqueroso vício, sabe que Ele detesta os seus pecados. Ainda crê na retidão, põe a fé n'Ele e chora arrependido.

O mesmo não acontece nas classes elevadas, sequazes da ciência, que querem basear a justiça na razão divorciada de Cristo, como antes, e já proclamam que não existe o crime, que não existe o pecado. E isto é lógico, porque se não há Deus, que significaria o crime? Na Europa o povo já se levantou contra o rico e os seus dirigentes induzem-no a derramar sangue, assegurando-lhe que a sua cólera é justa. E eu digo que a sua cólera será maldita, porque é cruel. Mas Deus salvará a Rússia como a salvou tantas vezes, e a salvação virá do povo, da sua fé e da sua modéstia.

Padres e mestres: mantenham a fé do povo e isto que vos digo não será um sonho. Sempre me comoveu a dignidade do nosso grande povo, que é a verdadeira e conveniente. Eu já a vi, posso dar testemunho, vi-a e maravilhei-me, não obstante os vícios que o degradam, impondo-lhe um aspecto de fealdade. Não é abjeto, e após séculos de servidão conduz-se de maneira cortês e desenvolta, mas sem orgulho, sem dar lugar no seu coração à vingança e à inveja. És rico e nobre, elegante e inteligente, pois bem, que Deus te abençoe. Respeito-te, mas sei que também eu sou homem. Pelo mero fato de te respeitar sem inveja, provo a minha dignidade humana.

Na realidade, se não dizem — porque não sabem como expressá-lo — assim o fazem. Eu observei-o perfeitamente, e acreditai-me, quanto mais pobre é o nosso aldeão, mais ressalta a sua bondade natural frente à depravação em que se funda a maior parte dos ricos, devida à nossa negligência e indiferença. Mas Deus salvará o seu povo, porque a Rússia é grande na sua humildade. Vislumbro e ainda agora me parece que vejo claramente o nosso futuro. Sucederá que até os ricos mais depravados se envergonharão das suas riquezas perante o pobre, o qual, compreendendo-o, se afastará descobrindo-se com respeito quando o humilhado passar e corresponderá a esta vergonha honrosa com alegria e amor. Acreditai que se chegará a isto, para este fim se encaminham as coisas; a igualdade terá que procurar-se apenas na dignidade da consciência. Se somos irmãos haverá fraternidade, sem a qual jamais concordará o homem na repartição das suas riquezas. Guardemos a imagem de Cristo, que ela brilhará como um diamante precioso sobre todo o mundo. Assim será, assim será!

Isto, padres e mestres, recorda-me um acontecimento enternecedor. Durante a minha peregrinação encontrei na cidade de K. a minha antiga ordenança, Afanasy, depois de oito anos de separação. Viu-me por acaso no mercado, reconheceu-me e não fazeis ideia com que alegria se precipitou para mim, gritando: É o senhor? É o senhor? E levou-me a sua casa.

Deixara a milícia para se casar e tinha dois filhos. Com sua mulher, ganhava a vida vendendo fruta no mercado. Vivia numa casa pobre, mas limpa e asseada. Fez-me sentar, pôs o samovar a aquecer e mandou chamar a mulher. Depois, trazendo-me os filhos, disse:

— Dai-lhes a vossa bênção, padre.

— Sou um pobre monge para lhes dar a bênção. Rezarei para que Deus os abençoe, como tenho rezado diariamente por ti, Afanasy Pavlovitch, desde aquela data, porque te devo tudo. — E contei-lhe o sucedido o melhor que pude. E que pensais? O pobre não parava de contemplar-me, não fazendo ideia de que eu, seu amo e superior, me encontrasse diante dele daquele modo. Emocionou-se até às lágrimas. — Por que choras? — disse-lhe. — Deves regozijar-te, meu querido e inolvidável amigo, porque sigo um caminho muito formoso e alegre.

Não disse quase nada, mas reprimindo os soluços manifestou-me afeto, movendo docemente a cabeça.

— E o que fez da sua fortuna? — perguntou-me.

— Dei tudo ao mosteiro — respondi. — Vivemos em comunidade.

Ao despedir-me, depois do chá, entregou-me uma esmola de meio rublo para o convento e notei que me punha atropeladamente outra moeda na mão, apertando-ma.

— Isto é para si, padre; ser-lhe-á útil na viagem.

Aceitei, inclinei-me perante ele e sua esposa e saí cheio de gozo porque pensava: Eis-nos aqui os dois, ele na sua casa e eu na rua, apertando-nos as mãos e gemendo da alegria que reina nos nossos corações, agradecidos a Deus que se dignou arrumar este encontro.

Não voltei a vê-lo. Amo e criado haviam trocado um ósculo de amor com ternura de coração, unindo-se num laço de humanidade. Refleti muito nisto e agora digo: Será por acaso inconcebível que esta união, baseada na simplicidade dos corações, não se faça geral a seu tempo em toda a Rússia? Eu creio que se efetuará, que o fim está perto.

Com respeito aos aliados, quero acrescentar que na minha juventude me enfadava com eles por qualquer ninharia: por o cozinheiro me ter servido um prato frio ou a ordenança não ter escovado o meu uniforme. O melhor ensinamento que tive foi aquilo que ouvi ao meu irmão: Mereço eu que outro me sirva e obedeça porque é pobre e ignorante? Surpreende-me que uma ideia tão simples e evidente demore tanto a ocorrer-nos.

É impossível prescindir no mundo dos criados, mas há que procurar que sejam tão livres em espírito como se o não fossem. E por que não posso eu servir o meu criado, ainda que ele o saiba, sem orgulho por minha parte que suscite a desconfiança? Por que não hei de tratar o meu criado como se fosse um membro da minha família, sentindo satisfação nisso? Isto é possível agora e levar-nos-á, amanhã, à grande unidade do homem, quando este já não procure quem o sirva, mas que se reste de todo o coração a ser o servo de todos, como ensina o Evangelho.

É um sonho que os homens tenham de acabar por encontrar alegria só nos seus atos brilhantes e misericordiosos, e não como agora em prazeres de crueldade? Creio firmemente que não e que o tempo está próximo. O povo ri-se e pergunta: Quando virá esse tempo? Temos de esperar? Creio que com a ajuda de Cristo daremos fim a esta obra. Quantas ideias há na história da humanidade, realizadas ao fim de dez anos de aparece-

-rem como utopias? Quando chega a sua hora, aparecem e propagam-se por toda a terra. O mesmo nos acontecerá, e o espírito do nosso povo brilhará sobre o mundo inteiro e todos dirão: A pedra que os arquitetos desprezavam resulta que é a pedra angular do edifício.

E nós podemos perguntar aos orgulhosos: Já que a nossa esperança não passa de um sonho, que fazeis que não levantais o edifício e ordenais as coisas e a gosto da vossa inteligência, prescindindo de Cristo? Se respondem que a eles se deve todo o progresso na direção da unidade, só os mais simples poderão acreditá-lo, pois é preciso ser inocente. Na realidade eles são uns sonhadores, mais fantásticos do que nós. A sua aspiração à justiça, sem Cristo, acabará por inundar a terra de sangue, porque o sangue quer sangue e aquele que com ferro mata com ferro morre. E se não fosse a promessa de Cristo, destruir-se-iam entre si até não ficarem mais de dois sobre a terra. Mas nem estes dois poderiam suportar-se no seu orgulho, e um mataria o outro e logo a si mesmo.

Isto sucederia sem a promessa de Cristo, mas graças ao humilde e piedoso, encurtam os dias que nos separam do seu reino.

Enquanto, depois do duelo, vestia o uniforme de oficial, falava dos criados em sociedade, recordo-me que todos se admiravam das minhas palavras. Como? Temos de fazer sentar os criados num sofá e oferecer-lhes chá? E eu respondia: Por que não? Alguma vez, pelo menos. Todos desatavam a rir. A pergunta era vã e a minha resposta ingênua, mas justa, de qualquer modo.

**g) Da oração, do amor e das relações com outros mundos.**

Não esqueças a oração, jovem, porque se é sincera irfundir-te-á cada dia novos sentimentos, inspirar-te-á novas ideias e sairás dela remoçado e fresco, compreendendo o seu valor educativo. Não deixes de repetir cada dia e sempre que possa. Senhor, tem misericórdia dos que comparecem hoje diante de Ti, porque a cada hora e a cada momento deixam esta vida milhares de almas para se apresentarem a Deus e são muitos os que partem sós, ignorados, tristes de abandono, sem que os acompanhem as lágrimas de alguém, nem se haja notado sequer a sua existência, E considera que, desde os remotos confins da terra, a tua oração pelo descanso dessas almas, que não conheces, chegará ao Senhor, e a alma que estiver na Sua Presença como que atemorizada, sentir-se-á comovida de agradecimento ao ver que naquele momento há quem interceda por ela e não falta no mundo um ser que a ama. A ambos olhará Deus com mais misericórdia, pois se tu tiveste piedade dela quanto mais Ele, que é infinitamente bom e misericordioso? Ele perdoará, graças a ti.

Irmãos, não vos amedronte o pecado do homem e amai também o pecador, pois assim se parecerá o vosso com o amor de Deus que é o mais elevado dos amores. Amai toda a criação e nela cada grão de areia; amai toda a pequena erva, todo o raio da luz de Deus. Amai os animais, as plantas... amai tudo. Se amardes tudo, descobrireis o divino mistério que há nas coisas e compreendereis cada dia, e chegareis a amar o universo, abarcado num abraço amoroso. Amai os animais; Deus deu-lhes um rudimento de inteligência e uma gozosa estabilidade de ânimo. Não os molesteis, não os destruís, não os priveis da sua dita, não atenteis contra o desígnio de Deus. Homem, não te orgulhes da tua superioridade sobre os animais; eles estão limpos de pecado, enquanto tu, com toda essa grandeza, corrompes a terra que te sustenta e deixas ao passar as pegadas da tua impureza. Ai! Com quanta verdade pode dizer-se isto de cada um de nós! Amai as crianças singularmente, porque são puras como os anjos e vivem para abrandar e purificar os nossos corações e dar-nos o exemplo. Maldito seja o que escandalize um pequeno! O Padre Anfim ensinou-me a amá-los. Este homem, bom e silencioso, comprava-lhes doces e pastéis com as esmolas que nos davam nas nossas viagens. Não podia aproximar-se de uma criança sem se emocionar, era simples de coração.

Certas ideias deixam-nos perplexos e especialmente perante os pecados dos homens perguntamo-nos se devemos dominá-los pela força ou com amor humilde. Decidi-vos sempre por este último, porque é o meio mais expedito para subjugar o mundo inteiro. Um amor humilde é uma força prodigiosa, o mais forte que existe; nada há que se lhe pareça.

Em todo o lugar e momento examinai-vos cuidadosamente e procurai que o vosso porte seja edificante. Se passardes ao lado de uma criança e o fizerdes de má vontade, enfurecidos e falando de maneira incorrecta, talvez não vos precateis da sua presença, mas tende como certo que o menino fixou o vosso aspecto inconveniente e conservá-lo-á no seu coração indefeso. Sem o saber, haveis semeado uma má semente que um dia crescerá e tudo por não vos haverdes exercitado num cuidadoso e terno amor às crianças. Irmãos, o amor é um mestre, mas há que saber adquiri-lo e é custoso; são necessários muito tempo e grandes esforços. Porque não se há de amar circunstancialmente e de modo transitório, mas sim constantemente. De uma maneira episódica, até os malvados podem amar.

Meu irmão pedia perdão aos pássaros e isto, que soa a oco, é justo, porque tudo é um oceano, tudo flutua e se enlaça entre si de modo que um golpe dado em qualquer ponto repercute na parte oposta da terra. pedir perdão aos pássaros talvez soa uma tontaria, mas os pássaros, como as crianças e todos os animais, sentir-se-ão mais felizes a vosso lado se vos portardes com mais nobreza do que até agora. Tudo é como um oceano, já vos tenho dito. Então, palpitante de amor num abraço universal que vos terá como transportados, rogareis também aos pássaros, rogar-lhes-eis para que também eles vos perdoem. Mantende esse transporte, ainda que pareça aos homens uma parvoíce.

Amigos meus, pedi a Deus alegria e sede alegres como crianças, como os pássaros do céu. Que o pecado do homem não perturbe os vossos atos; não temeis que deprecie o mérito das vossas obras ou impeça a vossa obrigação moral. E não digais: Forte é o pecado, forte a maldade, forte a corrupção que nos envolve e estamos sós e sem defesa para que dê fruto bom o nosso trabalho em terreno tão árido! Não desanimeis dessa maneira, meus filhos! Só há um remédio, aceitai-o. Carregai sobre vós os pecados de todos os homens porque olhai, amigo, nada tão certo como o sentir-vos responsáveis de tudo e por todos. Vereis que isto é justo, e que realmente sois culpados de todos os males da terra. Mas se carregardes sobre os demais a vossa indiferença e ociosidade acabareis por imitar Satanás na sua soberba, murmurando contra Deus.

Gostaria de vos falar da soberba de Satanás, mas tão difícil é compreendê-la neste mundo, como fácil cair em erro e ainda transmiti-lo, até com a melhor das intenções. Há tantas coisas que dizem respeito à própria natureza humana que não conseguimos explicar! Que não seja isto uma pedra de escândalo nem vos sirva de nenhuma maneira para vos justificar, porque não vos perguntará o Eterno Juiz que é o que não compreendeis, mas o que sabeis. Então entendê-lo-eis, porque contemplareis a pura verdade de todas as coisas, sem necessidade de discussões. Mas vivemos extraviados na terra e sem a luz da preciosa imagem de Cristo já nos teríamos aniquilado e perdido como o gênero humano antes do dilúvio. Muitas coisas se nos ocultam, mas possuímos o íntimo sentimento da nossa relação com o outro mundo, com o mundo superior da glória; e as raízes das nossas ideias e sentimentos não estão aqui, mas em outros mundos. E por isso dizem os filósofos que não podemos penetrar a essência das coisas da terra.

Deus colheu sementes de outros mundos e semeou-as neste, e o seu jardim floresce e prospera o que pode prosperar; mas tudo o que nasce e se desenvolve vive só pelo sentimento e contato de outros mundos misteriosos. Se esse sentimento se debilita ou desaparece em ti, o que de celestial crescerá em ti, morrerá e, então, verás indiferente a vida e acabarás por a detestar. Eis a minha opinião.

**h) Pode julgar-se o próximo? Perseverança na fé.**

Tende bem presente que não é dado julgar ninguém, porque ninguém julgará bem outro por não se reconhecer tão criminoso como o acusado e talvez mais culpado que ninguém do crime que tenha cometido. Só quem está bem persuadido disto se capacita para ser juiz. Poderá parecer absurdo, mas é verdade. Se eu fosse justo, talvez não tivesse um único criminoso ante mim. Se puderes carregar com o crime de quem se apresenta ao teu juízo íntimo, alivia o criminoso, sofre por ele e deixa-o em paz. E quando tenhas de sentenciar por obrigação da lei, fá-lo com o mesmo espírito enquanto te seja possível, pois ele se afastará aflito, acusando-se mais severamente do que tu o julgaste; e quando corresponder ao teu beijo de paz com insensibilidade e mofa, não seja ele para ti uma pedra de escândalo, e sim prova e sinal de que o seu tempo não chegou ainda, mas chegará. E se não chega, não importa; outro compreenderá por ele e sofrerá e se acusará, e a verdade cumprir-se-á. Acreditai nisso, acreditai às cegas porque nisso descansa a fé e a esperança dos santos.

Trabalhai sem descanso. Se ao deitar-te recordas que não fizeste o que devias, levanta-te e vai fazê-lo. Se te vês rodeado de gente arisca e insensível, que não quer escutar-te, prosterna-te perante ela e pede perdão, porque na realidade tu tens a culpa de que não te entendam, e quando o seu rancor não te permitir falar, serve-os humildemente e em silêncio, sem desesperar. Se todos te abandonam ou te abatem à força, cai de joelhos assim que te encontres só e beija a terra, molha-a com as tuas lágrimas, que isto te dará frutos abundantes mesmo que ninguém te veja ou te ouça. Crede até ao fim, mesmo que se extraviem todos os outros e fiqueis sós na fé, não deixeis de dar graças e louvar a Deus no vosso abandono; mas quando dois crentes se reunirem já constituirão um mundo e um mundo de amor vivo. Abraçai-vos ternamente, louvando a Deus, cuja verdade se revela apenas em vós.

Se haveis pecado e a vossa queda vos aflige até à morte, regozijai-vos por outros, por outros homens que não pecaram como vós.

Se a maldade dos homens vos incita e abate até vos inspirar um desejo de vingança, repeli estes sentimentos como o pior dos males e buscai o remédio na penitência, como se fosseis culpados dessa maldade. Abraçai-vos ao sofrimento e encontrareis o consolo da vossa alma, compreendendo que também sois culpados, porque podíeis ter iluminado o malfeitor com a luz do vosso estado de graça e deixaste-lo nas trevas. Se a vossa inocência tivesse resplandecido, o caminho do pecador ter-se-ia iluminado evitando a ele e a outros o tropeço que o fez cair. E se iluminaste e a tua luz não pôde salvar o homem, permanece firme e não duvides do poder das luzes celestiais. Crê que se não se salvam agora se salvarão depois; e se não forem eles, seus filhos; porque a luz que espargiste não se extinguirá já, nem depois da tua morte. O justo morre, mas a sua luz fica. O homem obtém a sua salvação mesmo depois de morto, se a mereceu. Repele os profetas e mata-os, mas honra os mártires e as suas vítimas. Deveis trabalhar por todos e para tudo, com vista ao futuro, mas sem procurar recompensa, que bem pagos ficareis neste mundo com a íntima alegria que só o justo pode alcançar. Não temeis nem o elevado nem o humilde, mas sede avisados e imparciais, comedidos, circunspectos e estudiosos. Quando ficardes sós, rezai; baixai-vos de boa vontade e beijai a terra, beijai-a com amor constante e insaciável. Amai todos os homens e todas as coisas, até ao transporte, até ao êxtase. Banha a terra com as tuas lágrimas, ama estas lágrimas que são um dom de Deus e dos maiores, pois só o obtém os eleitos.

**i) Do inferno e seu fogo. Uma reflexão mística.**

Eu, padres e mestres, pergunto-me: O que é o inferno? E sustenho que é o tormento da impossibilidade de amar. Uma vez, na existência infinita do tempo e espaço, foi concedida a um ser espiritual, a faculdade de dizer: Eu existo e eu amo. Uma vez, só uma vez lhe foi concedido um momento de amor ativo, vivente, e por ele mereceu a vida terrestre e com ela o tempo e as estações. Esta ditosa criatura desdenhou o dom inapreciável, não lhe deu qualquer valor; riu-se dele e ficou insensível. Ao abandonar a terra entra no seio de Abraão e conversa com o patriarca, como nos refere a Parábola do rico e de Lázaro, contempla o paraíso e até pode subir junto do Senhor. Mas nisto consiste precisamente o seu tormento: poder ir até ao Senhor sem ter amado nunca, estar na companhia dos que amaram e cujo amor desprezou. Porque vê claro e diz a si próprio: Agora compreendo e tenho sede de amor, mas no meu amor já não pode haver grandeza nem sacrifício porque a minha vida terrestre já está acabada e Abraão não voltará com uma gota da água da vida que é o dom da vida terrestre e ativa — para mitigar a ardência do amor espiritual que me devora, depois de a ter desprezado. Já não estou a tempo, Porque já não há outra vida para mim. Eu não quereria dá-la aos outros; não pode ser, porque acabou a que podia ter sacrificado ao amor e entre ela e esta existência está o abismo da morte.

*Fala-se do fogo material: o inferno. Não tentarei esquadrinhar este mistério, mas penso que se houvesse fogo, num sentido material, seria motivo de alegria, porque imagino que nessa tortura material se esqueceria, ainda que só por um momento, a muito mais terrível tortura espiritual que, não obstante, não pode remediar-se porque não é exterior e sim interior. E penso ainda que se as almas se pudessem livrar dela seria pior, pois ainda quando os justos do paraíso, compadecidos destas desgraçadas, lhes perdoassem, e no seu imenso amor lhes abrissem as portas do céu, não lograriam senão multiplicar os seus tormentos, já que excitariam nelas a abrasadora sede de um amor recíproco, ativo e agradecido que é impossível. Suponho, apesar de tudo, na timidez do meu coração, que o convencimento desta impossibilidade terá de servir-lhes por fim de algum alívio, pois que ao aceitar o amor dos justos, sem esperança de poder remunerá-lo, adquirirão, graças a esta submissão e docilidade, como que uma imagem do amor ativo que escarneceram na terra, algo que se parecerá com a* sua expressão externa... *Sinto muito, queridos irmãos, não poder expressar-me com clareza. Desgraçados daqueles que puseram fim aos seus dias! Desgraçados dos suicidas! Creio que não há outros mais dignos de lástima. Diz-se que é pecado rogar por estes condenados de quem a Igreja renega ostentosamente, mas creio, no fundo da minha alma, que devemos pedir por eles. O amor jamais pode ofender a Cisto e confesso-vos, padres e mestres, que toda a minha vida pedi por eles do fundo do meu íntimo e ainda hoje continuo a fazê-lo.*

Mas ai! Que até no inferno permanecem alguns soberbos e obstinados depois de compreender e contemplar a verdade absoluta, porque se entregaram inteiramente a Satanás e à sua soberba. Para estes, o inferno é algo voluntário que eternamente os consome. Eles próprios escolheram o tormento, maldizendo-se a si mesmos, a Deus e à vida, e vivem do orgulho cruel como o que, morto de fome no deserto, chupa o sangue do seu corpo. Mas nunca se veem satisfeitos e repelem o perdão e renegam de Deus que os está chamando. Não podem contemplar o Deus vivo sem que o odeiem e gritam o seu desejo de vê-lo aniquilado, de ver destruído o Deus da vida com toda a Sua Criação, Nas chamas da sua própria cólera arderão para sempre, ansiando a morte e o aniquilamento. Mas não morrerão...

Aqui acaba o manuscrito de Alexey Fedorovitch Karamázov. Repito que é incompleto e fragmentado. As notas biográficas, por exemplo, limitam-se à primeira juventude do Padre Zossima e os seus ensinamentos ou práticas referem-se evidentemente a diversas ocasiões. As exortações que dirigiu aos irmãos nas últimas horas não foram reco-lhidas à parte, mas é fácil coligi-las pelo seu caráter especial no manuscrito de Alexey, onde se encontram espalhadas.

A morte do Venerável ocorreu de maneira inesperada. Ainda que os reunidos com ele naquela noite pudessem ver que a morte se aproximava, não acreditavam que esta sobreviesse tão de repente porque, vendo-o animado c com vontade de falar, pensaram antes numa transitória melhoria. Maravilharam-se grandemente de que cinco minutos antes do desenlace ninguém o pudesse ter previsto. Empalideceu de repente e, como sentisse uma dor aguda no peito, levou a mão ao coração. Levantaram-se todos, precipitando-se em seu socorro, e ele sorriu-lhes. Deslizou suavemente do assento, caiu de joelhos, inclinou a cabeça, estendeu os braços como em ditoso êxtase e, rezando e beijando o pó doce e alegremente, entregou a alma a Deus.

A notícia da sua morte correu pelo eremitério e chegou ao mosteiro num segundo. Os amigos mais devotos do morto e os que pelo seu cargo a isso estavam obrigados amortalharam-no segundo o antigo ritual e foram reunir-se com os outros monges, na Igreja. Antes do nascer do Sol já se sabia do acontecimento na cidade. Durante a manhã não se falava de outra coisa e o caminho do mosteiro era um formigueiro de romeiros. Mas falaremos disto mais tarde; ainda que não possa deixar de dizer que não passara ainda um dia quando aconteceu algo tão inesperado, tão raro e de efeito tão desconcertante e esmagador para os monges e os devotos que, depois de tantos anos, ainda se mantém viva a recordação daquele dia de ansiedade geral.

# Parte 3

# Livro 7
# Aliocha

## Capítulo 1
## Hálito de Corrupção

O corpo do Padre Zossima foi amortalhado segundo o rito estabelecido. Já se sabe que o cadáver de um monge não se submete a nenhuma lavagem. Quando um monge entrega a sua alma a Deus, outro, designado para o caso, enxuga o corpo com água quente, fazendo com a esponja o sinal da cruz em frente do morto, no peito, nas mãos, nos pés e nos joelhos. E basta!, diz o Ritual Eclesiástico. Tudo isto foi feito pelo Padre Paissy. Em seguida vestiu o defunto com o seu hábito e envolveu-o na capa já disposta com alguns rasgões para que pudesse ficar em forma de cruz e pôs-lhe um capuz com uma cruz de oito braços; em cima do rosto uma gaze preta e nas mãos a imagem do Salvador. De manhã colocaram-no no féretro preparado havia muito tempo e decidiram expô-lo todo o dia na sala em que era costume receber as suas visitas. Como o morto era um sacerdote pertencente à mais estrita regra, um monge com ordens sagradas tinha que o velar lendo o Evangelho, em vez do Saltério. A esta leitura entregou-se imediatamente depois da missa de Réquiem o Padre Iosif, pois o Padre Paissy, que não desejara fazer outra coisa dia e noite, estava muito ocupado com o padre procurador do eremitério num assunto extraordinário. Uma emoção incrível, um inverossímil anelo que não suportava espera e raiava o inconcebível começou a manifestar-se entre os monges, entre os visitantes das hospedarias do mosteiro, entre a multidão que afluía da cidade, e a exaltação ia em aumento. O procurador e o Padre Paissy faziam todo o possível por acalmar aquele afã que se traduzia em crescente agitação.

À medida que a manhã se adiantava, chegava gente com os seus doentes, como se esperassem aqueles momentos para lhes encontrar a saúde, persuadidos de que os restos mortais do Venerável teriam uma virtude milagrosa que obraria imediatamente o que lhe pedisse a sua fé.

Então foi posto em evidência que toda a cidade considerava o Padre Zossima como um grande santo e não era só a classe humilde que ali acorria.

Este anelo, manifestado pelos crentes com tanta impaciência que parecia não ter espera, desgostou o Padre Paissy, como coisa inconveniente que passava os limites de toda a discrição, transbordando o caudal de devoção que ele mesmo previra; e começou por admoestar os monges exaltados que encontrava no caminho: Esta ansiedade forçada por algum prodígio denota certa leveza de que pode desculpar-se a gente da aldeia; mas entre nós é escandalosa.

Não lhe ligaram nenhuma e ele sentiu-se inquieto porque ele próprio, se temos de dizer a verdade, participava em segredo de igual desejo, embora se indignasse com aquela expectativa que tão descaradamente o rodeava, porque a sentiu impregnada de volubilidade e inconsistência. Desgostou-o singularmente a presença de certas pessoas que lhe infundiam grande desconfiança. Entre os que enchiam a câmara mortuária viu, com íntima aversão, que procurou repelir logo Rakitin e o monge de Obdorsk, que ain-da se encontrava no mosteiro. Tinha motivos para recear ambos e, na realidade, podia receá-los a todos.

O monge de Obdorsk distinguia-se por ser quem mais alvoroçava. Via-se em todo o lado, juntava-se a todos os grupos, perguntava, escutava e metia-se nos cantos cochichando com ar misterioso. O seu rosto refletia a maior impaciência e até certo enfado.

Rakitin, como se soube logo, chegara muito cedo, com um recado da senhora Hohlakov. Apenas despertou com a notícia da morte do Padre Zossima, esta senhora, tão boa como fraca de espírito, sentira uma curiosidade invencível e, como pensava que não seria ela própria admitida no eremitério, encarregava Rakitin de a informar de meia em meia hora, minuciosamente e por escrito, *de tudo o que fosse acontecendo*. Tinha o monge como o mais religioso e devoto dos jovens e este era como um lince, capaz de dar uma volta pela aldeia e recolher num momento todas as notícias que lhe interessassem, desde que suspeitasse que lhe trariam alguma vantagem.

Estava um dia claro, formoso, e as pessoas aglomeravam-se sobre os numerosos túmulos que circundavam a igreja e se espalhavam por todos os lados do eremitério. Passeando entre elas, lembrando-se de Aliocha, a quem não vira desde a noite, o Padre Paissy deu com o jovem que permanecia sentado num canto do jardim, sobre a pedra sepulcral de um monge morto em odor de santidade havia anos. Estava de costas para o convento e de rosto para a parede, como se quisesse ocultar-se atrás do sepulcro. O Padre Paissy notou que chorava em silêncio, o corpo estremecia com os soluços. O monge contemplou-o um momento.

— Basta, meu filho, basta! — disse-lhe por fim com doçura. — Por que choras? Alegra-te! Não sabes que hoje é o seu dia maior? Pensa apenas no lugar onde se encontra agora!

Aliocha olhou-o, descobrindo a cara molhada de lágrimas. Como uma criança e sem pronunciar palavra, voltou a deixar cair a cabeça entre as mãos.

— Talvez seja melhor — disse o padre, refletindo. — Chora se sentes necessidade. É Cristo que te envia essas lágrimas.

"Essas lágrimas comovedoras acalmarão o teu espírito e regozijarão o teu coração", pensou, afastando-se de Aliocha com vivacidade, porque sentia também o peito encher-se de dor.

O tempo passava e as missas por alma do defunto e as cerimônias fúnebres sucediam-se regularmente.

O Padre Paissy substituiu o Padre Iosif na leitura do Evangelho, junto ao féretro. Mas por volta das três da tarde ocorreu aquilo a que aludimos ao terminar o livro anterior, tão inesperado e contrário mesmo à expectativa geral e que, apesar de ser um incidente vulgar, se recorda ainda hoje minuciosamente na cidade e em toda a comarca. Por minha parte confesso que só com certa repugnância recolho o sucesso que motivou agitação tão frívola e foi pedra de escândalo para muitos, sendo um fenômeno tão natural. Talvez mesmo nem o mencionasse, a não ser pela forte influência que exerceu na vida do que seria o herói principal da minha história, Aliocha, que passou então por um momento crítico no desenvolvimento do seu espírito e sentiu uma sacudidela na sua inteligência, ficando fortalecido para o resto dos seus dias e com uma visão clara do caminho que havia de seguir.

Por isso continuo.

Antes do amanhecer, quando o corpo do Padre Zossima foi colocado no féretro e levado para a primeira sala, alguém entre os que ficaram a velar sugeriu a ideia de abrir as janelas. Tal ideia, lançada sem intenção, não foi acolhida e menos contestada por ninguém, e se algum dos presentes reparou nela foi só para refletir no absurdo da suposição de que o corpo de tal santo pudesse murchar e corromper-se tão depressa, e compadecer-se, senão rir-se, da falta de fé ou de cabeça que implicava admitir a possibilidade de uma coisa tão contrária ao que se esperava.

Não obstante, pouco depois do meio dia, os que entravam e saíam começaram a notar algo que guardavam para si, temerosos de o comunicar uns aos outros. Mas às três horas da tarde, manifestaram-se tão claros e evidentes aqueles sinais que a notícia correu de monge em monge, espalhou-se entre os visitantes, entrou no mosteiro, semeando o espanto na comunidade e, sem tardar, difundiu-se pela cidade, misturando na mesma surpresa e agitação tanto os que acreditavam como os que não. Estes regozijaram-se e houve crentes que se regozijaram ainda mais, porque o homem compraz-se na queda e na desgraça do justo, como dissera o defunto Venerável numa das suas exortações.

O caso era que saía do ataúde um cheiro de corrupção que, aumentando a cada instante, se tornou inconfundível às três horas, transtornando os monges que o notaram e provocando entre eles mesmos tão grande escândalo que nem na história do convento tinha precedentes, nem teria sido possível noutras circunstâncias. Muitos anos depois ainda se mostravam horrorizados alguns monges impressionáveis ao recordar as proporções que havia alcançado, naquele dia, o escândalo. Monges de vida edificante, mortos evidentemente no Senhor, e de santidade reconhecida por todos, haviam dado sinais de corrupção estando ainda de corpo presente como outro morto qualquer, sem que isso fosse motivo de escândalo nem da menor agitação. Mas também se guardava com grande veneração, no mosteiro, a memória de alguns santos varões, cujos restos haviam sido preservados de toda a decomposição, fenômeno considerado por eles como um mistério comovedor, com uma bênção, como o milagre com que Deus se dignava manifestar a promessa da glória que no futuro haviam de ter os santos nos seus sepulcros.

Um destes, cuja memória era muito grata, foi um velho monge chamado Jó, morto setenta anos antes com a idade de cento e cinco. O túmulo deste asceta celebrado, que morreu consumido de jejuns e silêncios, era assinalado com singular respeito a todas as visitas que chegavam pela primeira vez, com veladas alusões ao muito que se esperava por seu intermédio. Era precisamente aquele em que se havia sentado Aliocha naquela manhã. Outra das recordações prediletas do mosteiro era a do famoso e venerável Padre Varsonofy, predecessor do Padre Zossima, considerado em vida um santo um pouco extravagante por todos os peregrinos. Queria a tradição que ambos estavam no féretro como se vivessem, sem dar sinal algum de corrupção e ainda ao ser enterrados se havia notado que os rostos se iluminavam. Asseguravam alguns que dos seus cadáveres emanava suave fragrância.

Recordações tão edificantes não justificavam, sem embargo, o frívolo, o absurdo e o maligno das cenas que se deram perante o féretro do Padre Zossima, e tenho para mim que entraram em jogo, entre outras causas diversas, a arraigada hostilidade à Instituição dos Presbíteros e a consequente antipatia que contra o seu representante abrigavam no coração diversos monges. Também a inveja obraria poderosamente excitada pela santidade do defunto, tão firmemente estabelecida durante a sua vida que não admitia discussão; pois ainda que o morto tivesse exercido o seu poder sobre muitas almas, submetendo-as mais com amor do que com milagres, e ao seu redor se agrupara uma multidão de devotos, a mesma veneração de que era objeto despertou os ciúmes de muitos e fê-los inimigos, ocultos ou declarados, mas sempre mordazes, no claustro e no século. Não lhes fazia qualquer mal, mas por que haviam de julgá-lo tão santo? E esta nova pergunta, repetida com insistência, chegou a envenenar de ódio os corações. Creio que a muitos regozijou o fedor que se desprendia do morto tão prematuramente, pois não haviam ainda passado as vinte e quatro horas; mas há que dizer que não foram poucos os que se afligiram. Tal é a verdade.

Tão depressa apareceram os sintomas da decomposição, os monges revelavam no seu rosto o motivo secreto que os conduzia à câmara mortuária. Entravam, permaneciam um momento e iam-se embora, correndo, para difundir a notícia entre os irmãos que esperavam fora, dos quais uns moviam a cabeça deplorando o caso e outros não podiam reprimir a alegria que brilhava na malícia dos seus olhos. E o surpreendente estava em que ninguém os censurava, ninguém protestava com a maioria que fora tão devota do Venerável. Parecia que Deus, neste caso, permitia que os menos numerosos dominassem.

Daí a pouco entraram na cela, com o mesmo propósito, alguns seculares, quase todos senhores. Dos camponeses apenas cinco se atreveram, não obstante a multidão que estacionava às portas. Depois das três horas, irromperam em grande número, o que se deveu à curiosidade que despertava em todos a notícia. Noutras circunstâncias, muitos nem se teriam movido da cidade, e refiro-me singularmente a personagens de elevada posição. Na cela do morto guardava-se ainda um certo decoro exterior e o Padre Paissy que vinha notando uma persistente anormalidade pôde continuar lendo em voz alta os Evangelhos sem que se alterasse o seu aspecto severo, como se não desse por nada. Mas o rumor dos que trocavam impressões, que ao princípio eram cochichos, foi aumentando pouco a pouco e o leitor acabou por ouvir distintamente: Isto prova que o juízo de Deus não é o dos homens! O primeiro a expressar este sentimento geral foi um velho oficial muito conhecido pela sua piedade; mas não fez senão repetir o que se murmurava entre os monges, que há muito já tinham chegado a esta conclusão condenatória; sendo o pior do caso que cada vez se acentuava mais uma sensação de triunfo entre quem a formulava.

Depressa se prescindiu mesmo de uma elementar cortesia, como se os amparasse um direito especial.

— Por que terá sucedido isto? — perguntavam alguns com certa pena, ao princípio. — Se era tão pequeno e tão fraco que só tinha ossos, como se explica esta decomposição?

— Deve ser um sinal do céu — apressavam-se a acrescentar outros, e essa opinião era admitida sem protesto, porque estava convencionado que embora natural, a decomposição, no caso de qualquer pecador, não se apresentaria senão depois de passadas vinte e quatro horas, pelo menos. Mas esta adiantava-se, excedia a natureza, marcando assim o dedo de Deus. O sinal não podia manifestar-se de maneira mais evidente. Tal conclusão parecia imbatível.

O Padre Iosif, culto bibliotecário e um dos familiares do defunto, tentou responder aos maldizentes, pois aquela doutrina não era admitida em todos os lugares nem era um dogma da Igreja ortodoxa a incorruptibilidade, senão apenas uma opinião. Acrescentou que em regiões de mais acentuada ortodoxia, em Athos por exemplo, a ninguém inquie-tavam as dúvidas pelo fedor de um cadáver. O sinal principal de que um fiel estava em glória, não era a falta de corrupção do seu corpo, mas sim a cor dos ossos, ao fim de muitos anos de enterrado, já consumada a putrefação da carne. Quando os ossos são amarelos como a cera, tem-se uma prova de que Deus glorificou o santo; mas se em vez de amarelos aparecem negros, manifestam que Deus não o julgou merecedor de tal glória. Isto é o que creem em Athos, esse magnífico refúgio onde a doutrina ortodoxa se mantém desde o princípio em maior força inquebrantável, terminou.

As palavras do doce Padre Iosif não produziram nenhum efeito, antes pelo contrário, ouviram-se frases sarcásticas.

— Inovação e pedantaria. Não façais caso — decidiram os monges.

E alguns acrescentaram:

— Nós atendemos a doutrina antiga. Ou teremos por acaso de seguir as inovações sem conta que ali se introduzem?

— Padres tão santos como eles há entre nós; vivendo com os turcos, os de Athos esqueceram tudo, a sua doutrina está muito adulterada já. Nem tão pouco têm sinos — riam-se os mais insolentes.

O Padre Iosif afastou-se, arrependido de se meter em contendas, dando a sua opinião de maneira confidencial e sem bastante fé para a sustentar. Doía-lhe ver que começavam algo desagradável na comunidade, em cujo comportamento se notavam já os sintomas da desobediência. Pouco a pouco, todos os monges mais ou menos sensíveis, como o Padre Iosif, foram reduzidos ao silêncio, e os amigos do Venerável e partidários da sua instituição, sentiram-se humilhados e olhavam-se entre si timidamente. Os outros, os adversários, levantavam a cabeça, ensoberbados, audazes e recordavam com malícia: Não cheirava mal o cadáver de Varsonofy, exalava pelo contrário uma fragrante suavidade, mas não obteve essa glória porque foi um Presbítero e sim porque foi um santo.

Então desataram-se as críticas e acusações contra o Padre Zossima. Os seus ensinamentos eram falsos; pregava a vida como uma grande dita e não como um vale de lágrimas, diziam os imbecis. E outros que ainda aumentavam: Seguia o modernismo; não admitia o fogo material do inferno. Pouco lhe importava o jejum, regalava-se com guloseimas, tomando o chá com presunto em doce que lhe traziam as senhoras. Será próprio de um monge de regras severas tomar chá?, ouvia-se entre os invejosos. Era um soberbo, declaravam os maliciosos por vingança. Julgava-se um santo e permitia que as pessoas se ajoelhassem na sua presença como se lhe devessem respeito. Profanava o sacramento da penitência, murmuravam os mais tenazes inimigos da instituição dos Veneráveis. E até os monges mais velhos, os mais austeros, os mais devotos e silenciosos enquanto viveu o diretor despregaram de repente os lábios.

E foi terrível, porque as suas palavras exerciam grande influência sobre os mais jovens, que ainda se mantinham indecisos. O monge de Obdorsk, ouvindo tudo aquilo, lançava profundos suspiros e, movendo a cabeça, ponderava: "Realmente, o Padre Feraponte tinha razão ontem". E eis que naquele momento chega o próprio Padre Feraponte, como que a propósito, para aumentar a confusão que se gerara.

Já dissemos que rara vez abandonava a cela e apenas se via na igreja, nem se sujeitava a qualquer regra, o que lhe toleravam em consideração pela sua debilidade. A conduta que seguia não fora objeto de vigilâncias ciumentas nem de admoestações, pois não era discreto, nem caritativo, insistir em obrigar à prática da regra comum um asceta que passava dia e noite em oração, até ao ponto de adormecer de joelhos. Os monges teriam protestado por qualquer sujeição que se lhe impusesse, alegando que era mais santo do que todos eles e seguia uma regra mais dura, e que se não assistia à igreja com mais frequência, ele saberia porque, pois tinha uma regra especial. Para evitar estes murmúrios disparatados, deixavam-no em paz.

Já era conhecida de todos a sua inimizade para com o Padre Zossima e agora chegava-lhe à choça a nova de que o juízo de Deus não é o dos homens e de que havia sucedido algo fora do natural, sendo de supor que entre os primeiros que lho foram contar se encontrava o monge de Obdorsk, que no dia anterior saíra da sua cela cheio de terror.

Não ouvia nem via o Padre Paissy que como já dissemos continuava a ler os Evangelhos — o que se passava fora da câmara ardente; mas conhecendo muito bem as pessoas que ali estavam, pressentia tudo, e sem medo, com grande serenidade de ânimo e clara penetração, aguardava os acontecimentos, que não podiam tardar em derivar daquela agitação geral.

Subitamente, um ruído extraordinário que se produziu na antecâmara feriu-lhe os ouvidos, ofendendo todo o respeito. Em seguida abriu-se a porta e apareceu o Padre Feraponte, acompanhado de muitos monges e seculares que se detiveram à entrada esperando ouvir o que lhe ocorresse dizer ou fazer. Porque sentiam, apesar da sua audácia, com um certo temor, que havia vindo para alguma coisa. Desde a porta, o Padre Feraponte levantou os braços e por baixo do direito reluziam, espreitando, os insaciáveis olhinhos de Obdorsk, que no seu afã de bisbilhotar não pôde resistir ao impulso de correr atrás do monge, ficando a seu lado enquanto todos os outros se afastavam prudentemente, alarmados pelo estrondo da porta.

Estendendo os braços ao alto, o Padre Feraponte bramou:

— Tiro-o daqui com um só golpe! — E voltando-se para as quatro paredes e para os quatro cantos, ia fazendo o sinal da cruz.

Os que o haviam seguido compreenderam logo de que se tratava, pois fazia o mesmo aonde quer que fosse e nem se sentava nem dizia palavra sem haver afugentado previamente os maus espíritos.

— Fora daqui, Satanás! Fora daqui, Satanás! — repetia a cada sinal da cruz. — Tiro-o de um só golpe! — gritou de novo.

Levava o tosco burel preso com uma corda de esparto e pela camisa entreaberta mostrava o peito, eriçado de pelos grisalhos. Estava descalço e a cada movimento soavam as grilhetas que trazia debaixo do hábito.

O Padre Paissy interrompeu a leitura para se colocar diante dele, olhando-o severamente.

— Por que veio, meu padre? Por que perturba a boa ordem da casa? Por que escandaliza o rebanho? — perguntou.

— Por que vim? E és tu que o perguntas? Onde está a tua fé? — gritou como um louco o Padre Feraponte. — Venho para tirar daqui os vossos amigos, os diabos que deixaste aglomerar aqui na minha ausência. Quero varrê-los com uma escova.

— Pode tirar o diabo, mas talvez não possa servi-lo melhor — continuou sem temor o Padre Paissy. — Quem pode dizer de si mesmo sou um santo? Acha que pode, padre?

— Sou um impuro, não um santo! Eu não me sentaria numa cadeira para que me adorassem como um ídolo — volveu o Padre Feraponte. — Hoje em dia desaparece do povo a verdadeira fé. O morto, vosso santo, não acreditava nos demônios. — E voltado para os espectadores, apontava o féretro. — Dava remédios para os afugentar. Por isso se multiplicavam como aranhas nos cantos das casas e hoje se vê como empestam. Bem clara está a obra de Deus!

Aludia ao caso de um monge, molestado em sonhos e em vigília por frequentes visões de espíritos do mal, a quem o Padre Zossima havia aconselhado quando o visionário lhe confessou os seus terrores, a oração contínua e um rigoroso jejum, e como não dessem efeito estas práticas receitou-lhe um medicamento para que o tomasse sem cessar o jejum e a oração. Muitos foram os que murmuraram então por esse procedimento extraordinário, mas ninguém o condenou tão duramente como o Padre Feraponte a quem os mais exaltados levaram logo a notícia.

— Vá-se, padre! — disse o Padre Paissy em tom imperioso. — É a Deus que cabe julgar e não aos homens. Talvez haja nisto um sinal que nem eu nem o senhor, nem ninguém pode compreender. Vá-se, padre, e não escandalize o rebanho! — repetiu, imponente.

— Não observava os jejuns que a regra prescreve, por isso apareceram os sinais. Está bem claro e é pecado ocultá-lo — prosseguiu o fanático com um ciúme que atropelava todas as razões sem se poder conter. — Deixava-se subornar com lambarices que as senhoras lhe traziam, bebia chá. Adorava o ventre, enchendo-o de doces, e a cabeça enchia-a de pensamentos soberbos... Por isso foi levado a esta vergonha...

— Fala muito levianamente, padre — replicou o Padre Paissy, elevando por sua vez a voz. — Admiro o seu ascetismo e as suas penitências, mas acho que fala em tom vão, frívolo e pouco consistente, como um menino. Saia, ordeno-lhe! — terminou em tom forte.

— Vou-me, sim — respondeu Feraponte, retrocedendo um pouco confuso, mas obstinado. — Ah, sábios! A vossa grande inteligência põe-nos por cima da minha humildade. Entrei com escassas luzes e já esqueci o pouco que sabia. O próprio Deus me preservou na minha fraqueza das vossas sutilezas.

O Padre Paissy aguardava atrás dele com ar resoluto. O outro fez uma pausa e, dirigindo-se ao ataúde, gritou com acento queixoso:

— Amanhã cantareis nossa ajuda e proteção, uma solene antífona, enquanto, quando eu morrer, nunca mais se ouvirá o humilde cântico Que alegria, na terra. Sois uns vaidosos! Isto é uma escola de soberba! — rugiu. E agitando as mãos deu meia volta e desceu a escada rapidamente.

Alguns dos que aguardavam seguiram o que se passava como uma tempestade, ao passo que outros queriam saber em que parava aquilo, vendo que o Padre Paissy saía até à escada sem perder o louco de vista.

O velho fanático não se tranquilizara ainda. A vinte passos da porta voltou-se subitamente para ocidente e com os braços levantados deixou-se cair, como se alguém o tivesse derrubado, dando grandes alaridos:

— O meu Deus venceu! Cristo venceu o Sol poente! —De rosto no chão, arranhando a terra, soluçava como uma criança, molhando o pó com as lágrimas sem cessar de agitar os braços.

Acudiram todos. Ouviram-se exclamações e suspiros devotos... uma espécie de loucura fanática parecia apoderar-se da multidão.

— Este é um santo! Este é o único santo! — gritavam alguns, esquecendo todo o temor e recato.

— Este, sim, seria um bom Presbítero! — inspirava a malícia de outro.

Mas logo se ouviram vozes de protesto.

— Não quereria sê-lo... recusaria a nomeação... não se prestaria a servir uma maldita inovação... nem a imitar as suas loucuras!

Não pode prever-se onde os teria levado a exaltação. Naquele momento soou a campainha, chamando à capela, e todos começaram a benzer-se.

O próprio Padre Feraponte se levantou, benzendo-se, e volveu à sua cela sem olhar para trás nem cessar as incoerentes exclamações. Alguns seguiram-no, mas a maior parte afastou-se dali, dirigindo-se apressadamente para a função. O Padre Paissy cedeu a leitura dos Evangelhos ao Padre Iosif e deixou o morto. A louca gritaria dos fanáticos não o havia alterado, nem pouco nem muito, e não obstante invadia a sua alma uma profunda tristeza, cuja causa não descobria. Teve que parar, refletir e perguntar-se: que é que me aflige assim tanto até ao abatimento? Em seguida compreendeu que era bem pouca coisa. Entre os que se empurravam à porta reconhecera Aliocha e recordava que naquele momento sentiu o coração angustiado. "Por que me terá conquistado esse rapazinho?", perguntava-se com assombro.

Naquele momento tropeçou no jovem, que seguia apressado na direção da igreja. Os seus olhares encontraram-se, mas Aliocha baixou o rosto para não ver o do padre e este adivinhou a enorme mudança operada num momento na alma do adolescente.

— Também tu caíste na tentação? — exclamou. — É possível que estejas com os homens de pouca fé?

Aliocha olhou-o calado, de modo vagaroso e, em seguida, baixou os olhos fixando-os no chão. Permaneceu assim de lado, sem voltar a cabeça para o Padre Paissy que o contemplava atentamente.

— Aonde vais com tanta pressa? A campainha toca ao funeral!

Aliocha não respondeu.

— Vais deixar o eremitério? Mas... vais assim, sem pedir autorização, sem ter recebido a bênção?

Aliocha sorriu, dirigiu um olhar estranho ao homem que lhe fora recomendado pelo moribundo, seu antigo mestre, diretor, dono de alma e coração, o querido Presbítero, e de repente, sem querer saber do respeito devido, nem dizer uma palavra, fez um gesto evasivo e precipitou-se para a saída da ermida.

"Voltarás daqui a pouco!", pensou o monge, que se ficou a olhá-lo, tristemente surpreendido.

## Capítulo 2
## Momentos Críticos

Não se enganava o Padre Paissy em crer que o querido rapaz voltaria. Talvez suspeitasse do verdadeiro estado de alma de Aliocha, embora confesse as dificuldades que tenho em explicar de maneira clara este momento vago e nebuloso da vida do jovem. A amarga pergunta do Padre Paissy: "Também tu estás entre os homens de pouca fé?", posso responder confidencialmente por Aliocha que não. A sua fé não enfraquecia. Pelo contrário, a sua perturbação procedia de acreditar muito; mas essa perturbação pesava sobre ele tão angustiosamente, que conservaria a memória daquele triste dia como um dos mais amargos e penosos da sua vida. Se me perguntarem se toda a sua pena e desalento se não deviam apenas ao fato de o corpo do seu diretor haver apresentado sinais de decomposição prematura, em vez de realizar milagres responderei sem titubear: "Sim, é a isso precisamente". Mas tenho de pedir ao leitor que não se precipite demasiado em dar uma gargalhada pela candura do meu herói. Tratarei de o desculpar, justificar a inocência da sua fé, apoiando-me nos seus poucos anos, nos escassos co-nhecimentos que possuía ou em qualquer outra razão; mas tenho de declarar que me inspiram respeito as qualidades da sua alma. Um jovem que se deixasse impressionar friamente, senhor temperamental demasiado prudente e reflexivo para ser influenciado pelo sangue moço, concedo que se tivesse livrado do que sucedeu a Aliocha, mas em casos semelhantes merece mais apreço o que se deixa levar, mesmo de maneira pouco razoável, por uma paixão nascida de um amor ardente, do que aquele que permanece inalterável; e mais tratando-se de um jovem, pois tenho para mim que há que duvidar de quem sempre se mostra judicioso; além de que isto tem muito pouco mérito.

Mas, alegarão as pessoas sisudas, os jovens não creem em tais superstições e mal podeis apresentar esse como modelo.

Ao que eu respondo: "Certo, o meu herói tinha fé, uma fé santa, inquebrantável; mas já digo que não vou aplaudi-lo".

Talvez me tenha excedido, no entanto, declarando que não queria explicar nem justificar o estado de ânimo do jovem, pois agora concordo que me será necessário dizer algo para esclarecer o meu relato. Não se tratava de milagres, não. A impaciente espera de algum prodígio não era o que desgostava Aliocha, nem dele precisava para o triunfo de uma ideia preconcebida. Não lhe faziam falta os milagres para nada! Só tinha presente uma imagem, a do amado Presbítero, a do santo varão a quem amava com idolatria. Todo o amor de que era capaz o seu puro coração se concentrara durante o último ano e acrescentara num único objeto: o seu amado Presbítero. Este ser constituía para ele um ideal e a este ideal aspirava ele com todas as suas forças, até ao ponto de se esquecer naqueles momentos de tudo e de todos. Mais tarde recordava como aquele tremendo dia o havia feito esquecer Dmitri, o irmão que tanto o preocupara na véspera, e como descuidara o pai de Ilucha quando tão afanosamente se propusera levar-lhe os duzentos rublos. Mas milagres? Não precisava deles. Só ansiava uma alta justiça que acreditava ferida pelo rude golpe que de maneira tão cruel havia machucado o seu coração. E que importa que Aliocha julgasse que esta justiça se manifestasse em forma de milagre, obtido pelos restos mortais do seu adorado mestre? Acaso não o esperavam todos no mosteiro, mesmo aqueles perante os quais se inclinava a sua inteligência, como o Padre Paissy? Os seus sonhos tinham-se acomodado à forma que os demais lhes davam e, dia a dia, acostumara-se no mosteiro àquela íntima esperança. De justiça, sim, tinha verdadeira sede, não apenas de milagres.

E eis que o homem que devia ser exaltado sobre todas as coisas, para receber a glória merecida, ficava desonrado e rebaixado! Por quê? Quem o havia julgado? Quem podia ter decretado aquela sentença? E estas dúvidas rasgavam as entranhas do jovem inexperiente. Era para ele uma ofensa irresistível que o justo entre os justos fosse exposto às troças dos malvados daquela populaça miserável. Bem que não se obrassem milagres, nem nada de maravilhoso sucedesse para justificar a sua esperança, mas por que tal opróbrio, tal humilhação, uma putrefação tão antecipada, fora do natural como diziam os monges desapiedados? Por que aquele sinal do século que tão triunfalmente acolhiam e por que se julgavam com direito a propagá-lo? Onde estava o dedo da Providência? Por que se ocultava em tão crítico momento, como submetida às cegas, mudas e desapiedadas leis da natureza?

O coração de Aliocha sangrava, despedaçado, porque o homem a quem mais amava no mundo era abandonado à vergonha e à infâmia. Claro que podia ter desprezado aquelas maledicências de baixa origem e falta de fundamento; mas já disse e repito, embora pronto a concordar que me seria difícil manter a minha opinião, que me contenta o comportamento pouco razoável do jovem naquele momento, pois se todo o homem sensato pospõe em certas ocasiões a inteligência ao coração, que havia de fazer um moço apaixonado em tais circunstâncias? Não quero passar em silêncio um estranho fenômeno que cruzou a mente de Aliocha naquelas horas obscuras. Era como se o fantasma da conversa que tivera na véspera com seu irmão Ivan revolteasse à sua frente e de momento enegrecesse as suas impressões. E não porque se tivessem ressentido os princípios fundamentais da sua fé, pois acreditava em Deus e amava-o fervorosamente apesar das queixas que com frequência lhe dirigia; é que certa impressão que lhe deixara aquela conversa, não por vagarosa menos amarga, se avivou de súbito na sua alma e parecia sensibilizar e iluminar-lhe a superfície da consciência.

Começava a escurecer quando Rakitin, que atravessava o bosque que separa o eremitério do mosteiro, viu Aliocha caído de bruços sob uma árvore, imóvel, como se dormisse. Aproximou-se e chamou-o:

— És tu, Aliocha? Como pudeste... — começou, mostrando surpresa; mas conteve-se. Queria dizer: Como chegaste a este ponto?

Aliocha não o olhou, mas Rakitin compreendeu por um leve movimento que o ouvira e entendera.

— Que te aconteceu? — continuou. E a surpresa que o seu semblante revelava transformou-se num sorriso irônico. — Há duas horas que te procuro. Pelos vistos saíste logo. Que tens? Que loucura foi essa? Podias olhar-me, pelo menos...

Aliocha levantou a cabeça e apoiou as costas contra a árvore. Não chorava, mas o seu semblante refletia um profundo sentimento de enfado. Em vez de olhar para Rakitin ficou-se com os olhos fixos a um lado.

— Estás mudado. Deste ao diabo a doçura do teu rosto? Zangaste-te com alguém ou maltrataram-te?

— Deixa-me em paz! — respondeu bruscamente com um gesto de despeito e sem o olhar.

— Ah! Assim entendemo-nos! Já começas a tratar as pessoas como os restantes mortais. E nisto acabam os anjos! Repara, Aliocha, fico admirado contigo, sabes? Palavra! E o pior é que já nada me surpreende. Acredita-me, tinha-te por um rapaz educado...

Aliocha olhou-o por fim, distraidamente, como se não entendesse o que dizia.

— Será possível que tenhas ficado transtornado porque o teu velho começa a cheirar mal? Ou acreditavas a sério que faria milagres? —exclamou Rakitin com sincero assombro.

— Acreditava, acreditava e acreditarei porque necessito de acreditar! Queres mais? — gritou Aliocha furioso.

— Nada disso, rapaz! A nenhum colegial de treze anos preocupam já essas coisas. Mas o caso é... Agora irritas-te contra Deus, rebelas-te porque não concedeu a sua proteção, porque não se dignou enaltecer quem o merecia... Estás bem arranjado!

Aliocha fixou Rakitin com os olhos meio fechados e brilhantes de cólera, cólera esta que não era provocada pelo seu interlocutor.

— Eu não me rebelo contra Deus; só não aceito o seu mundo —riu violentamente.

— Como é isso? Que absurdo é esse?

Aliocha não respondeu.

— Deixemo-nos de tolices e vamos ao que é positivo. Já comeste hoje?

— Não me lembro... Creio que sim...

— Precisas de tomar conta de ti. Tens má cara, fazes pena! Disseram-me que não dormiste em toda a noite. E logo se seguiu toda esta agitação... Provavelmente não comeste mais do que o bocado de pão da comunhão. Tenho no bolso um bocado de chouriço que trouxe da cidade... não sei se quererás...

— Dá-me um pouco.

— Olá! Assim vamos bem! Chega-se à revolução, com barricadas e tudo. Bom, amigo, não temos de nos contentar com isto. Vem... Tenho vontade de beber um gole de *vodka*, Estou a morrer de cansado. *Vodka* é demasiado para ti, suponho... Ou gostarias de provar?

— Dá-me também um pouco de *vodka*.

— Bravo! Estou maravilhado, irmão! — E Rakitin olhou-o com assombro. — Bom, seja como for, com chouriço ou vodka, é uma mudança encantadora que não se pode desprezar. Vamos! — Aliocha levantou-se e seguiu Rakitin.

— Se teu irmão Ivan visse isto ficaria admirado... A propósito. Sabes que partiu esta manhã para Moscovo?

— Sim — respondeu Aliocha com indiferença. E a imagem de Dmitri veio-lhe à ideia. Foi um momento, e ainda que o tenha feito lembrar um dever, um terrível compromisso, nem esta recordação o impressionou, desvanecendo-se, pelo contrário, como o fumo, esquecendo-a em seguida.

— Teu irmão Ivan afirmou um dia que eu era um liberal estúpido sem qualquer talento. Também tu me deste a entender que eu era um desonesto. Bom... agora veremos de que vos serve o talento e o sentimento de honra — terminou o monge, murmurando para si mesmo. — Ouve — continuou em voz alta — passemos de largo, sem entrar no mosteiro e apressemos o passo para a cidade. Tinha que ir à casa da senhora Hohlakov, mas imagina que lhe escrevi contando-lhe o que sucedeu e queres crer que me respondeu no momento com umas linhas de lápis... tem a mania das notas... que nunca esperara tal conduta de um personagem tão reverendo como o Padre Zossima? Empregou mesmo a palavra *conduta*. Está raivosa, também. Que se governe! Espera! — gritou, detendo-se de súbito e segurando Aliocha pelo ombro para o obrigar a fazer o mesmo. — Sabes, Aliocha... — E olhava-o inquisidoramente, absorto na ideia que acabava de lhe ocorrer, ideia que se o fazia sorrir não se atrevia a expressar pelo muito que lhe custava crer na estranha e inesperada disposição de ânimo em que via agora o companheiro. — Aliocha, sabes aonde seria melhor irmos? — insinuou por fim com timidez. — Tanto me faz... onde quiseres...

— Vamos a casa de Gruchenka, hem? Queres vir? — propôs quase tremendo e sem alento.

— Vamos a casa de Gruchenka — respondeu tranquilamente o jovem com tal surpresa de Rakitin que este quase caiu de costas.

— Ah! Bom! — exclamou com temor. E agarrando o braço de Aliocha levou-o a seu lado com medo que mudasse de opinião.

Caminhavam em silêncio. Rakitin não se atrevia a dizer palavra.

— Que contente vai ficar! Que alegria! — murmurou, e não falou mais.

Não se propunha justamente comprazer Gruchenka, levando-lhe Aliocha. Homem prático, jamais intentava alguma coisa que não lhe oferecesse vantagens e, neste caso, perseguia um objetivo duplo: o desejo de ver a queda do justo e gozava já na imaginação a figura de Aliocha rebolando a sua pureza no pecado, e o lucro material que esperava alcançar e de que se falará depois.

Chegamos ao momento crítico, pensou com alegria perversa, e havemos de o colher em voo, que é o que desejávamos.

## Capítulo 3
## Uma Cebola

Vivia Gruchenka numa casa que pertencia à viúva Morozov, que erguia os seus dois andares vetustos e feios na parte mais central da cidade, que era a Praça da Catedral. A viúva levava uma vida retirada com as suas duas sobrinhas, solteironas desesperadas, e não tinha necessidade de alugar a casa a ninguém pois era bem sabido que recebera Gruchenka como pupila havia quatro anos, só para agradar ao comerciante Samsonov, conhecido protetor da moça. Dizia-se que o velho ciumento pretendia ao levar ali a favorita que a viúva vigiasse estreitamente a sua conduta; mas cedo se tornou desnecessária esta vigilância e a viúva Morozov acabou deixando Gruchenka em paz sem se importar em absoluto com suas idas e vindas. Certo que haviam passado quatro anos desde que o velho trouxera da capital da província uma moça de dezoito anos, delicada, cautelosa, tímida, triste e pensativa, e que muitas coisas se haviam passado até ali. Mas o que se sabia dela era muito pouco e ainda vago. Durante a sua estada na nossa cidade, toda a história se reduzia ao interesse que inspirava a muitos o desenvolvimento que alcançara a beleza de Agrafena Alexandrovna. Dava-se como seguro que aos dezessete anos mantivera relações com não sei que classe de oficial que a abandonara para se casar, deixando-a na vergonha e na miséria. Embora Samsonov a tivesse tirado do desamparo, dizia-se que pertencia a uma respeitável família eclesiástica, sendo filha de um diácono, ou coisa parecida.

Em quatro anos, a pobre e ultrajada órfã convertera-se numa moça rosada e roliça, modelo de beleza russa, de caráter resoluto, impaciente, orgulhoso e altivo. Tinha grande queda para o negócio: vista, decisão e tato, e por meios mais ou menos confessáveis conseguira reunir uma pequena fortuna. Só havia um ponto em que todos estavam de acordo. Gruchenka não era fácil de contentar e salvo o velho protetor, ninguém se podia gabar dos seus favores naqueles quatro anos. Isto era notório, pois que foram muitos os que nos últimos dois anos a haviam cortejado. Todas as tentativas haviam sido inúteis e não poucos os galãs que bateram em retirada, unindo o ridículo ao fracasso, perante a firme resistência da jovem. Também se sabia que por fim se entregara a especulações, demonstrando nisto tão grande habilidade que muitos diziam que era pior do que um judeu. Não praticava diretamente a usura, mas associava-se para manejos parecidos ao velho Karamázov, que na ocasião perseguia miseráveis dívidas de interesse a dez por cento e que rápido fizeram os dois que alcançassem dez por um.

O viúvo Samsonov era um velho acautelado, avarento e seco de coração. Tratava os filhos despoticamente, mas nos últimos tempos da sua vida, quando já mal o sustinham as pernas inchadas, deixou-se subjugar pela protegida, a qual ao princípio tivera de sofrer as consequências da sua rígida mesquinhez na mesa e em tudo o que a rodeava. Gruchenka conseguira emancipar-se fazendo que o tirano acreditasse a pés juntos na sua fidelidade. O velho, já morto, realizara negócios magníficos, mas possuía um caráter estranho, era miserável e duro como a pederneira e apesar de tão enamorado de Gruchenka que não podia viver sem ela, especialmente nos últimos dois anos, não quis dar-lhe nenhuma quantia considerável, pois temia que ela o abandonasse. Ofereceu-lhe uma pequena soma, com grande admiração de todos quantos o souberam.

— És uma moça com vigor de ânimo — disse quando lhe entregou aqueles oito mil rublos — e tirarás partido deste dinheiro; mas deixa-me que te diga que, fora a pensão anual que te dou, não receberás mais nada enquanto eu viver. Aviso-te também que nada te deixarei em testamento.

E cumpriu a sua palavra. Quando morreu tudo ficou para os filhos que haviam sido tratados sempre, eles e as mulheres, como escravos. No testamento nem sequer se ouviu o nome de Gruchenka. Mas o velho ajudara-a a aumentar o capital, ensinando-lhe o caminho dos negócios.

Quando Fedor Pavlovitch, depois de tratar com Gruchenka de negócios, acabou por se apaixonar por ela como um louco, o velho Samsonov, já muito doente, divertiu-se imenso. É de notar que Gruchenka o tratava com absoluta franqueza e parece que foi o único homem que pôde vangloriar-se de tal mostra de estima. Logo, quando a paixão de Dmitri entrou em cena, o velho parou de rir e muito formal, quase severo, aconselhou Gruchenka com estas palavras:

— Se tens de escolher entre o pai e o filho, decide-te pelo velho sob condição de que esse canalha case contigo e te assegure antes um capital. Mas não te enredes com o capitão; não ganharias nada com isso.

Tais foram as palavras daquele velho obsceno, que se sentia próximo da cova e que morreu cinco meses depois da data do meu relato.

Quero notar, a propósito, que se era pública a grotesca e monstruosa rivalidade que suscitou Gruchenka entre os Karamázov, pai c filho, ninguém pôde adivinhar por qual dos dois se inclinava, pois as próprias criadas declararam perante os juízes, depois do acontecimento de que se falará mais adiante, que a sua senhora recebeu Dmitri Karamázov só por medo das ameaças de morte que lhe fizera. Estas criadas eram a velha cozinheira, doente e quase surda, que acompanhara Gruchenka durante a sua desgraça, e a neta, uma linda moça de vinte anos, que desempenhava o cargo de criada de quarto. Gruchenka vivia muito economicamente e sem nenhum luxo nos três quartos que, com móveis de acaju estilo 1820, lhe alugara a proprietária.

Era já noite quando entraram Rakitin e Aliocha, e a casa estava às escuras. Gruchenka encontrava-se no salão, deitada num sofá enorme, duro e tosco, com espaldar de madeira e coxins de couro sujo e rasgado pelo uso. Descansava a cabeça em duas almofadas da cama e, com a nuca sobre as mãos, jazia de costas, imóvel, vestindo, como se esperasse visitas, um vestido de seda preta. Uma larga fita cingia-lhe a cabeça, o que lhe dava um ar encantador. Nos ombros, um xale preso no peito por um broche de ouro maciço. Esperava efetivamente alguém, impaciente, um pouco pálida, com olhos e lábios febris, e revelava a sua inquietação batendo com o pé direito no braço do sofá. A chegada de Rakitin e de Aliocha sobressaltou-a um pouco. Da entrada ouviram-na saltar do sofá e gritar a medo: "é?" Mas a criada viu quem chegava e correu a tranquilizá-la.

— Não é ele, é outra visita.

— A quem esperará? — murmurou Rakitin introduzindo Aliocha no salão.

Gruchenka, de pé perto do sofá, parecia ainda alarmada. Um pesado caracol da sua cabeleira castanha desprendera-se-lhe da fita que os segurava, caindo nos ombros, e não cuidou de o ajeitar antes de haver reconhecido quem a visitava.

— Ah! És tu, Rakitin? Assustaste-me! Quem trazes? Quem te acompanha? Santo Céu! Vens com ele? — exclamou, reconhecendo Aliocha.

— Manda trazer luzes — respondeu o monge com a liberdade e o desembaraço do amigo íntimo que tem o privilégio de mandar numa casa.

— Luzes!... Claro, luzes!... Fenya, anda, traz uma luz... Mas que ocasião escolheste para o trazer! Inclinou-se ante Aliocha e, voltando-se para o espelho, arranjou o cabelo. Parecia contente.

— O quê? Não consegui agradar-te? — perguntou Rakitin em tom azedo.

— Assustaste-me. É tudo. — E voltando-se para Aliocha disse-lhe, sorrindo: — Não temas, querido, não podes calcular como estou contente por te ver. Esperava pouco a tua visita. Mas tu, tu espantas-me, Rakitin. Julguei que Mitya forçava a entrada, pois enganei-o há pouco, contando-lhe uma mentira. Fi-lo jurar que acreditava em mim. Disse que ia passar o serão a casa do meu velho amigo Kuzma Kuzmitch para o ajudar nas contas e que sairia tarde. Vou lá uma noite por semana, fechamo-nos os dois e enquanto ele vai passando as faturas eu trato dos livros. Só tem confiança em mim. Mitya crê que me encontro lá, mas já voltei e estava aqui fechada esperando certas notícias. Como é que Fenya vos deixou entrar? Fenya, Fenya, corre, abre a porta e vê se o capitão vem aí! Talvez se esconda para me espiar e tenho um medo de morte.

— Não há ninguém, Agrafena Alexandrovna. Vi agora mesmo. Estou sempre a es--preitar pelos vidros porque também eu tremo de medo.

— Estão bem fechados os postigos, Fenya? Devíamos correr as cortinas.., será melhor. — E ela mesma desprendeu as pesadas cortinas do salão. — Se visse luz, viria logo. Hoje o teu irmão Mitya assusta-me, Aliocha.

Falava alto e, embora alarmada, parecia contente.

— Por que temes tanto Mitya hoje? perguntou Rakitin. — Julgava que não te mos--travas tímida com ele, que o enrolavas no teu dedo mindinho.

— Já te disse que espero notícias inapreciáveis e não quero que ele se meta no meio. E não acreditou que eu tivesse de ir à casa de Kuzma Kuzmitch. Deve estar emboscado por detrás da casa de Fedor Pavlovitch, no jardim, esperando-me. Se estiver lá, não vem.

Muito melhor! Realmente eu fui à casa de Kuzma, em companhia de Dmitri; disse-lhe que ficaria lá até à meia-noite, assegurando que podia ir buscar-me nessa altura para me trazer. Ele foi-se e eu, depois de uns dez minutos, vim-me embora. Oh, que medo! Voava só de temer encontrá-lo!

— E por que estás tão arranjada? Tens um penteado curioso!

— Tu é que és curioso, Rakitin! Não te digo que espero um aviso? Logo que chegue, começarei a voar, afastar-me-ei daqui e não voltarás a ver-me. Por isso me vesti, para estar pronta.

— E voas para onde?

— Se sabes muito, envelheces depressa!

— Palavra de honra! Estás deliciosa... Nunca te vi tão bonita. Pareces ires para um baile. — E Rakitin contemplou-a dos pés à cabeça.

— Que entendes tu de bailes?

— Vi um, pelo menos, o ano passado, quando o filho de Kuzma Kuzmitch se casou. Vi da galeria como bailavam. Mas julgas que vou estar para aqui a falar-te quando tenho a visita de um príncipe como este? Aliocha, amigo, olho-te e não acredito no que vejo. É possível, meu Deus, que tenhas vindo ver-me? Para dizer a verdade, nunca pensei poder ver-te, e muito menos que te dignasses visitar-me. Estou encantada, embora não seja este o momento mais oportuno. Senta-te no sofá, assim, muito bem, minha estrela brilhante. É pena que não possa ter-te sempre ao meu lado... Ah, Rakitin! Se o tivesses trazido ontem ou no dia anterior! Mas ainda assim estou contente! Talvez seja até melhor que tenha vindo hoje, e neste momento!

Sentou-se alegremente no sofá ao lado de Aliocha, olhando-o com sincero encantamento. Estava verdadeiramente alegre, não mentia. Os olhos brilhavam, os lábios riam com expressão de bondade natural. Aliocha não esperava encontrar naquele rosto de mulher um reflexo de tão inocente bondade...

Mal a vira até à véspera e formava dela uma ideia falsa que o afligiu terrivelmente pela maneira desapiedada e pérfida como troçara de Catalina Ivanovna. Surpreendia-se ao encontrá-la agora tão diferente do que esperava.

Cheio de pena, fixou nela o seu olhar para a contemplar bem. Viu-a mudada por completo; apenas havia traços daquele tom lânguido e doce, daqueles movimentos brandos e voluptuosos. Tudo nela era simples, natural e bom. Os seus gestos e modos, vivos, diretos, confiados, mas estava muito excitada.

— Querido — continuou a falar — como se juntam hoje todas as *coisas!* Eu própria não sei porque estou tão contente por ver-te, Aliocha! Se mo perguntares, não saberei responder.

— Vamos! Não sabes porque estás contente? — grunhiu Rakitin. — Moeste-me tanto para to trazer, suponho que terias algum objetivo nisso.

— Sim, tinha um objetivo, mas já está esquecido. Não é esta a ocasião. Repara, o que quero é que tenhas um pouco de delicadeza. Eu, agora, sinto-me bem. Mas descansa, Rakitin, por que estás de pé? Não te sentaste já? Não há receio de que Rakitin esqueça as cortesias. Repara, senta-se longe, como que ofendido por não o ter convidado a sentar-se antes de ti. Oh, Rakitin! Por que tens de te aborrecer? — perguntou rindo. — Não me guardes rancor, hoje que sou tão boa. E tu, Aliocha, por que estás tão abatido? Tens medo de mim? — E fixou-o com jovialidade burlesca.

— Está transtornado porque não sobreveio a exaltação — atalhou Rakitin.
— Que exaltação?
— O Presbítero cheira mal.
— O quê? Sempre tens cada ideia!... Cala-te, estúpido! Tens sempre que dizer asneiras? Deixa-me sentar nos teus joelhos, Aliocha, assim... É saltou vivamente para o colo dele como uma gata astuciosa e, passando-lhe um braço pelo pescoço, continuou: — Quero que te alegres, meu santinho. Consentes, na verdade, que me sente aqui? Não te aborrece? Vou-me embora, se me mandares.

Aliocha não falava nem se atrevia a mover-se nem a responder; mas tão pouco sentia o que Rakitin esperava ou imaginava que sucedesse, vigiando-o do seu canto. A profunda tristeza que lhe dominava a alma afogava por completo as impressões que pudesse experimentar, e se naquele momento tivesse pensado com serenidade, ter-se-ia notado fortemente protegido contra todo o desejo de sedução. Mas ainda dentro da irresponsa-bilidade do seu estado de ânimo e daquela dor que o oprimia, descobria com assombro, no seu íntimo, uma nova e rara sensação. Aquela mulher, aquela horrível criatura não punha na sua alma, agora, o espanto que o tomava só a ideia de uma mulher; antes pelo contrário, aquela, temida sobre todas as outras, que se lhe sentava nos joelhos e o apertava nos braços despertava nele um sentimento desconhecido, insuspeito, o sentimento do mais intenso e puro interesse, limpo de todo o medo e das suas velhas inquietações. E isto surpreendeu-o de maneira pouco concreta.

— Já disseste bastantes tolices — gritou Rakitin. — Farias melhor em nos dar um pouco de champanhe. Bem sabes que mo deves!

— Sim, devo. Sabes, Aliocha? Prometi-lhe que se te trouxesse beberíamos champanhe. Ainda ficará qualquer coisa! Fenya, Fenya, traz-nos a garrafa que Mitya deixou! Embora seja uma avarenta, abrirei uma garrafa; não por ti, Rakitin, que és um sapo asqueroso, mas por este, que é um falcão. O meu coração está noutro lado, mas beberei convosco. Desejo distrair-me um pouco.

— Mas que te aconteceu? Pode saber-se que notícias esperas, ou é segredo? — perguntou Rakitin, esforçando-se por não perceber os golpes que continuamente ela lhe dava.

— Não é nenhum segredo, sabes muito bem — disse Gruchenka um pouco sufocada, voltando-se para o monge e saindo dos joelhos do jovem sem deixar de o abraçar. — Espero a vinda do meu oficial, Rakitin.

— Já mo disseste, mas está assim tão perto?

— Em Mokroe, donde me enviará um mensageiro, segundo me escreveu. Tive carta dele, hoje. Espero recado de um momento para o outro.

— E estavas calada! Por que te chama a Mokroe?

— É uma história muito comprida. Já disse demais.

— Mitya não concordará, digo-to eu. Sabe disso?

— Sabê-lo, ele? Claro que não! Se se inteirasse, haveria sangue. Embora não o tema, agora, já não me espanta o seu punhal. Cala-te, Rakitin, não me fales de Dmitri Fedoro-vitch, que destroçou o meu coração. Não quero pensar nele. Prefiro pensar em Aliocha, contemplá-lo... sorri-me, querido. Vamos, e ri-te da minha loucura, do meu gozo... Ah!

Ri-se, ri-se! Que olhar tão adorável! Sabes, Aliocha, que fiquei muito preocupada em pensar que estavas aborrecido comigo, pelo que aconteceu no outro dia, com Catalina? Fui uma cadela, é verdade... Mas é bom que se tenha passado aquilo. Foi horrível, mas esteve bem. — Gruchenka sorriu, mostrando nos lábios uma linha de crueldade. — Mitya contou-me que gritava contra mim dizendo que devia ser açoitada. Injuriei-a terrivelmente. Mandou-me buscar, queria conquistar-me, seduzir-me com o seu chocolate... Não... valeu mais que acabasse daquela maneira. — Sorriu de novo. — Mas ainda temo que estejas zangado comigo.

— É verdade — interveio inesperadamente Rakitin. — Aliocha tem medo de uma franguinha como tu...

— Rakitin!... Tu é que não tens consciência. Eu quero-o com toda a minha alma, bem o sabes! Aliocha, não acreditas em mim?

— Ah, mulher impudica! Alexey, não vês que se está a declarar?

— E que tem, se gosto dele?

— E o oficial? E a inapreciável notícia de Mokroe?

— É muito diferente.

— É assim que as mulheres apreciam estas coisas!

— Não me irrites, Rakitin! — atalhou ela, acalorada. — Nada tem que ver. Amo-o de outra maneira. Confesso-te, Aliocha, que tive pícaros desígnios, porque sou mal-intencionada e violenta, mas logo pensei em ti com remorsos, refletindo como devias desprezar uma criatura tão miserável como eu. Foi o que pensei quando me afastei da casa dela. Assim pensei muito em ti, Alexey, e Mitya sabe-o, porque lhe falei do mesmo. Mitya compreende estas coisas. Queres crer que muitas vezes, ao olhar-te, sentia vergonha, vergonha de mim mesma?... Como e quando comecei a pensar em ti deste modo, não o posso dizer, não me lembro...

Fenya entrou e pôs na mesa uma bandeja com uma garrafa destapada e três copos.

— Já está aqui o champanhe! — exclamou Rakitin. — Estás excitada, Agrafena Alexandrovna, não és a mesma. Depois de beberes um copo ficas pronta para dançar. Oh! Nunca se fazem bem as coisas! — acrescentou, olhando a garrafa. — A velha deve ter querido prová-lo, na cozinha e trouxe-nos uma garrafa quente e sem rolha. Deixa-me beber, apesar de tudo.

Aproximou-se da mesa, pegou num copo, encheu-o, bebeu-o de um trago e encheu-o de novo.

— Nem todos os dias há champanhe — disse, lambendo os lábios. — Anda, Aliocha, toma um copo e vejamos do que és capaz. Brindaremos a que? Às portas do paraíso! Toma um copo, Gruchenka, e brinda também às portas do paraíso!

Ela pegou num copo, Aliocha fez o mesmo, bebeu um pouco e pousou-o.

— Não, é melhor não beber.

— Onde estão esses orgulhos? — gritou Rakitin.

— Bom, assim também eu não bebo — concordou Gruchenka. — Realmente não tenho vontade. Bebe tu só a garrafa, Rakitin. Se Aliocha beber, então eu acompanho-o.

— Oh, que romantismo comovente! — troçou Rakitin. — Olhai como se senta nos joelhos! Ele tem por que se afligir, mas tu... não sei o que te aconteceu! Rebelou-se contra Deus e queria encher-se de chouriço...

— Como?

— Morreu hoje o seu Venerável, o santo Padre Zossima.

— Morreu o Padre Zossima?! — exclamou ela. — Meu Deus! Não sabia! E benzeu-se devotamente. —Jesus, e eu que estava sentada nos seus joelhos! — Estremecendo, afastou-se para um canto do sofá.

Aliocha ficou-se a olhá-la, o rosto serenou-se-lhe e disse em voz firme:

— Não troces de mim, Rakitin. Eu não me rebelei contra Deus nem quero aborrecer-me contigo; mas sê bom também. Perdi um tesouro que tu nunca tiveste; por isso não me podes julgar. Aprende com ela, repara como teve piedade de mim. Vim aqui julgando encontrar uma alma perversa, porque está em mim a perversidade, e encontrei uma verdadeira irmã, um tesouro, um coração amoroso que acaba de apiedar-se de mim... Falo de si, Agrafena Alexandrovna. Tirou a minha alma de um abismo...

As palavras tremiam-lhe nos lábios, faltava-lhe o fôlego.

— Então salvou-te, hem? — riu-se o outro com malícia. — E não tinhas reparado ainda que te queria agarrar entre as unhas?

— Cala-te, Rakitin! — disse Gruchenka, levantando-se bruscamente. — Calai-vos os dois! Dir-lhes-ei toda a verdade. Cala-te, Aliocha! As tuas palavras envergonham-me porque sou má, confesso-o. E tu, Rakitin, cala-te, porque mentes. Tinha ideias de o ver entre as minhas mãos, mas agora mentes, agora é outra coisa, e não quero ouvir-te nem mais uma palavra!

Gruchenka falava com a maior emoção.

— Estão loucos os dois — disse Rakitin, olhando-os com assombro. — Julgo estar num manicômio. Parecem tão compungidos que só lhes falta chorar.

— Pois chorarei, sim! Chorarei! — repetia Gruchenka. — Tratou-me por irmã e nunca o esquecerei. Hás de saber, Rakitin, que embora eu seja má, dei um dia uma cebola!

— Uma cebola? Está tudo louco!

O monge chegava ao cúmulo da admiração. Molestava-o ver aquilo, embora houvesse podido ter em conta que ambos passavam por esse momento crítico que só se apresenta uma vez na vida. Mas muito sensível em analisar os próprios sentimentos, era porém muito obtuso em penetrar os do próximo, o que se explicava tanto pela inexperiência de jovem, como pelo seu egoísmo ilimitado.

— Olha, Aliocha — disse Gruchenka, voltando-se para ele com riso nervoso — quando disse a Rakitin que dera uma cebola era fanfarronice. É uma história, sabes? Mas uma história muito bonita. Matryona é que ma contava, a cozinheira que ainda está comigo, quando eu era criança. Havia em tempos uma mulher malvada que, quando morreu, não deixou nem rastro de virtude, pelo que os demônios se apoderaram dela e a atiraram a um lago de fogo. O seu anjo da guarda ficou-se a pensar, a pensar, para recordar alguma boa ação a apresentar a Deus. Uma vez arrancou uma cebola da horta e deu-a a uma pedinte. O Senhor respondeu-lhe: Apanha a cebola e estende-lha. Que se agarre a ela e tu puxas.

Se a conseguires tirar do lago, que venha para o paraíso; se essa corda se romper, que fique onde está. O anjo foi ter com a mulher e atirando-lhe a cebola disse: Agarra-te com força e tirar-te-ei daí. E começou a puxar com cuidado. Já estava quase suspensa quando os outros condenados, reparando nela, se lhe agarraram, querendo salvar-se também. Mas era tão má que os afastava a pontapés, gritando: É a mim que hão de tirar. A cebola é minha! Então a cebola partiu-se e a mulher caiu de novo no fogo onde arde e arderá por toda a eternidade. E o anjo teve que partir, chorando. Assim acaba o conto, Aliocha. Sei-o de cor, porque também eu sou uma mulher má. Envaideci-me contando a Rakitin que havia dado uma cebola, mas a ti digo-te, Aliocha, que em toda a minha vida nem isso fiz, dar uma cebola. Assim, pois, não me louves, pensando que sou boa. Sou má, sou uma mulher depravada. Dir-te-ei tudo, Aliocha. Era tal o meu desejo de te ter, que prometi a Rakitin se te fizesse cá vir... Cala-te, Rakitin, espera!

Correu para a mesa e abrindo uma caixa tirou dela uma nota de vinte e cinco rublos.

— Que tolice! Que tolice! — gritou, desconcertado, o monge.

— Toma, devotos. Não penses em recusá-los. Tu mesmo mos pediste.

E atirou-lhe o papel.

— De bom grado o desprezaria — grunhiu o outro, muito humilhado. Mas vencendo a confusão, disse com importância: — Ao fim e ao cabo, vêm mesmo a propósito. Os tontos existem para que os outros aproveitem.

— E agora, caluda, Rakitin! Não é para os teus ouvidos o que vou dizer, portanto, senta-te num canto e fica quieto. Já que não gostas de nós, cala-te.

— Por que havia de gostar? — resmungou o monge sem ocultar o seu mau humor enquanto guardava o dinheiro, envergonhado de que Aliocha o visse. Convencido de que receberia a recompensa sem que este o soubesse, exasperava-o a vergonha. E ele que até ali julgara conveniente não contrariar demasiado Gruchenka, apesar da má vontade que esta lhe demonstrava, agora que já tinha o dinheiro não quis dissimular mais o seu desagrado.

— Quando se ama alguém por algum motivo é, mas que vos devo amá-los se nada fizeram por mim?

— Pois deverias amar ao próximo sem qualquer motivo, como faz Aliocha.

— E como te ama ele? Que te disse, que te alvoroça desse modo?

Gruchenka continuava no meio da sala, e falava acaloradamente, cheia de nervoso.

— Cala-te Rakitin. Não sabes nada do que é nosso! E não me fales mais deste assunto. Proíbo-te essa familiaridade! Senta-te nesse canto e não te movas, como se fosses meu lacaio! Agora, Aliocha, quero dizer-te tudo, para que vejas como sou má. Não falo com ele, é contigo. Queria perder-te, Alexey, é esta a pura verdade. Estava resolvida a isso. Desejava-o tanto que subornei Rakitin para que te trouxesse. E por quê? Não sabes nada, mas fugias de mim. Baixavas a vista quando passavas perto. Olhei-te cem vezes, perguntei aos que te conheciam. O teu rosto conquistava-me o coração e dizia a mim mesma: quer ver-me porque me despreza. E cheguei a sentir isto de tal modo que me julguei amedrontada por um menino. Ah! Se te tivesse apanhado, como teria troçado de ti! Não podia viver de despeito e de raiva! Acredita-me! Ninguém ousará dizer nem pensar que tenha conseguido acercar-se de mim com maus propósitos! O único que tem algo que ver é o velho Kuzma, a quem me vendi e entreguei; Satanás assim o arranjou; mas ninguém mais. Contudo, vendo-te, pensava divertir-me quando caísses na minha rede. Já vês como é má aquela a quem chamaste de irmã! Agora volta o que me enganou. Estou à espera do seu recado. Sabes o que este homem é para mim? Há cinco anos, quando vim para cá com Kuzma, ocultava-me para que ninguém me visse. Era uma inocentona caída e sentava-me aqui soluçando, passava as noites em claro e pensava: "Onde estará agora o homem que me ofendeu? Provavelmente ri-se de mim com outra mulher. Se o voltar a ver ou se o encontrar, há de pagar-me tudo. Sim, há de pagar-me." Quando me deitava, apagava a luz e molhava a almofada com as minhas lágrimas, maquinando contra ele, destroçando o coração com os ferros da fúria que me dominava, e gritava no escuro: "hei de vingar-me! hei de vingar-me!" Depois ocorria-me pensar que nada lhe faria, que enquanto eu tramava planos de vingança ele troçava de mim ou talvez nem se lembrasse já que eu existia... Então atirava-me ao chão, banhada em lágrimas de desespero, revoltando-me até ao amanhecer. No dia seguinte estava furiosa, pronta a atacar como um cão, a fazer em pedaços toda a gente. Assim, que julgas? Pus-me a recolher dinheiro, tornei-me dura, precavida, sagaz, o que quiserem. Ninguém no mundo vê isto, ninguém o sabe, mas ainda me deito nalgumas noites como há cinco anos, quando era uma moça abandonada, apertando os dentes e chorando enquanto penso: "hei de vingar-me! hei de vingar-me!" Estás a ouvir-me? Bom, assim já me entendes. Há um mês recebi uma carta. Ele vinha, estava viúvo, desejava ver-me. Julguei enlouquecer e de repente pensei: "Se vem e me chama de assobio, arrastar-me-ei até ele como um cão a quem bateram." Não acreditava no que me acontecia. Seria tão vil que pudesse voltar para ele a correr? E odiei-me de tal modo que durante este mês fui pior do que nunca. Vês, Aliocha, que mulher violenta e vingativa sou? Disse-te toda a verdade! Entretive-me com Mitya para não correr para os braços desse outro. Cala-te, Rakitin, não és tu quem me há de julgar; além de que não estou a falar contigo. Antes de chegarem, estava esperando, maquinando, decidindo a minha vida futura, e não podeis saber o que o meu coração oculta. Sim, Aliocha, dizei a Catalina que não me guarde rancor pelo que aconteceu antes de ontem... Ninguém no mundo sabe o que vou realizar agora, e ninguém o saberá nunca... Talvez leve comigo, hoje, uma faca... não estou ainda bem decidida...

Sem acabar a frase caiu nas almofadas e, ocultando o rosto entre as mãos, chorou como uma criança.

Aliocha levantou-se e, aproximando-se de Rakitin, disse-lhe:

— Micha, não te aborreças. Tiveste pena, mas não te aborreças. Não ouviste o que disse? Não abuses da dor alheia, há que ser indulgente.

Aliocha falava *ex abundantia cordis*. Como tinha necessidade de dizer alguma coisa, dirigiu-se ao monge como se se houvesse dirigido ao vazio. Mas aquele olhou-o, sarcástico, e ele emudeceu.

— Que me contas, homem de Deus? — disse o monge com velhacaria. — O Venerável encheu-te a cabeça com o sermão desta noite e queres despejá-lo sobre mim?

— Não troces, Rakitin, não te rias nem fales do morto, que era o melhor dos homens — gritou Alexey quase a chorar. — Não te falo como juiz, mas como o último dos acusados. Quem sou eu perante ela? Vim aqui procurando a minha perdição, dizendo na minha covardia: "Que importa?" E ela, depois de cinco anos de tormento, porque ouve uma palavra sincera, esquece tudo, chora e perdoa. Volta o que a ofendeu, manda-a buscar, e ela tudo lhe perdoa e apressa-se a reunir-se-lhe alegremente, sem querer levar um punhal. O que há de levar! Não, eu não sou assim! Não sei como tu és, Micha, mas eu não sou assim. Que lição para mim! É muito mais digna de amor do que nós. Ouviste falar do que nos contou? Não, de contrário tê-la-ias compreendido antes... E a pessoa a quem ofendeu terá de lhe perdoar. Perdoará quando souber... e há de sabê-lo. Esta é uma alma que não encontrou a paz, há que tratá-la com doçura... talvez seja um tesouro oculto.

Aliocha deteve-se porque perdia o fôlego. Rakitin esqueceu o seu mau humor para o olhar com assombro. Nunca esperara tão grande discurso do bom Alexey.

— Já tem defensor para a sua causa! Mas... apaixonaste-te por ela? — E gritou depois: — Agrafena Alexandrovna, aqui tens o monge enamorado de ti. Fizeste uma conquista!

Gruchenka endireitou-se, contemplando Aliocha com um sorriso terno de lágrimas.

— Deixa-o, meu querubim. Já sabes como ele é, não merece que lhe fales. Mikail Makarovitch. — E voltou-se para Rakitin. — Pensava pedir-te perdão pela minha rudeza, mas agora não quero.

— Aliocha, vem, senta-te aqui — disse com um sorriso encantador. — Achas que amo esse homem? O que me enganou? Amo-o ou não? Quando chegaste estava aqui a perguntar ao meu coração se o amava. Decide, tu, Aliocha, é o momento próprio, far-se-á o que disseres. Devo perdoar?

— Mas se já lhe perdoou — lembrou Alexey, sorrindo.

— É verdade, perdoei-lhe — murmurou Gruchenka pensativamente. — Oh, coração vil! Pela maldade da minha alma! — E agarrando num copo da mesa esvaziou-o de um trago e atirou-o ao chão onde se partiu em mil bocados. No sorriso da mulher apareceu uma linha de crueldade que se transformou em esgar rancoroso. Baixando o olhar, como se falasse consigo mesma, continuou: — Talvez ainda não lhe tenha perdoado... talvez não sinta senão a pressa de o fazer... a luta com o meu coração... Olha, Aliocha, cheguei a amar as minhas lágrimas nestes cinco anos... Talvez ame o meu ressentimento e não quem o causou.

— Seja o que for, não lhe queria estar na pele — brincou Rakitin.

— Não te aflijas, não estarás. Em todo o caso servir-me-ás de porteiro; é o único lugar que te fica bem. Nunca terás uma mulher como eu em toda a tua vida... nem ele, talvez...

— Ele? Por que não? Então para que todo esse atavio?

— Não brinques do meu arranjo! Que sabes tu do que se passa na minha alma? Se me desse para desfazer os meus adornos, acabaria num abrir e fechar de olhos — gritou em voz penetrante. — Que sabes tu para que são? Quando o vir, dir-lhe-ei provavelmente: Já me viste tão bonita? Na altura em que me abandonou era eu uma mocinha de dezessete anos, fraca e mirrada. Sentar-me-ei a seu lado, seduzi-lo-ei, e perguntarei em seguida: Agrado-te, agora? Pois conforma-te com isso, pois que nada mais terás! Talvez me tenha arranjado para isso acabou, — rindo maliciosamente.

— Estou muito violenta e desgostosa, Aliocha. Seria capaz de arrancar todos os adereços, destruir a minha beleza, sujar a cara e sulcá-la de cicatrizes. Seria uma pedinte... De bom grado não veria ninguém, de boa vontade devolveria amanhã mesmo a Kuzma tudo o que me ofereceu, todo o seu dinheiro, e iria trabalhar o resto da minha vida. Pensas, Rakitin, que não o faria? Que não me atreveria? Pois fá-lo-ei, e já. Mas não me faças desesperar... Mandá-lo-ei passear, fincar-lhe-ei as minhas unhas na cara e não me verá mais!

Estava excitadíssima. Respirou fundo e atirou-se, soluçando, para cima do sofá.

Rakitin levantou-se.

— Temos de ir embora, já é tarde e fecham a porta do mosteiro.

Gruchenka saltou do sofá.

— Mas tu não me deixas, Aliocha! — disse com sobressaltada tristeza, que será de mim? Renovaste todas as minhas penas, torturaste-me e agora vais permitir que passe a noite só?

— Ser-lhe-ia difícil passar a noite contigo! Que fique, se quiser. Eu irei só — insistiu Rakitin com malícia.

— Cala-te, má língua— gritou ela, irritada. — Nunca saberás dizer-me o que ele me disse.

— O que te disse ele de maravilhoso?

— Não sei. Não posso repetir o que me disse, mas comoveu o meu coração, trespassou-mo... É o primeiro que se compadeceu de mim. É tudo o que posso afirmar. Por que não vieste antes, meu anjo? — E caiu de joelhos perante Aliocha, num súbito arrebato. — Toda a minha vida esperei uma alma como a tua. Sabia que alguém me viria perdoar. Por má que fosse, acreditava que alguém me amava de verdade, e não com um amor de infâmia!

— Que fiz eu por si? — respondeu Alexey inclinando-se para lhe pegar nas mãos, com doçura. — Ao fim e ao cabo só lhe dei uma cebola, uma cebolinha!

E ao dizer isto, saltaram-lhe as lágrimas. Naquele momento, ouviu-se um ruído no passeio que fez levantar Gruchenka com sobressalto e Fenya precipitou-se no salão, gritando:

— Senhora! Já está aqui o mensageiro. — Vinha num alvoroço, perdendo o fôlego. — Vem buscá-la uma carruagem de Mokroe. Timofey, o cocheiro, com três cavalos que agora estão atrelando... Uma carta, aqui está a carta, senhora.

Gruchenka arrebatou-lha da mão que ela agitava e aproximou-se da luz para a ler. Fê-lo num instante. Eram apenas quatro linhas.

— Manda buscar-me! — gritou pálida e convulsa. Acrescentou depois de maneira estranha: — Já assobia! Aqui, cão!

Teve um momento de vacilação. De repente, corou.

— Irei! — gritou. — Cinco anos da minha vida! Adeus! Adeus, Aliocha! A minha sorte está lançada! Ide-vos, ide-vos. Deixai-me todos e que não vos veja mais! Gruchenka voa para uma nova existência... Não fiques com uma má recordação de mim, Rakitin. Não vou morrer! Uf! Creio que bebi demais!

Voltou-lhes as costas e desapareceu no quarto de cama.

— Bom, já não pensa em nós! — grunhiu Rakitin. — Vamo-nos ou ainda voltará para nos guinchar aos ouvidos. Já me dói a cabeça.

Aliocha deixou-se conduzir maquinalmente. No pátio viram um coche coberto. Um homem andava de um lado para o outro com uma lanterna e pela porta entravam naquele momento três cavalos de troca. Apenas tinham descido os dois jovens, abriu-se uma janela e ouviu-se a voz aguda de Gruchenka:

— Aliocha! Saúda teu irmão Mitya e diz-lhe da minha parte que não guarde rancor, apesar de o ter enganado miseravelmente. Repete-lhe estas palavras: Gruchenka entregou-se a um canalha e não à nobreza do teu coração, Não te esqueças de dizer também que Gruchenka o amou uma hora, breve, mas amou... que recorde essa hora toda a vida... diz-lhe que Gruchenka te pediu que lho dissesses...

A voz extinguiu-se-lhe em soluços que o barulho da janela, ao fechar-se, abafou.

— Hum, hum! — resmungou Rakitin. — Que crueldade refinada! Mata o teu irmão e pede-lhe que se recorde toda a vida!

Aliocha não respondeu. Parecia não ter ouvido. Caminhava como que inconsciente ao lado de Rakitin, como se anelasse estar já longe dali. O outro sentiu-se de súbito como se lhe tivessem tocado na carne viva. Estava desencantado dos resultados daquela visita, bem diferentes do que esperara. E para conter a fúria, começou a murmurar:

— Esse oficial é um polaco, mas já não é oficial nem nada. Trabalhava agora nas alfândegas da Sibéria, não sei em que ponto da fronteira chinesa, o mais mesquinho possível para que um polaco o mendigasse. Dizem que perdeu o emprego e ao cheirar os lucros de Gruchenka volta a tirar-lhe o que puder... aí tens a explicação do mistério.

Aliocha não se deu por achado e Rakitin quebrou o freio:

— Bom, com que então salvaste a pecadora? — disse com o maior sarcasmo. — Devolveste a Madalena ao bom caminho, arrancando-lhe os sete demônios, hem? E estás pensando nos milagres que acabas de realizar!

— Não fales comigo, Rakitin — respondeu Aliocha, febrilmente emocionado.

— Desprezas-me por causa dos vinte e cinco rublos? Pensas que vendi um amigo. Mas nem tu eras Cristo nem eu sou Judas, como sabes.

— Rakitin, garanto-te que me esqueci disso — gritou o jovem. — És tu que mo recordas...

O monge não suportou aquela resposta e atacou:

— Vai para o inferno, tu e os teus! Que diabo me fez vir contigo? Não quero ver-te nem voltar a saber de ti. Vai-te embora só. Já sabes o caminho!

E dando meia volta enfiou por outra rua deixando Aliocha só na escuridão. Este saiu da cidade e, cortando pelos campos, dirigiu-se ao mosteiro.

## Capítulo 4
## Caná de Galileia

Para as regras monásticas, era muito tarde quando Aliocha chegou. O porteiro deixou-o passar por uma porta de serviço. Haviam dado as nove, hora de repouso e silêncio ao fim de um dia tão agitado para todos. Aliocha aproximou-se timidamente e entrou na cela mortuária onde estava só o Padre Paissy lendo o Evangelho ao pé do ataúde, enquanto o noviço Porfiry, rendido pelo colóquio da noite anterior e os incidentes registrados durante o dia, dormia o sono da juventude, deitado no chão do quarto vizinho. O Padre Paissy notou a entrada de Alexey, sem voltar a cabeça, e o jovem foi logo prosternar-se num canto e começou a rezar.

Sentia-se inundado por uma corrente de sentimentos misturados que se sucediam lentos e incessantes, sem se precisarem, mas envolvendo a sua alma numa doçura que não o surpreendia. Coisa rara, perante aquele ataúde que encerrava um cadáver tão precioso para ele! Havia cessado a tempestade de lágrimas e aflições que pouco antes enevoavam a sua vida. Caiu de joelhos em frente do caixão, como ante uma relíquia adorável, mas a alegria iluminava-lhe a alma e serenava-lhe a inteligência.

Uma janela da cela estava aberta e o ar entrava frio e penetrante. Se a abriram é porque se tornou mais insuportável o cheiro, pensou, e o fedor do corpo corrupto que tão humilhante e abominável lhe parecera pouco antes, notava-o agora com absoluta indiferença. Começou as suas orações sentindo-se sossegado de todo, mas depressa percebeu que orava rotineiramente. Passavam-lhe pela mente ideias libertinas que o alumiavam como um clarão e se desvaneciam como estrelas fugazes. No entanto, dominava na sua alma um sentimento de totalidade, de plenitude, de algo consistente e animador. Notava-o bem. Por vezes, afervorado, sentia vivos desejos de exteriorizar o seu reconhecimento, o seu amor.

Mas quando começava uma oração, deixava-a para seguir um pensamento, esquecendo logo o que fazia e a reflexão que dela o distraía. Ouvia perto a leitura do Padre Paissy, mas rendido, extenuado, ia adormecendo a pouco e pouco.

Três dias depois celebraram-se umas bodas em Caná na Galileia e a mãe de Jesus estava lá. E foram também convidados para estas bodas Jesus e os seus discípulos.

"Bodas? Como... Umas bodas!", flutuava como um turbilhão pela cabeça de Aliocha. "Também para ela é uma felicidade... Foi a um banquete... Não, não levou consigo uma faca... Essa foi uma frase trágica, nada mais... Tem que se lhe perdoar. Uma frase trágica consola, por vezes... Sem elas tornar-se-nos-iam insuportáveis as penas. Rakitin meteu-se por um atalho, há de andar sempre por atalhos... Mas o caminho verdadeiro... O caminho é amplo, reto e limpo como o cristal e no fim está o Sol... Ah! Que lê?"

E como o vinho faltasse, a mãe de Jesus disse-lhe: 'Não têm vinho...'

"Ah, sim. Perdi-me e quero seguir a leitura. Gosto desta passagem. Caná de Galileia, o primeiro milagre! Que milagre! Que milagre tão formoso! Cristo não visita os homens irados, mas os contentes. Obrou o seu primeiro milagre para acrescentar alegria à festa... *Quem ama os homens deseja a sua alegria...* Era o que Ele repetia sempre; era uma das Suas máximas... *Não se pode viver sem alegria,* diz Mitya... Sim, Mitya... *Tudo o que é bom e verdadeiro está cheio de indulgência...* Também Ele dizia isto..."

Jesus disse-lhe: mulher, que tenho eu a ver contigo? A minha hora ainda não chegou. Sua mãe disse aos que serviam: fazei tudo quanto Ele vos mandar...

"*Fazei...* A alegria, a alegria de gente pobre, muito pobre... Porque pobres seriam, quando não tinham bastante vinho... Até os historiadores modernos dizem que os povos vizinhos do lago de Genezaret eram do mais pobre que se pode imaginar... e aquele grande coração, aquela santa mulher, Sua Mãe, sabia que Ele não viera só sacrificar-se. Sabia que seu Filho tinha o coração aberto aos simples e generosos noivos que com a melhor vontade o haviam convidado para a festa. *A minha hora ainda não chegou,* tenho a certeza de que sorriria docemente ao pronunciar estas palavras. Por acaso teria descido à terra para aumentar o vinho nas bodas pobres? E contudo fez o que Ela lhe pedia."

*Disse-lhes Jesus: Enchei de água as vasilhas.*
*E encheram-nas até acima.*
*Disse-lhes depois: Tirai agora vinho delas e levai-o ao mestre-sala. E eles levaram-no.*

E logo que o mestre-sala provou a água que se transformara em vinho, e não sabendo de onde era este vinho (embora o soubessem os criados que haviam tirado a água), disse--lhe: Todo o homem serve primeiro o vinho bom, e quando os convidados já beberam bem serve então o que é inferior; mas tu guardaste até agora o vinho bom.

"Mas... o que é isto? O que é isto? Como este quarto está a crescer!... Ah, já... Uma boda, um convite... Sim, compreendo. Aqui estão os convidados, os recém-casados, o alegre cortejo e... Onde está o mestre-sala? Mas o que é isto, o que é? As paredes apertam-se outra vez... Quem é essa gente que se levanta da mesa? Como!... Também Ele está aqui? Mas se jaz no caixão... e está aqui. Levantou-se, viu-me, e aproxima-se... Senhor!"

Sim, aproximava-se, aproximava-se dele o velho baixinho, com o seu rosto de pequenos sulcos, alegre, sorrindo-lhe docemente. Já não estava no caixão, e ele via como na visita da véspera e, também como nessa altura, os seus olhos brilhavam. "Que havia sucedido? Havia sido convidado também para o banquete? Também ele, na boda de Caná, na Galileia..."

— Sim, meu filho — dizia-lhe em voz fraca— também fui convidado. Por que te escondes, que não te vi antes? Vem conosco.

Era a sua voz, a voz do Padre Zossima; devia ser ele mesmo, posto que o chamava.

O Venerável pegou na mão de Aliocha e fê-lo levantar.

— Estamos alegres e divertidos — continuou o débil ancião. — Bebemos o novo vinho, o vinho de uma alegria desconhecida e infinita. Repara quantos convidados! Aí estão os noivos e o mestre-sala cheio de sabedoria que prova o novo vinho. Por que te surpreende a minha presença? Dei uma cebola a um mendigo; por isso estou entre eles. E são muitos os que deram uma cebola, uma triste cebola... pois o que são todas as nossas obras? E tu, meu doce filho, não socorreste hoje uma esfomeada com uma cebola? Continua a tua obra, meu querido, continua, filhinho... Olha o nosso Sol! Vê-lo?

— Tenho medo!... Não me atrevo a olhar — balbuciou Aliocha.

— Não tenhas medo d'Ele. É terrível na Sua grandeza, imponente na Sua magnificência, mas infinitamente misericordioso. Fez-se semelhante a nós por amor, regozija-se conosco, converte a água em vinho para que a alegria dos convidados não tenha fim. Chama mais e mais outros, sem cessar, pelos séculos dos séculos... Já trazem o vinho novo. Repara como trazem as vasilhas...

Uma luz brilhou de repente no espírito de Aliocha, inflamando-lhe o coração e uma onda de lágrimas de graça velou-lhe os olhos... Estendeu os braços ao céu, deu um suspiro e acordou.

Outra vez o caixão, a janela de par em par, a sossegada e compassada leitura do Evangelho, que já não escutava. Aliocha adormecera de joelhos e estava de pé com grande surpresa. De súbito, como que empurrado, deu três passos firmes na direção do ataúde e, ao passar, tocou com o ombro, sem reparar, no Padre Paissy. Este levantou os olhos do livro por um momento e voltou à leitura, compreendendo que algo estranho acontecia ao jovem. Aliocha contemplou o morto por um instante, velado, imóvel, com a imagem descansando-lhe no peito e o chapéu em cruz de oito braços nos ouvidos e parecia esperar outras palavras. Bruscamente, deu meia volta e saiu.

Saiu sem parar. A sua alma, transportada, exigia espaço, ar livre.

A abóbada celeste, coalhada de luzes cintilantes, estendia perante ele a imensidão impenetrável. A via láctea baixava até ao horizonte a oca brancura de dois cometas. As torres da catedral e as suas cúpulas douradas destacavam-se no céu de safira. As flores frescas outonais dormitavam nos canteiros que rodeavam a casa. O silêncio reinava em todas as coisas e o mistério da terra unia-se ao do firmamento.

Aliocha deteve-se extático e caiu no chão. Não sabia por que se abraçava à terra; não poderia explicar aquele impulso irresistível de a beijar. Mas beijava-a, beijava-a chorando, soluçando, regando-a com as suas lágrimas, jurando apaixonadamente amá-la, amá-la pelos séculos dos séculos. E esta frase ressoava na sua alma: Molha-a com lágrimas de gozo e ama essas lágrimas. Por que chorava?

Oh! Chorava em desfalecimentos por essas estrelas que o alumiavam desde o abismo das imensidades. E aquele rapto parecia-lhe natural. Parecia-lhe que de todos aqueles mundos outros tantos fios vinham a encontrar-se na sua alma que estremecia contato desses mundos. Queria perdoar tudo e todos, e que todos lhe concedessem o perdão. Oh, não para ele, mas para todos e por tudo! Também outros rogam por mim, voltava a sua alma a ressoar. E sentia por momentos descer ao coração, clara e tangível, uma firmeza inquebrantável como a abóbada celeste. Uma ideia penetrava no seu espírito avassalando-o para toda a vida, por toda a eternidade; caíra na terra um débil mancebo e dela se levantava um decidido lutador, como se lhe revelara no momento de êxtase. Nunca, nunca mais Aliocha esqueceria aquele momento.

— Alguém visitou a minha alma naquela ocasião — dizia depois plenamente convencido.

Três dias mais tarde deixava o mosteiro, dócil às ordens do Venerável, o qual lhe dissera que vivesse no mundo.

# Livro 8
# Mitya

## Capítulo I
## Kuzma Samsonov

Dmitri, a quem Gruchenka havia mandado a sua última saudação, quando partira rumo a uma vida nova, encarregando-lhe que se lembrasse da hora de amor que lhe concedera, Dmitri, digo, nada sabia do sucedido, afadigado como andava na altura num negócio de atividade febril. Havia dois dias que o dominava a mais espantosa angústia, e a tal ponto chegava o transtorno do seu cérebro que corria perigo iminente de sofrer uma congestão. Aliocha não pôde encontrá-lo na manhã da véspera; tão pouco Ivan conseguiu vê-lo na taberna. A patroa de Dmitri tinha ordem de não revelar a ninguém o seu paradeiro.

Passara aqueles dois dias correndo materialmente de um lado para o outro brigando com a sua má sorte e esforçando-se por alcançar a salvação, segundo dizia depois ele próprio, e por algumas horas tivera de deixar a cidade para um assunto urgente, apesar de ser terrível para ele abandonar por um instante a vigilância de Gruchenka.

Tudo isto ficou minuciosamente explicado, com provas evidentes, por ele mesmo; mas por agora, limitar-nos-emos às ocorrências essenciais dos dois dias que precederam o horroroso cataclismo que de improviso lhe caiu em cima.

Gruchenka amara-o sinceramente uma hora, é verdade, mas nem por isso deixara de o atormentar, cruel e desapiedadamente, e o pior era que nunca chegara a saber quais eram os seus propósitos. Inútil seria recorrer às ameaças ou às promessas para a conquistar; não se submeteria a nada. Não ignorava que naquela alma de mulher se travava também uma luta tremenda, uma louca indecisão, que não ousava ser sincera consigo mesma nem determinar-se ao que havia já aceitado de sua vontade, e baseava-se nisto para temer que, de um momento para o outro, ele e a sua paixão fossem insuportavelmente odiosos para ela. Só a ideia o angustiava, com tanta mais razão quanto não compreendia por que estava Gruchenka tão aflita. Para Dmitri, todo o doloroso problema se reduzia a uma possível preferência entre ele e seu pai.

Notemos, de caminho, que ele acreditava firmemente que Fedor Pavlovitch seria capaz de oferecer a Gruchenka o matrimônio, se não o tivesse feito já, pois não pensava que o libidinoso velho esperasse alcançar o seu objetivo com três mil rublos. Chegava a esta conclusão porque conhecia Gruchenka e o seu caráter e, por isso, se inclinava a pensar que todas as dificuldades que a mulher oferecia se deviam a não saber por qual dos dois se decidir, que partido lhe seria mais vantajoso.

Embora pareça raro, nem lhe ocorreu pensar na próxima chegada daquele oficial que tão fatal influência exercera na vida de Gruchenka e cujo retorno era aguardado por esta com tão violenta emoção. É verdade que já há algum tempo que ela lhe não falava disso; mas sabia que um mês antes tinha recebido uma carta do seu sedutor. Ela mesma lho dissera, mostrando-lha num impulso momentâneo e permitindo-lhe que se inteirasse de parte do seu conteúdo, do qual não fizera caso, com grande assombro dela. E era de admirar num homem tão arrebatado! Talvez o aturdimento da luta que sustinha com o pai por causa daquela mulher não o deixasse pensar que a qualquer momento se pudesse apresentar outro perigo maior, ou mais ingenuamente não acreditasse na volta de um amante depois de cinco anos de abandono, e ainda menos que viesse tão depressa. Além disso, na carta que ele vira insinuava-se vagamente a possibilidade de uma visita. Tudo nela era sentimental e pouco concreto e Gruchenka tirara-lha das mãos antes que ele pudesse ler as últimas linhas, que falavam claramente do regresso. Notara então no rosto da moça um certo orgulho involuntário originado pela carta da Sibéria. Mas como ela não lhe falara de velhas relações com o seu rival, Dmitri acabou logo por esquecer até a existência desse homem.

Fosse qual fosse o sucedido e o rumo que tomassem agora as coisas, pressentia-se perto a solução do conflito com Fedor Pavlovitch e tinha que atender a isto primeiro que tudo. Desfalecidamente, aguardava a sentença de Gruchenka, crendo sempre que a pronunciaria de súbito, num arranque de inspiração. O mais que lhe poderia dizer era: Toma-me, sou tua para sempre! e tudo terminaria. Ele levá-la-ia depois ao fim do mundo; casaria com ela e viveriam desconhecidos onde ninguém, ninguém soubesse deles. Então... oh, sim!... Então começaria uma vida nova!

Nesta vida mudada, reformada e virtuosa — sim, seria virtuosa — pensava ele sempre com ânsias febris. Ansiava essa reforma, essa emenda. O lamaçal em que se havia enterrado voluntariamente repugnava-o sobremaneira, e como muitos homens na mesma situação, acreditava que o melhor de todos os remédios seria mudar de lugar. Se não fosse aquela gente, se não fossem aquelas circunstâncias... mesmo que pudesse só afastar-se daquela maldita cidade... ver-se-ia imediatamente regenerado, mudaria de vida. Acreditava nisto e por isto suspirava.

Mas tudo se encontrava condicionado à primeira e ditosa solução do problema, porque também podia suceder que acabasse tudo mal. Se ela dissesse: Vai-te, cheguei a um entendimento com Fedor Pavlovitch. Vou casar-me com ele e não preciso de ti. E então... mas então... E Mitya não sabia o que então lhe ocorrera, seja dito em sua honra. Não maquinava um crime, nem tinha um propósito definido. Vigiava, espiava, morto de ansiedade, preparando-se para o caso de a sorte o favorecer. Não podia imaginar outra ideia que a do feliz desenlace. Mas disto nascia outra ansiedade de índole bem diferente pela invencível dificuldade que fatalmente trazia aparelhada.

Se ela lhe dizia: "Sou tua, leva-me", como a levaria? Onde tinha os meios, onde estava o dinheiro necessário? Esgotara-se por então o que conseguira tirar ao pai. Sabia que Gruchenka tinha algum, mas era como se não tivesse para o orgulho de Mitya, que a queria levar a uma nova vida com os próprios recursos. Não concebia receber dinheiro dela e só a ideia lhe causava um tormento, uma repulsão insofrível. Não quero deter-me na análise deste fenômeno, contentar-me-ei dizendo que tal era a sua atitude no momento, derivada, indireta e inconscientemente do aguilhoamento da sua consciência por se haver apropriado de maneira ignóbil do dinheiro de Catalina Ivanovna.

Fui um canalha para esta e seria ainda mais canalha para a outra, pensava e temia: "Se Gruchenka soubesse detestaria este miserável. Onde encontrar os meios? De onde tirar o dinheiro fatal? Sem ele tudo estava perdido, nada se podia fazer só por falta de dinheiro. Oh, que vergonha!"

Mas antecipemos... ele sabia muito bem onde encontrar o dinheiro, a soma necessária. E não quero dizer mais, porque tudo se esclarecerá mais tarde. Devo, contudo, explicar, ainda que fique um pouco obscuro, que o seu tormento principal consistia em saber onde estava essa soma, mas para *ter o direito* de lhe tocar, devia restituir a Catalina Ivanovna os três mil rublos... de contrário seria um ladrão, um canalha, e não quero começar uma vida nova como um canalha. Pensava remover os céus e a terra para restituir a Catalina aquilo, *o primeiro de tudo*. Chegara a esta decisão dois dias antes, depois da sua entrevista com Aliocha, na rua, na tarde em que Gruchenka insultara Catalina Ivanovna. Mitya havia-se apelidado de canalha e queria que esta o soubesse, se isto fosse para ela algum consolo. Logo que se despediu do irmão, disse no seu frenesi que preferia assassinar e roubar qualquer pessoa a deixar de pagar a dívida. Mais vale a Sibéria que dar a Katya motivos para dizer que a enganei, que a roubei e me servi do seu dinheiro para fugir com Gruchenka e começar uma vida nova! Isso não o posso fazer! Decidiu aquilo rangendo os dentes a ponto de enlouquecer. E continuava a luta...

Qualquer um diria, repelindo a ideia de que o azar pudesse deparar tal soma a quem nada possuía, que não lhe restava mais do que o desespero. Contudo, nunca perdeu a esperança de procurar os três mil rublos, para que lhe aparecessem de uma maneira ou de outra, ainda que chovessem do céu. E o que sucede às pessoas que, como Dmitri, não sabem fazer mais nada do dinheiro senão gastar o que receberam por herança, sem nenhum esforço próprio, e não têm sequer a noção do que custa ganhá-lo. Uma ideia das mais fantásticas cruzou-lhe a cabeça exaltando-o de aturdimento e confusão e atirando-o às cegas para uma empresa do mais extravagante. Acontece que quando estes homens se encontram em semelhantes circunstâncias, agarram-se aos planos mais loucos e impossíveis, porque lhes parecem os mais práticos.

Resolveu visitar Samsonov, o comerciante protetor de Gruchenka, e submeter-lhe um plano que lhe proporcionaria logo a soma necessária. Acerca do valor comercial do dito plano não tinha a menor dúvida. Apenas receava que parecesse a Samsonov coisa de capricho, dado que alguém pudesse supor nele outras intenções que as puramente comerciais. Mitya não fora apresentado ao velho, nem lhe dissera uma palavra. Só o conhecia de vista, mas não sabia que razões o levavam a crer firmemente que aquele depravado, que tinha um pé na sepultura, não impediria que Gruchenka se assegurasse de uma posição respeitável casando-se com um homem que a amava. E não só não poria inconvenientes como o desejaria, e chegada a ocasião prestaria a sua ajuda. Por algum rumor ou alguma palavra vaga de Gruchenka, deduzira que o velho o preferia a Fedor Pavlovitch para a sua protegida.

Pensará algum dos meus leitores que, dispondo-se a admitir esta ajuda e a tomar a noiva das mãos do seu protetor, Dmitri punha de manifesto a sua falta de apreensão e de delicadeza. Não. Tenha-se em conta que Mitya dava por terminada, naquele momento, a vida de Gruchenka, e vendo com infinita piedade o passado, anelava com todo o ardor da sua paixão uma nova Gruchenka e um novo Dmitri, limpos de todo o vício, desde o instante em que ela o aceitasse por esposo, esquecendo-se mutuamente do que haviam sido no passado. Quanto a Kuzma Samsonov, Dmitri considerava-o como um qualquer que tivesse influído fatalmente no passado de Gruchenka, sem obter o amor desta e que agora devia ser considerado uma das tantas coisas olvidáveis e até inexistentes. Mitya não via nele o rival, sabendo toda a gente que não era já mais do que um cadáver vivo e que desde há muito as suas relações com Gruchenka só podiam ser de índole paternal.

De qualquer modo é preciso reconhecer que Mitya era, apesar dos seus vícios, muito ingênuo. E boa prova disso é que estava de todo persuadido de que em vésperas de partir para o outro mundo, Kuzma devia sentir-se sinceramente arrependido das suas relações com Gruchenka e que esta não podia contar com um protetor mais decidido do que o velho indefeso.

Depois da sua entrevista com Aliocha não conseguiu dormir toda a noite e às dez horas da manhã seguinte já estava em casa de Samsonov, fazendo-se anunciar. Era um grande e triste edifício de dois andares, com um pavilhão exterior para o serviço. No piso de baixo viviam os dois filhos casados, com as suas famílias, a irmã, já velha, e a filha solteira. No pavilhão, dois dos criados, um dos quais tinha numerosa família. Viviam amontoados, mas o velho reservou-se o andar superior e não consentia que nele se instalasse a filha que tratava dele e que era obrigada a subir a horas mortas e sempre que ele lhe apetecesse chamá-la, sem consideração pela asma de que sofria.

Compunha-se este andar de dois grandes salões que só serviam de ostentação, mobilados ao velho estilo dos comerciantes, com grandes filas de cadeiras de acaju toscamente lavradas e encostadas à parede, candelabros de vidro sempre na sombra e espelhos melancólicos. Os aposentos, estavam desocupados e inúteis, pois o velho refugiara-se num quarto onde era tratado por uma antiga criada que usava touca, e um moço que geralmente se sentava na antecâmara. Os pés inchados do comerciante mal lhe permitiam dar alguns passos e só deixava o cadeirão de couro para dar uma ou duas voltas pela sala, sustentado pela criada.

Quando lhe anunciaram a chegada do capitão, negou-se a recebê-lo. Mitya insistiu, voltando a declinar o nome. Samsonov interrogou então o moço. Que aspecto tinha? Estava bêbado? Vinha fazer barulho? Soube que estava sereno, mas não queria ir-se embora. Recusou vê-lo. Mitya, pressentindo isto, tinha levado lápis e papel. Escreveu: *Importantíssimo assunto relacionado com Agrafena Alexandrovna* e enviou-o ao velho.

Depois de pensar um pouco, mandou que o moço o conduzisse ao salão e a criada que chamasse em seguida o filho mais novo. Este, um homenzarrão de musculatura atlética, vestido e barbeado à europeia, enquanto o pai usava cafetã e barba, acudiu logo sem qualquer comentário, pois toda a família tremia perante o velho. Este não chamara o gigante por medo ao capitão, mas porque queria uma testemunha, prevendo algum despropósito. Apoiando-se ao filho e ao criado, arrastou-se, animado da curiosidade que se pode imaginar. O salão onde Mitya aguardava era vasto, tétrico mesmo, capaz de oprimir o coração daquele que ali entrava pela primeira vez, com a sua dupla fila de janelas, as paredes pintadas, as enormes aranhas de cristal que emitiam clarões passageiros através do tecido leve dos quebra-luzes.

Mitya esperava sentado numa cadeira, junto à porta, com nervosa impaciência pela sua sorte, e quando o velho apareceu no extremo do corredor, a uma distância como de setenta pés, levantou-se e foi ao encontro dele com passo marcial. Mitya vestia com elegância uma sobrecasaca abotoada e trazia nas mãos as luvas negras e o chapéu de abas largas, tal como na visita feita ao Venerável, em companhia do pai e dos irmãos. Samsonov aguardou-o, digno e repousado, observando-o dos pés à cabeça enquanto se aproximava. Mitya ficou muito impressionado perante a cara do velho, tão inchada que o lábio inferior, antes delgado e esticado, lhe caía agora como o de um belfo. O ancião saudou-o com um gesto mudo e indicou-lhe a cadeira, enquanto ele próprio se baixava para se sentar no sofá ao lado, gemendo penosamente, de tal modo que Mitya sentiu remorsos e pena pelo incômodo que ele, um ser desprezível, se atrevera a ocasionar a pessoa tão elevada.

— Que deseja de mim, senhor? — perguntou o velho com sossegada e ligeira cortesia, uma vez acomodado no seu lugar.

Mitya estremeceu, levantou-se e, voltando a sentar-se, começou a falar, apressadamente, com gestos confusos e atropelados. Parecia um náufrago que chega extenuado à tábua de salvação e faz o último esforço, pronto a deixar-se afogar se não conseguir agarrá-la. Provavelmente, Samsonov percebeu o alcance da situação, mas continuou frio e impassível como uma estátua.

— Digno senhor Kuzma Kuzmitch, já se deve ter inteirado das contendas que tenho com meu pai, Fedor Pavlovitch Karamázov, que me roubou a herança da minha mãe... Toda a cidade fala do mesmo... porque aqui não se fala senão do que se não deve... mas já o sabe por Gruchenka... perdão, por Agrafena Alexandrovna... a dama que me merece mais respeito e consideração...

Assim começou Mitya, com boas maneiras. Não repetiremos o seu discurso palavra por palavra, resumiremos apenas o principal. Três meses antes fora o ex-professor consultar um advogado da capital de província, um célebre advogado, Kuzma Kuzmitch, Pavel Pavlovitch Kornoplodov. Já ouviu falar dele? Um talento, uma cabeça de estadista... conhece-o... Falou-me de si nos termos mais elevados... Mitya sentiu-se abatido, mas não perdeu o ânimo. Respirou com força e voltou à luta.

Kornoplodov, depois de o interrogar meticulosamente e examinar os documentos que lhe pudera levar — Mitya aludia a estes documentos de modo confuso, passando por este ponto como sobre brasas —, declarou que podiam entabular um pleito com respeito à aldeia de Chermachnia que devia ter passado diretamente para Mitya, dando xeque-mate ao malvado do pai... porque nem todas as portas estão fechadas e a justiça encontra sempre um resquício. De fato, podia contar com uma soma adicional de seis ou sete mil rublos de Fedor Pavlovitch, posto que Chermachnia valia mais de vinte e cinco mil. Podia dizer-se que vinte e oito mil e, bem avaliado trinta, trinta mil, Kuzma Kuzmitch, e quer crer que não tirarei dezessete mil rublos a esse homem sem me custar? Durante muito tempo, ignorante das leis, abandonara o assunto, mas ao chegar à cidade vira-se apertado, carregado de dívidas. De novo se sentia abatido, arrastado para o fundo e deu outra vez uma forte sacudidela para a frente. Então não queria, excelente e nobre Kuzma Kuzmitch, ter a bondade de me aceitar todos os direitos contra esse monstro a troco unicamente de três mil rublos?... Já vê que em nenhum caso pode perder. Por minha honra, por minha honra o juro. Pode, pelo contrário, ganhar seis a sete mil rublos... A questão era que o negócio ficasse terminado naquele mesmo dia.

Formalizaremos este negócio em casa de um notário ou seja como for... estou disposto a tudo... cumprirei todos os requisitos legais... o que o senhor deseje que eu assine, assinarei, e ficaremos de acordo imediatamente... caso seja possível, esta manhã mesmo... Dar-me-á esses três mil rublos, porque não há na cidade outro capitalista que se lhe possa comparar, e assim salvar-me-á... salvar-me-á realmente... cumprindo uma boa ação, uma ação nobre, asseguro-lhe... Tenho as mais honradas intenções acerca de uma pessoa bem nossa conhecida e para a qual é como um pai. Eu não teria aqui vindo se não fosse assim. Existe uma luta de três neste negócio, uma é a sorte. É espantoso, Kuzma Kuzmitch, uma tragédia! E como o senhor se retirou há algum tempo, continua a guerra de morte entre os dois. Explico-me talvez grosseiramente, mas não sou um literato. Ora repare, eu estou de um lado e do outro aquele monstro. Escolha entre o monstro e mim. Está tudo nas suas mãos: o destino de três vidas e a felicidade de duas... Perdoe-me, estou a tornar tudo muito confuso, mas já me entende... vejo nos seus respeitáveis olhos que compreende tudo... e se não compreender, chega-me para... já vê!

Mitya terminou a sua conversa atropelada com aquele "Já vê!" e levantou-se, esperando a resposta à sua louca proposta. Depois da última frase percebeu de repente que se havia afundado sem remédio, e sobretudo que não dissera mais do que disparates. "Que coisa tão estranha", pensou. Parecia que tudo ia bem e agora vejo como é ridículo. E esta ideia enchia-o de desespero.

Enquanto falava, o velho permaneceu imóvel, dirigindo-lhe um olhar glacial. Ao fim de um momento em suspenso, Kuzma Kuzmitch pronunciou em voz trocista e de homem prático:

— Perdoai, não nos ocupamos de tais assuntos.

Mitya sentiu que se lhe dobravam as pernas.

— Que tenho de fazer agora, Kuzma Kuzmitch? — balbuciou, sorrindo. — Suponho que tudo se acabou para mim... O senhor que pensa?

— Perdoai...

Mitya ficou imóvel, olhando-o fixamente. Notara uma mudança no rosto do velho. Tremia.

— Repare, senhor, estes negócios não nos convêm — disse o velho lentamente. — Os tribunais e os advogados são uma calamidade. Mas se o desejar, há um homem a quem pode recorrer.

— Deus do Céu! Quem é? O senhor é a minha salvação, Kuzma Kuzmitch! — tartamudeou o jovem.

— Não vive aqui nem se encontra presente. É um aldeão que negoceia em madeiras e chama-se Lyagavy. Há quase um ano que se encontra em tratos com Fedor Pavlovitch por causa do vosso bosque de Chermachnia e não concordam com o preço, como deveis ter ouvido. Agora voltou e hospedou-se em casa do cura de Ilyinskoe, a umas doze *verstas* de Volovya. Escreveu-me, pedindo conselho. Sei que Fedor Pavlovitch pensa lá ir vê-lo. Se lhe tomar a dianteira e oferecer a Lyagavy o que me ofereceu a mim, pode ser...

— Ideia genial! — gritou Mitya radiante. — É o homem de que necessito e corro a procurá-lo. Está em negociações com ele, pede demasiado, eu lhe mostrarei todos os documentos dessa propriedade, que lhe será conferida. Ah! ah! ah!

E Mitya rompeu numa gargalhada breve, selvagem que fez Samsonov estremecer.

— Como agradecer-lhe, Kuzma Kuzmitch? — gritou efusivamente.

— Não há de quê — disse Samsonov, inclinando-se.

— Mas não vê que me salvou? Eu bem tinha o pressentimento de que tinha vindo vê-lo... Pois desse modo vou em busca desse cura!

— Não me agradeça.

— Vou já correndo. Temo haver esgotado as suas forças. Jamais esquecerei o que fez por mim. É um russo quem lho diz, Kuzma Kuzmitch, um russo!

— Acredito.

Mitya pegou-lhe na mão para a apertar, mas viu passar um relâmpago maligno pelos olhos do velho e retirou a sua. Em seguida culpou-se de desconfiança, pensando: "Deve estar cansado" e disse na sua voz forte:

— É por ela! É por ela, Kuzma Kuzmitch! Já compreende que é por ela que o faço. — E com uma reverência deu meia volta e dirigiu-se à porta com o mesmo passo marcial, sem se voltar.

Estava exaltado de felicidade. "Tudo parecia cair-me em cima e um anjo da guarda salvou-me", pensava. "E quando um homem de negócios como Samsonov que velho tão venerável e que dignidade a sua! me indicou tal procedimento, o êxito é seguro. Há que apressar-me. Esta noite estarei de volta e tudo terei arranjado. Acaso o velho brincaria comigo?", perguntava Mitya, apressando o passo até casa. Não lhe cabia na cabeça que não fosse de mais fácil realização o conselho que havia dado homem de negócios como aquele, tão entendido em semelhantes assuntos e conhecedor de Lyagavy. A não ser... que. o velho estivesse a gozá-lo...

Ah! Nisso não se enganava. O próprio Samsonov confessou, rindo, logo que sobreveio a catástrofe, que o havia tomado pelo capitão. Era um homem frio, sarcástico, propenso a violentas antipatias. Se foi o excitado aspecto do capitão ou a louca convicção que tinha aquela caveira dilapidada de fazê-lo tragar o anzol, ou os ciúmes por Gruchenka, em cujo nome lhe vinha aquele velhaco com tais contos para lhe arrancar dinheiro, o que irritou o velho, não foi capaz de o dizer. O caso é que quando Mitya sentiu que lhe fraquejavam as pernas e se confessou perdido, o velho, com um olhar de íntimo desprezo decidiu gozá-lo. Quando Mitya saiu, Kuzma Kuzmitch, pálido de cólera, voltou-se para o filho e ordenou--lhe que tratasse com que aquele miserável não se aproximasse dali nem lhe fosse permitida a entrada sequer no pátio, pois de contrário...

Não acabou a ameaça. Nem fazia falta, porque até o filho tremia de medo quando o via irritado. Durante uma hora esteve o velho a desafogar a sua cólera. A tarde sentiu-se pior e foi necessário chamar o médico.

## Capítulo 2
## Lyagavy

Devia partir de corrida e encontrava-se sem dinheiro para alugar cavalos. Só lhe restavam dos seus anos de prosperidade catorze *kopeks!* Tinha em casa um relógio de prata, inútil. Levou-o a um judeu, dono de uma relojoaria na Praça do Mercado, e conseguiu seis rublos por ele.

— Não esperava tanto! — exclamou Mitya radiante.

Ainda conservava algum entusiasmo. Com os seis rublos voltou a casa e pediu aos seus hospedeiros mais três, que lhe deram satisfeitos, ainda que fossem toda a sua fortuna. Queriam-lhe sinceramente. Mitya, exaltado, disse-lhes então que naquele mesmo dia se decidiria a sua sorte e contou-lhes atropeladamente o plano que expusera a Samsonov, a decisão deste, as próprias esperanças para o futuro, etc., etc. Estas pessoas guardavam muitos segredos que lhes revelara o seu inquilino e consideravam-no um cavalheiro sem nenhum orgulho, dando-lhe trato familiar. Em poder de nove rublos, Mitya mandou alugar cavalos na estação de Volovya. Desta maneira ficou estabelecido o fato de que meio-dia da véspera do sucesso, Mitya, sem um cêntimo, teve que vender o relógio e pedir emprestado para poder proporcionar-se algum dinheiro, e tudo na presença de testemunhas. Anoto isto, logo se verá porquê.

Embora radiante com a satisfação antecipada de ter vencido todas as dificuldades, assaltou-o pelo caminho o temor do que pudesse fazer Gruchenka na sua ausência, E se lhe ocorresse ir naquele mesmo dia a casa de Fedor Pavlovitch? Por isso tinha partido sem lhe dizer nada, recomendando à dona da casa que a ninguém revelasse o seu destino, se o perguntassem.

É necessário, é necessário regressar esta noite — repetia, — ainda que tenha que arrastar comigo esse Lyagavy... para redigir a escritura. — Assim pensava ele, na agitação do seu ânimo; mas não teria a sorte de que se realizassem os seus sonhos.

Para começar, chegou tarde porque tomou um caminho a partir da estação de Volovya, que aumentou para dezoito as doze verstas de distância. Depois não encontrou em casa o cura de Ilyinskoe porque este fora a uma aldeia próxima. Enquanto o procurava com os mesmos cavalos, prestes a rebentarem, fez-se noite.

O cura, um homenzinho amável e precavido, disse-lhe que Lyagavy já não estava com ele, mas em Suhoy Posyolok, e que passava a noite em casa do guarda de um bosque que também tinha intenções de comprar. Mitya suplicou-lhe que o levasse lá se queria salvar-lhe a vida. O cura hesitou um pouco, mas vencido pela curiosidade consentiu em guiá-lo até Suhoy Posyolok, aconselhando, para seu mal, que fossem a pé, pois não distava mais de uma *versta*. Puseram-se em marcha e o cura teve de correr para se manter ao lado de Dmitri, que avançava com passo de gigante.

Mitya começou a explicar-lhe o plano e, nervoso, excitado, pedia-lhe conselho com respeito a Lyagavy. O cura escutava-o atento, sem atrever-se a dar conselhos. Era homem avisado antes de chegar a velho. "Não sei. Ah! Não posso dizer-lhe. Oh, que lhe poderei eu dizer!", etc. Ao saber que o seu acompanhante se encontrava em dissensão com Fedor Pavlovitch, a quem devia muito, mostrou-se alarmado e não menos surpreendido ao ouvir que chamava ao comerciante camponês Lyagavy, recomendando-lhe encarecidamente que, embora na realidade tal fosse o seu nome, nunca se lho dava, sob pena de o ofender gravemente. Que lhe chamasse Gorstkin, se queria chegar a algum acordo com ele, porque de outro modo nem sequer o atenderia.

Mitya parou e disse que era assim que Samsonov lhe chamara. O sacerdote, quando tal ouviu, desviou o tema, ocultando-lhe a suspeita que tinha acerca dos propósitos de Samsonov, pois se este o havia mandado ao camponês chamado Lyagavy não seria com intenção de o prejudicar, mas decerto de o colocar numa posição ridícula. Mitya não podia dar atenção a ninharias. Caminhava em passo ligeiro e ao chegar a Suhoy Posyolok deu-se conta de que não haviam percorrido uma *versta* ou *versta* e meia, mas sim mais de três. Isto irritou-o, mas conteve-se.

Entraram na cabana. Um dos lados era ocupado pelo guarda. Do outro lado da porta havia um aposento mais bem arranjado, que Gorstkin habitava. Entraram e acenderam uma grande vela. O quarto estava quente. Na mesa havia um samovar que fervera até se esgotar, uma bandeja com copos, uma garrafa de *rum,* vazia, meia de *vodka* e alguns bocados de pão branco. O comerciante, deitado em cima de um banco com o casaco dobrado sob a cabeça ajeito de almofada, roncava pesadamente. Perto dele, Mitya ficou perplexo.

— Não tenho outro remédio senão acordá-lo. O assunto é demasiado transcendente e tenho pressa. Quero despachar-me e regressar ainda esta noite — disse, tomado de grande agitação. — Mas o cura e o guarda, em vez de lhe darem a sua opinião, calaram-se.

Mitya tentou despertar o homem, mas não o conseguiu apesar de todos os esforços,

— Está bêbado! — declarou Mitya. — Santo Deus! Que faço eu agora? Que faço?
— E terrivelmente impaciente começou a sacudir-lhe os braços, as pernas, a cabeça, levantando-o até conseguir sentá-lo. Apesar de todos os seus esforços, não conseguiu obter mais do que estúpidos grunhidos e pragas incoerentes.

— Não será melhor aguardar um pouco? — disse por fim o cura.
— Vê-se que não está bem disposto.
— Bebeu durante todo o dia — atalhou o guarda.
— Deus do céu! — exclamou Mitya. — Se soubessem o importante que é tudo e como me tem impaciente!
— Não vale mais esperar por amanhã? — repetiu o cura.
— Amanhã? Perdoe-me! É impossível!

E no seu desespero, começou a sacudir outra vez o bêbado, deixando-o em seguida ao ver a inutilidade dos seus esforços.

O sacerdote calava-se; o guarda aborrecia-se.

— Que tragédias nos acarreta o destino! — gritou Mitya desesperado.

E o suor gotejava-lhe na fronte.

O cura aproveitou o momento para lhe fazer compreender que ainda que conseguisse despertar aquele homem, a bebedeira impedi-lo-ia de tratar um assunto sério.

— E como o seu é muito sério, fará melhor em deixá-lo para amanhã.
Mitya anuiu com a cabeça.

— Padre, ficarei aqui, esperando o momento oportuno. Quando acordar, falar-lhe-ei. A luz fica por minha conta — acrescentou, dirigindo-se ao guarda. — E também o alojamento de uma noite. Lembrar-te-ás de Dmitri Karamázov. O que não sei, padre, é como tratar de si. Onde dormirá?

— Eu... eu vou para casa. Levo o cavalo deste — disse, indicando o guarda. — Boa noite, desejo-lhe o melhor êxito.

E saiu. O sacerdote fazia trotar o cavalo, contente por ter escapado, mas dava voltas à cabeça, refletindo na conveniência de informar no dia seguinte o seu benfeitor, Fedor Pavlovitch, do curioso incidente, não vá saber do caso noutra altura, aborrecer-se e retirar-me a sua amizade.

O guarda, coçando a cabeça, foi para o quarto sem dizer palavra e Mitya sentou-se no banco para esperar o momento oportuno. Uma angústia profunda invadia-lhe a alma como uma densa névoa.

Um imenso abatimento! Queria refletir e não coordenava os pensamentos. A vela ardia bruxuleante e um grilo cantava, A reclusão, naquele quarto sufocante, tornou-se insuportável e imaginou o jardim da sua casa, a porta que se abria cautelosamente e Gruchenka que entrava. Saltou do banco.

— Que tragédia! — disse, rangendo os dentes. De modo maquinal, aproximou-se do que dormia e examinou-o. Era fraco, de idade mediana, rosto grande, cabelos revoltos e barba longa, rala e arruivada. Vestia camisa azul de algodão o casaco negro, donde saía, de um dos bolsos, a cadeia de um relógio de prata.

Olhou-lhe o rosto com ódio intenso e, sem saber porquê, os caracóis dos seus cabelos incendiaram-lhe o sangue.

Humilhava-o de maneira insuportável que depois de abandonar coisa tão importantes, de fazer tantos sacrifícios, completamente esgotado e com negócios tão urgentes a resolver, tivesse que cruzar os braços ante aquele velhaco de quem dependia a sua sorte, para o ver roncar daquele modo, como que vindo de outro mundo.

— Oh, sarcasmo do destino! — exclamou Mitya, e perdendo a cabeça atirou-se contra o bêbado e sacudiu-o com ferocidade. Mas ao fim de cinco minutos de exercício tão brutal, vendo que tudo era inútil, voltou a sentar-se, desalentado. — Estúpido! Estúpido! — gritou.

— E que indigno é tudo isto! — acrescentou, inspirado por um raro sentimento. Ardia-lhe a cabeça horrivelmente.

— Mando tudo para o diabo e vou-me embora? Não, esperarei pela manhã. Ficarei. Para que teria vindo? Além do mais não tenho outro remédio. Como sairia agora daqui? Oh, este idiota!

A dor de cabeça aumentava, permaneceu imóvel, sentado, e assim mesmo adormeceu. Ao fim de umas duas horas despertou-o uma forte dor de cabeça que quase o fez gritar.

Sentia marteladas nas fontes, acreditava que lhe apodrecia o crânio. Demorou em despertar completamente para se dar conta do que se passava.

Por fim, reparou que o quarto estava cheio de fumo da estufa e que podia morrer asfixiado.

E aquele borracho ainda roncava! A vela estava quase a extinguir-se. Mitya correu, gritando pelo guarda que, despertando, o escutou como quem ouve chover e consentiu em ir dar uma vista de olhos.

— Mas se está morto, se está morto? E que... que faço eu, depois? — gritava Mitya como um louco.

Abriram a porta, uma janela e o respiradouro da chaminé. Mitya pegou num balde de água da entrada e molhou a cabeça. Depois empapou o primeiro trapo que lhe veio à mão e aplicou-o na testa de Lyagavy. O guarda deixava-o trabalhar, com desdém. Depois de abrir a janela, grunhiu:

— Agora tudo irá bem.

E voltou a deitar-se, deixando a Mitya uma lanterna acesa.

Este afadigou-se durante meia hora, molhando a cabeça do bêbado, decidido a não dormir mais naquela noite. Mas estava tão esgotado que, ao sentar-se, para recobrar alento, caiu sobre o banco e adormeceu sem querer.

Já tarde, teve motivos para se alarmar. Batiam as nove horas. O sol entrava a rodos pelas duas janelas. O camponês sentava-se no banco, com o casaco vestido, ante o samovar preparado e uma nova garrafa, consumida já até metade, depois de haver acabado a que restara da véspera. Mitya levantou-se rapidamente e compreendendo que aquele maldito camponês continuava bêbado, ficou-se a mirá-lo com olhos de pasmo. O comerciante, calado e astuto, vigiava-o com ar de insolência e pareceu a Mitya que com certa condescendência desdenhosa. O jovem aproximou-se dele e disse-lhe:

— Perdão... eu... bom, o guarda já lhe deve ter dito. Sou o tenente Dmitri Karamázov, filho do velho Karamázov a quem pretende comprar o bosque.

— Mentira! — respondeu o camponês com calma e firmeza.

— Mentira? Não conhece Fedor Pavlovitch?

— Não conheço nenhum Pavlovitch — disse o outro com palavras rápidas e cortantes.

— Mas sim, o senhor está em negociações com ele para a compra do bosque... do bosque. Desperte e lembre-se. O Padre Pavel de Ilyinskoe acompanhou-me aqui. O senhor escreveu a Samsonov e ele mandou-me... Mitya respirava com dificuldade. — Está a mentir! — replicou Lyagavy.

As pernas de Dmitri fraquejaram.

— Por favor! Não é coisa para brincar! Mesmo bêbado acho que pode falar e compreender... se não... Não o entendo!

— És um pintor!

— Por Deus! Eu sou um Karamázov, Dmitri Karamázov. Venho fazer-lhe uma oferta vantajosa... muito vantajosa para esse bosque.

O camponês acariciou a barba com importância.

— Não. A ti pagaram-te para me preparar a armadilha. És um malandro!

— Asseguro-lhe que está enganado! — gritou Mitya, retorcendo as mãos de desespero.

O camponês, sem deixar de acariciar a barba, fez rodar os olhos astutamente.

— Então, prova-mo. Diz-me que lei permite as velhacarias. Ouves? És um canalha! Entendeste?

Mitya retrocedeu, sombrio, e de repente compreendeu. Como ele próprio costumava dizer acendeu-se uma luz na sua inteligência e abarcou a situação. E ficou estupefato ao pensar que ele, inteligente, se havia deixado conduzir a semelhante tolice, afundando-se naquela aventura graciosa que já durava há vinte e quatro horas, interessando-se demasiado por Lyagavy, aplicando-lhe compressas de água fria...

"Que ganharei em esperar se este homem está bêbado perdido e continuará assim durante mais uma semana? E se Samsonov me tivesse mandado com intenção deliberada? E se ela... Meu Deus! Que fiz?"

O outro contemplava-o, divertido. Noutras circunstâncias, Mitya teria matado este louco num arrebatamento, mas agora sentia-se fraco como uma criança. Voltou ao banco, pegou no casaco, vestiu-o e, sem dizer palavra, saiu. No quarto do guarda não havia ninguém. Tirou quinze *kopeks* em miúdos e deixou-os na mesa como pagamento da vela, do alojamento daquela noite e das maçadas que dera. Lá fora viu-se rodeado de mato, e, não sabendo que caminho tomar, começou a andar ao acaso. Com a pressa da vinda não pensara em fixar a estrada. Tomou um pequeno atalho, maquinalmente, quase apagado, sem sentir animosidade contra ninguém, nem contra o próprio Samsonov. Estava tão extenuado de corpo e alma que uma criança o teria vencido. Ao sair do bosque encontrou-se numa vasta planície de campos baldios.

"Que desolação! Que silêncio de morte me envolve!", pensou.

O encontro com um mercador ambulante que guiava uma tartana foi a sua salvação. Mitya perguntou-lhe qual o caminho que devia seguir e como iam os dois para o mesmo sítio, Mitya subiu para o carro.

Três horas mais tarde, chegavam a Volovya. Mandou preparar os cavalos e como se sentia morrer de fome, pediu que lhe servissem algo de comer enquanto esperava. Devorou uma tortilha num instante, um grande pedaço de pão e chouriço e esvaziou três copos de *vodka*. Depois de comer, sentiu-se reanimado e empreendeu o regresso. Ocorreu-lhe então outro plano infalível para arranjar o maldito dinheiro naquele mesmo dia. "E saber que a vida de um homem depende de uns miseráveis três mil rublos!", pensava. Hoje mesmo os obterei!" E sentir-se-ia até contente, não fosse a preocupação do que Gruchenka teria feito na sua ausência... Este pensamento era como a ponta afiada de um punhal que se lhe enterrava no coração.

Quando chegou, Mitya correu a vê-la sem perda de um momento.

## Capítulo 3
## As Minas de Ouro

Era a visita de que Gruchenka falou a Rakitin com tal espanto. Aguardava a mensagem, muito satisfeita de não ter visto Mitya em todo o dia, e rogara a Deus que o mantivesse afastado até que ela partisse, quando de repente lhe apareceu o indesejado. Já saberemos o que aconteceu. Para o afastar de si, fingiu ter de ir à casa de Samsonov, onde passaria a noite a fazer contas e, ao despedi-lo à porta, prometeu-lhe que à meia-noite a poderia acompanhar a casa. Mitya estava encantado por a saber em companhia de Samsonov, certo de que não iria ver Fedor Pavlovitch, a não ser que o enganasse. Mas não, tudo lhe parecia sincero.

Dmitri pertencia a essa classe de ciumentos que, na ausência da amada, a imaginam entregue aos piores horrores e a todas as traições que lhes sugere a sua fantasia, e voltam à mulher tremendo, transidos de dor, convencidos da sua infidelidade; e ao primeiro olhar que ela lhes dirige, sorrindo, formosa e amável, recobram as forças, abandonam toda a suspeita e recriminam-se muito satisfeitos.

Ao deixar Gruchenka, correu à casa. Tinha ainda tantas coisas a fazer! Mas pelo menos estava aliviado de um grande peso.

"Agora só me falta ver Smerdyakov para que me diga o que aconteceu esta noite; não tenha ela cá vindo."

Antes de chegar a casa já os ciúmes haviam aparecido de novo no seu inquieto coração.

Os ciúmes! Otelo não era ciumento, era um homem confiado, disse Pushkin, e esta observação punha a manifesto o espírito perspicaz do nosso poeta. A alma de Otelo perturbou-se, obcecou-se unicamente perante um ideal destroçado; mas ele não se escondia, não espiava.

Era confiado. Teve que ser conduzido, empurrado, aguilhoado, para que chegasse à evidência da traição. Não é assim o verdadeiro ciumento. Impossível descrever a vergonhosa degradação moral a que pode descer um homem ciumento, sem sentir na sua consciência o menor escrúpulo. E não porque o ciumento tenha uma alma vil e plebeia; pelo contrário, um homem de coração nobre, de amor puro e pleno de abnegação, é também capaz de ocultar-se sob uma mesa, subornar gente baixa, familiarizar-se com a mais baixa ignomínia da espionagem.

Otelo era incapaz de aceitar a ideia de uma infidelidade — não dizemos de a perdoar, mas de a admitir ainda que fosse tão inocente e ingênuo como uma criança. Isto não sucede com um homem ciumento. É difícil saber-se o que alguns ciumentos aceitam, o que vigiam e o que perdoam. São os mais predispostos a fazê-lo, aliás. O homem ciumento pode esquecer tudo com uma rapidez extraordinária — mas só depois de uma cena violenta, claro. Perdoa a infidelidade mesmo tendo dela provas materiais, até os beijos e os abraços que ele próprio surpreendeu, por pouco que se convença que são os últimos e de que o outro desaparecerá para sempre, de que partirá para longe, ou ele mesmo poderá levar a amada aonde não a possa encontrar o temido rival. Esta resolução, claro, é passageira, pois ainda que desapareça o rival, não tardará em inventar outro de quem pode ter ciúmes. E perguntamos, admirados, que amor é esse tão cheio de receios? Que pode haver de digno num amor que necessita de rigorosa vigilância? Mas um ciumento não compreende a nossa estranheza, por nobre de coração que seja. É de notar que estes ciumentos que se ocultam num armário a espiar, a escutar, nunca sentem em tal momento o aguilhão da consciência, ainda que na sua alma nobre vejam com bastante clareza a vergonha da baixeza em que se afundaram voluntariamente.

Em presença de Gruchenka, os ciúmes de Mitya desapareceram, recobrando ele o seu aspecto nobre e confiado e desprezando todos os seus vis sentimentos. Isto prova que o seu amor por esta mulher participava de algo mais que só a paixão pela linha do corpo de que lhe falara Aliocha. Mas mal a perdeu de vista, caiu de novo na suspeita das mais hábeis infidelidades, sem que a consciência o avisasse do seu erro.

Os próprios ciúmes instigavam-no a deixar acabados, quanto antes, os seus assuntos. O mais rápido era arranjar um pequeno empréstimo para as necessidades imprevistas, pois os nove rublos haviam-se-lhe esgotado na viagem, e sem dinheiro não se pode dar um passo. Já havia pensado, no caminho, como arranjar algum dinheiro. Possuía um par de formosas pistolas de duelo que não havia penhorado pela grande estima em que as tinha.

Um funcionário que conhecera na taberna *La Metropoli* sentia uma verdadeira paixão pelas armas. Solteirão endinheirado, comprava pistolas, punhais, espadas e pendurava-as nas paredes da sua casa para admiração dos amigos. Sem pensar mais, Mitya foi vê-lo e pedir-lhe que lhe emprestasse dez rublos pelas pistolas. O colecionador esforçou-se por o persuadir a que lhas vendesse, mas como Mitya não o consentisse, entregou-lhe dez rublos, protestando que por nada do mundo aceitaria juros. Despediram-se amistosamente.

Mitya estava em brasas e correu à casa do pai pela rua de trás, para ver Smerdyakov o mais depressa possível.

Deste modo ficou estabelecido que três ou quatro horas antes do sucesso que mencionarei em breve, Mitya estava sem um cêntimo e penhorava por dez rublos um objeto, para ele precioso, ainda que daí a poucas horas estivesse na posse de milhares de rublos... Mas estou a antecipar-me. Maria Kondratyevna, a vizinha, contou-lhe da doença de Smerdyakov, descrevendo-lhe a crise que lhe sobreviera ao cair na cave; a visita do doutor, a ansiedade de Fedor Pavlovitch e a partida de Ivan para Moscovo naquela manhã.

Então, pensou Dmitri, deve ter passado por Volovya antes de mim. Mas o caso Smerdyakov tinha-o transtornado, se passará aqui? Quem vai espiar por mim? Quem me avisará? E começou a perguntar à mulher se sucedera alguma coisa no dia anterior. Ela, inteirada do que interessava a Mitya, tranquilizou-o. Ninguém aparecera. Ivan passara a noite em casa e não notara nada de extraordinário. Mitya ficou pensativo. Não tinha outro remédio senão espiar ele próprio, naquela noite. Mas onde? Ali ou à porta de Samsonov? As duas portas tinham que ser vigiadas e entretanto... entretanto... O mal era que tinha de levar a cabo o plano preconcebido, cujo êxito dava por certo, mas que não podia atrasar. Resolveu sacrificar-lhe uma hora. Numa hora terei tudo arranjado e então, então, antes de mais nada vou a casa de Samsonov inteirar-me se Gruchenka ainda lá está. Portanto, estarei aqui até às onze e depois vou outra vez a casa de Samsonov para a acompanhar. Dito e feito. Voou até sua casa, lavou-se, penteou-se, escovou a roupa e saiu para ir ver a senhora Hohlakov. Ah! Nela fundava as suas esperanças. Estava resolvido a pedir-lhe três mil rublos, convencido de que ela não lhos negaria. Talvez surpreenda por que razão, se estava tão seguro, se não se dirigira a ela, em vez de a Samsonov, homem a quem não conhecia, que não era da sua classe e com quem mal sabia como falar.

Mas o caso é que além de não conhecer muito a senhora Hohlakov e não ter tido notícias dela durante um mês, sabia que não o suportava. Detestava-o porque era o noivo de Catalina Ivanovna, e sem saber porque, ficara com o desejo de que a jovem rompesse com ele para se casar com o cavalheiresco Ivan, que possuía uns modos tão bonitos. Detestava as maneiras de Mitya e este correspondia, troçando dela e dizendo que era tão leviana e caprichosa como ignorante. Mas naquela manhã, na tartana, ocorrera-lhe uma ideia maravilhosa: tanto se empenha em que não me case com Catalina Ivanovna — bem sabia ele que quanto a este ponto se deixava levar pelo nervosismo — por que me negaria os três mil rublos que me permitiriam afastar-me de Katya para sempre? Estas senhoras pródigas não reparam em gastos para satisfazer os seus caprichos, quando põem o coração nalguma coisa. Além do mais, ela é riquíssima.

Quanto ao plano, continuava a ser o mesmo, oferecer os seus direitos sobre Chermachnia, não já com um fim comercial, tal e qual o havia proposto a Samsonov, mas como hipoteca do crédito. Mitya estava encantado com esta ideia, como com qualquer das suas repentinas decisões. Todas as ideias que se lhe apresentavam como novas, o traziam entusiasmado. Mas quando entrava na casa da senhora Hohlakov, sentiu um calafrio de espanto. Teve a certeza matemática de que ali estava a sua última esperança, e se fracassasse já não lhe restaria mais recurso algum do que roubar e matar qualquer pessoa para arranjar os três mil rublos. Eram sete e meia quando tocou à campainha.

A fortuna parecia saudá-lo, sorrindo. Logo após se ter anunciado, foi recebido. "Como se estivessem à minha espera", pensou. E com efeito, quando o levaram ao salão, a própria dona da casa correu ao seu encontro, dizendo:

— Esperava-o! Esperava-o! Não tinha motivos para supor que viria, como há de compreender, mas esperava-o. Pode admirar-se do meu pressentimento, Dmitri Fedorovitch, mas toda a manhã tenho estado convencida de que vinha.

— É admirável, senhora — assentiu Mitya, sentando-se aturdidamente — mas o assunto que me traz é de grande importância... de suprema importância, senhora... pelo menos para mim... e apresso-me...

— Sei que vem por causa de um negócio importantíssimo, Dmitri Fedorovitch; e não se trata de um pressentimento, nem de uma reacionária propensão para os milagres, que lhe parece? O Padre Zossima! Não podia deixar de vir depois do que se passou com Catalina Ivanovna; não podia, não podia, é de uma evidência matemática.

— O realismo da vida, senhora. Isso é que é. Mas permita que lhe exponha...

— O realismo, sim, Dmitri Fedorovitch. Agora estou dada por completo ao realismo. Já vi demasiados milagres. Sabe que o Padre Zossima morreu?

— Não, senhora. Ouço-o pela primeira vez. — E ficou um pouco surpreendido, pensando em Aliocha.

— Foi esta noite, e imagine que já...

— Senhora — interrompeu Mitya — não posso imaginar nada a não ser que estou numa situação desesperada, e se a senhora me não ajudar tudo se afundará e eu serei o primeiro. Desculpe a minha falta de maneiras, mas sinto uma enorme tensão febril...

— Já sei, já sei que está febril. Não pode ser de outro modo, e tudo o que me disser, dá-lo-ei por sabido. Preocupei-me muito com a sua sorte, Dmitri Fedorovitch. Não o perdi de vista, tenho andado a estudá-lo... Oh! Creia-me, Dmitri, sou um médico de almas, experimentado.

— Senhora, se na verdade sois um médico experimentado, eu sou um doente experimentadíssimo — replicou Mitya, esforçando-se por se manter cortês — e presumo que se o meu caso lhe interessa tanto, remediará a minha ruína; assim, pois, permita que por fim lhe exponha o plano que aqui me trouxe... e o que de vós espero... Eu vim, senhora...

— Deixe-se de explicações. Isso é o menos, e quanto à ajuda não será você o primeiro a quem tenho ajudado, Dmitri Fedorovitch. Já deve ter ouvido falar da minha prima Belmesov. O marido dela arruinou-se, afundou-se, segundo a vossa expressão. Aconselhei-lhe a que criasse cavalos e agora prospera. Tem alguma ideia sobre cavalos, Dmitri?

— Nem a mais remota, senhora! Ah, senhora, nem a mais remota! — gritou, nervoso, desassossegado, saltando quase do assunto. — Só imploro de vós, senhora, que me ouçais. Concedei-me nem que sejam dois minutos apenas para que lhe possa falar livremente, expondo-lhe por inteiro o plano que aqui me trouxe. Além disso, disponho de pouco tempo. Tenho muita pressa — gritava Mitya, descomposto, vendo que ela ia repetir a sua conversa e procurar estorvá-lo. — Vim desesperado... na agonia do meu desespero, rogar-lhe que me empreste a soma de três mil rublos sobre uma garantia segura, o mais segura possível. A mais digna de crédito, senhora! Mas deixe-me explicar-lhe...

— Depois, depois diz-me tudo! — interrompeu ela, impondo silêncio com um gesto. — E tudo o que me disser o darei por sabido. Já lho disse. Quer então uma quantia, três mil rublos... posso dar-lhe mais, muito mais... salvá-lo-ei, Dmitri Fedorovitch, mas é necessário que me atenda.

Mitya saltou outra vez no assento.

— Que boa é, senhora! — exclamou com impetuoso afeto. — Santo Deus, haveis-me salvado! E salvo de uma morte violenta, de uma bala... O meu eterno reconhecimento...

— Dar-lhe-ei mais, imensamente mais do que pede — gritou a senhora Hohlakov, contemplando com um radiante sorriso o jovem pasmado.

— Imensamente? Não necessito tanto. Apenas preciso fatalmente de três mil rublos, e pela minha parte assegurarei esta quantia com imenso agradecimento e proponho-lhe um plano que...

— Basta, Dmitri Fedorovitch, está dito e feito — cortou rápido a senhora com ar modesto de dama caridosa. — Prometi salvá-lo e salvá-lo-ei, como salvei o Belmesov. Que pensa das minas de ouro, Dmitri?

— Das minas de ouro, senhora? Jamais pensei nelas para alguma coisa.

— Pois eu pensei por si. Pensei e repensei nelas. Nestas últimas semanas tenho pensado nisso todos os dias e digo para comigo: Eis um homem enérgico que deve ir para as minas de ouro. Estudando a sua maneira de andar cheguei a esta conclusão: Este homem há de encontrar ouro!

— Pelo meu modo de andar, senhora? — perguntou Mitya, sorrindo.

— Sim, pelo seu modo de andar. Não sabe que se conhece o caráter de uma pessoa pelo seu andar? É uma ideia científica. Dedico-me por completo à ciência e ao realismo. Depois desse caso do Padre Zossima, que tanto me transtornou, sou realista a partir de hoje mesmo e quero entregar-me à utilidade prática. Estou curada. Basta!, como diz Turgenev.

— Mas, senhora, esses três mil rublos que tão generosamente me prometeu...

— São seus — interrompeu ela vivamente. — Tão seus como se os tivesse no bolso, e não três mil, mas três milhões, Dmitri Fedorovitch; é questão de um momento. Quero oferecer-lhe uma ideia: descobrirá minas de ouro, será milionário, tornar-se-á um capitalista e animar-nos-á a grandes empresas. Ou teremos de deixar tudo nas mãos dos judeus? Fundará instituições e fará toda a espécie de negócios. Será o benfeitor dos pobres e eles hão de abençoá-lo. Estamos na idade do caminho de ferro, Dmitri Fedorovitch! Terá prestígio e será indispensável no Ministério da Fazenda, que se encontra falido. A diminuição do valor do rublo tira-me o sono; a maior parte das pessoas ignora este aspecto da minha vida.

— Senhora, senhora! — interrompeu Mitya com inquietação. — Eu seguirei o seu conselho, sem dúvida alguma, é um sábio conselho, esse... Irei... para as minas de ouro. Voltarei a falar nisso... muitas vezes, sim... mas agora esses três mil rublos que tão generosamente... Oh! Eles dar-me-ão a liberdade... e se quisesse, hoje... repare, não tenho um minuto, nem um minuto a perder...

— Basta, Dmitri Fedorovitch, basta! — cortou com ênfase a senhora. — A questão é se vai ou não para as minas. Está completamente decidido? Responda: sim ou não.

— Irei, senhora... Irei para onde quiser... mas, agora...

— Espere! — ordenou a senhora Hohlakov. Precipitou-se no seu elegante escritório e começou a abrir caixas e a procurar qualquer coisa.

"Os três mil rublos!", pensou Mitya, sentindo que o coração se lhe paralisava. No próprio momento, sem recibos nem formalidades! Isto é o que se chama fazer as coisas em grande estilo! É uma mulher admirável, pena que seja tão tagarela!

— Aqui está! — gritou ela, voltando, — Aqui está o que eu procurava!

Era uma medalha de prata, com um cordão, uma dessas cruzes que se usam junto à pele.

— É de Kiev, Dmitri Fedorovitch — disse com devoção. — Provém das relíquias da mártir Santa Bárbara! Deixe que eu mesma lho ponha ao pescoço. Dedique-lhe a sua vida, o novo caminho que vai empreender.

Passou-lhe o cordão ao pescoço e prendeu-o. Mitya, completamente confuso, abaixou-se para lhe facilitar a tarefa, depois pegou na imagem e passou-a pelo colarinho da camisa até a sentir junto ao peito.

— Agora pode partir — disse a grande dama, sentando-se, triunfal, na sua cadeira.

— Senhora, estou tão comovido... Não sei como lhe agradecer tanta bondade, mas... Se soubesse como o tempo é precioso para mim... Essa quantia que ficarei a dever à sua generosidade... Ah, senhora! Posto que é tão boa para mim — e Mitya deixava-se arrebatar, impulsivo — permita que lhe diga... Bom, já o sabe há muito tempo... que amo certa pessoa... fui desleal para com Katya... quero dizer, Catalina Ivanovna... Oh! Portei-me desumana e indignamente, mas sinto amor por outra mulher... uma mulher a quem a senhora talvez desprezze, porque está inteirada de tudo, mas a quem eu não posso deixar de amar, e portanto esses três mil rublos...

— Deixe isso tudo, Dmitri Fedorovitch — interrompeu a senhora Hohlakov com ar resoluto. — Deixe isso tudo, e especialmente as mulheres. O que lhe faz falta são as minas e lá não há lugar para elas. Quando voltar, rico e cheio de prestígio, não terá dificuldade em encontrar a amada do seu coração na alta sociedade. Será uma moça educada à moda, de ideias avançadas. Nessa altura, o estado social da mulher terá melhorado e aparecerá a mulher moderna.

— Não se trata disso, senhora... — atalhou Mitya, unindo as mãos num gesto de súplica.

— Sim, Dmitri Fedorovitch, é isso precisamente o que você necessita; não aspira a outra coisa, ainda que o não saiba. Não me oponho de modo algum à evolução feminina atual. A evolução da mulher e a sua próxima emancipação política... é o meu ideal. Eu também tenho uma filha e as pessoas não conhecem as minhas opiniões. A este respeito escrevi uma carta a Stchedin. Fiquei tão conhecedora das suas ideias sobre a missão da mulher que há um ano enviei-lhe um bilhete anônimo: Beijo-vos e abraço-vos, mestre, em nome da mulher moderna. Perseverai. Assinei: Uma mãe. Pensei assinar antes mãe contemporânea e, depois de alguma vacilação, escrevi apenas Mãe. É mais bonito e mais moral. A palavra contemporânea poderia ter-lhe recordado O *contemporâneo...* uma penosa recordação, digna de censura... Ah, meu Deus! Que tem?

— Senhora! — exclamou Mitya levantando-se com as mãos torcidas em atitude desesperada. — Far-me-á chorar se demora o que tão generosamente...

— Oh, chore, chore, Dmitri Fedorovitch! Isso é bom... A árdua empresa que vai empreender!... As lágrimas aliviarão o coração e quando voltar virá alegre. Apresse-se a visitar-me para que compartilhemos da sua alegria...

— Mas deixe-me falar! — gritou com ímpeto. — Pela última vez lhe peço que me diga se posso contar hoje com a soma que me prometeu e, se não, quando posso vir buscá-la.

— Que soma, Dmitri Fedorovitch?

— Os três mil rublos prometidos... que tão generosamente...

— Três mil rublos? Ah, não! Eu não lhe dei três mil rublos — negou a dama, serenamente admirada.

Mitya ficou estupefato.

— Mas se mesmo agora me dizia... me dizia... me dizia que era como se os tivesse no bolso...

— Oh, mas não compreendeu, Dmitri Fedorovitch. Nesse caso não me compreendeu. Eu falava das minas de ouro. É certo que lhe prometi mais, muito mais, agora recordo, mas referia-me às minas.

— Mas, então, o dinheiro? Os três mil rublos? — exclamou Mitya como um imbecil.

— Oh! Se quer dinheiro, eu não o tenho. Não tenho um cêntimo. Não há muito zanguei-me com o meu administrador por esse motivo e fui obrigada a emprestar a Miusov quinhentos rublos. Não, não tenho dinheiro. E fique sabendo, mesmo que o tivesse não lho daria. Eu não empresto, porque emprestar é perder amigos. E a si muito menos, porque o aprecio e quero salvá-lo, e sei do que necessita. Das minas! Das minas!

— Demônio! — rugiu Mitya dando com o punho na mesa com toda a força.

— Ai! Ai! — guinchou a senhora Hohlakov, refugiando-se, alarmada, no outro canto do salão.

Mitya cuspiu no chão e lançou-se para fora do quarto, saiu para a rua e embrenhou-se nas trevas da noite. Caminhava como um possesso, batendo no peito, no mesmo sítio em que batera dois dias antes quando se vira com Aliocha nas sombras do caminho. O que significavam aquelas pancadas em determinada parte do peito era naquela altura um segredo para toda a gente, até para Alexey, um segredo que o havia de levar para mais além da desgraça: a ruína e o suicídio. Estava decidido para o caso em que, não podendo restituir a sua dívida a Catalina Ivanovna, tivesse que tocar no peito, naquela parte do peito, a ignomínia que o acompanhava, que pesava sobre a sua consciência. Tudo isto será explicado ao leitor, mais tarde. Basta saber agora que este homem tão forte, a poucos passos da casa da senhora Hohlakov, se pôs a chorar como uma criança à sua última esperança desfeita. Andava, andava e sem se dar conta ia enxugando as lágrimas com o punho da camisa. Chegou assim à praça e de repente sentiu que tropeçava em qualquer coisa e ouviu o penetrante lamento de uma velha a quem por pouco derrubara.

— Jesus! Quase me mata! Não vê por onde anda este animal!

— Ah! É você? — exclamou Mitya reconhecendo-a na obscuridade. Era a velha criada de Samsonov, que fixara na véspera.

— E o senhor, quem é? — perguntou ela, mudando de tom.

— Não está em casa de Kuzma Kuzmitch? Não é criada dele?

— Sim, senhor; mas ia correndo a casa de Prohoritch... Agora não me lembro de si.

— Diga-me, boa mulher, ainda lá está Agrafena Alexandrovna? —perguntou Mitya sem alento. — Há umas horas vi que entrava.

— Sim, esteve lá; mas foi-se logo embora.

— O quê? Foi-se embora? — gritou Mitya. — Quando?

— Pois logo que entrou. Ficou apenas um momento. Contou a Kuzma Kuzmitch qualquer coisa que o fez rir e despediu-se de seguida.

— Mentes, maldita! — grunhiu Mitya.

— Ai! Ai! — guinchou a velha.

O seu interlocutor desapareceu.

Correu com toda a força a casa de Gruchenka. Esta partira para Mokroe um quarto de hora antes.

Fenya e a avó, a velha cozinheira Matriona, estavam sentadas na cozinha quando o capitão irrompeu. Ao vê-lo, Fenya deu um grito.

—Não grites! — rugiu Mitya. — Onde está?

E sem esperar resposta, ajoelhou aos pés da moça.

— Em nome de Cristo, Fenya, diz-me onde está!

— Não sei, Dmitri Fedorovitch, querido, não sei. Pode matar-me, se quiser, mas não posso dizer-lho —jurava e protestava Fenya. — Ela saiu consigo há bem pouco tempo.

— Já voltou!

— Não é verdade! Juro por Deus que não voltou!

— Mentes! — gritou Mitya. — Pelo teu terror adivinho onde está! —E saiu, correndo. Fenya respirou fundo, ainda a tremer, ao ver-se tão facilmente fora daquele apuro, do qual não se teria livrado tão bem sem a precipitação do outro. As duas mulheres ficaram assombradas. Sobre a mesa estava um almofariz de pouco mais de seis polegadas que chamou a atenção de Mitya quando este abria a porta. Sem retroceder, estendeu o braço, pegou no pilão do objeto pelo cabo e guardou-o no bolso.

— Ó Deus! Vai matar alguém! — gritou Fenya, agitando os braços acima da cabeça.

## Capítulo 4
## Nas Trevas

Para onde ia a correr? Onde poderia ela estar a não ser em casa de Fedor Pavlovitch? Devia ter ido diretamente de casa de Samsonov, é claro. Toda a intriga, toda a traição estava descoberta... Sentia a cabeça andar-lhe à roda. Não iria ver Maria Kondratyevna. Não interessava... não interessava nada lá ir... não devia despertar alarmes... correriam logo a avisar... A vizinha estava comprada. Smerdyakov também; todos estavam contra ele.

Modificou o seu plano de ação: afastou-se da casa do pai e, atravessando a rua, meteu pela de Dmitrovski, passou a ponte e encontrou-se na ruazinha deserta das traseiras, que era ladeada pela sebe espinhosa de uma horta e pelo muro que circundava o jardim de seu pai. Escolheu o sítio por onde se supunha ter passado Lizaveta e sabe Deus porque lhe terá ocorrido pensar: "Se ela conseguiu subir, também eu conseguirei". De um salto ficou preso na extremidade do muro e com outro esforço sentou-se nele. Ali perto ficava o quarto de banho e também pôde ver luz nas janelas da casa.

"Há luz no quarto do velho. Ela está lá"! E saltou para o jardim. Se bem que soubesse que Grigory estava doente e provavelmente também Smerdyakov, de modo que ninguém poderia ouvi-lo, ocultou-se e manteve-se imóvel, à escuta. Um silêncio de morte rodeava--o por todos os lados, envolvia-o uma calma completa, não corria nem uma leve brisa. "Não há outro murmúrio além do murmúrio do silêncio", veio-lhe espontaneamente, à memória o verso. Contanto que não me tenham ouvido saltar... Não, não creio.

Começou a andar lentamente sobre a relva, evitando os ramos e os arbustos, caminhando com passos leves c parando ao mínimo ruído feito pelos seus pés. Levou assim cinco minutos a chegar perto da janela iluminada. Lembrou-se que havia ali um arbusto muito alto e de ramos frondosos. A porta que dava para o jardim, do lado esquerdo da casa, estava fechada. Reparara bem nisso. Afastou cuidadosamente os ramos e ocultou-se entre eles. Então reteve a respiração. "Tenho que esperar que sosseguem, no caso de alguém me ter ouvido e estar à escuta...", murmurou de si para si.

Sentia o coração pulsar-lhe violentamente no peito, por instantes parecia sufocar. "Não, não poderei acalmar a violência das minhas pulsações", pensou, "não posso esperar mais". Estava atrás dos arbustos, no alto dos quais batia em cheio a luz vinda das janelas.

Que vermelhos estão estes ramos altos!, murmurou sem saber porquê.

Com muito cuidado foi-se aproximando da janela e pôs-se em bicos dos pés. O quarto de Fedor Pavlovitch surgiu na sua frente. Não era grande e estava dividido por um biombo chinês, como lhe chamava o pai. E a palavra chinês atravessou o cérebro de Mitya envolvido neste pensamento: "Atrás do biombo está Gruchenka". Começou a examinar Fedor Pavlovitch. Vestia uma túnica de seda listrada, que Mitya não lhe co-nhecia, apertada por um cordão bordado, de seda. Uma camisa limpa, de tecido finíssimo, com botões de ouro aparecia por debaixo da gola da túnica. Na cabeça tinha a mesma ligadura encarnada que Aliocha lhe havia já visto. "Vestiu-se de festa", pensou Mitya.

O pai continuava pensativo, perto da janela. De repente abanou a cabeça e pareceu ficar à escuta, não ouvindo nada aproximou-se da mesa, encheu até meio um copo de aguardente e bebeu-a. Suspirou, esteve um momento imóvel e aproximando-se distraidamente do espelho levantou a ligadura e observou as contusões e cicatrizes que ainda não tinham desaparecido.

"Está só", pensou Mitya. "O mais provável é que esteja só".

Fedor Pavlovitch afastou-se do espelho, chegou à janela e olhou para fora. Mitya mergulhara novamente na escuridão.

"Pode ser que ela esteja atrás do biombo. Talvez tenha adormecido". E o coração pulsou-lhe mais violentamente no peito. O pai afastou-se da janela. "Está a ver se a vê chegar, portanto ela não está. Que procurará na escuridão? Está devorado pela impaciência..." E Mitya voltou a cismar.

O velho estava agora sentado à mesa, visivelmente contrariado. Por fim apoiou um cotovelo no tampo da mesa e descansou a cara na palma da mão aberta. Mitya olhava-o ansiosamente.

"Está só, está só!", repetia para si mesmo, "ela ali estivesse, teria outra cara".

E, estranhamente, um profundo abatimento se seguiu à ideia de que ela não se encontrava ali. "É por não estar", teve de explicar a si mesmo, "por não poder ter a certeza se lá está ou não". Depois recordava que naquele momento a sua inteligência era mais clara do que nunca e que não lhe escapava o mais ínfimo pormenor; mas a incerteza e a indecisão oprimiam-lhe momentaneamente o coração. "Está ou não está!" A dúvida cruel trespassou-lhe a alma e tomando uma decisão repentina estendeu a mão e bateu lentamente no batente da janela. Bateu, segundo o combinado entre o velho e Smerdyakov: duas pancadas com intervalos espaçados e três mais rápidas, o que significava: "Gruchenka está aqui!"

O velho estremeceu, ergueu a cabeça, levantou-se precipitadamente e correu à janela. Mitya desapareceu na escuridão antes que Fedor Pavlovitch abrisse e pusesse a cabeça de fora.

— Gruchenka! És tu? És tu? — balbuciava com voz trêmula de emoção. — Onde estás, meu anjo? Onde estás?

— Está sozinho! — decidiu Mitya.

— Onde estás? — continuava o velho a gritar. E debruçava-se para melhor observar em todas as direções. — Vem, tenho uma prenda para ti; vem que eu ta darei...

"Os três mil rublos", pensou Mitya.

— Mas onde estás? Diz: estás à porta? Vou já abrir!

E o velho debruçou-se ainda mais para fora da janela perscrutando a noite na direção da porta. Parecia que ia correr a abrir sem esperar pela resposta de Gruchenka.

Mitya olhava-o de lado, sem se mexer. O perfil abominável do pai, a maçã de Adão movediça na garganta, o nariz adunco, os lábios que se dobravam numa ansiedade voluptuosa, todo o conjunto era iluminado pela luz oblíqua da lâmpada que brilhava no aposento. Uma ira de ódio brutal inundou o coração de Mitya. "Ali estava ele, o seu rival, o seu verdugo, o homem que tinha destruído toda a sua vida!" Sentiu-se invadir por aquela súbita fúria, por aquela cólera vingativa, a que se referia, como se a estivesse a prever, a resposta dada à pergunta de Aliocha: "Como podes dizer que matarás o nosso pai?" em que dissera: "Talvez o mate ou talvez não. Receio que de repente me pareça tão odioso que nesse momento... Tenho nojo daquela cara, daqueles olhos, daquele sorriso de sem-vergonha. Dão-me volta ao estômago. é isso o que mete medo, o não poder resistir a esse nojo..." Essa repulsa cresceu, cresceu até se tornar insuportável, até o cegar completamente. Mitya agarrou no pilão do almofariz e tirou-o do bolso...

"Foi Deus que me amparou nessa altura", diria Mitya mais tarde.

Nesse mesmo momento acordava Grigory. Pela tarde havia-se submetido ao tratamento de que Smerdyakov falara a Ivan. Depois de bem friccionado com uma mistura de *vodka* e uma poção muito forte da qual sua mulher tinha o segredo, bebeu o que sobrara enquanto ela repetia uma oração e meteu-se em seguida na cama. Marfa Ignacievna provou também a beberagem e adormeceu como um tronco, junto do marido.

Grigory acordou de noite, quase sobressaltado, e após um momento de reflexão saltou da cama, sentindo dores agudas nas costas. Ficou um momento pensativo e vestiu-se a-pressadamente, sentindo talvez remorsos por ter adormecido, deixando a casa descuidada em horas de tanto perigo. Smerdyakov jazia prostrado pela crise, no quarto vizinho.

Marfa Ignacievna nem se mexeu. Grigory não quis inquietá-la, pensando que a bebida fora demasiado forte para a débil resistência de uma mulher. Desceu as escadas fazendo caretas de dor. Propunha-se apenas dar uma vista de olhos por ali, pois andar era-lhe insuportável, mas lembrou-se de que não fechara à chave a porta do jardim, e como era um homem escrupulosamente pontual e apegado à rotina de tantos anos, foi descendo as escadas até lá, coxeando e fazendo caretas de dor. Sim, a porta estava visivelmente aberta. Caminhava receoso, como se temesse algum perigo ou tivesse ouvido qualquer ruído. Ao voltar a cabeça viu a janela do quarto do patrão aberta. Não se via ninguém.

"Por que estará aberta?", pensou. "Não estamos no verão!"

De repente viu qualquer coisa que se movia na sua frente. A uns quarenta passos parecia-lhe que corria um homem na escuridão, afastando-se aceleradamente.

— Bom Deus! — exclamou, fora de si. E esquecendo a dor correu a cortar a retirada ao fugitivo, metendo por um caminho mais direito.

A sombra deu a volta ao quarto de banho e saltou para o muro.

Grigory correu, esquecendo tudo para o não perder de vista, chegando junto do muro quando o fugitivo o escalava. Gritou com todas as forças e lançou-se sobre ele, agarrando-lhe uma das pernas com ambas as mãos.

O seu pressentimento não o tinha enganado. Tinha-o reconhecido; era ele, o monstro, o parricida.

— Parricida! — gritou com toda a força para que a vizinhança o ouvisse. Mas não pôde gritar mais. Caiu como se tivesse sido atingido por um tiro.

Mitya saltou de novo para o jardim e debruçou-se sobre ele. Empunhava o pilão do almofariz que foi cair adiante, não sobre a erva, nem sobre o caminho, mas bem visível, a dois passos da cabeça de Grigory. Mitya examinou sumariamente o velho estendido na sua frente. Tinha a cabeça cheia de sangue. Sentiu os dedos molhados. Mais tarde recordou a ansiedade que sentira ao pensar se o velho teria quebrado o crânio ou teria simplesmente ficado atordoado com a queda. Mas o sangue saía aos borbotões e as mãos de Mitya ficaram por momentos quentes daquela umidade viscosa. Tirou do bolso o lenço branco que escolhera para ir à casa da senhora Hohlakov e tentou impensadamente fazer estancar o jorro de sangue que saía da cabeça do velho. O lenço ficou logo encharcado.

— Meu Deus! — exclamou Mitya voltando a si. — Por que faço isto? Que poderei fazer se partiu o crânio? Se o matei, está morto... Acabou-se o teu sofrimento, velho! — disse em voz alta. E trepando ao muro, saltou para a estrada e começou a correr.

Tinha na mão direita o lenço ensopado em sangue e guardou-o no bolso do casaco sem deixar de correr, chamando a atenção dos raros transeuntes que, ao serem interrogados no dia seguinte, declararam ter visto um homem a correr desabaladamente naquela noite.

Assim chegou a casa da viúva de Morozov, onde estivera pouco antes. Fenya, desalentada, fora falar com o porteiro e pedira-lhe por amor de Deus que não deixasse entrar ali o capitão, nem nessa noite, nem na seguinte. O porteiro prometeu mas pouco depois teve de acudir à chamada da dona da casa e, ao encarregar um sobrinho seu de tomar conta da porta de entrada, esqueceu-se de lhe falar no capitão. Mitya apareceu então e o rapaz, que o conhecia por ter recebido dele boas gorjetas, deixou-o entrar e informou-o até de que Agrafena Ivanovna não se encontrava em casa.

— Onde está então, Prokor? — perguntou Mitya, detendo-se.
— Partiu há duas horas, com Tmofey, para Mokroe.
— Para quê?
— Não sei. Parece que para se encontrar com um oficial... um que lhe enviou cavalos para que ela fosse.

Mitya subiu como um louco ao andar de Fenya.

## Capítulo 5
## Uma Decisão Súbita

Estavam as duas mulheres na cozinha falando em ir dormir, com a porta aberta devido à confiança que tinham em Nazar Ivanovitch, quando Mitya entrou e se atirou a Fenya, apertando-lhe o pescoço.

— Fala imediatamente! Onde está? Com quem está em Mokroe? — rugiu enfurecido.

Puseram-se ambas a gritar e Fenya, morta de medo, disse:

— Ai! Dir-lhe-ei tudo. Ai! Querido Dmitri Fedorovitch, dir-lhe-ei tudo, não lhe ocultarei nada. Foi a Mokroe ver um oficial.

— Que oficial? — gritou Mitya.

— O dela, aquele que ela conhecia, o que a enganou há cinco anos — balbuciou a criada como pôde.

Mitya largou o pescoço da moça e ficou a olhar para ela, pálido como um morto, sem fala, mas mostrando pelo olhar que compreendera tudo, que adivinhava toda a situação. Fenya não estava porém em estado de perceber isto; gelada de espanto, deixou-se ficar imóvel, sentada sobre a mala como ele a havia deixado, com as mãos estendidas para a frente. Parecia ter ficado rígida naquela posição de defesa e com os olhos imensamente abertos e fixos naquele homem, que para maior horror tinha as mãos e a face direita sujas de sangue, Fenya estava prestes a ser vítima de uma crise nervosa. A velha cozinheira levantara-se do banco em que se encontrava sentada e olhava-o também fixamente, como uma louca, aturdida de medo.

Finalmente Mitya deixou-se cair sobre uma cadeira, junto da moça, vencido e como que aniquilado. Não conseguia pensar, mas nem por isso deixava de ver tudo bem claro: a própria Gruchenka lhe revelara a existência do oficial, a carta que recebera... e assim, durante um mês, havia-se preparado aquele desenlace que dependia apenas da chegada de um homem em quem nunca tinha pensado. Mas como pudera ter-se esquecido disso?

De repente, cortês e meigo como um menino carinhoso e bem-educado, começou a interrogar Fenya, esquecido por completo do mau bocado que a tinha feito passar. Começou a fazer perguntas com uma precisão extraordinária, surpreendente no seu estado de ânimo; e Fenya, apesar de não poder afastar os olhos daquelas mãos ensanguentadas, respondia a cada pergunta com admirável presteza e rapidez, procurando ser exata e não dizer mentiras; mas com uma estranha intuição, procurava suavizar aquilo que poderia magoá-lo, como se só quisesse prestar-lhe um serviço. Contou minuciosamente o sucedido nesse dia, a visita de Rakitin e Aliocha, o que a patroa esperara e finalmente a sua partida, não esquecendo as recomendações que ela fizera a Aliocha para o irmão, encarregando-a de lhe dizer que se lembrasse sempre dela e que o amara durante uma hora.

Ao ouvir isto, Mitya sorriu e uma onda de emoção coloriu-lhe as faces pálidas. Fenya deixou então de ter medo e perguntou:

— Já olhou para as suas mãos, Dmitri Fedorovitch? Estão cheias de sangue!

— Sim — respondeu distraidamente Mitya, lançando um olhar vago para as mãos.

No mesmo instante esqueceu a pergunta de Fenya e caiu num profundo mutismo.

Passado o primeiro momento de terror produzido pela fuga de Gruchenka, dominava-o uma ideia fixa. De súbito levantou-se decididamente, sorrindo da sua resolução.

— Que se passou, senhor? — repetiu lastimosamente Fenya, como condoída da sua desgraça.   Mitya olhou de novo para as mãos.

— É sangue, Fenya — disse, deitando à moça um olhar estranho. É sangue humano e, Deus meu! Por que foi derramado? Mas... Fenya... havia um muro — olhava-a como se lhe estivesse a ditar um enigma — um muro tão alto que fazia medo vê-lo. Mas amanhã, ao romper do dia, quando o Sol nascer, Mitya saltará esse muro... Não sabes que muro é esse, Fenya, e não importa... Amanhã ouvirás falar e saberás... e agora adeus. Não quero atravessar-me no caminho dela. Ficarei de lado; já sei como hei de ficar de lado. Vive, alegria da minha alma!... Amaste-me uma hora, lembra-te sempre de Mityenka Karamázov... Chamava-me sempre Mityenka, lembras-te?

E saiu, deixando Fenya mais espantada do que quando entrara caindo-lhe em cima.

Dez minutos mais tarde, Dmitri entrava em casa de Pyotr Ilyitch Perkotin, a quem havia empenhado as pistolas. Eram oito e meia e o funcionário acabava de tomar o seu chá e vestia o capote preparando-se para ir jogar bilhar para o *Metrópole*. Mitya encontrou-o já a caminho da porta.

Ao ver aquela cara manchada de sangue o empregado soltou um grito.

— Santos céus! Que lhe sucedeu?

— Venho buscar as minhas pistolas! — disse Mitya. — E trago-lhe o dinheiro. Muito obrigado. Tenho pressa, Pyotr Ilyitch; peço-lhe que me despache depressa.

Pyotr Ilyitch estava cada vez mais assombrado. Mitya levava na mão um maço de notas de banco, e o mais surpreendente era que os levava como se tivesse o propósito de os ir dando. O criado de Perkotin, que se cruzou com Mitya no pátio, contou depois que já o encontrara assim na rua.

Eram notas de sete cores, de cem rublos, e os dedos que as seguravam estavam ensanguentados.

Quando, mais tarde, Pyotr Ilyitch foi interrogado, declarou que era difícil calcular a quantia que aquelas notas representavam, mas que poderiam ascender a dois ou três mil rublos, mas do que não restavam dúvidas era de que se tratava de uma grossa quantia. Dmitri Fedorovitch — segundo testemunho do mesmo funcionário — parecia perturbado; não estava bêbado, mas mostrava-se exaltado, insensível, perdido e ao mesmo tempo absorto, como se se tratasse de alguém que tentasse refletir a respeito de qualquer coisa e não conseguisse decidir-se. Mostrava-se arrebatado e incoerente e tão depressa parecia abatido como alvoraçado.

— Mas que lhe aconteceu? — perguntou Pyotr Ilyitch espantado.— Como é que se encontra coberto de sangue? Caiu? Olhe para si!

E segurando-o pelo cotovelo levou-o para diante do espelho.

Ao ver que tinha a cara manchada de sangue, Mitya estremeceu e mostrou uma expressão encolerizada.

— Maldição! Só me faltava isto! — murmurou irado.

E passando as notas de banco da mão direita para a mão esquerda, tirou impetuosamente o lenço do bolso. Mas o lenço estava também ensanguentado — era o que ele tinha posto na cabeça de Grigory. Tinha apenas um pedacinho limpo, mas estava enrugado como uma mola e não podia alisar-se. Mitya atirou-o para o chão, raivosamente.

— Para o diabo! — exclamou. — Não tem um trapo qualquer para eu limpar a cara?

— Ah! Está apenas sujo de sangue, mas não está ferido, não? É melhor lavar-se. Aqui está este alguidar. Vou buscar água.

— Um alguidar? Magnífico! Mas onde hei de pôr isto?

E com o mais estranho embaraço mostra o maço de notas, como se esperasse que Pyotr dispusesse do seu dinheiro.

— Ponha-o no seu bolso ou em cima da mesa — replicou Pyotr. — Não desaparecerá.

— No meu bolso. Sim, no meu bolso. Muito bem... mas tudo isto não passa de disparates — gritou como se saísse repentinamente de um sonho. — Olhe, vamos tratar primeiro disto das pistolas. Devolvam-nas. Aqui tem o seu dinheiro... Fazem-me muita falta... não tenho um momento a perder.

E tirando uma nota do maço estendeu-lha.

— Mas eu não tenho troco. Você não tem outra de menor valor?

— Não — respondeu Mitya começando a remexer as notas como se não estivesse muito certo do que dizia. — Não, são todas iguais — acrescentou, olhando para Pyotr Ilyitch para que se decidisse.

— Como é que enriqueceu? perguntou aquele. — Espere, vou mandar o rapaz à loja de Plotnikov, que fecha tarde, para ver se a trocam. Eh! Micha!. — gritou, chegando ao corredor.

— À loja Plotnikov... boa ideia! — exclamou Mitya como se tivesse uma inspiração.

— Micha — disse voltando-se para o rapaz que acabava de entrar — corre à loja de Plotnikov e diz-lhe que Dmitri Fedorovitch lhe envia cumprimentos e estará lá dentro de momentos... Olha, ouve: diz-lhe que me preparem champanhe, três dezenas de garrafas, bem empacotadas pois são para levar para Mokroe. Da outra vez levei quatro dezenas — acrescentou dirigindo-se repentinamente a Pyotr Ilyitch eles já sabem, Micha — acrescentou, dirigindo-se novamente ao rapaz — diz-lhes que arranjem também pastéis de Estrasburgo, peixe defumado, presunto, caviar e tudo do que tiverem, até cem rublos, ou cento e vinte, como da outra vez... — espera— não esqueçam as sobremesas, os doces, peras, duas ou três melancias, não, uma chega, e açúcar e chocolate, bombons; numa palavra: tudo o que levei da outra vez para Mokroe, num total de trezentos rublos... que arranjem o mesmo. Não te esqueças, Micha, se te chamas Micha. É Micha, não é? — perguntou, dirigindo-se outra vez a Pyotr Ilyitch.

— Um momento — interrompeu este que ouvia tudo aquilo com grande espanto — é melhor ir você mesmo dizer isso. Este vai-se atrapalhar.

— Sim, vai embrulhar tudo, já estou a ver! Eh, Micha! Não é nada! Ia-te dar um beijo pelo favor... Bem, se não te enganares em nada haverá dez rublos para ti, corre, vá, apressa-te. Champanhe, que ponham champanhe, e aguardente, e vinho tinto e branco, e tudo o que puseram da outra vez... Eles sabem o que era...

— Ouça — interrompeu Pyotr Ilyitch com impaciência — é melhor Micha ir só trocar o dinheiro e pedir para não fecharem ainda a loja. Depois vai o senhor e trata do resto. Anda, Micha, vai num instante.

E Pyotr Ilyitch afastou Micha que olhava boquiaberto para Mitya, para a sua cara ensanguentada e os seus dedos trêmulos.

— Bem, agora venha lavar-se — disse severamente Pyotr Ilyitch. — Deixe o dinheiro em cima da mesa ou guarde-o no bolso. Mas tire o casaco.

E enquanto o ajudava a tirar o casaco ia dizendo:

— Olhe, tem também sangue no casaco.

— Não, isto é, deve ter sido sujo pelo lenço. Sentei-me em cima do lenço em casa de Fenya e deve ter sido isso que sujou o casaco — explicava Mitya com uma inconsciência pueril que pasmava. Pyotr Ilyitch ouvia tudo aquilo de sobrolhos franzidos.

— Se calhar teve alguma rixa com alguém, não?

Começou a lavagem. O funcionário despejava a água do jarro por cima das mãos de Mitya, que as ia esfregando. As mãos deste tremiam.

Mitya queria dar rapidamente a lavagem por terminada, mas Pyotr Ilyitch insistiu:

— Repare que ainda tem as unhas sujas! Lave também a cara e as orelhas! E a camisa! Não vê que está suja de sangue? Mude de camisa!

Pyotr Ilyitch tinha um caráter firme e audaz e o seu domínio sobre Mitya ia aumentando notavelmente.

— Mude a camisa! — insistiu Pyotr.

Mas Mitya acabou de limpar tranquilamente as mãos e respondeu apenas:

— Não tenho tempo. Arregaço as mangas e não se nota nada, vê?

— Diga-me então como se pôs assim. Brigou com alguém na taberna? Voltou a maltratar o capitão? — continuou Ilyitch em tom repreensivo. — A quem feriu hoje... ou matou? — Disparates! — replicou Mitya.

— Como, disparates?

— Não se inquiete — respondeu Mitya, soltando uma risada. — Acabo de esmagar uma velha na Praça do Mercado.

— Esmagar? Uma velha?

— Um velho! — gritou Mitya encarando Pyotr Ilyitch. — Um velho! — repetiu erguendo a voz, como um surdo.

— Que o diabo o entenda! Uma velha, um velho... Matou alguém?

— Fizemos as pazes. Zangamo-nos, mas fizemos as pazes ali mesmo. Separamo-nos amigos. Um tolo... mas perdoou-me... Tenho a certeza de que a estas horas me perdoou... se se tivesse levantado não me teria perdoado. — E Mitya piscou o olho. — Para o diabo! Percebe, Pyotr Ilyitch? Que vá para o diabo! Não nos aborreçamos! Não quero agora pensar nisso! — E calou-se bruscamente.

— Não sei o que ganha passando a vida a brigar com toda a gente por qualquer ninharia como fez com o capitão... Acaba de brigar e prepara-se logo para a paródia... É assim que você é! Três dezenas de garrafas de champanhe... para que quer tantas?

— Bravo! Agora dê-me as pistolas. Palavra de honra que tenho pressa. Gostaria de falar consigo, meu filho, mas não tenho tempo. E não vale a pena, é tarde demais para falar. Onde está o dinheiro? Onde o meti? — vociferava, procurando o dinheiro pelos bolsos.

— Está em cima da mesa. Foi você mesmo que o lá pôs... Aqui está. Já não se lembrava? Parece-me que dá tanto valor ao dinheiro como se fosse água ou imundície. Aqui tem as suas pistolas. É muito estranho que tenha empenhado as seis por dez rublos e volte agora com milhares. Dois ou três mil rublos.

— Três mil, quer apostar? — replicou Mitya rindo e metendo as notas nos bolsos das calças.

— Assim vai perder o dinheiro. Tem alguma mina de ouro?

— Mina? Mina de ouro? — exclamou Mitya rompendo em estrepitosas gargalhadas. — Gostaria de ir à mina, Perkotin? Existe cá uma senhora que lhe dará sem dificuldade três mil rublos, desde que lá vá. Deu-mos a mim por estar doida pelas minas de ouro. Conhece a senhora Hohlakov?

— Conheço-a apenas de vista e por ouvir falar dela. Mas ela deu-lhe realmente esses três mil rublos? Deu-lhos? — perguntou Pyotr Ilyitch com desconfiança.

— Logo que amanhã nasça o Sol, logo que Febo, sempre jovem, espalhe os seus raios, louvando e glorificando Deus, vá imediatamente a casa dessa senhora e pergunte-lhe se me deu os três mil rublos. Experimente.

— Não sei quais serão as vossas relações. Mas se calhar ela não lhe deu os três mil rublos e você é que lhos tirou. Agora prepara-se para os gastar antes de ir parar à Sibéria... Mas para onde vai agora?

— Para Mokroe!

— Para Mokroe? De noite!

— Dantes o jovem tinha tudo. Agora não tem nada! — exclamou Mitya de repente.

— Não tem nada, com todas essas notas de mil?
— Não falo do dinheiro! O dinheiro que vá para o diabo! Falo do caráter das mulheres!
*Volúvel é o feminino coração*
*Taça de perfídia e de depravação*
Concordo com Ulisses, que assim falava delas.
— Não o entendo!
— Estarei embriagado?
— Não; muito pior. Tenho uma bebedeira espiritual, Pyotr Ilyitch, uma bebedeira espiritual! Mas já chega!
— Que está a fazer? A carregar a pistola?
— Sim, carrego a pistola.
Mitya abrira a culatra da arma e enchia-a de pólvora. Em seguida pegou numa bala e examinou-a com todo o cuidado.
— Para que examina essa bala? — perguntou Pyotr Ilyitch observando-o com grande inquietação.
— Não faria o mesmo se quisesse metê-la no seu cérebro?
— O quê?
— Antes de ela se alojar no meu cérebro quero vê-la bem e saber como é. Mas isto é imbecil. Uma imbecilidade. Já está — acrescentou, metendo a bala na arma e fechando-a. — Pyotr Ilyitch, meu querido amigo, que estúpido é tudo isto, que estúpido! Se soubesse como é estúpido! Dê-me um pedaço de papel.
— Aqui o tem.
— Não, papel limpo, para escrever. Esse serve.
E agarrando numa caneta que se encontrava sobre a mesa, traçou duas linhas, dobrou o papel por duas vezes e guardou-o no bolso do colete. Depois meteu as armas na caixa, fechou-a e pegando-lhe olhou para Pyotr Ilyitch com ar sorridente e absorto.
— E agora vamos — disse.
— Aonde? Não, espere um momento... Vai meter uma bala na cabeça? — perguntou o funcionário, inquieto.
— A bala? Isso é uma loucura! Quero viver! Amo a vida! Esteja descansado. Amo Febo com a sua dourada cabeleira e os seus quentes raios... Meu caro Pyotr Ilyitch, sabe o que é pôr-se de lado?
— O que quer dizer com isso?
— Retirar-se. Deixar passar a pessoa amada e o odiado. Deixar que aquele a quem tu odeias seja amado, isto é pôr-me de lado! E dizer-lhes: Deus os abençoe, sigam o vosso caminho, que eu...
— Que eu, o quê?
— Já chega. Vamos!
— Juro-lhe que vou contar tudo para que impeçam a sua viagem. Que vai fazer a Mokroe?
— Está lá uma mulher, uma mulher... Já sabe muito. Cale-se.
— Ouça, apesar de você ser um bárbaro, sempre lhe tive amizade... estou preocupado.

— Obrigado, meu bom amigo. Diz que sou um bárbaro. Bárbaros! Bárbaros! É o que eu digo sempre. Bárbaros! Mas aqui está Micha. Já não me lembrava!

Micha entrou arquejante, com uma mão cheia de notas de banco e dizendo que toda a loja de Plotkinov estava em movimento. Venha buscar garrafas, peixe e chá; num instante terão tudo preparados. Mitya deu uma nota de dez rublos a Pyotr e outra a Micha.

— Não faça semelhante coisa! — gritou o empregado. — Isso está proibido na minha casa. É habituar mal os criados. Para que esbanja assim o seu dinheiro? Amanhã voltará a pedir-me dez rublos. Mas para que está a meter todo esse dinheiro no bolso das calças? Vai perdê-lo!

— Ouça, meu caro! Venha comigo a Mokroe.

— Que ia eu lá fazer?

— Íamos abrir uma garrafa e brindar pela vida. Apetece-me brindar e ainda mais consigo. Nunca brindamos juntos, não é verdade?

— Bom, vamos então ao *Metrópole*. Ia justamente para lá.

— Não tenho tempo. Fica longe demais. Beberemos na tenda de Plotkinov. Quer que lhe proponha um enigma?

— Vamos lá ver.

Mitya tirou o papel que escrevera pouco antes do bolso do colete e desdobrando-o entregou-lho. Estava escrito com letra firme e clara:

Castigo-te por toda a vida e castigo toda a minha vida.

— Já lhe disse, vou denunciá-lo imediatamente repetiu Pyotr Ilyitch depois de ter lido.

— Não merece a pena. Chegará tarde demais. Vamos beber um trago. Marche!

A loja de Plotkinov ficava na extremidade da rua, muito perto da casa de Pyotr Ilyitch. Era a mercearia mais bem fornecida da cidade, propriedade de ricos comerciantes que vendiam tudo o que podia vender-se na mais bem provida loja de Petersburgo: especiarias, legumes, frutas vinhos engarrafados de Eliseyev Irmãos, cigarros, chá, café, açúcar, etc., etc. Três empregados e dois rapazes de recados não tinham um momento de repouso. Se bem que a cidade tivesse empobrecido, os proprietários vivessem fora e o comércio fosse de mal a pior, aquela loja tinha cada vez maiores lucros e maior clientela, que era atraída pela melhor qualidade dos seus gêneros.

Na loja já esperavam impacientemente Dmitri Karamázov, recordando animadamente a compra que ali fizera um mês antes, no valor de várias centenas de rublos, que pagara a pronto pagamento. Não lhe tinham vendido nada fiado. Recordavam que nessa altura levava também um maço de notas de cem na mão e largava-as sem regatear e sem sequer pensar um momento para que precisaria de tanto vinho e de tantas provisões. Toda a cidade ficou então a saber que ele tinha ido com Gruchenka a Mokroe, de onde regressou sem um centavo, depois de ter gastado mais de três mil rublos num dia e numa noite de pândega. Havia alugado um grupo de ciganos que acampavam perto da cidade e no meio da sua embriaguez repartia com eles o dinheiro às mãos cheias, fazendo-os beber sem medida. As pessoas riam falando das garrafas de champanhe que haviam aberto naquele dia os rústicos e os aldeões, e dos doces e pastéis de Estrasburgo com que se tinham regalado as moças da aldeia. E ainda que fosse perigoso rir-se em frente de Mitya, toda a gente ria e falava no caso quando ele não estava, pois o próprio Mitya declarara, com encantadora ingenuidade, que tudo o que conseguira de Gruchenka fora que ela lhe permitisse, como um grande favor, que ele lhe beijasse os pés.

À porta encontraram uma carruagem puxada por três cavalos, enfeitados com sonoras campainhas. O cocheiro, Andrey, esperava. Na loja acabavam de encher uma caixa de provisões e esperavam apenas a presença de Mitya para a colocarem na carruagem. Pyotr Ilyitch ficou pasmado.

— Como arranjou a carruagem tão depressa?

— Encontrei Andrey quando ia para sua casa e encarreguei-o de vir esperar-me aqui. Não há tempo a perder. Da outra vez fui com Timofey, mas hoje ele foi adiante com a feiticeira. Demoraremos muito, Andrey?

— Eles chegarão quando muito uma hora antes de nós; se chegarem. Sou capaz de ultrapassar Timofey. O andamento que eles levam conheço eu e não será igual ao nosso, Dmitri Fedorovitch. Sim, estou convencido de que nem uma hora mais cedo hão de chegar! — repetiu o cocheiro, homem de aparência débil, louro, que vestia um casaco enfeitado com fitas e tinha um cafetão num braço.

— Cinquenta rublos para *vodka* se chegarmos só uma hora depois deles.

— Garanto-lhe, Dmitri Fedorovitch. Não chegarão a ter uma hora de vantagem sobre nós. O quê? Nem meia hora!

Mitya queria tratar de tudo precipitadamente e dava ordens disparatadas e contraditórias, que atrapalhavam toda a gente. Começava uma frase e deixava-a em meio para começar outra, com tal barulho que Pyotr Ilyitch se sentiu no dever de o ajudar.

— Quatrocentos rublos, não ponham menos do valor de quatrocentos rublos — ordenava Mitya. — Quatro dezenas de garrafas de champanhe, nem uma a menos. Tudo como da outra vez.

— Para que quer tanto, para quê? — gritava Pyotr Ilyitch. — Vejamos esta caixa. Que há aqui? Isto não vale quatrocentos rublos.

Os empregados explicaram com toda a delicadeza que aquela primeira caixa continha apenas meia dezena de garrafas e as coisas mais indispensáveis, como fiambre, doces, etc. O resto da encomenda iria, tal como da outra vez, numa carruagem especial, puxada por três cavalos a toda a brida, para que pudesse chegar o mais tardar uma hora depois de Dmitri Fedorovitch,

— Que não demore mais do que isso, hem? Que não demore mais! E ponham mais doces e caramelos, porque as moças gostam muito deles — insistiu alvoroçadamente Mitya.

— Caramelos! Bom! Mas champanhe! Para que quer quatro dezenas de garrafas? Uma dezena chega — exclamou Pyotr Ilyitch já aborrecido.

E começou a regatear e a perguntar o preço de cada coisa, poupando assim cem rublos, pois tudo o que Mitya pedira não custava mais de trezentos. Mas mesmo assim não se sentia satisfeito.

"Diabos o levem!", murmurou de si para si. "Que me importa a mim? Deita o dinheiro fora, já que não te custa fazê-lo."

— Vamos, vamos, economista, não te aborreças — disse Mitya levando-o para uma saleta que havia no interior da loja. — Agora vão trazer-nos uma garrafa e beberemos todos. Senta-te ao meu lado, Pyotr Ilyitch, pois és um bom amigo, dos que me agradam!

E Mitya sentou-se junto de uma mesinha coberta por uma toalha branca. Pyotr Ilyitch ocupou o lado oposto e pouco depois apareceu uma garrafa de champanhe acompanhada de ostras, oferecidas pela casa.

— São de primeira qualidade, cavalheiros. Fresquíssimas! Da última remessa! — explicou o encarregado da loja.

— As ostras são boas para o gato! — gritou Pyotr Ilyitch. — Eu não as como!

— Não tenho tempo para comer as ostras — disse Mitya nem tenho apetite. Sabe uma coisa, amigo? perguntou de repente dirigindo-se a Pyotr. — Nunca gostei da desordem!

Então quem gosta? Por minha honra, que três dezenas de garrafas para os aldeões é uma coisa de fazer perder a cabeça a qualquer!

— Não me refiro a isso. Falo de uma ordem mais elevada. Ela não existe em mim, nem pouca, nem muita. Mas... acabou-se. Não pensemos mais nisso. É tarde demais, que diabo! Toda a minha vida tem sido de desordem e tenho de a pôr em ordem. É uma graça, não é?

— Você não diz graças! Diz disparates!

*Glória a Deus nas alturas,*
*Glória a Deus em mim...*

— Estes versos brotaram um dia da minha alma, não como um verso, mas como uma lágrima... Eu disse-os... mas não enquanto puxava a barba ao capitão, não...

— Por que se lembrou de falar agora no capitão?

— Por que falo dele? Uma loucura! Tudo chega ao fim; tudo acaba por ser igual. O pequeno e o grande.

— Olhe, estou a pensar nas suas pistolas.

— Oh! Disparates! Beba e não se preocupe. Amo a vida. Tenho a amado demasiado, com vergonhoso excesso. Basta! Bebamos pela vida, meu caro, brindemos. Para que tantas complacências comigo? Sou um canalha, mas estou contente comigo. Abençoo a criação. Estou disposto a amar a Deus e às suas criaturas, mas... é necessário que mate um inseto nocivo, para que não estrague a vida dos outros... Brindemos pela vida, irmão. Que pode haver mais preciosos que a vida? Nada! Bebamos pela vida e pela rainha das rainhas!

— Brindemos pela vida e também pela sua rainha, se o deseja.

Beberam um copo. No meio da sua exaltação Mitya não podia ocultar uma melancolia que o prostrava. Parecia pesar sobre ele uma ansiedade angustiante.

— Micha... Chega aqui, Micha! Vem cá, Micha, meu filho, bebe este copo à saúde de Febo o de dourados cabelos, que amanhã brilhará...

— Que faz agora? — repreendeu Pyotr Ilyitch, aborrecido.

— Sim, sim, deixe-me! Quero que ele beba!

— Eh! Eh!

Micha esvaziou o copo, fez uma reverência e saiu.

— Assim há de lembrar-se de mim — observou Mitya. — A mulher! Eu amo a mulher! O que é a mulher? A rainha da criação! Triste está a minha alma, a minha alma está triste, Pyotr Ilyitch! Lembra-se de Hamlet, Pyotr? Estou muito triste, meu bom Horário! Ah, pobre Yorick! Não sou eu por acaso, Yorick? Sim, agora sou Yorick e depois serei um crânio.

Pyotr Ilyitch ouvia em silêncio. Mitya também se calou um bocado. — De onde surgiu este cão? — perguntou distraidamente ao caixeiro, ao reparar num bonito cão de olhar meigo que estava sentado sobre uma almofada.

— Pertence a Bárbara Alexievna — respondeu o homem. —Esqueceu-se dele e temos de lho levar.

— Já vi um igual... no quartel... — balbuciou Mitya como se estivesse a sonhar. — Mas aquele tinha uma pata ferida... E agora que penso nisso, Pyotr Ilyitch, queria perguntar-lhe uma coisa: já alguma vez roubou?

— Que pergunta!

— Ah! não me refiro a uma coisa qualquer. Refiro-me a roubar de um bolso particular. Ao Estado toda a gente rouba e suponho que o senhor faça o mesmo...

— Vá para o diabo!

— Falo do dinheiro do próximo. Do bolso ou do porta-moedas de alguém. Compreende?

— Quando tinha nove anos roubei vinte *kopecks* à minha mãe. Tirei-os de cima de uma mesa sem que me vissem e guardei-os.

— E depois, que sucedeu?

— Nada! Guardei-os durante três dias, senti remorsos, confessei e entreguei-os.

— E em seguida?

— Claro que apanhei uma sova. Mas por que pergunta? Roubou alguma coisa?

— Alguma coisa — respondeu Mitya piscando maliciosamente o olho.

— Que roubou? — perguntou cheio de curiosidade Pyotr Ilyitch.

—  Vinte *kopecks* à minha mãe quando tinha nove anos e devolvi-lhos ao terceiro dia. E dizendo isto levantou-se bruscamente.

— Vem, Dmitri Fedorovitch? — gritou Andrey da porta.

— Já está tudo? Então vamos! — Mitya deu uns passos e voltou-se para Pyotr Ilyitch, acrescentando: — Quatro palavras para acabar... Andrey, bebe um copo de vodka. Deem-lhe aguardente, mas imediatamente. Põe esta caixa — a das pistolas — sobre o banco. Adeus, Pyotr Ilyitch, não fique com uma má recordação de mim.

— Mas voltará amanhã?

— Com certeza!

—  Fechamos a conta?

— Ah, sim; a conta!

Tirou do bolso o maço das notas, separou trezentos rublos, atirou-os para cima do balcão e saiu apressadamente. Seguiram-no todos com muitas reverências c desejos de felicidades. Andrey subiu para o seu lugar ainda saboreando a aguardente que acabara de engolir. Mitya tinha-se sentado nesse momento quando, com grande surpresa, viu Fenya que corria para a carruagem de braços estendidos, pondo-se depois de joelhos e gritando:

— Dmitri Fedorovitch, meu querido e bom Dmitri Fedorovitch, não faça mal à minha patroa. E eu que lhe contei tudo! Também não o mate a ele, conheceu-a primeiro e gosta dela. Vão agora casar-se, foi para isso que ele veio agora da Sibéria. Dmitri Fedorovitch, não tire a vida a ninguém!

— Bem... bem! Eu logo vi! Prepara-se para armar zaragata... — murmurou Pyotr Ilyitch. Depois acrescentou em voz alta: — Dmitri Fedorovitch, entregue-me imediatamente as suas pistolas se quer portar-se como um homem. Está a ouvir?

— As pistolas? Espere um pouco, irmão. Sou capaz de as atirar para o primeiro charco que encontrar no caminho... Levanta-te, Fenya, não estejas de joelhos. Mitya não fará mal a ninguém. Este pobre imbecil não fará nada. Ouve, Fenya, há pouco maltratei-te; perdoa-me, tem piedade de um canalha... Mas pouco importa que perdoes ou não. Tudo me é indiferente! Em marcha, Andrey, depressa! A galope!

Andrey retesou as rédeas dos cavalos e as campainhas fizeram-se ouvir.

— Adeus, Pyotr Ilyitch! Para si a minha última lágrima!...

"Não está embriagado, mas diz disparates como um louco, pensou Pyotr Ilyitch olhando para a outra carruagem em que seguiria o resto da encomenda. Tinha a certeza de que Mitya ia ser enganado, mas sentindo-se humilhado com a sua inspeção, afastou-se com uma praga e foi jogar bilhar para a taberna.

"É um louco mas não deixa de ser bom rapaz", murmurava. "Esse oficial... ah, já sei: o primeiro amor de Gruchenka. Bem... se voltou... Hum... aquelas pistolas!... Que vá para o diabo! Não sou ama seca dele! Faça o que quiser. Mais a mais acaba por não fazer nada. São um bando de brigões e nada mais. Bebem, lutam e por fim ficam amigos. Não são homens capazes de fazer qualquer coisa terrível. Que virá a ser isso de *se pôr de lado de castigar-se*. Já repetiu isso mais de cem vezes enquanto bebia na taberna. Mas agora não está embriagado. Uma bebedeira espiritual. Há umas certas frases que os velhacos gastam! Deve ter lutado com alguém pois trazia a cara coberta de sangue. Com quem? No Metrópole devem saber. E que ensopado estava o lenço... deixou-o em casa... Diabos o levem!"

Pyotr Ilyitch chegou à taberna e dissipou o seu mau humor jogando uma partida de bilhar. No segundo jogo disse aos seus companheiros que tinha visto Mitya com algum dinheiro... coisa de três mil rublos que fora gastar com Gruchenka para Mokroe... A notícia despertou singular interesse nos seus ouvintes, que suspenderam o jogo para falar do caso com toda a seriedade.

— Três mil rublos! Onde terá ido buscar tal quantia?

Fizeram-se várias suposições. A da senhora Hohlakov foi recebida com admiração.

— Não terá roubado o pai? Acho que é o mais provável.

— Três mil rublos! Passa-se qualquer coisa de extraordinário!

— Não se gabava de que havia de matar o pai? Todos ouvimos aqui o mesmo. E falava precisamente de três mil rublos...

Pyotr Ilyitch ouvia. Depressa as suas respostas se tornaram secas. A respeito das manchas de sangue nada disse, apesar de ter tencionado falar nelas.

Empreenderam novo jogo e paulatinamente foram cessando as conversas a respeito de Mitya. Mas Pyotr Ilyitch, perdido o sossego, não conseguia distrair-se e foi para casa sem cear. Ao passar pela Praça do Mercado, parou a refletir. Teve de confessar a si mesmo que a curiosidade o empurrava para casa de Fedor Pavlovitch, para saber se ali se tinha passado alguma coisa. "Mas com que motivo vou eu acordar aquela gente e pôr tudo em alvoroço?", pensava. "Que vão todos para o inferno! Não tenho nada a ver com ele!"

E dirigiu-se para casa, sentindo-se cada vez mais aborrecido consigo mesmo; de repente lembrou-se de Fenya.

— Para o diabo com tudo isto! — exclamou, detestando-se. — Se tivesse falado com ela quando a vi já saberia tudo.

E o desejo de falar com Fenya tornou-se tão imperioso, tão irresistível, que a meio caminho mudou de direção e encaminhou-se para casa de Gruchenka. Chamou da porta da rua e o ruído, transtornando o silêncio da noite, despertou nele a serenidade, deixando-o confuso e desgostoso. Ninguém lhe respondeu, a não ser a paz de toda a casa.

"Pois não tenho feito pouco barulho!" pensava, muito contrariado. Mas em vez de se ir embora chamou com todas as suas forças, alvoraçando a rua.

— E não respondem! Bem, continuarei a chamar, continuarei a chamar! — murmurava a cada pancada que dava na porta, encolerizando-se contra si mesmo e batendo cada vez com mais fúria...

## Capítulo 6
## Aqui Estou Eu Também!

Mokroe ficava a pouco mais de vinte *verstas,* e com tal brio galopavam os cavalos de Andrey que numa hora e um quarto podiam fazer o caminho. A rapidez da corrida reanimou Mitya. O ar era fresco e no céu as constelações cintilavam. Era de noite e talvez à mesma hora em que Aliocha se deitava por terra e jurava, transportado, amá-la sempre.

Tudo era confusão e reboliço na alma de Mitya e apesar de muitas coisas pesarem no seu coração nesse momento, deixava-se arrebatar inteiramente pela aspiração que sentia por ela, a sua rainha, que iria ver pela última vez. O seu coração não vacilou um instante. Posso afirmar que Mitya não sentia a mais leve sombra de ciúme daquele novo rival que parecia ter brotado do solo. Qualquer outro que ele já conhecesse e que tivesse aparecido tê-lo-ia feito sentir ciúmes a ponto de ser capaz de manchar as suas mãos com sangue. Mas no silêncio da noite, só cortado pela veloz correria dos cavalos que o transportavam, não sentia a menor inveja, a mais leve animosidade contra esse homem que fora o primeiro a amá-la... É certo que ainda o não conhecia.

"Não posso queixar-me; estão ambos no seu direito; foi ele o seu primeiro apaixonado e durante estes cinco anos nem ele a esqueceu, nem ela deixou de o amar. Como poderei opor-me? Com que direito? Fica de lado, Mitya! Retira-te! Quem sou eu agora? Ainda que esse oficial não tivesse aparecido tudo teria acabado, teríamos chegado ao fim..."

Se tivesse podido raciocinar seria esta a lógica do seu pensamento; mas não estava em estado de o fazer: as suas afirmações haviam sido espontâneas desde as primeiras palavras de Fenya e continuava a querer manter os seus propósitos. A sua súbita decisão não lhe devolveu a paz, a sua alma continuava a agitar-se num turbilhão de angustiosa confusão, deixando para trás muitas coisas que o torturavam. De vez em quando admirava-se por ter escrito a sua sentença na folha de papel que ainda trazia no bolso do casaco: Castigo-me de ter carregado as pistolas e de ter resolvido esperar pelo aparecimento de Febo. Mas não conseguia esquecer o passado, que lhe caía em cima, acabrunhando-o.

Por um momento sentiu o impulso de mandar parar os cavalos, saltar em terra e dar um tiro na cabeça, para acabar com tudo sem esperar pela madrugada. Mas foi apenas um relâmpago. Os cavalos a toda a brida devoravam o espaço e, à medida que o término da viagem se aproximava, a imagem dela invadia a sua alma, dissipando os negros fantasmas que o enchiam de angústia. Oh, como ansiava vê-la, ainda que fosse apenas por um momento, mesmo que fosse de longe!

"Ela está com ele", pensava. "Quero ver como se conduz com o seu primeiro amor; é tudo o que desejo". Nunca tinha sentido por aquela mulher o amor que agora despertava no seu coração, um amor novo, desconhecido, que a si mesmo surpreendia. Sentia para com ela uma necessidade de dedicação e de sacrifício. Sacrificar-me-ei, pensava num delírio arrebatador.

Havia aproximadamente uma hora que galopavam. Mitya continuava silencioso e Andrey, que vulgarmente era loquaz, como todos os cocheiros, não tinha aberto a boca. Como se temesse falar, não cessava de animar os seus magros mas fogosos baios.

De repente ouviu a voz ansiosa de Mitya:

— Andrey! E se estão a dormir! — A ideia tinha-lhe ocorrido repentinamente e atingira-o como uma pedrada.

— Pode muito bem suceder isso, Dmitri Fedorovitch.

Mitya fez uma careta como se sentisse alguma dor. Lindo papel o dele... correndo... com tão generosos sentimentos... enquanto eles estavam a dormir... e talvez ela com... E deixou-se dominar pela cólera.

— Depressa, Andrey, fustiga os cavalos! Depressa! gritava por detrás do cocheiro.

— Mas talvez não se tenham deitado! — respondeu o cocheiro depois de uma pausa. — Timofey disse-me que eram não sei quantos...

— E onde se encontravam?

— Na estalagem de Plastunov, onde alugaram os cavalos.

— Bem sei! E dizes que são muitos? Como? Quem são? — gritou Mitya ao ouvir estas novidades.

— Bem, Timofey disse-me que são todos cavaleiros. Dois são da cidade. Não sei quem. Não me lembrei de lhe perguntar. Timofey disse que ficaram a jogar às cartas.

— Às cartas?

— Talvez continuem a jogar, pois pouco passa das onze.

— Depressa, Andrey, depressa — voltou a gritar nervosamente Dmitri.

— Posso fazer-lhe uma pergunta, senhor? — disse Andrey. E depois de uma pausa: — Mas receio que se aborreça, senhor.

— O quê?

— Quando Fenya se deitou a seus pés suplicando-lhe que não fizesse mal à patroa e não matasse o outro... o senhor compreende... como sou eu que o trago... o senhor desculpe, mas a minha consciência... talvez seja estúpido em falar nisto...

Mitya, enfurecido, agarrou-o por um braço e gritou:

— És cocheiro?

— Sim, senhor.

— Então sabes que é preciso deixar passar. Que dirias de um cocheiro que não parasse diante de coisa nenhuma e que seguisse sempre em frente, atropelando tudo e todos? Não, um cocheiro não deve passar por cima de ninguém, não deve tirar a vida a ninguém. Mesmo que seja só um a quem tenhas matado deves ser castigado.

Mitya falava exaltadamente, deixando Andrey suspenso, embora não deixasse de falar no assunto.

— Isso é justo, Dmitri Fedorovitch. O senhor tem razão. Não se deve atropelar, nem matar ninguém, nem pessoa, nem animal, porque todos são criaturas de Deus. Por exemplo: os cavalos; alguns de nós maltratam-nos. Nada os contém e por isso usam de violência.

— Nem o inferno? — perguntou Mitya soltando uma gargalhada. E agarrando novamente Andrey pelos ombros, perguntou: — Diz-me, alma cândida, diz se achas que Dmitri Fedorovitch irá para o inferno. Que te parece?

— Não sei, senhor, isso depende de si... quando o Filho de Deus morreu cravado na cruz, desceu aos infernos e deu liberdade a todos os pecadores que lá sofriam. O diabo rugiu de cólera, pensando que não iriam mais pecadores para o inferno; então Deus disse-lhe: Não grites, que ainda terás aqui metade da humanidade: políticos, magistrados, ricos, encher-te-ão a casa como sempre têm enchido em todos os tempos, até que eu volte... Foram estas as suas palavras.

— Oh! Histórias de aldeões! Magnífico! Dá mais pressa ao da esquerda, Andrey!

— Já o senhor vê para quem é o inferno — respondeu Andrey chicoteando o cavalo do lado esquerdo. — Mas o senhor é como uma criança... é assim que nós o consideramos. Tem um gênio arrebatado...mas isso há de ser-lhe perdoado devido ao seu bom coração.

— E tu, Andrey! Perdoas-me?

— Perdoar-lhe o quê? Nunca me fez mal nenhum!

— Não, por todos, por todos. Tu que estás aqui sozinho comigo, queres perdoar-me em nome de todos? Fala, coração sincero de aldeão!

— Ah, senhor! Tenho medo de o conduzir a Mokroe. Diz coisas tão estranhas!

Mitya não o ouvia, absorto numa estranha oração delirante que pronunciava a meia voz.

— Recebei-me Senhor, ímpio como sou, e não me condeneis pois já me condenei a mim mesmo. Livra-me do Teu julgamento... não me condenes porque já me condenei e porque Te amo, Senhor. Sou um malvado mas amo-Te. Se me enviares para as profundidades do inferno, dali continuarei a amar-Te e a gritar que Te amo pelos séculos e séculos... Mas deixa-me amar até ao fim... Só durante cinco horas... até que luza o Teu primeiro raio de luz... Deixa-me amar a rainha da minha alma. Amo-a e não posso deixar de amá-la. Tu vês toda a minha alma... quando chegar hei de lançar-me aos pés dela dizendo: "Tens razão em me deixar! Adeus e esquece a tua vítima... não te preocupes nunca comigo!"

— Mokroe. — exclamou Andrey incitando os cavalos.

Na escuridão começava a distinguir-se o contorno de velhas construções. Mokroe contava dois mil habitantes e toda a povoação dormia em paz, iluminada apenas por algumas luzes que brilhavam ao longe como as brasas de uma lareira apagada.

— Apressa o andamento, Andrey! Estamos a chegar! — exclamou alvoroçadamente Mitya.

— Não estão a dormir! — disse Andrey, apontando para a pousada de Plastunov que se encontrava iluminada, logo à entrada da povoação.

— Não dormem! — repetiu Mitya rejubilante. — Depressa, Andrey! Depressa! Faz estalar o chicote! Faz com que toquem as campainhas! Que saibam que já aqui estou! Que cheguei!

Andrey fustigou os fatigados cavalos que partiram num galope vivo até irem parar ofegantes e suados, à porta da estalagem.

Mitya desceu da carruagem e encontrou-se em frente do estalajadeiro que, surpreendido com todo aquele alvoroço quando ia para a cama, descera para ver quem chegava.

— É você, Trifon Borisovitch?

O estalajadeiro aproximou-se e ao reconhecer o seu hóspede desfez-se em amáveis cumprimentos.

— Meu respeitável senhor, Dmitri Fedorovitch! Temo-lo por cá outra vez?

Era um robusto camponês, gordo e de estatura mediana. Duro e altivo com os da sua classe, especialmente com os de Mokroe, mostrava-se no entanto obsequiosamente servil com os que podiam servir aos seus interesses. Vestia à moda russa, uma camisa abotoada de lado e um colete debruado. Não contente com a fortuna que já possuía, ansiava melhorar a sua posição e tinha nas suas garras metade da povoação, pois todos lhe deviam dinheiro. Aos proprietários comprava-lhes e arrendava-lhes terras que os aldeões lhe cultivavam em pagamento das dívidas que tinham para com ele e que nunca conseguiriam pagar. Era viúvo e tinha quatro filhas. A mais velha era viúva e vivia com os dois filhos na pousada, trabalhando como uma criada. A segunda, estava casada com um oficial subalterno, cujo retrato, envergando o uniforme, se encontrava entre as fotografias da família que enchiam uma parede. As duas mais novas vestiam trajes azuis ou verdes, à moda, muito puxados para trás e com uma gola de meio metro, sempre que iam à igreja, aos domingos, ou a fazer qualquer visita, o que não impedia que se levantassem de madrugada para varrer a casa e limpar os quartos dos hóspedes.

Apesar do dinheiro amontoado. Trifon Borisovitch mantinha o gosto de limpar os bolsos dos seus clientes, e recordando que há pouco menos de um mês tinha ganhado com Dmitri, em menos de quarenta e oito horas, uns trezentos rublos, recebeu-o com toda a espécie de mesuras, farejando a presa.

— Dmitri Fedorovitch, meu querido senhor, que alegria voltar a vê-lo!

— Cala-te, Trifon Borisovitch — replicou Mitya. — Primeiro e antes de tudo diz-me: onde está ela?

— Agrafena Alexandrovna? — perguntou vivamente o estalajadeiro olhando sagazmente para o apaixonado. — Também a temos aqui...
— Com quem? Com quem?
— São forasteiros. Um deles é um cavalheiro polaco, a julgar pela sua pronúncia, foi o que a mandou buscar. O outro é um amigo ou companheiro de viagem, não sei. Ambos vestem como senhores.
— E divertem-se? Têm dinheiro?
— Divertem-se? Não chegam a tanto, Dmitri Fedorovitch.
— Não chegam a divertir-se? E os outros?
— São dois senhores da cidade. Voltavam de Teherny e pararam aqui. Um é parente de Miusov, não me recordo do nome... o outro creio que o senhor sabe quem é, um tal Maximov que, segundo consta, veio em peregrinação ao mosteiro, e viaja com o parente de Miusov.
— Mais ninguém?
— Mais ninguém.
— Ouve, Trifon Borisovitch: diz-me o principal, E ela como está?
— Chegou há pouco. Está com eles.
— Está alegre? Ri?
— Não. Parece-me que não ri muito. Está sentada com ar triste, acariciando os cabelos do rapaz.
— Do polaco? Do oficial?
— O polaco não é novo e nem sequer é oficial. Não é esse. O rapaz é o parente de Miusov... esqueci-me do nome dele. Kalganov? Exatamente, Kalganov!
— Muito bem. Vou ver. Estão a jogar às cartas.
— Já acabaram. Tomaram chá e depois o polaco pediu licores.
— Cala-te, Trifon Borisovitch, cala-te. Agora verei por mim mesmo. Deixa-me perguntar-te uma coisa. Tens ciganos?
— Já não estão cá, Dmitri Fedorovitch. As autoridades expulsaram-nos. Mas há judeus que tocam cítara e violino e esses podem avisar-se. Virão imediatamente!
— Manda-os buscar — ordenou Mitya. — E reúne as moças como da outra vez: Maria, Estepanida e Arina. Duzentos rublos para o coro!
— Por esse preço faço vir aqui toda a povoação, mesmo que estejam a dormir. Os nossos aldeões não merecem essas magnificências. Nem sequer as moças. Gastar tanto dinheiro, Dmitri Fedorovitch, com gente tão grosseira e rude! Repartir cigarros com esses bandidos que cheiram mal! Todas as moças são umas piolhosas. Eu farei com que as minhas filhas os divirtam de graça. Guarde essa quantia. Elas acabam de deitar-se mas nem que seja a pontapés farei com que venham cantar para si.
Apesar do interesse que mostrava por Mitya, já tinha separado meia dezena de garrafas para si e escondido debaixo da mesa uma nota de cem rublos, que logo a seguir meteu no bolso.
— Recordas-te, Trifon Borisovitch, que da outra vez gastei num momento mais de mil rublos?

— Sim, lembro-me que desembolsou uns três mil rublos!

— Pois vim gastar outro tanto; vês?

E tirando as notas do bolso passou-as por baixo do nariz do outro.

— Agora ouve o que te digo; dentro de uma hora há de chegar o vinho, os fiambres, os pastéis; manda subir tudo imediatamente. Esta caixa que Andrey trouxe é também para ir para cima. Abram-na e sirvam imediatamente champanhe. Manda chamar as moças. Não deixem de avisar Maria.

Voltou à carruagem e foi buscar as pistolas.

— Façamos as contas, Andrey. Aqui tens quinze rublos pela viagem e cinquenta para *vodka*... pela tua diligência, pela tua vontade... Lembra-te de Karamázov!

— Tenho medo, senhor — tartamudeou Andrey — Dê-me cinco rublos de gorjeta. Não lhe aceitarei mais. Trifon Borisovitch será minha testemunha. Perdoe a minha estupidez...

— De que tens medo? — perguntou Mitya olhando-o de alto a baixo. — Então vai para o diabo! — E entregou-lhe cinco rublos. Agora, Trifon Borisovitch, acompanhe-me com todo o cuidado a um sítio de onde eu os possa ver sem ser visto. Onde estão? Na sala azul?

O estalajadeiro olhou Mitya receoso mas apressou-se a obedecer. Guiou-o até ao corredor e entrou na sala contígua à ocupada pelos hóspedes, apagou a luz com as precauções de um ladrão, fez entrar Mitya na sala e deixou-o junto de uma frincha de onde ele poderia espreitar sem ser visto. Mitya não pôde olhar durante muito tempo, pois ao ver a sua deusa, o coração começou a bater-lhe desordenadamente e os olhos turvaram-se-lhe.

Ela estava numa cadeira ao lado da mesa e junto da extremidade do sofá onde se sentava o belo Kalganov, a quem dava a mão e sorria, enquanto o jovem, indiferente e quase humilhado por aquela carícia, falava com Maximov, que ocupava o outro lado da mesa, em frente de Gruchenka. Ele estava também no sofá e o outro forasteiro numa cadeira. Maximov ria gostosamente de qualquer coisa. O polaco, encostado para trás na cadeira, fumava displicentemente o seu cachimbo. Mitya ficou impressionado pela sua obesidade, a sua pequena estatura, e a sua expressão de aborrecimento; o outro, pelo contrário, parecia de enorme estatura. E não conseguiu fixar mais pormenores. Faltava-lhe a respiração, não podia suportar por mais tempo aquilo. Deixando as pistolas sobre uma cadeira, assumiu um ar glacial e entrou na sala azul, enfrentando os que ali se encontravam.

— Ai! — gritou Gruchenka, que foi a primeira a vê-lo.

# Capítulo 7
# O Seu Primeiro e Digno Amante

Mitya avançou em direção à mesa em passo militar e começou a falar em voz alta, quase aos gritos, interrompendo-se a cada palavra. — Cavalheiros, eu... eu, muito bem! Não receiem! Eu... não há que recear — disse voltando-se bruscamente para Gruchenka, que se agarrara com força ao braço de Kalganov. — Eu... também vim. Estarei aqui até ao amanhecer. Senhores, posso ficar convosco até que o Sol nasça? Até que seja dia, pela última vez, nesta mesma sala?

Terminou dirigindo-se ao homem do cachimbo. Este tirou-o da boca com ar importante e respondeu serenamente:

— *Pania,* estamos aqui na intimidade e existem outras salas.

— Mas és tu, Dmitri Fedorovitch? — exclamou Kalganov. — Senta-te junto de nós! Como estás?

— Encantado por te ver, querido... e estimado amigo, sempre te considerei um bom rapaz — respondeu Mitya com alegria e entusiasmo, estendendo-lhe a mão por cima da mesa.

— Ai! Não apertes tanto! Por pouco que me partes os dedos — disse Kalganov, rindo.

— Aperta sempre assim — disse Gruchenka com um sorriso, como se pelo aspecto de Mitya receasse que ele tentasse fazer escândalo. Olhava-o com uma curiosidade mesclada de inquietude, como se esperasse qualquer outra coisa, menos que ele começasse a falar assim naquele momento.

— Boas noites — atreveu-se a dizer timidamente Maximov.

Mitya correu para ele.

— Boas-noites. Também tu aqui estás? Que contente estou por encontrar-te! Senhores, cavalheiros, eu... Dirigiu-se de novo ao homem do cachimbo como se aquele fosse a pessoa mais considerada da reunião. — Vim a voar... queria passar o meu último dia... a minha última hora nesta sala... na mesma sala onde também eu adorei... a minha rainha... Perdão, *pania* — gritou como um bárbaro— voei para aqui e adorei... Oh! Não tenham medo! É a minha última noite! Bebamos em boa harmonia. Daqui a pouco vêm trazer o vinho... Trago aqui isto — um singular impulso fê-lo mostrar o maço das notas.

— Permita-me, *pania!* Quero música, canto, um bacanal como da outra vez e em seguida o verme desaparecerá, o inútil verme, e ninguém falará mais nele.

Calou-se! Queria dizer muitas, muitas coisas, mas apenas deixou escapar confusas lamentações. O polaco olhava-o e observava o precioso maço de notas, fitando depois Gruchenka com perplexidade.

— Se a minha soberina senhora o permitir... — Insinuou.

— Que é isso de soberina? Queres dizer soberana, com certeza — interrompeu Gruchenka. — Fazes-me rir com a tua maneira de falar. Senta-te, Mitya, Que estavas a dizer? Não nos assustes, não? Se prometeres não nos assustar ficarei muito contente por estares aqui...

— Eu, assustá-los? — gritou Mitya agitando os braços. — Passem! Sigam o vosso caminho que eu não me oporei!

De repente todos ficaram surpreendidos ao verem-no deixar-se cair numa cadeira, esconder a cabeça entre os braços e começar a chorar desconsoladamente.

— Então, então, que criancice é essa! — repreendeu Gruchenka. — Faz sempre isto quando me vai ver: fala, fala e nunca sei o que quer. Da outra vez também chorou aqui e agora faz o mesmo. Não é uma vergonha? Por que choras? *Como se tivesse algum motivo para chorar!* — acrescentou misteriosamente, acentuando cada uma destas palavras com voz irritada.

— Eu... eu não choro... Eh! Boa noite! — exclamou, voltando-se na cadeira. E começou a rir com um riso prolongado, nervoso, convulsivo, que em nada fazia lembrar a sua franca gargalhada de bárbaro.

— Bem, já lhe passou... Vamos, alegra-te, alegra-te! — dizia Gruchenka em tom persuasivo. — Estou muito contente por teres vindo, muito contente. Ouves, Mitya? Quero que fiques conosco — acrescentou imperativamente, dirigindo-se a todos, apesar de se ver claramente que falava em especial para o que se encontrava sentado no sofá. — Sou eu que o quero! E se ele se for embora também eu irei!

Os olhos dela fulguravam.

— O que a minha rainha ordena é lei! — disse o polaco beijando galantemente a mão de Gruchenka. Depois dirigindo-se delicadamente a Mitya, acrescentou: — Peço-lhe, *pania*, que fique conosco.

Mitya levantou-se com o propósito de improvisar outro discurso, mas não encontrou palavras e limitou-se a este convite:

— Bebamos, *pania*.

Todos riram.

— Santos céus! Pensava que ia começar outra vez! — exclamou nervosamente a mulher. — Ouves Mitya? Fizeste bem em trazer champanhe. Até eu desejo beber um pouco. Não suporto os licores. E foi bom teres vindo tu também. Aborrecíamo-nos solenemente... Vens então fazer festa, hem? Mas guarda o dinheiro no bolso. Onde arranjaste tudo isto?

Mitya continuava com o dinheiro na mão, atraindo todos os olhares, particularmente o do polaco. Atabalhoadamente meteu o dinheiro no bolso e corou. Nesse momento entrava o estalajadeiro com uma garrafa destampada e uma bandeja com copos. Mitya tirou-lhe a garrafa, mas estava tão desconcertado que não sabia o que fazer, Kalganov tirou-lhe a garrafa da mão e encheu os copos.

— Outra garrafa! — gritou Mitya para o estalajadeiro, esquecendo-se de chocar o seu copo com o do polaco a quem tão solenemente convidara, e bebeu o conteúdo do copo de um trago, sem querer saber dos demais. Imediatamente a sua expressão mudou.

A trágica expressão que trazia à chegada desaparecera e um aspecto pueril, de cortesia e de submissão sucedeu-lhe. Olhava para todos com um sorrisinho de menino medroso e feliz e mais parecia um cãozinho que quisesse fazer as pazes com o dono, depois de ter levado uma palmada por causa de algum disparate. Aproximava a sua cadeira da de Gruchenka, olhando-a muito e rindo-se. Sem dizer nada a respeito dos dois polacos não deixava no entanto de os examinar, detendo-se de vez em quando em maior observação.

Daquele que estava sentado no sofá impressionava-o o porte digno, a pronúncia polaca e, sobretudo, o cachimbo. Bem, não é mal nenhum fumar cachimbo. A obesidade, a cara, que denotava a maturidade do homem, o seu pequeno nariz sobre o bigode revirado num ar insolente, não o preocuparam grandemente, nem sequer a absurda peruca da Sibéria que ele usava enterrada pela testa. Se usa peruca deve ser por alguma coisa, pensou beatificamente. O outro polaco, de olhar insolente e provocante, que escutava tudo com ar desdenhoso sem se meter na conversa, chocou-o pela sua imensa estatura, que contrastava com a do companheiro. "De pé deve medir quase dois metros!", pensou, concluindo logo em seguida que aquele polaco devia ser amigo do outro, assim como uma espécie de guarda-costas; não tinha dúvidas de que se encontrava ao serviço do indivíduo do cachimbo. Via-se perfeitamente que o seu perene estado de submissão afastava qualquer ideia de rivalidade.

Os modos e o tom misterioso de algumas palavras de Gruchenka passaram-lhe por alto; notou apenas que ela era boa para ele, que lhe tinha perdoado e que até tinha querido que ele se sentasse a seu lado. E só isto lhe enchia de alvoroço o coração. Sentia-se felicíssimo ao esvaziar o copo de champanhe. O silêncio que todos mantinham acabou no entanto por preocupar Gruchenka, que olhou à sua volta de um modo que parecia dizer: "Por que estamos nós aqui sentados, senhores? Por que não fazemos qualquer coisa?"

— Ainda não parou de disparatar nem nós de rir! — disse Kalganov, como adivinhando o pensamento dela.

Mitya olhou-os.

— Disse disparates? Ah! ah! — riu francamente, feliz por terem começado a falar.

— Quer dizer que todos os nossos oficiais de cavalaria se casavam com polacas, nos anos vinte? É uma solene mentira, não é verdade?

— Com polacas? — repetiu Mitya, extasiado.

Kalganov percebera a atitude de Mitya para com Gruchenka e do efeito que isso produzira no polaco, mas não lhe interessava absolutamente nada; Maximov merecia toda a sua atenção. Chegara à pousada com ele, por casualidade, e ali tinham encontrado os dois polacos que nem sequer por referências conheciam. Gruchenka já ele conhecia e visitara-a até uma vez, com um amigo. Em casa ela não lhe tinha prestado nenhuma atenção, mas ali, antes de Mitya chegar, mostrara-se muito afetuosa, enchendo-o de atenções e carícias que pareciam deixá-lo indiferente. Era um jovem muito atraente, que ainda não fizera os vinte anos; vestia com elegância, estava barbeado e tinha o cabelo cuidadosamente penteado. Os seus belos olhos, de um azul claro, olhavam com expressão inteligente e até profunda, apesar de às vezes ele ter maneiras quase pueris, que longe de o envergonharem lhe davam uma certa complacência. Vulgarmente era obstinado e caprichoso, mas sempre um bom amigo. De vez em quando notava-se-lhe uma expressão fixa no olhar. Parecia olhar as pessoas atentamente e ao mesmo tempo a sua fantasia pairar em regiões muito distantes daquelas em que a conversa se situava.

Deixava-se levar pela preguiça e despreocupação e de súbito interessava-se por qualquer coisa.

— Calcula — continuou, arrastando indolentemente as palavras, se bem que sem a mínima afetação — que há quatro dias que não me larga. Desde que o teu irmão o atirou da carruagem e o deixou no chão. Lembras-te? Nessa altura tive pena dele, interessei-me por ele e segui-o até esta comarca. Mas conta tais disparates que até me envergonho de andar na sua companhia. Devolvo-o à sua terra.

— O senhor nunca viu uma dama polaca e o que conta é impossível — disse o do cachimbo a Maximov.

Sabia perfeitamente o russo, mas parecia agarrar-se aos modismos e pronúncia polacos.

— Se eu próprio estive casado com uma polaca! — replicou Maximov.

— Mas serviste na cavalaria? Tu falavas de cavalaria. Eras oficial de cavalaria? — perguntou Kalganov.

— Era oficial de cavalaria? Ah! ah! — gritou Mitya que seguia a conversa olhando para uns e para outros como se esperasse ouvir grandes coisas.

— Não, o que eu dizia — explicou Maximov — é que as belas moças da Polônia... quando dançavam a mazurca com os nossos homens, sentavam-se depois nos joelhos deles como gatas... como lindas gatinhas brancas... e os papás viam e permitiam... permitiam... e no dia seguinte o homem ia pedir a mão da moça... isso... pedir a mão. Ah! ah!

— Este *pan* é um *lajdak*— grunhiu o polaco alto, cruzando as pernas.

Mitya reparou nas suas botas de cabedal grosso e enlameado. Os dois polacos pareciam estar bastante sujos.

— Bem, já temos um *lajdak*. Que está esse a dizer? — disse Gruchenka, aborrecida.

— Pani Agripina, este senhor não viu na Polônia senão criadas e nunca senhoras bem-nascidas — explicou a Gruchenka o homem do cachimbo.

— Calculem. — exclamou o seu companheiro com desprezo.

— Basta! Deixem falar! Por que hão de estorvar? Que graça tem? — replicou Gruchenka, irritada.

— Eu não os estorvo, *pani* — respondeu o homem do cachimbo, deitando a Gruchenka um olhar descontente e continuando a fumar em silêncio.

— Não, não — gritou Kalganov, dando ao assunto grande importância. — O senhor polaco tem razão. Se nunca esteve na Polônia, como pode falar assim? Suponho que não foi na Polônia que te casaste, pois não?

— Não, foi na província de Smolensko. Um fulano trouxe a minha futura esposa, a mamã dela, uma tia e uma outra parente que tinha um filho crescido, à Rússia. Trouxe-a da Polônia e depois cedeu-ma. Era um tenente do meu regimento, um rapaz muito estranho. Queria casar com ela mas depois arrependeu-se por ela ser coxa.

— Então casaste com uma coxa? — gritou Kalganov.

— Sim, eles puseram-se os dois de acordo para me enganar, ocultando-me que ela coxeava. Eu julguei que ela bailava... pois ela bailava... eu pensei que de alegria.

— Estava contente por ir casar contigo! — exclamou Kalganov rindo como uma criança.

— Sim, muito contente. Mas depois vi que saltava por outra causa. Ela própria mo confessou na noite das núpcias e me pediu perdão com grande sentimento. Caí ao saltar um charco, disse-me ela, e parti a perna.

Kalganov morria de riso, Gruchenka também ria e Mitya estava no auge da alegria.

— Sabes, Mitya? O que ele está a dizer é a pura verdade. Agora sei que não mente — exclamou Kalganov — mas ele casou duas vezes e essa era a primeira mulher. A segunda mulher deixou-o e anda por aí.

— Será possível! — exclamou Mitya olhando para Maximov com ar de espanto.

— Sim, sim fugiu; tive essa desagradável experiência — assentiu Maximov com ar modesto. — Fugiu com um *monsieur*. O pior é que eu tinha posto em nome dela toda a minha fazenda. És um talento, dizia-me ela, poderás sempre ganhar a tua. E com estas palavras deixou os meus negócios em dia. Um reverendo bispo disse-me uma vez: tua primeira mulher era coxa, mas a segunda era demasiadamente ligeira de pernas! Hi, hi, hi!

— Ouçam, ouçam! — gritou Kalganov com crescente entusiasmo. — Ele mente constantemente, mas mente para nos divertir. Que mal há nisto?, pergunto eu. Às vezes até gosto. É um cínico, mas o cinismo fica-lhe muito bem. Não lhes parece? Há quem seja ruim por interesse, mas ele é-o por natureza. Imaginem que pretende... ontem não falou noutra coisa... pretende ter sido ele a inspirar a Gogol em *Almas Mortas*. Leram essa novela? Existe um proprietário chamado Maximov a quem Nozdriov bateu. Recordem que este foi acusado de ultrajar de modo material a pessoa de Maximov num momento de embriaguez. Calculem que afirma ser ele o verdadeiro Maximov e declara que foi de fato agredido. Mas isso não pode ser. Tchitchikov fez a sua viagem o mais tardar no ano vinte e sendo assim os fatos não concordam. Não pode ter sido este o açoitado de então, não pode.

Era difícil compreender porque Kalganov se entusiasmava, mas o seu entusiasmo era sincero e Mitya compartilhava-o.

— Bem, suponhamos que o açoitaram — disse, rindo.

— Não é exato que me tenham açoitado — replicou Maximov. — O que digo é que...

— Que dizes? Açoitaram-te ou não?

— Que horas são, *pania?* — perguntou o do cachimbo ao outro polaco com ar de aborrecimento. O alto encolheu os ombros. Nenhum dos dois levava relógio.

— Porque não hão de falar? Deixem os outros! Quer dizer que ninguém pode falar porque vocês se aborrecem? — disse Gruchenka, irritada.

Um raio de luz atravessou o espírito de Mitya ao ouvir isto. O polaco respondeu com visível irritação:

— *Pani,* eu não me oponho. Não disse nada.

— Está bem. Continua, Maximov. Porque te calaste?

— Não há nada a dizer; é um disparate — respondeu Maximov visivelmente satisfeito.
— Além disso em Gogol tudo é simbólico e até os nomes são falsos. Nozdriov chamava-se de fato Nozov; Kuvchinikov tinha um nome muito diferente, chamava-se Chkrornev. Fenardi é que manteve o seu nome verdadeiro, mas era russo e não italiano e a menina Fenardi era uma bela moça de pernas gordas e curtas, que se mostravam por baixo da saia bordada a lantejoulas quando dava voltas sobre si mesma; no entanto não dançava durante quatro horas, mas sim durante quatro minutos. Mesmo assim fascinava toda a gente...

— E porque te bateram? — insistiu Kalganov.

— Por causa de Piron.

— Quem é esse Piron?

— Um famoso escritor francês. Bebíamos todos amigavelmente numa taberna da feira. Tinham-me convidado e eu comecei a citar epigramas. Tu por aqui, Boileau? Que alegre estás! E Boileau responde que vai a uma mascarada, isto é, aos banhos. Eh! ah! Eles tomaram a alusão para si e eu apressei-me a recitar um epigrama conhecido de todo o homem ilustrado:

*Somos Safo e Faão, mas um pesar*
*nos entristece aos dois: não atinar*

*com o caminho que conduz ao mar.*

Ofenderam-se ainda mais e começaram a injuriar-me da maneira mais indecente. E como se a desgraça me perseguisse nesse dia, contei-lhes uma anedota que revela grande erudição e se refere ao fato de Piron ter feito um epitáfio relacionado com o fato de não ter sido admitido na Academia Francesa:

*Aqui jaz Piron que não foi nada,
nem sequer acadêmico.*

Saltaram-me em cima e espancaram-me.

— Por quê? Por quê?

— Por causa da minha educação. As pessoas são capazes de tratar mal os outros por qualquer motivo — concluiu sentenciosamente.

— Chega! Tudo isso é estupidez; não quero ouvir mais nada. E eu que julgava que era divertido! — E Gruchenka deu a brincadeira por terminada.

Atrapalhado, Mitya deixou de rir.

O polaco alto levantou-se e como quem se sente fora do seu ambiente, começou a passear de um lado para o outro com as mãos atrás das costas.

— Ah! Não pode estar sentado! — exclamou Gruchenka deitando-lhe um olhar de desprezo.

Mitya sentiu-se maldisposto ao ver o do cachimbo olhá-lo com aversão. E gritou:

— *Pania*, bebamos! E o outro *pan* também. E encheu três copos.

— Pela Polônia, senhores. Bebo pela vossa Polônia! — exclamou.

— Bebo com muito gosto! — exclamou o polaco do cachimbo pegando no copo com dignidade e amável condescendência.

— E o outro *pan*... como se chama? Beba, ilustríssimo senhor, tome um copo — insistiu Mitya.

— Pan Vrublevsky — disse o do cachimbo.

O outro aproximou-se lentamente da mesa.

— Pela Polônia, *panovia*! — gritou Mitya erguendo o copo.

— Viva! — Beberam os três. Mitya pegou na garrafa e voltou a encher os copos.

— Agora pela Rússia, *panovia*, e sejamos irmãos!

— Deita aqui um pouco — disse Gruchenka. — Também quero beber pela Rússia.

— Eu também — acrescentou Kalganov.

— E eu... pela Rússia... pela avó! — tartamudeou Maximov.

Pediram as três garrafas que faltavam e Mitya voltou a encher os copos.

— Pela Rússia! Viva! — exclamou. Todos beberam exceto os polacos. Gruchenka esvaziou o seu copo de um trago. Os polacos nem lhes tocaram.

— O que é isso, *panovia*? — gritou Mitya. — Então não bebem?

Vrublevsky pegou no copo e erguendo-o disse com voz imponente:

— Pela Rússia antes de 1772.

— Assim já é melhor! — disse o outro polaco. E ambos despejaram os seus copos.

— São uns imbecis, *panovia*! — exclamou Mitya sem se poder conter.

— Pania! — gritaram os dois polacos olhando para Mitya como dois galos zangados.

— É proibido amar a pátria? — gritou *pan* Vrublevsky que era o mais enfurecido.

— Silêncio! Não discutam. Não quero brigas! — ordenou Gruchenka batendo com o pé no chão. Estava corada e tinha os olhos brilhantes devido ao champanhe.

Mitya assustou-se.

— Perdão, *panovia*. A culpa é minha e lamento. *Pan* Vrublevsky, *pania* Vrublevsky, lamento.

— Cala essa boca e senta-te, estúpido! — ordenou Gruchenka.

E todos se sentaram e ficaram a olhar-se.

— Cavalheiros, sou eu que tenho a culpa de tudo — começou de novo Mitya incapaz de obedecer à ordem de Gruchenka. Porque estamos aqui parados? Não podíamos fazer qualquer coisa para nos divertirmos?

— Claro! O melhor é divertirmo-nos! — exclamou Kalganov.

— Joguemos à banca como há pouco — disse Maximov.

— À banca? Magnífico! Se os senhores... exclamou Mitya.

— É tirde, *panovia* — disse o polaco mais alto, com ar de aborrecimento.

— Tirde? Que quer dizer tirde? — perguntou Gruchenka.

— Tarde! Ele quer dizer que é tarde — explicou — o do cachimbo.

— Para vocês é sempre tarde! Nunca se pode fazer nada com eles — gritou Gruchenka com voz penetrante e irritada. — Como são uns insípidos querem que todos o sejam. Antes de tu chegares, Mitya, estavam calados como ratos e não faziam caso de mim.

— Minha deusa! — exclamou o do cachimbo. — Vejo que estás agressiva comigo. Desculpa a minha melancolia. À sua disposição, *pania* — acrescentou dirigindo-se a Mitya.

— Venha, *pania* — acedeu este tirando o maço de notas do bolso e pondo duzentos rublos em cima da mesa. Quero que ganhem muito dinheiro. Peguem nas cartas e po-nham a banca.

— Pediremos um baralho ao dono da casa, pania — disse com ênfase e gravidade o polaco de menor estatura.

— É muito melhor — apoiou *pan* Vrublevsky.

— Ao dono? Muito bem. Compreendo que o traga. Um baralho! — gritou Mitya para o estalajadeiro.

Este trouxe um baralho de cartas novas e avisou Mitya de que tinham chegado as moças e de que os judeus não tardariam a chegar, mas que estavam ainda à espera do carro das provisões. Mitya levantou-se e foi dar ordens à sala contígua, mas só encontrou três moças. Maria ainda não se encontrava ali. Além disso, não sabia que ordens dar nem porque havia ali ido. Contentou-se em dizer às moças que tirassem da caixa doces e caramelos.

— E *vodka* para Andrey, *vodka* para Andrey! — disse de repente. — Portei-me grosseiramente com Andrey!

Voltou-se porque sentiu tocarem-lhe num ombro e viu Maximov que lhe disse ao ouvido:

— Dê-me cinco rublos para eu poder apostar, sim?

— Muito bem! Aqui estão dez! Se perder, peça-me mais.

— Muito obrigado — respondeu amavelmente Maximov, afastando-se.

Mitya seguiu-o e pediu desculpa aos outros por os ter feito esperar. Os polacos, já sentados à mesa, abriram a caixa com as cartas novas com um ar muito mais simpático e cordial.

O do cachimbo tinha-o voltado a acender e preparava-se com toda a solenidade para dar as cartas.

— Ocupem os vossos lugares, cavalheiros — disse *pan* Vrublevsky.

— Não, eu não jogo mais. Acabam de ganhar-me cinquenta rublos.

— O *pan* não teve sorte, mas talvez agora a tivesse — disse o do cachimbo.

— O que há na banca? Pode carregar-se muito? — perguntou Mitya.

— O que o senhor queira, *pania;* cem, duzentos rublos, o que queira.

— Um milhão! — riu Mitya.

— Por acaso sabe o que se passou com *pan* Podvisotsky?

— Não sei de que se trata.

— Em Varsóvia jogava-se um dia à banca e estavam a ser recebidas as apostas. Entra Podvisotsky, vê um montão de mil moedas de ouro e aposta contra a banca. O banqueiro pergunta-lhe: Quer exibir o seu dinheiro ou confio na sua honra? Por minha honra, *pania*, disse Podvisotsky. Então o banqueiro lançou os dados e Podvisotsky ganhou-me, disse o banqueiro entregando-lhe um milhão. Ganhou-o. Havia um milhão sobre a mesa. O sabia, replicou Podvisotsky. Pania Podvisotsky, replicou o banqueiro, o senhor empenhou a sua honra e nós a nossa!

— Isso não é verdade! — exclamou Kalganov.

— *Pania!* Entre cavalheiros não se diz isso.

— Como se um trapaceiro polaco fosse capaz de entregar um milhão! — gritou Mitya, mas conteve-se imediatamente. Perdão, pania. Podia realmente entregar um milhão pela honra. Pela honra nacional. Está a ver como falo polaco? Pronto, aqui estão mais dez rublos para apostar.

— Eu ponho um rublo nas copas, na linda dama polaca, na formosa panienotchka — riu Maximov, aproximando a carta e cruzando os braços sobre a mesa como se quisesse escondê-la. Mitya ganhou e o rublo também.

— *Pároli!* — gritou Mitya.

— Eu outro rublo! Só um — murmurou Maximov, muito satisfeito por ter ganhado um rublo.

— Perdido! — exclamou Mitya.

— Dobro o sete!

O sete perdeu também.

— Basta! — disse Kalganov repentinamente.

— Dobro! Dobro!

Mitya dobrava sempre as paradas e perdia sempre. O rublo ganhava sempre.

— Continuo a dobrar! — gritou Mitya com fúria.

— Perdeu os duzentos rublos, pania — disse o do cachimbo. Quer apostar mais?

— Como? Já perdi duzentos? Pois dobro outra vez!

E tirando do bolso o maço das notas, pôs duzentos rublos sobre uma carta e no mesmo momento Kalganov agarrou-lhe a mão e gritou:

— Não jogues mais. Não quero que jogues mais.

— Que se passa? — perguntou Mitya olhando-o com espanto.

— Não quero que jogues mais. Não quero!

— Por quê?

— Porque não quero. Vai para o diabo! Não te deixo jogar, já sabes!

Mitya contemplou-o como quem tem visões.

— Levanta-te, Mitya. Olha que tem razão. Já perdeste muito — interrompeu Gruchenka, conciliadora, enquanto os polacos se levantavam, ofendidos.

— Está a brincar, *pania?* — disse o menor olhando severamente para Kalganov.

— Que ousadia é essa? — acrescentou Vrublevsky, levantando-se também.

— Não gritem! Não gritem! — exclamou Gruchenka.

Mitya olhava para uns e para outros, quando reparou em qualquer coisa na cara de Gruchenka que lhe iluminou o espírito.

— *Pani* Agripina — começava a dizer o polaco mais baixo, quando Mitya lhe bateu no ombro e o interrompeu.

— Ilustríssimo senhor, quero dizer-lhe duas palavras.

— Que deseja?

— Queria falar-lhe. É uma coisa muito agradável para si. Creio que ficará satisfeito.

O polaco rechonchudo dera dois passos atrás e olhava receosamente o seu interlocutor. No entanto, acedeu a segui-lo com a condição de ser acompanhado por *pan* Vrublevsky.

— O seu guarda-costas? Que venha! Eu também quero falar com ele. Vamos, *panovia!*

— Onde vais? — perguntou ansiosamente Gruchenka.

— Voltamos já — respondeu Mitya.

Uma resolução, uma nova confiança se reflectiam no seu rosto, completamente mudado desde a sua chegada, uma hora antes.

Levou os polacos não para a sala onde estava reunido o coro das moças e posta a mesa, mas para outra casa, um quarto onde se amontoavam camas, embrulhos e montes de almofadas.

— Bem, *pania,* não o prenderei por muito tempo. Aqui tem dinheiro — disse Mitya sem rodeios. — Querem três mil rublos? Tomem e vão-se embora.

O polaco olhou para Mitya com um ar inquiridor.

— Três mil rublos, *pania?* — E trocou um olhar com Vrublevsky.

— Três mil, p*anovia,* três mil! Vejo que compreenderam. Tomem os três mil rublos e vão para o diabo. Desapareçam para sempre. Aqui está a porta. Saiam por aqui. Trouxeram algum casaco ou peliça? Eu mando-lhos depois. Mandei preparar a carruagem e... boa viagem!

Mitya esperava confiadamente a resposta. Não lhe restavam dúvidas de qual podia ser. No rosto do polaco pintou-se de repente uma resolução extraordinária.

— E o dinheiro, *pania?*

— O dinheiro? Dou-lhe agora mesmo quinhentos rublos para a viagem e como garantia e dois mil e quinhentos amanhã, na cidade. Juro pela minha honra que lhos darei, custe o que custar.

Os polacos trocaram de novo olhares entre si. No semblante do indivíduo do cachimbo apareceu um assomo de resistência.

— Setecentos rublos, dou-lhes imediatamente setecentos rublos! — acrescentou Mitya vendo o caso malparado. — O que é, *pania?* Não confia em mim? Não lhe posso entregar agora os três mil rublos. Se lhos desse, amanhã voltaria. De resto não os trago comigo. Tenho-os na cidade, escondidos em casa. Juro-o.

De repente estampou-se na cara do polaco um sentimento de dignidade ofendida e ele perguntou ironicamente:

— E que mais? É vergonhoso, vergonhoso! — E cuspiu para o chão. *Pan* Vrublevsky imitou-o.

— Se fazem isso — disse então Mitya vendo tudo perdido — é porque tencionam arrancar muito mais a Gruchenka. São dois eunucos.

— Essa é uma ofensa mortal! — gritou o do cachimbo, vermelho de raiva, afastando-se rapidamente como se o não quisesse ouvir mais.

O outro polaco seguiu-o e atrás de todos ia Mitya, preocupado, com receio do que iria dizer Gruchenka, temendo que o polaco estivesse escandalizado. E com efeito o polaco, ao chegar junto de Gruchenka, adotou uma atitude teatral e exclamou:

— *Pani* Agripina, acabo de ser mortalmente insultado!

Gruchenka perdeu então toda a paciência e começou a gritar:

— Fala russo! Fala russo! Nem mais uma palavra em polaco! Tu falavas o russo muito bem. Não o podes ter esquecido em cinco anos. — Gruchenka estava vermelha como uma papoula.

— *Pani* Agripina...

— Chamo-me Agrafena Gruchenka; fala em russo ou não te ouço! O polaco respirou com ofendida dignidade e falou em russo com petulância e uma pronúncia horrorosa.

— *Pani* Agrafena, vim esquecer o passado e perdoar tudo, perdoar tudo o que sucedeu até hoje...

— Perdoar? Tu perdoares-me a mim! — exclamou Gruchenka levantando-se bruscamente.

— Assim é, *pani*. Não sou pusilânime mas sim magnânimo. Mas os teus apaixonados deixam-me espantado. Pan Mitya ofereceu-me três mil rublos para que me fosse embora. Respondi-lhe cuspindo-lhe na cara.

— Como? Ofereceu-te dinheiro por mim? — gritou ela dominada pelo nervosismo. — De verdade, Mitya? Como ousaste? Por acaso estou à venda?

— *Pania, pania!* — gritou Mitya. — Esta mulher é pura. Nunca foi minha amante. Mentes quando dizes...

— Porque me defendes perante ele? — gritou Gruchenka. — Se me mantive pura não foi por virtude nem por medo de Kuzma, mas para poder dizer a este com a cabeça bem levantada que é um canalha. E ele recusou o dinheiro?

— Aceitou-o! Aceitou-o! Mas queria que eu lhe desse imediatamente os três mil rublos e eu não podia dar-lhe mais de setecentos, por agora.

— Acredito! Soube que eu tinha dinheiro e por isso vinha casar-se!

— *Pani* Agripina gritou o polaco rechonchudo sou um cavalheiro, sou um nobre e não um *lajdak*. Vim para fazer de ti minha esposa e encontro uma mulher diferente, perversa e sem vergonha.

— Oh, vai-te embora para onde vieste! — gritou Gruchenka enfurecida. — Oh, que estúpida fui atormentando-me durante cinco anos. Não por causa dele, mas pelo despeito que sentia, pelo rancor, por me julgar desgraçada. Além disso, este é outro! Não tem nada a ver com aquele que eu amei! Podia ser pai dele! Onde foste buscar essa peruca? Ele era um falcão e este é um ganso. Ele ria e cantava... E eu que chorei durante cinco anos! Idiota, néscia, vil. Que vergonha!

Deixou-se cair na cadeira e ocultou a cara nas mãos. Nesse momento o coro das moças de Mokroe entoava uma alegre melodia.

— Mas isto é Sodoma! — grunhiu Vrublevsky. — Estalajadeiro, expulsa essas desavergonhadas!

O estalajadeiro, que pouco antes estava a espreitar da porta, entrou ao ouvir gritos, compreendendo que os seus hóspedes discutiam.

— Para que grita tanto? — disse, dirigindo-se a Vrublevsky.

— Animal! — bradou aquele.

— Ah, sou animal? E com que cartas jogavam os senhores? Dei-lhes um baralho novo e esconderam-no. Jogavam com cartas marcadas! Fiquem sabendo que podiam ir parar à Sibéria por jogar com cartas falsas, que é o mesmo que notas falsas...

E aproximando-se do sofá, meteu a mão debaixo da almofada e tirou o baralho novo.

— Aqui está o meu baralho! Não lhe tocaram! Dali da porta vi como esconderam as minhas cartas e utilizaram as cartas deles. São uns trapaceiros e não uns cavalheiros!

— Eu vi o *pan* mudar duas vezes de carta! — gritou Kalganov.

— Que vergonha! Que vergonha! — exclamava Gruchenka. — Senhor, no que se transformou este homem!

— Eu também pensava... — murmurou Mitya.

Mas antes que ele pudesse acabar a frase, Vrublevsky, com a expressão transtornada pela fúria, ameaçou Gruchenka com o punho, dizendo:

— Raposa velha!

Mitya atirou-se a ele e agarrando-o pelos braços levantou-o no ar e levou-o para a sala contígua, onde pouco antes tinham estado os três.

— Atirei-o ao chão — disse ao voltar. — Ficou estendido. Não há perigo que volte.

Fechou metade da porta e segurando a outra parte voltou-se para o amedrontado polaco:

— Ilustríssimo senhor, quer ter a bondade de se retirar também? — Meu querido Dmitri Fedorovitch — disse Trifon Borisovitch — faça com que devolvam o dinheiro. É como se lho tivessem roubado.

— Eu não quero os meus cinquenta rublos — declarou Kalganov.

— Nem eu quero os meus duzentos — gritou Mitya. — Por nada deste mundo voltaria a ficar com eles! Que fiquem com eles para se consolarem.

— Bravo, Mitya! — aplaudiu Gruchenka. — És um valente.

O pequeno polaco, vermelho de ira, mas ainda senhor de uma afetada dignidade, dirigiu-se para a porta mas antes de entrar voltou-se e disse a Gruchenka:

— *Pani,* se queres vir comigo, vem. Se não, adeus!

Era um homem tão vaidoso e cheio de si que mesmo depois do que dissera a Gruchenka ainda pensava que ela queria casar com ele. Mitya empurrou a porta nas costas dele.

— Fecha! — disse Kalganov. Mas logo a seguir ouviu-se dar a volta à chave. Eles próprios se tinham fechado por dentro.

— Esta é de primeira! — exclamou implacável, Gruchenka. —Muito bem feito!

## Capítulo 8
## Delírio

O que se passou em seguida foi quase uma orgia, uma festa em que toda a gente era bem recebida. Gruchenka foi a primeira a pedir vinho.

— Quero beber. Quero embriagar-me como da outra vez. Recordas-te, Mitya, recordas-te como ficamos amigos da outra vez?

Mitya sentia-se no auge da felicidade, apesar de Gruchenka o afastar dela constantemente.

— Anda, alegra-te. Diz-lhes que dancem, que se divirtam, que dancem até mesmo os gatos e os móveis, como da outra vez.

Gruchenka dizia isto muito excitada e Mitya apressava-se a obedecer-lhe.

O coro estava na sala contígua àquela que eles haviam ocupado até então, que era muito pequena e estava dividida por uma cortina, atrás da qual se encontrava uma enorme cama com vários almofadões.

Gruchenka sentou-se numa cômoda cadeira, junto à porta. Tinha escolhido o mesmo lugar que da outra vez. Já tinham chegado todas as moças e os judeus que tocavam nos seus violinos e cítaras. Por fim tinha chegado também o tão desejado carro das provisões.

Mitya afadigava-se alvoroçadamente. Pessoas estranhas entravam na sala para espreitar, homens e mulheres que tinham saído da cama na esperança de terem outra noitada como a do mês anterior, Mitya abraçava todos, apesar de mal se lembrar das suas fisionomias. Desrolhava as garrafas e dava de beber a toda a gente. As moças aceitavam a champanha com satisfação, mas os homens preferiam rum, aguardente e sobretudo ponche. Mitya mandou fazer chocolate para as moças e mandou que servissem durante a noite três samovares, para que todos pudessem ter chá e ponche. Reinava na pousada uma confusão infernal, mas Mitya sentia-se no seu ambiente, tanto mais exaltado quanto mais loucuras cometia. Se naquela altura os camponeses lhe tivessem pedido dinheiro, teria pegado no maço das notas e distribuído dinheiro à esquerda e à direita. Trifon Borisovitch, temendo que isso sucedesse, antecipou-se para o impedir, fazendo-se protetor dos interesses de Mitya. Não parecia disposto a ir-se deitar e contentou-se até com beber apenas um ponche para poder vigiar melhor os interesses de Mitya, a seu modo, claro! Com grande oportunidade, delicadeza e habilidade, intervinha, impedindo que Mitya desse vinho do Reno e sobretudo dinheiro aos camponeses, como fizera da outra vez. Já se sentia bastante indignado ao ver como as moças bebiam os licores e comiam chocolates.

— São umas piolhosas, Dmitri Fedorovitch — repetia. — Dei uma patada a cada uma e tomaram isso como uma grande honra... é a única coisa que merecem!

Mitya voltou a lembrar-se de Andrey e ordenou que lhe servissem um ponche. Fui grosseiro para com ele..., repetia com voz fraca e lastimosa. Kalganov ao princípio não queria beber, nem fazia caso das moças do coro; mas depois de ter esvaziado dois copos de champanha, mostrou-se excessivamente animado, rindo e correndo pela sala, maravilhando-se com tudo e aplaudindo tudo e todos.

Maximov, sentindo-se como um bem-aventurado, não deixava o seu lugar. Gruchenka também começava a embriagar-se e apontando para Kalganov disse a Mitya:

— Que rapaz tão amável e encantador!

Mitya correu a beijar Kalganov e Maximov. Oh, que feliz se sentia! Ela ainda não lhe tinha dito nada e parecia querer calar-se, mas de vez em quando os seus olhos enviavam-lhe uma carícia apaixonada. Por fim agarrou-o pela mão e, atraiu-o a si, com força.

— Diz lá: como vieste esta noite? Quando entraste meteste-me um medo! Querias entregar-me a ele? De verdade que querias?

— Não desejava opor-me à tua felicidade! — balbuciou Mitya beatificamente.

Mas ela despediu-o de novo.

— Bem, vai divertir-te. Não chores, daqui a pouco chamo-te outra vez.

Mitya afastava-se então e Gruchenka ficava a ouvir a música e a segui-lo com o olhar. Dez minutos mais tarde voltava a chamá-lo. Ele aproximava-se logo, a correr.

— Senta-te ao meu lado; diz lá, como soubeste que eu estava aqui?

Mitya contava-lhe tudo, apaixonada e desordenadamente e de repente franzia as sobrancelhas e calava-se.

— Porque fazes essa cara? — perguntava ela.

— Por nada. Deixei na cidade um doente. Daria dez anos da minha vida pela saúde dele, para saber que está curado.

— Deixa-o, se está doente. De modo que te querias matar amanhã? Grandessíssimo tonto! Por quê? Sabes que me agradam os loucos como tu? — murmurava com voz entrecortada. É verdade que serias capaz de fazer qualquer coisa por mim? Pensavas realmente dar um tiro na cabeça? Não, espera um pouco. Amanhã terei uma coisa para te dizer. Não quero dizê-la ainda hoje. Gostarias que fosse hoje? Não, é melhor ser amanhã. Vai, vai divertir-te. Outra vez chamou-o, intrigada.

— Por que estás triste? Vejo que estás triste... Sim, vejo — acrescentou fixando-o intensamente. — Apesar de fazeres alvoroço e beijares os camponeses, noto qualquer coisa em ti. Vamos, eu estou alegre e tu também hás de estar. Há aqui alguém a quem amo? Sabes quem é? Oh, olha, o rapazinho adormeceu. Está embriagado. Coitadinho!

Referia-se a Kalganov que com efeito se tinha embriagado e adormecera sentado no sofá. Mas não adormecera devido à embriaguez, mas sim por se ter sentido enfastiado. Sentia-se humilhado e coibido porque as canções das moças eram demasiadamente impudicas, sob a embriaguez geral, e as danças não eram menos perversas. Duas moças tinham-se disfarçado de ursos e uma outra, chamada Stepanida, apresentava-as ao público, brandindo um pau.

— Vá, depressa, mais depressa, mais, ou experimentas o chicote!

Os ursos acabavam por rolar pelo chão, da maneira mais inconveniente, fazendo rir às gargalhadas os homens e as mulheres que as rodeavam.

— Deixa-as! Deixa-as! — dizia Gruchenka com uma expressão radiante de alegria. Se um dia se podem divertir, por que havemos de opor-nos a que se sintam felizes?

Kalganov tinha a impressão de que aquilo lhe enlameava a alma e afastou-se murmurando:

— Que indecentes são estes camponeses com as suas loucuras. São estes os passatempos deles, nas noites de luar, no verão.

Indignou-o especialmente a letra da canção com que acompanhavam uma certa dança, em que chega um cavalheiro perante um grupo de moças e experimenta a sua sorte com o amor delas:

*As galantes moças ele amou,*
*Amá-lo-ão elas? Não o amarão?*
*Mas as moças não podem gostar do senhor:*
*Açoitar-me-ia cruelmente:*
*Não, amor dele não me convém.*
*Passa um cigano e também para a experimentar:*
*O cigano às moças faz galanteios:*
*Amá-lo-ão elas? Não o amarão?*
*Mas elas também não podem gostar do cigano:*
*Ladrão poderia ser; que medo!*
*E amargos prantos me faria chorar.*
*Outros aparecem a experimentar a sua sorte. Entre eles um soldado.*
*O soldado às moças faz galanteios:*
*Amá-lo-ão elas? Não o amarão?*

O soldado é repelido em dois versos impudicos, cantados com absoluta franqueza. Os ouvidos ofendem-se e tudo acaba com a chegada de um mercador:

*Às moças o mercador requesta:*
*Amá-lo-ão elas? Não o amarão?*
*E acontece que o comerciante sai vencedor, porque:*
*O mercador para mim terá dinheiro,*
*Sua rainha, muito contente, quero ser.*

Kalganov estava sinceramente indignado.

— Quem terá escrito essas parvoíces? — disse em voz alta. —Também podia vir um rei do caminho de ferro, ou um judeu, experimentar a sua sorte ao amor com as moças e com certeza que todas se entregavam.

E como se considerasse aquilo uma ofensa pessoal, declarou que se sentia enfastiado, sentou-se no sofá e adormeceu imediatamente. Sobre a almofada do sofá sobressaía a palidez do seu rosto infantil.

— Repara como está bonito — disse Gruchenka a Mitya. — Há pouco alisava-lhe o cabelo. Parece seda. E é tão abundante!

Dizendo isto aproximou-se dele com muita ternura e beijou-lhe a testa. Kalganov abriu os olhos, sentou-se e perguntou por Maximov.

— Para que o queres? — perguntou Gruchenka, rindo. — Não podes estar um momento comigo? Mitya, vai buscar Maximov.

Maximov parecia não poder afastar-se das moças senão para ir encher de vez em quando o seu copo de licor. Tinha bebido duas chávenas de chocolate. Com o nariz vermelho e inchado, os olhos com um brilho de ébrio, falava com umas e com outras anunciando que lhes ia ensinar uma dança aristocrática.

— Deixa-o dançar, Mitya, eu verei daqui como dança! — disse Gruchenka.

— Não, eu vou ver mais de perto — declarou Kalganov, levantando-se e rejeitando sem dar por isso o oferecimento de Gruchenka, de lhe fazer companhia por uns momentos. Todos se puseram então a ver a dança de Maximov, que só despertou admiração em Mitya. Ele apenas se levantava, baixava e batia com os saltos no chão. Kalganov mostrou-se aborrecido mas Mitya aproximou-se do dançarino e beijou-o.

— Obrigado. Que querias daqui? Um cigarro? Doces?

— Um cigarro.

— Não queres beber nada?

— Um pouco de licor... Se tivesses um bombom...

— Há montões deles na mesa. Come os que quiseres!

— Eu gosto dos de baunilha... para velhos eh, eh!

— Não, irmão, desses não temos.

— Olha — disse o velho ao ouvido de Mitya — se tu me ajudasse a ser amigo daquela moça que ali está... Maria...

— Ah, era isso que querias? Não, irmão, isso não pode ser!

— Eu não faço mal a ninguém — balbuciou o velho, com desconsolo.

— Ah, muito bem. Muito bem! Elas vieram só para cantar e dançar, sabes, irmão? Mas... para o diabo! Olha, espera um momento... Entretanto come e bebe. Queres dinheiro? — Mais tarde... talvez... — assentiu Maximov.

— Muito bem... muito bem...

A cabeça de Mitya escaldava. Saiu para uma varanda de madeira nas traseiras da casa. Chegou a um sítio onde não havia luz e parou apertando a cabeça entre as mãos. Os pensamentos acudiram-lhe em tropel à mente e a sua alma iluminou-se de súbito com uma luz de entendimento. Terrível e pavorosa luz. Se tenho de me matar, pensava, porque não fazê-lo agora, aqui mesmo? Durante um momento permaneceu imóvel, indeciso. Poucas horas antes, quando corria para ali, perseguiam-no todas as desgraças: a infâmia do roubo, o sangue, aquele sangue!... Mas como as coisas tinham mudado! Então tudo tinha acabado para ele! Gruchenka estava perdida para si, ele entregava-a. Não, ela própria lhe fugira. Oh, como lhe era então fácil cumprir a sua sentença de morte! Era-lhe até imprescindível, pois que faria ele neste mundo?

Mas agora! Que diferença! Agora um dos fantasmas, um dos terrores tinha desaparecido: o primeiro amor, o mais firme, aquela figura que lhe surgira como a fatalidade, tinha-se dissipado sem deixar rastro. O tremendo fantasma tinha-se transformado numa personagem desmedrada, ridícula, fechado no quarto escuro, como uma criança, para não voltar a sair de lá. Ela envergonhava-se dele e os seus olhos revelavam a quem amava. Tudo contribuía para lhe oferecer a felicidade e não podia continuar a viver. Que maldição o perseguia? Ó Senhor, devolve a vida ao homem que atirei ao chão, junto do muro! Afasta de mim esse cálice de amargura! Meu Deus! Tu tens feito milagres a pecadores como eu! Se o homem não tivesse morrido! A vergonha da outra infâmia eu a apagaria. Restituiria o dinheiro roubado devolvê-lo-ia, iria buscá-lo aonde fosse preciso... Não deixaria vestígios dessa vergonha senão na alma! Mas não, não, são sonhos de covardia impossíveis! Ó maldição!

No entanto, um raio de luz iluminava ainda aquelas trevas. Levantou-se e foi à procura dela, dela, da sua rainha por toda a eternidade. Não valeria um momento do seu amor, mesmo na agonia e na desonra, toda uma vida? E esta ideia penetrou-o e tornou-se o móvel do resto da sua existência. Vê-la, falar-lhe, estar junto dela nem que fosse só naquela noite, uma hora, um momento, fazia-lhe esquecer tudo, todo o resto. Ao dirigir-se para a sala Mitya encontrou o estalajadeiro. Na cara de Borisovitch havia inquietação e Mitya pensou que ele o procurava.

— Que se passa, Trifon Borisovitch? Procuravas-me?

— Não senhor — respondeu o estalajadeiro desconcertado. —Por que havia de o procurar? Onde estava?

— Então por que tens essa cara? Queres deitar-te? Que horas são?

— Devem ser três. São três horas.

— Daqui a pouco vamo-nos embora.

— Não se preocupem. Não tem importância. Podem estar enquanto lhes agradar.

"Que se passará?", refletiu Mitya, Mas incapaz de raciocinar muito, voltou à sala das danças. Gruchenka não estava. Também não se encontrava na sala azul, onde Kalganov continuava a dormir. Mitya afastou um bocado a cortina e espreitou para a outra sala. Lá estava ela sentada numa mala encostada à parede. Com a cabeça escondida nos braços chorava amargamente, contendo os soluços para que não a ouvissem.

Ao ver Mitya fez-lhe sinal para se aproximar e agarrou-lhe uma mão, com força.

— Olha, Mitya, eu amava-o, sabes? Como pude amá-lo incessantemente durante cinco anos? Mas era a ele a quem eu amava ou ao meu próprio rancor? Não, era a ele, a ele! Menti quando disse que amava o rancor que sentia. Mitya, quando o conheci tinha dezessete anos. Ele era bom, alegre, cortejava-me cantando... Ou talvez fosse isso que a mim me parecia, estúpida mocinha... E agora!... Ó Dmitri; não é o mesmo; nem sequer o seu rosto é o mesmo. Está completamente mudado. Se não soubesse que era ele não o teria reconhecido. E eu que vinha pelo caminho a imaginar como seria o nosso encontro o que diríamos um ao outro. A minha alma desfalecia de carinho e quando aqui cheguei foi como se me tivessem deitado por cima um balde de água suja. Começou a falar-me como um senhor pedante, recebeu-me com tão afetada solenidade que eu fiquei sem poder dizer uma palavra. Ao princípio pensei que se envergonhasse de falar diante desse polaco tão alto, e fiquei a olhá-lo, surpreendida por ele não dizer nada. A mulher dele deve tê-lo arruinado moralmente; sabes que ele me abandonou para se casar? Ela deve tê-lo mudado! Que humilhação, Mitya, que humilhação! Sinto-me humilhada, envergonhada para toda a vida! Malditos sejam estes cinco anos!

E começou a soluçar mas retendo fortemente Mitya a seu lado.

— Mitya, querido, deixa-te estar aqui. Não te vás embora. Tenho uma palavra a di-zer-te — murmurou olhando-o. — A quem amo eu hoje? Aqui está o meu amor. Deves ser tu a dizer quem é.

E no seu rosto úmido brilhou um sorriso, iluminado pelos olhos que cintilavam na semiobscuridade.

— Na minha vida entrou a voar um falcão e eu estremeci. Depois, surgiste tu e eu não sabia que te amava. Estúpida que fui! Acreditaste quando Fenya te disse que eu contara a Aliocha que te tinha amado durante uma hora e que partia para amar outro? Perdoas-me, Mitya? Perdoas-me? Sim ou não?

De repente levantou-se e rodeou-lhe o pescoço com os braços. Mudo de êxtase, Mitya contemplava aqueles olhos, aquele rosto querido e bruscamente apertou-a contra o peito e cobriu-a de beijos apaixonados. Ela continuava:

— Perdoar-me-ás o tormento que te dei? Atormentei-os a todos por despeito, também por despeito voltei ao encontro desse velho... Lembras-te como ao beberes em minha casa partiste um copo? Recordarei sempre que também parti um ao beber à vileza do meu coração. Porque não me beijas, meu querido? Beija-me, beija-me com paixão, assim! Quando se ama, ama-se de verdade! Serei tua escrava desde este momento e para toda a vida. Que doce escravidão! Beija-me, agarra-me, maltrata-me, faz o que quiseres de mim... é preciso que eu sofra, tenho merecido. Quieto, espera, logo, agora não... — E de repente repeliu-o. — Vai-te embora, Mitya, eu também vou; quero vinho, quero embriagar-me. Vou embriagar-me e dançar, sim, sim. — Arrancou-se dos braços de Mitya e desapareceu por detrás da cortina. Mitya seguiu-a como um ébrio.

"Bem, suceda o que suceder, venha o que vier, a verdade é que daria o mundo inteiro por um momento", pensou.

Gruchenka bebeu de um trago novo copo de champanha e sentiu a cabeça andar-lhe à volta. Sentou-se na mesma cadeira que ocupara antes, sorrindo beatificamente. Tinha as faces coradas, os lábios vermelhos e os olhos brilhantes e úmidos, olhavam com uma expressão tão meiga e lânguida que até o próprio Kalganov se aproximou, seduzido.

— Sentiste que te beijei enquanto dormias? — perguntou Gruchenka. — É porque estou embriagada... E tu, não estás? E porque não bebe Mitya? Estou eu embriagada e tu não bebes...

— Estou embriagado... embriagado... mas de ti... e também o quero estar de vinho!

Bebeu outro copo e ficou surpreendido — esse copo deixou-o completamente ébrio. Desde esse momento tudo começou a andar à volta, como se estivesse delirando com febre. Andava, ria, falava a toda a gente, sem saber o que fazia. Apenas notava em si uma sensação contínua de abrasamento, como se o coração fosse uma brasa, como ele disse depois. Chegou-se à amada, sentou-se junto dela e ficou a olhá-la e a ouvi-la... Ela estava muito loquaz, chamava toda a gente, ria, beijava as moças que cantavam e depois abençoava-as com o sinal da cruz. De repente sentiu vontade de chorar. Maximov estava encantado com ela e a cada momento corria a beijar-lhe as mãos e todos os dedinhos, querendo, para a divertir, dançar nova dança, que ele mesmo acompanhava, cantando com grande animação:

*O leitão grunhe: henf, henf! A vitela muge: mu, mu, mu!*
*O patinho grasna: muá, muá, muá!*
*O cãozinho ladra: au, au, au!*
*A galinha passeia orgulhosa pelo portal*
*Cantando: có, có có có có, có, có ró có có!*

— Dá-lhe qualquer coisa, Mitya — disse Gruchenka. — Dá-lhe uma prenda, já sabes que é pobre. Pobre desgraçado!... Sabes, Mitya, que vou entrar num convento? Sim, ainda hei de ser freira. Aliocha disse-me hoje palavras que nunca esquecerei em toda a minha vida... Sim... Mas hoje dancemos. Quero divertir-me, boa gente, e isso que tem? Deus nos perdoará. Se eu fosse Deus perdoava ao mundo inteiro. Amados pecadores, perdoa-lhes. Quero pedir perdão: Perdoai, boa gente, a esta estúpida mulher. Sou uma besta, isso é o que sou, mas quero rezar. Por pior que seja posso rezar a Deus, Mitya. Deixa-os dançar, não os estorves. Toda a gente é boa, toda a gente, até os piores. Este mundo é um encanto. Apesar de nós sermos maus, o mundo é bom. Nós somos bons e maus... bons e maus. Vá, venham aqui, tenho uma pergunta a fazer-lhes. Respondam todos: porque sou eu tão boa?

Assim divagava Gruchenka, cada vez mais embriagada. Finalmente anunciou que ia dançar e levantou-se, vacilando.

— Mitya, não me dês mais vinho, não me dês mais mesmo que eu to peça. O vinho não dá paz. Tudo dá voltas, a casa, tudo. Vou dançar, dançar. Venham todos ver como danço... verão se danço bem...

A promessa era formal. Pegou num fino lencinho branco e agarrou-o por uma ponta, na intenção de o agitar durante a dança. Mitya corria de um lado para o outro e as moças estavam caladas dispostas a entoar uma música para dançar ao primeiro sinal. Ao saber dos desejos dela, Maximov soltou um grito de alegria e pôs-se a saltar diante de Gruchenka, cantando:

*Com tão lindas pernas, cintura tão fina*
*E curvas tão graciosas...*

Mas Gruchenka afastou-o com o lenço.

— Então, Mitya, porque não vem? Venham todos... ver. Chama também esses dois que estão fechados. Porque os tens fechados? Diz-lhes que vou dançar. Que venham também ver...

Mitya foi até à porta, cambaleando e começou a bater com os punhos fechados.

— Eh, vocês!... Podvisotskys! Abram que ela vai dançar e chama-os!

— *Ladjak*! — grunhiu como resposta um dos polacos.

— *Ladjak*! são vocês! Grandes canalhas! Vocês é que o são!

— Não trocem mais da Polônia — disse Kalganov em tom sentencioso. Também estava bêbado.

— Cale-se, menino. Eu chamo canalha a quem o é e não digo mal da Polônia. Um ladjak não representa a Polônia. Tranquiliza-te, rapazinho bonito, e come doces.

— Ai, que homens! Nem parece que o são! Porque não hão de fazer as pazes? — lamentou Gruchenka ao ouvir os insultos e preparando-se para dançar.

O coro entoou então: Ai meu portal, meu novo portal!

Gruchenka deitou a cabeça para trás, entreabriu os lábios, sorriu, agitou o lenço e de súbito, como se fosse desmaiar, ficou imóvel. Parecia desconcertada.

— Sinto-me fraca... — disse com voz desfalecida. — Perdoa-me... não tenho forças... não posso... estou triste.

Inclinou-se para o coro e começou a fazer reverências para um lado e para o outro.

— Estou triste, perdoem-me.

— A senhora está bêbada... a senhora está bêbada — ouvia-se dizer. — A senhora está com um tonel — explicou Maximov às moças, rindo.

— Mitya, tira-me daqui... leva-me... — pediu Gruchenka desalentada.

Mitya apressou-se a obedecer e tomando nos braços tão doce fardo levou-a para detrás da cortina.

— Bom, eu vou-me embora! — resolveu então Kalganov, saindo da sala e fechando a porta atrás de si. Mitya deitou Gruchenka em cima da cama e beijou-a nos lábios.

— Não me toques — suplicou ela languidamente. — Não me toques até que seja tua... Já te disse que sou tua, mas não me toques até que... confia em mim... Aqui, ao lado deles, desses que estão fechados, não deves... Ainda está ele ali... aqui repugna-me.

— Obedeço-te! Nem pensar nisso! Adoro-te! — balbuciou Mitya. — Sim, aqui é repugnante, abominável!

E sem deixar de a abraçar caiu de joelhos junto dela.

— Sei que apesar de seres bruto és nobre e generoso — murmurou Gruchenka com dificuldade. — Isto há de ser honesto... sejamos honestos, bons e não procedamos como animais, mas sim como boas pessoas. Leva-me para longe... para longe... aqui não... não quero aqui... muito longe...

— Oh! sim, sim, assim, deve ser! — disse Mitya apertando-a nos braços. — Levar-te-ei para longe... Ah, daria toda a minha vida por um ano, para saber... deste sangue!

— Que sangue? — murmurou, perturbada, Gruchenka.

— Nada — respondeu entre dentes Mitya. — Tu queres ser honrada, Grucha, e eu sou um ladrão. Roubei a Katya... Que desgraça! Que desgraça!

— A Katya? Não, não lhe roubaste nada. Devolves-lhe tudo. Eu dou-te o dinheiro. Agora tudo o que é meu é teu. Que importa o dinheiro? Nós os dois havemos de o gastar... Os loucos, como nós, são pródigos. Será melhor irmos trabalhar a terra. Eu própria quero cavar a terra com as minhas mãos. É necessário trabalharmos, sabes? Foi Aliocha que o disse. Não quero ser a tua querida, quero ser-te fiel, quero ser a tua escrava, trabalhar para ti. Iremos ver a menina Katya e pedir-lhe-emos perdão. Depois partiremos. Se não nos perdoar, pior para ela. Dá-lhe o dinheiro e ama-me. Não a ames a ela... não a ames daqui em diante. Se a amas estrangulo-a. Tiro-lhe os olhos...

— Só te amarei a ti. Amar-te-ei na Sibéria.

— Por quê na Sibéria? Não importa; na Sibéria se assim o queres. Trabalharemos... na Sibéria há neve. Gosto de viajar sobre a neve... ao som das campainhas. Ouves? Estás a ouvir o som das campainhas? De onde vem esse som? Alguém se aproxima...

Fechou os olhos, extenuada, e adormeceu durante uns momentos. Era verdade. Uma campainha soava ao longe e de repente deixou de se ouvir. Mitya, com a cabeça re-clinada sobre o peito amado, nem reparou que a campainha deixara de se ouvir, nem que em casa cassara todo o ruído. Aos cantos e à música sucedera-se o mais profundo silêncio. Gruchenka abriu os olhos.

— Que é isto? Adormeci... Sim... uma campainha... Estava a sonhar que viajava na neve e com o tilintar das campainhas adormecia. Ia com o meu amado, contigo; partíamos para longe, muito longe. Eu abraçava-te, beijava-te, apertando-me contra ti. Tinha frio e a neve cintilava. Sabes como a neve cintila nas noites de luar? Parecia-me que não estava na terra. Que delícia!...

— Apertava-me contra ti — murmurava Mitya, beijando-lhe a roupa, os seios, as mãos. E sentiu um sobressalto repentino: pareceu-lhe que Gruchenka olhava para alguém que se encontrava atrás dele, com um olhar fixo, horrorizado, enquanto o seu semblante refletia o espanto e o susto.

— Mitya, quem é que está a olhar para nós? — conseguiu pronunciar por fim.

Mitya voltou a cabeça e viu que realmente alguém o espiava. Parecia-lhe que havia mais gente, embora só visse uma pessoa.

Deu um salto e avançou para o intruso.

— Venha aqui — ouviu o outro dizer, calma mas firme e autoritariamente.

Mitya entrou na outra sala e parou, espantado. A sala estava cheia de gente, mas outro gênero de pessoas. Um estremecimento sacudiu-lhe o corpo enquanto um suor gelado lhe inundava a testa ao reconhecer as pessoas que estavam na sua frente. O velho de alta estatura que envergava um uniforme era o chefe da polícia, Mikail Makarovitch. E aquele outro, elegante e efeminado, de botas eternamente lustrosas, era o substituto do procurador. Usava um relógio de quatrocentos rublos. Várias vezes lho dissera. O outro, mais baixo, Mitya não se lembrava do nome dele, mas sabia que era o juiz de instrução, saído recentemente da escola de jurisprudência. O outro, o inspetor da polícia, Mavriky Mavrikyevitch, era um homem que ele conhecia muito bem. E aqueles infelizes com chapas de metal, que faziam eles ali parados? E aqueles outros dois aldeões... E mais adiante, ao pé da porta, Kalganov com Trifon Borisovitch...

— Cavalheiros!... Que temos, meus senhores? — começou a dizer Mitya. Mas logo a seguir, fora de si, não sabendo o que fazia gritou com todas as suas forças: — Já com... pre...en...do...!

O jovem baixo, de óculos, adiantou-se então, e parando diante de Mitya disse com dignidade, se bem que atropeladamente:

— Temos de proceder... Numa palavra, digo-lhe que me siga até aqui... a este sofá... É absolutamente necessário que dê uma explicação.

— O velho! — vociferou Mitya, delirante. — O velho e o sangue dele. Estou a compreender.

E deixou-se literalmente tombar sobre a cadeira, como se tivesse sido ferido de morte.

— Então compreendes? Já compreendes? Monstro! Parricida! O sangue do teu pai clama contra ti! — rugiu o velho chefe da polícia aproximando-se, agressivo.

Estava transtornado, vermelho de furor, tremia de cólera.

— Isto é impossível! — protestou o dos óculos. — Mikail Makarovitch? Mikail Makarovitch, não é maneira de proceder! ... Peço-lhe que me deixe falar. Nunca esperaria de si tal comportamento.

— É o cúmulo, senhores, o cúmulo da loucura! — continuava a gritar o chefe da polícia. — Aqui está ele, embriagado, a altas horas da noite, em companhia de uma mulher de má reputação, com as mãos manchadas pelo sangue do seu próprio pai... É um delírio!...

— Peço-lhe muito encarecidamente, caro Mikail Makarovitch, que contenha os seus sentimentos — advertiu o procurador ao ouvido do chefe da polícia — de contrário ver-me-ei obrigado a...

Mas o pequeno juiz não o deixou acabar. Voltou-se para Mitya e falou em voz alta, clara e firme, apropriada para as circunstâncias:

— Ex-tenente Karamázov, tenho o dever de lhe comunicar que é acusado de ter assassinado seu pai, Fedor Pavlovitch Karamázov, crime perpetrado esta noite...

O procurador disse mais algumas coisas, mas Mitya ouvia-o sem perceber uma palavra, olhando-os a todos com um olhar aterrado.

# Livro 9
# As Primeiras Investigações

## Capítulo I
## Os Começos da Carreira de Perkotin

Pyotr Ilyitch Perkotin, que deixamos batendo violentamente à porta da viúva Morozov, acabou por se fazer ouvir. Três fortes pancadas quase fizeram desmaiar Fenya, que ainda cheia de medo nem pensava em se deitar. Apesar de ter visto Mitya ir-se embora na carruagem não podia conceber que fosse outra pessoa a bater à porta tão selvaticamente. Correu à casa do porteiro que tinha acordado e se dirigia para a porta e rogou-lhe que não abrisse. O porteiro interrogou Pyotr Ilyitch e resolveu deixá-lo entrar, logo que ele disse que precisava de falar com Fenya por causa de assunto grave. A moça acedeu a receber a visita na cozinha, com a condição de o porteiro estar presente, alegando para isso o receio de que estava possuída. As primeiras perguntas o funcionário compreendeu que Mitya levara dali o pilão do almofariz e que já não o trazia quando voltara com as mãos tintas de sangue.

— Ele voltou cheio de sangue — dizia Fenya. — O sangue saía-lhe aos borbotões, aos borbotões...

Esta horrível observação era simplesmente filha de uma alvoroçada fantasia, pois apesar de Mitya não estar a sangrar, Pyotr Ilyitch também vira as suas mãos cheias de sangue e ajudara até a lavá-las. A questão era saber onde tinha ido Mitya com o pilão do almofariz, ou melhor, se tinha realmente estado em casa de Fedor Pavlovitch. Voltou a perguntar a Fenya, e se bem que não chegasse a nenhum resultado concludente, ficou com a convicção de que Dmitri Fedorovitch devia ter ido à casa de seu pai onde qualquer coisa teria sucedido.

— Quando ele voltou — prosseguiu Fenya — contei-lhe tudo e perguntei-lhe porque tinha sangue nas mãos. Ele respondeu-me que era sangue humano e que tinha acabado de matar alguém. E depois saiu a correr, como um louco. Eu fiquei a pensar onde iria ele e cheguei à conclusão de que iria a Mokroe matar a minha patroa. Quando me dirigia a toda a pressa para casa dele, lembrei-me de espreitar para a loja de Plotnicov. Vi-o então já preparado para partir e já tinha as mãos limpas. — Fenya havia fixado isso e recordava-se.

A avó de Fenya confirmou em tudo o que pôde aquilo que a neta dissera e Pyotr Ilyitch saiu dali mais preocupado do que chegara.

Pensou que a primeira coisa que tinha a fazer e a mais sensata era dirigir-se imediatamente a casa de Fedor Pavlovitch, saber se se teria passado ali alguma coisa e no caso afirmativo ir depois à polícia, como era sua firme determinação fazer. Mas a noite avançava, as portas das casas estariam fechadas e teria de gritar e bater outra vez para se fazer ouvir. Além disso mal conhecia o velho, mas sabia que se fizesse barulho para lhe abrirem a porta ele iria dizer que um tal Perkotin o fora acordar a meio da noite para lhe perguntar se o tinham matado. Enfim, armaria escândalo e o escândalo era o que Pyotr Ilyitch mais receava neste mundo.

Sentia-se tão perturbado com os seus pensamentos que se amaldiçoou a si mesmo por se ter deixado meter no assunto e deu por si a caminhar em direção à casa da senhora Hohlakov, e não à de Fedor Pavlovitch.

Se ela negasse ter-lhe entregado os três mil rublos iria imediatamente à polícia, caso contrário deixaria o assunto para outro dia.

Era evidente que Pyotr Ilyitch se expunha mais ao escândalo indo às onze horas da noite a casa de uma senhora elegante, que talvez já estivesse deitada, para lhe fazer uma pergunta estranha, ainda por cima sendo completamente desconhecido dela, do que indo a casa de Fedor Pavlovitch.

Mas essas decisões estranhas ocorrem sempre aos homens mais comedidos e cautelosos. Toda a sua vida Pyotr Ilyitch recordaria os impulsos por que se deixou guiar contra sua vontade e depois de grandes inquietações. Amaldiçoava-se, ralhava consigo mesmo mas ia continuando a andar para casa da senhora Hohlakov e murmurava: "Quero conhecer o fundo de tudo isto, pela centésima vez."

Batiam precisamente onze horas quando chegou à casa da senhora Hohlakov. Pôde entrar imediatamente no vestíbulo, mas ao perguntar se a senhora estava levantada o porteiro disse-lhe que àquela hora a senhora devia estar a dormir.

— No entanto, suba e toque a campainha. Se a senhora quiser recebê-lo, muito bem; se não, não.

Pyotr Ilyitch subiu, mas já não encontrou as mesmas facilidades. O lacaio não queria anunciá-lo, mas por fim concordou em chamar uma criada. Com muita delicadeza pediu então à moça que anunciasse à sua patroa a visita de um empregado chamado Perkotin, que não se atreveria a incomodá-la se não fosse da maior importância o assunto que o levava ali.

— Diga-lhe mesmo assim, mesmo assim — pediu à criada.

A moça obedeceu e deixou-o à porta. A senhora Hohlakov estava nos seus aposentos, mas não deitada. Sentia-se atordoada desde a visita de Mitya e não acreditava que passasse a noite sem ser acometida da enxaqueca que sempre se seguia a todas as suas excitações. O anúncio da visita irritou-a e negou-se a recebê-lo, se bem que a sua curiosidade feminina ficasse exacerbada. Mas Pyotr Ilyitch estava naquela ocasião teimoso como uma mula e pediu à criada para dizer à senhora que viera por um assunto importantíssimo e que se o não recebesse poderia vir depois a lamentá-lo.

Atirei-me de cabeça, explicaria ele mais tarde.

A criada olhou-o espantada e foi dar o novo recado. A senhora Hohlakov impressionou-se, ficou pensativa, perguntou que aspecto tinha o desconhecido e soube que era um rapaz bem vestido e muito delicado. Digamos entre parênteses que Pyotr Ilyitch era um jovem de boa aparência e cuidadoso com a sua pessoa. A senhora Hohlakov decidiu-se a recebê-lo. Ordenou que o mandassem entrar para o salão onde poucas horas antes tinha recebido Mitya. Pôs um xale negro sobre a bata que com os sapatos de quarto constituíam toda a sua indumentária e foi ao encontro do empregado perguntando com ar inquisidor e sem sequer lhe oferecer uma cadeira:

— Que deseja?

— Atrevi-me a incomodá-la por causa de um assunto referente ao nosso amigo Dmitri Fedorovitch Karamázov — começou a explicar Perkotin.

Mal pronunciou o nome do amigo o semblante da senhora revelou a mais profunda indignação e interrompeu-o com voz irada:

— Até quando terei de sofrer as impertinências desse homem terrível? Como se atreve o senhor a vir incomodar uma senhora a quem não conhece, em sua própria casa e a estas horas? ... E empenha-se em obrigar-me a falar de um homem que há menos de três horas esteve aqui, nesta mesma sala, para me matar e saiu da minha casa batendo as portas como se não saísse de uma casa decente? Permita que lhe diga, senhor, que apresentarei queixa contra si; isto não pode ficar assim. Tenha a bondade de sair... Eu sou uma mãe... eu... eu...

— Matá-la! Então... também a quis matar a si?

— O quê! Matou outra pessoa? — perguntou ela impulsivamente.

— Senhora, se se dignasse ouvir-me um momento explicava-lhe tudo em quatro palavras — respondeu Perkotin com firmeza. — Esta tarde, às cinco horas, Dmitri Fedorovitch pediu-me emprestados dez rublos e, pelo que vi, posso assegurar que não tinha dinheiro. Mas às nove foi ter comigo com um maço de notas na mão: de dois a três mil rublos. A cara e as mãos dele estavam cobertas de sangue e o seu olhar era o de um louco. Quando lhe perguntei onde tinha arranjado tanto dinheiro disse-me que foi a senhora que lho dera. Que lhe tinha oferecido três mil rublos para ir para uma mina de ouro...

O semblante da senhora exprimia a mais violenta e penosa emoção.

— Meu Deus! Deve ter matado o seu velho pai! — exclamou juntando as mãos. — Eu nunca lhe dei dinheiro, nunca, nunca! Oh, corra, corra!... Não me diga mais nada! Vá salvar o velho... o pai dele... corra!

— Perdão, minha senhora. Então nunca lhe deu dinheiro?

— Exatamente. Neguei-lho porque não sabe apreciar o seu valor. Foi-se embora, fazendo escândalo. Quis atirar-se a mim, mas fugi... e deixe que lhe diga, já que nada quero ocultar-lhe, que me cuspiu. Pode imaginar tal coisa? Mas que fazemos de pé? Ah, sente-se... perdão; eu... o melhor era apressar-se e livrar o pobre ancião de uma morte terrível.

— Mas se ele já o matou?

— Ó santos céus, é verdade! Que fazer agora? Que lhe parece que devemos fazer.

Entretanto ofereceu uma cadeira a Pyotr e sentou-se em frente dele. Em poucas palavras Pyotr Ilyitch contou-lhe o que sabia, a sua visita a Fenya e do desaparecimento do pilão do almofariz. Todos estes pormenores produziam um efeito terrível na pobre senhora que soltava gritos de espanto e levava as mãos à cabeça.

— Quer acreditar que eu pressentia tudo isto? Tenho esta faculdade especial. Tudo o que eu imagino se realiza. Quantas vezes olhava para esse homem terrível e pensava: este homem há de acabar por assassinar-me. E assim sucedeu... pois se em vez de me matar a mim matou o pai, foi Deus que assim o decidiu; além disso teve vergonha de me matar, porque aqui mesmo acabava eu de lhe pôr ao pescoço uma imagem procedente das santas relíquias da gloriosa mártir, Santa Bárbara... Pensar como estive perto da morte quando me aproximei para lhe pôr a imagem ao pescoço. Olhe, Pyotr Ilyitch (penso que se chama Pyotr Ilyitch), eu não acreditava em milagres, mas este ícone e o prodígio evidente que se deu comigo, fizeram-me mudar de ideias e estou disposta a acreditar naquilo que o senhor quiser. Já ouviu falar do Padre Zossima? Mas já não sei o que digo... e calcule que com a medalha ao pescoço e tudo ainda me cuspiu... Só me cuspiu e não me matou, essa é a verdade... precipitou-se para fora... Mas que havemos de fazer? Que pensa o senhor?

Pyotr Ilyitch levantou-se, dizendo que ia falar diretamente com o chefe da polícia, a quem contaria tudo, deixando que ele agisse como achasse conveniente.

— Oh, que belíssima pessoa é Mikail Makarovitch. Eu conheço-o. Com efeito é ele a pessoa indicada para isso. Que espírito tão prático que o senhor tem, Pyotr Ilyitch! Que clareza nas decisões! Se estivesse no seu lugar não me teria lembrado de nada!

— Como conheço também bem o chefe da Polícia... — observou Pyotr Ilyitch, impaciente por deixar quanto antes aquela senhora que nunca mais acabaria de falar.

— Peço-lhe que volte, que não deixe de voltar — continuava ela — para me contar o que viu e ouviu... o que descobriram... como o julgaram... a que foi condenado... Diga-me uma coisa: é verdade que já não temos a pena capital? Sobretudo não deixe de cá vir mesmo que sejam três ou quatro horas da manhã. Diga que me acordem... que me sacudam até se eu não acordar logo... Ó Deus do céu, como posso pensar em dormir? Não seria melhor eu ir consigo?

— N...não! Não vale a pena. Agora se quiser escrever duas linhas com o seu próprio punho, declarando que não deu qualquer dinheiro a Dmitri Fedorovitch, isso poderá talvez ser útil...

— É verdade! — exclamou a senhora dirigindo-se imediatamente para o seu escritório. — Sabe que estou maravilhada com a sua presença de espírito para estas coisas? Está empregado aqui na cidade? Estou encantada por saber!

E sem parar de falar escreveu em meia folha de papel de carta, o que se segue:

*Nunca na minha vida entreguei a esse infeliz Dmitri Fedorovitch Karamázov — que apesar de tudo é um desgraçado — três mil rublos; muito menos hoje. Nunca lhe dei dinheiro, nunca. Juro-o pelo que há de mais santo!*

*K. Hohlakov.*

— Aqui tem a nota — disse voltando-se nervosamente. — Vá e salve-o. Será uma nobre ação da sua parte.

Depois benzeu-se três vezes e acompanhou-o até à porta.

— Não sabe como lhe fico agradecida por ter vindo ter comigo antes de recorrer a qualquer outra pessoa! Como é que não nos tínhamos já encontrado? A sua presença nesta casa dar-me-á muito gosto. Fico muito satisfeita por saber que o senhor vive na cidade!... Que precisão o senhor tem em resolver as coisas! Devem compreendê-lo e apreciá-lo muito. Se eu puder ser-lhe útil em qualquer coisa, creia... sou uma apaixonada pela gente nova! A juventude dos nossos dias é a única esperança do nosso desgraçado país. A única esperança... sim, vá, vá!...

Mas se Pyotr Ilyitch não se tivesse já afastado sabe Deus quanto tempo o teria retido ainda a faladora senhora. No entanto saiu bem impressionado com aquela senhora que de certo modo soubera mitigar a ansiedade que ele sentia por aquele assunto tão desagradável. Além disso, também não deixou de pensar complacentemente: não está nada mal. Quase a tomei pela filha.

Por seu lado a senhora Hohlakov estava sinceramente encantada com aquele jovem: "Que sentido, que clara visão das coisas, tão rara nos jovens dos nossos dias! E com modos tão distintos, tão agradáveis! E ainda há quem diga que a mocidade de hoje não serve para nada! Aqui têm um exemplo! Etc., etc." Com tudo isso chegou a esquecer o que havia sucedido e só ao deitar-se é que se lembrou como tinha estado perto da morte e exclamou: "Ah, isto é horrível! Horrível!"

E adormeceu docemente.

Não teria insistido tanto sobre esta extraordinária visita do jovem empregado à viúva, se não tivesse sido para ele o ponto de partida de toda a sua carreira. É uma história que a nossa cidade recorda com admiração e sobre a qual prometo contar-lhes alguma coisa quando terminar esta já longa narração dos irmãos Karamázov.

## Capítulo 2
## O Alarme

Mikail Makarovitch Makarov, o nosso chefe da polícia, coronel reformado, era um homem excelente. Viúvo, tinha tomado posse do cargo três anos antes e conquistara a estima geral de toda a cidade com os seus modos sociáveis. Nunca estava sem visitas nem andava sem companhia. Tinha sempre convidados à sua mesa e dava com frequência jantares que despertavam a atenção. Os seus pratos não eram muito requintados, mas sempre abundantes e ele não se importava que a quantidade de vinho suprisse a qualidade.

A principal sala onde recebia os convidados era uma sala de bilhar, decorada com quadros de cavalos de corrida, cavalos ingleses, ornamento indispensável da sala de bilhar de qualquer homem solteiro. À tarde, embora numa só mesa, jogava-se às cartas e de vez em quando toda a boa sociedade se reunia nos bailes daqueles salões. Mikail Makarovitch vivia com três filhas. Uma era viúva e as outras tinham saído do colégio e estavam em idade de casar. Eram muito bonitas e simpáticas e, ainda que sem dote, atraíam à casa do pai o mais seleto da juventude.

Mikail Makarovitch não brilhava no seu cargo, mas também não o desempenhava pior do que muitos outros. Era, para falar claro, um homem de instrução limitada. Ninguém conseguia alterar a sua maneira de entender os limites dos seus poderes administrativos. Se consentia verdadeiros desatinos na interpretação de certas leis, não era por falta de talento, ou de inteligência, mas por descuido. No entanto, estava sempre disposto a submeter-se à hierarquia superior.

"Tenho mais sangue de soldado do que de civil", dizia de si mesmo. Nunca teve uma ideia clara dos princípios fundamentais, relativos à emancipação dos servos; foi-se acomodando a ela, por assim dizer, com o decorrer dos anos, e chegou a entendê-la completamente embora contra sua vontade, pois também era proprietário.

Pyotr Ilyitch tinha a certeza de ir encontrar alguém em casa de Mikail Makarovitch, e assim sucedeu. Nesse momento o chefe do distrito jogava a sua partida de *whist*, com o procurador e o médico do distrito, Varvinsky, recentemente chegado de S. Petersburgo, depois de se ter doutorado com brilho na Academia de Medicina. Hipólito Kirillovitch, o procurador (apesar de ser apenas o substituto chamavam-lhe sempre assim), era um tipo especial, de trinta e cinco anos, propenso à tísica e casado com uma mulher gorda e estéril. Era um homem vaidoso, mas inteligente e bom. Tinha de resto de si próprio uma opinião melhor do que a que consentiam os seus méritos. Isso ocasionava-lhe sérios desgostos. Mostrava-se muito inclinado para o estudo da psicologia e julgava ter profundos conhecimentos do coração humano, especialmente no que respeitava aos criminosos e ao crime. Persuadido de que não era apreciado em todo o seu valor, desconfiava ter inimigos nas altas esferas e chegou a pensar, em alturas de desalento, renunciar ao cargo e dedicar-

-se à advocacia em questões criminais. O caso de Karamázov impressionou-o imensamente. É um caso de que toda a gente falará na Rússia. Mas não nos antecipemos.

Nicolay Parfenovitch Nelyudov, o jovem juiz de instrução vindo de Petersburgo, encontrava-se numa salinha contígua, falando com as meninas. Podia surpreender o fato de se encontrarem em casa do chefe da polícia todas aquelas personalidades reunidas, mas a verdade é que o fato tem uma explicação bem simples.

Hipólito Kirillovitch via-se obrigado a fugir da mulher que se queixava de dor de dentes e há dois dias não parava de gritar.

O doutor, devido ao seu temperamento, não podia passar a tarde de outro modo que não fosse a jogar as cartas. Nicolay Parfenovitch Nelyudov cumprira os seus propósitos de há três dias, entrando à socapa na casa para assustar a filha mais velha do chefe da polícia, dizendo-lhe que sabia muito bem ser aquele o dia do seu santo e que ela não o revelava para não ser forçada a convidar os amigos da casa. Ameaçava-a então de ir contar o seu segredo a toda a gente e coisas desse gênero. O simpático rapaz gostava de alarmar os amigos dessa maneira e as senhoras tinham-no apelidado de "O perverso", com o que ele ficara muito satisfeito. Mas um perverso muito bem-educado, filho de boas famílias, instruído e sentimental, e se bem que levasse uma vida de prazer, as suas brincadeiras eram inocentes e de bom gosto. Era de pequena estatura e compleição delicada e as suas mãos, brancas e cuidadas, andavam enfeitadas com anéis. No exercício das suas funções mostrava-se imponente, considerando a sua profissão como um sacerdócio. Possuía o dom especial de impressionar os assassinos e outros criminosos com as suas perguntas e se não obtinha o respeito deles, obtinha pelo menos a sua admiração.

Pyotr Ilyitch, quando entrou na casa do chefe da polícia, ficou estupefato. Viu logo que já sabiam de tudo.

As cartas estavam abandonadas e todos conversavam animadamente, de pé. O próprio Nicolay Parfenovitch tinha deixado as damas e discutia com impetuosidade, pronto para atuar, Pyotr Ilyitch recebeu a terrível notícia de ter sido assassinado e roubado nessa noite, em sua casa, o velho Fedor Pavlovitch. Tinham sabido a notícia do seguinte modo:

Marfa Ignacievna dormia profundamente sob a ação da droga que tinha tomado, e certamente dormiria toda a noite se não tivesse sido despertada pelos terríveis gemidos epiléticos de Smerdyakov, que se encontrava no quarto ao lado. Eram os gemidos que sempre antecediam a crise e que espantavam e atormentavam Marfa. Não podia habituar-se àqueles gritos de animal ferido. Levantou-se e foi meio acordada ao quarto de Smerdyakov. Estava tudo escuro e ouvia-se apenas a respiração agitada e ofegante do doente. Gritou então pelo marido, mas ao lembrar-se que não o tinha sentido a seu lado quando se erguera, voltou ao quarto e começou a apalpar em cima da cama. Onde estava Grigory? Chegou à escada e chamou timidamente. Não obteve resposta, mas das distantes sombras do jardim partiam gemidos. Pôs-se à escuta. Era evidente que alguém gemia no jardim.

"Meu Deus!", pensou enlouquecida, "a mesma coisa que se passou com Lizavetta Smerdyatchava!"

Desceu a escada com grande receio e viu a porta que dava para o jardim aberta.

"Deve estar lá fora, o pobre!" E dirigiu-se para lá. Deu uns passos e ouviu logo a voz desfalecida de Grigow, que a chamava:

— Marfa! Marfa!

— Livrai-nos do mal, Senhor! — murmurou correndo em direção ao sítio de onde partia a voz. Encontrou Grigory a uns vinte passos do local onde tinha caído. Tinha-se arrastado lentamente e havia perdido muito sangue com o esforço que tivera de fazer. Quando viu o marido coberto de sangue, Marfa soltou um grito de terror. Grigory falava de modo incoerente:

— Matou-o... matou o pai... Por que estás a gritar, imbecil? Corre a pedir auxílio.

Marfa continuava a gritar e ao ver a janela do patrão aberta e iluminada, correu a chamá-lo. Mas ao olhar para dentro do quarto ficou paralisada de terror. Fedor Pavlovitch estava deitado de costas no chão, imóvel e com a bata e a camisa ensanguentadas. O candeeiro projetava a sua luz sobre o sangue e sobre o rosto imóvel de Pavlovitch. Espavorida, afastou-se da janela e correu pelo jardim até à porta da casa mais próxima, a de Maria Kondratyevna. Mãe e filha despertaram com os gritos e pancadas de Marfa, que chorando mal lhes conseguia explicar o que tinha acontecido. Foma, que acabara de chegar de uma das suas viagens e por isso se encontrava em casa, reuniu-se-lhes e correram todos para o local do crime. Maria Kondratyevna lembrava-se de ter ouvido, por volta das oito horas, um grito formidável no jardim, que fora sem dúvida o grito de Grigory: "Parricida!" ao agarrar a perna de Mitya.

— Digo-te que ouvi um grito e depois tudo ficou silencioso — explicava sem deixar de correr.

Chegaram ao sítio onde se encontrava Grigory, e as duas mulheres, com a ajuda de Foma, transportaram-no para o pavilhão. Acendendo uma vela, entraram no quarto de Smerdyakov, que continuava agitado por convulsões, com os olhos fixos num ponto e a espuma a sair-lhe pelos cantos da boca. Lavaram a cabeça de Grigory com uma mistura de água e vinagre, o que o fez recuperar os sentidos. Ao abrir os olhos perguntou:

— Mataram o patrão?

Então as três mulheres foram a casa, reparando que não só a janela mas também a porta que dava para o jardim se encontrava aberta, quando o próprio Fedor Pavlovitch as fechava todas as noites, chegando até a proibir mesmo a Grigory que lá entrasse fosse sob que pretexto fosse. As mulheres tiveram medo de entrar em casa e voltaram para junto de Grigory. O velho ordenou-lhes que fossem imediatamente prevenir a polícia. Maria Kondratyevna encarregou-se disso e chegou a casa de Mikail Makarovitch cinco minutos antes de Pyotr Ilyitch. A denúncia deste foi por isso recebida não como mera conjectura mas sim como um fato consumado, onde tudo confirmava as declarações que Pyotr Ilyitch se preparava para fazer sem contudo lhes dar verdadeiramente crédito.

Resolveram logo atuar energicamente. O subcomissário da polícia da cidade recebeu ordem para recrutar quatro testemunhas e começar as averiguações em casa de Fedor Pavlovitch, conforme as instruções judiciais que não devo mencionar aqui. O médico do distrito, homem zeloso e novo na sua carreira, empenhou-se em acompanhar as autoridades judiciais.

Deve notar-se que Fedor Pavlovitch foi encontrado morto, com a cabeça fraturada, sem dúvida com o mesmo instrumento com que havia sido ferido Grigory. Este, a quem o médico tratou com a maior eficácia, declarou com voz débil e entrecortada, a maneira como tinha sido atirado ao chão. A luz de uma lanterna fizeram-se pesquisas no jardim que deram como resultado imediato a descoberta do pilão do almofariz num dos caminhos do jardim. Não havia qualquer desordem no quarto de Fedor Pavlovitch, mas atrás do biombo e da cama apanharam do chão um papel com a seguinte inscrição: Presente de três mil rublos ao meu anjo, Gruchenka, se vier, tendo sido depois acrescentado também por Pavlovitch: A minha pombinha. Este sobrescrito que tinha três selos de lacre vermelho, encontrava-se aberto e vazio. Tinham tirado de lá o dinheiro. Também se encontrou no chão a cinta que envolvia o sobrescrito.

Um ponto das declarações de Pyotr Ilyitch impressionou vivamente o procurador e o juiz encarregados das diligências: o desejo que Dmitri Fedorovitch havia exprimido de se matar no dia seguinte ao romper do sol, tendo carregado as pistolas diante de testemunhas e escrito umas linhas num papel que guardara no bolso. Além disso quando Pyotr o ameaçara de ir prevenir alguém que pudesse evitar o suicídio, Mitya respondera com ar de brincadeira: "Chegarás tarde."

Era pois necessário correr a Mokroe se queriam apanhar o criminoso antes que ele desse um tiro na cabeça.

— O caso é claro! Completamente claro! — repetia o procurador.

— São os rasgos característicos desses estouvados: comamos e bebamos que amanhã morreremos.

Os gastos de Mitya em vinhos e comidas inflamavam o sangue do procurador.

— Os senhores recordam-se daquele criminoso que depois de assassinar um comerciante chamado Olsufyev, roubando-lhe mil e quinhentos rublos, correu em seguida com o dinheiro na mão e os cabelos em pé a gastá-lo com mulheres?

As pesquisas, declarações e demais formalidades retiveram-nos durante muito tempo em casa de Fedor Pavlovitch e duas horas depois enviavam a toda a pressa a Mokroe, o inspetor da polícia rural, Mavriky Mavrikyevitch, que chegara na noite anterior à cidade para receber o seu vencimento, com o encargo de vigiar o criminoso, sem suscitar alarme até à chegada das autoridades. Tão discretamente este levou a cabo a sua missão, que excetuando o seu velho amigo Trifon Borisovitch, ninguém se apercebeu da vigilância organizada. O estalajadeiro tinha acabado de lhe falar pouco antes de encontrar Mitya, ao sair da varanda, de expressão transtornada. A caixa das pistolas fora retirada para lugar seguro, sem que Mitya desse por isso. Cerca das cinco horas, quando já rompia a madrugada, chegaram a Mokroe, em duas carruagens, o chefe da polícia, o juiz instrutor, e outros funcionários. O médico ficara em casa de Fedor Pavlovitch para escrever um relatório referente ao cadáver. Mas o que mais o interessava era o estado de Smerdyakov.

— Estes ataques epiléticos tão violentos e prolongados e que se sucedem durante vinte e quatro horas são muito raros e de grande interesse para a ciência — dizia entusiasmado aos seus companheiros, que ao despedirem-se dele o felicitaram por ter encontrado um caso raro. O procurador e o juiz de instrução lembravam-se de o ter ouvido — dizer que Smerdyakov não passava dessa noite.

Depois desta digressão, que me pareceu necessária, voltemos ao ponto onde tínhamos deixado a nossa história.

# Capítulo 3
# As Torturas de Uma Alma: o Primeiro Testemunho

Mitya olhou bruscamente para quantos o rodeavam, sem perceber nada do que diziam. De repente levantou-se e, erguendo os braços, gritou:

— Não sou culpado, não sou culpado desse sangue! Não sou culpado do sangue de meu pai!... Pensava em matá-lo, mas não o fiz. Não, não sou culpado!

Nesse momento Gruchenka saiu detrás da cortina e deitou-se aos pés do chefe da polícia, desfeita em lágrimas e gritando num tom comovedor:

— A culpa é minha! Minha! A minha perversidade! — exclamava estendendo as mãos suplicantes. — Ele fê-lo por mim. Fui eu que o induzi, atormentando-o. Também fiz sofrer esse pobre velho até à morte! Sou eu a culpada, a primeira e a mais culpada!

— Sim, és tu a primeira culpada, a maior criminosa! Tu, louca perdida! Devia ajustar contas contigo! — vociferava o chefe da polícia, ameaçando-a.

Apressaram-se a acalmá-lo. O procurador agarrou-lhe a mão e disse acaloradamente:

— Isso é de todo improcedente, Mikail Makarovitch. Está a pôr obstáculos ao inquérito... Está a deitar o caso a perder...

— Temos de seguir o curso regular das coisas! — acrescentou, muito excitado, Nicolay Parfenovitch. — De outra maneira é completamente impossível!

— Julguem-nos os dois! — continuava a gritar Gruchenka, sem se levantar do chão. — Castiguem-nos juntamente. Quero ir com ele, nem que seja para a morte!

— Grucha, minha vida, meu amor, minha santa! — exclamou Mitya caindo de joelhos ao lado e apertando-a nos braços. — Não acreditem nela. Ela não tem culpa de nada. De nada!

Mitya recordava mais tarde que os tinham separado à força e quando deu por si estava sentado a uma mesa tendo a seu lado dois homens com a chapa de metal da polícia rural. Em frente dele encontrava-se Nicolay Parfenovitch, o juiz de instrução, que o convidara a beber um copo de água que estava sobre a mesa.

— Beba que ficará mais calmo. Não se impaciente, tranquilize-se — acrescentou com delicadeza.

O interesse de Mitya — recordava ele mais tarde — concentrava-se nos anéis que o juiz usava. Era uma ametista amarela e outra pedra refulgente, de grande transparência e limpidez, que atraíram a sua atenção durante as terríveis horas do interrogatório, fazendo em vão todos os esforços para se afastar daquela distração que nada tinha a ver com o seu estado de espírito. Estranho fenómeno de que mais tarde viria a falar com espanto. A esquerda de Mitya, no sítio onde se sentara tempos antes Maximov, estava agora o procurador; à direita, no lugar ocupado anteriormente por Gruchenka, estava agora um jovem secretário do juiz. O chefe da polícia tinha-se retirado para o fundo da sala, para junto de uma janela onde se encontrava Kalganov.

— Beba um pouco de água — dizia pela oitava vez o juiz com a mesma suavidade.

— Já bebi, cavalheiro, já bebi... mas... vamos, senhor, apresse-se a castigar-me, decida a minha sorte! — gritava Mitya com os olhos saídos das órbitas e olhando com ar terrível para o juiz.

— Afirma então não ser culpado da morte de seu pai, Fedor Pavlovitch? — insistiu o juiz sem mudar de entonação.

— Não sou culpado. Sou culpado da morte de outro homem, mas não da do meu pai. E bastante o sinto. Matei-o, atirei-o ao chão com uma pancada terrível... mas seria horrível que me quisessem forçar a confessar um crime que não cometi... É uma espantosa acusação a que me fazem. Mas quem o teria matado? Quem teria podido matar o meu pai se não fui eu? É assombroso, extraordinário, inconcebível!...

— Sim, quem terá podido matá-lo? — replicou o juiz.

Mas o procurador olhou-o de modo significativo e dirigiu ele a palavra a Mitya.

— Não se inquiete com o velho criado, Grigory Vasilyevitch. Vive, recuperou os sentidos e, apesar das terríveis pancadas que o senhor lhe deu, segundo declaração dele e o que o senhor mesmo confessa, o médico é de opinião que ficará bom.

— Vivo? Está vivo? — gritou Mitya erguendo as mãos para o céu. A sua cara resplandecia. — Senhor, dou-vos graças por terdes ouvido este pobre pecador! Deus ouviu as minhas orações. Durante toda a noite lhe pedi o mesmo. — E benzeu-se três vezes. Estava sem forças para falar.

— Pois Grigory fez declarações a seu respeito que...

— Um momento, meus senhores, pelo amor de Deus, um momento. Quero ir falar com ela...

— Desculpe, agora é de todo impossível — respondeu Nicolay Parfenovitch com voz severa, pondo-se de pé ao mesmo tempo que os homens com o emblema metálico obrigavam Mitya a sentar-se de novo.

— Que pena senhor. Queria ir só ao pé dela para lhe dizer que aquilo, que o pesadelo que esta noite pesava sobre mim se desvaneceu. Que não sou um assassino. Ela é minha noiva, senhores! — afirmou como em êxtase, olhando para todos os que o rodeavam. — Oh, obrigado, senhores! É como se tivesse ressuscitado, regenerado o meu coração!... É que aquele velho trouxe-me ao colo, deu-me banho quando eu era criança e foi o único que me amparou quando todos me abandonaram...

— E o senhor... — começou a dizer o juiz.

— Só mais um momento, senhores — interrompeu Mitya pondo os cotovelos sobre a mesa e ocultando a cabeça entre as mãos. — Concedam-me uns segundos para refletir, deixem-me cobrar alento, senhores. Tudo isto me agita, me comove horrivelmente! Eu não sou insensível, senhores!

— Beba um pouco de água — disse calmamente Nicolay Parfenovitch.

Mitya destampou a cara e sorriu. Parecia que tinha passado por uma rápida transformação. Mostrava-se confiante. Dir-se-ia que se encontrava com aqueles senhores numa reunião qualquer. Notemos de passagem que Mitya havia sido muito bem visto em casa do chefe da polícia, mas havia um mês que se tinham esfriado as suas relações e Mitya notava que ao passar por ele na rua o seu velho amigo franzia o sobrolho e respondia ao seu cumprimento por mera cortesia. A sua amizade com o procurador era quase nula, apesar das várias visitas de cumprimentos à mulher dele, senhora sempre mal-humorada e caprichosa que, sem se saber porque, se tinha sempre mostrado agradável para com Mitya, recebendo-o da maneira mais amável. Com o juiz não tinha ainda intimidade nenhuma, apesar das duas conversas que tinham tido, ambas sobre o belo sexo.

— Vejo, Nicolay Parfenovitch, que o senhor é um juiz muito hábil — disse Mitya, rindo alegremente. — Eu próprio o ajudarei na sua tarefa. Ah, senhores, sinto-me renovado! Não levem a mal que lhes fale com tanta franqueza. Bebi um bocado... confesso-o com toda a sinceridade... Creio tê-lo já encontrado, Nicolau Parfenovitch, em casa do meu parente Miusov. Não pretendo tratá-los de igual para igual, meus senhores. Compreendo bem com que características me encontro aqui. Oh, claro que me envolve uma terrível suspeita... se Grigory me acusa... Uma horrível suspeita... compreendo... Mas vamos ao assunto, meus senhores; estou pronto e depressa estará tudo terminado. Como sei que estou inocente, num minuto poremos tudo isto a claro, não é verdade? Não é verdade?

Mitya falava muito e precipitadamente, nervoso e efusivo, como se os que o ouviam fossem os seus melhores amigos.

— Então, por agora escreveremos que o senhor nega terminantemente a sua culpabilidade — disse o juiz voltando-se para o secretário e dizendo-lhe em voz baixa o que devia escrever.

— Escrever? O senhor quer anotar isso? Pois bem, tome nota, consinto nisso; dou-lhes o meu inteiro consentimento, mas... olhe... Espere, espere, escreva isto: sou culpado de uma conduta desregrada; de agredir um pobre velho também o sou. E no mais profundo do meu coração existe uma coisa de que também me sinto culpado. Bem, mas isto não é preciso escrever... trata-se da minha vida íntima, dos segredos do meu coração... Mas do assassinato do meu pai não sou culpado... É um absurdo... uma coisa inconcebível! Hei de prová-lo e hão de ficar imediatamente convencidos. Hão de rir, meus senhores, os senhores hão de rir das vossas suspeitas...

— Tranquilize-se, Dmitri Fedorovitch — disse o juiz instrutor, tentando mitigar a exaltação do suspeito com a sua serenidade.

— Antes de continuar o interrogatório gostava, se o senhor consentir nisso, de o ouvir confirmar o fato de não gostar do seu pai e que estava continuamente em discussão com ele. Não há muito tempo, neste mesmo lugar, afirmou o senhor que ia matá-lo.

— Eu afirmei isso? Sim, pode ser, senhores. Sim, desgraçadamente desejava matá-lo... muitas vezes o desejei... desgraçadamente, desgraçadamente.

— Desejava-o! Quererá agora explicar-nos os motivos que o levaram a ter esses sentimentos de ódio contra o seu pai?

— Que hei de explicar, senhores? — disse Mitya encolhendo os ombros e baixando os olhos. — Nunca ocultei os meus sentimentos. Toda a cidade os conhece... na taberna todos sabem a minha maneira de sentir. Há bem pouco tempo revelei as minhas intenções na cela do Padre Zossima... E nesse dia, à tarde, discuti com o meu pai, quase dei cabo dele e jurei diante de testemunhas que o mataria... Testemunhas? ... Aos centos! Gritei-o por toda a parte. Toda a gente lhe dirá o mesmo... O fato salta à vista, fala por si mesmo, grita, mas a respeito dos sentimentos, senhores, isso já é diferente. — Mitya franziu o sobrolho. — Parece-me que a respeito de sentimentos não têm o direito de me interrogar. Sei que estão a desempenhar o vosso cargo, sei isso perfeitamente; mas os meus sentimentos só a mim dizem respeito... embora desde o momento em que falei deles a toda a gente, não possa agora pretender que fiquem secretos. Bem sei que há contra mim acusações gravíssimas. Andei a dizer por todo o lado que o matava e agora aparece ele morto. Claro que pensaram logo que fui eu. Compreendo muito bem a vossa situação e desculpo-os sinceramente. Eu mesmo estou surpreendido com o cúmulo das coincidências; realmente quem o poderia ter matado se não fui eu? Quem terá sido? Isso é o que eu pergunto e o que eu gostaria de saber!

E olhando para o magistrado insistiu:

— Onde foi assassinado? E como? Diga-me.

— Foi encontrado no quarto, estendido no chão e com o crânio fraturado — disse o procurador.

— Isso é horrível! — exclamou Mitya ocultando a cara entre as mãos.

— Continuemos — disse Nicolay Parfenovitch. — Então o que o levou a esse sentimento de ódio? Creio que foi o senhor mesmo que declarou em público que esse ódio era motivado pelos ciúmes.

—Bem, ciúmes. E alguma coisa mais do que isso.

— Zangas por causa do dinheiro?

— Sim, também por causa do dinheiro.

— Creio que era uma questão de três mil rublos que o senhor reclamava como fazendo parte da sua herança materna.

— Três mil? Mais, mais! — gritou energicamente Mitya. — Mais de seis mil, mais de dez mil rublos talvez! Disse-o a toda a gente, gritei-o bem alto. Mas tinha resolvido contentar-me com os três mil que era a quantia de que eu necessitava peremptoriamente... de tal maneira que o embrulho que ele tinha guardado debaixo da almofada para Gruchenka, se ela aparecesse, o considerava como meu, como uma coisa que me pertencia...

O procurador olhou significativamente para o juiz e piscou-lhe o olho.

— Voltaremos a falar no assunto — disse o procurador. — Permite que tomemos nota dessa sua declaração dizendo que considerava esse dinheiro como seu?

— Tomem nota, meus senhores, tomem nota. Sei que é outra acusação contra mim mas não receio as acusações que me possam fazer e por isso eu mesmo me acuso. Sei que os senhores me julgam muito diferente daquilo que eu sou — acrescentou pesarosamente. — Os senhores falam com um homem de honra, um homem de muita honra; não esqueçam sobretudo que este homem, apesar das coisas mal feitas que tem feito, tem sido sempre honrado e continua a sê-lo no fundo. Não sei como dizer-lhes, mas a verdade é que por ter toda a vida ansiado tanto a honradez, me converti num mártir do sentido da honra, procurando-a por toda a parte com uma lanterna, a lanterna de Diógenes. Mas apesar de tudo isso não tenho feito outra coisa senão cometer baixezas, como todos nós, senhores... isto é, como só eu, só eu... Que dor de cabeça... — As suas pálpebras baixaram-se doloridamente. — Calculem, meus senhores, que o aspecto dele me era insuportável, havia nele qualquer coisa de impudico, de devasso que fazia com que eu não pudesse suportá-lo, mas agora penso de outra maneira.

— Como? De outra maneira?

— Não, não é bem isso. Sinto que não o odeio tanto.

— Sente-se arrependido?

— Não, arrependido não; não escrevam isso. Mas acho que não sou tão belo nem tão bom que tenha o direito de sentir repulsa por ele. Tomem nota disso, se quiserem.

Mitya falava com tristeza cada vez mais acentuada.

Nesse momento sucedeu uma coisa inesperada. Gruchenka, que se encontrava na sala onde tinham cantado e dançado, junto do apiedado Maximov, que parecia o seu guarda, sem poder conter-se levantou-se arrebatadamente e correu para a sala onde estava Mitya. Este, ao ouvi-la, levantou-se de um salto e correu ao encontro dela, de braços estendidos. Não chegaram a juntar-se porque muitos braços os agarraram e Mitya teve que deixar que a levassem, pois apesar de todos os seus esforços não conseguiu libertar-se dos braços que o prendiam.

Depois de Gruchenka desaparecer, chorando desesperadamente, Mitya recuperou um pouco a calma e sentando-se, perguntou:

— Porque a tratam assim se ela não fez nada?

O juiz procurou acalmá-lo, o que foi tarefa vã. Ao fim de dez minutos de ausência entrou na sala Mikail Makarovitch, que se dirigiu nestes termos ao procurador:

— Permitem-me que diga duas palavras a este infeliz? Na vossa presença, é claro, meus senhores.

— Certamente, Mikail Makarovitch! — respondeu o juiz de instrução. — Nesse caso não vejo inconveniente nenhum.

— Ouve, Dmitri Fedorovitch, meu querido amigo — começou a dizer excitadamente o chefe da polícia — eu próprio conduzi lá abaixo a tua Agrafena Alexandrovna e confiei-a ao cuidado das filhas do estalajadeiro. O bom Maximov não a abandonará um minuto. Estive a tranquilizá-la, ouviste? Tranquilizei-a e ela ficou mais calma. Fiz-lhe compreender que tu precisavas de serenidade e que não devia interromper as tuas declarações fazendo-te sofrer e perder a cabeça, enfim que poderias dizer coisas que te pudessem prejudicar. É uma moça muito boa e muito sentimental. Queria beijar-me as mãos, suplicando-me que te ajudasse. Pediu-me que viesse dizer-te que não estejas triste por causa dela e agora tenho de dizer-lhe a ela que te deixei tranquilo. Mas tens de estar tranquilo, compreendes? Portei-me muito mal com ela. É uma alma cristã, asseguro-lhes, senhores. Uma alma meiga e inocente. Então que lhe digo, Dmitri Fedorovitch? Estás tranquilo ou não?

O bondoso chefe da polícia resolvera ir ralhar com Gruchenka, mas ao vê-la sofrer tanto comoveu-se e as lágrimas vieram-lhe aos olhos, Mitya levantou-se e avançou para ele, exclamando:

— Perdão, senhores, permitam-me, permitam-me... O senhor tem uma alma de anjo, Mikail Makarovitch, e agradeço-lhe o que fez por ela. Diga-lhe que sim, que ficarei contente e tranquilo, sabendo que o senhor está a velar por ela. Diga-lhe que quando acabar a conversa com estes senhores irei ter com ela. Que espere um pouco. Senhores — disse voltando-se para os magistrados — vou abrir-lhes inteiramente a minha alma; quero dizer-lhes tudo. Em breve teremos tudo terminado, não é verdade? Mas, meus senhores, essa mulher é a rainha do meu coração. Quero que o saibam todos e agora... Não a ouviram gritar: "Irei contigo até à morte?"... E que fiz eu por ela, miserável mendigo, para que assim me ame? Como mereci, eu que sou um animal tão feio, um grosseiro, esse amor que está pronto a seguir-me ao desterro? Como ela se lançou aos vossos pés intercedendo por mim... sendo ela tão orgulhosa e inocente! Como não hei de adorá-la? Como não havia de ir ao encontro dela como fiz há pouco? Perdoem-me, senhores! Agora estou consolado.

E voltou a sentar-se, tapando a cara com as mãos e começando a chorar. Eram lágrimas de felicidade que o serenaram. O chefe da polícia e os magistrados alegraram-se vendo-o tão mudado de repente e depois compreenderam que a instrução do processo entrava numa fase nova. Quando o chefe da polícia se retirou Mitya já se mostrava satisfeito.

— Agora, meus senhores, estou inteiramente à vossa disposição e se não fossem esses pormenores sem importância, poderíamos ficar de acordo em quatro palavras. No entanto submeto-me a essas perguntas vãs desde que mostrem confiança em mim. Se não for assim, nunca acabará. Falo no vosso próprio interesse. Ao trabalho, senhores, ao trabalho. Só lhes peço que não anotem o que me vai na alma e que não me atormentem por bagatelas. Vamos aos fatos e creio que ficarão contentes comigo.

E o interrogatório prosseguiu.

## Capítulo 4
## Segundo Testemunho

— Nem o senhor sabe, Fedorovitch, quanto nos anima a sua boa vontade — disse Nicolay Parfenovitch com visível satisfação, tirando por momentos os óculos e olhando o acusado com os seus olhos de míope. — Essa advertência que nos fez sobre a confiança mútua é muito justa, pois ela é completamente indispensável num caso da presente importância, se o indivíduo sobre quem recaem as suspeitas quer justificar-se e se encontra em posição de o fazer. Pelo nosso lado faremos todo o possível como certamente já reparou pela nossa conduta. Aprova, Hipólito Kirillovitch?

— Sem dúvida — assentiu o procurador, cuja maneira de falar era fria, ao lado do tom amistoso do juiz.

Direi aqui que Nicolay Parfenovitch manifestara singular respeito pelo procurador, desde a sua chegada à cidade, tornando-se os dois íntimos dentro de pouco tempo. Talvez fosse o único que tinha uma fé absoluta no talento do procurador, como psicólogo e orador, acreditando que se cometiam injustiças contra ele, pois já ouvira falar dele em S. Petersburgo. Por outro lado, Nicolay Parfenovitch era o único de quem o procurador gostava. A caminho de Mokroe tinham-se posto de acordo sobre aquele caso, de modo que, diante de Mitya, o perspicaz jovem compreendia e interpretava facilmente qualquer indicação que o colega lhe desse, por uma palavra, gesto ou piscar de olhos.

— Senhores, permitam que lhes conte o que se passou sem perdermos tempo com perguntas supérfluas — disse Mitya ardendo de impaciência.

— Magnífico! Mas antes de o ouvirmos gostaria de lhe fazer umas perguntas que são indispensáveis para nós. Refiro-me aos rublos que pediu ontem à tarde ao seu amigo Pyotr Ilyitch, deixando-lhe como penhor umas pistolas.

— Empenhei-as, meus senhores, empenhei-as por dez rublos. Pronto. Já sabem o que queriam. Logo que voltei à cidade, fui empenhá-las.

— Voltou à cidade? Tinha saído?

— Sim, afastei-me umas quarenta verstas. Não sabiam?

Os magistrados trocaram um olhar.

— Bem. E se começasse a sua narrativa começando pelo que fez ontem de manhã. De modo que fiquemos a saber, por exemplo, o motivo da sua ausência e quanto tempo esteve fora. Os principais atos.

— Já podiam ter dito que era assim que queriam — respondeu Mitya rindo. Se querem podemos até começar desde antes de ontem de manhã. Nessa manhã, fui à casa de um comerciante da cidade, chamado Samsonov, para lhe pedir um empréstimo de três mil rublos sobre uma sólida garantia. Precisava desse dinheiro com grande urgência, senhores. Estava em apuros.

— Desculpe se o interrompo — disse delicadamente o procurador. — Como se viu o senhor de repente na necessidade de arranjar precisamente essa quantia: três mil rublos?

— Ó senhores! Não vale a pena entrar em minúcias desse gênero. Se continuarmos assim nem três volumes nos chegam e ainda há de ser preciso um epílogo!

Mitya falava com ar bonacheirão, sentindo a impaciência de quem está cheio de boa vontade para contar toda a verdade.

— Senhores — retificou — não se ofendam com a minha rudeza. Podem crer que sinto o maior respeito pelos senhores e compreendo perfeitamente a vossa situação. Não julguem que estou embriagado porque não estou, mas é o mesmo pois poder-me-iam aplicar o provérbio que diz: Quando está sóbrio é um louco; quando ébrio é um homem judicioso. Ah, ah, mas bem vejo que não é oportuno tomar estas liberdades convosco sem que se tenha posto tudo a claro; além do mais tenho de velar pela minha dignidade que está em jogo. Afinal de contas suspeitam de que eu seja um criminoso e portanto estou muito longe de estar ao vosso nível. Compreendo que a vossa missão é julgar-me e que não é título que mereça a vossa benevolência, aquilo que eu fiz ao pobre velho. Suponho que por causa disso possa vir a estar uns meses ou até mesmo um ano afastado da sociedade, ou até encarcerado. Não sei qual é o castigo, mas espero que não inclua a perda de nenhum dos direitos dos da minha classe. Veem bem, portanto, que compreendo a distância que agora nos separa... No entanto, devem concordar que as vossas perguntas seriam capazes de atrapalhar até o próprio Deus. Onde foi! Como foi? Quando e o que foi fazer? Se continuam assim acabo eu próprio por ficar confundido. E aonde iremos parar? A parte nenhuma! Já sei que comecei a dizer disparates mas deixem-me acabar, pois os senhores que são pessoas inteligentes e educadas saberão perdoar-me. Queria pedir-lhes apenas para abandonarem esse método convencional de fazerem perguntas que, distraindo a atenção do criminoso para banalidades, permite surpreendê-lo melhor com uma pergunta alarmante. A quem matou? A quem roubou? Ah, ah! E nisto que consiste o seu famoso método, aqui termina toda a sua astúcia. Com ele seria fácil apanhar um camponês, mas não a mim. Conheço os métodos. Estive no serviço. Ah, ah, ah! Não estão aborrecidos, meus senhores? Perdoam as minhas impertinências? — disse com um ar tão amável que os deixou surpreendidos. — Hão de certamente levar em conta que estão a falar com Mitya Karamázov. Já me conhecem. O que seria intolerável num homem judicioso pode ser perdoado em Mitya, não é verdade?

Nicolay Parfenovitch não pôde conter o riso, se bem que o procurador olhasse Mitya com ar sério, ansioso por não perder nem uma palavra, nem um gesto, nem uma expressão do rosto de Mitya.

— Temo-lo tratado como pede desde o começo. Ainda não lhe perguntamos onde tinha tomado o pequeno almoço, nem como. Temos ido sempre ao essencial — replicou Parfenovitch ainda a rir.

— Compreendo. Vi isso e agradeço-o. E ainda agradeço mais esta nova bondade digna do vosso nobre coração. Somos três cavalheiros; que tudo seja pois fundamentado na confiança mútua que deve existir entre gente bem-nascida, possuindo um fundo comum de nobreza e honradez. De qualquer modo permitam que os considere como os meus melhores amigos neste momento da minha vida, no momento em que a minha honra é atacada. Não os ofendo com isto, não é verdade?

— Pelo contrário. O senhor expressou-se divinamente — disse com dignidade o juiz instrutor.

— Basta de perguntas tortuosas — acrescentou Mitya com entusiasmo — caso contrário nunca mais nos desenvencilhamos. Não lhes parece?

— Seguiria com gosto as suas justas indicações — replicou o procurador dirigindo-se a Mitya — mas não posso renunciar à minha pergunta, por ser para nós de interesse essencial saber a razão por que precisava precisamente de três mil rublos.

— Precisava deles para... bem... para pagar uma dívida.

— Uma dívida. A quem?

— Nego-me a responder a isso. Não por não poder fazê-lo ou porque me possa trazer algum prejuízo, pois é uma coisa insignificante; mas por princípio não quero dizer nada a esse respeito, pois considero isso uma intromissão na minha vida particular. É um princípio que quero respeitar. Precisava de pagar uma dívida, uma dívida de honra. Mas não direi a quem.

— Permita-me anotar isso — respondeu o procurador.

— Como queira. Escreva que não o quero dizer, escreva. Diga que considero uma desonra dizê-lo. Escreva, escreva, se não tiver nada melhor em que passar o tempo.

— Devo avisá-lo, senhor — disse o procurador em tom severo — que está no seu perfeito direito recusando-se a responder a qualquer das nossas perguntas. Nós não podemos obrigá-lo a responder caso não o queira fazer. A decisão é inteiramente sua. No entanto, é nosso dever informá-lo de que pode haver prejuízo para si não respondendo, como no caso presente. Agora peço-lhe que continue.

— Senhores, não me sinto prejudicado... eu... — balbuciou Mitya, desconcertado. — Bem, ouçam: Samsonov, a quem me dirigi então...

Não reproduziremos aqui o relato daquilo que o leitor já conhece. Mitya tinha muito cuidado em não omitir nenhum pormenor, desejando ao mesmo tempo terminar.

Mas como as suas declarações eram escritas pelo secretário indicavam-lhe de vez em quando que parasse e ele aborrecia-se, desesperava-se, mas sempre submisso e bondoso, exclamava:

— Mas senhores, isto faz perder a paciência a um santo. Não é justo que me exasperem assim!

Apesar destas exclamações, Mitya mantinha o seu bom humor e contou como Samsonov o tinha atirado de cabeça dois dias antes. A venda do relógio por seis rublos, fato de que os magistrados não tinham conhecimento, interessou-lhes grandemente, provocando a indignação do declarante. Julgaram necessário anotar o fato como prova de que não tinha um tostão no bolso. Pouco a pouco Mitya começava a tornar-se arisco.

Depois de relatar a visita a Lyagavy e a noite perdida na cabana, começou a contar minuciosamente, sem ser incomodado, os angustiosos ciúmes que o atormentavam quando regressara à cidade.

Ouviam-no em silêncio e quiseram saber, com grande interesse, as circunstâncias que envolviam o fato de ter uma emboscada preparada em casa de Maria Kondratyevna, atrás do jardim de seu pai, para daí espiar Gruchenka, assim como do encargo que Smerdyakov tinha de o informar. Quiseram até que tudo isso ficasse claramente anotado. Mitya falou com calor dos ciúmes que sentia, sacrificando a vergonha que lhe causava expor os seus sentimentos em público, ao seu desejo de contar toda a verdade.

A fria severidade com que o olhava o juiz de instrução e ainda mais o procurador, enquanto ele contava o sucedido, deixou-o perplexo.

Este rapaz, Nikolay Parfenovitch, com quem há cinco dias eu falava de mulheres, e esse procurador dispéptico, não merecem que eu lhes fale assim, pensava tristemente. É afrontoso! Mas paciência, humildade e mansidão. Terminou assim as suas reflexões e animou-se a prosseguir o seu relato, de tal maneira que ao falar da visita à senhora Hohlakov, atreveu-se a inserir aí uma anedota inteiramente desligada do assunto. O juiz chamou-lhe a atenção para não se deter em nada que não fosse essencial.

Continuou e quando, descrevendo o estado de desespero em que saíra de casa dessa senhora, disse que pensara em arranjar os três mil rublos nem que para isso tivesse de matar alguém, interromperam-no outra vez para anotar que queria matar alguém. Por fim a sua narrativa chegou à altura em que soubera que Gruchenka o tinha enganado, saindo da casa de Samsonov quase imediatamente a seguir a ele lá a ter deixado, confiado na palavra dela de permanecer ali até à meia-noite.

— Se nessa altura não matei Fenya — declarou com rudeza — foi porque não tive tempo.

E ficou calado e sombrio ao ver que os outros se apressavam a escrever esta declaração. Começava já a contar como correra a casa do pai quando o juiz de instrução o interrompeu, desembrulhou um papel que se encontrava em cima do sofá e mostrou o pilão do almofariz, perguntando-lhe:

— Reconhece este objeto?

— Sim, claro que o reconheço — respondeu com um pálido sorriso. — Deixe lá ver. Não, não quero vê-lo.

— Esqueceu-se de nos falar nele — observou o juiz.

— Que diabo! Não foi para o ocultar. Esqueci-me dele, simplesmente.

— Tenha então a bondade de nos dizer concretamente como o arranjou.

— É o que farei.

E contou como pegara naquele utensílio, saindo a correr.

— Mas com que objetivo se apoderou de semelhante arma?

— Com que objetivo? Nenhum. Peguei nele simplesmente e saí.

— Para que, se não tinha nenhum objetivo?

Mitya sentiu-se invadir pela cólera e cravou nos olhos do rapaz um olhar intenso, enquanto lhe sorria com triste malevolência.

Cada vez se sentia mais envergonhado de ter contado àqueles homens, tão sincera e espontaneamente, a história dos seus ciúmes.

— Já estou enfastiado de ouvir falar do pilão do almofariz e dos objetivos! — exclamou de súbito.

— No entanto...

— No entanto, para manter os cães à distância... porque era de noite... podia acontecer qualquer coisa.

— Mas costumava então sair armado, visto que tinha medo da escuridão?

— Hum! Para o diabo isto tudo, meus senhores! Não se pode falar convosco! — gritou Mitya no auge da cólera. E voltando-se para o secretário, disse exaltadamente e com voz irada: — Escreva... escreva já... Agarrei no pilão do almofariz para matar o meu pai, Fedor Pavlovitch... para lhe partir a cabeça. Bem, estão contentes agora, meus senhores? Acalmou-se o vosso espírito? — disse, fixando os magistrados.

— Compreendemos que faz esta declaração sob o domínio da cólera, provocada por umas perguntas que lhe parecem ociosas e que são, pelo contrário, de uma importância capital — declarou secamente o procurador.

— Bem, senhores, palavra de honra! Agarrei no pilão do almofariz e saí a correr. Para quê? Não posso dizer-lhes, não sei. Por mim, acabemos com isto. Não lhes direi nem mais uma palavra.

Encostou-se à mesa e assim permaneceu, olhando para a parede e lutando com um sentimento de náusea. Esteve prestes a levantar-se e a dizer que não lhe arrancariam nem mais uma palavra, mesmo que o enforcassem.

— Ao ouvi-los, meus senhores — disse por fim, quando conseguiu dominar-se — vem-me à memória um sonho... É um sonho que tenho com frequência. Sonho e o sonho é sempre o mesmo... há um desconhecido que me persegue, que me causa muito medo... que me persegue de noite, na escuridão... descobre uma pista e eu escondo-me atrás de uma porta ou de um armário, da maneira mais vergonhosa. E dá-se o caso de ele saber sempre onde eu estou e fingir que não sabe para prolongar mais o meu martírio, de se divertir com a minha angústia É o que os senhores estão a fazer agora... a mesma coisa!

— Tem esses sonhos? — perguntou o procurador.

— Exatamente. Não quer tomar nota? — perguntou Mitya com um sorriso de troça.

— Não, não é necessário, mas os seus sonhos são de fato muito curiosos.

— Não se trata aqui de sonhos, senhores... Esta é a realidade, a vida real! Eu sou o lobo e os senhores os caçadores. Pois bem, cacem-no!

— O senhor está a ser injusto na sua comparação... — disse suavemente Nikolay Parfenovitch.

— Não, de maneira nenhuma! — replicou Mitya, cuja agitação se ia acalmando, aliviada pelo desabafo. Podem desconfiar de um criminoso ou de um acusado qualquer a quem atormentam com as vossas perguntas, mas de um homem de honra, dos nobres impulsos do coração, não! Digo-lhes com toda a audácia que não têm o direito... mas...

Silêncio, coração;
Paciência, humildade e mansidão.

— Bom. É preciso continuar? — perguntou bruscamente.

— Se quiser ter a amabilidade... — respondeu Nikolay Parfenovitch.

## Capítulo 5
## Terceiro Testemunho

Ainda que falando de má vontade, era evidente que Mitya procurava não esquecer o mínimo pormenor. Contou como tinha saltado para o jardim de seu pai, como se aproximara da janela e o que vira. Descreveu de maneira clara e precisa as inquietantes suspeitas que o perturbavam por imaginar que Gruchenka pudesse estar com o velho. Os dois magistrados ouviam-no friamente, sem o interromperem.

"Estão aborrecidos, ofendi-os", pensou. "para o diabo!" Quando contou como se tinha decidido a fazer o *sinal* para que o pai abrisse a janela, julgando que Gruchenka tinha chegado, nem o fizeram deter à palavra *sinal,* como se tivessem passado por alto a importância daquela palavra. O próprio Mitya ficou um pouco surpreendido e, ao contar como o cegara o ódio vendo o velho assomar à janela e como agarrara o pilão do almofariz, deteve-se deliberadamente um momento, pois embora continuasse com o olhar fixo na parede, notava que os outros o devoravam com os olhos.

— Bem — disse o juiz — o senhor empunhou a arma... e que se passou?

— Que se passou? Matei-o... dei-lhe uma pancada na cabeça e parti-lhe o crânio... Suponho que é assim, segundo a vossa opinião, não é verdade?

As suas pupilas reluziram. A sua cólera suavizada momentaneamente irrompeu de novo com redobrada violência.

— Segundo a nossa opinião — repetiu Nicolay Parfenovitch. — Bem... e segundo a sua?

— Segundo a minha, senhores? Bem, vou dizer-lhes como foi — continuou um pouco mais calmo. — Não sei se foram as lágrimas de alguém ou as preces da minha mãe no céu, não sei; mas o diabo ficou vencido. Fugi da janela e corri para o muro. O meu pai viu-me então, deu um grito e saiu da janela. Lembro-me muito bem. Cheguei ao muro e quando ia a saltá-lo... fui agarrado por Grigory.

Mitya olhou para os seus auditores que pareciam esperar calmamente que ele continuasse. Uma onda de indignação invadiu-o então, forçando-o a gritar:

— Mas os senhores estão a troçar de mim?

— Por que pensa isso? — perguntou Nicolay Parfenovitch.

— Porque bem vejo que os senhores não acreditam numa palavra do que estou a dizer. Bem sei que cheguei ao mais importante. O velho jaz com a cabeça desfeita enquanto eu, depois de confessar que o queria matar, depois de tirar o pilão do bolso, desato a correr, fugindo à tentação. Histórias! Histórias! Como se se pudesse acreditar nas palavras de um vadio. Ah, ah! Os senhores são uns farsantes!

E voltou-lhes as costas tão violentamente que deitou a cadeira ao chão.

— E não reparou — perguntou o procurador, fingindo não reparar na agitação de Mitya — não reparou se a porta de casa estava aberta?

— Não, não estava aberta.

— Não estava?

— Estava fechada. Quem havia de a abrir? Mas encontraram-na aberta?

— Sim, estava aberta.

— Mas quem teria podido abri-la a não ser os senhores? — gritou Mitya no cúmulo do assombro.

— A porta estava aberta e o assassino de seu pai entrou pela porta e voltou a sair pela porta. — disse o procurador marcando bem as palavras. — Isso é claro como a água. O crime teve lugar dentro do quarto e *não através da janela;* isso está provado pelo exame do local, pela posição do cadáver, por tudo.

Mitya estava absolutamente desconcertado.

— Mas isso é completamente impossível! — gritava sem saber que pensar. — Eu não entrei. Juro-lhes que não entrei. Tenho a certeza absoluta de que a porta se encontrava fechada enquanto eu estive no jardim e quando fugi. Eu apenas cheguei à janela e o vi de fora. Mais nada... mais nada... Recordo-me perfeitamente e se não me recordasse seria o mesmo, pois ninguém conhecia os sinais a não ser eu, Smerdyakov e meu pai; e este não teria aberto a porta por nada deste mundo sem ter ouvido o sinal.

— Sinal? Que sinal? — interrogou o procurador com vivo interesse, despojando-se da fria serenidade em que se tinha mantido até ali, porque temia que Mitya se negasse a dar uma explicação sobre aquele assunto que ele reputava de grande interesse.

— Não sabia? — disse Mitya piscando um olho com ar brincalhão. — E se eu não lhe dissesse, quem o informaria? Só meu pai, Smerdyakov e eu os conhecemos. O céu também os conhece mas não os dirá. E quem sabe o que os senhores poderão basear nesses sinais! Ah ah!; consolem-se, meus senhores, que eu vou informá-los. Os senhores fazem uma ideia louca de mim; não sabem com quem falam. Tratam com um acusado que acumula as acusações sobre si mesmo. Sim, porque eu sou um homem de honra... e os senhores, não!

O procurador deixou passar a insolência sem protestar; tremia de impaciência por conhecer aquele novo dado. Mitya falou demoradamente sobre os sinais convencionados entre seu pai e Smerdyakov. Disse-lhe das diferentes maneiras de bater na madeira da porta e quando Nicolay Parfenovitch levantou a hipótese dele ter batido de maneira a significar: "Aqui está Gruchenka", respondeu que efetivamente o tinha feito.

— Agora já podem fundar a vossa torre concluiu voltando-lhes outra vez as costas com desprezo.

— E mais ninguém conhecia esses sinais senão o senhor, seu pai e o lacaio Smerdyakov? — insistiu Parfenovitch.

— Sim, o lacaio Smerdyakov e o céu. Tomem nota também do céu que lhes pode ser de algum proveito. De resto bem devem precisar para isto da ajuda de Deus.

O secretário estava a escrever, quando o procurador fez de repente outra pergunta, como se lhe tivesse ocorrido de repente uma ideia nova:

— Mas se Smerdyakov conhece também esses sinais e se o senhor nega em absoluto que tivesse tido qualquer participação no crime, não teria sido ele a dar o sinal combinado, levando o velho a abrir a porta... cometendo então ele o crime?

Mitya lançou-lhe um olhar de ódio e de ironia de tal modo intenso que o procurador desviou os olhos.

— Lá está o senhor a apanhar outra vez a raposa pelo rabo! — comentou Mitya. — Adivinho-o no seu rosto, senhor procurador. É claro que pensava que eu me iria levantar e mordendo o anzol começava a gritar: *Sim, Smerdyakov é o assassino!* Sim, confesse que julgava que isso iria suceder. Confesse, se quer que eu continue.

Mas o procurador manteve-se silencioso.

— Engana-se. Não afirmo que tenha sido Smerdyakov — disse Mitya.

— Mas não suspeita dele?

— E o senhor suspeita?

— É suspeito.

Mitya olhou fixamente para o chão.

— Falemos a sério — disse sombriamente. — Ouçam. Quase desde o princípio, quase desde o momento de comparecer perante os senhores, tive Smerdyakov no pensamento. Estava aqui sentado e enquanto protestava a minha inocência, pensava Smerdyakov! Não consegui afastar o nome de Smerdyakov da cabeça. Agora também pensei em Smerdyakov; mas foi só por um momento; logo a seguir disse: Não, não pode ter sido Smerdyakov. Não foi ele, senhores!

— E não suspeita de mais ninguém? — perguntou cautelosamente Parfenovitch.

— Não sei quem poderá ter sido. Se Deus, se Satanás; mas Smerdyakov... não — disse Mitya com decisão.

— Em que se baseia para fazer tal afirmação com tanta segurança? — Bem, é a minha opinião, uma convicção minha. Smerdyakov é o que há de mais baixo e de mais covarde. Ele não é apenas um covarde, é um compêndio de todos os covardes que andam sobre dois pés. Tem um coração de galinha. Sempre que fala comigo treme de medo com receio de que eu o mate, se bem que eu nunca tivesse levantado a mão para ele. Já uma vez se pôs de joelhos na minha frente e beijou as minhas botas pedindo-me para não o assustar. Que não o assustasse, percebem? Já veem que valente ele é! E isso por eu lhe ter oferecido dinheiro. E doente, epilético, idiota... um rapazinho de oito anos seria capaz de o derrotar. O caráter dele é digno de desprezo. Também sei que não precisa de dinheiro, pois rejeitou as minhas ofertas. Além disso, por que havia de matar o velho, sendo, como os senhores devem saber seu filho, seu filho natural? Ou não sabiam?

— Já temos ouvido essa história. Mas o senhor também era filho e falava em matá-lo.

— É verdade! E também é verdade que é indigno atirar-me isso na cara. Indigno porque eu próprio confessei que estive prestes a matá-lo. Não só desejava matá-lo como o poderia ter feito e me prestei espontaneamente a fazer essa confissão. Mas não o matei; o meu anjo da guarda salvou-me... e é isso que os senhores não levam em consideração. Isso é indigno! Pois não o matei, ouviram? Não o matei, não o matei e não o matei!

Estava sufocado. De repente perguntou:

— E que lhes disse Smerdyakov, senhores?

— Encontramos o criado Smerdyakov sem sentidos na cama, com um ataque de epilepsia que se repetia pela décima vez. O médico diz que ele talvez não passe desta noite.

— Então deve ter sido o diabo que o matou! — gritou Mitya, como se até essa altura tivesse pensado que fora Smerdyakov.

Mitya pediu uns momentos de descanso que lhe foram concedidos com delicadeza. Depois prosseguiu o seu relato. Mostrava-se abatido, febril, mortificado. O procurador parecia não ter consideração por isso e interrompia-o constantemente, por qualquer ninharia.

Quando contou que estando já sobre o muro, Grigory o agarrou por uma perna, ele o feriu e depois saltou do muro para observar o velho, o procurador interrompeu-o para lhe dizer que descrevesse com exatidão a maneira como estava sentado no muro.

— A cavalo no muro, com uma perna para cada lado.

— E o pilão do almofariz?

— Tinha-o na mão, sim.

— Tem a certeza? Deu-lhe uma pancada muito forte.

— Pois seria forte. Por que pergunta?

— Não se importa de se colocar na mesma posição sobre a cadeira e mostrar-nos como movimentou o braço?

— Estão a brincar comigo ou quê? — gritou Mitya, deitando um olhar de desprezo ao magistrado, que pareceu não o notar. Depois, com um gesto convulsivo, pôs-se a cavalo na cadeira e moveu o braço. — Foi assim que lhe bati. Assim. Que mais quer?

— Obrigado. Importa-se de nos explicar por que razão voltou a saltar para baixo? Com que objetivo? Que se propunha fazer?

— Vão para o diabo!... Saltei para reconhecer o ferido... não sei porquê.

— Com a sua excitação e pressa em fugir?

— Sim.

— Queria socorrê-lo?

— Sim, talvez quisesse socorrê-lo. Não me recordo.

— Não se recorda? Então talvez não tivesse inteira consciência do que fazia?

— Tinha. Lembro-me perfeitamente de tudo. Fui até junto dele e limpei-lhe a cabeça com o lenço.

— Sim, já vimos esse lenço. Esperava fazê-lo voltar a si?

— Não sei. Queria apenas verificar se estava vivo ou não.

— Ah! Queria ter a certeza? Bem, e depois?

— Não percebi em que estado se encontrava. Não sou médico. Mas julguei que estava morto e agora vejo que se reanimou.

— Magnífico — declarou o procurador. — Obrigado. Era tudo o que queria saber. Agora pode continuar.

Mitya nunca teria pensado em dizer ao procurador que só a piedade o movera quando saltara do muro para ir observar Grigory. Assim, aquele só pôde chegar a uma conclusão: que Mitya saltara do muro apenas para verificar se estava morta a única testemunha do seu crime e que era portanto um criminoso empedernido, de grande serenidade, audácia e previsão.

O procurador estava satisfeito, Tinha aproveitado o nervosismo daquele homem para lhe apanhar mais do que aquilo que teria dito a bem.

Mitya continuou de má vontade e foi logo interrompido por Nicolay Parfenovitch.

— Como é que foi a correr a casa da criada Fedosya Markovna com as mãos cobertas de sangue e também a cara, ao que parece?

— Porque não o sabia nessa altura. Não reparei.

— É o que sucede com frequência — observou o procurador trocando um olhar com Nicolay Parfenovitch.

E por fim chegaram ao fato de Mitya querer ficar de lado para deixar passar a felicidade dos outros. Mas não conseguiu decidir-se a abrir o seu coração, como o fizera até ali, àqueles homens frios e cínicos, e começou a responder secamente às perguntas deles.

— Sim, resolvi matar-me. Para que queria eu viver se o seu primeiro amante tinha voltado, se o que a enganou vinha reparar a sua ofensa? Sabia que tudo estava acabado para mim! Além do mais tinha deixado para trás de mim o opróbrio e o sangue de Grigory. Para que viver? Assim fui desempenhar as minhas pistolas e carreguei-as para meter uma bala na cabeça ao romper do dia.

— Mas, antes disso, grande festa, eh?

— Sim, antes grande festa. E estou farto, senhores! Acabem depressa com isto. O meu propósito era matar-me. E ainda tenho no bolso o papel que escrevi em casa de Perkotin. Se quiserem podem lê-lo. E não julguem que o escrevi para os senhores — acrescentou com desprezo entregando-lhe o papel que tirara do bolso e que eles leram com grande interesse, juntando-o depois ao processo, como é habitual.

— E não tinha pensado em lavar as mãos em casa de Perkotin, para não levantar suspeitas?

— Que suspeitas? Com suspeitas ou sem elas teria vindo para aqui e teria dado um tiro nos miolos. Se não fosse o que sucedeu ao meu pai, nunca os senhores teriam chegado a tempo. Mas como puderam vir tão depressa? É fantástico!

— O senhor Perkotin disse-nos que o senhor esteve em casa dele levando nas mãos... nas mãos ensanguentadas... um maço de notas de cem rublos, o que também foi confirmado pelo criado dele.

— É verdade, senhores. Lembro-me que assim foi.

— Temos agora um ponto sobre o qual gostaríamos que nos elucidasse — disse com grande delicadeza Nicolay Parfenovitch. — Onde foi arranjar todo esse dinheiro se segundo as suas declarações não teve tempo de ir à casa?

O procurador franziu a testa vendo as considerações feitas por Nicolay Parfenovitch, mas não o interrompeu.

— Pois não fui à casa... — murmurou Mitya baixando os olhos.

— Permita-me que insista — continuou o juiz, dando importância à pergunta. — Onde foi buscar uma quantia tão grande, quando pelas suas próprias declarações se depreende que às cinco da tarde...?

— Precisava de dez rublos e empenhei as minhas pistolas, depois fui visitar a senhora Hohlakov para lhe pedir três mil rublos emprestados, o que ela se recusou a fazer, etc., etc. Sim — prosseguiu Mitya — precisava dos três mil rublos e de repente apareci com muito dinheiro, notas e notas de cem. Tenho a certeza de que ambos receiam que eu não diga aonde as fui buscar. É ou não verdade? Tenho a certeza que sim, mas a verdade é que não vos direi nem uma palavra a esse respeito! — concluiu Mitya marcando enfaticamente cada sílaba.

— Deve compreender, senhor Karamázov, como é importante sabermos isso — declarou suavemente Nikolay Parfenovitch.

— Compreendo, mas nada direi.

Nesse momento o procurador interveio, dizendo que ele tinha todo o direito de não responder a qualquer pergunta, mas que lhe poderia trazer inconvenientes não o fazer, tanto mais tratando-se de uma questão tão importante como aquela.

— Já sei tudo isso. Estou farto de ouvir a mesma coisa, mas não falarei.

— Isso é consigo. O interesse é seu e não nosso — disse nervosamente Nikolay Parfenovitch.

— Olhem, senhores — declarou Mitya formalizado, olhando para os magistrados com firmeza e severidade desde o princípio que tinha previsto que nos chocaríamos neste ponto. Quando comecei as minhas declarações, tudo parecia deslizar sobre seda e eu fui tão ingênuo que pensei que tudo se poderia processar em termos de mútua confiança. Agora vejo que não era possível, porque tínhamos fatalmente de tropeçar neste ponto. É impossível e acabou-se. Não culpo ninguém. Os senhores não podem acreditar no que eu digo sob palavra de honra. Compreendo perfeitamente.

E fez-se um silêncio total.

— E não poderia, sem renunciar ao seu mutismo acerca de um ponto tão importante, não poderia dar-nos ao menos uma leve ideia, uma indicação que nos permitisse conjecturar da natureza dos motivos que o levam a não querer responder à nossa pergunta?

Mitya sorriu tristemente e disse com ar pensativo:

— Sou melhor do que os senhores pensam e dir-lhes-ei as razões que me impedem de responder à vossa pergunta. Nego-me a falar para não manchar a minha honra. Res-pondendo à pergunta ficaria coberto de um opróbrio muito mais atroz do que matando e roubando o meu pai. Por isso nada digo. O quê? Estão a tomar nota disto?

— Sim, estamos — balbuciou Parfenovitch.

— Não deviam fazê-lo. Se disse isto foi apenas movido pela bondade. Devia ter-me calado. Os senhores abusam. Mas não me importo nem os temo! Ainda posso levantar a cabeça na vossa frente!

— E pode dizer-nos porque ficava desonrado? arriscou-se a perguntar Nikolay Parfrnovitch.

O procurador franziu o sobrolho, mostrando-se muito irritado.

— Não, *c'est fini*. Não me aborreçam mais. Não direi absolutamente mais nada.

Mas não era tão fácil como ele pensava. O juiz instrutor não insistiu, mas notou nos olhos do colega que ele não desesperava.

— E pode dizer-nos que quantia levava quando entrou em casa do senhor Perkotin?... Quantos rublos exatamente?

— Não posso dizer.

— Creio que o senhor falou em ter recebido três mil rublos da senhora Hohlakov.

— Pode ser. Basta, senhores. Não direi quanto levava.

— Poderá então dizer-nos como veio para aqui e como empregou o seu tempo depois de chegar.

— Podem perguntar a essa gente, mas não vejo inconveniente em contá-lo eu.

Mitya fez então um resumo breve e seco, dizendo que renunciara a matar-se por terem surgido *novos fatores do problema*. Não entrou em pormenores e ninguém lhos pediu porque certamente acharam que não havia naquelas declarações nada de essencial para o processo.

— Bem, já comprovaremos tudo isso durante o interrogatório das testemunhas, que se fará na sua frente — disse Nicolay Parfenovitch, quando Mitya terminou. — Agora desculpe se o convido a pôr em cima desta mesa tudo o que tem nos bolsos, incluindo o dinheiro, claro.

— O dinheiro, senhores? Está certo. Estava admirado de ainda não mo terem pedido, Claro que não o podia ter escondido em parte nenhuma pois estive sempre aqui sentado e não me perderam de vista. Bem, aqui está o meu dinheiro. Contem-no... fiquem com ele... enfim, parece que está todo.

E tirou dos bolsos tudo o que tinha, até o troco de duas moedas de vinte *kopeks* que encontrou na algibeira do colete.

— Está tudo aqui? perguntou o juiz instrutor.

— Sim.

— Bem, afirmou ter gastado trezentos rublos na loja de Plotnikov. Entregou dez a Perkotin, vinte ao cocheiro, perdeu duzentos ao jogo, portanto...

Nikolay Parfenovitch começou a contar. Mitya ajudou-o recordando tudo o que tinha gastado. O juiz fez a conta num instante.

— Com os oitocentos rublos que aqui estão devia ter ao princípio uns mil e quinhentos rublos.

— Acho que sim.

— Todos dizem que era bastante mais.

— Que digam.

— Mas o senhor mesmo o afirmou.

— Sim, também o afirmei.

— Compararemos isto com as declarações de outras testemunhas ainda não interrogadas. Não se preocupe com o seu dinheiro... será guardado e devolvido no fim... das diligências que agora estão a começar... se se provar que lhe pertence de fato. Bem, e agora...

Nikolay Parfenovitch levantou-se e fez saber a Mitya que se via na obrigação de examinar a sua roupa e...

— Como queiram, senhores, mostrar-lhes-ei o forro dos meus bolsos — disse Mitya unindo a ação à palavra.

— Será necessário que se dispa.

— Como? Despir-me? Que diabo! Não podem revistar-me assim? Não podem?

— Impossível, Dmitri Fedorovitch. Tem de se despir.

— Como queiram — respondeu Mitya abatido. — Mas não aqui, peço-lhes. Quem me revistará?

— Atrás da cortina, sim.

Nicolay Parfenovitch fez um gesto de assentimento com a cabeça. A sua diminuta cara tinha uma expressão de grave solenidade.

## Capítulo 6
## Mitya Surpreendido pelo Procurador

O que se estava a passar era qualquer coisa de assombroso e inesperado para Mitya. Nunca pensou que se atrevessem a tratá-lo assim. O que mais lhe custava era a humilhação que tudo aquilo representava. Não podiam descobrir nada nas suas roupas e exigiam que se despisse para o humilhar. Por orgulho e despeito Mitya submeteu-se às exigências deles sem pronunciar uma palavra.

Vários guardas campestres acompanharam os magistrados e ficaram à entrada. "Para o caso de terem de apelar para a força", pensou Mitya, "e talvez por outros motivos".

— Também tenho de tirar a camisa? — perguntou Mitya.

Nikolay Parfenovitch não lhe respondeu, ocupado na tarefa de examinar o casaco, as calças, o colete e o chapéu, em companhia do procurador, tão interessado na tarefa como o seu colega. "Não têm nenhuma consideração", pensou Mitya, "não observam nem a mais elementar cortesia."

— Repito se é necessário tirar a camisa? — disse Mitya em tom rude e grosseiro.

— Não se preocupe. Já lhe diremos o que tem a fazer — respondeu autoritariamente Parfenovitch.

Os dois magistrados falavam em voz baixa, dando voltas ao casaco, cujas abas se encontravam sujas de sangue seco. Na presença dos outros o juiz examinou cuidadosamente todo o vestuário, procurando descobrir qualquer esconderijo para o dinheiro. Nem procurou sequer esconder de Mitya essas suspeitas.

Tratam-me como um ladrão e não como um oficial, pensou Mitya, ouvindo-os falar com insolente franqueza. O secretário que estava atrás da cortina ouvindo e observando tudo, chamou a atenção de Nikolay Parfenovitch para o chapéu de Mitya, que o magistrado tinha na mão.

— Lembra-se do amanuense Grydenko — disse — que ficou com o dinheiro destinado ao pagamento de todos os empregados e que afirmou tê-lo perdido ao embriagar-se? E onde se encontrou? Debaixo da fita do chapéu, onde ele tinha metido as notas de cem rublos dobradas.

Os magistrados recordavam-se muito bem do caso e puseram o chapéu de Mitya de lado para ser novamente examinado com as outras peças de vestuário.

— Um momento — disse Nikolay Parfenovitch olhando para as mangas da camisa que Mitya tinha arregaçadas. Isso não é sangue?

— Sim — respondeu secamente Mitya.

— Tanto sangue... e porque dobrou a manga para dentro?

Mitya disse que tinha sujado os punhos ao examinar Grigory e que tinha arregaçado as mangas ao lavar as mãos em casa de Perkotin.

— Tem de tirar também a camisa, pois constitui uma prova material de grande importância.

Mitya corou de raiva.

— Então vou ficar nu? — gritou.

— Não se preocupe. Já arranjaremos isso de qualquer maneira. Entretanto tire as meias.

— Estão a brincar comigo ou quê? É realmente indispensável?

E os olhos de Mitya brilharam sinistramente.

— Não estamos aqui para brincadeiras — disse severamente o juiz.

— Se não há outro remédio... — disse Mitya. E sentando-se na cama tirou as meias. Sentia-se terrivelmente desajeitado, esquisito, assim despido na presença de gente vestida. "Se estivéssemos todos despidos não teria de que me envergonhar", pensava, "mas assim, só eu nu e os outros a olharem-me é degradante. Parece-me tudo isto um pesadelo. Já às vezes em sonhos me tenho encontrado em situações tão humilhantes como esta". Era uma desgraça ter que tirar as meias e a roupa interior que estava muito suja e que ia ficar exposta a todos os olhares. O que mais o desgostava mostrar eram os seus pés, cujos dedos lhe tinham parecido sempre plebeus, repugnando-lhe de especial maneira as unhas dos dedos grandes, largas, grossas e curvas. Todos as veriam. A vergonha e a humilhação tornaram-no grosseiro. Atirando com a camisa, disse:

— Não quererão ver em mais nenhum sítio, já que não têm vergonha?

— Por agora não é necessário.

— E vou continuar despido? — perguntou furiosamente.

— De momento não há outro remédio... Sente-se aí... pode tapar-se com a colcha da cama... eu tratarei de tudo isto.

O vestuário foi mostrado a testemunhas e depois Nikolay Parfenovitch saiu do quarto, ordenando que levassem dali as roupas. Também o procurador desapareceu e Mitya ficou só com os dois camponeses, cujos olhares o não largavam um só instante. Embrulhou-se na colcha, tinha frio. Os pés apareciam por baixo. Quis tapá-los mas não conseguiu porque a colcha era pequena. Parecia-lhe que Nikolay Parfenovitch tinha ido para o fim do mundo. "Não voltará nunca", pensou. "Trata-me como um cão", murmurava Mitya rangendo os dentes. "Esse maldito procurador desapareceu também. Não deve gostar de me ver nu".

Mitya esperava que lhe fossem devolvidas as suas roupas depois de examinadas. Calcule-se a sua indignação ao ver entrar Nikolay Parfrnovitch acompanhado por um camponês que lhe trazia roupas diferentes.

— Aqui tem com que se vestir —disse Parfenovitch muito satisfeito com o êxito da sua missão. — O senhor Kalganov empresta-lhe esta roupa que trazia para mudar. Felizmente tinha na mala dele uma camisa limpa. Pode vestir as suas próprias meias e roupa interior.

A cólera de Mitya estalou:

— Não quero roupa de outro. Dê-me a minha! Dê-me a minha, Kalganov que vá para o diabo e mais a sua roupa.

Procuraram acalmá-lo, fazendo-lhe ver que a roupa suja de sangue devia ser incluída nas provas de acusação e que eles não tinham o direito de lha dar. Custou muito convencê-lo, mas por fim Mitya percebeu que lhe era preciso obedecer. Começou a vestir-se vendo que a roupa de Kalganov era melhor que a dele e sentindo-se contrariado por ver que lhe estava ridiculamente apertada. Pensava que o queriam vestir como um louco... para se divertirem.

Quiseram persuadi-lo de que exagerava, pois Kalganov era mais ou menos da sua estatura. Mas ao vestir o casaco Mitya sentiu as costas apertadas e soltou um rugido.

— Para o diabo tudo isto! Nem posso abotoar-me. Tenham a bondade de dizer a Kalganov, da minha parte, que não lhe pedi nada.

— Ele diz que sente muito... isto é, que sente muito o que se está a passar e não o fato de lhe ter emprestado a roupa — disse Nikolay Parfenovitch.

— Deixe-se de sentimentos. Para onde vamos? Ou sento-me aqui? — Convidaram-no a passar à outra sala e Mitya avançou com ar agressivo, sentindo-se completamente infeliz vestido com a roupa emprestada, à frente dos camponeses e até de Trifon Borisovitch, que espreitou pela outra porta, desaparecendo imediatamente.

"Aquele quis ver-me disfarçado", pensou Mitya sentando-se no lugar que ocupara primeiro. Parecia-lhe estar a ser vítima de um pesadelo.

— Bem, e agora o que vão fazer? Vão açoitar-me? E a única coisa que lhes falta fazer! — exclamou voltando as costas a Nikolay Parfenovitch com desprezo.

"Canalha", pensava. "Deu voltas e mais voltas às minhas meias para todos verem que estão sujas".

— Agora — disse Nikolay Parfenovitch, como que respondendo à pergunta de Mitya — temos de proceder ao interrogatório das testemunhas.

— Sim — concordou o procurador, que parecia distraído ou a pensar em qualquer coisa.

—Temos feito por si tudo quanto nos tem sido possível — continuou Nikolay Parfenovitch — mas perante a sua categórica recusa em nos dizer de onde proveio a quantia que trazia consigo, é-nos indispensável...

— Que pedra é essa do anel? — perguntou Mitya como se despertasse bruscamente de um sonho. E apontava para um dos três grandes anéis com que se enfeitava a mão direita do juiz.

— Anel? — repetiu Nikolay Parfenovitch surpreendido.

— Sim, esse, o do anelar. Que pedra é essa? — insistiu Mitya, como uma criança caprichosa.

— É um topázio — respondeu sorrindo Nikolay Parfenovitch.

—Gostaria de o examinar? Posso tirá-lo...

— Não, não o tire — respondeu Mitya furioso e aborrecido consigo mesmo. Não o tire, não é preciso. Os senhores embruteceram completamente o meu espírito. Mas podem supor que eu os enganaria, que não confessaria logo se tivesse assassinado o meu pai? Não, isso não é para mim; Dmitri Karamázov não podia fazer uma coisa dessas. Se fosse culpado não teria esperado que o Sol nascesse para me matar. Vejo agora que vinte anos de experiência não poderiam ensinar-me tudo aquilo que tenho aprendido nesta noite maldita. Teria eu passado esta noite, falaria convosco, olhá-los-ia como o faço se tivesse sido o assassino do meu pai, quando só o pensamento de ter matado involuntariamente Grigory me tirou a paz durante toda a noite? Não por medo... por medo ao castigo que possam impor-me... Mas por vergonha, porque o lamento! E esperam que seja franco com os senhores, aldrabões, que não veem nada, nem acreditam em nada. Querem que lhes fale de outra indignidade que pesa sobre mim, de outra vergonha, mesmo que seja para me livrar das vossas acusações. Não, não. Antes a Sibéria. Quem abriu a porta da casa do meu pai e entrou por essa porta, matou-o e roubou-o. Quem foi? Por mais voltas que dê à cabeça não sei. Mas posso assegurar-lhes que não foi Dmitri Karamázov. Isso basta, basta... Desterrem-me, castiguem-me, mas não me aborreçam mais. Não acrescentarei uma palavra. Chamem as testemunhas!

Mitya acabou este monólogo como se estivesse determinado a emudecer para sempre.

O procurador esperou que Mitya deixasse de falar e friamente, como se se tratasse da coisa mais natural, fez esta observação:

— Quanto à porta de que há pouco falou, podemos informá-lo com dados tão interessantes para si como para nós e absolutamente fidedignos, pois foram-nos dados pelo próprio Grigory, a quem o senhor feriu, que este a viu aberta de par em par, quando por lá passou para ir em sua perseguição.

Mitya levantou-se e gritou arrebatadamente:

—Absurdo! É uma mentira descarada. Não podia ter visto a porta aberta de par em par porque ela se encontrava fechada. Mente!

— Devo repetir-lhe que a lucidez de Grigory é total e as suas declarações foram firmes e terminantes. Sempre que lhe fazemos a pergunta responde o mesmo.

— Justamente. Insisti várias vezes sobre este ponto — declarou com entusiasmo Nikolay Parfenovitch.

— É falso! É falso! Trata-se de uma calúnia para me perder ou de uma alucinação de louco — gritou Mitya. — Naturalmente foi o delírio proveniente de ter perdido muito sangue. Devia delirar!

— Mas ele reparou na porta aberta não foi depois de recuperar os sentidos, mas antes de os perder, quando chegou ao jardim.

— Mas isso é falso, é falso! Não pode ter visto isso! Quer perder-me para se vingar... Não foi como ele disse... Eu não fugi pela porta — disse Mitya com ar cansado.

O procurador voltou-se para Nikolay Parfenovitch e disse com solenidade:

— Mostre-lhe isso.

— Reconhece este objeto?

E Nikolay Parfenovitch colocou em cima da mesa um sobrescrito grande com três selos, vazio e rasgado de um lado. Mitya olhava-o com ar espantado.

— Isto... isto deve ser o envelope em que meu pai guardava o dinheiro, os três mil... um momento... pois... é o que está aqui escrito... A minha pombinha... sim... três mil! — gritou. — Veem? Três mil rublos!

— Pois vemos. Mas o que vimos também é que o envelope estava rasgado e vazio como aí está, atirado para junto da cama, atrás do biombo.

Mitya pareceu ficar por uns momentos assombrado e de repente gritou:

— Foi ele. Foi Smerdyakov! Ele é que o matou e roubou o dinheiro! Ninguém mais sabia onde o velho o guardava! Está claro como a água!

— Mas o senhor também sabia que o dinheiro estava debaixo da almofada!

— Eu, não! Nunca o vi! É a primeira vez que ponho os olhos neste envelope. Sabia que existia por intermédio de Smerdyakov... Era ele o único conhecedor do esconderijo; eu não o sabia.

— O senhor disse-nos que o seu defunto pai guardava o dinheiro debaixo da almofada. Se disse isso é porque sabia.

— É o que consta no processo — confirmou Nikolay Parfenovitch.

— Disparate! Que absurdo! Como havia eu de saber que ele o tinha debaixo da almofada? Isso era uma suposição minha. Que disse Smerdyakov? Perguntaram-lhe onde estava o envelope? Que disse ele? Isso é o principal... Eu digo coisas que não devia dizer e que são utilizadas contra mim. Disse-lhes que ele tinha o dinheiro debaixo da almofada sem pensar e agora... Mas os senhores devem compreender que foi uma coincidência. Ninguém conhecia o esconderijo a não ser Smerdyakov. Mais ninguém... Nunca me revelou onde estava! Mas o assassínio foi obra dele! Não restam dúvidas; é claro como a luz do dia. — Mitya gritava, excitado como um louco e repetindo as mesmas palavras constantemente. — Devem acreditar naquilo que eu digo e prendê-lo imediatamente. Deve ter matado o meu pai enquanto eu fugia e Grigory estava desmaiado, mais claro não pode ser. Ele fez o sinal e o velho abriu... Mais ninguém conhecia os sinais e sem eles o velho nunca teria aberto...

— Mas o senhor esquece uma circunstância — disse o procurador com severidade e um certo ar triunfal — é que não era preciso abrir a porta pois ela já se encontrava aberta durante a sua permanência no jardim...

— A porta, a porta — balbuciou Mitya, calando-se e olhando fixamente para o procurador. Depois deixou-se cair na cadeira, aniquilado. — Todos guardavam silêncio. — Sim, a porta!... Isto é um pesadelo! Deus põe-se contra mim! — exclamou com o olhar fixo, pasmado, sem querer saber do que lhe diziam.

— Vamos a ver — continuou o procurador, revestindo-se de dignidade — e julgue por si mesmo, Dmitri Fedorovitch. De um lado temos a declaração a respeito da porta estar aberta e de o senhor ter fugido por ela. Esse depoimento é terrivelmente acusador para si. Por outro lado temos o seu obstinado silêncio sobre a proveniência do dinheiro que tinha nas mãos, quando três horas antes, segundo as suas próprias declarações, teve de empenhar as pistolas para obter dez rublos. Perante estes factos julgue você mesmo e não nos acuse de sermos frios, cínicos e aldrabões, incapazes de acreditar nos generosos impulsos da sua alma... Compreenda a sua situação...

A emoção de Mitya era indescritível. Pálido como a cera, exclamou arrebatadamente:

— Pois bem! Dir-lhes-ei o meu segredo... Vão ficar a saber onde fui buscar o dinheiro!... Revelarei a minha vergonha para não ter que me culpar e culpá-los daqui em diante.

— Pode crer, Dmitri Fedorovitch — interrompeu Nikolay Parfenovitch num tom de solene comiseração — creia que uma confissão sincera pode ter uma imensa influência a seu favor e talvez...

O procurador tocou-lhe no pé por baixo da mesa, interrompendo-o oportunamente. A verdade é que Mitya nem ouvia o que o juiz dizia.

## Capítulo 7
## O Grande Segredo de Mitya Recebido de Modo Ridículo

— Senhores começou muito emocionado quero fazer uma confissão geral: esse dinheiro era *meu*.

Os magistrados ficaram boquiabertos. Não era aquilo que esperavam.

— Como? — gritou Nikolay Parfenovitch. — Quando às cinco horas desse mesmo dia, segundo a sua própria confissão...

— Deixem-se das cinco do mesmo dia e da minha confissão. Isso nada tem a ver com o que eu estou a dizer! Esse dinheiro era meu... meu... isto é, roubado por mim. Não digo que me pertencesse, mas eu tinha ficado com ele, com mil e quinhentos rublos que guardava comigo durante todo o tempo, todo o tempo...

—Mas onde o arranjou?

— Estava no meu colarinho, senhores, no meu próprio colarinho... tinha-o aqui preso, num saquinho. Há um mês que o trazia comigo, preso ao pescoço... para grande vergonha e desgraça minha!

— E de quem era... quando se apropriou dele?

— Quando o roubei? Falem claro. Eu considero-o roubado; mas se os senhores preferem dizer que me apropriei... Eu considero-o roubado e esta noite consumei o roubo.

— Esta noite? Mas não disse que há um mês que o... o obteve?

— Sim, mas não foi de meu pai, não foi de meu pai, estejam descansados. Não o roubei ao meu pai, mas sim a ela. Deixe-me contar tudo sem interrupção que bastante difícil é para mim. Há um mês, a minha antiga noiva, Catalina Ivanovna, chamou-me. Conhecem-na?

— Sim, claro.

— Já sabia que a conheciam. É a mais nobre das almas nobres, sempre me odiou, sempre e muito. E sem motivo!

— Catalina Ivanovna! — exclamou o procurador assombrado. Até o próprio procurador parecia compartilhar do espanto geral.

— Ah, não pronunciem o seu nome em vão. Sou um canalha em trazê-la para aqui. Sim, eu sabia que ela me odiava... havia muito... desde a primeira vez que foi a minha casa... mas basta, basta. Não são dignos de saber essas coisas. Nem é preciso para nada. Basta que lhes diga que ela me mandou chamar e me confiou três mil rublos para eu os mandar para uma irmã e uma tia que tinha em Moscovo (como se não pudesse mandar-lhos ela) e eu... foi precisamente na hora fatal da minha vida em que eu... numa palavra, acabava de sentir-me preso por outra, por *ela,* por aquela que lá está embaixo, Gruchenka. Trouxe-a aqui a Mokroe e em dois dias gastei metade dos três mil rublos. Os restantes guardei-os. Bem, guardei metade da quantia, mil e quinhentos rublos, me-tendo-os num saquinho e prendendo-os com um alfinete ao colarinho da camisa. Ontem tirei-os de lá para os gastar. O que resta desse dinheiro, os oitocentos rublos, está em seu poder, Nikolay Parfenovitch.

— Desculpe, mas não nos entendemos. Todos asseguram que quando aqui veio da outra vez gastou três mil rublos e não mil e quinhentos.

— Quem o assegura? Contaram o dinheiro? Acaso eu deixei que alguém o contasse?

— Mas o senhor mesmo dizia que tinha gastado três mil rublos.

— Sim, é verdade. Disse-o e toda a gente o repetiu logo. E aqui mesmo, em Mokroe, todos estavam convencidos de que eram três mil rublos; no entanto não gastei três mil, apenas mil e quinhentos. Os outros mil e quinhentos guardei-os numa bolsinha. Foi desta bolsinha que eu ontem os tirei...

— Admirável —murmurou Nikolay Parfenovitch.

— Tenha a bondade de me responder — pediu o procurador. — Não tinha contado a ninguém essa circunstância? Não tinha dito a ninguém que tinha esses mil e quinhentos rublos?

— A ninguém!

— É estranho. Quer dizer que absolutamente a ninguém?

— A ninguém. A ninguém!

— Qual a razão? Que motivos tinha para fazer disso um segredo? Mais concretamente: não nos falou o senhor do seu segredo como de uma grande vergonha, uma desonra, quando realmente, o ato de se apropriar dos três mil rublos pertencentes a outra pessoa e pela primeira vez é, a meu ver, mais uma ligeireza de caráter, mas não uma infâmia... Ainda que seja vergonhoso no mais alto grau, deve admitir que nem tudo o que envergonha desonra... Havia de fato quem suspeitasse que o senhor tinha gastado os três mil rublos de Catalina Ivanovna, eu próprio ouvi falar nisso, antes da sua declaração... Mikail Makarovitch, por exemplo, tinha-me dito que essa história era propalada pela cidade... Existem até certos indícios de que você próprio confessou que o dinheiro era de Catalina Ivanovna. Assim, pode compreender a minha grande surpresa ao saber que o seu segredo consistia em ter guardado metade da quantia total... Não é muito fácil acreditar que se deva sentir muito aflito por revelar esse segredo... quando ainda há pouco gritava que preferia ir para a Sibéria do que confessá-lo...

O procurador calou-se. Estava irritado e não tentou disfarçar o seu mau humor.

— A vergonha não está nos mil e quinhentos rublos, mas sim em tê-los separado do resto da quantia — disse Mitya com firmeza.

O procurador sorriu friamente e disse:

— De modo que, no seu entender, o vergonhoso é ter reservado metade dos três mil rublos que lhe foram confiados ou, se prefere, de que se apropriou vergonhosamente? E mais importante ter ficado com eles ou o que fez com eles? E a propósito: por que razão guardou metade? Poderá explicar-nos?

— Ó senhores! O fim é tudo! — exclamou Mitya. — Separei-os por cálculo, por vileza, e o cálculo neste assunto é vileza... e eu estive um mês metido nessa vileza.

— É incompreensível.

— Deixam-me admirado. Mas deixem-me explicar-lhes, se na verdade acham incompreensível. Ouçam, atendam ao que eu vou dizer-lhes. Suponhamos que me apropriei dos três mil rublos confiados à minha honra, que os gastei no jogo. No dia seguinte ia ter com Katya e dizia: Katya, portei-me mal, gastei os teus três mil rublos. Isto era bem feito? Não, não era. Era uma desonra, uma covardia. Eu era um animal, visto que não sabia dominar os meus instintos melhor do que um animal. Não é verdade? Mas seria um ladrão? Têm que admitir que não era um vulgar ladrão se assim procedesse! Tinha gastado mal o dinheiro, mas não o tinha roubado. Vamos a outra suposição, ainda mais favorável. Sigam-me com atenção porque posso embrulhar tudo. Sinto a cabeça andar à roda... Bem... vamos à segunda suposição: gastava mil e quinhentos rublos dos três mil que me haviam sido confiados. Apenas metade, portanto. No dia seguinte ia ter com Katya e dizia-lhe o seguinte: Katya, toma estes mil e quinhentos rublos. Sou um bruto e um canalha indigno da tua confiança, visto que gastei metade da quantia que me entregaste e seria capaz de gastar o resto; livra-me assim da tentação. Bem, neste caso o que seria eu? Um canalha, um bruto e tudo o que quiserem, mas certamente não um ladrão, pois se o fosse não iria entregar metade, e pelo contrário gastá-lo-ia todo. Desde o momento em que entregasse metade do dinheiro ela compreenderia que eu faria todos os possíveis por repor a parte que tinha gastado indevidamente. Acham que podia ser considerado um ladrão, em tais circunstâncias?

— Bem, admito que haja realmente uma certa diferença — respondeu o procurador. — O que estranho é que ela seja para si tão essencial.

— Sim, eu vejo uma diferença enorme, essencial! Todos os homens podem ser canalhas e se calhar são-no de fato. Mas nem todos podem ser ladrões. O ladrão é um arquicanalha. Não percebo de sutilezas, mas acho que um ladrão está abaixo do canalha; estou convencido disso. Ouçam: há um mês que trazia esse dinheiro comigo; podia resolver-me a entregá-lo e a deixar de ser um canalha, mas não consegui decidir-me e assim passei um mês sem ser dono de mim mesmo. Percebem? Acham que isto não está bem?

— Certamente que não está bem — respondeu cautelosamente o procurador — não vou discutir isso. Deixemo-nos de discussões e de sutilezas e voltemos ao ponto de partida, se não se importa. Ainda não respondeu ao que lhe perguntamos. Queríamos saber, em primeiro lugar, porque dividiu o dinheiro, gastando metade e escondendo o resto. Qual o seu propósito ao guardá-lo? Que queria fazer desses mil e quinhentos rublos, Dmitri Fedorovitch? Insisto na pergunta.

— Ah, sim! — gritou Mitya dando uma palmada na testa. — Perdão. Estou a aborrecê-los e ainda não disse o principal! Num instante vão compreender que é precisamente isto o motivo da minha vergonha. A culpa toda era do velho, do meu falecido pai. Estava constantemente a molestar Agrafena Alexandrovna e a excitar os meus ciúmes, porque eu julgava que ela hesitava entre mim e ele. E comecei a pensar, de noite e de dia: supõe que ela se decide, que deixa de te atormentar e vem ter contigo e te diz: Amo-te a ti e não a ele, leva-me para o fim do mundo! E eu com quarenta *kopeks* no bolso! Como havia de a levar? Que podia fazer? Estava perdido! Aviso-os de que não a conhecia ainda, nem a compreendia. Julguei que desejasse dinheiro e não perdoasse a minha pobreza. Então separei diabolicamente metade dos três mil rublos, guardei-os muito bem presos com receio de me embriagar e os perder. Depois fui beber o resto. Isto foi ruim, não foi? Compreendem agora?

Os dois magistrados soltaram uma gargalhada.

— E acharia delicado e moral não ter gastado o dinheiro todo? — disse em tom de troça Nikolay Parfenovitch. — Afinal de contas que importância tinha isso?

— Como? Ter ou não roubado é que era essencial! Meu Deus! Os senhores horrorizam-me com a vossa falta de compreensão! Cada dia que passava com este dinheiro preso ao pescoço, cada dia, cada hora, dizia para mim mesmo: um ladrão! És um ladrão! E por isso portei-me como um selvagem durante todo o mês, briguei na taberna, ataquei o meu pai, etc. Tudo isso porque me sentia um ladrão. Não podia decidir-me a contar a ninguém, nem sequer ao meu irmão Aliocha. Considerava-me um canalha. Mas ao mesmo tempo, sabem, enquanto tinha o dinheiro em meu poder, dizia para comigo: Não, Dmitri Fedorovitch, ainda podes deixar de ser um ladrão. Por quê? Porque no dia seguinte podia devolver a Katya, mil e quinhentos rublos. Foi ontem, quando resolvi tirar esse dinheiro do seu esconderijo, ao sair de casa de Fenya para a de Perkotin, que baixei ao nível de ladrão e me desonrei para toda a vida. Por quê? Porque perdia todas as possibilidades de ir ter com Katya e entregar-lhe os mil e quinhentos rublos, dizendo: um canalha, mas não um ladrão! Compręendem agora? Compreendem?

— E qual a razão por que se decidiu precisamente ontem? — perguntou Nikolay Parfenovitch?

— Por quê? Que pergunta tão estúpida! Porque me tinha condenado à morte às cinco horas da manhã e era-me indiferente morrer como um homem honrado ou como um ladrão. Mas agora vejo que não, que há uma grande diferença. Creiam, senhores, esta noite, quando o meu amor começava a ser correspondido e o céu se abria de novo diante de mim, o que mais me atormentava não era ter matado o meu antigo criado e estar ameaçado de ir para a Sibéria. Isso atormentava-me muito, mas não da mesma maneira, nem tanto, como o fato de ter tirado o dinheiro do seu esconderijo e de o ter gastado, misturando-me para sempre com os ladrões. Ah, senhores! Com o coração trespassado repito-lhes que aprendi muito esta noite! Aprendi que não só não se deve viver como um canalha, mas também que não se deve morrer como um canalha. Há que viver e morrer com honra.

Mitya estava pálido de emoção. No seu rosto havia uma expressão ferina vencendo o seu esgotamento.

— Começo a compreender, Dmitri Fedorovitch — disse o procurador, esforçando-se por se mostrar compassivo. — Mas tudo isso, perdoe a minha rudeza, não passa de uma questão de nervos, segundo o meu modo de ver... de sobreexcitação nervosa e nada mais. Há um mês que podia ter devolvido os mil e quinhentos rublos à senhora que lhos confiou. Por que não o fez? Por que não lhe expôs com toda a sinceridade a sua situação? Nessa altura podia adquirir a quantia de que necessitava, pois a generosidade dessa senhora certamente não o abandonaria numa aflição, e emprestar-lhe-ia aquilo que o senhor foi pedir a Samsonov e à senhora Hohlakov, desde que realmente lhe apresentasse garantias sérias.

Mitya corou de súbito.

— Mas toma-me na verdade por um canalha tão requintado? Será possível que fale a sério! — disse Mitya olhando fixamente para o procurador, como se não acreditasse naquilo que ouvia.

— Afirmo-lhe que falo com toda a seriedade... Mas o senhor não acredita que falo a sério? replicou o procurador surpreendido por sua vez.

— Pois isso seria a maior baixeza! Reparem que me estão a torturar, meus senhores! No entanto dir-lhes-ei tudo, contar-lhes-ei toda a minha vileza e ruindade. Hão de ficar surpreendidos com as profundezas do mal para onde as paixões nos podem arrastar. Saibam que imaginei um plano, esse mesmo plano de que os senhores me falaram há pouco! Sim, acariciei essa ruim ideia durante um mês e estive quase prestes a ir falar a Katya... bastante abjeto me sinto só por isso. Mas ir à casa dela, falar-lhe da minha traição, pedir-lhe dinheiro, mendigar, mendigar dela... para depois a deixar e ir-me embora com a outra, com a rival, que a odeia e a insultou? ... Está louco, senhor procurador?

— Não estou louco mas falei precipitadamente sem pensar nessas rivalidades femininas... se neste caso há rivalidade, como o senhor afirma — desculpou-se o procurador, sorrindo.

— Eu digo que isso teria sido uma infâmia! — rugiu Mitya batendo com o punho sobre a mesa. — A maior porcaria que se possa imaginar. E se eu quisesse teria podido ter esse dinheiro. Ela ter-mo-ia dado para poder sentir desprezo por mim, para se vingar, pois é uma mulher infernal, com uma alma apaixonada. Quanto a mim, desde o momento em que tivesse aceitado o dinheiro, para todo o resto da minha vida... Ó Deus! Desculpem se grito tão desaforadamente, mas de há muito que este pensamento me vem à cabeça com insistência. Pensei nele antes de ontem, depois de falar com Lyagavy, ontem não pude afastar o pensamento disso durante todo o dia até que aconteceu aquilo...

— Que aconteceu? — atalhou com curiosidade Nikolay Parfenovitch.

Mitya não fez caso da pergunta e concluiu com ar sombrio:

— Fiz-lhes uma terrível confissão. Devem apreciá-la e até respeitá-la. Já que as vossas almas permanecem insensíveis vejo que não sentem por mim o menor respeito e asseguro-lhes que sinto vontade de me matar só por me ter confessado a homens como os senhores. Vejo bem que não acreditam em mim. Mas o quê? Vão também tomar nota disto? — gritou desesperado.

— Sim, só da última parte — respondeu o juiz surpreendido, olhando-o. — Faremos apenas constar que à última hora o senhor pensou em recorrer a Catalina Ivanovna para lhe pedir essa quantia... É um dado muito importante para nós... isto é, para o processo... e especialmente para si, Dmitri Fedorovitch, especialmente para si.

— Por piedade, senhores! — suplicou, juntando as mãos. — Não escrevam isso. Tenham vergonha. Abri-lhes o meu coração e os senhores aproveitam para arranhar as suas feridas... Meu Deus!

E tomado de desespero ocultou o rosto nas mãos.

— Não se atormente assim, Dmitri Fedorovitch — disse o procurador. — Tudo aquilo de que tomamos nota lhe será lido e modificaremos as coisas com que não estiver de acordo. Mas agora tenho de lhe perguntar pela segunda vez se nunca falou a ninguém do dinheiro que trazia escondido. Acho, confesso, quase inadmissível.

— A ninguém, a ninguém, já lhe disse. Se não entendem nada, deixem-me.

— Bom, trata-se de um ponto que merece atenção, mas teremos tempo de o esclarecer. Em todo o caso não esqueça que dezenas de testemunhas o ouviram dizer o que gastou aqui da primeira vez. Do mesmo modo haverá quem afirme que o senhor tinha ontem três mil rublos.

— Não serão dezenas de testemunhas a dizê-lo, mas centenas, milhares! — gritou Mitya.

— Bem todos diriam o mesmo — respondeu Nikolay Parfenovitch — e quem diz todos, diz alguns.

— Isso nada significa, pois se eu disser uma mentira todos a repetem.

— Mas que necessidade tinha o senhor de dizer uma mentira?

— Só o diabo o sabe. Por jactância... para me dar ares de grandeza... para de certo modo me esquecer do dinheiro que tinha escondido... sim... por causa disso. Que diabo!... Já vou estando farto de perguntas! Bem, menti e acabou-se. Menti uma vez e depois não quis desmentir-me. Por que mente algumas vezes uma pessoa?

— É muito difícil determinar as razões que levam as pessoas a mentir — replicou o procurador em tom solene. — Diga-me agora como era essa bolsa em que tinha metido as notas. Fazia muito volume?

— Não, nem por isso.
— Quanto, por exemplo?
— Se dobrar ao meio uma nota de cem rublos terá o tamanho exato.
— Seria melhor mostrar-nos essa bolsinha. Deve guardá-la em qualquer sítio.
— Mas que disparate! Não faço ideia onde está.
— Perdão. Onde a tirou do pescoço? A casa não foi, segundo as suas declarações.
— Foi na rua, quando saí da casa de Fenya e me dirigi à de Pcrkotin. Tirei-o da bolsa de pano e guardei-o nesta que lhes mostrei há pouco.
— Às escuras?
— Para que era preciso luz? Foi um instante.
— Na rua e sem uma tesoura?
— Para que tesoura? Era um trapo velho.
— E para onde o atirou?
— Atirei-o para o chão, ali mesmo.
— Precisamente em que sítio?
— No mercado! No mercado! O diabo deve saber o local preciso. Para que querem sabê-lo?
— É muito importante, Dmitri Fedorovitch; esse objeto seria uma peça que deporia a seu favor. Não compreende isso? Quem o coseu?
— Ninguém. Eu próprio.
— Sabe coser?
— Um militar tem de saber coser. Não eram necessários conhecimentos especiais para aquilo.
— Onde arranjou o material, isto é, o trapo para fazer o saco?
— Os senhores estão a brincar comigo?
— Não, Dmitri Fedorovitch. Não estamos para brincadeiras.
— Não sei onde o arranjei... em qualquer sítio.
— Creio que não se deve ter esquecido disso.
— Palavra de honra que não me recordo. Talvez de alguma peça de roupa interior.
— Isso é muito interessante. Amanhã procuraremos em sua casa uma camisa, ou qualquer outra peça de roupa a que falte um bocado. De que tecido era? De cor ou branco?
— Deus sabe o que seria. Esperem... não o rasguei de nenhuma peça, creio que era um bocado de forro do chapéu da dona da minha casa.
— De um chapéu da dona da casa?
— Sim, era dela.
— Como foi isso?
— Lembro-me que um dia precisava de um trapo para limpar o aparo da caneta. Peguei naquele chapéu velho. Não disse nada à dona porque aquilo já não servia para nada. Depois foi o forro desse chapéu que utilizei para embrulhar as notas. Creio que foi isso que cosi. Um trapo de algodão que já tinha sido lavado mais de mil vezes.
— Pode garantir que isso é verdade?
— Garantir, garantir não posso. Mas creio que sim. Mas que interessa isso?
— Nesse caso a dona da casa deve recordar que lhe desapareceu esse objeto.

## Fiódor Dostoiévski

— Recordar? Já lhe disse que era um trapo velho que não servia para nada.
— E onde foi arranjar agulha e linha?
— Paro aqui e não digo mais nada! — exclamou Mitya perdendo completamente a paciência.
— É estranho que tenha esquecido o sítio certo onde tirou esse objeto.
— Mandem varrer amanhã de manhã a Praça do Mercado e talvez o encontrem — disse Mitya com ar trocista. — Chega, senhores, chega! — acrescentou desfalecendo.
— Vejo que não acreditaram no que eu acabei de dizer! Nem por um momento! A culpa é minha que não devia ter sido franco e ter-lhes contado um segredo que não devia confessar nunca e muito menos aos senhores, que fazem chacota do que eu disse. Leio isso nos vossos olhos. O senhor, procurador, é que me arrastou a isto. Cante um hino triunfal, se quiser!... Malditos sejam, verdugos!

E escondeu a cara nas mãos. Os magistrados permaneceram silenciosos e quando voltou a erguer a cabeça Mitya olhou-os com indiferença. No seu rosto pintava-se uma horrível expressão de desespero e o seu mutismo expressava a inconsciência daquilo que lhe estava a suceder. Os magistrados não tinham tempo a perder, pois precisavam de interrogar as testemunhas e já eram oito horas. Havia pouco que se tinham apagado as luzes. Mikail Makarovitch e Kalganov, que durante o interrogatório haviam passeado pela sala, tinham desaparecido. Os magistrados estavam também exaustos de cansaço. O dia tinha amanhecido nublado, a chuva caía em torrentes.

— Posso chegar à janela? — pediu Mitya a Nikolay Parfenovitch.
— Como queira — disse este.

Mitya levantou-se e foi até à janela cujos vidros eram fustigados pela chuva. Em baixo via-se a rua lamacenta e mais adiante, através do véu da chuva, distinguiam-se as pobres choças dos camponeses, mais negras e mais pobres debaixo de água. Mitya evocou Febo, dos dourados raios que deveria acolher o seu corpo de suicida, e pensou sorrindo: Esta manhã era de fato mais propícia para mim. Depois, deixando cair os braços, voltou-se para os seus *verdugos* e disse:

— Senhores, sei que estou perdido! Mas ela? Digam-me, por piedade, se é preciso que ela se perca comigo. Ela é inocente, os senhores bem o sabem. Não sabia o que dizia quando se confessava culpada de tudo. Não fez nada. Tenho estado sempre a pensar nela... Podem... querem dizer-me o que pensam fazer dela?

— Quanto a isso pode estar tranquilo — respondeu o procurador. — Não temos motivos para inquietar a pessoa por quem tanto se interessa. Confio que também não será incomodada durante o processo... E se por acaso assim não fosse faríamos tudo quanto estivesse ao nosso alcance para que nada lhe sucedesse. Pode estar descansado.

— Obrigado, senhores; sabia que os senhores eram nobres e amigos de fazer justiça, apesar de tudo. Tiraram-me um peso de cima. E agora, que vamos fazer? Estou pronto.

— Bem, precisamos de nos apressar. É preciso interrogar as testemunhas e isso na sua presença. Portanto...

— E se antes tomássemos chá? — interrompeu Nikolay Parfenovitch. — Creio que bem o merecemos.

Pensaram que se lá em baixo estavam a servir o chá — Mikail Makarovitch certamente o tinha ido tomar, também poderiam levar-lhes ali uma chávena dele, para se reconfortarem até poderem tomar o pequeno almoço. O chá foi-lhes então servido na sala. Mitya recusou a chávena que Nikolay Parfenovitch delicadamente lhe oferecia, mas logo a seguir ele mesmo a pediu, bebendo-a de uma só vez. Parecia morto de cansaço. Contemplando a sua constituição hercúlea, qualquer pessoa poderia pensar que uma noite de embriaguez acompanhada das mais violentas emoções, não abalaria muito fortemente aquele homenzarrão; mas Mitya não tinha sequer forças para levantar a cabeça e de vez em quando parecia-lhe que todos os objetos dançavam à sua volta. Um pouco mais, dizia a si mesmo, e endoideço!

## Capítulo 8
## Declarações das Testemunhas.
## A Criança de Peito

Passaremos muito por alto o interrogatório das testemunhas, sem nos determos a descrever a impressão produzida nelas por Nikolay Parfenovitch com a severa advertência de que deviam dizer os seus testemunhos em voz alta, baseados na verdade e na consciência. No entanto, foi notável a insistência dos magistrados em perguntar se o dinheiro gasto ali por Mitya, na primeira vez e naquela, ascendia a três mil ou a cinco mil rublos. Todos os testemunhos foram unânimes em contradizer as afirmações de Mitya, chegando alguns a inventar novos gastos, tudo em contradição com o que dissera o acusado.

A primeira testemunha submetida a interrogatório foi Trifon Borisovitch, que deixando para trás das costas todos os receios, se apresentou perante os juízes com um ar sério e indignado contra Mitya, o que lhe dava um aspecto de dignidade. Falou pouco, esperando sempre que lhe fizessem perguntas e medindo as suas palavras. Todavia afirmou sem titubear que Mitya tinha gastado ali mais de três mil rublos durante a sua primeira festa e que todos os aldeões tinham ouvido o próprio Mitya falar nessa quantia. Só às moças e aos ciganos deu pelo menos mil rublos.

— Não creio que tivesse chegado a quinhentos rublos o que reparti com eles — afirmou então Mitya com ar sombrio. — É pena que nessa altura não tivesse contado o dinheiro, mas estava embriagado e...

Sentado de lado, ouvia as testemunhas com ar triste e parecia dizer: "Digam o que quiserem, pois para mim já tudo é igual."

— Levaram mais de mil rublos, Dmitri Fedorovitch — insistiu Trifon Borisovitch. — O senhor atirava-lhes as notas como se fossem milho e eles apressavam-se a apanhá-las. Esses bandidos foram expulsos daqui, caso contrário eles próprios poderiam dizer quanto levaram. Eu próprio vi o maço de notas que o senhor tinha na mão e se é verdade que as não contei, estou certo de que passava dos mil e quinhentos rublos. Também sei contar a olho!

Quanto ao dinheiro gasto nessa noite o estalajadeiro limitou-se a afirmar que, segundo o próprio Dmitri Fedorovitch dissera à sua chegada, tinha trazido três mil rublos.

— Tem a certeza de que eu disse isso?

— Disse, Dmitri Fedorovitch, e disse-o diante de Andrey. Chamem-no que ainda aqui está. E nesta sala, quando contratou a música, disse que desejava deixar aqui seis mil rublos. Creio que era o que tinha gastado da outra vez. Stepan e Smyon ouviram-no também e junto de nós encontrava-se então Pyotr Fomitch Kalganov. Eles podem dizer se é verdade...

Os seis mil rublos impressionaram vivamente os instrutores do processo, encantados com aquela maneira de contar; três e três, seis; três mil da primeira vez e três mil da segunda somavam seis mil. Nada mais claro.

As pessoas mencionadas pelo estalajadeiro corroboraram a sua declaração e anotaram com especial cuidado certas particularidades da conversa de Mitya com o cocheiro: "Irei para o céu ou para o inferno? e perdoar-me-ão ou serei castigado no outro mundo". Foram frases que foram escritas pelo secretário para fazerem parte do processo.

Kalganov foi depor de má vontade, arisco e arreliado, e apesar dos magistrados serem seus amigos, falou-lhes como se nunca os tivesse visto. Começou por dizer que não sabia nada daquele assunto, nem lhe interessava, confirmou que ouvira falar em seis mil rublos, mas disse que nada sabia a respeito da soma que Mitya tinha na mão.

Falou da trapaça que os polacos tinham feito ao jogo e depois de muitas perguntas declarou que a situação de Mitya com Agrafena Alexandrovna tinha melhorado com a retirada dos polacos, ao ponto de ter ouvido dos lábios dela uma declaração amorosa, Falou dela com toda a consideração e respeito devido a uma senhora da boa sociedade e nem uma vez se permitiu chamar-lhe Gruchenka. Hipólito Kirillovitch, percebendo a repugnância que Kalganov sentia em testemunhar, apertou-o com perguntas, obrigando-o quase a contar tudo o que poderíamos chamar história romântica de Mitya nessa noite. Mitya não o interrompeu uma única vez e, ao retirar-se, Kalganov ia visivelmente indignado.

Os polacos, logo que souberam da presença da polícia na estalagem, apressaram-se a vestir-se, convencidos de que iriam ser chamados. Tiveram de fato de comparecer perante os juízes e as suas declarações foram feitas com certa dignidade. Soube-se então que o polaco baixo e gorducho era um oficial subalterno que prestara serviço na Sibéria como veterinário. Chamava-se Mussyalovitch. *Pan* Vrublevsky era um dentista indocumentado, um escroque vulgar. Se bem que fosse Nikolay Parfenovitch quem os interrogasse, eles dirigiam-se sempre a Mikail Makarovitch, que na sua ignorância tomavam pela principal autoridade. Chamavam-lhe *Pan* coronel. Foi preciso que o próprio chefe da polícia dissesse que deviam dirigir-se apenas a Nikolay Parfenovitch. Se não fosse a pronúncia polaca que davam a certas palavras, dir-se-ia que nunca tinham falado outra língua além do russo. *Pan* Mussyalovitch pôs tanto calor e entusiasmo ao falar nas suas antigas e recentes relações com Gruchenka que Mitya se levantou e gritou que não consentia que um malandro qualquer falasse dela naqueles termos. O polaco protestou contra a palavra malandro e quis que constasse do processo. Mitya declarou que com o processo ou sem ele o polaco não passava de um malandro.

Nikolay Parfenovitch repreendeu Mitya e passou a utilizar toda a sua habilidade para evitar aquele assunto melindroso e passar ao essencial. Foi de grande interesse para os magistrados a declaração de *Pan* Mussyalovitch de que Mitya lhe tinha oferecido três mil rublos para se afastar; setecentos imediatamente e os restantes dois mil e trezentos no dia seguinte, na cidade. Tinha jurado que não tinha consigo essa quantia, mas que a tinha escondida na cidade. Vrublevsky confirmou as afirmações do seu companheiro e Mitya disse que era bem possível que tivesse dito isso, pois nessa altura estava tão excitado que não era senhor das suas palavras.

O procurador obstinou-se em tirar destas declarações alguma coisa de positivo, pois suspeitava de que Mitya tinha escondido o resto do dinheiro na cidade ou ali, em Mokroe, o que a ser certo deitava abaixo a única circunstância que estava a favor do acusado, nas mãos de quem, tinham afinal sido encontrados apenas oitocentos rublos. Se isto não se esclarecesse ficaria sempre um ponto obscuro no processo. O procurador instigou então Mitya a confessar onde guardava o resto do dinheiro que queria dar aos polacos, mas este declarou sempre que não pensava dar-lhe dinheiro mas sim os direitos sobre as suas propriedades na Chermachnia, as mesmas garantias que já tinha oferecido a Samsonov e à senhora Hohlakov.

— E acha então que ele iria aceitar uma escritura em vez do dinheiro? — perguntou o procurador, rindo-se daquele inocente subterfúgio.

— Creio que se ele tivesse aceitado, ela lhe valeria não apenas dois, mas quatro mil rublos! Não vê que teriam posto em ação todos os advogados polacos e judeus e estes teriam arrancado ao velho não apenas três mil rublos, mas até toda a sua fortuna?

O processo engrossou assim com as declarações dos polacos que foram despedidos, depois de terem passado por alto a trapaça feita ao jogo. Nikolay Parfenovitch ficou satisfeito com as declarações deles e não quis aborrecê-los com ninharias, coisas que todos os dias se passam nas tabernas entre jogadores. Os dois trapaceiros ficaram, portanto, com os duzentos rublos.

Mandaram chamar depois Maximov. Este entrou com medo, desgrenhado, oprimido. Tinha-se refugiado junto de Gruchenka e de vez em quando começava a chorar, limpando-se com um enorme lenço azul; de maneira que ela própria é que tinha de o consolar, dizendo-lhe palavras animadoras. O pobre velho apressou-se a confessar que Mitya lhe dera dez rublos que ele estava pronto a devolver logo que saísse da sua atual miséria. Respondeu a Nikolay Parfenovitch quando este lhe perguntou se reparara no dinheiro que Mitya tinha na mão quando lhe dera os dez rublos; que deviam ser pelo menos uns vinte mil.

— Já alguma vez viu semelhante soma reunida? — perguntou o procurador.

— Bem, não vi vinte mil, mas vi pelo menos sete mil quando a minha mulher hipotecou a minha modesta propriedade. Mas ela mostrou-me as notas à distância, como gabando-se de as ter bem seguras...

Mandaram o velho embora sem o incomodar mais e chegou a vez de Gruchenka.

Esta chegou, acompanhada de Mikail Makarovitch. Tinha uma expressão severa e tranquila no rosto e sentou-se imóvel na cadeira que o juiz lhe indicou. Muito pálida e, como se tivesse frio, embrulhava-se no xale preto; mas não podia evitar que de vez em quando estremecesse com os arrepios de frio provocados pela febre que durante muito tempo iria ter. O seu ar grave, o seu porte distinto e as suas maneiras calmas causaram muito boa impressão nos circunstantes. Nikolay Parfenovitch olhava-a um pouco fascinado e mais tarde confessou aos seus amigos que naquela ocasião ela lhe tinha parecido muito bela, apesar de já a ter visto muitas vezes antes e nunca lhe ter causado senão a impressão de uma cortesã da província. O seu porte era o de uma distinta senhora da alta sociedade, contava mais tarde Parfenovitch a um grupo de senhoras que lhe perguntavam por ela, movidas pela curiosidade, ainda que se vissem obrigadas a indignar-se com tal apreciação, que lhe mereceu imediatamente a alcunha de homem perverso que tanto lhe agradava.

Gruchenka dirigiu a Mitya um olhar encorajador. Depois das perguntas e advertências usuais, Nikolay Parfenovitch convidou-a, da maneira mais delicada, a dizer que gênero de relações a uniam ao tenente na reserva Dmitri Fedorovitch Karamázov; ao que ela respondeu com voz pausada e firme:

— Era um conhecido. Há um mês que o recebia em minha casa a esse título.

As outras perguntas respondeu clara e inequivocamente que ele lhe era simpático, mas que nunca o tinha amado, contentando-se em subjugar-lhe o coração como havia subjugado o do pai dele, por espírito de maldade, até ao ponto de se divertir com os ciúmes que Mitya sentia de Fedor Pavlovitch e dos outros. Nunca tinha tido a intenção de ceder às pretensões do velho, queria troçar e nada mais.

— Durante todo o mês nunca me preocupei com eles. Esperava a chegada do homem que me tinha enganado; mas creio que não terão nada a perguntar e nem eu a responder sobre este assunto, puramente pessoal.

Nikolay Parfenovitch entrou então na questão dos três mil rublos.

Gruchenka confirmou que se tinha gastado essa quantia quando da primeira orgia de Mokroe, ainda que ela não tivesse contado o dinheiro. Tinha-o ouvido dos lábios do próprio Mitya.

— Ouviu-o apenas a senhora ou na presença de outras pessoas?

Mitya falara nisso tanto a ela só, como na presença de outras pessoas.

— E disse-lho só uma vez ou várias?

Gruchenka respondeu que várias vezes, o que muito satisfez o procurador.

As perguntas seguintes puseram em evidência que ela sabia que o dinheiro procedia de Catalina Ivanovna.

— E ouviu alguma vez dizer que se gastaram menos de três mil rublos e que Dmitri Fedorovitch tinha guardado metade dessa soma?

— Não, não tinha ouvido falar disso — respondeu Gruchenka. E provou-se ter-lhe ele dito muitas vezes que não tinha nada. — Esperava sempre receber dinheiro do pai — concluiu ela.

— Nunca lhe disse, em momentos de ira — perguntou repentinamente Nikolay Parfenovitch — que queria atentar contra a vida do pai?

— Sim, infelizmente.

— Uma ou várias vezes?

— Dizia isso com frequência, sempre num estado de irritação.

— E julgava-o capaz de fazer o que dizia?

— Não, nunca o julguei capaz disso — respondeu Gruchenka com firmeza. — Confiava na nobreza da sua alma.

— Permitam-me, meus senhores — interrompeu arrebatadamente Mitya — que diga uma palavra a Agrafena Alexandrovna na vossa presença.

— Pode falar — concedeu Nikolay Parfenovitch.

— Agrafena Alexandrovna! — exclamou Mitya levantando-se. — Confie em Deus e em mim. Não sou culpado da morte de meu pai!

E voltou a sentar-se.

Gruchenka levantou-se e persignou-se devotamente diante do ícone.

— Graças a ti, Senhor! — rezou com a voz embargada pela comoção; e voltando-se para Nikolay Parfenovitch, acrescentou: — Acreditem no que ele acaba de dizer! Conheço-o e sei que é incapaz de enganar qualquer pessoa contra a sua consciência, mesmo que às vezes diga disparates por mau humor ou teimosia. Disse a pura verdade. Podem acreditar nele.

— Obrigado, Agrafena Alexandrovna pela coragem que me dás! — exclamou vivamente Mitya.

Depois Gruchenka declarou que ignorava a quanto ascendia a quantia da véspera, mas que ouvira dizer a várias pessoas que ele tinha três mil rublos. Sobre a procedência do dinheiro disse que ele lhe confessara tê-lo roubado a Catalina Ivanovna e que ela lhe dissera que isso não era exato porque podia devolver-lho no dia seguinte. A enfática pergunta do procurador sobre se o dinheiro tirado a Catalina Ivanovna era o que tinha gastado um mês antes, ou o que gastara nessa noite, Gruchenka respondeu que julgava que ele se tinha referido ao do mês anterior; pelo menos ela assim o compreendera.

O testemunho de Gruchenka foi dado por concluído e Nikolay Parfenovitch disse-lhe muito delicadamente que ela podia voltar à cidade e que se ele pudesse ser-lhe útil para lhe emprestar a carruagem ou para a acompanhar, ele poderia...

— Fico-lhe imensamente agradecida — respondeu Gruchenka inclinando-se profundamente. — Irei com este velho senhor a quem levarei para a cidade na minha carruagem; mas se me permite esperarei até ver o que decidem de Dmitri Fedorovitch.

Saiu. Mitya, já mais calmo, pareceu reanimar-se: mas isso durou pouco porque estava prostrado pelo abatimento que lhe fazia fechar os olhos. Depois de terminadas e verificadas as declarações das testemunhas, Mitya deixou-se cair sobre uma arca que se encontrava a um canto e adormeceu por fim.

E teve um sonho, um estranho sonho, totalmente alheio ao tempo e ao local onde se encontrava.

Um aldeão conduzia-o num carro puxado por dois cavalos, através da estepe. Sentia frio. Era novembro e a neve caía em grandes flocos que se derretiam ao tocar no solo. O camponês, de longas e belas barbas, era um homem dos seus cinquenta anos de idade; muito bem arranjado e vestido com a camisa cinzenta dos aldeões, apressava o andamento dos cavalos. Ao longe divisavam uma aldeola cujas casas, quase todas vítimas de um incêndio recente, mostravam as traves enegrecidas e ainda fumegantes. Quando chegaram mais perto saiu-lhes ao caminho um grupo de mulheres. Eram todas magras, pálidas ou enfarruscadas. Uma delas despertou-lhe sobretudo a atenção. Era alta, ossuda, talvez não tivesse ainda vinte anos, mas parecia ter quarenta; levava ao colo uma criança de peito que não parava de chorar. Via-se que os peitos da mulher estavam tão espremidos que era impossível terem uma gota de leite. E o menino chorava, chorava, erguendo os bracinhos magros e roxos de frio.

— Por que choram? Por que choram? — pergunta Mitya ao passarem para diante.

— É a criança, é a criança que chora — respondeu o cocheiro.

Mitya sentiu-se enternecido com a maneira de falar do camponês. Dizia a criança com um tom piedoso.

— Mas por que chora? — insistiu Mitya como um imbecil. — Por que tem os braci-nhos no ar? Por que não o tapam?

— O pobrezinho tem frio. Tem as roupas geladas e não o podem aquecer.

— E por quê? Por quê? — perguntou idiotamente Mitya,

— Porque são pobres e vítimas do incêndio. Não têm pão. Têm de ir mendigar porque ficaram sem nada.

— Não, não — replicou Mitya como se o outro não o percebesse. — Diz-me por que estão ali essas mães infelizes? Por que há gente pobre? Por que há meninos pobres? Por que é a estepe estéril? Por que não se abraçam e beijam uns aos outros? Por que não entoam canções alegres? Por que estão roídos pela miséria? Por que não alimentam o menino?

Compreende que por insensatas que sejam as perguntas, são as que ele deseja formular e precisamente dessa forma. Sente a alma invadida por uma onda de ternura completa-mente nova e apetece-lhe chorar e fazer qualquer coisa por aquela gente, para que o meni-no não chore mais, para que não gema a mãe de rosto pálido e roído pela miséria, para que desde aquele instante cesse todo o pranto; e tem que fazer qualquer coisa imediatamente, sem consideração de nenhum obstáculo, com a veemência dos Karamázov.

— E eu irei contigo e não te abandonarei durante o resto da minha vida, eu irei contigo — ouve dizer muito perto a voz suave de Gruchenka, que treme de emoção. — E a sua alma ilumina-se e ele precipita-se para a luz; ansiando por viver, viver, avançar para a nova luz que lhe surge e depressa, agora, naquele momento!

— Onde? Onde? — exclama abrindo os olhos e sentando-se, sorridente e alegre, como se acordasse de um desmaio. Nikolay Parfenovitch, que se encontra a seu lado, con-vida-o a ouvir os testemunhos e a assinar o seu depoimento. Mitya não o ouve e pensa que deve ter dormido mais de uma hora. Fica comovido ao notar que lhe puseram uma almofada debaixo da cabeça, pois não estava lá nenhuma quando ele adormecera, vencido pela fadiga.

— Quem me pôs a almofada? Quem foi tão amável? — pergunta cheio de entusiástico reconhecimento, prestes a desfazer-se em lágrimas de emoção pela bondade de que tinha sido objeto.

Nunca chegou a saber qual a mão compadecida que lhe tinha feito aquela obra misericordiosa, diante da qual toda a sua alma se comovia, desfeita em lágrimas. Aproximou-se da mesa e disse que estava disposto a assinar quando quisessem.

— Tive um belo sonho, meus senhores — declarou com voz surpreendente e o rosto iluminado por uma alegria nova.

## Capítulo 9
## A Prisão de Mitya

Uma vez assinado o depoimento, Nikolay Parfenovitch voltou-se para o prisioneiro e leu solenemente a ordem de prisão, estabelecendo que em tal e tal dia de tal ano e de tal lugar, tendo o juiz de instrução tomado conhecimento de tal e de tal modo, das acusações que eram feitas ao acusado (seguiam todas as acusações minuciosamente descritas) e considerando que o acusado, não tendo confessado os seus delitos, não alegava contudo nada de concreto em sua defesa, enquanto as testemunhas tais e tais e as circunstâncias tais e tais depunham contra ele, de acordo com os vários artigos da lei e para impedir que fulano de tal (Mitya) se livrasse do respetivo processo e julgamento, procedia à sua mudança para o cárcere tal, do que se notificava o prisioneiro pela ordem presente, tendo sido ao mesmo tempo enviada cópia dessa mesma ordem ao procurador judicial, etc., etc.

Em resumo: anunciavam-lhe que desde aquele momento era prisioneiro e ia ser conduzido à cidade para ficar encarcerado num sítio desagradável. Mitya ouviu atentamente, limitando-se a encolher os ombros.

— Bem, senhores, não me queixo e estou preparado... compreendo que fizeram o que deviam fazer.

Nikolay Parfenovitch anunciou-lhe que seria conduzido pelo comissário da polícia rural, Mavriky Mavrikyevitch, que casualmente ali se encontrava.

— Um momento! — interrompeu Mitya num impulso involuntário de ternura, dirigindo-se a todos os que se encontravam na sala. — Senhores, somos todos cruéis, somos todos uns monstros que fazemos chorar os homens, as mulheres e as crianças; mas é preciso deixar bem assinalado que de todos, sou eu o mais miserável! Todos os dias pensava emendar-me e todos os dias cometia as mesmas infâmias. Agora compreendo que homens como eu precisam de se ver feridos pela sorte, sentir que o nó corredio lhes aperta o pescoço, para mudar. Nunca, nunca seria capaz de me redimir por mim próprio! Mas caiu um raio sobre mim. Aceito a tortura da acusação, submeto-me à vingança pública, quero sofrer e purificar-me pelo sofrimento. Ficarei purificado, senhores? Mas pela última vez ouçam uma coisa: não sou culpado da morte do meu pai. Aceito o castigo não por o ter matado mas por ter pensado fazê-lo e até ter sido talvez capaz disso. Mas aviso-os de que lutarei. Lutarei contra os senhores e no fim Deus decidirá. Adeus, senhores, não me guardem rancor por me ter mostrado violento durante o interrogatório. Ah, que louco estava ainda a ser!... Dentro de momentos serei vosso prisioneiro, mas agora e pela última vez como homem livre, Dmitri Fedorovitch estende-lhes a mão. Despedindo-me dos senhores, despeço-me de todos os homens.

A voz de Mitya tremia. Estendeu a mão, mas Nikolay Parfenovitch, que era quem estava mais próximo, ocultou a sua mão atrás das costas com tal nervosismo e tão pouca dissimulação que Mitya, percebendo, estremeceu e retirou o braço.

— A instrução do processo não terminou ainda — disse Nikolay Parfenovitch, vacilante e um pouco embaraçado. — Continuá-la-emos na cidade. Pela minha parte desejo-lhe boa sorte... e que o destino lhe seja favorável... Sempre o considerei mais como um homem infeliz do que culpado. Todos nós, se me é permitido falar em nome de todos, reconhecemos em si um nobre coração; mas, ai!, quando uma pessoa se deixa dominar por certas paixões até tal ponto...

Nikolay Parfenovitch mostrava-se verdadeiramente majestoso ao falar assim e comoveu tanto Mitya que este estava quase a agarrar aquele rapaz pelo braço e a levá-lo para um canto da sala para falar com ele de mulheres. Parece que pensamentos disparatados como este chegam a acorrer aos réus, até mesmo na altura em que já se encontram no patíbulo.

— Senhores, vejo que são bons e humanos. Posso despedir-me *dela?* — pediu Mitya.

— Não há inconveniente, mas tendo em conta... enfim, não é possível por agora a não ser em presença de...

— Ah, bom! Seja como for!

Gruchenka foi avisada, mas a despedida breve e de poucas palavras não satisfez Nikolay Parfenovitch. A moça inclinou-se profundamente diante de Mitya e disse:

— Já sabes que daqui em diante sou tua e que te seguirei para onde te enviarem. Adeus; és inocente e tu próprio te perdeste.

Os lábios tremeram-lhe e as lágrimas começaram a correr-lhe pelas faces.

— Perdoa-me, Grucha, o amor que te tenho tido e que tanto mal te tem feito.

Queria dizer mais qualquer coisa mas sentiu a garganta apertada e saiu. Foi logo rodeado pelos guardas que daí em diante não o iriam deixar. No fundo da escada, junto da qual tinha chegado na véspera com tanta algazarra na carruagem de Andrey, esperavam dois carros. Mavriky Mavrikyevitch, um homenzinho gordo, devia ter qualquer motivo de irritação, pois foi num tom colérico e pouco amável que convidou Mitya a subir para a carruagem.

"Não me tratava assim quando na taberna eu o convidava", pensou Mitya, obedecendo.

À porta encontrava-se muita gente: camponeses, mulheres, cocheiros. Trifon Borisovitch também apareceu na escada. Todos olhavam com curiosidade para o acusado.

— Adeus, boa gente. Perdoem-me! — gritou Mitya da carruagem.

— Perdoa-nos também tu — responderam duas ou três vozes.

— Adeus, Trifon Borisovitch!

Mas o interpelá-lo nem se voltou, muito ocupado segundo parecia pelo modo como gritava e se agitava. É que a outra carruagem que devia seguir com Mavriky Mavrikyevitch não aparecia e o estalajadeiro agarrava pela blusa o camponês que tinha recebido ordem de conduzir essa carruagem. Este desculpava-se dizendo que não lhe pertencia a ele fazer esse trabalho e sim a Akim; mas Akim não se encontrava ali e o outro insistia em que esperassem por ele.

— Está a ver como são estes camponeses, Mavriky Mavrikyevitch. Não têm vergonha! — exclamou Trifon Borisovitch. — Akim deu a este, antes de ontem, vinte e cinco *kopecks*. Gastou-os em vinho e agora ainda grita. Digo-lhe Mavriky Mavrikyevitch, que me surpreende a paciência que o senhor tem para esta gentalha.

— Mas que falta nos faz outro carro? — perguntou Mitya. — Vamos neste. Não tentarei fugir, velho compadre. Para que é a guarda?

— Vamos ver se tenho de o ensinar a tratar-me como deve ser! — exclamou brutalmente Mavrikyevitch. — Não sou seu compadre e não admito que me fale assim! Percebeu?

Mitya calou-se, corando. Depois estremeceu. Tinha parado de chover, mas o céu continuava nublado e um vento frio fustigou-lhe a cara.

"Apanhei um resfriamento", pensou Mitya, sentindo uma dor nas costas.

Finalmente Mavrikyevitch entrou na carruagem e deixou-se cair pesadamente no assento, empurrando, como que inadvertidamente, Mitya para um lado. A verdade é que estava irritado e fatigado do trabalho que lhe atiravam para cima.

— Adeus, Trifon Borisovitch! — voltou a gritar Mitya, mas dessa vez com certa premeditação e ressentimento.

Trifon Borisovitch limitou-se a olhar para ele com ar orgulhoso e não respondeu.

— Adeus, Dmitri Fedorovitch, adeus! — E saindo não se sabe de onde, Kalganov correu para a carruagem e chegou a tempo de poder apertar a mão a Mitya.

— Adeus, querido amigo. Não esquecerei a tua generosidade.

A carruagem partiu e as mãos desuniram-se. As campainhas tilintavam. Levavam Mitya.

Kalganov voltou a correr para a hospedaria, sentou-se a um canto e escondendo a cara nas mãos começou a chorar. Ficou durante muito tempo naquela atitude, chorando como se fosse uma criança e não um rapaz de vinte anos. Oh! Quase não tinha dúvidas da culpabilidade de Mitya.

— Mas que homens são estes! Pode-se descer mais? — perguntava com incoerência no seu amargo desalento, quase desesperado. Naquele instante a vida nenhum aliciante tinha para ele.

— Vale a pena? Vale a pena? — exclamava o rapaz no seu desgosto.

# Parte 4

## Livro 10
## Os Rapazes

### Capítulo 1
### Kolya Krassotkin

Era no princípio de novembro. O dia amanhecera com um nevão que mantinha o termômetro Réaumur a onze graus; tinha caído durante a noite uma neve seca e o vento cortante da manhã levantava uma poeira de granizo que arrastava pelas ruas da cidade, especialmente na Praça do Mercado. A manhã estava fria e desagradável, mas já não nevava.

Não longe da praça, perto do armazém de Platnicov, havia uma casinha, muito limpa por fora e por dentro, pertencente à senhora Krassotkin, viúva de um antigo secretário da província, que nela vivia dos seus rendimentos. Era uma mulher retraída, de caráter meigo e trato agradável. Tinha apenas dezoito anos quando perdera o marido, depois de um ano de casamento e tendo um filhinho de poucos meses. A esse filho tinha ela consagrado os seus catorze anos de viuvez, cuidando dele como do seu único tesouro. Kolya correspondera ao amor apaixonado da mãe dando-lhe mais desgostos que alegrias. Ela tremia constantemente pelo filho, receando que lhe sucedesse alguma coisa, a sua fantasia imaginava doenças, quedas e qualquer outra coisa que pudesse fazer-lhe mal. Quando Kolya começou a ir para a escola, a mãe quis dedicar-se também ao estudo para poder ajudar o filho. Apressou-se a relacionar-se com os professores e as mulheres destes e até procurava os condiscípulos do filho, acarinhando-os para ele ter mais amigos e evitar-lhe qualquer aborrecimento. O seu zelo chegou a tal ponto que os colegas passaram a troçar de Kolya, chamando-lhe menino mimado.

Mas Kolya era um rapaz resoluto e cheio de força; ágil e de feitio audacioso e empreendedor. Sabia sempre bem as lições e diziam até os colegas que aritmética e história natural ele podia bater o professor Dardanelov. Apesar de olhar os seus companheiros com ar de superioridade tratava-os amigavelmente e, sem jactância, aceitando as homenagens que os outros lhe prestavam como se lhe fossem devidas, não ultrapassando nunca, no trato com os seus professores, a justa medida. Gostava de travessuras como qualquer rapazote, mais pelo efeito que produzia do que pela própria travessura. Sabia submeter a mãe a todos os seus desejos e tratava-a despoticamente. Ela permitia-lhe tudo, mas achava intolerável que o filho não correspondesse ao seu amor na mesma medida; imaginava-o insensível ao seu carinho e muitas vezes, desfeita em lágrimas, acusava-o de frieza para com ela. O rapaz recebia com desgosto as meigas reprimendas, e quanto mais lhe pediam ternura mais duro ele parecia ser. Mas não o fazia por má intenção: era próprio do seu caráter. A mãe enganava-se ao pensar que o filho não gostava dela. Kolya gostava da mãe, mas detestava o sentimentalismo de novilha como ele dizia na sua linguagem escolar.

Havia em casa um armário com livros pertencentes ao pai, e Kolya, que gostava muito de ler, passava horas e horas lendo-os. A mãe não se preocupava com isso, mas surpreendia-se por ver o filho horas e horas a ler em vez de ir brincar. E dessa maneira Kolya aprendeu muitas coisas pouco convenientes para a sua idade.

A mãe de Kolya vivia seriamente alarmada com as travessuras do filho, pois apesar de não haver nada de repreensível no aspecto moral, os seus atos eram muitas vezes mais próprios de um louco do que de um rapazinho bem-educado.

Em julho, durante as férias de verão, mãe e filho foram passar uma semana na casa de uma parente afastada, cujo marido era chefe da estação de caminhos de ferro que se encontrava a umas quarenta e cinco verstas da cidade — a estação mais próxima e a mesma o comboio para Moscovo. Kolya aproximava-se cada dia mais da estação e observava minuciosamente tudo o que dizia respeito aos comboios, para depois poder deslumbrar os companheiros com os seus conhecimentos. Pouco depois travou conhecimento com seis ou sete rapazes que viviam na estação ou nas cercanias, e com outros dois que tinham vindo da cidade. Juntavam-se todos para brincar, e no quarto ou quinto dia da estadia de Kolya, deu-se uma ocorrência terrível. Kolya, que era dos mais novos e por conseguinte se via tratado pelos outros com superioridade, apostou dois rublos, por vaidade ou para o considerarem um herói, que era capaz de ficar deitado entre os *rails*, durante a passagem do comboio das onze da noite. É verdade que fizera primeiro umas certas investigações para ver se tinha possibilidade de se deitar imóvel no meio da linha e que o comboio passaria sem lhe tocar; mas permanecer imóvel naquelas circunstâncias não era brincadeira. Os outros riram-se e chamaram-lhe aldrabão e vaidoso. Isso deu-lhe nova audácia. O que mais o aborrecia era o desprezo com que o tratavam os rapazes mais crescidos, de quinze anos, que lhe voltavam as costas e lhe chamavam pequeno quando ele ia brincar com eles. Para Kolya isso era um insulto imperdoável.

    Combinaram afastar-se meia versta da estação, para que o comboio adquirisse toda a sua velocidade depois da partida. Os rapazes reuniram-se e dirigiram-se, na escuridão, para a linha de caminho de ferro. No local escolhido, Kolya deitou-se entre os carris. Os outros cinco que tinham aceitado a aposta esconderam-se entre os arbustos, ao lado da linha. Os seus corações pulsavam tão violentamente que se sentiram assustados e com remorsos. Por fim ouviram o apito do comboio que saía da estação. Duas luzes de sangue furaram as trevas; o monstro rugia ao aproximar-se.

    — Sai daí! Sai daí! — gritavam os rapazes escondidos no matagal, gelados de medo.

    Mas era tarde demais; o comboio estava já sobre Kolya e passou como um relâmpago. Os rapazes precipitaram-se para a linha férrea. Kolya estava imóvel. Tocaram-lhe, quiseram tirá-lo dali mas não foi necessário. Kolya levantou-se daí a pouco, sozinho, e afastou-se. Disse-lhes que quisera fingir de morto para os assustar, mas a verdade é que desmaiara, como mais tarde confessou à mãe. A sua reputação de rapaz intrépido estava consolidada para sempre; Apesar de no dia seguinte ter sofrido um ataque de nervos com febre, sentia-se alegre e contente consigo mesmo. No regresso à cidade, essa aventura espalhou-se e chegou até aos ouvidos dos professores de Kolya. A mãe apressou-se então a falar a um dos professores, Dardanelov, para que o assunto não levantasse problemas.

    Dardanelov era um homem de meia idade, que há muito tempo estava perdidamente apaixonado pela senhora Krassotkin. Um ano antes, tremendo de medo e com a delicadeza própria dos seus sentimentos, arriscara-se a oferecer-lhe o seu coração, propondo-lhe casamento. Ela rejeitara decididamente a oferta, achando que seria uma falta de consideração e de lealdade para com o filho; mas a julgar por certos sintomas mal dissimulados, Dardanelov sentia que não era precisamente a aversão que levava a encantadora viúva a recusar a sua mão. A aventura de Kolya pareceu romper de novo o gelo e a intercessão de Dardanelov obteve a recompensa de um raio de esperança. Naturalmente esse raio brilhou apenas na fantasia de Dardanelov, mas esse homem era de uma tal delicadeza de sentimentos que tanto bastou para o tornar momentaneamente feliz. Gostava muito do filho da mulher que amava e gostaria de o ter mais perto de si para procurar conquistar-lhe o coração, mas nas aulas tratava-o severamente e com rigorosa equidade em relação aos outros alunos. Kolya, por seu lado, mantinha-se a uma distância respeitosa. Sabia sempre as lições, era o segundo da aula e todos o julgavam tão forte em História Universal que podia competir com Dardanelov. Kolya tinha-lhe perguntado quem fundou Troia e o professor respondera-lhe referindo-se aos movimentos e emigrações de raças muito remotas e às lendas míticas; mas iludiu a pergunta sobre os fundadores de Troia e sem citar nomes, considerou a pergunta deslocada, dando aos rapazes a impressão de que não sabia quem tinham sido. Kolya lera quais tinham sido os fundadores dessa cidade, na História de Smaragdov, que se encontrava entre os livros de seu pai. Todos os rapazes mostraram interesse em conhecer essa questão histórica, mas Krassotkin guardou segredo e a fama dos seus conhecimentos permaneceu indiscutível.

Depois do incidente do comboio, a atitude de Kolya para com a mãe alterou-se. Ana Fedorovna — a senhora Krassotkin — esteve prestes a endoidecer quando soube da façanha do filho. Tão persistentes e terríveis eram os ataques de nervos que a cometeram que Kolya lhe jurou que não voltaria a cometer tais imprudências. A senhora Krassotkin quis que ele lhe jurasse de joelhos diante da imagem de Jesus e pela memória do pai, e o valente rapaz jurou, chorando como uma criança. Mãe e filho estiveram todo o dia chorando e abraçando-se no meio dos soluços. No dia seguinte Kolya acordou com a mesma indiferença de sempre; mas tinha-se tornado mais silencioso, mais modesto e mais refletido.

Mês e meio depois outra diabrura das suas levou o seu nome aos ouvidos do juiz de paz, mas era uma coisa de outro gênero, que provocava mais diversão que aborrecimento. No entanto, ele não foi o principal autor da brincadeira, mas apenas cúmplice. Voltaremos mais tarde a falar disto. A mãe ainda tremia de medo, e quanto mais motivos ela tinha para se preocupar, mais confiante se sentia Dardanelov. É de notar que Kolya adivinhou e compreendeu o que se passava no coração do professor, começando a sentir por ele o maior desprezo. Era mesmo suficientemente duro para falar com desdém dele diante da mãe, dando-lhe a entender que conhecia as procedências sociais de Dardanelov. Mas até nisto mudou depois da sua aventura com o comboio, deixando de fazer qualquer alusão ao professor e falando dele diante da mãe com maior consideração, o que a sensível senhora lhe agradecia do mais fundo da sua alma. Mas bastava o nome do professor nos lábios de uma visita para Kolya corar como uma papoula e, perdido o sossego, levantar-se, ir à janela, olhar para os sapatos, ou gritar por *Perezvon,* um grande cão de pelo cinzento e eriçado que tinha recolhido, escondendo-o durante um mês dos seus companheiros por razões que só ele conhecia. Tiranizava-o cruelmente e ensinava-lhe todo o gênero de brincadeiras, de modo que o pobre cão gemia na ausência do rapaz e chorava de alegria quando ele voltava da escola, saltando como um doido, esmolando uma carícia. Em seguida deitava-se no chão a fazer de morto, andava sobre as patas traseiras e fazia todas as habilidades que o dono lhe ensinara, demonstrando-lhe assim a sua amizade.

Esquecia-me de dizer que Kolya Krassotkin era o rapazinho a quem Ilucha, filho do capitão Snegiryov, que o leitor já conhece, havia ferido com um canivete, para vingar o pai dos insultos que recebia dos rapazes que lhe chamavam molho de estopa.

## Capítulo 2
## Crianças

Naquela manhã gelada de novembro, Kolya Krassotkin estava em casa porque não havia escola. Ao baterem as onze horas mostrou-se impaciente porque tinha de sair para um assunto de muitíssima urgência e fora encarregado de cuidar da casa na ausência de todos os que lá viviam. A mãe de Kolya tinha alugado dois pequenos quartos, separados do resto da casa por um corredor, à mulher de um médico, mãe de dois meninos. Essa senhora era da mesma idade e grande amiga da senhora Krassotkin. O marido partira um ano antes para Orenburg e depois para Tachkent e há seis meses que não tinha notícias dele. Graças à senhora Krassotkin, que procurava consolar a abandonada, esta não se consumia de tristeza; mas, para que a desgraça não viesse só, Catalina, sua única criada, anunciara-lhe nessa noite que ia dar ao mundo uma criança, antes de romper o sol. Aquilo parecia um milagre, visto que ninguém desconfiara de tal acontecimento, e a mulher do médico só saiu do seu assombro para propor à criada, na qual tinha depositado toda a sua confiança, a sua mudança imediata para uma casa dirigida por uma parteira. Sem perder tempo acompanhou a criada e ficou junto dela para a ajudar. De manhã apelou para a amizade e energia da senhora Krassotkin, para que a fosse ajudar em tal apuro.

Por isso as duas senhoras estavam ausentes àquela hora e a criada, Agafya, tinha ido à praça, encarregando Kolya de olhar pelos dois cordeirinhos, o filho e a filha da mulher do médico, que se encontravam sozinhos. Kolya não receava guardar a casa. Tinha Perezvon que, obediente às suas ordens, se mantinha deitado debaixo do banco do vestíbulo e de cada vez que o dono ali passava agitava fortemente, a cauda para se fazer notar. Mas não recebia o ansiado assobio que lhe permitiria deixar aquela posição de escravo, e sim mantinha pela obediência. A única coisa que inquietava Kolya era a guarda dos cordeirinhos. Encomendava ao diabo a inesperada aventura de Catalina, mas gostava dos cordeirinhos e dera-lhes um livro de estampas. Nastasia, que tinha oito anos, sabia ler e Kostya, mais novo um ano do que ela, gostava de a ouvir.

Kolya teria podido proporcionar-lhes uma distração mais amena, brincando com eles aos soldados e às escondidas. Mais de uma vez se tinham divertido assim e estava disposto a fazê-lo mais vezes, apesar de na escola se ter divulgado a notícia de que Krassotkin brincava aos cavalinhos com os meninos em sua casa, fazendo cabriolas e abanando a cabeça, como se galopasse por uma pista. Kolya aparara o golpe dizendo que certamente seria vergonhoso, para um rapaz da sua idade, brincar aos cavalinhos com outros rapazes da sua idade ou aproximada, mas não era o mesmo quando se tratava de divertir os cordeirinhos de quem era muito amigo e que o adoravam.

Mas nesse dia não estava para brincadeiras. Tinha de ventilar um assunto urgente que conservava no maior mistério. O tempo corria e Agafya, que ficaria com as crianças, nunca mais chegava. Várias vezes Kolya atravessara o corredor e abrira a porta do quarto dos inquilinos, para verificar se as crianças estavam sossegadas. Via que continuavam quietos e entretidos com o livro, como lhes dissera. De cada vez que abria a porta eles pediam-lhe que entrasse e fizesse qualquer coisa divertida. Mas Kolya estava aborrecido e não queria entrar.

Quando ouviu bater as onze horas, resolveu ir-se embora sem esperar que aquela condenada Agafya voltasse do mercado, depois de fazer prometer aos cordeirinhos que seriam valentes, que não fariam maldades, nem chorariam. Com esta ideia vestiu o forte casaco de inverno com gola de peles, pôs a mala ao ombro e sem fazer caso das reiteradas advertências da mãe, que queria que ele calçasse as galochas em dias como aquele, decidiu levar as botas que trazia. *Perezvon,* ao vê-lo com traje de sair, começou a bater violentamente com a cauda no chão e ergueu-se um pouco, ganindo lastimosamente. Achando que a excessiva agitação de *Perezvon* era uma afronta à disciplina, obrigou-o a sentar-se mais um bocado debaixo do banco e só quando abriu a porta que dava para o corredor é que assobiou. O cão saltou dali como um louco, correndo em volta do dono com um barulho ensurdecedor.

Kolya empurrou a porta para espreitar os dois irmãos. Estavam ainda sentados, mas em vez de verem o livro discutiam acaloradamente. Eram frequentes estas discussões dos dois irmãozinhos sobre questões de interesse vital e como Nastya era a mais velha triunfava sempre; mas quando não conseguia convencer Kostya, este chamava Kolya, e o seu parecer era considerado infalível por ambos. A discussão que nessa altura os dois mantinham interessou Kolya, que se deixou ficar atrás da porta, a ouvi-los. Isto, observado pelos pequenos, aumentou ainda mais a sua energia.

— Nunca, nunca acreditarei — dizia Nastya — que a velha encontre os bebés no meio das couves, Estamos no inverno e não há couves, mas nasceu um bebé a Catalina,

Ao ouvir isto Kolya, assobiou baixinho.

— Devem trazer os bebés de algum lado — continuava Nastya — mas só para as pessoas casadas.

Kostya olhou para a irmã com ar pensativo.

— És muito tola, Nastya — disse por fim com toda a calma. — Então como pode Catalina ter um bebé se não é casada?

Nastya perdeu a paciência.

— Que percebes tu dessas coisas? Pode ser que ela tenha um marido, mas esteja na prisão e só agora lhe tenham trazido o filho.

— Então o marido dela está na prisão? — perguntou Kostya, cada vez mais interessado.

— Já te disse — continuou Nastya, esquecendo completamente a última hipótese. — Catalina não é casada. Tens razão. Mas se calhar queria um marido e pensou tanto em ter um marido que afinal lhe trouxeram não um marido, mas um filho.

— Ah, assim está bem — replicou Kostya dando-se por vencido.

— Mas ainda não me tinhas dito isso. Como querias que eu o soubesse?

— Vamos, cordeirinhos — disse Kolya, entrando. — Vejo que são terríveis.

— Trazes o *Perezvon?* perguntou Kostya, dando estalinhos com os dedos para chamar o cão.

— Estou em apuros, meninos — começou solenemente Krassotkin — e vocês devem ajudar-me. Agafya deve ter partido uma perna, pois nunca mais chega, E eu tenho de me ir embora. Deixam-me ir?

As crianças olharam uma para a outra com ansiedade. As suas alegres carinhas exprimiam sobressalto, receio, mas não disposição para recusar o que lhes pediam.

— Não farão maldades quando eu não estiver cá? Não subirão ao armário? Espero que não, pois podiam magoar-se. Não terão medo nem chorarão quando eu me for embora?

Os dois irmãos olharam-se com resignado desalento.

— Como prêmio vou mostrar-lhes uma coisa, um canhão de cobre que pode disparar com pólvora a sério.

Como por encanto iluminou-se de alegria o rosto das crianças.

— Mostra-nos então — pediu Kostya.

Kolya tirou do bolso um diminuto canhão de bronze e colocou-o sobre a mesa.

— Gostam? Olhem, tem rodas! — E empurrou o brinquedo em cima da mesa. — Pode carregar-se e fazer fogo.

— E podia matar alguém?

— Sim, podia matar se o apontassem bem. — E explicou-lhes onde se punha a pólvora, onde se colocava a bala e mostrou-lhes o buraco por onde saía o tiro quando a carga se incendiava.

Os meninos ouviam-no com profundo interesse, e o que mais excitou a sua imaginação foi o canhão disparar.

— E trouxeste um bocadinho de pólvora? — perguntou Nastya.

— Sim.

— Mostra — balbuciou com um sorriso de súplica.

Krassotkin tirou a mochila do ombro e retirou de lá um frasquinho que continha um bocadinho de pólvora. Tinha também umas balas embrulhadas em papel muito retorcido. Destampou então o frasco e deitou um bocado de pólvora na palma da mão.

— É preciso ter cuidado para não a aproximar do lume porque se inflamaria e nos mataria a todos — avisou em tom de alarme.

As crianças olharam a pólvora com mais emoção que temor. Estavam alvoroçados. Mas Kostya preferia a bala.

— A bala também arde? — perguntou.

— Não, a bala não.

— Dás-me uma bala? — pediu com voz trêmula.

— Sim, dou-lhes uma bala: tomem lá mas não a mostrem à mamã até que eu volte, porque pode pensar que tem pólvora, que podem morrer todos e dá-lhes uma surra.

— A mamã nunca nos bate — observou Nastya.

— Bem sei, digo isto por dizer. Não enganem a vossa mãe senão desta vez e até eu voltar. Posso ir-me embora cordeirinhos? Não têm medo? Não choram?

— Sim, vamos chorar — balbuciou Kostya mal podendo conter as lágrimas,

— Bem, não tenho outro remédio senão ficar com vocês até que Agafya venha. Que vida!

— Diz a *Perezvon* que faça de morto! — pediu Kostya.

— Está bem! *Ici, Perezvon!* — E começou a mandar-lhe fazer todas as habilidades que ele sabia executar.

Era um cão de tamanho regular, pelo cinzento e hirsuto. Era cego do olho direito e faltava-lhe um bocado da orelha esquerda. Gemia, saltava, caminhava sobre as patas traseiras, mantinha-se imóvel, deitado de costas e com as patas para cima a fingir de morto e era nessa posição que estava quando a porta se abriu e entrou Agafya, a criada da senhora Krassotkin, que voltava do mercado com uma cesta cheia de provisões no braço. Assim ficou, a olhar o cão, sem tirar a pesada cesta do braço. Kolya, se bem que tivesse dito ter tanta pressa, deixou que o cão se mantivesse naquela posição durante o tempo habitual e só depois assobiou. O animal levantou-se de um salto e começou a manifestar a sua alegria por ter cumprido o seu dever.

— Que cão este, só lhe falta falar! — observou sentenciosamente Agafya.

— Por que levou tanto tempo, mulher? — perguntou Kolya com severidade.

— Mulher, sim. Tem cuidado contigo, rapaz!

— Rapaz?

— Sim, rapaz. Que te importa que eu venha tarde? Se tardei é porque tive razões para isso — murmurou encaminhando-se para a cozinha, sem se mostrar aborrecida nem encolerizada, parecendo pelo contrário estar satisfeita por aquela troca de palavras com o seu jovial patrãozinho.

— Ouve, velha frívola — replicou Kolya saltando do sofá — podes jurar pelo que tens sagrado no mundo e por todo o céu que tomarás conta dos cordeirinhos na minha ausência? Eu tenho de sair.

— E para que jurar? — disse Agafya, rindo. — Posso tomar conta deles sem jurar nada.

— Não, tens de jurar pela tua eterna salvação, ou não saio daqui.

— Então não saia. Mais vale que esteja em casa porque na rua está muito frio.

— Cordeirinhos — disse Kolya voltando-se para os dois irmãos — esta mulher faz-lhes companhia até que eu volte ou até que volte a vossa mãe; ela lhes dará também de almoçar. Não é verdade que lhes darás almoço, Agafya?

— Sim.

— Adeus, pequeninos; agora vou em paz. E tu, cuidado — acrescentou a meia voz ao passar junto dela — espero que saibas respeitar os seus poucos anos e não lhes contes alguns dos teus disparates de velha a respeito de Catalina. *Ici, Perezvon!*

— Vai para o diabo! — replicou Agafya com sincero aborrecimento dessa vez. — Que menino tão ridículo este! Merecias um bom açoite por falar assim; lá isso merecias!

# Capítulo 3
# O Condiscípulo

Kolya saiu sem lhe responder. Na rua parou, olhou para um lado e para o outro, fez uma careta de frio e afastou-se apressadamente em direção à Praça do Mercado. Ao chegar perto de uma das casas mais próximas da dita casa, tirou um apito do bolso e soltou um silvo estridente e prolongado, que parecia um sinal. Com efeito, quase logo a seguir apareceu um rapazinho que devia ter uns onze anos, de faces coradas e envergando um rico casaco com gola de peles. Smurov, assim se chamava o rapaz, pertencia ao curso preparatório, estando nos estudos dois anos atrás de Krassotkin. Era filho de um funcionário bem instalado na vida. Parece que os pais lhe tinham proibido que fosse amigo de Krassotkin, por este ter fama de intratável e travesso. Isto explica porque saía de casa às escondidas.

O leitor deve estar lembrado que Smurov se encontrava no grupo que tempos atrás apedrejava Ilucha, e foi ele que informou Aliocha Karamázov.

— Há mais de uma hora que estou à tua espera, Krassotkin —disse o rapazinho quando já se encontravam na praça.

— Venho tão tarde porque as circunstâncias me impediram de sair mais cedo. Não te castigam por vires comigo?

— Vamos, homem, a mim nunca me castigam. Trazes Perezvon?

— Sim.

— Vais sair com ele?

— Sim.

— Ah! Se fosse Jutchka!...

— Impossível! Jutchka não existe. Perdeu-se nas trevas da imensidade.

— Ah! E não poderíamos fazê-lo passar por *Jutchka?* — disse Smurov, parando.

Ilucha disse que era um cão de pelo hirsuto com cor acinzentada como *Perezvon*. Podias dizer-lhe que era *Jutchka* e ele acreditaria.

— Evita uma mentira, rapaz, ainda que seja com boa intenção. E antes de mais, espero que não tenhas falado na minha visita.

— Deus me livre. Eu sei o que faço. Mas creio que não o poderás consolar com *Pe-rezvon* — disse Smurov, suspirando. — O pai dele, o capitão molho de estopa, disse-nos que lhe ia oferecer hoje um cão com focinho preto. Está convencido de que Ilucha vai ficar muito contente, mas eu não acredito.

— Como está Ilucha?

— Mal, muito mal. Creio que está tuberculoso. Está consciente, mas respira mal, muito mal... Outro dia pediu as botas para calçar e andar por casa. Tentou andar mas como não se mantinha de pé o pai disse-lhe: Já te tinha dito que essas botas não são boas; nunca consegui andar comodamente com elas. Ele ficou a pensar que eram as botas que o faziam vacilar, e era a debilidade. Não durará mais uma semana. Agora, Herzenstube visita-o. Voltaram a ser ricos. Têm dinheiro aos montes.

— São uns tratantes.

— Quem?

— Os médicos e toda essa pandilha de charlatães em geral e também em particular. Não acredito na medicina. É uma farsa. Mas que sentimentalismo os conduz lá a casa? Todos os da aula lá vão?

— Todos, não. Somos só uns dez que vamos vê-lo todos os dias. Não há mal nenhum nisso.

— Só o que não consigo compreender é a parte que toma em tudo isto Alexei Karamázov. Vão julgar o irmão dele dentro de um dia ou dois por um crime horroroso e ele ainda tem tempo para se entreter com sentimentalismos de rapazes.

— Não se trata de sentimentalismos. Tu próprio vais fazer as pazes com Ilucha.

— Fazer as pazes com Ilucha? Que expressão tão caprichosa! Além do mais não permito a ninguém que classifique os meus atos.

—Pois ele não vai ficar pouco contente quando te vir! Não imagina que vás. Por que... por que levaste tanto tempo a decidir-te? — perguntou Smurov com entusiasmo.

— Isso é da minha conta, querido. Se vou é porque me apetece, mas vocês deixaram-se conduzir por Alexei Karamázov. Bem vês que há uma certa diferença. E já ficas a saber que não vou para fazer as pazes. Essa expressão é estúpida.

— Não foi Karamázov quem nos levou. Começamos a ir voluntariamente. É verdade que Karamázov nos acompanhou ao princípio. Mas não há nada disso que tu consideras tolice. Primeiro foi um, depois esse arrastou outro e assim consecutivamente. O pai dele ficava muito contente quando nos via aparecer. No dia em que Ilucha morrer, ele enlouquece. Agora vê que o filho está a morrer e sente grande alegria em ver-nos reconciliados com ele!... Ilucha pergunta por ti e mais nada. Pergunta apenas e cala-se. O pai dele ou enlouquece ou se enforca. Já agora se conduz como um louco. E olha que é uma pessoa muito decente. Estávamos enganados a respeito dele. A culpa foi desse assassino que o maltratou.

— Em todo o caso Karamázov é um enigma para mim. Podia ser amigo dele há tempos, mas há casos em que gosto de manter-me afastado. Além disso, tenho dele uma opinião que gostaria de comprovar.

Kolya calou-se, com ar grave, Smurov, que o adorava e não pensava sequer em igualar-se a ele, respeitou o seu silêncio. Intrigava-o imensamente ter-lhe ouvido dizer que ia a casa de Ilucha de sua própria vontade e desconfiava de que algum mistério envolvia essa resolução. Atravessaram a Praça do Mercado, a essa hora cheia de carros com hortaliças e criação, de barracas onde as vendedoras ofereciam carrinhos de linhas, madeixas de algodão e outras coisas; pois era domingo e nesses dias havia feira, além das que havia durante a semana, várias vezes por ano.

*Perezvon* corria como um diabo de um lado para o outro, e quando encontrava alguns dos seus congêneres, parava a cheirá-los, segundo as regras da etiqueta canina.

— Gosto de observar estas cenas realistas — disse de repente Kolya. — Reparaste que os cães se cheiram quando se encontram. Deve ser uma lei da raça.

— Sim, é um costume muito cômico.

— Não, enganas-te. Cômico não é. Na natureza não há nada cômico. Isso é bom para os homens, com os seus preconceitos. Se os cães fossem dotados de razão e de sentido crítico, encontrariam coisas muito mais ridículas nas relações sociais dos homens, seus amos; muito mais, não duvides. Digo isto porque estou convencido de que existem muito mais imbecilidades entre nós. Esta ideia é de Kakitin. Uma ideia genial! Eu sou socialista, Smurov.

— E que é ser socialista?

— Pois é sermos todos iguais, ter os bens em comum, eximir-se ao matrimônio, eleger cada um a religião e a lei que prefere e tudo assim. Tu és muito pequeno para compreender isto. Sabes que está frio?

— Sim, doze graus abaixo de zero. O papá estava agora mesmo a ver o termômetro.

— Já reparaste, Smurov, que em pleno inverno e a quinze ou dezoito graus abaixo de zero, não sentimos tanto frio como ao princípio, quando se dá uma rápida descida de temperatura e especialmente quando há pouca neve? É porque ainda não estamos habituados. O homem é um animal de hábitos, no seu aspecto social e político. O hábito é a grande força motriz. Olha que aldeão tão pitoresco!

E Kolya apontou para um camponês que junto do seu carro batia palmas para aquecer as mãos que protegia com grandes luvas de pele de carneiro. Vestia uma samarra e a sua comprida barba estava branca devido à neve.

— Este camponês tem a barba gelada! — gritou descaradamente Kolya ao passar junto dele.

— Há muitas barbas de camponeses geladas — respondeu o homem com calma e aprumo.

— Não o provoques — aconselhou Smurov.

— Muito bem, não quer aborrecer-se, é um bom homem. Adeus, Matvey.

— Adeus.

— Chamas-te Matvey?

— Sim, não sabias?

— Não. Calculei.

— Que casualidade. És estudante, não é verdade?

— Sim.

— E batem-te?

— Não posso dizer que não; de vez em quando.

— E dói-te?

— Acho que sim!

— Oh, que vida! — E o camponês soltou um profundo suspiro.

— Adeus, Matvey!

— Adeus. És um moço encantador.

Os rapazes afastaram-se.

— É um bom camponês — observou Kolya. — Gosto de falar com esta gente e estou sempre pronto a fazer-lhe justiça.

— Por que lhe mentiste fazendo-lhe crer que nos batiam? —perguntou Smurov.

— Para ele ficar satisfeito.

— E como?

— Já sabes que me aborrece repetir as coisas. Gosto que as pessoas compreendam as primeiras palavras. Os camponeses têm a ideia de que os estudantes apanham. O que seria um estudante sem açoites? Tenho a certeza de que dizendo-lhe a verdade o teria entristecido. Tu não percebes. E preciso saber lidar com os camponeses.

— Mas não os contraries, não te vá acontecer como com o ganso.

— Tens medo?

— Não te rias, Kolya. Claro que tenho medo. O meu pai ficaria furioso. Sabes que estou absolutamente proibido de andar contigo.

— Não te preocupes que não se passará nada. Olá, Natacha! —gritou para a vendedora de uma das barracas.

— Eu, Natacha? Por quem me tomas? Eu chamo-me Maria! — gritou destemperadamente a mulher.

— Alegro-me que te chames Maria. Adeus!

— Eh!, malandro! Espera um bocado!

— Tenho pressa, não posso esperar; dizes-me o que quiseres no domingo que vem — gritou Kolya agitando a mão para a mulher como se fosse ele ofendido.

— Nada tenho a dizer-te nem agora nem no próximo domingo, desavergonhado! — vociferou a mulher. — O que tu estás a pedir é que te deem umas boas palmadas, rapaz sem vergonha!

As vendedoras vizinhas riram estrepitosamente e naquele momento de um dos alpendres saiu um rapaz de cabelo escuro, impetuoso e violento, de cara picada pela varíola, que a julgar pela blusa azul e o gorro cónico que usava, era empregado de qualquer mercearia.

Num estado de agitação estúpida, levantou o punho para Kolya, gritando enfurecido:

— Bem te conheço! Bem te conheço!

Kolya olhou-o e não se lembrou de alguma vez ter brigado com aquele rapaz, apesar de já ter tantas vezes brigado na via pública que era impossível reconhecê-los a todos.

— Conheces-me? — perguntou com sarcasmo.

— Conheço-te! Conheço-te! — repetia o outro como um idiota.

— Pois melhor para ti. Adeus, tenho de me ir embora!

— Já estás a fazer outra das tuas? Estás outra vez a fazer das tuas, não é? — gritou o outro.

— Não tens nada que saber o que eu estou a fazer — replicou Kolya, olhando-o de alto a baixo.

— Não tenho nada?

— Não, não tens nada.

— Então quem tem a ver? Quem? Quem?

— Trifon Nikititch.

— Que Trifon Nikititch? — perguntou o rapaz, olhando para Kolya com ar pasmado. Kolya suportou o olhar com ar grave e perguntou de repente:

— Estiveste na igreja da Ascensão?

— Na igreja da Ascensão? Não, não estive — respondeu o interpelado com ar confuso.

— Conheces Sabaneyev? — voltou a perguntar Kolya, com mais vênfase e severidade.

— Sabaneyev? Não, não conheço.

— Então vai para o diabo! — exclamou então Kolya voltando-lhe as costas, como se não quisesse continuar a falar com um rústico que nem sequer conhecia Sabaneyev.

— Eh! Espera! Que Sabaneyev é esse? — gritou o rapaz recompondo-se da sua momentânea confusão e tão excitado como antes. — Quem disse isso? — concluiu voltando-se para as vendedoras com um olhar de doido.

As mulheres riram.

— Não o saberás nunca — disse uma.

— De que Sabaneyev fala? — repetiu o rapaz, agitando furiosamente a mão direita.

— Deve ser um tal Sabaneyev que trabalhava para os Kurmitchov — explicou outra mulher.

O rapaz deitou-lhe um olhar selvático.

— Para os Kurmitchov? — disse uma outra. — Mas esse não se chamava Trifon. Era Kuzma e não Trifon e o rapaz disse Trifon Nikititch; portanto não pode ser o mesmo.

— Não se chama Trifon nem Sabaneyev, mas sim Tchikov — comentou uma comadre que até então tinha estado calada. — O nome dele é Alexey Ivanitch. Tchikov Alexey Ivanitch.

— Não há dúvida que é Tchikov! — confirmou com grande certeza uma vizinha.

O rapaz olhava para uma e para outra cada vez mais desconcertado.

— Mas por que me perguntou ele isso? Por quê? — gritou por fim, desesperado. — Que diabo tenho eu a ver com Sabaneyev?

— Não sejas imbecil! Estou a dizer-te que não se chama Sabaneyev, mas sim Tchikov — gritou uma das comadres.

— E quem é esse Tchikov? Diz-me, se sabes.

— É aquele pobre homem que costuma sentar-se aqui no verão, mendigando.

— E que tenho eu a ver com o vosso Tchikov, boa gente?

— Sei lá! Tu é que deves saber já que fazes tanto barulho por tão pouca coisa. O rapaz falou contigo e não conosco. Mas na verdade não o conheces?

— A quem?

— A Tchikov!

— Diabos levem a Tchikov e a ti. Vou pregar-lhe um susto. Esteve a troçar de mim!

Mas Kolya estava já longe demais, saboreando o seu triunfo junto de Smurov que apreciava todo aquele reboliço com ar satisfeito. Ia muito alegre, mas com medo que a companhia de Kolya o envolvesse em algum lance comprometedor.

— A que Sabaneyev te referias? — perguntou, adivinhando qual seria a resposta.

— Sei lá! Já têm uma coisa com que se entreter todo o dia. Gosto de agitar os imbecis de todas as classes sociais. Olha, ali está outra cabeça de pau. Dizem que não há homem mais estúpido que um francês estúpido; mas na cara dos russos a estupidez ressalta mais. Repara bem na cara daquele homem e diz lá se não é um imbecil.

— Deixa-o, Kolya. Vamos.

— Não faz mal. Oh, bons-dias, camponês!

Era um aldeão robusto, de cara cheia e inexpressiva e barba castanha. Levantou a cabeça e deitou um olhar ao rapaz. Parecia um pouco embriagado.

— Bons-dias se não estás a troçar — respondeu depois de pensar.

— E se estiver? — perguntou Kolya, rindo.

— Bem, troças são troças. Podes rir-te; não me importo. Não há mal em brincar.
— Perdão, irmão, queria irritar-te.
— Bem, Deus te perdoe.
— E tu? Perdoas-me?
— Acho que sim. Vai em paz.
— És um camponês inteligente.
— Mais que tu — comentou com a mesma seriedade.
— Duvido — replicou Kolya, algo desconcertado.
— Pois é verdade.
— Talvez seja.
— Sem dúvida, irmão.
— Adeus, camponês!
— Adeus!
— Há camponeses de todos os gêneros — observou Kolya após um curto silêncio. — Quem me havia de dizer que encontraria um dos mais espertos! Estou sempre disposto a reconhecer a inteligência do nosso povo.

Ao longe soaram na catedral às onze e meia e os dois rapazes apressaram a marcha, caminhando em silêncio. Vinte passos antes de chegarem a casa do capitão Snegiryov, Kolya parou e mandou Smurov buscar Karamázov.

— É preciso começar a explorar o terreno — disse.
— Para que fazê-lo sair? — protestou Smurov. — Entra tu. Ficarão encantados. Quem se lembra de ficar a conversar aqui na neve, com este frio?
— Eu é que sei porque lhe quero falar aqui — replicou Kolya no tom despótico que costumava usar para com os mais novos.

Smurov correu a desempenhar a sua missão.

## Capítulo 4
## O Cão Perdido

Esperando a chegada de Aliocha, Kolya afastou-se para junto do muro. Tinha grandes desejos de o conhecer. Tanto e tão bem se tinham referido a ele os seus companheiros que, apesar de ter sempre mostrado a maior indiferença por aquilo que lhe contavam, permitindo-se até fazer críticas, ansiava por conhecê-lo, sentindo-se atraído para ele por aqueles mesmos atos que aparentava desdenhar. O momento era de grande gravidade e o que o preocupava sobretudo era demonstrar a sua independência em relação aos outros rapazes. Assim não por tomar-me por um rapazinho de treze anos e tratar-me como tal. Que são para ele esses rapazes? Quando o vir hei de perguntar-lho. Tenho pena é de ser tão baixo. Tuzikov é mais novo do que eu e tem mais um palmo de altura. É uma sorte não ter cara de tolo nem de beato. Sou muito feio, mas tenho a cara de esperto. Não hei de falar nem agir com leviandade; se me deitasse imediatamente nos braços dele havia de pensar... Seria horrível que pensasse!

Era esta a preocupação de Kolya enquanto se esforçava por manter um ar independente. Inquietava-o sobretudo a sua pequena estatura; não se importava de ser feio, mas não gostava de ser baixo. Um ano antes tinha feito na parede da casa um sinal que indicava a sua altura, e desde aí ia de dois em dois meses ver quanto tinha aumentado. Mas, ai!, os riscos do lápis subiam com uma lentidão desesperante. Não pensem que era feio, como ele julgava. Pelo contrário, tinha um ar vivo e engraçado. Algumas sardas nas faces brancas davam-lhe ainda maior atrativo. Os seus olhos pardos, cheios de vivacidade, tinham uma expressão ousada e ao mesmo tempo meiga; as maçãs do rosto salientes, o nariz arrebitado, os lábios finos e muito vermelhos, davam-lhe um ar simpático." Um verdadeiro focinho!", exclamava, indignado, ao ver-se ao espelho, "a minha cara não exprime inteligência?", pensava às vezes como se duvidasse.

Mas não vamos supor que ele se preocupava demasiadamente com o seu físico, pois quando se afastava do espelho deixava de recordar essas ninharias entregue completamente às ideias e aos problemas da vida real, como dizia a si mesmo.

Aliocha apareceu logo a seguir, avançando com passos rápidos e semblante alegre. "Parece que está contente por me ver!", pensou Kolya com satisfação. Diga-se de passagem que Aliocha se tinha transformado completamente desde que o deixamos. Trocara o hábito por um elegante terno de bom corte, usava um chapéu de feltro e tinha cortado o cabelo. Tudo isto lhe ficava muito bem e lhe dava um aspecto de grande gentileza. O seu rosto exprimia uma suave e tranquila alegria. Com grande surpresa de Kolya saiu de casa tal qual estava, sem sequer vestir um casaco, sem dúvida por precipitação. Ao chegar junto do rapaz estendeu-lhe a mão.

— Finalmente veio! Como desejávamos vê-lo!

— Tinha razões para não vir que em breve conhecerá. De qualquer modo, estou encantado por o conhecer. De há muito que esperava esta oportunidade, porque tenho ouvido falar muito em si — balbuciou Kolya, um pouco emocionado.

— Ter-nos-íamos encontrado mesmo que não houvesse isto. Também tenho ouvido falar muito em si.

— Como está Ilucha?

— Muito mal. É um caso desesperado.

— É terrível! Concorde que a medicina é um engano, Karamázov — gritou Kolya com emoção.

— Ilucha fala muitas vezes em si, mesmo em sonhos, quando delira. Vê-se que gostava muito de si... até que se passou aquilo... com o canivete... E este é outro motivo... E o seu cão?

— Sim, *Perezvon*.

— Não é *Jutchka?* — perguntou Aliocha olhando-o com pena. — Esse perdeu-se?

— Bem sei que todos gostariam que fosse Jutchka — disse Kolya, sorrindo misteriosamente. — Ouça, Karamázov: chamei-o aqui para lhe explicar uma coisa antes de passarmos para diante — começou, sentindo-se mais alentado. — Olhe: Ilucha entrou na classe preparatória na primavera última. Sabe como são esses rapazinhos endiabrados que como ele era novato e pequeno começaram a cascar-lhe. Eu sou das classes mais avançadas e é claro que o olhava de uma certa distância. Reparei no entanto que ele nunca se deixava bater sem dar também. Os gestos dele eram orgulhosos e o seu olhar tinha fogo. Gosto dos rapazinhos assim; mas os outros cada vez lhe batiam mais. O pior era que ele se vestia horrivelmente mal. Os calções muito curtos, os sapatos esburacados. Eles atormentavam-no por causa disso e eu não podia consentir em tal coisa. Pus-me do lado dele e surrei-os que foi uma beleza. Apesar disso eles adoram-me, não sei se sabe, Karamázov? — disse num impulso de vaidade. Sempre gostei muito de crianças. Agora mesmo estava a tomar conta de dois pequeninos e por causa deles me atrasei. Tomei Ilucha sob a minha proteção e deixaram-no em paz. Era um rapazinho orgulhoso, garanto-lhe, e, no entanto, acabou por gostar de mim de todo o coração, obedecia à minha menor indicação como um escravo, respeitava-me como a seu Deus e procurava imitar-me. Na hora do recreio vinha para junto de mim e passeávamos juntos, assim como ao domingo. Muitos troçam de um rapaz mais velho andar com um rapazinho; mas isso é um preconceito, pelo menos eu assim o considero. Eu instruía-o, desenvolvia-o. Por que não havia de o fazer? O senhor rodeou-se também de todos estes garotinhos porque quer influir na nova geração, torná-la melhor, e pode crer que é isso que me faz sentir maior simpatia por si. Mas deixemos isso. Notei que o rapazinho tinha uma certa tendência para um sentimentalismo que sempre detestei desde os meus mais tenros anos. Ia também aparecendo nele um espírito de rebeldia, à menor coisa os seus olhos brilhavam, encolerizava-se. Ao expor-lhe certas ideias, via que ele se rebelava contra mim por causa da frieza com que eu correspondia ao seu afeto. Eu, para melhor o guiar, mostrava-me mais frio quando ele era mais meigo. Fazia-o propositadamente, para o formar, para o curtir, para fazer dele um homem... compreende-me, não é verdade? Reparei que durante uns dias ele andou confuso e desgostoso, não por causa da minha frieza, mas por qualquer coisa mais importante. Depois de o sondar fiquei a saber que, não sei como, ele fizera amizade com Smerdyakov, o criado do seu falecido pai (antes de ele morrer, claro) que lhe havia ensinado uma brincadeira tão estúpida como cruel. Consistia ela em meter um alfinete dentro de um bocado de pão e deitá-lo a um desses cães esfomeados que engolem tudo sem mastigar. Prepararam portanto um bocado de pão e lançaram-no a *Jutchka*, esse cão de quem tanto se fala. Os donos nunca lhe davam de comer, apesar dele ladrar todo o dia. Gosta desse ladrar contínuo, Karamázov? Eu não posso suportá-lo. Pois bem; o cão precipitou-se sobre o pão, comeu-o e começou a uivar e a correr loucamente, uivando sempre, até que o perderam de vista. Foi o próprio Ilucha que me contou isto, chorando desesperadamente. Ele soluçava e só repetia: Corria e uivava! Compreendi que Ilucha estava roído de remorsos. Resolvi então dar-lhe uma lição. Confesso que fui duro para com ele e que aparentava maior indignação do que aquela que sentia: Conduziste-te como um malvado, disse-lhe eu, não contarei isto a ninguém mas por agora não quero mais conversas contigo. Quando estiver disposto a falar-te outra vez mando-te dizer por Smurov. É o rapazinho que veio comigo e que está sempre disposto a fazer-me um favor. Isto deixou-o transtornado. Compreendi que fora longe demais, mas já não tinha remédio. Mas ainda havia de me portar pior. Dois dias depois mandei-lhe dizer por Smurov que não queria falar mais com ele. É o que nós, estudantes, fazemos quando queremos cortar relações com um colega. A minha intenção era ver a reação dele e depois estender-lhe outra vez a mão se o visse arrependido. Mas que fez ele? Ao ouvir o que Smurov lhe dizia respondeu encolerizado: Diz da minha parte a Krassotkin que darei pão com agulhas a todos os cães, a todos! Compreendi que o dizia por fraqueza de caráter, mas passei a tratá-lo com desprezo, voltando-me quando ele passava ou olhando-o com desprezo. Então sucedeu aquilo com o pai. Lembra-se? O pobre estava já muito amedrontado com o que se tinha passado; os outros, vendo que eu o abandonava, caíram sobre ele e gritavam: Molho de estopa! Molho de estopa! Começando outra vez com as lutas que tanto me entristeciam. Parece que eles lhe tinham dado uma grande surra e um dia para se vingar, à saída da escola lançou-se sobre todos. Eu estava a uma certa distância a observar e posso jurar que, longe de me rir, sentia por ele uma grande piedade, estando a pontos de correr em ajuda dele, Mas de repente ele fixou o olhar em mim e não sei o que pensou, pois pegando num canivete correu para mim e enterrou-mo aqui, na perna direita. Eu não me mexi. Não me importo de confessar que em certas alturas tenho coragem. Contentei-me em olhá-lo com desprezo, como se lhe dissesse: É este o pagamento que dás à minha bondade? Volta a ferir, se quiseres. Estou à tua disposição. Não o fez. Baixou a cabeça, tremendo de medo, tirou o canivete e, desatando a chorar, fugiu. Eu portei-me com nobreza, disse aos meus companheiros que se calassem e o caso nem chegou aos ouvidos dos professores. Nem à minha mãe disse nada até que a ferida cicatrizasse. Era um corte sem importância. Soube depois que nesse mesmo dia andou à pedrada com outros e que até a si mordeu um dedo. Já vê a excitação em que ele se encontrava! Enfim, já não há remédio: fui estúpido em não vir logo perdoar-lhe... isto é, fazer as pazes, logo que ele adoeceu. Agora tenho pena. Apesar de ter tido uma razão de peso. Agora já sabe tudo... mas temo ter-me portado como um tolo.

— Que pena — exclamou Aliocha — eu não saber da amizade que os unia. Tinha ido buscá-lo. Não sabe como ele o aprecia e como fala de si enquanto delira! E não conseguiu encontrar o tal cão? O pai dele e os pequenos têm-no procurado por toda a cidade. Várias vezes o tenho ouvido dizer, desde que o visito: Estou doente papá, estou mal. É Deus que me castiga por ter matado *Jutchka!* Creio que se se encontrasse o cão a alegria o curaria. Não conseguimos tirar-lhe o cão da cabeça. Todos confiávamos em si.

— Por que mais em mim do que em outro? — perguntou Kolya com grande curiosidade.

— Diziam que andava à procura dele e o traria aqui. Smurov disse qualquer coisa no gênero. Nós temos tentado fazer Ilucha acreditar que o cão está vivo e que o viram. Os rapazes levaram-lhe uma lebre: olhou-a com um leve sorriso e pediu para a soltarem no campo. Assim fizeram. O pai trouxe-lhe há pouco um pequeno cão mastim, mas creio que ainda foi pior.

— Diga-me, Karamázov: que tal é o pai dele? Eu já o conheço, mas gostaria de saber a sua opinião. Trata-se de um charlatão?

— Oh, não. Há pessoas de grandes sentimentos, mas a quem a sorte não favoreceu. As coisas que dizem então, aldrabices e gabarolices, não são mais que uma manifestação do seu ressentimento contra aqueles a quem não se atrevem a dizer a verdade, porque os humilharam e intimidaram durante anos e anos. Creia, Krassotkin, que essas charlatanices têm um fundo de tragédia. Ilucha é tudo para ele. Se morrer, ou endoidece ou se mata. Quanto mais o vejo mais me convenço disso.

— Compreendo, Karamázov. Vejo que conhece a natureza humana — disse Kolya pensativamente.

— Quando o vi com este cão julguei que era *Jutchka*.

— Espere um pouco, Karamázov, e talvez o encontremos; este é *Perezvon*. Talvez dê mais alegria a Ilucha que o mastim. Espere um bocado e saberá mais qualquer coisa. Mas agora penso que o estou a entreter! — exclamou de repente. — E o senhor sem casaco, com tanto frio! Que egoísta tenho sido! Somos todos uns egoístas, Karamázov.

— Não se preocupe. Está frio, mas nunca me constipo. Vamos entrando. E a propósito: como se chama? Sei que o seu nome é Kolya, mas nada mais.

— Nikolay, Nikolay Ivanovitch Krassotkin, ou como põem nos documentos oficiais, filho de Krassotkin. — Kolya riu e acrescentou apressadamente: — Detesto o meu nome de Nikolay.

— Por quê?

— É tão trivial, tão vulgar...

— Tem treze anos?

— Não, catorze. Isto é, dentro em breve. Faço-os daqui a quinze dias. Quero confessar-lhe uma fraqueza, Karamázov. Mas só a si. Já que nos encontramos quero que me fique a conhecer. Quando me perguntam a idade fico a pensar se me teriam caluniado dizendo que brinquei aos ladrões com os da preparatória. Tenho motivos para pensar que essa história tenha chegado aos seus ouvidos; mas creia que eu não brincava para meu gosto, mas sim para entreter esses meninos que não sabiam que fazer. Há sempre alguém que vai contar estas coisas. Acredite que esta cidade é terrível para os mexericos.

— Mas há algum mal cm que você brinque para se divertir?

— Brincar para me divertir? Porventura o senhor brinca aos cavalos?

— Olhe, deve levar em conta uma coisa — disse Aliocha, sorrindo. — Os adultos vão ao teatro ver representar todo o gênero de aventuras e heroicidades, não faltando lá os ladrões e os combates. Não é o mesmo com procedimento diferente? Nas brincadeiras das crianças existe também arte no seu estado rudimentar. Brincando despertam-se sentimentos artísticos; e às vezes as brincadeiras são muito melhores que as representações teatrais, com a vantagem de que são as crianças os próprios atores. Se é uma coisa tão natural!

— É assim que pensa? É essa a sua ideia? — perguntou Kolya olhando-o fixamente. É um aspecto interessante que submete à minha consideração. Refletirei acerca dele. Tenho muito que aprender consigo, Karamázov — concluiu Kolya num tom de sincera admiração.

— E eu consigo — disse sorrindo Aliocha, enquanto lhe apertava a mão.

Kolya estava entusiasmado com Aliocha. O que mais o comovia era ele tratá-lo como a um igual e falar-lhe como a um adulto.

— Daqui a pouco vou mostrar-lhe uma coisa que é também representação teatral. Para isso vim.

— Vamos então entrar e ver os garotos. Pode deixar aqui o casaco porque a casa é pequena e está aquecida.

— Oh, não vale a pena tirá-lo porque ficarei pouco tempo. *Perezvon* ficará aqui na entrada, como morto. Aqui, *Perezvon!* Deita-te e finge-te morto. Vê, já está morto. Primeiro quero explorar o terreno e depois se verá.

## Capítulo 5
## Junto de Ilucha

A casa do capitão Snegiryov estava nesse momento cheia de rapazes dispostos a dizer, como Smurov, que não fora Aliocha quem os levara a fazer as pazes com Ilucha. Aquele tinha tido a habilidade suficiente para os levar um a um para junto do enfermo, como por casualidade, sem sentimentalismos, nem perorações. Isso fora um grande conforto para o pobrezinho que se derretia de ternura ao receber as provas de afeto daqueles que haviam sido seus inimigos. Faltava Krassotkin, cuja ausência Ilucha sentia como um peso no coração, porque entre as suas recordações não havia nenhuma tão amarga como a da ferida que causara ao seu amigo e protetor. Assim o pensava o inteligente Smurov, que fora o primeiro a reconciliar-se com Ilucha, mas quando insinuou a Krassotkin que Aliocha gostaria de o ver por qualquer motivo, aquele respondeu-lhe que dissesse a Karamázov que sabia o que fazia, que não precisava de conselhos e que iria ver Ilucha quando achasse oportuno, pois tinha razões para isso.

Isto tinha-se passado duas semanas antes desse domingo e por isso não tinha ido Aliocha buscá-lo como tencionava fazer, contentando-se com enviar-lhe mais duas vezes Smurov. No entanto, Kolya não aceitara as sugestões deste e chegara mesmo a dizer-lhe para afirmar a Aliocha que não o aborrecesse mais e que se fosse ali buscá-lo para o levar a casa de Ilucha ele não iria. Na véspera ainda Smurov ignorava que Kolya tinha marcado a sua visita para o dia seguinte. Ficou muito surpreendido quando Kolya lhe disse de repente, no sábado à noite, que iria ter com ele a sua casa para irem juntos à casa de Ilucha, mas que não anunciasse a sua visita pois queria aparecer inesperadamente. Smurov desconfiava que Kolya tinha encontrado o cão desaparecido, pois ele uma vez dissera-lhe: É preciso serem muito burros para não encontrarem um cão, se é que ele ainda vive. E de outra vez em que ele aproveitara para lhe perguntar timidamente pelo cão, Krassotkin tinha-lhe respondido muito encolerizado: Não sou tão estúpido que ande a procurar cães de casa em casa quando tenho um na minha! Como podes pensar que esse cão ainda viva depois de ter engolido um alfinete?

Durante a última quinzena, Ilucha não saíra da cama colocada a um canto da casa, debaixo dos ícones. Não voltara a ir à escola depois de morder Aliocha num dedo. Nesse mesmo dia ficou doente e apesar de ao princípio poder andar pelo quarto, começou pouco a pouco a enfraquecer, até ao ponto de não se conseguir mover sem a ajuda do pai. O pobre homem inquietava-se horrivelmente. Tinha deixado de beber e enlouquecia de medo ao pensar que o filho podia morrer. Frequentemente, depois de o ter agarrado para ele andar um pouco pelo quarto, ia para o quintal e encostando a cabeça ao muro chorava perdidamente, abafando os soluços para que Ilucha o não ouvisse.

Logo a seguir fazia um esforço para voltar ao quarto e tentar divertir o filho, contando historietas e anedotas, imitando tipos cómicos que conhecia, uivando e gritando como os animais. Ilucha não podia ver o pai a fazer o papel de bobo, mas não queria mostrar-lhe o seu desgosto. No entanto, todas aquelas brincadeiras lhe traziam à memória o grito Molho de estopa daquele dia terrível.

Também a Nina, a gentil e frágil irmã de Ilucha, desagradavam aquelas brincadeiras do pai — Bárbara já tinha partido para estudar na Universidade de Petersburgo. — Mas a mãe, a pobre imbecil, divertia-se grandemente e batia palmeis quando o marido começava a fazer palhaçadas ou a representar qualquer coisa. Era essa a sua única distração. Fora disso era só lamentar-se e gemer, dizendo que a esqueciam e não a tratavam com respeito. Durante os últimos cinco dias, porém, tinha mudado por completo. Olhava constantemente para a cabeceira da cama do doente, como perdida nos seus pensamentos, e estava mais sossegada, mais silenciosa, até chorava silenciosamente, para que a não ouvissem. O capitão observava aquela mudança com triste perplexidade. Ao princípio irritavam-na as visitas dos estudantes, mas em breve começaram a divertir os seus gritos alegres e conversa animada. Quando eles não apareciam mostrava-se triste. Ria e batia palmas quando contavam alguma história ou representavam alguma coisa. Smurov era o seu predileto.

A presença dos rapazes no quarto de Ilucha dava uma grande alegria ao capitão, que pensava que o filho sairia assim da sua prostração e se curaria. Por muita preocupação que lhe inspirasse o estado do filho nunca duvidou um momento, até ao fim, de que ele se curaria.

Recebia os pequenos com carinho, atendia os seus menores desejos, consentia que lhe trepassem para as costas e andava a fazer de burro de carga de todos eles. Mas Ilucha não gostava dessas brincadeiras e deixaram de as fazer. Comprava-lhes guloseimas, pão de gengibre e nozes; servia-lhes chá e preparava-lhes sanduíches. É verdade que não lhe faltava dinheiro, pois como Aliocha previra aceitara os duzentos rublos de Catalina Ivanovna, que ao ter conhecimento da situação daquela família e da doença do pequeno, tinha ido visitá-los, conseguindo fascinar a pobre tola. Desde então tinha-se mostrado pródiga com aquela família necessitada, e o capitão, a quem horrorizava a ideia de que o filho poderia morrer, engoliu o seu orgulho e aceitou aquele auxílio.

Por encargo de Catalina Ivanovna, recebiam todos os dias, pontualmente, a visita do doutor Herzenstube, mas nada haviam conseguido as drogas que ele receitava ao doentinho. Nessa manhã esperava-se a visita de outro médico chegado de Moscovo, onde gozava de grande reputação. Catalina Ivanovna tinha-o chamado, sem olhar a despesas, não para observar expressamente Ilucha, mas já que se encontrava ali pediu-lhe que o fosse ver também. O pai do doente tinha sido prevenido de antemão. O capitão não tinha a menor suspeita de que fosse a sua casa Kolya Krassotkin, se bem que desejasse muito a visita desse rapaz por quem o filho suspirava.

Quando Krassotkin entrou no quarto o capitão e os rapazes rodeavam a cama de Ilucha, contemplando o pequeno cão que, nascido na véspera, já tinha sido prometido há uma semana para tentar consolar e alegrar o pequenino, que continuava perturbado com o pensamento de *Jutchka*, perdido ou talvez morto. Ao saber três dias antes que iria ter um cachorro — e um cachorro de mastim, que era o mais importante — o rapazinho fingira mostrar-se alegre, por delicadeza, mas todos repararam que a notícia da oferta do cãozinho não lhe produzira outro efeito senão o de aumentar a dolorosa recordação do animal que tinha matado. O cachorro movia-se debilmente ao lado do doente e este sorria tristemente alisando-lhe o pelo com a carícia da sua mão branca e esquelética. Claro que gostava do cachorro, mas... não era *Jutchka;* se tivesse os dois sentir-se-ia completamente feliz.

— Krassotkin! — gritou de súbito um dos rapazes ao ver Kolya.

A entrada deste produziu grande sensação. Todos se afastaram para um lado e para o outro para que o recém-chegado pudesse ver Ilucha, e o capitão precipitou-se ao seu encontro dizendo atropeladamente:

— Tenha a bondade de entrar, seja bem-vindo! Ilucha, é o senhor Krassotkin que vem ver-te!

Krassotkin apertou-lhe a mão e em seguida deu mostras de um perfeito conhecimento das regras de urbanidade. Dirigiu-se primeiro que tudo à mulher do capitão, que sentada na sua cadeira resmungava porque os rapazes não a deixavam ver o cachorro; com muita delicadeza inclinou-se diante dela, unindo os pés e voltando-se depois para Nina repetiu a mesma inclinação. Tão gentil comportamento impressionou favoravelmente a desvalida senhora.

— Vê-se logo quem tem educação — comentou em voz alta, agitando as mãos. — Que diferença destes que entram aqui em casa uns por cima dos outros.

— Que dizes, mãezinha, uns por cima dos outros? Como é isso? — murmurou afetuosamente o capitão, mas um pouco inquieto por ela.

— É assim que entram, a correr. Saltam para cima das costas uns dos outros e entram a fazer cabriolas numa casa respeitável. Que hóspedes tão estranhos!

— Mas como é que entram assim, mãezinha!

— Um rapaz salta para cima das costas do outro e depois outro...

Kolya estava já ao lado de Ilucha que, empalidecendo, se sentara sozinho, olhando-o com intensidade. Kolya, que não o via há dois meses, impressionou-se dolorosamente, pois não imaginara encontrar aquela carinha fina e amarelenta, com uns olhos tão brilhantes de febre. Observou com tristeza a respiração difícil e arquejante de Ilucha, cujos lábios estavam secos. Aproximou-se dele, estendeu-lhe a mão e com grande perturbação disse:

— Bem, homem, como estás? — Mas a voz apagou-se e ele não foi capaz de manter a sua aparência de tranquilidade; os seus olhos enevoaram-se e as comissuras dos lábios tremeram-lhe.

Ilucha sorriu timidamente, sem poder articular palavra e Kolya ergueu instintivamente a mão e acariciou-lhe os cabelos.

— Não importa! — murmurou para si tratando de se animar, sem saber bem por quê. Estiveram calados coisa de um minuto.

— Olá, vejo que tens um cachorro! — disse de repente Kolya com voz metálica.

— Si...m — respondeu Ilucha com voz sumida.

— Focinho negro! — disse Kolya. — Isto augura ferocidade. Vai ser um bom guarda — murmurou Kolya como um estúpido a quem nesse momento só interessasse o nariz preto do cãozinho. Mas tinha de fazer um enorme esforço para se dominar e não começar a chorar como uma criança. — Quando crescer terão de o prender a uma corrente.

— Vai ser um cão enorme! — comentou um dos rapazes.

— Sim, creio que será... Um mastim... um canzarrão...

— Grande como um bezerro, um verdadeiro bezerro — repetiu o capitão. E escolhi propositadamente um dos mais ferozes e os pais são enormes e do mais feroz... Sente-se aqui, na cama de Ilucha, ou aí, no banco. Seja bem-vindo a nossa casa... Há muito que o esperávamos... Dignou-se vir com Alexey Fedorovitch?

Krassotkin sentou-se aos pés de Ilucha. Vinha preparado para iniciar a conversa com um preâmbulo, mas tinha perdido o fio às ideias.

— Não... Vim com *Perezvon,* o meu novo cão. *Perezvon,* um cão de nome eslavo. Está lá fora... se eu assobiasse vinha logo a correr. Lembras-te de *Jutchka,* Ilucha?

A cabecinha do doente tremeu como se tivesse apanhado uma pancada e ele olhou Kolya com uma expressão de angústia indescritível. Da porta, Aliocha fazia sinal a Kolya que não convinha recordar *Jutchka,* mas o rapaz não o viu ou fingiu não o ver.

— Onde está *Jutchka?* — perguntou Ilucha com voz trêmula.

— *Jutchka* desapareceu e não se pode pensar mais nele.

Ilucha não respondeu, mas os seus olhos fixaram-se ansiosamente em Krassotkin. Aliocha fazia sinais desesperados a Kolya, mas este afastou o olhar, fingindo não dar por isso.

— Deve ter corrido até cair morto em qualquer parte. Depois daquele almoço! — continuou desapiedadamente Kolya, apesar de respirar com custo. — Mas trouxe comigo Perezvon, um nome eslavo. Trouxe-o para to mostrar.

— Não quero vê-lo! — disse de repente Ilucha.

— Deves vê-lo... vai divertir-te! Para isso o trouxe... Tem o pelo eriçado como o outro... Permite-me que chame o meu cão, senhora? — perguntou, dirigindo-se à dona da casa com uma agitação inexplicável.

— Não o quero! Não o quero! — gritou Ilucha com uma voz aflita e um olhar desesperado.

— Seria melhor — murmurou o capitão levantando-se da arca em que se encontrava sentado — seria melhor deixar para outra vez.

Mas Kolya não pôde conter-se mais. Ordenou a Smurov que abrisse a porta e soltou um assobio. Perezvon entrou como uma flecha.

— Para cima, *Perezvon,* mendiga, mendiga! — gritou Kolya levantando-se, e o cão ergueu-se sobre as patas traseiras e aproximou-se assim de Ilucha.

O que se seguiu deixou todos surpreendidos. Ilucha estremeceu e, inclinando-se violentamente sobre *Perezvon,* gritou com alvoroço:

— É *Jutchka!*

— Pois que julgavas tu? — exclamou Kolya cheio de felicidade. E pegando no cão colocou-o junto de Ilucha. — Olha, rapaz, vês? Zarolho e com a orelha esquerda rasgada. Os sinais que tu me deste. Por isso o encontrei, e bem depressa. Não tinha dono — disse voltando-se vivamente para o capitão, para a mulher, para Aliocha e novamente para Ilucha. — Vivia no curral de Fedotov. Refugiou-se ali, mas ninguém cuidava dele. Era um cão vadio, desses que perdem o dono e se extraviam na cidade... Encontrei-o... bem vês que não comeu o pão que lhe deste! Deve-se ter picado com a agulha, por isso uivou. E com razão para isso porque a boca dos cães é muito delicada... mais que a dos homens... muito mais! — Falava com impetuosidade e tinha no rosto uma expressão de grande alegria.

Ilucha, mudo de emoção, pálido como um cadáver, olhava Krassotkin de boca aberta e com os olhos saídos das órbitas. Este, não suspeitava como poderia ser fatal para a saúde do doente aquilo que fizera. Só Aliocha o pensava. Quanto ao capitão parecia uma criança.

— *Jutchka!* É *Jutchka!* — repetia com entusiasmo. — É *Jutchka*, mãezinha, é *Jutchka!* — E estava prestes a chorar.

— E eu que não o adivinhei! — exclamou Smurov, desgostoso pela sua pouca perspicácia. — Bravo, Krassotkin, dizias que encontrarias o cão e encontraste.

— Encontrou-o! — gritou outro rapaz.

— É um valente! Viva! Viva! — E começaram a bater palmas.

— Quietos, quietos — ordenou Krassotkin. — Vou contar-lhes o que se passou. Encontrei o cão, levei-o para minha casa e tive-o escondido sem o mostrar a ninguém até agora. Só Smurov o viu, há uns dias, mas eu disse-lhe que o cão se chamava *Perezvon* e ele não desconfiou de nada. Já veem do que sou capaz! Dei-me ao trabalho de o ensinar para o trazer aqui em melhores condições, um cão educado, do qual eu pudesse dizer ao apresentá-lo: Olha, homem, que fino é agora o teu *Jutchka!* Se têm um bocado de carne ele vai mostrar as graças que sabe fazer e fá-los-á morrer ele riso. Não têm?

O capitão precipitou-se para a cozinha e para não perder um tempo precioso Kolya gritou de repente a *Perezvon:* Morto! E o animal deu duas voltas sobre si mesmo, deitou-se de costas e ficou com as quatro patas para o ar. Os meninos riam à gargalhada. Ilucha olhava com o mesmo sorriso de sofrimento e a mãe era a que se mostrava mais divertida, rindo e fazendo estalar os dedos para o chamar: *Perezvon! Perezvon!*

— Nada o fará levantar, nada! — disse Kolya, satisfeito com o seu êxito. — Não se levantará a não ser que eu o chame. *Ici, Perezvon!* — O cão deu um salto e levantou-se, agitando alegremente a cauda.

O capitão entrou com um bocado de carne assada.

— Está quente? — apressou-se a dizer Kolya com ar de homem entendido. — Os cães não gostam de coisas quentes. Não, está bem. Olhem todos, olha, Ilucha, por que não olhas? Agora que eu o trouxe não quer olhar.

A brincadeira consistia em fazer com que o cão permanecesse imóvel, com o focinho para o ar, enquanto o dono lhe punha a carne mesmo junto do nariz. O infeliz tinha que estar assim durante todo o tempo que o dono quisesse, sem fazer o menor movimento, ainda que fosse por meia hora. Mas dessa vez a prova durou pouco.

— Toma! — ordenou Kolya; e o cão engoliu a carne num abrir e fechar de olhos. Os presentes manifestaram entusiasmo e surpresa.

— Mas é possível que tenha tardado tanto em vir aqui por causa do cão? — perguntou Aliocha num certo tom de recriminação involuntária.

— Apenas por isso — replicou Kolya com sinceridade em toda a sua glória.

— *Perezvon! Perezvon!* — chamou Ilucha fazendo estalar os seus fracos dedos.

— Como? Manda-o subir para a cama. *Ici, Perezvon!* — gritou Kolya batendo no cobertor.

O cão brincou com Ilucha, que o abraçou enquanto ele lhe lambia as faces.

— Meu filho! Meu filho! — exclamou o capitão.

Kolya sentou-se aos pés da cama.

— Ilucha, vou mostrar-te outra coisa. Lembras-te que te falei de um canhão que me disseste gostarias muito de ver? Trouxe-o. Olha.

E tirou da mala o brinquedo de bronze. Noutra ocasião teria esperado que acalmasse a excitação provocada pelas habilidades do cão, mas naquela altura ele próprio estava excitado e ansiava por se mostrar generoso.

— Há muito tempo que cobiçava este objeto; é para ti. Era de Morozov, a quem o pai lho tinha dado. Não lhe servia para nada. Troquei-o. Troquei-o por um dos livros que tenho em casa: *Um Parente de Mahoma ou Loucura Saudável*, um livro escandaloso publicado em Moscovo há um século, antes de haver censura. Morozov gosta desses livros. Ainda por cima me agradeceu...

Kolya segurava o brinquedo numa das mãos de modo que todos pudessem vê-lo e admirá-lo. Ilucha sentou-se sem ajuda e ainda agarrado ao cão, contemplou-o encantado. Kolya disse que também tinha pólvora e se não fosse por assustar as senhoras podiam dispará-lo. Mostrou a pólvora e as balas. A mãezinha pediu para ver o canhão de mais perto e colocou-o sobre a saia, fazendo-o rodar. O capitão, como militar, ofereceu-se para fazer disparar o canhão. Pôs-lhe uma pequena quantidade de pólvora e disse que era melhor deixar as balas para outro dia. Colocou o canhão no chão, apontou para um espaço livre e acendeu a extremidade da mecha. Seguiu-se uma magnífica explosão. A mãezinha apanhou um susto, mas depois riu. Os garotos olharam-se com triunfal assombro; mas o capitão, com os olhos fitos no filho, estava radiante como ninguém. Kolya pegou no canhão e ofereceu-o a Ilucha com balas e pólvora.

— É para ti, para ti; há tempo que o tenho guardado! — declarou cheio de satisfação.

— Oh, dá-mo a mim! Dá-mo a mim! — pedia a mãe com uma teimosia de criança. E havia na sua expressão um tal receio de que não lhe fizessem a vontade que Kolya ficou desconcertado. O capitão correu para junto da mulher.

— O canhão é teu, mãezinha, mas deixa que Ilucha fique com ele, pois foi presente do amigo. Mas é o mesmo que fosse para ti. É dos dois, dos dois!

— Não, não quero que seja dos dois. Quero que seja só meu — respondia a mãe, quase a chorar.

— Toma, mamã, aqui o tens! — gritou Ilucha. — Krassotkin, posso dá-lo à minha mãe? — perguntou, olhando para Kolya com olhos implorantes, com receio de que ele se ofendesse.

— Sim, dá-lho — assentiu animosamente Kolya. E tirando ele mesmo o canhão das mãos de Ilucha foi entregá-lo à mãe, diante de quem se inclinou delicadamente. A infeliz mulher comoveu-se tanto que começou a chorar.

— Ilucha, querido, o único que gosta da sua mãezinha! — gemia ela, pondo-se em seguida a rodar o canhão de um lado para o outro.

— Deixa-me beijar-te as mãos, mãezinha! — disse o capitão, correndo para a mulher e beijando-lhe as mãos.

— E nunca vi um rapaz tão encantador, tão fino! — dizia a agradecida mulher, olhando para Krassotkin.

— Hei de trazer-te a pólvora que queiras, Ilucha. Agora somos nós mesmos que a fazemos. Borovikov descobriu a fórmula: vinte e quatro partes de salitre, dez de enxofre e seis de carvão. Pisa-se bem e mistura-se com água a formar pasta, depois passa-se por uma peneira e pronto.

— Smurov já me falou da vossa pólvora, mas meu pai diz que não é a verdadeira pólvora — respondeu Ilucha.

Kolya corou.

— Não é verdadeira? Não sei. Queima bem.

— Bem, não era bem isso — declarou o capitão, aflito. — Disse que a verdadeira pólvora não se fabricava assim, mas isso não tem importância, também se pode fazer assim.

— O senhor sabe isso melhor do que eu. Nós incendiamos um bocado numa caçarola e ardeu bem, deixando apenas cinza; e estava grosseiramente preparada, pois se a tivéssemos passado por... mas o senhor sabe melhor, melhor do que... E o pai de Bulkin bateu-lhe porque tínhamos feito pólvora, sabes? — concluiu, dirigindo-se agora a Ilucha.

— Sim — respondeu o doente que ouvia com imenso interesse e satisfação.

— Preparamos uma garrafa que ele guardou debaixo da cama. O pai encontrou-a e aborrecido com medo que ela rebentasse, bateu-lhe e foi queixar-se de mim aos professores. Agora está proibido de andar comigo. Todos o estão, até Smurov. Parece que só o meu nome produz assombro. Dizem que sou um suicida. Tudo provém daquilo que se passou na via férrea.

— Já ouvimos falar nessa sua façanha — gritou o capitão. — Como se atreveu a fazer aquilo? Não teve medo de estar debaixo do comboio?

— Isso não teve importância — respondeu Kolya. — O que prejudicou mais a minha reputação foi a história do ganso — disse, voltando-se outra vez para Ilucha e tentando retomar o seu tom de superioridade que obstinadamente lhe escapava.

— Oh, já sei — disse Ilucha, rindo, radiante de alegria. — Contaram-me, mas eu não percebi bem. Por que é que te levaram ao Juiz?

— Por uma coisa estúpida e trivial; fazem sempre uma montanha de um grão de areia — começou Kolya, como se não desse importância à aventura. — Um dia passeava eu pela praça no momento em que acabavam de trazer uns gansos. Parei a observá-los e pouco depois aproximou-se de mim um empregado da loja de Plotnikov que me disse: Por que estás a olhar para esses gansos? Olhei para ele e vi que era um rapaz de uns vinte e seis anos com uma cara de lua cheia e expressão idiota. Bem sabes que estou sempre ao lado do povo e que gosto de falar com os camponeses... é esse o meu credo. Ri-se, Karamázov?

— Não, Deus me livre — respondeu Karamázov num tom de ingênua bondade.

Kolya reanimou-se e disse apressadamente:

— A minha teoria, Karamázov, é clara e simples: creio no povo e estou sempre disposto a conceder-lhe o que merece, não sou partidário de que o explorem. Esta é uma condição *sine qua non*... Mas voltemos aos gansos. Respondi àquele idiota que estava a refletir na maneira de pensar que teriam os gansos. Olhou-me estupidamente: E em que hão de pensar os gansos?, perguntou, esse carro carregado de aveia?, perguntei-lhe. Aquele ganso mete o pescoço por baixo da roda para apanhar os grãos. Não vê? Vejo perfeitamente, respondeu ele. Pois se o carro se mover um pouco corta-lhe o pescoço, não achas? Com certeza que corta, respondeu o moço com a cara resplandecente de alegria. Podemos fazer a experiência. Não será difícil! disse então eu. O rapaz estava atrás do cavalo e ninguém o via, o dono dos gansos falava com umas pessoas, um pouco afastado. Eu não tinha nada a fazer pois o ganso comia tranquilamente os grãos de aveia, com a cabeça metida debaixo da roda do carro. Pisquei o olho ao rapaz, ele puxou a rédea do cavalo e craque, o pescoço do ganso ficou partido em duas metades. A casualidade fez com que uns camponeses nos vissem nessa altura e começassem a gritar: Foi de propósito! Fê-lo de propósito! Mentira, não foi de propósito! Foi sem querer! Levem-no ao juiz de paz!, continuaram. Levaram o rapaz e levaram-me também a mim. Tu estavas lá e também ajudaste!, diziam. Todos no mercado te conhecem! E realmente é verdade que todos no mercado me conhecem, não sei porquê! — acrescentou Kolya com orgulho. — Fomos todos levados ao juiz, incluindo o ganso morto. O rapaz chorava e balbuciava como uma mulher. O juiz solucionou o assunto num instante, condenando-o a pagar um rublo ao dono do ganso e admoestando-o para que não reincidisse. O rapaz começou a chorar desabaladamente como uma mulherzinha: Não fui eu, foi este que me sugeriu aquilo. E apontava para mim. Defendi-me com a maior serenidade, dizendo que não fora eu que o impelira a fazer fosse o que fosse e que apenas falara em hipóteses. O juiz da paz sorriu e arrependeu-se de sorrir, dizendo que ia queixar-se aos meus professores de que eu perdia o tempo a expor hipóteses em vez de estudar. Ele disse-o a brincar, pois não se queixou, mas outros já se encarregaram de o fazer. Vocês sabem que os professores têm as orelhas muito grandes. Kolbasnikov aborreceu-se comigo, mas Dardanelov perdoou-me outra vez. Sabem que Kolbasnikov se casou? Pescou um dote de mil rublos e a mulher dele é um espantalho do mais elevado em estatura e do mais baixo em condição. hás de rir-te! Os do terceiro ano fizeram-lhe um epigrama que começa assim:

*A classe, espantada, soube de um Portento:*
*Kolbasnikov, trocado por um jumento!*

Hei de trazer-to. Quanto a Dardanelov, nada tenho a dizer. E um homem de muito saber, não há dúvida. Respeito os homens como ele e não é porque ele me aprecie.

— Mas venceste-o na questão de Troia! — observou Smurov, orgulhoso de Krassotkin e como recompensa de ele ter contado a história dos gansos.

— Venceu-o realmente? — disse o capitão que não sabia como mostrar o seu contentamento. — Foi a respeito de quem tinha fundado Troia, não foi? Ilucha contou-me qualquer coisa acerca disso, na altura.

— Ele sabe tudo, papá — interrompeu o doentinho. — Sabe muito mais que nós. Quer mostrar que não, mas tem conhecimentos sobre tudo.

Ilucha olhava para Kolya com uma grande felicidade.

— Oh, isso de Troia é um disparate, não tem importância — disse Kolya com altiva modéstia. Tinha recuperado toda a sua dignidade, mas ainda lhe restava uma certa inquietação. Via-se que estava demasiadamente excitado e tinha contado a história dos gansos sem a sua habitual clareza.

Aliocha continuava calado e o vaidoso Kolya receava que esse silêncio dele significasse desprezo por ele se manifestar demais.

— Eu considero essa questão como uma coisa completamente supérflua — repetiu com orgulho.

— Eu sei quem fundou Troia! — disse de repente um rapaz que até aí ainda não tinha aberto a boca, com grande surpresa de todos. Era uma criança bonita, calada e circunspecta. Tinha onze anos e chamava-se Kartashov. Estava sentado perto da porta. Kolya olhou-o quase com assombro.

O nome dos fundadores de Troia era um mistério para todos os rapazes da escola, porque só podiam descobri-lo lendo Smaragdov, livro que apenas Krassotkin possuía. Mas um dia, quando este voltou as costas, Kartashov abriu à pressa a história desse autor, que se encontrava entre os livros de Kolya, e leu rapidamente o parágrafo relativo à fundação de Troia. Isto já se tinha passado há bastante tempo, mas o rapaz receava dizer que também sabia quais tinham sido os fundadores de Troia, com medo do que pudesse suceder e temendo especialmente que Krassotkin o envergonhasse perguntando-lhe qualquer coisa.

— Bem, então quem foi? — perguntou Kolya, que percebendo na cara do garoto que ele sabia, resolveu aproveitar aquela ocasião com vantagem para si.

— Troia foi fundada por Teucer, Dardano, Ilio e Tros — disse o rapazinho aos tropeções, corando tão violentamente que fazia pena olhar para ele. Mas os outros rapazes olhavam-no intensamente, voltando depois os seus olhares para Kolya, que continuava a observar o atrevido com ar desdenhoso.

— Mas em que sentido foram eles os fundadores? Julgas que cada um colocou uma pedra? Que fizeram?

O interpelado passou de roxo a lívido. Calou-se e teve bastante dificuldade em conter as lágrimas. Kolya deixou-o em suspenso durante um bocado.

— Antes de falar em sucessos históricos como a fundação de uma nacionalidade, é preciso saber o que se entende por isso — admoestou em tom severo e mordaz. — Mas eu dou pouco valor a essas histórias da carochinha, nem me interessa grandemente a história universal,

— A história universal? — perguntou o capitão, escandalizado.

— Sim. A história universal não é mais do que a narração das sucessivas loucuras da humanidade. Sinto respeito apenas pelas ciências matemáticas e naturais — disse Kolya. Pensava que talvez estivesse a exceder-se e com o olhar consultou Aliocha, o único cuja opinião receava.

Aliocha continuava calado e sério como sempre. Se tivesse dito uma palavra tê-lo-ia reduzido ao silêncio. Mas Aliocha calava-se — o silêncio dele podia ser o do desdém — e isso irritou Kolya.

— Com os idiomas clássicos passa-se o mesmo. Não são mais que loucuras. Parece que não concorda com o que eu digo, Karamázov.

— Bem, não estou de acordo — respondeu Aliocha sorrindo gentilmente.

— O estudo dos clássicos, se quer saber a minha opinião, é uma simples medida de polícia; meramente por isso foi ele introduzido nas nossas escolas. — E Kolya pouco a pouco voltou a respirar calmamente. — O latim e o grego ensinam-se porque são uma grande carga e embotam a inteligência. Dantes o estudo era difícil? Pois era preciso pensar em qualquer coisa que o fosse ainda mais. E introduziu-se o latim e o grego. Esta é a minha opinião e não espero modificá-la — concluiu bruscamente. As suas faces pareciam duas brasas.

— É, é verdade! — exclamou convictamente Smurov que tinha escutado Kolya com toda a atenção.

— E diz isso sendo ele o primeiro em latim! — disse então um dos rapazes.

— Sim, papá — repetiu Ilucha. — Fala assim e é o melhor aluno em latim.

— E isso que tem? — defendeu-se Kolya saboreando o elogio.

— Aplico-me no estudo do latim porque não tenho outro remédio, porque prometi à minha mãe que faria os meus exames e porque acho que se é preciso fazer as coisas, devem fazer-se bem feitas. Mas no fundo sinto um grande desprezo pelos clássicos e por todos os seus enganos... Não lhe parece, Karamázov?

— Essa dos enganos! — murmurou Aliocha, sorrindo.

— Sim, todos os clássicos foram traduzidos para os diferentes idiomas, de modo que não é necessário aprender-se o latim para os ler. Sendo assim, para que se introduziu nas nossas escolas o ensino do latim? Apenas para embotar a inteligência. Não será isso um engano?

— Mas onde foi buscar essas ideias? — disse por fim Aliocha, manifestando a sua surpresa.

— Em primeiro lugar sou capaz de pensar por conta própria sem necessidade de que me digam o que devo pensar. Mas quanto às traduções dos clássicos, o professor Kolbasnikov disse isto mesmo a todos os alunos do terceiro ano.

— Aí está o médico! — gritou de súbito Nina.

Com efeito a carruagem da senhora Hohlakov tinha parado à entrada da rua e o capitão, que estava à espera do médico, saiu a correr para o ir receber. A mãezinha ergueu-se, procurando adotar um ar digno, enquanto Aliocha foi à cabeceira da cama do doente e lhe arranjou as almofadas. Nina imitava-o, alisando as cobertas na sua cadeira de inválida. Os rapazes despediram-se precipitadamente, prometendo alguns voltar à tarde. Kolya chamou *Perezvon* que saltou da cama.

— Eu não me vou embora — disse para o doente. — Vou para o quintal com *Perezvon* e voltarei depois do médico sair.

Mas o médico já tinha entrado. Era um senhor de aspecto grave, com grandes e bem cuidadas mãos, envergando um pesado sobretudo de cabedal. Ao chegar à porta da casa parou perplexo e deu um passo para trás como se pensasse: é isto? Devo ter-me enganado! E não se decidia a tirar nem o sobretudo nem o chapéu, certo de se ter enganado na direção. Aquele tropel de rapazes, a roupa que estava estendida a um canto do quarto, o aspecto de miséria que tudo aquilo apresentava, deixou-o confuso, O capitão teve de se inclinar todo diante dele enquanto dizia, quase a chorar:

— É aqui, senhor, é aqui. Somos nós quem o senhor doutor procura...

— Snegiryov? — pronunciou pomposamente o doutor. — O senhor é Snegiryov?

— Sou, sim senhor!

— Ah!

O médico dirigiu um olhar de nojo a toda a casa e tirando a peliça sem ver onde a pudesse colocar, atirou-a sem ver para onde. O capitão apanhou-a no ar e o médico, tirando o chapéu, perguntou enfaticamente:

— Onde está o doente?

## Capítulo 6
## Precocidade

— O que acha que dirá o médico? — perguntou vivamente Kolya. — Que cara tão antipática, não é verdade? Não posso suportar os médicos.

— Ilucha está a morrer. Creio que não há remédio — respondeu Aliocha com tristeza.

— São uns patifes! A medicina é uma fraude!... Estou muito contente por o ter conhecido, Karamázov. Há muito tempo que o desejava. Só lamento que tenha sido nestas circunstâncias.

Kolya era muito propenso à cordialidade e à efusão. Mas nessas alturas sentia-se embaraçado. Ao reparar nisso Aliocha sorriu e apertou-lhe as mãos.

— De há muito que aprendi a estimá-lo como um ser excepcional — murmurou ainda Kolya, vacilante, desconcertado. — Sabia que o senhor era um místico e estava no mosteiro, mas... isso não importava. O contato com a vida real o curará... Acontece sempre isso com um caráter como o seu.

— Mas que entende o senhor por místico? De que hei de curar-me? — perguntou Aliocha, muito admirado.

— Oh!... Deus e tudo o mais...

— Como? Não acredita em Deus?

— Oh! Não tenho nada contra Deus! Claro que Deus é uma mera hipótese, mas... admito que seja necessário... para a ordem do universo e tudo o que... e se não existisse tinham de o inventar — acrescentou.

E ficou muito vermelho ao pensar que Aliocha poderia julgar que ele só queria demonstrar os seus conhecimentos e provar que era um rapaz muito instruído. "Não tenho o menor desejo de lhe mostrar a minha cultura", pensou um pouco desalentado.

— Confesso que estas discussões me aborrecem — disse como conclusão. É possível não acreditar em Deus e amar a humanidade, não lhe parece? Voltaire não acreditava em Deus e amava os homens. — "Já estamos na mesma!", pensou para si.

— Penso que Voltaire acreditava em Deus, se bem que não muito; também não acredito que amasse muito mais a humanidade — respondeu com singeleza e suavidade Aliocha, como se se dirigisse a um igual ou a uma pessoa mais velha. Kolya ficou contrariado por uma opinião tão oposta à sua. Por sua vontade teria imediatamente abandonado aquele assunto em que julgava ter os pés tão bem assentes.

— Leu Voltaire? — perguntou Aliocha.

— Não posso dizer que o tenha lido. Li *Candide* numa tradução absurda, grotesca, antiga...

— E percebeu-o?

— Sim, todo... isto é... Por que acha que eu não o possa ter percebido? Claro que há uma série de obscenidades. Mas compreendi antes de mais nada que se trata de uma novela filosófica escrita em favor de uma ideia... — Kolya notava que estava a perder terreno. — Eu sou socialista, sabe, socialista impenitente — disse bruscamente, num tom intempestivo.

— Socialista? — riu Aliocha. — Mas estará em idade de o ser? Porque só tem treze anos, não é verdade?

Kolya vacilou.

— Em primeiro lugar não tenho treze anos, mas sim catorze. Fá-los-ei dentro de quinze dias respondeu ofendido no seu amor-próprio. E em segundo lugar acho que a idade não tem importância nenhuma. O essencial é saber quais são as minhas convicções e não qual é a minha idade.

— Mais tarde virá a compreender a influência da idade nas convicções. De resto acho que não exprime as suas próprias ideias — respondeu Aliocha com grande serenidade e modéstia.

Kolya interrompeu-o com calor.

— O senhor é partidário da obediência e do misticismo. Admite sem dúvida, que a religião católica, por exemplo, serve unicamente para que o rico e o poderoso possa submeter à escravidão a classe humilde. Não é verdade?

— Ah, sei onde leu isso e tenho a certeza de que alguém lho disse.

— Que o leva a pensar que o li? Ninguém mo disse. Posso pensar por conta própria... Não sou inimigo de Cristo... não o creia. Era uma pessoa cheia de bondade e se vivesse hoje em dia iríamos encontrá-lo nas fileiras revolucionárias ou até mesmo dirigindo-as... Sobre isso não restam dúvidas.

— Mas onde, onde foi buscar isso? Com que louco tem convivido? — perguntou Aliocha.

— Vamos, diga-se a verdade! Acontece que tenho falado frequentemente com o senhor Rakitin, sim; mas... o velho Byelinsky também disse isso, segundo consta.

— Byelinsky? Não tenho presente. Escreveu isso em algum sítio?

— Se o não escreveu dizem pelo menos que o dizia. Ouvi-o a... mas não importa.

— E leu Byelinsky?

— Não... não o li todo, mas... li a passagem onde ele expõe as razões que Tatyana tem para não fugir com Onyegin.

— Para não fugir com Onyegin? Mas certamente não compreendeu bem...

— Mas está a tomar-me por essa criança que é Smurov? — disse Kolya com um gesto de irritação. — Tenha a bondade de não me julgar um revolucionário. Não estou de todo de acordo com o senhor Rakitin e embora fale de Tatyana estou muito longe de admitir a emancipação da mulher. Acho que a mulher é inferior e deve obedecer. *Les femmes tricottent,* como dizia Napoleão. — Kolya achou conveniente sorrir. — Quanto a isso sou da opinião desse pseudogrande homem. Também acho que abandonar o país para ir para a América é mais do que baixeza. Para que ir para a América quando se pode prestar serviço à humanidade na terra natal? Especialmente agora, que se abre um imenso e frutífero campo à nossa atividade. Foi isso o que eu respondi.

— Não compreendo. Respondeu a quem? Aconselharam-no a ir para a América?

— Devo confessar que me propuseram isso, mas recusei. Isto fica entre nós, não é verdade, Karamázov? Nem uma palavra a ninguém. Não tenho vontade nenhuma de cair nas garras da polícia secreta nem de receber lições na Ponte das Cadeias.

*Tristes recordações deixará na tua alma*
*A casa da Ponte das Cadeias.*

Recorda-se? É magnífico! De que se ri? Julga que minto? — Só falta que descubra que já não possuo esse número de *O Sino* que se encontrava entre os livros de meu pai, pensou Kolya tremendo.

— Não, nem troço, nem sequer me lembrei de pensar que esteja a mentir. Não posso supor tal coisa porque infelizmente tudo isso é verdade... Mas diga-me: leu Pushkin, o *Onyegin* por exemplo? Ainda há pouco falava de Tatyana.

— Não, ainda não o li, mas quero lê-lo. Sou um homem sem preconceitos Karamázov; quero ouvir ambas as partes. Por que pergunta?

— Oh, por nada.

— Diga-me, Karamázov, inspiro-lhe um grande desprezo? — perguntou repentinamente. Peço-lhe que me fale com toda a franqueza.

— Se o desprezo? Mas por quê? — perguntou Aliocha olhando-o intrigado. — Só me custa ver uma bela alma como a sua já envenenada por tão rudes suspeitas.

— Não se preocupe com a minha alma — respondeu Kolya com uma certa complacência. — Mas a verdade é que sou desconfiado, estupidamente desconfiado até à crueldade. E como o vi sorrir, pensei...

— O meu sorriso era motivado por uma coisa muito diferente. Vai já saber porque sorria. Há pouco tempo li uma crítica feita por um alemão que visitou o nosso país, a respeito do estudante russo de hoje em dia. Ponham nas mãos de um estudante russo, escreveu ele, um mapa das constelações, que ele ignora em absoluto, e no dia seguinte devolverá o mapa corrigido e aumentado. Poucos conhecimentos e muita presunção, quis dizer com isso o alemão.

— Sim, é exato, completamente certo! — gritou Kolya, desatando a rir. Bravo para o alemão! Mas não viu o lado bom, não lhe parece? De facto há presunção, sim, mas é própria da juventude e pode corrigir-se se for preciso; mas por outro lado possuímos um espírito de independência quase desde a infância, liberdade de pensamento e convicção de ideias, e não o espírito desses fabricantes de salsichas que se arrastam perante a autoridade... De qualquer modo acho que o alemão tem razão. Bravo! Mas é necessário estrangular todos os alemães. Por muito sábios e inteligentes que sejam devem ser estrangulados.

— Por que estrangulá-los? — perguntou, sorrindo, Aliocha.

— Bem, talvez diga parvoíces, concordo. Às vezes sou terrível como uma criança e quando sinto capricho por qualquer coisa não consigo contentar-me e quero tudo de uma vez. Mas estamos para aqui a conversar sobre coisas sem importância e o médico nunca mais se vai embora. Talvez esteja também a examinar a mãe e a pobre paralítica. Sabe que me é simpática essa Nina. Quando há pouco passei ao lado dela perguntou-me com uma certa recriminação: Por que não vinha antes? Parece-me muito discreta e romântica.

— Sim, sim. Se vier mais vezes ficará a conhecê-la melhor. Ser-lhe-á de grande utilidade visitar pessoas como estas — observou Aliocha com entusiasmo. — Isso o ajudará mais que tudo para uma feliz transformação.

— Que pena tenho de não ter vindo há mais tempo! — disse Kolya com amargura.

— Sim é muita pena. E viu a alegria que o pobre menino sentiu! E como ele ansiava por o ver!

— Não me diga isso! Faz-me sofrer. Mas mereço-o. O meu orgulho fez retardar esta visita, com uma vaidade egoísta e uma brutal obstinação de que não consigo libertar-me, mesmo que lute contra ela toda a vida. Reconheço que sobre muitos pontos de vista sou um animal, Karamázov.

— Não, tem carácter simpatissíssimo se bem que um pouco torcido e compreendo perfeitamente que exerça tão grande influência sobre os pequenos, principalmente sobre Ilucha, que tem um coração generoso e excessivamente sensitivo — replicou Aliocha com efusão.

— E é o senhor que me diz isso? — gritou Kolya. — E eu que pensava, tendo-o pensado muitas vezes desde que aqui cheguei hoje, que o senhor me desprezava! Se soubesse como a sua opinião é preciosa para mim!

— É na verdade tão impressionável? Com a sua idade? Acredite que pensava nisto enquanto o ouvia contar as suas histórias.

— Estava a pensar nisso? Que visão a sua! Apostava que era quando contava a história do ganso. Precisamente nessa ocasião pensava eu merecer o seu desprezo pela vaidade com que estava a manifestar-se e tive uma altura em que o odiei e comecei a falar como um idiota. Julguei então, como agora quando disse que se não houvesse Deus tinha de ser inventado, que estava a querer mostrar erudição demasiada, ainda mais, por essa frase, como outras, a ter tirado de um livro. Mas juro que não foi para fazer gala de vaidade, mas sim por estar muito contente. Sim, eu estava muito contente... bem sei que é uma vergonha deixar transbordar a nossa satisfação. Agora estou convencido de que não me desprezou. Era apenas a minha fantasia. Ai, Karamázov, que desgraça a minha! Às vezes imagino qualquer coisa, que todos troçam de mim, toda a gente, e então só me apetece demolir tudo.

— E faz pagar isso aos que o rodeiam — disse Aliocha, sorrindo.

— Sim, atormento toda a gente, especialmente minha mãe. Diga-me, Karamázov, estou muito ridículo neste instante?

— Não pense nisso, sobretudo não pense nisso — aconselhou Aliocha. — Que significa o ridículo? Todos podem ser ou parecer ridículos em qualquer momento. Além do mais quase todas as pessoas de talento receiam o ridículo e isso toma-as infelizes. O que surpreende é que tenha esses sentimentos sendo ainda tão novo, se bem que já há algum tempo que venha observando o mesmo, e não só em si. Hoje em dia até os garotinhos padecem do mesmo mal; é uma espécie de loucura. O diabo em forma de vaidade apoderou-se desta geração; é simplesmente obra do demônio — acrescentou Aliocha sem a sombra do sorriso que Kolya esperava ver. — Você é como qualquer outro — disse em conclusão Aliocha — isto é, como muitos outros. Mas não deve ser como todos os outros, claro.

— Ainda que todos sejam a mesma coisa?

— Sim, embora todos sejam a mesma coisa. Você pode distinguir-se dos outros e com efeito é diferente, pois foi capaz de confessar os seus defeitos e ridículos. De quem se poderia esperar outro tanto? De ninguém. As pessoas já não sentem conveniência em analisar os seus próprios sentimentos. Não queira imitar ninguém, embora, fique só.

— Magnífico! Não me tinha enganado! O senhor sabe consolar. Como desejava conhecê-lo, Karamázov! Desejava vivamente esta entrevista. É possível que também o senhor pensasse em mim? Parece-me que acaba de o dizer.

— Sim, tinha ouvido falar de si e gostaria de o conhecer... Não importa que a sua vaidade tome parte nessa pergunta.

— Sabe, Karamázov, que a nossa conversa foi como uma declaração de amor? — disse Kolya com voz suave e tímida. Isto não é ridículo, pois não?

— Não, mas mesmo que o fosse não tinha importância, pois é uma coisa boa.

— Karamázov, confesse que você mesmo se sente agora um pouco envergonhado — disse Kolya com um sorriso travesso.

— De que hei de estar envergonhado?

— Bom, então por que cora?

— A culpa é sua — replicou, rindo e corando realmente. — Bem, estou um pouco envergonhado. Só Deus sabe porquê. Eu não o sei.

— Oh, como gosto de si e o admiro neste momento em que se sente um pouco envergonhado! Parecemo-nos um com o outro! —gritou Kolya entusiasmado, com as faces coradas e os olhos brilhantes.

— Vejo, Kolya, que será toda a vida infeliz — disse de repente Aliocha sem saber porquê.

— Bem sei, bem sei. Como sabe ler o futuro!

— Mas abençoará a vida, no seu todo.

— Isso mesmo. O senhor é um profeta. Viva! Seremos amigos, Karamázov! O que mais me agrada é que me trate como um igual. Mas nós não somos iguais, não. O senhor é melhor. Seremos amigos. Durante todo o passado mês eu dizia: Ou ficaremos amigos para sempre desde o primeiro momento, ou nos separaremos inimigos até à morte.

— E dizendo isso naturalmente já gostava de mim — disse Aliocha, rindo.

— Imensamente. Gostava de si ao ponto de sonhar consigo. E como adivinhou tudo isso? Ah, lá vem o doutor. Meu Deus, que dirá? Olhe, que cara!

## Capítulo 7
## Ilucha

O doutor vinha a sair com a rica peliça e o chapéu já posto. O seu rosto mostrava o nojo de quem receia sujar-se. Passou um olhar distraído pela entrada e viu de relance Kolya e Aliocha. Este fez sinal ao cocheiro e a carruagem aproximou-se.

O capitão precipitou-se ao encontro do médico e inclinando-se obsequiosamente, deteve-o para saber qual a opinião dele.

O infeliz parecia completamente transtornado; os seus olhos tinham uma expressão de espanto.

— Excelência, excelência, é possível? — E sem poder prosseguir juntou as mãos e ergueu para o médico os seus olhos implorativos, como se uma palavra daquele homem pudesse alterar a sorte do filho.

— Que lhe hei de fazer? Eu não sou Deus! — disse o doutor com a sua indiferença profissional.

— Doutor... excelência... e será breve... breve?

— Esteja preparado para tudo! — disse o médico em tom enfático e cortante; e baixando os olhos tratou de subir para a carruagem.

— Excelência, em nome de Cristo! — continuou o capitão, louco de terror. — Mas nada, nada pode salvá-lo?

— Isso não depende de mim — respondeu impacientemente o médico, mas... — fez uma pausa e acrescentou — se pudesse enviar já o doente, sem perder tempo — e pronunciou estas palavras com tal energia que o capitão estremeceu — para Siracusa, por exemplo, talvez as condições benéficas do clima influíssem...

— Para Siracusa! — gritou o capitão sem saber o que dizia.

— Siracusa fica na Sicília — disse a voz vibrante de Kolya.

O médico olhou para ele.

— Sicília! Excelência — gemeu o capitão — já viu... — E estendia as mãos como se quisesse indicar a miséria e as dificuldades da família.

— N... não. A Sicília não é conveniente para a sua família. A família deve ir para o Cáucaso na próxima primavera... a sua filha pode ir para o Cáucaso e a sua mulher... depois de um tratamento hidroterapêutico no Cáucaso para o reumático... deve ir a Paris consultar o doutor Lepelletier, especialista em doenças mentais. Lepelletier. Eu escrevo-lhe uma carta e poderemos então...

— Doutor! Doutor! Mas o senhor doutor vê... — e apontando para a sua miserável casa.

— Isso não é comigo — resmungou o doutor. — Respondi à sua pergunta, dizendo-lhe qual o tratamento adequado que a ciência médica aconselha. Quanto ao mais, lamento...

— Não tenhas medo, boticário, que o meu cão não te morderá — apostrofou em voz alta Kolya, vendo que o médico olhava para *Perezvon* com uma certa inquietação. A voz do rapaz tinha uma entoação colérica e disse boticário em vez de doutor, como insulto, como ele próprio depois afirmou.

— Que é isto? — perguntou o médico surpreendido olhando para Aliocha. — Quem é aquele?

— Sou o dono de *Perezvon,* não tenha medo — respondeu Kolya em tom mordaz.

— *Perezvon!* — repetiu o médico, intrigado.

— Ouviu o som de sinos e não sabe onde. Adeus, voltaremos a encontrar-nos em Siracusa.

— Quem é aquele? Quem é aquele? — perguntava o médico, vermelho de raiva.

— É um estudante, doutor, um rapazinho muito endiabrado, não faça caso — disse Aliocha aborrecido. — Cale-se, Kolya — gritou para Krassotkin. Não faça caso dele, doutor — repetiu impacientemente.

— Merecia uma boa sova! Uma boa sova! — disse o médico, zangado.

E o senhor não sabe que *Perezvon* tem caninos? *Ici* — replicou Kolya, pálido e com os olhos a brilharem de cólera. — *Ici, Perezvon!*

— Kolya, se diz mais uma palavra não falo mais consigo — gritou Aliocha, zangado.

— Só há um homem no mundo que pode mandar em Kolya Krassotkin, e é este — E Kolya apontou para Aliocha. — Obedeço-lhe. Adeus!

Deu meia volta e abrindo a porta entrou em casa, seguido pelo animal.

O doutor ficou um momento surpreendido, olhando para Aliocha. Em seguida dirigiu-se apressadamente para a carruagem, murmurando: Ora esta! Ora esta! O capitão precipitou-se para o ajudar a subir. Aliocha seguiu Kolya que foi encontrar junto de Ilucha. O doentinho levantava a mão, chamando o pai que não tardou a entrar.

— Papá, papá... vem — gemeu Ilucha, violentamente comovido. E sem forças para continuar, rodeou com os seus débeis braços o pescoço do pai e de Kolya, unindo-os no mesmo abraço, apertando-os com todas as forças.

O peito do capitão estalou em fundos soluços; os lábios de Kolya tremiam de choro contido.

— Papá! Papá! Que desgostos te dou! — lamentou-se amargamente Ilucha.

— Ilucha... meu filho... o doutor disse... que ficarás bom... seremos felizes... o doutor... — balbuciou o pobre homem.

— Ó papá! Sei o que o doutor deve ter dito de mim... Adivinhei-o! — E voltou a apertá-los com as suas fracas forças, ocultando a cara no peito do pai. — Papá, não chores, e quando eu morrer vai buscar outro menino que seja bom... escolhe-o entre estes... chama-lhe Ilucha e ama-o como a mim...

— Vamos, rapaz; hás de ficar bom — gritou Krassotkin com uma expressão que queria parecer de enfado.

— Mas não me esqueças nunca, papá — continuou Ilucha — vai ao meu túmulo... e enterra-me junto daquela pedra grande para onde costumávamos ir passear os dois. Irás lá à tarde com Kolya... e *Perezvon* também irá. Eu esperá-los-ei... Papá, papá!

Não pôde dizer mais nada. Ficaram os três abraçados em silêncio. Nina chorava silenciosamente sentada na sua cadeira, e vendo todos chorarem até a Mãezinha começou também a chorar, exclamando:

— Ilucha! Ilucha!

Krassotkin soltou-se então resolutamente do abraço de Ilucha.

— Adeus, homem — disse. — A minha mãe está à minha espera para comer. É pena eu não a ter avisado. Deve estar preocupada! Mas depois de comer volto toda a tarde e hei de contar-te muitas coisas, muitas coisas. Trarei também *Perezvon*. Agora levo-o porque começava a ladrar se não me visse e incomodava-os. Adeus!

E precipitou-se para fora. Não queria chorar, mas no quintal não pôde conter as lágrimas. Aliocha encontrou-o a chorar e disse-lhe, muito formal:

— Kolya, farás bem em cumprir a tua palavra e vir, de contrário dás-lhes uma grande desilusão.

— Virei! Bastante me custa só agora ter vindo — balbuciou Kolya, chorando já sem se envergonhar.

Naquele momento saía o capitão de casa fechando a porta atrás de si. Com o rosto descomposto e os lábios convulsos, parou diante dos dois rapazes, erguendo os braços.

— Não quero um bom rapaz! Não quero outro rapaz — tartamudeou com um feroz balbuciar, rangendo os dentes. — Se eu te esquecer, Jerusalém, que a minha língua... —

Um soluço afogou-lhe a voz e ele caiu de joelhos junto de um banco. Com a cabeça apertada nas mãos, começou a soluçar desesperadamente, soltando absurdas lamentações e fazendo ao mesmo tempo o possível para não ser ouvido dentro do quarto.

Kolya fugiu para a rua.

—Adeus, Karamázov. Também vem?

— Esta tarde, sem falta.

— Que é aquilo de Jerusalém? Que queria ele dizer?

— É da Bíblia. Se te esquecer, Jerusalém, isto é, se esquecer aquilo que tenho em maior apreço, se permito que alguém assalte a praça...

—Já percebi, basta! Pense em vir. *Ici, Perezvon!* — gritou com verdadeira fúria, afastando-se a passos largos.

# Livro 11 — Ivan

## Capítulo 1
## Em Casa de Gruchenka

Aliocha encaminhou-se para a praça da catedral. Queria ir à casa da viúva Morozov para ver Gruchenka, que de manhã muito cedo lhe enviara Fenya, pedindo-lhe para a ir ver o mais depressa possível. Julgava ir encontrá-la muito preocupada, a julgar pelas notícias que a criada lhe tinha dado. Durante aqueles dois meses Aliocha visitara-a com frequência, por pura afeição ou enviado por Mitya, pois três dias depois da prisão dele, ela tinha adoecido gravemente, ficando de cama durante cinco semanas. Tinha estado seis dias sem conhecer ninguém e agora, que já podia sair de casa há quinze dias, estava muito mudada. Para Aliocha, que gostava de a olhar nos olhos, era mais simpático o seu rosto pálido e ligeiramente emagrecido, cujas feições revelavam a firmeza de resoluções razoáveis. Produzira-se no seu caráter uma transformação que garantia a estabilidade da pura e humilde determinação que tinha tomado. Entre as suas sobrancelhas surgira uma ruga vertical que dava ao seu semblante o encantador aspecto de reflexão concentrada, quase austera à primeira vista. Não restavam nem sombras da sua antiga ligeireza.

Aliocha surpreendia-se por nem a desgraça que pesava sobre a pobre moça, separada repentinamente do noivo por um crime horrendo, no momento em que pensavam casar, nem a sua grave doença, nem a sentença fatal que pendia sobre Mitya, tivessem podido consumir a chama da sua alegria juvenil. Os olhos dela, dantes tão orgulhosos, tinham uma expressão de suave doçura e só se inflamavam com um velho rancor, quando se apoderavam dela certos pensamentos, inquietantes como nunca e que provinham sempre da mesma recordação. Catalina Ivanovna tinha sido o contínuo pesadelo de Gruchenka nos seus dias de delírio. Aliocha sabia que os ciúmes a devoravam, se bem que a sua rival não tivesse visitado Mitya na cadeia, podendo fazê-lo à sua vontade. Tudo isso oferecia um sério problema a Aliocha, única pessoa em quem Gruchenka tinha confiança e a quem pedia conselho. O rapaz às vezes não sabia o que dizer.

Entrou cheio de ansiedade. Gruchenka voltara de visitar o seu irmão havia uma hora e ele percebeu a ansiedade com que o esperava ao ver a rapidez com que ela se levantou para o receber, abandonando na mesa de jogo as cartas com que se entretinha. No sofá de cabedal havia sido improvisada uma cama onde se encontrava meio reclinado Maximov. O pobre velho sorria com ar feliz, mas estava muito fraco e doente, a julgar pelo seu aspecto. O velho abandonado tinha voltado de Mokroe com Gruchenka e com ela continuava. Tinham chegado debaixo de uma chuva gelada e ele tinha-se sentado no sofá, encharcado, transido, e ficara a olhá-la com um sorriso mudo e desamparado. Gruchenka, transtornada pela dor e pela febre que começava a manifestar-se, andava de um lado para o outro sem sequer reparar no pobre velho. Daí a um bocado lembrara-se então dele e chamara Fenya para lhe trazer qualquer coisa de comer, e o pobre ficou todo o resto do dia no mesmo sítio, mal respirando.

Já de noite, quando toda a casa estava fechada e silenciosa, Fenya aproximara-se da patroa e perguntou:

— O senhor vai passar aqui a noite?

— Sim, prepara-lhe uma cama no sofá.

Mais tarde, falando com ele, Gruchenka ficara a saber que o velho não tinha onde abrigar-se.

— O senhor Kalganov, meu protetor, deu-me cinco rublos e disse que não me queria mais na sua companhia.

— Bem, Deus te abençoe, melhor estarás aqui — disse a atribulada mulher, sorrindo compadecidamente.

Lágrimas de agradecimento tremeram então nos olhos do pobre velho abandonado. Ficou então ali, não voltando a sair de casa nem por um momento. Enquanto Gruchenka esteve doente, Fenya e sua mãe, a cozinheira, tratavam dele sem o incomodarem. Depois a própria Gruchenka se acostumou à presença dele e o pobre velho era para ela uma companhia e um conforto, entretendo-a com as suas historietas que a distraíam dos seus cuidados. Não recebia nenhuma visita além de Aliocha e mesmo esse ia lá só à tarde e por pouco tempo.

O velho comerciante estava no entanto gravemente doente, nas últimas como as pessoas costumam dizer, vindo a morrer cinco dias depois do julgamento de Mitya. Três semanas antes, vendo que o seu fim se aproximava, mandou chamar a mulher e os filhos, pedindo-lhes que não o deixassem um só momento. Depois de estar com a família não queria a visita de Gruchenka, pedindo que lhe dissessem que lhe agradecia e lhe desejava longa vida e muitas felicidades. Gruchenka mandava todos os dias saber notícias dele.

— Por fim chegaste— gritou alegremente atirando com as cartas.

— E Maximuchka que me alarmava pondo em dúvida que viesses! Nem sabes como necessito de ti. Senta-te. Queres café?

— Sim, obrigado — disse Aliocha sentando-se à mesa. — Tenho verdadeiro apetite.

— Ainda bem. Fenya, Fenya, café — gritou Gruchenka. — Foi feito há pouco para ti. Traz também uns pasteizinhos bem quentes. Sabes que estes pastéis desencadearam hoje uma tempestade? Levei-os a Mitya e ele não os quis provar. Calcula que atirou um ao chão e o pisou. Eu então disse-lhe: deixá-los ao guarda e se daqui até à noite não os tiveres comido, isso prova que te alimentas apenas do veneno do teu rancor. E vim-me embora. Sempre que lá vou discutimos.

Gruchenka disse tudo isto no meio de grande agitação, quase sem respirar.

Maximov mexeu-se nervosamente no seu lugar e olhou para o chão, sorrindo.

— E por que se zangou ele hoje?

— Por causa do polaco. Imagina que lhe deu para ter ciúmes do polaco. Disse-me: Mas para que o ajudas? Estás então decidida a mantê-lo? Está sempre com ciúmes, sempre. Quando come e quando dorme. Eu tinha vergonha de repetir o que ele me disse.

— Mas ele já sabia do polaco?

— Sim. Aí é que está a graça. Ele sabia tudo desde o princípio e agora é que lhe deu para resmungar. É tonto! Quando eu vinha a sair entrava Rakitin. Talvez ele lhe aqueça os miolos. Achas que sim?

— O que eu sei é que ele te ama, te ama muito. Mas passa por momentos muito críticos e está muito atribulado.

— Bem sei. Amanhã o processo vai ser visto. E eu, não estou também atribulada? E o idiota pensa no polaco! Nem sei como não tem ciúmes de Maximuchka.

— A minha mulher tinha imensos ciúmes de mim — interrompeu Maximov.

— Ciúmes de ti? — disse Gruchenka rindo sem vontade. — E ciúmes de quem?

— Das criadas.

— Cala-te Maximuchka. Não estou agora para rir. E não deites esses olhares aos pastéis porque não tos dou. Faziam-te mal. E também não te dou *vodka*. Hei de tratar de ti como se a minha casa fosse um hospital.

— Não mereço as suas bondades. Sou uma criatura indigna — gemeu Maximov. — Seria melhor que pusesse a sua bondade ao serviço de pessoa mais útil que eu.

— Todos somos úteis para qualquer coisa, Maximuchka, sabe-se lá quem é de mais utilidade. Ah, se não fosse esse polaco, Aliocha! Precisamente hoje é que lhe passou pela cabeça adoecer. Fui vê-lo e vou mandar-lhe uns pastéis, não lhe mandaria nada, mas Mitya acusou-me disso e por isso vou mandar-lhos agora, para que aprenda! Ah! Aqui está Fenya com uma carta! Sim, é dos polacos! Lá voltam à mesma!

*Pan* Mussyalovitch dirigia-lhe com efeito uma carta muito extensa e grandiloquente pedindo-lhe três rublos, com um recibo assinado também por *pan* Vrublevsky, prometendo-lhe a devolução dessa soma no espaço de três meses. Gruchenka tinha já recebido muitas cartas daquele gênero durante os quinze dias que durava a sua convalescença. A primeira carta era quilométrica, estava escrita em papel largo com um vistoso cabeçalho e redigida em termos tão cheios de pomposa retórica, que Gruchenka a largou antes de ter chegado à metade e sem ter percebido nada. Não estava então para cartas. No dia seguinte recebeu outra em que *pan* Mussyalovitch lhe pedia um empréstimo de dois mil rublos por um prazo curtíssimo. Gruchenka deixou-a também sem resposta. As cartas foram aumentando cada vez mais, tornando-se sempre mais retóricas e pomposas. Mas as quantias pedidas foram diminuindo progressivamente, passando de dois mil para cem rublos, depois para vinte e cinco, dez e por fim apenas a um rublo com recibo e tudo, assinado por ambos os polacos.

Gruchenka sentiu então pena dele e foi visitá-lo nessa mesma tarde. Encontrou-os na maior miséria, sem pão, sem lume, sem dinheiro nem para cigarros e já com uma dívida ao dono da casa. Os duzentos rublos que tinham arrancado a Mitya haviam-se evaporado. Ficou no entanto surpreendida pela digna arrogância com que a receberam, o aprumo e a formalidade que mantiveram na sua conversa com ela. Gruchenka riu e entregou dez rublos ao seu antigo amante. Logo a seguir contou tudo a Mitya, sem despertar nele a menor manifestação de ciúme. Desde então tinha sido diariamente atacada com pedidos de dinheiro, aos quais ela atendia sempre com pequenas quantias. E hoje de repente dava-lhe para se mostrar espantosamente ciumento.

— Quando fui visitar Mitya passei por casa do polaco, que tinha adoecido. Foi só entrar e sair. Estava a contar isto a Mitya rindo. Calcula, disse eu, que o meu polaco teve a feliz ideia de agarrar na guitarra e cantar-me as canções de outrora. Se calhar pensa conquistar-me assim e enternecer-me. Não calculas o que ele disse... Pois vou enviar-lhes pastéis! Fenya, vê se aí está ainda a moça que trouxe a carta. Dá-lhe três rublos e embrulha uma dúzia de pastéis e manda-lhos. E tu, Aliocha, não te esqueças de dizer a Mitya que lhes mandei os pastéis.

— Por nada deste mundo lho direi — respondeu Aliocha, sorrindo.

— Ah, tu julgas que lhe davas um desgosto. Mas mostra-se ciumento só para fingir. Isso não o preocuparia — exclamou Gruchenka com amargura.

— A fingir? — perguntou Aliocha.

— És um tontinho, Aliocha; com todo o teu talento não percebes nada disto. Não são os ciúmes dele que me incomodam. O que me incomodaria é que ele os não tivesse. Eu sou assim. Os ciúmes dele não me ofendem. Tenho um coração a toda a prova. Também eu posso ser ciumenta, O que me ofende é ele não me amar e fingir que tem ciúmes. Estarei cega? Não vejo o que se passa? Está agora sempre a falar dessa mulher, de Catalina: que é assim ou assado, que mandou vir um médico de Moscovo para tentar salvá-lo, que chamou o melhor dos advogados, o mais célebre. Não há dúvida de que a ama e devia ter vergonha de estar sempre a elogiá-la diante de mim! Censura-me, maltrata-me, atira-me à cara a minha primeira falta: Tu que já andaste com esse polaco como te atreves agora a censurar-me se falo de Catalina? É isso que ele quer dizer. Eu digo que ele o faz de propósito, mas...

Não acabou. Levando o lenço aos olhos começou a soluçar violentamente.

— Ele não ama Catalina — respondeu Aliocha, convencido.

— Se a ama ou não, em breve saberei — disse Gruchenka num tom de ameaça, tirando o lenço dos olhos. Tinha a expressão alterada. Aliocha viu com tristeza que em vez de meiguice e serenidade, exprimia malquerença e rancor. — Basta de parvoíces — continuou ela logo a seguir. — Não foi por isto que te chamei. Aliocha querido, amanhã... que se irá passar amanhã? Só isto me atormenta! Olho para toda a gente e acho que ninguém pensa no caso. Não interessa a ninguém. Tu próprio pensas nisso? Como será o julgamento? Já sabes que foi o criado, foi o criado que o assassinou! Santo Deus! Será possível que o condenem em lugar do criado e que ninguém faça qualquer coisa para o impedir. Como é que ninguém o incomodou sequer?

— Submeteram-no a um minucioso interrogatório — disse pensativamente Aliocha — mas ficaram com a impressão geral de que não foi ele. Agora está muito doente, realmente doente desde aquele ataque de epilepsia.

— Meu Deus! Não poderias ir tu próprio falar com esse advogado e contar-lhe tudo? Veio de Petersburgo por três mil rublos, segundo dizem.

— Sim, demos-lhe três mil rublos. Ivan, Catalina e eu... mas ela pagou também dois mil rublos para trazer o médico de Moscovo. O advogado Fetyukovitch teria levado mais caro, mas como o caso é conhecido em toda a Rússia e se fala dele em todos os jornais, procura mais a glória pessoal e a notoriedade que o dinheiro. Vi-o antes de ontem.

— Bem, e então?

— Ouviu-me sem dizer uma palavra, e no fim respondeu-me que já tinha formado a sua opinião, mas que levaria em consideração as minhas palavras.

— Em consideração! Vão perdê-lo! E o médico? Para que veio o médico?

— Como perito. Para provar que Mitya está louco e que não era senhor dos seus atos quando cometeu o crime — disse sorrindo Aliocha. — Mas Mitya não quer aceitar essa solução.

— Sim, mas seria a única verdadeira no caso de ter sido ele — gritou Gruchenka. Estava louco nessa altura, completamente louco, e a culpa era minha, miserável que eu sou! Mas não foi ele que o matou! Ele não matou! Mas toda a gente está contra ele. Até as declarações de Fenya o acusam. E o empregado da loja, e as pessoas da taberna e a cidade inteira grita contra ele!

— Sim, há uma terrível acumulação de acusações — observou Aliocha tristemente.

— E Grigory... Grigory Vassilyevitch... agarra-se à sua história da porta aberta, afirmando que a viu assim... não há quem o consiga demover disso. Eu própria fui falar-lhe. E teimoso como só ele.

— É o testemunho mais terrível — disse Aliocha.

— E enquanto a loucura de Mitya, agora mesmo ela parece verdadeira — continuou Gruchenka com certo ar de ansiedade e de mistério. — Olha, Aliocha, há um certo tempo que desejava falar-te nisto. Ele fala constantemente e eu não consigo compreender o que diz. Pensava que ele falasse em qualquer coisa filosófica que eu na minha estupidez não pudesse entender, quando de repente me começa a falar de uma criança, de um menino de mama. Porque está na miséria a pobre criancinha, dizia. Por essa criancinha vou eu para a Sibéria. Não sou um assassino, mas devo ir para a Sibéria? Que significa essa criança? Não faço a mais pequena ideia. Mas chorei, porque ele dizia aquilo com muito sentimento. Chorava ele e eu. Depois beijou-me e abençoou-me com o sinal da cruz. Que significa isto, Aliocha? Quem será esse menino?

— Rakitin visitou-o recentemente... mas não, isso não é coisa de Rakitin... Ontem não o fui ver. Hoje vou lá.

— Não, não é Rakitin. Quem o transtorna é seu irmão Ivan Fedorovitch. Isto é efeito das visitas dele e não de outra coisa — e Gruchenka calou-se de repente, porque Aliocha a olhava com ar pasmado.

— Ivan foi lá? Foi lá vê-lo? Mas Mitya disse-me que não tinha lá estado!

— Cala-te! Cala-te! Oh que tola que eu sou! Falo sem saber o que digo. Olha, Aliocha, já que isto me escapou, vou dizer-te toda a verdade. Ivan foi vê-lo duas vezes: a primeira quando chegou de Moscovo, antes de eu adoecer; e agora outra vez, há uma semana. Pediu a Mitya que não te dissesse e que não contasse a ninguém. Vai lá em segredo.

Aliocha ficou absorto nos seus pensamentos. A notícia afetava-o no mais profundo da alma.

— Ivan não me falou no caso de Mitya — disse lentamente. — Nestes dois meses mal me falou. Quando vou vê-lo parece aborrecido com a minha visita, por isso não vou lá há três semanas. Hum... se esteve com Mitya a semana passada não devemos estranhar uma mudança nele.

— Notou-se uma mudança — assentiu Gruchenka com vivacidade. — Têm um segredo. O próprio Mitya me disse que tinham um segredo e de tal importância que não o deixa sossegar. Dantes estava contente e agora também o está, mas quando sacode a cabeça da maneira que tu sabes e começa a puxar o cabelo do lado direito e a passear pela cela, podes ter a certeza de que o aflige uma ideia má... Eu conheço-o bem!

— E dizes que está pesaroso?

— Sim, está pesaroso e contente ao mesmo tempo. Num momento está insuportável e logo a seguir fica alegre, para daí a pouco estar outra vez maldisposto. Olha, Aliocha, eu penso constantemente nele e admiro-o... Pende sobre ele uma coisa tão terrível e ainda consegue rir por qualquer disparate, como se fosse uma criança.

— E recomendou-te realmente que não me dissesses nada a respeito das visitas de Ivan?

— Sim, ordenou-me que nada te dissesse. Mitya receia-te principalmente a ti. Porque guarda um segredo: ele mesmo me disse que se tratava de um segredo. Aliocha, querido, vai saber qual é esse segredo e vem dizer-me — implorou ela. — Sabendo em que consistia a pior das calamidades que poderia cair sobre mim, o meu espírito ficaria tranquilo.

— Mas por que pensas que se refere a ti? Nesse caso não te teria falado de um segredo.

— Não sei. Talvez quisesse dizer-mo e não se atrevesse. Os três puseram-se de acordo para acabar comigo, pois Catalina é da conspiração. Tudo vem dela e isso explica que eu não saiba de nada. Trata-se de me porem de parte e arranjarem a coisa entre os três. Mitya, Catalina e Ivan Fedorovitch. Há tempo que quero fazer-te uma pergunta, Aliocha. A semana passada Mitya disse-me que Ivan amava Catalina Ivanovna, porque vai visitá-la com frequência. Enganou-me, não é verdade? Fala com franqueza.

— Não quero mentir-te! Creio que Ivan não ama Catalina Ivanovna.

— Oh! E isso mesmo que eu penso! Está a enganar-me descaradamente! E agora finge ter ciúmes para me poder atirar à cara o meu passado. E um estúpido, nem sequer sabe disfarçar os seus sentimentos; tu, que és tão sincero, já o ficas a saber... há de pagar-me! há de pagar-me! Tu crês que fui eu!, disse-me ele. Disse-mo! Censurou-me isso! Deus lhe perdoe! Espera que nos encontremos de cara a cara com Catalina no julgamento! Não mais direi uma palavra... e ficará tudo dito!

E voltou a chorar amargamente.

— O que eu posso dizer com toda a certeza, Gruchenka — replicou Aliocha levantando-se — é que ele te ama, te ama mais que a tudo no mundo e apenas a ti, Gruchenka. Sei-o. Sei-o. Também te garanto que não quero surpreender o segredo dele, mas que se mo revelar, lhe direi que prometi contar-to e voltarei logo aqui. Mas... creio que Catalina Ivanovna não tem nada a ver com esse segredo e que deve consistir em qualquer outra coisa. Tenho a certeza de que não é nada que diga respeito a Catalina Ivanovna. Até logo.

Aliocha apertou a mão de Gruchenka, que ficou ainda a chorar. Viu que as suas palavras consoladoras tinham dado pouco resultado. Tinha pena de a deixar naquele estado lastimoso, mas tinha pressa e muitas coisas para fazer.

# Capítulo 2
# O Pé Magoado

Antes de mais nada tinha de passar por casa da senhora Hohlakov, para onde se encaminhou rapidamente a fim de se despachar depressa e não chegar tarde demais à prisão. A senhora Hohlakov estava um pouco adoentada há três semanas; tinha um pé inchado e apesar de não querer estar de cama não saía do canapé que se encontrava no seu quarto. Foi ali que Aliocha a encontrou, envergando um encantador *deshabillé*. Aliocha reparou logo que a doença não impedia a senhora Hohlakov de cuidar da sua pessoa. Enfeites, laços e rendas não faltavam e ele adivinhava a razão de tudo isso, se bem que não desse importância a tais pensamentos, que não pecavam por frívolos. Durante os dois últimos meses, Perkotin, o jovem empregado, tinha-se tornado um assíduo visitante da casa.

Aliocha não ia ali há quatro dias e queria chegar depressa junto de Lisa, com quem tinha de falar, pois ela mandara-o chamar na véspera por algo muito importante que lhe interessava muito. Mas enquanto a criada o ia anunciar a Lisa, a mãe soube da sua chegada não se sabe como e mandou-lhe dizer imediatamente que fosse falar com ela durante um momento. Aliocha pensou que seria melhor aceitar o pedido da mãe, pois de contrário ela não pararia de mandar recado ao quarto de Lisa para que ele não se esquecesse de lhe ir falar. A senhora Hohlakov estava estendida no canapé, lindamente ataviada, se bem que naquele momento estivesse tomada de extrema agitação nervosa. Recebeu Aliocha com gritos de entusiasmo.

— Há séculos, verdadeiros séculos que o não via! Há uma semana inteira que não penso senão nisso! Mas há quatro dias que esteve aqui, na quarta-feira. Veio ver Lisa e queria entrar nas pontas dos pés para que eu não o ouvisse. Meu caro Alexey Fedorovitch, se soubesse que desgostos me traz essa filha! Mas já falaremos disso, já falaremos. Querido Alexey Fedorovitch, tenho em si uma confiança tão grande a respeito de Lisa. Desde que morreu o Padre Zossima — benzeu-se — considero-o um monge, se bem que esteja encantador com esse traje. Onde arranjou uma fazenda tão boa? Mas não é isso o que mais importa. Deixemos isso para depois... Desculpe que lhe chame às vezes Aliocha; uma velha como eu pode tomar essas liberdades — e sorriu com garridice — mas deixemos também isso de parte. O essencial é que não esqueça o que é importante... Recorde-mo você mesmo. Quando eu me afastar do que é importante faça-me lembrar, sim? Mas como vou eu agora saber o que é mais importante? Desde que Lisa revogou a sua promessa (a pueril promessa, Alexey Fedorovitch) de casar consigo (o senhor mesmo podia ver que era apenas o capricho de uma menina inválida agarrada a uma cadeira, graças a Deus agora já pode andar!) esse médico que Katya mandou vir de Moscovo para ver o seu desgraçado irmão, que há de ser amanhã... Mas por que falar de amanhã? Morro só de pensar em amanhã. Morro de curiosidade... Esse doutor esteve agora a ver Lisa... Paguei-lhe cinquenta rublos de visita. Mas não é isso, não isso que interessa, está a ver? Misturo tudo. Estou tão atordoada. E por quê? Não percebo. É horrível! Cada dia sou menos capaz de entender seja o que for. Tudo gira à minha volta. Receio aborrecê-lo e vê-lo ir-se embora sem me ouvir. Meu Deus! Mas que fazemos aqui sentados sem café? Júlia, Glafira: café!

— Obrigado, já tomei.

— E onde?

— Em casa de Agrafena Alexandrovna.

— Em casa de... dessa mulher? Ah! foi ela que perdeu todos. Por outro lado não sei, dizem que se tornou uma santa, se bem que tarde demais. Era melhor que tivesse sido antes. Agora de que lhe serve? Ah Alexey Fedorovitch, tenho tantas coisas para lhe dizer, que receio não lhe dizer nada. Esse horrível processo... Assistirei, custe o que custar; já estou a fazer preparativos. Far-me-ei conduzir numa cadeira; mas consigo manter-me de pé. Sabe que sou testemunha? Como hei de falar? Como hei de falar? É preciso prestar juramento, não é verdade?

— Sim, mas não creio que possa ir.

— Posso estar de pé. Ah, esse julgamento, esse ato selvagem! E depois vão todos para a Sibéria e alguns casam-se e tudo se precipita, se precipita e por fim... nada. Todos envelhecemos e morremos caminhando para a tumba. Bem! Como há de ser. Estou aborrecida. Essa Katya, *cette charmante personne,* frustrou as minhas esperanças. Agora quer seguir um dos seus irmãos para a Sibéria, o outro segui-la-á e viverá na cidade próxima, aborrecendo-se todos uns dos outros. Tudo isto me põe louca. E o pior de tudo é a publicidade. O caso foi relatado pelo menos um milhão de vezes em todos os jornais de Moscovo e de S. Petersburgo. Ah! Quer acreditar que numa dessas notícias me fazem passar pela querida de seu irmão? ... Não posso repetir a horrível palavra. Imagine! Imagine!

— É incrível! E onde está isso escrito? Que diz?

— Já lho mostro. Li-o ontem. Aqui está, é neste jornal de S. Petersburgo. Este jornal começou a publicar-se este ano. Como gosto de estar a par do que se passa tornei-me assinante. Assim é que me paga. Veja!

A senhora Hohlakov não estava propriamente transtornada, mas sim abatida.

A notícia estava escrita num tom realmente muito forte e devia tê-la incomodado bastante. Mas como ela não era capaz de deter a sua atenção em nada, daí a pouco já nem se lembrava do jornal.

Demasiado sabia Aliocha que o relato do sucedido havia aparecido por toda a Rússia e, Santo Deus, que enormidades ele lera a respeito de seu irmão, dos Karamázov em geral e de si mesmo, entre outros artigos mais ou menos bem informados. Um dos jornais dizia que ele, horrorizado pelo crime do irmão, tinha entrado para um mosteiro e se tinha feito monge; outro afirmava precisamente o contrário: que ele e o Padre Zossima tinham fugido do mosteiro deixando vazias as arcas da comunidade. O artigo que estava agora a ler tinha por título: O Caso Karamázov em Skotoprigonyevsky (era esse o nome da nossa pequena cidade). Era um breve relato em que não aparecia o nome da senhora Hohlakov nem de ninguém. Afirmava o articulista que o criminoso, cujo julgamento causava tão grande excitação, era um capitão reformado, um folgazão muito afeito a brigas, andava sempre metido em enredos amorosos, especialmente com certas senhoras que enlanguescem na solidão. Uma dessas senhoras, uma viúva lânguida que procurava parecer jovem se bem que já tivesse uma filha crescida, tinha-se enfeitiçado por ele ao ponto de, duas horas antes do crime, lhe ter oferecido três mil rublos para fugir com ela para as minas de ouro; mas o criminoso, julgando escapar ao castigo, preferiu matar o pai para obter os três mil rublos a ir para a Sibéria com os encantos já maduros da viúva. Terminava o artigo com imprecações violentas contra a maldade parricida e contra a recente abolição da escravatura. Satisfeita a sua curiosidade, Aliocha dobrou o jornal, devolvendo-o à senhora, que comentou sem o deixar falar:

— Deve a mim. Não há dúvida que sou eu, porque uma escassa hora antes daquilo que se passou, aconselhei-o a ir para as minas de ouro. E falam aí nos meus encantos já maduros, como se eu tivesse a culpa! Escreveu-o por despeito. Deus todo-poderoso lhe perdoe como eu lhe perdoo a ele... Adivinha quem é? Não? O seu amigo Rakitin.

— Quase adivinhava — respondeu Aliocha — apesar de não ter conhecimento de nada.

— Sim, foi ele, certamente que foi ele. Já sabe que o pus fora da minha casa? Conhece o que se passou... não?

— Bem sei que lhe disse para não voltar a aparecer aqui; mas o motivo não sei... pelo menos por si.

— Ah! Ele contou-lhe! E encheu-me de injúrias, não é verdade?

— Sim; mas ele não respeita ninguém. Aliás não me disse porque o mandou embora. Agora vemo-nos muito pouco. Já não somos amigos.

Então vou contar-lhe tudo. Tenho de confessar que foi uma coisa fatal, pois há um ponto em que talvez tenha de culpar-me. É uma coisa tão pequena, tão insignificante, que talvez não conte para nada. Olhe, meu filho — a senhora Hohlakov arqueou as sobrancelhas e um encantador e enigmático sorriso apareceu-lhe nos lábios — olhe, desconfia... Desculpe, Aliocha... Sou uma mãe para si... Não, não pelo contrário. Falo-lhe como se fosse ao meu pai... a mãe nada tem a ver com isto. Bem, é o mesmo que estar a confessar-me ao Padre Zossima, o mesmo; por alguma coisa disse que o considerava um monge. Pois bem, esse pobre rapaz, Rakitin (Deus me ajude! Não posso arreliar-me com ele; estou-o mas não muito) esse jovem sem senso apaixonou-se por mim. E eu não dei por isso até ao último momento. Ao princípio, faz agora um mês, começou a visitar-me com mais frequência, quase todos os dias; claro que já nos conhecíamos antes... Eu não desconfiava de nada... e de repente comecei a observar qualquer coisa que me surpreendia. Já sabe que há dois meses que recebo a visita desse encantador jovem Pyotr Ilyitch Perkotin, que é um modesto e excelente funcionário da nossa cidade. Já o tem encontrado aqui várias vezes e há de ter podido verificar que é um excelente e culto rapaz (não é da minha opinião?). Vem de três em três dias, não diariamente (ainda que me alegrasse vê-lo todos os dias), e sempre muito elegante. Gosto dos jovens talentosos e modestos como você, Aliocha; ele tem a cabeça de um homem de Estado e fala que é um encanto ouvi-lo. Farei todo o possível para que suba. É um futuro diplomata. Naquela noite terrível salvou-me da morte vindo ver-me. O seu amigo Rakitin, pelo contrário, sujava-me sempre as carpetes com as suas botas... Bem, começou finalmente a mostrar os seus sentimentos e um dia, ao despedir-se, apertou-me a mão com tal força, que logo a seguir começou a inchar-me o pé. Sempre que se encontrava aqui com Pyotr Ilyitch escarnecia dele por qualquer coisa: eu não fazia mais do que rir-me interiormente. Um dia estava eu aqui sentada... não estava recostada. Bem, estava aqui recostada quando entrou Rakitin e, calcule, me entregou uns versos que ele próprio tinha feito, inspirados no meu pé doente; isto é, descrevendo o meu pé. Espere um pouco... começam como? Um pezinho encantador, ou qualquer coisa parecida. Nunca fui capaz de recordar uma poesia. Tenho-a aqui.

Depois lha mostrarei. É uma coisa deliciosa, e não só a respeito do pé, pois desenvolve uma ideia moral que já esqueci; enfim, é próprio para um álbum. É claro que lhe agradeci e ele ficou muito contente. Ainda estava a elogiar a poesia quando entrou Pyotr Ilyitch, e ao vê-lo o poeta ficou sombrio como a noite. Compreendi que a chegada de Perkotin tinha sido inoportuna porque Rakitin queria dizer-me qualquer coisa depois de me dar a poesia. Tive esse pressentimento; mas entrou Pyotr Ilyitch e eu mostrei-lhe os versos sem dizer de quem eram. Estou convencida de que ele adivinhou quem era o autor, apesar de nunca o confessar, pois começou a criticar os versos e a rir-se deles. Calcule que disse: São maus versos feitos para os ceguinhos cantarem, por algum estudante de teologia. E com que veemência, com que veemência o disse! Então, em vez de rir, o outro encolerizou-se. Deus de piedade, disse de mim para mim, vai saltar-lhe aos olhos! Escrevi-os apenas para me divertir!, gritou Rakitin, considero que fazer versos degrada o homem... No entanto há boas poesias. Pushkin, por cantar os pés de uma mulher merece um monumento; mas eu compus os meus versos com um fim moral e você advoga a escravidão. Nem sequer tem ideia do que seja humanismo, disse, nem o menor sentido da cultura e daquilo que é moderno; o senhor é um retrógrado, um simples funcionário dedicado ao suborno. Eu comecei a gritar-lhe que se calasse e sabe uma coisa? Pyotr Ilyitch é um covarde. Adotou um ar cavalheiresco, olhou-o com certo sarcasmo, ouvi-o e exclamou: Não fazia a menor ideia... não teria dito isto se soubesse... Teria até elogiado os versos... os poetas são tão irritáveis... Enfim, troçou ele de uma maneira assolapada e segundo depois me disse sempre com sarcasmo. Eu pensava que era a sério. Mas estando recostada, como estou agora, fechei os olhos pensando se seria ou não conveniente despedir Rakitin por ter sido insolente para com um convidado meu, na minha própria casa. A cabeça andava-me à roda, à roda e eu sem saber o que dizer. Uma voz dizia-me: fala, e outra, não fales. E ao ouvir pela segunda vez a minha voz interior, gritei e desmaiei. Fez-se alarido, confusão. A seguir recuperei os sentidos e disse a Rakitin: É para mim um desgosto, mas devo dizer-lhe que não volte mais a minha casa. Assim o mandei embora! Compreendo que fiz mal. Mas foi um impulso. De qualquer modo deu-me abalo pois durante muitos dias chorei por se ter passado tal cena na minha casa, até que de repente o esqueci de todo. Isto foi há quinze dias. Desde então nunca mais aqui voltou e creio que não voltará. Ontem estava a pensar nisso quando abri esse jornal. Li o artigo e senti-me desfalecer. Quem poderia tê-lo escrito? Ele e só ele! Deve ter saído daqui, ido para casa e começado logo a escrever. Depois mandou o artigo para o jornal e publicaram-no. Foi há quinze dias, já vê. Mas, Aliocha, estou aqui a falar sem lhe dizer nada daquilo que queria. É terrível como as palavras me fogem da boca!

— Tenho grande interesse em chegar a tempo de ver o meu irmão — balbuciou Aliocha.

— Tem razão, toda a razão. Mas agora me lembro: o que quer dizer aberração?

— Que aberração? — perguntou Aliocha, pensativo.

— Uma aberração no sentido legal. Em que tudo é perdoado. O senhor, por exemplo, fazia qualquer coisa e era imediatamente absolvido.

— Que quer dizer com isso?

— Vou explicar. Essa Katya... Ah, é uma pessoa encantadora, encantadora; ainda não percebi é quem ela ama. Nunca consegui arrancar-lhe nada. E agora muito menos, que só me pergunta pela minha saúde e arranjou um tom para falar comigo... Bem... ah, é verdade, estava a falar de aberração. Esse médico veio. Sabe para que veio o médico? Sim, é verdade, já sabe... esse que descobre os dementes. Escreveu-lhe, não foi? Não, não foi o senhor. Foi Katya; Katya escreveu-lhe para o chamar. Bem, ouça, uma pessoa pode estar completamente sã e de repente ter uma aberração; pode estar senhor de todos os sentidos, saber o que faz e no entanto estar em estado de aberração. Não há dúvida de que Dmitri Fedorovitch sofreu uma aberração. Entrou a gritar: Dinheiro, dinheiro, três mil rublos! Dê-me três mil rublos. Depois foi-se embora e cometeu o crime. Não quero matá-lo!, dizia, e de repente matou-o. Por isso será absolvido, porque matou apesar de não querer fazê-lo.

— Mas se não foi ele quem matou? — gritou Aliocha cheio de impaciência e de ansiedade.

— Sim, já sei que foi Grigory quem matou.

— Grigory? — exclamou Aliocha.

— Sim, sim, estava caído onde Dmitri o deixou e, ao levantar-se, viu a porta aberta, entrou e matou Fedor Pavlovitch.

— Mas por quê?

— Num estado de aberração. Ao voltar a si, depois de perder o sangue da ferida que Dmitri lhe fez, sofreu uma aberração e foi cometer o crime. Ele diz que não e provavelmente não se recorda. Olhe, seria melhor, muito melhor, que Dmitri o tivesse matado. E deve ter sido ele, apesar de eu dizer que foi Grigory. Não é melhor ser um filho a matar o pai, não, eu não digo isso. Os filhos devem honrar os pais, mas é melhor que tenha sido ele, pois não tem de chorar por isso porque o fez num estado de inconsciência, ou tendo plena consciência, mas sem saber o que fazia. Deixe que o absolvam, o que é tão humano, e verá que proveitosas reformas serão introduzidas nos tribunais de justiça. Eu nada sabia, mas dizem que sucede isto há tempos. E quando ontem soube disto senti uma tal emoção que tive de o mandar chamar. Se o absolverem convido-o logo para vir comer comigo, convidarei também alguns amigos e brindaremos pela reforma dos tribunais. Não creio que seja perigoso. Além disso convidarei muitos amigos e se ele tiver alguma coisa poderão segurá-lo. Depois poder-se-á nomear juiz de paz ou qualquer coisa assim noutra cidade, pois aqueles que passaram por terríveis provas como esta são sempre os melhores juízes. E além disso, que nunca foi vítima de nenhuma aberração? O senhor, eu, todos temos passado por esse estado de aberração; temos disso abundantes exemplos: um deles está a cantar tranquilamente, sente-se incomodado, pega numa pistola, dá um tiro no primeiro que aparece e ninguém o culpa por isso. Há pouco li um caso semelhante e os médicos confirmaram-no. Os médicos estão sempre a confirmar. Confirmam tudo. Agora a minha Lisa anda a passar por uma crise de aberração. Ontem fez-me sofrer muito e antes de ontem o mesmo. Hoje, compreendi finalmente que é tudo devido a um estado de aberração. Oh! Como esta filha me inquieta! Creio que está completamente louca! Foi ela que o mandou chamar ou o senhor veio por sua deliberação?

— Foi ela que me mandou chamar e vou agora vê-la — disse Aliocha levantando-se decididamente.

— Ah, querido Alexey Fedorovitch! Talvez seja isto o mais importante! — gritou a senhora Hohlakov, começando a chorar. — Deus sabe como eu lha confio com toda a sinceridade e que não me importo que vá vê-la sem mo dizer antes. Mas perdoe se não posso confiar a minha filha com tanta facilidade a Ivan Fedorovitch, a seu irmão, ainda que eu continue a considerá-lo um perfeito cavalheiro. Mas imagine que ele veio falar com Lisa sem me dizer nada!

— Como? O quê? Quando foi? — perguntou Aliocha com a maior das surpresas, mas sem voltar a sentar-se.

— Vou-lhe contar. Talvez tenha sido para isso que eu o mandei chamar, embora já não o saiba bem. Ivan Fedorovitch visitou-me duas vezes desde a sua chegada de Moscovo. A primeira vez como amigo e a segunda porque soube que Katya se encontrava aqui. Eu não esperava que me visitasse com frequência sabendo o muito que tinha de fazer, *vous comprenez, cette affaire et la mort de votre papa*. Mas pouco depois vim a saber que tinha voltado aqui a casa, não a ver-me a mim, mas sim para falar com Lisa. Isso foi há seis dias e eu só vim a saber três dias depois, por Glafira, o que foi um grande golpe para mim. Chamei imediatamente Lisa que me disse, rindo-se: Julgou que estavas a dormir e entrou no meu quarto para perguntar pela tua saúde. Claro que foi isso que se passou. Mas a minha Lisa desgosta-me tanto. Há quatro dias, à noite, depois do senhor se ir embora, ela começou a gritar com um ataque de histerismo. Como é que esses ataques nunca me dão a mim? No dia seguinte outro ataque semelhante e outro ontem. Nessas alturas grita sempre o mesmo: Odeio Ivan Fedorovitch e não quero que o deixem entrar mais nesta casa! Fiquei aterrada e respondi: Com que pretexto negarei a entrada a tão excelente jovem? Excelente e ainda por cima infeliz, não é verdade? Ao ouvir isto ela começou a rir como uma selvagem... Mesmo assim alegrei-me, pois pensei que a tinha divertido e que assim se poderia evitar outro ataque, tanto mais de temer por ela se obstinar em negar a entrada a Ivan Fedorovitch, enquanto eu estava interessada em que ele entrasse, para lhe pedir uma explicação. Mas esta manhã, ao levantar-se, aborreceu-se com Júlia e deu-lhe uma bofetada. Que monstruosidade! E eu que sempre tratei tão bem as criadas! Uma hora mais tarde deitava-se aos pés da moça e pedia-lhe perdão. Depois mandou-me dizer que não queria ver-me, nem falar-me mais. Fui ao quarto dela e quando me viu começou a beijar-me e enquanto me beijava foi-me empurrando para fora de modo que não sei o que se passa. Agora, Alexey Fedorovitch, tenho postas em si as minhas últimas esperanças e por conseguinte a minha vida inteira está nas suas mãos. Só lhe peço que vá falar com ela e consiga que ela lhe conte tudo para depois me vir contar a mim, que sou mãe dela e que morro de desgosto com isto. Não posso resistir mais. Eu tenho paciência, mas posso perdê-la e então... algo de terrível se poderá passar. Ah! Meu Deus! — gritou, radiante de alegria, vendo entrar Perkotin. — Que tarde vem, que tarde! Bem, sente-se e conte, tire-me de inquietações. Que disse o advogado? Aonde vai o senhor, Alexey Fedorovitch?

— Vou ver Lisa.

— Ah, sim! Não esqueça, não esqueça o que lhe disse. É uma questão de vida ou de morte!

— Não o esquecerei e se puder... mas é tão tarde — balbuciou Aliocha, quase fugindo.

— Não, é necessário, é necessário que volte aqui, não diga se puder. Morreria se não o fizesse.

Mas Aliocha já tinha saído.

## Capítulo 3
## Um Diabinho

Encontrou Lisa sentada na sua antiga cadeira de inválida. A jovem não se moveu nem lhe estendeu a mão, mas cravou nele um olhar penetrante e nos seus olhos brilhantes, como que de febre, e na palidez do seu rosto, Aliocha viu a inquietante mudança que, em apenas três dias, se operara naquela natureza. Tocou nos descarnados dedos imóveis no regaço e sentou-se, contemplando-a em silêncio.

— Sei que tens pressa de ir à prisão e que a mamã te reteve mais de uma hora para falar-te de mim e de Júlia — disse Lisa, secamente.

— Como o sabes?

— Ouvi. Por que te admiras? Quando quero escutar, escuto. Não há nisso mal e não tenho por que desculpar-me.

— Alguma coisa te aflige?

— Pelo contrário, sou muito feliz. Estava precisamente a pensar pela terceira vez como fiz bem em repelir-te e negar-me a ser tua mulher. Tu não serves para marido. Se me casasse contigo e te desse uma carta para o meu primeiro amante, tenho a certeza de que irias levá-la e voltarias com a resposta. Aos quarenta anos chegarias a ditar-me os bilhetes amorosos.

E pôs-se a rir.

— Há em ti algo de perverso e simultaneamente ingênuo — disse Aliocha, sorrindo.

— A minha ingenuidade consiste em não envergonhar-me contigo. E o pior é que não sinto a necessidade de envergonhar-me contigo, precisamente contigo. Por que é, Aliocha, que não te respeito? Quero-te muito, mas não te respeito. Se te respeitasse não te falaria sem envergonhar-me, não é verdade?

— Não.

— Mas tu acreditas que não me envergonho?

— Não, não acredito.

Lisa voltou a rir nervosamente; falava muito depressa.

— Mandei doces ao teu irmão Dmitri Fedorovitch. Aliocha, sabes que és muito bonito? Amar-te-ei como uma louca por me teres permitido tão facilmente não te amar.

— Por que me chamaste, Lisa?

— Queria falar-te de um desejo que tenho. Gostaria de um homem que me maltratasse, que se casasse comigo e me maltratasse, me enganasse e me abandonasse. Não quero ser feliz.

— Estás apaixonada pela desordem?

— Sim, quero a desordem. Gostaria de incendiar a casa. Imagino-me arrastando-me e pegando fogo à casa sem fazer ruído; as pessoas correm a apagá-lo, mas fica tudo reduzido a cinzas. E eu sabendo-o e sem dizer nada. Ah, que estupidez! E como estou aborrecida!

Lisa fez uma careta de fastio.

— Isso é a tua vida regalada — declarou Aliocha, docemente.

— É então melhor ser pobre?

— Sim, é melhor.

— Isso foi o que os monges te ensinaram, mas não é verdade. Deixa-me ser rica e que todos os outros sejam pobres, e comerei doces e nata e não darei nada a ninguém. Ah, não me fales, não me digas nada! — E repeliu-o levantando uma mão, embora Aliocha não tivesse aberto a boca. — Já me disseste tudo isso, sei-o de cor. Estou farta. Se fosse pobre mataria alguém, e ainda que seja rica pode ser que também mate... Por que não fazer nada? Já sabes que gostaria de ceifar, de cortar o centeio. Casar-me-ei contigo e tu far-te-ás camponês; teremos um cavalo, eh? Conheces Kalganov?

— Sim.

— Anda sempre a viajar, a sonhar. Diz que é preferível sonhar a viver na realidade. Há sonhos deliciosos, enquanto a vida real é sempre um aborrecimento. Mas ele casar-se-á em breve por isso mesmo; anda a fazer-me namoro. Sabes jogar o pião?

—Sim.

— Pois ele é um pião. Precisa de girar, girar. Se me casar com ele, fá-lo-ei dançar toda a vida. Não te envergonhas de estar comigo?

— Não.

— Estás muito aborrecido porque não te falo de coisas celestiais. Não quero ser santa. Que farão no outro mundo ao maior dos pecadores? Tu estás bem informado a respeito dessas coisas.

— Deus repreender-te-á — respondeu Aliocha, olhando-a com severidade.

— Isso era o que eu queria, que me repreendessem, para rir-me na cara de todos. Gostaria imenso de pegar fogo à casa, Aliocha, à nossa casa. Ainda não acreditas?

— Por que não? Há crianças de doze anos que sentem o capricho de pegar fogo a qualquer coisa ou de atirar um objeto para o fogo. É uma doença.

— Não é verdade, não é verdade. Talvez haja crianças assim, mas não é isso que eu quero.

— Tu confundes o bem com o mal e isso é uma crise passageira, talvez o resultado da tua doença.

— O desprezo em que me tens! O que se passa é simplesmente que não desejo fazer o bem e quero fazer o mal, e isto nada tem a ver com a doença.

— Fazer o mal por quê?

— Para destruir tudo! Que bonito seria se tudo ficasse destruído! Olha, Aliocha, por vezes dá-me a ideia de causar um mal horroroso, de praticar uma grande maldade, mas disfarçadamente, para que quando o descobrissem já não houvesse remédio. Todos me apontariam a dedo e eu ficaria a olhar para eles. Seria tão bom? Por que seria tão bom, Aliocha? Não sei. É uma mania, esse desejo de destruir algo útil ou de incendiar. Tem acontecido.

— Não falo por falar, seria capaz de fazê-lo. Acredito.

— Ah, como te amo por dizeres que acreditas! E tu nunca mentes. Mas talvez penses que te digo isto só para irritar-te.

— Não, não penso tal coisa... Mas talvez também seja um pouco para isso.

— Tens razão. Nunca consigo enganar-te — afirmou ela, com um estranho brilho nos olhos.

O que mais surpreendia Aliocha era a sua sinceridade. Não havia nas palavras da jovem o mínimo rastro do bom humor ou da troça que tempos antes eram tão evidentes, até nos seus momentos mais sinceros.

— Há momentos em que se gosta do crime — murmurou pensativamente Aliocha.

— Sim, sim; expressas exatamente o meu pensamento, o crime agrada a todos, e agrada sempre, não há momento que valha. É como se o mundo se tivesse posto de acordo para mentir sobre isto, dizendo que odeia a maldade quando na verdade a ama, mas em segredo.

— Ainda lês obras obscenas?

— Sim. A mamã lê-as e eu roubo-lhas debaixo da almofada, onde as guarda.

— Não te envergonhas de destruir-te desse modo?

— É isso mesmo que eu quero, destruir-me. Olha esse rapaz que se lança sobre os carris quando passa o comboio. Como é feliz! Escuta: o teu irmão vai ser julgado por ter assassinado o pai e todos se alegram por ele o ter feito.

— Ter feito o quê, assassinado o pai?

— Sim, alegram-se, todos se alegram por isso! Todos dizem que é uma coisa horrível, mas, no fundo, estão muito contentes. Eu alegro-me sinceramente por todos.

— Há algo de verdade no que disseste — assentiu tristemente Aliocha.

— Oh, que ideias tu tens! — gritou Lisa, encantada. — E és tu um monge! Nem calculas o respeito que me inspiras, porque nunca mentes. Quero contar-te um engraçado sonho que tenho. Sonho muitas vezes com os diabos. É de noite, estou no meu quarto com uma luz e de repente vejo diabos por todos os lados, em todos os cantos, em cima da mesa; abrem a porta e atrás dela há uma legião de demônios que querem levar-me. Aproximam-se e, quando já me agarraram, eu benzo-me e afugento-os; mas não vão para muito longe, ficam ao pé da porta e pelos cantos, à espera. Então dá-me uma vontade espantosa de blasfemar contra Deus, e mal o faço, acodem todos em tropel, agarram-me de novo, eu benzo-me outra vez e eles tornam a fugir. E divertidíssimo; morrerias de riso.

— Já sonhei o mesmo — confessou Aliocha.

— Ah, sério? — gritou ela, surpreendida. — Não troces, Aliocha, porque isso tem uma importância enorme. É possível que duas pessoas diferentes tenham o mesmo sonho?

— Parece que sim.

— Digo-te, Aliocha, que isto é de grande importância — continuou Lisa, em tom de ameaça. O sonho é o menos, o importante é que tu tenhas sonhado o mesmo. Tu nunca me mentes e suponho que não mentirás agora. É verdade? Não estás a brincar?

— É verdade.

Lisa ficou tão emocionada que teve de guardar silêncio por algum tempo.

— Aliocha, vem ver-me, vem ver-me com mais frequência pediu de súbito, suplicante.

— Virei sempre, toda a minha vida — respondeu Aliocha, convicto.

— És o único com quem se pode falar — continuou ela. — Eu não falo com ninguém a não ser comigo mesma e contigo; só contigo, e contigo melhor do que comigo mesma. E não sinto nem ponta de vergonha contigo, nem ponta. Por que é que não sinto ponta de vergonha? Aliocha, é verdade que na Páscoa os judeus roubam uma criança e a matam?

— Não sei.

— Tenho por aí um livro que refere o processo de um judeu que roubou uma criança de quatro anos, lhe cortou os dedos de ambas as mãos e a cravou na parede, trespassando-lhe com pregos os pés e as mãos. Depois declarava que a criança morrera depressa, em menos de quatro horas. Isso era depressa! Dizia que o menino gritava, gritava sem cessar, e ele divertia-se ouvindo-o. É bonito!

— Bonito?

— Delicioso! Por vezes, imagino que fui eu quem o crucificou, O menino pende da parede, queixando-se, e eu sento-me diante dele, a comer abacaxi. Gosto imenso de abacaxi. E tu?

Aliocha ficou a olhar para ela sem responder. Notou que o rosto pálido da jovem se alterava e que tinha os olhos chamejantes.

— Olha, quando li isso do judeu, chorei toda a noite. Imaginava o pequeno... uma criança de quatro anos, já vês... chorando e gritando, enquanto eu me empanturrava de abacaxi. No dia seguinte, escrevi carta a certa pessoa, rogando-lhe encarecidamente que viesse ver-me. Veio e contei-lhe logo a história do menino e do abacaxi; contei-lhe tudo e disse-lhe que era bonito. Ele riu-se e declarou que, efetivamente, era muito bonito. Esteve aqui cinco minutos e foi-se embora. Desprezou-me? Diz-me, Aliocha, achas que me desprezou? — E Lisa endireitou-se, fixando nele os olhos muito abertos.

— Diz-me — perguntou Aliocha por sua vez, com grande interesse — chamaste essa pessoa?

— Sim.

— Mandaste-lhe uma carta?

— Sim.

— Só para lhe falar do menino?

— Não, não foi para isso. Mas quando o vi interroguei-o imediatamente a respeito do assunto. Ele respondeu, sério, e depois levantou-se e foi-se embora.

— Portou-se honradamente — murmurou Aliocha.

— E desprezou-me? Troçou de mim?

— Não, pois talvez ele mesmo acredite no abacaxi Também ele está agora muito doente, Lisa.

— Sim, devia acreditar — disse Lisa, com os olhos brilhantes.

— Não despreza ninguém — continuou Aliocha, — O que se passa é que não acredita em ninguém, e quem não acredita no próximo é natural que o despreze.

— Nesse caso despreza-me a mim, a mim?

— Sim, a ti também.

— Deus!... — E Lisa rilhou os dentes. — Quando se foi embora, a rir-se, senti que era bom ser desprezada. O menino, com os dedos cortados, é uma coisa bonita, e também é bonito desprezarem-nos...

E pôs-se a rir, com um nervosismo a que se misturava malícia.

— Bem vês, Aliocha, bem vês como eu sou... Aliocha, salva-me! — gritou arrebatadamente, saltando da cadeira e pegando-lhe em ambas as mãos. — Salva-me! A ninguém neste mundo posso dizer o que te disse. Disse-te a verdade, a verdade. Matar-me-ei, porque detesto tudo! Não quero viver, porque tudo me aborrece! Estou farta de tudo, de tudo! Por que não me amas nem um pouco, Aliocha?

— Mas eu amo-te! — respondeu Aliocha, afetuoso.

— E chorarias por mim, chorarias?

— Sim.

— E não por eu recusar-me a ser tua mulher, apenas por amor de mim?

— Sim.

— Obrigada. Só quero as tuas lágrimas. Os outros podem maltratar-me e espezinhar-me, todos, *todos sem exceção*. Porque eu não gosto de ninguém, ouves? De ninguém! Pelo contrário, odeio-os! — E, afastando-se dele, acrescentou: — Vai Aliocha, são horas de ires ver o teu irmão.

— Como posso deixar-te assim? — protestou Aliocha, alarmado.

— Anda, vai ver o teu irmão antes que fechem a cadeia, vai. Aqui tens o chapéu. Leva-lhe lembranças minhas, corre, corre.

E quase o empurrou para a porta. Aliocha voltou-se para contemplá-la com surpresa e pena quando notou que a jovem segurava uma carta, uma carta em sobrescrito selado. Leu a direção. Para Ivan Fedorovitch Karamázov. Olhou sobressaltado para Lisa. No rosto dela havia uma expressão de ameaça.

— Dá-lha, é preciso que lha dês! — ordenou, trêmula e fora de si. — Hoje mesmo, já, ou envenenar-me-ei! Foi por isso que te mandei chamar.

Fechou a porta com violência e correu o ferrolho por dentro. Aliocha meteu a carta no bolso e saiu sem lembrar-se de ir ao quarto da senhora Hohlakov. Assim que ele saiu, Lisa puxou o ferrolho, entreabriu a porta e empurrou-a com todas as suas forças, entalando um dedo. Depois voltou para a cadeira, sentou-se e ficou a olhar para o dedo enegrecido e para o sangue que brotava debaixo da unha. Os seus lábios tremiam, murmurando:

— És uma miserável, uma miserável, uma miserável!

# Capítulo 4
# Um Hino e um Segredo

Começava a escurecer quando Aliocha chegou à prisão; era tarde e os dias são muito curtos em novembro, mas sabia que o deixariam entrar. As coisas passavam-se na nossa cidade como em todo o lado: ao princípio, enquanto decorriam as últimas investigações, só a família e muito poucas pessoas tinham autorização para falar com o preso, e apenas depois de preencher as inevitáveis formalidades; com o passar do tempo fizera-se caso omisso de tudo isto em favor de certas visitas, às quais era dado o privilégio de falar com Mitya em *tête à tête,* na cela locutório.

Só Gruchenka, Aliocha e Rakitin eram tratados com tal deferência. O chefe da Polícia, Mikail Makarovitch, estava muito bem impressionado com Gruchenka, arrependia-se de tê-la ofendido e mudara completamente de opinião a respeito dela depois de conhecer a sua história. Quanto a Mitya, embora persuadido da sua culpabilidade, tendia a julgá-lo cada dia segundo um critério mais piedoso, vendo nele um bom coração levado ao crime pela bebida e pela ociosidade. Na sua alma, ao horror sucedera-se a pena, e no que respeita a Aliocha sempre o tratara com grande afeto e simpatia. Rakitin, que ia com frequência ver o preso, era íntimo das meninas do chefe da Polícia, como lhes chamava, e dava lições em casa do carcereiro, o qual, se bem que severo no cumprimento dos seus deveres, era uma alma de Deus. Aliocha estava em íntimas relações com o carcereiro, que gostava imenso de conversar com o jovem, especialmente sobre assuntos religiosos; o homem respeitava muito Ivan, mas temia a sua opinião, ainda que ele próprio fosse um grande filósofo, um pensador. Aliocha exercia sobre ele um atrativo irresistível; durante todo aquele ano dedicara-se ao estudo dos Evangelhos apócrifos e ia constantemente trocar impressões com o amigo. Quando chegava ao mosteiro, ficava a discutir horas inteiras com ele e com os monges. De modo que se Aliocha chegava tarde à prisão, encontrava todo o gênero de facilidades, e todos os guardas, do primeiro ao último, tratavam-no com tanto respeito como simpatia. A sentinela, vendo que os chefes o autorizavam, não via motivos para opor-se.

Já dissemos que Mitya recebia as visitas no locutório, a cuja porta Aliocha se encontrou nessa tarde com Rakitin, que acabava de despedir-se do preso. Ouvira-se falar em voz alta e notara que, enquanto Mitya ria espontaneamente, a voz do outro parecia um grunhido. Rakitin, que havia algum tempo evitava os encontros com Aliocha e o cumprimentava com secura, ao vê-lo naquele instante fez uma careta de irritação e voltou-se, como que distraído, para abotoar o casaco de peles. Depois pôs-se a procurar o chapéu de chuva.

— Parece-me que esqueço qualquer coisa minha — acabou por dizer.

— Cuidado, não vás esquecer qualquer coisa que seja do próximo — disse Mitya, rindo-se da sua própria graça.

Rakitin zangou-se no mesmo instante e gritou, trêmulo de ira:

— Guarda o conselho para a tua família, que vive do comércio de escravos, e não para Rakitin.

— Mas que tens tu? Era uma brincadeira! — surpreendeu-se Mitya. — Ao diabo! São todos o mesmo. — E voltou-se para Aliocha, designando Rakitin, que se afastava apressadamente. — Estava aqui sentado, a rir-se muito contente, e de repente põe-se a dar coices. Nem sequer olhou para ti. Zangaram-se de vez? Por que vens tão tarde? Ansiava ver-te. Mas não importa, agora falaremos.

— Por que vem ele com tanta frequência? São assim tão amigos? — perguntou Aliocha, fazendo um aceno de cabeça em direção à porta por onde Rakitin acabava de sair.

— Rakitin? Nem por isso... Amigo de um porco como ele? Considera-me um... biltre. Nunca compreendem uma brincadeira, são as piores das pessoas; incapazes de entender uma piada e com uma alma árida e fria; fazem-me lembrar as paredes da prisão quando me trouxeram para aqui. Mas é um rapaz inteligente. Bom, Alexey, acabou-se tudo para mim.

Dmitri sentou-se no banco e convidou Aliocha a tomar lugar a seu lado.

— Sim, é amanhã o julgamento. Mas estás assim tão desesperançado?

— De que estás a falar? — respondeu Mitya, olhando para ele quase desconcertado. — Ah! Do julgamento! Que vá para o diabo! Até agora não temos feito outra coisa senão falar a respeito desse julgamento, mas nada te disse do mais importante. Sim, amanhã é o julgamento; mas não pensava nisso ao dizer-te que está tudo acabado para mim. Por que me olhas com esses olhos perscrutadores?

— Em que pensas, Mitya?

— Nas ideias, nas ideias; é a única coisa. A ética! O que é a ética?

— A ética? — repetiu Aliocha, pensativo.

— Sim. Não é uma ciência?

— Sim... algo no gênero. Mas confesso que não sei explicar-te que espécie de ciência.

— Rakitin sabe-o. Rakitin sabe muitas coisas, diabo! Não será monge. Pensa ir para Petersburgo e dedicar-se à crítica no sentido mais elevado. Quem sabe, talvez faça carreira. São os tipos como ele que fazem carreira! Ao diabo os éticos! Acabaram comigo, Alexey, acabaram, homem de Deus! Gosto mais de ti do que de qualquer outra pessoa; o coração salta-me de alegria quando te vejo. Quem era Karl Bernard?

— Karl Bernard? — repetiu Aliocha, novamente surpreendido.

— Não, não é Karl. Espera, enganei-me. Cláudio Bernard. O que era ele? Um químico, ou quê?

— Deve ter sido um sábio — respondeu Aliocha. — Mas confesso que também não posso dizer-te grande coisa a respeito dele. Sei que era um sábio, mas não sei em quê.

— Pois que vá para o diabo! Eu também não sei. Provavelmente era um canalha. São todos uns canalhas. E Rakitin não tardará a ser mais um entre tantos; só pode dar em canalha. E outro Bernard. Oh, que nojo me fazem esses Bernard! Encontram-se por todo o lado.

— Mas, de que se trata?

— Quer escrever um artigo a meu respeito, sobre o meu caso, e iniciar assim a sua carreira literária. Diz que vem por isso.

Pretende provar certa teoria; quer chegar a esta conclusão: não teve outro remédio senão matar o pai, seduzido pelas circunstâncias que o rodeavam, etc. Contou-me tudo. Diz que vai dar-lhe um caráter socialista. Ao diabo! Por mim, dê-lhe o caráter que qui-ser, é o mesmo. Não pode suportar o Ivan, odeia-o; de ti também não gosta. Eu recebo-o porque é esperto, embora vaidoso como só ele. Ainda há pouco lhe dizia que os Karamázov não são uns biltres, e sim filósofos, pois todos os verdadeiros russos são filósofos, e que ele, apesar de ter estudos, longe de ser um filósofo, é um cretino. Riu-se com toda a sua malícia e eu disse-lhe: *in ideabus non est disputandum*. Não lhe disse bem? Sei alguma coisa dos clássicos, como vês! — E Mitya lançou uma das suas gargalhadas.

— E por que dizes que acabaram contigo? — perguntou Aliocha.

— Por quê?... Hum!... O caso é que... se vamos ao fundo da questão, custa-me perder Deus. Olha, Aliocha...

— Custa-te perder Deus?

— Imagina; cá dentro, nos nervos, na cabeça... quer dizer, esses nervos estão no cérebro... Ao diabo!... há umas fibras, umas fibras pequeníssimas desses nervos, que quando começam a vibrar... quer dizer, vais ver, eu olho para qualquer coisa e essas pequenas fibras põem-se a vibrar... e enquanto elas vibram, aparece uma imagem... a imagem não se forma num instante, não; passa algum tempo, um segundo... e então aparece algo como um momento... quer dizer, não é um momento... que o diabo leve o momento!... É uma imagem; isto é, um objeto ou uma ação, diabo! É por isso que vejo e que depois penso, por essas fibras, e não porque tenha uma alma ou porque tenha sido feito à imagem e semelhança de alguém. Tudo isso são parvoíces! Ontem Rakitin explicou-me tudo muito bem, irmão, e a mim só consegue dar-me volta à cabeça. É portentosa, Aliocha, essa ciência! Há de transformar o homem... segundo me pareceu... E, no entanto, custa-me perder Deus!

— De todos os modos, é uma grande coisa — disse Aliocha.

— Que me custe perder Deus? É a química, irmão, a química! Suas reverências nada podem fazer. Há que deixar passar a química. E Rakitin não ama Deus. Puf! Que amará ele? É esse o mal de que padece, mas oculta-o, mente, faz ver uma coisa por outra. E vais expô-lo assim nas revistas?, perguntei-lhe. Oh, bom, se o disser tão às claras não me publicarão, respondeu, pondo-se a rir. Que será do homem, insisti, sem Deus e sem imortalidade? Acaso não lhe será tudo permitido e não fará o que lhe der na gana? Fica sabendo, respondeu-me, que o homem inteligente faz tudo o que quer. Sabe sempre onde põe o pé. Mas tu escorregaste ao querer pô-lo, cometendo um crime, e vieste dar de cabeça na prisão. Atreveu-se a dizer-me isto mesmo, o porco! A outro qualquer tê-lo-ia corrido a pontapés, mas a ele escuto-o. Fala com muito sentido, e escreve bem. Na semana passada leu-me um artigo de que copiei algumas linhas. Aqui está.

Tirou do bolso um pedaço de papel e leu:

— Para chegar à solução deste problema, é absolutamente essencial que o homem fixe a sua personalidade em oposição à sua realidade. Entendes isto?

— Não, não entendo palavra — respondeu Aliocha, olhando fixamente para o irmão e esperando com curiosidade as suas palavras.

— Pois eu também não. É obscuro e confuso, mas culto. Diz que agora todos escrevem assim, por efeito das circunstâncias. Têm medo das circunstâncias. Também escreve poesias, o animal. Escreveu um elogio ao pé da senhora Hohlakov. Ah, ah, ah!

— Bem sei.

— Sabes? E conheces o poema?

— Não.

— Tenho-o comigo. Aqui está. Vou ler-to. Não imaginas... não to disse ainda, há toda uma história a respeito disto. É um canalha! Há três semanas começou a importunar-me, dizendo: Deixaste-te apanhar na armadilha, como um estúpido, por três mil rublos; mas eu vou deitar a mão a cento e cinquenta mil sem me custar nada. Vou casar com a senhora Hohlakov e comprar uma casa em Petersburgo. E contou-me que fazia a corte a essa senhora, a qual aos quarenta perdera o pouco juízo que tivera enquanto jovem. como é muito sentimental, disse-me, tirar-lhe o sumo. Quando casar com ela, levá-la-ei para Petersburgo e fundarei um jornal. Tremiam-lhe os lábios, à grande besta, e não era por causa da viúva, e sim pelos cento e cinquenta mil rublos. Acabou por fazer-me acreditar. Vinha ver-me todos os dias, dizendo que ela começava a corresponder-lhe. E no fim acabou por ser corrido. Perkotin tinha-se-lhe adiantado, ficando com o bolo. Bravo! Gostaria de dar um abraço a essa velha maluca por tê-lo posto na rua. Quando compôs esse romance, disse-me que era a primeira vez que sujava as mãos escrevendo poesia, mas que como o tinha feito para conquistar um coração, o fim justificava os meios, pois com o ouro da imbecil seria muito útil à sociedade. Têm sempre na boca a palavra sociedade para justificar todas as velhacarias! Todos os modos, acrescentou, a minha poesia é melhor que a de Pushkin, pois nela desenvolvo uma ideia culta. Compreendo que se julgue superior a Pushkin, se sendo um homem de talento não fez mais do que escrever sobre os pés do belo sexo. O que ele estava satisfeito com o seu romance! São uns tipos vaidosos! O título que pensava dar-lhe era: Na convalescença do pé inchado do objeto do meu amor. Que grande animal!

> *Um pezinho encantador, divino,*
> *Magoou-se, o pobre, de tão rígido!*
> *A ligá-lo correram os doutores,*
> *E à dona deixaram sem alívio.*
> *Não é, porém, o pé que me preocupa.*
> *(Tema nele tem de Pushkin a musa.)*
> *Não é o pé que temo, é a cabeça:*
> *Receio que perca de todo o tino!*
> *Pois à medida que o pé incha,*
> *Vai-se-lhe minguando o cérebro,*
> *Depressa, venha remédio portentoso,*
> *Que dos pés à cabeça a transforme!*

É um porco, um porco; mas está feito raposa, o velhaco! E, na verdade, aponta muito alto a sua ideia. Como ficou danado quando o puseram na rua! Como lhe rilhavam os dentes!

— Já se vingou — disse Aliocha — publicando uma nova sobre a senhora Hohlakov.

E contou a história do artigo.

— É dele, é dele — assentiu Mitya, franzindo o sobrolho. — Esse artigo escreveu-o ele!... Sei bem as injúrias que se escreveram contra Gruchenka, por exemplo... e também contra Katya... Hum!

E pôs-se a dar voltas pela sala, com ar desolado.

— Não posso ficar muito tempo, irmão — disse Aliocha, após uma pausa. — Amanhã será um dia terrível para ti, cumprir-se-á o juízo de Deus... Espanta-me ver-te andar de um lado para o outro, falando de não sei o quê...

— Não receies por mim! — replicou Mitya, acaloradamente. — Queres que te fale desse cão hediondo? Do assassino? Já falamos bastante a respeito dele. Não quero gastar mais saliva com o monstruoso filho da monstruosa Lizaveta. Deus há de matá-lo, verás! Que nojo!

Aliocha aproximou-se dele, muito agitado, e beijou-o. Os seus olhos cintilavam.

— Rakitin não compreenderia isto, mas tu compreendes tudo — continuou Mitya numa das suas exaltações. — Por isso ansiava a tua visita. Olha, há muito que queria dizer-te uma coisa, aqui, entre estas frias paredes, e nada te disse do que era mais importante, como se não tivesse tido tempo. Não quero esperar mais para abrir-te o meu coração. Meu irmão, nestes dois meses encontrei em mim um homem novo. Levantou-se em mim um homem novo. Estava escondido, e nunca o teria descoberto sem a ferida recebida de cima. E tenho medo! Não me importo de passar vinte anos nas minas procurando filões com uma picareta; disso não tenho medo nenhum. O que receio agora é que me abandone o homem novo que nasceu em mim; também nas minas, debaixo da terra, posso encontrar um homem de coração na figura de um condenado, de um assassino, e podemos ser amigos; mesmo ali, pode-se viver, amar e sofrer. É possível enternecer o coração de pedra de um condenado; esperar durante anos e arrancar por fim do fundo das trevas uma alma sublime; nele pode-se despertar um anjo, dele pode fazer-se um herói. Há muitos assim entre os presidiários, às centenas, e somos nós os responsáveis. Por que foi que naquele momento sonhei com a criança? Como aquele pobre menino está numa tão espantosa miséria? Isto para mim foi uma revelação. Irei para lá por essa criança, porque todos somos responsáveis por todos; por todas as crianças, grandes e pequenas. Todos são crianças. Irei por todos, pois alguém deve sofrer por todos. Não matei o meu pai, mas é necessário que vá e aceite o castigo. Tudo acode à minha imaginação entre estas frias paredes; imagino uma multidão de gente debaixo da terra, centenas de forçados de picareta nas mãos. Oh, sim! Arrastaremos grilhões e não teremos liberdade, mas da nossa grande aflição ressuscitaremos a alegria, sem a qual o homem não pode viver nem Deus existiria, já que é o dispensador de todos os gozos, que reparte como um privilégio. Ah! Como haveria o homem de desfazer-se em preces! Que seria de mim sem Deus, debaixo da terra? Rakitin pode rir-se! Se eles expulsarem Deus da superfície, nós defendê-lo-emos nos subterrâneos. É impossível viver sem Deus no fundo das prisões, mais impossível ainda do que na liberdade das ruas. E então nós, os homens subterrâneos, cantaremos nas trevas um hino de glória ao Deus da alegria! Louvado seja Deus e a sua alegria! Amo-o!

Mitya respirava ruidosamente ao chegar a este ponto do seu impetuoso discurso. Estava pálido, tremiam-lhe os lábios e lágrimas ardentes deslizavam-lhe pelas faces.

— Sim, a vida está na sua plenitude e até no seio da terra há vida — continuou. — Se soubesses, Alexey, como agora desejo viver, que sede de vida, de uma existência consciente despertou em mim entre estas paredes nuas! Rakitin não o entende. Só pensa em construir uma casa e em fazer planos. Como ansiava ver-te! E que significa o sofrimento? Não o temo, mesmo que seja insuportável. Não o temo agora como o temia antes. Olha, talvez não responda a nada no julgamento... E sinto em mim tal força que me creio capaz de passar por tudo, de sofrer tudo, desde que possa dizer, repetir para mim mesmo a cada momento: Existo. Atormentado por angústias... existo. Sofro as dores do potro... mas existo! Vejo-me sentado no patíbulo... Existo! Vejo o Sol, e se não o vejo, sei que brilha. Aliocha, meu anjo, todas essas filosofias me matam. Que vão para o diabo! O nosso irmão Ivan...

— Que há com Ivan? — interrompeu-o Aliocha, sem que Mitya se desse conta.

— Olha, nunca antes tinha tido estas dúvidas, mas germinavam em mim, e talvez para que não brotassem em mim as ideias entregava-me à bebida, ao deboche e à cólera. Queria sufocá-las, reduzi-las ao silêncio, aniquilá-las. Ivan não é como Rakitin; Ivan leva uma ideia na cabeça; mas é uma esfinge e cala-se, cala-se sempre. Deus é o que me preocupa, é o que me faz sofrer. E se não existe? E se Rakitin tem razão ao dizer que não passa de uma ideia dos homens? Então, se Ele não existe, o homem é o dono e senhor da terra, do universo. Magnífico! Mas como será virtuoso sem Deus? É esta a questão, e volto sempre ao mesmo: a quem amará o homem? A quem se mostrará agradecido? A quem cantará o hino? Rakitin ri-se. Rakitin afirma que se pode amar a humanidade sem Deus. Bom, só um idiota seria capaz de manter semelhante opinião. Eu não o compreendo. A vida é coisa fácil para Rakitin. Farias melhor pensando em alcançar os direitos sociais e em baixar o preço dos alimentos. Demonstrarás mais amor à humanidade através deste meio tão simples do que agitando a filosofia. Bom, respondi-lhe, é que tu, sem Deus, cuidarás mais de aumentar o preço dos alimentos, se tiveres ocasião, preocupado apenas com fazer um rublo de cada kopeck. Ele zangou-se. Mas, ao fim e ao cabo, o que é a bondade? Responde-me, Alexey. Eu tenho uma e o chinês tem outra; portanto, é algo relativo. Ou não? Não é relativo? Pérfida pergunta. Não te rias se te disser que me tirou o sono durante duas noites. Não sei como podem os homens viver sem pensar nisto. Vaidade! Ivan não acredita em Deus. Tem uma ideia. Não sei qual é. Ele cala-a. Creio que é franco-mação. Perguntei-lho, mas ele calou-se. Desejava beber da fonte da sua alma... mas tinha-a fechada. Só uma vez deixou escapar uma frase.

— Que disse? — perguntou Aliocha, vivamente.

— Perguntei-lhe se era tudo permitido. Franziu a testa e respondeu: O papá, Fedor Pavlovitch, era um epicurista, mas ainda tinha ideias retas. Foi tudo quanto disse. Mas vale mais isto do que o palavreado de Rakitin.

— Sim — concordou Aliocha, com amargura. — Quando o viste?

— Já falamos disso, ainda tenho uma coisa a dizer-te. Não te tinha falado de Ivan. Deixo-o para o fim. Quando tivermos saído de tudo isto e soubermos o veredicto dir-te-ei qualquer coisa; dir-te-ei tudo. Pensamos algo tremendo... E tu serás o meu juiz. Mas não me perguntes nada agora, cala-te. Falavas de amanhã, do julgamento; pois, queres crer que não me preocupa absolutamente nada?

— Falaste com o advogado?

— E para que me serve o advogado? Contei-lhe tudo. É um vaidoso, um tolo... um Bernard. Não acreditou em mim. Calcula que pensa que fui eu. No caso, perguntei-lhe, por que aceitou defender-me? Que os enforquem todos juntos. Também mandaram vir um médico, para provar que estou louco. Não quero passar por isso! Catalina Ivanovna quer cumprir o seu dever até ao fim, custe o que custar. — Mitya sorriu amargamente. — A gata! É uma fêmea cruel! Sabe que eu em Mokroe lhe chamei uma mulher infernal e vingativa; contaram-lho. Sim; as acusações contra mim são mais numerosas do que as areias do mar; Grigory aferra-se à sua declaração. Grigory é honrado, mas imbecil; muita gente é honrada porque é imbecil; esta é a opinião de Rakitin. A alguns mais valia tê-los por adversários do que por amigos. Refiro-me a Catalina Ivanovna. Tremo de medo, oh!, tremo ao pensar que contará como se inclinou até ao chão ao receber os quatro mil rublos, Não preciso do seu sacrifício. Deixar-me-á envergonhado diante de toda a gente. Não sei se poderei suportá-lo. Ouve, Aliocha, pede-lhe que não fale disso no julgamento, está bem? Mas... ao diabo tudo isso, não me importa! Irei para diante de qualquer modo. Não tenho pena dela. Ela é que tem a culpa e pela minha parte contarei o que sei. — Mitya voltou a sorrir. — Mas... mas, Grucha, Grucha! Bom Deus! Por que há de sofrer tanto? — exclamou, com lágrimas nos olhos. — Grucha mata-me; só de pensar nela sinto-me morrer, sinto-me morrer. Não há muito esteve comigo...

— Disse-me que te tinhas afligido...

— Eu sei. Este meu maldito caráter! Ciúmes. Estava muito triste, beijei-a quando se foi embora, e não lhe pedi perdão.

— Por que não o fizeste? — perguntou Aliocha.

Mitya lançou uma das suas joviais gargalhadas.

— Deus te livre, meu filho, de pedir perdão por uma falta à mulher que ames, sobretudo se a amares verdadeiramente, por muito grande que seja a tua falta. Quem diabo sabe o que pensa uma mulher? Eu conheço-as um pouco. Mas reconhece-te em falta ante uma mulher, diz-lhe: Lamento, perdoa-me, e verás como chovem sobre ti as recriminações! Nunca obterás dela um perdão simples e franco, humilhar-te-á até ao pó, recordará tudo sem esquecer a menor coisa, acrescentará algo de que ela própria tenha de culpar-se, e só então te perdoará. E isto no caso de ser uma das melhores. Irá buscar todos os desperdícios para lançá-los sobre a tua cabeça. Acharás sempre dispostos a esfolar-te vivo, asseguro-te, esses anjos sem os quais a vida nos seria impossível. Francamente, todo o homem decente deve encontrar-se debaixo do polegar de alguma mulher; tal é a minha convicção, ou pelo menos o meu sentimento. O homem deve ser magnânimo, e isso não deve envergonhá-lo, ainda que seja um herói, ainda que fosse César; mas nem por isso deve pedir perdão. Lembra-te do conselho que te dá Mitya, quando se vê perdido pelas mulheres. Não, é melhor que me reconcilie com Grucha de qualquer outra maneira, sem pedir-lhe perdão. Adoro-a, Alexey, adoro-a, e ela atormenta-me com o seu amor. Antes de conhecê-la, nada. Antes, eram as curvas diabólicas das mulheres o que me atormentava, mas agora foi a sua alma que se derramou toda na minha, fazendo de mim um homem novo. Deixar-nos-ão casar? Se não deixarem, matar-me-ão de ciúmes. Todos os dias imagino... Que te disse de mim?

Aliocha repetiu o que Gruchenka lhe dissera. O irmão escutava-o, fazia-o repetir algumas frases e parecia contente.

— Nesse caso, não lhe desagradou saber-me ciumento? É uma verdadeira mulher! Tenho um coração a toda a prova. Ah, como amo esses corações, embora não possa suportar que tenham ciúmes de mim. Não posso com isso! Discutiremos, mas amá-la-ei sempre, amá-la-ei imensamente, Deixar-nos-ão casar? Permitem que os forçados se casem? É essa a questão. Eu sem ela não posso viver...

E Mitya passeou pela cela de cenho franzido. Era quase noite. De súbito, voltou-se com uma expressão preocupada.

— Diz então que há um segredo? Pensa que preparamos uma conspiração contra ela e que Katya entra nessa conspiração. Não, minha boa Gruchenka, não há nada disso, enganaste-te completamente nas tuas imaginações de mulher. Aliocha, querido, seja! Vou revelar-te o segredo.

Olhou em torno, chegou-se quase ao ouvido de Aliocha, que se sentava diante dele e, com voz confidencial e misteriosa, embora ninguém pudesse ouvi-lo, já que o guarda ressonava num canto e os soldados da guarda estavam demasiado longe, sussurrou apressadamente:

— Vais saber o nosso segredo. Pensava revelar-to mais tarde; já sabes que nada decidiria sem ti, que és tudo para mim. Embora diga que Ivan é superior a nós, tu és o meu anjo, e segundo opinares, assim decidirei. Talvez tu sejas superior a Ivan. Olha, é um caso de consciência, um grave caso de consciência... o segredo é tão importante que não quis comprometer-me fosse ao que fosse sem primeiro falar contigo. De todos os modos, é muito cedo para decidir. Quando soubermos a sentença, decidirás da minha sorte. Não o faças já. Vou dizer-te; escuta, mas não decidas. Está quieto e cala-te. Não te vou dizer tudo, só vou dar-te uma ideia, nada de pormenores, mas guarda-a sem uma palavra. Nem uma pergunta, nem um gesto. Concordas. Mas, Deus!, que farei com os teus olhos? Receio que os teus olhos me revelem a tua opinião, ainda que não fales. Oh, tenho medo! Escuta, Aliocha! Ivan propõe a minha fuga. Não te direi como, isso decidir-se-á depois. Sssht! Não digas nada. Iria para a América com Grucha. Bem sabes que não posso viver sem ela! E se não a deixassem acompanhar-me para a Sibéria? Permitirão que os forçados se casem? Ivan pensa que não. E que faria eu sem Grucha, nas minas? Destroçaria a cabeça contra uma rocha! Mas, por outro lado, e a minha consciência? Teria de fugir ao castigo. Ouvi uma voz vinda do céu e desprezei-a; abriu-se-me um caminho de salvação e volto para trás. Ivan diz que com boa vontade um homem pode ser mais útil na América do que nas minas. E que seria do nosso hino subterrâneo? América! O que é a América, senão vaidade? Suponho que também na América devem abundar os aldrabões. Teria que fugir da cruz! Digo-to, Alexey, porque és tu o único capaz de compreender isto. Ninguém mais. Para todos os outros são parvoíces, loucuras, o que te disse a respeito do hino. Dizem que perdi a cabeça, que sou um louco, mas não perdi a cabeça nem estou louco. Também Ivan compreendeu isso do hino; compreendeu, mas não respondeu... não disse nada. É porque não acredita no hino. Não fales, não fales. Bem vejo como me olhas. Já formaste a tua opinião. Não ma digas, espera! Não posso viver sem Grucha! Espera até depois do julgamento!

Mitya estava fora de si. Agarrou Aliocha pelos ombros e, olhando-o com olhos inflamados, repetiu-lhe em tom de súplica:

— Permitem que os forçados se casem? Permitem?

Aliocha escutava-o comovido, angustiado.

— Diz-me uma coisa — perguntou. — Ivan está muito empenhado nisso? De quem foi a ideia?

— Dele, dele, e está muito empenhado. Ao princípio não vinha ver-me; depois, há uma semana, veio, e falou-me disto. Está muito empenhado. Não aconselha, ordena-me que fuja, e não duvida de que lhe obedecerei, embora lhe tenha posto todos os reparos que te manifestei e lhe tenha falado do hino. Mas deixemos isso para depois. Está firme no seu propósito. É tudo uma questão de dinheiro: comprará a minha fuga por dez mil rublos e dar-me-á vinte mil para que vá para a América. Diz que com dez mil rublos poderemos simular magnificamente uma fuga.

— E recomendou-te que nada me dissesses?

— Que nada dissesse, e muito menos a ti; que nada te dissesse. Receia que te ponhas à minha frente, como a consciência. Não lhe digas que te falei nisto; não lho digas, por nada do mundo.

— Tens razão — concordou Aliocha. — Nada pode decidir-se antes de ser conhecida a sentença. Depois, tu mesmo decidirás. O homem novo que há em ti decidirá.

— Um homem novo, ou um Bernard que decidirá à la Bernard; porque creio que não passo de um vil Bernard — disse Mitya, com uma expressão de amargura.

— Mas, irmão, não tens esperança de sair absolvido?

Mitya encolheu os ombros e abanou a cabeça.

— Aliocha, querido — apressou-se depois a dizer — são horas de te ires embora. Ouço o carcereiro no pátio, não tardará em estar aqui. É tarde e violamos o regulamento. Abraça-me, dá-me um beijo. Faz sobre mim o sinal da cruz, dessa cruz que amanhã terei de carregar.

Os dois irmãos abraçaram-se e beijaram-se.

— Ivan — disse Mitya, de súbito — aconselha-me a evasão; mas, é claro, considera-me culpado. — E um triste sorriso apareceu nos seus lábios.

— Perguntaste-lhe se é isso que pensa? — quis saber Aliocha.

— Não, não lho perguntei. Queria fazê-lo, mas não fui capaz. Não tive coragem. Mas li-o nos seus olhos. Bom, adeus!

Beijaram-se de novo e Aliocha já saía quando o outro o chamou.

— Olha-me nos olhos. Assim, muito bem, E agarrou-o novamente pelos ombros. Empalideceu tão intensamente que Aliocha pôde notá-lo na escuridão que os envolvia; tremiam-lhe os lábios e os seus olhos estavam cravados nos do irmão. — Aliocha, diz-me a pura verdade, como se estivesses diante de Deus. Acreditas que fui eu quem o matou? No teu foro íntimo, só para ti, acreditas? A verdade, não mintas! — gritou com desespero.

Aliocha sentiu como que uma punhalada em pleno coração e como se tudo se desmoronasse sobre a sua cabeça.

— Oh! Que perguntas! — disse, desfalecido.

— A verdade, toda a verdade, não mintas! — insistiu Mitya.

— Nunca, nem um só instante acreditei que fosses tu o assassino! — respondeu Aliocha com voz rouca e entrecortada, levantando a mão direita e tomando Deus por testemunha.

Uma luz de beatitude espalhou-se pelo rosto de Mitya.

— Obrigado! — disse, cansadamente, com um suspiro doloroso. — Acabas de devolver-me a vida. Acreditas que até agora tinha medo de to perguntar? E a ti, a ti! Bom, vai! Deste-me coragem para amanhã. Deus te abençoe! Anda, vai! Ama Ivan! — acrescentou Mitya.

Aliocha saiu a chorar. O desespero de Mitya, a sua desconfiança até para com ele, punham-no de súbito à vista do abismo de dor que havia na alma do irmão e que o deixava transido de pena, esmagado pela piedade. O aço do punhal removia-se no seu destroçado coração, recordando-lhe as palavras de Mitya: Ivan. Era a casa de Ivan que se dirigia. Durante todo o dia pensara em ver Ivan, que o preocupava tanto como Mitya, e agora mais do que nunca.

## Capítulo 5
## Tu, Não!

A casa de Catalina Ivanovna ficava-lhe no caminho para a de Ivan, e, avistando luz, Aliocha deteve-se e resolveu entrar. Havia mais de uma semana que não a via e pensou na possibilidade de encontrar Ivan com ela, sendo a véspera do tremendo dia. Na escada, tenuemente iluminada por uma lâmpada chinesa, encontrou um homem que descia e em quem reconheceu o irmão, o qual, pelos vistos, acabava de despedir-se de Catalina Ivanovna.

— Ah, és tu! — disse Ivan, secamente. — Adeus! Vais vê-la?
— Sim.
— Não to aconselho. Está muito excitada e acabarás de transtorná-la.
Abriu-se uma porta no patamar e logo a seguir uma voz gritou:
— Não, não! Alexey Fedorovitch foi vê-lo?
— Sim, acabo de estar com ele.
— Encarregou-o de alguma coisa para mim? Suba, Aliocha. E você, Ivan, é necessário que suba também, é necessário. Ouve?

Havia uma nota tão imperiosa na voz de Katya que Ivan, depois de hesitar um instante, resolveu acompanhar Aliocha.

— Estava à escuta — murmurou com ira, e não tão baixo que Aliocha o não ouvisse. — Permita que fique com o sobretudo — disse, ao entrar no salão. — Não me sento, ficarei apenas um instante.

— Sente-se, Alexey Fedorovitch — convidou Catalina Ivanovna, permanecendo ela de pé. Mudara pouco naquelas semanas, mas os seus olhos negros tinham um brilho sinistro, e Aliocha recordava mais tarde que naquele momento a sua beleza o impressionara de um modo especial. Que tem a dizer-me da parte dele?

— Só uma coisa — respondeu Aliocha, olhando-a de frente. — Que se abstenha de falar no julgamento do que... — estava um pouco atrapalhado — ...do que se passou entre os dois... quando se conheceram... naquela cidade.

— Ah! Que me inclinei até ao chão por aquele dinheiro! — E lançou uma gargalhada cheia de fel. — Mas receia por mim ou por ele? Pede que me abstenha? Quem deve abster-se, ele ou eu? Diga-me, Alexey Fedorovitch!

Aliocha esforçava-se por descobrir-lhe a intenção, por compreendê-la, e respondeu suavemente:

— Os dois, você e ele.

— Gosto disso — exclamou ela, num tom de malícia disfarçada. De súbito corou e disse, ameaçadora: — Ainda não me conhece, Alexey Fedorovitch. Nem eu mesma me conheço. Talvez amanhã, depois do meu depoimento, deseje espezinhar-me.

— O seu depoimento será honesto — respondeu Aliocha. — É tudo quanto desejo.

— As mulheres perdem a honestidade com frequência — disse ela entre dentes. — Ainda não há uma hora pensava no espanto de tocar esse monstro... como se fosse um réptil... mas não; ainda é um ser humano para mim. Foi ele? Foi ele o assassino? — gritou de súbito, agitada e voltando-se para Ivan.

Aliocha adivinhou no mesmo instante que aquela pergunta já antes a fizera a Ivan, mais de cem vezes, até que se tinham zangado.

— Fui ver Smerdyakov... Você, você convenceu-me de que foi Mitya quem matou o pai, Eu só acreditei em si — continuou, dirigindo-se sempre a Ivan com um vago sorriso. O tom da sua voz impressionou Aliocha, que não imaginava uma tão grande intimidade entre ambos.

— Bom, basta — disse Ivan, cortando a conversa. — Vou-me embora. Ver-nos-emos amanhã. — E saindo da sala desceu rapidamente a escada.

Catalina Ivanovna segurou Aliocha com ambas as mãos e ordenou-lhe, imperiosa no gesto como nas palavras:

— Siga-o até o alcançar e não o deixe por um momento que seja. Está louco! Não vê que está louco? Tem febre, uma excitação nervosa, Foi o médico quem o disse. Vá, corra atrás dele...

Aliocha levantou-se e correu atrás de Ivan, que não lhe levava mais de cinquenta passos de avanço.

— Que queres? — perguntou Ivan, voltando-se ao ver que Aliocha o seguia. — Disse-te para me acompanhares porque estou louco. Já sei a cantiga de cor — acrescentou, irritado.

— Nisso enganava-se, mas tem razão ao afirmar que estás doente — respondeu Aliocha. — Estive a olhar para a tua cara, Ivan. Estás muito mal.

Ivan continuava a andar, sem se deter. Aliocha seguia-o.

— E tu sabes, Alexey Fedorovitch, como é que um homem enlouquece? — perguntou Ivan num tom calmo, sem laivos de irritação, como se quisesse satisfazer a sua curiosidade.

— Não. Creio que há muitas espécies de loucura.

— E poderá alguém aperceber-se de que está a perder a razão?

— Creio que o doente não pode ver claro em tais circunstâncias.

Ivan calou-se. Depois disse, repentinamente;

— Se queres falar comigo, muda de assunto.

— Ah! Antes que me esqueça... tenho uma carta para ti — murmurou timidamente Aliocha, tirando a carta do bolso e entregando-a a Ivan. Este reconheceu a letra à luz de um candeeiro.

— Oh! Daquele diabinho! — riu-se e, sem abrir o sobrescrito, começou a rasgá-lo, atirando fora os pedaços. — Ainda não tem dezesseis anos, creio, e já se oferece — acrescentou com desprezo, apressando o passo.

— Que dizes? Oferece-se? — exclamou Aliocha.

— Digo que se entrega como poderia fazê-lo uma mulher lasciva.

— Não digas isso, Ivan, não o digas! — repreendeu-o sumidamente Aliocha, num tom de pena. — É uma criança; estás a ofender uma criança! Está doente, muito doente também, talvez em perigo de ficar louca... Esperava que me dissesses qualquer coisa... que pudesse salvá-la.

— Nada tenho a dizer-te. Se é uma criança, não serei eu a sua ama seca. Deixa-me, Alexey. Não me fales dela. Tenho outras coisas em que pensar.

Caminharam em silêncio durante algum tempo. Depois Ivan continuou, irritado e mordaz:

— Vai passar toda a noite a pedir à mãe de Deus que lhe inspire a conduta a adotar amanhã no tribunal.

— Falas de... Catalina Ivanovna?

— Sim. Rezará para que se lhe alumie a alma e veja se deve perder Mitya ou salvá-lo. Como se não pudesse decidi-lo por si mesma; como se lhe tivesse faltado tempo para pensar bem. Toma-me pela sua ama seca e quer que a embale.

— Catalina Ivanovna ama-te, irmão — avisou Aliocha tristemente.

— Talvez sim; mas não consegue entusiasmar-me.

— Ela sofre. Por que motivo... por vezes... lhe deste esperanças? — perguntou Aliocha, hesitante. — Eu sei que lhe deste motivos para confiar. Perdoa que te fale com tanta franqueza.

— Não consigo conduzir-me para com ela como deveria... acabando de uma vez para sempre e dizendo-lho abertamente — respondeu Ivan, irritado. — Esperarei que se cumpra a sentença que pende sobre o assassino. Se rompo agora com ela, vingar-se-á amanhã, perdendo esse canalha, a quem odeia com toda a sua alma. Tudo isto não passa de uma farsa, uma farsa! Enquanto eu me mantiver a seu lado, não perderá esse monstro, sabendo como sabe que não quero prejudicá-lo. Oh! Quando se pronunciará essa sentença!

As palavras assassino e monstro repercutiram-se dolorosamente no coração de Aliocha.

— Mas como pode ela perder Mitya? — perguntou, admirado com esta afirmação de Ivan. — Que pode dizer que cause a sua ruína?

— Tu ainda não sabes tudo. Possui um documento do punho e letra de Mitya, o qual prova evidentemente que foi ele quem matou o pai.

— É impossível — gritou Aliocha.

— Impossível por quê? Eu próprio o li.

— Não pode existir tal documento! — insistiu Aliocha, acaloradamente. — Não pode existir, porque não foi ele o assassino. Não foi ele quem matou o nosso pai, não foi ele!

Ivan deteve-se bruscamente.

— Nesse caso quem, segundo tu, o matou? — inquiriu com fingida frieza e certa arrogância.

— Sabes perfeitamente quem — replicou Aliocha, duramente.

— Quem? Vens-me agora com o mito desse idiota, desse imbecil epilético, Smerdyakov?

Aliocha sentiu que um estremeção o sacudia dos pés à cabeça.

— Tu sabes quem — repetiu desalentado, sem ânimo para dizer mais.

— Quem? Quem? — gritou Ivan, furioso, sentindo que as forças o abandonavam.

— Eu sei apenas uma coisa — disse Aliocha, num sussurro. — Que *tu não* mataste o papá.

— Que eu não... Que significa isso de *tu não?* — perguntou Ivan, aniquilado.

— Não foste tu quem matou o nosso pai; tu, não! — repetiu com firmeza Aliocha.

Seguiu-se um momento de silêncio.

— Bem sei que não fui eu. Deliras? — respondeu Ivan, pálido, sorrindo torcidamente e cravando os olhos em Aliocha, iluminado nessa altura pela luz de um candeeiro.

— Não, Ivan. Tu mesmo disseste muitas vezes que eras o assassino.

— Quando disse isso? Eu estava em Moscovo... Quando disse isso? — gaguejou Ivan, exasperado.

— Disseste-o a ti mesmo muitas vezes, quando estavas sozinho, durante estes dois meses terríveis — afirmou Aliocha, com a mesma doçura e convicção. Parecia falar como obedecendo a um impulso irresistível, muito longe da sua vontade. — Acusaste-te a ti mesmo confessando-te assassino, tu e ninguém mais. Mas tu não mataste. Enganas-te, não és tu o assassino. Ouves? Não és tu. Deus manda-me dizer-to.

Guardaram silêncio, um silêncio que durou um minuto. Continuavam parados, olhando-se mutuamente.

Estavam ambos pálidos. De súbito, Ivan, acometido de um tremor estranho, agarrou Aliocha por um ombro e murmurou, com rancor:

— Tu entraste no meu quarto! Estiveste lá de noite, quando ele vem... Diz-me a verdade... viste-lo, viste-lo?

— A quem te referes... a Mitya? — perguntou Aliocha, desconcertado.

— Não; não me nomeies o assassino! — rugiu Ivan. — Sabes que me visita? Como o sabes? Fala!

— Mas quem? Não sei de quem falas! — balbuciou Aliocha, que começava a alarmar-se.

— Sim, sabes... ou talvez não. Como poderias? É impossível que o saibas.

Conteve-se de súbito e pareceu refletir. Um esgar estranho crispou-lhe os lábios.

— Irmão — disse Aliocha, com voz trêmula — digo-to porque sei que acreditarás em mim. Repito-te de uma vez por todas que não foste tu. Ouves? De uma vez por todas! Deus inspirou-me para que to dissesse, ainda que tenhas de odiar-me a partir deste momento.

Mas entretanto já Ivan conseguira dominar-se.

— Alexey Fedorovitch — disse, sorrindo friamente — não suporto os profetas nem os epiléticos... especialmente se vêm com mensagens de Deus. Bem o sabes. A partir deste instante ficam desfeitas as nossas relações e talvez para sempre. Peço-te que me deixes; estás no caminho de tua casa. Sobretudo, guarda-te bem de vir ver-me hoje. Ouves?

E, fazendo meia volta, afastou-se com passo firme, sem olhar para trás.

— Irmão! — gritou-lhe Aliocha. — Se te acontecer alguma coisa, avisa-me primeiro que a qualquer outra pessoa.

Não obteve resposta e permaneceu debaixo do candeeiro até que Ivan se sumiu nas trevas. Retomou então o caminho de sua casa. Nenhum dos dois vivia na que pertencera ao pai. Aliocha alugara um quarto a uma família de trabalhadores e Ivan instalara-se numa casa magnífica, propriedade de uma viúva rica, onde vivia tratado por uma velha surda e reumática que se deitava às seis da tarde e se levantava às seis da manhã. Ivan tornara-se muito indiferente às comodidades, preferindo-lhes o prazer que encontrava na sua solidão; fazia tudo no seu quarto de estudo, sem quase nunca aparecer nas outras divisões da casa.

Chegou diante da porta e, já com a corrente da campainha na mão, deteve-se para aquietar uma sensação de cólera que lhe invadia a alma. De súbito, largou a corrente, voltou a correr para a rua e dirigiu-se apressadamente no sentido contrário do que o levara até ali.

Caminhou quase duas milhas, até uma pequena casa de madeira que mais parecia uma barraca, onde nessa altura vivia Maria Kondratyevna, a vizinha que ia comer sopa a casa de Fedor Pavlovitche a quem Smerdyakov fizera tantas serenatas com a sua guitarra. Vendera a casinha onde morava e vivia ali com a mãe e com Smerdyakov, que não abandonara desde que lhe morrera o amo e que estava gravemente doente. Era ele quem Ivan procurava, levado por um impulso irresistível.

## Capítulo 6
## Primeira Entrevista com Smerdyakov

Era a terceira vez que Ivan procurava Smerdyakov desde o seu regresso de Moscovo. A primeira visita fizera-a no dia da sua chegada; quinze dias depois voltara a vê-lo, dando por terminadas as suas entrevistas, de sorte que havia mais de um mês que não via o criado nem tinha notícias dele.

Ivan chegara cinco dias após a morte do pai e no dia seguinte ao enterro, a que não pudera assistir. A causa deste atraso fora o fato de Aliocha ignorar a sua direção. O órfão pedira a Catalina Ivanovna que se encarregasse de telegrafar-lhe, e ela, ignorando também onde se alojava Ivan, enviara o telegrama à irmã e à tia, pensando que ele iria vê-las mal chegasse a Moscovo. Mas ele só o fizera quatro dias após a sua chegada. Quando lhe mostraram o telegrama, apressara-se a tomar o primeiro comboio de regresso à nossa cidade, sendo Aliocha a primeira pessoa que encontrara, e ficando grandemente surpreendido ao ver que o irmão contrariando a opinião geral, não tinha a mínima dúvida sobre a inocência de Mitya e falava abertamente de Smerdyakov como sendo o único assassino. A sua surpresa aumentara ainda mais ao ouvir dos lábios do chefe da polícia e do procurador o relato das circunstâncias em que se verificara a prisão, e atribuíra a opinião de Aliocha a um exagerado sentimento de fraternidade e de simpatia para com Mitya, que amava ternamente.

Digamos, de passagem, quatro palavras sobre os sentimentos de Ivan para com Mitya. Na realidade, não o amava; quando muito, inspirava-lhe por vezes uma certa compaixão mesclada de desprezo, quase de repulsa. O caráter, e até o aspecto, de Mitya eram-lhe sumamente antipáticos, e o amor de Catalina Ivanovna pelo irmão indignava-o. A visita que fizera a Mitya no próprio dia em que chegara, longe de livrá-lo de dúvidas, deixara-o convencido da sua culpabilidade. Encontrara-o agitado, extremamente nervoso, falador, sem deter a sua atenção em coisa alguma, incoerente. Falava com violência, acusando

Smerdyakov de uma maneira atordoada, aludindo principalmente aos três mil rublos que, segundo ele, o pai lhe roubara.

— O dinheiro era meu, era meu — repetia. — E mesmo que o tivesse roubado, estaria no meu direito.

Quase não negava as acusações que lhe faziam e, quando apresentava qualquer novo fato em seu favor, falava disparatadamente. Parecia pouco lhe importar que Ivan ou qualquer outra pessoa o julgassem inocente; pelo contrário, troçava com orgulhosa irritação das acusações e insultava as testemunhas. Só ria com desprezo das declarações de Grigory a respeito da porta aberta, dizendo que foi o diabo quem a abriu. Não dera uma explicação satisfatória do fato e até chegara a insultar Ivan, dizendo-lhe rudemente que não eram os defensores do tudo é permitido que tinham o direito de suspeitar dele e de interrogá-lo; e tudo isto num tom muito pouco amistoso.

Imediatamente após esta visita, Ivan fora procurar Smerdyakov.

Durante a viagem de regresso, pensara muito na conversa que tivera com o criado na véspera da sua partida: muitos pontos pareciam-lhe estranhos e suspeitos; mas nada dissera a este respeito nas suas declarações ante o juiz, deixando isso para depois da sua entrevista com Smerdyakov, que nessa altura estava no hospital.

O doutor Herzenstube e Yarvinsky, o médico do hospital, responderam às insistentes perguntas de Ivan dizendo que a genuinidade do ataque epilético de Smerdyakov estava fora de dúvidas, e mostraram-se surpreendidos quando ele insinuara que o criado podia tê-lo simulado no dia da catástrofe. Deram-lhe a entender que se tratava de uma crise extraordinária, com intermitências agudíssimas e persistentes, que punham em perigo a sua vida; e que só depois de terem aplicado medidas excepcionais se sentiam autorizados a declarar que o doente sobreviveria. Embora possa acontecer, acrescentara o doutor Herzenstube, a sua razão fique debilitada por algum tempo... talvez para sempre. Quando lhes perguntara se o davam já por louco, responderam-lhe que de momento não podiam considerá-lo tal, em todo o rigor, mas que já tinham observado algumas anormalidades. Ivan quisera inteirar-se por si mesmo.

No hospital permitiram-lhe imediatamente a entrada. Smerdyakov estava numa enfermaria onde só havia outra cama, ocupada por um hidrópico, um comerciante da cidade que agonizava e não podia estorvar a entrevista. Parecera a Ivan que o criado, ao vê-lo, sorria com medrosa desconfiança, agitando-se nervosamente; mas, por outro lado, ficara surpreendido ante a segura tranquilidade que demonstrara durante todo o resto da entrevista. Ivan compreendera ao primeiro olhar que Smerdyakov estava muito doente: fraco, pálido, decaído, falava arrastadamente, como se necessitasse de grandes esforços para mover a língua, queixava-se continuamente de dores de cabeça e de quebranto geral. Mas no olho esquerdo, que piscava como se quisesse insinuar qualquer coisa, manifestava-se o Smerdyakov de sempre. Dá gosto falar com um homem de talento. Ivan recordara a frase antes de sentar-se aos pés da cama. O doente mudara de posição com um penoso esforço e, sem demonstrar grande interesse, aguardara que o outro falasse.

— Podes responder-me? — perguntara Ivan. — Não te cansarei muito.

— Sim, posso — balbuciara Smerdyakov, atabalhoadamente. — Há muito tempo que voltou, vossa excelência — acrescentara num tom de proteção, como que para animar um visitante um pouco acanhado.

— Cheguei hoje mesmo... Para ver que trapalhada é esta em que estamos metidos.

Smerdyakov suspirara.

— Por que suspiras? Já sabias tudo? — perguntara Ivan, sem saber porquê.

Smerdyakov calara-se por um instante, como um idiota.

— Como podia deixar de sabê-lo? Era fácil de prever. Mas quem havia de dizer que resultaria nisto?

— Que resultaria em quê? Não me venhas com astúcias! Tu disseste que terias um ataque ao descer à adega. Até indicaste o lugar.

— Disse-o ao juiz? — perguntara Smerdyakov, tranquilamente.

Ivan indignara-se.

— Não, não disse. Mas dir-lho-ei. Tens muita coisa a explicar-me, compadre, e aviso-te de que não te divertirás à minha custa!

— Por que havia de divertir-me à sua custa quando pus em si toda a minha confiança, como em Deus onipotente? — dissera Smerdyakov com a mesma tranquilidade, fechando os olhos por um momento.

— Em primeiro lugar — começara Ivan — sei que os ataques de epilepsia não podem predizer-se. Estou bem informado, não te incomodes a provar-me o contrário. Não é possível prever o dia e a hora. Como foi que me anunciaste o dia e a hora, e até o local? Como podias prever que cairias da escada com um ataque, a não ser que o fizesses de propósito, para melhor fingir?

— Tinha de descer à adega várias vezes por dia — balbuciara Smerdyakov, traba-lhosamente. — Caí do mesmo modo no sótão, há um ano. É verdade que não se pode fixar o dia e a hora com antecipação, mas pode-se ter um pressentimento.

— Mas tu anunciaste o dia e a hora!

— A respeito da minha epilepsia, senhor, seria melhor fazer perguntas aos médicos. Pergunte-lhes se o meu ataque foi real ou fingido; é inútil tudo quanto possa dizer-lhe sobre este particular.

— E a adega? Como poderias saber que seria na adega?

— Não me fale nessa adega! Sempre que lá ia era assaltado por um temor, por uma dúvida terrível. O que mais me assustava era que o senhor me abandonasse, deixando-me indefeso no mundo. Eu descia à adega e pensava: E se agora me desse aquilo? E se caísse escada abaixo? Se me desse o ataque cairia. E neste medo que me acomete de súbito sobrevém-me sempre o espasmo... e caí. Tudo isto e o que lhe disse na conversa que tivemos à porta a respeito dos meus receios e do medo que tinha de descer à adega, contei-o ao doutor Herzenstube e ao juiz Nikolay Parfenovitch, e está tudo escrito no sumário. O doutor Varvinsky explicou-lhes precisamente que estes meus temores podiam provocar a crise, e que o meu ataque se seguia imediatamente a um pressentimento. Assim, pois, ficou escrito que o ataque deve ter sucedido a um estado de terror ante a possibilidade do mesmo.

Ao terminar, Smerdyakov respirara profundamente, como se estivesse extenuado.

— Disseste então tudo isso na tua declaração? — insinuara Ivan, algo desconcertado, pois pensara amedrontar Smerdyakov ameaçando contar toda a conversa. Afinal, o criado adiantara-se-lhe.

— E por que não? Deixe que escrevam toda a verdade.

— E contaste toda a conversa que tivemos à porta?

— Dessa, nem uma palavra,

— Disseste-lhes que eras capaz de simular um ataque, coisa de que então tanto te envaidecias?

— Também não.

— Diz-me agora; por que me enviaste a Chermachnia?

— Receava que fosse para Moscovo, e Chermachnia fica mais perto.

— Mentes; tu próprio me aconselhaste a partir; disseste que me afastasse para evitar dissabores.

— É verdade; levado pela sincera afeição que lhe tenho, queria poupar-lhe o desgosto do transtorno que previa; mas ao mesmo tempo procurava não perder todas as vantagens que eu próprio podia esperar da sua permanência. Por isso lhe disse que fugisse do perigo, para alarmá-lo e fazer que ficasse a proteger o seu pai.

— Podias tê-lo feito mais francamente, imbecil!

— Dizê-lo mais francamente como? Era o medo que me fazia falar e o senhor ter-se--ia irritado. Além disso, embora pressentisse que Dmitri Fedorovitch faria um escândalo e acabaria por levar o dinheiro que considerava seu, quem ia adivinhar que se revelaria um assassino? Pensei que se contentaria com levar o dinheiro que o meu amo guardava debaixo do colchão; e, como vê, ele matou-o! Como poderia tê-lo adivinhado?

— Mas se tu não o podias ter adivinhado, como querias que o adivinhasse eu e ficasse em casa? Estás a contradizer-te!

Smerdyakov guardara silêncio, como se estivesse esgotado. Por fim, respondera:

— Podia ter calculado, ao ver que eu o mandava a Chermachnia e não a Moscovo, que desejava tê-lo perto, para que Dmitri Fedorovitch, sabendo-o, não se atrevesse a tanto. E se acontecesse alguma coisa, poderia o senhor correr a ajudar-me, sabendo da doença de Grigory Vassilyevitch e dos meus temores de ser vítima de um ataque. Quando lhe expliquei os sintomas e os preparativos que precedem uma doença e acrescentei que Dmitri Fedorovitch os conhecia já por meu intermédio, pensei que adivinharia que ia acontecer algo irremediável e que portanto não partiria para Chermachnia, ficando em sua casa.

"Fala com grande coerência", pensara Ivan, "ainda que com dificuldade. Nada vejo do desarranjo mental a que se referiu o doutor Herzenstube". E acrescentara em voz alta, colericamente:

— Estás a enganar-me, maldito!

— Pois eu na altura pensei que adivinharia perfeitamente — replicara Smerdyakov, com o maior aprumo.

— Se tivesse adivinhado, teria ficado.

— Pensei que, precisamente por ter adivinhado, partia com tanta precipitação, para livrar--se de incômodos; pensei que queria pôr-se a salvo e que era o medo que o fazia correr.

— Pensas que todos são covardes como tu?

— Perdoe, mas pensei que temia tanto como eu.

— Realmente, devia ter adivinhado... — resmungara Ivan, muito agitado. — E, com efeito, pensei que estavas a maquinar qualquer velhacaria... mas mentes, mentes uma vez mais acrescentara, pensando melhor. Lembra-te de que te aproximaste da minha carruagem e disseste que dava gosto falar com um homem de talento. Isso indica que te satisfazia ver-me partir.

Smerdyakov suspirara repetidamente e um ligeiro sobressalto colorira o seu rosto cansado.

— Estava contente — dissera, quase sem voz — por ter concordado em ir para Chermachnia em vez de Moscovo. De todos os modos, não se afastava muito; mas se lhe disse essas palavras não foi em tom de louvor, mas de repreensão.

— Por que de repreensão?

— Porque, prevendo tais calamidades, abandonava o seu pai e deixava-nos sem a sua preciosa ajuda; o que era tanto mais lamentável quanto podiam tomar-me a mim pelo ladrão desses três mil rublos.

— Vai para o diabo! — gritara Ivan. — Espera: falaste ao juiz e ao procurador dos sinais?

— Tudo, palavra por palavra.

Ivan ficara pensativo.

— Se alguma coisa temia nessa altura — dissera por fim — era uma maldade da tua parte. Dmitri podia matar... mas não o julgava capaz de roubar... Em todo o caso, esperava-o de ti. Por que me disseste que podias fingir um ataque?

— Por tolice, pois nunca na minha vida simulara uma crise. Disse-o por jactância. Foi uma estupidez. Queria estar nas suas boas graças e falar-lhe amistosamente.

— O meu irmão acusa-te de assassino e ladrão.

— Que outra coisa havia de fazer? — dissera Smerdyakov, sorrindo com amargura. — E quem acreditará, se todas as provas estão contra ele? Grigory Vassilyevitch viu a porta aberta. Que pode ele dizer contra isso? Mas não me importa que tente salvar-se por todos os meios.

Interrompera-se e subitamente, como conclusão das suas reflexões, acrescentara:

— E vamos ver. Quer assacar-me as culpas, fazendo ver que foi tudo obra da minha mão... já o esperava. Mas, supondo que eu sou hábil ao ponto de saber simular um ataque, ter-lhe-ia falado nisso a si, se na verdade albergasse qualquer mau desígnio contra o seu pai? Teria feito uma declaração tão comprometedora se tivesse a intenção de cometer um crime? E logo a um filho da vítima! Essa tem graça! E mesmo que pudesse ter sido, não foi. Ninguém nos ouve além da Providência, e se o senhor fosse agora contar tudo ao procurador Nikolay Parfenovitch, mais não faria do que falar em minha defesa, pois ninguém acreditaria que um criminoso pudesse ser tão sincero antes de cometer um crime. Até os mais estúpidos compreenderiam isto.

— Bom — dissera Ivan, levantando-se para indicar que dava por terminada a entrevista, impressionado por este argumento — eu não suspeito de ti e penso que é absurdo suspeitar; pelo contrário, agradeço o teres-me tranquilizado. Vou-me embora, mas voltarei. Adeus, desejo-te as melhoras. Precisas de alguma coisa?

— Obrigado. Marfa Ignacievna não me esquece e traz-me tudo quanto necessito, segundo a sua bondade. Vem ver-me todos os dias.

— Adeus. Nada direi a respeito de saberes fingir uma epilepsia e aconselho-te a que não o faças tu — avisara Ivan, sem saber exatamente porquê.

— Perfeitamente. E se não falar nisso, também guardarei silêncio sobre a nossa conversa à porta.

Ivan afastara-se e só compreendera a ameaça implícita nas últimas palavras de Smerdyakov quando já se afastara uma dúzia de passos pelo corredor. Estivera a ponto de retroceder, mas contendo esse impulso pensara: Tolices! e seguira em frente.

Contra o que se poderia esperar, Ivan sentira-se tranquilizado com a certeza de que fora Mitya e não Smerdyakov o assassino. Não queria analisar os seus sentimentos e até sentia repugnância ao surpreender-se, sem querer, a esquadrinhar o seu íntimo. Era como se desejasse esquecer qualquer coisa. Nos dias seguintes à sua chegada fora-se convencendo da culpabilidade de Mitya, contra quem havia provas esmagadoras; desde as declarações de gente sem importância, como Fenya e a mãe, até às pessoas respeitáveis, como Perkotin e os familiares de Plotnikov, todos tinham a mesma força de conexão que apontava para um resultado concludente. O segredo dos sinais fora para os juízes de tanto peso como a declaração de Grigory a respeito da porta. Marfa, a mulher de Grigory, garantira a Ivan que Smerdyakov permanecera deitado toda a noite no quarto contíguo ao do casal, a três passos da nossa cama, e que apesar do seu sono profundo despertara algumas vezes com os gritos dele. Esteve toda a noite a gritar, a gritar incessantemente.

Falando com Herzenstube e expondo a sua opinião sobre o estado de Smerdyakov, que mais parecia muito debilitado do que louco, não conseguira do médico mais do que um sorriso irônico, e esta resposta:

— Sabe em que se ocupa agora? Em aprender de memória enfiadas de nomes franceses. Guarda como um tesouro debaixo da almofada um caderno de exercícios com nomes franceses escritos para ele em caracteres russos não sei por quem. Ah, ah, ah!

Ivan acabara por afastar toda a dúvida. Já não conseguia pensar sem repugnância no seu irmão Dmitri. Só uma coisa lhe parecia estranha: Aliocha persistia em afirmar que o assassino não fora Mitya e sim Smerdyakov. Ivan sempre dera uma grande importância à opinião de Aliocha e isto intrigava-o tanto mais quanto o irmão evitava falar com ele a respeito de Mitya, limitando-se a responder às suas perguntas sempre que abordava a questão.

Mas Ivan estava na altura muito ocupado com outra coisa. Após o seu regresso de Moscovo, dera rédea solta à insensata paixão que Catalina Ivanovna lhe inspirava. Não é este o lugar oportuno para nos determos a falar desta nova paixão que viria a ter uma influência fatal na vida de Ivan; daria assunto para uma novela, que talvez nunca venha a escrever. Mas devo dizer que quando, ao sair de casa da jovem, Ivan dissera a Aliocha que ela não o impressionava nada, mentia solenemente: amava-a com loucura, embora por vezes a odiasse tanto que seria capaz de matá-la. Várias causas fomentavam estes sentimentos. Ferida no mais fundo da sua alma pelo crime de Mitya, Catalina ansiava o regresso de Ivan como sua única salvação. Ofendida e humilhada nos seus mais profundos sentimentos, sentiu-se protegida ao lado daquele homem que tão ardentemente a amara — oh, ela bem o sabia! — e cujo espírito e inteligência considerava tão superiores. Mas a virtuosa jovem não se abandonara ao homem que amava, apesar da violência de Karamázov que Ivan punha na sua paixão e do grande fascínio que exercia sobre a mulher. Ao mesmo tempo, atormentavam-na os remorsos que lhe causava a sua infidelidade a Mitya e queixava-se disso diante de Ivan, sempre que se zangavam ou discutiam, o que acontecia com frequência. Por isso Ivan dissera a Aliocha que era tudo uma farsa. Havia na verdade muito de falso em tudo aquilo, e isso irritava Ivan mais do que qualquer outra coisa. Depois falaremos a este respeito.

Ivan quase esquecera completamente Smerdyakov quando, duas semanas após a sua primeira visita, começaram a agitar-se nele os mesmos sentimentos de antes. Basta dizer que perguntava continuamente a si mesmo por que motivo, na última noite da sua estada em casa de Fedor Pavlovitch, saíra tão cuidadosamente à escada para espiar como um ladrão as andanças do pai no piso inferior; por que o recordara depois com asco; por que sentira um tal abatimento no dia seguinte, ao chegar a Moscovo, por que repetira para si mesmo: Sou um miserável! Com tanta insistência o assaltavam estes pensamentos que até se esquecia de Ivanovna. Andando absorto nestas meditações, encontrara Aliocha. Detivera-o e perguntara-lhe de chofre:

— Lembras-te de quando Dmitri entrou depois do almoço e bateu no nosso pai, e depois te disse no pátio que deixava em liberdade os meus desejos? Diz-me, pensaste que desejava a morte do pai ou quê?

— Sim, pensei isso — respondera Aliocha, em voz baixa.

— E era a verdade, não se tratava de nenhum enigma. Mas não imaginaste que o que eu desejava então era que réptil devorasse o outro, quer dizer, que Dmitri matasse o pai o mais depressa possível... e que eu próprio estava pronto a ajudá-lo caso fosse preciso?

Aliocha empalidecera e olhara para o irmão em silêncio.

— Fala! — gritara Ivan. Quero saber, antes de mais nada, o que pensaste nessa altura! Preciso da verdade, da verdade pura!

— Perdoa-me, foi isso o que pensei naquele momento — murmurara Aliocha, sem acrescentar uma sílaba.

— Obrigado! — dissera secamente Ivan, afastando-se com rapidez. A partir dessa altura Aliocha começara a notar que o irmão evitava encontrá-lo e o olhava com raiva, pelo que deixara de visitá-lo.

Imediatamente após este encontro, Ivan fora uma vez mais procurar Smerdyakov.

## Capítulo 7
## Segunda Entrevista com Smerdyakov

Smerdyakov saíra do hospital e vivia com Maria Kondratyevna, ocupando um dos quartos separados por um vestíbulo. Ignorava-se se Maria Kondratyevna e a mãe o tinham como amigo ou como hóspede, embora se supusesse que estava ali como noivo, sem pagar aluguel.

Mãe e filha respeitavam-no muito, considerando-o um ser superior a elas.

## Fiódor Dostoiévski

Ivan bateu e, por indicação de Maria Kondratyevna, que lhe abriu a porta, dirigiu-se ao quarto da esquerda, ocupado por Smerdyakov. Um forno aceso tornava o calor insuportável; as paredes estavam forradas de papel azul, mas o papel caía de velho e nas fendas pululavam as baratas, cujo rumor incessante revoltava o estômago. O mobiliário era tão escasso como sórdido: dois bancos encostados a cada parede, a mesa, de construção grosseira, com uma toalha estampada de cravos e duas cadeiras, dois jarros com gerânios em cada janela e a urna com os ícones a um canto. Na mesa havia um samovar muito grande e uma bandeja com dois copos. Smerdyakov já tomara o chá e, sentado num dos bancos com os cotovelos apoiados na mesa, escrevia lentamente num bloco de notas, alumiado pela luz de um candelabro achatado. Ivan observou que estava completamente restabelecido; mais fresco e cheio de cara, o seu penteado recuperara o antigo ar efeminado, ondulado à frente e com tufos puxados para os lados à custa de cosméticos; vestia uma bata colorida, muito estragada, e tinha encavalitados no nariz uns óculos que Ivan nunca lhe vira e que aumentaram a sua cólera, pois não era intolerável que um ser tão abjeto usasse óculos?

Smerdyakov ergueu a cabeça com muita calma e através das lentes lançou um olhar intenso ao visitante; depois tirou solenemente os óculos e levantou-se devagar, esforçando-se por não parecer demasiado obsequioso. Ivan notou tudo isto, e sobretudo o olhar brutal, maligno e altaneiro que parecia dizer-lhe: vens aqui fazer? Não tínhamos ficado de acordo? Por que voltas? Ivan precisou de todas as suas forças para conter-se.

— Que calor! — exclamou, desabotoando o sobretudo ainda de pé.

— Tire o sobretudo — respondeu o outro, condescendente.

Ivan despiu-o e pousou-o num banco com mão trêmula. Depois pegou numa cadeira, aproximou-a violentamente da mesa e sentou-se. Smerdyakov moveu-se um pouco para ficar em frente dele.

— Antes de mais nada, diz-me se estamos sós ou se podemos ser ouvidos — pediu, severo e brusco, Ivan.

— Ninguém nos ouvirá. Separa-nos o vestíbulo, como deve ter visto.

— Escuta então, amigo. Que conversa era aquela, quando me despedi de ti no hospital, a respeito de se eu nada disser sobre a tua habilidade para fingir a epilepsia tu te calares ante os magistrados quanto à nossa conversa? Que querias dizer? Ameaças-me, eh? Acaso há entre nós algum acordo? Pensas que me fazes medo?

Ivan falava acaloradamente, dando a entender que de nada serviriam subterfúgios ou indiretas, uma vez que ele jogava mostrando as cartas. Os olhos de Smerdyakov brilhavam rancorosos e o piscar do esquerdo antecipou tranquilamente a resposta, como era costume:

— Queres então saber tudo? Pois muito bem, sabê-lo-ás! — Foi o que pensei nessa altura, dando-lhe a entender que prevendo o senhor a morte do seu pai o abandonava à sua sorte, tornando-se assim suspeito de maus desígnios e talvez até de outra coisa... e foi disso que prometi não falar às autoridades.

Embora Smerdyakov pronunciasse comedidamente as suas palavras, punha nelas intenção e ênfase; no seu tom havia muito rancor e insolência, e tal expressão provocativa no seu olhar que Ivan se enfureceu.

— Como? O quê? Enlouqueceste?

— Estou na perfeita posse de todas as minhas faculdades.

— Supões que eu *sabia* do assassinato? — gritou Ivan, descarregando um murro na mesa. — Que história é essa? Fala, miserável!

Smerdyakov calava-se, contemplando-o com a mesma insolência.

— Fala, vilão hediondo! Que queres dizer com isso?

— Quero dizer com isso que provavelmente o senhor desejava a morte de seu pai.

Ivan, de um salto, deu-lhe tamanho empurrão num ombro que Smerdyakov caiu de costas contra a parede. Levantou-se no mesmo instante, com o rosto banhado em lágrimas.

— É uma vergonha, senhor, maltratar assim um doente — gemeu, secando os olhos com um sujo lenço de quadrados azuis, sem parar de soluçar.

Passou-se algum tempo.

— Basta, deixa-te de palhaçadas! — gritou imperiosamente Ivan, voltando a sentar-se. — Não me esgotes a paciência.

Smerdyakov afastou o trapo do rosto, que refletia em todas as suas linhas a injúria recebida.

— Quer dizer, patife, que me julgavas de acordo com Dmitri para matar o meu pai?

— Naquela altura não sabia quais eram as suas intenções — respondeu o criado, com ressentimento — e por isso detive-o à porta para sondá-lo a esse respeito.

— Para sondar o quê, o quê?

— Isso mesmo; se o senhor desejava que o seu pai fosse assassinado.

O que mais exasperava Ivan era o tom agressivo e impertinente que Smerdyakov teimava em adotar.

— Não o terás assassinado tu?

Smerdyakov sorriu com desprezo.

— Sabe perfeitamente que não o matei e supunha impróprio de um homem inteligente voltar a falar disso.

— Mas então por que suspeitavas de mim?

— Pelo que já sabe: por medo. A minha difícil situação causava-me tanto medo que suspeitava de toda a gente. E decidi sondá-lo, porque se o senhor tivesse as mesmas intenções que o seu irmão poderia dar a coisa por certa e seria esmagado como uma mosca.

— Há quinze dias não dizias isso.

— No hospital acabei por dizer-lhe a mesma coisa. Mas julguei que me entenderia sem ter necessidade de recorrer a explicações e que a sua inteligência não exigiria tanta franqueza.

— Pois já vês! Vamos, responde, responde; insisto no mesmo; por que... como poderia eu justificar tão vil suspeita na tua alma de cobarde?

— Quanto ao assassinato, não o executaria o senhor nem desejava executá-lo pessoalmente; mas que um outro se encarregasse de executá-lo, isso sim, era o que desejava.

— E a calma, a calma com que o diz! Por que havia de desejá-lo, que motivos poderia ter para isso?

— Que motivos? E a herança? — replicou Smerdyakov, cáustico e vingativo. — Morto o seu pai, cada um de vocês receberia quarenta mil rublos, pelo menos, ao passo que se Fedor Pavlovitch casasse com Agrafena Alexandrovna ela obrigá-lo-ia a pôr todo o dinheiro em seu nome depois do casamento, porque é uma mulher cheia de sentido prático, e o seu pai não lhes teria deixado nem dois rublos para dividirem entre os três. E esse casamento era muito possível: bastaria a essa senhora levantar o dedo mindinho para que o seu pai a seguisse até à igreja com a língua de fora.

Ivan fez um penoso esforço para conter-se.

— Muito bem — respondeu por fim. — Bem vês que não me levantei para esmagar-te a cabeça; bem vês que não te mato. Fala, pois... Assim, na tua opinião, eu confiava que Dmitri atuaria, contava com isso?

— E não era o mais natural? Se ele o matasse, perderia todos os direitos à nobreza, à sua condição e à fortuna, iria para o desterro e a parte que lhe caberia da herança reverteria em seu favor e do seu irmão Alexey Fedorovitch; de sorte que já não seriam quarenta mil, mas sim sessenta mil rublos para cada um. Não há dúvida de que contava com o seu irmão.

— Não sei como te aguento! Ouve, canalha, fica sabendo que se contasse com alguém, seria contigo e não com Dmitri, e juro-te que esperava de ti qualquer patifaria... Recordo a impressão que me deixaste.

— Também eu tive nessa altura o pressentimento de que contava comigo — replicou Smerdyakov, sorrindo sarcasticamente e que só por isso me revelava os seus pensamentos; pois se receava alguma patifaria da minha parte e no entanto se afastava, isso equivalia a dizer-me: Podes matar o meu pai, não serei eu quem to impeça.

— Miserável! Foi isso que julgaste?

— E então? Era isso o que significava a sua viagem a Chermachnia. O senhor propunha-se ir para Moscovo, contra a vontade do seu pai, que queria mandá-lo a Chermachnia... e bastaram umas palavras minhas para o fazer mudar de propósitos! Que razões tinha para ceder à viagem a Chermachnia? Se não tinha outras além das que eu lhe aconselhava, era porque alguma coisa esperava de mim.

— Não, juro-te que não! — gritou Ivan, rilhando os dentes.

— Não? Nesse caso, como filho do seu pai, deveria ter-me mandado prender e açoitar-me por causa das minhas palavras... ou pelo menos esbofetear-me naquele instante; mas não só não se mostrou irritado, como até escutou os meus conselhos como os de um amigo, e foi-se embora; coisa incompreensível, quando a sua obrigação seria ficar e defender a vida do seu pai. Que outra conclusão queria que tirasse?

Ivan permaneceu sombrio, crispando os punhos entre os joelhos.

— Sim, lamento não te ter esbofeteado — disse com um sorriso amargo — já que não podia na altura mandar-te prender. Quem me teria acreditado e de que te poderia acusar? Mas um bofetão... Oh, quanto lamento não te ter partido a cara! Embora a pancada esteja proibida, ter-te-ia desfeito esse focinho.

Smerdyakov olhou para ele, quase encantado.

— Nas circunstâncias ordinárias da vida replicou no mesmo tom complacente e doutoral que usava nas conversas e disputas de sobremesa com Grigory, diante de Fedor Pavlovitch nas circunstâncias ordinárias da vida atual a pancadaria é proibida por lei e as pessoas renunciaram a ela; mas em circunstâncias extraordinárias, tanto na Rússia como na França, as pessoas resolvem as suas diferenças ao murro, tal como nos tempos de Adão e Eva; todavia, o senhor nem num caso excepcional se atreveu.

— Para que aprendes francês? — perguntou de súbito Ivan, apontando para o caderno de exercícios que estava em cima da mesa.

— Por que não hei de aprender, se quero completar a minha instrução, supondo que tenha algum dia a sorte de ir para essas felizes terras da Europa?

— Escuta, monstro! — disse Ivan, sacudido de raiva e com os olhos flamejantes. — Não temo as tuas acusações, podes dizer contra mim tudo o que te der na gana, e se não te mato à paulada é porque suspeito de ti e quero entregar-te à justiça. Desmascarar-te-ei!

— Penso que será melhor para si ficar tranquilo; de nada poderia acusar-me, considerada a minha inocência, e ninguém acreditaria. Mas se o senhor começa, defender-me-ei e contarei tudo.

— Pensas que me metes medo?

— Se o tribunal não fizesse fé em mim, contá-lo-ia em público e o senhor sofreria o vilipêndio.

— Isso equivale a dizer que dá gosto falar com um homem de talento, não é verdade? — disse Ivan, trocista.

— Acertou em cheio. Mais vale que se mostre digno do seu talento.

Ivan levantou-se, tremendo de ira, vestiu o sobretudo e, sem responder a Smerdyakov nem olhar para ele, saiu apressadamente.

O ar frio da noite refrescou-o. A lua brilhava no céu. Um tropel de ideias e de sentimentos alvoroçava-lhe a alma. Irei imediatamente apresentar uma denúncia contra Smerdyakov? E de que poderei acusá-lo, se está inocente? Ele, pelo contrário, acusar-me-á. E realmente por que fui eu para Chermachnia? Por quê, por quê? Sim, ele tem razão: estava à espera de qualquer... E recordou pela centésima vez como naquela noite saíra à escada para espiar; mas com tal angústia que se deteve, como se tivesse recebido uma punhalada. Sim, esperava-o, é verdade! Desejava o crime, desejei-o! Desejei o assassinato! Desejei-o? Hei de matar Smerdyakov! Se não me atrevo a matar Smerdyakov, não vale a pena viver!

Ivan não foi logo para casa; quis ir primeiro ver Catalina Ivanovna, a quem assustou com o seu aspecto. Parecia um louco. Repetiu toda a conversa que tivera com Smerdyakov, palavra a palavra, e todos os esforços que ela fez para acalmá-lo foram inúteis; passeava de um lado para o outro, falando de um modo estranho e disparatado, e por fim, sentando-se, com os cotovelos apoiados na mesa, escondeu o rosto entre as mãos e disse:

— Se o assassino não foi Dmitri e sim Smerdyakov, eu sou cúmplice, pois incitei-o ao crime. Se na verdade o incitei, é coisa que ainda ignoro; mas se foi ele o assassino e Dmitri está inocente, então eu sou também criminoso.

Ao ouvir isto, Calatina Ivanovna levantou-se em silêncio e, aproximando-se da escrivaninha, tirou de uma das gavetas um papel que colocou diante de Ivan. Era o documento de que este falou mais tarde a Aliocha, chamando-lhe prova concludente contra Dmitri; a carta escrita por Mitya a Catalina Ivanovna, em estado de embriaguez, na tarde em que encontrara Aliocha no caminho, depois do insulto que Catalina Ivanovna recebera de Gruchenka em sua própria casa. Ao separar-se de Aliocha, Mitya dirigira-se à casa de Gruchenka; não sei se a encontrou, mas nessa noite, depois de embriagar-se lamentavelmente no *Metrópole,* pediu pena e papel e redigiu um documento que haveria de ter para ele graves consequências.

Era uma carta tosca, desigual, alvoroçada, própria de um ébrio e escrita na linguagem do bêbado que de regresso a casa conta à mulher ou ao primeiro desconhecido que encontra, que um canalha acaba de provocá-lo, que ele é um bonzão e que aquele canalha há de pagar-lhas; e tudo isto com interminável verbosidade, com grande agitação e incoerência, com muitas lágrimas e dando murros na mesa. O papel que lhe deram na taberna era do mais ordinário, com vinhetas nas margens, e como havia pouco espaço para a grande facúndia do acalorado cérebro de Mitya, aproveitara-o todo, escrevendo até nos cantos e sobrepondo mesmo uma linha. A carta estava redigida como se segue:

Fatal Katya! Amanhã Procurarei os três mil rublos, devolver-tos-ei e adeus, mulher furiosa, e adeus também, meu amor! Acabemos de uma vez! Amanhã irei procurar toda a gente em busca de dinheiro, e se ninguém mo emprestar, dou-te a minha palavra de honra em como racho a cabeça a meu pai e lhe tiro essa soma de baixo da almofada logo que Ivan se vá embora. Mesmo que vá para a Sibéria por causa disso, ter-te-ei devolvido o dinheiro.

E adeus. Inclino-me até ao chão ante ti, porque me portei como um canalha. Perdoa-me! Não, não me perdoes, porque assim seremos os dois mais felizes! Antes a Sibéria do que o teu amor, porque amo outra que a partir de hoje ficaste a conhecer, e isso não poderias perdoá-lo! Matarei o homem que me roubou! Abandoná-los-ei a todos e irei para o Oriente e nunca mais os verei, nem sequer a ela, pois não és tu o meu único verdugo; ela também o é. Adeus!

P. S. — Amaldiçoo-te, mas adoro-te! Diz-mo o coração, onde resta ainda uma corda que vibra. Fá-lo-ei em pedaços! Matar-me-ei, mas antes hei de matar esse cão. Hei de arrancar-lhe os três mil rublos para atirar-tos à cara. Serei um miserável, mas não um ladrão! Conta com três mil rublos. O cão guarda-os na enxerga, atados com uma fita cor-de-rosa. Não sou ladrão, mas matarei o ladrão do meu dinheiro. Katya, não me desprezes. Dmitri não é um ladrão, é um assassino. Matou o pai e perdeu-se sem remédio de referência a suportar o teu desprezo. E não, não te ama.

PP. S. — Beijo os teus pés. Adeus!

PPP. S — Katya, pede a Deus que alguém me empreste o dinheiro; se isso acontecer não me mancharei de sangue; mas se mo recusarem... mata-me!

Teu escravo e inimigo,
              D. Karamázov.

Quando Ivan leu este documento, ficou convencido. Fora o irmão e não Smerdyakov, nem por conseguinte ele próprio. Esta carta tinha a seus olhos o valor de uma prova irrefutável; já não havia a mínima dúvida quanto à culpabilidade de Dmitri. Nem lhe ocorreu pensar que Smerdyakov talvez tivesse sido cúmplice de Dmitri no crime, embora fosse certo que os fatos não concordavam nesse ponto. Ivan tranquilizou-se por completo. No dia seguinte só pensou com desprezo em Smerdyakov e nos seus sarcasmos, e uns dias mais tarde admirava-se por o terem inquietado tão terrivelmente as suas suspeitas, e resolveu esquecer tudo o que se referisse ao criado. Passou um mês sem que pensasse em Smerdyakov, ainda que por duas vezes ouvisse dizer que estava muito doente e que perdera o juízo.

Ivan recordou ouvir o jovem médico, Varvinsky, afirmar que Smerdyakov acabaria por enlouquecer. Durante a última semana, o próprio Ivan começou a sentir-se muito doente e foi consultar o célebre médico de Moscovo, que entretanto chegara à cidade. Nessa altura, as relações de Ivan com Catalina Ivanovna tinham chegado a um grau de tensão extrema; pareciam dois inimigos apaixonados. Os regressos de Catalina Ivanovna para Mitya, isto é, as breves e violentas reações dos seus sentimentos em favor dele, exasperavam Ivan. E coisa estranha: antes de Aliocha ter ido visitá-la depois de ver o irmão, Ivan não a ouvira expressar a menor dúvida sobre a culpabilidade de Mitya, não obstante a manifestação das suas favoráveis disposições, que tão odiosas lhe eram. E também de notar que à medida que crescia o seu ódio por Mitya, dava-se claramente conta de que não era o favor com que Katya o tratava o causador desse ódio, *e sim a convicção de que fora ele o assassino do pai.*

Dez dias antes do processo foi visitar Mitya para lhe propor um plano de evasão que meditara maduramente. A opinião de Smerdyakov de que seria benéfica para ele a condenação do irmão, uma vez que aumentaria a sua herança e a de Aliocha em vinte mil rublos, cravara-se-lhe no coração como um espinho, determinando-o a sacrificar trinta mil rublos para conseguir a liberdade de Mitya. Mas não era só isso. Ao regressar de casa de Smerdyakov sentira-se torturado, desalentado, ao compreender que não conseguiria arrancar aquela dolorosa espinha com o sacrifício de trinta mil rublos, nem era o aumento da sua riqueza que o fazia desejar a fuga do irmão, e sim outra coisa. "Será por que também eu sou um assassino?", perguntava a si mesmo. No mais fundo da sua alma sangrava uma ferida incurável que lhe abateu o orgulho e o atormentou cruelmente durante todo o mês. Já voltaremos a isto.

Quando, ao deixar Aliocha e segurando já a corrente da campainha de sua casa resolveu avistar-se uma vez mais com Smerdyakov, obedeceu a um repentino impulso de indignação. Recordou de súbito que Catalina Ivanovna lhe gritara na presença de Aliocha: Foste tu, tu quem me convenceu de que Mitya era o culpado!, e ficou estupefato. Jamais tentara convencê-la de que Mitya fora o assassino, pelo contrário, ele próprio apresentara-se como suspeito depois da segunda visita a Smerdyakov e fora ela, ela, quem lhe provara o crime do irmão, mostrando-lhe o tal documento. E eis que exclamava subitamente: Eu mesma fui ver Smerdyakov! Quando acontecera isso? Ivan nada sabia a esse respeito? O coração parecia estourar-lhe de raivoso despeito. Não compreendia como uma hora antes deixara passar em silêncio aquelas palavras. Afastou-se de sua casa e correu para a de Smerdyakov. "É possível que desta vez o mate!", pensava pelo caminho.

## Capítulo 8
## Terceira e Última Entrevista com Smerdyakov

A meio do caminho, o vento frio e cortante que fizera nessa manhã levantou-se de novo e começou a cair uma neve fina que açoitava a cara como pó de gelo; num instante levantou-se um verdadeiro vendaval. Havia apenas um candeeiro no bairro onde morava Smerdyakov, e Ivan avançava na escuridão, sem fazer caso da borrasca, atento só a chegar quanto antes. Ardia-lhe a cabeça e sentia nas têmporas uma palpitação dolorosa; notou que as mãos lhe tremiam convulsivamente. Perto da casa de Maria Kondratyevna, encontrou um bêbado que vestia um casaco roto e sujo e avançava aos ziguezagues, resmungando e praguejando consigo mesmo, e que de súbito se pôs a cantar com voz rouca e animada:

Ai, o meu Vanka partiu para Petersburgo,
E eu não quero esperar até que regresse.

Ao segundo verso interrompia-se para continuar com as pragas, e a seguir recomeçava a cantar, sempre a mesma coisa. Ainda estava longe e já Ivan sentia uma intensa aversão por ele, sem saber porque; quando o viu, assaltou-o um impulso irresistível de dar-lhe um murro e derrubá-lo. No preciso momento em que se cruzavam, o camponês, no seu cambalear, atirou-se contra Ivan, que o repeliu brutalmente. O bêbado caiu como um cepo na terra gelada, soltando um débil gemido. Ivan inclinou-se para ele. Jazia de costas, sem se mexer nem dar sinais de conhecimento. "Vai gelar", pensou Ivan, e seguiu o seu caminho.

No vestíbulo, Maria Kondratyevna, que correra a abrir-lhe a porta com uma vela na mão, disse-lhe que Smerdyakov estava muito mal.

— Não está na cama, mas não parece o mesmo; e mandou-me levar o chá, que não queria nada.

— Nesse caso por que fala e se mexe tanto? — perguntou Ivan, grosseiramente.

— Pelo contrário, querido, está muito quieto — respondeu a jovem. — Só lhe peço que não o canse muito — suplicou.

Ivan abriu a porta e entrou no quarto.

Notou a mesma temperatura elevada e alguma mudança. Um dos bancos fora substituído por um cadeirão com almofadas de couro, suficientemente grande para servir de cama durante a noite. Smerdyakov sentava-se nele, vestindo a mesma bata. A mesa tivera que ser um pouco afastada e mal deixava espaço para que uma pessoa pudesse mover-se no quarto; em cima dela via-se um grande livro de capas amarelas. Smerdyakov, que não lia nem parecia ocupado com coisa alguma, recebeu Ivan em silêncio, com um olhar preguiçoso, sem revelar a mínima surpresa. No seu rosto operara-se uma mudança notável; estava mais fraco e os seus olhos encovados realçavam a palidez das pálpebras inferiores.

Ivan deteve-se para dizer:

— Mas estás verdadeiramente doente? Não quero incomodar-te muito, nem sequer despirei o sobretudo. Onde posso sentar-me? — E avançou para o outro lado da mesa, puxou uma cadeira e sentou-se. — Por que olhas para mim em silêncio? Só venho fazer-te uma pergunta e juro-te que não me irei sem resposta. A menina Catalina Ivanovna veio ver-te?

Smerdyakov guardou silêncio, olhou-o com a mesma impassibilidade e de súbito voltou-lhe a cara.

— Que tens tu? — gritou Ivan.

— Nada.

— Como, *nada?*

— Sim, veio. A si que lhe importa? Deixe-me em paz!

— Não, não te deixarei em paz. Diz-me quando veio.

— Pois não me lembro — respondeu Smerdyakov com uma expressão sarcástica. E voltando-se para Ivan, dirigiu-lhe um olhar de profundo ódio, o mesmo olhar que cravara nele um mês antes. — Também o senhor parece muito doente; tem a cara mais encovada; não parece o mesmo.

— Não te preocupes com a minha saúde e responde.

— Que olhos tão amarelos! O branco está completamente amarelo. Anda assim tão preocupado? — E Smerdyakov sorriu com desprezo. De súbito, pôs-se a rir.

— Ouve, disse-te que não me iria sem uma resposta! — gritou-lhe Ivan, furioso.

— Por que me persegue? Por que se empenha em atormentar-me? — perguntou Smerdyakov com uma expressão de lástima.

— Diabo! Que me importas tu? Responde às minhas perguntas e ir-me-ei embora.

— Nada tenho a dizer-lhe — murmurou o outro, baixando os olhos.

— Garanto-te que te farei falar!

— Por que se inquieta tanto? — inquiriu Smerdyakov, olhando-o com desdém e com uma certa repugnância. — É por causa do processo de amanhã? Ainda não está convencido de que não corre perigo? Vá-se embora, meta-se na cama e durma tranquilamente, sem receio.

— Não compreendo. Por que hei de recear? — espantou-se Ivan.

— Não compreende? É muito estranho que um homem sensato se preste a representar uma farsa!

Ivan ficou a olhar para ele, sem fala. O olhar e o tom insolente do antigo lacaio eram uma coisa inesperada e incompreensível, porque passava todos os limites.

— Repito-lhe que nada tem a temer. Nada direi contra si, e não há provas. Veja como lhe tremem as mãos. Por que agita assim os dedos? Vá-se embora, *o senhor* não o matou.

Ivan estremeceu; lembrou-se de Aliocha.

— Bem sei que não fui eu — disse.

— Sabe?

A pergunta sobressaltou-o ainda mais; levantou-se e agarrou Smerdyakov por um ombro.

— Diz-me tudo, víbora! Diz-me tudo!

Smerdyakov não se alterou e susteve o olhar de Ivan com uma expressão de ódio selvagem.

— Pois bem, foi você quem o matou, essa é a verdade — disse, com raiva.

Ivan deixou-se cair na cadeira, com ar pensativo e um sorriso malévolo.

— Tu propões que me vá embora. De que falavas ultimamente?

— O senhor ouvia-me e compreendia tudo, e agora também compreende.

— A única coisa que compreendo é que estás louco!

— Essa já cansa! Estamos cara a cara; para que manter a farsa? Continua a querer atirar as culpas para cima de mim? Foi o senhor quem o matou, foi o senhor o verdadeiro assassino; eu fui apenas o instrumento, o servo fiel, mais não fiz do que obedecer às suas ordens.

— Fizeste?... Foste tu?...

Ivan ficou gelado de assombro. Parecia-lhe que algo lhe estourava no cérebro e o sacudia dos pés à cabeça.

O próprio Smerdyakov olhava-o com estranheza, impressionado pelo sincero espanto que as suas palavras lhe tinham causado.

— Quer dizer que não sabia? — balbuciou desconfiadamente, olhando-o com um sorriso forçado.

Ivan também o olhava, como se estivesse incapaz de articular palavra.

*Ai, o meu Vanka partiu para Petersburgo.*
*E eu não quero esperar até que regresse.*

repetiu de memória.

— Sabes que receio que sejas um sonho, um fantasma que me apareceu? — murmurou.

— Aqui não há fantasmas. Estamos só nós os dois. Ah, sim, está entre nós um terceiro!

— Quem é? Onde está? Que terceiro é esse? — gritou Ivan alarmado, voltando-se em todas as direções.

— Esse terceiro é Deus, a Providência, que está aqui presente. Mas não o procure, que não o encontrará.

— Mentira! Não foste tu quem o matou! — gritou Ivan. — Estás louco ou troças de mim!

Smerdyakov observou-o curiosamente, sem manifestar o mínimo temor. Pensava que Ivan sabia tudo e queria assacar-lhe a ele a totalidade da culpa.

— Espere um pouco — disse por fim, com voz desfalecida.

E tirando a perna esquerda de baixo da mesa começou a levantar as calças. Calçava meias brancas e chinelos. Desatou a liga e meteu a mão entre a meia e a carne. Ivan, que seguia com atenção esta manobra, dominado por um súbito terror, levantou-se, gritando:

— Está louco! — E recuou até chocar de costas com a parede, onde ficou como petrificado, olhando para Smerdyakov que, impassível, continuava a procurar no fundo da meia, esforçando-se por apanhar qualquer coisa com os dedos.

Por fim conseguiu o que queria e começou a puxar, e Ivan pôde ver que se tratava de um embrulho de papel. Smerdyakov pousou-o em cima da mesa.

— Aqui está.

— O que é isso? — perguntou Ivan, tremendo.

— Digne-se a ver — respondeu o outro, em voz baixa.

Ivan aproximou-se da mesa e começou a desfazer o embrulho; mas de súbito afastou os dedos, como se tivesse tocado num réptil venenoso.

— Continuam a tremer-lhe os dedos — observou Smerdyakov, e acabou tranquilamente de desdobrar o papel, que continha três maços de notas de cem rublos. — Está aqui todo, três mil rublos. Não é preciso contar. Tome — indicou com um gesto.

Ivan deixou-se cair na cadeira, pálido como um morto.

— Assustaste-me... com as tuas meias... — murmurou, com uma careta que queria ser um sorriso.

— Mas será possível que ainda não soubesse? — insistiu Smerdyakov.

— Não, não sabia. Pensava que tinha sido Dmitri. Irmão, irmão! Ah! — E Ivan escondeu o rosto entre as mãos. Pouco depois, perguntou: — Diz-me, mataste-o tu sozinho? Ou o meu irmão ajudou-o?

— Quem me ajudou foi o senhor, e eu matei-o. Dmitri Fedorovitch está totalmente inocente.

— Está bem, está bem. Depois falaremos disso. Por que tremo? Quase não consigo falar.

— Tão valente que era então. Dizia que tudo era permitido e agora está tão espantado — murmurou Smerdyakov, pensativo. — Quer uma limonada? Vou pedi-la, refrescá-lo-á. Mas primeiro é preciso esconder isto.

E voltou a indicar as notas. Levantou-se para encarregar Maria Kondratyevna de preparar uma limonada; mas procurando qualquer coisa com que tapar o dinheiro, tirou o lenço do bolso, e como estava muito sujo optou por escondê-lo com o volumoso livro que estava em cima da mesa e cujo título Ivan leu maquinalmente: *Sermões do Santo Padre Isaac da Síria*.

— Não quero limonada — disse Ivan. — Não te ocupes agora de mim. Senta-te e conta-me como fizeste aquilo. Diz-me tudo.

— Será melhor despir o sobretudo, pois terá muito calor.

Como se não tivesse pensado noutra coisa, Ivan despojou-se do sobretudo e, sem se levantar da cadeira, atirou-o para cima de um banco.

— Fala, vamos, fala!

Parecia ter-se acalmado e falava tranquilamente, seguro de que Smerdyakov lhe diria tudo.

— Como o fiz? — suspirou Smerdyakov. — Da maneira mais natural, seguindo as suas próprias indicações.

— Deixemos para depois as minhas indicações — interrompeu-o Ivan, aparentemente senhor de si mesmo, falando com firmeza e sem se encolerizar. — Diz-me apenas como o fizeste; conta tudo o que aconteceu, sem nada esquecer. Os pormenores, especialmente os pormenores, peço-te.

— O senhor foi-se embora e eu caí na adega.

— Ataque verdadeiro ou simulado?

— Simulado, claro; completamente simulado. Acabei de descer o último degrau e atirei-me ao chão. Só então me pus a gritar e a revolver-me até que me tiraram de lá.

— Cala-te! E continuaste a fingir, até no hospital?

— Ah, não! No dia seguinte, muito cedo, antes de me levarem para o hospital, tive um verdadeiro ataque violentíssimo, como há anos não tinha. Estive privado de conhecimento durante dois dias.

— Está bem, está bem, continua.

— Meteram-me numa cama. Levaram-me para o quarto contíguo ao deles, pois sempre que eu estava doente Marfa Ignacievna queria ter-me ao seu lado; sempre foi muito boa para mim, desde que nasci. Durante a noite queixei-me, mas baixo; esperava que Dmitri Fedorovitch viesse.

— Esperavas que fosse ver-te?

— Não, ver-me, não. Esperava que rondasse a casa, pois não me tendo visto em todo o dia e estando sem notícias, era certo que iria e saltaria a sebe, como já tinha feito antes.

— E se não tivesse ido?

— Nada teria acontecido. Não me teria lançado a uma aventura tão arriscada sem ele.

— Está bem, está bem... fala mais claro, não te precipites; sobretudo, não esqueças seja o que for!

— Esperava que ele matasse o pai... Tinha a certeza, pois havia-o preparado para isso... durante os cinco últimos dias... Conhecia os sinais, que era o principal. Com as suas suspeitas e a fúria que o dominava, metera-se-lhe na cabeça que havia de entrar em casa graças a esses sinais. Isso era inevitável, e portanto esperava-o.

— Cala-te — interrompeu-o Ivan. — Se ele o matasse, se levasse o dinheiro... Deves ter pensado nisso. Nesse caso, que terias tu a ganhar? Não compreendo?

— Ele não teria encontrado o dinheiro, pois disse-lhe que estava no colchão e não era verdade. Estava escondido numa gaveta, mas eu convenci Fedor Pavlovitch, que tinha confiança absoluta em mim, a ocultá-lo atrás dos ícones, onde ninguém se lembraria de o procurar, e menos ainda se entrasse precipitadamente. Teria sido uma estupidez escondê-lo no colchão; a gaveta, ao menos, podia-se fechar. Mas ele acreditou no que era uma estupidez: que estava no colchão; e se tivesse cometido o crime, teria fugido sem encontrar coisa alguma, assustado por qualquer ruído, como acontece a todos os assassinos, ou ter-se-ia deixado apanhar; de todos os modos eu ter-me-ia apoderado do dinheiro nessa mesma noite ou no dia seguinte, e assacaria as culpas a Dmitri Fedorovitch. Pensei bem em tudo isso.

— Mas se, em vez de o matares, o tivesses apenas ferido?

— Nesse caso não me teria atrevido a tirar o dinheiro e nada aconteceria. No entanto, calculei que lhe bateria até deixá-lo sem sentidos, o que me daria tempo para apoderar-me do dinheiro. Depois convenceria Fedor Pavlovitch de que Dmitri Fedorovitch o roubara depois de bater-lhe.

— Espera... estou numa confusão. Assim, foi Dmitri quem o matou e tu limitaste-te a tirar o dinheiro?

— Não, não o matou. Bom, agora poderia dizer-lhe que foi ele o assassino... Mas não quero mentir-lhe, porque... porque se realmente ainda não compreendeu, como vejo nos seus olhos, se não está a fingir para lançar sobre mim toda a responsabilidade, não deixa de ser culpado a partir do momento em que sabia que se cometeria um crime, me encarregava da execução e se afastava. Por isso quero provar-lhe esta noite que em todo este assunto é você o único assassino. O único.

— Por quê? Por que sou um assassino? Meu Deus! — exclamou Ivan sem poder conter-se e esquecendo que resolvera deixar para o fim toda a discussão. — Continuas a pensar em Chermachnia? Cala-te, diz-me: para que querias o meu consentimento, se na verdade tomaste a ida a Chermachnia por um consentimento. Como explicas isso?

— Assegurando-me do seu consentimento sabia que não se mostraria muito exigente quanto aos três mil rublos que se perdiam mesmo que tivessem suspeitado de mim em vez de Dmitri Fedorovitch, ou me tivessem tomado por seu cúmplice; pelo contrário, o senhor proteger-me-ia contra os outros... E ao entrar na posse da herança, mostrar-se-ia agradecido na medida do possível, recordando que mo devia a mim, uma vez que se Fedor Pavlovitch casasse com Agrafena Alexandrovna, você não receberia um centavo.

— Ah, tencionavas então ter-me debaixo da tua pata toda a vida? — murmurou Ivan.

— E se em vez de ir-me embora eu te tivesse denunciado?

— Que poderia dizer contra mim? Que o aconselhava a ir a Chermachnia? Que tolice! Além disso, depois da nossa conversa, podia ir ou ficar. Se tivesse ficado, nada teria acontecido. Sabendo que não o desejava, não o teria feito. Indo-se embora, dava a entender que não deporia contra mim em tribunal e que transigia em que eu ficasse com os três mil rublos. Não me poderia perseguir, pois nesse caso eu contaria tudo ao tribunal. Não que tinha roubado e assassinado, claro, mas que o senhor me impulsionara a isso e que eu não consentira. Já sabe para que precisava do seu consentimento: para que depois não me encurralasse, ainda que sem qualquer prova contra mim. Eu sim, poderia tê-lo sempre encurralado, revelando o seu desejo de ver morto o seu pai, e já lhe disse que todos o acreditariam e que o senhor teria de envergonhar-se toda a sua vida.

— Acaso desejava assim tanto a morte do meu pai?— murmurou Ivan.

— Tanto que, consentindo, aprovava em silêncio o que eu fizesse. — Smerdyakov olhou para Ivan resolutamente. Estava muito fraco e falava com voz desfalecida, mas uma força oculta estimulava-o. Ivan pressentia que aquele homem tinha algum desígnio.

— Continua — disse. — Conta o que aconteceu nessa noite.

— Que mais hei de dizer? Estava deitado quando me pareceu ouvir um grito do amo, e depois notei que Grigory Vassilyevitch se levantava e saía; quase a seguir ouvi os seus gritos e depois tudo ficou em silêncio. Fiquei à escuta; o coração batia-me com tanta força que não pude suportá-lo e levantei-me. Já fora, vi aberta a janela do lado esquerdo e dirigi-me para lá a fim de certificar-me se ainda estava com vida, pensei. Aproximei-me da janela e chamei o senhor. Sou eu. O amo grita-me: Veio. Veio e fugiu. Referia-se a Dmitri Fedorovitch. Matou Grigory. Onde está ele?, perguntei, a meia voz. Ali, na esquina, respondeu-me, apontando com um dedo. Também ele falava baixo. Espere um pouco, disse-lhe, e dirigi-me ao local indicado, tropeçando perto da sebe com o corpo de Grigory, que jazia sem sentidos num charco de sangue. Era portanto certo que Dmitri Fedorovitch estivera ali, e pensando que Grigory Vassilyevitch nada poderia ver, pois se não estava morto estava sem conhecimento, resolvi acabar de vez. Só corria o perigo de Marfa Ig-

## Fiódor Dostoiévski

nacievna acordar. Esse temor deteve-me por um momento, mas era tal a ânsia que me invadia de fazer aquilo que mal podia respirar. Voltei, pois, à janela e disse ao amo: Ela está aqui, veio; Agrafena Ivanovna veio e quer entrar. Ele estremeceu como um boneco. Onde está?, perguntou, suspirando ansiosamente, ainda sem acreditar. Está ali, disse-lhe, abra. Espreitou para se certificar, acreditando e duvidando ao mesmo tempo, mas receando abrir. Medo de mim, pensei eu, e isso tem muita graça. Nesse momento tive a ideia de, mesmo nas barbas dele, bater na janela do modo combinado para anunciar a chegada de Agrafena Ivanovna, e ele, que não acreditara na minha palavra, mal ouviu o sinal correu à porta e abriu. Eu já ia entrar, mas ele ficou ali, impedindo-me a passagem. Onde está ela, onde está?, perguntou, tremendo. Raios!, pensei, continua com medo de mim, deixa-me cá. Senti-me desfalecer, recando que fechasse a porta ou que gritasse, ou que Marfa Ignacievna aparecesse se acontecesse alguma coisa. Ele devia ver a minha palidez, mas eu murmurei-lhe: Está ali, ali, debaixo da janela. Não a viu? Vai buscá-la, vai buscá-la. Tem medo, disse-lhe. O alvoroço assustou-a e escondeu-se entre os arbustos. Chame-a o senhor, do seu quarto. Ele encaminhou-se para a janela e pousou a candeia em cima do peitoril. Gruchenka, chamou a meia voz. Gruchenka, estás aí? Cheio de medo, não se atrevia a pôr a cabeça de fora nem a afastar-me de mim; inspirava-lhe tanto receio que temia até voltar-me as costas. Não compreendo, estava aqui mesmo, disse eu e, chegando-me à janela, espreitei para fora. Lá está, lá está atrás dos arbustos, rindo-se de si. Não a vê? Acreditou, todo ele tremia, e estava tão cego de amor que se inclinou para fora, procurando vê-la. Então eu agarrei no pisa-papéis de ferro que estava em cima da mesa. Deve recordar-se que pesa três libras. Rapidamente, dei-lhe uma pancada na cabeça. Nem um grito, nem um gemido, caiu como um tronco; então bati-lhe com força, duas ou três vezes; à terceira pancada, vi que lhe tinha rachado o crânio. Revolveu-se convulsivamente e ficou de costas, de cara para cima e banhado em sangue. Olhei em redor. Não tinha em mim nem uma gota de sangue, nem uma marca. Limpei o pisa-papéis e coloquei-o no seu lugar, apoderei-me do dinheiro, rasguei o sobrescrito e atirei-o para o chão. Saí a tremer e aproximei-me da árvore que tem um buraco no tronco... Nunca tinha reparado? Eu sim, já há tempos tinha lá escondido um trapo e um pedaço de papel. Embrulhei as notas no trapo e meti-as no buraco. Estiveram lá duas semanas, tirei-as quando saí do hospital... Voltei ao meu quarto e deitei-me, pensando: Se Grigory Vassilyevitch morreu, posso ter um desgosto; mas se recuperar os sentidos, tirar-me-á de apuros declarando que Dmitri Fedorovitch esteve aqui para matar e roubar. Então pus-me a gritar com todas as minhas forças para que Marfa Ignacievna despertasse o mais depressa possível. Levantou-se, com efeito, e foi para junto de mim, mas notando logo que Grigory Vassilyevitch não estava na sua cama, saiu e não tardei a ouvir os seus lamentos no jardim. Então tranquilizei-me.

Interrompeu-se. Ivan escutara-o em silêncio, sem mover-se nem afastar os olhos dele. Durante o relato, Smerdyakov observava-o de vez em quando, mas geralmente mantinha desviada a vista. Emocionara-se muito, respirava penosamente e o suor empapava-lhe a testa. Era, contudo, impossível adivinhar se tinha remorsos ou se lamentava o crime.

— Cala-te — disse Ivan. — E a porta? Se foi ele quem ta abriu, como pôde Grigory tê-la visto aberta? Porque Grigory viu-a antes de tu saíres para o jardim.

Ivan falava amistosamente, num tom muito diverso do que antes utilizara, sem irritar-se, de modo que quem entrasse naquele momento poderia pensar que se tratava de um assunto vulgar, interessante para os dois interlocutores.

— Isso da porta foi uma imaginação de Grigory Vassilyevitch — respondeu Smerdyakov, sorrindo cinicamente. — Não é um homem, acredite, é uma mula. Não a viu aberta, mas meteu-se-lhe isso na cabeça e ninguém o convencerá do contrário. Para nós é uma sorte, pois a sua declaração parte Dmitri Fedorovitch ao meio.

— Escuta — disse Ivan, que voltava a sentir-se perturbado e precisava de fazer um esforço para continuar a ouvir. — Escuta... tinha uma porção de coisas a perguntar-te e esqueci-as... Esqueço as perguntas e embrulham-se-me as ideias. Ah, sim! Por que resgataste o sobrescrito e o atiraste para o chão? Quando me falaste disso pareceste querer dar a entender que era o mais natural... mas diz-me porque, não compreendo...

— Tinha uma boa razão para isso. Alguém que soubesse de tudo, como eu, por exemplo, alguém que soubesse do dinheiro e o tivesse talvez metido ele próprio no sobrescrito, que tivesse visto com os seus próprios olhos fechar e selar esse sobrescrito, não precisaria de rasgá-lo para certificar-se depois de ter cometido um assassinato e com a pressa que teria de pôr-se a salvo. Não, se tivesse sido eu o assassino, limitar-me-ia a pegar no sobrescrito e metê-lo no bolso. Mas Dmitri Fedorovitch agiria de outra maneira; só sabia do sobrescrito por ouvir falar dele, nunca o vira, e ao encontrá-lo debaixo do colchão, por exemplo, o mais natural era que o abrisse para certificar-se e depois o deitasse fora, sem lembrar-se de que poderia ser uma prova contra ele. Não se trata de um ladrão profissional, ao fim e ao cabo é um nobre incapaz de roubar com precaução e, em todo o caso, só tomava o que lhe pertencia, cumprindo a promessa que fizera aos gritos ante quem quisera ouvi-lo. Foi isto mesmo que disse ao procurador quando ele me interrogou, mas não de um modo aberto, limitando-me a apontá-lo com insinuações, como se não visse muito clara a ideia, para que ele a tomasse como sua própria e até acabasse por pensar que a mais ninguém poderia ter ocorrido. Caía-lhe a baba de satisfação.

— Mas, como refletiste tanto naquele terrível momento? — perguntou Ivan, estupefato. E ficou uma vez mais a olhar aterrorizado para Smerdyakov.

— Valha-me Deus! Poderá alguém ter tais reflexões quando tudo são pressas e apertos? A coisa estava pensada e repensada há muito tempo.

— Bem... bem, o diabo protegia-te! — gritou Ivan, — Não, não és um tolo; és mais esperto do que eu pensava...

Levantou-se com o propósito de passear pelo quarto, pois sentia-se atordoado; mas como a mesa lhe impedia a passagem e não tinha espaço para mover-se, deu uma volta à cadeira e tornou a sentar-se.

Talvez irritado pela impossibilidade de estirar as pernas, pôs-se a gritar, furioso:

— Escuta, miserável vilão! Não compreendes que se não te mato é porque quero fazer-te cantar amanhã, diante do tribunal. —E levantando as mãos continuou: — Deus é minha testemunha de que talvez seja culpado; talvez tenha tido o secreto desejo de que meu pai... morresse: mas juro-te que não sou tão culpado como pensas, e talvez não te tenha induzido a coisa alguma. Não, não te induzi! Mas não importa! Amanhã acusar-me-ei ante o tribunal; estou resolvido. Direi tudo, tudo. Compareceremos os dois, e digas o que disseres contra mim, escutar-te-ei sem me alterar. Não me metes medo. Corroborarei o que disseres, mas tu falarás, falarás. Ver-nos-emos lá! Asseguro-to!

Ivan dizia isto solene e resolutamente, e pelo brilho dos seus olhos compreendia-se que seria como ele assegurava.

— Está doente, bem o vejo, doente de verdade; tem os olhos amarelos — observou Smerdyakov sem ironia, até com verdadeiro afeto.

— Compareceremos juntos — repetiu Ivan. — E se tu não quiseres ir, não importa, irei eu sozinho.

Smerdyakov guardou silêncio, refletindo, e depois disse, com firmeza:

— Nada disso; não irei eu nem o senhor.

— Não me conheces bem.

— Seria para si demasiado vergonhoso confessar tudo, e além disso é completamente inútil, pois eu apressar-me-ia a declarar que nada lhe disse e que o senhor, ou está doente... o que deve ser verdade... ou tão preocupado com a sorte do seu irmão que quer sacrificar-se para salvá-lo, inventando acusações contra mim, que nunca lhe mereci mais consideração do que se fosse um inseto incômodo. Quem acreditaria em si? Onde tem as provas?

— Ouve, tu mostraste-me o dinheiro para convencer-me.

Smerdyakov pegou no maço de notas e empurrou-as na direção de Ivan.

— Leve o dinheiro — suspirou.

— Claro que o levo. Mas por que mo dás, se cometeste o crime por causa dele? — E Ivan ficou a olhá-lo cheio de surpresa.

— Não preciso — respondeu Smerdyakov com voz trêmula, fazendo o gesto de repeli-lo. — Tinha o propósito de começar com esse dinheiro uma nova vida em Moscovo, ou melhor, no estrangeiro. Apaixonei-me pela ideia, principalmente porque tudo era permitido.

Foi o que o senhor me ensinou... o senhor ensinou-me muitas coisas. Se Deus não existe, que é a virtude e que necessidade temos dela? Tinha razão. Pelo menos, assim o pensei.

— Chegaste a essa conclusão por ti mesmo? — perguntou Ivan, com um sorriso torcido.

— Guiado por si.

— E agora, suponho que acreditas em Deus, uma vez que me devolves o dinheiro.

— Não, não acredito — murmurou Smerdyakov.

— Então por que mo devolves?

— Leve-o... e não falemos mais! — disse, abanando a mão. — Não dizia que tudo é permitido? Por que se inquieta desta maneira... ao ponto de querer acusar-se a si mesmo? ... Mas isso não acontecerá. O senhor não irá depor! — concluiu, convicto.

— Verás!

— Impossível. É muito esperto e sei que gosta muito de dinheiro. Além disso é orgulhoso e quer que o respeitem. Ama as mulheres belas e ainda mais a comodidade de uma vida independente. Portanto, não desprezará a sua vida manchando-a para sempre como uma tal vergonha. E como Fedor Pavlovitch; parece-se mais com ele do que qualquer outro dos seus irmãos; tem a mesma alma.

— Tu não és um imbecil — replicou Ivan, alterado, sentindo que todo o sangue lhe subia à cara. — E agora falas a sério.

— Foi o orgulho que o fez pensar que eu era um imbecil. Vá, pegue no dinheiro.

Ivan pegou nas notas e meteu-as no bolso, sem as embrulhar.

— Amanhã mostrá-las-ei aos juízes — disse.

— Ninguém acreditará. O senhor tem muito dinheiro e pode tê-las tirado do seu cofre para as mostrar no tribunal.

Ivan levantou-se, indignado.

— Repito! Se não te matei, foi só porque preciso de ti amanhã. Lembra-te, não o esqueças!

— Pois bem, mate-me, mate-me agora — disse Smerdyakov, olhando-o com uma expressão estranha. — Não, nunca se atreverá — acrescentou, com um sorriso amargo. Já não se atreve a coisa nenhuma, apesar de ser tão audaz!

— Até amanhã! — despediu-se Ivan, preparando-se para sair. —Espere um pouco... Mostre-me esse dinheiro.

Ivan tirou as notas do bolso e mostrou-lhas. Smerdyakov ficou a contemplá-las durante dez segundos.

— Bem, pode ir — disse, acompanhando as palavras com um gesto. — Ivan Fedorovitch! — chamou subitamente.

— Que queres?

— Adeus!

— Até amanhã! — repetiu o outro, saindo do quarto.

O vendaval não amainava. Ivan deu cinco passos com segurança, e no mesmo instante sentiu-se vacilar. apenas um fenômeno físico, pensou, gesticulando. A alegria invadiu-lhe o espírito ao notar-se tão decididamente resolvido a pôr fim às hesitações que tanto o atormentavam. Estava decidido e nada poderia fazer malograr os seus propósitos. Esta firmeza de ânimo era um consolo para ele. Neste momento tropeçou em qualquer coisa que quase o fez cair. Deteve-se e viu a seus pés o camponês que derrubara, ainda imóvel e sem sentidos; a neve cobria-lhe quase completamente a cara. Ivan levantou-o e, vendo luz numa casa vizinha, bateu à janela e ofereceu três rublos ao proprietário para que o ajudasse a levar o bêbado até à esquadra da polícia. O homem colocou-se imediatamente às suas ordens. Não quero entrar em pormenores sobre o que se passou nem sobre como Ivan mandou chamar o médico e lhe pagou principescamente; direi apenas que nisto se passou uma hora e que Ivan ficou muito satisfeito com o seu gesto humanitário.

"Se não estivesse tão decidido para amanhã", refletia depois, "com certeza não me teria ocupado uma hora com um camponês, tê-lo-ia deixado gelar. Sou senhor absoluto de mim mesmo", pensava, com alegria crescente, "embora tenham decidido que estou louco!"

Ao chegar diante da casa deteve-se, perguntando a si mesmo se não seria preferível dirigir-se imediatamente à do procurador e contar-lhe tudo sem mais demoras. Optou por deixar o assunto para o dia seguinte, e, coisa estranha, nesse instante dissipou-se nele toda a alegria e satisfação.

    Quando entrou no quarto sentiu que um sopro gelado lhe atravessava a alma, um sopro que lhe trazia a evocação ou, para ser mais exato, a recordação de algo angustioso e horripilante que estava latente naquele aposento. Deixou-se cair pesadamente no sofá, a velha colocou o samovar em cima da mesa e começou a preparar o chá, que Ivan tomou. Sentia-se doente, extenuado. Tentou dormir, mas levantou-se de súbito, inquieto, passeando pelo quarto. Por um instante julgou que delirava, mas logo pensou que o seu mal não era para tanto; voltou a sentar-se e começou a olhar em torno, como se procurasse qualquer coisa, Repetiu várias vezes o gesto, até que os seus olhos se fixaram num ponto. Sorriu, mas a cólera inflamou-lhe o rosto. Permaneceu muito tempo com a cabeça pousada nos braços, voltada de lado de modo a poder contemplar um ponto do sofá colocado contra a parede fronteira. Havia ali algo que o irritava, o perturbava, o atormentava.

## Capítulo 9
## O Diabo: o Pesadelo de Ivan

    Não sou médico, mas creio que chegou o momento de dar ao leitor uma explicação sobre a doença de Ivan. Posso pelo menos antecipar que estava em vésperas de sofrer um ataque cerebral; embora os sintomas se tivessem manifestado lentamente, oferecera uma rija resistência, e a febre acabara por dominá-lo. Apesar de profano em questões de medicina, atrevo-me a aventurar a hipótese de que fazendo um poderoso esforço de vontade teria conseguido adiar por algum tempo a crise, com esperanças de resistir-lhe e de vencê-la. Estava mal, mas desagradava-lhe confessar-se doente naqueles dias fatais em que devia fazer face à crise da sua vida, e necessitava de toda a presença de espírito para dizer o que devia ser dito com calor e decisão, para justificar-se a si mesmo.

    Consultara, não obstante, o médico chegado de Moscovo, por encargo de Catalina Ivanovna, o qual, depois de escutá-lo e examiná-lo atentamente, vira que se tratava de desequilíbrio mental e não ficara surpreendido ao ouvi-lo dizer que sofria de alucinações. Isso, opinara o doutor, é muito natural, considerando o seu estado; mas é melhor estar alerta... é preciso que cuide de si sem tardança, ou as coisas podem piorar. Ivan não seguira tão sábio conselho, não quisera guardar o leito nem se deixara tratar. Enquanto puder andar, resistirei; quando cair, não faltará quem cuide de mim. E não se preocupara mais com a sua saúde.

    Estava, pois, sentado, compreendendo que tinha um pesadelo, e olhava fixamente para o objeto situado à sua frente. No sofá sentava se alguém que entrara sabe Deus como, pois quando Ivan chegara ao quarto não havia ali ninguém. Era uma personagem, ou para dizer melhor, um cavalheiro russo de porte singular, *qui faisait la cinquantaine,* como dizem os franceses, isto é, que rondava os cinquenta anos, de cabeleira comprida, basta, negra e ligeiramente semeada de cãs, barba pequena e cortada em ponta. Usava um casaco pardo bastante usado, de corte impecável segundo a moda de três anos antes, já completamente esquecida pelas pessoas elegantes. A camisa e a comprida gravata correspondiam às exigências da última moda, mas, bem examinadas, a camisa parecia um pouco suja e a gravata um tanto enrugada; as calças, de excelente feitura, eram de cores muito berrantes e demasiado apertadas para o uso corrente. O chapéu mole, de veludo, era impróprio para a estação.

Numa palavra, era o tipo do cavalheiro arruinado; recordava esses proprietários ociosos que floresceram na época da servidão; vivera no meio da boa sociedade, do mundo elegante, gozara de excelentes relações, e provavelmente ainda as conservava; mas, passada a formosa juventude, e empobrecido lentamente pela libertação dos servos, ficara-se na situação do antigo conhecido arruinado, cuja companhia continua a ser agradável e é convidado a sentar-se, ainda que nunca no lugar de preferência. Estes cavalheiros de caráter acomodatício e vida difícil, que têm sempre uma história para contar ou uma hora para jogar às cartas, além de uma arraigada aversão por tudo o que signifique obrigações e deveres, costumam ser pessoas solitárias: solteiros ou viúvos; e se têm filhos, mandam-nos sempre educar para muito longe, em casa de uma tia, à qual o cavalheiro nunca alude numa reunião, como que envergonhado do seu parentesco. Pouco a pouco chegam até a esquecer-se dos filhos, ainda que, nos melhores casos, recebem as Boas-festas no Natal, a que respondem nos mesmos termos.

Não pode dizer-se que o aspecto do inesperado visitante fosse bondoso, mas via-se que estava disposto a adotar um ar amistoso logo que se lhe apresentasse a ocasião. Não usava relógio, mas tinha um monóculo com aro de tartaruga preso a uma fita de seda negra e na mão direita um anel de ouro maciço com uma falsa opala.

Ivan guardava silêncio, como se quisesse fugir à conversa. O visitante aguardava que lhe falassem, sentado como um parasita que sai do seu quarto para fazer companhia ao protetor à hora do chá e se cala discretamente, vendo que o dono da casa está preocupado e de cenho franzido; mas pronto a um afável diálogo mal o outro abra a boca. De súbito, o seu rosto refletiu uma grande solicitude.

— Escuta — disse, dirigindo-se a Ivan — só te digo isto para to recordar: foste ver Smerdyakov a fim de lhe perguntar qualquer coisa a respeito de Catalina Ivanovna e vieste-te embora sem nada saber; talvez tenhas esquecido.

— Ah, sim! — respondeu Ivan, em cujo rosto se pintou uma expressão inquieta. — Sim, esqueci-me... Mas não importa, deixemos isso para amanhã — murmurou consigo mesmo. — E tu — acrescentou, dirigindo-se ao visitante sabes que deveria ter-me lembrado imediatamente, pois era a única coisa que me preocupava. Por que te metes onde não és chamado, recordando-me o que já tinha na memória?

— Não creias que fui eu quem to recordou — replicou o cavalheiro, com um amável sorriso. — Que ganhas em crer contra a tua vontade! Além disso, as provas não convencem ninguém, e muito menos as provas materiais. Tomé acreditou, não por ver Cristo ressuscitado, mas porque desejava acreditar antes de o ver. Olha os espiritistas, por exemplo... a mim encantam-me... mas imagina que julgam servir a causa da sua religião porque os demônios lhes mostram os cornos do outro mundo. Isto, dizem, é uma prova palpável da existência do outro mundo. O outro mundo é uma prova palpável! Ata-me esses cabos! E mesmo que admitas isto, acaso a prova da existência do diabo implicará a da existência de Deus? Quero fazer-me da sociedade idealista para os contrariar; afirmarei que sou realista, mas não materialista. Ah, ah, ah!

— Ouve — interrompeu-o Ivan, levantando-se. — Parece-me que estou a delirar... Com efeito, deliro; podes disparatar à tua vontade, não me importo. Não conseguirás irritar-me como da outra vez. Não sinto vergonha. Quero passear pelo quarto. De quando em quando não te vejo nem ouço a tua voz, como da outra vez, mas adivinho sempre o que estás a maquinar, porque *sou eu próprio quem fala e não tu*. O que não sei é se da última vez sonhava ou te via realmente. Vou encharcar uma toalha em água e pô-la na cabeça. Talvez assim desapareças.

Foi a um canto do quarto, molhou uma toalha, colocou-a em jeito de turbante e começou a passear.

— Agrada-me que me trates com tanta familiaridade — comentou o visitante.

— Imbecil! — riu-se Ivan. — Pensas que me vou desfazer em cumprimentos contigo. Estou muito contente, e se não me doesse a cabeça... tenho uma dor na testa... não me venhas com filosofias, como da última vez. Se não podes afastar-te, fala-me de algo divertido, conta-me uma anedota, pois como parasita que és deves saber contar anedotas. Mas que raio de pesadelo. Mas não te temo, vencer-te-ei. Não me levarão para um manicômio!

— *C'est charmant,* parasita. Sim, apresento-me tal qual sou. E que sou eu na terra senão um parasita? A propósito, ouvindo-te falar, surpreende-me que por fim comeces a tomar-me por algo real e não uma emanação da tua fantasia, como te obstinavas da outra vez...

— Mentira! Nem um só instante te tomei por uma realidade! — gritou Ivan, furioso.

— És a minha doença, um fantasma; mas não sei como aniquilar-te e vejo que terei de suportar-te algum tempo. — És uma alucinação, uma encarnação de mim mesmo, de uma parte de mim... das minhas ideias e pensamentos, mas só dos mais baixos e estúpidos. Deste ponto de vista, poderias interessar-me... se tivesse tempo para perder contigo.

— Perdão, perdão, não é bem assim. Quando esta tarde paraste com Aliocha debaixo do candeeiro e lhe perguntaste: Como sabes que me visita?, estavas a pensar em mim. De modo que, ao menos por um instante, acreditaste na minha existência real. — E o cavalheiro riu suavemente.

— Sim, foi um momento de fraqueza... mas nunca poderia acreditar em ti. Não sei se dormia ou estava acordado, da última vez. Talvez sonhasse e não te visse realmente.

— Por que te mostraste tão arisco com Aliocha? É um bom rapaz. Custa-me tê-lo tratado tão mal quando da morte do Padre Zossima.

— Não fales de Aliocha! Como te atreves, homem servil? — interpelou-o Ivan, rindo novamente.

— Ralhas-me, mas ris; é bom sinal. Não obstante, portas-te comigo de um modo mais cortês que da última vez e eu sei o porquê dessa nobre decisão...

— Não fales da minha decisão! — gritou Ivan, furioso.

— Compreendo, compreendo, *c'est noble, c'est charmant,* vais defender o teu irmão sacrificando-te... *C'est chevaleresque...*

— Cala-te ou dou-te um pontapé!

— Não teria o direito de queixar-me, pois teria logrado os meus propósitos. Se me desses um pontapé, acreditarias na minha realidade, pois as pessoas não tratam as aparições à patada. Brincadeiras à parte: não me importa que me injuries quanto queiras, embora seja melhor que te mostres amável, mesmo comigo. Imbecil, homem servil! Mas que insultos!

— Injuriando-te, injurio-me — riu Ivan — pois tu não és outro senão eu, eu com uma cara diferente. Dizes o que eu penso... e és incapaz de dizer qualquer coisa de novo.

— Se penso como tu, melhor para mim — declarou o cavalheiro com muita delicadeza e dignidade.

— Escolhes o pior dos meus pensamentos, os mais estúpidos. És estúpido e vulgar, imensamente estúpido. Não, não posso contigo! Que hei de fazer, que hei de fazer? — disse Ivan entre dentes.

— Querido amigo, primeiro que tudo, quero comportar-me como um cavalheiro, mas também quero que me correspondam como tal — declarou o visitante num repente de orgulho bondoso e suplicante, próprio de um convidado infeliz. Sou pobre... não muito honrado, convenhamos, mas... é um princípio aceito pela sociedade que sou um anjo caído. Certamente não concebo que possa ter sido um anjo. E se fui, isso aconteceu há tanto tempo que não é de admirar que me tenha esquecido, e agora só cuido da minha reputação de cavalheiro e de viver como posso, procurando tornar-me agradável. Amo sinceramente os homens; tenho sido muito caluniado. Nas visitas que te faço de vez em quando, a minha vida adquire uma aparência de realidade que é o que mais aprecio. Olha, como tu, vejo-me atormentado pela fantasia, e por isso amo o realismo da terra. Aqui, entre vocês, tudo está circunscrito, tudo é definido e geométrico, ao passo que a nós só nos restam equações desconhecidas e indeterminadas! Passeio por aqui devaneando; gosto dos devaneios. Além disso, na terra tornei-me supersticioso, Não te rias, por favor; gosto de ser supersticioso, Adoto todos os vossos costumes. O que mais me encanta são os banhos públicos, queres crer? Vou até lá e mergulho entre curas e comerciantes. O meu sonho dourado é encarnar-me para sempre e irrevogavelmente na mulher de um comerciante, gorda como uma cuba, para ter as suas crenças. O meu ideal é ir à igreja oferecer uma vela com fé sincera; palavra de honra. Então acabariam os meus sofrimentos. Também gostava de ser médico; na primavera houve uma epidemia de varíola e fui vacinar-me a um hospital. Se soubesses como estava contente nesse dia! Ofereci dez rublos para o socorro dos escravos!... Mas tu não me ouves. Sabes que não estás muito bem esta noite? Já sei que foste ontem ver esse doutor... bem, e como vai a tua saúde? Que te disse o médico?

— Tolo! — increpou-o Ivan.

— Mas tu és esperto e ainda me injurias? Pergunto-te por simpatia e não precisas de responder. Agora volta-me a dor reumática...

— Tolo! — repetiu Ivan.

— Dizes sempre o mesmo. Mas no ano passado tive um ataque tão forte que ainda me lembro.

— Um diabo ter reumático?

— Por que não, se está encarnado? Eu tomo a forma humana, com todas as consequências. *Satan sum et nihil humanum a me alienum putu.*

— O quê, o quê? *Satan sum et nihil humanum...!* Não está mal para o diabo!

— Alegra-me ter-te sido agradável, por fim.

— Mas isso não o tiraste de mim — disse Ivan, parecendo surpreendido. — Nunca me teria ocorrido... É estranho.

— *C'est du nouveau, n'est-ce pas?* Desta vez serei honesto e explicar-te-ei. Escuta, durante os sonos, e particularmente nos pesadelos originados por uma má digestão ou outras causas, o homem tem visões tão pitorescas, tão complicadas e de aparência tão real, nas quais se movem os acontecimentos, todo um mundo de acontecimentos, com tão inesperadas minúcias, desde os fenômenos mais elevados aos mais triviais, como por exemplo um bofetão, que te juro que nem o próprio Lev Tolstoi seria capaz de imaginar qualquer coisa no gênero; e estes sonhos têm-nos não precisamente os escritores, mas a gente mais vulgar: oficiais, jornalistas, sacerdotes... Constituem um enigma completo. Um homem de Estado confessou-me que as suas melhores ideias lhe ocorriam durante o sono. Isso é o que se passa agora: ainda que eu seja uma alucinação tua, como num pesadelo, digo coisas originais que nunca estiveram na tua cabeça. De modo que não repito as tuas ideias, embora nada mais seja do que um pesadelo teu.

— Mentes, pretendes convencer-me de que existes como algo alheio ao meu pesadelo, e agora afirmas que és um sonho.

— Meu amigo, adotei hoje um método especial que depressa te explicarei. Espera, onde ia? Ah, sim! Apanhei um resfriamento, não aqui, mas lá em baixo.

— Onde é o lá em baixo? Diz-me, ficarás aqui muito tempo? Não poderias ir-te embora? — gritou Ivan com desespero. Deixou de passear e sentou-se com os cotovelos em cima da mesa e a cabeça apoiada nas mãos. Arrancou a toalha e atirou-a para longe, irritado. Era inútil.

— Estás alterado dos nervos — comentou o cavalheiro, com grande cortesia. — Irritas-te comigo até porque sou capaz de apanhar um resfriado. Mas se é o mais natural! Corria um serão diplomático em casa de uma senhora da alta aristocracia de Petersburgo, que ansiava por influir no governo; eu ia de fraque, gravata branca, luvas, embora Deus saiba onde estava e os espaços que tinha de atravessar para chegar à terra... Claro que isto se faz num momento; mas bem sabes que até a luz do Sol demora oito minutos, e, imagina, de fraque e colete aberto... Os espíritos não se enregelam, é certo, mas uma vez encarnados, bom... enfim, não pensei muito e lancei-me, e fazes ideia do frio que reina nos espaços etéreos e na água que fica por cima do firmamento? ... Quase não se lhe pode chamar frio. Calcula, cento e cinquenta graus abaixo de zero! Bem conheces a brincadeira das aldeãs: convidam um inexperiente a lamber a lâmina de um machado a trinta graus abaixo de zero; no mesmo instante a língua congela no ferro e a pele estala, ensanguentada. E isto a trinta graus; imagina como seria a cento e cinquenta. Penso que bastaria tocar no machado com um dedo para desaparecer todo inteiro... Foi uma pena não ter um machado!

— Mas poderias encontrar ali um machado? — interrompeu-o Ivan distraidamente. Esforçava-se por não acreditar na alucinação para não ter de confessar-se louco.

— Um machado? — perguntou o visitante, surpreendido.

— Sim, que faria um machado em semelhante lugar? — gritou Ivan, com uma obstinação feroz.

— Que faria um machado no espaço? *Qulle idée!* Se caísse de alguma distância, penso que se poria a dar voltas em torno do planeta sem saber porque, como um satélite. Os astrônomos calcular-lhe-iam o nascente e o poente, *Gatzuk* inclui-lo-ia no almanaque, e pronto.

— Que estúpido, mas que grande estúpido me saíste! —resmungou Ivan, mal-humorado. — Mente com um pouco mais de graça ou não te ouço. Apelas para o realismo a fim de convencer-me de que existes, mas não quero acreditar na tua existência. E não acreditarei!

— Não minto, tudo o que disse é verdade; infelizmente, a verdade diverte pouco. Vejo que te obstinas em que te mostre algo de grande, talvez algo de belo. É pena, porque te dou o que posso...

— Pois não fales como um filósofo, burro!

— Para filosofias estou com todo o lado direito dorido, que muito me incomoda. Consultei toda a faculdade de medicina; diagnosticam maravilhosamente; têm a diag-nose na ponta dos dedos, mas não fazem ideia da terapêutica. Conheci um jovem estudante muito entusiasta que dizia: Talvez morra, mas ao menos saberá do que morre! Por isso têm como sistema enviar-nos aos especialistas. Nós só diagnosticamos, dizem, mas vá a tal ou tal especialista, que o curará. O antigo médico que curava todo o gênero de doenças desapareceu por completo, asseguro-te; hoje só restam os especialistas que se fazem anunciar nos jornais. Se tens algum mal no nariz, mandam-te a Paris, onde dizem que há um especialista que remenda narizes. Se vais a Paris, o remendão olha-te para o nariz e declara: Só posso curar-lhe a narina direita, porque não trato da esquerda; não é a minha especialidade. Mas vá a Viena; há lá um especialista que lhe tratará a narina esquerda. Que fazer? Voltei aos remédios caseiros e a um médico alemão que me receitou fricções de mel misturado com sal, depois do banho. Segui o conselho e tudo o que consegui foi transformar-me num caramelo. Desesperado, escrevi ao doutor Mateo, de Milão, Deus o abençoe!, o qual me enviou um folheto e umas gotas, e, imagina que o extrato de malte, de Hoff, me curou! Comprei-o por acaso, e calculei que ao fim de frasco e meio estava capaz de dançar. Tive a ideia de escrever aos jornais para agradecer, mas só consegui irritações: nem um só jornal quis publicar a minha carta! Seria demasiado reacionário, diziam. Ninguém acreditaria. *Le diable n'existe point.* Será melhor guardar o anonimato. Mas de que serve uma carta de agradecimento anônima? Ri-me dos redatores. Nesses dias, é reacionário acreditar em Deus, disse-lhes, mas eu sou o diabo, de modo que acreditarão em mim. De acordo, de acordo, responderam-me. não acredita no diabo? Mas não podemos admiti-lo. Seria suscetível de prejudicar a nossa reputação. No entanto, sob a forma de anedota, se quiser... Mas eu considerei que seria uma anedota pouco engenhosa e não se publicou. E, olha, é uma coisa que ainda hoje me dói. Os meus melhores sentimentos, a gratidão, por exemplo, estão-me proibidos devido à minha posição social.

— Mais considerações filosóficas? — resmungou Ivan, irritado.

— Deus me livre! Mas há coisas que não podem deixar de doer-nos. Sou um homem caluniado. Tu sempre me trataste de estúpido. Bem se vê que és jovem. Amigo, nem tudo deve ser inteligência! Eu possuo naturalmente um caráter bom e divertido. Sou autor de vaudevilles de todas as cores. Talvez me tomes por um Klestakov acabado, mas o meu destino é bastante mais sério. Antes que o tempo existisse, por um decreto que nunca consegui compreender, fui predestinado a negar, embora tenha um bom coração e nenhuma tendência para a negativa. Não, é necessário que negues; sem negação não haveria crítica, e que seriam os jornais sem uma coluna de crítica? Sem crítica, tudo seria um contínuo *Hossana*. Mas apenas *hossana* seria insuficiente para a vida, o *hossana* deve brotar do crisol da dúvida. Mas eu não me meto nisso, que não o inventei nem sou responsável. Escolheram-me, fizeram-me escrever a coluna da crítica, e com tudo isto a vida torna-se mais fácil. Nós compreendemos muito bem esta comédia; eu, por exemplo, sou partidário do nada. Não, dizem-me, porque sem ti nada existiria; se todas as coisas do universo fossem retas, nada aconteceria; sem ti não haveria acontecimentos, e é preciso que os haja. Assim, pois, contra a minha vontade, sou útil como origem de atividades e ajo contrarrazão por obediência. Homens dotados de inteligência indiscutível levam a sério esta farsa, e daqui nasce a tragédia. Sofrem, bem o vejo... mas vivem, vivem uma vida real, não fantástica, porque sofrer é viver. Que seria do prazer sem a dor? Ficaria tudo reduzido a uma cerimônia de igreja; seria muito santo, mas aborrecido. Mas que hei de dizer-te de mim? Eu sofro, mas não vivo. Sou o x de uma equação indeterminada; sou na vida um fantasma que não teve princípio e não terá fim, e que esqueceu até o seu próprio nome. Ris-te... não, não te ris, ainda te dura o amuo; só te preocupa a sabedoria, mas repito-te que de boa vontade daria toda esta vida supraplanetária, todos os títulos e honras, para transformar-me na alma da mulher de um comerciante, gorda como uma cuba, e oferecer velas no templo de Deus.

— Nesse caso, tu também não acreditas em Deus? — perguntou Ivan, com um sorriso diferente.

— Que hei de dizer-te? Se mo perguntas a sério...

— Há ou não há Deus? — gritou Ivan, brutalmente.

— Ah, falas então a sério! Pois, meu amigo, palavra de honra que não sei. Olha, é tudo quanto posso dizer-te.

— Não sabes e dizes que o vês? Vamos! Tu és apenas eu mesmo e nada mais! Tu és os escombros da minha fantasia!

— Bom, se tanto te empenhas, tenho a mesma filosofia que tu, talvez seja verdade. *Je pense, doncje suis*. Isto é o que sei de concreto. Quanto ao resto, são apenas palavras. Deus, e até Satanás, nada disso me foi provado. Se tem uma existência real ou é uma emanação de nós próprios, uma evolução lógica do nosso *eu* que existiu eternamente isolado... Mas calo-me, pois vejo que te vais levantar para me bater.

— Mais valia que contasses alguma anedota!

— Há precisamente uma no assunto que temos vindo a tratar. Mais do que uma anedota, é uma lenda. Acusas-me de incrédulo, e já vês, tu não acreditas. Há muitos como eu, meu amigo, como eu, aturdidos com a vossa ciência. Antigamente havia apenas átomos, cinco sentidos, quatro elementos, e tudo corria bastante bem. Também no mundo antigo tínhamos átomos; mas desde que soubemos que descobriram a molécula química, o protoplasma e sabe o diabo que mais, caiu-nos a crista. Armou-se por aí um barulho de mil demônios, e reina sobre tudo a superstição, o escândalo; estamos mais escandalizados nós do que vocês, já vês; inteiramo-nos de tudo por meio de espionagem, pois temos uma secção de polícia secreta a que chegam informações de todos os gêneros. Bom, a tal lenda extravagante pertence à nossa Idade Média e ninguém entre nós acredita nela, salvo as velhas gordas, não as vossas, as nossas. Porque tudo o que vocês têm, também nós o temos, e estou a revelar-te um dos nossos segredos por amizade, apesar de nos estar proibido fazê-lo. A lenda refere-se ao Paraíso. Contam que havia na terra um pensador, um filósofo que negava tudo: as leis, a consciência, a fé, e, com mais obstinação ainda, a vida futura. Morreu, e quando esperava ir diretamente para as trevas do nada, encontrou-se, com grande espanto e indignação, ante a vida futura. Isto é contra os meus princípios!, declarou. E foi castigado... quer dizer, perdoa-me, pois repito-te o que me contaram, e isto é uma lenda... Foi condenado a fazer nas trevas uma viagem de um quatrilhão de quilômetros... não sei se sabes que adotamos o sistema métrico... e quando terminou essa viagem as portas do céu abriram-se-lhe e foi perdoado...

— E que outros tormentos têm no outro mundo, além desses quatrilhões? — quis saber Ivan, com surpreendente curiosidade.

— Que tormentos? Ah, nem mo pergunteis! Antigamente havia-os de todos os gêneros, mas agora está na moda o castigo moral... o roedor de consciência... e todas essas tolices. Copiamo-lo de vocês, da vossa brandura de costumes. E quem se aproveita disto? Os que não têm consciência, pois não a tendo não podem ser torturados pelos remorsos. Em contrapartida, as pessoas decentes que têm consciência e sentimento da honra, sofrem. As reformas, quando o terreno não está bem preparado para elas, são uma desgraça, especialmente tratando-se de instituições copiadas do estrangeiro. É preferível o fogo antigo. Esse homem condenado a percorrer um quatrilhão de quilômetros, detém-se, olha à sua volta, estende-se no meio do caminho e declara: Não quero caminhar; nego-me por uma questão de princípio. Toma a alma de um russo sábio e ateu, mistura-a com a do profeta Jonas que passou três dias no ventre de uma baleia, e terás o caráter do nosso pensador atravessado no caminho.

— Em cima de que se deitou?

— Alguma coisa haveria para ele se deitar. Não troças?

— Bravo! — exclamou Ivan, que escutava sumamente interessado e com a mesma estranha ansiedade pintada no rosto. E ainda continua deitado?

— Aqui reside o *quid*. Permaneceu assim durante mil anos e por fim levantou-se e pôs-se a caminho.

— Que animal! — gritou Ivan, rindo nervosamente, como que absorto nas suas reflexões. Há alguma diferença entre estar eternamente imóvel e caminhar um quatrilhão de quilômetros? Seria uma viagem de um bilhão de anos.

— Parece-me que te ficas muito por baixo, embora não traga lápis e papel para fazer a conta. Mas há algum tempo que acabou a viagem, e aqui começa a anedota.

— Já chegou? Mas onde foi ele buscar o bilhão de anos de que precisava para a viagem?

— Continuas a pensar à maneira terrestre! Mas a terra passou talvez por um bilhão de transformações: extinguiu-se, gelou, estourou desfazendo-se em mil pedaços; desintegraram-se os seus elementos, as águas voltaram ao firmamento, foi um cometa, converteu-se em sol e de sol em terra; os mesmos fenômenos podem ter-se repetido indefinidamente e com exatidão em todas as circunstâncias, com o tédio que resulta sempre deste gênero de coisas...

— Bom, bom; e que aconteceu quando ele chegou?

— Pois, quando se abriram as portas do paraíso, entrou, ficou algum tempo de relógio na mão... embora me pareça que o relógio se deve ter decomposto durante a viagem nos seus elementos primitivos...e gritou, de modo que todos o ouvissem, que aqueles dois segundos mereciam uma viagem não de um quatrilhão de quilômetros, mas de um quatrilhão de quatrilhões, elevados à quatrilhonésima potência.

Cantou o *hossana*, esganiçando-se e exagerando tanto a nota que muitas pessoas de ideias elevadas se recusaram ao princípio a apertar-lhe a mão, pois diziam que se tornara reacionário demasiado depressa. O temperamento russo! Repito-te que é uma lenda e só ta conto porque tem o mérito de destacar o tipo de ideias que atualmente reinam entre nós.

— Apanhei-te! — gritou Ivan com uma alegria juvenil, como se por fim tivesse conseguido recordar qualquer coisa. Essa anedota, sobre o quatrilhão de quilômetros, inventei-a eu. Tinha então dezessete anos e andava no liceu. Imaginei a anedota e contei-a a um condiscípulo chamado Korovkin, foi em Moscovo... É tão característica que não posso ter ido buscá-la a parte alguma. Pensava que a tinha esquecido...mas inconscientemente recordei-a... recordei-a eu mesmo... não ma contaste tu. As recordações acodem inconscientemente a milhares de pessoas, até aos que se dirigem para o cadafalso... A mim ocorreu-me durante um sonho. E esse sonho és tu! És um sonho e não um ser vivo!

— A veemência com que me negas — riu o cavalheiro — convence-me de que acreditas em mim.

— Nem ponta! Não tenho em ti a centésima parte de um grão de mostarda.

— Mas tens a milésima parte de um grão. As doses homeopáticas são talvez as mais fortes. Confessa que tens uma décima milésima parte de fé em mim.

— Nunca! — gritou Ivan, furioso. E contudo gostaria de acreditar em ti.

— Ah! Isso é uma concessão. Mas sou bondoso e quero acudir em tua ajuda. Escuta: fui eu quem te apanhou, e não tu a mim. Contei-te a anedota que tinhas esquecido porque quero destruir completamente a tua fé em mim.

— Mentes. O objetivo desta visita é convencer-me da tua existência.

— Precisamente. Mas a dúvida, a hesitação, o conflito travado entre a fé e a negação, representam tais torturas para um homem de consciência como tu, que mais lhe valeria enforcar-se. Conhecendo a tua inclinação para acreditar em mim, infundi-te um certo ceticismo contando-te essa história. Sacudi-te entre a dúvida e a crença, porque tinha os meus motivos. É um novo método. Quando me negares definitivamente, começarás a afirmar que não sou um sonho e sim uma realidade. Conheço-te. Alcançarei então o meu objetivo, que é muito nobre. Semearei em ti uma pequena semente de fé, dessa semente crescerá uma haste e uma haste tão frondosa que à sua sombra desejarás fazer a vida de eremitas e dos santos penitentes. Interiormente já aspiras a isso. Comerás gafanhotos e viverás nas solidões do deserto para salvar a tua alma.

— E tu sentes desvelos pela salvação da minha alma, velhaco?

— Alguma vez se há de fazer uma boa obra. Mas que mau humor o teu!

— Imbecil! Alguma vez tentaste esses santos varões que comem gafanhotos e passam dezessete anos a orar até que o musgo os cobre e sepulta?

—Querido amigo, não tenho feito outra coisa. Esquece-se este mundo e todos os outros para fazer vacilar um desses santos, que são como preciosíssimos diamantes. Uma alma assim, vale por vezes tanto como uma constelação inteira. Temos um sistema especial para calculá-lo. Há conquistas inapreciáveis! Alguns deles não te são inferiores em cultura, embora não o creias; podem contemplar simultaneamente tais abismos de fé e de dúvida que parecem estar prestes a precipitarem-se das alturas nas profundezas, como diz o doutor Gorbunov.

— Bem, e tu ficas com um nariz de palmo.

— Amigo — observou sentenciosamente o visitante — mais vale ter um nariz de palmo do que ser desnarigado, como dizia não há muito tempo um aflito marquês... devia ter sido tratado por um especialista em confissão ao seu pai espiritual, um jesuíta. Eu estava presente. Foi divertidíssimo! Devolva-me o nariz!, pedia ele, batendo no peito. Meu filho, respondia evasivamente o sacerdote, todas as coisas acontecem segundo os inescrutáveis desígnios da Providência, e o que por vezes parece uma desgraça traz-nos extraordinários, ainda que ocultos, benefícios. Se o destino cruel te privou do nariz, em contrapartida ninguém te poderá puxar por ele. Reverendo padre, as suas palavras não me consolam, protestava o desolado marquês. Com muito gosto deixaria que me puxassem pelo nariz todos os dias, desde que voltasse a tê-lo no seu lugar. Meu filho, suspirou o padre, é inútil esperar todos os benefícios ao mesmo tempo. Isso é murmurar contra a Providência, que nem mesmo neste caso te esqueceu, pois quando te lamentas dizendo que não te importarias que te puxassem todos os dias pelo nariz, cumprem-se os teus desejos de uma maneira indireta, pois desde que perdeste o nariz, andas como que arrastado por ele.

— Néscio! Que estúpido! — gritou Ivan.

— Meu querido amigo, só desejava divertir-te; mas juro-te que esta é a clássica casuística dos jesuítas e que a cena se passou assim mesmo, palavra a palavra. O jovem marquês suicidou-se ao chegar a casa nessa mesma noite; eu estive a seu lado até ao último momento. Os confessionários dos jesuítas constituem a minha mais grata diversão nos momentos de melancolia. Vou contar-te outro caso que se deu um destes dias. Uma jovem normanda de vinte anos, cabelos louros, uma beleza fresca e jovial que fazia vir água à boca, chega-se a um velho sacerdote, ajoelha-se e confessa o seu pecado através da grade. Mas, minha filha, caíste outra vez?, exclama o sacerdote. Santa Maria, que ouço eu? E não foi com o mesmo? Mas até quando vai isto durar? Não te envergonhas? *Ah, mon père,*— responde a pecadora com lágrimas de arrependimento, *ça lui fait tant de plaisir et à moi si peu de peine!* Imagina que resposta! Era o grito da natureza, mais do que o da inocência. Perdoei-lhe no mesmo instante o seu pecado e voltei-me para me ir embora, mas tive de retroceder. Ouvi o sacerdote, através da grade, marcar-lhe um encontro para essa noite... um velho duro como uma rocha! Era a natureza, a força da natureza que recobrava os seus direitos! O quê? Voltas a irritar-te? Não sei como tornar-me agradável...

— Deixa-me em paz. A tua presença pesa-me como um pesadelo insuportável — gemeu Ivan ante a aparição. — Estou farto de ti, causas-me angústias insofríveis. Vou experimentar expulsar-te à força!

— Modera as tuas ânsias, não exijas de mim toda a grandeza e nobreza, e verás como nos damos bem — disse persuasivamente o cavalheiro. — No fundo, estás aborrecido porque não te apareci no meio de um globo de fogo, entre relâmpagos e trovões, com asas de chamas, em vez de mostrar-me de forma tão modesta. Mereces admiração, em primeiro lugar pelos teus sentimentos estéticos, depois pelo teu orgulho. Como pode um diabo tão vulgar visitar um tão grande homem como tu! Sim, tens essas pretensões românticas, que tão ridicularizadas foram por Bychinsky. Quando me disponho a visitar-te, não consigo deixar de pensar que seria divertido adotar o aspecto de um general que serviu no Cáucaso, com as condecorações do Leão e do Sol ao peito. Mas, realmente, receio que me batas se me atrevo a apresentar-me com as placas do Leão e do Sol em vez da Estrela Polar ou de Sírio. Dizes que sou um estúpido, mas, Deus de bondade!, não pretendo igualar-me a ti em inteligência. Mefistófeles declarou a Fausto que desejava o mal e só fazia o bem. Que diga o que quiser, no fundo eu sou o contrário. Sou talvez o único homem de toda a Criação que ama a verdade e só desejo o bem. Estava presente quando o Verbo, que morreu na cruz, subiu ao céu, levando no seio a alma do bom ladrão; escutei a alegre aclamação dos querubins que cantavam o *hossana* e o arrebatado troar dos serafins que faziam tremer o céu e a terra, e juro-te, pelo que há de mais sagrado, que desejava unir-me aos coros e cantar com eles: *hossana*! A palavra vinha-me aos lábios e estive quase a pôr-me aos gritos... bem sabes que sou muito impressionável e excessivamente sensível a toda a impressão estética. Mas o senso comum... oh! o mais desgraçado traço do meu caráter!... conteve-me dentro dos limites devidos e deixei escapar a ocasião. Por que, que se passaria... reflete se eu gritasse o *hossana*? Todas as coisas da terra se apagariam numa completa inatividade. Já vês como o sentimento do dever e a minha condição social me obrigaram a refrear um bom instinto e prosseguir na abjeta tarefa de que fui incumbido. Alguns apoderam-se de todo o crédito da bondade, e para mim deixam apenas a ignomínia. Não invejo as honras de uma vida de imposturas e de folgança, porque não sou ambicioso, mas pergunto uma coisa: por que motivo, de entre todas as criaturas do mundo, me vejo condenado às maldições das pessoas decentes e a receber pontapés e bofetões como consequências naturais da forma humana, que me vi obrigado a adotar? Sem dúvida há nisto um mistério, mas não querem revelar-mo por nada do mundo. Temem que comece a gritar *hossana*, o que traria no mesmo instante o desaparecimento do indispensável menos algébrico e o estabelecimento do bom senso sobre a terra. E isto, claro, significaria o fim de tudo, até o das revistas e jornais, porque ninguém os assinaria. Já sei que no fim de tudo serei perdoado. Farei também uma viagem de um quatrilhão de quilômetros e decifrarei o enigma; mas enquanto isso não acontece, franzo o cenho e continuo a desempenhar a minha missão, ainda que seja contra a semente de que te falava, quer dizer: perco milhares para salvar um. Quantas almas tiveram de sucumbir e quantas reputações tiveram de ficar arruinadas por aquele homem justo chamado Job, em nome do qual me fizeram as últimas na antiguidade. Sim, enquanto não for explicado o mistério, haverá para mim duas espécies de verdade: uma, a deles, lá embaixo, da qual não sei absolutamente nada, e outra, a minha. E não sei qual das duas será mais vantajosa... Dormes?

— Talvez — resmungou Ivan, irritado. — Todas as minhas estúpidas ideias analisadas, ruminadas e afastadas desde há muito tempo, mas apresentas agora como se fossem novas.

— Não há modo de agradar-te! E eu que esperava deixar-te encantado com o meu estilo literário. O *hossana* nas alturas não está mal de todo, pois não? E que te parece o meu tom sarcástico *à la Heine?*

— Não, nunca tive um espírito tão abjeto. Como pôde a minha alma produzir um ser tão vil como tu?

— Amigo, conheço um jovem russo muito simpático, encantador; é um rapaz inteligente, entusiasta da literatura e da arte, autor de um poema que promete muito intitulado *O Grande Inquisidor,* e estava a pensar nele!

— Proíbo-te de falar de O Grande Inquisidor! — gritou Ivan, vermelho de vergonha.

— E *O Cataclismo Geológico?* Lembras-te? É todo um poema!

— Cala-te ou mato-te!

— Tu, matares-me? Não, desculpa, falarei. Vim para dar-te gosto. Oh, como amo os sonhos dos meus jovens amigos, fogosos, trêmulos de paixão pela vida! Gente nova, pensaste tu, quando na primavera te dispunhas a vir, gente nova que quer destruir tudo e voltar ao canibalismo. Estúpidos! Não vieram pedir-me conselho! Eu sustento que basta destruir a ideia de Deus no homem; é por aí que se deve começar. Oh, raça de cegos que nada compreendem! Quando todos os homens tiverem negado Deus... e eu creio que a época do ateísmo universal chegará, como qualquer época geológica... o velho conceito do universo desmoronar-se-á por si mesmo, sem canibalismo, desaparecerá a velha moral e tudo começará de novo. Os homens unir-se-ão para arrancar da vida tudo o que ela tiver para dar, mas só para o gozo e a felicidade da terra; enaltecer-se-ão nas asas do seu espírito, animado por um orgulho titânico, e aparecerá o deus-homem. De dia para dia, ampliando indefinidamente as suas conquistas sobre a natureza através da ciência e da vontade, experimentarão um tão íntimo prazer nisso mesmo que se compensarão com juros das suas antigas esperanças de gozos eternos. Todos saberão que são mortais e enfrentarão a morte com orgulho e serenidade de deuses. O próprio orgulho ensinar-lhes-á a inutilidade de rebelarem-se contra a lei que reduz a vida a um momento, e amarão os seus irmãos sem necessidade de recompensa. O amor será suficiente num momento da vida, mas o próprio conhecimento da sua brevidade atiçará o fogo que agora se dissipa e esfria em esperanças quiméricas num amor de além túmulo... e assim por diante, no mesmo estilo. Magnífico!

Ivan permanecia sentado, olhando para o soalho e tapando os ouvidos com as mãos; todo o seu corpo começou a tremer, e a voz continuou:

— A questão baseia-se — continuava a pensar o meu amigo — na possibilidade de chegar essa época. Se há de chegar, tudo está terminado e a humanidade fica desde então estabelecida para sempre. Mas como, por causa da inveterada estupidez do homem, não se pode esperar que isso aconteça antes de, pelo menos, mil anos, todos os que conheçam a verdade podem legitimamente ordenar as suas vidas segundo os novos princípios. Neste sentido, *tudo será permitido*. E mais ainda: no caso de essa época nunca chegar, como nem Deus nem a imortalidade existem, o homem novo pode chegar a ser o homem deus, ainda que esteja só como tal no mundo, e uma vez promovido ao novo estado, pode, sem escrúpulos, franquear todas as barreiras da moral antiga, se necessário for. Não há leis para Deus. A presença de Deus santifica o lugar onde se mostra. Onde eu estiver, aí será o lugar de preferência. Tudo é permitido e acabou-se. Tudo isto é verdadeiramente encantador, mas se queres cometer uma patifaria para que precisas de uma sanção mo-ral? Assim é a nossa Rússia contemporânea. Ninguém se atreve a enganar sem ter uma sanção moral; tal amor professa à verdade...

O visitante falava a impulsos da sua própria eloquência, elevando pouco a pouco a voz e olhando de um modo irônico para o dono da casa; mas não conseguiu acabar. Ivan pegou num copo que estava em cima da mesa e atirou-o ao orador.

— *Ah, mais c'est bête enfin* — exclamou este, levantando-se e sacudindo das roupas as gotas de chá. — Lembraste-te do tinteiro de Lutero! Tomas-me por um sonho e atiras-me um copo! É próprio de mulheres! Eu bem suspeitava que só fingias tapar os ouvidos.

Naquele momento ouviram-se pancadas batidas com insistência na janela. Ivan levantou-se!

— Ouves? Farias bem em ir abrir — gritou o cavalheiro. — É o teu irmão Aliocha que vem com as mais surpreendentes e interessantes notícias, podes crer.

— Cala-te, impostor. Sabia que era Aliocha, pressentia a sua chegada, e claro que não viria sem um motivo, claro que trará notícias! — irritou-se Ivan.

— Abre, abre. Está muito vento e é o teu irmão. *Monsieur sait-il le temps qu'ilfait? C'est à ne pas mettre un chien dehors.*

Continuavam a bater. Ivan queria correr à janela, mas algo parecia amarrá-lo de pés e mãos; todos os seus esforços para romper aquelas pelas eram inúteis. As pancadas tornavam-se cada vez mais fortes. Por fim, Ivan conseguiu levantar-se da cadeira. Passeou pelo quarto com um olhar selvagem. As duas velas estavam prestes a extinguir-se e em cima da mesa viu o copo que atirara ao visitante; no sofá não se encontrava ninguém. As pancadas nos vidros da janela persistiam, mas não tão fortes como lhe tinham parecido no seu sonho; pelo contrário, eram umas pancadas discretas.

— Não foi um sonho! Não, juraria que não foi um sonho tudo o que acaba de acontecer! Ivan aproximou-se da janela e abriu o postigo.

— Aliocha, não te disse que não viesses? — gritou o irmão, enfurecido. — Em duas palavras, que queres? Em duas palavras, ouviste?

— Smerdyakov enforcou-se há uma hora — respondeu Aliocha do pátio.

— Vem pela escada, vou abrir-te a porta — disse Ivan. E foi abrir a porta.

## Capítulo 10
## Disse-mo Ele

Ao entrar, Aliocha contou que, uma hora antes, Maria Kondratyevna lhe fora dizer que Smerdyakov se tinha enforcado. Fui buscar o serviço do chá e encontrei-o pendurado de um prego da parede. Às perguntas de Aliocha respondera que não avisara a polícia, tendo corrido logo para junto dele; estava aterrorizada e tremia como uma folha. Tinham-se dirigido os dois ao quarto de Smerdyakov. Em cima da mesa havia um papel escrito. "Mato-me por minha própria vontade e desejo para não ter de acusar ninguém. Aliocha deixara aquela nota no mesmo sítio e fora a correr avisar a polícia.

— E de lá vim logo para aqui — terminou Aliocha, olhando intensamente para Ivan, como que surpreendido pela estranha expressão que notava no seu rosto. — Irmão — disse de súbito — deves estar muito doente. Olhas como se não entendesses uma palavra do que te estou a dizer.

— Fizeste muito bem em vir — respondeu Ivan num tom sombrio e como se não tivesse ouvido o comentário de Aliocha. — Já sabia que se tinha enforcado,

— Já sabias? E quem to disse?

— Não sei, mas sabia. Sabia-o! Sim, *disse-mo ele,* acaba de mo dizer! Ivan permanecia no meio do quarto, com o mesmo ar pensativo e olhando para o chão.

— Quem *é ele?* — perguntou maquinalmente Aliocha, olhando em redor.

— Fugiu. — Ivan levantou a cabeça e riu docemente. — Teve medo de ti... temia uma pomba como tu. És um querubim puro... Dmitri chama-te querubim. Querubim!... o arrebatado troar dos serafins. O que é um serafim? Talvez toda uma constelação; mas pode ser que essa constelação não passe de uma molécula química. Há uma constelação do Leão e do Sol. Não sabias?

— Senta-te, irmão — pediu Aliocha, assustado. — Senta-te no sofá. Estás a delirar; apoia a cabeça na almofada... assim. Queres uma toalha molhada na testa? Far-te-ia bem.

— Dá-me a toalha; está aí, na cadeira; acabo de tirá-la.

— Não está aqui, mas não te inquietes, sei onde está... aqui — disse Aliocha, tirando uma toalha limpa da cômoda que havia num canto do quarto.

Ivan ficou a olhar para ele com estranheza; por um momento pareceu recordar qualquer coisa.

— Cala-te — disse, levantando-se. — Mas se há uma hora tirei essa toalha da gaveta para empapá-la em água. Apliquei-a na cabeça e atirei-a para aí... Como está seca? Não havia outra!

— Puseste esta toalha na cabeça? — perguntou Aliocha.

— Sim, e com ela posta andei a passear pelo quarto, há uma hora... Por que estão consumidas as velas? Que horas são?

— Meia-noite.

— Não, não, não! — gritou Ivan. — Não foi um sonho. Ele estava aqui, sentava-se aqui, no sofá. Quando tu bateste à janela, atirei-lhe um copo... este. Espera um pouco. Da última vez estava a dormir, mas isto agora não foi um sonho; aconteceu realmente. Tenho tido sonhos, Aliocha... mas não são sonhos, são realidades. Eu andava, falava e ouvia... ainda que estivesse a dormir. Mas ele sentava-se aqui, neste sofá... É um estúpido, Aliocha, um solene estúpido. — E Ivan pôs-se a rir e a passear pelo quarto.

— Quem é esse estúpido? De quem estás a falar, irmão? — perguntou Aliocha ansiosamente.

— Do diabo! Deu-lhe para me visitar; esteve aqui duas ou três vezes. Censura-me o desgosto que diz que sinto por ele ser um simples diabo e não Satanás com asas de fogo e surgindo no meio de raios e coriscos. Mas não é Satanás, mentira. É um embusteiro, um aldrabão. E simplesmente um diabo... um diabo mísero e vulgar. Até vai aos banhos! Se lhe tirasses a roupa, certamente verias que tem cauda, lisa e comprida como a de um cão dinamarquês, quase negra... Aliocha, tens frio? Estiveste na neve. Queres um pouco de chá? Ah, esfriou. Digo à criada que acenda o samovar? *C'est à nepas mettre un chien dehors...*

Aliocha correu à bacia, molhou a toalha, convenceu Ivan a deitar-se e envolveu-lhe a cabeça. Depois sentou-se a seu lado.

— Que dizias de Lisa? — perguntou Ivan, que se mostrava muito efusivo. — Amo-a. Disse-te uma indecência qualquer a respeito dela, mas era mentira. Amo-a... Katya faz-me medo, amanhã. Temo-a mais a ela do que a qualquer outra pessoa, para o futuro. Amanhã desprezar-me-á e espezinhar-me-á. Pensa que quero perder Mitya por ciúmes! Sim, pensa isso, mas engana-se. Amanhã, a cruz; mas não a forca. Não, não me enforcarei. Sabes que nunca poderia suicidar-me, Aliocha? Será por fraqueza? Eu não sou um covarde. Será por amor à vida? Como terei sabido que Smerdyakov se enforcara? Sim, disse-mo *ela*..

— Mas tão convencido estás de que entrou aqui alguém? — perguntou Aliocha.

— Sim, esteve sentado neste sofá. Tu tê-lo-ias afugentado, como afugentaste: quando chegaste, desapareceu. Gosto da tua cara, Aliocha. Sabes que gosto da tua cara? E *ele* sou eu próprio, Aliocha. Tudo o que tenho de humilhante, de vil, de desprezível. Sim, sou um romântico. Ele adivinhou-o, mas é uma patranha... É um grande estúpido, mas maneja a astúcia com a facilidade de uma raposa, e sabe como irritar-me. Insulta-me, dizendo que acredito nele, e dessa forma obriga-me a escutá-lo. Engana-se como a uma criança; no entanto, disse-me muitas verdades que nunca teria confessado a mim mesmo. Sabes, Aliocha — acrescentou num tom sério e confidencial — que gostaria muitíssimo de ser ele e não eu?

— Fatigou-te — disse Aliocha, olhando para o irmão compassivamente.

— Não parou de atormentar-me e muito delicadamente, sabes? Muito delicadamente. consciência! O que é a consciência? Eu próprio a inventei para meu uso; por que me atormenta? Por hábito, pelo hábito que a humanidade contraiu ao longo de sete mil anos. Renunciemos, pois, a isso e seremos deuses. Disse-mo ele, disse-mo ele.

— Não terás sido tu? — perguntou Aliocha, sem conseguir conter-se, olhando serenamente para o irmão. — Não penses mais nele. Acaba para sempre e esquece-o. Deixa que carregue com todas as más ideias que detestas e não voltará!

— Sim, mas é rancoroso, troça de mim. Não tem vergonha, Aliocha — disse Ivan, tremendo de ira. — É injusto comigo, injusto quanto possas imaginar. Calunia-me com o maior descaro. Oh! vais praticar um ato de heroísmo: confessar o assassinato de teu pai, declarar que o lacaio o matou por instigação tua.

— Irmão — interrompeu-o Aliocha — modera-te. Não foste tu quem o matou. Isso não é verdade!

— É o que ele diz, ele, que o sabe. praticar um ato de virtude heroica e não acreditas na virtude; isso é o que te atormenta e te exaspera; por isso te tornaste tão vingativo. Isso é o que ele diz de mim e sabe muito bem o que diz.

— És tu quem diz isso e não ele — exclamou Aliocha com aflição — e dizê-lo porque a febre te faz delirar.

— Não, ele sabe o que diz. Irás por orgulho, apresentar-te-ás e declararás: *Matei-o eu!* Por que vos horroriza esta confissão? Enganam-se, desprezo a vossa opinião, desprezo o vosso horror! E acrescenta: Bem sabes como gostas que te admirem; o que tu queres é ouvir: *É um criminoso, um assassino, mas que alma tão nobre a sua: confessa-se culpado para salvar o irmão.* Isto não é verdade, Aliocha! Não desejo o elogio da chusma vil, juro-te! É mentira! Por isso lhe atirei o copo, que lhe partiu a horrível cara — gritou Ivan, com olhos fulgurantes.

— Acalma-te, irmão, acalma-te! — suplicou Aliocha.

— Sim, sabe como fazer-me sofrer. É cruel — continuou Ivan, sem fazer caso. Admitindo que vás por orgulho, ainda te resta a esperança de que Smerdyakov seja enviado para a Sibéria e o teu irmão absolvido, enquanto tu sais da coisa com um castigo moral, entendes? E o louvor de muita gente. Mas Smerdyakov matou-se, enforcou-se. Quem, pois, dará fé ao teu testemunho? E no entanto, irás, irás, irás da mesma maneira, porque assim decidiste. Mas que vais fazer agora? É espantoso, Aliocha. Não posso suportar estas perguntas. Quem se atreve a falar-me assim?

— Irmão — atalhou Aliocha que, aflito, não desesperava ainda de chamá-lo à razão — como pode ter-te falado do suicídio de Smerdyakov antes da minha chegada, se ninguém o sabia nem tinha tido tempo de inteirar-se?

— Disse-mo — replicou Ivan com uma segurança que não admitia dúvidas. — E se vamos a isso, não me falou de outra coisa. E farás muito bem se acreditas na virtude, disse-me. Não importa que não acreditem em ti, pois vais por uma questão de princípios. Mas tu, que estás feito um porco como Fedor Pavlovitch, para que precisas da virtude? Para que queres fazer intrigas se há de ser inútil o teu sacrifício? Oh, que voltas dás à cabeça para saberes por que vais! Já conseguiste decidir-te? Não, não estás decidido. Passarás a noite a pensar se vais ou não. Mas irás, tu sabes que irás. Sabes que qualquer decisão que tomes não dependerá de ti. Irás porque não te atreverás a ficar em casa. Por que não te atreves? Adivinha-o tu. É um enigma para ti. Levantou-se e desapareceu. Saía quando tu entraste. Chamou-me covarde, Aliocha. *Le mot de l'énigme*, é que sou um covarde. Uma águia como tu não se esconde nas alturas. Também disse isto... E Smerdyakov disse o mesmo. Tenho de matá-lo! Katya despreza-me, há um mês que o noto. Até Lisa me desprezará! Receberás elogios. É uma mentira infame! Tu também me desprezas, Aliocha! Estou quase a odiar-te outra vez. Também odeio o monstro! Odeio o monstro! Não quero salvá-lo. Que vá para a Sibéria! Meteu-se-lhe na cabeça cantar um hino! Oh, amanhã irei e cuspir-lhes-ei na cara!

Levantou-se bruscamente, atirou a toalha para o chão e pôs-se a passear pela sala. Aliocha recordou as suas palavras: Parece-me que durmo acordado... ando, falo, vejo, mas durmo. Teve a impressão de que se encontrava nesse estado e não quis abandoná-lo.

Lembrou-se de ir chamar um médico, mas não podia deixá-lo sozinho, pois não podia confiar a ninguém a sua custódia. Pouco a pouco, Ivan foi caindo num estado de completa inconsciência; continuou a falar, a falar ininterruptamente, mas cada vez com maior incoerência e articulando com grande dificuldade. De súbito cambaleou e teria caído se Aliocha não o sustivesse, Ivan deixou-se conduzir até à cama pelo irmão, que o despiu como pôde e o deitou. Durante duas horas ficou a velá-lo. O doente dormia profundamente, sem se mover, respirando suave e compassadamente. Aliocha pegou numa almofada e estendeu-se vestido no sofá.

Antes de adormecer, rezou por Mitya e por Ivan, cuja doença começava a compreender. angústia de uma orgulhosa determinação. O estrondoso clamor de uma consciência! Deus, em quem não acreditava, e a verdade dominando um coração que não queria submeter-se. O pensamento revoluteava no cérebro de Aliocha, tendo morrido Smerdyakov, ninguém acreditará na declaração de Ivan. Mas ele comparecerá a depor. Os lábios de Aliocha entreabriram-se num sorriso. Deus vencerá, pensou. Ivan ou se levantará na luz da verdade ou... sucumbirá no ódio, vingando em si mesmo e em todos o serviço prestado a uma causa em que não acreditava, acrescentou amargamente, voltando a orar pelo irmão.

# Livro 12
# Erro Judicial

## Capítulo 1
## O Dia Fatal

Às dez da manhã do dia seguinte começou na audiência provincial o exame da causa contra Dmitri Karamázov.

Declaro-me desde já abertamente incapaz de resumir de um modo integral tudo o que neste julgamento aconteceu, nem de seguir com todo o rigor a ordem do processo. Assim, espero que me perdoem se me limitar ao que de um modo especial me impressionou, embora possa bem ser que, tomando por principal o secundário, omita involuntariamente os fatos de mais realce e interesse.

Basta de desculpas: farei o melhor que souber e o leitor saberá que fiz quanto podia.

Para começar, e antes de entrarmos na sala, direi o que naquele dia me surpreendeu mais do que qualquer outra coisa; segundo pude verificar mais tarde, esta surpresa foi geral. Já sabíamos que interesse despertara aquele assunto, que todos esperavam consumidos de impaciência o exame de um processo que durante dois meses fora o tema obrigatório das conversas nas tertúlias de toda a cidade, e objeto de mil comentários, exclamações e conjecturas; sabíamos que aquele caso era conhecido em toda a Rússia; mas não podíamos imaginar que toda a Rússia compartilhasse o nosso interesse e o nosso exaltado entusiasmo, como nesse dia se comprovou no tribunal.

Veio gente, não só das principais povoações da província, mas mesmo de Moscovo e até de Petersburgo. Entre os curiosos havia advogados, senhoras e distintas personalidades que arrebataram todos os convites. No espaço que havia atrás da mesa ocupada pelos três magistrados colocaram-se cadeiras destinadas aos visitantes mais conspícuos, o que era uma coisa excepcional, nunca até então permitida. As senhoras eram muito numerosas, mais da metade de todo o público. Reuniu-se um tal número de juristas que houve dificuldade em arranjar-lhes lugar, já que os convites tinham sido solicitados e distribuídos com grande antecipação. Vi como foi necessário improvisar precipitadamente uma divisória atrás do próprio estrado, e nessa divisória instalaram-se todos esses homens de leis que se consideravam felizes por terem conseguido obter um lugar na sala, de onde tinham sido retirados os bancos para que coubesse mais gente; apesar de tudo isto, o público apinhou-se no espaço disponível enquanto durou o julgamento.

Algumas senhoras apareceram na galeria luxuosamente ataviadas, mas a maior parte até descurou o toucado, na ânsia de conseguir um lugar. Os seus rostos expressavam uma curiosidade histérica, anelante, quase mórbida. Pelo que depois se observou, pôde deduzir-se que as senhoras estavam, na maior parte, do lado de Mitya e a favor da sua absolvição, o que creio se deve atribuir à fama que desfrutava de grande conquistador de corações femininos. Sabia-se que haviam de comparecer ante os Juízes duas rivais, uma das quais, Catalina Ivanovna, era objeto do interesse geral. A seu respeito contava-se todo o gênero de histórias extraordinárias e assombrosas relacionadas com o amor que tinha por Mitya, apesar do seu crime; insistiam especialmente no seu caráter altivo e nas suas amizades com a nobreza. Dizia-se que tencionava pedir ao Governo que a autorizasse a seguir o criminoso até à Sibéria e a casar com ele, nem que fosse no fundo das minas. Não era menor a impaciência com que se aguardava a presença de Gruchenka ante o tribunal; mas o que o público particularmente ansiava era o encontro das duas rivais: a altiva aristocrata e a cortesã. Para as mulheres da província, Gruchenka era uma figura mais familiar; já tinham visto mulher que causou a ruína de Fedor Pavlovitch e a do seu pobre filho, e todas, quase sem exceção, espantavam-se que pai e filho pudessem amar uma jovem russa, tão vulgar e ordinária, que nem sequer chegava a ser bonita.

Enfim, falava-se pelos cotovelos. Consta-me que chegou a haver discussões no seio das famílias mais formais da nossa cidade. Muitas senhoras discutiram violentamente com os maridos, mantendo opiniões contrárias sobre o espantoso caso de Mitya, e compreende-se que esses maridos, longe de estarem a favor do réu, o julgassem *a priori* com o maior rigor. Pode considerar-se certo que o elemento masculino presente no julgamento se distinguia do feminino pela prevenção que manifestava contra Mitya. Abundavam os rostos severos, os cenhos franzidos, até às expressões vingativas; é certo que Mitya ofendera muitos durante a sua estada na cidade, mas não eram raros os assistentes que se mostravam de excelente humor e até completamente desinteressados da sorte do réu. Mas a todos interessava o processo como espetáculo e quase todos esperavam a condenação; só os letrados revelavam mais interesse pelo aspecto legal do caso do que pelo aspecto moral.

E o que mais os animava era a presença do advogado de defesa, Fetyukovitch, cujo talento fora geralmente reconhecido nos famosos casos criminais que defendera noutras audiências provinciais, casos a que soubera dar celebridade pelo tom elevado a que levara os debates com a sua eloquência. Causa que ele defendesse, era causa que alcançava renome em toda a Rússia. Falava-se também muito do procurador e do presidente do tribunal. Dizia-se que Hipólito Kirillovitch temia encontrar-se frente a Fetyukovitch, a quem tinha por inimigo desde o início da sua carreira em Petersburgo. Acrescentava-se que, embora esperasse sobrepor o seu talento no caso Karamázov, e até pensasse cimentar com ele o seu prestígio, Fetyukovitch era, devido à guerra que lhe movia desde os tempos de Petersburgo, a sua sombra negra. Tais asserções eram falsas. O nosso procurador não era dos que desanimam ante o perigo; pelo contrário, a confiança em si mesmo aumentava com as dificuldades. Era um temperamento empreendedor e excessivamente sensível, e punha toda a sua alma no estudo de cada caso, trabalhando como se a sua sorte e o seu prestígio dependessem dos resultados. Este aspecto do seu caráter era considerado um tanto ridículo no terreno legal e conquistara-lhe mais notoriedade da que podia esperar-se da sua modesta situação. As pessoas rilham-se particularmente da paixão que revelava pela psicologia. Na minha opinião faziam mal, pois o nosso procurador ia mais fundo do que se pensava; mas uma saúde delicada impedira-o de prová-lo no início da sua carreira e depois já não se lhe apresentara ocasião para isso.

Do presidente do tribunal só posso dizer que era um cavalheiro de ideias humanitárias, culto, muito versado em praticamente todos os assuntos relacionados com a sua profissão e progressista. Embora tivesse certas ambições, não lhe interessava grande coisa a carreira; a maior aspiração da sua vida consistia em ser homem de ideias avançadas, não obstante as suas muitas relações e propriedades. O caso Karamázov impressionou-o enormemente, como depois pudemos ver, mas do ponto de vista social, não pessoal. Interessava-lhe o seu significado como fenômeno social, a sua classificação, o seu caráter como produto das nossas condições sociais, como tipo do caráter nacional... O aspecto pessoal do caso, a sua realidade trágica, as pessoas nele implicadas, inclusivamente o próprio réu, quase o deixavam indiferente, numa atitude de perfeita imparcialidade que era talvez a mais adequada.

A sala ficou cheia e a transbordar de público, muito antes que entrassem os juízes. A sala do nosso tribunal é a maior e a mais espaçosa da cidade, com excelentes condições acústicas. À direita da mesa presidencial havia duas filas de cadeiras para os jurados; à esquerda ficava o banco do acusado e o lugar que seria ocupado pela defesa. Sobre uma mesa colocada ao centro, junto à da presidência, viam-se as provas: a camisa de seda de Fedor Pavlovitch, manchada de sangue, a mão do almofariz com que se supunha ter sido cometido o crime, a camisa de Mitya, com uma manga ensanguentada, a sua casaca com uma nódoa no sítio onde tocara o lenço empapado, o próprio lenço, completamente tingido e agora amarelo, a pistola resgatada a Perkotin para o suicídio e escondida em Mokroe por Tifon Barsovitch, o sobrescrito e a cinta que envolviam o dinheiro destinado a Gruchenka e muitas outras coisas que agora não recordo. Junto à balaustrada que separava o tribunal do público tinham sido colocadas cadeiras para as testemunhas que quisessem permanecer na sala depois de terem prestado declarações.

Às dez horas, entraram os juízes — o presidente e dois magistrados assessores — seguidos pelo procurador. O presidente era pequeno, rechonchudo, forte; parecia sofrer de dispepsia, tinha cerca de cinquenta anos, os seus cabelos rapados eram quase grisalhos e ostentava na lapela uma fita vermelha, já não recordo de que Ordem. O procurador impressionou-me, como a todos os outros, pela palidez do seu rosto, quase verde. Parecia ter enfraquecido numa noite, pois dois dias antes tinha-o visto mais cheio de cara. O presidente começou por perguntar se estavam presentes todos os jurados.

Não posso referir ponto por ponto quanto ali se disse e se passou, porque não ouvi tudo nem me inteirei de tudo, nem me recordo, e muito especialmente porque, como já disse, me faltaria tempo e espaço material para isso. Sei que não houve tropeço algum por falta de comparência dos jurados, dos quais me recordo perfeitamente.

Eram doze: quatro empregados, dois comerciantes e seis artesãos. Também me recordo das perguntas que se cruzavam entre o público, especialmente entre as damas, antes de começar o julgamento. Como é possível que um caso tão complicado e de tão complexa psicologia seja submetido à decisão de humildes empregados e artesãos? Que podem entender esses homens de tal assunto? Os quatro empregados do júri eram pessoas incultas e de condição humilde. Excetuando um, eram homens de idade, de cabelos brancos, muito pouco conhecidos na sociedade; haviam vegetado com o seu miserável salário, tinham gastado os momentos de ócio a jogar às cartas, não sabiam o que era abrir um livro e todos eles tinham mulheres feias e inapresentáveis, além de um rancho de filhos descalços e ranhosos. Os dois comerciantes tinham aspecto respeitável, mas pareciam tolos de tão calados e imóveis. Um deles barbeava-se e vestia-se à europeia; o outro usava a barba recortada e do pescoço pendia-lhe uma fita vermelha com não sei que condecoração; e não falemos dos artesãos e labregos, pois os artesãos de Skotoprigonyevsky dedicavam-se quase todos a trabalhar a terra. Dois deles vestiam igualmente à europeia, e talvez por isso estavam mais sujos e menos vistosos do que os outros. Com razão, pois, as pessoas perguntavam que podia esperar-se de tal gente num caso como aquele. E, não obstante, o aspecto de todos eles era imponente, ameaçador: todos eles olhavam severos, de ar carrancudo.

O presidente declarou iniciado o julgamento, não recordo já em que termos. Ordenou ao meirinho que introduzisse o acusado, e quando Mitya entrou fez-se na sala tal silêncio que se poderia ouvir o voo de uma mosca. Não sei que impressão causou nos outros a entrada de Mitya, mas em mim foi muito penosa. Vestia com exagerada elegância um flamante fraque encomendado propositadamente a um alfaiate de Moscovo, que tinha as suas medidas; luvas negras de pelica e camisa de finíssimo tecido. Avançou com os seus passos grandes e decididos, olhando em frente com resolução, e ao chegar ao seu banco sentou-se com ar imperturbável.

O aparecimento do advogado de defesa, o célebre Fetyukovitch, que se produziu quase imediatamente a seguir, levantou um murmúrio abafado entre a multidão. Era alto, magro, comprido de pernas; os dedos das suas mãos pareciam gavinhas, tinha a cara rapada, as roupas muito limpas, os cabelos muito curtos e os lábios finos torcidos num sorriso fixo. Parecia não ter mais de quarenta anos e o seu rosto seria agradável se não fossem os olhos que, pequenos e inexpressivos, ficavam demasiado perto do estreito tabique do nariz que os separava, dando-lhe o aspecto de uma ave noturna. Vestia um terno de verão, com gravata branca.

Recordo as primeiras perguntas do presidente a Mitya, acerca do seu nome, da sua posição, etc. Mitya respondeu com brusquidão e uma voz tão inesperadamente dura que o presidente estremeceu e ficou a olhar para ele, surpreendido. Depois seguiu-se a lista dos nomes dos interessados no processo: testemunhas e peritos. Uma lista interminável. Quatro das testemunhas não compareciam: Miusov, que prestara declarações ao instruir-se o sumário, estava em Paris; a senhora Hohlakov e Maximov encontravam-se ausentes por doença, e Smerdyakov por falecimento, segundo documento apresentado pela Polícia. Esta notícia causou na sala certa agitação, acompanhada de um natural murmúrio, pois muitos ignoravam o recente suicídio do lacaio; mas, mais do que a notícia, impressionou o público o vozeirão de Mitya, que ao terminar a leitura do documento que dava conta do suicídio, gritou do seu lugar:

— Era um cão e morreu como um cão!

Ainda me parece ver o advogado inclinando-se apressadamente para ele, e o presidente a ameaçá-lo com tomar severas medidas se tal irregularidade se repetisse. Mitya moderou-se e, em tom submisso, prometeu reiteradamente ao seu defensor, sem manifestar o menor desgosto:

— Não voltará a acontecer; saiu-me assim, mas não voltará a acontecer.

Este pequeno incidente não o favoreceu no ânimo dos jurados nem do público. Nele o seu caráter revelou-se claramente. Foi sob esta impressão que se leu a ata de acusação, breve mas substancial, apresentando as principais razões da prisão e processo de Mitya. Fez uma impressão profunda no meu ânimo. O escrivão lia com voz sonora e pausada. Toda a tragédia se desenrolava ante nós, intensificada, como que posta em relevo e cruelmente desvendada. Recordo que, ao terminar, o presidente perguntou a Mitya, num tom grande e imponente:

— Acusado, reconhece-se culpado?

Mitya levantou-se bruscamente e respondeu com voz forte, quase agressiva:

— Confesso-me culpado de embriaguez e depravação, de ociosidade e libertinagem. Queria regenerar-me pela virtude no momento exato em que a sorte me abateu. Mas da morte desse ancião, meu inimigo e meu pai, não sou culpado! Não, não, não sou culpado do roubo cometido em sua casa! Não poderia sê-lo, Dmitri Karamázov é um canalha, mas não um ladrão.

Voltou a sentar-se, tremendo dos pés à cabeça. O presidente exortou-o uma vez mais a responder simplesmente às perguntas, deixando-se de exclamações desnecessárias. Chamaram-se então as testemunhas para que prestassem juramento, do qual só foram eximidos os irmãos do acusado, e pude nessa ocasião vê-las todas juntas. Depois de o sacerdote lhes ter dirigido uma exortação, disseram-lhes que se retirassem com ordem para se manterem a certa distância umas das outras, e começaram a chamá-las uma a uma.

## Capítulo 2
## Testemunhas Perigosas

Ignoro se as testemunhas da acusação e da defesa formavam grupo à parte e se o presidente seguia uma ordem estabelecida ao convocá-las. Devia ser assim, embora só possa dizer que as primeiras chamadas a depor foram as testemunhas da acusação. Repito que não pretendo seguir passo a passo todo o interrogatório, porque além de que com isso o meu relato se tornaria demasiado pesado, encontraremos mais adiante todas as declarações reunidas nos vibrantes e luminosos discursos do procurador e da defesa, parte dos quais me proponho inserir aqui literalmente, dando-lhes por prólogo o inesperado episódio que os precedeu e que inegavelmente provocou o sinistro e fatal resultado deste julgamento.

Não quero passar em silêncio o que desde o início foi notado por todos como sendo a característica peculiar desta causa, a saber: a extraordinária força da acusação relativamente aos argumentos em que se poderia basear a defesa. Todos se deram clara conta de que os fatos se iam agrupando e convergindo para um só ponto, revelando gradualmente o horrível e sangrento crime. Talvez todos tivessem desde o começo a certeza de que a causa estava perdida sem remédio, que não oferecia dúvidas nem daria motivo para discussões, que o defensor estava ali por mera formalidade e que o acusado, enfim, era culpado, clara e terminantemente culpado. Tenho para mim que até as senhoras que com tanta impaciência esperavam a absolvição do réu se convenceram todas, sem exceção, da sua culpabilidade; e também creio que as teria desgostado não haver tantos motivos para se convencerem disso, pois de outro modo minimizar-se-ia o efeito da cena final em que esperavam ver absolvido o assassino, pois nenhuma delas, por estranho que isso pareça, duvidou até ao último instante de que seria absolvido. É culpado, mas será absolvido por questões humanitárias, segundo exigem as novas ideias, os sentimentos que estão na moda, etc., etc. Fora isto que as levara ao tribunal com tanto anseio. Os homens interessavam-se mais pela luta que havia de travar-se entre o procurador e o célebre Fetyukovitch, e perguntavam a si mesmos que partido poderia tirar o grande talento do advogado de um caso como aquele; toda a sua atenção estava concentrada no defensor, de quem procuravam não perder uma palavra.

Mas Fetyukovitch permaneceu até à última hora, até ao seu discurso, um enigma para todos. Os peritos suspeitavam que tinha algum desígnio, que estava preparando um golpe eficaz, mas era impossível adivinhar qual seria o seu jogo. De todos os modos, a segurança que manifestava e a sua confiança em si mesmo eram inconfundíveis. Para todos foi motivo de alegria e admiração ver como em tão pouco tempo, pois havia apenas três dias que se encontrava na cidade, lhe fora possível dominar o caso e estudar as suas mais pequenas sutilezas, e as pessoas comentavam mais tarde, deliciadas, a facilidade com que derrotou as testemunhas da acusação, deixando-as perplexas e hesitantes, abalando as suas reputações e destruindo assim o valor dos seus depoimentos. Supunham que o fazia, antes de mais nada, por divertimento, pela glória profissional, para provar que nada omitia daquilo que era então aceito como método, convencidos que nenhuma vantagem real lhe proporcionaria aquele desdouro moral das testemunhas; talvez ele soubesse isto mesmo melhor do que ninguém e o fizesse para ocultar a ideia que acalentava ou esconder a arma que tencionava disparar quando chegasse o momento; mas, entretanto, seguro da sua força, parecia divertir-se.

Assim, no depoimento de Grigory, o velho criado, cuja afirmação de que a porta estava aberta constituía uma das provas mais graves, o defensor, chegada a sua vez, pôs-se a atacá-lo. É preciso notar que Grigory entrou na sala com ar sereno e quase majestoso e não bastou para o emocionar nem a majestade do local, nem a multidão que o escutava em silêncio. Prestou a sua declaração com a mesma segurança de que daria provas ao falar com Marfa, se bem que com mais respeito. Foi inútil esperar que se contradissesse. O procurador perguntou-lhe qualquer coisa sobre a família dos Karamázov, e a família foi pintada com as cores mais tristes, podendo todos ver que a testemunha falava com a máxima franqueza e imparcialidade. Apesar do profundo respeito que tinha pela memória do seu falecido amo, declarou que este se portara injustamente com Mitya e não criara os filhos como seria devido. Este, quando menino, teria sido devorado pela miséria se não fosse eu, acrescentou ao descrever a infância de Mitya. Não é próprio de um pai despojar o filho da herança da mãe quando por direito lhe pertence.

Quando o ministério público lhe perguntou que provas apresentava para afirmar que Fedor Pavlovitch lesara os interesses econômicos do filho, Grigory deixou todos surpreendidos ao declarar que não as tinha, mas insistiu em que o comportamento do amo para com o filho fora muito feio e que deveria ter-lhe dado mais alguns milhares de rublos. É de notar que o procurador fez perguntas sobre a retenção de uma parte da herança de Mitya a todas as testemunhas que podiam saber alguma coisa, inclusivamente a Aliocha e a Ivan, sem conseguir uma informação exata; todos estavam de acordo a esse respeito, mas ninguém podia apresentar provas concretas. A cena na sala de jantar, no dia em que Dmitri maltratara o pai e ameaçara voltar para matá-lo, causou no tribunal uma impressão desastrosa, especialmente porque a compostura do velho criado ao descrevê-la, a parcimônia das suas palavras e a sua fraseologia peculiar, fizeram as vezes da eloquência que faltava. Avisou que não alimentava ressentimento contra Mitya por tê-lo deixado sem sentidos junto da sebe; havia muito que lhe tinha perdoado. De Smerdyakov disse, benzendo-se, que era um jovem dotado de grande habilidade, mas imbecil e misantropo e, o que era pior, sem crenças, como o tinham ensinado a ser Fedor Pavlovitch e o seu filho mais velho; mas defendeu a sua honradez com calor, contando como um dia encontrara no pátio a bolsa do amo e, em vez de guardá-la, lha entregara, ação que o amo premiara com uma moeda de ouro e passando a confiar inteiramente nele. Obstinou-se na sua declaração referente à porta, e tantas perguntas lhe fizeram que não consigo recordá-las.

Foi em seguida a vez do advogado defensor, que começou por interrogá-lo sobre o sobrescrito no qual Fedor Pavlovitch era suposto de ter o dinheiro destinado a certa pessoa. Viu-o alguma vez, você que durante tantos anos esteve ao lado do seu amo? Grigory respondeu que nunca o tinha visto, e que até ignorara a sua existência até que toda a gente se pusera a falar a esse respeito. Esta pergunta repetiu-a Fetyukovitch a todos os que podiam ter visto o sobrescrito, com a mesma persistência com que o procurador perguntava acerca da herança retida, e de todos obteve a mesma resposta: nunca o tinham visto, embora alguns tivessem ouvido falar. Todos repararam na insistência de Fetyukovitch neste ponto.

— Agora, com sua licença, vou fazer-lhe uma pergunta— disse súbita e inesperadamente o defensor. — De que se compunha a bebida, ou melhor, a decocção com a qual, de acordo com o sumário, esfregou os rins na tarde do dia dos autos para curar as suas dores?

Grigory olhou para ele, desconcertado, e balbuciou após uma pausa:

— De açafrão.

— Apenas açafrão? Não se recorda de qualquer outro ingrediente?

— Também havia milfurada.

— E pimenta?

— Sim, pimenta também.

— Etcetera. E tudo dissolvido em *vodka?*

— Em aguardente.

Uma gargalhada contida percorreu a sala.

— Bom, em aguardente. E depois de esfregadas as costas, creio que bebeu o resto da preparação, pronunciando umas orações que só a sua mulher conhece. É certo?

— Assim foi.

— Bebeu muito? Quanto haveria? Assim... a olho... Um copo ou dois?

— Um copo grande.

— Um copo grande, diz. Não seria copo e meio?

Grigory não respondeu. Parecia tentar adivinhar a intenção do seu interlocutor.

— Um copo e meio de aguardente pura não cai mal, eh! Que lhe parece? Basta para que uma pessoa veja aberta de par em par não só a porta do jardim, mas até a do próprio céu!

O criado calava-se. Novas gargalhadas. O presidente agitou-se na sua cadeira.

— Tem a certeza de que não dormia quando viu a porta aberta? — insistiu Fetyukovitch.

— Estava de pé.

— Isso não prova que estivesse acordado. — Mais gargalhadas. — Teria podido responder naquele momento a quem lho perguntasse, por exemplo, em que ano estamos?

— Não sei.

— E em que ano estamos? Sabe? Em que ano de graça?

Grigory ficou a olhar aturdido para o seu verdugo e, coisa estranha, parecia não saber, com efeito, em que ano se estava.

— Mas poderá dizer quantos dedos tem nas mãos?

— Sou um criado — disse Grigory por fim, com voz forte. — Se os superiores têm o capricho de troçar de mim, a minha obrigação é suportá-lo.

Fetyukovitch ficou um tanto confuso e o presidente observou-lhe que devia perguntar coisas de maior interesse. O advogado inclinou-se, dizendo que nada mais tinha a perguntar à testemunha, mas no público e no próprio tribunal fizera germinar a dúvida sobre a veracidade das declarações de um homem que sob os efeitos da bebida podia ter visto as portas do céu e que nem sequer sabia em que ano vivia. Mas antes que Grigory se retirasse, produziu-se outro incidente quando o juiz perguntou ao acusado se tinha alguma coisa a opor às declarações feitas.

— Excetuando isso da porta, tudo o que disse é verdade — vociferou Mitya. — Por ter-me despiolhado, agradeço-lhe; por ter-me perdoado o mal que lhe fiz, agradeço-lhe também. Esse velho foi honrado toda a sua vida e leal ao meu pai como setecentos cães.

— Acusado, modere a sua linguagem! — repreendeu-o o presidente.

— Não sou nenhum cão — murmurou Grigory.

— Ah, bom, o cão sou eu — gritou Mitya. — Se o tomou por um insulto, carrego eu com o insulto e peço-lhe perdão. Portei-me cruelmente com ele, como um bruto. E com Esopo também.

— Com que Esopo? perguntou severamente o presidente.

— Oh! Com Pierrot... Com o meu pai, Fedor Pavlovitch.

O presidente, com voz imponente e severa, voltou a avisá-lo de que devia moderar a linguagem.

— Prejudica-se a si mesmo no ânimo dos juízes.

O defensor fez brilhar o seu talento ao tirar também partido da declaração de Rakitin, isso apesar de ser uma das testemunhas de mais valor e aquela de que o ministério público mais esperava. Sabia tudo; os seus conhecimentos eram assombrosos; tinha estado em todo o lado, vira tudo, falara com todos, sabia na ponta da língua a vida e os milagres dos Karamázov, pai e filhos. É certo que quanto ao sobrescrito só ouvira falar dele pelo próprio Mitya, mas pôde contar minuciosamente todos os excessos do acusado na *Metrópole,* todos os seus ditos e gestos, e relatar a história do capitão Snegiryov, o Molho de Estopa. Nada pôde esclarecer quanto à questão da herança e limitou-se a vaidosas generalidades.

Ninguém poderia dizer quem era o culpado e quem era o devedor, pois dada a natural habilidade dos Karamázov para embrulhar as coisas, era impossível tirar a limpo fosse o que fosse. Atribuiu a tragédia aos costumes atrasados por séculos de escravidão e à desordem que sofria a Rússia, por falta de instituições apropriadas. Foi-lhe permitido dar uma certa extensão ao seu discurso, e Rakitin aproveitou a primeira ocasião que lhe ofereciam para chamar a atenção. O procurador sabia que a testemunha preparava um artigo de revista a respeito do caso e até aproveitou algumas ideias para a sua exposição, o que provava que lera os rascunhos de Rakitin. O quadro que este apresentou do caso na sua declaração era do mais tétrico que possa imaginar-se, e de grande vantagem para ele. O público ficou encantado com a independência e a grande nobreza das ideias expostas, e quando se falou da escravidão e do abandono em que a Rússia se encontrava, chegaram a soar alguns aplausos. Mas Rakitin, arrastado pelo ardor da sua juventude, deu um passo em falso, de que o advogado de defesa se aproveitou imediatamente. Ao responder a uma pergunta sobre Gruchenka, para não descer do plano elevado dos seus sentimentos e do êxito que via ter alcançado, teve a fraqueza de falar com desprezo de Agrafena Alexandrovna, chamando-lhe a protegida de Samsonov. Bem caras havia de pagar estas palavras, que Fetyukovitch apanhou em voo; mas como teria podido imaginar que o advogado se inteiraria de tudo isto em tão pouco tempo?

— Permita uma pergunta — começou o advogado, sorrindo com afabilidade e respeito. — Não é o senhor o mesmo Rakitin autor do folheto *Vida e Morte do Venerável Padre Zossima,* publicado por conta das autoridades diocesanas, cheio de profundas e piedosas reflexões e com uma magnífica dedicatória ao bispo, obra que acabo de ler com grande deleite?

— Não o escrevi para ser impresso... publicaram-no depois... — murmurou Rakitin, desconcertado e quase envergonhado.

— Ah, magnífico! Um pensador como o senhor pode e até deve mostrar-se competente em todas as questões sociais. O seu folheto circulou profusamente sob o patrocínio do bispo e foi de grande utilidade... Mas o que queria saber de si era se, como há pouco disse, estava intimamente relacionado com a senhora Svyetlov.

Este era o apelido de Gruchenka, que eu ouvia então pela primeira vez.

— Não posso ser responsável por todos os meus conhecimentos... um homem novo se vamos ter que responder por todas as pessoas que conhecemos... — Rakitin corou.

— Compreendo, compreendo perfeitamente atalhou Fetyukovitch, como se também ele estivesse confuso e quisesse desculpar-se. — A si podia interessar como a qualquer outro jovem a amizade de uma mulher bonita que atrai os olhares de toda a juventude provinciana... mas só desejava saber... chegou ao meu conhecimento que há dois meses a senhora Svyetlov tinha um singular empenho em conhecer o mais novo dos Karamázov, Alexey Fedorovitch, e lhe prometeu a si vinte e cinco rublos se o fizesse ir à casa dela com o hábito de monge, coisa que o senhor conseguiu na véspera do dia em que se cometeu o terrível crime objeto deste processo. Conduziu o noviço a casa da senhora Svyetlov e desejava saber se recebeu dela a paga desse serviço.

— Era uma aposta... não sei que interesse tem isso para si... Recebi-o por pura brincadeira... com intenção de devolver-lho mais tarde...

— Ah, então recebeu-o? Mas ainda não o devolveu, não é verdade?

— Isso não tem importância — balbuciou Rakitin — e nego-me a responder a tais perguntas. Claro que lho devolverei.

O presidente interveio, mas o advogado disse que não tinha mais perguntas a fazer à testemunha, e o senhor Rakitin desceu do pedestal com a sua dignidade bastante amolgada. O eleito do elevado idealismo do seu discurso ficou um tanto prejudicado e a expressão de Fetyukovitch ao olhar para ele, enquanto se retirava, parecia dizer ao público: Eis o tipo dos intelectuais que acusam o meu constituinte. Recordo que o discurso de Rakitin não acabou sem uma explosão de Mitya, que encolerizado pelo tom com que a testemunha falava — de Gruchenka gritou de súbito: Bernard!, e quando o presidente, terminado o interrogatório, perguntou ao acusado se tinha alguma coisa a dizer, Mitya declarou, elevando a voz:

— Enquanto estive na prisão, não parou de sacar-me dinheiro. É um desprezível Bernard, um oportunista; não crê em Deus, mas confia no bispo!

Foi uma vez mais admoestado pela intemperança das suas palavras, mas Rakitin ficou feito em tiras.

O capitão Snegiryov não teve mais êxito, mas por uma causa muito diferente. Apresentou-se andrajoso, sujo, com as botas enlameadas e, mau grado a atenta vigilância da polícia, completamente embriagado. Quando o interrogaram sobre a ofensa de Mitya, negou-se a responder.

— Deus o abençoe. Ilucha disse-me que não. Deus mo pagará lá em cima.

— Quem o encarregou de não dizer? De quem está a falar?

— Ilucha, o meu filhinho. Papá, papá, como te injuriou! Disse-mo na pedra. Agora está a morrer...

O capitão pôs-se a chorar e lançou-se aos pés do presidente. Levaram-no imediatamente, entre as gargalhadas do público! Fracassava por completo a impressão que o procurador tinha preparada, e o defensor continuava a assombrar a assistência com o seu perfeito conhecimento da causa.

O depoimento de Trifon Borisovitch, por exemplo, foi de grande efeito e muito desfavorável para Mitya. Calculava ele, com os dedos pelo menos, que quando da primeira visita de Mitya a Mokroe devia ter gastado três mil rublos, no mínimo. Só de pensar no que comeram aquelas glutonas! E para nem falar nos piolhosos aldeãos! Distribuíra vinte e cinco rublos a cada um, que não fora menos! E o que lhe tiraram! Que ele nem pensava em reclamar o que ia desaparecendo! Como havia de encontrar os ladrões, se ele próprio atirava fora o dinheiro? E bem sabem que os nossos camponeses são uns ladrões, não têm consciência. E o seu comportamento com as aldeãs! Desde então, andam todas ataviadas, e garanto-lhes que eram umas maltrapilhas. Fez a conta de todas as despesas, exagerando tanto que a alegação de Mitya de que gastara mil e quinhentos rublos e guardara o resto tornava-se inconcebível.

— Vi nas suas mãos três mil rublos tão claramente como teria visto cinco cêntimos: vi-os com os meus próprios olhos. E se sei calcular o dinheiro à simples vista! — terminou, desejando satisfazer os seus superiores.

Quando Fetyukovitch o interrogou, não tentou refutar qualquer das suas afirmações, começando por perguntar-lhe sobre um incidente ocorrido durante a primeira visita, quando Timofey e um outro camponês chamado Akin encontraram no pátio uma nota de cem rublos que Mitya perdera e a foram levar ao estalajadeiro, o qual dera por ela um rublo a cada um.

— Muito bem — continuou o advogado — devolveu essa nota ao senhor Karamázov?

Trifon Borisovitch agitou-se em vão. Não pôde negar o achado da nota, mas disse que a entregara honestamente a Dmitri Fedorovitch, mas como o senhor estava naquele momento sob os efeitos da bebida, não era possível que se lembrasse. No entanto, como negara teimosamente o achado da nota até que aqueles que a tinham encontrado foram chamados a depor, tornou-se duvidosa a sua informação de que a devolvera e desmoronou-se a reputação de outra das mais perigosas testemunhas de acusação,

Igual sorte tiveram os polacos. Apresentaram-se com ares de orgulho e independência, vociferando que estavam ambos ao serviço da Coroa e que o *pan* Mitya lhes oferecera três mil rublos para comprar a sua honra, e que tinham visto nas suas mãos dinheiro abundante. *Pan* Mussyalovitch incluía nas suas frases um grande número de palavras polacas, e vendo que isto lhe dava importância aos olhos do presidente e do procurador, exagerou a sua vaidade e acabou por falar só polaco. Mas Fetyukovitch apanhou-os na armadilha: voltou a chamar Trifon Borisovitch, obrigou-o a confessar, não obstante as suas evasivas, que tinham trocado o baralho que lhes entregara e que o *pan* Mussyalovitch fazia trapaça ao jogo. Isto foi confirmado por Kalganov, e os dois polacos retiraram-se cobertos de opróbrio, por entre as gargalhadas do público.

O mesmo aconteceu com quase todas as testemunhas perigosas. O defensor procurava lançar uma nódoa sobre cada uma e despedi-la com a desconsideração do público. Os jurisconsultos e os entendidos ficaram pasmados ante tanta habilidade, mas não descortinavam os propósitos com que fora posta em prática, já que o caso, longe de ter sido refutado, parecia cada vez mais evidente. Mas a serenidade do grande mago demonstrava a sua confiança, e nela esperavam, compreendendo que aquele homem não viera de Petersburgo para coisa nenhuma e não se resignaria a regressar derrotado.

## Capítulo 3
## A Informação Médica e o Meio Quilo de Nozes

A informação dos peritos médicos foi de escassa utilidade para o acusado. Fetyukovitch não fez grande caso deste meio de defesa, ao qual se recorrera por instância de Catalina Ivanovna, que mandara vir *ex professo* uma eminência. O advogado de defesa nada tinha a perder e podia até tirar daquilo alguma vantagem, se bem que na realidade os depoimentos só servissem para divertir o público com as opiniões contraditórias dos médicos. Foram três os peritos chamados a depor: o célebre médico de Moscovo, o nosso Herzenstube e o jovem Varvinsky. Os dois últimos apareciam também como testemunhas da acusação.

O primeiro a depor foi o doutor Herzenstube, homem de setenta anos, com a cabeça branca e calva, robusto e de estatura média. Todos gostavam dele e o respeitavam pela sua grande piedade e honradez; não recordo bem a que irmandade pertencia. Havia muitíssimos anos que vivia entre nós, cumprindo o seu ministério com admirável dignidade. Homem de grande coração e sentimentos humanitários, não só visitava gratuitamente os camponeses nas suas choças, como também lhes dava dinheiro para os medicamentos; mas, isso sim, era teimoso como só ele. Quando se lhe metia alguma coisa na cabeça, não havia quem o fizesse mudar de ideia. Era do domínio público que durante aqueles três dias o famoso médico se permitira algumas alusões demasiado ofensivas contra as qualidades profissionais deste homem bondoso, criticando com muita rudeza o tratamento que aplicava aos doentes, quando estes, aproveitando a estada da sumidade, se faziam examinar por ela, embora soubessem que cobrava vinte e cinco rublos por cada consulta.

Quando o médico de Moscovo examinava um doente, perguntava-lhe: quem foi que o empanturrou de poções? Herzenstube? Ah, ah!

E Herzenstube soube disto. Agora os três médicos compareciam a depor ante o tribunal.

O doutor Herzenstube declarou, sem preâmbulos, que estava fora de dúvida o desarranjo mental do acusado. E depois de apresentar provas em favor do que dizia, provas que omitirei aqui, afirmou que tal anormalidade não só se patenteara em numerosos atos da vida de Mitya, como até naquele mesmo instante se manifestava; e quando lhe perguntaram em que se manifestava, disse, com a maior simplicidade do mundo, que o acusado revelara ao entrar, porque caminhava como um soldado, olhando em frente, em vez de olhar, como teria sido natural, para a esquerda, que era onde estavam as senhoras, pois sendo um tão grande admirador do belo sexo devia preocupá-lo especialmente o que pensavam dele.

 Devo acrescentar que falava o russo com grande efusão, e embora todas as suas frases se acomodassem aos modismos alemães, não queria emendar-se, pois tinha a fraqueza de acreditar que falava o russo melhor do que os naturais do país. Gostava de misturar na conversa uma grande quantidade de provérbios russos, dizendo que nenhuma outra nação os tinha mais abundantes e expressivos. Outro fato curioso: ao falar, ficava com frequência pensativo, em busca de algum vocábulo que conhecia perfeitamente e que esquecia de súbito, coisa que também lhe acontecia quando falava alemão, e então costumava levar a mão à altura da testa, como que para apanhar em voo a palavra rebelde, sem que fosse possível levá-lo a continuar antes de o conseguir. A ideia de que o acusado deveria ter olhado para as senhoras ao entrar causou um murmúrio de alvoroço na sala. Era simpático a todas as senhoras da cidade, as quais sabiam a vida exemplar que fazia como solteiro e como homem piedoso, e conheciam o elevado conceito em que tinha as mulheres; por isso a observação a todas surpreendeu por original.

 O doutor de Moscovo confirmou de modo definitivo e solene que o estado mental do acusado era anormal ao mais alto grau. Falou pausadamente e com alardes de erudição de aberrações e de manias, e deduziu dos dados de que dispunha que o réu se encontrara num estado de aberração durante vários dias anteriores à sua detenção, e que no caso de ter cometido o crime fora com certeza involuntariamente, pois nem mesmo tendo consciência dos seus atos, poderia ter tido força suficiente para resistir ao impulso mórbido que o arrastaria a praticá-los.

 Além de aberração transitória, diagnosticou mania, que com o tempo deveria conduzir o paciente à loucura total — devo esclarecer que o médico não disse isto da maneira vulgar que eu aqui utilizo, mas servindo-se de palavras técnicas e de uma linguagem profissional e científica. Todos os seus atos estão em contradição com o sentido comum e a lógica, continuou. Além do que não pude observar por mim mesmo, isto é, o crime e as circunstâncias que o envolveram, ainda anteontem, enquanto falava comigo, tive ocasião de notar no seu olhar fixo uma expressão inenarrável; ria inesperadamente, quando não havia qualquer motivo para rir, mostrava-se irritado sem que se pudesse dizer porquê e repetia palavras estranhas: Bernard! e Ética, e outras igualmente sem sentido. Mas o doutor quis principalmente provar a monomania com o fato de o acusado não ser capaz de falar dos três mil rublos, que ele próprio considerava a causa da sua desgraça, sem se exaltar, enquanto falava de outras acusações de mais peso e talvez mais vergonhosas sem manifestar a mais pequena emoção; sempre, mesmo antes da detenção, segundo lhe tinham dito, se enfurecia quando lhe tocavam na mola dos três mil rublos, isto apesar de ser, como se via, um homem isento de avareza e até desinteressado.

— Quanto à opinião do meu douto colega — acrescentou com ironia a eminência de Moscovo — segundo a qual teria sido mais normal olhar para as senhoras do que olhar em frente, só quero dizer que, além de divertida, é completamente errada, pois mesmo admitindo que o fato de o acusado entrar na sala onde se vai decidir a sua sorte olhando em frente possa ser considerado uma prova de anormalidade, sustento, pelo meu lado, que o natural não teria sido olhar para as senhoras e sim para a direita, onde se encontra o advogado, em quem tem posta toda a sua confiança e de cuja defesa depende o seu futuro.

E o médico terminou assim, com grande ênfase e seriedade, a exposição do seu ponto de vista.

O parecer do doutor Varvinsky foi o toque final no divertido espetáculo que os peritos médicos ofereceram com a diversidade das suas opiniões. Em seu entender, o estado do acusado era perfeitamente normal, e se nos dias anteriores à sua detenção se mostrara excepcionalmente agitado, isso podia ter-se devido a várias causas explicáveis, como ciúmes, cólera, embriaguez, etc. Mas um tal estado nervoso não implicava a aberração mental de que se falara. Quanto a se o acusado deveria ter olhado para a direita ou para a esquerda, opinava que o mais natural era olhar, como fizera, em frente, na direção do estrado ocupado pelos juízes, de quem dependia a sua sorte; de modo que, avançando com o olhar fixo em frente, demonstrava sem sombra de dúvidas a sua normalidade mental. O jovem médico terminou a sua exposição com alguma animação.

— Bravo doutor! — exclamou Mitya. — Assim é que é falar!

Mitya foi uma vez mais repreendido, mas o depoimento do doutor Varvinsky convenceu público e juízes.

Chamado a depor como testemunha, o doutor Herzenstube favoreceu inesperadamente a causa de Mitya. Como antigo residente na cidade, conhecia muito bem a família Karamázov e proporcionou notícias de grande valor para a acusação. Mas de súbito, como se recordasse melhor, acrescentou:

— O pobre rapaz poderia ter feito uma vida muito diferente, porque tanto em criança como mais tarde deu provas de bom coração; posso afirmá-lo. Mas já lhes citei o provérbio russo: é que o homem tenha cabeça, mas melhor será ainda que o acompanhe outro homem inteligente, pois nesse caso terá duas cabeças em vez de uma.

— Duas cabeças valem mais do que uma — assentiu o presidente, sabendo do costume que o ancião tinha de falar lentamente, sem se preocupar com o efeito das suas palavras nem com o tempo que se perdia. Herzenstube era muito amigo dos ditos e trocadilhos de sabor alemão.

— Ah, sim, é também essa a minha opinião! — continuou obstinadamente. — Duas cabeças valem mais do que uma; mas a ele faltou-lhe essa segunda cabeça de juízo, e o que tinha foi-se-lhe... Foi-se... para onde? Esqueci a palavra. — E levou uma mão à testa. Ah, sim! *Spazieren*.

— Passear?

— Sim, passear, era o que queria dizer. Bom, o seu entendimento foi passear e deixou-lhe a cabeça oca. No entanto, era um rapaz agradecido e muito sensível. Ah! Como recordo aquele rapazinho abandonado pelo pai no pátio, quando corria ao meu encontro de pés descalços e os calções pendentes de um botão!

Uma nota comovedora e sentimental insinuou-se na voz do bom doutor. Fetyukovitch agitou-se no seu lugar, como se cheirasse alguma coisa que podia aproveitar.

— Sim, eu era na altura um jovem... Bom, tinha quarenta e cinco anos e acabava de chegar à cidade. Fez-me tanta pena o pequeno que me perguntava por que não havia de comprar-lhe meio quilo de... meio quilo de quê? Agora não recordo como se chamam. Meio quilo de uma coisa de que as crianças gostam muito. O que é? — E o velho Herzenstube voltou a levar uma mão à testa. — Crescem numa árvore e caem e apanham-se uma a uma...

— Maçãs?

— Não, não, não. Diria uma dúzia de maçãs e não meio quilo... E uma fruta pequena e meio quilo dá uma grande quantidade. Mete-se entre os dentes e crac!

— Nozes?

— Isso, nozes! — repetiu o doutor com a mesma calma, como se não importasse palavra a mais ou a menos. — Eu comprei-lhe meio quilo de nozes, já que ninguém lhe comprara meio quilo de nozes. Levantei-lhe um dedo e disse-lhe: Rapaz, *Gott der Vater*. Ele riu-se e repetiu: *Gott der Vater... Gott der Sohn*. Voltou a rir e balbuciou: *Gott der Sohn. Gott der heilige Geist*. E ele pronunciou o melhor que pôde: *Gott der heilige Geist*. Fui-me embora e dois dias depois passava eu pela rua quando ele veio ao meu encontro: Senhor: *Gott der Vater, Gott der Sohn*. E só tinha esquecido *Gott der heilige Geist*. Eu lembrava-me sempre dele e tinha muita pena, mas levaram-no e não voltei a vê-lo. Passaram vinte e três anos; sou um velho com neve na cabeça e um dia, estando no meu gabinete, vejo entrar um jovem galhardo que nunca teria reconhecido, mas que levanta o dedo e me diz: *Gott der Vater, Gott der Sohn* e *Gott der heilige Geist*. Acabo de chegar e venho agradecer-lhe o meio quilo de nozes; porque mais ninguém além do senhor me comprou meio quilo de nozes. E então eu recordei a minha feliz juventude e o garoto que corria descalço pelo pátio; o meu coração estremeceu e disse-lhe: um rapaz agradecido, pois ainda recordas o meio quilo de nozes que te comprei quando eras criança. Abracei-o, abençoando-o, e derramei lágrimas. Ele ria, mas também chorava... os russos riem sempre quando têm que chorar. Mas ele chorou, que eu bem vi. E agora, ai!

— E agora também choro, alemão; também choro, santo varão! — gritou Mitya.

Este incidente causou uma impressão muito favorável no auditório, mas o que mais favoreceu Mitya foi a declaração de Catalina Ivanovna, de que falarei a seguir. Ao serem chamadas as testemunhas de defesa, a sorte começou a sorrir a Mitya, favorecendo-o tão francamente que até o advogado ficou surpreendido. Mas antes de Catalina Ivanovna, foi interrogado Aliocha, o qual recordou ali mesmo um fato que contrariava um dos mais fortes pontos da acusação.

# Capítulo 4
# A Sorte Sorri a Mitya

O próprio Aliocha ficou surpreendido. Não o obrigaram a prestar juramento e recordo que tanto o procurador como o defensor o trataram com amabilidade. É certo que o precedia a sua boa fama. Falou com modéstia e comedimento, mas não pôde dissimular o grande afeto que tinha pelo seu desgraçado irmão, que apresentou como sendo um homem violento e apaixonado, mas ao mesmo tempo nobre, valente, generoso e capaz de sacrifícios. Admitia que na sua paixão por Gruchenka e na rivalidade que o opunha ao próprio pai chegara a um limite inultrapassável, mas repelia indignado a ideia de que pudesse ter cometido um assassínio por dinheiro, mesmo reconhecendo que os três mil rublos eram quase a obsessão de Mitya — que os considerava parte da herança de que o pai o defraudara e que, mau grado a sua indiferença pelo dinheiro, não podia falar deles sem se exaltar. Quanto à rivalidade entre as duas senhoras, Gruchenka e Katya, como o procurador dizia, respondeu com evasivas e de má vontade às perguntas que lhe fizeram.

— O seu irmão disse-lhe alguma vez que tinha a intenção de matar o pai? — perguntou o procurador.

— Não mo disse diretamente.

— Então como foi? De uma maneira indireta?

— Falou-me uma vez do ódio que sentia pelo nosso pai, a tal extremo que... que num momento de furor poderia chegar a matá-lo.

— E julgava-o capaz disso?

— Envergonha-me ter de dizer que sim. Mas estive sempre convencido de que um sentimento mais elevado o salvaria no momento fatal, como efetivamente aconteceu, pois ele não matou o meu pai.

Estas palavras foram pronunciadas com uma voz clara, que ressoou na sala. O procurador agitou-se como um cavalo de batalha ao som das trombetas.

— Asseguro-lhe que creio plenamente na sinceridade das suas convicções, que não quero atribuir ao afeto que sente pelo seu irmão. A sua opinião sobre este drama de família já a conhecíamos desde que foi instruído o sumário, e como também não posso ocultar-lhe que está em contradição com as conclusões que baseio nas investigações preliminares, julgo ser necessário da minha parte pedir-lhe que nos diga em que funda essa convicção que tem da inocência do seu irmão e da culpabilidade de outro, contra quem declarou no sumário.

— Limitei-me a responder às perguntas que me fizeram — replicou Aliocha com doçura e tranquilidade. — Não acusei espontaneamente Smerdyakov.

— Mas declarou contra ele, não é verdade?

— Tive de fazê-lo devido ao que disse do meu irmão. Declarei o que aconteceu quando fui vê-lo à prisão e indiquei que ele próprio acusava Smerdyakov antes de me terem interrogado. Creio sem sombra de dúvida que o meu irmão está inocente, e se não foi ele quem cometeu o crime... então...

— Então foi Smerdyakov! Por que Smerdyakov? E por que está tão completamente seguro da inocência do seu irmão?

— Não posso deixar de acreditar no meu irmão. Sei que é incapaz de mentir. Vi na cara dele que não mentia.

— Na cara dele? É a isso que se reduzem as suas provas?

— Não tenho outras.

— E sobre a culpabilidade de Smerdyakov, não tem outras provas além da palavra do seu irmão e da expressão do seu rosto?

— Não, não tenho outras.

Neste ponto o procurador deu por terminado o interrogatório de Aliocha, cujo depoimento deixou o público desiludido. Falara-se de Smerdyakov; uns mais, outros menos, todos tinham ouvido dizer qualquer coisa, tinham aventurado uma conjectura ou tinham propalado a ideia de que Aliocha possuía provas da inocência do irmão e da culpabilidade do lacaio. E eis que tudo se reduzia a nada e não havia mais provas além de uma certa convicção íntima, tão natural num irmão.

Mas Fetyukovitch perguntou-lhe em que circunstâncias o irmão lhe revelara o ódio que tinha pelo pai e o temor que sentia de deixar-se arrastar a matá-lo. Se fora, por exemplo, na última entrevista antes do crime. Aliocha estremeceu como se, ao ir responder, recordasse e compreendesse uma circunstância importantíssima.

— Agora recordo uma coisa que tinha esquecido por completo e cujo significado não compreendi na altura: mas agora...

E, animado por uma ideia que manifestamente acabava de ocorrer-lhe, contou que na sua última entrevista com o irmão, debaixo de uma árvore na estrada do mosteiro. Mitya batera no alto do peito repetindo que tinha um meio de reabilitar-se e que esse meio estava ali, ali no seu peito.

— Pensei, vendo que batia no peito, que se referia ao coração — continuou Aliocha — querendo dizer que nele encontraria força para livrar-se de alguma terrível e inconfessável vergonha que o ameaçava. Tenho de confessar que pensei que falava do nosso pai e que o fazia tremer a ideia de vê-lo e deixar-se arrastar a algum ato violento. Foi então que indicou alguma coisa que tinha no peito e recordo ter observado naquele momento que o coração fica muito mais abaixo do sítio que ele indicava, pois era perto do pescoço. Esta reflexão, na altura, pareceu-me estúpida, mas agora compreendo que designava a bolsa ou escapulário onde guardava mil e quinhentos rublos.

— Exato! — exclamou Mitya, — É isso mesmo, Aliocha! Era no dinheiro que eu batia com o meu punho.

Fetyukovitch precipitou-se para ele, rogando-lhe que se acalmasse, e voltou para junto de Aliocha, o qual, animado pelas suas recordações, expôs a ideia de que possivelmente a tal desonra era nem mais nem menos do que os mil e quinhentos rublos que podia restituir a Catalina Ivanovna como parte de uma dívida e que, em vez de fazê-lo, destinava a outro fim, para fugir com Gruchenka, por exemplo, se ela consentisse.

— Devia ser isso! — exclamou Aliocha, muito excitado. — O meu irmão disse várias vezes que de metade do agravo... repetiu a metade várias vezes... poderia livrar-se imediatamente, mas que era tão desgraçado na fraqueza da sua vontade que não o faria... Sabia perfeitamente de antemão que lhe faltariam forças para isso.

— E recorda bem que era precisamente nessa parte do peito que ele batia?

— Perfeitamente, pois pensei: que estará a bater ali se o coração fica mais abaixo? E a ideia pareceu-me estúpida... Sem esta circunstância que me chocou tanto não teria reparado nisso. Como pude esquecê-lo até agora? Referia-se à bolsa quando dizia que tinha os meios, mas que não podia devolver os mil e quinhentos rublos. E quando o prenderam em Mokroe ele mesmo disse que considerava o ato mais vergonhoso da sua vida poder devolver a Catalina Ivanovna metade... metade, reparem bem!... da sua dívida e não o fazer, preferindo passar por ladrão a seus olhos. E que suplícios, que suplícios lhe custou essa dívida! — exclamou Aliocha, dando por terminada a sua declaração.

Interveio o procurador, pedindo-lhe que contasse novamente o que se passara, insistindo em se o acusado tivera a intenção de indicar qualquer coisa ou se limitara a bater no peito.

— Mas é que não batia no peito — respondeu Aliocha. — Apontava com os dedos e apontava muito acima... aqui. — E indicou onde. — Como pude esquecê-lo tão completamente até agora?

O presidente perguntou a Mitya o que tinha a dizer sobre esta declaração. Mitya confirmou tudo, dizendo que efetivamente indicara o dinheiro que levava pendurado ao pescoço como sendo o seu maior opróbrio.

— Foi esse o ato mais vergonhoso da minha vida. Podia restituir e não restituí, preferindo passar por ladrão aos olhos dela, e o mais vergonhoso estava na certeza que tinha de que nunca lhe devolveria o dinheiro. Tens razão, Aliocha! Obrigado, irmão!

O interrogatório de Aliocha tinha terminado, e o mais interessante foi o resultado que, embora de escasso valor, deixava aberto um franco caminho para a prova da existência da bolsa com os mil e quinhentos rublos e da veracidade do acusado ao declarar em Mokroe que sempre tivera aquele dinheiro consigo. Aliocha estava contente e, ao regressar ao seu lugar, repetia para si mesmo: "Como pude esquecê-lo? Como pude esquecê-lo? E como o recordei agora?"

Quando entrou Catalina Ivanovna, chamada a depor, foi como se tivesse acontecido na sala algo de extraordinário; as senhoras deitaram mão aos seus binóculos de teatro; os homens agitaram-se; muitos foram os que se puseram de pé para ver melhor e todos puderam dar testemunho de que Mitya se pôs branco como o papel. Ela avançou com modéstia, quase com timidez, vestida de rigoroso luto, e embora o seu rosto não revelasse agitação, os olhos negros e rasgados tinham uma expressão resoluta. Pareceu a muitos singularmente bela naquele momento. A sua voz era suave, mas tão clara que não se perdia palavra.

O presidente iniciou o interrogatório em termos discretos e respeitosos, como se temesse tocar uma fibra sensível e mostrando-se condoído da desgraça que sobre ela pesava; mas, às poucas perguntas, Catalina Ivanovna respondeu com firmeza que fora noiva do acusado até que ele quisera abandoná-la. Interrogada sobre os três mil rublos que lhe confiara para que ele o enviasse a umas parentes suas, respondeu com igual decisão:

— Não lhe dei o dinheiro precisamente para que o enviasse... Sabendo que se encontrava em grande necessidade, dei-lhe a entender que diferisse o envio todo aquele mês, se isso lhe conviesse. Não tinha a mínima necessidade de atormentar-se por causa desse dinheiro.

Não vou seguir pergunta a pergunta todo o interrogatório e darei apenas o essencial do depoimento:

— Estava firmemente convencida de que, quando recebesse dinheiro do pai, enviaria essa soma. Não duvidei do seu desinteresse nem da sua honradez... uma honradez inatacável... em assuntos de dinheiro. Tinha a certeza de que o pai lho daria e muitas vezes me falara disso. Eu sabia que ele tinha um pleito com o pai e acreditava que tivesse a razão do seu lado. Não recordo ter-lhe ouvido qualquer ameaça contra Fedor Pavlovitch, e é certo que na minha presença nunca usou essa linguagem que lhe atribuem. Se me tivesse procurado, tê-lo-ia livrado da angústia que lhe causavam esses malditos três mil rublos, mas ele decidira não voltar a visitar-me... e eu fiquei em tal situação... que também não podia convidá-lo... Por outro lado, não tenho o direito de mostrar-me exigente com ele relativamente a essa dívida — acrescentou, dando à sua voz um tom mais firme e decidido.

— Recebi dele, noutros tempos, um empréstimo muito maior, que aceitei sem saber se estaria alguma vez em condições de lhe pagar.

Havia na sua voz algo de reto e foi então que chegou a vez de Fetvukovitch, que, farejando uma ocasião aproveitável, iniciou o interrogatório com todas as precauções.

— Mas foi aqui ou no princípio das suas relações?

Devo avisar, entre parênteses, que embora Fetyukovitch tivesse de Petersburgo em grande parte devido às instâncias de Catalina Ivanovna, ignorava tudo sobre o episódio dos cinco mil rublos emprestados por Mitya e sobre o fato de ela se ter inclinado até ao chão. A jovem nada quis dizer a este respeito, ainda que pareça estranho; e até pode dar-se por certo que nem ela própria sabia se devia falar disso ante o tribunal, como se aguardasse em todo o caso a inspiração do momento.

Não, não posso esquecer aquele instante em que ela começou a contar a sua história. Disse tudo, sem nada omitir do que Mitya relatara a Aliocha, nem a profunda saudação, nem as razões da sua visita. Mas nem uma palavra, nem a menor alusão ao encargo que a sua irmã recebera de Mitya, de que fosse ela, Catalina, a ir buscar o dinheiro. Ocultou generosamente esta circunstância e não hesitou em apresentar as coisas como se tivesse sido ela quem, por seu próprio impulso e confiando em qualquer coisa, fora à casa do jovem oficial... para pedir-lhe dinheiro. Foi um momento tremendo! Eu tremia, sacudido por calafrios. O público nem respirava, no seu desejo de não perder uma palavra. A confissão excessivamente franca desta jovem tão soberba e tão senhora de si, este sacrifício, esta imolação de si mesma, parecia incrível, não tinha precedente. E para quê? Por quem? Para favorecer o homem que a enganara e ofendera; para ajudar, de algum modo, a salvá-lo, produzindo uma forte impressão a seu favor. E com efeito, a imagem deste oficial que se inclinava respeitoso ante a pura donzela e lhe dava os seus últimos cinco mil rublos — tudo o que lhe restava neste mundo — nimbava-se de uma auréola atraente e simpática; mas... Tive um doloroso pressentimento! Temia que naquilo se engendrasse a calúnia e resultou fundado o meu temor. Mais tarde repetia-se, entre risinhos malignos, que à história faltava um capítulo, dando a entender que o jovem oficial despedira a formosa fêmea com algo mais do que uma respeitosa inclinação. Até as senhoras de mais considerações sustentavam que mesmo que nada faltasse à história, era sumamente difícil aceitar um tal comportamento da parte de uma donzela, ainda que fosse para salvar o pai.

Terá Catalina Ivanovna, tão inteligente e sensata, deixado de compreender que daria motivo a estes dizeres? Devia saber ao que se expunha falando. Claro que estas suspeitas indecorosas só se manifestaram mais tarde e os primeiros momentos foram de grande impressão. Quanto aos juízes e letrados, escutaram-na com reverente e quase recolhido silêncio. O procurador nem se atreveu a fazer a menor insinuação. Fetyukovitch fez-lhe uma profunda reverência. Já sentia o triunfo! Tinha dado um grande passo. É impossível que um homem se despoje num nobre impulso dos seus últimos cinco mil rublos e depois mate o pai para lhe roubar três mil. Havia que pôr de parte a acusação de roubo e a causa ganhava um novo aspecto. Em toda a sala se observou um movimento de simpatia para com o acusado. Quanto a este... devo dizer que durante o depoimento de Catalina Ivanovna saltou duas ou três vezes do banco, voltando a deixar-se cair nele e tapando a cara com as mãos; mas quando ela acabou de falar, gritou com voz soluçante:

— Katya, por que me perdeste?

E os seus soluços ouviram-se em toda a sala. Depois, contendo-se, exclamou:

— Agora estou condenado!

E ficou rígido no seu lugar, com os dentes apertados e os braços cruzados, Catalina Ivanovna permaneceu na sala, sentando-se pálida e de olhos baixos. Os que estavam perto dela afirmaram que tiritou durante muito tempo, como se tivesse um acesso de febre. Chamaram Gruchenka.

Aproximo-me agora do súbito desenlace, causa imediata da ruína de Mitya. Pois estou convencido, como todos, e até os letrados o afirmaram mais tarde, que se não tivesse acontecido aquilo, o acusado teria conseguido o perdão. Mas não antecipemos os comentários e digamos alguma coisa a respeito de Gruchenka.

Também ela vestia completamente de negro, com um véu lançado sobre os ombros. Avançou para o seu lugar com o andar suavemente ondulado comum às mulheres de corpo cheio, olhando para o presidente sem voltar a cara para a direita nem para a esquerda. Na minha opinião estava belíssima e não tão pálida como afirmaram mais tarde as senhoras, as quais pretendiam que naquele momento a sua expressão era de rancor e despeito, quando o mais provável era que se sentisse desgostada, aborrecida pela malsã curiosidade daquele público ávido de escândalos, pois o seu carácter orgulhoso não podia suportar o desprezo. Era um desses temperamentos sempre prontos a encolerizar-se e a pagar na mesma moeda a menor manifestação de desprezo. Talvez houvesse nela alguma timidez, de que interiormente se envergonhava, e assim não é de admirar que mudasse de tom e tão depressa fosse violenta, quase grosseira, como cheia de sinceridade e desinteresse. Falava por vezes como quem toma uma resolução desesperada, como se pensasse: Não me importa o que possa acontecer: falarei... Sobre as suas relações com Fedor Pavlovitch, respondeu bruscamente: Parvoíces! Não tenho culpa de que me perseguisse! E pouco depois acrescentava: Sou a culpada de tudo. Troçava dos dois, do velho e dele, e levei-os a isto. A mim se deve o que aconteceu.

Pronunciou-se o nome de Samsonov e Gruchenka saltou como se a tivessem picado, dizendo num tom insolente:

— Ninguém tem nada com isso! Era o meu protetor, uma vez que me recolheu quando eu estava descalça e abandonada pela minha família.

O presidente advertiu-a cortesmente de que devia responder às perguntas que lhe fizessem sem entrar em pormenores desnecessários; ela corou e os olhos brilharam-lhe.

Nunca vira o sobrescrito que continha o dinheiro, mas aquele malvado miserável dissera-lhe que Fedor Pavlovitch lhe guardava três mil rublos num sobrescrito.

— Mas aquilo era uma loucura de que me ri. Por nada do mundo teria ido.

— A quem chama malvado miserável? — quis saber o procurador.

— Ao lacaio Smerdyakov, que matou o amo e se enforcou ontem à noite.

Perguntaram-lhe que provas tinha para fazer uma acusação tão concreta; mas aconteceu que também não tinha provas.

— Disse-mo Dmitri Fedorovitch; podem acreditar nele. Essa mulher que se interpôs entre nós perdeu-o, deixem que o diga acrescentou com um estremecimento de ódio e em tom de vingança. Foi uma vez mais necessário perguntar-lhe a quem se referia.

— À menina Catalina Ivanovna, aqui presente. Ela convidou-me, ofereceu-me chocolate, tentou seduzir-me. É impossível que tenha vergonha e devo dizer-lhes...

O presidente interrompeu-a, ordenando-lhe severamente que moderasse a sua linguagem. Mas os ciúmes queimavam o coração da mulher e já não era senhora da sua língua.

— Quando da prisão do acusado em Mokroe — disse o procurador — todos viram e ouviram como a menina saiu do quarto contíguo, gritando: A culpa é minha. Iremos juntos para a Sibéria! Quer isto dizer que acreditava ter sido ele o assassino?

— Não sei em que acreditava nem o que pensava naquele momento — respondeu Gruchenka. — Todos gritavam que ele tinha matado o pai e eu senti-me culpada, pensei que o tinha matado por minha causa. Mas quando ele afirmou que estava inocente, acreditei imediatamente, e acredito agora e acreditarei sempre. É um homem que não mente.

Fetyukovitch começou o seu interrogatório. Entre outras coisas, perguntou-lhe se era verdade que dera vinte e cinco rublos a Rakitin por ter-lhe levado Alexey Fedorovitch Karamázov.

— Nada tem de especial o fato de ele ter aceitado o dinheiro — respondeu Gruchenka entre colérica e depreciativa. — Andava sempre a pedir-me pequenas quantias e sacava-me mais de trinta rublos por mês. Particularmente para os seus vícios, uma vez que não precisava da minha ajuda.

— Que a movia a tanta generosidade para com o senhor Rakitin? — inquiriu o defensor, sem fazer caso de um movimento de inquietação por parte da presidência.

— Porque é meu primo. A mãe dele e a minha são irmãs. Mas pediu-me sempre que não dissesse nada a ninguém; tem muita vergonha de mim.

Esta notícia foi para todos uma revelação; ninguém na cidade, nem no mosteiro, nem sequer Mitya, o sabia. Diz-se que Rakitin se pôs verde. Gruchenka soubera, antes de entrar na sala, que ele declarara contra Mitya e estava furiosa. Todo o efeito do eloquente e nobre discurso de Rakitin e da sua exposição científica sobre a escravatura e a desordem política na Rússia ficou reduzido a pó. Fetyukovitch estava satisfeito: era um novo passo. O interrogatório de Gruchenka terminou sem trazer qualquer outra coisa de interesse e deixando no público uma impressão muito desagradável. Centenas de olhares orgulhosos cravaram-se nela quando se sentou o mais longe possível de Catalina Ivanovna. Mitya escutara esta declaração em silêncio, imóvel como uma estátua e com os olhos pregados no chão. Ivan Fedorovitch foi chamado a depor.

## Capítulo 5
## A Catástrofe

Fora chamado já antes de Aliocha, mas o meirinho anunciara ao presidente que a testemunha não podia comparecer naquele momento por sofrer de uma indisposição ou crise nervosa, declarando-se todavia disposta a depor logo que se restabelecesse.

A sua entrada quase não foi notada. Já tinham deposto as principais testemunhas e as duas rivais, de sorte que, satisfeita a curiosidade do público, começava o cansaço. Faltavam ainda várias testemunhas de escasso interesse e o tempo voava. Ivan avançou lentamente e de cabeça baixa, sem olhar para ninguém, como que absorto nos seus sombrios pensamentos. Vestia elegantemente, mas o seu rosto fazia pena; pelo menos a mim fez-me. Levantou os olhos turvos e passeou em redor um olhar apagado. Aliocha saltou do banco e lançou uma exclamação apagada que mal se ouviu.

O presidente começou por preveni-lo de que não estava sujeito a juramento e que por isso podia responder ou guardar silêncio, mas que em todo o caso devia testemunhar segundo a sua consciência, etc., etc.

Ivan olhava atônito para ele, o seu rosto ia-se abrindo pouco a pouco num sorriso, e quando o presidente terminou as suas advertências, um tanto surpreendido, riu-se estrondosamente.

— Bem, e que mais? — exclamou, com voz firme.

Na sala fez-se um silêncio sepulcral; pressentia-se algo de extraordinário. O presidente deu mostras de inquietação.

— Ainda não se sente bem? — perguntou, olhando em torno para procurar o meirinho.

— Não se inquiete vossa excelência. Sinto-me suficientemente bem para dizer-lhe algo interessante — respondeu Ivan, com tranquilidade e respeito.

— Tem alguma coisa de especial a dizer-nos? — continuou o presidente, ainda desconfiado.

Ivan baixou os olhos, manteve-se assim por um momento e, erguendo a cabeça, balbuciou:

— Não... não tenho... nada de especial.

Às perguntas que lhe fizeram, respondeu como que forçado, muito lacônico e manifestando cada vez maior desgosto, ainda que com muita lógica. A algumas respondeu que não sabia. Ignorava tudo das contas do pai com Dmitri, dizendo que não lhe interessavam esses assuntos. Ouvira do acusado ameaças de morte contra o pai e soubera por Smerdyakov do dinheiro guardado no sobrescrito.

— É sempre o mesmo — interrompeu-se de súbito, com uma expressão de cansaço. — Nada tenho de especial a dizer ao tribunal.

— Vejo que não se sente bem e respeito os seus sentimentos — disse o presidente.

E voltando-se para o procurador e para o advogado de defesa, ia convidá-los a interrogar a testemunha, quando esta pediu com voz desfalecida:

— Permita vossa excelência que me retire, sinto-me muito mal.

E sem aguardar a autorização, fez meia volta e dirigiu-se para a porta; mas poucos passos dados, deteve-se como se tivesse tomado uma decisão, sorriu docemente e voltou ao seu lugar.

— Bem vê, vossa excelência... sou como aquela camponesa. Como dizia ela? quero salto, se não quero não salto. Tentavam pôr-lhe o véu de noiva para levá-la à igreja, e ela dizia: quero salto, se não quero não salto... Isto é de um livro que fala dos camponeses.

— Que quer dizer com isso? — perguntou severamente o presidente.

— Que quero dizer? — repetiu Ivan, tirando do bolso um rolo de notas. — Aqui está o dinheiro... as notas que estavam nesse sobrescrito — apontou a mesa sobre a qual se encontravam as provas e que foram a causa da morte do meu pai. Onde as ponho? Tome, senhor meirinho.

O meirinho pegou no maço de notas e entregou-o ao presidente.

— Como chegou esse dinheiro às suas mãos, se é o mesmo? — perguntou admirado o presidente.

— Deu-mo Smerdyakov, o assassino, ontem mesmo. Estive com ele pouco antes de matar-se. Foi ele quem assassinou o meu pai e não o meu irmão. Ele matou-o e eu incitei-o ao crime... Quem não deseja a morte do pai?

— Está no seu perfeito juízo? — interrompeu-o involuntariamente o presidente.

— Creio que estou no meu perfeito juízo... o mesmo porco juízo que vocês... e toda esta gente... de horrenda cara. — E, voltando-se para o público com furioso desprezo, Ivan gritou estridentemente:

— Fingem que estão horrorizados por terem assassinado o meu pai, enganando-se uns aos outros. Embusteiros! Todos desejam a morte do pai. Um réptil devora outro réptil. Se fosse aqui demonstrado que não houve assassinato, todos ficariam descontentes e voltariam para casa mal-humorados. O que eles querem é espetáculo! *Panem et circenses*. Eu tenho um para oferecer-lhes. Têm um pouco de água? Tragam-me um copo, em nome de Cristo! — E apertou a cabeça entre as mãos.

O meirinho aproximou-se e Aliocha ergueu-se, exclamando:

— Está doente, não acreditem nele, delira!

Catalina Ivanovna abandonou o seu lugar para contemplar Ivan, rígida de terror. Também Mitya se tinha levantado e olhava para o irmão com um sorriso estranho, feroz.

— Tranquilizem-se! Não sou um louco, sou simplesmente um assassino! — continuou Ivan. — Não exijam eloquência a um assassino — acrescentou, pondo-se a rir.

O procurador dirigiu ao presidente um olhar de desmaio. Os juízes cochicharam, agitando-se, o advogado de defesa apurou o ouvido e pela sala passou um sopro de escândalo.

O presidente disse, como que recompondo-se:

— Testemunha, as suas palavras são incompreensíveis e indignas deste lugar. Acalme-se e diga o que tenha a dizer... se tem alguma coisa. Como prova o que declarou... se não é efeito do seu delírio?

— Pois é verdade! Não tenho provas, e não é fácil que esse cão sarnento do Smerdyakov as mande do outro mundo num sobrescrito. Só pensam em sobrescritos. Um basta. Também não tenho testemunhas... a não ser uma, talvez. — E Ivan sorriu com uma expressão reflexiva.

— Quem é a sua testemunha?

— Usa cauda, senhor presidente, e seria ilegal! *Le diable n'existe Point!* Não façam caso; é um diabo miserável, um pobre diabo — acrescentou. E abandonou o tom burlesco, para continuar num tom confidencial: — Deve estar por aqui, talvez junto à mesa onde estão as provas. Em que outro lugar poderia sentar-se? Olhem, escutem-me. Disse-lhe que não queria calar-me e pôs-se a falar-me do cataclismo geológico, o idiota! Vamos, ponham em liberdade o monstro! Há de cantar o hino! Já pode cantar, tendo o coração iluminado! É como o bêbado que canta na rua Vanka partiu para Petersburgo, e eu daria um quatrilhão de quatrilhões por dois segundos de alegria. Não me conhecem bem. Mas que imbecil é tudo isto! Vamos, prendam-me em vez dele! Não vim aqui para deixar as coisas como estavam... Por que, por que há de ser tudo tão estúpido?

E, lentamente, passeou o olhar pelo auditório, com uma expressão refletida. Estavam todos emocionados. Aliocha correu para Ivan, mas já o meirinho o agarrara por um braço.

— Que quer você? — gritou, olhando-o furioso. E, agarrando-o pelos ombros derrubou-o violentamente. Os policiais que estavam perto apoderaram-se dele e levaram-no, sem conseguirem abafar as suas exclamações incoerentes.

Não sei o que se passou depois, porque reinava tal confusão na sala, e eu próprio estava tão agitado que não pude continuar a observar, até que, restabelecida a calma, notei que o meirinho estava a apanhar uma reprimenda e se justificava ante o juiz declarando que a testemunha tinha estado muito tranquila e, depois de ter sido assistida pelo médico, conversara com ele tão sensatamente que ninguém poderia ter previsto aquilo, além do que ela própria se empenhara em depor. Ainda não estavam todos refeitos da emoção desta cena quando se produziu outra. Catalina Ivanovna teve uma crise nervosa e, soluçando e gritando, suplicava que a levassem dali. De súbito, gritou ao presidente:

— Tenho algo mais a declarar!... Está aqui um documento, uma carta... tome, leia-a, pronto, pronto! É uma carta desse monstro... desse homem, desse...! Foi ele quem matou o pai. Anuncia-mo nessa carta! Mas o outro está doente, está doente, delira! — terminou, fora de si.

Quando o meirinho pegou na carta que estendia ao presidente, Catalina Ivanovna derrubou-se na cadeira e, com o rosto escondido entre as mãos, começou a soluçar convulsivamente, procurando abafar o ruído para que não a expulsassem da sala. O documento era a carta escrita por Mitya na taberna *Metrópole* e à qual Ivan se referira como sendo uma prova matemática. Ah, sem aquela carta Mitya teria escapado à sentença que se abateu sobre ele, ou teria tido uma sorte menos dura. Não me é possível dar uma escrupulosa explicação do que se passou, pois tudo aquilo se me gravou muito confusamente na memória. Creio que a carta passou sucessivamente pelas mãos dos juízes, do júri e dos letrados, para que todos se inteirassem do seu conteúdo; o que sei é que a testemunha foi de novo interrogada e quando o presidente lhe perguntou se já estava suficientemente refeita, Catalina Ivanovna respondeu impetuosa:

— Estou pronta, estou pronta! Estou em perfeito estado de responder — acrescentou, receando que por qualquer motivo se negassem a aceitar as suas declarações.

Pediram-lhe que explicasse as circunstâncias em que recebera aquela carta.

— Recebia-a na véspera do crime, mas ele tinha-a escrito no dia anterior, na taberna, quer dizer, dois dias antes do crime. Reparem que está escrita numa fatura! — exclamou, sem alento. — Nessa altura ele odiava-me, porque se portava vilmente arrastando-se atrás dessa mulher... e devia-me os três mil rublos... Ah! De quantas humilhações era para ele causa essa soma, pelo significado que tinha! Eis a história desse dinheiro! Rogo-lhes encarecidamente que me escutem. Uma manhã, três semanas antes de matar o pai, foi procurar-me. Eu sabia que precisava de dinheiro, e também sabia para quê. Sim, sim, para comprar essa má mulher e fugir com ela. Sabia que era desleal para comigo, que pensava abandonar-me, e fui eu mesma quem lhe proporcionou os meios sob o pretexto de lhe pedir que enviasse essa soma à minha irmã de Moscovo. Quando lho dei, disse-lhe, olhando-o nos olhos, que o enviasse quando melhor lhe calhasse, ainda que demorasse um mês. Como, como pode não ter compreendido que lhe dizia materialmente: Precisas de dinheiro para trair-me com uma mulher perdida e aqui o tens, eu própria to dou; toma-o, se és ruim ao ponto de o aceitar? Queria saber do que ele era capaz. E que aconteceu? Aceitou-o e gastou-o numa noite, com a amante... Mas ele sabia, sabia que eu me inteirava de tudo, e posso assegurar-lhes que compreendeu a minha intenção de pô-la à prova, dando-lhe o dinheiro, para ver se tinha perdido o sentimento da honradez até ao ponto de aceitá-lo das minhas mãos. Olhamo-nos nos olhos e ele, compreendendo tudo, aceitou-o e foi-se embora!

— É verdade, Katya! — rugiu o acusado. — Compreendi nos teus olhos que estavas a desonrar-me e aceitei o dinheiro. Despreza-me como a um canalha, desprezem-me todos! Não mereço outra coisa!

— Acusado — gritou o presidente — mais uma palavra e ordeno que o retirem da sala!

— Esse dinheiro foi para ele um tormento — continuou vivamente Katya. — Queria restituir-mo. Que o queria é certo, mas também precisava dele para essa mulher. Por isso matou o pai. Mas longe de trazer-me o dinheiro roubado, foi gastá-lo com ela para a povoação onde o prenderam. No dia anterior tinha-me mandado essa carta, que escreveu em estado de embriaguez, como adivinhei imediatamente.

Foi-lhe ditada pelo despeito e pela certeza de que eu não a mostraria a ninguém, mesmo que cumprisse as suas ameaças. De outro modo não a teria escrito. Ele bem sabia que eu não desejava vingar-me nem causar a sua ruína! Mas leiam-na, leiam-na com atenção, com mais atenção, e verão como descreve tudo antecipadamente. Reparem bem, tenham a bondade, e não passem por alto uma frase que diz: Matá-lo-ei logo que Ivan se vá embora. Vejam como tinha premeditado a morte do pai.

Katya dirigia-se ao tribunal com exaltada perversidade. Era evidente que estudara a carta e penetrara todo o seu significado.

— Não a teria escrito se não estivesse embriagado, mas vejam como está tudo previsto, até a maneira de cometer o assassinato. Um verdadeiro plano! — exclamou enlouquecidamente.

Naquele momento não tinha em consideração as consequências, embora sem dúvida as tivesse previsto durante o último mês, irritando-se talvez consigo mesma ao hesitar sobre se devia ou não mostrar a carta. Agora arrojava-se fatalmente no abismo. Recordo a tremenda impressão que causou no público a leitura da carta, de que o escrivão se encarregou. Depois perguntaram a Mitya se a reconhecia como sua.

— Minha, é minha! — gritou ele. — Não a teria escrito se não me tivesse embebedado!... Odiávamo-nos por muitas coisas, mas juro-te que te amei, amava-te mesmo quando te odiava, e tu nunca me amaste!

E deixou-se cair no seu lugar, retorcendo as mãos com desespero. O procurador e o advogado perguntaram à mulher, com especial interesse, o que a induzira a esconder aquele documento e por que motivo resolvera alterar o espírito da sua primeira declaração.

— Sim, sim! Menti! Menti contra a minha honra e a minha consciência e queria salvá-lo porque me odiava, me desprezava! — gritou como louca. — Oh! Desprezava-me horrivelmente, desprezou-me sempre, sempre, saibam-no, desde o preciso instante em que me inclinei ao receber o seu dinheiro. Vi-o, compreendi-o logo, mas resisti muito tempo a acreditar no que via. Quantas vezes li nos seus olhos: Por algo mais vieste! Mas que sabe ele dos motivos por que fui, se só é capaz de conceber a baixeza e a maldade? Julgou-me segundo ele próprio, pensa que todos somos iguais! Queria casar comigo pela minha herança e nada mais! Nunca o duvidei. É um bruto! Pensava que toda a minha vida teria de tremer de vergonha por ter ido procurá-lo e que ele teria sempre o direito de menosprezar-me, de tratar-me como a um ser inferior; por isso queria casar comigo! Tentei conquistá-lo com o meu amor, um amor sem limites; tentei também perdoar a sua deslealdade; mas ele não compreende nada, nada! E como pode compreender, se é um monstro? Um dia depois de ter recebido essa carta, já estava disposta a perdoar-lhe tudo, tudo, até a sua traição.

O presidente e o procurador tentavam acalmá-la, talvez envergonhados por aproveitarem a sua exaltação para se inteirarem de tais intimidades. Compreendemos a situação difícil por que passa e compartilhamos os seus sentimentos, diziam-lhe para a desviaram daquele caminho de exaltação histérica que era tão chocante. E ela, com essa surpreendente clareza que se manifesta por vezes por um momento nesses estados de transtorno, descreveu a perturbação mental de Ivan durante os últimos dois meses, devida ao afã de salvar o monstro e assassino que era seu irmão.

— Como sofria — exclamou — tentando sempre atenuar a responsabilidade do irmão e confessando que também ele nunca amara o pai e que talvez até tivesse desejado a sua morte! Oh que consciência, tão escrupulosa e sensível! A consciência matava-o! Contava-me tudo, tudo! Visitava-me todos os dias, falando-me como à sua única amiga, porque tenho a honra de ser a sua única amiga! — gritou, com um brilho de audácia desafiadora nos olhos. — Fui duas vezes ver Smerdyakov e de uma delas disse-me: não foi o meu irmão o assassino, foi Smerdyakov quem matou, porque então se começava a dizer que fora

Smerdyakov o assassino, e nesse caso também eu sou culpado, porque Smerdyakov sabia que eu não amava o meu pai e talvez tenha pensado que desejava a sua morte. Foi então que lhe mostrei essa carta que o deixou completamente convencido do crime do irmão e ao mesmo tempo abatido! Não podia suportar a ideia de ter um irmão assassino! Até à semana passada não notei que estivesse realmente doente; mas há quatro dias começou a falar-me de um modo incoerente e vi que tinha perdido o juízo.

Andava cabisbaixo, desvairado e falava sozinho. Quis que o médico de Moscovo o examinasse, e o doutor disse-me anteontem que estava iminente um ataque cerebral... e tudo por culpa desse, por culpa desse monstro! Ontem à noite soube da morte de Smerdyakov e isso acabou de transtorná-lo... e tudo por esse monstro, para salvar esse monstro!

Uma confissão destas só é possível uma vez na vida, à hora da morte, por exemplo, ou a caminho do patíbulo! Mas estava na maneira de ser de Katya julgar chegado esse momento único da sua vida. Era a mulher impulsiva que se colocava à mercê do jovem libertino; a mesma que pouco antes sacrificava o seu orgulho e a sua pureza virginal ante o público para suavizar a sorte de Mitya. Agora imolava-se uma vez mais, mas por outro homem, o qual talvez nunca tivesse amado como naquele momento. Vítima do terror, ao ver que aquele homem se perdia ao confessar-se autor de um assassinato, quisera fazer o sacrifício de si mesma para salvá-lo, para livrar do opróbrio o bom nome e a reputação do seu amado.

E acudia uma dúvida. Fora sincera ao falar das suas antigas relações com Mitya? Não, não tentava enganar ao dizer que Mitya a desprezava por ter-se humilhado até ao chão! Ela mesma acreditava nisso, firmemente convencida de que o generoso Mitya, que até então a adorava, passara a desprezá-la desde essa saudação. Ela amara-o com um amor saturado de agitações dolorosas e por orgulho, por orgulho ferido, e esse amor, mais do que amor parecia vingança. É possível que deste amor lacerado tivesse surgido são e, potente o verdadeiro amor, e talvez Katya não desejasse outra coisa; mas a traição de Mitya feria-a no mais fundo do coração, e o coração não podia perdoar. Apresentara-se-lhe subitamente ocasião para a vingança, e todos os ressentimentos femininos, por muito tempo acumulados no seu peito, tinham-se inflamado e explodido. Traindo Mitya traia-se a si mesma, e uma vez manifestados os seus sentimentos e passada a sobreexcitação, sentiu-se esmagada pela vergonha. Teve outro ataque de nervos: caiu no chão rugindo e soluçando, e foi necessário retirá-la da sala.

Nesse momento Gruchenka precipitou-se para Mitya, sem que pudessem impedi-la, e gritou em tom de lamento:

— Mitya, a tua serpente perdeu-te. — E dirigindo-se aos juízes acrescentou, cheia de coragem: — Muito bem, essa mulher já lhes demonstrou do que é capaz!

A um sinal do presidente, agarraram-na para a obrigarem a sair. Ela resistia, debatendo-se, tentando voltar para junto de Mitya, que deu um grito e saltou ao seu encontro. Várias mãos dominaram-no.

Suponho que as senhoras que tinham ido ali para presenciar um espetáculo ficaram satisfeitas com a variedade que aquele oferecia. Apareceu então em cena o médico de Moscovo, mandado chamar, segundo creio, pelo presidente, para que prestasse a Ivan os socorros da ciência. O doutor declarou que, sofrendo Ivan um ataque cerebral, devia ser transferido sem tardança. As perguntas do procurador e do advogado de defesa respondeu que quando o doente fora consultá-lo, dois dias antes, o avisara do perigo de um ataque cerebral, mas que ele não consentira em deixar-se tratar.

— O estado da sua mente era anormal: ele mesmo me disse que sofria de alucinações, mesmo acordado, que via na rua pessoas mortas há muito tempo e que Satanás ia visitá-lo todas as noites.

O celebrado doutor retirou-se, feita esta declaração.

A carta entregue por Catalina Ivanovna foi juntar-se às provas acusatórias. Após uma breve deliberação, os juízes decidiram que se prosseguisse com o julgamento e se tomassem em consideração as manifestações de Ivan e de Catalina Ivanovna.

As restantes testemunhas limitaram-se a repetir ou a confirmar o já exposto. Tudo ficava pendente do discurso do procurador, que transcrevo a seguir. Todos estavam emocionados, eletrizados pelos últimos episódios, e esperavam como sobre brasas os discursos do procurador e do advogado de defesa. Fetyukovitch mostrava-se contrariado com as declarações de Catalina Ivanovna, mas o procurador triunfava. A sessão foi suspensa por uma hora. Seriam oito horas quando o presidente ocupou o seu lugar e Hipólito Kirilovitch iniciou o seu discurso.

## Capítulo 6
## A Acusação: Rasgos Característicos

Hipólito Kirilovitch começou o seu discurso, nervoso e com intermitências de calor e frio que lhe perlavam a testa de um suor gelado. Ele próprio explicou mais tarde o que lhe aconteceu naqueles solenes momentos em que iniciava a sua peroração, que considerava a sua *chef d'oeuvre,* a obra-prima da sua vida, o seu canto do cisne. Vindo a morrer nove meses mais tarde, de tuberculose, razão tinha o infeliz em comparar ao último canto do cisne um discurso em que pusera toda a sua alma e todo o seu cérebro, e o santo desejo de servir o bem-estar da sociedade e de resolver a eterna questão. A franqueza foi a nota mais saliente do seu discurso, já que, acreditando de boa fé na culpabilidade de Mitya, não o acusava apenas porque assim lho impunha a obrigação profissional, e ao pedir vingança revelava o seu zelo ardente pela tranquilidade pública. Até as senhoras se mostraram emocionadas, apesar de permanecerem hostis a Hipólito Kirilovitch. Começou com voz medrosa e frouxa, que se foi firmando pouco a pouco, até encher a sala de sonoridades que mantinham suspenso todo o auditório; mas quando acabou, ficou quase desfalecido.

— Senhores jurados: este assunto abalou toda a Rússia. Mas que há nele de admirável, que tem de particular para que tanto nos horrorize? Estamos tão acostumados a tais crimes!... O horrível é que coisas tão tristes tenham deixado de horrorizar-nos; o horrível, mais do que este novo crime, em si mesmo, é que nos tenhamos habituado a presenciá-los. Onde encontrar as causas da nossa indiferença, da nossa insensibilidade, ante atos em que vejo os sinais do tempo, que nos pressagiam um lastimoso futuro? No nosso cinismo? Na prematura consumição intelectual e artística de uma sociedade que decai ainda em plena juventude? No quebrantar dos nossos princípios morais ou talvez na ausência completa desses princípios? Não posso responder, mas o que posso é dizer que existe um mal-estar em que todo o cidadão encontra motivos para mostrar-se abatido. A nossa imprensa, mal saída do berço e dando timidamente os seus primeiros vagidos, prestou já um grande serviço ao público, que sem ela ignoraria os horrores da violência desenfreada e a degradação moral que se põe a manifesto nos tribunais e à consideração do júri instituído neste reinado. E que lemos constantemente nos jornais? Enormidades ao lado das quais empalidece o caso que nos ocupa, ao ponto de parecer-nos uma coisa vulgar, sendo o pior de tudo que os crimes cometidos na nossa nação denunciam um mal tão arraigado e espalhado que se torna muito difícil extirpá-lo. Um dia é um jovem aristocrata recém saído da Academia Militar que, sem o menor assomo de consciência e da maneira mais covarde, mata um oficial, seu benfeitor, e a criada, para roubar um cheque e o dinheiro que encontra à mão, porque lhe faria muito jeito para os seus prazeres de homem mundano e para a sua carreira. Depois de matá-los tapa-lhes a cabeça com uma almofada e retira-se como se nada fosse. Noutro dia, um herói, carregado de condecorações devidas à sua bravura, assassina como um bandido a mãe do seu chefe e protetor, e para animar os cúmplices assegura-lhes que a vítima o ama como a um filho, e portanto não terão de tomar precauções. Este homem é um monstro, mas não me atreveria a dizer que, nos tempos que correm, é o único. Quem, sem ter matado ninguém, pensa como ele, é igualmente assassino na sua alma. A sós consigo mesmo, no fundo da sua consciência, pergunta: Mas o que é isso da honra? Não será um preconceito condenar o derramamento de sangue? Talvez se grite contra mim que sou um sensitivo, que me deixo arrastar pelos nervos, que o que digo é uma monstruosa calúnia, que exagero. Que gritem. Bem sabe Deus que seria o primeiro a alegrar-me se isso fosse verdade. Ah! Não acreditem em mim, olhem-me como se fosse um doente, mas recordem as minhas palavras: mesmo que só a décima parte das minhas afirmações fosse exata, mesmo assim seria horrível! Vejam como se suicida a nossa juventude, sem se interrogar, como Hamlet, sobre o além, sem que esse problema a preocupe, como se quanto se refere à alma e à vida no além-túmulo se tivesse apagado da sua mente. Vejam a nossa gente viciosa, os nossos libertinos. Fedor Pavlovitch, a infeliz vítima deste caso, era quase uma criança inocente comparado com muitos deles. Bem o conhecíamos, pois vivia entre nós! Sim, chegará o dia em que os cérebros mais bem dotados do nosso país e da Europa estudarão a psicologia do crime na Rússia, como assunto que merece ser estudado; isto far-se-á mais tarde, no repouso, quando o trágico agitar dos nossos dias estiver já longe e for possível examinar as coisas com mais calma e imparcialidade do que eu posso fazê-lo aqui.

Todos estamos agora horrorizados. Ou fingimos estar, mas no fundo contemplamos satisfeitos o espetáculo, e as brutais sensações deliciam-nos como um vomitório na fartura da nossa cínica ociosidade. Quando muito, afugentamos os fantasmas que nos assustam, ocultando como crianças a cabeça debaixo da almofada, dispostos a voltar aos nossos passatempos mal se tenham desvanecido. Mas aproxima-se o dia em que teremos de tomar a vida a sério, considerar-nos membros da sociedade; já é tempo de fixarmos a nossa posição, ou pelo menos de tentarmos qualquer coisa nesse sentido. Um grande escritor exclama, comparando a Rússia a uma troika que corre veloz em direção a um futuro desconhecido: troika, alada troika, quem te inventou? E, num momento de exaltação, acrescenta que todos os povos da terra se afastam com respeito para abrir caminho à troika, que corre sem condutor. Quem sabe? Pode ser que se afastem por respeito, ou pelo contrário. Mas na minha opinião, o grande autor rematou assim o livro, ou movido por um pueril e ingênuo otimismo, ou para evitar aborrecimentos com a censura dos nossos dias; porque se a troika é conduzida pelos seus heróis, Sobakevitch, Nozdryov e Tchitchikov, é impossível que chegue a uma meta nacional, ainda que a conduza o melhor cocheiro. E isso com os heróis da geração passada, porque os da nossa são ainda piores...

O discurso de Hipólito Kirilovitch foi interrompido neste ponto pelos aplausos. O significado liberal da comparação fora compreendido. O aplauso foi demasiado breve para que o presidente se desse ao incômodo de chamar à atenção aos entusiastas, limi-tando-se a dirigir-lhes um olhar severo. Hipólito Kirilovitch animou-se; nunca tinha sido aplaudido; nunca na sua vida se lhe apresentara uma ocasião de fazer-se ouvir, e naquela altura tinha toda a Rússia a escutá-lo.

— E o que é, ao fim e ao cabo, esta família Karamázov, que tão triste celebridade adquiriu na Rússia? Talvez exagere, mas tenho para mim que nesta família se refletem, miniaturizados como o Sol num copo de água, alguns elementos fundamentais da nossa inteligente sociedade contemporânea. Vejam esse desgraçado velho, pai de família, que tão tristemente terminou a sua vida de vícios e libertinagem! Nasceu em berço nobre, mas de pouca fortuna, enriqueceu um pouco à custa de um casamento fortuito, e passa de homem servil, de adulador, de bufão, a ganancioso e prestamista, que ganha audácia à medida que aumenta o seu capital. Desaparecem as suas características humilhantes e ridículas, restando, mais destacados ainda, o cinismo e a depravação. Moralmente estagna, mas a sua vitalidade chega ao excesso e só vê neste mundo os prazeres sensuais, a única coisa que ensina aos filhos. Falta-lhe o sentimento do dever paternal, e ridiculariza esse sentimento abandonando os filhos aos cuidados de um criado, contente por desembaraçar-se deles e chegando a esquecê-los por completo. *Depois de mim o dilúvio!,* eis a sua máxima. Exemplo de quanto se opõe aos deveres da cidadania e do mais completo e lastimoso individualismo, podia dizer com razão. Que o mundo arda pelos quatro costados, desde que eu possa estar bem. E bem estava. Vivia contente e esperava continuar da mesma maneira outros vinte ou trinta anos. Enganou o filho, privando-o da herança que lhe deixara a mãe para lhe roubar a amante com o seu próprio dinheiro. Não, não pretendo ceder completamente a defesa do acusado ao meu douto colega de Petersburgo. Quero dizer a verdade: compreendo a justa indignação deste filho... Mas deixemos esse desgraçado ancião; já teve o seu castigo. Não esqueçamos, porém, que era um pai, um dos pais típicos dos nossos dias, e não pensem que sou injusto ao falar assim. Ah! Quantos, infelizmente, só se distinguem deste por saberem esconder o seu cinismo sob um maior grau de educação e cultura, ainda que essencialmente professem a mesma filosofia? Talvez esteja a ser pessimista, mas já ficou combinado que saberão perdoar-me e, embora não acreditem em mim, me deixarão falar. Deixem que lhes diga o que tenho a dizer, e recordem algumas das minhas frases. Dos filhos deste homem, um senta-se hoje no banco dos réus; dele falaremos mais tarde. A respeito dos outros dois direi poucas palavras. O segundo é um desses jovens modernos, instruídos, inteligentes, que perderam a fé em tudo. Como o pai, nega e repele muitos princípios. Todos o ouvimos, já que lhe foi feito um bom acolhimento na nossa sociedade, e ele, longe de ocultar as suas ideias, tinha como que orgulho em manifestá-las, e isso é o que justifica a minha franqueza ao julgá-lo, não como indivíduo, mas como membro da família Karamázov. Ainda ontem se suicidou um homem intimamente relacionado com o que estou a dizer. Refiro-me àquele que foi criado, e talvez filho, de Fedor Pavlovitch, a Smerdyakov, que nas investigações preliminares me confessava, entre lágrimas histéricas, quanto Ivan Karamázov o horrorizara com as suas audazes ideias sobre a moral. Tudo está dentro da lei e nada nos será vedado no futuro... Isto era o que ensinava ao lacaio, o qual, apesar de imbecil e com as faculdades mentais transtornadas pelos ataques de epilepsia que sofria e pela desgraça que se deu, teve uma observação digna de um entendimento equilibrado, afirmando que se havia entre os filhos de Fedor Pavlovitch algum que se parecesse com ele, esse era Ivan Fedorovitch. Não quero insistir neste ponto por considerá-lo delicado, nem pretendo tirar dele ilações, para não parecer um corvo empoleirado e crocitando sobre a vida futura desse jovem. Vimos hoje que ainda tem bom coração, e que nem a incredulidade nem o cinismo a que chegou, mais por herança do que por rebeldia do pensamento, conseguiram destruir de todo os seus sentimentos de família. Vejamos quem é o terceiro dos filhos. E um piedoso e modesto adolescente que, irritado pelas falsas e aniquiladoras doutrinas do irmão, abraça as ideias do povo, como demos em chamar-lhes nos círculos da boa sociedade. Recolhe-se ao mosteiro e está prestes a fazer-se monge. Parece-me que não pôde ocultar por muito tempo essa pusilanimidade desesperada a que se deixam conduzir muitos dos nossos concidadãos, os quais, assustados ante o cinismo e a influência corruptora que erradamente atribuem à obra da cultura europeia, voltam os olhos para o da pátria, como eles dizem, para o seio da mãe terra, quais meninos assustados que querem dormir, dormir nem que seja para sempre, no regaço da decrépita mãe, só para fugir aos fantasmas que os amedrontam. Pela minha parte desejo a melhor das sortes a esse jovem excelente e judicioso, e espero que o idealismo que impulsiona a sua juventude para as ideias do povo não degenere, como acontece com tanta frequência, nem num triste misticismo, quanto à moral, nem num cego calvinismo, quanto à política; dois elementos que ameaçam constantemente a Rússia, mais terrivelmente ainda porque a prematura decadência devida às mal entendidas e pior adotadas ideias europeias, cujas consequências o seu irmão Ivan sofre.

Duas ou três pessoas do público aplaudiram o misticismo e o calvinismo. Hipólito Kirilovitch deixava-se arrastar pela sua própria eloquência; tudo o que até então expusera pouco ou nada tinha a ver com o assunto de que se tratava, mas aquele homem enfermiço queria aproveitar a única oportunidade que se lhe apresentava para dizer o que sentia, ainda que de modo um tanto vago, a não ser que tivessem razão os que atribuíram ao seu caráter vingativo a dura crítica que fez de Ivan, o qual em várias ocasiões o humilhara rebatendo os seus pontos de vista. Depois deste preâmbulo, entrou em considerações mais diretamente relacionadas com o assunto.

— Mas voltemos ao filho mais velho, que hoje vemos sentado entre nós, como temos ante nós a sua vida e os seus atos; chegou o dia fatal e tudo veio à superfície. Se os seus irmãos representam o europeísmo e a tradição popular, este parece o representante da Rússia atual. Oh! Não de toda a Rússia! Deus nos livre de que assim seja! Mas temos nele a nossa mãe Rússia; podemos conhecê-la através da sua voz e do cheiro que exala. Espontâneo, estranha mescla de bem e de mal, ama a cultura e a poesia de Schiller, briga nas tabernas e arranca as barbas aos seus camaradas. Oh! Sente-se bom e nobre... quando tudo lhe corre bem; é até capaz de entusiasmar-se com os nobres ideais, se acaso lhe caem do céu e não tem de pagá-los. Não gosta de pagar seja o que tudo recebe de boa vontade. Deem-lhe o mais que puderem... não o contentarão com pouco... não o contradigam em coisa alguma, e verão que bom e generoso se mostra. Não é um egoísta, um avaro, não; deem-lhe dinheiro, muito dinheiro, e verão com que prodigalidade, com que desprezo pelo vil lucro o desbarata todo numa noite de orgia. E se não tem dinheiro, verão do que é capaz para conseguir aquele de que necessite. Mas procedamos com ordem. Temos ante nós um filho abandonado que vagueia pelo pátio da sua casa com os pés descalços, como acaba de no-lo apresentar o nosso digno e apreciado médico, ai!, de origem estrangeira. Repito: a ninguém cederei a defesa do criminoso. Estou aqui para acusá-lo, mas também para defendê-lo, que também eu tenho sentimentos humanitários e aprecio como qualquer outro a influência do lar e da infância na formação do nosso caráter. Mas o rapaz cresce e chega a oficial do exército, onde por um duelo e outras irregularidades da sua conduta é desterrado para uma das guarnições mais remotas da fronteira. Precisa de dinheiro para a vida de dissipação que leva; e surgem as disputas com o pai, que acaba por enviar-lhe os últimos seis mil rublos. Existe uma carta em que dá por terminado o pleito e renuncia a todos os seus direitos sobre a herança da mãe, mediante o envio desses seis mil rublos. Então conhece uma jovem de caráter altivo e educação esmerada. Não pretendo repetir o que acabamos de ouvir. Emudeço respeitoso ante a honra e o espírito de sacrifício que se manifestou nesta ocasião. A figura de um jovem, militar frívolo e libertino, que rende homenagem à verdadeira nobreza e a um alto ideal surgiu radiante de simpatia aos nossos olhos; mas depressa nos foi mostrado nesta mesma sala o reverso da medalha. Não entrarei em conjecturas sobre o que motivou a mudança, já que a própria senhora, banhada em lágrimas de indignação por muito tempo retidas, alegou que foi ele o único homem que a desprezou, e precisamente por um ato, embora imprudente e anormal, ditado pelo mais generoso e elevado dos fins. Contempla-a com um sorriso irônico, que por ser do noivo deve ser para ela mais incisivo do que qualquer outro sorriso; não lhe esconde a sua infidelidade, porque pensa que ela terá de suportar até a traição; e estando assim as coisas, são-lhe oferecidos três mil rublos, sendo-lhe dado claramente a entender que constituem um meio de consumar o seu ato vil, e ele aceita-os incondicionalmente e desbarata-os em dois dias com o objeto do seu novo amor. Digam-me agora em que ficamos, no ato do oficial que se desprende do seu último centavo num nobre impulso de generosidade, inclinando-se ante a virtude, ou neste outro quadro repugnante! Regra geral, entre os extremos, bom é ficar pelo meio; mas a regra não se pode aplicar no caso presente. O mais provável é que o primeiro gesto tenha sido obra da nobreza, e o segundo da baixeza. E por quê? Porque assim é o caráter de um Karamázov... que é precisamente o que desejo deixar bem claro... capaz de todas as contradições, dos voos mais elevados, das quedas mais profundas. Recordemos a opinião emitida sobre este particular por um jovem perspicaz, o senhor Rakitin, que observou de perto a família Karamázov: sentido da própria degradação é tão essencial a essas naturezas desenfreadas como o sentido da mais elevada generosidade. E é certo: necessitam continuamente de uma tão estranha mistura; se não conseguem unir os dois extremos consideram-se desgraçados e ficam descontentes, como se a sua vida fosse incompleta. São grandes, grandes como a mãe Rússia: dão cabimento a tudo, e repelem tudo. Já que tocamos de passagem, senhores jurados, na questão dos três mil rublos, vou antecipar algumas ideias. Podeis conceber que tendo cometido a vergonhosa ação de aceitar os três mil rublos, semelhante homem pudesse ter tido a assombrosa firmeza de dividi-los em duas partes, meter uma delas numa bolsa e conservá-la ao peito durante um mês contra todas as tentações e a mais premente das necessidades, de tal maneira que nem na taberna, quando embriagado, nem nas suas andanças pela comarca em busca do dinheiro de que necessita para afastar da tentação do pai a mulher que ama, lhe ocorra sequer a ideia de levar as mãos à bolsa que traz escondida? Ah, não, se com isso pudesse impedir a amada de lançar-se nos braços do rival, de quem se mostrava tão ciumento, teria aberto no mesmo instante a bolsa, na esperança de ouvi-la dizer: Sou tua. Mas não, não toca no talismã. E por quê? Já o indicamos: para ter com que levar a amante, quando ela se lhe apresentar e lhe disser: Sou tua; leva-me para onde quiseres. Esta é a razão principal, mas segundo as palavras do acusado é de pouco peso ao lado desta outra: enquanto tiver esse dinheiro, serei um canalha, mas não um ladrão, pois sempre posso apresentar-me à minha injuriada noiva e restituir-lhe metade da soma de que me apropriei, dizendo-lhe: Bem vês que gastei metade da soma que me confiaste, provando que sou um homem débil e imoral, e até um canalha, se quiseres (sirvo-me de frases do próprio acusado) mas se sou um canalha, não sou um ladrão, porque, se o fosse, apropriar-me-ia também do resto. Magnífica explicação! Este homem débil que não consegue resistir à tentação de aceitar três mil rublos à custa de tais humilhações, tem de súbito a firmeza estoica de trazer consigo mil e quinhentos rublos sem se atrever a tocar-lhes. Estará isto de acordo com a análise que fizemos do seu caráter? Não, e atrevo-me a supor como teria agido o próprio Dmitri Karamázov se na verdade tivesse a intenção de devolver o dinheiro. A primeira tentação, para festejar a dama com que gastou metade do dinheiro, por exemplo, tiraria cem rublos da sua bolsa; pois, que razão havia para devolver precisamente mil e quinhentos rublos e não mil e quatrocentos? Poderia do mesmo modo alegar que não era um ladrão, pois devolvia mil e quatrocentos rublos. Da vez seguinte desviaria outros cem rublos, guiando-se pelo mesmo raciocínio, e assim sucessivamente até chegar aos últimos cem rublos que lhe davam o direito de dizer o mesmo, uma vez que um ladrão teria ficado com tudo. Mas eu digo que quando só restasse uma nota de cem, a gastaria do mesmo modo, dizendo para si mesmo que não valia a pena restituir tão pouca coisa. Eis como se teria comportado o verdadeiro Dmitri Karamázov, tal como nós o conhecemos. Nada tão em contradição com a realidade como essa lenda da bolsa. É inconcebível! Mas já voltaremos a isto.

Depois de examinar as relações econômicas entre pai e filho, procurando provar que era de todo em todo impossível estabelecer qual dos dois tinha razão, Hipólito Kirilovitch passou à informação dos peritos médicos relativamente à mania de Mitya sobre os três mil rublos que considerava seus.

# Capítulo 7
# Um Relance Histórico

A informação médica esforçou-se por convencer-nos do desequilíbrio mental do acusado, apresentando-no-lo como um monomaníaco. Eu sustento que está perfeitamente são e que o seu comportamento poderia ter sido normal. Admito que possa ter manifestado alguma tendência para a mania no que se refere aos três mil rublos, mas creio que até para isso podem encontrar-se causas mais explicáveis e simples do que uma propensão para a loucura. Pelo meu lado concordo com o jovem doutor em que as faculdades mentais do acusado foram sempre normais, ainda que influenciadas por um caráter irritável e exasperado, cuja causa não devemos procurar nessa quantia e sim no fundo da sua alma. Nos ciúmes!

Neste ponto Hipólito Kirilovitch descreveu a fatal paixão do acusado por Gruchenka, desde o momento em que foi a casa da jovem com a intenção de maltratá-la.

— Mas em vez de realizar o seu propósito, cai aos pés da mulher e começa o seu apaixonado amor. Ao mesmo tempo, o pai do acusado prende-se à mesma jovem... coincidência surpreendente e fatal: rendem-se-lhe os dois simultaneamente, embora ambos a conhecessem havia já algum tempo. Ela atiça entre os dois o fogo violento de uma paixão própria dos Karamázov. Troça deles, segundo nos confessa, quer divertir-se à custa do pai e do filho e conquista-os ao mesmo tempo. Esse homem caduco que adora o dinheiro oferece-lhe três mil rublos por uma entrevista em sua casa, e ter-lhe-ia oferecido toda a fortuna se com isso conseguisse torná-la sua mulher legítima. A trágica situação do jovem apaixonado temo-la aqui patente. A feiticeira nega ao desgraçado toda a esperança até ao momento em que, de joelhos diante dela, lhe estende as mãos manchadas ainda com o sangue do seu rival; até ao momento em que cai em poder da justiça. Mandem-me para a Sibéria com ele; arrastei-o a isto e sou eu a mais culpada, grita a mulher num arranque de sincero arrependimento. O culto jovem Rakitin, a quem já me referi uma vez, pinta-nos a heroína de maneira concisa e vigorosa. Enganada, seduzida por um homem que depois a abandona, perde a ilusão e a honra na primavera da vida. Pobre e desprezada pela sua respeitável família, confia-se à proteção de um velho doente, que ainda hoje considera seu protetor. As boas qualidades da sua alma perdem-se na amargura da sorte que a persegue. Torna-se precavida, quer entesourar dinheiro e olha para a sociedade com sarcasmo e ressentimento. E depois de tudo isto compreende-se que tenha querido troçar dos dois apenas por maldade. Um mês de amor sem esperança, de degradação moral, manifesta na infidelidade à noiva e na retenção dos três mil rublos confiados à sua honra, conduz o jovem a um estado de furor, quase de loucura, motivado pelos incessantes ciúmes que o atormentam. E ciúmes de quem? Do pai! E o pior de tudo é que o velho depravado tenta atrair o objeto do seu amor com esses mesmos três mil rublos que o filho considera seus, como fazendo parte integrante da fortuna da mãe, o que o pai nega. Concedo que isto dificilmente possa suportar-se e até que seja o bastante para levar um homem à loucura; não precisamente pelo dinheiro, e sim pelo repugnante cinismo com que esse dinheiro é utilizado contra aquilo que consideramos a nossa felicidade.

Depois o procurador expôs como ocorreu ao acusado a ideia de matar o pai, ilus-trando a sua opinião com fatos.

— Ao princípio só fala disso nas tabernas... Durante todo o mês fala da mesma coisa. Ah! Gosta de ver-se rodeado de companheiros e contar-lhes tudo, sem calar os pensamentos mais diabólicos e comprometedores; gosta que os outros conheçam as suas ideias e espera que aqueles em que deposita confiança o olhem com simpatia, compreendam as suas inquietações e anseios, o acompanhem nas suas dores e não se lhe oponham seja no que for. Se isto não acontece, exalta-se e parte tudo o que encontra à mão na taberna. (Segue-se aqui o episódio do capitão Snegiryov.) Aqueles que ouviram o acusado concordam que nem tudo eram bravatas e que tão arrebatado furor havia de traduzir em obras as ameaças.

O procurador recordou então a reunião da família no mosteiro, as entrevistas com Aliocha e a violenta e horrorosa cena que tivera lugar em casa do pai quando o acusado lá entrara após o almoço.

— Não posso afirmar rotundamente que o acusado tivesse a intenção de matar o pai antes deste incidente, mas digo que a ideia lhe ocorrera várias vezes; assim o testemunham os fatos, os fatos e as suas próprias palavras. Tenho de confessar, senhores jurados, que até hoje não sabia se atribuiria ao acusado uma premeditação consciente. Estava convencido de que imaginara com grande antecipação o momento fatal, mas mesmo considerando-o, na sua imaginação, possível, não chegara à decisão concreta de quando e como poderia fazê-lo. Desta incerteza veio tirar-me a apresentação do documento que temos presente. Todos ouviram a exclamação dessa menina: É o plano, o programa do assassinato! Assim foi definida a fatal e avinhada carta do infeliz acusado. Por ela vemos que foi tudo premeditado. Escrita dois dias antes dos fatos constantes dos autos, prova que quarenta e oito horas antes de o crime ser perpetrado, o assassino jurava que se no dia seguinte não conseguisse arranjar o dinheiro, mataria o pai para tirar-lhe as notas que guardava debaixo da almofada, logo que Ivan se fosse embora. Todos o ouviram. De modo que preparou tudo, previu todas as circunstâncias, e fez exatamente o que tinha escrito. A prova da premeditação é concludente. Que o roubo foi o móvel do crime não podia ser mais claro. Está escrito e assinado. Dir-me-ão que estava embriagado quando escreveu aquela carta, mas isso não tira valor ao documento, antes pelo contrário; escreve em estado de embriaguez o que pensou em estado de sobriedade; se não o tivesse planejado antes, não o teria escrito naquele momento. Perguntar-me-ão: então, por que fala disso na taberna? Quem premedita um crime cala-se, guarda-o para si. É certo, mas ele fala do crime antes de traçar o plano, quando sente apenas o desejo, o impulso de cometê-lo. Depois já fala menos, e dois dias antes escreve essa carta, e contra o seu costume permanece silencioso, apesar de embriagado. Em vez de jogar bilhar, senta-se num canto, sem trocar uma palavra seja com quem for. É verdade que molestou um criado, expulsando-o do seu lugar, mas isto fê-lo de uma maneira inconsciente, pois não pode estar numa taberna sem provocar escândalo. No entanto, quando tomou a sua decisão, deve ter-se arrependido do muito que falara, receando o processo e consequente prisão que isso podia acarretar-lhe. Mas a ele que lhe importava? A sorte continuaria a favorecê-lo como até então. Acreditava na sua estrela! Confesso, também, que fez alguma coisa para evitar a catástrofe. Amanhã, escreve, irei falar com toda a gente em busca do dinheiro, e se ninguém mo emprestar, afogar-me-ei em sangue.

Hipólito Kirilovitch expôs em seguida os esforços que Mitya fez para arranjar dinheiro, descrevendo a visita a Samsonov e a viagem em busca de Lyagavy.

— Vencido, esfomeado, depois de vender o relógio para pagar a viagem... apesar de nos ter contado que tinha consigo mil e quinhentos rublos... atormentado pelos ciúmes ao pensar que o objeto do seu amor podia visitar Fedor Pavlovitch estando ele ausente, regressa à cidade, onde vê desvanecidas as suas suspeitas. Ele próprio acompanha a jovem à casa do protetor, homem de interessante psicologia e do qual, coisa estranha, não tem ciúmes! Apressa-se então a voltar ao seu esconderijo, situado nas traseiras da casa, e aí inteira-se da crise de Smerdyakov, e de que o outro criado se encontra doente... Vê o caminho livre, e ele conhece os sinais... que tentação! Mas ainda lhe resiste e procura como último refúgio uma senhora que vive aqui há algum tempo e se tornou credora do apreço de todos nós, *madame* Hohlakov. Esta senhora, que desde havia algum tempo estudava com pena o caráter do acusado, dá-lhe o mais sábio dos conselhos: que abandone a sua vida de dissipação, que esqueça as suas paixões, que deixe de esgotar o vigor da sua juventude na intemperança das tabernas, e vá para a Sibéria, para as minas, onde encontrará campo para expandir as suas turbulentas energias, o seu caráter romântico e a sua sede de aventuras.

Depois de relatar o resultado desta conversa e o momento em que, ao saber que Gruchenka não se encontra em casa de Samsonov e pensando que talvez esteja com o pai, o desgraçado é invadido pelos ciúmes e dá livre curso à sua fúria — Hipólito Kirilovitch detém-se no estudo da fatal influência desta mudança da situação.

— Se a criada lhe tivesse dito onde estava a sua senhora, nada teria acontecido, mas a pobre moça perde a cabeça e só é capaz de jurar que nada sabe. Se ele não a matou naquele instante, isso deveu-se apenas à pressa que tinha de encontrar a infiel. Na sua loucura, apodera-se da mão do almofariz. Por que esse instrumento e não outra arma? Enquanto acariciava a ideia do crime e se preparava para realizá-lo, pode ter pensado que o primeiro objeto que lhe caísse ao alcance da mão lhe serviria de arma, e efetivamente, reconhece no mesmo instante que este lhe bastará para cumprir os seus propósitos. De modo que não pegou na mão do almofariz de um modo inconsciente e involuntário. E ei-lo no jardim do pai. O campo está livre, sem testemunhas. A suspeita de que a amada está entre os braços do rival, talvez rindo-se dele, deixa-o sem respiração. E nem tudo é suspeita, pois há indícios de realidade. Ela deve estar ali, naquele quarto iluminado, deve estar atrás do biombo; e o desgraçado quer fazer-nos crer que desliza até à janela, olha para o interior do quarto com respeito e se retira discretamente, com receio de que aconteça algo terrível e imoral. E tenta convencer-nos disto a nós, nós que conhecemos o seu caráter, o seu estado de ânimo naquele momento e sabemos que não ignorava os sinais que lhe dariam entrada imediata na casa.

O procurador interrompeu aqui o seu discurso para se referir à suspeita que se quisera fazer recair sobre Smerdyakov, pois embora repelisse *a priori* tal suspeita, dava-se conta da importância extraordinária deste ponto.

## Capítulo 8
## Investigação Sobre Smerdyakov

— Que origem tem essa suspeita? — começou Hipólito Kirilovitch. — O primeiro que acusou Smerdyakov foi o próprio acusado no momento da sua prisão, embora até agora não tenha apresentado a menor prova, nem um indício em que basear a sua acusação. Três pessoas a confirmam: os irmãos do acusado e a senhora Svyetlov. Quanto ao irmão Ivan, não tinha formulado a sua acusação até hoje, e já vimos em que estado mental se encontrava. Para mais, consta-me que durante os últimos dois meses partilhava conosco a convicção da culpabilidade do seu irmão, sem que nem por um momento se manifestasse contra. O irmão mais novo confessou que não tinha em que apoiar a sua acusação, a não ser nas palavras e na expressão do rosto do acusado. A senhora Svyetlov deixa-nos ainda mais convencidos... "Devem acreditar no que lhes diz o acusado, é incapaz de mentir." É o que alegam contra Smerdyakov, as três pessoas a quem interessa de perto a sorte do acusado. Mas... é possível admitir sequer a suspeita da culpabilidade de Smerdyakov?

E aqui Hipólito Kirilovitch julgou necessário descrever a personalidade do lacaio, que pôs fim aos seus dias num acesso de loucura. Apresentou-o como um espírito fraco e de escassa educação, completamente desequilibrado por filosofias que estavam fora do seu alcance e para as quais foi arrastado tanto pelo mau exemplo de seu amo Fedor Pavlovitch, provavelmente seu pai, como por certas conversas havidas com Ivan Fedorovitch, talvez sem outra finalidade que a de se divertir à custa do lacaio.

— Ele mesmo me falou da sua situação moral durante os últimos cinco dias que precederam a tragédia, e a sua declaração foi confirmada pelo próprio acusado, por seu irmão, por Grigory e por todos os que o conheciam. Smerdyakov, cuja saúde estava minada por constantes ataques de epilepsia, não valia mais do que um frango. O próprio acusado, sem se aperceber do mal que poderia causar-lhe a sua declaração, disse-nos: Caía aos meus pés e beijava-mos. É um covarde. E o acusado vê nele o seu confidente, e assustando-o consegue que lhe sirva de espião e que engane o amo revelando-lhe o caso do sobrescrito e o dos sinais, meio para se introduzir sem violência na casa. Como pôde chegar a semelhante deslealdade? Ter-me-ia matado, eu via que ele me mataria, responde o lacaio às nossas perguntas, tremendo de espanto embora o seu carrasco esteja na prisão e nada possa fazer-lhe. Tinha sempre receio de mim e tive de contar-lhe tudo para o acalmar, para que visse que eu não queria enganá-lo e me deixasse viver. Estas são as suas palavras, as mesmas que constam do sumário. E acrescenta: Quando se punha a gritar-me, enfurecido, eu caía de joelhos. A sua honradez natural mereceu-lhe a inteira confiança do seu senhor, desde que foi entregar-lhe uma certa quantia perdida. Isto faz-nos supor que o pobre rapaz sentia remorsos por haver traído o amo, que era o seu protetor. Segundo o testemunho dos mais hábeis doutores, os epiléticos têm tendência para se culpar, para se recriminar como malvados, para se deixarem atormentar pelos remorsos de consciência sem qualquer motivo, exagerando e frequentemente inventando toda a espécie de faltas e crimes. Aqui temos uma dessas testemunhas que se deixam arrastar a uma ação má por covardia e por medo. Pressentindo que alguma coisa de terrível seria o resultado da situação que se oferecia aos seus olhos, suplica a Ivan Fedorovitch, que tinha de partir para Moscovo, que fique em casa, mas por timidez não lhe fala abertamente nos seus receios e limita-se a certas insinuações que não são compreendidas. Notemos que vê em Ivan Fedorovitch um protetor cuja presença é uma garantia de que nada de mau acontecerá. Recordemos a frase da carta de Dmitri: Matarei o velho quando Ivan partir. A presença de Ivan Fedorovitch é, portanto, uma garantia de paz e ordem na casa. Compreende-se perfeitamente que, na hora de Ivan sair de casa, Smerdyakov tivesse um ataque de epilepsia. Tenhamos em conta que o lacaio passara aqueles cinco dias num receio incessante de que o acometesse uma dessas crises que sofrera em momentos de grande excitação, e que, embora o epilético não possa prever o dia e a hora em que cairá vítima da sua horrível doença, pode pelo menos, segundo os médicos, pressentir-se em disposição de ser atacado. É assim que Smerdyakov desce à adega logo que se perde de vista a carruagem em que vai Ivan Fedorovitch; abatido pela solidão e pela situação indefesa em que o deixa o seu jovem senhor, desce à adega, preocupado com a ideia de que pode ter um ataque naquele instante, e essa mesma apreensão lhe põe na garganta o nó espasmódico que costumam sentir estes doentes ao iniciar-se o ataque, e cai pela escada. Neste acontecimento tão natural quiseram alguns ver um fundamento de suspeita, o indício de que o acidente fora provocado. Mas ocorre imediatamente a pergunta: por que razão? Para que havia de recorrer a tal meio? Que se propunha? Nada digamos da medicina, a ciência pode estar enganada sobre o caso; os médicos são incapazes de distinguir entre o ataque epilético simulado e o verdadeiro. Mas respondam-me a esta pergunta: que razões teve para simular? Pode ter tramado o assassínio, tê-lo-ia tramado realmente, procurando chamar dessa maneira a atenção de todos os habitantes da casa? É sabido, senhores jurados, que na noite a que se relerem os autos estavam cinco pessoas em casa de Fedor Pavlovitch: o próprio Fedor Pavlovitch (mas é evidente que ele não se suicidou), o seu criado Grigory, que quase perdeu a vida, a mulher deste, Marfa Ignacievna, de quem seria simplesmente vergonhoso imaginar que assassinou o seu amo; restam pois duas pessoas, o acusado e Smerdyakov. Mas se vamos acreditar no que diz o acusado, Smerdyakov seria o assassino, pois que não há outra alternativa. Tal é o fundamento da astuta, da tremenda acusação contra o desgraçado idiota que ontem se suicidou. Se existisse noutro lado a mais leve sombra de suspeita, ou se outra pessoa tivesse estado nesse dia na casa, tenho a impressão de que o acusado indicaria essa sexta pessoa, envergonhado de acusar o lacaio, pois é perfeitamente absurdo imputar a Smerdyakov este assassínio. Senhores, ponhamos de parte a psicologia, deixemos a ciência médica, prescindamos da lógica, voltemos os olhos para a realidade e vejamos o que a realidade nos diz. Se Smerdyakov o matou, como o fez? Sozinho, ou com a cumplicidade do acusado? Na primeira hipótese, é preciso supor que algum objetivo teria ao cometer o crime, e não tendo por móvel, como o acusado, nem o ódio nem os ciúmes, temos de pensar que Smerdyakov só por cupidez poderia matar, para se apoderar do dinheiro que o seu senhor guardava num sobrescrito. Todavia, revela a outra pessoa, muito mais interessada do que ele (refiro-me ao acusado), tudo o que diz respeito ao dinheiro e, o que é mais, dá-lhe as indicações. Quis trair-se ou convidar para a empresa alguém que tinha tão vivos desejos de deitar a mão aos três mil rublos? Sim... contou-me tudo, mas foi porque o medo o traiu. Como se explica isto? Onde se viu um homem que premedita uma ação tão ousada e violenta revelar o que só ele sabe e ninguém chegaria a suspeitar se ele se tivesse calado? Não. Por covarde que fosse, nada o podia ter levado a revelar o caso do dinheiro e das indicações, se tivesse premeditado o crime, pois isso seria o mesmo que denunciar-se antecipadamente. Teria inventado qualquer coisa, teria contado qualquer mentira, desde que se tivesse visto forçado a falar; tudo, menos a verdade. Por outro lado, se tivesse cometido o crime nada dizendo do dinheiro, quem lhe teria imputado como móvel o roubo, se ninguém mais do que ele conhecia a existência do sobrescrito? Ter-se-ia procurado outro motivo, mas como não se encontraria motivo algum na sua vida, visto que a sua perfeita honradez *merecera* a confiança do seu *amo,* afastar-se-iam dele todas as suspeitas e a opinião apontaria unanimemente o homem de quem havia razões para suspeitar, aquele que não fizera segredo das suas intenções; ter-se-ia suspeitado do filho do assassinado, de Dmitri Karamázov. Sobre o filho recairiam todas as acusações, mesmo no caso de Smerdyakov ser assassino e ladrão... e vamos acreditar que o lacaio anularia esta vantagem contando a Dmitri onde estavam as notas e como se faziam os sinais? Que lógica haveria nisto, e que sentido? Chegado o dia do crime planejado por Smerdyakov, vamos encontrá-lo no fundo da adega, com um ataque *fingido*. Com que objetivo? Antes do mais para que Grigory, que se dispunha a *tomar* a sua bebida, desistisse do seu propósito e permanecesse de guarda, já que a casa ficava sem vigilância, e depois, suponho eu, para que o amo, vendo que era descuidado pelos criados e no seu terror ante a ameaça de uma visita do filho, redobrasse de precauções; mais ainda, suponho que Smerdyakov, não podendo valer a si mesmo enquanto duravam os efeitos da crise, pretendia ser levado da cama onde costumava dormir, e do quarto onde podia entrar e sair com inteira independência, para o quarto de Grigory, a três passos da cama deste e separado só por um biombo, como era costume de sempre, estabelecido pelo amo e pela bondosa Marfa Ignacievna, todas as vezes que ele tinha um ataque. Ali, deitado atrás do biombo e para continuar a fingir, podia grunhir à vontade, mantendo-os acordados toda a noite (como testemunham Grigory e sua mulher). E devemos então acreditar que aproveitaria uma situação tão propícia para se levantar e matar o seu senhor! Mas dir-me-ão que fingiu o ataque para não despertar suspeitas, e que falou ao acusado no dinheiro e nos sinais para o tentar ao crime, de maneira que quando este o tivesse cometido e fugisse com o dinheiro, fazendo barulho e despertando a vizinhança, ele pudesse levantar-se e entrar na casa. Para que, senhores? Para matar segunda vez o amo e apoderar-se do dinheiro que já havia sido roubado? Mas, senhores, estaremos por acaso a gracejar? Envergonho-me por ter de submeter o assunto à vossa consideração em termos tão indignos; mas, por incrível que pareça, não é outra coisa o que alega o acusado. Ele pretende que, quando fugiu deixando Grigory no jardim, sem sentidos, e tendo alarmado os vizinhos, Smerdyakov se levantou e foi matar o seu amo para o roubar. Não quero insistir sobre este ponto, mesmo supondo que a premeditação de Smerdyakov chegou a tal requinte que o levou a deduzir que o furioso e desesperado filho, conhecendo os sinais, se contentaria com lançar um olhar respeitoso ao quarto de seu pai, retirando-se e deixando o dinheiro para ele. Eu pergunto, senhores jurados: em que momento pôde Smerdyakov praticar o seu crime? Ou se admite que foi neste momento ou não há acusação possível. Mas talvez o ataque fosse verdadeiro e o doente se sentisse repentinamente bem, ouvisse ruído e saísse do seu quarto. Que aconteceu então? Ocorreu-lhe de súbito a ideia de matar o seu amo? Mas como saberia se o momento era propício, se ignorava o que se havia passado até então, pois estivera sem sentidos? A fantasia também tem os seus limites, senhores. Perfeitamente, replicar-me-á alguém de obstinada sagacidade, mas se os dois estavam de acordo, ambos o mataram e dividiram o dinheiro? Realmente, é uma pergunta de peso, e os fatos confirmam a conjectura de modo esmagador! Um comete o assassínio arcando com todas as dificuldades e arrostando todos os perigos, enquanto o cúmplice finge um ataque de epilepsia e jaz despertando suspeitas e alarmando a vítima e o seu defensor Grigory... Seria interessante conhecer os motivos que levaram os cúmplices a urdir um plano tão disparatado. Mas talvez não se trate de um caso de cumplicidade ativa. Smerdyakov, atemorizado, promete não impedir o crime, e sabendo que seria acusado por deixar passar o assassino, sem oferecer resistência e sem gritar por socorro, obtém de Dmitri Karamázov consentimento para lhe dar passagem livre fingindo um ataque de epilepsia: matá-lo se quiseres; não me importa. Dmitri nunca teria aceitado o emprego de tal estratagema, que só serviria para pôr toda a gente de sobreaviso, mas acreditando mesmo que acedeu, Dmitri Karamázov continua a ser o assassino e o instigador, e Smerdyakov apenas um cúmplice passivo ou nem sequer cúmplice, mas meramente um encobridor contra a sua vontade e movido pelo terror. No entanto, que acontece? Logo que o assassino é capturado acusa abertamente Smerdyakov; e não o acusa de cumplicidade, mas sim de ser o único autor do assassínio. Foi ele, diz, quem matou e roubou. É tudo obra das suas mãos. Que estranhos cúmplices, a acusarem-se mutuamente! Pensemos na situação em que se coloca Karamázov. Depois de cometer o crime lança as culpas sobre um inválido que jaz prostrado na cama e que, ressentido pelo descaramento, podia dizer a verdade com a certeza de incorrer num castigo muito menos severo que o do principal autor do crime. Smerdyakov teria confessado a verdade por despeito; não o fez porque não se considerava cúmplice, embora o verdadeiro assassino insistisse em acusá-lo declarando-o o único culpado. Mais ainda, o lacaio apresenta voluntariamente a declaração de ter revelado ao acusado a existência do sobrescrito e a combinação dos sinais que, a não ser por seu intermédio, ninguém teria conhecido. Ter-se-ia manifestado assim, tão abertamente, se fosse cúmplice? Pelo contrário, teria procurado ocultar tudo para falsear os fatos ou atenuá-los. Só um inocente, seguro de estar limpo de qualquer suspeita de cumplicidade, podia agir como o homem que, num acesso de hipocondria originada pela sua doença e por esta catástrofe, se enforcou ontem. Na sua linguagem peculiar, deixou escrita a seguinte nota: Mato-me por minha própria vontade e desejo para não ter de acusar ninguém. Que lhe teria custado acrescentar: sou o assassino; Karamázov está inocente. Mas não o acrescentou. A consciência levou-o ao suicídio sem confessar as suas culpas? E que aconteceu então? Três mil rublos em notas de Banco foram depositados não há muito tempo, em poder do tribunal, dizendo-nos que são os que pertenciam ao sobrescrito que está sobre essa mesa, e foram ontem recebidos pela testemunha, das mãos de Smerdyakov. Não necessito recordar a cena que se desenrolou aqui e contentar-me-ei com submeter à opinião dos jurados umas quantas considerações que parecerão triviais pela escassa importância que merece este ponto do meu discurso. Suponhamos que Smerdyakov devolveu ontem o dinheiro e se enforcou por remorsos; acrescentemos que até ontem não se havia confessado culpado a Ivan Fedorovitch, segundo este nos disse, pois de outra maneira não se concebe que Ivan mantivesse silêncio até hoje. E eu pergunto: como se explica que, tendo-se confessado autor do crime, não deixasse escrita toda a verdade na nota a que me refiri, sabendo que um inocente devia submeter-se à tortura de um horroroso processo no dia seguinte? O dinheiro, por si só, nada prova. Eu e outros dois senhores do tribunal soubemos, por uma circunstância fortuita, que Ivan cobrou há dias cupões no valor de dez mil rublos. Refiro-me a isto para observar que, se todos podem ter dinheiro, Ivan não nos prova, ao trazer-nos três mil rublos, que sejam os mesmos que estiveram no sobrescrito de Fedor Pavlovitch. Ivan Fedorovitch soube ontem a verdade, pelo próprio assassino, e não se mexeu. Por que razão não a comunicou imediatamente? Para que deixou tudo para esta manhã? Tenho o direito de expor uma conjetura. Havia já uma semana que a sua doença se precipitava para o ataque cerebral que hoje sofreu, de tal maneira que tinha alucinações e se viu obrigado a consultar o médico. Em tal estado, sabe da morte de Smerdyakov e pensa: Esse homem está morto, posso culpá-lo para salvar o meu irmão. Não me falta dinheiro, juntarei um punhado de notas e direi que me foram entregues por Smerdyakov antes de se matar. Direis que isto é ignóbil, que é ignóbil difamar um morto ainda que seja para salvar um irmão. Decerto. Mas não poderia fazê-lo num estado de inconsciência ou transtornado pela notícia da súbita morte do lacaio, imaginando que realmente havia acontecido assim? Todos presenciamos a cena e vimos o estado da testemunha. As pernas aguentavam-no e falava... mas onde estava a sua cabeça? E a isto seguiu-se a revelação do documento escrito pelo acusado dois dias antes do crime, e que contém o programa exato da ação. Eu afirmo que não necessitamos de outro. O crime foi cometido precisamente de acordo com esse programa, e não por outra pessoa que não fosse aquela que o escreveu. Sim, senhores jurados, o programa foi levado a cabo sem alteração alguma! Não fugiu, tímida e respeitosamente, da janela de seu pai, mesmo estando convencido de que a mulher a quem amava estava ali. Não, isso é inadmissível e absurdo! Entrou e matou. Talvez o tenha feito num acesso de raiva, mas depois de o matar, talvez com um golpe de um pilão de almofariz, e convencido, ao cabo de minuciosa busca, de que a mulher não estava ali, não se esqueceu de levantar o colchão e de retirar o sobrescrito do dinheiro. Aponto este fato para que se fixem numa circunstância característica. Se tivesse sido um criminoso experiente ou se tivesse cometido o assassínio com o único propósito de roubar... teria atirado para o chão o sobrescrito que foi encontrado junto do cadáver? O próprio Smerdyakov, se tivesse assassinado o amo para o roubar, teria levado o sobrescrito sem perder tempo em abri-lo junto da sua vítima, seguro de que dentro encontraria o dinheiro e de que ninguém descobriria o roubo. Pergunto-lhes, senhores, se Smerdyakov poderia agir de outra maneira, se teria atirado fora o sobrescrito, ali mesmo? Não. Isso é próprio de um assassino arrebatado, de um assassino que não é um ladrão, que até então nunca havia roubado, que apanha o dinheiro não como gatuno, mas sim como alguém que recupera do gatuno o dinheiro que lhe pertence e lhe tinha sido roubado. Esta é a ideia que se manifesta em Dmitri Karamázov relativamente ao dinheiro, como uma obsessão. Apanha o sobrescrito, rasga-o para certificar-se de que contém a quantia que procura e, guardando esta no bolso, foge, esquecendo que deixa atrás de si uma prova terrível que o acusará formalmente. Não pensa, não reflete, porque é um Karamázov. De maneira muito diferente teria procedido Smerdyakov. Dmitri sai, a correr; ouve que o criado o segue, gritando; vê que vai ser alcançado, que vai ser agarrado, e o criado cai como morto, com uma pancada. O acusado, movido pela piedade, baixa-se para examinar o ferido. Acreditarão no que ele nos diz, que se curvou movido pela piedade, com pena, para ver se podia fazer alguma coisa pela sua vítima? Seria aquele o momento de sentir compaixão?... Não. Só queria convencer-se de que a única testemunha do seu crime estava morta. Qualquer outra ideia, qualquer outro sentimento tem de ser rejeitado por inverossímil. Note-se como ele se perturba diante de Grigory, limpando a ferida com o seu lenço, e convencido de que está morto corre a casa da amante, manchado, coberto de sangue. Como não pensou que ao verem-no ensanguentado seria detido? Ele mesmo nos afirma que não tinha notado as manchas de sangue que o sujavam. E é crível, é natural que não as tivesse notado; é o que acontece em tais momentos aos criminosos que põem em prática a astúcia mais diabólica ao mesmo tempo que deixam soltas as malhas principais.

Nesse momento crítico tem apenas uma preocupação: onde está *ela*? Quer averiguar isso e corre a casa da mulher, onde descobre a tremenda verdade: ela tinha ido para Mokroe juntar-se ao seu primeiro amante.

## Capítulo 9
## A Troika Veloz. Final da Acusação

Hipólito Kirilovitch havia escolhido para o seu discurso o método histórico, que permite aos oradores nervosos concentrar no final a sua fogosidade retórica, expondo interessantes considerações sobre um tema — como ele fez aqui ao dissertar sobre o primeiro amante de Gruchenka.

— Karamázov, cujos ciúmes tinham chegado até ao furor, detém-se e podemos dizer que procura apagar-se a si mesmo ante este primeiro amante, sendo o mais surpreendente que parece não se preocupar pouco nem muito com um rival tão formidável, como se o perigo fosse sempre distante para um Karamázov que vive permanentemente na hora presente. Talvez não visse nesse rival mais que uma ficção. Mas compreende de repente que a mulher o enganou precisamente escondendo-lhe a verdade, pois que, longe de ser para ela uma ficção, esse amor antigo constitui a única esperança da sua vida, Dmitri assim o compreende e, de momento, resigna-se. Senhores jurados, não posso resistir ao impulso de dar relevo a uma tão insuspeitada feição do caráter do acusado. Subitamente manifesta-se nele um irresistível desejo de justiça, de respeito pela mulher cujo direito a amar ele reconhece, e isto no preciso momento em que, por ela, manchou as mãos com o sangue do pai. Certo era que o sangue vertido clamava por vingança, e que depois de ter fechado com o crime todos os caminhos da vida, e de ter aniquilado a sua alma, por força havia de perguntar a si mesmo que poderia ele representar aos olhos dessa mulher, ante a qual, arrependido da sua culpa e com um amor sublimado, vem uma existência tranquila e feliz. Que poderia ele oferecer então, o desgraçado? Karamázov compreende tudo isto, considera-se perdido, ameaçado com o castigo do seu crime; a vida afunda-se sob os seus pés. Esta ideia cruza-lhe a cabeça e logo se lhe oferece o único plano que pode germinar na mente de um Karamázov para remediar a sua terrível situação: o suicídio. Procura as pistolas que empenhara ao seu amigo Perkotin, e de caminho puxa pelo dinheiro e leva-o pela rua, nas mãos que, por causa desse dinheiro, manchou com o sangue de seu pai. Oh! Agora mais do que nunca precisa de dinheiro. Karamázov vai morrer, Karamázov dará um tiro em si próprio e isso deixará uma recordação. E um poeta de imaginação sempre delirante: A ela, a ela! E uma vez ali darei uma festa na qual participará toda a gente, uma festa como nunca se viu outra. E no meio do rumor da orgia, da desordem, da embriaguez, das canções e das danças, levantarei a taça brindando pela mulher a quem adoro e pela sua felicidade recuperada, e ali mesmo, a seus pés, castigar-me-ei fazendo saltar os miolos! Assim ela recordará Mitya Karamázov, assim verá como Mitya a amava, assim sentirá alguma coisa por Mitya! Eis aqui o amor pitoresco, romântico, sentimental e desenfreado dos Karamázov. Mas há outra coisa, senhores jurados, outra coisa que lhe sacode a alma com força, que grita no seu íntimo com um clamor de morte, e essa outra coisa é a consciência, senhores jurados, é o remorso que o tortura! A pistola arranjará tudo, a pistola é o último recurso. Mas mais além... eu não sei se Karamázov refletiu então no mais além, nem se Karamázov era capaz de pensar como Hamlet no mais além. Não, senhores jurados, uns têm os seus Hamlet, mas nós continuamos a ter os nossos Karamázov!

    Hipólito Kirilovitch expôs os acontecimentos que se desenrolaram em casa de Perkotin, na loja e durante a viagem, cingindo-se às afirmações das testemunhas e conseguindo impressionar profundamente a sala. A culpabilidade daquele homem não oferecia dúvidas quando se apresentavam os fatos em conjunto.

— Que necessidade tem ele de precauções? Duas ou três vezes está prestes a confessar tudo, deixa entrever isso; tudo menos falar claro. Chega a gritar ao cocheiro: Sabes que transportas um assassino? Mas não se atreve a falar claro porque se trata de chegar a Mokroe e dar fim ao seu poema. O desgraçado não sabia o que o esperava aqui! Quase imediatamente compreende que o seu rival invencível está quase derrotado e que não se deseja nem se aceita a felicidade que vem oferecer. Já sabemos o que aconteceu, porque tudo está registado nos autos. Karamázov triunfa em toda a linha e a sua alma atravessa, a partir desse momento, a mais horrorosa das crises. Dir-se-ia, senhores jurados, que a natureza ultrajada e o coração do próprio criminoso encontram mais completa vingança do que poderia esperar-se da justiça da terra; mais ainda, a justiça e o castigo dos homens mais não fazem do que aliviar o castigo da natureza, e são necessários em tais momentos para livrar o criminoso do desespero. Não é possível imaginar o horror, o tormento moral que, para Karamázov, representa o fato de saber que ela o ama, que repele o indiscutível, que está disposta a iniciar com ele, Mitya, uma vida nova, que lhe oferece a felicidade... Quando? Quando para ele tudo acabou, quando tudo é impossível! Permita-se-me uma pequena digressão que considero de importância para esclarecer ainda mais a situação do acusado neste momento. A mulher que é objeto do seu amor e dos seus desejos apaixonados havia-se-lhe mostrado esquiva até então. Por que razão não se mata ele, por que abandona os seus propósitos e chega a esquecer-se da sua pistola? Porque espera satisfazer o seu ardente desejo de amar. No tumulto do bacanal permanece ao lado da sua amada, que se lhe apresenta mais encantadora do que nunca... não se afasta dela e junto dela se prostra no mais rendido acatamento. A paixão amorosa pode abafar, por um momento, não só o medo de ser preso, mas também os remorsos da consciência. Por um momento, apenas por um momento! Posso apresentar-lhes o estado de ânimo do criminoso, desesperado e submetido a estas influências: vinho, ruído e agitação, barafunda de danças e gritos de canções... e ela que, excitada, se levanta e baila, e canta para ele! Logo uma sombra de confiança que o faz adiar para mais tarde o momento fatal, a confiança em que pelo menos até ao dia seguinte não irão prendê-lo. Restam-lhe umas cinco horas e isso é muito, mesmo muito! Em cinco horas pode-se pensar em muitas coisas. Imagino que ele devia sentir com a mesma intensidade do réu que é conduzido ao patíbulo. Ainda lhe resta uma comprida rua, e indo a passo poderá ver milhares de caras; depois haverá que dar a volta por outra rua, e até chegar ao fim dessa não verá a espantosa praça das execuções, Eu creio que, desde que o acusado sobe para a carreta infamante, pensa que tem ainda muita vida na sua frente: recuam as casas, avança a carreta... Oh! Não importa, ainda falta bastante para chegar à outra rua, e ainda tem forças para olhar, à direita e à esquerda, esses milhares de criaturas insensíveis que nele fitam os seus olhos, curiosamente... e chega a considerar aquele momento um como tantos outros. Mas já chega à última rua... Não importa, ainda falta percorrê-la, e embora muitas casas tivessem ficado definitivamente para trás, ainda faltam outras tantas. E assim até ao fim, até ao próprio patíbulo. Creio que alguma coisa semelhante se deve ter passado com Karamázov. Ainda não têm tempo, pensaria, ainda posso encontrar alguma escapatória; sim, há tempo de sobra para meditar um plano... e agora... agora ela está tão encantadora! No seu estado de aturdimento e de medo ainda tem serenidade para se separar de metade do dinheiro e escondê-lo nalgum sítio; não se explica de outra maneira a desaparição do resto dos três mil rublos que roubou ao pai. Não era a primeira vez que estava em Mokroe, pois já ali passara dias inteiros e conhecia todos os esconderijos da pousada. Eu suspeito de que o dinheiro não estava muito longe do lugar onde ele foi preso, escondido nalguma fenda, debaixo de algum mosaico. Para que escondê-lo?, perguntar-me-ão. Simplesmente porque a catástrofe podia cair-lhe em cima e ele ainda não tinha pensado em como enfrentá-la... *pois* ao lado dela sentia a cabeça andar à roda; mas o dinheiro... o dinheiro far-lhe-ia falta em qualquer caso! Com dinheiro tudo se consegue! E se esta precaução vos parece impossível em tais momentos, recordai-vos de que ele próprio quis convencer-nos de que um mês antes separara metade de uma quantia para a coser numa pequena bolsa, num momento crítico e agitado. E embora isto não seja verdade, como o demonstrarei em seguida, a simples ideia prova que Karamázov estava familiarizado com o processo. Mais ainda, quando nas primeiras investigações nos fala de ter guardado mil e quinhentos rublos num saquinho que não aparece em parte alguma, inventa na inspiração do momento, pois ainda não há duas horas que apanhou parte do dinheiro para escondê-lo não sabemos onde até ao dia seguinte, na previsão do que poderia acontecer, para que o não encontrassem em poder dele. Os dois extremos, senhores jurados; não esqueçam que os Karamázov podem abarcar os dois extremos simultaneamente. Revistada a pousada, o dinheiro não é encontrado; talvez esteja ainda onde o deixou, ou tenha passado no dia seguinte para as suas mãos. Seja como for, aí o tendes de joelhos diante dela que está sempre recostada na cama; estende para ela os braços, e tão absorvido está na sua paixão que nem sequer ouve os que se aproximam para prendê-lo. Sem tempo para se preparar para a defesa, apanham-no desprecavido e levam-no à presença dos juízes, árbitros do seu destino. Senhores jurados, no cumprimento do nosso dever há momentos tão terríveis como um cálice de amargura que é preciso esvaziar inevitavelmente: o momento de encararmos um homem, de contemplarmos esse medo animal do criminoso que, vendo-se perdido, ainda se debate, ainda tenta fugir à responsabilidade; o momento em que, acordado bruscamente o seu instinto de conservação, nos fita com olhos que interrogam, olhos de sofrimento, e observa a nossa cara, os nossos pensamentos, na incerteza de como o atacaremos, traçando mil planos num instante, mas sempre receoso de falar, de pôr um pé em falso. Esse inferno da alma, essa sede animal de conservação, esses momentos humilhantes para o espírito são terríveis e não é raro que inspirem aos próprios juízes horror e compaixão pelo criminoso. Isso foi o que presenciamos e sentimos então. Ao princípio ficou aterrado e deixou escapar algumas frases comprometedoras: Sangue! Mereci-o! Em seguida contém-se. Não pensou ainda no que tem de dizer, não sabe o que há de responder; apenas está disposto a negar: Não sou culpado da morte de meu pai. De momento defende-se com isto, e entretanto busca um parapeito qualquer de onde possa responder, e faz a sua primeira declaração comprometedora, dizendo-se culpado do sangue de Grigory. Mas quem matou meu pai, senhores, quem o matou? Quem teria podido matá-lo, *se não fui eu?* Ouvem? Antecipa-se à vossa pergunta. Atentem na frase que se apressa a acrescentar, se não fui eu; a astúcia ingênua, a impaciência de Karamázov. Não o matei e vocês devem acreditar em mim! Desejava matá-lo, senhores, desejava matá-lo, apressa-se a reconhecer porque tem pressa, muita pressa, mas não sou culpado porque não o matei. Confessa-nos o seu desejo, como a dizer-nos: bem veem que sou sincero e que podem acreditar em mim quando digo que não o matei. O criminoso é, por vezes, de uma leviandade e de uma confiança pasmosas! Quando por acaso se lhe faz a pergunta: Não será Smerdyakov o assassino?, irrita-se, como era de esperar, porque nos antecipamos, cortando-lhe o caminho que ele seguia para chegar ao momento oportuno de acusar Smerdyakov, e em seguida precipita-se para o extremo oposto, como faz sempre, afirmando que Smerdyakov não é o assassino porque é incapaz de matar. Mas não acreditem nele, não é mais do que astúcia e já não deixará a ideia de Smerdyakov, para mais tarde a aproveitar, à falta de outra, visto que de momento lhe estragamos a oportunidade. Mais adiante, passado um dia ou dois, valer-se-á de qualquer circunstância para nos dizer: Lembram-se de como me mostrei cético a respeito de Smerdyakov? Pois agora estou convencido de que foi ele. Foi ele quem matou, deve ter sido. De momento arrepia caminho, com a mais rotunda negativa, mostrando-se aborrecido, e a impaciência e a cólera levam-no a explicar da maneira mais inverossímil como, depois de ter olhado pela janela do pai, se afastou respeitosamente. Ignorava a vantagem que, sobre esse pormenor, nos oferecia a declaração de Grigory. Revistamo-lo. Irrita-se mas logo depois se mostra mais animado, e aparece apenas metade do dinheiro. Sem dúvida nesse momento de silêncio e cólera ocorreu-lhe a ideia de inventar a história do saquinho, e como essa história lhe parece inverossímil rodeia-a de circunstâncias inconfessáveis que lhe deem um caráter de veracidade e até o tornem digno de aplauso. Em semelhantes casos é dever do juiz instrutor impedir que o criminoso possa preparar-se, distraindo-o com perguntas inesperadas para que vá desenvolvendo a sua ideia predileta em toda a sua simplicidade, inverossimilhança e inconsciência, e de modo que se contradiga nos pormenores. O criminoso vê-se obrigado a falar apresentando-lhe como coisa acidental um fato ou uma circunstância de grande interesse que se relacione com o assunto e que ele ignore ou não tenha previsto. Nós dispúnhamos desse fato desde o princípio: Grigory vira a porta por onde tinha fugido o acusado, um fato completamente desconhecido deste, pois não suspeitava de que Grigory a tivesse visto. O efeito é formidável. Dá um salto e grita: Assim, Smerdyakov matou-o, foi Smerdyakov! Desta maneira compromete todos os seus meios de defesa, pois Smerdyakov só podia cometer o crime quando ele derrubou Grigory no jardim. Quando lhe dissemos que Grigory vira a porta aberta antes de cair ferido e que tinha ouvido Smerdyakov deitado atrás do biombo, Karamázov ficou esmagado. O meu estimado e ilustre colega, Nicolay Parfenovitch, confessou-me que a custo conteve as lágrimas ante o lastimoso estado de Mitya, o qual, para acabar de arranjar o assunto, se apressa a contar-nos a fantástica história do saquinho. Já expus, senhores jurados, as razões que tenho para considerar essa história não só impossível como também filha de uma inspiração de momento. Embora tratássemos de urdir uma fábula, ser-nos-ia difícil apresentar outra mais incrível. O mal dessas histórias é que os seus engenhosos autores se confundem e tropeçam nesses pormenores em que tanto abunda a vida real e de que esses novelistas improvisados prescindem como de coisa insignificante. Ah! Não têm cabeça para tais minudências; o seu pensamento concentra-se todo na grande ideia da sua invenção, e não se distraem dela para cuidar de bagatelas. Mas são apanhados nessa ratoeira: Aonde foi buscar o tecido para a bolsa e quem lha fez?, perguntamos. Eu próprio a respondeu. Aonde foi buscar o tecido?. O acusado irrita-se, uma pergunta de tal modo trivial parece-lhe um insulto, e creio que o seu aborrecimento é sincero. São todos o mesmo! Rasguei-o de uma camisa, disse. Amanhã procuraremos essa camisa entre a sua roupa. Considerem, senhores jurados, que encontrada essa camisa (que seguramente teríamos encontrado na cômoda ou na mala) teria sido uma prova material de que ele dizia a verdade. Mas está incapaz de refletir. Me lembro, não deve ter sido de uma camisa; arranquei-o de um chapéu da dona da casa. Que gênero de chapéu? Um chapéu de pano, velho e posto de lado. Lembra-se bem dele? Não, não me lembro bem! Estava furioso, de tal modo que nem disso se lembrava. Como se esses pormenores não fossem os que se recordam com mais precisão nos momentos de grande perigo, como o de ser condenado à morte! O condenado pode esquecer qualquer coisa, mas de um ramo verde que teve de afastar ou de uma gralha que passou em voo... disso recordar-se-á sempre. Ele, que se escondeu para costurar a bolsa, devia recordar o medo que sentiu de que alguém o surpreendesse na tarefa de agulha para ele humilhante, e como ao menor ruído corria a ocultar-se atrás do biombo que há no seu quarto. Mas, senhores jurados, por que razão abusarei da vossa atenção alongando-me em tais minúcias? — exclamou subitamente Hipólito Kirilovitch. — Precisamente porque o acusado persiste nas suas absurdas declarações daquela noite, e ao cabo de dois meses nada acrescentou para as esclarecer, empenhado em que tudo isto não passa de trivialidades. Ele quer que acreditemos nele sob a sua palavra de honra! Pois estamos dispostos a acreditar. Por acaso somos chacais, ávidos de carne humana? Que prazer seria o nosso se pudéssemos acreditar na sua palavra de honra! Que venha uma só prova em favor do acusado e acolhê-la-emos com alegria; mas que seja uma prova verdadeira, um fato real e não uma dedução tirada da expressão da sua face pelo seu próprio irmão, ou a hipótese gratuita de que bater no peito, na escuridão, queria indicar a bolsa. Alegrar-nos-emos com o fato, seremos os primeiros a retirar a nossa acusação, estamos prontos a retirá-la. Mas agora é-nos reclamada justiça e insistimos na nossa acusação sem lhe procurar atenuantes.

Hipólito Kirilovitch entrou na fase final do seu discurso.

O seu semblante transfigurou-se falando do sangue que clamava vingança, sangue de um pai a quem o seu filho mata para o roubar, firmando-se na consistência da trágica e evidente realidade.

— Sejam quais forem os conceitos que emita o sábio e eloquente advogado defensor — acrescentou o acusador, sem poder conter-se — e por grande que seja a eloquência com que apele para os vossos sentimentos humanitários, lembrem-se de que neste momento se encontram no templo da justiça, que são os defensores dos princípios justiceiros em que assentam os fundamentos da família e de quanto é sagrado para a nossa santa Rússia. Representam aqui a pátria inteira, e o vosso veredito não será apenas escutado nesta sala, encontrará eco em toda a Rússia que vos ouvirá como seus juízes e defensores, e se sentirá tranquila ou consternada conforme for a vossa decisão. A nossa troika fatal precipita-se velozmente, talvez para um abismo; por toda a Rússia se erguem braços e se ouvem gritos para a deter na sua correria desvairada. E se os outros povos se afastam à sua passagem, tenhamos cuidado porque, em vez de movidos pelo respeito, como quer o poeta, talvez sejam movidos pelo horror. Pelo horror e talvez pela repugnância. Mas é possível que não se afastem e se coloquem como um muro na passagem da frenética corrida dos nossos desaforos, para salvar, com a vida, a cultura e a civilização. Já nos chegaram da Europa brados de alarme, já um rumor começa a subir. Não a provoquem! Não atraiam o seu ódio com uma sentença que seja a justificação do parricídio!

O efeito causado por esta peroração patética foi extraordinário. O ministério público havia falado com sincera emoção e ao terminar, esgotado, esteve prestes a desmaiar na sala contígua. Não se aplaudiu, mas as pessoas sérias estavam satisfeitas. As senhoras mostravam-se também comprazidas com a eloquência do orador. Não chegaram a alarmar-se sobre o resultado do julgamento, porque punham toda a sua confiança em Fetyukovitch. será o último a falar, e arrebatará tudo.

A atenção do público concentrou-se em Mitya, que havia escutado a acusação de braços cruzados, com os dentes cerrados e a cabeça inclinada. Só de vez em quando erguera a cabeça, de modo especial quando das alusões a Gruchenka. Quando o acusador se referiu à opinião que dela tinha Rakitin, uma expressão de desprezo e de ira passou pela face de Mitya, e os seus lábios moveram-se para murmurar de maneira inaudível: Os Bernard! Durante o relato do interrogatório de Mokroe, Mitya endireitou-se e escutou com profundo interesse. Houve um momento em que pareceu que ia levantar-se e gritar, mas desistiu encolhendo desdenhosamente os ombros. Falando disto, havia quem troçasse de Hipólito Kirilovitch e dissesse: Como não tinha a avó para o louvar, o pobre diabo teve de gabar ele mesmo o seu talento!

A audiência foi suspensa por um quarto de hora ou pouco mais e da sala subiu um murmúrio de conversas em grupo, das quais recordo alguns passos.

— Um discurso pesado... — afirmou gravemente um sujeito.

— Demasiadamente psicológico... — disse outra voz.

— Mas sincero e cheio de verdade.

— Sim, isso é o que lhe dá mais valor.

— E abrangendo tudo.

— Nem nós escapamos às suas censuras... — disse outro. — Ouviram como, no princípio, afirmou que em todos nós havia um Fedor Pavlovitch?

— E também no final. Dir-se-ia que tudo está corrompido.

— É obscuro.

— Excedeu-se demasiadamente.

— Foi injusto, foi injusto.

— Mas fê-lo com habilidade. Foi maçador, mas disse o que queria, ah, ah!

— Que responderá o defensor?

Noutro grupo ouvi que diziam:

— Não precisava dirigir ao de Petersburgo um golpe como o que está implícito na afirmação de que apelará para os sentimentos humanitários dos jurados... Lembram-se?

— Sim, foi uma grosseria — E como se atarantava!

— É muito nervoso.

— Nós rimo-nos... mas que pensará o acusado?

— Isso é que é... Que acontecerá a Mitya?

E ainda noutro grupo:

— Quem é essa senhora gorda, sentada na extremidade, com o *lorgnon*?

— Conheço-a, é a mulher divorciada de um general. — Agora compreendo a razão das lentes.

— Não vale grande coisa.

— Como pode valer? Parece um cão de fila!

— Dois lugares atrás do dela está uma mulher bonita. Lindíssima.

— É dessas que apanharam nas redes em Mokroe, não te parece?

— Oh! Basta de mordacidade! Já sabíamos de cor essa história da pousada, não era preciso que no-la repetisse.

— Não pôde evitá-lo, é a sua vaidade!

— Tem um caráter azedo. Ah, ah!

— E pronto à ofensa. Não posso com tanta retórica e tanta sentença.

— Ele trata de nos alarmar... quis alarmar-nos com a história da *troika*. Há uma coisa que me agradou. Essa história de que uns têm os seus Hamlet, mas a nós só nos restam os Karamázov foi muito bem dita.

— Disse-a para congraçar os liberais. Receia-os.

— E também ao advogado.

— Sim, mas que dirá Fetyukovitch?

— Diga o que disser, não convencerá os camponeses.

— Julga isso?

E por fim, noutro grupo:

— O que disse sobre a *troika* não esteve mal, com a referência aos outros povos.

— E tem razão em pensar que as outras nações não se afastariam.

— Por quê?

— Porque a semana passada, no parlamento inglês, um deputado levantou-se para falar do niilismo e perguntou ao Governo se não era ainda a altura de intervir na educação deste povo bárbaro. Creio que Hipólito Kirilovitch aludia precisamente a isso.

— Não é assim tão fácil de fazer.

— Não é fácil? Por quê?

— Porque fecharíamos Kronstadt e ficariam sem um grão de trigo. Aonde iriam buscá-lo?

— À América. Já o importam da América.

— Você está a brincar!

Tocou a campainha e todos voltaram aos seus lugares.

Fetyukovitch subiu à tribuna.

## Capítulo 10
## A Defesa. Um Punhal de Dois Gumes

Todos emudeceram às primeiras palavras do célebre orador, no qual se fixaram todos os olhares. Começou em tom franco, simples e convicto, sem orgulho, sem alardes de eloquência e sem frases rebuscadas e patéticas. Parecia que falava num círculo de amigos íntimos e simpatizantes. A voz soava fina e agradável, e nela vibravam a sinceridade e a franqueza, mas deixando compreender a todos que em dado momento adquiriria um legítimo acento patético que dominaria os corações com extraordinária força. A sua linguagem não era tão cuidada como a de Hipólito Kirilovitch; as frases eram mais breves e mais precisas. Pôs-se a balouçar para diante, especialmente no princípio do seu discurso, dando a impressão de que queria lançar-se sobre o auditório, mais do que inclinar-se perante ele; dobrava a espinha como se tivesse ao meio qualquer mola que lhe permitia curvar-se em ângulo reto, e isto desagradou às senhoras.

Ao princípio falou sem ilações, sem ordem; dir-se-ia que desligava adrede os fatos, os quais, todavia, formaram no final um todo harmônico. O seu discurso podia dividir-se em duas partes: a primeira consistia numa crítica que rebatia a acusação, por vezes em termos mordazes e sarcásticos; mas na segunda parte mudou bruscamente de tom, e os seus gestos, elevando-se também, transportavam o auditório a um quente entusiasmo como ante qualquer coisa de sublime.

Entrou no assunto dizendo que, embora exercesse a advocacia em Petersburgo, não era a primeira vez que advogava na província para defender acusados de cuja inocência estava convencido ou sobre os quais tinha, pelo menos, uma opinião preconcebida.

— E isto foi o que me aconteceu no caso presente. As notícias deste acontecimento, que li nos jornais, predispuseram-me decisivamente em favor do acusado, e o que mais me interessou foi uma coisa que se verifica frequentemente na prática legal, mas raras vezes com a força extraordinária e a forma peculiar deste caso. Esta particularidade só devia eu formulá-la no fim da minha dissertação, mas vou antecipá-la porque tenho a fraqueza de atacar de frente sem reservar as coisas de efeito para a última hora, economizando material. Isto pode ser uma imprudência, mas significa sinceridade. E o que observo aqui é o seguinte: há nos autos uma concatenação de testemunhos esmagadores, e todavia nenhuma das provas apresentadas resiste à crítica, se examinadas separadamente. A medida em que, pelos jornais, me punha ao corrente do desenrolar da instrução, ia-se confirmando a minha ideia, e então os parentes do acusado escreveram-me, pedindo-me que me encarregasse da defesa. Aceitei no mesmo instante e uma vez aqui fiquei completamente convencido da sua inocência. Só havia de quebrar este terrível encadeamento de fatos, mostrando-os separadamente para que se visse que cada um deles apenas tinha por fundamento a fantasia. Para isso me encarreguei desta causa.

E Fetyukovitch entrou no assunto desta maneira:

— Senhores jurados: sou forasteiro neste distrito e venho sem preconceitos. O acusado, que é dotado de um caráter turbulento e sem freio, nunca me injuriou, mas talvez mais de cem pessoas desta cidade não possam dizer o mesmo, e por isso mesmo estão prevenidas contra ele. Reconheço que os sentimentos morais da sociedade local se erguem agora justamente indignados contra esse jovem libertino e violento. Todavia, era bem recebido na sociedade e tinha grato acolhimento em casa do meu douto colega, o procurador.

(N. B. Estas palavras provocaram, em dois ou três pontos da sala, risos que todos ouviram embora fossem prontamente abafados. Todos sabiam que o procurador recebia Mitya, muito contra a sua vontade, porque era muito simpático com a sua mulher, senhora de altas virtudes e inatacável moralidade, mas caprichosa e com grande tendência para contrariar o marido em pequenas coisas. Todavia as visitas de Mitya não eram frequentes.)

— Não obstante o espírito independente e o caráter justo do meu opositor — continuou Fetyukovitch — atrevo-me a suspeitar de que formou um falso preconceito contra o meu infeliz cliente. Isto é muito natural depois de ele ter dado tantos motivos de desagrado.

As ofensas à moralidade e, mais ainda, aos costumes são com frequência castigadas implacavelmente. A brilhante acusação que acabamos de ouvir apresentou-nos uma análise severa do caráter e dos atos do acusado, e uma crítica tão minuciosa do assunto, e de uma profundidade psicológica tão extraordinária, que não poderia atingir tais alturas um espírito levado pela antipatia e pela prevenção. Mas em casos como estes há certas atitudes que podem provocar resultados mais nefastos do que a mais malévola das prevenções. É mil vezes pior que nos deixemos arrastar pela nossa inclinação artística, pelo nosso amor ao novelesco, especialmente se Deus nos dotou com abundância de talento psicológico. Antes de partir de Petersburgo para aqui, fui prevenido de que ia encontrar pela frente um psicólogo profundo e hábil, que a tal título conquistou uma considerável reputação no nosso mundo judicial. Mas por profunda que seja, a psicologia é sempre um punhal de dois gumes. — Risos no auditório. — Perdoem-me esta comparação, não posso fazer alardes de eloquência; mas servir-me-ei, como exemplo, de um dos pontos do discurso do ministério público. Quando o acusado foge do jardim e tenta escalar a paliçada, derruba com um golpe o criado que o agarra. Então volta ao jardim e demora-se cinco minutos procurando descobrir se matou, ou não, o criado. O digno acusador repele a ideia de que o acusado se incline sobre Grigory movido pela piedade. Não, diz, esse sentimentalismo não é próprio de um momento como aquele, é impossível; o que ele pretende é assegurar-se se matou ou não a única testemunha do seu crime, provando assim que cometeu o assassínio, pois não teria fugido por outra razão. Aqui tendes um caso psicológico; mas tomemo-lo e demos-lhe a volta, aplicando o mesmo método, e obteremos resultados não menos convincentes. O assassino desce para se assegurar, por precaução, de que morreu a testemunha do seu crime, quando acaba de deixar em evidência (segundo diz a acusação) uma prova formidável como é o sobrescrito que conteve os três mil rublos. o tivesse levado ninguém teria conhecido a existência desse dinheiro, nem que o acusado o houvesse roubado. Estas são as palavras do ministério público. De modo que, por um lado, vemos uma completa ausência de precauções num homem que perde a cabeça até ao ponto de fugir deixando no chão uma prova evidente da sua culpa, e dois minutos mais tarde, depois de matar outro homem, nos autoriza a conceder-lhe a maior presença de espírito, o maior sangue frio e um requintado cálculo de previsão. Mas mesmo admitindo que assim fosse, suponho que só uma psicologia artificiosa pode pretender que eu seja tão feroz e agudo de vista como uma águia do Cáucaso, em certas circunstâncias, e imediatamente proceda de maneira tão cega e tímida como uma toupeira. Se sou sanguinário e cruel até ao cálculo de voltar atrás só para me certificar de que matei quem pode declarar contra mim, para que hei de estar cinco minutos a observar a vítima, correndo o risco de ser visto por outras testemunhas? Para que encharcar em sangue esse lenço que testemunhará contra mim? Sendo tão frio e calculista, por que razão não acabo a minha obra batendo com o pilão do almofariz na cabeça da testemunha até ficar tranquilo na certeza de que não falará mais? Além disto, desce para se certificar se aquele homem está morto e deixa de passagem outra testemunha, o pilão de que se apoderou na presença de duas mulheres que o reconhecerão e dirão tê-lo ele empunhado antes do crime. E não pensem que tenha abandonado a arma por descuido ou precipitação... Não, atirou-a, pois foi encontrada a quinze passos do ponto onde caiu Grigory. Por que o fez? Precisamente pela amarga contrariedade que lhe causava ter matado um homem, um velho criado; atirou-o com horror, como uma arma homicida. Que outra razão poderia haver para que a atirasse tão longe? E se o acusado é capaz de sentir angústia e mágoa por ter matado um homem, não prova isto que está inocente da morte de seu pai? Se o tivesse matado não caberia no seu coração a piedade por outra vítima; os seus sentimentos teriam sido muito diferentes, não teria mais pensado em salvar-se. Que não teria andado com penas está fora de dúvida; pelo contrário, longe de perder tempo com atenções ter-lhe-ia quebrado a cabeça. Tal piedade só cabe numa consciência pura. E aqui está o caso psicológico voltado do avesso. Quis valer-me do mesmo método, senhores jurados, para demonstrar que através dele se pode provar o que se quiser. Tudo depende de quem usa o método. A psicologia conduz ao novelesco, de modo inconsciente, mesmo os homens mais sérios. Refiro-me, senhores, ao abuso da psicologia.

Um rumor de aprovação e de risos à custa do procurador perpassou na sala. Não quero entrar em pormenores do discurso, só citarei as passagens essenciais.

## Capítulo II
## Não Há Dinheiro. Não Há Roubo

Houve uma circunstância no discurso de Fetyukovitch que surpreendeu toda a gente. Negou abertamente a existência dos fatais três mil rublos, e por consequência a possibilidade de terem sido roubados.

— Senhores jurados, neste assunto chama a atenção de qualquer que não esteja prevenido uma particularidade muito característica como é a acusação do roubo de três mil rublos, ninguém sabendo que existia o volume contendo essa soma. Como o soubemos? Quem o viu? O único que afirma ter visto pôr o dinheiro no sobrescrito é Smerdyakov, o qual informou o acusado e Ivan Fedorovitch antes do dia do crime. Também a senhora Svyetlov estava ao corrente, mas nenhum dos três últimos viu até agora as notas de Banco, ninguém as viu a não ser Smerdyakov. E cabe aqui perguntar: se é certo que existiu o dinheiro e que Smerdyakov o viu, quando o viu pela última vez? O amo não podia tê-lo retirado para o guardar numa gaveta da mesa sem lhe dizer nada? Tenhamos em conta que, segundo o lacaio, as notas estavam debaixo do colchão e que o acusado não poderia tirá-las sem desmanchar a cama, pouco ou muito, e todavia a cama mantinha-se intacta conforme está registado nos autos. Como foi possível que, embora voltando a deixar a cama tal qual estava, não manchasse com as mãos ensanguentadas a roupa fina e imaculada que devia ter sido mudada naquele dia, a julgar pelas esperanças da vítima? Mas replicar-me-ão: e o sobrescrito encontrado no chão? Sim, vale a pena dizer alguma coisa a esse respeito. Há momentos o eminente promotor de justiça deixou-me surpreendido com a sua própria declaração (notem que digo própria) de que sem o sobrescrito abandonado no chão ninguém teria sabido se existia o dinheiro e se fora cometido um roubo. Assim pois, segundo o próprio acusador, um sobrescrito rasgado e vazio é a única coisa em que se baseia a acusação de roubo, pois sem ele ninguém teria conhecido a existência do dinheiro. Mas acaso um sobrescrito rasgado e atirado para o chão prova que nele existia certa quantia que foi roubada? Alega-se que Smerdyakov tinha visto o dinheiro no sobrescrito. Sim, mas quando, repito, quando o viu pela última vez? Ele mesmo me confessou que tinha visto as notas dois dias antes da tragédia: mas não podia Fedor Pavlovitch, num momento de impaciência na sua nervosa espera, rasgar o sobrescrito e tirar as notas? Pode muito bem ter-lhe ocorrido esta ideia: Vou tirar o dinheiro do sobrescrito porque talvez não acredite que contém os três mil rublos: em contrapartida, se lhe mostrar o precioso maço de notas, a sua impressão será sem dúvida maior, far-lhe-á crescer água na boca. E rasga o sobrescrito e atira-o fora, sem que tenha qualquer interesse em escondê-lo, pois que é o dono do dinheiro. Pode acontecer coisa mais natural que esta, senhores? Por que razão não poderemos supor que aconteceu qualquer coisa no gênero? E então a acusação de roubo cai por falta de base, pois não havendo dinheiro não pode ter havido roubo. Se em um sobrescrito vazio se quer ver a prova de que nele existiu dinheiro, por que não hei de eu sustentar o contrário, afirmando que foi encontrado vazio por que o dono havia retirado o dinheiro que nele guardava? Perguntar-me-ão onde está o dinheiro que Fedor Pavlovitch tirou do sobrescrito se as buscas da polícia não permitiram encontrá-lo em toda a casa. Responderei, em primeiro lugar, que se encontrou dinheiro numa caixa; além disso ele poderia ter desmanchado o rolo de notas pela manhã, ou na véspera, e destinar o dinheiro a outra coisa, ou enviá-lo a alguém; pode ter mudado completamente o seu plano de ação, sem necessidade de avisar Smerdyakov. E sendo esta explicação tão francamente admissível, como se concebe que tão abertamente acusem o meu constituinte de ter matado para roubar e de haver de fato roubado? Para afirmar que se roubou uma coisa não pode haver qualquer dúvida, nem do fato em si nem da existência da coisa roubada; e aqui trata-se de notas do Banco, que ninguém viu. Não há muito tempo deu-se em Petersburgo o seguinte caso: um jovem de dezoito anos, pouco mais que um garoto, entrou com um machado numa casa de câmbio, e com singular audácia matou a mulher do cambista, que olhava pelo estabelecimento, e roubou mil e quinhentos rublos. Cinco horas mais tarde prenderam-no estando de posse do dinheiro, menos quinze rublos que já gastara. O cambista informou a polícia quanto à quantia exata roubada e sobre as notas e as moedas de ouro que a constituíam. Para mais o assassino confessou o seu crime, com toda a sinceridade. A isto chamo eu, provas evidentes, senhores jurados! Neste caso sabe-se da existência do dinheiro que se vê e se toca; seria inútil negar. Encontramo-nos agora no mesmo caso? E todavia fazemos dele uma questão de vida ou de morte. Bem..., dir-se-á, mas naquela noite de orgia esbanjou o dinheiro; demonstrou-se que tinha mil e quinhentos rublos... Aonde foi buscá-los? Precisamente o fato de se terem encontrado mil e quinhentos rublos e não a outra metade demonstra que não faziam parte da mesma quantia e nunca estiveram no sobrescrito. O cálculo mais minucioso provou peremptoriamente que o acusado, uma vez saído de casa de Perkotin, não entrou na sua casa, que esteve sempre acompanhado e não pôde, por consequência, esconder os mil e quinhentos rublos em parte alguma. É precisamente esta consideração que leva o acusador à suposição de que o dinheiro está escondido nalguma fenda em Mokroe. E por que não nos calabouços do castelo de Udolfo, senhores? Seria uma suposição mais gratuita e novelesca? E notem que não a aceitando é impossível manter a acusação de roubo, pois que é preciso dizer onde se encontrariam os mil e quinhentos rublos. Por que artes de magia desapareceram, se o acusado não entrou em parte alguma? E dizer que a vida de um homem está pendente de tais histórias! Dir-se-á que não explicou a procedência dos mil e quinhentos rublos, e que toda a gente sabe que ele não tinha um cêntimo nessa noite? Quem pode afirmar isso? A explicação dada pelo acusado quanto à procedência desse dinheiro é clara e simples, senhores jurados; o que ele afirma é o mais provável e o que está mais de acordo com o seu caráter. O promotor mostra-se encantado com a criação da sua fantasia: um homem sem vontade, que passa pela vergonha de aceitar três mil rublos em condições tão humilhantes, diz-nos, é incapaz de guardar metade dessa quantia; gastá-la-á, ao fim de um mês não terá uma moeda. E isto foi afirmado num tom que não admitia réplica. Mas se as coisas aconteceram de maneira muito diferente? E se desenvolvermos a novela num tipo que não seja este? Não, fizemos outra coisa; inventamos um homem completamente distinto! Dir-me-ão, talvez, que há testemunhas que viram como ele gastara certa vez os três mil rublos recebidos da sua noiva, e não podia portanto ter dividido essa quantia. Mas que testemunhas são essas? O tribunal já viu o valor que têm as suas afirmações. Todos sabem que o bocado de pão em mãos alheias parece sempre maior. Nenhuma das testemunhas contou o dinheiro, todos avaliaram a quantia à simples vista, e a testemunha Maximov viu vinte mil rublos na mão do acusado. Bem veem, senhores jurados, como a psicologia é uma arma de dois gumes. Permitam-me que me sirva do outro gume e veremos o que daí resulta. Um mês antes do crime Catalina Ivanovna confia-lhe três mil rublos para que os envie pelo correio. A questão está em saber se este gesto de confiança se rodeou de condições tão humilhantes como quiseram fazer-nos crer. Da primeira declaração dessa senhora resultava o contrário. Da segunda declaração não ouvimos senão gritos de cólera, de vingança e de ódio longamente contido. O simples fato de que a primeira declaração foi inexata dá-nos o direito de acreditar que a segunda também o foi. O ministério público não quis, não se atreveu, segundo a sua própria confissão, a tocar neste assunto. Eu também não lhe tocarei, mas permitir-se-me-á ao menos fazer observar que se uma pessoa de tão alta educação, como é indiscutivelmente essa respei-tabilíssima senhora, se uma tal pessoa, digo, se dá ao gosto de contradizer a sua primeira declaração com o fim manifesto de perder o acusado, está claro que a sua declaração não foi imparcial nem serena. E não temos o direito de suspeitar que uma mulher vingativa possa exagerar? Certamente pode ter exagerado a vergonha e o opróbrio que atribui à aceitação do seu dinheiro. Não, essa quantia foi oferecida de tal maneira que um homem leviano como o acusado podia muito bem aceitá-la, sobretudo quando esperava receber esse dinheiro de seu pai, que lho devia. Foi um gesto irrefletido, mas essa falta de reflexão é muito desculpável num homem que espera dinheiro do pai, como coisa certa, e sabe que, embora gaste o que lhe confiaram, poderá devolvê-lo. Mas o promotor não admite que nesse mesmo dia o acusado pudesse separar metade dessa quantia e guardá-la no pequeno saco. Diz-nos que isso não é próprio do seu caráter, que não tem mais sentimentos, e no entanto ele mesmo proclamou a amplíssima natureza de Karamázov, apresentando-nos a sua capacidade para abarcar simultaneamente os dois extremos mais opostos, de se elevar ao mais alto grau da magnanimidade e de mergulhar na mais profunda aviltação. Pode pois deter-se em plena orgia se o invade o sentimento oposto, e esse sentimento é aqui o amor, esse amor novo que inflamou o seu coração e que pede dinheiro para alguma coisa mais do que divertir-se com a sua amante. Se ela lhe dissesse: Sou tua, nada quero com Fedor Pavlovitch, necessitaria dinheiro para a levar. Isso seria mais importante do que uma simples estroinice. Karamázov não podia deixar de o compreender assim. E se essa ansiedade o atormentava tão enormemente, como podemos surpreender-nos de que guardasse o dinheiro em previsão das contingências? Mas o tempo passa e Fedor Pavlovitch não lhe entrega a quantia indicada; pelo contrário, o filho informa-se de que ele se propõe usar o dinheiro para atrair a mulher amada. Se meu pai não me der o dinheiro, pensa, passarei por ladrão aos olhos de Catalina Ivanovna. E ocorre-lhe a ideia de restituir os mil e quinhentos rublos que traz suspensos do pescoço, dizendo: um patife, mas não um ladrão. E nisto temos duplo motivo para que guardasse essa quantia como as meninas dos seus olhos, sem que tocasse no saquinho e menos ainda fosse gastando o que ele continha. Por que havemos de negar ao acusado o sentimento da honra? Concordo que extraviado, concordo que errado por vezes, mas provou que o tinha em grau passional. Mas é aqui que o assunto se complica; o tormento dos ciúmes torna-se insuperável e duas questões, sempre as mesmas, se agitam no cérebro ardente do acusado: restituo o dinheiro a Catalina Ivanovna, onde encontrar os meios para fugir com Gruchenka? Os seus desaforos, as suas bebedeiras, as suas turbulentas desordens na taberna, talvez não devam atribuir-se a outra causa senão ao amargo sofrimento pelo qual a sua alma passou durante o último mês. A tal grau de acuidade chegaram as suas angústias espirituais, que o conduziram por fim a um estado de desespero. Então envia o irmão para pedir esses três mil rublos pela última vez, mas sem paciência para esperar a resposta rompe com tudo e acaba por maltratar o pai diante de testemunhas.

Depois disto renuncia a toda a esperança; o pai já não lhe dará nada, depois de ter recebido tal ultraje. Nessa mesma noite bate no peito, precisamente na parte superior, onde tinha a bolsa com o dinheiro, jurando diante do irmão que tem a possibilidade de não ser um miserável, mas que continuará a sê-lo porque pressente que não usará essa possibilidade por falta de caráter, porque não terá forças para isso. Por que razão o acusador recusa o testemunho de Alexey Karamázov, tão sinceramente formulado, tão espontâneo, e em contrapartida quer que acreditemos no dinheiro escondido numa fenda nos calabouços do castelo de Udolfo? Ainda na mesma noite, depois da entrevista com o irmão, o acusado escreve uma carta fatal, e essa carta é-nos apresentada como a principal, a mais decisiva prova do roubo! Pedirei dinheiro a toda a gente, e se não mo derem irei matar o meu pai e tirarei o sobrescrito que está atado com uma fita cor-de-rosa debaixo do colchão, quando Ivan tiver partido. Um programa completo do assassínio, foi-nos dito, o que prova ter sido ele o criminoso. Foi executado tal como estava escrito!, afirma o acusador. Em primeiro lugar a carta é de um homem ébrio, escrita num estado de extraordinária exaltação. Em segundo lugar fala do sobrescrito apenas por referências de Smerdyakov, pois que o acusado nunca o viu. Então, embora sem dúvida tenha escrito isso, quem nos prova que o tenha realizado? Foi buscar o sobrescrito debaixo do colchão? Encontrou o dinheiro?

Existia apenas esse dinheiro? Lembrem-se de que o acusado não correu a casa de seu pai em busca do dinheiro, mas que se precipitou de repente, doido de ciúmes, em busca da mulher que era a causa dos seus tormentos. Não corria certamente para executar um programa, não para realizar o que escrevera, não foi o gesto de um roubo premeditado, mas sim uma corrida louca, súbita, espontânea, acicatada por toda a fúria dos ciúmes. Bem... dir-me-ão, mas quando chegou e matou o pai recolheu também o dinheiro. Mas... acaso ele matou o pai? Eu recusava indignado a acusação de roubo, porque não há o direito de acusar alguém de roubo se não se pode indicar claramente o que roubou; isto é um axioma. Mas já que roubou, matou realmente o pai? Está demonstrado? Não é também uma ficção?

## Capítulo 12
## E Também Não Há Assassínio

— Permitam que lhes recorde, senhores jurados, que se trata da vida de um homem, entregue à vossa prudência. Ouvimos a acusação dizer que até ao último dia, até hoje, tinha duvidado em admitir a premeditação, mas que essa carta fatal dissipara todas as dúvidas, como um programa antecipadamente fixado: Tudo foi executado como estava escrito. Eu continuarei a repetir que o acusado apenas foi a casa de seu pai para saber onde se encontrava a sua amada. Isto é indiscutível. Se ela tivesse estado em casa ele teria permanecido a seu lado e a execução do programa não seria levada a cabo. Ele correu movido pelas circunstâncias, sem anterior propósito, e decerto não se recordaria da sua carta de bêbado, apoderou-se do pilão do almofariz, disse-se. Recordo isso e não poderei esquecer o monumento de psicologia que se baseou nesse utensílio, como arma para quebrar uma cabeça, etc. Mas agora ocorre-me uma ideia trivial: que teria acontecido se esse objeto, em vez de ter ficado esquecido no lugar onde o acusado pôde apanhá-lo, tivesse estado num armário? Não o teria visto e teria saído sem arma, com as mãos vazias, e seguramente não teria ferido quem quer que fosse. Como, pois, podemos ver nisto uma prova de premeditação? Mas Dmitri, nas tabernas, fala em matar o pai, e dois dias antes veem-no quieto, preocupado e unicamente se desentende com um lojista porque um Karamázov não pode realmente deixar de ser desordeiro. Responderei que, se verdadeiramente tivesse tomado tal decisão, não só não teria armado desordem com um lojista como até não se teria mostrado nas tabernas, pois quem premedita um crime não deseja chamar as atenções, cala-se e procura um retiro, já não por cálculo, mas por instinto. Senhores jurados, o método psicológico é uma arma de dois gumes, posta também ao nosso alcance. Como se essas ameaças que ele grita nas tabernas não fossem iguais às das crianças e dos bêbados, a quem com frequência ouvimos gritar: Eu mato-te! Eu mato-te! sem que matem alguma vez alguém. E essa carta? Acaso não é o mesmo grito do ébrio? Não é a mesma fanfarronada que sai das tabernas: Eu mato-te! Eu mato-te! Por que razão não há de ser isso? Que motivos há para chamar fatal a essa carta em vez de a chamar ridícula? Porque o pai foi encontrado morto, porque uma testemunha viu o acusado fugir com uma arma na mão e foi agredida com ela. Para mais tudo havia sido feito como estava escrito;

assim a carta não é ridícula, mas sim fatal. E aqui chegamos, graças a Deus, a um ponto de verdadeiro interesse: Visto que ele estava no jardim, decerto matou. Nestas poucas palavras, visto que ele estava e decerto, se baseia toda a acusação do promotor. E se verificarmos que o decerto não se refere a ele, embora ele lá estivesse? Ah! Concordo em que é muito tentador esse encadeamento de testemunhas e de circunstâncias. Mas examinemos os fatos separadamente, prescindindo de conexões. Por que razão, por exemplo, repele o ministério público a verdade da declaração do acusado, quando nos diz que fugia da janela? Recordemos o tom sarcástico que empregou a tal respeito, para os sentimentos de piedade que despertaram no acusado. Por acaso não pode haver alguma coisa de temor religioso, se não de respeito filial? Minha mãe devia rogar por mim nesse momento, disse o acusado nas suas primeiras declarações; e por isso se retira, uma vez convencido de que a senhora Svyetlov não está com o pai. Mas ele não podia convencer-se olhando apenas pela janela, replica o acusador. E por que razão não podia? Por quê? A janela abriu-se quando o acusado fez o sinal; Fedor Pavlovitch pode ter deixado escapar alguma palavra, alguma exclamação pela qual o acusado deduzisse que ela não estava ali. Por que havemos de pretender que tudo aconteceu como imaginamos ou como desejamos que acontecesse? Na realidade podem acontecer mil coisas que escapam à mais sutil imaginação. Mas Grigory viu aberta a porta da casa, o que prova que o acusado esteve lá dentro e portanto cometeu o crime. Pois ocupemo-nos dessa história da porta, senhores jurados... Tenhamos presente que isso da porta só o afirma uma testemunha e que essa testemunha se encontra num estado que... Mas admitamos que a porta estava aberta, admitamos que o acusado mente ao negá-lo, por um instinto defensivo compreensível na sua situação; suponhamos que entrou na casa... Bem, e que se passou? Conclui-se que, por que esteve lá dentro, cometeu o crime? Podia precipitar-se, correr por todos os compartimentos, empurrar o pai, mesmo derrubá-lo, mas vendo que não estava ali quem ele procurava, podia ir-se embora contente por não a ter encontrado e por não ter matado o pai. E talvez por se ter libertado da tentação, porque em consciência se alegrava de não o ter matado, sente-se inclinado à piedade depois de ferir Grigory num momento de excitação. Com formidável eloquência o acusador descreveu-nos o espantoso estado de espírito em que se encontra o acusado em Mokroe, quando o amor se lhe oferece chamando-o para uma vida nova, precisamente quando esse amor se lhe torna impossível por se interpor o corpo ensanguentado do pai e o merecido castigo. Não obstante ainda lhe concede o sentimento do amor e justifica-o segundo o seu método, falando-nos do estado de embriaguez, comparando-o à esperança do condenado ainda longe do lugar da execução, etc. Mas de novo lhe pergunto, senhor delegado do ministério público: não inventou uma nova personalidade? Será o acusado tão grosseiro e insensível que possa em tais momentos pensar no amor, e em maquinar um plano de fuga, tendo as mãos manchadas com o sangue do pai? Não, não e não! Quando viu claramente que ela lhe correspondia e o chamava para o seu lado, prometendo-lhe uma nova felicidade... então afirmo com toda a minha alma que deveria ter sentido redobrado, triplicado o impulso do suicídio, e que se teria matado se sobre a sua consciência pesasse a morte de seu pai. Ah, não! Não teria esquecido onde estavam as suas pistolas! Conheço o acusado: a ferocidade, a insensibilidade que lhe atribui o ministério público não estão de acordo com o seu caráter. Estariam se tivesse matado, sem dúvida. Se não o fez foi porque os rogos de sua mãe o salvaram e está inocente da morte do pai. Estava consternado, não o deixava viver, nessa noite, a recordação de Grigory, e não cessava de rogar a Deus para que o ancião se salvasse, que o golpe não tivesse sido fatal e lhe fosse poupado o cálice dessa amargura. Por que não aceitar a verdade destes fatos? Que prova sólida temos de que o acusado minta? Mas de novo me dirão: Foi ali encontrado o cadáver do pai. Se ele fugiu sem o matar, quem o matou? Está nisto toda a lógica da acusação. Quem o matou, se não foi ele? Não resta mais ninguém. Senhores jurados... é verdade, é uma certeza positiva que não resta ninguém? O ministério público contou pelos dedos as cinco pessoas que nessa noite estavam na casa do crime. Das cinco, dou por admitido que se possam afastar três de toda a suspeita: a vítima, o velho Grigory e a mulher deste. Ficam, portanto, o acusado e Smerdyakov, e o promotor exclama em tom dramático que o acusado aponta Smerdyakov porque não tem uma sexta pessoa a indicar, pois se houvesse uma sexta pessoa ou sequer a sombra de uma pessoa teria abandonado a ideia de imputar o crime a Smerdyakov para o imputar a essa outra. Mas, senhores jurados, por que razão não me tiraria conclusão contrária? Há duas pessoas: o acusado e Smerdyakov. Não posso dizer que se incrimina o meu constituinte por não haver outro a quem incriminar? E não há outro porque excluíram Smerdyakov de toda a suspeita. É verdade que Smerdyakov só é acusado pelo meu cliente, os seus dois irmãos e a senhora Svyetlov. Mas ainda há outros que o acusam: são os rumores que correm sobre certo assunto, sobre certa suspeita vaga, certos murmúrios que já é impossível pôr a claro, certa expectativa do público; são, além disso, várias circunstâncias muito curiosas, embora eu reconheça que não podem levar-nos a conclusão alguma; existe ainda esse ataque de epilepsia, precisamente naquele dia, cuja autenticidade o promotor se viu obrigado a defender cuidadosamente; temos o suicídio de Smerdyakov na véspera do julgamento; depois a declaração repentina do irmão do acusado, que acreditava na culpa de Dmitri e nos traz as notas de banco declarando que Smerdyakov é o assassino. Oh! Aceito a convicção do tribunal e do ministério público de que Ivan Karamázov está doente e a sua declaração pode ser um esforço desesperado, concebido no seu próprio delírio, para salvar o irmão lançando as culpas sobre um morto. Mas ainda aparece o nome de Smerdyakov, isso ainda dá motivo para pensar que há aqui um segredo, alguma coisa que ficou incompleta, alguma coisa que não se explica e que talvez seja esclarecida a seu tempo. Não pretendo decifrar o mistério, é para o tempo que apelo. Embora o tribunal tenha resolvido que prossiga o julgamento, quero permitir-me algumas observações sobre o caráter do lacaio que tão boa ocasião deu ao promotor para mostrar o seu talento. Eu admiro o seu talento, mas não posso concordar com ele. Visitei Smerdyakov, vi-o e falei com ele, e causou-me uma impressão muito diferente. Era um homem de saúde débil, mas o seu caráter e a sua inteligência não eram tão débeis como o procurador pretendeu fazer-nos crer. Não encontrei nem vestígios dessa timidez sobre a qual tanto insistiu; nada tinha de coração simples; pelo contrário, descobri nele uma exa-gerada desconfiança, escondida sob a máscara da ingenuidade e uma compreensão nada comum. Posso concretizar bem a impressão que me causou: fiquei convencido de que era uma criatura desdenhosa, de uma ambição extrema, vingativo e enormemente invejoso. Procurei informar-me. Incomodava-o a sua origem, envergonhava-o, cerrava os dentes quando se lhe recordava que era filho de Lizaveta, a hedionda; não sentia o menor respeito por Grigory nem pela mulher, que tinham cuidado dele na sua infância. Desprezava a Rússia e até troçava dela. Sonhava com ir para França e naturalizar-se francês, e dizia que tinha os meios para isso. Creio, e com fundamento, que não amava ninguém além de si mesmo, e que se tinha em alta conta. A sua cultura reduzia-se às camisas de peitilho branco e às botas engraxadas. Considerando-se filho natural de Fedor Pavlovitch, pôde comparar com amargura a sua posição com a dos outros filhos de seu pai. Esses teriam tudo, ele nada, continuaria a ser um deserdado, um triste cozinheiro. Contou-me que havia ajudado o amo a meter os três mil rublos no sobrescrito. O destino dessa quantia, com a qual ele poderia abrir caminho, era-lhe odioso, decerto. Por outro lado via três mil rublos em flamantes notas de Banco (eu interroguei-o adrede sobre esse ponto). Que perigoso é mostrar a um ambicioso uma soma tão considerável! Nunca tinha visto tanto dinheiro nas mãos de um homem. A vista das notas pode ter excitado a sua imaginação de uma maneira mórbida, embora não de resultado imediatos. O douto procurador desenhou-nos com extraordinária maestria o esquema de quantos argumentos se podem aduzir a favor da não culpabilidade de Smerdyakov, e perguntou-nos que motivos tínhamos para acreditar num ataque fingido. Pode não ter fingido; a crise epilética pode ter-se apresentado naturalmente, e naturalmente ter passado, permitindo ao doente recuperar-se, se não de maneira completa, mas até retomar consciência, como acontece aos epiléticos. Pergunta a acusação em que momento poderia Smerdyakov praticar o crime. É muito fácil indicar o momento. Pode ter despertado do sono profundo (pois a um ataque epilético se segue sempre um sono profundo) quando o velho Grigory bradou com toda a sua alma: Parricida! Este grito na noite pode ter despertado Smerdyakov, cujo sono já não devia ser profundo uma hora antes. Deixando o leito, sai num estado de quase inconsciência e sem propósito determinado para ver o que se passa. Ainda não sente a cabeça desanuviada, as suas faculdades ainda se encontram um tanto embotadas; mas, já no jardim, dirige-se para a janela iluminada e escuta alguma coisa espantosa, dita pelo amo que, naturalmente, fica contente ao vê-lo. Reage de momento ao saber o sucedido e na sua mente germina uma ideia terrível mas sedutora, irresistível, lógica. Matar o velho, tirar os três mil rublos e lançar as culpas do crime sobre o amo jovem. A cobiça do ouro, da presa, agita o seu espírito ao compreender a impunidade. Oh! Com quanta frequência surgem tais impulsos quando se apresenta uma oportunidade favorável, especialmente naqueles que nunca tiveram intenções de matar. O lacaio pode ter entrado em casa do patrão e executar o seu plano. Com que arma? Com a primeira pedra que lhe viesse à mão, no jardim. Com que fim? Os três mil rublos representam para ele a realização dos seus desejos. Ah! Eu não me contradigo: este dinheiro podia existir e talvez Smerdyakov soubesse onde encontrá-lo. E o invólucro... o sobrescrito rasgado, no chão? Há momentos, quando o promotor afirmava que só um ladrão inexperiente como Karamázov podia deixar o sobrescrito no chão, coisa que Smerdyakov não faria pois teria evitado deixar rastros do seu crime, eu pensava estar a ouvir alguma coisa que já conhecia antes, e à fé de homem honrado posso garantir que essa conjectura sobre o comportamento de Karamázov me foi exposta há dois dias pelo próprio Smerdyakov. Mais ainda, isso pôs-me em guarda. Suspeitei de que era uma artimanha do lacaio, que tinha demasiado empenho em me sugerir essa ideia para que eu a tivesse como minha. Insinuou-ma cinicamente, por assim dizer. Não a teria insinuado, sugerido também, ao ilustre promotor? Mas... e a velhota, a mulher de Grigory?, dirão. Esteve a ouvir toda a noite os gemidos do doente. Sim, ouviu-os; mas este testemunho é pouco digno de confiança. Conheço uma senhora que se lamentava amargamente por ter estado acordada toda a noite com os ladridos de um cão, um cão que só tinha ladrado duas ou três vezes. E é natural. Quando uma pessoa dorme e se produz um ruído, acorda irritada, mas volta a adormecer em seguida: ao cabo de duas horas é despertada por outro ruído, e isto acontece três vezes durante a noite. Pois bem, podem ter a certeza de que, no dia seguinte, essa pessoa se queixará de um ruído que não a deixou dormir. E assim lhe deve parecer, porque não se recorda das horas de sono, mas só dos momentos em que esteve acordada, os quais, para ela, são como se não tivesse dormido em toda a noite. Por quê?, pergunta o promotor. Smerdyakov não confessou na sua última carta? Por que razão a sua consciência o leva a dar um passo e não dois? Mas permitam-me... a consciência implica arrependimento e o suicida pode sentir-se desesperado e não arrependido. O desespero e o arrependimento são duas coisas muito diferentes. O desespero pode ser acompanhado pela vergonha e pela impenitência, e o suicida, ao acabar com a sua vida, pode odiar ainda mais aqueles a quem sempre invejou. Senhores jurados: cuidado com um erro judiciário! Que há de inconveniente no que tenho exposto? Vejam se me engano; mostrem-me um absurdo, uma impossibilidade. Mas se há uma sombra de verossimilhança, de probabilidade nas considerações, não condenem o acusado. E há apenas uma sombra? Juro-lhes pelo que tenho de mais sagrado que acredito plenamente na explicação que dei do assassínio. O que me aflige e indigna é que, não sendo certa nem irrefutável uma só das acusações que o promotor amontoa sobre a cabeça do acusado, possa o infeliz sucumbir sob uma acumulação de fatos. Sim, o conjunto de fatos é horrível: o sangue, os dedos que pingam sangue, a camisa ensanguentada, o silêncio noturno rasgado pelo grito de parricida!, o velho servidor que cai com a cabeça quebrada; e depois o tropel de frases rotundas, de afirmações, de gestos, de gritos... Oh! Tudo isso é bastante para fazer vacilar o pensamento mais equilibrado; mas, senhores jurados, é também bastante para que os senhores vacilem? Recordem-se de que se lhes concede um poder absoluto para perdoar e condenar, mas com um maior poder vem uma maior responsabilidade. Não tiro uma só letra de quanto tenho dito, mas suponhamos por um momento que o meu infeliz cliente manchou as suas mãos com o sangue do pai. Isto só como hipótese, repito, pois nunca duvidei, nem por um instante, da inocência do meu defendido. Deixemos isto bem assente e vamos supor que o acusado é culpado de parricídio. Mesmo assim, escutem o que tenho para lhes dizer. Quero falar-lhes do fundo do meu coração, porque pressinto que está a estabelecer-se um conflito entre o vosso coração e a vossa inteligência... Permitam-me, senhores jurados, que me dirija ao vosso coração e à vossa alma, sem deixar de ser verdadeiro e sincero até ao fim, como é meu propósito. Sejamos todos sinceros!

Neste ponto do discurso soaram ruidosos aplausos. Haviam sido ditas com tal sinceridade as últimas palavras que todos pensaram que ia afirmar alguma coisa de grande importância e de consequências incalculáveis. O presidente ameaçou fazer prosseguir o julgamento à porta fechada se o incidente se repetisse, e tudo ficou em silêncio menos a voz de Fetyukovitch, que continuou com uma emoção mais funda e um tom diferente do que até então tinha usado.

## Capítulo 13
## A Letra e o Espírito

— Não é apenas o conjunto dos fatos que ameaça perder o meu cliente, senhores jurados; é sobretudo uma coisa: o cadáver do seu pai. Se se tivesse tratado de um simples assassínio, eu teria repelido a acusação, em vista da sua escassa consistência, por incompleta, pelo caráter fantástico da prova testemunhal e até dos próprios fatos, tão improváveis quando examinados um a um, ou pelo menos condenaríeis um homem por antipatriota, por antipatia, que eu sou o primeiro a reconhecer que mereceu. Mas este não é um caso vulgar de assassínio, trata-se de um parricídio, e tal crime produz tão grande efeito no espírito que a declaração mais trivial e incompleta adquire importância, mesmo no espírito do homem mais sereno. Como pode ser absolvido o acusado de tal crime? E se tivesse cometido o assassínio e ficasse impune? Eis aqui o que diz, involuntária e instintivamente, o coração de cada um. Sim, é uma coisa abominável derramar o sangue de um pai, do pai que nos pôs no mundo, que nos amou, que nunca se afastou do nosso lado, que sofreu ao ver-nos doentes, que se dedicou à nossa felicidade, que viveu das nossas alegrias e dos nossos êxitos. Senhores jurados, assassinar tal pai é inconcebível! Que é um pai, um verdadeiro pai? Que significação tem esta palavra? Qual é a ideia imensa que este nome sugere? Já dissemos o que é e deve ser um verdadeiro pai. Mas no caso que tão atentamente nos ocupa e pelo qual choram os nossos corações... no caso presente, Fedor Pavlovitch Karamázov não correspondia ao conceito de pai a que nos referimos. Esta é a desgraça (pois por vezes os pais também são uma desgraça). Examinemos de perto esta desgraça: não recuaremos diante seja do que for, senhores jurados; considerada a importância da decisão que ides tomar, é vosso dever não recuar ante qualquer ideia, como as crianças e as mulheres medrosas, conforme a feliz expressão do douto promotor. No decorrer da sua fogosa peroração, o meu estimado antagonista (declarou-se como tal antes de eu abrir a boca) exclamou várias vezes: Oh, não! Não deixarei a defesa do acusado ao defensor vindo de Petersburgo. Eu acuso, mas também defendo! Várias vezes soltou esta exclamação, mas esquecendo-se de fazer notar que, se o acusado pôde mostrar-se agradecido, ao cabo de vinte e três anos, por um punhado de nozes que lhe deu um homem compadecido da sua infância abandonada, não podia também esquecer, esse homem generoso, ao fim de vinte e três anos, como a criança andava pelo pátio onde o pai o tinha a distância, com os pés descalços e os calções seguros por um botão, segundo a exata descrição que dele nos fez o bom senhor Herzenstube. Oh, senhores jurados, que necessidade temos de examinar mais de perto essa desgraça ou de repetir o que já é de todos conhecido? Se sabemos o que encontrou o meu cliente ao chegar à casa de seu pai... com que direito o representamos como um egoísta sem coração, como um monstro? É um bárbaro, um desenfreado, um libertino... mas de quem é a culpa? A quem se deve que tenha sido criado de maneira tão inconveniente, apesar das suas disposições excelentes e dos seus sentimentos ternos e agradecidos? Alguém cuidou em dar-lhe uma educação sensata? Alguém o amou, por pouco que fosse, na sua infância? O meu cliente ficou abandonado ao Deus dará, como um animal dos campos. Talvez tivesse grande desejo de ver o pai ao fim de tantos anos de separação. Talvez mil vezes, pensando no tempo passado, tenha afastado os fantasmas repugnantes da sua infância e de todo o coração desejasse abraçar o pai e perdoar-lhe! E que o esperava? É recebido com troças cínicas e disputas sobre dinheiro, em cada dia apenas ouve conversas que revoltam a alma e conselhos torpes murmurados sob a influência do álcool, e por fim vê o pai tentando seduzir a mulher a quem ele ama, com o dinheiro que lhe tira. Ó senhores jurados! Isto é cruel e repugnante! E ainda se queixa, esse pai, em toda a parte, da falta de respeito do filho e o acusa, o injuria, o calunia diante da sociedade, e ainda trata de que metam o filho na prisão. Senhores jurados, os homens dissolutos, arrebatados e indômitos como o meu cliente, são com frequência, no fundo, os mais sentimentais, os de coração mais terno, embora não o manifestem. Não riam, não riam do que estou a dizer-lhes! O talentoso promotor troçava impiedosamente do acusado pelo seu gosto por Schiller... pelo seu amor pela beleza e pelo sublime! Eu não teria troçado. Estes caráteres (oh, deixem-me fazer a apologia destes caráteres que, tão lamentavelmente incompreendidos, passam com frequência ao nosso lado) sentem sede de ternura, de bondade, de justiça, a despeito do seu desvairamento e da sua brutalidade, de uma forma inconsciente. Apaixonados e cruéis são capazes de amar a mulher até ao sofrimento, com o mais excelso dos amores. Não riam, repito, este é um caso frequente em homens de tal caráter. Mas sucede também que não podem ocultar a sua paixão (que exteriorizam por vezes de modo grosseiro) e é isso o que ressalta aos nossos olhos que não podem ver o íntimo desses homens. As suas paixões são arrebatadas, portanto efêmeras; mas junto de uma criatura nobre e virtuosa, tais homens, aparentemente grosseiros e tempestuosos, conseguem mudar de vida, querem tornar-se melhores, corrigir-se, chegar a ser nobres e honrados, elevar-se à beleza, ao sublime,.., embora esta expressão tenha sido ridicularizada, Eu disse que não me permitiria examinar as relações do meu cliente, mas ainda posso dizer duas palavras. O que ouvimos há pouco não é um testemunho, mas sim os gritos de vingança de uma mulher enfurecida que se traía a si mesma ao lançar em cara, ao acusado, a sua deslealdade. Se tivesse tido tempo para refletir, não teria feito tal declaração. Não acreditem. O meu cliente não é um monstro como lhe chamaram! Dizia aquele que amava a humanidade, em vésperas de ser crucificado: sou o bom pastor. O bom pastor entrega a sua vida pelas suas ovelhas, para que nenhuma delas se perca. Não deixemos que se perca esta alma! Perguntei-lhes o que significa a palavra pai e estamos de acordo em que é uma palavra de imenso sentido, um nome precioso. Mas temos de ser honestos até na linguagem, senhores, e usar as palavras segundo o que significam. Pais como o velho Karamázov não podem chamar-se assim, porque não o merecem. O amor filial por um pai indigno é impossível e absurdo. Do nada não se pode criar amor, só Deus pode criar a partir do nada.

    Pais, não provoqueis a ira dos vossos filhos, escreve o apóstolo com o coração ardente de amor. Eu não cito este preceito pelo meu cliente, recordo estas palavras divinas pensando em todos os pais. Quem me autoriza a pregar aos pais? Ninguém. Apelo para eles com os meus direitos de cidadão: *vivos voco!* A nossa vida sobre a terra é breve e está cheia de más obras e de más palavras. Aproveitemos, pois, este momento que nos reúne, esta ocasião, para dizermos ao menos uma palavra edificante. É isso o que faço: enquanto ocupar este lugar, quero aproveitar as vantagens que me oferece. Não é em vão que a suprema autoridade põe à nossa disposição esta tribuna. Toda a Rússia nos escuta! Não me dirijo apenas aos pais aqui presentes, grito a todos os pais: Pais, não provoqueis a ira dos vossos filhos. Cumpramos primeiro nós os mandamentos de Cristo, e só então poderemos pretender que os nossos filhos os cumpram. De contrário não seremos pais, mas inimigos dos nossos filhos, e eles não serão filhos, mas inimigos de seus pais. A medida com que medirdes sereis medidos... e não sou eu quem o diz, é o Evangelho que nos dá o preceito de como medir o próximo com a medida que queremos para nós. Como pode culpar-se um filho que nos mede com a medida que usamos para ele? Não há muito, na Finlândia, suspeitou-se de que uma criada havia dado à luz clandestinamente. Uma busca na casa deu como resultado a descoberta de um caixote, escondido com tijolos num ângulo do sótão, onde se encontrou o cadáver de uma criança recém-nascida e os esqueletos de outras duas a que, segundo a confissão da própria mulher, ela matara ao nascerem. Senhores jurados. Essa mulher foi mãe para os seus filhos? É certo que os pariu, mas quem se atreveria a dar-lhe o sagrado nome de mãe? Sejamos valentes, senhores, sejamos audazes; é necessário que o sejamos neste momento sem que nos espantem, como às mulheres moscovitas da comédia de Ostrovsky, o som de certas palavras. Provemos que assimilamos algo dos progressos destes últimos cinco anos, e digamos francamente que não se é pai por engendrar filhos, mas sim pelo cumprimento dos deveres paternais. Oh! Demasiado sabemos que a palavra pai tem outra acepção e que há quem afirme que um pai, ainda que seja um monstro, ainda que seja inimigo declarado dos seus filhos, não deixa de ser pai porque os fez. Mas isso já entra na ordem religiosa como um símbolo que a minha inteligência não compreende embora possa aceitá-lo pela fé, ou melhor, como coisa de fé, como outras tantas coisas que não compreendo, mas nas quais a religião me manda crer. Neste caso afastamo-nos da esfera da vida real, e na vida real, que tem as suas regras próprias e os seus deveres e obrigações, se queremos ser humanos ou cristãos de fato, é necessário agirmos sobre convicções justificadas pela razão e pela experiência, que tenham passado pelo crisol da análise; devemos, numa palavra, agir racionalmente e não como num sonho ou num pesadelo, se não queremos prejudicar, maltratar, perder um homem. Assim realizaremos a obra de Cristo, não só no seu aspecto místico como no racional e filantrópico...

    Uma trovoada de aplausos cortou o discurso nesta altura, mas Fetyukovitch agitou as mãos pedindo que o deixassem acabar sem interrupções. O silêncio fez-se novamente, e o orador continuou.

— Pensam, senhores, que os nossos filhos podem deixar de meditar sobre isto logo que chegam à idade da razão? Não podem e seria em vão que tentaríamos evitar isso. Ante um pai indigno, um rapaz sente-se involuntariamente atormentado por atrozes pensamentos, sobretudo quando pode compará-lo com os bons pais dos seus companheiros. E, à maneira de satisfação, dá-se-lhe esta resposta convencional: Ele fez-te, és do seu sangue e portanto deves amá-lo. Mas o adolescente reflete: Ele amava-me, por acaso, quando me fez? Desejava ter-me, com amor? Ignorava-me, nem sequer sabia, então, qual seria o meu sexo; que sabia ele? Se naquele momento não pensava talvez senão em satisfazer o seu instinto brutal por impulso do álcool, transmitindo-me uma tendência para a embriaguez... Isso foi tudo o que ele fez por mim... E terei de amá-lo só porque me deu o ser, se depois não quis saber de mim para nada. É possível que estas perguntas lhes pareçam grosseiras e até cruéis, mas não esperem que uma mente juvenil se detenha seja por que razão for. O que é natural pode ser atirado pela janela, que volta sempre. E, sobretudo, não façamos caso de vocábulos mais ou menos empolados, e decidamos o assunto segundo os ditames da razão e do sentimento humano, e não guiados por ideias místicas. Como devemos proceder? Assim: que o filho encare o pai e lhe pergunte: Diz-me, pai, por que razão devo amar-te? Prova-me que é esse o meu dever. Se o pai responde apresentando provas com boas razões, temos uma família normal, não fundada sobre um preconceito religioso, mas sobre bases razoáveis e humanas. No caso contrário temos a quebra dos laços familiares. O pai não é pai e o filho fica livre para, no futuro, o considerar como um estranho ou mesmo como um inimigo. A nossa tribuna, senhores jurados, deve ser uma escola de verdadeira e sã doutrina.

Aqui o orador foi outra vez interrompido pelos aplausos entusiásticos de grande parte do auditório, Eram pais e mães que exprimiam assim a sua emoção. Na galeria das senhoras ouviam-se gritos, agitavam-se lenços no ar e o presidente tocava desesperadamente a campainha sem se atrever a tomar uma resolução. Pessoas respeitabilíssimas, com galões na manga, que ocupavam lugares de honra por detrás dos juízes, também aplaudiam e acenavam com os lenços. Quando o barulho cessou, o presidente limitou-se a repetir a ameaça de fazer evacuar a sala e Fetyukovitch, excitado e triunfante, continuou.

— Senhores jurados, voltemos à terrível noite em que esse filho, depois de saltar a paliçada, se encontra frente a frente com o inimigo que o trouxe ao mundo. Insisto mais do que nunca em que não ia roubar, essa acusação é absurda como já o aprovei. Também não correra ali para matar, pois se tivesse tido essa intenção ter-se-ia munido de uma arma e não de um utensílio de cozinha de que se apoderara instintivamente, sem saber porquê. Admitamos que enganou o pai fazendo os sinais combinados e se introduziu assim no aposento dele (já afirmei que nem por um momento aceitava esta lenda, mas estamos no terreno das hipóteses). Senhores, juro-lhes pelo que há de mais sagrado que, se não se tratasse do pai, mas sim de um inimigo qualquer, teria saído como entrou, depois de revistar todos os cantos para se convencer de que ela não estava ali, sem fazer qualquer mal ao seu rival. Poderia empurrá-lo de passagem, bater-lhe se ele se lhe pusesse em frente, mas nada mais, porque não tinha tempo para mais. Desejava apenas saber se ela estava ali, e mais nada. Mas é o pai, o pai! À vista daquele pai que o odiava desde criança, que o perseguira e agora se convertia contra a natureza em seu rival, era bastante. Uma onda de furor involuntário invade-o, cega-o, impele-o. É o momento em que se lhe apresenta de súbito toda a repugnante situação! Um arrebatamento de cegueira, de loucura, mas de todos os modos um arrebatamento, um impulso natural, irresistível, inconsciente (como todas as forças da natureza que tende a vingar a violação das leis eternas). Mas nem então o matou (mantenho-o e afirmo-o bem alto!) Não! Sob o ímpeto da indignação levantou um instrumento, num gesto de ameaça e de desprezo, sem querer matar, sem saber se mataria. Se não empunhasse o pilão do almofariz, talvez tivesse derrubado o pai, mas não o mataria. Ao fugir, não sabe se matou o velho. Isto não é um assassínio, isto não é um parricídio, porque o assassínio de semelhante pai não pode ser chamado parricídio. Só por preconceito pode ser admitido o parricídio neste caso. De novo me dirijo à vossa consideração desde o mais fundo da minha alma; pode, hoje em dia, ter-se em conta este assassínio? Senhores jurados, se o condenarmos e castigarmos, dir-nos-á: Esta gente nada fez para criar-me, para educar-me, para evitar a minha sorte, para corrigir-me, para que eu fosse um homem. Essa gente não me alimentou, não saciou a minha sede, não me visitou na prisão e na miséria, e agora enviam-me para trabalhos forçados. Estou quite, nada lhes devo, nem a eles nem a ninguém. Eles são maus, eu serei mau; são cruéis, eu serei cruel. Isto é o que ele dirá, senhores jurados, e eu juro que condenando-o aliviareis a sua consciência; amaldiçoará o sangue que derramou e não se arrependerá por isso; destruireis nele toda a possibilidade de que se converta num homem novo, abandoná-lo-eis à sua maldade e à sua cegueira durante toda a vida, Mas quereis castigá-lo da maneira mais espantosa, infligindo-lhe o tormento maior que se possa imaginar, ao mesmo tempo que salvais e regenerais a sua alma? Sendo assim, esmagai-o com a vossa misericórdia! Vereis como treme, horrorizado, e exclama: Como posso suportar tal piedade? Como posso suportar tanto amor? Sou digno, por acaso? Oh! Eu conheço esse coração, coração selvagem, mas nobre, senhores jurados, que se humilhará ante a vossa misericórdia; tem sede de amor, e no vosso ato de amor se fundirá como num crisol, para sempre. Há almas que na sua limitação culpam toda a gente. Mas submetei-as com piedade, mostrai-lhes amor e abominarão o seu passado, já que todas têm impulsos generosos, e abrir-se-ão vendo que Deus é misericordioso e que os homens são justos e bons. Ele ficará como aturdido, esmagado pelo remorso e pelo imenso dever que o futuro o obriga a cumprir. Já não dirá: Estamos quites, mas sim: Sou culpado aos olhos de todos os homens, e o mais indigno. Com lágrimas de arrependimento exclamará: Outros melhores do que eu me salvaram quando estive prestes a perder-me! Oh! Como vos é fácil esta misericórdia, tanto quanto, faltando qualquer prova verossímil, seria terrível para vós pronunciar: Sim, é culpado. Mais vale libertar dez culpados do que condenar um só inocente! Não ouvis a voz majestosa que nos chega do século passado da nossa gloriosa história? Não sou eu, criatura insignificante, quem deve recordar-vos. que o tribunal russo não existe apenas para castigo dos culpados, mas também para a sua redenção! Deixemos que outros povos pensem em aplicar à letra a lei, e consideremos nós o seu espírito e o seu significado: a salvação e reforma do extraviado. Se isto é verdade, se a Rússia e a sua justiça são assim, que sigam para diante, e em boa hora. Não nos espantam as desbocadas *troikas* a cuja passagem as nações se afastam repugnadas. Não será a *troika* desvairada, mas sim o imponente carro triunfal da Rússia que avançará majestosamente até alcançar a meta. Nas vossas mãos está o destino do meu cliente. Nas vossas mãos está a sorte da justiça russa. Vós a defendereis, vós a salvareis, vós demonstrareis que há homens que velam por ela, que está em boas mãos!

## Capítulo 14
## Os Camponeses Mantêm-se Firmes

Quando Fetyukovitch terminou assim a sua peroração, o entusiasmo do público desencadeou-se como uma tempestade avassaladora. Não havia maneira de acalmar; choravam as mulheres, muitos homens também, cavalheiros graves limpavam lágrimas de emoção. O próprio presidente se submeteu, renunciando a agitar mais a sua campainha. Reprimir aquele impulso seria como tentar opor-se a um desígnio divino, logo comentaram as senhoras. O próprio orador estava sinceramente emocionado.

Foi nestas condições que Hipólito Kirilovitch se levantou para replicar. O público odiou-o. Como? Que significa isto? Ainda se atreverá a objetar?, murmuravam as mulheres. Mas ainda que todas as mulheres do mundo, incluindo a sua, tivessem protestado, ele não se teria detido naquele momento. Pálido, trêmulo de emoção, as suas primeiras frases foram ininteligíveis; sufocava, não conseguia falar claro, perdia o fio ao discurso; mas depressa se recompôs e pude ouvir o seguinte:

— ...fui censurado por urdir uma novela. Mas que ouvimos nós à defesa, senão uma novela após outra? Só lhe faltou falar em verso. E o próprio Fedor Pavlovitch quem rasga o sobrescrito e o atira para o chão enquanto espera a amiga, e até nos foi dito o que ele pensava nesse momento. Não é isto pura fantasia? Onde estão as provas de que ele tirasse o dinheiro? Quem o viu? Eis aqui o imbecil Smerdyakov transformado em herói de Byron, em adversário da sociedade por causa da sua origem bastarda. Não é isto um poema no estilo de Byron? E o filho que entra no quarto do pai e o mata sem o matar? Isto já não é um poema, é um enigma que nos propõe a esfinge sem que haja possibilidade de o resolver. Se o matou, matou-o, e ninguém compreende a significação que possa ter matar sem matar. Depois é-nos dito que a nossa tribuna é uma cátedra de verdade e de ideias puras; e do alto desta tribuna de verdade e de puras ideias declara-se solenemente que chamar parricídio ao assassínio de um pai é um simples preconceito. Mas se é um preconceito e cada filho tem de perguntar ao pai por que razão há de amá-lo... que vai ser de nós? Que vai ser da família, dos fundamentos da sociedade? O parricídio é-nos apresentado como um espantalho de lojistas moscovitas. As mais preciosas, as mais sagradas garantias para o destino da justiça russa, encontram um tratamento indigno, frívolo, unicamente para conseguir um objetivo impossível, para justificar o que não pode ser justificado. Oh, esmagai-o com a vossa misericórdia!, exclama o advogado defensor; mas isso é o que quer o criminoso, e vereis como ele estará esmagado amanhã. Não fica aquém de si mesma, a defesa, não pedindo a liberdade do acusado? E por que razão não abrir uma subscrição pública para que as gerações futuras comemorem as proezas do parricida?

Desvirtuam-se a religião e os Evangelhos: tudo é misticismo, e o Cristianismo verdadeiro é o que se submete à análise da razão e do sentido comum. Assim se nos apresenta disfarçada a figura de Cristo. Na medida com que medirdes sereis medidos, diz o letrado defensor, e em seguida deduz que Cristo nos ensina a medir os outros como os outros nos medem... E isto do alto da tribuna da verdade e do bom senso! Costumamos folhear os Evangelhos, nas vésperas dos nossos discursos, para deslumbrar a audiência com a erudição que neles pomos, com mais ou menos originalidade, e conseguir assim o nosso propósito. Mas o que Cristo nos ordena é muito diferente, Ele manda que não façamos isso, que é próprio do mundo e dos seus adeptos, mas sim que ofereçamos a outra face e que não devemos medir os nossos adversários como eles nos medem. Foi isso que nos ensinou o nosso Deus, e não que proibir os filhos de matarem os pais seja um preconceito. Não devemos vir para a tribuna da verdade e da sã doutrina para corrigir o Evangelho de Nosso Senhor, a quem o advogado defensor se digna chamar aquele que amava a humanidade, por oposição à Rússia ortodoxa que lhe chama Nosso Deus.

Neste ponto o presidente interveio, avisando o impetuoso orador de que não devia exagerar, não devia exceder os limites da discussão, e outras coisas que os presidentes costumam dizer em tais momentos.

A audiência tornava-se pesada. O público, irrequieto, permitia-se manifestar certa irritação. Fetyukovitch não chegou a treplicar, contentando-se em subir à tribuna e, com a mão sobre o coração, pronunciar algumas frases cheias de dignidade, com voz incisiva. Referiu-se por alto ao novelesco, à psicologia, e lançou incisivamente o apelo: (Júpiter, fazes mal em encolerizar-te!, o que provocou uma ruidosa gargalhada de aprovação, pois Kirilovitch desmerecia bastante de Júpiter. Quanto a que ele ensinasse a juventude a matar os pais, Fetyukovitch declarou com muita dignidade que não responderia, e sobre a acusação de emitir ideias heterodoxas disse que considerava isso uma insinuação pessoal e confiava que ante o tribunal ficasse sem mancha a sua reputação como cidadão e como entidade jurídica. Como o presidente quisesse interrompê-lo neste ponto, deu por terminado o seu discurso com uma vênia, no meio de um rumor de aprovação geral, e Hipólito Kirilovitch, na opinião das mulheres, ficou definitivamente liquidado.

Foi concedida a palavra ao acusado. Levantou-se, mas falou pouco, esmagado como estava por uma extrema fadiga. O ar de independência e de força que mostrara pela manhã havia desaparecido. Dir-se-ia que a experiência pela qual passou naquele dia lhe ensinara algo de muito importante que não pudera compreender até então. A voz era fraca; já não gritava como anteriormente, usava um tom humilde, frustrado, submisso.

— Que hei de dizer, senhores jurados? Chegou a minha hora de ser julgado e sinto sobre mim a mão de Deus. Este é o fim de um homem extraviado! Mas diante de Deus repito que estou inocente do sangue de meu pai. Pela última vez lhes digo que não fui eu quem o matou! Estava errado, mas amava o bem. Tentava constantemente corrigir-me, mas vivia como um animal selvagem. Graças ao procurador, que disse de mim muitas coisas que eu mesmo ignorava; mas não é certo que tenha matado meu pai, aí o procurador engana-se. Graças também ao meu defensor. Chorei, ouvindo-o; mas não é certo que matasse o meu pai, e não era preciso supor isso. Não acreditem nos médicos: estou perfeitamente, só o meu coração está triste. Se me fizerem graça, se me libertarem, rogarei por todos e tornar-me-ei melhor, dou-lhes a minha palavra diante de Deus! Se me condenarem, eu mesmo quebrarei a minha espada sobre a minha cabeça. Mas perdoai-me, não me priveis do meu Deus! Conheço-me, revoltar-me-ei! O meu coração está triste, senhores... Obrigado!

Deixou-se cair no banco, com a voz quebrada, mal podendo articular as últimas palavras. Os juízes entregaram-se então à tarefa de formular as perguntas dos quesitos e as partes contrárias foram convidadas a apresentar as suas conclusões. Mas não quero entrar em pormenores. Depois da exortação do presidente, que foi breve porque estava muito cansado e se reduziu a aconselhar imparcialidade, o exame dos argumentos e não as sugestões da eloquência, que considerassem a responsabilidade que assumiam, etc., os jurados retiraram-se para deliberar.

Entretanto suspendeu-se a sessão e o público levantou-se, movimentou-se no átrio, trocando as suas impressões. Era muito tarde, quase uma hora da madrugada, mas ninguém se ia embora nem pensava em descansar. Todos esperavam, com ânimo fraco, embora isto talvez seja afirmar muito porque as senhoras se encontravam nervosas e impacientes, mas de coração tranquilo. Pensavam que era indiscutível uma sentença de absolvição, e estavam dispostas a dar uma cena dramática de entusiasmo geral. Devo reconhecer que eram muitos os homens também firmemente convencidos da absolvição. Alguns estavam contentes, outros mostravam-se sombrios e havia mesmo quem se declarasse indignado com a possibilidade de absolverem o réu. Fetyukovitch confiava no êxito e confessava isso mesmo a um grupo que o rodeava, felicitando-o e lisonjeando-o.

— Há fios que prendem os jurados à defesa... — dizia. — Enquanto falamos, podemos ver como se vão tecendo. Esses fios existem, eu vi-os. A causa está ganha, podem ficar tranquilos.

— Que dirão agora os nossos camponeses? — perguntou um homem gordo, com marcas de bexigas, proprietário na comarca, aproximando-se de um grupo de senhores absorvidos em conversa.

— Não há só camponeses, também lá estão quatro escrivães do estado.

— Sim, há escrivães... — confirmou um conselheiro, juntando-se ao grupo.

— Conhece Nazaryev, o comerciante que tem uma medalha e que é membro do júri?

— É um homem de muita inteligência.

— Mas nunca fala.

— Não é falador, mas vale mais assim. Não precisa que o de Petersburgo lhe ensine seja o que for; ele pode ensinar todos os de Petersburgo. É pai de doze filhos. Imagine!

— Mas, por Deus!, supõe que não o absolverão?. — exclamava um jovem oficial noutro grupo.

— Decerto que o absolvem... — respondeu uma voz resoluta.

— Seria uma vergonha, uma indignidade que não o absolvessem! — insistiu o oficial. — Mesmo supondo que o tenha matado... há pais e pais! Estava tão fora de si... Realmente não deve ter feito senão atirar ao ar a mão do almofariz para derrubar o velho. É uma pena que tenham misturado o lacaio, uma suposição ridícula! Eu, no lugar de Fetyukovitch, teria gritado simplesmente: matou-o, mas não é culpado, vão todos para o inferno!

— Foi isso o que ele disse, sem os mandar para o inferno.

— Mikail Semyonovitch quase não disse outra coisa... — interveio um terceiro.

— Mas, senhores, não foi absolvida na nossa cidade, na passada Quaresma, uma atriz que cortou o pescoço à mulher do seu amante?

— Ah! Não o cortou completamente.

— Foi o mesmo. Degolou-a.

— Que lhes parece o que ele disse dos filhos? Magnífico, não é verdade?

— Magnífico!

— E do misticismo?

— Oh! Deixem o misticismo, deixem-no! — exclamou outro. — Pensem na mulher de Kirilovitch e na sorte que o espera. A mulher vai arrancar-lhe hoje mesmo os olhos, por amor de Mitya.

— Ela está aqui?

— Que ideia! Se estivesse ter-lhe-ia arrancado os olhos em pleno tribunal. Ficou em casa com dor de dentes. Ah, ah!

— Ah, ah, ah!

Num terceiro grupo:

— Aposto que vão absolver Mitenka, apesar de tudo!

— Não me surpreenderá que amanhã faça uma desordem no *Metrópoli*. A primeira bebedeira que apanhar vai durar-lhe dez dias.

— Ah, que diabo!

— Aqui sim, é que está a mão do diabo. Onde estaria, não sendo aqui?

— Bem, senhores, admito que o caso é muito eloquente, mas não há razão para rebentar a cabeça a um pai. Aonde iríamos parar?

— Ao carro! Lembram-se do carro?

— Sim, transformou a *troika* num carro!

— E amanhã converterá o carro numa *troika* para alcançar o mesmo efeito.

— Os jovens dos nossos dias ficam a perder de vista. Que justiça se pode esperar na Rússia?

Tocou a campainha. O júri levou uma hora em deliberações. Já sentado o público, fez-se um profundo silêncio em que finalmente se ouviram os passos dos jurados que voltavam a ocupar os seus lugares. Só recordo a resposta à primeira e principal pergunta do presidente:

— O acusado é culpado de haver cometido o assassínio com as agravantes de roubo e de premeditação? — Não me lembro das palavras exatas.

Todos continham a respiração, e o jurado que presidia ao júri, o mais jovem dos escrivães, disse em voz alta no meio do silêncio sepulcral:

— Sim, culpado!

Idêntica resposta foi dada a todas as perguntas: Sim, culpado!, sem o menor comentário revelador de desapontamento. O silêncio sepulcral que reinava na sala não se alterou... todos pareciam petrificados, tanto os que desejavam a condenação como os que esperavam a absolvição. Mas isso foi nos primeiros momentos de pasmo, ao qual se seguiu um espantoso alvoroço. Muitos homens estavam contentes e alguns esfregavam as mãos sem dissimular a sua alegria. Os que não estavam de acordo com a sentença pareciam esmagados, encolhiam os ombros, murmuravam e não conseguiam acreditar no que tinham ouvido. O estado das mulheres, naquele momento, não se pode descrever. Eu pensei que iriam provocar um motim. Ao princípio não podiam acreditar, mas logo a sala se encheu de um alarido de vozes, de gritos, de imprecações: Como se entende isto? É impossível! Levantaram-se agitadamente dos seus lugares. Pareciam esperar que se pensasse melhor e se voltasse a sentença ao contrário. Então Mitya levantou-se e, num tom dilacerante, estendendo os braços, gritou:

— Juro, em nome de Deus e do terrível dia de juízo, que não sou culpado pelo sangue de meu pai! Katya, perdoo-te! Irmãos, meus amigos, tenham pena da outra mulher!

Não continuou, por não poder. Soltava soluços espantosos que ressoavam por toda a sala e a sua voz gemente parecia a de outro homem. Do alto da sala veio um grito penetrante. Era de Gruchenka, que havia conseguido entrar ao começar o discurso da acusação.

Levaram Mitya. A promulgação da sentença foi adiada para o dia seguinte. O público começou a sair. A sala parecia uma colmeia ruidosa; mas eu não parei a escutar e só pude ouvir já na escada, quando saía:

— Terá de passar vinte anos nas minas.
— Pelo menos.
— Os nossos camponeses mantiveram-se firmes!
— E puderam com o nosso Mitya.

# Epílogo

## Capítulo 1
## Planos de Evasão

Muito cedo, às nove da manhã do quinto dia depois do processo, Aliocha foi visitar Catalina Ivanovna para tratar de um assunto de grande importância para ambos, e transmitir-lhe um recado. Falavam no salão onde Gruchenka havia sido recebida, enquanto no compartimento contíguo jazia Ivan, prostrado pela febre alta. Catalina Ivanovna tinha dado ordem para levarem o doente do tribunal para sua casa, sem se importar com os murmúrios das gentes e contra a opinião geral. Dois dos seus parentes tinham regressado a Moscovo ao terminar o julgamento, outro ficou na cidade; mas, ainda que a tivessem deixado só, Catalina Ivanovna teria mantido a sua inquebrantável decisão de tratar do doente, permanecendo dia e noite ao lado dele. Varvinsky e Herzenstube atendiam-no. O famoso doutor partira sem querer dar a sua opinião sobre os resultados prováveis da doença. Embora os médicos animassem Aliocha e Catalina, não chegavam a dar-lhes esperanças de um franco restabelecimento.

Aliocha ia ver o irmão doente duas vezes por dia; mas naquela manhã levava-o ali um assunto urgentíssimo, e embora tivesse de cuidar logo a seguir de outra coisa que não podia deixar para a tarde, e que o fazia estar impaciente, tornava-se-lhe muito difícil abordar o assunto que, sem dúvida, exigia muito tato e delicadeza.

Havia um quarto de hora que falavam, e Catalina Ivanovna que, cansada e de vez em quando sacudida pela excitação nervosa, pressentia com que fim Aliocha a retinha, disse de súbito, em tom resoluto e confidencial:

— Não se inquiete com a decisão dele, acabará por consentir. É necessário que fuja. Esse desgraçado, esse mártir da honra e dos seus princípios (não me refiro a Dmitri Fedorovitch, mas sim ao que está ali dentro) que se sacrificou pelo irmão — acrescentou Katya, com os olhos chispantes — explicou-me há tempo todo o plano da evasão. Já sabe que tinha começado a prepará-lo... eu já lhe falei nisso... Marcou-se para esse fim a terceira etapa da condução dos presos para a Sibéria. E muito longe daqui. Ivan já chegou a entendimento com o comandante desse posto, mas ainda não sabemos quem será o chefe dos guardas que acompanharão os presos, nem podemos sabê-lo tão depressa. Talvez amanhã lhe explique minuciosamente todo o plano que Ivan me confiou na véspera do julgamento, para o caso de acontecer alguma coisa... Quando nos encontrou a discutir, recorda-se?, já tinha partido; mas ao vê-lo, a si, fi-lo subir, lembra-se? Sabe por que razão discutíamos?

— Não sei.

— Claro, não lho disse. Pois era precisamente por causa deste plano de evasão. Tinha-me dito o principal três dias antes, e tínhamos passado três dias a discutir, porque quando me disse que se Mitya fosse condenado fugiria para o estrangeiro com essa mulher, fiquei furiosa... não poderia dizer-lhe porquê, pois nem eu mesma o sei... Bem, na realidade foi porque Dmitri iria alcançar a fronteira com essa mulher a quem não podia suportar!

— Os lábios dela tremiam de cólera. — Quando Ivan me viu enfurecida, julgou que eu tinha ciúmes de Dmitri, que ainda o amava. E assim começaram as nossas discussões. Nem lhe dei explicações nem lhe pedi perdão; não posso suportar que me julgue capaz de amar ainda esse... depois de eu lhe confessar que só a ele amo! Os meus ressentimentos contra essa mulher foram a causa dos nossos desgostos! Três dias mais tarde, na véspera da sua visita, entregou-me um sobrescrito fechado, que eu devia abrir no caso de lhe acontecer alguma coisa. Ah, via bem o que ia acontecer! Disse-me que continha um plano de evasão perfeitamente desenvolvido, e que se ele morresse ou adoecesse gravemente me encarregasse de salvar Mitya. Deixou-me dinheiro, dez mil rublos, a quantia a que se referiu o promotor na sua acusação. A atitude de Ivan, que antes de renunciar a salvar Mitya me encarregava, a mim, do plano de evasão, a despeito dos seus ciúmes e do seu convencimento de que eu amava o outro, impressionou-me enormemente. Oh, que sacrifício o seu! Você não pode compreender, Alexey Fedorovitch, a grandeza de tal abnegação. Senti desejos de me lançar a seus pés e beijar-lhos, mas logo pensei que poderia atribuir isso à alegria que me dava a ideia de salvar Mitya... e não há dúvida de que o julgaria... e revoltou-me de tal modo a ideia de tão injusto pensamento, que em vez de lhe beijar os pés voltei a encolerizar-me. Sou uma infeliz! E tudo por causa do meu caráter, o meu estranho e desgraçado caráter! Oh! Verá como acabarei por afastá-lo de mim, como me deixará por outra com quem se dê melhor, como Dmitri... Mas não, eu não poderia suportar isso, matar-me-ia... Lembro-me de que, quando você veio e chamei o seu irmão para que subissem ambos, me lançou um olhar de desprezo e eu o acusei de ter sido ele quem me persuadira de que Dmitri era o assassino. Disse-lho com toda a malícia para o ferir, porque nunca, nunca me persuadiu da culpa do irmão... pelo contrário, fui eu quem o convenceu. O meu caráter violento tem a culpa de tudo! Eu provoquei aquela horrorosa cena no tribunal. Quis provar que, apesar dos seus ciúmes, era bastante nobre para salvar o irmão... por isso compareceu ante os juízes... Eu sou a causa de tudo, só eu tenho a culpa!

Nunca Katya fizera tal confissão a Aliocha. Este compreendeu que a jovem chegara a esse estado de sofrimento em que todo o orgulho fica esmagado pela dor. Não passava despercebido a Aliocha que naquela alma atormentada representava papel importante outro motivo que ela mantinha oculto desde o dia do processo, e por determinadas razões teria sentido muito que naquele momento ela se tivesse rebaixado ao ponto de o confessar. Katya sofria horrivelmente por ter atraiçoado Mitya ante o tribunal, e Aliocha notava que a consciência a impelia a confessar-lho, a ele, com lágrimas e gemidos, e arrastando-se agitadamente pelo chão. Temia essa cena e queria evitá-la, o que tornava ainda mais difícil o cumprimento da missão que ali o trazia. Voltou a falar de Mitya, mas ela interrompeu-o, pungente e porfiada.

— Está bem, está bem, não se inquiete por ele! Tudo nele é momentâneo, conheço-o, conheço demasiado o seu coração. Pode ter a certeza de que concordará em evadir-se. Terá tempo para mudar de opinião. Então Ivan Fedorovitch já estará bem e arranjará tudo, e assim não terei de intervir em nada. Não desanime, ele consentirá em fugir. Já se acha em melhor disposição... Você acredita que ele deixe essa mulher? Como não permitirão que ela o acompanhe, está desejoso de fugir. É de você que tem medo, porque pensa que desaprovará a evasão do ponto de vista moral. Mas você deve *permiti-la* generosamente, se o seu acordo é assim tão necessário — acrescentou, com malícia.

Depois sorriu e continuou:

— Fala de um hino, de uma cruz que deve levar, do cumprimento de um dever... Ivan Fedorovitch contou-me não sei quantas coisas sobre isso... e com que alma!... — exclamou, sem poder esconder a sua admiração. — Se você soubesse como amava e odiava esse desgraçado ao falar-me dele! E eu não fiz caso das suas palavras, nem das suas lágrimas! Fera! Sou uma fera! Sou eu quem tem a culpa de ele estar doente. Mas o que está na prisão é incapaz de sofrer — concluiu, indignada. — Sofrer como? Os homens como ele são insensíveis!

Havia na sua voz uma nota de ódio, de desprezo e de repugnância.

E, todavia, era a mulher que traíra Mitya. "Talvez o odeie neste momento porque se sente culpada", pensou Aliocha. E esperou que aquilo fosse momentâneo. Nas últimas palavras dela notara uma intenção provocadora, mas não se deixou influir.

## Fiódor Dostoiévski

— Chamei-o para que me prometa que você mesmo o convencerá. Acaso pensa que na evasão há alguma desonra, ou covardia... ou que se trata de um ato pouco cristão? — acrescentou Katya, cada vez mais provocante.

— Oh, não! Dir-lhe-ei tudo — murmurou Aliocha. — Peço-lhe que vá vê-lo — disse ele de repente, fitando-a nos olhos.

Ela estremeceu ligeiramente e teve um gesto de recuo, contra o espaldar do sofá.

— Eu? É possível? — balbuciou, empalidecendo.

— É possível e deve ser — replicou Aliocha, animando-se. — Ele precisa de si, especialmente agora. Se assim não fosse, não me atreveria a falar-lhe nisso. Está doente, parece doido e não deixa de chamá-la. Não pensa em se reconciliar consigo, pede apenas que você apareça à porta. Aconteceram demasiadas coisas desde aquele dia. Compreende que a ofendeu gravemente e não tem o direito de lhe pedir perdão... "É impossível que ela me perdoe"..., tem ele dito, "só queria que me deixasse vê-la, à porta"...

— É tão inesperado — balbuciou Katya. — Desde há dias tinha o pressentimento de que você viria com esse recado. Sabia que me suplicaria que fosse. É impossível!

— Pois que seja impossível, mas vá! Considere que, pela primeira vez, ele reconhece que a magoou. Pela primeira vez na sua vida! Nunca tinha visto a sua falta tão claramente. Ele disse: "Se ela se negar a vir, serei um desgraçado toda a minha vida". Está a ouvir? Não é enternecedor que pense em ser feliz estando condenado a vinte anos de trabalhos forçados? Pense bem, deve ir visitá-lo; embora esteja perdido, está inocente — afirmou Aliocha, arriscando tudo. — As suas mãos estão limpas, não há nelas uma mancha de sangue! Em consideração pelos inumeráveis sofrimentos que o esperam, visite-o. Vá, deixe que ele a veja na obscuridade, no vão da porta, nada mais... Deve fazê-lo, *deve* — concluiu, pondo toda a sua alma na última palavra.

— Devo... mas não posso — gemeu Katya. — Olhar-me-á... não posso.

— É necessário que os olhares de ambos se encontrem. Como viverá você, no futuro, se agora se negar a fazer isto?

— Prefiro sofrer toda a vida.

— É necessário que vá, é necessário — repetia Aliocha, sem piedade.

— Mas por que hoje... por que imediatamente? Não posso abandonar o doente...

— Pode deixá-lo por um momento. É coisa de um momento. Se não for, ele passará a noite delirando. Não estou interessado em enganá-la. Tenha piedade!

— Tenha você piedade de mim — disse Katya, com amargo ressentimento, começando a chorar.

— Portanto irá — afirmou Aliocha, vendo aquelas lágrimas. — Vou dizer-lhe que irá imediatamente.

— Não! Não lhe diga isso por nada deste mundo — gritou Katya, espantada. — Irei, mas não lho anuncie... porque talvez vá e não entre... Ainda não sei...

A voz dela desfaleceu, falta de alento. Aliocha levantou-se para sair.

— E seu eu encontrar alguém? — perguntou ela em voz baixa, empalidecendo de novo.

— Precisamente, devia ir agora para não encontrar ninguém. Não estará lá ninguém, afirmo-lhe... Apenas nós a esperaremos — disse Aliocha, animosamente.

E saiu.

## Capítulo 2
## Por Momentos, a Mentira Troca-se em Verdade

Aliocha dirigiu-se rapidamente para o hospital, onde estava Mitya. No dia seguinte àquele em que a sua sorte fora decidida, tinha adoecido em consequência da excitação nervosa causada pelo julgamento e foi transportado, com febre, para a seção reservada aos presos no hospital da cidade. A pedido de várias pessoas, entre as quais se encontravam Aliocha, a senhora Hohlakov e sua filha Lisa, o doutor Varvinsky dera-lhe um quarto particular, afastado dos outros presos, o mesmo que havia sido ocupado por Smerdyakov. Embora a janela tivesse grades e no extremo do corredor estivesse uma sentinela que tranquilizava Varvinsky, a sua disposição indulgente não era perfeitamente legal; mas jovem, bondoso e compassivo, compreendia como devia ser cruel para um homem como Mitya ver-se de repente misturado com ladrões e assassinos, e julgou conveniente que se fosse habituando pouco a pouco. Tanto o médico como o diretor, e até mesmo o chefe da polícia, se mostravam mais condescendentes do que permitia o regulamento em autorizar visitas, embora até então só Aliocha e Gruchenka tivessem ido vê-lo. Rakitin tentara em vão, por duas vezes, chegar junto de Mitya, mas este rogara encarecidamente a Varvinsky que não o deixasse entrar.

Aliocha encontrou o irmão sentado na cama e vestindo uma bata do hospital. Cingira as têmporas febris com uma toalha molhada em água e vinagre. Olhou para Aliocha com uma expressão indefinida, na qual havia uma sombra de alguma coisa parecida com o medo. Desde o julgamento mostrava-se muito preocupado; por vezes mantinha-se em silêncio pelo espaço de meia hora, como se refletisse em algo muito grave e doloroso que não lhe dizia respeito. Quando saía desse estado de concentração punha-se a falar arrebatadamente de tudo menos daquilo que queria dizer. Com frequência, dirigia ao irmão olhares de sofrimento, e parecia estar mais à vontade com Gruchenka do que com Aliocha. Não que com ela se mostrasse mais loquaz, pois mal lhe falava. Mas, quando a via entrar, a sua cara parecia iluminar-se de alegria.

Aliocha sentou-se em silêncio sobre a cama, junto do irmão. Mitya olhou-o em suspenso, sem se atrever a fazer-lhe perguntas. A própria ideia de que Katya consentisse em ir vê-lo parecia-lhe absurda, mas ao mesmo tempo sentia que iria passar-se qualquer coisa inconcebível, se ela se negasse. Aliocha lia nele estes sentimentos.

— Disseram-me que Trifon Borisovitch está a demolir a pousada — disse Mitya, nervosamente. — Dizem que removeu todo o mosaico, arrancou as madeiras e deitou a baixo as galerias. Não dormiu um momento a procurar o tesouro, os mil e quinhentos rublos que o promotor disse ter eu escondido lá. Disseram-me que quando chegou à casa pôs mãos à obra, e continua. Bem merecido tem esse logro, por intrujão! Disse-mo o guarda que veio ontem de lá.

— Escuta — volveu Aliocha. — Ela virá, mas não sei quando. Talvez hoje mesmo, talvez daqui a três ou quatro dias. Isso não sei, mas é certo que virá.

Mitya estremeceu, quis dizer alguma coisa, mas ficou mudo. A notícia causara-lhe uma profunda emoção. Adivinhava-se nele o desejo de saber tudo o que ela tinha dito, mas ainda receava fazer perguntas. Uma palavra de crueldade ou de desprezo da parte de Katya, naquele momento, tê-lo-ia ferido como a lâmina de um punhal.

— Entre outras coisas disse-me que eu devia tranquilizar a tua consciência a respeito da evasão. Se, quando chegar à altura, Ivan não estiver ainda bem, ela se encarregará de tudo.

— Já falaste disso — comentou Mitya, pensativo.

— E tu repetiste-o a Grucha.

— Sim — disse Mitya. — Não virá esta manhã — olhou timidamente para o irmão e acrescentou: — Só virá à tarde. Quando ontem lhe disse que Katya se encarregava de tudo, fez um trejeito, ficou calada por momentos e depois respondeu: "Pois que se encarregue!" Compreendeu que era importante e eu não quis sondá-la mais. Penso que por fim se convenceu de que Katya não se interessa por mim e ama Ivan.

— Pensas isso?

— Talvez me engane. Só sei que não virá esta manhã — apressou-se a dizer Mitya — porque a encarreguei de uma coisa. Bem sabes que Ivan é superior a nós. Deve viver. Ficará bom.

— Queres crer que Katya está muito alarmada e no entanto tem quase a certeza de que ele se cura? — disse Aliocha.

— Isso prova que está convencida de que ele morre. É o medo que a faz estar segura de que há de curar-se.

— Ivan é de constituição robusta e eu também tenho grandes esperanças de que há de curar-se — replicou Aliocha, com ansiedade.

— Sim, há de curar-se. Mas ela está convencida do contrário. Pesam sobre ela muitos desgostos.

Houve um silêncio. Mitya agitava-se, como sob o peso de uma angústia. Por fim, disse, em voz entrecortada e lacrimosa:

— Aliocha, amo terrivelmente Grucha.

— Não a deixarão acompanhar-te — volveu Aliocha, apanhando a ocasião.

— Queria dizer-te mais uma coisa — disse Mitya, numa voz repentinamente sonora. — Se me baterem no caminho ou lá não o suportarei. Matarei algum e fuzilar-me-ão. E isto poderá acontecer em qualquer dia... durante vinte anos! Já me tratam grosseiramente. Passei toda a noite a fazer um exame de consciência. Não estou preparado! Não posso resignar-me. Eu, que desejava cantar um *hino*, não posso suportar que um guarda me trate mal. Por tu, por Grucha sofreria alguma coisa... tudo menos pancadas... Mas não a deixarão ir.

Aliocha sorriu docemente.

— Escuta de uma vez para sempre, irmão. Vou dizer-te o que penso, e já sabes que não gosto de mentir. Nem tu estás disposto nem essa cruz é para ti. Mais ainda, não necessitas carregar com essa cruz de martírio se não estás disposto a levá-la. Se tivesses matado o nosso pai teria pena de te ver fugir ao castigo; mas estás inocente e a cruz é demasiado pesada para os teus ombros. Desejavas regenerar-te pelo sofrimento e eu digo--te que penses sempre na tua regeneração, onde quer que estejas; já será bastante para ti. O martírio recusado terá a virtude de te fazer sentir com mais força e durante toda a vida o cumprimento de um dever moral, e este incessante sentimento renovará o teu espírito com mais facilidade do que se estivesses *lá* e, cansado de sofrer, começasses a queixar-te e talvez acabasses por dizer: Estou quite. O advogado tinha razão. Uma carga tão pesada não é para todos, há quem não possa aguentá-la. Esta é a minha opinião, se desejavas sabê-la. Se tivessem de ser responsabilizados outros homens pela tua evasão, oficiais ou soldados, eu não a *permitiria* — sorriu Aliocha. — Mas dizem, e o comandante da etapa assim o afirmou a Ivan, que se tudo correr bem não levarão muito longe as investigações e delas não resultará prejuízo para quem quer que seja. Claro que o suborno não é honrado, mas nem quero pensar nisso. Se Ivan e Katya me encarregassem do assunto, sei que me prestaria a subornar fosse quem fosse. Quero dizer-te a verdade. Assim, pois, não julgo o vosso ato, mas podes ter a certeza de que não te condenarei. Era só o que faltava que eu te julgasse agora! Creio que te disse tudo.

— Mas eu condenar-me-ei! — exclamou Mitya. — A minha fuga já estava resolvida, prescindindo da tua opinião. Que podia fazer Mitya Karamázov senão fugir? Mas condenar-me-ei a mim mesmo e arrepender-me-ei dos meus pecados durante toda a vida. É assim que falam os jesuítas, não é verdade? Como nós agora, hem?

— Sim — concordou Aliocha, com um bom sorriso.

— Amo-te porque dizes sempre a verdade, sem esconder nada — exclamou Mitya, com um riso alegre. — Surpreendi o meu Aliocha fazendo de jesuíta! Hei de dar-te um beijo por isto. Agora escuta o resto, vou revelar-te o outro lado da minha alma, vou dizer--te o que decidi. Se fugir para a América, com dinheiro e passaporte, compreenderei que não vou em busca da alegria nem da felicidade, mas sim para outro desterro tão mau como a Sibéria. É igualmente mau, Aliocha, igualmente mau! Detesto já essa América, que o diabo a leve! E ainda que Grucha vá. Porque... observa-a: que tem ela de americana? É russa, é russa até à medula dos ossos; apoderar-se-á dela a saudade da terra mãe e vê-la-ei sofrer a todas as horas, carregada por mim com a cruz do meu amor. Que mal fez ela? E como suportarei eu aquela gente, ainda que todos sejam melhores do que eu? Odeio já essa América! Embora todos sejam admiráveis mecânicos, que vão para o diabo, não são como eu. Amo a Rússia, Aliocha! Amo o Deus russo, miserável como sou. Rebentaria! — exclamou, com olhos brilhantes que logo se encheram de lágrimas. E continuou, trêmulo de emoção: — Eis o que decidi, Aliocha. Quando chegarmos, pôr-nos-emos a trabalhar a terra, longe, na solidão, entre ursos ferozes. Devem existir por lá terras afastadas. Disseram-me que até há peles vermelhas em alguns lugares, espreitando no horizonte. Pois bem, iremos para o mais remoto dessas terras e aí trabalharemos a gramática, Grucha e eu. Trabalho e gramática, três anos seguidos; ao fim desse tempo falaremos inglês como os próprios ingleses e conseguido isto... adeus América! Voltaremos para a Rússia, como cidadãos americanos. Não te inquietes, não viremos para esta teriola, instalar-nos-emos em qualquer lugar muito afastado, ao norte ou ao sul. Eu estarei muito modificado, então, e também a ela a América a terá transformado. Os médicos far-me-ão alguma verruga na cara (para alguma coisa há de servir o gosto deles pela mecânica) ou tirarei um olho ou deixarei crescer a barba e encanecerei a suspirar pela Rússia. Garanto-te que não me reconhecerão... mas se me reconhecerem que me mandem para a Sibéria, não importa. Será a prova de que era esse o meu destino. Aqui cultivaremos a terra, mesmo que seja na selva, e conduzir-me-ei durante toda a vida como um americano... mas morreremos na terra que nos viu nascer. Este é o meu plano e não pode modificar-se. Aprovas?

— Sim — disse Aliocha, não se atrevendo a contrariá-lo.

Mitya fez uma pausa e exclamou, de repente:

— Quantas manobras tiveram de fazer no julgamento! Não te parece?

— Sem isso serias igualmente condenado — volveu Aliocha, com um suspiro.

— Sim, todos estavam fartos de mim! Deus os abençoe, mas é muito duro — lamentou Mitya. Calou-se, mas de repente exclamou: — Aliocha, tira-me já deste inferno. Ela vem ou não? Que disse?

— Disse que viria, mas não sei se será hoje. É muito penoso para ela, bem sabes. — E Aliocha olhou para o irmão com timidez.

— Sem dúvida que há de ser muito penoso para ela! Isto dá comigo em doido, Aliocha. Gruchenka não deixa de me olhar. Ela compreende. Meu Deus, acalma o meu coração... Que é o que desejo? Desejo Katya! Eu próprio entendo o meu desejo? Ah! É o espírito ímpio e teimoso dos Karamázov! Não, não sei lutar contra o sofrimento. Sou um perdido, é tudo o que se pode dizer!

— Aqui está ela! — gritou Aliocha.

Naquele instante Katya aparecia no limiar da porta onde parou por instantes, fitando em Mitya um olhar desvairado. Ele ergueu-se de um salto, uma expressão de espanto transformou-lhe a face; empalideceu; depois um sorriso tímido passou pelos seus lábios e, num impulso irresistível, estendeu os braços para Katya. A jovem lançou-se neles com ímpeto e, abraçando-o estreitamente, obrigou-o a sentar-se na cama. Sentou-se ao lado dele, apertando-lhe convulsivamente as mãos. Por várias vezes tentaram falar e ficaram mudos, contemplando-se com um estranho sorriso, como mutuamente fascinados. Decorreram assim dois minutos.

— Perdoaste-me? — balbuciou Mitya, por fim. E voltando para Aliocha a cara transformada pela alegria, disse-lhe: — Ouves o que lhe pergunto? Ouves?

— Por isso te amava, porque tens um nobre coração! — disse então Katya. — Nem tu precisas do meu perdão nem eu peço o teu... Quer me perdoes ou não, tu ficarás para sempre como uma chaga no meu coração, e eu no teu... É preciso que seja assim. — Deteve-se para tomar alento e continuou, numa agitação nervosa: — Para que vim? Para te abraçar os pés, para te apertar as mãos assim, até te magoar (lembras-te de como eu tas apertava, em Moscovo?), para te dizer outra vez que tu és o meu bem, a minha alegria... para te dizer que te amo com loucura.

A voz dela era um lamento angustioso. Num impulso, apertou contra os lábios a mão do doente. As lágrimas corriam-lhe pelas faces, abundantes. Aliocha estava atônito, contemplando uma cena como nunca tinha visto.

— O nosso amor morreu, Mitya — continuou Katya — mas o passado ficará para sempre como uma doce mágoa. Deixemos que por um momento, ao menos, seja verdade agora o que teria podido sê-lo antes — balbuciou, fitando-o, com um sorriso nervoso. — Tu amas outra, eu amo outro e no entanto nós dois havemos de amar-nos eternamente. Sabias?

— Ama-me, ouves? Ama-me toda a vida — exclamou, com uma tremura de ameaça na voz.

— Amar-te-ei e... sabes, Katya? — disse Mitya, tendo de tomar alento a cada palavra. — Há cinco dias, naquela mesma tarde, eu amava-te... quando caíste desmaiada e tiveram de levar-te.,. Toda a minha vida! E assim será, assim será para sempre...

Assim foram falando, murmurando frases incompreensíveis, talvez enganosas; mas naquele momento tudo era verdade para eles, acreditavam mesmo no que não chegavam a exprimir. De repente, Mitya exclamou:

— Katya... tu julgas que eu matei? Agora sei que não julgas, mas então... quando declaraste... Seguramente então julgavas que sim!

— Não, nunca o julguei! Mas odiava-te e cheguei a persuadir-me, por um instante... Enquanto falava convenci-me e acreditei que tinhas matado... mas logo que parei de falar deixei de acreditar. Não duvides!

Depois, com uma expressão que contrastava com os suspiros de amor de um momento antes, acrescentou:

— Mas esqueci-me de que vim aqui para me castigar.

— Mulher, como isto é duro para ti! — exclamou Mitya, involuntariamente.

— Deixa que me vá embora — murmurou ela. — Voltarei. Agora isto é superior às minhas forças.

Já se retirava, mas de súbito soltou um grito e recuou. Gruchenka entrava silenciosamente. Ninguém a tinha ouvido. Katya dirigiu-se precipitadamente para a porta, mas ao cruzar-se com Gruchenka deteve-se e, branca como se estivesse morta, gemeu docemente, num suspiro:

— Perdoa-me!

Gruchenka olhou-a fixamente, esperou um momento e respondeu em tom mordaz e vingativo:

— Devora-nos o ódio, pequena, devora-nos o ódio! Como podemos perdoar-nos? Salva-o e adorar-te-ei toda a minha vida!

— Não lhe perdoas? — exclamou Mitya, fora de si.

— Não te inquietes, eu salvar-te-ei! — murmurou vivamente Katya.

E saiu.

— E pudeste não lhe perdoar quando ela mesma te pediu perdão? — exclamou Mitya com amargura.

— Não a culpes, Mitya. Não tens esse direito! — interveio Aliocha, calorosamente.

— Falavam os lábios, não o coração — disse Gruchenka com desgosto. — Se te salvar perdoar-lhe-ei tudo...

Calou-se, como se alguma coisa lhe oprimisse o coração. Não conseguia recuperar a serenidade. Tinha entrado sem esperar aquele encontro.

— Aliocha, corre atrás dela! — gritou Mitya ao irmão. — Diz-lhe... não sei o quê... mas não a deixes ir assim!

— Voltarei esta noite — disse Aliocha, lançando-se atrás de Katya. Alcançou-a quando ela descia os degraus da porta. Ela caminhava depressa, e logo que Aliocha se aproximou disse-lhe vivamente:

— Não, eu não posso rebaixar-me diante dessa mulher! Pedi-lhe perdão para me humilhar até ao fim. Não me perdoou... e agradeço-lhe — acrescentou com a voz alterada e os olhos brilhantes de ressentimento.

— O meu irmão não esperava este resultado murmurou Aliocha. — Estava convencido de que ela não iria...

— Sem dúvida. Deixemos isso — atalhou Katya. — Escute, eu não posso acompanhá-lo ao funeral. Mandei flores. Julgo que ainda têm dinheiro. Se precisarem de alguma coisa, diga-lhes que nunca os abandonarei... Agora deixe-me, peço-lhe. Vai chegar tarde, já tocam para o funeral... Deixe-me, por favor!

## Capítulo 3
## O Enterro de Ilucha

O Sermão de Despedida

Realmente chegava com atraso. Cansados de esperá-lo, tinham decidido trasladar para a igreja o pequeno ataúde coberto de flores. Entre as flores jazia Ilucha, morto dois dias depois da condenação de Mitya. Aliocha encontrou à porta da casa quase todos os condiscípulos do morto, que ficaram alegres por vê-lo depois de terem esperado com impaciência a sua chegada. Eram doze e todos levavam às costas as malas dos livros. O pai há de chorar, façam-lhe companhia, tinha-lhes dito Ilucha ao morrer, e os rapazes não o esqueciam. A frente do grupo estava Kolya Krassotkin.

— Quanto me alegro por ter vindo, Karamázov! — exclamou, estendendo-lhe a mão.
— É atroz. Faz horror contemplar este quadro. Snegiryov não está bêbado, sabemos que não bebeu em todo o dia, e parece embriagado... Eu sinto-me animoso como sempre, Karamázov, mas isto é horrível! Posso fazer-lhe uma pergunta, antes de entrar?

— O que é, Kolya?

— O seu irmão está inocente ou culpado? Foi ele quem matou o seu pai ou foi o lacaio? Acreditarei no que me responder. Há quatro noites que não posso dormir a pensar nisto.

— Foi o lacaio quem o matou, meu irmão está inocente.

— É o que eu digo — interveio Smurov.

— Assim, sucumbirá uma vítima inocente? exclamou Kolya. — Mesmo na sua ruína será feliz! Invejo-o!

— Que quer dizer? Como pode pensar isso? Por quê? — perguntou Aliocha, surpreendido.

— Oh, se eu algum dia pudesse sacrificar-me pela verdade! — disse Kolya, com entusiasmo.

— Mas não em tais circunstâncias, não com tal afronta e tais horrores! — protestou Aliocha.

— Sim... gostaria de morrer por toda a humanidade, embora afrontosamente, não me importaria... Que pereça o nosso nome. Eu venero o seu irmão!

— E eu também! — gritou súbita e inesperadamente o garoto que sabia quem tinha fundado Troia; e, tal como dessa vez, ficou vermelho como um tomate, até às orelhas.

Aliocha entrou no compartimento. Ilucha jazia com as mãos juntas e os olhos fechados, num caixão azul forrado de branco. A sua carinha magra mal mudara, e do seu corpo não emanava qualquer sinal de corrupção. A expressão dele era séria e pensativa. As mãos, cruzadas sobre o peito, eram de uma singular beleza, como cinzeladas em mármore, entre as flores. Todo ele estava rodeado de flores enviadas em abundância por Lisa Hohlakov. Também Catalina Ivanovna enviara flores, e quando Aliocha abriu a porta, o capitão, com um ramo nas mãos trêmulas, estava ainda a colocar mais em volta do cadáver do filho. Mal olhou para Aliocha, não queria fitar ninguém, nem sequer a mãezinha louca que se empenhava em manter-se sobre as pernas inúteis para ver de perto o seu querido filho. Nina tinha sido levada na sua cadeira, pelos rapazes, e estava junto do caixão, a chorar em silêncio.

Snegiryov parecia animado por um indômito desespero. Na sua cara espelhava-se uma espécie de furor e as palavras velhinho, velhinho! que repetia com obstinação eram as de um louco. Costumava chamar velhinho! a Ilucha, como expressão de carinho.

— Pai, dá-me uma flor. Tira essa, branca, que está sobre as mãos dele, e dá-ma — pediu a mãe, gemendo, ou porque a rosa branca que estava sobre as mãos de Ilucha tivesse cativado a sua imaginação ou porque queria guardá-la como uma recordação recebida dele. A pobre mulher movia-se agitadamente, estendendo os braços para as flores.

— Não quero dar nada a ninguém e a ti menos ainda — gritou Snegiryov com dureza. — As flores são dele, não tuas. Tudo lhe pertence, a ele, e a ti nada!

— Pai, dá uma flor à mãe! — disse Nina, erguendo a face molhada de lágrimas.

— Não quero tirar-lhe nada e menos ainda para ela. Não amava Ilucha. Tirou-lhe o canhãozinho e ele deu-lho. — E começou a soluçar perdidamente, ao recordar a cena do brinquedo.

A pobre idiota, lavada em lágrimas, escondeu a cara entre as mãos. Como os rapazes vissem que o pai nunca mais se afastaria do caixão e era tempo de partir, aproximaram-se, rodeando-o estreitamente, e ergueram-no nas mãos.

— Não quero enterrá-lo no cemitério — gemeu o capitão de repente. — Quero enterrá-lo junto da pedra, junto da nossa pedra. Ilucha disse-me. Não quero que saia daqui!

Durante aqueles três dias não tinha deixado de repetir que queria enterrá-lo junto da pedra; mas Aliocha, Kolya, a dona da casa, a filha dela e todos os rapazes opuseram-se.

— Que ideia! Enterrá-lo em chão não sagrado como um enforcado! — disse a velha mulher com severidade. — A terra do cemitério está abençoada. Ali terá quem reze por ele, poderá ouvir os cânticos da igreja vizinha; e o diácono lê os salmos em voz tão clara e sonora que parecerá que está a ler mesmo junto do seu coval.

Por fim o capitão teve um gesto de desespero, como quem dissesse: Levem-no para onde quiserem! Os rapazes levantaram o caixão e, ao passarem diante da mãe, detiveram-se, baixando-o para que ela pudesse despedir-se de Ilucha. Mas ao contemplar de perto a linda face que durante três dias só pudera ver à distância, ela começou a tremer e a sacudir a cabeça sobre o corpo, num espasmo violento.

— Mãe, faz sobre ele o sinal da cruz, dá-lhe a tua bênção, beija-o — gritou Nina.

Mas ela, sem cessar de sacudir a cabeça como um autômato, calada e com a cara crispada por amarga pena, pôs-se a bater no peito com o punho. Os rapazes afastaram-se e, ao passarem diante de Nina, esta pousou pela última vez os seus lábios sobre os do irmão. Quando Aliocha saiu, pediu à dona da casa que ficasse a fazer companhia às infelizes, mas ela interrompeu-o, sem o deixar acabar.

— Com certeza! Ficarei com elas, nós também somos cristãs! — E chorou.

A igreja já não distava mais de trezentos passos. Estava um dia muito claro e mal nevava. Os sinos dobravam a finados. Snegiryov corria e agitava-se, aturdido, vestido com um sobretudo de verão, de chapéu na mão e cabeça descoberta. Encontrava-se num estado de ansiedade desconcertante. Tão depressa se misturava com os rapazes, tocando com os dedos no caixão, como para os ajudar, mas conseguindo apenas estorvá-los, como procurava caminhar ao lado, tropeçando em tudo. Caiu uma flor sobre a neve e ele precipitou-se a recolhê-la, como se todo o mundo dependesse de uma flor perdida.

— E a códea de pão? Esquecemo-nos da códea! — gritou de repente, como se fosse desmaiar.

Mas os rapazes lembraram-lhe que ele tinha pegado no pão e devia tê-lo no bolso. Encontrou-o, e animou-se,

— Ilucha, Ilucha encarregou-me disto — explicava ele a Aliocha. — Eu estava sentado ao lado dele, uma noite, e de repente disse-me:

— Pai, quando me cobrirem de terra esmigalha em cima um pedaço de pão para que os pardais venham. Eu hei de ouvi-los e ficarei contente por me sentir acompanhado.

— Está muito bem — volveu Aliocha. — Viremos trazer pão, muitas vezes.

— Todos os dias, todos os dias — exclamou o capitão, exaltadamente, entusiasmado com a ideia.

Chegaram à igreja e colocaram o caixão ao centro, rodeando-o os rapazes em atitude reverente enquanto duraram as cerimônias. A igreja era muito antiga e bastante pobre, e muitos ícones não tinham nichos nem lugar próprio, mas isso mesmo inspirava ainda maior devoção. Durante a missa Snegiryov esteve mais tranquilo, embora de quando em quando tivesse repentes e sobressaltos de doido, precipitando-se para o caixão a fim de arranjar uma prega do pano fúnebre ou arranjar a orla, ou endireitar uma vela que se torcia um pouco, prodigalizando-se em mil cuidados inúteis. Depois ficava imóvel, inquieto, perplexo e concentrado. Depois da Epístola, sussurrou a Aliocha, que estava a seu lado, que não a haviam lido como seria de desejar, embora nada entendesse. Ao chegar à oração: Como o querubim, juntou-se ao coro, cantando; mas não pôde acabar e caiu de joelhos, apoiando a testa nas lajes do chão e ficando assim por bastante tempo.

Por fim começou a cerimônia fúnebre e distribuíram-se as luzes. O transtornado pai voltou a dar mostras de inquietação, mas as impressionantes e comovedoras orações emocionaram-no tanto que começou a soluçar, em soluços curtos e contidos, ao princípio afogados no peito, Mas em breve não pôde mais e soluçou em voz alta, abandonando-se aos seus sentimentos. Quando chegou o momento de levar o caixão e se dispunham a fechá-lo, ele interpôs-se e começou a beijar o filho nos lábios, sem jeitos de acabar. Conseguiram convencê-lo a afastar-se, e quando já se dispunha a obedecer estendeu impulsivamente uma das mãos e tirou do caixão um punhado de flores. Ficou a olhá-las e uma nova ideia pareceu de momento acalmar a sua pena; estava tão absorvido que não opôs a menor resistência à trasladação do caixão para a cova aberta junto dos muros da igreja, a expensas de Catalina Ivanovna. Com o ritual do costume, os coveiros baixaram o caixão; Snegiryov inclinou-se tanto sobre o coval que os rapazes, sobressaltados, o seguraram pelas abas do sobretudo, para que não caísse. O capitão não sabia o que lhe acontecia e, quando começaram a cobrir a cova de terra, pôs-se a gesticular, murmurando palavras que ninguém pôde entender. De súbito calou-se e ficou sombrio; foi preciso recordar-lhe que tinha de esmigalhar o pão. Ficou então muito excitado, tirou o pão do bolso e começou a parti-lo em pedacinhos que espalhava sobre a terra revolvida, murmurando com impaciência:

— Venham, voem para aqui, passarinhos! Voem, pardais!

Um dos rapazes notou que lhe era difícil partir o pão tendo as flores na mão, e aconselhou-o a que lhas entregasse enquanto espalhava as migalhas; ele não só recusou como se mostrou muito alarmado, como se quisessem tirar-lhe as flores. Depois de olhar para o chão, com um ar satisfeito por tudo ter terminado como era devido, deu meia volta com a maior tranquilidade e, deixando todos surpreendidos, encaminhou-se para casa, acelerando pouco a pouco a marcha. Aliocha e os rapazes quase tinham de correr para o seguir.

— As flores são para a mãe, as flores são para a mãe! Eu fui mau para a mãe, fui mau! pôs-se ele a gritar pelo caminho.

Alguém lhe disse que cobrisse a cabeça, porque estava frio, mas ele atirou o chapéu para a neve, zangado.

— Não quero o chapéu, não quero o chapéu! — repetia.

Smurov apanhou o chapéu para lho guardar. Todos os rapazes choravam, e Kolya, e o rapazinho que sabia a história de Troia, choravam ainda mais que os outros. Smurov, levando na mão o chapéu do capitão, ainda se curvou para apanhar um pedaço de tijolo e atirá-lo para um bando de pardais que esvoaçavam por ali. Não lhes acertou e pôs-se a correr, chorando. A meio do caminho, Snegiryov parou, ficou por instantes pensativo e, voltando-se de repente, recomeçou a correr em sentido inverso, para o cemitério.

Os rapazes agarraram-no, rodeando-o, e ele deixou-se cair, derrubado sobre a neve; entre soluços convulsivos, lamentos e gemidos, gritava:

— Ilucha! Velhinho... velhinho!

Aliocha e Kolya trataram de o convencer a levantar-se, diligenciando consolá-lo.

— Vamos, capitão! Um homem tem de mostrar-se forte — balbuciou Kolya.

— Vai estragar as flores — disse Aliocha — e a mãezinha esperara-as chorando sem consolo, porque não lhe quis dar uma antes. Ainda lá está a caminha de Ilucha...

— Sim, sim, a mãezinha — logo se lembrou o capitão. — Desmancharão a cama, desmancharão a cama! —acrescentou, alarmado de que pudessem fazer isso.

Levantou-se e correu outra vez na direção de casa. Estavam perto, e chegaram juntos. Snegiryov abriu a porta, com um empurrão, e chamou pela mulher a quem tanto desgostara.

— Mãe, pobrezinha desvalida, Ilucha manda-te estas flores — disse, mostrando o punhado de flores geladas que se haviam desmanchado um tanto quando ele se debatera sobre a neve.

Mas naquele momento olhou para as botas grosseiras e remendadas do filho, que a arrumada dona da casa pusera junto da cama; lançou-se sobre elas e apertou-as contra os lábios, beijando-as arrebatadamente e exclamando:

— Ilucha! Velhinho, meu querido velhinho! Onde estão os teus pezinhos? Para onde o levaram?

A voz dele dilacerava a alma. Nina soluçava; Kolya precipitou-se para fora do quarto e os rapazes seguiram-no. Aliocha também saiu.

— Deixemo-los chorar — disse Aliocha a Kolya — seria inútil tentar consolá-los nestes momentos. Esperemos um pouco.

— Sim, seria inútil e é terrível — concordou Kolya, em voz entrecortada e quase ininteligível. — Não pode imaginar, Karamázov, a pena que eu tenho. Se fosse possível devolver-lho, eu faria qualquer sacrifício, fosse o que fosse.

— Também eu — disse Aliocha.

— Que lhe parece, Karamázov? Não será conveniente voltarmos aqui esta noite? Já sabe que ele vai beber...

— Talvez sim. Voltaremos os dois. Será bastante para fazer uma hora de companhia a Nina e à mãe. Se voltarmos todos, recordar-lhes-emos demasiado as últimas cenas da vida de Ilucha — aconselhou Aliocha.

— Agora deve estar a dona da casa a preparar-lhes a mesa... Haverá um banquete fúnebre... ou coisa parecida, a que assistirá o sacerdote... Voltaremos então, Karamázov?

— Claro — respondeu Aliocha.

— É tão estranho tudo isto, Karamázov! Comer pastéis depois de tanta tristeza... é impróprio da nossa religião.

— Também haverá salmão — disse em voz alta o que sabia a história de Troia.

— Peço-te encarecidamente, Kartashov, que não interrompas com as tuas tolices, especialmente quando ninguém fala contigo nem se preocupa se existes! — atalhou Kolya, irritado.

O rapaz corou sem se atrever a replicar.

Entretanto tinham-se afastado da casa e de repente Smurov exclamou:

— Esta é a pedra de Ilucha, onde queriam enterrá-lo.

Todos pararam num silêncio respeitoso. Aliocha examinou a pedra e, imaginando o quadro que Snegiryov lhe descrevera, viu em mente Ilucha agarrado ao pescoço do pai e gemendo: Pai, pai, como ele te insultou! Uma inspiração divina passou-lhe pela alma, inundando-a de emoção, e volvendo um olhar sério e grave pelas faces encantadoras e serenas dos condiscípulos de Ilucha, disse-lhes:

— Rapazes, gostaria de lhes dizer umas palavras, aqui mesmo.

Todos o rodearam, fitando-o atentamente.

— Rapazes, em breve nos separaremos; ainda estarei uns dias com os meus dois irmãos, um dos quais vai partir para a Sibéria enquanto o outro está em perigo de vida; mas em breve abandonarei esta cidade, talvez por muito tempo; assim, pois, devemos despedir-nos. Estabeleçamos sobre esta pedra de Ilucha o pacto de nunca o esquecer e de nunca nos esquecermos uns aos outros. Seja o que for que nos aconteça na vida, e ainda que não voltemos a encontrar-nos em vinte anos, recordaremos que nos juntamos para enterrar o pobrezinho a quem apedrejamos na ponte (lembram-se?) e a quem tanto amamos depois. Era um modelo de filho generoso, intrépido que, zeloso da honra de seu pai, sentia vivamente as injúrias que lhe faziam e acudia em sua defesa. Acima de tudo não o esqueçamos em toda a nossa vida, rapazes. Mesmo nos mais graves assuntos, quando já formos homens, tanto nas alegrias como nas tristezas, lembremo-nos de que nos encontramos aqui reunidos por um sentimento de amor por esse pobrezinho que nos tornou melhores do que na realidade somos. Meus pombos, permitam-me que lhes dê este nome porque me pareceis semelhantes a essas aves cândidas, quando vejo as vossas faces encantadoras. Meus filhos, talvez não entendam o que lhes digo, porque me acontece falar obscuramente; mas de qualquer modo recordareis as minhas palavras e algum dia estareis de acordo com elas. Deveis saber que nada há mais elevado, mais poderoso, mais útil à vida do que uma boa recordação, especialmente uma recordação da infância, do lar. Ouvireis falar muito da vossa educação, mas talvez nenhum ensinamento possa ser mais importante do que uma pequena recordação, uma sagrada memória conservada da infância. O que consegue reunir muitas recordações está salvo para toda a vida; e, se apenas guardar uma no seu coração, pode ser que lhe deva a sua salvação. Talvez cheguemos a ser maus, mais tarde; talvez sejamos incapazes de nos deter ante uma ação má, e possamos rir-nos dos que choram e dos que dizem, como Kolya disse há momentos, que desejam sofrer por todos os homens; talvez até lhes tenhamos rancor. Mas ainda que sejamos maus, o que Deus não permita, ao recordar-nos de como amamos Ilucha nos seus últimos dias, e o enterramos, e conversamos como amigos reunidos junto desta pedra, nem os mais cruéis e trocistas, no caso de algum de nós ser assim, ousarão rir-se, no fundo, por terem sido bons e piedosos neste momento. Mais ainda, esta recordação perdurará em nós, fazendo-nos refletir: Sim, então eu senti-me bom e corajoso, e honrado! Não importa que sejamos capazes de rir interiormente, porque muitas vezes nos rimos do que é bom e nobre; mas garanto-lhes, rapazes, que esse riso irá despertar uma voz que ouviremos no nosso coração: Não, não faço bem em rir-me, porque isto não é coisa de rir.

— Compreendo, Karamázov; pode estar certo do que diz! — gritou Kolya com os olhos brilhantes.

Os camaradas, que estavam emocionados, quiseram falar, mas atrapalharam-se uns aos outros e redobraram de atenção.

— Digo-lhes isto para o caso de chegarmos a ser maus — continuou Aliocha. — Mas que motivo há para sermos maus, não é verdade, rapazes? Acima de tudo sejamos bons, depois honrados e não nos esqueçamos uns aos outros! Repito isto e dou-lhes a minha palavra de que não esquecerei nenhum de vocês. Daqui a trinta anos hei de recordar cada uma das vossas faces voltadas para mim. Kolya acaba de dizer a Kartashov que não nos preocupamos de que ele exista; mas eu não posso esquecer que Kartashov existe e agora não está corado como quando nos falou dos fundadores de Troia, mas olha-me com os seus olhos alegres e doces. Rapazes, sejamos todos generosos e valentes como Ilucha... inteligentes, valentes e generosos como Kolya (que será muito mais inteligente quando tiver mais idade), sejamos tão modestos, inteligentes e doces como Kartashov. Mas por que cito estes dois? Amo-vos a todos, rapazes, e de hoje em diante tereis um lugar no meu coração, como eu espero tê-lo no vosso. E a quem devemos este sentimento em que nos unimos e de que nos recordaremos toda a vida? A quem senão a Ilucha, a esse rapaz tão bom, tão querido, tão apreciado por nós para sempre! Não o esqueçamos, nunca! Que a sua memória seja eterna nos nossos corações!

— Sim, eterna, eterna! — gritaram os rapazes em voz sonora, enternecidos.

— Recordemos a sua cara, as suas roupas, as suas pobres botas, o seu caixão, o pai desgraçado e pecador, e a coragem com que o filho se ergueu contra todos para o defender.

— Recordaremos, recordaremos! — gritaram os rapazes. — Era valente e era bom!

— Oh, quanto eu o amava! — exclamou Kolya.

— Meus filhos, meus amigos, não tenham medo da vida! A vida é boa quando agimos bem e com intenções puras!

— Sim, sim! — disseram os rapazes, entusiasmados.

— Karamázov, amamos-te! — gritou com ímpeto uma voz, talvez a de Kartashov.

— Amamos-te, amamos-te! — repetiram todos, e havia lágrimas nos olhos de alguns.

— Viva Karamázov! — exclamou Kolya, exaltadamente.

— E que a memória do menino morto seja imperecível! — acrescentou Aliocha, emocionado.

— Que seja imperecível! — repetiram os rapazes.

— Karamázov — gritou Kolya. — Será verdade, como ensina a religião, que ressuscitaremos e voltaremos à vida, podendo ver novamente todos e também a Ilucha?

— Certamente que ressuscitaremos, não há dúvida de que voltaremos a ver-nos e contaremos com alegria uns aos outros o que nos tiver acontecido! — respondeu Aliocha, misturando ao entusiasmo um riso alegre.

— Oh! Deve ser magnífico! — exclamou Kolya.

— Bem, acabemos de falar e vamos à refeição fúnebre. Não digam mal dos pastéis e dos fritos, é um antigo costume em que há muita poesia — disse Aliocha. — Agora estamos todos de acordo!

— Agora e sempre, e para toda a vida! Viva Karamázov! — gritou mais uma vez Kolya, num transporte de entusiasmo. E todos os rapazes fizeram eco da exclamação:

— Viva Karamázov!

**CONFIRA NOSSOS
LANÇAMENTOS AQUI!**

GARNIER
DESDE 1844